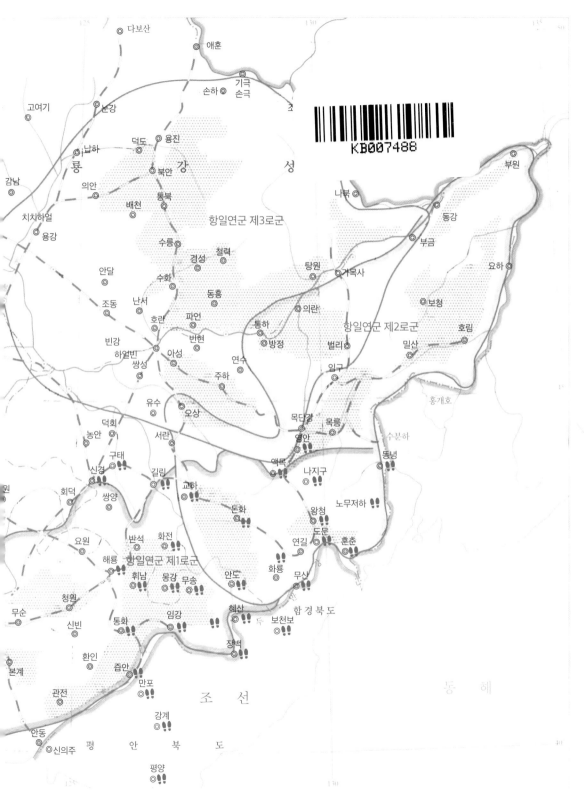

김일성
1912~1945

하권 - 역경과 결전

김일성 1912~1945

하권-역경과 결전

초판 1쇄 발행 2020년 8월 20일

지은이   유순호
펴낸이   김형근
펴낸곳   서울셀렉션㈜
편 집   진선희, 지태진
디자인   이찬미

등 록   2003년 1월 28일(제1-3169호)
주 소   서울시 종로구 삼청로 6 출판문화회관 지하 1층 (우03062)
편집부   전화 02-734-9567 팩스 02-734-9562
영업부   전화 02-734-9565 팩스 02-734-9563
홈페이지   www.seoulselection.com

ⓒ 2020 유순호

ISBN 979-11-89809-33-1 04810
ISBN(세트) 979-11-89809-30-0 04810

김일성 金日成

1912
~
1945

하권 ― 역경과 결전

유순호 지음

서울셀렉션

우리 삶에 만일 겨울이 없다면

봄은 그다지 즐겁지 않을 것이다.

만일 우리가 때때로 역경을 경험하지 못한다면

번영은 그리 환영받지 못할 것이다.

─ 앤 브래드스트리트

김일성과 함께 1930년대를 보냈던,

이름도 없이 사라져간 항일독립투사들에게

일러두기

- 단행본 및 잡지 『 』, 논문·보고서·단행본에 포함된 장 「 」, 신문·영화·연극·노래 〈 〉, 회고
  담·인용문·편지·신문기사 등은 " "로 표시했습니다.

- 중국 인명과 지명은 한자어(정체 및 간체 혼용)로 표시했습니다. 단, 중국어 별명 및 호칭,
  일부 지명은 당시 사용하던 통용음이나 관용 표현 및 중국의 조선족어문사업위원회의 규
  정을 따랐습니다. 당시 만주의 조선인은 대부분 중국어에 서툴러 우리말에 가깝게 발음했
  으며, 관련 자료나 인터뷰를 해준 증언자들, 역사 연구자들, 그리고 김일성 회고록 『세기
  와 더불어』 등도 통용음을 따르고 있습니다.

  예_별명 및 호칭) 당시 만주 조선인들은 위증민의 별명 '라오웨이'는 '로위'로, 김일성의
  별명 '라오쩐'은 '로쩐'으로 불렀고, '따꺼즈(大個子)', '샤오꺼즈(小個子)' 등도 '따거
  우재', '쇼거우재'로 불렀습니다. '풍강(馮康, 위증민의 별명)', '왕다노대(왕윤성의 별명)',
  '얼구이즈(二鬼子, 당시 일본군에 협력하는 만주군을 비하하여 부르던 중국인들 표현)' 등도
  관용적으로 쓰던 표현이기에 이 책에서는 그대로 사용했습니다. 다만, 성(姓) 앞에 연
  소자나 연장자를 뜻하는 '소(小)'나 '노(老)'가 붙는 경우, 통용음 대신 외래어표기법에
  따라 '샤오', '라오'로 표현했습니다.

  예_지명) 황고툰 ← 황고둔(皇姑屯), 하얼빈 ← 합이빈(哈爾濱), 대홍왜 ← 대홍외(大荒
  崴)

- 일본인 이름은 당시 사료와 관용 표현을 참조하여 표기했습니다.

  예) 사다아키(貞明), 타니구치 메에조오(谷口明三)

- 김일성 회고록 『세기와 더불어』(계승본 포함)의 인용 문장은 우리말 맞춤법으로 바꾸었습니다. 단, 일부 표현에 우리말 뜻을 괄호 안에 넣었습니다. (『세기와 더불어』는 총 8권이며, 1~6권은 김일성 생전에 발간되었으며, 7~8권은 김일성 사후 조선로동당 중앙위원회가 그의 유고와 각종 자료를 기초로 '계승본'으로 발간하였습니다.)

- 인용문 중 김일성 회고록 『세기와 더불어』(계승본 포함)에서의 인용은 따로 출처를 표시하지 않았습니다.

- 본문, 인용문, 각주 등에서 괄호에 넣은 설명(사자성어, 북한말, 당시 사용하던 단어의 뜻)은 별도로 표시하지 않은 한 독자의 이해를 돕기 위해 필자가 넣은 것입니다.

- 본문 각주에 담은 인물 소개는 다음의 중국과 한국 자료에서 찾아 다듬어 실었습니다. 『동북인물대사전』(중국), 『동북항일연군희생장령명록』(중국), 『동북항일전쟁 조선족인물록』(중국), 『중국조선족혁명렬사전』(중국), 『한국 사회주의운동 인명사전』(한국), 『북한인물정보 포털』(한국), 『한국민족문화 대백과사전』(한국), 『한국독립운동 인명사전』(한국), 『친일인명사전』(한국)

- 이 책에 실린 사진과 지도는 중국과 북한, 한국의 항일 관련 자료 및 서적에서 가져왔습니다. 저작권에 관해 이의가 있으시면 저자와 출판사에 문의하시기 바랍니다.

차례

4부 붉은 군인

5부 원정

조국은 어머니보다도, 아버지보다도,

또 그 밖의 조상들보다도 더욱 귀하고 더욱

숭고하고 더욱 신성한 것이다.

우리는 조국을 소중히 여기고, 조국에 순종해야 한다.

– 소크라테스

8부

내 조국

항일연군 장백 진출 및 작전 약도

장백 진출: 무송 만강천 → 되골령 → 망천아 협곡 →

대정자

신방자

가재수

김일성의 조모 이보익이 연금되었던 동네
오늘의 장백현 신방자진 구역 내

보천산

팔반도

로국소

료황지

오늘의

12도구

3 도 구 하

* 장백의 일만군과 전투가 발생한 지점
→ 2군 6사 김일성 부대 진격 노선
● 만주군 및 만주군 주둔 지역 표시
● 장백 주둔 제2 일만(日滿) 혼성여단 중대부 이상 병영
　여단장: 고명(高明) 일본군 군사고문: 가와사키(河崎)

장백에서의 항일연군 부대
2군 정치부 주임 겸 남만성위 특파원 전광(총지휘관)
2군 4사: 참모장 박득범, 1연대장 최현, 2연대장 최수길, 3연대장 필서문
2군 6사: 사장 김일성, 참모장 왕작주, 7연대장 손장상, 8연대장 전영림
1군 2사: 사장 조아범, 참모장 이흥소, 정치부 주임 송무선, 8연대장 현계선

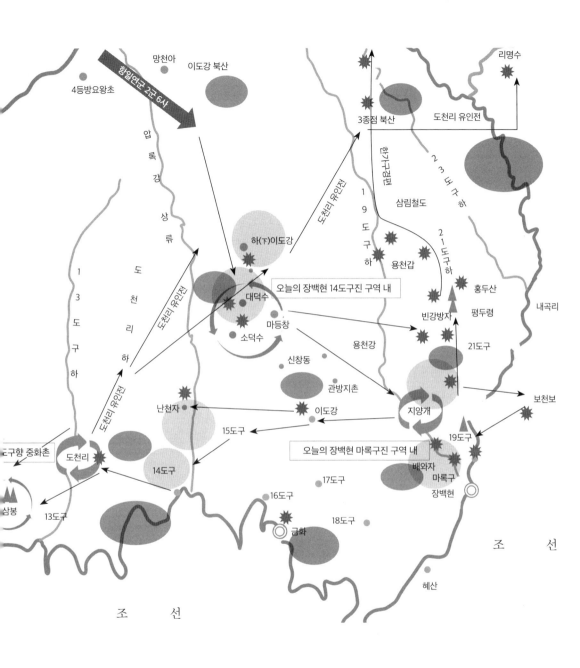

34장
좌충우돌

"금산아, 너 미투리는 왜 신지 않니?"
"언젠가 압록강을 건널 때 신으려고 그런다."
새 미투리를 신고 조국 땅을 밟아보고 싶은 소년의 간절한 소원이
그가 남겨놓은 미투리 한 켤레에 담겨 있었다.

1. 양목정자회의

1937년 3월도 다 가고 있었다.

김성주 등 6사 주력부대가 장백현 경내에서 무난하게 탈출하여 4사 밀영이 있던 양목정자에 도착한 것은 정확히 3월 28일이었다. 다음 날인 3월 29일에 열린 회의를 두고 중국과 북한에서 부르는 명칭이 서로 다르다. 중국에서는 양목정자밀영에서 2군 산하 4, 6사 주요 간부 연석회의가 열린 것으로 보고 밀영 이름을 따서 '양목정자회의'로 부른다. 북한은 좀 복잡하게 설명한다. 우선 회의를 조직한 사람이 김성주라고 주장하며, 따라서 이 해 6월에 있을 '보천보전투'와 관련한 작전 방침도 이 회의 때 채택되었다고 한다. 김성주는 이 회의에서 "대부대에 의한 국내진공작전으로 인민들에게 조국광복의 서광을 안겨주자"라는

역사적인 연설을 했다고 소개한다.

"1937년에 들어서면서 일제는 그 어느 때보다 '내선일체[內鮮一体, 일제가 한민족을 말살하려는 정책으로 내세운 표어로, 일본(內)과 조선(鮮)이 한 몸이라는 주장]', '동조동근(同祖同根, 일본 민족과 한민족이 한 뿌리에서 나왔다는 주장)'을 요란스럽게 떠들면서 조선 인민에 대한 파쇼적 폭압과 약탈을 더욱 강화했으며 조선인민혁명군의 국내 진출을 막아보려고 악랄하게 책동했다. 조성된 정세를 과학적으로 꿰뚫어보신 주석께서는 주체 26(1937)년 3월 29일 무송현 서강에서 조선인민혁명군 군정간부회의를 여시고 '대부대에 의한 국내진공작전으로 인민들에게 조국광복의 서광을 안겨주자'라는 역사적인 연설을 하시었다. 조선인민혁명군의 대부대에 의한 국내진공은 인민들로 하여금 일제를 쳐부수고 조선을 독립시킬 혁명군대가 있다는 기쁨과 승리의 신심에 넘쳐 조국해방을 위한 성전에 과감히 떨쳐나서게 하는 데서 커다란 의의를 가졌다. 바로 이것이 국내진공작전에 일관되어 있는 주석의 전략적 의도였다. 김일성 주석께서는 연설에서 국내진공작전을 위한 부대들의 활동방향을 밝혀 주시었다. 주력부대는 압록강을 건너 일제의 국경 경비의 요충지대인 혜산 방면으로 진출하고 한 부대는 백두산을 에돌아 안도, 화룡을 거쳐 두만강 연안의 북부 국경일대로 진격하며 다른 한 부대는 임강, 장백 일대의 압록강 연안으로 진출할 데 대한 명령을 하달하시었다. 그리고 국내진공작전을 성과적으로 수행하기 위하여 당면하게 조선인민혁명군 대원들을 정치사상적으로 튼튼히 준비시키는 것과 동시에 전투준비를 빈틈없이 갖출 데 대하여 밝혀주시었다."[1]

---

[1] '무송현 서강에서 진행된 조신인민혁명군 군정간부회의에서 한 연설', 『김일성저작선집』, 1937년 3월 29일.

이 연설문은 북한에서 출판된 『김일성저작선집』에 수록되어 있다. 김성주가 직접 쓴 것으로 사실화했지만, 정작 중국에서는 이런 연설문 자체가 존재한 적이 없다고 본다.

최근 중국에서 새롭게 밝혀진 자료를 보면, 1937년 3월 29일 양목정자회의에 상정된 주요 안건은 3가지였다.

첫째, 1936년 추, 동계 반토벌투쟁 중에서 취득한 경험과 교훈과 관련한 총화.

둘째, 1937년 각 부대 활동방향 및 작전을 제정하는 문제.

셋째, 2군 6사 정치위원 조아범을 1군 2사 사장으로 이동시키는 문제.

이 회의 사회자는 2군 정치부 주임 전광이었다. 2군 내 남만성위원회 위원인 위증민(서기 겸 1로군 총정치부 주임)과 전광(선전부장 겸 2군 정치부 주임), 조아범(위원 겸 2군 6사 정치위원), 주수동(위원 겸 4사 사장) 넷이 동만강밀영에서 만나 먼저 의논한 뒤 이 회의를 조직하기로 결정했다. 당시 동만강밀영에 비축된 쌀이 얼마 남지 않은 데다 무송 지구의 만주군 토벌대 병력이 대부분 만강 지구에 몰려 있었기 때문에 4사 밀영이 자리 잡은 양목정자를 회의 장소로 정한 것이다.

동만강에서 이들이 만날 때 전광의 오랜 동지이자 친구인 1군 참모장 안광훈까지 참가했다는 설도 있다. 4, 6사 주력부대를 다시 장백현으로 이동시켜 빠른 시일 내에 압록강 연안에서 다시 큰 소동을 벌이고, 가능하면 아예 압록강을 넘어 조선 국내로까지 들어가 전투하라고 부추긴 사람이 바로 안광훈이었다고 주장하는 연구가들도 있다. 이렇게 주장하는 중국인 학자 중에는 전광 전문가인 호유인도 있다. 그는 양정우와 전광, 그리고 전광과 안광훈의 관계에 관해 많은 근거를 가지고 자세하게 설명한다.

"전광과 안광훈 두 사람은 모두 황포군관학교 시절부터 친구였고 함께 반석중심현위원회를 조직했다. 양정우가 남만에 온 뒤에도 남만 지방의 중국공산당 조직뿐만 아니라 1군 산하 각 부대의 기층 당 조직들까지도 모두 이 두 사람의 영향 아래 있었다 해도 과언이 아니다. 양정우는 물론이고 나중에 1군과 합류해 남만성위원회를 조직했던 위증민도 이 둘의 도움 없이는 아무 일도 할 수 없었다. 때문에 1, 2군이 합류한 다음에는 안광훈은 양정우 곁에 남아 1군을 책임졌고, 전광은 위증민에게 가서 2군을 장악했다.

1937년 2월부터 7월까지 제1, 2차 서북원정에서 패하고 돌아왔던 양정우의 1군 1사 잔존부대가 환인, 관전 지구 근거지에서 주둔했는데, 이때 근거지에서는 원인을 알 수 없는 이상한 전염병이 발생했다. 구토와 설사로 배를 안고 뒹구는 사람들이 적지 않았다. 변에 피까지 섞여 나오는 것을 보고 모두 이질이라고 의심했다. 그런데 환자들 몸에 두드러기까지 돋자 누구도 병명을 알 수 없었다. 처음에는 근거지 내부에서 발생한 전염병인 줄 알고 밖에 나가 의사를 데려와 치료했으나, 근거지 밖에서도 이 전염병이 유행이라는 말을 듣고 안광훈은 양정우에게 환인, 관전 지구 근거지를 버리고 노령 쪽으로 이동하자고 제안했다.

당시 양정우는 1사 나머지 부대와 무순 지방에 흩어져 있던 3사 부대를 한데 합쳐서 제3차 서북원정을 계획하고 있었다. 이 계획을 실행하기 위해 양정우와 위증민이 만났고, 이때 위증민을 통해 2군 산하 4, 6사 주력부대가 노령 쪽으로 철수하고 있다는 사실을 알게 되었다. 안광훈은 위증민에게 '환인, 관전 지구 근거지에 전염병이 돌고 있어 만약 3차 서북원정도 실패할 경우, 1군이 철수할 곳이 없으므로 몽강, 즙안 쪽으로 이동하여 노령산을 중심으로 새로운 근거지를 개척하려고 하는데, 여기에 2군 주력부대까지 몰려들면 어떻게 하느냐고 반발했다.

양정우까지도 노령 지구 근거지를 건설하여 1군 예비 밀영을 건설해야 한다는 안광훈의 주장을 지지하자 위증민은 급히 양목정자로 돌아가 4, 6사 주력부대의 행동 방향을 바꾸지 않을 수 없었다. 좀 듣기 거북할 수 있지만, 리명수전투 이후 장백현에서 버틸 수 없게 되었던 6사 주력부대가 가까스로 무송으로 돌아왔다가 안광훈에게 쫓겨 다시 장백으로 되돌아가게 되었던 셈이다."[2]

조금 황당한 주장이지만, 이렇게 분석한 근거가 없지는 않았다. 우선 지리적으로 볼 때 무송과 임강, 몽강과 즙안 현성들이 모두 노령산을 중심으로 주변에 둥그렇게 위치했고, 양목정자회의가 열렸던 4사 밀영은 노령을 사이에 두고 임강현 경내의 화수진과 마주 보고 있었다. 물론 이 노령 속에 펼쳐진 깊은 수림과 험악한 산세는 항일연군에게 더할 나위 없이 좋은 피신처가 될 수 있었다. 그러나 노령을 사이에 두고 무송현 경내의 동, 만강과 양목정자 쪽 2군 4, 6사가 와서 자리 잡고, 다시 1군 산하 1, 2, 3사 부대들이 몽강현(蒙江縣)[3] 경내의 노령산으로 들어온다면, 이는 그야말로 항일연군을 쫓는 데 혈안이 된 동변도 지구의 만주군에게 자청하여 독 안의 쥐 꼴이 되는 것이다.

그런데 이 양목정자회의와 관련한 중국 정부 중앙당앙관 자료에는 "2군 정치부 주임 전 모모(后에 변절)의 사회로 진행되었다."라고 기록되어 있을 뿐, 안광훈이 참가했다는 기록이 없다. 왕덕태 사후 남만성위원회 서기이자 1로군 부총지휘 겸 총정치부 주임까지 겸직했던 위증민이 성위원회와 1로군 총부를 대표하여 이 회의에서 아주 주요한 연설을 했는데, 그 연설 내용 역시 여러 판본이 있다. 그 가운데 하나가 호유인이 주장하는 내용과 비슷하다.

---

2 취재, 호유인(胡維仁, 가명) 중국인, 전광(오성륜) 전문가로 자처하는 문사(文史) 연구가, 취재지 통화, 2000.
3 몽강현은 오늘의 길림성 정우현(靖宇縣)이다. 이곳에서 양정우가 사망하여 해방 후 그의 이름으로 지명을 바꾸었다.

특히 양정우의 경위원이었던 황생발(黃生發)[4]의 회고에 따르면, 2월경 위증민은 양정우와 만나러 환인, 관전현 경내의 1군 유격근거지 밀영에 와서 수십 일 동안 지냈다. 이때 근거지에 전염병이 돌아 대원들이 계속 쓰러지는 바람에 양정우가 원래 계획했던 제3차 서북원정까지도 차질을 빚은 것이 사실이다.

위증민은 양정우를 도와 1군 군부 직속 '소년철혈대'를 조직했다. 당시 열일곱 살밖에 안 되었던 황생발이 철혈대 대장으로 임명되었고, 양정우 신변에는 이 소년철혈대까지 합쳐 150~180명가량의 대원이 있었다. 양정우는 이 대원들과 먼저 청원현(淸原縣) 경내로 이동하여, 그곳에서 활동하던 1군 산하 제3사 정

---

4   황생발(黃生發, 1920-1993년) 만주족으로, 오늘의 요령성 신빈만족자치현(新賓滿族自治縣, 당시 홍경현)에서 출생했다. 본명은 황생금(黃生金)이며 일찍이 상경춘(常景春)이라는 별명도 사용했다. 열다섯 살 되던 1935년 3월에 항일유격대에 참가했고, 처음에는 1군 산하 제3사 정치부 주임 유만희(柳万熙, 한인)의 전령병으로 활동했다. 이듬해 11월에 3사 부대와 함께 제2차 서북원정에 참가했으며, 3사 참모장 양준항(楊俊恒)의 경위원이 되었다가 그가 1군 참모장으로 이동하면서 함께 군부로 따라왔다가 양정우의 눈에 들어 그의 경위원이 되었다. 1937년 2월에 양정우와 만나러 왔던 위증민은 1로군 군부에 열다섯 살 미만의 소년대원들이 많은 걸 보고 그들로 '소년철혈대'를 조직하고 황생발을 대장으로 임명했다. 황생발은 대장직을 감당할 수 없을 것 같아 거절했으나 위증민이 직접 황생발과 담화를 나누었다고 회고한다. 이때 위증민 얼굴을 익혔기 때문에 양정우는 위증민에게 소식을 전할 일이 있으면 언제나 황생발을 보냈다. 1940년 2월, 양정우 신변에 6명의 대원들밖에 남지 않았을 때, 황생발도 그중 하나였다. 양정우는 황생발에게 위증민을 찾아가라고 보냈다.
    이후 황생발은 위증민의 경위원이 되었고, 1940년 8월 위증민의 지시로 1로군 군의관 서철(徐哲, 광복 후 북한군 대장, 정치국 위원)과 함께 코민테른 중국공산당 대표단에 보내는 편지를 전달하기 위해 거의 한 달 동안 걸어 소련 블라디보스토크에 도착했다. 이후 소련 경내로 철수하여 들어오던 항일연군 잔존 부대와 합류했다. 1945년 광복 이후 중국으로 귀환한 황생발은 소련홍군과 함께 길림성 교하현에 주둔했으며, 교하현 위수사령부 부사령관이 되었다. 국공내전 중이던 1948년, 황생발은 길림군구의 명령으로 교하현 경내의 여러 갈래 무장대오를 묶어 길림군구 산하 독립2연대를 편성하고 요심전역(遼沈戰役)에 참가했다.
    1949년 중화인민공화국이 창건된 후 황생발은 전역하여 지방으로 이동했다. 그는 길림시 공안대대 대대장과 공안국 치안행정과 과장, 길림성 공안총대 정치부 주임, 공안청 제4처(감옥관리국) 부처장, 길림성 건설청 부청장과 제2경공업국 부국장 직을 역임했다. 1987년에 이직한 뒤 휴양하면서 이때부터 여러 사회단체와 학교, 기관들에 초청되어 강연을 했고 많은 회고담을 남겼다. 1993년 12월 24일에 길림성 장춘시에서 병사했다. 향년 74세였다.

치부 주임 유만희(柳万熙)[5]와 만나 그의 부대 100여 명을 대동하고 봉길선(奉吉線, 봉천-길림) 철도 연선을 따라 북상하면서 무순을 거쳐 바로 봉천을 위협하려는 태세를 보였다. 그러나 이는 양동작전에 불과했다. 양정우의 진군 방향은 여전히 서북쪽이었다. 양정우는 위증민에게 이렇게 말했다.

"이제 우리 서북원정은 단지 열하로 치고 나가 중앙홍군의 동정부대와 만나는 데만 의의가 있는 것이 아니오. 수원사건 때도 보았다시피 열하에 주둔한 일본군 7사단이 우리 때문에 몽골 쪽으로 한 발자국도 움직이지 못하고 있소. 우리는 일본군이 관내로 들어가는 길목이나 다름없는 남만 서부 지역을 차지하고 계속 유격활동을 벌여 놈들의 발목을 이 만주 땅에 단단하게 묶어놓아야 하오. 그것이 우리 1로군의 주목적이고, 또 그렇게 해내는 것이야말로 우리가 최종적으로 승리를 달성하는 길 아니겠소."

그러나 위증민은 이만저만 걱정이 아니었다.

그동안 4, 6사가 진행했던 전투들을 돌아보면, 일본군은 동변도 동부 지방에서는 주로 만주군을 투입했으나, 봉천과 가까운 환인, 관전, 무순 등에서 1군의 서북원정 부대들이 조우했던 토벌대들은 대부분 일본군 정규부대였다. 위증민

---

5 유만희(柳万熙, 1917-1940년) 항일연군 한인들 중 가장 젊은 열아홉 살에 일약 사급(師級) 간부가 된 지휘관이다. 경상북도 안동군에서 태어났으며, 1925년에 중국 길림성 반석현으로 이주했다가 1930년 요령성 청원현 삼간방(淸原縣 三間房)에 정착했다. 당시 중국공산당 만주성위원회 산하 청원현 위원회 기관이 삼간방에 있었는데, 열다섯 살 되던 1932년에 유만희는 청원현 아동단 단장이 되었고, 1933년에는 공청단에 가입했다. 이후 동북인민혁명군 제1군 독립사 5연대 통신병이 되었다. 그가 혁명군에 참가하는 바람에 어머니와 어린 동생 둘이 일본군에 붙잡혀 생매장을 당했다. 1934년에 중공 당원이 된 유만희는 통신원에서 5연대 청년과장이 되었고, 유하현 5도구와 남산성전투 당시 5연대 연대장이 갑자기 사망하자 직접 이 전투를 지휘하여 승리함으로써 군사 능력을 인정받았다. 1936년 5월, 양정우가 지명하여 1군 산하 제3사 정치부 주임에 임명된 유만희는 1937년 10월 이후 사장 왕인재(王仁齋)와 정치위원 주건화(周建華)가 사망하자 3사의 실질적인 지도자가 되었다. 1940년 1월의 한 전투에서 오른쪽 어깨에 총상을 입은 유만희는 임강현의 한 밀영에서 치료받던 중 3월 24일 반역자에게 살해되었다. 향년 23세였다.

은 이 사실을 지적했다.

"놈들이 조만간 환인, 관전 쪽으로 주의를 돌릴 텐데, 만약 제3차 서북원정도 성공하지 못한다면 그때는 1군 유격근거지를 어디로 옮기시렵니까?"

위증민이 처음으로 양정우의 서북원정에 대해 우려를 나타내었던 셈이다.

이후 이런 우려가 양목정자회의에서도 지휘관들 가운데서 쏟아져 나왔는데, 앞장에는 김성주가 있었다. 이들은 양정우의 서북원정 계획을 추종하는 조아범, 주수동 등 중국인 간부들에게 공격받기도 했다. 심지어 전광까지도 중국인 간부들과 한편이 되어 김성주를 비판할 때, 오히려 위증민이 나서서 김성주 역성을 들어주었다고 한다.

북한은 서북원정을 '열하원정'이라 부르며, 이 계획을 '군사모험주의'가 낳은 결과로 항일무장투쟁에 큰 해를 끼쳤다고 비판한다. 물론 양정우라는 이름을 거명하지는 않았다. 북한의 장편소설 『고난의 행군』 앞부분에 이때의 서북원정과 관련한 이야기가 나온다. 이 소설에는 당시 좌경모험주의자들의 무모한 열하원정(서북원정)에 맹종하여 참가한 항일연군 일부 부대가 큰 손실을 입었고 적지 않은 지휘관이 비관에 빠졌다고 쓰여 있다.

왜 양목정자회의에서도 이 서북원정이 입에 오르내린 것일까?

양정우가 동의하여 노령산근거지를 개척하기 위한 원정에 올랐던 안광훈이 한동안 위증민과 동행하면서 푸념을 끝없이 늘어놓았다.

"'쇠는 달구어졌을 때 때려야 한다.'고 했습니다. 라오챈(老全, 전광)이 장백, 임강 쪽에서 그처럼 멋진 전투를 치러냈는데, 왜 내친김에 압록강까지 넘어가 수류탄이라도 몇 개 던지고 오지 않았답니까. 그랬다면 분명히 만주국 전체가 진동했을 것입니다."

"아무래도 리명수전투 직후 상황이 긴급했나 봅니다."

위증민은 동만강밀영에서 전광과 만났을 때, 안광훈이 했던 말을 전했다.

그러자 전광은 거꾸로 안광훈을 비난했다.

"원, 백면서생 같으니라고, 그런 탁상공론은 누군들 못하겠소."

전광은 리명수전투를 회고하면서 위증민에게 말했다.

"내가 남만에 온 지 벌써 20년 가까이 됐소만, 리명수에서처럼 애를 말리는 전투는 참으로 처음이었소. 그것도 김일성 동무가 6사 주력부대를 이끌고 도천리에서부터 놈들을 유인했으니 말이지, 안 그랬다면 조국안 사장이 남겨놓은 1군 2사를 모두 날릴 뻔했소. 난들 왜 압록강을 넘어서고 싶지 않았겠소. 정말 그렇게만 할 수 있었다면 만주국뿐만 아니라 조선 전체가 진동했을 것이오. 조선군(조선 주둔 일본군)과 만주 관동군이 댓바람에 장백으로 모조리 몰려들었을 거고, 우린 이번처럼 결코 쉽게 빠져나오지 못했을 것이오."

그러나 위증민의 생각은 달랐다.

"전광 동지 말씀대로 정말 그렇게 했다면, 아마도 양 사령과 1군 부담이 크게 줄었을 것입니다. 그동안 우리 2군 4, 6사는 주로 만주군과 작전했지만, 양 사령의 1군을 쫓는 부대는 일본군 정규군이 대부분이었습니다."

그러자 전광도 할 말이 없었다.

그도 그럴 것이, 작년 8월 이래로 6사 주력부대가 먼저 장백현 경내로 이동하면서 끊임없이 전투를 벌인 것 자체가 바로 1군의 서북원정을 지원하기 위해서가 아니었던가. 누구보다도 전광 본인이 이 전략을 완성하기 위해 1군에서 2군으로 파견된 것이었다.

"리명수전투 직후 만주군이 하도 벌떼같이 몰려 들어서 미처 거기까지는 생각을 못했구먼."

진광은 진심으로 위증민에게 사과했다.

2. 두도령에서 포위에 들다

다시 무송현 경내로 돌아온 6사 상황이 좀 좋았다면 이처럼 후회스럽지 않았을 것이다. 노호산 쪽으로 최수길의 4사 3연대를 추격했던 만주군 마립문 보병연대와 임강현 화수진 쪽으로 왕작주의 6사 8연대를 추격했던 이해성 기병연대는 자기들이 쫓던 부대가 '김일성 부대'가 아니라는 사실을 알게 되었고, 동변도 토벌사령부는 무송현 만강 지방으로 연결된 되골령을 의심하지 않을 수 없었다. 급기야 오늘날의 무송현 흥륭향 란니촌에 주둔한 만주군 독립보병 제3여단 산하 조보원 연대가 만강천 기슭을 뒤지기 시작했다. 그러나 만주군들은 쉽게 김성주를 찾아낼 수 없었다.

무송현은 김성주가 소년 시절을 보냈던 지방인 데다 지난해 여름 내내 만강 지방에 주둔하며 연극 〈혈해지창(피바다)〉까지 공연했을 정도로 이 지방 사람들과의 사이도 좋았다. 되골령을 넘어선 뒤 곁에서 시시콜콜 잔소리하던 정치위원 조아범에게 군 정치부 주임 전광을 동만강밀영으로 모셔다 드리라고 떠나보낸 뒤부터는 범에게 날개라도 돋힌 듯 만강 기슭에서 조보원의 만주군 보병연대와 숨바꼭질을 시작했다. 작년 8월 무송현성전투 때 '김일성'이라는 이름을 귀에 못이 박히도록 들었던 조보원의 연대 병사들은 자기들이 쫓는 항일연군이 '김일성 부대'라는 말을 듣고 적잖게 당황했다.

김성주가 6사 주력부대를 이끌고 장백현 경내로 이동할 때 만강에서 되골령 쪽으로 빠져 달아나던 길목을 막았던 부대는 바로 조보원(趙保原) 연대였다. 그날 밤 그들의 병영이 있는 란니구자(란니촌)를 습격한 부대는 왕덕태가 인솔했던 2군 군부 교도대였는데, 조보원은 그 부대 역시 김일성 부대였다고 굳게 믿었다. 한마디로 무송 지구 만주군은 김일성 부대에 상당한 트라우마를 겪고 있었던 셈이다.

김성주가 이때의 '무송원정'을 두고 '고난의 행군(1938년 12월~1939년 봄 남패자에서 북대정자까지의 행군)'과 비교하면서 '기아의 행군'이라고 회고했던 것처럼, 그들 뒤를 쫓던 만주군 700여 명이 무서운 것이 아니라 식량이 떨어진 것이 가장 큰 난제였다. 몇 번이나 목재소를 습격해 식량을 해결하려 했으나, 목재소 주인들은 쌀을 다른 곳에 숨겨두고 산판에서 일하는 벌목공들에게 일일 정량만 공급했다.

쌀을 구하지 못하자 7연대 연대장 손장상은 벌목공들이 나무를 실어 나르는 소까지 빼앗게 했다. 이는 농민들에게서 종자쌀을 약탈하는 것과 다름없었다. 삼림지대가 주근거지였던 무장토비(류자)들도 목재소에서 물건을 약탈했지만, 소까지 끌고 가는 경우는 아주 드물었다. 하지만 손장상의 명령을 받은 오중흡은 두도령 근처 한 목재소를 습격했으나 쌀을 구하지 못하자 소 20여 마리를 모두 끌고 돌아왔던 것이다. 마침 조아범이 전광과 함께 동만강밀영으로 위증민을 만나러 갔을 때 발생한 일이었다. 김성주의 묵인 하에 대원들은 소들을 잡아서 모닥불에 구워먹었다. 남은 소고기는 각을 떠서 배낭 속에 넣어두었다가 행군 도중에도 배가 고프면 날것 그대로 꺼내먹기도 했다. 그러나 대원이 100여 명을 훨씬 넘다 보니 소 20여 마리도 금방 동이 나고 말았다.

그때 한 차례 위기가 들이닥쳤다. 김택환 소대의 신입대원 가운데 만강 지방이 고향인 대원이 여럿 있었다. 그들이 마을로 쌀을 구하러 내려가겠다고 나선 것이다. 대원들이 굶는 것을 보다 못해 김성주가 이를 허락하고 말았다. 그런데 이들이 쌀은 구하지 못하고 작년 겨울 땅속에 숨겨두었던 감자 몇 자루를 파가지고 돌아오다가 산속에서 불을 피우고 감자를 구워먹었던 것이다.

근처에 있던 토벌대가 연기를 발견하고 벌떼같이 몰려왔다. 토벌대는 그들을 생포하거나 사살하지 않고 몰래 미행하여 김성주 일행이 숙영하던 6사 사부 주둔지를 포위했다. 포위를 뚫고 달아나던 중 전령병 최금산이 김성주를 엄호하다가 총탄 여러 발을 맞았다. 광복 이후 김성주를 따라 북한으로 돌아와 "혁명가는 사람을 믿을 줄 알아야 한다"는 회상기를 썼던 이봉록은 최금산의 '딱친구(소꿉친구)'였다. 이봉록은 원래 김철만[6], 백학림, 이오송 등과 함께 7연대 전령병이었으나, 최금산이 김성주에게 떼를 써서 이봉록을 사령부 경위소대로 이동시킨 것이다. 둘은 임무가 없을 때면 그림자처럼 붙어 다녔다. 먹을 것이 생기면 조금씩 남겨두었다가 배가 고플 때면 서로 챙기면서 나눠먹는 사이였다. 이미 의식을 잃은 최금산을 등에 업은 이봉록 얼굴이 눈물바다가 되고 말았다. 그런데 이봉록은 키가 작아 최금산의 두 발이 땅에 질질 끌렸다.

"봉록아, 나한테 다오."

뒤에서 직접 권총으로 사격하면서 이봉록과 최금산을 엄호하던 김성주는 아니 되겠다 싶어 달려와 대신 최금산을 업었다. 최금산 가슴에서 흘러나온 피가 김성주의 등을 적셨다. 김성주의 얼굴에서도 눈물이 흘러내렸다.

"금산아, 조금만 참거라. 너를 꼭 구해낼 거다."

김성주는 연신 부르짖었다.

---

6 김철만(1920-2018년) 2010년대 중반 무렵까지 김철만은 이른바 조선인민혁명군 7연대(오중흡 7연대라고도 부름) 출신의 유일한 생존자였다. 양강도 웅흥군에서 출생했으며, 열여섯 살이었던 1936년 안도현 처창즈에서 동북인민혁명군 제2군 산하 2연대에 들어가 중대장 오중흡의 전령병으로 군인생활을 시작했다. 1945년 광복 이후 김일성을 따라 북한으로 돌아간 뒤에도 줄곧 군 계통에서 활약했다. 1950년 6·25전쟁 이전까지는 항일연군 출신 생존자가 많아 나이가 어렸던 김철만은 장령반열에 오르지 못하고 북한군 제10사단 25연대장에 머물러 있었다. 종전 후 1960년대 이후 소장, 중장을 거쳐 상장이 되었고, 1988년 9월에 대장이 되었다. 이 기간에 북한군 제2군단장과 부총참모장, 노동당 중앙군사위원이 되었고, 1994년 이후 김일성, 오진우, 박성철, 김정일 등이 사망할 때마다 그들의 장의위원회 명단에 이름을 올렸다. 2015년에는 김정은에게 95세 생일상을 선물받기도 했다. 2018년 12월 3일, 김철만은 평양에서 98세의 나이로 사망했다. 병명은 방광암으로 알려져 있다. 그의 사위 한우철은 재일총련 의장을 지낸 한덕수의 아들이다.

가까스로 추병을 떼어버리고 뒤따라 도착한 오중흡 등과 만났다. 땅에 내려 놓고 보니 최금산은 이미 숨이 없었다. 이봉록과 김철만이 최금산 곁에 엎드리다시피 붙어 앉아 엉엉 우는 것을 본 김성주도 눈물을 참을 수가 없었다. 당시 7연대뿐만 아니라 사령부 직속 경위중대에도 최금산과 비슷한 또래의 어린 대원이 적지 않았다. 이봉록과 함께 해방 후까지 살아남아 북한군 차수(次帥)에까지 올랐던 김용연도 당시에는 모두 최금산 또래였다. 무송원정 직전인 1936년 12월에 장백현에서 입대한 그는 두도령전투의 생존자였고, 최금산 시체 곁에서 오열하던 김성주를 직접 지켜보기도 했다. 김용연이 무송원정 행군길에서 발생한 일들을 회고한 회상기[7]를 보면, 당시 스물다섯밖에 안 된 젊은 김성주가 10대의 어린 대원들을 친동생처럼 챙기고 보살핀 것을 알 수 있다.

김성주는 친동생인 김철주와 김영주를 제대로 챙겨준 적이 없었다. 철주는 너무 일찍 죽었고, 영주는 어디서 빌어먹으며 살아가는지 전혀 몰랐다. 그는 왕청유격대 시절부터 전령병으로 함께 다녔던 오대성이나 최금산, 이봉록, 김철만, 백학림, 이을설 등 어린 대원들을 친동생처럼 아끼며 사랑했고, 그 보답은 고스란히 자신에게 돌아왔다. 김성주가 회고록에서 고백하는 것처럼, 최금산이 그 순간에 방패가 되어 적을 막으며 결사적으로 싸우지 않았다면, 김성주 신상에 어떤 불상사가 발생했을지는 아무도 알 수 없다. 이때 일에 관해 백학림도 회상기[8]를 남겨놓았다.

---

7 김용연(金龍淵, 1916-2008년) 1936년 12월에 장백현에서 항일연군에 참가했다. 1945년 광복 후 북한으로 돌아간 뒤 북한군 제1집단군 정치위원(소장)을 거쳐 1970년대에는 평양방어사령관(중장)이 되었다. 1990년대에 직책에서 물러나 만경대혁명학원 원장을 맡았으며, 1992년 대장에 올랐고 1998년에는 차수 칭호를 받았다. 그의 회상기 "간고한 행군길에서"는 북한에서 출판한 『항일빨치산 참가자들의 회상기』 제11권에 수록되어 있다. 2008년 3월 19일 평양에서 노환으로 사망했다.

8 백학림, "새로 생겨난 봉분", 『항일빨치산 참가자들의 회상기』 제13권.

당시 현장에 함께 있었던 생존자들의 회상기를 살펴보면, 최금산의 죽음은 참으로 눈물 없이 읽을 수 없는 대목이다. 이미 숨이 멎은 최금산을 땅에 내려놓고도 김성주는 피에 흠뻑 젖은 그의 가슴팍 옷섶을 헤치면서 쉴 새 없이 부르짖었다.

"금산아, 금산아!"

총탄이 뚫고 들어간 구멍을 틀어막으면 혹시 살아날 수도 있지 않을까 하는 희망 때문이었을지도 모르겠다. 김성주가 부르는 소리를 들으면 당장이라도 눈을 뜨고 일어날 것만 같은 최금산이었다.

아무리 어려운 행군길에서도 어린 최금산은 지칠 줄 모르는 소년이었다. 행군 도중 휴식할 때면 다른 덩치 큰 대원들까지도 모두 그 자리에서 꼬꾸라지다시피 주저앉았지만, 전령병이었던 최금산은 김성주의 명령을 전달하러 총알같이 여기저기 뛰어다녔다.

"이제 얼마나 더 가면 조국 땅을 볼 수 있습니까?"

지난해 여름 장백현으로 이동할 때, 조선과 점점 가까워진다는 사실을 알게 된 최금산은 되골령을 넘으면서 김성주 곁에서 쉴 새 없이 이것저것 물어댔다. 모두 지쳐서 쓰러지기 일보 직전이었어도 최금산 목소리만 들으면 김성주 역시 없던 힘이 생겨났다. 그런 최금산을 잃어버린 것이다.

최금산의 배낭에서는 미투리 한 켤레와 미숫가루 한 봉지가 나왔다. 되골령을 넘어 무송으로 나올 때 다른 대원들은 모두 미투리를 신었지만 최금산만은 그 미투리를 신지 않고 그냥 배낭 속에 넣어두었다.

"금산아, 너 미투리는 왜 신지 않니?"

백학림이 물었다.

"언젠가 압록강을 건널 때 신으려고 그런다."

새 미투리를 신고 조국 땅을 밟아보고 싶은 소년의 간절한 소원이 그가 남겨 놓은 미투리 한 켤레에 담겨 있었다. 남겨놓은 그 미숫가루 한 봉지는 언젠가 식량이 떨어졌을 때 김성주를 위해 몰래 준비해두었던 비상용 식량이었다.

백학림은 이렇게 회상한다.

"우리는 금산 동무를 안장하려고 했으나 모질게 얼어붙은 두도령의 땅거죽을 뚫을 수가 없었다. 도끼로 찍어보기도 하고 총창을 박기도 했으나 흙덩이 한 조각도 뜯어낼 수 없었다. 한참동안 생각에 잠겨 있던 수령님께서는 우리더러 소나무 가지들을 찍어오라고 일렀다. 그리고는 우리가 찍어온 소나무 가지들에서 솔잎들을 따서 땅바닥에 두툼하게 깔게 하고 그 위에 금산 동무를 눕혔다. 그리고 나머지 소나무 가지들을 그 위에 덮어주었다. 수령님께서는 한 점의 눈가루라도 그의 시체에 떨어지지 않게 소나무 가지들이 두텁게 씌워진 것을 보고야 그 위에 눈을 덮게 했다. 대원들과 함께 흙 대신 차디찬 생눈을 손에 쥐고 한 줌 두 줌 뿌리는 수령님의 눈에서는 뜨거운 눈물이 흘러내렸다. 눈 무지가 둥그렇게 솟아오르도록 마지막까지 눈을 뿌려주던 수령님께서는 이윽고 말씀했다. '훗날에 금산 동무를 꼭 다시 묻어줍시다.' 그러면서 표적을 남겨두라고 일렀다."[9]

3. 되골령의 눈보라

양목정자회의 이후 부대가 잠깐 동강밀영에 주둔할 때였다. 김성주는 봉분

---

9   백학림, "새로 생겨난 봉분", 『항일빨치산 참가자들의 회상기』, 제13권. (원문에서 김성주에 대한 경칭은 임의로 삭제했음.)

도 만들지 못하고 그냥 소나무 가지로 덮어놓았던 최금산의 시신이 마음에 걸려 발길이 떨어지지 않았다. 하지만 어쩔 수 없는 상황이었다. 방금 포위를 뚫고 나온 처지였고, 언제라도 만주군이 또 몰려 들어올 수 있었다. 재차 출정 준비를 갖출 때 김성주는 재봉대에 지시하여 최금산의 체격과 비슷한 군복 한 벌을 더 만든 다음, 백학림에게 주어 배낭에 넣어 보관하게 했다.

6사 주력부대가 다시 장백현 경내로 이동할 때는 봄꽃이 한창이었다. 원래 7연대 연대장 손장상의 전령병이었던 백학림이 6사 사부로 옮겨 최금산이 맡았던 전령병 직을 대신한 것이 바로 그때부터였다. 이때 김성주의 6사 주력부대가 주둔했던 동강밀영은, 작년 5월 '재만한인 조국광복회' 발족식을 가졌던 손가봉교밀영에서 40여 리나 더 들어가 남쪽으로는 만강과 서쪽으로는 선인교진 사이의 수림에 있었다. 오늘날 서강의 양목정자는 선인교진 구역이며, 노령산으로 이어지는 양목정자 기슭의 산과 밭들은 모두 서강촌과 동풍촌이 절반씩 갈라가지고 있다. 동풍촌 사람들은 자기 동네 뒷산에 김일성 부대가 와서 주둔했다고 이야기한다. 그런데 서강촌 사람들의 이야기는 다르다. 서강촌에는 1980년대까지도 직접 김일성과 만나 함께 밥도 먹고 이야기도 나누었다는 노인이 여럿 살아 있었다고 한다.

아무튼 양목정자회의 당시 김성주의 6사 주력부대가 주둔했던 밀영은 동강의 손가봉교밀영이나 군 정치부 주임 이학충이 피살되었던 그 대감장밀영이 아니었음을 알 수 있다. 여기서 1개월가량 주둔하면서 김성주는 눈이 녹기를 기다렸다.

양목정자회의 직후 제일 먼저 출발한 부대는 주수동의 4사였다. 4사 주력부대였던 제1연대 연대장 최현과 정치위원 임수산이 130여 명에 가까운 대오를 인솔하여 선대에 서고, 참모장 박득범이 2연대 연대장 필서문, 정치위원 여백기

등과 함께 100여 명의 대원들과 후위에 서서 두 갈래로 나뉘어 안도와 화룡 방면으로 나갔다. 이때 한총령 쪽은 적정이 비교적 엄중했던 반면, 안도 동청구에서 증봉령을 넘어 화룡현 경내의 팔가자로 접어드는 노선은 비교적 안전하였다. 이는 또 한편으로 박득범과 함께 후위에 섰던 3연대 연대장 필서문이 안도 쪽으로 들어가는 것을 꺼렸기 때문이라는 설도 있다. 필서문이 1년 전인 1936년 11월경 안도의 이도강에 주둔하면서 그곳 토호였던 단가(單家)네 집 외동딸을 끈으로 묶어놓고 강탈했다가 단가네 아들 3형제에게 쫓겼던 일은 이미 앞에서 잠깐 소개했다. 필서문의 정치위원 여백기는 이 일을 함구하고 비밀에 붙여주었다.

4사 최고 책임자였던 주수동은 죽을 때까지도 이 사실을 모르고 있었던 것 같다. 만약 알았다면 필서문은 그때 이미 연대장직에서 해임되었을 것이다. 필서문의 이 비밀은 주수동이 사망한 뒤, 1938년 1로군 산하 각 부대를 3개의 방면군으로 개편할 때 제3방면군 참모장으로 임명된 박득범과 2방면군 부관장으로 임명된 필서문의 관계가 나빠지면서 세상 밖으로 불거져 나오게 되었다.

당시 4사 1연대 제2중대장이었고 해방 후 1993년까지 살아 있었던 동숭빈(董崇彬)에게서 필서문 이야기를 전해들은 사람이 적지 않았다. 전하는 이야기들은 내용이 조금씩 다르나 기본상 비슷한 데가 있었다. 1로군 총부(위증민 또는 전광일 가능성이 있다.)에서는 필서문을 해임시키라고 권고했으나 김성주가 말을 듣지 않고 계속 필서문을 감싸주었다는 것이다. 그러나 동숭빈의 이야기도 모두 정확한 것 같지 않다. 그 역시 당시 직위로 볼 때 이런 내막을 알 만한 처지가 아니었고 부대 안에서 떠돌던 소문을 들은 것에 불과했을 것이다.

4사가 출발한 뒤에도 6사 주력부대가 계속 동강밀영에서 거의 1개월 남짓 움직이지 않았던 것은 일단 장백현 경내의 만주군 적정을 자세히 알 수 없었던 데다 되골령을 넘어오면서 대원들 가운데 동상 환자가 많아졌기 때문이다. 생존자였던 김용연 회상기에는 1936년 11월부터 이듬해 1937년 2, 3월경까지 눈이 어찌나 많이 내렸던지 되골령의 눈이 사람 키가 넘게 쌓였다고 쓰여 있다. 자칫 눈구덩이에 빠져 겨드랑이까지 쑥 들어가면 혼자서는 도저히 빠져나올 수 없었다. 거기에 눈바람까지 세차게 몰아쳐서 잠깐이라도 몸을 움직이지 않으면 바로 얼음덩어리가 될 수 있었다.

"동무들, 몸을 계속 움직여야 하오. 가만있으면 동상 입게 되오."

쉴 참만 되면 대원들이 여기저기 눈벌에 드러눕는 걸 본 김성주는 쉴 새 없이 뛰어다니면서 그들을 일으켜 세웠다. 그래서 얼어 죽는 대원은 한 명도 생기지 않았지만, 동상은 피할 수 없었다. 이처럼 키 높이로 쌓인 눈을 도저히 헤치고 나갈 수 없게 되자 김성주는 차라리 눈 속에 굴을 파서 빠져나가자는 아이디어를 내놓기도 했다. 이후 전광의 허락하에 김성주는 동강밀영에서 20여 일 넘게 숙영했다.

그런데 양목정자회의를 마치고 동강밀영으로 이동할 때, 하마터면 전군이 몰살당할 뻔한 사고가 일어났다. 당시 4사 주력부대가 양목정자회의 이후 먼저 출발하면서 그동안 후방 밀영에 비축해두었던 식량을 모조리 정리했는데, 남은 강냉이 수십 포대를 6사에 넘겨주었다. 경위중대장 이동학이 책임지고 식량을 가지러 갔다가 밀영에 아직 남아 있는 사과상자와 귤상자 더미 속에서 큰 술통 두 개를 발견했다. 술통을 흔들어보았더니 의외로 술이 가득 차 있었다.

이동학을 따라갔던 경위대원들은 그 술을 마시고 싶어 난리였다. 어린 경위대원 가운데는 아직까지 한 번도 술을 마셔보지 못한 소년들이 적지 않았다. 경위중대로 옮긴 지 얼마 안 된 강위룡이 이동학을 구슬려 술통을 뜯었다.

"얘들아, 술이 들어가면 온몸이 뜨거워지면서 춥지도 않고 없던 힘도 부쩍부쩍 생긴단다."

강위룡은 이렇게 다른 대원들을 부추겼다.

"우리 모두 한 모금씩만 몰래 마셔보자."

'그래 한 모금쯤이야 뭐, 김 사장이 설사 알게 돼도 괜찮겠지.'

이동학 본인도 은근히 마시고 싶었던지라 이렇게 중얼거리면서 강위룡이 쏟아주는 술을 받아 다른 대원들에게 모두 한 잔씩 돌리고는 자신도 단숨에 한 사발을 퍼마시고 말았다. 나머지 술 한 통은 들고 오다가 8연대 1중대 숙영지에서 중대장 무량본에게 빼앗겼다. 초소를 돌아보고 있었던 무량본 역시 그 술을 혼자서 절반쯤 마셔 버리고는 나머지 몇 사발 남은 것을 망원초소에서 보초 서던 대원들에게 나눠주었다.

바로 그날 밤에 만주군 100여 명이 들이닥쳤다. 항일연군 복장으로 위장한 만주군 척후병들이 초소로 접근하다가 8연대 보초병에게 걸려들자 능청스럽게 속여 넘겼다.

"당신네는 6사인가? 우리는 4사인데, 너희들이 정말 6사라면 대표 한 사람을 보내라."

만주군 쪽에서 먼저 이렇게 요구했다.

초소를 지키던 8연대 1중대 분대장은 오히려 4사 쪽에서 자기들 6사를 의심하는 것으로 판단하고 대원 한 사람을 보냈다. 그러나 건너가자마자 그 대원은 만주군에게 제압당했다. 그런 줄도 모르고 8연대 초소에서는 그 대원이 다시 돌아오기만을 기다렸다. 만주군은 그 사이에 부리나케 8연대 숙영지 주변 산등성을 모조리 차지하고, 나아가 김성주 등이 숙영하던 6사 사부 천막 뒤로 접근했다. 다행히도 손장상의 7연대가 사부와 가까운 곳에서 숙영했는데, 정치위원 김재범이 2중대장 김택환과 초소를 돌아보러 나오다가 사부 숙영지 뒤쪽 산등성이로 접근하는 만주군을 발견한 것이다.

"누구냐?"

김재범이 큰 소리로 호령했다.

그러나 이미 숙영지 주변의 유리한 지점을 모조리 차지한 만주군이 바로 사격을 가해왔다. 유일하게 남은 사부 숙영지 뒷산등성이로도 만주군들이 빠르게 돋아오르기(가파른 곳을 더듬어 오른다는 뜻) 시작했다. 김재범은 어찌나 놀랐던지 바로 김택환의 2중대를 이끌고 산등성으로 돌진하기 시작했다. 한편 총소리를 듣고 천막에서 달려 나왔던 김성주와 왕작주도 8연대 숙영지가 이미 포위된 것을 알게 되었다.

신호병 한익수(韓益洙)[10]가 달려와 김성주에게 소리쳤다.

"사장동지, 빨리 산 뒤쪽으로 빠지라고 합니다. 2소대가 뒷산 고지를 차지했습니다."

김성주는 왕작주에게 물었다.

"8연대가 이미 포위된 모양인데, 어떻게 했으면 좋겠소?"

왕작주는 망원경을 들고 한참 뒷산등성이를 바라보았다.

"고지에서 창격전을 벌이는 듯합니다. 8연대는 무량본의 1중대가 있으니 그

---

10 한익수(韓益洙, 1912-1978년) 1937년 3월 무송원정 당시 6사 사부 신호병이었다. 1936년 8월의 무송현성전투에 참가했고, 이후 6사 주력부대와 함께 장백현 경내로 이동하여 대덕수, 소덕수, 곰의골전투에 이어 홍두산, 리명수전투 등에도 모두 참가했다. 1945년 광복 이후까지 살아남아 김일성과 함께 북한으로 돌아왔으며, 김일성 수상관저를 호위하는 중앙경위연대 연대장을 거쳐 강건군관학교 교장과 북한군 부참모장, 민족보위성 부상, 인민군 총정치국장 등을 역임했다. 1973년에 북한 노동당 중앙위원회 부장을 거쳐 1977년에는 중앙위원회 검열위원장이 되었으나 이듬해 1978년 9월 5일 66세의 나이로 평양에서 사망했다. 회상기 "누룩에 담긴 이야기"(『항일빨치산 참가자들의 회상기』 제4권)가 있다.

렇게 쉽게 무너지지는 않을 것입니다. 경위중대를 투입하여 먼저 저 산등성이부터 차지한 다음 8연대 쪽으로 구원병을 보냅시다. 그래야 8연대도 구하고 우리도 살 길이 열립니다."

김성주는 머리를 끄덕이고 즉시 이동학에게 소리쳤다.

"동학 동무, 빨리 가서 김재범 동무를 도우시오."

이동학이 경위중대와 같이 바로 산등성이로 돌격했다.

그런데 뒤에 묻어가던 대원 가운데 걸음걸이가 심상찮은 몇몇 대원이 눈에 띄었다. 김성주가 깜짝 놀라 뒤쫓아가보니 장백현 19도구에서 박금철 소개로 입대한 지 얼마 안 된 중국인 교씨네 5형제 중 넷째 교방지였다. 둘째 형 교방의와 함께 처음에는 모두 8연대에 배치되었다가, 두도령에서 전령병 최금산을 잃어버린 뒤 그 또래의 어린 소년 몇을 더 보충하다 보니 교방지가 사부 경위중대로 옮겨오게 된 것이다.

"어떻게 된 거냐? 빨리 뛰지 않고?"

교방지가 울상을 하고 기어 일어나서 앞으로 뛰어갔다.

그런데 김성주를 더욱 기가 막히게 한 것은 교방지보다 한 걸음 더 뒤에 떨어져서 어물거리는 기관총수 강위룡 모습이었다. 그 역시 술 한 사발에 녹초가 되어 걸음걸이가 온전치 못했던 것이다. 김성주는 안 되겠다 싶어 손에 들고 있던 권총을 배에 찌르고는 후닥닥 달려들어 강위룡의 품에서 기관총을 빼앗아들었다.

"동무들, 빨리 돌격하라!"

김성주는 모자가 벗겨진 줄도 모른 채 앞으로 뛰어갔다.

그때야 비로소 펄쩍 제정신이 든 강위룡은 다시 달려들면서 김성주 허리에 매달렸다.

"사장동지, 기관총을 돌려주십시오."

"따곰(강위룡의 별명)아, 어서 이 손을 놓거라."

강위룡이 두 팔로 허리를 부둥켜안는 바람에 김성주는 한걸음도 움직일 수 없었다. 김성주가 하는 수없이 기관총을 돌려주자 강위룡은 두 손으로 잡고 그 제야 비로소 바람같이 산등성이로 오르기 시작했다. 먼저 고지 위로 올라간 이 동학은 하마터면 기절초풍할 뻔했다. 김택환의 2중대가 만주군을 미처 막아내 지 못해 적들이 벌써 고지 위로 거의 올라왔기 때문이다. 거리가 너무 가깝다보 니 경위중대는 산등성이에 올라서기 바쁘게 바로 만주군과 뒤죽박죽이 되어 혼 전을 벌였다. 그러는 사이에 참모장 왕작주가 7연대 연대장 손장상과 함께 오중 흡 4중대를 데리고 8연대를 구하러 달려갔다. 그나마도 사부 숙영지 뒷산등성이 은 점령당하지 않아 김성주 등이 빠져나올 수 있었으나, 8연대 숙영지는 이미 사면으로 포위되어 있었다.

"재범 동무, 한 번 더 수고하여 주어야겠소."

김성주는 김재범에게 김택환의 2중대와 함께 다시 8연대를 구하러 달려가게 했다.

8연대도 역시 포위를 뚫고 나오는 과정에서, 앞을 가로막고 달려드는 만주군 과 창격전을 벌이게 되었는데, 김택환 중대에서 힘장사로 소문났던 김확률이 앞 에서 길을 열어 나가다가 온몸이 피투성이가 되고 말았다. 총창에 여러 곳 찍힌 그는 더는 운신할 수 없게 되자 한 발 남은 수류탄을 안고 적진으로 굴러 들어가 버리고 말았다.

김성주는 이 사고를 정리하면서 산만해진 부대 기강을 바로잡기 위해 동강밀 영에서 소대장 이상 지휘관들을 모아놓고 여러 날 학습반을 조직하기도 했다. 북한에서는 이때 진행했던 학습반과 그해 11월에 다시 몽강현 동패자에서 조직했던 학습반을 가리켜 '군정학습반'이라고 부르기도 한다. 가장 유명한 것이 동패자 마당거우밀영에서 조직했던 학습반이다.

4. '민족적 공산주의자' 이재유의 체포

한편 김성주 등이 벌써 20여 일째 동강밀영에서 주둔할 때였다.

1937년 5월에 접어들면서 1군 2사 사장이 된 조아범이 자신의 오랜 부하였던 신임 2사 참모장 이흥소와 2사 주력부대(현계선 8연대)를 인솔하고 임강현으로 이동하기 시작했다. 조아범을 마중하기 위하여 송무선이 임강현 사문구밀영에서 길을 떠날 때 권영벽과 박금철이 그를 찾아왔다.

그동안 박금철이 전광의 부탁을 받고 조선 국내로 드나들면서 구해놓은 신문 한 봇짐을 전해달라고 가지고 온 것이다.

"이 신문들은 모두 몇 달 전 것 아니오?"

"그렇지 않습니다. 어제와 오늘 아침 신문도 여러 장 들어 있습니다. 특히 어제와 오늘 신문들에는 특대급 기사가 많습니다. 전광 동지와 김 사장이 보면 아마도 깜짝 놀랄 기사들이 여러 편 됩니다."

때가 한참 지난 신문이어도 전광은 일단 신문을 손에 들면 시간 가는 줄 모르고 읽고 또 읽었다. 물론 전광뿐만 아니라 김성주 역시 신문에 빠져 있기는 매한가지였다. 그런데 이번에 송무선이 전달해준 신문들은 모두 나온 지 4, 5일씩밖에 안 된 것으로, 특히 1937년 4월 30일 자 당시 총독부 관제언론이었던 〈매일신보〉에 "이재유(李載裕) 특집"이 실려 있었다.

신문 4면을 모두 도배하듯이 장황한 기사가 실렸는데, 기사들마다 이재유 사진이 붙어 있었다. 이재유 독사진은 1면에 실렸고, 2, 3면에는 체포 당시 옷차림 그대로 수갑을 찬 이재유가 일경들 및 서대문경찰서 사복경찰들과 함께 찍힌 사진이었는데, 자신들의 전과를 자랑하듯 찍은 것이었다. 기사 제목들도 굉장히 선동적이었다.

"집요흉악한 조선공산당 마침내 궤멸되다!"

"추격 개시 이래 4년여, 원흉 이재유 드디어 잡혀 묶이다!"

"일체의 국제 루트와의 절연, 붉은 독재자를 꿈꾼 암약!"

한마디로 조선 국내에서 공산주의 운동은 이제 영영 막을 내리게 되었다는 소리였다. 이재유 체포 소식은 충격적이었다.

조선공산당과 깊은 인연이 있었던 전광은 두말할 것도 없고, 김성주 역시 민족주의 단체였던 정의부 산하 남만청총과 관계하면서 조선공산당과 관련 있는 사람들에게서 많은 영향을 받은 젊은이였다. 비록 지금은 중국 공산당원이지만, 이는 코민테른 '12월테제'에 따른 결정으로 자기뿐만 아니라 전광 같은 공산주의 선배들도 모두 중국공산당 조직에 몸담고 있을 뿐이라고 여겼다. 때문에 가끔씩 들려오는 조선공산당 출신 사상범들이 그때까지도 계속 조선 국내에 남아서 활동하고 있다는 소식은 중공당에 몸담은 조선인 혁명가들에게는 여간 반가운 소식이 아닐 수 없었다. 그 사상범들 가운데 이재유는 슈퍼스타나 다를 바 없는 인물[11]이었다. 신문 기사를 읽고 난 전광은 더는 가만히 앉아 있을 수가

11 이재유(李載裕, 1905-1944년) 함경남도 삼수에서 화전민 출신으로 태어났다. 1930년대에 활약한 대표적인 공산주의 운동가이다. 그는 보성고보와 송도고보에 입학했지만, 돈이 없어 몇 개월도 안 되어 자퇴했다. 이후 1926년 일본으로 건너가 합법적인 노동조합에서 활동하다가 20차례 넘게 체포당했으며, 결국 조선으로 압송되어 서대문형무소에 수감되었다. 만기 출옥한 1933년부터 조선

없었다.

　김성주 역시 전광 못지않게 속이 부쩍 달아올라 있었다. 그동안 아주 튼튼하게 건설했던 동양목정자밀영을 통째로 조아범의 1군 2사 부대에 넘겨준 4사 주력부대는, 양목정자회의 이후 가장 먼저 돈화현 목단령을 넘어 안도현 경내로 아주 요란하게 이동했다. 앞에서 소개했던 승평령에서 일본군 안도 수비대 대장 오기하라 소좌(荻原 少佐) 부대를 섬멸했던 것이 바로 이때 일이었다. 곧이어 있었던 금창전투에서 4사 사장 주수동이 비록 전사했으나, 최현(4사 1연대 연대장)과

공산당 재건그룹을 지도하고 '경성 트로이카'로 불리는 조직을 건설했다. 당대 1급 불령선인(불량한 조선인)으로 지목될 정도로 엄청난 공산주의자였다. 일본 경찰은 이재유를 체포하기 위해 안간힘을 썼으나 번번이 놓쳤다. 그만큼 일본 경찰의 검거망을 피하는 데 있어 신출귀몰했다. 당시 언론들 가운데 〈경성일보〉와 〈매일신보〉 같은 총독부 관제언론조차도 이재유를 크게 다뤘다. 이재유를 둘러싼 이야기 가운데는 엄청난 화젯거리도 많았는데, 가장 대표적인 사례를 들면 이재유와 경성제대 교수 미야케와의 일화. 이 일화는 드라마 〈야인시대〉에도 등장했다.
1934년 일본 경찰의 대대적인 검거가 있었을 때, 이재유는 경성제국대학 법문학부 재정학 제2강좌 교수이자 일본인 공산주의자인 미야케 시카노스케(三宅鹿之助)의 경성제대 관사 다다미 마룻바닥 아래서 수 개월간 은신했으며, 이 도움으로 이재유는 일본 경찰의 감시망을 벗어나 무사히 도주했다. 이 일이 알려지면서 당시 일본경찰 전체가 발칵 뒤집혔으며, 미야케 교수는 결국 체포되어 서대문형무소에 수감되었고, 석방 후 귀국해서 일본이 패전할 때까지 교수직을 회복하지 못했다.
이재유는 이후에도 조선공산당재건위원회에서 활동하며 지속적으로 노동운동을 전개했으나, 1936년 12월 25일 당시 경기도 양주군 공덕리에 있는 경원선 공덕리역(현 창동역) 근처에서 체포당했다. 이재유를 검거하기 위해 동원되었던 형사만 60여 명으로, 그들은 이재유를 잡은 뒤 기쁜 나머지 잠복 복장을 갈아입을 생각도 하지 않고 그 자리에서 기념촬영을 했다. 이후 서대문형무소에 갇혔는데, 1942년 9월에 형기가 다 채워졌음에도 끝까지 전향을 거부해 모진 고문을 당했다. 그는 '비전향 장기수'로 청주형무소로 옮겨져 혹독한 생활을 견뎠으나 광복 10개월 전인 1944년에 옥사하고 말았다.
이재유는 조선 국내에서 활동한 1930년대의 대표적인 독립운동가였으나 '공산주의자'라는 이유로 오랫동안 묻혀 있었다. 아내 박진홍 역시 노동운동을 하다 경찰에 체포되어 서대문형무소에 수감되었다. 박진홍은 풀려난 후 1944년 김태준과 함께 중국 연안으로 망명하여 결혼한다. 이재유와 부부로 위장해 함께 살았던 이순금도 그를 연모했다고 한다. 이재유는 자손이 없어 오랜 기간 국가유공자 등록 신청도 되지 않았다. 참여정부가 들어서면서 사회주의 계열 독립운동가들을 재조명하기 시작했고, 2006년 대한민국 정부에서 건국훈장 독립장(3등급)을 추서했다. 이재유는 소련 코민테른 노선을 맹목적으로 따른 국제주의자들의 운동 방식을 거부하고, 구체적인 삶에 뿌리박고 밑에서부터 올라오는 실천운동을 주장했다. 그는 국제주의자들이 경시하거나 무시했던 민족 문제를 중요하게 여겼기 때문에 대표적인 '민족주의적 공산주의자'로 평가받는다.

임수산(4사 1연대 정치위원)이 인솔한 1연대는 4사 주력부대로 기본 병력을 손해보지 않고 전투력을 그대로 유지하고 있었다. 특히 4월 23일, 승평령전투 직전 황구령 북쪽 산속에서 습격했던 일본 군대는 군수물자를 나르던 치중대(군수지원 부대)였기에 최현의 1연대는 마차 20여 대에 가득 실려 있던 식량과 피류 외 탄약 수만 발을 노획했는데, 이 때문에 대원들의 사기는 하늘을 찌르고 있었다.

그때 참모장 박득범의 인솔로 필서문의 3연대가 화룡현 경내로 들어왔다. 두만강을 사이에 두고 조선 무산 땅이 눈앞에 바라보이는 오늘의 남평(南坪, 당시 덕화사德化社) 길타(吉他)라는 한 조선인 동네에 들어와 주둔하면서 즉시 연락원을 파견해온 것이다. 연락원은 최현과 임수산을 만나 이렇게 말했다.

"밤에 무산 쪽으로 들어왔는데, 길을 잘 몰라 몇 번 두만강을 건너갔다가 다시 돌아 나왔습니다."

그 말에 최현이 깜짝 놀랐다.

"아니, 이미 두만강을 건너기까지 했단 말이오? 거기가 어디였소?"

"무산군 임강리라는 동네였습니다. 필서문 연대장이 두만강을 건넌 김에 불이라도 지르고 달아나자고 했는데 참모장이 허락하지 않았습니다. 저희 연대가 병력이 모자라니 괜히 국경 경비군들을 놀라게 하지 말고 1연대가 도착한 뒤에 한 번에 크게 치자고 했습니다."

연락원 말을 듣고 최현은 임수산에게 재촉했다.

"두말할 것 없이 우리도 빨리 출발하여 그쪽으로 갑시다."

임수산도 동의했다.

당시 4사의 실제 권한은 1연대 정치위원 겸 4사 정치부 주임을 대리했던 임수산과 4사 참모장 박득범 손에 있었다. 그런데 박득범이나 최현은 모두 4사 1연대의 전신이었던 동북인민혁명군 제2군 독립사 산하 연길 1연대 시절부터 당시 연대장 김순덕과 정치위원 임수산 밑에서 각기 제1, 2중대장을 맡은 적이 있었고, 김순덕이 사망한 후 그 밑에서 참모장이었던 안봉학이 연대장이 되었을 때 임수산은 여전히 안봉학의 정치위원이었다. 이후 1연대를 기간으로 4사가 성립되고 당시 열일곱 살밖에 되지 않았던 주수동이 사 정치위원으로 임명되어 왔을 때도 임수산은 4사의 실질적인 당무 책임자였다.

이는 당시 1군 2사의 송무선과 비슷한 경우였다. 중국 자료에는 송무선이 1군 2사의 조직과장과 사장대리직을 맡았다는 기록만 있다. 그러나 양강(楊剛, 가명, 길림성 정협문사위원) 등 필자가 취재한 사람들은 조아범이 정식 사장으로 온 다음 송무선이 조직과장으로 돌아간 것이 아니라 정치부 주임과 군수부장까지도 함께 맡았다고 주장한다. 때문에 송무선에 대한 호칭은 '송 과장(조직과장), 송 주임(정치부 주임), 송 부장(군수부장)' 등 여러 가지다.

중국 연변에 살던 4사 출신 생존자들은 임수산을 4사 임 정위로 불렀다. 후에 방면군을 편성할 때 임수산은 제2방면군 김일성 참모장으로 임명되었으나, 여전히 그를 임 참모장이 아닌 임 정위라고 부른 것이다. 안봉학이 귀순하고 주수동이 전사한 뒤 4사에서 최현을 다스릴 사람은 임수산뿐이었다고 한다. 참모장 박득범과 최현은 만나기만 하면 하찮은 일 가지고도 얼굴을 붉히면서 티격태격했고 한 번도 웃으며 헤어질 때가 없었다는 것이다. 때문에 둘 사이에서 중재자 역할을 했던 사람은 바로 임수산이 아니었을까 짐작한다.

최현과 임수산이 1연대를 인솔하고 박득범과 만나러 화룡현으로 갈 때 6개 중대였던 병력이 4개 중대로 줄어들었다. 원래 6개 중대 중 3개가 1연대 주력부대였고, 2개 중대는 4사 사부 교도대대였고, 나머지 하나가 주수동의 경위중대였는데, 금창전투 때 경위중대 대원이 거의 전사하고 겨우 7, 8명만 남아 있었다. 경위중대 지도원 최철관(崔哲寬)[12]이 임수산의 파견으로 위증민에게 돌아왔다. 이때 위증민은 1군 2사 사장이 된 조아범과 함께 동양목정자에 주둔하고 있었다. 최철관은 주수동이 전사했다는 소식을 위증민에게 전했다.

마침 동양목정자에는 1군 참모장 안광훈이 그동안 몽강과 즙안 경내의 노령산 기슭에서 활동하다가 전광을 만나러 와 있었는데, 2군 4사 주력부대가 이미 화룡현으로 들어갔을 뿐만 아니라 벌써 두만강 쪽으로 접근하고 있다는 사실을 알게 되었다.

안광훈은 위증민과 함께 전광을 찾아와 한바탕 들볶았다.

"형님, 내가 2군 사정을 잘 알 순 없지만, 4사 최 지도원(최철관) 이야기를 들어보니 최현과 임수산 부대가 이미 무산 쪽으로 접근했다는데, 6사 주력부대가 아직도 이곳에서 지내고 있다는 게 말이 됩니까? 최현이 당장 오늘내일이라도 두만강을 건너가 불을 지르고 돌아올 태세라던데, 그러면 국경을 지키는 만주군

---

12 최철관(崔哲寬, 1915-1939년) 길림성 연길현 지인향 용암동에서 출생했다. 여섯 살 때부터 지주 집에 들어가 소몰이를 했다. 열세 살 되던 해에 용암동야학에서 글을 배우며 공산주의 사상과 접촉했다. 1930년에 중공당 용암동 지부가 설립되었고, 농민협회, 소년단 등 대중 단체도 조직되자 최철관은 소년단에 참가하여 농민협회 심부름을 다녔다. 1931년 추수폭동에도 참가하여 자기가 소몰이했던 지주 집에 불을 지르기도 했다. 1932년 4월 연길현 의란구 왕우구에 가서 적위대에 참가했고, 9월에는 친일 지주 집에 혼자 들어가 권총 한 자루를 빼앗았다.
1933년 봄, 연길현유격대에 참가하여 제2중대에 편입되었다. 1934년 3월 동북인민혁명군 제2군 독립사가 설립되자 그는 제1연대 제3중대에 소속되었고 박득범, 최현 등과 함께 연길현 삼도만 항일근거지에서 유격활동을 했다. 노두구 습격전투 때 일본군으로 가장하고 노두구 시내로 들어가 정찰임무를 하기도 했다. 이후 부대를 따라 처창즈, 내두산 등지에서의 전투에 모두 참가했다. 항일연군 제2군 4사가 성립된 다음에는 4사 1연대 분대장, 소대장 직을 거쳐 사부 경위중대로 옮겼고, 1937년 2월에 정식 중공 당원이 됨과 동시에 4사 사부 경위중대 정치지도원이 되었다.
주수동이 전사한 후, 최철관은 1로군 총부로 옮겼으며, 위증민은 그를 제1로군 경위여단 제3연대 연대장에 임명했다. 1939년 안도현 대사하 고성촌에 식량을 구하러 나갔다가 토벌대에게 포위되었다. 그는 포위를 돌파하다가 머리에 총탄을 맞고 체포되었다. 토벌대는 그의 상처에 구리쇠줄을 꿰고 잡아당기며 혹독하게 고문했지만, 그는 포위를 뚫고 달아난 부대의 도주로를 알려주지 않았다. 결국 함께 체포된 다른 대원과 함께 고성촌에서 생매장당했다. 해방 후 중국 연변에서는 최철관의 생매장지를 찾아내었고, 시체 두부에서 구리쇠줄도 발견했다.

들은 물론이고 아마 조선군까지도 틀림없이 같이 몰려들 것이오. 6사가 그 전에 빨리 장백 쪽으로 나가 그들을 맞이할 준비를 해야 할 것 아니겠소?"

"동생 말이 맞네."

전광은 그날로 위증민과 함께 동강밀영으로 김성주를 찾아갔다.

김성주와 7연대 연대장 손장상, 정치위원 김재범 등이 연통을 받고 모두 밀영 밖으로 마중나왔다. 이에 앞서 최철관이 위증민을 찾으러 왔을 때 동강밀영에 들러서 갔기 때문에, 김성주도 벌써 주수동이 전사한 것과 최현의 4사 1연대가 두만강 쪽으로 접근한다는 사실을 알고 있었다. 참모장 왕작주가 보이지 않아 전광이 두리번거리자 김성주가 귓속말로 소곤거렸다.

"왕 동무는 어제 8연대를 인솔해 먼저 장백 쪽으로 출발했습니다."

그 말에 전광은 희색이 만면했다.

"역시 나와 김 동무는 어딘가 서로 통하는 데가 있는 게 틀림없소. 왕 참모장이 먼저 출발했다니 잘됐소. 오늘 서둘러 온 것도 바로 그 일 때문이오."

전광은 머리를 돌려 자랑이라도 하듯 위증민에게 한마디했다.

"어제 이미 한 연대가 출발했다는구먼."

"김 동무, 다른 부대들도 빨리 서둘러야 하오. 왕봉각의 자위군을 토벌했던 만주군 기병여단이 지금 무송 쪽으로 다시 몰려온다는 정보가 있소. 이럴 때 우리도 빨리 장백으로 이동해 4사와 협동작전을 펼쳐야 하오. 최현 동무네가 두만강 연안에서 소동을 벌이고 철수할 때 6사가 마중하지 못하면, 4사 주력부대가 위태로울 수 있소. 그러니 무송 놈들이 눈치 채기 전에 빨리 출발합시다."

"알고 있습니다. 이미 만반의 준비를 갖추었습니다."

김성주는 가슴까지 두드리며 위증민을 안심시켰다.

이미 왕작주에게 8연대를 맡겨 먼저 떠나보내고, 뒤따라 출발하려고 한창 준비하던 참이었으므로 이처럼 명쾌하게 대답한 것이다. 그런데 김성주가 미처 생각지 못했던 것이 있었다. 전광뿐만 아니라 위증민도 6사 주력부대와 함께 장백현 경내로 이동하겠다고 따라나선 것이다.

5. 서강에서 다시 장백으로

위증민은 주수동의 전사로 4사 지도부를 다시 조직해야 했다. 전광은 그동안 동만강밀영에서 박금철이 보내준 조선 국내 신문들을 구절구절 곱씹어가면서 읽고 또 읽더니 도저히 안 되겠다 싶어 따라나선 것이다. 김성주는 진심으로 전광을 걱정했다.

"이번에 장백으로 나가면 작년보다도 훨씬 더 위태로운 일이 많이 발생할 것입니다. 전광 동지께서는 연세도 있는데 정말 괜찮겠습니까?"

그러자 전광은 손을 내저었다.

"내 건강은 아무 문제 없소. 오히려 이대로 가만히 밀영에 들어박혀 있으면 없던 문제도 다시 생길 것 같소. 벌써 며칠째 밤잠을 통 못 자고 있소."

전광은 〈매일신보〉와 〈경성일보〉 등에서 읽은 이재유 일을 꺼냈다.

"세월이 참 강물처럼 흘러가는구면. 코민테른 제6차 대회에서 '12월 테제'가 채택되었던 것이 엊그제 같은데 벌써 10년 가까운 세월이 흘러갔소. 내가 그 이듬해에 중국공산당 중앙의 파견으로 만주로 왔소. 만주의 조선공산당원들은 일단 '12월 테제'의 1국1당주의 원칙에 따라 모두 중공당 조직에 참가하지 않으면 안 되었소. 그때 남만에 나왔던 나와 북만에 나갔던 김지강(金志剛, 최용건)이 가장 앞장서서 그 일을 추진했소. 그러나 솔직히 나뿐만 아니라 모든 사회주의자가 마음속으로는 여전히 조선 혁명을 위해서는 반드시 자기 이름의 당이 있어야 한다는 데 동의했소. 비록 로자 룩셈부르크의 자생성 숭배와 트로츠키주의는 거부했지만 말이오. 하지만 레닌주의로 통합하고 러시아 공산당 다수파에 충성하고 복종하는 것에도 나름 생각이 있었소. 내가 과거에 이재유에게 감탄했고 또 오늘 감동하는 것도 바로 이 대목이오. 신문 기사를 보니 우리가 만주에서 한창 중국공산당에 참가할 때, 이재유는 일본에서 공부하고 있었던 것 같소. 일본 총국 당원이 되었더구먼. 그때 일본당 사건으로 징역 살다가 조선으로 귀국한 뒤 이번에 피검되기 전까지 계속 조선의 공산주의자로 살아왔소. 그러니 이재유야말로 우리 조선의 독립과 근로대중의 행복을 위한 투쟁에 청춘을 바친 게 아니면 뭐겠소. 한마디로 우리는 가장 우리 민족적인 공산주의자를 잃어버린 것이오. 오죽했으면 놈들은 그를 체포하고 나서 '조선공산당은 마침내 궤멸되었다'는 표제의 기사까지 내보냈겠소. 김일성 동무, 이번에 우리는 놈들의 기염을 확실하게 꺾어놓아야겠소. 최소한 조선 공산주의자들이 아직도 죽지 않고 튼튼하게 살아 있다는 걸 보여주어야 한단 말이오. 내 말이 무슨 뜻인지 알겠소?"

전광의 이야기를 들으며 김성주는 감격과 동시에 충격을 받았다. 그동안 전광이야말로 가장 한족화한 '알짜배기 중공당 고위간부'라고만 여겼는데, 갑작스럽게 그의 입에서 '조선 공산주의자들'이란 말을 듣게 된 것은 마치 자신의 마음 한구석을 들키기라도 한 것 같은 기분이 들었기 때문이다. 김성주 자신도 진짜 중국 한족이 되지 못해 안달이 난 것처럼 행동해왔으면서도, 마음속으로는 언제나 자신이 조선 사람이라는 사실과 혁명을 해도 조선 독립을 위해서 한다는 생각을 단 한 번도 잊고 지낸 적이 없었기 때문이다. 그러면서도 그 마음을 쉽사리 밖으로 드러낼 수 없었다.

더구나 양정우나 위증민 같은 중국인 간부들에게도 각별히 존경받는 전광 앞에서 더욱 그러했다. 그러나 점점 마음이 바뀌기 시작한 것은 바로 무송현성전투 이후 6사 주력부대였던 7, 8연대가 장백현 경내로 이동할 때였다. 당시 김성주는 무송현에 남게 된 6사 산하 9연대와 10연대에 소속되어 있던 조선인 출신 대원 수십여 명을 모조리 뽑아내고 싶었으나, 마덕전(9연대장)과 서괴무(10연대장)가 들어주지 않았다. 그때 전광이 나서주었던 것이다. 주로 남만에서 활동하다 보니 민생단사건을 경험하지 못했던 전광에게서 동만 출신 혁명가들이 듣기에는 상당히 '민족주의적'인 냄새를 풍기는 발언들이 불쑥불쑥 쏟아져 나왔다. 동만에서라면 조아범 같은 사람들이 문제 삼으며 벌써 열몇 번이라도 민생단으로 몰렸을 법한 그런 말들을 거침없이 내뱉으면서도 전광은 아무렇지도 않았다. 그런 전광이 김성주 같은 조선인 간부들에게는 무척 반갑고 든든한 뒷배가 아닐 수 없었다.

실제로 1, 2군 출신 생존자들 이야기를 들어보면 이런 사실들이 증명된다. 1958년 '양정우 장군 추모식' 때 통화에서 이준산과 만났던 호유인은 직접 그에게 들은 말이라며 필자에게 들려 주었다.

"이홍광이 사망한 이후 1군에서 양정우가 가장 믿는 조선 사람은 참모장 안광훈이었고, 2군에서는 군 정치부 주임 전광이 모든 것을 쥐락펴락했다."[13]

1993년까지 중국 길림성 장춘시에서 살았던 양정우의 경위원 황생발도 이와 비슷한 말을 했다. 그 외에도 1, 2군 중국인 생존자들인 방민총, 동숭빈뿐만 아니라 연변에 살던 조선족 생존자 가운데 김성주의 주력부대 출신이었던 김명주

---

13 취재, 호유인(胡維仁, 가명) 중국인, 전광(오성륜) 전문가로 자처하는 문사(文史) 연구가, 취재지 통화, 2000.

가 생전에 주변 지인들에게 남겨놓은 회고담들도 모두 그 사실을 증명해준다. 특히 중국 정부 중앙당안관(中央檔案館, 기록보관소)에 소장된 자료들 속에는 '보천 보전투' 및 '간삼봉전투'와 관련한 증언들을 정리한 소중한 기록도 있다. 여기서 그 기록들 가운데 한 토막만 간단히 살펴보겠다.

"대사하전투 이후, 4사가 화룡을 경유하여 장백으로 돌아온 뒤 위증민이 직접 이 대 오를 인솔하기 시작했으며, 이 이후로부터 위증민은 2군 정치부 주임(전모, 후에 변절) 과 활동구역을 분담했다. (생략) 전모는 1937년 5월 하순에 6사와 1군 2사 및 2군 4사 를 인솔하고 '헤이샤즈거우(곰의골)'밀영에서 위증민과 만나 압록강 양안에서 유격전쟁 을 전개하는 문제를 전문적으로 연구했다."[14]

여기서 '대사하전투'란 바로 주수동이 전사했던 전투다. 그리고 '후에 변절했 다는 전모'는 바로 전광을 가리킨다. 1937년 5월 하순이라면, 다음 달 6월 4일에 진행되었던 보천보전투와 6월 말경(6월 30일)에 있었던 간삼봉전투를 눈앞에 두 었던 시점이다. 실제로 규모가 별로 크지 않았던 보천보전투가 세간에 너무 회 자되다 보니 이 전투를 앞두고 진행된 또 다른 전투들이 거의 묻혀버린 듯하다.

특히 김성주는 회고록 6권 17장("조선은 살아있다") 1, 2절(보천보의 불길)에서, 보 천보전투를 앞두고 부대 전체 성원에게 새 군복을 지어 입히기 위해 오중흡과 김주현이 많이 고생한 것을 이야기한다. 그뿐만 아니다. 양목정자회의 이후 서 강에서 다시 장백으로 나갈 때 오중흡이 후방공작조를 인솔했다는 내용도 있다.

---

14 원문 "大沙河之戰後, 四師經和龍回長白, 魏拯民開始親自帶領這支隊伍, 與政治部主任(全某, 後叛變) 分擔活動地域, (省略) 全某于1937年5月下旬, 率六師, 一軍二師和二軍四師于黑瞎子溝密營, 和魏拯民 等一起專門研究了在鴨綠江兩岸開展遊擊戰爭的問題."

"오중흡이 인솔하는 후방공작조가 서강에서 장백으로 나갈 때 겪은 고초에 대해서 여러 투사들이 회고도 하고 증언도 했으나 그 전모는 아직 완전히 알려지지 못했다. 우리가 무송으로 북상행군을 할 때에는 그래도 리명수전투에서 얻은 식량을 가지고 떠났다. 그런데 오중흡이 장백으로 데리고 가는 후방공작조에는 한 되박의 식량도 없었다. 대원들은 허기가 나고 기력이 진해서 걸음을 옮기지 못했다. 맹물로 끼니를 에우다(때웠다는 뜻)는 것도 하루 이틀이지 노상 시장기를 달랠 수는 없었다. 그들은 굶다 못해 단두산 쪽으로 발길을 돌리었다. 거기에 가면 단두산전투 후 파묻었던 소대가리를 우려먹을 수 있다는 타산을 했던 것이다."

이런 내용들이야말로 이 회고록 집필에 참가한 북한의 당 역사연구소 관계자들이 빚어낸 심각한 오류로 보인다. 특히 김성주는 보천보전투 이후 무산전투를 치르고 장백현으로 들어온 4사 최현 부대와 만났고, 또 얼마 뒤에는 지양개에서 1군 2사와도 상봉하게 되었다고 한다. 그러면서 최현이 목재소에서 잡아왔다는 가와시마라는 일본인 이야기를 하는데, 이자를 처리하는 문제로 최현이 길에서 전광, 박득범 등과 언쟁까지 했다고 한다.

이 주장대로면 당시 전광은 4사에 있었고, '최현, 전광, 박득범' 등은 모두 김성주의 부하가 되고만다. 최현이 가와시마라는 일본인을 죽이라는 박득범과 전광 말을 듣지 않고 언쟁을 벌였을 뿐만 아니라 김성주에게 "장군님의 생각은 어떤가?" 하고 물었다는 것이다. 이는 당시 항일연군 내 중국공산당 조직 체계에 관한 지식이 조금만 있어도 이 일이 상식적으로 불가능함을 금방 알 수 있다. 또한 회고록의 이런 주장은 중국 측 자료와도 전혀 부합하지 않는다.

김성주는 회고록에서 최현의 요청을 받고 자신이 직접 가와시마와 만나 이야기한 것을 이렇게 회고한다.

"최현, 전광, 박득범들에게 가와시마는 큰 죄도 없고 눈도 바로 배긴 사람이니 교양을 잘 주어 곱게 돌려보내는 것이 좋겠다는 의견을 주었다."
"훗날 조직선에서 들어온 통보에 의하면 가와시마는 목재소에 돌아가서 '조선유격대는 비적이 아니라 기강이 뚜렷한 혁명군'이며 일본 군대에 먹힐 약자가 아니라고 선전했다고 한다. 그는 경찰에 연행되어 가서도 자기가 직접 본 사실이라고 하면서 우리에 대한 선전을 그냥 했다."

그렇다면 당시 가와시마라는 일본인이 체포된 적이 있긴 했을까?

최현의 직계 부하였던 중국인 동숭빈 4사 1연대 2중대장은 항일연군 제2군 산하 4사 출신 가운데서 유일하게 1990년대까지 살아 있던 생존자였다. 무산전투 당시 한 중대를 이끌고 정치위원 임수산을 따라 목재소(상흥경수리 7토장)를 공격했으며, 이 전투 당시 목재소의 일본인 십장을 생포했으나, 그 십장은 참모장 박득범에게 피살되었다는 이야기를 들려주었다. 물론 동숭빈은 십장 이름이 무엇인지 기억하지 못했다. 정치위원 임수산이 십장을 인질로 잡고 그의 가족에게 편지를 보내 돈과 쌀을 얻어내려 했으나 박득범이 임수산 말을 듣지 않고 죽여버렸다는 것이다. 이 일은 후에 군 정치부 주임 전광에게까지 보고된다.

김성주 회고록과는 전혀 다른 양상으로 사건이 전개되었음을 알 수 있다. 7토장은 혜산에 본부를 둔 목재소였는데, 이 작업장에서 일하는 노동자 가족이 적지 않게 혜산에 살고 있었으며, 또 장백현에 가족이 있었던 노동자도 여럿 있었다. 작업장에서 빼앗은 쌀을 들고 갈 인부를 모집할 때, 10여 명이 동숭빈의 2중대와 함께 장백현 경내로 들어왔다. 전광은 그들에게서 박득범이 죽인 일본인 십장이 어떤 사람인지 물어보았다.

"그 사람은 비록 일본인이지만 우리처럼 못 사는 사람이고 조선말도 잘하며 아내도 조선 여자입니다. 마음이 착해 항상 우리가 손해 보지 않게 챙겨주던 사람인데, 일본인이라는 이유 하나로 당신네한테 피살당하고 말았습니다."

노동자들이 모두 나서서 이렇게 말하는 바람에 전광은 임수산에게 벌컥 화를 냈다.

"아니, 참모장이란 자가 그렇게 분별없는 짓을 할 때 당신은 곁에서 뭐하고 있었소?"

"제가 보고를 받고 달려갔을 때는 이미 늦었습니다."

그러나 임수산은 박득범을 대신하여 전광에게 사정했다.

"제가 박득범 동무를 한바탕 야단치려 했지만, 차마 그렇게 할 수 없었습니다."

임수산은 무산 지구 진출 때 박득범의 아내 이경희(李京姬)가 제1연대와 함께 두만강을 건너갔다가 무산군 경내 붉은 바위 인근에서 조선 주둔 일본군 국경 경비대와 전투하다가 전사한 일을 전광에게 이야기해주었다. 전광도 이 이야기에 놀라지 않을 수 없었다.

이경희는 4사뿐만 아니라 2군 전체에서도 예쁘기로 소문난 여대원이었다. 별명이 '보배'였던 이경희는 용모만 예쁜 것이 아니라 춤과 노래도 잘했고 마음씨까지 고왔다. 전해지는 이야기 가운데는 천 조각 하나라도 모아두었다가 나이든 대원들에게 담배쌈지를 곧잘 만들어주었고, 수도 제법 잘 놓아 담배쌈지에 꽃이나 새를 수놓을 때도 있었다. 한 번은 참모장 박득범이 호주머니에서 엽초가루를 박박 긁어 종이에 말아 피우는 걸 보고 이경희가 담배쌈지를 만들어 선물했다. 그 담배쌈지에 별 생각 없이 화투짝에서 보았던 매조(梅鳥)를 수놓았는데, 매화나무에 앉은 새가 한 마리인 것이 외롭게 보여 자기 나름대로 한 마리를 더 수 놓았다. 그런데 그것이 평소 무뚝뚝하기 짝이 없던 박득범의 마음을 설레게 만들 줄은 몰랐다.

양목정자회의 때 임수산의 중매로 이경희를 만난 박득범은 그동안 사모해왔던 마음을 고백하기에 이르렀고, 두 사람은 무산 진출 작전을 마치고 돌아오면 바로 혼인하기로 약속했던 것이다. 이와 같은 사실이 부대에서 공개되었을 때, 누구보다도 마음 상한 사람이 있었으니 그가 바로 조정철이었다. 해방 후 중국 연변에 정착하였던 2방면군 출신 생존자들 가운데 혹자는 이경희가 원래는 조정철의 여자였다고 회고했고, 이경희가 후에 조정철을 버리고 박득범을 좋아했다는 주장을 내놓기도 했다. 유일하게 확인이 가능한 자료로 임춘추의 『청년전위』[15]에 이경희와 조정철의 사랑 이야기가 나오기도 한다.

"아, 그 귀엽고 마음씨도 곱던 보배라는 애였구먼. 참 아까운 동무를 잃었소."

전광도 이야기를 듣고 나서는 여간 애석해 마지않았다.

김성주는 회고록에서 다음과 같이 이경희를 회고한다.

"이경희네 집안은 온 일가가 혁명사업을 하다가 희생된 애국정신이 강한 집안이었다. 그는 어린 나이에 오빠들과 삼촌들을 잃고 할머니마저 잃었다. 그의 아버지는 유격대원이었다. 이경희도 원한을 품고 쓰러진 혈육들의 복수를 위해 무장대오에 들어섰다. 처음에 지휘관들은 그를 부대에 받아들이려 하지 않았다. 나이도 나이였지만 그마저 총을 잡는다면 이 씨 가문을 지킬 사람이 한 명도 남지 않게 되기 때문이었다. 그런데

---

15 북한의 사로청출판사가 1970년에 출간한 실화를 바탕으로 한 장편소설. 소설 속의 주인공 삼손이 (류경수)는 한국전쟁 때 북한군 제105 탱크여단을 이끌고 가장 먼저 서울에 들어왔던 탱크여단 여단장 류경수와 동일인이다.

이경희의 떼를 당해낼 수가 없었다. 그래서 참군을 허락하고 말았다.

전우들이 '4사의 꽃'이라고 하면서 이경희를 친딸이나 친동생처럼 애지중지하게 된 것은 그의 용모가 특별히 아름답고 귀여운 데다가 일솜씨가 좋고 마음씨가 고운 데 있었다. 그의 특기인 춤과 노래는 부대의 자랑이었다. 이경희가 유격대에 입대했을 때 지휘관은 그에게 권총을 주었다. 체소하고 연약한 이 처녀에게는 보총이 적합지 않다고 생각했기 때문이었다. 그러나 이경희는 권총으로 싸우는 것이 성차지 않아서 마상대총을 메고 다녔다. 그가 마상대를 메고 춤을 출 때면 전우들이 손뼉을 치며 늘 재청을 요구했다고 한다. 이경희는 부대의 분위기를 조절할 줄 아는 뛰어난 솜씨를 가지고 있었다. 가령 어떤 대원이 성을 내거나 울적한 기분에 잠겨 있으면 그 대원에게 허물없이 감겨들어 웃겨놓으면서 귀엽게 어리광을 부리었다. 그가 춤을 추거나 노래를 부르기만 하면 지쳐서 쓰러졌던 대원들도 기운을 내어 자리에서 일어나곤 했다. 이경희는 바느질도 잘하고 수놓이도 잘했다. 그가 만든 담배쌈지는 누구에게나 귀물이고 자랑거리였다. 깔깔한 풀도 경희의 손에만 들어가면 맛있는 요리가 된다고 했다.

이경희는 '토벌대'와 맞다들어 싸울 때마다 일부러 전우들의 곁에서 외따로 떨어진 곳에 좌지를 정하고 조준사격을 해가면서 자기가 쏘아 죽이는 적을 한 명 한 명 세곤 했다. 어느 한 전투 때에는 적을 연거푸 6명이나 쏴 눕히었다. 그가 총알을 갈아 채우는 사이에 두세 명의 적들이 도망쳤다. 이경희는 그놈들을 놓친 것이 분해서 입술을 깨물며 눈물을 흘렸다고 한다.

보천보전투가 끝난 다음 세 방면에서 활동하던 부대들이 지양개에서 만나 군민련환영대회를 할 때 최현은 나에게 이경희의 최후에 대한 소식을 전하면서 눈물로 수건을 적셨다. 이 범 같은 사나이의 눈에서 소리 없이 떨어지는 눈물을 보았을 때 나는 이경희의 죽음이 우리 모두에게 있어서 얼마나 비통한 손실로 되는가를 가슴 저리게 느꼈다. 최현이 치명상을 당한 이경희를 안아 일으켰을 때 그의 손가락 짬으로는 피가 건

잡을 수 없이 흘러내렸다고 한다. '여기가 조국 땅이라지요? 그래도 조국 땅을 밟아보았으니 다행입니다. 모두들 내 몫까지 잘 싸워주십시오.' 이것이 최현의 품에서 전사할 때 그가 전우들에게 남긴 마지막 말이었다."

물론 김성주도 이 회고록에서 이경희가 박득범의 애인이었다는 사실은 밝히지 않는다. 조정철 대신에 오히려 최현과의 인연을 은근하게 암시라도 하고 있는 같다. 어쨌든 그로부터 3년 뒤인 1940년 9월 오늘의 왕청현 경내에서 일본군에 체포된 박득범은 귀순하고 말았다. 결과적으로는 변절자가 되었기에 이경희를 회고하면서 여기에 박득범을 함께 언급할 수는 없었을 것이다.

그러나 자기와 혼인까지 약속했던 사랑하는 여자를 잃어버린 박득범이 1937년에서 1939년 사이에 얼마나 무섭게 활동했는지는, 1939년 10월에 노조에 토벌대(野副 討伐隊, 일본관동군 제2독립수비대)가 그를 '오카미(승냥이)'라고 불렀던 것으로도 알 수 있다.

박득범은 두만강을 건너 무산 지구로 들어갔다가 베개봉 일대에서 포위를 뚫고 나온 최현의 1연대를 마중한 뒤, 혜산과 호인, 신파 등지의 조선군 국경경비부대들이 몰려들어오자 1연대에서 동숭빈의 한 중대를 차출하여 상흥경수리 7 토장을 습격하게 했다. 그리고는 최현과 함께 나머지 부대를 인솔하여 베개봉쪽으로 빠져 달아났다. 가와시마라는 일본인 십장을 죽인 것도 바로 이때 일이었다.

6. 위위구조

임수산과 동승빈은 7토장에서 꽤 많은 식량을 구하게 되었다. 만주 경내의 다른 목재소들과는 달리 한 번도 비적들의 습격을 받아본 적 없었던 조선 국내 목재소들은 인부들이 먹을 식량을 쌓아두고 있었다. 임수산은 습격한 후 재빨리 빠져 나와야 한다는 박득범의 당부를 잊고 목재소에서 시간을 지체했다. 노동자들을 모아놓고 한바탕 연설도 했을 뿐만 아니라, 빼앗은 쌀을 부대로 들고 갈 인부들까지 모집한 것이다. 그러다 보니 4사 주력부대는 베개봉 쪽에서 다시 포위에 들고 말았다.

이에 앞서 대사하전투 직후 주수동 경위중대의 지도원이었던 최철관이 무송으로 돌아와 주수동이 전사한 소식을 전한 뒤부터 전광과 박득범 사이에 계속 연락병이 오가고 있었다. 그러다가 5월 하순경에 최현의 1연대에서 동승빈의 2중대 40여 명을 정치위원 임수산이 인솔해서 장백현 경내로 들어왔다. 이때가 바로 일명 '횡산전투'로도 불리는 한가구의 반강방자 습격전투가 한창 진행되던 무렵이기도 했다.

"빨리 구원부대를 파견해야 하지 않겠소?"

전광은 1937년 5월 18일 밤에 임수산과 함께 홍두산 동쪽의 송수박자로 직접 달려갔다.

이때 6사가 처한 상황도 결코 녹록하지 않았다. 오중흡의 7연대 4중대가 반강방자를 공격하기 위해 출발하고 얼마 후에 김성주는 참모장 왕작주와 함께 7, 8연대 나머지 부대를 이끌고 송수박자로 이동하여 오중흡을 마중할 생각이었다. 그런데 4중대와 함께 떠났던 정치위원 김재범이 혼자 돌아와 4종점(終點, 장백현 경내의 지명) 평강에서 만주군 순라병 한 소대를 생포하고 얻어낸 정보를 김성주에게 보고했다. 그 정보에 따르면, 원래 반강방자의 만주군 병영을 지키던 병력이 한 소대에서 갑작스럽게 한 중대로 증강되었을 뿐만 아니라 반강방자와 가까운 한가구에도 장백현 경찰대대 병력이 들어와 있으며, 리명수전투 직후 6사 주력부대를 뒤쫓았던 만주군 혼성 제2여단 산하 마립문의 보병연대 대부대 병력이 두 갈래로 나뉘어 각각 20도구와 6종점에 들어와 주둔한다는 것이다.

"마립문이라니, 리명수전투 때부터 우리 뒤를 따라다니던 그자 아니오?"

전광도 마립문이라는 소리에 몹시 놀랐다.

"우리가 올해 2월에 무송으로 이동할 때 바로 이자의 부대가 계속 뒤에 따라오지 않았습니까. 4사 최수길 연대장이 바로 임강에서 이자들 코를 꿰어 노령산 쪽으로 유인하다가 희생되었던 것입니다."

"보나마나 이자가 또 냄새를 맡은 것이 틀림없구면."

전광은 김성주에게 의견을 물었다.

"우리가 올해 2월에 무송으로 이동할 때, 바로 이 마립문이란 자가 임강에서 김일성을 사살했노라고 허풍치고 돌아다니다가 들통 나서 개망신을 당했소. 아마도 6사가 다시 장백 땅으로 돌아온 것을 눈치 채면 바로 눈에 쌍심지를 켜고 달려들 것이오. 그러니 잠시 이자의 예봉도 피할 겸 부대를 화룡 쪽으로 이동해 4사를 구원하러 가는 게 어떻겠소?"

그 말에 김성주는 듣고만 있는데 곁에서 왕작주가 펄쩍 뛰다시피 했다.

"저희들더러 두만강 쪽으로 이동하라는 말씀입니까? 그것은 말도 안 되는 소립니다."

"하긴 최 연대장은 자기 힘으로도 얼마든지 포위를 뚫고 나올 수 있다고는 했다는데, 여기로 올 때 박달(朴達)[16] 동무를 만났소. 혜산과 갑산 쪽 조선군이 대대적으로 북상하고 있다고 하니 이는 바로 무산 지구에서 교란전을 펼쳤던 최 연대장네를 섬멸하려고 이동하는 것 아니겠소. 최 연대장이나 박득범 모두 노련한 싸움꾼들이라 결코 쉽게 당하지만은 않을 거로 나도 믿소. 그렇다고 우리가 가만히 앉아서 지켜보고만 있을 수야 없잖소."

전광의 말에 김성주도 동감한다는 듯이 머리를 끄덕였다.

"전광 동지 말씀이 옳습니다. 왕 형, 방법 좀 만들어봅시다."

왕작주는 당장 반강방자를 바라고 떠난 오중흡의 4중대가 걱정되어 계속 지도에서 눈길을 떼지 못 하고 있다가 김성주의 말에 비로소 얼굴을 들고는 전광에게 물었다.

"방금 주임동지께서 혜산과 갑산 쪽 조선군이 두만강 쪽으로 북상하고 있다고 했는데, 그 정보는 어떻게 얻었습니까? 확실한 건가요?"

"박달 동무가 조선 국내에서 직접 가지고 나온 정보요."

왕작주가 김성주에게 부탁했다.

---

16 박달(朴達, 1910-1960년) 본명은 박문상(朴文湘)이며, 함경북도 길주군에서 출생했다. 스무 살에 갑산군으로 이주하여 공산주의 계열에서 독립운동을 했다. 명성소년회, 갑산청년동맹 등에 가담했다. 특히, 1935년 박금철, 이효순, 허학성 등과 함께 갑산공작위원회를 조직하면서 이제순의 소개로 동북항일연군 소속이던 김일성과 접촉하여 김일성 부대의 국내 거점 역할을 했다. 갑산공작위원회는 1936년 조선민족해방동맹으로 개칭되었고, 조국광복회의 지역조직으로서 1937년 김일성이 국내로 진공해 들어온 보천보전투에서 공을 세웠다. 그는 이듬해 혜산사건으로 피신해 다니다가 결국 조선인 친일경찰 최연에게 체포되었으며, 무기징역을 선고 받고 서대문형무소에서 복역하던 중 광복을 맞았다. 박달은 옥중에서 심한 고문을 당해 풀려날 때는 이미 하반신이 마비되어 있었다. 김일성은 서울에 있던 그를 평양으로 데려와 간병하게 했고, 박달은 병상에서 자전소설 『서광(曙光)』을 남기고 사망했다. 혜산사건에 연루되었다가 북한 정권에 참여한 갑산파 인물들은 1967년에 거의 실각했으나, 그는 그 이전인 1960년 4월 1일에 사망했고, 살아 있을 때도 거의 정치에 관여하지 않아 북한에서 높이 평가받는다. 보천군의 그가 살던 집은 복원되었고 동상이 세워져 있다. 김일성이 회고록 『세기와 더불어』에 "불굴의 투사 박달"이라는 장을 따로 만들어 그에 대한 회고를 서술했을 정도다. 박달이 사망했을 때는 김일성이 직접 관을 메기도 했다.

"그래도 미심쩍으니 우리가 갑산 쪽으로 사람을 보내봅시다."

"그게 좋겠소. 어차피 우리도 압록강 대안의 여러 정보가 필요하니 정찰소조를 한 번 들여보냅시다. 이 일은 내가 직접 책임지고 진행하겠소."

그러자 전광이 다시 한번 김성주와 왕작주에게 재촉했다.

"둘이서 지금 무엇을 의논하는 게요? 일각이 여삼추요. 빨리 방법을 대야겠소."

이에 김성주가 비로소 전광에게 대답했다.

"전광 동지, 저희도 지금 최현 동무네를 돕는 방법을 생각하고 있습니다."

"어떻게 말이오? 좀 자세하게 설명해보오."

"우리가 서강과 동강에서 여름군복을 마련하지 못하고 출발하는 바람에 지금 우리 동무들 모두 너덜너덜한 겨울옷을 그대로 입고 다닙니다. 그나마 밤에는 날씨가 조금 차가우니 괜찮지만 낮에는 솜옷을 벗고 총대에 메고 다닙니다. 오중흡의 4중대가 여름군복을 해결해 보려고 반강방자의 만주군 병영을 습격하러 떠났는데, 병영을 수비하던 적 병력이 밤새 갑자기 두 배로 증강되었다는 연락이 들어왔습니다. 김재범 동무한테 즉시 되돌아오라고 시켰는데, 오중흡 동무가 말을 듣지 않고 벌써 반강방자에 도착하여 전투하는 모양입니다. 그래서 왕작주 동무가 8연대를 이끌고 오중흡 중대를 구원하러 가려던 중이었습니다.

그런데 지금 최현 동무네가 베개봉 쪽에서 포위에 들었다니, 그렇다고 저희가 지금 7, 8연대를 둘로 갈라서 원정부대를 파견할 수는 없지 않겠습니까. 물론 최현 동무네가 안에서 치고나오고 우리가 바깥에서 공격한다면 포위를 뚫고 나오기가 별로 어렵지 않겠으나, 그 뒤가 문제입니다. 전투가 진행되면 조선 북부와 서간도 일대의 만주군까지 조선의 국경경비 부대들과 함께 기동로를 따라 모조리 우리에게 몰려들 것입니다. 그렇게 되면 이번에는 우리 6사까지도 장백현으로 돌아오지 못할 수도 있습니다.

그래서 제 생각은, 어차피 두만강 쪽으로 북상하는 일본군이 조만국경을 지키는 국경경비 부대들이니, 이참에 우리도 빨리 부대를 한데 모아서 압록 강변으로 접근하자는 것입니다. 우리가 그곳에서 계속 싸움을 벌이면 무산 쪽으로 이동하던 놈들이 반드시 되돌아올 것입니다. 특히 4사 주력부대가 지금 포위된 베개봉 쪽과 비교적 가까운 한 지점을 선택해서 우리도 빨리 압록강을 넘어서겠습니다. 그렇게 되면 최현 동무네 쪽으로 몰려들던 일본군들도 되돌아올 것이고, 우리도 이 기회에 오래전부터 조국으로 진군해보고 싶었던 소원을 이루게 되지 않겠습니까."

곁에서 가만히 듣고만 있던 임수산이 흥분하여 부르짖었다.

"이것이야말로 일거양득이로군요. 정말 대단한 전술입니다."

"이해 되오. 이것은 36계 중의 '위위구조(圍魏救趙, 위나라를 포위하여 조나라를 구하다는 사자성어로, 적을 분산시켜 약점을 공략한다는 뜻)'와 흡사하구먼. 그렇다면 이참에 압록강을 넘어서 보겠다는 말이오?"

전광 역시 내심 흥분을 가라앉히고 김성주를 바라보며 말을 이었다.

"앞서 회의 때 보니 이참에 갑산이나 혜산 가운데 하나를 택해 들이치자던 동무도 있던데, 김일성 동무는 어느 쪽을 마음에 담고 있소?"

김성주는 그때까지도 계속 지도만 들여다보던 왕작주 곁으로 전광과 임수산이 다가오게 했다.

"참모장동무, 우리 생각을 전광 동지께 설명드리십시오."

두 사람은 곁에 아무도 없을 때면 서로 '왕 형', '김 형' 하면서 우애가 두터웠지만, 공식 장소에서는 아주 엄숙했다.

왕작주는 연필로 횡산삼림채벌구(橫山森林採伐區)라는 글씨 곁에 타원형 동그라미를 그리고, 꼬리가 달린 것처럼 표시한 동그라미 안에 오각별을 그리고 '송수박자(松樹泊子)'라고 썼다. 그리고는 차근차근 설명하기 시작했다.

"지금 우리가 있는 곳은 여기입니다. 여기서 북쪽으로 횡산 남쪽 100~300m 사이의 등고선 위치에서 바라보이는 촌락이 장백현 경찰대대 본부가 틀고 앉아 있는 한가구입니다. 한가구에서 남쪽으로 10여 리 가다 보면 서쪽 4종점 사이로 나 있는 이 점선들이 나무를 실어 나르는 소형철도입니다."

왕작주의 지도는 전문 표기법과 수치 등이 아주 자세하게 기록되어 있어 굉장히 복잡했다. 자신만 빼면 아무도 알아볼 수 없을 정도였다. 지도에 아주 밝은 김성주까지도 때때로 자기 지도를 꺼내 왕작주의 지도와 대조하면서 물을 때가 있었다. 두 사람은 평소 헤어졌다가 다시 만날 때면 지도부터 꺼내놓고 서로 대조하면서 설명하고 보완하는 일로 함께 많은 시간을 보내곤 했다.

"왕작주 동무의 지도는 설명해주지 않으면 아무도 알아보지 못합니다."

김성주가 전광에게 한마디 했다. 전광 역시 지도를 볼 수 있었지만, 왕작주의 지도가 워낙 복잡해 알아보기가 쉽지 않았다. 일반 지도의 철도나 하천, 촌락, 도로 같은 기호 외에도 다른 기호들이 무척 많았기 때문이다.

왕작주는 설명을 계속했다.

"철도에서 더 위쪽 여기 성냥갑처럼 표시해놓은 이 그림자가 바로 반강방자입니다. 김재범 정위와 오중흡 중대장이 이 철도 인근에서 호로군 한 소대를 생포하고 반강방자 병영에 주둔한 만주군 병력이 어젯밤 한 중대로 늘어났다는 사실을 알게 되었습니다. 임무를 중지하고 돌아오라고 사람을 보냈으나 오 중대장은 만주군 한 중대 정도는 얼마든지 섬멸시킬 수 있다면서 돌아오지 않고 전투를 시작한 것 같습니다. 그러나 제 짐작에 상황이 신통치 않은 듯합니다. 그래서 8연대에서 무량본의 1중대와 오 중대장을 마중하러 떠나려던 참이었습니다.”

여기까지 설명한 왕작주는 갑자기 설명을 멈추고 김성주를 쳐다보았다. 그 다음 계획은 참모장인 자신보다 군사지휘관인 김성주가 직접 설명하는 것이 합당하다고 생각한 듯했다. 김성주와 왕작주는 전광 일행이 송수박자에 도착하기 벌써 몇 시간 전부터 작전 계획을 짜느라 마주앉아 있었다.

“아니오. 참모장동무가 계속하십시오.”

김성주는 자기 앞으로 지도를 미는 왕작주에게 권했다. 전광도 한마디 했다.

“원, 이 지도는 동무 자신 외에 누가 알아보겠소. 동무가 마저 설명해주어야 겠소.”

“좋습니다. 아직은 최종 결정사항이 아닙니다만, 전광 동지께서 오시기 전 저와 김 사장은 한창 이 문제를 의논하고 있었습니다. 우선 오중흡 중대가 전투에서 이겨 반강방자를 무난하게 차지했다면, 저도 뒤따라 반강방자에 도착한 다음 병영을 털어 19도구하를 따라 용천갑 쪽으로 내려오겠습니다. 제 짐작에는 한가구에 주둔한 놈들이 반강방자 병영이 습격당한 걸 알면 반드시 우리 뒤를 쫓아올 것이기 때문입니다. 그 사이에 김 사장도 나머지 부대를 인솔하고 4종점 평강 쪽으로 이동하면, 제가 오중흡 중대와 무량본 중대를 합쳐 놈들을 3종점에서 4종점 사이의 소철(小鐵, 소형 산림철도) 주변으로 유인할 생각입니다. 만약 놈들이 한가구에서부터 계속 뒤쫓아온다면, 최소한 한 대대 이상의 병력은 될 것입니다. 거기에 마금두의 경찰대대까지 가세한다면, 우리는 여기 3종점이나 4종점 사이에서 아주 큰 전투를 진행할 수 있을 것입니다. 여기서 우리가 크게 이길 수만 있다면, 무기와 탄약은 물론이고 여름군복까지 다 해결할 수 있습니다. 전투가 끝나면 곧바로 방향을 압록강 쪽으로 틀겠습니다.”

왕작주는 연필로 19도구하를 따라 압록강 쪽으로 선을 그어가면서 계속 동그라미를 그리면서 그 옆에 20도구와 21도구, 22도구라고 썼다. 22도구를 지나 산을 표시한 기호 옆에서 연필을 멈추고는 다시 김성주를 쳐다보았다.

"자, 됐습니다. 저는 여기까지 설명하겠습니다."

김성주는 지도를 앞으로 당겨 설명을 이어나갔다.

"전광 동지, 22도구를 지나면 바로 23도구 구시골둔덕이 보일 것입니다. 이 둔덕에 표시해놓은 산이 바로 구시산입니다. 저희는 이미 공작원들을 파견하여 이곳 지형을 아주 자세히 조사했고, 거리도 모두 측정했습니다. 이 산 주변을 흐르는 강이 구시강이고 이 강과 압록강이 합쳐지는 이 지점은 구시물동이라고 부릅니다. 구시물동에서 북서쪽으로 약 8km가량 들어가면 바로 양강도 보천군 보천읍에 도착합니다. 이 구시물동에서 남동쪽으로 조금 더 가면 바로 보천군 곤장덕인데, 저희는 3종점에서 전투를 치른 후 이 곤장덕 맞은편에서 잠깐 숨을 돌리고 바로 압록강을 넘을 생각입니다."

전광은 김성주의 설명을 들으며 지도에서 눈을 떼지 못했다.

그는 직접 김성주가 설명하는 20도구와 21도구, 22도구 지점을 손가락으로 하나하나 짚어가다가 어느 한 지점을 찾고 있었다. 곁에서 말없이 담배를 물고 있던 왕작주가 금방 눈치 채고는 김성주의 귀에 대고 슬그머니 소곤거렸다.

"김 형, 빨리 최 연대장네가 있는 위치를 알려드리오."

"아, 여기가 베개봉입니다. 지금 최현 동무네 4사 1연대가 포위되어 있는 곳입니다."

김성주는 지도에서 베개봉을 찾아내 전광에게 가르쳐주었다.

전광은 김성주와 왕작주가 습격하려는 보천보와 베개봉 사이의 거리가 멀지 않은 것을 보고 그동안 얼굴에 드리워져 있던 짙은 그림자가 천천히 가시기 시작했다.

"음, 지도에서 보니 동무네가 마음에 두고 있는 보천보가 혜산과 베개봉 사이 중간쯤 되는 거리 같구먼. 혜산 쪽에 바싹 들어붙지도 않고 베개봉 쪽과도 가까우니 이쯤이면 아닌 게 아니라 일석이조의 효과를 낼 수도 있을 것 같소."

전광이 이렇게 칭찬하고 나자 임수산도 한마디 했다.

"김 사장네가 보천보를 때리면 저희 4사 주력부대로 몰려들던 놈들이 역포위 당할 수 있다는 위기감을 느끼게 될 것입니다."

전광과 임수산이 돌아간 뒤, 왕작주도 서둘러 오중흡의 4중대를 마중하러 떠났다. 김성주는 왕작주를 배웅하면서 불안한 마음을 감추지 못했다.

"왕 형, 방금까지는 모조리 탁상공론 아니오?"

"이론적으로는 이 작전방안에 별문제가 없습니다. 다만 좀 놀란 것은, 전제조건에 대해 아무도 이의를 제기하지 않은 것입니다. 그건 오중흡 중대가 반강방자전투에서 성공한다는 것인데, 워낙 전투력이 강한 중대니 전광 동지는 반드시 이 전투에서 승리한다고 굳게 믿는 모양입니다."

김성주도 동감한다는 듯 머리를 끄덕였다.

"나도 여간 조마조마하지 않았소. 만약 오중흡 동무네가 실패하면 어떻게 할 것인가라고 물으면 뭐라고 대답할 생각이었소?"

"여전히 19도구하를 따라 남쪽으로 이동할 것이지만, 문제는 한가구에 주둔한 마립문 연대입니다. 우리가 김 사장 부대인 걸 알면 눈에 쌍심지를 켜고 달려들 게 분명합니다. 게다가 마금두 경찰대대 본부 역시 한가구에 있으니 틀림없이 함께 달려들지 않겠습니까. 여기까지도 괜찮습니다. 오중흡 4중대와 내가 함께 가는 무량본 1중대가 전투력이 강하니 일정 간격을 두고 두 중대가 기각지세를 이루면 한편으론 싸우고 한편으론 유인하는 데 별 무리가 없을 것입니다. 가장 걱정스러운 경우는 마립문 연대 병력이 한 곳에 집중되어 있지 않았을 때입니다. 만약 우리가 이동하려는 19도구하 남쪽으로 20도구와 22도구, 23도구에 이르기까지 이 자들의 산하 병력이 대대나 중대 단위로 분산되어 각 지역 길목을 막아선다면 제가 3종점 쪽으로 접근할 수 없을 것입니다. 그러면 3, 4종점 쪽 계획에 차질이 생기게 되고, 시간을 끌다 보면 6종점 쪽 정안군 8연대[17]가 몰려들 겁니다. 그때는 나뿐만 아니라 3종점에서 우리를 기다릴 김 사장까지도 위험에 빠질 수 있습니다."

이에 김성주는 왕작주 손을 잡고 말했다.

"이보오, 그렇게 막막한 소리만 하지 말고 대책을 일러주시오. 정말 그런 일이 발생하면, 먼저 3종점 쪽에 도착해 있을 내가 어떻게 하는 게 좋겠소?"

"어쨌든 우리 목표는 베개봉 쪽으로 몰려간 국경경비 부대들이 다시 돌아오게 만드는 것이니 구시산 쪽으로 이동해야 하지 않겠습니까. 리명수전투 때 그쪽 지형을 답사해두었습니다. 리명수에서 서북쪽으로 한 12, 3리만 가면 바로 구시산입니다. 그때 구시물동까지 가서 망원경으로 곤장덕 쪽을 바라보았는데, 아주 넉넉하게 잡아도 거리가 1km는 되지 않을 것이니 구시산 쪽 등판에서 만나면 됩니다. 거기서 함께 압록강을 건너갑시다. 곤장덕은 김 형 조국 땅이니, 첫발은 김 형이 앞에서 내디뎌야 하지 않겠습니까."

왕작주가 이렇게 대답하니 김성주의 어두운 얼굴도 밝아졌다.

---

17 정안군 8연대는 원래 요령성의 금주, 복현, 해성, 개평 일대에서 주둔하다가 1937년 4월경 장백현 경내로 이동하여 6종점에 주둔했다. 연대장 장조(張兆, 중국인) 이하 대대장과 중대장, 소대장에 이르기까지 모두 일본인이었다. 보천보전투 직후 정안군 8연대는 고명의 만주군 제2여단을 도와 김일성 6사 주력부대를 추격했다. 3종점전투와 간삼봉전투에 참가했을 뿐만 아니라, 산하 코바야시 카즈오(小林一雄 上尉) 중대 70여 명은 1937년 12월 초순에 24도구에서 김일성이 주숙하던 6사 사부 천막까지 습격했다. 그러나 이 전투에서 코바야시 중대는 전멸했고, 그곳 사람들은 코바야시가 피살된 골을 '소림구(小林溝)', 즉 코바야시골이라고도 불렀다. 코바야시 카즈오가 사살된 지점에 나무비석이 세워져 있었으나 1945년 광복 이후 장백현 횡산임장 노동자들이 비석을 뽑아 버리고, 코바야시골을 '홍기구(紅旗溝)', 즉 '붉은기골'로 바꿨다.

"왕 형, 고맙소."

"나는 늦어도 이달 안으로 구시산 쪽에 도착할 테니, 김 형도 최소한 이달을 넘기지 말아주십시오."

이때 김성주와 왕작주는 이렇게 약속했다.

왕작주가 먼저 무량본 1중대와 함께 19도구하에서 20도구 사이 용천갑 수문에 도착하여 척후병 2명을 반강방자 쪽으로 파견한 다음 그 2명이 돌아올 때 1명은 김성주에게 곧바로 보고하기로 했다. 만약 오중흡 4중대가 전투에서 패했다면 김성주가 인솔한 주력부대는 바로 3종점 쪽으로 이동해 매복하고 왕작주는 오중흡 4중대와 함께 싸우며 철수하는 방법으로 쫓아오는 일본군을 유인하기로 했다.

7. 부돈노프카

이것이 보천보전투를 20여 일 앞두고 발생한 일이었다. 김성주의 회고록에서는 전혀 언급되지 않는 일들이다. 김성주가 자기 곁에 왕작주라는 중국인 참모장이 있었다는 사실을 일절 입 밖에 꺼내지 않고 철저하게 비밀에 붙였기 때문이다. 흥미로운 것은 처음 조국으로 진군하는 자신의 부대가 정말 멋진 모습이었음을 표현하기 위해 새 군복과 관련한 이야기로 거의 한 페이지를 할애해 기록했다는 점이다.

새 형태의 군복 도안도 '사령부(2군 6사 사부를 지칭함)'에서 만들었다고 한다.

"모자에 붉은 별 모표를, 군복저고리에는 령장(領章)[18]"을 달았고, "남대원 바지는 유격활동에 편리하게 약간 개조한 승마복 형태였고 여대원들은 주름치마나 바지"를 입게 했다. 또 "남녀대원 저고리는 종전처럼 닫힌 깃 형태"라고 썼는데, 이 시기 사진 중 남아 있는 한두 장을 보면 김성주 자신의 군복은 물론이거니와 경위대원들이 입은 군복 모양도 전혀 내용과 맞는 데가 없이 잡탕이다.

그래도 눈길을 끄는 것은 김성주가 머리에 쓴 모자 형태다. 정수리 끝이 뾰족한 육각 모양의 모자 앞부분 가운데 붉은색의 커다란 별을 만들어 붙였다. 이런 모자는 당시 소련홍군 병사들이 썼던 부됸노프카(Будённовка)[19]였다. 이 모자는 수많은 소련군의 목숨을 앗아간 원인이기도 했다. 모자에 단 별이 설원지대에서는 너무 눈에 잘 띄었기에 사수들의 표적이 되었다. 소련은 이후 필롯카와 우샨카라는 모자로 바꾸었는데, 우샨카는 소련군과 현재의 러시아군이 지금까지도 쓰는 모자다. 2차 세계대전이 끝날 무렵인 1940년대 김성주 등이 소련 경내로 철수한 다음 남긴 많은 사진에서 최춘국이나 서철, 박낙권, 심지어 김책까지 모두 필롯카라는 모자를 쓰고 있다.

이처럼 김성주가 1937년 5월경 보천보전투를 앞두고 자신이 주도하여 새로운 형태의 군복까지 만들어 대원들에게 입혔다는 주장은 회고록에서 자신이 제공하는 사진 속 복장과 대조해도 사실과 맞지 않는다[20]는 걸 알 수 있다.

---

18 령장은 계급을 나타내는 계급장과 달리, 군인이나 군복임을 상징하는 평행사변형의 붉은색 천 조각이다. 옷깃에 단다고 해서 령장이라고 부른다.

19 러시아 장교 세묜 미하일로비치 부됸니(Семён Михайлович Будённый)의 이름을 딴 소련 홍군의 군복 이름이다. 1917년 겨울 러시아 내전 때부터 1940년 겨울전쟁까지 착용했다.

20 실제로 항일연군의 군복은 1935년경 소련홍군의 부됸노프카 형태로 확정되어 있었다. 당시 소련 홍군에서 원수 칭호를 받았던 부됸니의 기병부대는 만주와 국경을 사이에 둔 소련 블라디보스토크에 장기 주둔했고, 만주 각지의 항일연군도 모두 기병부대를 만드는 일에 열중했다. 1930년대 초엽 중공당 만주성위원회 비서장이었던 풍중운은 생전에 이렇게 말했다. "우리 항일연군이 소련홍군의 군복 도안을 선택했던 것은 소련홍군이 전 세계 노동자대중을 대표하는 군대였기 때문이다."

필자가 이 600벌의 군복에 매달리 데는 이유가 있다.

당시 7연대 정치위원 김재범이 오중흡 4중대를 이끌고 1937년 5월 18일 밤에 반강방자의 만주군 병영을 습격했던 것은 6사 대원들의 여름 군복 천을 해결하기 위해서였다. 하지만 전투에 패해 천 조각은커녕 쌀 한 톨도 구하지 못했고, 철수 도중에 도천리에서 참군했던 어린 여대원 박춘자까지 잃고 말았다.

당시 횡산 지방에서 악명을 날렸던 최자준뿐만 아니라 장백현 경내에 주둔하던 만주군 혼성 제2여단(여단장 고명, 중국인) 산하 기병연대(연대장 이해성, 중국인) 소속 제1중대 중대장 주복귀(朱福貴)[21]가 남겨놓은 증언 자료들이 중국 정부 중앙 당안관에 존재한다.

최자준 경찰중대는 반강방자에서 철수하던 오중흡 중대를 발견한 뒤, 20도구에 주둔한 만주군 제2보병 혼성여단의 하 영장 부대에 연락하여 함께 용천갑 쪽으로 뒤를 따라왔다. 이때 하 영장 부대는 이미 대대장이 다른 사람(성명 미상)으

생존자였던 이재덕(李在德, 한인, 2007년 9월 3일에 증언 남김), 이계란(李桂蘭, 중국인, 2007년 9월 15일에 증언 남김) 등 항일연군 6군 피복공장 출신 여대원들도 "1935년부터 소련홍군식으로 군복을 만들어 항일연군 각 부대에 보내기 시작했다."고 증언한다. 2군의 경우, 당시 소련에서 공부하다 정치부 주임으로 임명되어 동만에 나왔던 이학충이 소련홍군 모자를 하나 가지고 와서 2군 군부 재봉대에 샘플로 제공했다고 왕윤성, 종자운 등이 증언하고 있다.[출처: "부둔노프카모자와 항일연군(戴布琼尼帽的抗聯)", "동북항일연군의 복장 탄생기(東北抗聯服裝 誕生記)", 동북항일연군 기념관 제공.]

21 주복귀(朱福貴, 1907-1991년) 장백현에서 출생했으며, 만주군에 언제부터 참가했는지는 알려지지 않는다. 1930년대 중반에 만주군 혼성 제2여단 산하 기병연대 1중대 중대장이었다. 1937년 6월 11일, 3종점전투 때 파편에 한쪽 눈을 잃고 제대했다. 주복귀의 처남 장광감(張廣監)도 1중대에서 첨병소대장으로 복무했으며, 3종점전투 때 항일연군에 사살당했다. 해방 후 신분을 속이고 반석현 제일농기계공사 차간 주임이 되었고, 문화대혁명 기간에 "공산당을 따라 영원히 혁명한다"는 뜻으로 이름을 주영혁(朱永革)으로 바꿨으나, 1971년 8월 그의 아들 내외가 이혼하면서 며느리였던 왕계상(王桂祥)이 시아버지 집에서 만주군 복장의 사진을 본 적 있다고 제보했다. 공안기관에 검거된 주복귀는 이듬해 1972년 10월부터 중국 길림성 장춘감옥에서 8년 동안 복역했다.(10년 형을 선고받았으나 1980년에 2년을 감형받았다.) 형기를 마친 뒤에도 감옥 내 목공공장에서 일하다 퇴직했으며, 1991년에 84세의 나이로 반석현에서 사망했다.

로 교체된 다음이었다. 당시 중대장이었던 양 씨(梁氏)[22]는 신임 대대장이 아편쟁이었고, 부임한 지 얼마 안 되어 지도관 오카무라(岡村) 대위와 맞지 않아 쫓겨났다고 증언한다. 원래 하 영장 대대는 오카무라 대위가 직접 지휘했던 것 같다. 양 씨는 이해성의 제8연대 산하 기병중대장으로 20도구에 주둔하여 보병대대 지도관이었던 오카무라 대위의 지휘를 받았다고 한다. 어쩌면 양 씨의 기병중대가 하 영장의 보병대대 병영을 함께 사용했을 가능성도 있다. 오카무라 대위는 대덕수와 소덕수전투 때 하 영장과 함께 6사 주력부대 뒤를 쫓다가 크게 골탕 먹었던 그 지도관이었다.

그때 일을 두고 양 씨는 이렇게 설명했다.

"오카무라는 '김일성 부대'라는 말만 들으면 눈에 쌍심지를 켜고 달려들었다. 15도구골(소덕수는 15도구에서 5리 남짓했다)에서 '김일성 부대'를 친다는 것이 이도강 삼림경찰대와 붙어 싸운 것이다. 그 일로 오카무라가 지도관으로 있었던 만주군 보병대대의 하 영장뿐만 아니라 이도강 삼림경찰중대 범 중대장(범희)까지 모두 직위해제를 당하기도 했다. 우리 중대가 20도구에서 주둔할 때, 오카무라 지도관이 갑자기 달려와서 '김일성 부대'가 반강방자를 공격하다가 패하고 지금 용천갑 쪽으로 달아나고 있으니 출정해달라고 요청했다. 그런데 용천갑 쪽으로 가는 도중에 고 여단장(고명)이 통신병을 보내와 김일성 부대가 이미 용천갑을 넘어 3종점 쪽으로 이동하니 그쪽으로 출정하라고 명령했다. 우리 중대가 이러지도 저러지도 못하고 노상에서 갈팡질팡하는데, 오카

---

22 양 씨(梁 氏)는 1933년 만주군에 참가하여 중대장이 되었고, 1936년 6월의 3종점전투 당시 유일한 만주군 출신 생존자였다. 당시 양 씨는 군복을 벗어던지고 맨발 바람으로 도망쳐 살아남았으나 도주병으로 체포되어 통화감옥에서 1년 동안 옥살이를 했다. 해방 후 역사반혁명분자로 판결받았으며, 1960년대에 중국 길림성 서란현 수곡류진 청천촌(나중에 승리촌)으로 이사하여 1986년까지 살았다.

무라가 '최눈먹쟁이(최자준) 경찰중대가 이미 용천갑 쪽에서 김일성 부대와 싸우고 있다.'고 소리치더라. 그래서 '어느 쪽이 진짜 김일성 부대일까?' 하고 한참 의논했는데, 오카무라가 둘 다 김일성 부대인 건 틀림없는데, 문제는 김일성이 어느 쪽에 있는가 아니겠느냐면서, 압록강 쪽으로 접근하려는 부대에 김일성이 있을 것으로 판단했다. 그래서 우리는 용천갑 쪽으로 갔더니 최눈먹쟁이 경찰중대가 김일성 부대와 전투를 벌이고 있었다. 우리는 김일성 부대가 겨우 2, 30여 명밖에 되지 않아 무척 놀랐다.'[23]

용천갑에서 최자준 경찰중대를 막아선 김일성 부대는 무량본 중대였다. 이때 왕작주는 오중흡 중대를 19도구하 기슭에 숨겨놓았는데, 만주군 하 영장 부대가 20도구에서 나와 용천갑 쪽으로 달려온다면 배후에서 그 부대를 공격할 것이 아니라 바로 20도구를 공격하기 위해서였다. 왕작주가 미처 생각지 못했던 문제가 이때 발생했다. 최자준 경찰중대에 이어 오카무라의 만주군 보병 한 대대와 양 씨의 기병중대까지 대부대 병력이 일시에 몰려들어 무량본 중대는 단 10여 분도 버텨내지 못하고 금방 무너지기 시작했던 것이다.

"안 되겠소. 20도구 공격은 중단하고 무량본 중대부터 구하고 봐야겠소."

왕작주는 오중흡과 의논했다.

"저희가 20도구를 공격하면 놈들이 자연히 뒤로 물러날 텐데요."

오중흡은 오로지 부대의 여름군복 만들 천을 해결하려는 마음밖에 없었다. 벌써 두 달 전 동강에서 출발할 때 김성주가 부탁한 것을 그때까지도 해내지 못해 가슴에 맺혀 있었다.

"놈들 세력이 너무 크오. 무량본 중대가 버텨내지 못할 것이오."

---

23 취재, 양 씨(楊氏, 앙눈먹생이, 독안룡) 중국인, 만주군(2여단 기병중대장) 생존자, 취재지 통화, 1984.

왕작주는 오중흡에게 오카무라의 보병대대 배후를 공격하게 했다. 용천갑과 가까운 곳에서 배후를 습격당한 만주군 대오는 일시 혼란에 빠지는 듯했으나 오카무라 대위는 아주 침착하게 전투를 지휘했다.

그는 양 씨에게 이렇게 말했다.

"이게 공비들의 일관한 수법이오. 우리가 추격할 때 그물을 몰래 쳐두었다가 뒤로 에돌아 와서 습격하는 것에 한두 번 당한 게 아니오. 오히려 이럴 때 배후에서 나타나지 않으면 그게 더 수상할 지경이오. 저자들은 내가 막을 테니, 기병중대는 뒤를 걱정하지 말고 끝까지 앞으로 추격하여 김일성 부대를 섬멸시키시오."

오카무라 대위는 그동안 수 차례나 김일성 부대와 전투해본 경험자답게 부대를 둘로 나누어 하나는 배후에서 공격해오던 오중흡 중대를 막게 하고, 자신은 다른 한 갈래와 함께 양 씨의 기병중대를 따라 용천갑 쪽으로 돌격했다.

이때 무량본 중대는 용천갑에서 최자준 경찰중대와 대치하다가 만주군 대부대가 몰려오는 걸 보고 바로 철수하기 시작했다. 무량본이 직접 기관총을 들고 한 소대 대원들과 함께 남아 엄호했다. 원 1중대 지도원 박덕산이 이때 실종된 왕진아(汪振亞, 원 8연대 정치위원, 김산호 후임)를 대신하여 8연대 정치위원이 되는 바람에 새로 무량본 중대 지도원으로 임명된 주재일이 나머지 대원들과 이도강 쪽으로 달아나다가 마침 총소리를 듣고 용천갑 쪽으로 오던 이도강 헌병파견대의 하시모토 미사키(橋本 岬) 중대와 정면에서 마주치게 되었다. 그야말로 갑작스럽게 발생한 조우전이었다.

당초 무량본 중대가 엄호 임무를 맡게 되었을 때, 왕작주는 무량본에게 이렇게 부탁했다.

"더도 말고 한 시간만 버텨주면 그 사이에 오중흡 중대가 20도구를 습격할 것이오. 한 시간 뒤에는 19도구하를 따라 역시 20도구로 철수하시오."

하지만 단 10여 분도 버텨내지 못하고 철수하게 되자 주재일은 차마 20도구 쪽으로 곧바로 철수할 수 없었다. 나름으로 오중흡 중대를 돕는다는 취지로 20도구 반대 방향으로 달아난 것이다. 그 바람에 뒤에서 남아 엄호하던 무량본 역시 한편으론 싸우면서 주재일이 사라진 이도강 쪽으로 철수하기 시작했다.

갑자기 헌병파견대와 마주친 주재일과 대원 40여 명은 미처 은폐물을 찾지 못 하고 그냥 길바닥에 엎드린 채 사격하기 시작했다. 눈 깜짝할 사이에 양측 모두 사상자가 발생했다. 그때 무량본이 뒤따라 달려와 전투를 지휘했다. 대원들은 무량본의 지휘에 따라 사격하면서 신속하게 몸을 숨길 은폐물을 찾았다. 길가 구덩이나 숲속 큰 나무 밑둥에 엎드려 재빨리 사격 자세를 갖추었다.

그런 줄도 모르고 하시모토 미사키는 항일연군이 도망치고 있다고 오해했다.

"빨리 돌격하라!"

하시모토는 맨 앞에서 말을 타고 달려왔다.

그때 길가 구덩이에서 수류탄 하나가 날아오더니 말 바로 곁에서 터졌다. 말이 놀라 울부짖으면서 앞발을 높이 쳐드는 바람에 땅에 굴러 떨어진 하시모토는 발이 미처 말등자에서 빠져나오지 못한 채 수십 미터나 끌려갔고 결국 발목 뼈마디가 빠지고 말았다. 이 일로 그는 김일성 부대라면 자다가도 놀라 자빠질 지경이 되었다.

그는 그해 여름 8월에 발생한 '주경동참안' 때 자신의 깊은 원한을 풀었다. 그의 부하 가운데 조선인 헌병반장 최기청(崔基淸, 소위)이 주경동에서 '김일성 부대'의 공작원을 발견했다고 보고했다. 최기청의 끄나풀이었던 용천진의 특무 최상율(崔尙律, 조선인)이 주경동에 놀러갔다가 그 동네 젊은이들이 마을 공터에서 배구하는 것을 구경했는데, 그때 구경꾼 가운데 허리에 권총손잡이가 삐죽하게 튀어나온 한 수상쩍은 사람을 발견한 것이다.

그는 김주현이었다. 최상율은 곧바로 그를 미행하기 시작했고, 김주현이 주경동에서 접촉하는 사람들을 일일이 파악한 다음 헌병반장 최기청에게 보고했다.

"김일성의 최측근 부관이 지금 주경동에서 잠복하고 있습니다."

최기청에게 보고받은 하시모토는 부러진 다리뼈에 쇠를 붙여서 철사로 칭칭 감는 대수술을 받은 지 얼마 지나지 않은 상태였다. 그는 양손에 지팡이를 짚은 몸으로 주경동에 나타나서는, 관방자전투 때 부상당해 주경동에서 치료받던 여대원 김수복과 최동학(崔東鶴) 등 20여 명을 체포하여 모조리 죽였다. 그때 네 살짜리 어린아이를 끓는 가마에 삶아 죽이는 만행까지도 벌였다.

또 다른 이야기에 따르면, 석고붕대를 감은 일본인 헌병(하시모토 미사키였을 것이다)은 양 손에 지팡이를 짚은 채 곁에서 구경하고 있었고, 그의 부하인 조선인 최 소위(崔少尉, 최기청)가 나서서 동족을 죽였다고 한다. 이렇게 된 것도 이유가 있었다.

처음에 최기청은 하시모토에게 요청해 부녀와 아이들은 풀어주고 김용석과 김수복, 최동학, 홍근일(洪根日)만 이도강 헌병대로 끌고 갔다. 가는 도중 김용석이 담배 한 대 피우자고 사정하여 잠깐 포승을 풀어주었는데, 그가 담배주머니에 숨겨두었던 소뿔로 만든 자그마한 뻬또칼[24]을 꺼내 최기청의 뒤통수와 잔등 몇 곳을 찌르고 도망쳐버렸다. 이것이 '주경동참안'의 화근이 되어 버린 셈이었다.

뻬또칼에 한두 곳이 아닌 일고여덟 곳을 찍힌 최기청은 얼마나 격노했던지 두 눈알이 뒤집힐 지경이 되었다. 그리하여 풀어주려 했던 부녀와 아이들까지 20여 명을 모조리 죽였다. 도망갔던 김용석이 돌아와 보니 총에 맞은 여대원 김

---

24 '뻬또칼'은 주머니칼의 간도 사투리. 북한에서는 지금도 뻬또칼이라 부른다.

수복과 최동학, 그리고 주경동의 촌민 홍근일은 아직 숨이 붙어 있었다. 최상율이 달려와 그 사실을 최기청에게 보고하자 하시모토와 최기청은 이번에도 헌병들을 이끌고 주경동에 들이닥쳤다.

"아주 새빨갛게 물든 동네로구나. 불 질러서 모조리 없애버리게."

하시모토가 최기청에게 시켰다.

다시 체포된 김수복 등도 마을 밖에서 피살당하고 말았다.

김수복은 이미 의식이 없었으므로 그냥 죽이고 최동학은 그때까지도 눈을 뜨고 말할 수 있었기 때문에 나무에 매달아놓고 계속 매질했다. 하시모토와 최기청은 김주현이 숨은 곳을 알아내려 했으나 헛물만 켜고 말았다. 동네 사람들이 시신을 수습하러 갔을 때 최동학은 사지가 모두 잘려 있었다.

당시 18도구와 20도구에서 살았던 노인들은 해방 후 주경동에서 있었던 일을 이야기하면서, 그 일본놈 헌병은 두 손에 지팡이를 짚은 채 구경만 하고 같은 조선인인 최 씨가 오히려 더 지독하게 조선 사람들을 죽이고도 모자라 시신까지 훼손했다고 증언했다. 해방후, 김성주는 사람을 보내 김수복의 유해를 평양 대성산혁명열사릉에 이장했다.

8. 마금두, 마금취, 마립문

다시 장백현 20도구로 돌아간다.

1937년 5월 하순경, 용천갑에서 최자준 경찰중대와 전투했던 무량본 중대는 철수하다 다시 헌병파견대와 맞서면서 20여 명의 사상자를 냈다. 50여 명 남짓했던 중대가 순식간에 대원 절반을 잃어버린 것이다. 이때 이도강 쪽으로 갑자기 방향을 틀었던 정치지도원 주재일은 평대원으로 강등[25]되었다. 다른 대원들은 무량본의 인솔로 20도구 쪽으로 이동했다.

19도구하 기슭에서 최자준 경찰중대를 기습했던 오중흡 중대는 무량본 중대가 도착하자 20도구를 습격하려던 원래 계획을 취소하고 함께 23도구 쪽으로 달아나기 시작했다. 그 뒤를 최자준 중대와 마립문 보병연대가 앞서거니 뒤서거니 하면서 바짝 따라붙었다. 왕작주는 몇 번이나 김성주와 합류하려 했으나 번번이 실패했다.

당시 20도구와 23도구 사이에는 횡산목재소에서 채벌한 나무들을 실어 나르는 소형 산림철도가 있었는데, 이 철도는 6종점에서 3, 4종점을 거쳐 한가구 쪽으로 빠져나갔다. 이 철도가 설치되기 전인 1930년대 초엽에는 장백 지방 산판에서 길을 먼저 닦고 벌목하는 법이 없었다. 아무 데나 좋은 숲을 발견하면 나무를 벌목하면서 길을 만들고 그 길로 벌목한 나무를 굴려서 산 밖으로 운반했다. 산 아래로 내려오면 소와 말 달구지들이 그 나무들을 날랐다.

횡산 지방 농민 중 소나 말을 가진 사람들은 모두 산판으로 들어와 나무 나르는 일로 돈을 벌었다. 소달구지를 끌고 다니는 사람은 대부분 조선 농민이었고, 말달구지는 주로 중국인이 끌고 다녔다. 백두산의 벌목 계절은 보통 추석부터 이른 봄까지였다. 3, 4월부터는 그 나무들을 모조리 실어나르는 데 또 한두 달이 걸렸다. 그런데 눈이 많이 내려 겨울철 내내 제대로 벌목하지 못하게 되면 이듬

---

25 김일성은 회고록에서 주재일이 어느 한 차례 전투(정안툰전투) 직후 강돈이 지방공작을 나가면서 맡긴 보총을 총이 없는 한 신입대원에게 빌려주었는데, 그가 총을 잃어버리는 바람에 그만 주재일이 대신 책임지고 지도원직에서 내려왔다고 회고한다. 이 회고에 따르면, 주재일은 처음에 사령부(6사 사부) 비서처 보조로 갔다가 이듬해 1938년 2월경 몽강현 경내의 동패자(마당거우밀영)에서 진행된 군정학습 기간에 책벌을 해제하고 다시 경위중대 정치지도원이 되었다. 하지만 이는 해방 후 중국 흑룡강성 가목사시에 살았던 주재일의 중국인 중대장 무량본의 회고와는 맞지 않는다. 어느 쪽의 회고담을 믿을지는 독자 몫이다.

해 늦봄과 여름에도 계속 벌목했다.

이때쯤에는 눈이 다 녹아 버리기 때문에 파종하기 시작한 농민들에게 소나 말을 빌릴 수 없었다. 따라서 산판들은 부득이 한가구에 큰 마초장까지 보유하고 있던 마금두의 장백현 경찰대대에 손을 내밀 수밖에 없었다. 말 70여 필이 있었던 경찰대대는 이 말들을 산판에 빌려주고 돈을 받았다. 그러다 보니 산판 노동자 대부분은 경찰대대에 협력했다.

가끔 항일연군에 참가하는 산판 노동자도 있었다. 그러나 많은 증언자는 산판 노동자들이 항일연군에게 식량을 빼앗긴 사례가 아주 많았다고 한다. 간혹 항일연군을 동정하여 스스로 식량을 내놓기도 했지만, 대부분은 빼앗길 수밖에 없었다.

여기서 특별히 짚고 넘어가야 할 점은 김성주의 주력부대였던 6사 산하 7, 8연대 대원 가운데 근거지 출신 조선인 대원을 제외하면 중국인 대원 대부분은 손장상과 전영림을 따라왔던 구국군 출신이나 무장토비 출신이었다. 그들은 배가 부르고 편할 때는 별 탈 없이 무난하게 지냈지만, 일단 며칠씩 굶고 나면 바로 노략질하던 습관이 되살아났다.

이듬해 1938년 5월 '반절구전투(半截溝戰鬪)' 때 김일성 부대가 민가에 뛰어들어 주민들 금품까지 약탈했던 사건은 당시 장백현에서도 아주 유명했다. 그것도 사부 직속 경위중대의 한 대원이 저지른 일이었다. 그 대원은 전투 직후 천교구(天橋溝)밀영에서 김성주의 명령으로 처형당했다. 김성주가 회고록에서 밝히지 않는 이런 사건들은 중국 측 자료 가운데 하나인 『항일연군 제1로군과 관련한 사료휘집』에도 아주 자세하게 기록되어 있다.

이런 일은 7연대보다는 8연대에서 비교적 자주 발생했다. 마덕전의 9연대와 서괴무의 10연대에서는 더욱 일상적으로 발생해 항일연군에게 식량을 빼앗긴 적이 있는 산판 노동자 대부분이 항일연군보다는 토벌대에 더 협력했다는 사실을 인정하지 않으면 안 된다.

1937년 5월 18일의 반강방자전투 이후, 22일의 용천갑전투와 23일의 19도구 하전투를 계속 치르면서 왕작주와 김재범, 오중흡, 무량본 등은 6월 4일 보천보 전투가 시작되기 직전까지 끝내 3, 4종점과 한가구 사이의 산림철도를 넘어서지 못했다. 이는 횡산산구의 산판 노동자 대다수가 토벌대와 한편이었기 때문이다.

노동자들의 밀고로 마금두, 최자준 등이 인솔하는 장백현 경찰대대와 마립문의 만주군 보병연대는 반강방자를 습격했던 항일연군이 3, 4종점 쪽으로 접근하려는 것을 금방 눈치 챘다. 3, 4종점 쪽에서 이해성의 기병연대와 함께 6사 사부를 직접 추격하던 여단장 고명이 보내온 통신병이 마립문에게 달려와 명령을 전달했다.

"김일성 부대가 지금 두 갈래로 나뉘었는데, 비수인 김일성이 어느 쪽에 있는지는 아직 판단할 수 없다고 합니다. 이들이 한데 합치려고 계속 철도 주변으로 접근하니 결코 산림철도를 넘어서게 하면 안 된다고 했습니다."

그 말이 떨어지기 바쁘게 마립문은 통신병에게 시켰다.

"빨리 돌아가서 여단장께 알려드리거라. 김일성이 지금 우리 쪽에 와 있다고."

"무슨 근거로 그렇게 판단하시나요?"

그러자 마립문은 소보구 목파방자(小寶溝 木把房子)의 한 산판 노동자를 불러 고명의 통신병과 함께 가게 했다.

"두말할 것도 없다. 네가 직접 이 사람과 함께 가서 여단장께 말씀 드리거라."

"이 사람이 누굽니까?"

마립문은 정색하며 심각한 표정으로 대답했다.

"이 사람 이름은 마금취다. 나와 같은 성씨라 마금두 앞에 가서는 내 조카라고 거짓말하고, 내 앞에 와서는 마금두의 친동생이라고 뻥치는 작자지만, 공산당을 미워하고 적극적으로 우리 만주군에 협력해 나도 마금두도 특별히 봐주는 친구란다. 그동안 이자가 제공한 정보가 모두 정확했으니 이번 정보도 믿을 만하다고 생각한다. 직접 여단장님을 만나 뵙고 김일성 동정을 보고드리게 하여라."

이렇게 되어 장백현 경찰대대 밀탐 마금취가 여단장 고명 앞에 가게 되었다.

"네 눈으로 직접 김일성을 보았단 말이냐? 자세하게 설명하거라."

"저는 그동안 소보구 목파방자에 잠복하고 있었습니다. 김일성 부대가 우리 산판을 습격해 식량을 들고 갈 인부를 모집할 때 거기에 참가해 송수박자까지 들어갔습니다. 거기서 제 눈으로 직접 김일성을 보았습니다."

이 정보는 이미 마금두에게도 보고했던 내용이었다.

식량을 빼앗은 사람은 다름 아닌 오중흡이었고, 오중흡 중대가 다시 반강방자를 습격하러 떠날 때 뒤를 미행했던 마금취의 연락을 받고 최자준 경찰중대가 급파된 것이다. 때문에 마금두는 오중흡 얼굴을 알고 있었을 뿐만 아니라, 당시 식량을 나를 때 인부들의 우두머리였던 왕세거(王世擧)와 손성옥(孫成玉)에게서 얻어들은 몇 가지 주요한 정보까지도 고명에게 낱낱이 일러 바쳤다.

"우리가 밀가루를 날라주고 돌아올 때 오중흡이 직접 김일성과 같이 와서 우리한테 돈을 나눠주고는 수고했다면서 일일이 손까지 잡아주었습니다."

그러자 고명이 따지고 들었다.

"너희들을 바래다주었다는 그 사람이 김일성이라는 걸 무엇으로 증명할 수 있느냐? 김일성이 아닌 사람을 데리고 와서 김일성이라고 거짓말할 수도 있지 않느냐?"

마금취가 두 눈을 껌뻑거리며 아리송하게 대답했다.

"네, 저도 처음에는 그 사람들이 거짓말 할 수도 있다고 의심했습니다."

"그게 무슨 소리냐? 그렇다면 지금은 아니란 말이냐?"

"아닙니다. 반강방자에서 최 중대장에게 패하고 용천갑 쪽으로 달아나던 오중흡 중대를 제가 계속 뒤따라갔습니다. 용천갑에서 오중흡을 마중한 사람이 바로 제가 송수박자에서 본 그 안경 낀 김일성이었습니다. 그때도 오중흡이 먼저 달려가서 그 안경쟁이에게 경례를 붙이곤 했습니다. 이런 상황을 모두 보고받고 마 대대장이나 마 연대장도 그 안경쟁이가 바로 김일성이 틀림없다고 판단합니다."

고명은 곤혹스러운 얼굴로 마금취 앞에서 오락가락했다.

"거 참, 이해할 수 없구나. 통화에서 보낸 정보는 3종점 쪽으로 우리를 유인하는 부대가 김일성 본인일 가능성이 훨씬 더 크다는데, 왜일까?"

그때 마립문에게 갔다 온 통신병이 조심스럽게 한마디 보탰다.

"마 연대장 말씀이, 김일성의 목표는 3종점에 있지 않고 23도구에서 압록강을 건너 조선을 습격하려는 것 같다고 합니다."

그 말을 듣고 고명이 크게 웃었다.

"그게 말이 되는 소리냐? 한 줌도 안 되는 비적 무리가 국경을 넘어 조선을 습격한다고? 국경을 지키는 조선의 나남 19사단이 어떤 부대냐? 관동군에 못지않은 일본군 정예사단이다. 별명이 '토라 헤이단(虎兵團, 범처럼 사납다는 뜻으로 '범병단', 또는 '호랑이 사단'으로 불렸다.)'이란 말이다. 김일성이 죽자고 환장하지 않고야 어떻게 그곳에 머리를 들이박겠느냐."

고명은 자신의 주장을 고집했다. 그는 마금취를 돌려보낸 뒤 만주군 혼성 제2

여단 주력부대를 3종점 쪽으로 투입했다. 마금취와 함께 다시 마립문 연대로 간 통신병은 고명의 명령을 전달했다.

"오카무라 지도관은 계속 20도구에서 한가구의 산림철도를 지키고, 마립문 연대와 양 씨의 기병중대는 모두 3, 4종점 쪽으로 접근하라고 합니다."

이렇게 되자 오카무라도 마립문에게 권했다.

"여단장 명령이니 듣지 않을 수 없소."

그러나 마립문은 끝까지 고집했다.

"그렇지 않소. 마금취가 자기 눈으로 직접 김일성을 보았다고 하지 않았소. 바로 눈앞에 김일성을 두고 추격을 중단하다니, 난 그렇게 할 수 없소. 내가 2월에 3여단 고 씨 형제(조추항의 기병여단 산하 고악, 고견 연대)한테 속아 가짜 김일성 시체를 1천원이나 주고 산 일을 지도관도 잘 알지 않소. 이번에야말로 그때 당한 치욕을 씻을 때란 말이오."

마립문은 왕작주를 김일성이라 완전히 믿었다.

그렇게 판단한 근거는 단지 마금취의 정보만은 아니었다. 반강방자에서 먼저 오중흡 중대와 전투했던 최자준에게서 이 부대 전투력으로 볼 때 김일성의 주력부대일 가능성이 높다는 이야기를 들었기 때문이다. 특히 이 전투에 20여 명의 젊은 여성이 함께 참가했다는 사실에 마립문은 주목했다.

"내가 주목한 것은 바로 이 여비적들이오."

마립문은 오카무라 지도관에게 자기 생각을 털어놓았다.

"그동안 내가 얻은 정보로는 무릇 김일성 부대가 왔다간 곳에선 언제나 밥가마와 쌀주머니를 등에 지고 다니는 여비적들을 보았다고 했소. 이 여비적들은 밥을 지을 뿐만 아니라 동네방네 쏘다니면서 꽹과리를 두드리고 노래도 부르고 표어도 붙이는 등 무슨 일이건 가리지 않고 했소. 뿐만 아니라 전투에도 참가하오. 최 중대장이 반강방자에서 여비적 하나를 사살했다지 않았소. 그런데 멀리 달아났던 비적들이 끝까지 다시 사람을 보내와서는 그 시신을 찾아서 가져갔다는 것 아니오. 생각해보오. 이런 일은 김일성이 직접 시키지 않고야 누가 이렇게까지 할 수 있겠소."

들고 나서 오카무라 지도관도 머리를 끄덕였다.

"좋소. 나도 마 연대장 판단을 믿겠소. 우리 함께 끝까지 추격합시다."

이에 마립문은 뛸 듯이 기뻐했다.

"반강방자와 용천갑에서 김일성 부대가 이미 원기를 소진한 게 틀림없소. 병력도 훨씬 줄어들지 않았소. 나와 지도관이 힘을 합쳐서 끝까지 추격한다면 이번에는 정말 반드시 김일성 부대를 섬멸할 수 있을 것이오."

마립문에게 설복당한 오카무라는 20도구에 머물며 한가구의 산림철도를 굳게 지켜야 한다는 여단장 고명의 명령을 귓등으로 흘리고 말았다. 양 씨는 기병 8연대 소속이라 고명의 명령대로 바로 3종점 쪽으로 이동했으나, 마립문 보병 연대는 오카무라 대대까지 모두 거두어 오중흡 중대를 바짝 추격했다.

9. 19도구하 기슭에서

이때 왕작주 명령을 받고 방차대(防遮隊, 적의 움직임이 예상되는 곳에 주둔하여 적의 군사 행동을 막는 부대) 역할을 하기 위해 23도구 쪽으로 몰래 이동하던 무량본 중대에서 전령병이 달려와 왕작주에게 보고했다.

"하 영장 부대가 병영에서 나와 우리 중대 뒤를 따라오고 있습니다."

그 말을 들은 오중흡이 좋아하며 무릎을 쳤다.

"그러면 빨리 20도구를 공격합시다."

왕작주는 반신반의하는 얼굴로 오중흡을 눌러 앉혔다.

"잠깐만 기다리오. 좀 생각해봅시다."

"병영이 비었을 텐데, 이때가 아니면 어느 때를 또 기다리겠습니까?"

"놈들의 수작일 수도 있지 않겠소?"

왕작주는 일시 판단하기 어려워 역시 침묵하고 있던 김재범 얼굴을 쳐다보았다.

그러자 오중흡이 이번에는 김재범을 재촉했다.

"참모장이 판단이 서지 않는 모양인데, 김 정위가 결정해 주오."

"도리대로라면 놈들은 사부가 이동하는 3종점 쪽으로 몰려가야 정상인데, 왜 갑자기 무량본 중대 뒤를 따라가는 건지 이유를 모르겠소."

김재범도 곤혹스러워하며 대답했다.

"어쨌든 하 영장 병영을 지금 공격해야 합니다. 그렇게 되면 방차대로 나간 무량본 중대장 뒤에 따라붙던 놈들은 자연스럽게 20도구로 되돌아올 것입니다. 우리가 더 크게 움직일수록 3종점 쪽으로 사부를 뒤쫓는 놈들의 주의도 모조리 우리에게로 돌릴 수 있을 겁니다."

오중흡은 자기주장을 고집했다.

그러나 왕작주는 마립문의 연대 병력이 계속 20도구 주변에 있을 뿐만 아니라 최자준 경찰중대까지도 용천갑을 차지한 상황에서 20도구를 공격하려는 오중흡의 주장에 동의하지 않았다. 오중흡이 참지 못하고 얼굴까지 붉혀가면서 전투하겠다고 우기자 왕작주는 김재범에게 시켰다.

"내 권한에 대해 김 정위가 오 중대장에게 다시 한번 상기시켜 주시기 바라오."

김재범은 오중흡을 타일렀다.

"중흡이, 우리가 송수박자에서 떠날 때 김 사장이 말씀했소. 7연대 4중대와 8연대 1중대의 군사작전과 관련한 최종 권한은 왕작주 참모장에게 일임한다고."

"에잇."

오중흡은 씩씩거렸으나 어쩔 수 없이 주저앉았다.

그때 왕작주는 무량본이 보낸 전령병 교방의에게 시켰다.

"뒤에 따라붙는 하 영장 부대가 돌아서게 우리가 조처할 테니 무 중대장은 절대 접전하지 말고 계속 지정된 장소로 이동하라고 전하오."

그 말을 엿들은 김재범과 오중흡은 서로 바라보며 눈빛을 교환했다.

'20도구를 공격하기로 마음을 정했군.'

왕작주는 지도를 꺼내놓고 김재범과 오중흡을 가까이 불렀다.

"20도구를 공격하되 주목적이 되어서는 안 되오. 부대를 두 갈래로 나누어 한 갈래는 뒤에 남아 용천갑 쪽 경찰대가 달려들지 못하게 막아야 하오. 다른 갈래는 20도구 병영을 공격하되 점령할 생각은 말고 수류탄만 십여 발 던지고 부리나케 21도구 쪽 길가에 매복하시오. 그러면 무량본 중대를 뒤쫓던 놈들이 반드시 다시 돌아올 것이오."

왕작주는 오중흡에게 20도구 공격 임무를 맡기자 김재범이 나섰다.

"총소리를 듣고 용천갑 경찰대와 한가구 만주군 대부대가 달려들면, 이들을 막는 일이 더 위험하니 20도구 공격은 내가 맡겠소."

김재범은 반강방자전투 때의 일이 떠올랐다. 그때도 적정에 변화가 생겨 전투하지 말고 돌아오라는 명령을 전달받고도 오중흡은 끝까지 반강방자를 공격하다가 낭패를 보았다.

"그때 일은 내가 잘못했소. 내가 또 그때 같은 과오를 범할 리 있겠소."

오중흡은 반성하며 공격 임무를 요청했으나 왕작주와 김재범은 동의하지 않았다.

"방금 김 정위 말씀에 일리가 있습니다. 20도구 공격은 양동작전이라, 그냥 한 소대만 보내도 충분히 가능합니다. 대신 총소리가 울리면 용천갑 쪽 경찰대는 물론이고 한가구 대부대도 모두 이쪽으로 몰려들 수 있습니다."

왕작주는 이렇게 말하며 오중흡을 곁에 붙잡아놓았다. 그리고 나서 한 소대만 이끌고 20도구로 떠나는 김재범에게 속삭였다.

"무량본을 뒤쫓는 하 영장 부대가 돌아오는 걸 확인하면 김 정위는 그들과 싸우지 말고 재빨리 철도를 넘어 3종점 쪽으로 들어가 김 사장과 만나야 하오."

김재범은 이 임무가 무척 중요한 걸 실감했다. 이는 용천갑전투 때 큰 손실을 본 무량본 중대를 방차대로 삼아 23도구 쪽으로 이동시킬 때 이미 왕작주와 의논한 후 함께 내린 결정이었다.

"만약 김 사장이 23도구 쪽으로 치고 내려오지 못하면 우리는 여기서 영이별하게 될 거요."

왕작주는 김재범을 바래다주면서 이런 농담도 했다. 하지만 농담하기엔 사태가 심각했다. 김재범은 굳은 얼굴로 말했다.

"참모장, 한 번 재고해주시오. 생각을 바꾸는 건 어떻소?"

이는 김재범이 왕작주의 결정에 완전히 동의하지 않는다는 뜻이기도 했다. 왕작주는 떠나는 김재범의 마음을 가볍게 만들기 위하여 다시 설명했다.

"당초 3종점에서 만주군 주력부대를 3분의 1가량 무너뜨린 다음 7, 8연대가 함께 압록강을 넘어 베개봉 쪽으로 접근하려 했던 것도 내가 내놓았던 방안입니다. 그때 나나 김 사장은 마립문 연대 500~600명에 마금두 경찰대까지 합쳐 고작 700~800명 될 것으로 계산했습니다. 한가구에 만주군 여단 병력이 몰려들어와 있을 줄은 미처 생각지 못했습니다. 특히 이해성 기병연대뿐만 아니라 작년에 우리한테 당했던 하 영장 대대까지 20도구에 주둔하는 것은 우리가 압록강에 접근하는 걸 경계하는 것이 틀림없습니다. 이럴 때 우리가 한가구의 산림철도를 사이에 두고 두 갈래로 나뉘어 합치지 못한 채 3종점 쪽으로 이동한다면 자청하여 독 안으로 기어들어가는 쥐 꼴이 될 수 있습니다."

왕작주의 설명을 들으며 김재범은 연신 머리를 끄덕였다.

"그렇다고 오중흡 중대만 이끌고 섣불리 압록강을 건너는 건 안 되오. 내가 하늘이 무너지는 한이 있어도 살아서 김 사장에게 이 상황을 전하겠소. 참모장은 가능하면 사부 부대가 모두 도착할 때까지 꼭 기다려주기 바라오."

"그렇게 하겠소. 너무 걱정하지 마시오."

김재범은 왕작주와 작별하고 바로 20도구로 떠났다.

왕작주도 곧 오중흡과 함께 19도구하를 따라 이동하면서 길가의 만주군 초소 몇 곳을 습격했다. 순순히 두 손을 들고 포로가 된 만주군 병사들은 죽이지 않고 돈까지 주면서 풀어주었다. 그들은 왕작주의 부탁대로 한가구로 달려가 '김일성을 직접 보았다. 김일성 부대는 용천갑으로 최자준을 붙잡으러 간다더라.'고 소문냈다. 그러지 않아도 반강방자서 김일성 부대의 여병사를 피살하고 시신까지 처참하게 능욕했던 최자준 경찰중대가 보복당할 가능성이 있다고 판단한 마립문은 한가구에서 급히 용천갑 쪽으로 오중흡 중대를 뒤쫓았다.

이때 오중흡 중대는 20도구와 21도구 사이의 한 산길에서 하 영장 대대를 습격하고는 배와자(排臥子)라는 한 동네에서 산림철도를 넘어 3종점 방향으로 이동하는 김재범 일행을 배웅했다. 오중흡이 깜짝 놀라 왕작주와 김재범에게 또 따지고 들었다.

"아니, 며칠 전까지도 이 철도를 넘지 못해 죽을 고생 했잖소. 왜 지금은 함께 넘어서지 않는 겁니까?"

"지금 우리 뒤에 만주군 한 연대가 진드기처럼 따라붙었는데, 이들을 뒤꽁무니에 달고 김 사장에게 갈 생각이오?"

왕작주가 역정 내니 오중흡도 계속 따지고 들었다.

"원래 작전계획은 놈들을 3종점으로 유인하는 것 아니었습니까?"

김재범은 헤어질 때 따로 오중흡을 불러 설득했다.

"나도 지금은 왕 참모장 의중을 다는 이해하지 못하니 일일이 설명하진 못하오. 놈들을 3종점으로 유인하려 했던 작전계획은 일단 변경된 것으로 보아야 하오. 한가구의 만주군 병력이 너무 많아 그들을 3종점으로 유인하기란 현실적으로 불가능하오. 또 이 많은 놈들을 뒤에 달고 사부와 합류할 수 없다는 참모장 견해에는 나도 동의하오. 내가 죽는 한이 있더라도 빨리 가서 김 사장과 만난 다음 새 지시를 받아 돌아올 테니, 그때까지 중흡이가 참모장과 잘 협조하길 바라오."

김재범이 떠난 뒤 오중흡은 왕작주에게 불평했다.

"작전계획을 변경했으면 나한테도 좀 알려주어야 하지 않겠소?"

왕작주는 오중흡의 순진한 표정을 물끄러미 바라보다가 비로소 사과하는 투로 대답했다.

"사실은 원래 작전계획을 임의로 변경했으나, 새로운 방안을 미처 정하지 못해 주저하고 있었소."

"그러면 지금은 정했소?"

"최종 결정은 김 사장이 내릴 것이오. 김재범 정위가 돌아올 때 결정 사항을 가지고 올 테니, 우린 그때까지 계속 놈들을 붙잡고 있어야 하오."

"그렇다면 무량본 중대는 왜 23도구 쪽으로 이동시켰소?"

오중흡이 또 따지고 들자 왕작주는 머리를 내흔들 정도로 질렸다.

"역시 오중흡은 어쩔 수가 없구먼. 김 사장 부하답소. 좋소. 지금부터는 다 털어놓고 이야기합시다."

왕작주는 무량본 중대를 방차대로 삼아 먼저 23도구로 이동시킨 이유를 비교적 자세하게 설명했다.

"방차대가 무슨 임무를 맡은 부대인지는 설명하지 않아도 되겠지요. 당초 김 사장이 여름군복 지을 천을 해결해달라고 오 중대장에게 부탁한 목적이 무엇이었소? 압록강 넘어 처음 조국 땅으로 들어갈 동무들한테 새 군복을 입히고 싶었기 때문 아니었소? 우리는 압록강을 넘어서기 전에 횡산 지방에 틀고 앉아 있는 만주군을 절반까지는 몰라도 최소한 3분의 1가량은 소탕할 생각이었소. 3종점 작전계획도 그런 취지에서 세운 것이오. 그런데 우리는 한가구의 적정을 제대로 파악하지 못했소. 이건 내 책임이 크오. 적 병력을 단지 보병 한 연대로만 파악한 것이 가장 큰 실수였소. 지금 우리 뒤에 매달린 놈들은 리명수전투 직후 우리가 무송으로 이동할 때부터 뒤따라온 놈들이오. 이번에 우리한테 얻어맞은 20도구 놈들도 작년 대덕수와 소덕수전투 때 크게 골탕 먹은 바로 그 하 영장 부대요. 여기까지도 괜찮소. 그런데 미처 생각지 못한 변수는 송수박자에서 나와 김 사장이 헤어질 때, 그쪽으로 만주군 기병 8연대가 갑작스럽게 따라붙은 것이오. 이 기병 8연대 병영들이 3종점에서 6종점까지 늘어섰고, 6종점 쪽에도 정안군 한 연대가 새로 들어와 주둔하고 있다는 정보가 있으니, 원래 작전대로 3종점 쪽으로 놈들을 끌고 가다가는 거꾸로 우리가 놈들의 주머니 속으로 스스로 기어들어가는 꼴이 될 수 있소."

오중흡은 비로소 이해되었다.

오중흡이 매일 김성주 걱정을 하는 걸 잘 아는 왕작주는 잠깐 말을 멈췄다가 몇 마디 더 보탰다.

"김재범 정위가 사부에 도착하면, 김 사장도 원래의 3종점 작전계획을 변경하는 데 동의할 것이오. 김 사장에게 '조선진공작전'을 먼저 실행하자고 요청했소. 그러니 우리는 주력부대가 무사히 도착할 수 있게 한가구 토벌대 놈들을 되도록 우리에게 많이 몰려들게 만들어야 하오."

왕작주의 설명을 다 듣고 나서 오중흡은 비로소 이해되었다.

평소 6사 지휘관들 사이에 "6사 참모장은 사장 말을 듣는 둥 마는 둥하지만, 사장은 참모장 말을 한마디도 빼놓지 않고 다 귀담아 듣는다."는 기분 나쁜 소문이 나돌 때 누구보다도 불쾌해하며 화를 냈던 사람이 바로 오중흡이었다. 지금은 그 소문들의 뜻이 무엇인지까지도 이해될 지경이었다.

"지금부터 제가 해야 할 일을 알려주십시오."

오중흡은 새삼스럽게 경례까지 올리면서 왕작주의 명령에 전적으로 복종하겠다고 약속했다.

왕작주는 오중흡에게 자기 지도를 가리켰다.

"그렇다면 오 중대장도 이제부터는 내 지도를 눈에 익혀주시오. 내 지도를 알아보는 사람은 우리 6사에 김 사장밖에 없는데, 사실 알고 보면 별로 어렵지 않소."

그는 지도의 한 지점을 가리키며 연필로 동그라미를 그렸다.

"여기가 지금 우리가 있는 곳입니다. 포로들한테 물어보니 이곳을 '파이워즈(排臥子, 배와자)'라고 부른답니다. 김재범 정위네가 하 영장 부대 병영에 수류탄을 집어던지고 바로 이곳에서 산림철도를 넘어섰으니, 놈들은 두 갈래로 나뉘어 한 갈래는 철도 쪽으로 다른 한 갈래는 20도구 병영 쪽으로 달려올 것입니다. 우리는 병영 쪽은 내버려두고 철도를 따라 한가구 쪽으로 접근하는 척하다가 노독정(老禿頂)에서 방향을 바꿉시다."

왕작주는 오중흡과 새로운 작전방안을 짜기 시작했다.

"노독정에서는 어느 쪽으로 방향을 잡을 겁니까?"

"그건 나도 아직은 모르겠소. 그때 상황을 봐가면서 대응합시다."

이후 1937년 6월 1일, 하 영장 대대 일본군 지도관인 오카무라 대위가 홍두산 기슭 노독정에서 오중흡 중대에게 사살되었다. 이는 6월 4일에 왕작주와 오중흡 일행이 압록강 넘어 오늘의 양강도 보천군 보천읍을 공격하기 사흘 전이었다. 장백현 횡산산구에 일본인 토벌대 지휘관 이름을 따서 붙인 '코바야시골'과 함께 노독정도 한때는 '오카무라령(岡村頂)'으로 불렸다고 한다. 1945년 광복 이후 오카무라의 무덤은 파헤쳐졌고 돌비석도 쓰러졌는데, 1980년대까지도 그 돌비석이 무덤 자리 근처에 있는 걸 본 사람이 아주 많았다고 한다.

35장
보천보의 총소리

1910년 이후 27년 동안이나 나라를 잃은 채 살아가던 조선 사람에게는
희망의 불씨가 아닐 수 없었다.
"아, 우리 조선 사람이 아직 살아 있구나."
이런 감탄사가 나오게 만든 것이야말로 이 전투의 가장 큰 성과였다.

1. 제비등판

노독정전투 다음날인 1937년 6월 2일 새벽 1시경, 오중흡 4중대는 노독정에서 포로로 잡은 하 영장 대대 병사 10여 명을 놓아주면서 그들이 보는 앞에서 한가구 산림철도를 넘어 3종점 쪽으로 이동했다. 그러나 포로들이 모두 사라지자 부리나케 되돌아와서는 19도구하를 따라 압록강 쪽으로 거침없이 내달렸다. 오후 3시 무렵 중대 전원이 23도구에 도착해 구시산마을에 주둔하던 무량본 중대와 합류했다.

"김재범 정위가 아무리 늦어도 오늘 밤이나 내일쯤에는 소식을 가지고 돌아올 것이니 마중할 사람을 보내야겠소."

왕작주는 무량본과 오중흡에게 시켰다.

자정 무렵에 김성주의 경위중대장 이동학이 김재범과 함께 직접 기관총소대와 여성중대 대원 여럿을 데리고 먼저 리명수에 이르러 서북쪽 약 10여 리 되는 구시산 기슭에서 마중 나온 천봉순 등과 만났다. 천봉순을 보내놓고 오중흡은 구시산 마을 밖 망원초소까지 직접 나가 김성주가 보내올 사람들을 기다렸다.

"동학이, 김 사장은 어디 계시오?"

이동학과 만난 오중흡은 놀라지 않을 수 없었다.

이동학과 동행하여 온 소대 기관총수 가운데 오백룡, 유옥천처럼 최측근에서 김성주를 경호하던 대원이 모두 있었기 때문이다. 오중흡은 화룡 2연대 시절부터 친하게 지냈던 이동학에게 푸념을 늘어놓았다.

"아니, 경위중대장이라는 사람이 어떻게 김 사장 신변은 나 몰라라 팽개치고 이렇게 먼저 올 수 있단 말이오? 그것도 기관총소대만 이끌고 말이오."

"중흡이, 그만 원망하오. 나라고 이러고 싶었겠소. 김 사장의 추상같은 명령인데 난들 어떡한단 말이오? 김재범 정위한테 참모장에게 보낸 김 사장 편지가 있으니 자세한 이야기는 참모장에게 들어봅시다."

김재범은 왕작주에게 김성주의 회답편지를 전했다. 왕작주는 회답편지를 읽고 나서 차곡차곡 접어 호주머니 속에 넣으며 누구한테도 보여주지 않았다. 그리고는 넌지시 미소 지으면서 김재범에게 말했다.

"김 정위, 이번 작전과 관련하여 모두 참모장인 내 명령에 따라야 한다는 김 사장 말씀을 이 동무들한테 다시 확인하여 주시기 바라오."

김재범은 머리를 끄덕였다.

"지금부터 사부의 결정을 전달하겠소. 우리가 당초 세웠던 3종점 작전은 변경하지 않고 계속 진행할 것이오."

김재범은 첫 마디로 이렇게 결과부터 발표했다.

"이번에 김 사장이 함께 오지 못한 것도 바로 이 때문이오. 참모장에게 적정에 변화가 생겨 20도구에서 매달리는 만주군 토벌대를 3종점 쪽으로 유인할 수 없다는 보고를 받고 김 사장은 우리가 단독으로 보천보를 공격하겠다는 요청에 동의했소. 그러면서 보천보를 습격하고 나서 되돌아올 때 더 많은 놈들이 뒤꽁무니에 매달릴 것에 대비해 1군 2사와 4사 부대에도 연락하여 '3종점 작전'에 2군 부대가 함께 참가하기 위한 준비 작업을 진행하는 중이오. 때문에 우리가 여기로 먼저 나올 때 또 다른 한 소대도 동시에 베개봉 쪽으로 4사 부대를 마중하러 떠났소. 따라서 참모장 왕작주 동지에게 모든 작전권한을 계속 일임한다는 말씀도 계셨소."

이렇게 김재범이 김성주의 결정을 전달했다.

왕작주는 6월 3일 새벽녘 김재범, 오중흡, 이동학, 무량본 등과 그곳 중국인들이 연소봉(燕巢峰, 제비둥지가 많은 산봉우리라는 뜻)이라 부르는 곳으로 나갔다. 이곳은 오늘날의 장백현 23도구 구시골둔덕으로, 북한에서는 이 둔덕을 '제비등판'이라고 부르고 있다. 압록강에서 구시마을 쪽으로 한 가닥 빠져나온 동네인 물동의 서북쪽 지형이 소여물을 주는 구시(구유의 방언)처럼 생겼다고 하여 구시골과 구시물동이라 불렀다. 구시물동에서 압록강을 따라 조금 아래로 내려가면 양강도 소재지인 혜산에 닿았고, 위로 향하면 리명수전투 당시의 작수림에 가닿게 되었다. 즉 리명수 서북쪽은 구시산과 이어져 있었다.

왕작주는 지도를 꺼내 스스로도 놀라운지 흥분을 감추지 못했다.

"동무들, 모두 와서 보시오. 리명수전투 때 1군 2사의 이흥소 참모장(전 6사 교도연대 연대장)에게 여기 지형을 설명듣긴 했지만, 그도 구시산 지형에 대해서는 별로 아는 게 없었소. 그때 오늘 같은 날이 오리라곤 미처 생각지 못했지만, 그래도 혹시나 해서 구시산을 직접 보고 갔는데, 그때 내가 지도에 표시해두었던 구시물동 위치와 거리가 지금 보는 것과 어떻게 이렇게나 완전히 일치하는지 모르겠소.”

그는 오중흡에게 물동 위쪽과 아래쪽에 경계 보초를 세우게 했다. 그리고는 강을 건넜다가 다시 돌아올 때 탈 뗏목을 잃어버리지 않도록 물동에서 500~600m 떨어진 곤장덕 기슭에도 한 분대 대원들을 따로 떼놓도록 했다. 점심 무렵이 되자 마동희(馬東熙)[26]가 여성중대 대원 김확실과 함께 부부로 위장하고 몰래 보천보로 들어가 정찰활동을 폈다.

“내일이 단오절이라 보천보에서는 장이 선다고 합디다.”

김성주가 경위중대장 이동학을 파견할 때 특별히 마동희도 함께 보냈던 것은

---

26 마동희(馬東熙, 1912-1937년) 함경북도 성진군 학동면 동흥리에서 출생했으며, 1937년 장백현에서 활동할 당시 마옥준(馬玉駿)이라는 가명도 함께 사용했다. 1918년에 부모를 따라 오늘의 북한 양강도 운흥군 백암리(1910년대에는 함경남도 갑산군 운흥면 백암리)로 이주했으며, 여기서 보통학교를 중퇴하고 독학으로 중학 졸업 정도의 학력을 쌓았다. 1928년 서당과 야학을 운영하다가 항일운동 활동공간을 확보하기 위해 일제 어용단체인 농촌진흥회에 가입하여 회장을 맡기도 했다. 그러나 1930년 비밀리에 백암반일회를 조직했다. 1936년 5월 항일연군에 참가했고 10월에는 중공당에 가입했다. 11월에는 제2군 6사 소년중대 정치지도원이 되었다. 이듬해 1937년 2월 무송원정에 참가했고 6월 보천보전투에 참가했는데, 김확실과 함께 보천보 시가지 정찰업무를 맡았다. 보천보전투 당시 철수하던 중 경찰대와 함께 추격하던 자신의 소학교 시절 역사선생 조 씨(趙氏, 갑산경찰서 순사로 있다가 후에 혜산경찰서 형사가 되었다.)를 만났을 때 그 자리에서 처형해버렸던 일로 유명하다. 생전에 조 씨는 마동희의 소학교 시절 동창생인 김태선을 포섭하여 밀정으로 두었는데, 그 해 12월 국내침투공작에 나섰던 마동희는 당시 6사 청년과장 겸 장백현위원회 위원 장증렬과 함께 김태선의 집에 투숙했다가 그의 밀고로 혜산경찰대에 생포되고 말았다. 그는 감옥에서 스스로 혀를 끊었으며 고문으로 옥사했다. 일설에는 혀를 끊은 뒤 혜산경찰서에서는 폐인이 된 그를 내놓았는데, 후에 후두암으로 사망했다는 주장도 있다.
1964년 마동희가 어릴 때 살았던 운흥군 백암리에 동상이 세워졌고, 1975년 대성산혁명열사릉에 반신상이 세워졌다. 북한에서는 그를 주제로 한 영화 〈영원한 전사〉를 만들기도 했다. 1990년 10월 북한 당국은 청진교원대학을 마동희청년교원대학으로 개칭했다. 광복 이후 마동희의 어머니 장길부는 아들을 밀고한 변절자 김태선을 찾아 중국 장백 지방과 연변 지방을 샅샅이 뒤졌지만 찾지 못했다. 그 후 김성주는 장길부를 평양 대동 강변 고급저택에 모셨으며 전문 간병인들까지 두어 ‘우리 어머니’라고 부르면서 평생을 극진하게 보살폈다. 1974년 2월에 장길부가 91세로 사망하자 김성주는 마동희를 대신하여 자식이 없는 장길부의 장례에 직접 참가하여 맏상제 역할을 했다. 현재 어머니 장길부와 아들 마동희 모자 동상은 평양 대성산혁명열사릉에 함께 세워져 있다.

그가 그동안 권영벽, 김주현 등을 따라 지방공작을 해왔고 박달(朴達, 박문상), 이제순, 박금철 등과도 서로 얼굴을 알고 지냈기 때문이다. 박금철 소개로 박달과 허학성 등이 처음 곰의골밀영으로 전광과 만나러 왔을 때, 전광의 파견으로 혜산까지 그들을 마중하러 갔던 권영벽 외 다른 한 사람이 바로 마동희였다.

2. 곤장덕의 전설

저녁 무렵 박달 외에도 중공당 장백현위원회 서기 권영벽 등이 모두 도착하자 왕작주는 바로 작전회의를 소집했다. 먼저 박달이 보천보 상황을 간단하게 소개했다.

"현재 보천보에서 사는 일본인들은 그렇게 많지 않습니다. 주재소에 상주하는 경찰관들까지 다 합쳐 봐야 30호(실제로 26호)가 안 됩니다. 여성과 어린이들까지 다 포함해도 50여 명 남짓할지 의문이고 중국인들도 한 10여 명(실제로 2호) 살고 있습니다. 그 외에는 모두 우리 조선인입니다. 주재소가 워낙 작아서 경찰관이 5, 6명밖에 없으니 주재소를 습격한다면 그냥 한 중대만으로도 넉넉하게 해낼 수 있을 것 같습니다."

이어서 마동희와 김확실이 보천보에 들어가 그린 지도를 펼치자 박달까지 세 사람이 번갈아 자세하게 설명했다.

"주재소 경찰관은 몇 명 안 되지만, 면사무소와 우체국, 소방대, 가림 상류의 삼림보호구와 농사실험장 등에도 무장 경비원들이 있어 전투가 발생하면 그들도 반격할 수 있습니다."

왕작주는 무량본 중대를 선두부대로 삼아 주재소를 공격하게 하고 이동학과 같이 온 기관총소대도 함께 배치했다. 그리고 반강방자전투 때부터 줄곧 오중흡 중대와 함께 행동한 박녹금 여성중대는 김재범이 직접 인솔하는 4중대 산하 한 소대와 함께 우체국을 습격하게 했다.

"놈들의 전화선로부터 차단하고 우체국에 불을 질러야 합니다."

왕작주는 김재범과 박녹금에게 각별히 당부했다.

"주재소보다 우체국이 훨씬 더 중요한 건 따로 더 설명하지 않아도 잘 알 거라 믿습니다. 주재소놈들이 혜산 쪽에 연락할 수 없게 우체국 주변 전화선로를 한 가닥도 남겨두어서는 안 되오."

소방회관과 삼림보호구 공격 임무는 오중흡 중대가 맡기로 했다. 작전회의를 마쳤을 즈음 어느덧 저녁 9시가 가까워 오고 있었다.

"자, 이제는 슬슬 강을 건너가 봅시다."

왕작주는 김재범, 오중흡, 무량본, 이동학 등과 함께 연소봉에서 내려와 구시물동에서 뗏목다리에 올랐다. 오중흡 중대 70여 명과 무량본 중대 30여 명, 이동학 기관총소대 10여 명과 박녹금의 여성중대 10여 명 등 총 130여 명이 압록강 대안으로 접근하였다. 수림으로 뒤덮인 평평한 야산언덕이 펼쳐졌다. 바로 곤장 덕이었다.

오늘날의 곤장덕에는 북한에서 만든 굉장한 헌시비가 세워져 있다. 헌시비 문구이다.

'영원히 빛나라, 곤장덕이여!'

곤장덕은 보천보의 가림천과 압록강 사이 북동-남서 방향으로 길게 뻗은 해발 약 1km의 현무암 지대다. 여기서 잠깐 아무나 쉽게 가볼 수 없는 북한 땅의 곤장덕과 곤장덕을 감돌아 흐르는 그 유명한 가림천에 대해 잠깐 설명하겠다.

보통 북한 사람들은 보천보의 가림천을 압록강의 첫 번째 지류라고 한다. 보천군 북부에 있는 북포대산에서 발원한 이 물은 산의 남쪽 비탈면으로 흘러내려오면서 보천보와 곤장덕을 감돌아 압록강과 이어진다. 지금은 물줄기가 거의 말라버렸지만 당시엔 물매(경사도)가 급하고 강골짜기도 무척 깊었다고 한다. 전해오는 이야기에 따르면, 조선 때 북방의 여진족을 정벌하기 위해 압록강 유역으로 나왔던 무신 최윤덕(崔閏德)[27]이 이 지방을 순행하다가 냇가에서 빨래하던 한 여인 모습에 홀려 말을 멈추고 그 지방 출신 부하에게 냇물 이름을 물었다고 한다. 그러나 그도 이름을 몰랐다.

"우리나라에서 제일 높은 곳에 설치된 갑산도호부 보루 밑에 이처럼 아름답고 시원한 냇물이 감돌아 흐르는데 이름이 없다니 말이 되는 소리냐. 아름다울 '가' 자에 수풀 '림' 자를 써서 가림천(佳林川)이라고 부르도록 하거라."

가림천은 이렇게 최윤덕이 지은 이름이라고 한다.

"가림천 대신 가인천은 어떻겠습니까?"

다른 부하가 의견을 내자 최윤덕은 이렇게 말했다.

"사내들이 자식과 달리 아내를 자랑하면 그만큼 넘겨다보는 사람이 많아지는 법이니라."

최윤덕이 말한 '갑산도호부 보루'는 바로 보천보를 가리킨다. 보천보의 '보

---

27 최윤덕(崔潤德, 1376-1445년) 조선 무신이다. 본관은 통천(通川)이며, 자는 여화(汝和)·백수(伯修), 호는 임곡(霖谷)이다. 시호는 정렬(貞烈)이고, 종묘의 세종실에 배향됨으로써 종묘배향공신이 되었다. 일찍이 무과에 올라 부친을 따라 여러 전장에서 무공을 세웠고, 벼슬은 병조판서를 거쳐, 무신으로 우의정, 좌의정을 역임하였다. 또한 최초의 영중추원사가 되었으며 궤장을 하사받았다. 세종 치세에 이종무와 더불어 대마도를 정벌하였고, 북방의 여진족을 정벌하고 4군을 설치하여 압록강 유역의 국경선을 확정하였다. 전국에 여러 읍성과 산성을 축성하여 축성대감으로 불렸다. 이 기간에 경상도의 동래와 남해에 축성의 필요성을 주장하면서 일본이 통일되면 반드시 조선에 쳐들어올 것이니 방비를 해야 한다고 보고했다. 이이의 10만 양병설보다 140여 년 앞서 일본 침략을 예견한 것으로 유명하다.

(普)'는 큰 성(城)을 의미하며 '천(天)'은 하늘로 높다는 뜻이다. '보(堡)'는 보루로 작은 성이나 제방, 둑, 포대를 뜻한다. 북한에서는 '하늘이 넓게 열린 마을'로 해석하기도 한다. 조선의 명장 최윤덕은 보천보를 시찰하면서 일을 게을리했던 관리 하나를 가림천 기슭 산언덕에 끌고 나와서 곤장을 때렸다. 곤장(棍杖)덕이라는 이름은 그렇게 생겨났다고 한다.

북한은 헌시비뿐만 아니라 김성주가 직접 곤장덕에 올라 전투를 지휘한 지휘초소 곁에 있었다는 황철나무에 유리관까지 씌워놓고 '보천보전투지휘처자리'라는 표식비도 만들었다. 이 황철나무와 관련한 증언 자료를 남긴 사람이 바로 당시 경위중대 기관총 소대원이었던 오백룡과 강위룡이다. 한 사람은 회상기[28]로 남겼고, 다른 사람은 구술로 남겼다. 그러나 회고담은 시간과 장소도 다를 뿐만 아니라 내용도 많이 다르다.

강위룡은 1945년 광복 직후 중국 연변전원공서 전원으로 파견된 임춘추와 함께 한동안 중국 연변에서 살았으며, 이때 김성주와 관련한 많은 구술을 남겼다. 그때 임춘추의 비서였던 박경환(朴京煥, 요령성 안산시 거주)은 강위룡에게 직접 들었던 이야기를 자세히 기억하고 있었다.

"강위룡이 광복 직전 소련에서 파견받고 김일(金一, 박덕산) 등과 함께 몰래 개산툰에 왔다간 적이 있었다. 그때 강위룡의 친구(지 씨, 지점산일 가능성이 있다.)가 일본군에게 강위룡의 행적을 밀고하는 바람에 하마터면 연두봉(용정시 개산툰진 자동촌 서남쪽 6km쯤에 있는 산봉우리)에서 붙잡힐 뻔했다. 지 씨가 죽은 다음 지 씨의 아내가 용정

---

28 오백룡, "보천보전투", 『항일빨치산 참가자들의 회상기』, 제2권.

고간반(龍井高干班)에 찾아와 당시 항일연군 소분대가 숨어 있던 비밀장소를 경찰대에 고발한 사람은 자기 남편이 아니라 남편의 친구였던 김모(金某, 김기룡일 가능성이 있다.)라고 했다. 그 일로 고간반 책임자였던 문정일(文正一)[29]이 임춘추에게 적접 전화했다. 강위룡이 당사자이니 직접 고간반에 와서 증언해주면 좋겠다고 했다.

그때 그 전화도 내가 직접 받았고, 후에 내가 강위룡과 함께 고간반에도 갔다 왔다.

돌아오는 길에 강위룡이 '샤오장(小張)'이라고 부르는 지프차 운전수한테 고향이 어디

---

29 문정일(文正一, 1914-2003년) 중국의 조선족 지도자이며, 본명은 이운룡(李雲龍), 별명은 '노새불알'이다.[이 별명은 문정일의 태항산 시절 절친이었던 김학철(金學鐵, 작가, 조선의용군 출신)이 직접 필자에게 알려주었다.] 연변 훈춘에서 출생하여 1934년에 중국 남경에서 조선민족혁명당에 참가했고, 1937년에는 조선민족혁명당의 추천으로 중국국민당 중앙육군군관학교 제6기로 입학해 수학했다. 1938년 무한에서 조선독립동맹에 참가했다. 이때 조선의용대 제2지대 산하 제2분대장이 되었다. 이듬해 1939년에는 중국공산당 팔로군 낙양판사처의 영도를 받던 조선의용대 대장이 되었고, 낙양판사처의 위탁을 받아 연안으로 들어가는 조선인 출신 청년들의 사상을 감별하는 일을 맡았다. 1940년에 정식 중공 당원이 되었고 계속 팔로군 낙양판사처에서 적구정찰공작을 책임 졌다. 이때 그의 신분은 중국 화북지구 조선독립동맹 비서장이었다. 중국공산당의 깊은 신뢰를 받는 조선인 간부 가운데 하나였던 그는 이후 연안으로 와 연안조선혁명군정학교 간사와 진수변구(晉綏邊區) 참의원 등을 맡았다.
   광복 직후 문정일은 중공당의 파견을 받고 조선의용군 제5지대 30여 명과 함께 태항산구를 떠나 연변으로 왔다. 1945년 11월부터 연길현위원회 부서기와 길동지구 전원공서 부전원, 길림성위원회 사회부 제1과 과장, 길림성 군구 정치부 과장, 부비서장과 일명 '용정고간반'으로 불렸던 동북군정대학 길림분교 용정고급간부학습반 총지부서기를 맡았다. 1948년에는 연변전원공서 부전원과 훈춘현 현장, 연길현 현장 등을 맡다가 그해 11월 8일 중국에 거주하는 조선인 대표단을 인솔하고 북한으로 들어가 김일성과 만나 '조선민주주의인민공화국' 성립을 축하하기도 했다.
   이듬해 1949년 3월에 임춘추가 북한으로 돌아간 뒤 문정일은 연변전원공서 전원이 되었다가 그해 9월 동북인민정부 농림부 임정국 비서장과 주임이 되었다. 1950년 6·25전쟁 기간에는 당시 동북국 주요 책임자 고강(高剛)의 명령으로 중공군 의용군에 참가하여 후근사령부 운수처 처장과 의용군 정치보위부 부부장이 되었다. 종전 후에는 북한 정부로부터 국기훈장 2급을 수여받기도 했다. 이후 중국 정부 민족사무위원회 재경사(財經司) 부사장과 부주임, 고문직을 맡았고, 1978년에는 전국 정협 상무위원과 제11기, 12기 중앙기율검사위원회 위원이 되었다. 1990년대에 한국의 한 경제신문 기자가 당시 북경에 살던 김정일의 유모로 알려진 항일연군 출신 이재덕(李在德, 이명순李銘順)을 취재하기 위해 중국에 왔을 때, 문정일은 중국 연변에 살던 친구 김학철의 부탁을 받고 한국 기자들과 이재덕의 만남을 주선했다가 주중국 북한대사관으로부터 거센 항의를 받기도 했다. 이 일로 중국 정부 관계 부문까지 나서서 문정일을 문책했지만, 이때 이미 퇴직한 상태라 별다른 처분을 받지 않았다. 문정일은 2003년 3월 14일 북경에서 노환으로 사망했다.

냐고 물었다. 샤오장이 보성촌(普成村)이라고 하자 강위룡은 '그럼 바로 코앞이지 않느냐'면서 집에 가보고 싶으면 차를 보성촌으로 운전하라고 했다. 보성촌에 도착한 뒤 샤오장을 내리게 하고 강위룡이 직접 지프차를 운전하겠다고 했다.

그때 나는 강위룡이 운전하는 지프차를 타고 함께 명풍촌으로 갔다. 그곳에 과수농장이 있었는데 강위룡의 친구 여럿이 그 농장에서 살고 있었다. 마침 '배철(사과나 배 따는 계절의 간도사투리)'이라 강위룡은 과수농장에 가서 잘 익은 사과와 배를 두어 쾅즈(상자의 간도 사투리) 얻어주겠으니 나보고 임춘추에게 갖다 주라고 했다. 그때 과수농장 사람들이 모두 몰려왔고, 강위룡과 함께 사과, 배나무 밑에 앉아 이야기판이 벌어졌는데, 그 속에 개산툰 자동촌(광개향 자동촌, 연두봉 기슭에 있는 마을)에서 살다가 동성으로 이사 온 사람이 있었다.

강위룡의 소분대가 숨어 지내던 비밀 아지트가 있는 연두봉이 자동촌에서 멀지 않은 판탠거우[板田溝]에 있었는데, 일본군이 당시 강위룡을 붙잡자고 '만산토벌(滿山討伐, 산을 깎고 벌채한다는 뜻의 중국어, 여기서는 빗으로 훑듯이 온 산판을 뒤진다, 혹은 온 산에 토벌대가 넘친다는 뜻)'을 감행했다고 했다. 토벌대가 숲속을 샅샅이 뒤졌지만 강위룡이 붙잡히지 않고 빠져 달아난 것이다. 그 자동촌 사람이 강위룡에게 '토벌대가 5m 간격으로 한 사람씩 늘어서서 산속을 뒤졌다는데 어떻게 빠져나갈 수 있었느냐?'고 물었다. 그랬더니 강위룡은 '바로 그 5m 사이로 빠져 달아났다.'고 대답했다.

그때 다른 사람이 '강 국장(강위룡은 용정현 부현장과 용정공안국 국장이었다.)은 김일성의 경위원(경호병)이었으니, 혹시 김일성한테 축지법이라도 배운 것이냐?'고 물었다. 그러자 강위룡은 너털웃음을 쳤다. '축지법은 무슨 개뿔.'이라고 했다. 보천보 이야기도 그때 나왔다. '김일성이 나뭇잎을 타고 압록강을 건넜다는 게 사실인가?'라는 질문에 '그는 보천보에 오지도 않았다.'고 대답했다.

여기까지는 내가 직접 강위룡한테 들은 이야기다. 그런데 후에 들지니 강위룡이 북조선(북한)으로 돌아간 뒤에도 이런 이야기를 하다가 하마터면 숙청당할 뻔했다고 한다. 1960년대에 주덕해와 함께 북조선을 방문했다가 강위룡의 집에 간 적 있는 이용하(가명, 현재 생존)가 노간부국(老幹部局, 이퇴직한 노간부를 관리하는 부서) 모임 때 나와서 그러더라. 어느 해인지 잘 기억나지 않는데 북조선에서는 양강도 혜산에 '보천보전투승리기념관'을 지었는데, 강위룡이 거기에 초청되어 갔다고 한다. 보천보전투 참가자인 강위룡에게 당시 있었던 일을 이야기해달라고 요청했던 모양이다. 거짓말할 줄 모르는 강위룡이 '김일성 장군은 보천보에 오지 않았소.'라고 하는 바람에 기념관 사람들은 모두 기절초풍할 지경이었다."[30]

무량본도 보천보전투 당시 이야기를 가까운 지인들에게 남겨놓았다.

"연변에서 가끔 나를 찾아오는 조선족 분들이 자꾸만 보천보전투 이야기를 한다. 사실 그 전투는 별로 규모도 크지 않았고, 전과라고는 거의 없는 전투였다. 내 기억에 일본 놈을 거푸 대여섯 명도 죽였던 것 같지 않다. 그냥 보천보에 들어가 불만 지르고 돌아 나왔다. 돌아올 때 구시산에서 큰 전투를 하지 않았는지도 자꾸 묻는데, 구시산에서도 그렇게 큰 전투는 없었다. 그냥 우리가 일방적으로 당하기만 했다. 보천보경찰서에 불을 지르고 돌아 나올 때 보니 김일성이 그때야 23도구에 도착하여 우리를 마중했다."

"강위룡과 오백룡 등은 모두 압록강을 건너왔다. 오백룡은 우리가 경찰서에 불을 지를 때 처음에는 우체국 쪽으로 갔던 것 같은데, 철수할 때 우리 쪽으로 달려왔다. 그

---

30 취재, 박경환(朴京煥, 가명) 조선인, 연변전원공서 시절 임춘추의 비서, 취재지 요령성 안산시, 1987.

러나 강위룡은 강변에 남아서 우리가 타고 왔던 뗏목을 지켰다. 그때 김일성이 압록 강에 도착했던 것이 아닌지 모르겠다. 우리와 함께 보천보로 들어갔던 사람은 참모장 이었다. 우리 8연대에는 김일성 얼굴을 본 적이 없는 대원들이 적지 않았는데, 그들은 모두 참모장을 김일성으로 오해했다.'[31]

3. 보천보를 습격하다

제일 먼저 보천보 경찰주재소를 습격했던 무량본 중대는 주재소가 텅텅 비어 있다시피 한 걸 보고는 여유 있게 치고 들어갔다. 당직 중이던 경찰관 하나가 총 을 뽑아들고 대들다가 그 자리에서 사살당하고 말았다.

전투 직전 이미 보천보 정찰을 진행했기 때문에 비교적 여유가 있었다. 밤 10 시쯤 경위중대장 이동학이 3종점에서부터 이끌고 온 기관총소대와 여성중대 대 원들과 먼저 우편국 쪽으로 갔고, 무량본 중대와 오중흡 중대도 경찰주재소와 보통학교, 면사무소, 삼림보호구로 접근했다. 이동학은 우편국 근처에 다다르자 오백룡을 지휘초소로 보냈다.

"예정된 지점에 도착했습니다."

오중흡도 전령병 김철만을 보내 예정 지점에서 대기하고 있다고 알렸다. 김철 만이 돌아간 뒤 왕작주는 그때까지 서성거리는 오백룡에게 물었다.

"샤오우즈(小吳子, 오백룡), 당신은 왜 돌아가지 않소?"

---

31 취재, 허록산(許錄山) 중국인, 강서성 남창시 무장부 이직간부, 시 정협문사연구위원, 취재지 남창, 1999. 『我在東北抗聯的日子』, 吳良本訪談錄(未出版), 楊剛 整理, 1977. 『吳良本革命歷史簡歷』, 江西 省南昌市政協文史委 提供, 2002. 『被遺忘的抗日英雄-金日成部隊的中國連連長吳良本』, 許祿山 整理, 2002.

"중대장동지가 우편국에는 지키는 놈들이 별로 없을 거라며 나한테 경찰주재소를 습격하는 동무들을 지원하라고 했습니다."

그 말을 듣고 왕작주가 정색하며 물었다.

"그렇다면 기관총을 들고 와야지 왜 빈손으로 왔단 말이오?"

오백룡이 순진하게 실토했다.

"주재소에 놈들의 무기고가 있을 테니, 최소한 기관총 한 대는 빼앗아오라고 합디다."

왕작주는 웃음을 참아가며 말했다.

"그럼 빨리 쫓아가시오. 늦으면 기관총을 다른 동무한테 빼앗기고 말겠소."

여기서 오백룡이 북한에서 남긴 회상기 속 한 토막을 들여다보자.

"주재소에 접근하여 안의 동정을 살펴보니 때마침 경관 두 놈이 죄 없는 농민 두 사람을 심문하는 중이었다. 한 놈은 몽둥이를 쥐고 옆에 섰고 다른 놈은 이쪽에 등을 대고 거만하게 앉아 있었다. 나는 참을 수 없는 분통이 치밀어 올랐다. 바로 이때 위대한 수령님의 신호 총소리가 암흑의 밤을 깨뜨리며 보천보의 거리를 뒤흔들었다. 나는 원수의 가슴팍을 겨누고 있던 기관총의 방아쇠를 당기었다. 한 놈이 비명을 지르며 쓰러지고 남포등이 깨졌다. 그러자 다음 놈이 뛰려고 했다. 그 순간 나는 기관총을 무릎 위에 놓고 사격했다. 그리고 우리는 안으로 돌입했다. 팔을 얻어맞은 경관놈은 대항할 생각도 못 하고 돼지우리 속에 들어박혀 벌벌 떨고 있었다. 우리는 주재소에 있는 적들을 통쾌하게 소멸하고 경기, 보총, 권총 등 여러 정의 무기와 많은 탄약을 노획했다. 때를 같이 하여 면사무소, 산림보호구, 농사시험장, 우편국 부근에서도 콩 볶듯 하는 총성이 일어났다. 이민들의 피땀을 빨아 먹던 일제기관들에서 타오르는 불길은 하늘을 찔렀다. 이날 밤 산림보호구 주임(일본놈)의 '영전'을 축하하느라고 시내의 '유력자들은 거의 다 요리점에 모여 주연을 벌여 놓고 놀다가 무리죽음을 당했다. 보천보의 거리를 뒤흔들며 울려 퍼진 항일유격대의 총소리는 인민들을 새로운 투쟁에로 불러 일으켰다. 거리는 침묵을 깨뜨리고 일어났으며, 혁명의 불길이 활활 타오르는 보천보는 낮처럼 밝았다. '조선독립 만세!', '조선혁명 만세!', '김일성 장군 만세!' 골목골목에서 떨쳐 나온 남녀노소들은 소리높이 만세를 부르며 유격대원들을 그러안고 눈물을 흘렸다. 선전공작대원들의 눈부신 활동으로 삽시에 온 거리가 홍성거리고 '조국광복회 10대강령', '포고'와 선전문이 도처에 나붙었다.'[32]

그냥 영화의 한 장면 같은 이야기다.

이 회상기에서 "주재소에 있는 적들을 통쾌하게 소멸"했다는 내용과 "시내의 '유력자'들은 거의 다 요리점에 모여 주연을 벌여 놓고 놀다가 무리죽음을 당했다."는 전과는 전혀 사실이 아니다. 한마디로 오백룡이 과장하고 부풀린 회상기에 불과하다.

당시 보천보 경찰주재소의 당직 경관이었던 순사 야우치(箭內)는 총소리를 듣고 부리나케 몸을 피한 뒤였다. 그런 줄도 모르고 밤참을 가지고 남편에게 가던 야우치의 아내가 주재소 인근에서 총소리를 듣고 갈팡질팡하다 등에 업은 두 살 난 어린 딸 미꼬(光子)가 유탄에 맞아 죽고 말았다. 물론 이것도 나중에 신문기사[33]를 통해 밝혀진 사실이다.

이날 밤 보천보에서 유일하게 피살당한 하네코 사부로(羽根小三郎)는 잡화점 또는 요리점 주인으로 알려져 있다. 오백룡 회상기에서 '무리죽음'의 유일한 사망자로 짐작해볼 수 있다. 그래서 이 보천보전투를 '공비(共匪)들에 의한 민간인

---

32 오백룡, "보천보전투", 『항일빨치산 참가자들의 회상기』, 제2권.

33 "普天堡 被襲事件 續報:追擊警官과 衝突, 兩方死傷 七十餘", 〈동아일보〉 1937. 6. 6. (조간 2면 1단)

습격'이라고까지 본 것이다. 때문에 이 전투의 의미는 전과(戰果)보다 성과(成果)에서 찾아야 한다. 오백룡 회상기 같은 두루뭉술한 엉터리 전과는 아무 의미가 없다.

그렇다고 전과가 전혀 없었던 것은 아니다. 밤늦게 텅 빈 주재소를 습격하여 총과 탄약들을 탈취했을 뿐만 아니라 하네코 사부로의 요리점도 통째로 털렸다. 농사시험장과 삼림보호구를 습격했던 오중흡 중대는 2개의 소대를 배후에 남겨 엄호부대로 삼고 나머지는 면사무소와 우편국 등이 있는 거리로 돌격해 길가에 보이는 병원과 요리점, 잡화상 등을 닥치는 대로 털었다. 오백룡은 회상기에서 "노획 물자를 지고 우리를 따라온 약 200여 명의 인민들"이라고 표현한다. 무량본 중대가 탈취한 무기는 경기관총 1자루, 소총 6자루, 권총 2자루, 탄약 수백 발이었다. 김성주 회고록에서 보면, 이 기관총은 보천보 부녀들이 돈을 모아서 구입하여 주재소에 선물했던 기관총이었다. 즉 갑산군 보천보 애국부인회가 증정한다는 명패가 달린 기관총을 오백룡이 빼앗아 돌아온 것이다.

비록 당시 신문들이 이런 식으로 기사를 싣고 항일연군을 '공산비적'으로 매도했지만, 이 기사에서 '김일성 일파'로 지목한 김성주 부대가 대부분 조선인으로 이루어져 있으며, 주인공 김성주가 이 시절 사용하던 별명 '김일성'은 1910년 이후 27년 동안이나 나라를 잃은 채 살아가던 조선 사람에게는 희망의 불씨가 아닐 수 없었다.

"아, 우리 조선 사람이 아직 살아 있구나."

이런 감탄사가 나오게 만든 것이야말로 이 전투의 가장 큰 성과였다. 경술국치 이후 항일독립운동의 근간이 되었던 의병운동은 비록 스러졌으나 낙심하지 않고 계속 분발하여 1920년대를 화려하게 장식했던 홍범도, 김좌진, 양세봉 같은 독립군 명장들도 1937년이 되기 수년 전에 모두 사라져 버렸다. 김구 등 상해 임정계 역시 중국 남방에서 전전하고 있었을 따름이다.

남한에서는 김성주가 '가짜 김일성'이라고 주장하는 사람이 적지 않다. 이는 그동안 이 보천보전투에 대해 사실대로 밝히지 않는 북한 당국의 책임도 적지 않다고 보아야 한다. 나아가 김성주 본인까지도 회고록에서 자신이 직접 압록강을 건너 조선 땅에 들어와 이 전투를 지휘했다고 주장하기 때문에 그 뒤로 이어지는 또 다른 전투의 진실들이 계속 묻히게 된 것이다.

김성주가 구시산에 도착한 것은 6월 4일 자정 무렵이었다. 보천보전투는 밤 10시에 시작되었기 때문에 그때쯤엔 이미 수류탄 터지는 소리와 총소리도 멎을 때였다. 불난리가 난 보천보 거리는 발칵 뒤집히다시피 했다. 여기저기서 연기와 불기둥이 타올랐다. 자정에 우편국 쪽에서 먼저 철수하여 무량본 중대와 합류하기로 했던 기관총소대에서 아무도 오지 않자 무량본은 주재소에 불을 지르고 나서 바로 철수 명령을 내리려 했다.

그때 김재범이 달려와 무량본에게 왕작주의 명령을 전달했다.

"여성중대 동무들이 면사무소 앞에 주민들을 모아놓았으니 그쪽으로 가서 경계 좀 서주시오. 노획한 물건들도 많아 주민의 도움이 필요하오."

"이 와중에도 구경하러 나올 주민이 있답니까?"

무량본 중대는 주재소에서 노획한 무기와 탄약들을 들고 면사무소 쪽으로 이동했다.

박녹금, 김확실 등의 여대원들이 박달, 김주현과 함께 가까운 민가를 찾아다니면서 돈과 쌀을 주겠으니 모두 면사무소 앞으로 나와 달라고 구슬렸다. 겨우 30여 명이 구경하러 나왔으나 그들의 얼굴은 두려움으로 가득했다. 다행스럽게도 여대원들이 모두 조선말을 하는 데다 복장도 치마저고리를 입고 있어 두려움이 금방 가시기 시작했다.

"자네들 정말 우리랑 같은 조선 사람이란 말인가?"

이동학 기관총소대와 우편국 습격에 참가했던 권영벽이 우편국의 철궤 속에서 발견한 일본 각전(角錢, 일 전이나 십 전 따위의 잔돈)을 주머니에 가득 담아들고 와서 주민들한테 나눠주며 부탁했다.

"우리가 노획한 물건을 압록 강변까지 날라주시면 한 사람당 1원씩 더 드리겠습니다."

"1원을 준단 말입니까? 그게 참말이오?"

주민들이 돈을 준다는 소리에 혹하는 것을 본 권영벽은 오중흡과 의논하고 지전묶음을 가지고 와서 먼저 나눠주기 시작했다.

"가족 가운데 젊은 분이 있으면 더 데리고 오십시오. 돈을 먼저 드리겠습니다."

그제야 이 골목 저 골목에서 젊은 장정들이 하나둘씩 나오기 시작했다. 금방 4, 50여 명이 모여들었다. 북한 시인 조기천은 서사시 〈백두산〉에서 "밤바다같이 웅실거리는 군중"이라고 표현했고, 김성주는 회고록에서 "조기천의 그 표현이 참으로 적중했다."고 맞장구를 치지만 실상은 위와 같았다.

면사무소 앞에서 주민들에게 연설했던 사람도 김성주가 아닌 권영벽이었다. 주민들도 보천보 거리에서 노획한 물건을 나르기 위해 돈을 주고 불러 모은 인부들로 보는 편이 훨씬 더 정확하다.

"시간이 급하니 빨리 철수합시다."

김재범은 권영벽에게 재촉했지만, 권영벽은 듣지 않았다.

"아따, 급하긴. 우리 조선 사람들한테 인사말이라도 몇 마디 정도는 하고 떠나야 할 게 아니겠소. 조금만 더 기다려주오."

오중흡이 달려와 김재범에게 또 재촉했다.

"빨리 철수하지 않고 뭐하오. 아마 혜산과 무산 쪽에서 이미 경찰대 놈들이 출발했을 것이오. 놈들이 여기로 오지 않고 우리 퇴로를 바로 차단할 수도 있소. 빨리 철수합시다."

김재범은 어쩔 수 없다는 듯 권영벽을 가리켰다.

"창만(昌滿, 권영벽)이 주민들한테 하고 싶은 말이 있는 모양이구먼."

권영벽과 이동학이 지게에 물건들을 올리는 인부들 곁에 서 있는 가족들에게 걱정하지 말고 돌아가라고 설득하는 중이었다.

"남편분들을 금방 돌려보낼 테니 안심하고 들어가십시오. 경찰 놈들이 와서 따지면 돈 받았다는 말은 하지 말고 우리가 억지로 끌고 갔다고 하십시오."

그러나 가족들은 계속 거리 밖까지 뒤를 따라왔다. 권영벽은 마동희를 뒤에 남겨 그들이 돌아가도록 설득하게 했다.

뒤에 남았던 오중흡 중대가 곤장덕에 도착했을 때 무량본 중대는 한창 뗏목에 오르고 있었다. 무량본 중대원으로 이 전투에 참가했던 중국인 교방의는 강변에 남아 뗏목을 지키던 강위룡이 보이지 않자 여기저기 두리번거렸다.

새벽 2시경, 김성주가 보내 압록강 넘어 곤장덕에 들어왔던 박덕산은 왕작주와 만난 뒤 강변에서 철수하는 대원 한 사람씩 손을 잡아 뗏목으로 인도하고 있었다. 경위대원으로 따라왔던 교방의의 넷째 동생 교방지는 형과 부둥켜안았다.

"형, 그동안 별일 없었어요? 어디 다친 데는 없어요?"

"보다시피 튼튼하다."

교방의는 가슴을 쳐보였다.

"주력부대를 기다리지 않고 형님네 중대 혼자서 보천보로 들어갔다는 말을 듣고 얼마나 걱정했는지 몰라요. 근데 놈들이 별로 없었나 보죠?"

이렇게 말하는 동생 귀에 대고 교방의가 소곤거렸다.

"나도 처음에는 좀 긴장했다. 근데 왜놈들이 한 놈도 없더라. 경찰주재소도 텅텅 비어 있더구나. 그냥 불만 지르고 돌아오는 길이란다. 그런데 너야말로 어떻게 여기 나타난 거냐? 그럼 김 사장도 여기 왔단 말이냐?"

교방지는 머리를 끄덕이면서 손을 들어 강 저쪽을 가리켰다. 이미 첫 번째 뗏목이 강을 거의 건너가고 있었다. 그 뗏목에는 여성대원 몇몇과 인부들이 나른 노획물들이 잔뜩 실려 있었다. 마중 나온 사람들 그림자도 희미하게 보였다.

"자자, 어서 서두르시오. 김 사장께서 직접 동무들을 마중하러 오셨소."

박덕산은 여기저기 흩어져 배낭 속에 흙을 한 줌씩 퍼담는 대원들을 재촉했다.

대원들이 모두 뗏목에 오른 뒤 박덕산도 흙을 한 줌 움켜쥐고 호주머니에 넣었다. 인부들이 지고 온 노획물이 많아 뗏목은 세 번이나 강을 오갔다. 첫 번째 뗏목이 돌아올 때 김성주는 참지 못하고 그 뗏목에 올라타려 했다.

그때 뒤에서 강위룡이 달려들어 그의 허리를 부둥켜안았다.

"안 됩니다. 못 갑니다."

"그럼 강 동무도 올라타오. 같이 갑시다."

"김 사장을 건너보내는 날이면 참모장이 나를 처형하겠다고 했습니다."

필자는 이 장면을 구성할 때 여러 가지 고민이 많았다. 이때 일에 관한 여러 증언 가운데 "김일성은 압록강을 건너오지 않았다."와 "김일성은 보천보로 들어가지 않았다."는 두 문장의 뜻이 달랐기 때문이다. 직접 강위룡에게 들었다는 박경환의 증언과 강위룡의 조카 강필용의 증언이 조금 다른 것과 무관하지 않다. 당시 강위룡에게 보천보전투 때 김일성이 압록강을 건너오지 않았다는 이야기를 들었던 사람들이 반론을 제기하자 강위룡은 이런 말로 면박을 주었다.

"그때 바로 내가 기관총을 들고 김일성 곁에 딱 붙어 있었다."

그 외에도 강위룡은 자신이 김성주에게 얼마나 소중한 존재였는지 설명하며 몇 가지 이야기를 더 들려주었다.

"우리가 화룡에서 지낼 때의 일이다. 한번은 8연대장 전령병이 나를 찾아와서 자기의 싸창(모젤권총)이 자꾸 탄약이 걸려서 먹통이 되니 수리해 달라고 했다. 그 싸창 안에 탄약이 있는 것도 개의치 않고 손질하다가 그만 이 손(오른손)을 다쳤는데, 김일성이 나를 재봉대로 보내 휴식하게 했다. 말로는 재봉대 여대원들을 도와 옷 만드는 일을 하라고 했지만, 실제로는 나를 쉬게 하면서 상처가 아물기를 기다려 주었던 것이다. 내가 없으니 김일성은 매일 나를 외우면서 밥맛까지도 다 없어했다. 그때 김일성은 직접 올기강에 나가 낚시로 산천어를 20여 마리나 잡아서 특별히 나한테 보내주기까지 했다."[34]

이 이야기는 『항일빨치산 참가자들의 회상기』(11권)에도 실렸다.

물론 강위룡이 북한으로 돌아간 뒤의 일이다. 여기서 '8연대장 전령병'은 백학림이며, 회상기에는 8연대 연대장도 중국인 전영림이었다는 설명이 없다. 실제로 북한은 박덕산(김일)을 소재로 〈8연대 정치위원〉이라는 제목의 영화까지 만들었지만, 이 영화에서조차도 8연대에는 정치위원만 존재할 뿐 중국인 연대장은 아예 소개되지 않는다. 이것은 8연대뿐만 아니라 7연대도 마찬가지다. 7연대를 언급할 때는 오로지 오중흡만 있을 따름이다.

34　강위룡, "사령관동지의 육친적인 보살핌 속에서", 『항일빨치산 참가자들의 회상기』, 제11권.

그러나 보천보전투 당시 오중흡은 아직 연대장이 아니었다. 연대장은 중국인 손장상이었고, 오중흡은 7연대 산하 4중대 중대장이었을 따름이다. 물론 4중대가 7, 8연대뿐만 아니라 6사 전체에서도 얼마나 뛰어나게 눈부신 활동을 펼쳐왔는지는 이미 앞에서도 많이 소개했다.

당시 강위룡에게 산천어를 갖다주었던 김성주의 전령병 역시 4중대에서 김철만과 함께 오중흡의 전령병으로 있었던 김정덕[35]이었다. 그때 김정덕은 열일곱 살이었고, 이듬해 1939년 안도현 계관라자전투 때 전사했다는 기록이 중국에도 있다. 때문에 필자는 보천보전투와 관련해 이 전투의 실제 참가자였던 중국인 중대장 무량본과 김성주의 경호병 출신 강위룡의 회고담에 비교적 무게를 두지 않을 수 없었다.

김성주는 구시물동에서 왕작주를 마중했다. 왕작주는 보천보 시가지로 들어가는 입구에서 겨우 100여 m밖에 떨어지지 않은 가림천 기슭의 황갈나무 곁에서 전투를 지휘하다가, 자정 때 박덕산과 교방지가 불쑥 나타난 것을 보고 김성주가 도착한 것을 알았다. 김성주도 바로 곤장덕으로 들어올 듯하자 뗏목을 매어둔 곳으로 달려 내려갔다가 강위룡에게 임무를 주었다.

"우리도 곧 철수할 것이니 빨리 가서 알리오. 김 사장은 절대 건너오지 말라고 말이오."

왕작주와 만난 김성주가 한탄했다.

---

35 김정덕(金正德, 1920-1939년) 열세 살 나던 해인 1933년에 연길현 부암동에서 아동단원에 참가했다. 1936년에 항일연군에 입대하여 제2군 3사(훗날 6사) 2연대(훗날 7연대) 소년중대 분대장이 되었다. 1938년에 6사 사부 전령병이 되었고, 15도구전투와 대홍단전투에 참가했다. 1939년 10월, 오늘의 중국 길림성 안도현 유수천진 경내에 있는 계관라자산에서 전사했다. 북한에서는 노동당 창건 30돌 때 대성산에 김정덕 반신상을 세웠다.

"눈앞에 조선 땅을 두고 직접 들어가지 못한 것이 아쉽구려."

그리고는 강위룡을 돌아보며 말했다.

"이 친구들이 이제는 왕 형 명령을 내 명령보다 더 무섭게 받아들이는 것 같소. 나를 건너보내면 처형하겠다고 엄포 놓았소?"

이렇게 덕담삼아 묻자 왕작주가 펄쩍 뛰었다.

"아이고, 이 동무들이 내 이름을 대고 그런 어마어마한 거짓말까지 했나 보군요."

"그나저나 시간이 없소. 빨리 철수합시다."

김성주는 8연대장 전영림을 뒤에 남겨 엄호하게 했다.

이미 구시산 쪽에 엄호부대를 매복시켰던 전영림은 김성주와 왕작주 등이 모두 구시물동을 떠난 뒤에야 그들과 일정 간격을 두고 천천히 진지 쪽으로 이동하기 시작했고, 이때 8연대와 다시 합류한 무량본 중대는 구시산 진지에서 대기하지 않고 가림천 상류 쪽과 마주보는 구시물동 위쪽에서 마지막으로 압록강을 건너 23도구로 돌아오던 오중흡 중대를 마중했다.

새벽 2시경, 보총을 메고 자전거를 탄 경찰 10여 명이 나타났다.

김명주가 소속된 분대가 그들에게 사격하여 2, 3명을 죽였다. 다른 경찰들은 자전거를 내던지고 땅바닥에 납작 엎드린 채 눈먼 총질을 해댔다. 그때 백학림이 달려와 김재범과 오중흡에게 김성주의 명령을 전달했다.

"이제 모두 다 건너갔으니 빨리 철수하라고 합니다."

오중흡이 김재범에게 말했다.

"왜 정규군은 하나도 안 보이고 겨우 경찰 놈들 10여 명만 뒤따라온 건지 영문을 알 수 없군."

김재범도 반신반의하는 표정으로 그 말을 받았다.

"그러게 말이오. 자전거를 타고 온 걸 보면 혜산 쪽 경찰들 같지 않고, 그렇다고 여기 보천보 경찰들은 더욱 아닐 거고. 의심스럽소. 어쩌면 놈들이 여러 갈래로 나뉘어 다른 길로 우리에게 접근할지도 모르겠소. 우리도 어서 철수합시다."

백학림이 다시 보탰다.

"참모장동지께서도 그렇게 말씀하셨습니다. 놈들이 반드시 여러 갈래로 나뉘어 우리 퇴로를 차단하려 들 것이니, 빨리 재천리(在川里) 쪽으로 해서 곧바로 21도구로 이동하라고 합니다."

김재범이 머리를 끄덕이며 오중흡에게 재촉했다.

"재천리에서 만나지 못하면 김 사장은 21도구에서 난덕 쪽으로 이동하다가 지양개로 접어 들겠다고 했소. 우리도 그 방향으로 철수합시다."

오중흡 중대도 후대를 선대로 바꾸어 철수하기 시작했다.

맨 처음 혜산경찰대와 접전했던 김명주 분대에서 대원 2명이 철수 도중 전사했다. 동료를 잃은 김명주는 경찰대를 다 사살하고 떠나겠다고 버텼으나 김재범이 제지했다. 먼저 철수해 강변으로 접근하던 대원들이 뗏목에 오르다가 또 경찰대 10여 명에게 저격당했다.

오중흡은 직접 기관총을 들고 점발사격(點發射擊, 목표에 한 발씩 또는 몇 발씩 쏘는 사격법)을 하면서 엄호했다. 김명주 분대와 접전했던 경찰대 1명이 사살당하고 2명이 중상을 입었으며 뗏목을 매두었던 강변에서 또 6명이 사살당하여 모두 7명의 사망자와 14명의 부상자가 발생했다. 이는 혜산경찰서 경찰대의 피해 상황이었다.

당시 자료에 따르면, 총소리를 듣고 혜산경찰서에서는 시노오야(鹽野) 서장, 오카와(大川) 경부, 다카하시(高橋) 경부보가 세 갈래로 나뉘어 보천보로 출동했다. 한편 혜산진 국경수비대에서도 연락을 받고 자정에 출발하여 보천보에서 철수하던 항일연군의 퇴로를 차단하려고 가림천 상류 쪽으로 접근했다. 김명주 분대와 접전했던 자전거 경찰대가 바로 오카와 경부가 인솔한 경찰대였다. 시오타니 서장이 인솔한 경찰대는 지금으로 말하면 합동조사단과 비슷했다. 14명으로 구성되었는데, 여기에는 의사(함남도립병원 원장 쿠리하라栗原)와 체신서에서 나온 서기 외 공수(工手, 전신기사)도 2명 있었다. 그들이 휴대전화기(전화선에 집게로 연결해 사용하는 전화기)를 가지고 왔기 때문에 시오타니 서장은 바로 경무국에도 보고하고 혜산수비대 구리다(栗田) 소좌에게도 연락할 수 있었다.

이렇게 혜산경찰대 36명과 국경수비대 60여 명 외에도 혜산헌병대 반장 기노시타(木下)가 헌병대원 8명을 데리고 와 총 100여 명이 압록강을 건너 23도구 쪽으로 뒤따라왔다. 오중흡 중대를 뒤쫓던 구리다 소좌의 수비대 10여 명은 배를 타고 강을 건너다가 오중흡 중대를 마중 나왔던 무량본 중대가 퍼부은 기관총 사격에 나룻배가 전복되었다. 물에 빠진 자들 중 7, 8명이 다른 배에 올라탔다. 이때는 벌써 6월 5일 새벽 4시 30분경이었고 날이 희뿌옇게 밝아오고 있었다.

보천보에서 마지막으로 철수한 오중흡 중대는 장백 땅에 들어서기 바쁘게 재빨리 21도구 방향으로 내달렸다. 그들을 마중했던 무량본 중대는 싸우며 철수하는 방법으로 국경수비대를 구시산 쪽으로 유인했는데, 의외로 사상자가 여러 명 발생하자 시신을 수습할 틈도 없이 달아날 수밖에 없었다. 원래 30여 명밖에 남지 않았던 무량본 중대는 이때 또 10여 명이나 줄어들었다.

8연대에서 무량본의 제1중대는 전투력이 강하고 대원수도 70여 명에 달해, 6사에서는 "손장상(7연대 연대장)에게 오중흡 중대가 있다면, 전영림(8연대 연대장)에게는 무량본 중대가 있다."는 말이 있을 정도로, 전영림이 가장 아끼고 늘 앞에 내세웠던 중대였다. 그 중대가 불과 한 달도 안 되는 사이에 50여 명이나 줄어든 것이다. 무량본이 살아남은 20여 명과 구시산 매복진지에 도착했을 때 전영림은 그의 멱살을 움켜잡고 별의별 욕설을 다 퍼부었다.

"무 가야, 너를 죽여버릴 테다."

전영림은 권총을 무량본 이마에 대고 겨누기까지 했다고 한다.

박덕산과 주재일이 달려들어 필사적으로 전영림을 뜯어말렸다. 이전에도 전영림은 용천갑전투에서 최자준 경찰중대와 싸우다가 철수 도중 자기 맘대로 철수 방향을 바꾸는 바람에 사상자가 발생하게 만들었던 주재일을 처형하겠다고 나무에 매달기까지 했다. 그때도 박덕산이 정신없이 달려가 김성주를 데리고 오는 바람에 주재일은 목숨을 건질 수 있었다. 이후 전영림과 박덕산의 사이까지 나빠져서 무량본 중대는 주로 박덕산과 행동하고, 다른 두 중대가 전영림 뒤를 따라다녔다. 10월 휘남현성전투 때 위증민과 만난 전영림은 김성주가 조선인 대원들만 챙기고 중국인 대원들을 괄시한다고 일러바치는 일까지 생겼다.

4. 구시산전투

다시 1937년 6월 5일 새벽. 전날 저녁 10시에 시작했던 보천보전투, 정확히 말하면 '보천보 기습작전'은 이날 새벽 2시경에 끝났고, 왕작주 일행이 철수하여 구시산으로 돌아온 것은 새벽 4시 30분경이었다. 당시 함경남도 경찰부 산하 혜산경찰서와 국경수비대 및 헌병대로 구성된 합동조사단의 발표 자료에도 이와 같이 자세한 시간을 증명해주는 내용이 들어 있다.

"비적이 새벽 4시 30분경에 대안 2, 3도구 부근에 도망했다는 정보를 접하고 경찰대는 현지 경비를 하고 수비대는 비적을 찾아 강을 건너 7시 40분경 만주국 토벌대와 합류하여 채목공사 6종점, 20도구 한하구 부근을 포위하여 비적의 퇴로를 협격분쇄 (狹擊粉碎, 협공하여 철저하게 쳐부심)할 배치를 계획 중이다."**36**

북한에서는 구시산전투 현장에도 김성주가 있었다고 주장한다. 보천보에서 철수한 부대들이 구시골에 들러 아침을 먹었으며, 구시산 기슭의 가파른 비탈면으로 기어 올라오는 놈들에게 바윗돌까지 내리굴리라고 명령했다는 것이다. 이 돌사태에 혼비백산한 경찰대가 제각기 도망쳤고, 장백현 경내에서 구시산 쪽으로 몰려들던 300여 명의 '만주군'도 조선에서 쫓아 나왔던 경찰대가 당하는 걸

---

36 "普天堡 被襲事件 續報:追擊警官과 衝突, 兩方死傷 七十餘", 〈동아일보〉 1937. 6. 6. (조간 2면 1단) 기사 전문은 다음과 같다.
'激流에 筏 띄우고 越江, 「비라」撒布코 來襲, 惠山署 守備隊 憲兵隊出動對岸二, 三道溝로 逃亡【惠山鎭支局電報】四일 오후 十부터 갑산군 보천면 보전리(甲山郡普天面保田里)에 김일성(金日成) 一파라고 생각되는 비적 약 一백명은 북조선파견대(北朝鮮派遣隊)라고 인쇄한 선전 "비라"를 배부하여 가면서 경기관총(輕機關銃) 六정, 척탄통(擲彈筒) 다수를 소지하고 습래하야 경찰관주재소를 습격하고 연하아 면사무소 우편국, 소방사무소, 삼림보호구, 보통학교 구교사에 방화 전소케 하엿다. 그러고 인명피해로는 잡화상 우근소삼랑(羽根小三郎) (三五)이 총살되엇고 주재소 야내(野內) 순사의 장녀 "에미꼬"(二)는 허리에 관통 총상을, 강철시(姜喆時) 순사는 우편 눈까풀에 열상을 입은 외에 아직 판명되지 아니한 피해도 상당히 만흔 모양이다. 비적은 四일 저녁까지에 압록강 대안에 도착하야 밤공격 준비를 마친 후 야음(夜陰)을 타서 격류(激流)에 떼목(筏)을 연결하야 다리를 만들어 침입하는 동시에 전화선(電話線)을 절단한 모양으로서 일체 통신이 불통하야 응원부대(應援部隊)는 五일 오전 영시 二十분경에야 출동하엿는데 그때에는 이미 맘대로 약탈하고 강을 되건너간 후이엇다. 당지에서는 영시 五분 염야(鹽野)경찰서장 금촌(今村)경부보의 인솔한 합동부 내 十四명이 도립의원(道立醫院) 원장 율원 의관(栗原醫官)과 전신기사를 대동하고 보천보(普天堡)현장에 급행하엿다. 또 대천(大川) 경부하 이 三十六명은 가림납산(佳林납山) 방면에 급행하엿고 일방 수비대에는 율전(栗田) 대장 이하 六十명이 영시 二十분 현장에 향하야 출동하엿다. 또 헌병대에서도 목하(木下) 반장 이하 八명이 동시각에 출동하엿는데 비적은 새벽 四시 三十분경에 대안 二, 三 도구(二, 三道溝) 부근에 도망하엿다는 정보를 접하고 경찰대는 현지 경비를 하고 수비대는 비적을 찾아 강을 건너 七시 四十분경 만주국 토벌대(討伐隊)와 합류하야 채목공사(採木公司) 六종점, 二十도구(二十道溝) 한하구(漢下溝) 부근을 포위하야 비적의 퇴로(退路)를 협격분쇄(狹擊粉碎)할 배치(配置)를 계획 중이다. 재항분회(在鄕分會)에서는 만일을 경계하야 관하소집을 하고 강안을 경계중이다. (八時十分 警察署, 守備隊, 憲兵隊 合同發表)

보고는 먼 곳에서 헛총질만 하다가 도망치고 말았다는 것이다. 여기서 말하는 만주군은 아마도 19구도하 기슭에서 왕작주가 인솔한 오중흡 4중대 및 무량본 1중대와 실랑이를 벌였던 만주군 마립문의 보병연대를 가리킬 것이다.

그런데 당시 자료를 보면, 혜산경찰대는 이미 조선 곤장덕 기슭에서 오중흡 중대와의 접전으로 20여 명의 사상자(사망 7명, 부상 14명)가 발생했고, 그 나머지도 나룻배를 타고 강을 건너다가 한 척이 전복했다.

구시산전투는 아침 7시 40분경에 시작되었다.

김성주, 왕작주 일행은 조선군 국경수비대가 쫓아오자 압록강을 건너기 바쁘게 구시산을 넘어섰고, 구시마을에는 들르지 않고 곧바로 21도구 재천리 쪽으로 달아났다. 구시산 쪽에 미리 매복진지를 만들어놓고 전영림을 남겨 엄호하게 한 데다 재천리 쪽에서 오중흡 중대와 합류했기 때문에 비교적 무사히 철수할 수 있었다. 대신 이번에도 전영림의 8연대에서만 숱한 사상자가 발생했다. 조선군 국경수비대는 가림천 상류에서 오중흡 중대를 따라 재천리 쪽 대안으로 올라왔으나, 오중흡 중대는 감쪽같이 사라지고 그들을 마중했던 무량본 중대가 21도구와는 반대방향으로 이동하면서 구시산 쪽으로 유인했다.

무량본 중대에서 또 10여 명의 사상자가 발생한 것이 바로 이때 일이었다.

"보천보가 텅텅 비었다고 하더니, 왜 쏜 가(7연대장 손장상)네 아이들은 하나도 손실보지 않고 우리 8연대 아이들만 이리도 많이 죽었단 말이냐?"

전영림은 무량본을 잡아먹을 듯이 쏘아보면서 따지고 들었다.

"시간이 급하니 자세한 것은 나중에 다시 이야기합시다. 빨리 저놈들을 막아내야 합니다."

무량본은 진지 가까이까지 쫓아온 조선군 수비대를 가리켰다.

"저것은 경찰 놈들이 아니냐? 왜 복장이 검고 누렇고 잡탕들이지?"

"검은 것은 경찰이고, 누런 것은 조선군 놈들입니다."

"그러면 누런 것이 조선군의 왜놈들이란 말이냐?"

그때 무량본을 따라 보천보까지 들어갔다 나왔던 중국인 대원이 말했다.

"왜놈들도 있지만 대부분 조선놈들 같습니다. 자기들끼리 지걸랑지걸랑하고 지껄이는 소리를 들었는데 일본말이 아니고 조선말입니다."

이 말을 들은 전영림은 잔뜩 화가 치밀어 올라 벌떡 일어서면서 쩌렁쩌렁한 소리로 사격명령을 내렸다.

"쏴라, 이 왜놈 새끼들, 꼬리빵즈들아!"

이 전투에서도 무량본 중대의 기관총수들이 큰 몫을 담당했다.

왕작주는 이동학에게 말해 오백룡이 보천보주재소에서 가지고 나왔던 경기관총뿐만 아니라 주재소 무기고에서 노획했던 장, 단총 여러 자루와 탄약들까지 모조리 무량본 중대에 넘겨주게 했던 것이다. 주재일은 직접 그 기관총을 들고 쏘았다. 비록 대원수는 많이 줄어들었으나 기관총 4정과 탄약이 가득 들은 탄피들을 양쪽 어깨에 메고 있었기 때문에 전영림은 그 모습에 그나마 화를 조금이나마 풀 수 있었다.

"에라, 이제야 속이 좀 후련하구나!"

전영림은 구시산 언덕에서 산비탈 아래를 내려다보며 통쾌하게 웃었다.

그러나 조선군 수비대 쪽에서 계속 응원병이 몰려들었는데, 오전 10시 무렵 이미 지양개 쪽으로 이동한 김성주가 나팔수를 시켜 철수를 알리는 군호를 보냈으나 전영림은 들은 척하지 않았다. 다음은 무량본의 회고담 중 한 토막이다.

"그때 우리의 철수신호는 '또떼나팔'로 군호를 울린 다음 10여 초 간격으로 기관총을 한 배짐(체코 기관총방아쇠를 한 번 당길 때 총알 3발이 발사되는 데서 유래한 북한어)씩 세 번 더 갔다. 그러면 반드시 철수해야 했다. 이 명령을 어기면 처분 받았다. 구시산에서 우리한테 얻어맞은 조선군 놈들이 겁을 집어먹고 모두 바위짬에 숨어 머리를 못 내밀었다. 몇 놈이 죽었는데 바위 뒤에 숨은 자들이 올가미를 만들어 시체에 대고 뿌리더라. 올가미가 시체에 걸리면 바위 뒤에서 끈을 잡아당기는 방법으로 시체를 끌고 갔는데, 전 사령이 우리한테 내려가서 시체를 빼앗아오라고 했다. 죽은 놈들 가운데 손목시계를 찬 놈들이 있으면 손목시계를 벗겨내고 구두 신은 자가 있으면 구두를 벗겨내 나눠가지곤 했다.

그런데 전 사령은 사실 몰래 아편을 피웠다. 원래 아편쟁이였는데 항일연군에 참가하면서 아편을 끊었지만 곰의골밀영에서 치료받을 때 그만 아편에 다시 손댔던 것이다. 내가 '조선군들은 아편을 피우지 않으니 그러지(시체를 가져오지) 말라.'고 말렸지만 전 사령은 통 들으려 하지 않았다. 그가 눈까지 부라리는 바람에 대원들이 하는 수 없이 산비탈 아래로 시체를 가져오려고 기어 내려가다가 또 10여 명이 죽었다. 그때 화가 난 전 사령은 우리한테 산 아래로 돌격하라고 명령했지만 나와 정치위원 박덕산이 끝까지 막아냈다. 그랬더니 전 사령은 이번에 박덕산까지 죽이겠다고 야단을 부리기도 했다.'[37]

결국 전영림 8연대는 구시산에서만 25명의 전사자가 또 발생했다. 이때는 벌써 오후 3시 무렵이었다. 점심 무렵 철수하라는 군호가 울렸으나 전영림이 명령을 듣지 않고 계속 구시산에서 시간을 끌었기 때문이다.

먼저 혜산경찰대가 조선 곤장덕에서 오중흡 중대에게 낭패 본 다음, 압록강을 넘어 장백현 경내로 들어왔던 조선군 국경수비대 역시 구시산에서 항일연군

---

37 취재, 허록산(許錄山) 중국인, 강서성 남창시 무 장부 이직간부, 시 정협문사연구위원, 취재지 남창, 1999.

을 섬멸할 수 없자 함경남도 경찰부는 도내 각지 경찰서에 명령해 급히 응원부대를 조직하는 한편, 일본인 도 경찰부장 키라(吉良)와 일본인 고등과장 키타무라(北村)가 직접 자동차를 타고 현장에 도착했다. 뒤따라 혜산과 가까운 호인(好仁), 신갈파(新乫坡), 삼수(三水) 등 세 경찰서에서 각각 30여 명씩 90명에 달하는 경찰대를 동원하여 구시산전투에 투입했다.

비로소 전영림과 박덕산, 무량본 등은 구시산에서 철수하기 시작했다. 무량본 중대 20여 명은 또 뒤에 남아서 엄호했다. 철수하는 도중에 뒤늦게 21도구에 도착하여 재천리로 들어온 마립문의 만주군 한 중대가 8연대를 발견하고 뒤에 따라붙었다. 그러자 박덕산은 전영림에게 이렇게 권했다.

"지양개와 반대 방향으로 놈들을 끌고 갑시다. 우리가 여기서 바로 지양개로 철수하면 우리 사부 위치가 놈들에게 발각될 수 있습니다."

"아이들이 계속 굶고 있는데, 뭐라도 챙겨 먹여야 할 것이 아니오? 전투는 나와 무량본이 지휘할 테니 박 정위는 다른 생각 말고 빨리 먹을 것부터 좀 구해오시오. 아이들이 저녁까지 못 먹게 되면 밤에 다 도망가고 말지도 모르오."

전영림 자신도 배가 고파 헐떡거리면서 호주머니에서 생쌀 한 줌을 꺼내어 입에 넣고 우드득우드득 씹으면서 박덕산을 재촉했다. 박덕산도 안 되겠던지 무량본과 주재일을 불러 의논했다. 그러자 주재일이 나섰다.

"작년에 제가 이도강 쪽에서 모연공작(募捐工作)에 참가한 적이 있어 알고 지내는 지주가 있습니다. 이 지주 아들이 아마 배와자에 살고 있을 겁니다. 배와자는 여기서 멀지 않으니 제가 찾아가 먹을 것을 좀 구해오겠습니다."

그러자 전영림이 말했다.

"박 정위가 지양개와 다른 방향으로 철수하자고 하지 않았소? 마침 잘됐구먼. 배와자에서 밥도 얻어먹고 용천갑 쪽으로 해서 3종점으로 들어가면 되겠소. 어쩌면 용천갑에서 김 사장이랑 만날 수 있을지도 모르오."

전영림은 철수 방향을 배와자 쪽으로 잡았다. 박덕산도 그 결정에 따르지 않을 수 없었다.

배와자는 얼마 전 오중흡 중대가 만주군 하 영장 대대 일본군 지도관이었던 오카무라 대위를 유인했던 고장이다. 한가구의 산림철도가 배와자 인근 산골짜기로 빠져나갔고, 이 산골짜기 양쪽에 만주군 포대(砲臺)들이 늘어서 있었다. 포대를 지키는 병사들이 먹을 음식은 모두 한가구에서 가져왔다. 포대들마다 만주군이 한 반(班, 분대)씩 주둔하며 포대 망루에 경기관총을 걸어놓았는데, 포대 총책임자인 중대장은 한가구 병영에 살고 있었다.

수하 소대장들 가운데 장 씨(張 氏, 이름을 알 수 없음)라는 자가 그곳 조선인 지주 김만두(金萬斗)의 사랑채에 세 들어 살고 있었다. 겨우 30여 명을 거느린 소대장에 불과했지만 한가구의 산림철도를 지켰고, 장 씨가 맡았던 포대가 횡산임장으로 들어가는 철도 차단봉 곁에 있어 산판에 들어가 나무 나르는 부업을 하던 농민들은 모두 장 씨와 친하게 지내려 했다.

김만두는 장 씨한테 집세를 받지 않았을 뿐만 아니라 거꾸로 술과 고기까지 대접하면서 그를 구워삶았다. 그리하여 장 씨는 김만두 이름을 대고 포대 초소를 지나다니며 장사하는 농민들을 종종 눈감아주었다. 당시 만주국 장백현 정부는 바짝 마르지 않았거나 어린 나무를 자르는 나무꾼에게는 나무를 몰수하고 벌금까지 매겼다. 벌금을 못 내면 도끼나 톱 같은 연장을 빼앗기도 했는데, 장 씨는 그 연장들을 김만두네 집 마당에 쌓아두었고, 김만두는 생색내듯 그 연장들을 나무꾼들에게 되돌려주었다. 그러면 나무꾼들이 술이나 고기를 들고 와 고마움을 표했다.

나중에 장 씨는 김만두의 소개로 젊은 과부 최 씨와 결혼까지 했다. 과부의 전남편은 김만두의 소작농이었다고 한다. 남편이 병으로 죽자 김만두가 이 과부를 욕심냈으나, 아내도 있고 아버지 김정부(金鼎富)[38]가 장백현 지양개치기에 땅 수십 정보를 가진 큰 부자이자 그곳 조선 농민에게 유지로 알려진 어른이어서 아버지 눈치도 봐야 하는 등 상황이 여의치 않았다. 그래서 김만두는 남편이 죽은 뒤 친정이 있는 조선으로 돌아가려 했던 최 씨를 장 씨에게 소개했고, 그들은 배와자에서 살림을 차리게 된 것이다. 그러나 장 씨는 조선말을 할 줄 모르는 데다 최 씨도 중국말을 몰라 두 사람은 의사소통이 잘 되지 않았고, 더구나 장 씨가 매일 포대에서 지내다 밤에만 집에 돌아왔기 때문에 최씨는 집에서 혼자 지내는 시간이 아주 많았다.

어느 날 새벽이었다. 무장한 한 무리 괴한들이 불쑥 배와자에 들이닥쳤다. 그들은 곧바로 김만두 집으로 들어왔다. 문어귀에 보초를 세우고 집 안에 있던 김만두 일가와 사랑채에 있던 장 씨 부부도 함께 붙잡혀 나왔다. 그런데 김만두가

---

38 김정부(金鼎富)는 1937년 10월호 『삼천리』에 실렸던 "국경의 비적 수괴 김일성 회견기"에서 직접 김일성과 만났던 주인공이다. 오늘날 북한에서 '애국지주'로 떠받들고 있다. 김일성이 회고록에서 "보도관제가 심한 때 잡지 『삼천리』가 이런 정도의 기사를 실었다는 것은 놀라운 일"이라 할 만큼 이 기사는 김일성에게 우호적이었다. (이 기사는 1999년에 간행된 『한국근현대사연구』 10집에도 재록되어 있다).
이 기사를 쓴 양일천(梁一泉)은 직접 김일성을 인터뷰한 것이 아니고, 김일성 부대에 납치되었던 노인 김정부를 통해 김일성의 면모를 보여주었다. 김정부는 무사히 집으로 돌아온 뒤 그를 취재하러 온 양일천에게 다음과 같이 김일성을 회상했다고 한다.
"김일성은 '노인님, 추운 데서 얼마나 걱정되십니까' 하고 '부드러운 인사'를 드리고는 '우리 젊은 몸이 따뜻한 자리 평안한 생활을 누가 싫어하겠소. 2~3끼씩 보리죽도 못 얻어먹어가며 이 고생을 달게 하는 것은 다 그리되어 그런 것이요.'라 말하고는 '나도 눈물이 있고 피도 있고 혼도 있는 인간이오. 그러나 이 추운 겨울을 우리는 이렇게 돌아다니는구려.'라고 말했다."
양일천은 이어 이렇게 썼다. "김일성! 비적 수괴인 그는 골격이 여물어 보이고 말 잘하고 뱃심 있어 보이는 그! 나이에 비해서 풍상을 겪은지라 노숙해 보이는 그! 그는 마적대장이라 자칭함이 그럴 듯하더라고 김 옹은 여러 번 말했다."
이렇게 김일성에 대해 우호적인 기사를 썼던 양일천은 혜산사건 때 경찰에 체포되었고, 기소되지는 않았지만 상당 기간 옥고를 치러야 했다.

깜짝 놀란 것은 장 씨 방에서 잡혀 나온 남자는 장 씨가 아니었기 때문이다. 장 씨의 수하 병사 둘이 번갈아가면서 최 씨와 자다가 붙잡힌 것이다. 김만두가 최 씨에게 따지고 들었다.

"이년아, 이게 뭐하는 짓이냐? 이 두 놈은 포대에 있는 장 배장(排長, 소대장) 부하가 아니냐?"

최 씨는 김만두가 벗어들고 때리는 고무신에 머리와 얼굴을 얻어맞았다.

그때 김만두 집을 털던 한 중국인 괴한이 다가오더니 김만두에게 대고 꽥 소리쳤다.

"소란 부리지 말고 어찌 된 영문인지 자세히 말해 보거라."

김만두와 최 씨 모두 중국말이 신통치 않아 잘 설명할 수 없었다. 그러자 만주군 병사 둘이서 사연을 설명했다.

"용서해주십시오. 우리가 사실대로 말하겠습니다."

최 씨의 남편 장 씨가 포대에서 자기들과 마작하다가 지자 도박 빚으로 아내를 하룻밤 동안 내놓았다는 것이다. 김만두가 이 이야길 듣고 고무신으로 또 머리를 때리며 욕을 퍼부었다.

"더러운 년아, 그런다고 이 되놈들과 정말 한 방에서 뒹굴었단 말이냐?"

최 씨는 너무 맞아 코와 입에서 피가 터졌다.

"난들 어쩌겠어요? 저들이 총까지 들고 온 게 보이지 않나요?"

김만두와 최 씨가 주고받는 말을 듣던 괴한 하나가 다른 괴한 귀에 대고 쑥덕 거렸다. 그러자 우두머리인 듯 보이는 괴한이 만주군 병사 둘을 끌어내 죽여 버렸다. 총소리를 내지 않으려 총창으로 찔러죽였는데, 그것을 지켜보던 최 씨가 기절하여 쓰러졌다.

"살려주십시오. 요구하는 대로 뭐든지 다 드리겠습니다."

김만두도 기절초풍할 지경이었다.

이 일은 1937년 6월 5일, 보천보전투 다음날에 발생한 일이었다. 이 사건이 말썽이 된 것은 후에 김성주가 경위원 강위룡만 동행하여 최 씨를 만나고 갔기 때문이다. 당시 최 씨는 충격으로 살짝 정신이 돌았으나 김성주가 웅담 같은 약재도 구해 갖다 주면서 치료를 도와주었다.

혜산사건[39] 이후, 경찰들은 최 씨를 불러다놓고 김일성과 만난 적이 있는지

---

39 혜산사건은 1937년 9월부터 이듬해 9월까지 1년 가까이 일본 관헌들이 김일성 부대의 보천보 습격 작전 후 국내 연계세력을 색출하는 과정에서 조국광복회 회원 188명이 기소된 사건이다. 1937년 6월 4일 동북항일연군 제1로군 제2군 제6사 사장 김일성 부대가 함경남도 보천보를 습격하자 일본 관헌들은 상당히 당황했다. 1935년 2월 13일 이홍광의 동흥진(평북 후창군 동흥읍) 습격전투에 이어 항일빨치산이 두 번째로 진행한 국내진공작전이었으나 동흥진 습격전투 때보다 훨씬 많이 언론에 보도됨으로써 그들의 존재가 국내에 신속하게 전파되었기 때문이다. 따라서 이 작전의 성공은 김일성 등에게 커다란 자신감을 주게 되었다. 이를 계기로 만주에서의 조국광복회 조직 확대 사업과 항일연군 여성대원들의 만주 장백현 거점 정착사업 등이 이루어졌다. 하지만 더 역점을 둔 사업은 조국광복회 조직의 조선 내부 확대사업이었다. 기존 갑산공작위원회 조직 외에 신갈파, 홍남, 원산, 무산, 성진, 명천 등지에 직접 공작원이 파견되었으며, 홍남에서는 조국광복회 지부가 조직되기도 했다.
한편, 일본은 보천보전투 이후 필사적으로 수사를 진행하여 1937년 9월 이 작전에 가담했다가 다시 혜산읍에 들어온 3명이 체포된 것을 단서로 10월까지 관련자들을 색출했다. 10월 10일에는 군경을 월경시켜 보천보전투에 앞서 보천보를 정찰하고 도강과 전투를 지원했던 권영벽 등 8명을 장백현에서 체포했다. 이후 11월 중순까지 조선 내에서 162명, 장백현에서 59명을 검거해 양 지역의 조국광복회 조직을 궤멸시켰다. 1938년 9월 마지막으로 동만특위 산하 조선파견지부 책임자 박달(朴達) 등이 체포되면서 수사가 종결되었다. 이 사건으로 체포된 사람은 총 739명이며 그 중 188명이 기소되었다. 1941년 8월 함흥지방법원에서 권영벽, 이제순(李悌淳), 박달 등 6명이 사형, 박금철 등 4명이 무기징역을 받았다. 유기징역은 15년 4명, 13년 6명, 12년 9명, 10년 18명, 8년이 14명이었으며, 7년 이하가 104명이나 되었다. 사형선고를 받은 사람들 중 박달만이 병으로 집행이 연기되어, 1945년 8월 서대문형무소에서 출감할 수 있었다.
한편 이 사건의 수사와 취조 및 재판과정에서 김일성의 신원도 분명해졌다. 『사상휘보(思想彙報)』제20호에 실린 혜산사건 보고 부분을 보면 김일성 본명, 나이, 출생지, 항일무장투쟁 투신과정 등의 경력이 거의 완전히 파악되었다. 혜산사건 종료 후 함경남도 국경 지방 항일조직과 만주 항일무장투쟁 세력과의 연계는 완전히 소멸되었다. 한편, 이 사건으로 징역형을 선고받은 박금철, 이송운(李松雲), 허학송(許鶴松) 등 대부분 인물은 광복과 더불어 출옥하여 북한 체제 건설과정에 중요한 지원으로 참여했으나, 1967년 이른바 '갑산계사건(甲山系事件)'으로 대부분 숙청되었다.

따져 묻기도 했다. 이에 대해 최 씨가 어떻게 대답했는지 알 수 없으나, 아무튼 이때부터 최 씨는 김성주가 농가에 숨겨둔 여자로 소문나게 되었다. 1980년대 중반까지도 장백현 마록구진(馬鹿溝鎭)의 이도강촌(二道岡村)과 용강촌(龍岡村), 20도구촌에 살았던 노인들은 김일성과 관련한 이야기만 나오면 서로 자기 동네에 '김일성이 숨겨두었던 여자'가 살았다고 주장한다. 이 일과 관련해 강필용[40]이 들려준 이야기는 충격적이지만, 한편으로는 무척 드라마틱했다.

"그 여자는 혼자 살았기 때문에 동네 나그네(남자 어른)들이 욕심내고 집적거리곤 하는 일이 아주 많았는데, 우리 삼촌이 김일성 부탁을 받고 밤에 몰래 동네로 내려가 그 나그네들을 찾아 일일이 혼을 내주고 돌아왔다고 했다. 그때 우리 삼촌한테 얻어맞은 나그네들 가운데 어떤 자 하나가 경찰서에 찾아가 비적들이 그 여자를 몰래 돌봐주고 있다고 일러바쳤다. 그 일로 이 여자는 경찰서에 불려 다니게 되었다. 후에 김일성은 이 여자를 다른 동네로 이사시켰는데, 그때도 우리 삼촌이 김일성의 부탁을 받고 이 여자를 도와주었다고 했다. 이 여자는 항일연군의 아주 높은 한 간부가 전투 중 중상을 입고 더는 부대와 함께 행동할 수 없게 되자 자기 집에 데리고 가서 병간호도 해주었다. 그 간부가 병이 나은 뒤 부대로 돌아가려고 떠나다가 토벌대에 추격당해 사망했고, 여자도 붙잡힌 뒤에 판결 받고 감옥에 들어갔는데, 그 이후로는 소식을 모르고 있다."[41]

이 이야기를 사실로 받아들여도 되는지 필자도 의문이 든다.

그러나 배와자에서 조선인 지주 김만두의 집을 털었던 일로 전영림과 박덕산

---

40 강필용은 강위룡의 조카다. 1990년대 연길시 통용기계공장에서 일했다.
41 취재, 강필용(姜弼勇) 조선인, 항일연군 연고자, 취재지 연길, 1986.

은 사부로 돌아온 다음 호되게 비판받았다. 전영림은 이에 불복했고 김성주는 직접 사람을 보내 김만두에게 사과했다. 그 심부름을 강위룡이 갔던 게 아닐까 추측한다.

5. 전영림과 반목

아무튼 이때부터 전영림은 김성주에게 불만을 품게 되었다. 이 불만은 주로 8연대 병력이 대폭 감소한 것 때문이었다. 전투 중 죽은 대원도 적지 않았지만, 밤에 자고 일어나면 날마다 대원 2, 3명이 도주하고 없었다. 전투가 두려웠다기보다는 주로 식량이 떨어져 굶는 일이 잦았기 때문이다. 조선인보다는 중국인 도주병들이 훨씬 많았다. 이에 전영림은 병력 보충을 위해 때로는 만주군 포로들을 놓아주지 않고 강압적으로 부대에 편입시키기도 했다.

"항일연군에 참가하면 살려주겠지만, 그게 아니면 죽여 버리겠다."

이와 같은 전영림의 호령에 포로들은 일단 살기 위해 항일연군에 참가하지 않을 수 없었다. 나중에 도주한 대원 대부분은 포로 출신이었다. 그러다 보니 한때 7연대와 더불어 김성주 직속부대나 다름없던 8연대 군사력이 보천보전투 이후 가장 먼저 쇠퇴하기 시작했다. 이는 8연대 주력 중대였던 무량본 1중대가 보천보전투를 전후하여 오중흡 4중대와 함께 행동하면서 사상자가 발생해도 미처 새로운 전투 인력을 보충하지 못한 탓이었다.

"포로를 강제로 항일연군에 참가시키는 것은 옳지 않습니다. 마음이 붙어 있지 않은데, 몸만 잡아둔다고 되겠습니까?"

김성주가 나무라자 전영림은 이렇게 대꾸했다.

"내 부하들은 결코 전투를 두려워하지 않소. 힘든 것도 다 이겨낼 수 있소. 다만, 굶기면 안 되오. 솔직히 굶고 나면 무슨 힘으로 놈들과 싸우겠소."

전영림은 숙영지로 돌아와 김성주에게 불려가 애꿎게 야단맞았던 박덕산에게 화풀이를 했다.

"제기랄, 저 김 사장은 양심이 없소. 우리 8연대가 뒤에서 자기들을 엄호하느라고 아이들이 숱하게 죽었소. 모두 굶어서 허덕이는 판에 지주 집 좀 털었기로 뭐가 문제란 말이오? 지금 김 사장은 그 지주가 당신네 같은 꼬리빵즈여서 역성을 들어주는 게 아니고 뭐겠소. 혹시 당신도 김 사장과 한 통속이오?"

"전 사령, 그렇지 않습니다. 당초에 배와자의 그 조선인 지주 집을 털자고 했던 사람이 바로 접니다. 제가 왜 이 일로 전 사령을 탓하겠습니까?"

박덕산은 김만두 집을 털었다고 몹시 화를 내는 김성주와 잔뜩 불만을 품은 전영림 사이에서 난감한 상태였다. 전영림과 박덕산 일행이 김성주 일행과 합류한 것은 배와자에서 김만두 집을 턴 뒤 곧장 출발하여 19도구하 기슭의 만보강촌(萬寶岡村)과 남첨두촌(南尖頭村, 남쪽 끝머리에 있는 동네라는 뜻) 사이에서 용천갑을 넘어설 때였다. 냇물을 만난 8연대 중국인 대원들이 김만두 집에서 산 채로 끌고 왔던 개와 닭들을 죽여 한창 고기를 손질하고 있었는데, 김성주 일행이 도착했던 것이다.

"이 근처에 '꼬리' 지주가 살고 있어서 털었는데, 살찐 개가 두 마리나 있더구면."

전영림은 오랜만에 개고기를 먹게 됐다면서 좋아했다.

그런데 한 중국인 대원이 살아 있는 닭의 발을 끈으로 묶어서 총창에 메고 지나가는 것을 보고 김성주는 눈살을 찌푸리면서 전영림과 박덕산에게 물었다.

"저것은 알을 낳을 수 있는 씨암탉 같은데, 동무네가 혹시 농가도 털었소?"

"그 지주가 키우는 닭도 수십 마리가 넘었소. 미처 잡을 새가 없어서 우리 아이들이 산 채로 묶어가지고 왔소."

전영림의 대답에 박덕산이 이어서 설명했다.

"그냥 개만 빼앗아오고 닭들은 그대로 두려 했는데, 밀영에서 푸대죽(옥수수가루에 시래기를 넣어 끓인 죽)으로 끼니를 때우는 부상병 동무들이 갑자기 생각나서 제가 허락했습니다."

하지만 김성주는 두 사람을 나무랐다.

"들어보니 그 지주 집을 싹쓸이한 것 같은데, 자고로 농사꾼은 종자를 베고 죽을지언정 결코 먹어 없애지는 않는다고 합니다. 그 지주도 농사꾼일 텐데 씨암탉까지 모조리 빼앗아왔으니, 종자 쌀을 빼앗는 것과 뭐가 다릅니까. 하물며 조선 지주라고 하지 않습니까. 박 정위가 그 지주를 직접 만나보았습니까?"

"아니요. 나는 무량본 중대와 마을 밖에서 경계를 서고, 전 사령이 주재일 동무를 데리고 들어갔소. 악질 친일 지주가 틀림없는 것 같다고 했소."

"친일 지주라는 증거는 무엇이었소?"

김성주는 심상찮은 예감 때문에 꼬치꼬치 캐물었다.

결국 만주군 소대장이 마누라와 함께 지주 집 사랑채에 세들어 살고 있더라는 이야기까지 나오게 되었다. 김만두 집을 털고 나서 용천갑을 넘을 때 전영림 부대는 산으로 들어가는 길목을 막고 있는 포대를 습격하여 그 소대장놈까지 아주 요절냈다는 이야기를 했다. 나중에 주재일이 불려 와서 그 지주가 바로 김만두이며, 지양개치기에서 유지로 널리 알려진 김정부의 아들이라고 알려주었다.

"아, 어떻게 이런 큰 실수를 저지를 수 있습니까!"

김성주는 소스라치게 놀랐다.

"그 김만두가 여기 배와자에 살고 있었단 말입니까? 작년에 우리가 그들 부자를 만났고, 김만두는 아버지 심부름으로 우리한테 쌀과 기름도 가져다주었습니다. 그들은 친일 지주가 아닙니다. 우리 항일연군을 돕는 사람들인데, 어떻게 그 집을 털었단 말입니까? 이 일을 어떻게 하면 좋습니까?"

김성주는 다급해 발을 굴렀지만, 전영림은 대수롭지 않게 말했다.

"우리가 공산당 부대라는 신분을 밝히지 않았으니 걱정하지 않아도 되오."

그러자 김성주가 말했다.

"이 지방에서 지금 만주군 놈들과 싸우는 부대는 우리 항일연군 밖에 없는데, 김만두가 짐작하지 못할 리 있겠습니까! 반드시 찾아가 사과하고 빼앗은 물건들은 되돌려주어야 합니다. 이미 잡은 개와 닭들은 돈으로 환산합시다."

전영림이 벌컥 화를 냈다.

"김 사장, 지금 제정신이오? 우리가 그 지주 놈 집에서 만주군 두 놈을 죽여버렸고, 또 여기로 오면서 포대 하나를 날렸소. 지금쯤 토벌대 놈들이 그 집에 몰려들었을 텐데, 누구 보고 찾아가서 지주 놈한테 빼앗은 물건을 돌려주라는 게요?"

김성주는 부하들을 많이 잃어 잔뜩 마음이 상해 있는 전영림이 화내는 걸 보고 자신도 마음을 가라앉히며 그를 달랬다.

"전 사령 보고 가라는 게 아닙니다. 배와자의 그 조선 지주는 작년에도 우리를 많이 도왔던 지주입니다. 그의 아버지를 내가 잘 압니다. 우리 항일연군에게 호감이 있는 지주입니다. 시간 나면 내가 직접 가서 사과하고 양해도 구하겠습니다. 그러니 전 사령은 마음을 푸십시오."

전영림과 박덕산이 돌아간 다음 김성주는 주재일에게 물었다.

"김만두가 확실히 동무네 신분을 알아보지 못했소?"

주재일은 조심스럽게 머리를 끄덕였다.

"네. 처음에는 우리가 '왜놈들과 싸우느라고 온종일 아무것도 먹지 못해 배가 고파서 찾아왔다.'고 했더니 '당신들은 혹시 항일연군인가? 김일성 부대는 아닌가?' 하고 묻긴 했습니다. 전 사령이 '김일성 부대가 맞다. 내가 김일성이다.'라고 대답했는데, 김만두가 전 사령 얼굴을 쳐다보더니 믿는 눈치가 아니었습니다. 틀림없이 우리를 다른 삼림부대로 판단할 것입니다."

그 말에 김성주도 안도의 숨을 내쉬었으나 탄식을 그치지 않았다.

"작년 겨울에 김주현 동무가 그의 아버지를 홍두산밀영에 납치[42]했을 때, 김만두가 산에 들어와서 나를 만나고 돌아간 적이 있었소. 내 얼굴을 아는 김만두한테 중국 사람인 라오챈(전영림)이 자기가 김일성이라고 했으니 믿을 리 있겠소. 어쨌든 거기까지는 괜찮은데, 작년 겨울 우리가 정말 어려울 때 쌀과 고기도 보내주고 솜옷을 만드는 데 필요한 천을 사라고 돈도 수천 원이나 주고 갔던 지주요. 그렇게 우리를 도와주었던 지주 집을 동무네가 이번에 아주 털어버렸으니, 그가 우리가 한 짓인 걸 알게 되면 얼마나 억울하고 분하겠소."

김성주는 이 일이 항상 마음에 걸렸을 것이다.

---

42 김일성은 회고록 『세기와 더불어』(제5권 13장 6절 애국지주 김정부)에서 장백현 지양개에 사는 조선인 지주 김정부를 납치해왔던 사람이 당시 6사 부관이었던 김주현이라고 회고하며, 처음에는 납치했으나 김성주가 그를 놓아주며 돌아가게 했다고 한다. 그러나 김정부는 상대가 김일성인 걸 알고 자원하여 산속에 남아 억류된 것처럼 해달라고 하면서 아들 김만두로 하여금 산에서 필요한 식량, 천, 신발 등 물품들을 구해 보내오게 만들었다고 주장한다.
김정부와 김만두 부자는 오늘의 장백현 마록구진 이도강촌에서 살았던 지주였다. 아버지 김정부의 집은 마가자대대(제1대대)에 있었고 아들 김만두도 결혼한 뒤에는 분가하여 마가자에서 20여 리 떨어진 배와자대대(제7대대)에서 따로 살았다. 당지에서 전해지는 이야기에 따르면, 김정부를 납치했던 항일연군에서는 처음에 김정부의 귀를 잘라 김만두게 보냈고, 후에는 또 코도 잘라서 보냈다고 한다. 이에 놀란 김만두가 즉시 항일연군에서 요구하는 물건들을 마련해 홍두산밀영으로 찾아가 아버지와 만날 수 있었다. 그러나 정작 만난 뒤 아버지의 귀와 코가 모두 붙어 있는 것을 보고 나서야 항일연군이 다른 만주군 포로의 귀와 코를 잘라서 보냈다는 것을 알게 되었다고 한다. 김정부는 집으로 돌아온 뒤에도 아들 김만두를 시켜 소도 10여 마리 항일연군에 가져다주었다. 이후 이들 부자는 경찰서에 불려가서 조사를 받았다. 김만두는 소를 가지러 왔던 김주현이 시키는 대로 "항일연군에게 빼앗겼다."고 둘러댔다고 한다.

그런데 강위룡 회고담대로라면, 그가 김성주와 함께 배와자에 찾아갔을 때는 김만두 집에서 살던 최 씨도 김성주가 알고 있었던 것이 된다. 최 씨 병 치료에 필요한 웅담 같은 약재들도 한 보자기씩 마련해 직접 갔다고 했다. 이는 이미 최 씨와 서로 알고 지냈음을 말해주며, 이들 사이에 중매자가 있었다면 김만두임이 틀림없다.

김성주 회고록에 따르면, 이들 부자는 후에 장백현을 떠나 왕청 하마탕으로 이사 갔다. 항일연군과 몰래 거래하던 상황을 경찰이 눈치 챘기 때문으로 보인다.

양일천의 기사 "국경의 비적 괴수 김일성 회견기"가 실린 『삼천리』 발행 일자가 1937년 10월 1일이니, 이때쯤이면 보천보전투에 이어 3종점전투와 간삼봉 전투에 이르기까지 장백현 경내에서 만주군뿐만 아니라 만주로 출정 나온 조선 주둔 일본군에게까지 김성주는 만만치 않은 인물이었다. 그가 조선인인 것은 이미 세상에 알려졌고, 나이도 서른 미만인 것이 드러났다.

"「마적 대장 金日成(김일성)」이라 하면 국경 일대에선 너머나 알니엇고 新聞紙(신문지)나 본 사람은 누구나 기억하리라. 總師長(총사장)이란 이름을 가지고 X에 가까운 滿人(만인), 朝鮮人(조선인) 부하를 이리저리 통제해 가며 습격 싸홈, 완강히 군대와 저항해 가며 산중 소굴을 지휘해 가는 그! 그는 과연 어떤 인간인고? 金鼎富翁(김정부옹)은 많은 흥미를 가지고 이 수수꺽기의 인간을 회견하였든 것이다. 후리후리한 키, 우락부락한 말소리 음성을 보아 고향은 平安道(평안도)인 듯. 예상보다 연령은 너머나 젊은 血氣方丈(혈기방장)의 30 미만의 청년. 그는 滿洲語(만주어)에 정통, 어대까지 대장이란 標的(표적)이 없고, 복장, 食飮(식음)에까지 하졸과 한가지로 기거를 같이하며 甘苦(감고)를 같이하는데 그 감화력과 포용력이 잇는 듯하게 보엿다."[43]

회고록에서 직접 인용한 『삼천리』 잡지의 기사 내용 가운데 "총사장이란 이름을 가지고 ×에 가까운 만인"이라는 표현은 무척 흥미롭다. '총사장'이란 바로 항일연군 내 직위였던 사장(師長, 사단장)을 뜻한다. 결코 '사령관', '장군님' 같은 명칭은 근본적으로 존재하지 않았음을 재차 증명해준다.

그렇다면 '×'와 '만인'은 무슨 뜻일까? 필자의 짐작에 이 기사를 썼던 양일천은 나름대로 '국경의 비적괴수 김일성'을 신격화하고 싶었던 것 같았다. '×'는 혹시 신(神) 자가 아니었을까, 그리고 양일천이 쓰고자 했던 만인은 한자로 '萬仞(아주 높거나 대단함을 이르는 말)'일 듯하다. 일제 총독부의 통제를 받았던 당시 조선 언론들이 오로지 살아 있는 일본의 천황과 전몰한 자국의 군인들에게만 가져다 사용할 수 있는 신 자를 함부로 조선인에게 가져다가 붙일 수는 없었던 것으로 보인다. 그리고 만인도 한자가 아닌 한글로 쓴 것은 변명하기에 따라 여러 가지 해석할 수도 있기 때문이었다. 예를 들면 만인은 '蠻人(미개한 종족)'으로도 해석할 수 있기 때문이다.

물론 김성주는 회고록에서 자신에 관한 이로운 표현만 인용할 뿐, 기사 전문은 소개하지 않았다. 기사 속 첫 머리에 들어 있는 '마적 대장'이란 표현도 숨겨놓았다.

이 기사 원문 서두 부분을 제목과 함께 소개한다. 당시 항일연군에 납치되어 밀영의 토굴감방들에 갇혀 지냈던 이들의 생활이 얼마나 지독하게 고달팠는지

---

43 양일천, "국경의 비적 괴수 김일성 회견기", 『삼천리』, 1937년 10월 1일 발행.

잘 보여주고 있다.

"백의동포 14명과 함께 인질로 '마적'대에 잡혀서 장백산 밀림 속에 인질로 잡혀가서 인간의 고초란 고초를 다 맛보고, 요행 탈출하여 나온 이 피의 눈물의 기록."

장백현은 백두산 밑 무서운 두메산골이므로 매우 숲 깊어서 본래 마적의 소굴로 유명하거니와 작추(지난 가을)부터는 북만 일대에 있는 마적까지 엄습하여 큰 수라장을 일구어 놓았다.

현내 우리 동포가 3천 호=2만 여의 인구를 산(算)하는데 작년 7월 이후 6개월간, 물경! 방화 소실된 가옥이 천여 호=피해 인원이 만(萬)에 달하거니 그 참담한 광경은 너무나 심하지 않았는가. 더구나 이것이 천재지변이 아니고 인간의 장난인 데야 어찌하랴! 돈을 빼앗기고 양식과 집을 잃은 수많은 동포들은 설풍(雪風)찬 이역에서 주린 창자를 움켜쥐고 지금 어느 곳에서 눈물과 한숨으로 이 봄을 맞이하는가.

북국(北國)의 봄은 오로지 유랑민의 봄이다. 압록강 두(頭)에는 봇짐과 이불짐에 바가지를 조롱조롱 매어달고 강을 건너가는 이도 많지만 대부분이 강을 건너온다. 왜 만주에 살지 않고 오느냐고 물으면 그들은 힘없는 소리로 '그놈들의 성화에 집 불 지르고 양식 빼앗기고 어찌 살겠소.' 하고 한숨을 지운다. 어느 해인들 강을 건너오는 이 없으리마는, 이 해 이 봄은 그 수가 더욱 많은 데야 어찌하랴!

마적! 그들은 왜 산중에서 칼을 갈지 않으면 안 되는가. 인간을 잡아먹는 업을 가지지 않으면 안 되는가…. 지난 4월, 장백현의 피랍동포 14명이 일시에 마적굴을 탈출하여 나왔다. 그들의 모험담과 마굴의 흑막을 알고자 필자는 장백 시내의 김정부·정도익 양 씨를 찾았다. 그들은 마적굴에서 7, 8개월이나 신음하던 분이라 얼굴이 붓고 상처가 많으며 고로(苦勞)가 역력해 보인다. 병여(病餘)의 몸이라 겨우 이야기는 시작되

었다.[44]

여기서 '마적'은 항일연군을 가리키는 호칭일 것이다. 나중에 항일연군과 직접 만났던 사람들의 관점이 어떻게 바뀌게 되었는지는 다른 문제다. 항일연군을 "산중에서 칼을 갈지 않으면 안 되는가. 인간을 잡아먹는 업을 가지지 않으면 안 되는가…."로 표현한다. 때문에 만주 지방과 달리 조선 국내에서 항일연군과 접촉한 적이 없는 주민들의 눈에 그들은 약탈과 노략질을 일삼는 마적일 수밖에 없었고, 김성주는 바로 그 마적의 괴수였다.

그러니 김성주에 관해 비교적 좋은 이야기를 했던 김정부나 김성주 부대와 거래한다는 의혹을 받았던 김만두도 1937년 이후에는 장백 땅에서 배겨날 수 없었을 것이다. 김성주가 장백의 한 농가에 숨겨두었다는 최 씨 역시 배와자를 떠나 다른 고장으로 이사한 때가 이때쯤이었을 것으로 짐작된다. 어쨌든 김성주가 최 씨에게 몰래 찾아갔던 일은 이미 비밀이 아니었다.

전영림은 구시산전투 이후 김성주와 사이가 틀어졌다. 전영림은 가는 곳마다 김성주를 험담했다. 전영림은 이때 공산당원이었기에 박덕산이 8연대 당위원회를 소집해 전영림을 비판하면 그는 댓바람에 김성주와 최 씨 관계를 들고 나왔다.

"내가 샤오쩐(김일성)보다 나이도 훨씬 많은 사람으로, 아들 같은 젊은이들과 함께 산속에서 자고 먹고 하면서 몸이 너무 고달파 아편 좀 피웠기로서니 이게 당성과 무슨 상관이 있단 말인가. 그러면 샤오쩐은 젊은 놈이 곁에 여자를 두고

44 양일천, "국경의 비적 괴수 김일성 회견기", 『삼천리』, 1937년 10월 1일 발행.

도 농갓집 과부한테로 몰래 다니는 것은 문제가 아니란 말인가. 더구나 배와자의 그 과부 남편은 얼구이즈 소대장이었음을 다른 사람은 몰라도 박덕산 너도 잘 알지 않나. 사장이면 그렇게 해도 되고, 연대장인 나는 아편 좀 피우는 게 안 된다는 말인가!"

전영림이 이렇게 떠들어대면 중국인 부하들은 곁에서 박수까지 치며 좋아라고 맞장구를 쳤다. 박덕산은 구국군 출신들의 안중에 전혀 없었다.

"아편이나 여자, 둘 중 하나는 허락해 주시오."

심지어는 이렇게 공개적으로 박덕산에게 요청하는 자들도 있었다. 워낙 중국인 대원 비율이 높다 보니 주재일 등 10여 명밖에 안 되는 8연대 조선인 대원들은 구동북군이나 구국군 시절부터 전영림을 따라다녔던 중국인 대원들 앞에서 기를 펼 수 없었다.

이 소문이 결국 김성주 귀에까지 들어가게 되었다.

'김산호만 살아 있었다면 전영림이 결코 지금처럼 나한테 대들지는 않았을 것이다.'

김성주는 전영림과의 사이가 최악에 달하자 전영림의 신임을 받으면서 8연대 정치위원으로 활동했던 김산호가 여간 그립지 않았다.

박덕산은 김성주 몰래 김재범과 의논하고 이 일을 전광에게까지 보고했다. 전광도 어디서 소문을 들었는지 김재범에게 물었다.

"내 귀에 들어온 소문에 따르면 김 사장이 이도강 어디에 사는 과붓집에 드나든다고 하던데, 그게 사실이오? 그 과부가 만주군 소대장 놈의 첩이었다고 하더군?"

"그것은 전 사령이 지어낸 거짓말입니다."

김재범은 김성주를 변호했다.

"전 사령을 이대로 두면 8연대가 통째로 무너질 수 있습니다. 전 사령과 구국군에서 함께 온 중국 대원들이 모두 전 사령 말만 듣고 사부 명령에는 복종하려하지 않습니다. 현재로는 전 사령을 다스릴 수 있는 사람이 주임동지밖에 없습니다."

"나보고 전영림의 8연대를 끌고 다니란 말이오?"

전광은 어이없어 김재범에게 되물었다.

"주임동지 외에 조아범 정위가 있었을 때도 전 사령이 결코 지금 같지는 않았는데, 지금은 6사에 그를 다스릴 사람이 없습니다. 전 사령 부대를 1군 2사로 보내고 1군 2사로 간 이흥소 참모장 부대를 다시 6사로 데려오면 안 될까요?"

김재범이 불쑥 이렇게 말하자 전광은 귀가 솔깃했다.

"좋은 방법이오. 그런데 이게 동무 생각이오? 아니면 김일성 동무의 생각도 반영된 것이오?"

"제가 주임동지를 찾아온 걸 알면 김 사장은 저를 가만두지 않을 것입니다. 8연대 박덕산 동무와 몰래 의논했습니다."

전광은 다시 물었다.

"재범 동무 보기에는 지금 김 사장과 라오챈(전영림) 사이를 무송에서 김 사장과 마덕전 사이와 비교하면 어느 쪽이 더 심하오?"

"마 연대장은 비교가 안 됩니다. 전 사령 쪽이 열 배는 더 심합니다."

전광은 머리를 끄덕였다.

"좋소. 위증민 동무와 만나면 한 번 의논해보겠소."

헤어질 때 전광은 특별히 김재범에게 주의를 주었다.

"6사에서는 김 사장과 속마음을 터놓고 이야기할 수 있는 사람이 동무뿐이니, 내가 부탁하더라고 말하지 말고 재범 동무가 알아서 잘 처리하여 주시오. 사

내자식이 여자에 너무 굶으면 안 되는 노릇이라 내가 이해는 하지만, 김 사장 곁에는 젊고 예쁜 여자가 있잖소? 비서처에 있는 그 동무 이름이 갑자기 생각나지 않소만, 선전간사인지 청년부장인지 무송에 있을 때 권영벽 동무 소개로 나도 얼굴을 한 번 본 적이 있소. 왜 그렇게 예쁜 애인을 곁에 두고도 농가 과붓집에 드나든다는 추잡한 소문이 나돌게 만드냐 말이오? 그것도 만주군 소대장 놈의 아내였던 여자를 말이오. 그 소대장 놈이 마작빚 대신 마누라를 내놓았다고 하더군. 라오챈이 바로 그놈들을 직접 죽여 버렸던 것 아니오."

이 말을 들은 김재범은 깜짝 놀랐다.

전광이 이처럼 아주 자세한 내막까지도 다 알고 있었으리라고는 미처 생각지 못했던 것이다. 그러나 다른 사람이 아닌 전광이 알고 있어서 정말 다행이라고 생각했다.

"이 소문이 언젠가는 위증민 동무나 조아범 귀에도 들어갈 것이오."

이 말은 조아범이 문제 삼아서 한바탕 들쑤셔대면 문제가 복잡하게 번질 수 있다는 소리였다.

"조 정위야 지금은 1군 2사 사장이니, 우리 2군 6사 일을 가지고 왈가불가할 일은 없잖아요."

김재범은 반신반의했지만 전광은 머리를 가로저었다.

"그렇지 않소. 1군이나 2군 모두 우리 1로군 부대이며, 중공당 남만성위원회가 지도하는 항일연군이오. 조아범 동무는 그 성위 위원이오. 조아범 동무와 위증민 동무가 얼마나 친한지는 동무도 잘 알지 않소. 만약 그들 귀에 들어가 이 일이 문제가 되면 그냥 '라오챈이 지어낸 거짓말'로 밀어버릴 수 있을 듯싶소? 그 여자를 데려와 물어보면 금방 들통날 일 아니오. 그러니 재범 동무가 알아서 뒤처리까지 말끔하게 하라는 것이오."

김재범은 비로소 전광의 말뜻을 이해했다.

"주임동지, 제가 돌아가는 길로 바로 그 여자를 처리하겠습니다."

36장

3종점

> "과거처럼 여전히 치고 빠지는 전술을 사용하면 안 되오.
> 이번에야말로 우리 6사와 4사, 그리고 1군 2사가 모든 병력을 한데 모아
> 놈들과 정면으로 마주 붙어볼 때요."

1. 2군 부대들의 회사

1937년 6월 10일로 돌아간다.

이날 김성주 일행은 오늘날의 장백현 19도구하 남쪽 용천진 임장(龍泉鎭 林場) 관할 산구에서 박득범과 최현, 임수산 등이 인솔한 4사 주력부대와 만났다. 보천보전투와 구시산전투가 발생한 지 불과 닷새밖에 지나지 않은 때였다. 3종점 북산에서 김성주를 대신해 만주군 고명 여단 산하 이해성 기병연대를 유인했던 조아범의 1군 2사는 이때 6종점과 가까운 곳에 있었다. 여기서 정안군 제8연대의 한 척후부대와 접전이 벌어졌다. 일본군 지도관 오다니(大溪) 소좌가 인솔하는 부대로 모두 일본인이었는데, 중국인 통역관 하나가 이 부대와 함께 손잡이를 돌리며 달리는 궤도차(소형 기차바퀴가 달린 손잡이 수레)에 앉아서 3종점 쪽으로

내려오다가 2사의 습격을 받고 생포된 것이다. 정안군은 일단 철수했다.

"우리는 요령성 금주에서 파견받고 나온 정안군입니다. 병사들 모두 금주와 복현, 개평 등지 사람들이라 이곳 지형을 잘 모르는 데다 원래는 만주군 제2혼성여단과 협동작전을 벌이기로 되었으나 아직 그들과 연락을 취하지 못해 척후부대가 한가구를 정찰하던 중이었습니다."

통역관이 이렇게 말했다.

조아범은 이홍소, 송무선 등과 의논했다.

"김일성 동무가 빨리 뒤따라 서지 않으면 우리 1군 2사가 자칫 3종점과 6종점 사이에서 만두 속이 되겠소. 빨리 우리 쪽으로 접근하라고 재촉해야겠소."

이때 3종점에 남아 조아범의 1군 2사와 함께 작전하던 손장상이 직접 한 중대를 이끌고 용천진으로 김성주를 마중 나왔다.

"아니, 어쩌자고 직접 왔습니까?"

"발등에 불이 떨어졌소. 6종점 쪽에서도 또 놈들의 연대 하나가 새로 나타났는데, 요령성 금주 쪽에서 새로 파견된 홍슈터우(정안군)들이오."

정안군이라는 소리에 왕작주가 호기심을 가지고 물었다.

"만주군 가운데 홍슈터우가 가장 무섭다던데, 정말 그렇던가요?"

"나도 아직 구경하지 못했소. 2사 교도대대가 놈들 척후부대와 교전했는데, 통역관 한 놈을 사로잡았소. 다른 놈들은 모두 빠져나갔소. 새 군복에 구두까지도 번쩍번쩍 빛이 난다고 하더군. 손잡이를 돌려 움직이는 이상한 궤도차를 타고 왔던데, 일본말로는 '구루마'라고 부른다고 하오. 우리가 그 궤도차를 한 대 빼앗았지만, 타고 다닐 일은 없잖겠소."

손장상 이야기를 듣고 나서 김성주가 왕작주에게 말했다.

"내가 영안에서 홍슈터우와 싸워본 경험이 있소. 그들이 사납고 무섭다는 말은 다 거짓이오. 그동안 우리가 상대해왔던 다른 만주군 놈들과 전혀 다를 게 없소. 좀 다르다면 각 소대와 중대에 일본군 놈들이 한둘씩 섞여 있다는 것뿐이오."

김성주는 행군하던 부대를 잠깐 멈춰 세우고는 왕작주와 함께 즉시 박득범과 최현에게 가서 작전방안을 의논했다.

"그러면 일단 뒤에 따라붙은 놈들부터 먼저 없애야 하지 않겠소?"

19도구하부터 계속 따라오는 마립문 보병연대를 두고 하는 말이었다.

"우리가 여기서 놈들과 전투하게 되면 3종점에서 6종점으로 1군 2사 부대를 쫓아가던 만주군 놈들이 다시 돌아올 것이고, 그때를 타서 1군 2사가 그놈들 배후를 공격하고 싶어도 6종점에서 몰려들 홍슈터우들이 걱정이오. 자칫하다가는 1군 2사와 4, 6사 모두 놈들에게 발이 묶여 빠져나가지 못할 수도 있소. 손장상 동무가 올 때, 조아범 사장이 자칫하다가는 1군 2사가 3종점과 6종점 사이에서 오도 가도 못할 수도 있다고 걱정했다고 합니다. 바로 그 때문 아니겠소."

김성주는 지도를 펼쳐놓고 한참 설명했다.

지도를 들여다보던 박득범은 3종점에서 6종점으로 이어지는 철도 곁에 몇 곳더 표시된 포대 기호를 발견하고 김성주에게 물었다.

"여기에 포대들이 이렇게 들어섰다면 6종점에서 목창자(木廠子. 횡산목창자)로 빠져 나가는 길도 다 막혀 버렸다는 소리 아닙니까?"

박득범이 이렇게 물었던 것은 3종점에서 전투한 뒤 바로 6종점 방향으로 철수하다가 목창자에서 우회하여 무송 쪽으로 빠져나가려는 의도였다. 이미 무산원정을 원만하게 마친 4사는 원래 작전계획대로 다시 무송으로 돌아가 양목정자에 본거지를 틀 계획이었다.

"목창자와 횡산 8호갑 쪽에는 병영까지 들어앉았소."

김성주가 이렇게 대답하자 왕작주가 놀라며 물었다.

"그게 어느 때 일입니까? 우리가 5월 한 달 동안 내내 만주군 마립문 연대와 용천갑에서 작전했는데, 잠깐 조선에 들어갔다가 돌아온 사이에 8호갑으로 이동했다는 말입니까?"

김성주는 그렇다고 대답했다.

"도천리 광복회 조직에서 최근에 보내온 정보요. 나도 이 정보를 받은 뒤 정찰조를 파견해 재차 확인까지 했소. 만주군 한 중대와 장백현 삼림토벌대 한 중대가 8호갑 쪽으로 들어와 주둔하기 시작했는데, 6종점에서 목창자 사이의 포대들도 모두 이놈들 것이오. 아무래도 우리가 23도구에서 철수할 때 다시 무송으로 돌아가리라 판단하고 미리 길목을 가로막은 게 아닌지 모르겠소."

"장백의 만주군 놈들은 만만치 않군요."

김성주의 설명을 들은 왕작주가 감탄했다.

"그게 무슨 소리요?"

"목창자 쪽을 가로막은 놈들은 틀림없이 19도구하부터 우리 뒤에 매달렸던 그 마 연대일 것입니다. 이놈들은 우리가 23도구 쪽으로 이동하자 바로 부대를 두 갈래로 나누어 한 갈래만 우리 뒤를 따라오는 척하면서 다른 갈래는 용천갑에서 8호갑 쪽으로 이동한 겁니다. 무엇 때문일까요? 우리가 압록강을 건너 조선 땅에 들어가 봐야 더 어디로 갈 수 있겠습니까? 어차피 불이나 지르고 다시 돌아 나와야 할 터인데, 조선 쪽 국경 경비부대들이 가만히 당하고만 있지 않고 우리 뒤를 쫓아 나올 거 아닙니까. 과거 우리가 한바탕 소란을 피운 다음에는 반드시 멀리 쭉 빠졌던 걸 대비해 무송 쪽 길들을 미리 차단하고 나섰을 겁니다."

왕작주의 설명을 듣고 박득범도 동감했다.

"왕 참모장 말씀에 일리가 있습니다. 장백의 만주군 놈들이 이렇게 대비했다면 무송 쪽에서도 방심할 리가 없습니다."

그러자 최현이 나섰다.

"목창자는 큰 산판이라 쌀이 많을 것이오. 가뜩이나 군량도 모자란 판이니 내가 여기 포대들을 모조리 쓸어버리겠소."

"아니, 안 됩니다. 설사 목창자 포대들을 다 날려 버릴 수 있어도 무송 놈들이 준비하고 있을 것이니 지금 상태로는 되골령을 넘어서도 쉽게 빠져나갈 수 없을 겁니다."

박득범이 최현을 말렸고 임수산도 동조했다.

"우리 4사의 금후 작전 방향은 전광 동지한테 보고하고 다시 계획해야 할 것 같소."

최현은 오히려 잘됐다고 좋아하는 눈치였다.

"이번에 6사 김 사장 부대가 보천보를 습격하는 바람에 우리가 베개봉에서 포위를 뚫고 나오기가 아주 수월했소. 까짓거 무송으로 돌아가는 길이 막혔다면 차라리 장백 땅에서 김 사장 부대랑 함께 한바탕 해보는 것도 나쁘지 않겠소."

그러자 왕작주가 흥분했다.

"만약 4사 부대가 무송으로 빠지지 않고 우리와 함께 한다면, 1군 2사까지 합쳐 우리 병력이 600여 명에 달합니다. 이 병력이면 장백 놈들과 정면으로 붙어볼 만합니다."

"정면으로 붙는다는 게 무슨 말이오?"

김성주가 물었다.

"먼저 가까이 있는 한가구부터 점령하고 나아가 횡산 지방을 모두 차지합시다."

왕작주는 5월 한 달 내내 마립문 보병연대에게 쫓겨 다녔던 일로 절치부심했다. 그런데 이번에 6종점과 목창자 사이의 무송으로 통하는 길목에 새로 증설된 포대들을 지키는 만주군 역시 마립문 연대라는 걸 알게 되자 달아오른 것이다.

"원, 평소의 왕 형답지 않게 오늘은 왜 이러시오?"

김성주가 웃었다.

"내가 틀린 말을 했습니까?"

"한가구를 점령하고 횡산 지방을 모조리 차지하면 만주군 놈들이 더는 나타나지 않을 것처럼 이야기하면 어떻게 하오."

김성주 말을 잠잠히 듣고만 있던 박득범도 의미심장하게 한마디 던졌다.

"백두산을 타고 앉으면 안전하겠지만, 압록강을 끼고 앉으면 위험합니다."

"백두산을 타고 앉는 것과 압록강을 끼고 앉는 것이 뭐가 다릅니까?"

왕작주가 고집했으나 박득범은 더는 대꾸하지 않았다.

김성주가 이미 왕작주의 주장에 동의하지 않았기에 군이 왕작주와 설전할 필요가 없었던 것이다. 박득범이 김성주에게 말했다.

"6종점 쪽의 홍슈터우들이 어차피 3종점으로 치고 내려올 것이니 우리는 빨리 이곳을 빠져나가야 합니다. 2사가 6종점 홍슈터우들과 대치하고 있다니 지금 빠져나가지 않으면 그쪽 2사뿐만 아니라 6사도 위험합니다. 그러니 우리 4사가 앞에서 목창자로 치고 나가겠소. 20도구에서 뒤따라오던 놈들이 지금쯤 배와자에 도착했을 겁니다. 놈들이 틀림없이 3종점으로 들어올 것이니 김 사장의 6사가 뒤에서 이놈들을 막아주시오. 우리가 목창자 포대들을 날려 보내면 김 사장뿐만 아니라 2사 조 사장 부대도 모두 목창자로 빠질 수 있을 겁니다."

김성주와 왕작주는 숙영지로 돌아왔다. 돌아오는 길에 왕작주가 감탄하듯 한마디 했다.

"4사 박 참모장은 과연 무서운 사람입니다."

"왜 그렇게 생각하오?"

"2사가 6종점 쪽에서 훙슈터우들을 막아주는 걸 뻔히 알면서도 당장이라도 쳐내려오는 것처럼 과장하지 않습니까. 여기 3종점에서 우리와 함께 마 연대를 섬멸한 뒤 목창자 쪽으로 나가도 늦지 않을 텐데, 지금 당장 떠나겠다고 서두르고 있습니다."

김성주도 동감이라는 듯 머리를 끄덕였으나 박득범을 거들어 주었다.

"병법에 병귀신속(兵貴神速, 군사행동은 언제나 신속해야 한다는 뜻)이라는 말이 있잖소. 뒤에 따라붙는 놈들은 우리 힘으로도 얼마든지 처치 가능하니 박득범 동무네가 바로 목창자로 이동하면서 우리가 철수할 출구를 미리 마련하는 것도 나쁘지 않을 겁니다."

그러자 왕작주는 걸음까지 멈추고 정색하고 김성주를 쳐다보았다.

"김 형, 그럼 이번에도 또 무송으로 내뺄 심산입니까?"

"아, 그 권한은 나한테 없소. 그건 전광 동지가 결정할 것이오."

"그렇다면 우리 둘이 함께 전광 동지를 만나봅시다."

김성주가 웃었다.

"한가구를 점령하고 횡산 지방을 차지하자는 왕 형의 작전 방안으로 전광 동지를 설득할 수 있겠소? 내 생각에는 좀 부족한데."

"아, 그건 내가 좀 흥분해서 한 소리였습니다."

왕작주도 따라 웃었다.

"내가 4사 박 참모장이 무서운 사람이라고 감탄한 것도 바로 그것과 관계있습니다. '백두산을 타고 앉으면 안전하겠지만, 압록강을 끼고 앉으면 위험하다.'는 말이 무슨 뜻인지 내가 왜 모르겠습니까. 만약 압록강을 넘었을 때 조선이 아니고 소련이나 몽골쯤 된다면 무슨 걱정이겠습니까만은, 지금 상황에서는 만주군이 압록강을 넘어 조선으로 들어갈 일은 없어도 조선의 일본군은 아무 때라도 언제든 장백 땅으로 들어올 수 있습니다."

왕작주가 이렇게 말하자 김성주는 머리를 끄덕였다.

"역시 왕 형은 나와 생각이 통합니다. 내가 지적하려 했던 것도 바로 그것이었소. 이제 전광 동지와 만나면 이렇게 설득해야 합니다. 첫째는 지금 우리가 처한 상황은 어쩌면 올해 2월에 리명수전투를 치르고 나서 바로 무송으로 피신했을 때보다 더 어려울 수 있다고 말이오. 비록 우리 병력이 그때보다 더 많고, 날씨도 따뜻해 장거리 행군하는 데도 별 어려움이 없소. 하지만, 왕 형이 23도구 쪽으로 이동할 때 뒤에 따라붙던 마 연대가 왜 갑자기 용천갑에서 8호갑으로 이동하여 목창자로 통하는 길목들에 포대들을 만들어놓고 무송으로 통하는 길목들을 모조리 막았겠소? 벌써부터 우리가 그쪽으로 빠져나갈 걸 대비한 것이 아니겠소. 이 점을 전광 동지한테 잘 설명해야 합니다. 이것이 둘째요. 셋째는 놈들도 이제는 치고 빠지는 우리 전술에 아주 익숙하다는 것이오. 하물며 무송과 임강 놈들도 모두 연락받았을 것이니 그놈들이라고 가만히 있을 리 없소. 때문에 우리가 정말 무송 쪽으로 다시 피신하려 해도 되골령으로 빠지는 길과 임강의 노령으로 빠지는 길도 이미 다 막혔을 것이오. 그러니 과거처럼 여전히 치고 빠지는 전술을 사용하면 안 되오. 이번에야말로 우리 6사와 4사, 그리고 1군 2사가 모든 병력을 한데 모아 놈들과 정면으로 마주 붙어볼 때요."

듣고 나서 왕작주는 크게 기뻐했다.

"역시 이 세상에서 나를 아는 이는 김 형뿐입니다."

왕작주는 김성주에게 권했다.

"내가 작전방안을 한 번 짜보겠으니 전광 동지에게는 김 형이 직접 찾아가 설득하십시오."

"좋소. 그럽시다. 대신 작전방안이 멋져야 하오. 최소한 4사 박득범이나 2사 이홍소 같은 이들이 모두 탄복하고 찍소리 못하게 해야 하오."

김성주가 부탁하자 왕작주가 진심을 내보였다.

"내 친구 성주, 나는 김 형 덕에 어려서부터 키워온 내 꿈을 이룰 수 있게 되었습니다."

"꿈이라니, 무슨 꿈 말입니까?"

김성주는 짐짓 놀라듯 왕작주를 쳐다보았다.

왕작주는 안경을 벗어 옷깃에 대고 닦으면서 겸연쩍은 표정으로 속마음을 털어놓았다.

"사실은 내가 좀 주제넘기는 합니다. 김 형 앞에서 무엇인들 숨기겠습니까. 내 별명 승제갈도 실은 남들이 지어준 게 아니고 내가 지어서 남들한테 그렇게 불러달라고 만든 것입니다. 그런데 김 형 부대에 와서 참모장직을 맡기 전까지 한 번도 제대로 된 전투를 지휘해보지 못 하고 기껏해야 까막눈들 무리에 초청받아 가서는 꾀나 대주고 뒤치다꺼리 좀 해준 것밖에 없었습니다. 그러다보니 배워둔 군사지식까지 아무짝에도 쓸모없어 정말 사는 재미가 없었습니다. 그런데 김 형과 만나고 나서 그동안 나의 작전방안과 계책들을 거절하지 않고 모두 써주지 않았습니까. 더 고마운 것은 김 형이 나를 일반 군사참모로 대하지 않고 때로는 부대까지 갈라 군사지휘권까지 맡겨주었으니, 이 때문에 나는 전투할 때마다 한두 번만 생각해도 될 일을 열 번, 스무 번도 더 생각하고 조심하는 걸 김 형이 아는지 모르겠습니다."

김성주는 모르쇠하며 머리를 흔들었다.

"아닌 것 같은데, 왜인지 내 귀에 들리는 소문에는 왕 형 말은 내가 다 귀담아

듣지만, 내 말은 왕 형이 절반만 듣고 절반은 귓등으로 흘린다고 하더군."

그러자 왕작주는 펄쩍 뛰었다.

"아이고, 그건 정말 오햅니다. 작전과 관련해 단 반 마디도 귓등으로 흘렸던 적이 없소이다. 내가 흘렸던 말들은 다 정치와 관련한 내용들입니다."

"그러니까 어쨌든 흘리긴 흘렸다는 소리 아닙니까."

김성주는 일부러 화가 난 표정으로 따졌다.

"인정하겠소. 사실은 그랬습니다. 내가 잘못했습니다."

왕작주가 이렇게 나오자 김성주는 웃음을 터뜨렸다.

"왕 형답지 않게 또 무얼 잘못했다는 거요. 누구 말이라도 듣기 싫은 소리라면 귀를 닫는 게 정상이지, 억지로 듣는 척할 필요 없습니다. 나는 오히려 왕 형의 그 진실함이 더 마음에 들었소. 나도 그게 좋습니다. 유감스럽게도 나는 왕 형처럼 살지 못했소. 동만에서 유격투쟁을 할 때는 싫은 소리, 옳지 않은 소리, 틀린 소리를 듣고도 제대로 반박하지 못했고, 왕 형처럼 못 들은 척 외면하지도 못 했습니다. 그때는 정말 뻔히 틀린 걸 알면서도 복종하고 충성하지 않으면 안 되었소. 그렇게 하지 않으면 아예 살아남을 수 없었으니까."

김성주는 왕청 시절을 떠올리며 말했다.

왕작주는 머리를 끄덕였다.

"내 그래서 '참모장이 당에 입당하지 않으면 어떻게 하느냐.'고, 몇 번이나 찾아와 권고하는 김재범 동무에게 말했습니다. '내가 정치간부도 아닌데 꼭 입당을 해야 하냐.'고요. 그랬더니 김재범 동무가 뭐라고 했는지 압니까? '지금 참모장 역할이 그냥 참모장에 불과하냐고, 거의 김 사장 분신 아니냐.'고 했습니다. 엊그저께도 또 그 소리를 하길래 '김 사장 분신으로 나 혼자만 놀았냐고, 오중흡이 보천보에서 민가를 털 때도, 전 사령이 배와자에서 지주 집을 털 때도 모두 김일성이라 하지 않았냐.'고 했더니 더는 말이 없었습니다. 내가 마지막으로 한 번 더 묻겠습니다. 농담이 아닙니다. 김 형이 보기에도 내가 꼭 입당해야 합니까?"

김성주는 웃음을 거두고 엄숙한 표정으로 머리를 끄덕였다.

"어서 입당신청서를 쓰오. 나와 재범 동무가 왕 형의 입당 보증을 서기로 했습니다."

"내가 아직도 당원이 아니라는 걸 전광 동지도 알고 계신가요?"

"재범 동무가 그랬소. 왕 형이 아직도 중공 당원이 아니라는 말을 듣고 전광 동지가 깜짝 놀랐다고. '왕작주 동무야말로 장차 군 참모장뿐만 아니라 총부 참모장까지 맡아서 해낼 사람인데, 아직까지도 당원이 아닌 게 말이 되냐.'면서 6사 당위원회에서 책임지고 올해 안으로 왕 형을 당 조직에 받아들여야 한다고 특별지시까지 내렸다오. 그러니 정치와 관련한 일에 귀 닫고 사는 일은 그만해야 하오. 내 말이 무슨 뜻인지 알겠소?"

"좋습니다. 김 형 부탁이니 듣겠습니다."

왕작주가 이렇게 약속하자 김성주는 그의 어깨에 손을 얹으며 반겼다.

"전광 동지가 왕 형을 높이 평가하고 있으니 언젠가 그런 날이 올 것이오. 우리가 아직 1로군 총지휘관인 양정우 동지를 만나지는 못했지만, 그날이 오면 그때야말로 왕 형은 진짜로 제갈량도 이기는 승제갈의 꿈을 이루게 될 것입니다."

김성주가 웃으며 하는 말에 왕작주의 얼굴에도 미소가 피어올랐다.

"아, 그런 날이 왔으면 좋겠소. 나와 김 형이 함께 양 총지휘의 손발이 됩시다."

두 사람은 싱글벙글 웃으면서 지휘부로 돌아왔다.

2. 3종점전투

6사 주력부대는 그날 밤 3종점 북산으로 이동했다. 이때 배와자에서 그들 뒤에 따라붙었던 만주군은 앞에서 잠깐 소개한 장백현 출신 만주군 기병중대장 주복귀(朱福貴) 부대였다. 이 부대는 배와자에서 3종점 북산이 바라보이는 중간 지점까지는 말을 타고 들어왔으나, 갑자기 길이 끊어지면서 말들이 철길 주변 양쪽을 덮은 자갈 위로 걸을 수 없게 되었다.

당시 만주의 산간 철도들은 철도 밑 지형이 계절마다 변형되어 레일이 휘어지는 현상을 막기 위해 돌이나 자갈 무더기로 철도 노반을 유지했다. 그런데도 봄이나 여름이면 얼었던 땅이 녹으면서 레일이 휘어져 열차가 전복하는 사고가 종종 생겼다. 남만철도주식회사에서는 이런 사고를 방지하기 위하여 수동 궤도차를 각 기차역에 보급했다. 이 궤도차를 타고 기차가 출발하기 전에 먼저 철로를 달리면서 이상 여부를 검사했다. 이런 궤도차를 본떠 나무판자로 탄광차 비슷하게 만든 밀차들이 궤도차 뒤에 일고여덟 개씩 매달려 달리는 일이 흔했다. 맨 앞과 뒤에 궤도차가 있고 그 사이에 밀차들을 단 것이다. 이 밀차에는 사람이 탈 때도 있지만 땔나무 장작을 가득 싣고 달릴 때도 있었다.

주복귀 기병중대는 말을 타고 갈 수 없게 되자 밀차 10여 대를 구해 말들을 실었다. 병사들은 곁에서 밀차를 밀었는데, 철로가 오르막이어서 다음날 새벽녘인 6월 11일 새벽 4시경에야 비로소 3종점 북산 기슭에 도착할 수 있었다. 그 뒤로 500m 간격을 두고 양 씨 중대가 천천히 따라왔다. 지칠 대로 지친 기병중대 병사들이 여기저기 말들을 풀어놓고 쉬고 있었다.

양 씨 중대에서 먼저 도착한 첨병들이 이 광경을 보고 급히 돌아가 보고했다.

"그럼 우리도 여기서 좀 쉬다가 날이 완전히 밝은 다음에 보자."

양 씨도 휴식 명령을 내렸다. 밤새 한잠도 자지 못 했던 양 씨 부대 병사들도 여기저기 아무렇게나 땅에 드러눕기 시작했다. 아침 8시쯤 되었을 때, 양 씨 중대에서 한 취사병이 자기 소대 병사들에게 아침밥을 해먹이려고 모닥불을 피웠다.

그런데 간밤에 목창자 쪽으로 이동하다가 길을 잃어버린 4사 부대가 멀지 않은 곳에서 숙영하고 있었다. 최현은 한 소대를 파견하여 모닥불이 피어나는 곳을 정찰하게 했다. 소대장은 류삼손(柳三孫)[45]이었다.

---

45 류삼손(柳三孫, 1915-1958년) 광복 이후 류경수(柳京洙)로 더 알려진 북한군 전차(탱크)부대 첫 지휘관이었으며 1958년 11월 19일에 사냥 나갔다가 부하의 카빈소총 오발 사격으로 43세에 사망했다. 본적은 함경남도 신흥군 신흥면이나 태어난 곳은 중국 길림성 연길현 팔도구 대흥촌이다. 1930년에 대흥촌에서 20여 리 떨어진 부암동 수동촌에 '개량사숙'이라는 사립학교가 세워졌는데, 여기에 중공당 동만특위의 파견을 받고 한어교원으로 부임했던 곽지산(郭池山, 1904-1944년)의 도움으로 학비를 면제받고 공부했다. 곽지산의 이름은 곽창영이며, 김일성은 곽찬영으로 잘못 기억하고 있다. 곽지산은 1938년에 제1로군 군부 부관이 되었다.
류삼손은 1931년 열여섯 살에 태평구 돌문안공청조직 책임자 겸 소년선봉대 소대장이 되었고, 1932년 춘황투쟁 때 지주 집에 불을 질렀다가 체포되어 용정감옥에 투옥되었으나 그곳 농민들이 지주를 협박하여 감옥 당국에 찾아가 류삼손을 용서한다는 진정서를 바치게 하여 바로 풀려났다. 이후 곽지산 소개로 연길현유격대에 참가했다. 1932년 10월에 '반민생단 투쟁'의 시발점이 되었던 송노톨사건 때 노두구 매봉산에서 일본 헌병 고노를 사살하고 통역관 주모를 사로잡았던 최현 일행(연길현유격대 장총분대)에 류삼손도 있었다. 반민생단 투쟁 때 곽지산은 연길연대로 불리던 제2군 독립사 1연대 1중대장이었고 최현과 류삼손은 모두 1중대에 소속되어 있었다. 곽지산이 민생단 혐의를 쓰게 되었을 때 증인으로 불려 나왔던 류삼손이 귀뺨을 30여 대나 맞으면서도 자기 은사였던 곽지산이 민생단이 아니라고 잡아뗐던 일로 유명하다.
이후 왕덕태의 도움으로 민생단 혐의를 벗은 곽지산은 1연대 부관이 되었고, 최현이 중대장직을 이어받았으며 류삼손은 소대장이 되었다. 원체 명사수인 데다 용감했고, 또 최현을 따라다녔던 시간도 아주 길어 김일성까지도 회고록에서 처음 최현과 만날 때의 일을 이야기하면서 류삼손도 언급한다. "김 대장, 저 삼손이가 나이는 어려도 싸움군입니다. 애가 녹록치 않수다." 최현이 김일성에게 류삼손을 소개하면서 이렇게 칭찬하자, 김일성도 "저 삼손이는 어느 모로 보든지 욕심나는 싸움군입니다. 우리의 상봉 기념으로 저 애를 우리한테 넘겨주지 않겠습니까?"라고 요청하는 대목이 나온다.
이런 일화들 외에도 류삼손을 가장 잘 소개하는 책이 있는데, 바로 임춘추가 직접 쓴 장편소설 『청년 전위』다. 1970년에 북한 사로청출판사에서 처음 출판된 후 임춘추가 사망한 뒤에도 여러 번 재판되었는데, 현재 이 책은 북한에서는 '혁명전통교양도서'로 가장 첫 손에 꼽힌다. 류삼손은 이 책의 주인공이다. 소설임에도 불구하고 이 원고를 먼저 읽었던 김일성이 류삼손 본명을 그대로 사용

류삼손은 처음에 취사병만 납치해 최현에게 돌아가려 했으나, 한 대 얻어맞고 정신을 잃었던 취사병이 류삼손 일행에게 번갈아 업혀가다가 도중에 의식이 돌아왔다. 취사병은 자기를 업고 있는 대원 옆구리에 매달린 수류탄 주머니를 발견하고 수류탄 한 개를 꺼내 손가락을 심지에 걸고 위협했다.

"나를 내려놓지 않으면 수류탄을 터뜨리겠다!"

취사병을 등에 업고 있었던 대원이 깜짝 놀라 취사병을 내동댕이쳤는데, 땅

하도록 허락했다는 설도 있다. 이는 아주 특별한 경우라고 하지 않을 수 없다. 1970년대면 김성주와 함께 살아 돌아왔던 빨치산 시절 동료들이 꽤 많이 생존해 있던 시절이기도 했다. 유일체제가 한창 자리잡아가던 북한에서 소설 속에 실제 인물 이름을 사용한 것은 김일성을 제외하고 류삼손이 처음이었던 셈이다.

류삼손은 1937년 무산지구 국내진공작전과 그 이후의 간삼봉전투, 1938년과 1939년 사이의 천보산전투와 한총령전투에도 참가했다. 1940년 말에는 하바롭스크를 거쳐 소련으로 들어갔고 소련 홍군간부학교에서 훈련받았다. 국제교도여단 시절 류삼손은 김일성이 대대장으로 있던 제1대대 산하 1중대 부소대장과 1중대 1소대장이었고, 1941년 봄에는 김일성의 파견으로 위증민을 찾으러 화전현 로금창까지 몰래 들어갔다가 나오기도 했다. 1945년 광복 이후 북한으로 돌아가 북한군 창설에 참가했다. 1947년 5월 16일 북한군 최초의 전차 부대인 제115연대가 창설되자 연대장이 되었으며, 이 부대는 후일 제105탱크여단으로 개편되었다. 1950년 6·25전쟁 당시 제일 먼저 서울로 입성했던 부대가 바로 류삼손이 지휘했던 제105탱크여단 산하 35탱크연대 1대대 3중대 소속 제312호 전차였다. 류삼손은 직접 서울중앙청 건물에 인공기를 게양하는 일을 지휘했고, 서울에서 미처 철수하지 못하고 서울대학교병원과 신촌 세브란스병원에 입원하고 있었던 한국 국방군 부상병들과 우익인사들을 골라내 사살하라는 명령을 내리기도 했다. 대전을 함락할 때도 류삼손의 탱크부대가 앞장섰다. 때문에 한창 전쟁 중이던 1950년 7월에 류삼손의 탱크부대는 '근위대' 칭호와 함께 '근위 서울 제105탱크사단'으로 승격했고, 류삼손은 사단장과 함께 '공화국 영웅' 칭호까지 받았다. 이후에는 북한군 제3군단 군단장까지 되었다. 휴전 이후 류삼손은 북한군 제5군단장이 되었고 상장 군사직함과 제1집단군 사령관에 임명되기도 했다. 이후 제2집단군 사령관으로 옮겼다가 다시 제1집단군 사령관으로 되돌아오기도 했다.

일설에는 오발 사고가 아니라 뇌질환으로 사망했다고도 한다. 한국에서는 1961년경 김일성에게 대들다가 숙청당한 것으로도 알려졌으나 이는 사실이 아니다. 왜냐하면 이때는 류삼손이 이미 사망한 지도 2년이 되었기 때문이다. 남달리 류삼손을 총애했던 김일성은 1968년 9월에 류삼손의 사망 10주기를 맞으면서 그의 본적지로 알려진 함경남도 신흥군 신흥읍에 동상을 세워주기도 했다. 이는 최춘국에 이어 두 번째였다. 현재 대성산혁명열사릉에도 그의 반신상이 세워져 있다. 그의 아내 황순희(黃順姬, 1919년 5월 3일생) 역시 항일연군 여대원 출신으로 2020년 1월 17일에 사망했다. 북한 혁명박물관 관장 겸 노동당 중앙위원회 정치국 후보위원이었으며, 살아 있는 동안 김일성과 김정일, 김정은에 이르기까지 최고의 원훈(元勳)으로 내우받았다.

바닥에 나뒹굴던 취사병 손에 걸린 수류탄 심지가 빠지고 말았다.

"쾅!" 하는 굉음과 함께 여기저기에서 만주군들이 달려들었다.

중대장 양 씨는 미처 말에 오르지도 못한 채로 손에 기병도만 들고 뒤를 쫓았다. 류삼손 소대는 싸우며 달아났다.

양 씨는 복부에 총을 맞고 창자까지 흘러나왔다고 회고했다.

"한참 뒤를 쫓아가다가 갑자기 두 다리가 무거워지면서 걸음이 내디뎌지지 않았다. 아래를 내려다보니 배에서 창자가 흘러나왔는데, 글쎄 창자가 주변 나뭇가지에 걸려 있었다. 난 깜짝 놀랐지만 정신을 잃지 않고 창자를 걷어 창자에 묻은 먼지와 나무 이파리 같은 것을 다 뜯어내고는 다시 배 속에 밀어 넣고 헝겊으로 배를 꽁꽁 감쌌다."[46]

이런 이야기를 들려주면서 양 씨는 뱃가죽에 난 총상 자리를 보여주기도 했다. 그 후 다시 수술받지도 않았다고 했다. 창자를 꺼내 씻지도 않고 대충 손으로 털어서 배 속에 밀어 넣은 대로 총구멍을 봉합했는데, 40여 년이 지난 지금까지도 별 탈 없다는 것이다.

어쨌든 양 씨의 기병중대 쪽에서 먼저 울린 총소리는 주복귀 중대와 아주 가까운 3종점 북산 기슭에 매복했던 6사 부대를 놀라게 했다. 이때 6사 매복지점과 아주 가까운 거리까지 접근하여 잠깐 쉬던 주복귀 중대도 주복귀의 처남 장광감(張廣監)이 한 소대를 이끌고 북산을 수색하고 있었다. 다음은 중국 측 자료 한 토막이다.

---

46 취재, 양 씨(楊氏, 양눈먹쟁이, 독안룡) 중국인, 만주군(2여단 기병중대장) 생존자. 취재지 통화, 1984.

"만주군 여단장 고명은 소보구 집무실에 잠복시킨 정탐 마금취[이자는 토벌대 스파이로 공방에서 잡무(잡역부)로 가장하고 있었음]에게서 정보를 입수한 뒤, 도중에 항일연군으로부터 매복 공격 받을 것을 염려하여 대오 간 거리를 두고 뒤에서 독전하며 차근차근 진을 쳐나갔다. 또한 사전에 기병연대 산하 제1중대는 장광감 소대장으로 하여금 첨병소대를 인솔토록 하고 화력정찰을 진행하면서 천천히 전진했다. 아침 9시쯤에 첨병소대는 3종점에 도착했다. 피로가 극도에 달한 만주군은 총을 걸어놓고 휴식을 취하면서 후속부대를 기다리고 있었다. 항일연군 사단지휘부(6사)는 원래 첨병소대를 놓아 보내고 주력부대를 갈라놓은 후 앞머리와 뒤꼬리가 서로 돌보지 못하게 하려 했다. 뜻밖에 8연대의 한 전사가 반강방자전투 중 희생된 여전사(도천리의 박춘자)의 복수를 하려는 마음으로 공격신호를 기다리지 않고 경솔히 총을 쏘아 아군이 적에게 폭로되었다."[47]

이는 당사자였던 만주군 중대장 양 씨나 주복귀가 남긴 증언과는 다른 내용이지만, 8연대 한 대원이 공격신호를 기다리지 않고 총을 쏘아 아군이 적에게 폭로되었다는 대목은 무량본 회고담에서 가져온 듯하다.

"실은 우리 쪽에서 아직 공격명령을 내리기도 전에 주변 숲속에서 갑자기 수류탄이 먼저 터지는 소리가 울렸는데, 그 바람에 우리가 매복하던 진지 앞으로 거의 다가왔던 수색대도 놀라서 되돌아가려 했다. 어차피 누가 총을 쏘아도 쏘게끔 되어 있었던 것이다.

전투가 끝난 뒤 처음에는 사부에서 그 대원을 처형하겠다고 하더라. 사람이 내려와서

---

47 「抗聯第一路軍在長白縣的主要戰績之一—三鍾點戰鬥」, 『長白縣志』, 1998, 第3期.

그 대원 총을 빼앗고 포승까지 지워서 사부로 데려갔는데, 전 사령이 같이 따라가서 김일성을 만나 한바탕 따지고 들었다. 그때 김일성이 그 대원을 풀어주려고 하지 않자 전 사령이 김일성 먹살까지 잡는 일이 발생했다. 나중에 4사 부대가 도착해 3종점 인근에서 만주군과 먼저 전투가 발생했던 정황을 알게 되었다. 그래서 김일성도 그 대원을 처형하지 않고 풀어주었다.

참모장이 직접 그 대원을 이끌고 우리 8연대로 내려왔는데, '놈들의 배후에서 전투가 먼저 발생했기 때문에, 만약 그 대원이 총을 쏘지 않았더라면 놈들이 미리 놀라서 도망갔을지도 모른다.'고 하면서 오히려 그 대원한테는 '네 덕분에 그나마 몇 놈이라도 사살할 수 있었다.'고 칭찬까지 해주었다.'[48]

무량본은 3종점전투의 전과도 자세하게 설명했다.

3종점전투는 오발 사고가 공격명령이 되어버린 셈이었고, 산림철도 양쪽 산언덕에 매복했던 6사 7, 8연대가 동시에 산 아래로 일제히 총탄을 퍼부었다. 주복귀 기병중대는 소대장 장광감을 비롯해 첨병소대 8명이 모두 사살되는 걸 눈앞에서 보면서도 함부로 덤빌 엄두를 내지 못했다. 일정 거리를 두고 뒤따라오기로 되어 있었던 양 씨 중대 쪽에서도 전투가 벌어졌기 때문이다.

일단 놀란 말들이 사방으로 흩어져 달아나기 시작했다. 잽싸게 말에 매달린 만주군 기병 몇몇이 총탄을 맞고 땅바닥에 굴러 떨어졌다. 6사 주력부대 200여 명이 동시에 철도 쪽으로 내려오면서 고함을 질렀다.

---

48 『我在東北抗聯的日子』, 吳良本訪談錄(未出版), 楊剛 整理, 1977.
　　『吳良本革命歷史簡歷』, 江西省南昌市政協文史委 提供, 2002.
　　『被遺忘的抗日英雄-金日成部隊的中國連連長吳良本』, 許祿山 整理, 2002.
　　취재, 허록산(許祿山) 중국인, 강서성 남창시 무장부 이직간부, 시 정협문사연구위원. 취재지 남창, 1999.

"총을 버리고 손을 들어라. 죽이지 않는다."

주복귀는 순간 포위에 들었다고 판단했다.

'공비들이 기껏해야 70~80명밖에 되지 않는다고 하더니만, 어디서 이렇게 많은 공비들이 나온다는 말인가! 최소한 200~300명도 더 되잖은가!'

양 씨 중대 쪽에서도 총포탄이 터지는 소리가 울리자 철수도 할 수 없다고 판단한 주복귀는 부대를 버리고 혼자 철길을 따라 3종점 댐 쪽으로 허둥지둥 달아났다. 도중에 군복과 구두까지 다 벗어던졌다고 한다.

한편 양 씨 중대도 처음에는 항일연군이 10여 명밖에 안 되는 줄 알고 뒤를 쫓다가 4사 주력부대와 만났다. 중대장 양 씨가 배에 총상을 입은 데다 3종점 북산 밑까지 바짝 들어갔던 주복귀 중대에서 죽지 않고 달려온 패병들이 말했다.

"공비들 수백 명이 3종점에서 이쪽으로 오고 있습니다."

"수백 명이라니, 도대체 얼마나 되더냐?"

"넉넉히 200여 명은 됩니다. 아무래도 우리가 모두 포위에 든 것 같습니다."

양 씨는 철수명령을 내리지 않을 수 없었다.

4사 1연대가 이때 총소리를 듣고 3종점 쪽으로 접근하기 시작했던 것이다.

취사병을 업고 오다 놓쳐버린 류삼손 소대는 최현이 직접 부대를 인솔하고 접응하러 달려오자 바로 돌아서서 선대가 되어 돌격했다.

한가구와 20도구 사이의 철도 머리 쪽에 지휘부를 두었던 여단장 고명은 그러지 않아도 항일연군의 매복에 걸려들까 봐 양 씨 중대와 주복귀 중대 사이 간격을 고의로 벌려놓았는데, 앞에서 3종점으로 들어갔던 주복귀 중대보다 양 씨 중대에서 먼저 전투가 발생하자 깜짝 놀랐다.

"6종점에 들어와 있는 정안군에 연락하여 응원부대를 요청합시다."

고명의 참모장이 곁에서 의견을 말했다. 고명은 즉시 정안군 8연대장 장조(張

兆)에게 전화했다.

"우리가 도착할 때까지 버틸 수 있겠소?"

장조가 이렇게 묻자 고명이 약속했다.

"6종점에서 궤도차를 타면 30분 정도면 3종점까지 도착할 수 있을 터이니, 그때까지 어떻게든 버텨보겠소."

하지만 장조가 파견한 정안군 8연대 일본인 중대장 코바야시 카즈오(小林一雄 上尉)가 한 중대를 데리고 3종점으로 내려오다가 1군 2사 현계선 부대에게 앞을 가로막혔다. 그런데다 직접 4사 1연대와 전투하던 양 씨의 기병중대가 무너지면서 박득범이 최현과 부대를 절반씩 나누어 바로 고명의 여단 지휘부를 공격했다. 중국인 필서문의 4사 2연대 70여 명과 최현 1연대에서 차출한 중국인 중대장 동숭빈의 2중대 30여 명이 함께 참가했다.

동숭빈의 회고담에 따르면, 이때 고명은 4사에 생포당할 뻔했다. 만약 그랬다면 항일연군은 장백현에서 만주군 소장[상교(上校, 대령과 중령 사이의 장교를 뜻함)라는 기록도 있다.]을 생포하는 어마어마한 전과로 기록되었을 것이다. 더구나 고명의 신분이 장백 지구 토벌사령관이었으니 만주군 10여 명밖에 사살하지 못했던 3종점전투보다 20도구 '철도머리'에서 치른 전투가 훨씬 큰 의미가 있었을 것이다.

그래서인지는 모르겠으나, 김성주는 회고록에서 이때의 전투에 대해 거의 언급하지 않는다. 만약 무량본의 증언대로 이 전투 직후 오발사고를 낸 대원의 처형 문제로 전영림에게 먹살 잡힌 일이 사실이라면, 가장 머릿속에 떠올리기 싫은 나쁜 추억 중 하나일 수밖에 없을 것이다.

그러나 김성주도 3종점전투에 관해 철저히 외면한 것은 결코 아니다. 회고록 『세기와 더불어』 제6권 17장 3절 '지양개군민연환대회'에는 이런 내용이 나온다.

"(지양개에서) 연환대회 준비로 분주한 때에 흥을 깨는 정찰정보가 들어왔다. 위만군
(만주군) 혼성여단장이 인민혁명군을 '토벌'하겠다고 하면서 장백을 떠나 한가구 쪽
으로 출동하고 있다는 것이었다. 우리는 최현과 함께 맞받아나가서 그 부대를 일격
에 소멸했다. 여단의 패잔병들은 혁명군의 습격을 받고 어찌나 혼쌀(혼쭐의 북한어)이
났던지 자기네 동료들이 무리죽음을 당한 그 싸움터에 난 길을 가리켜 '랑아도'라고
했다."

무책임하고도 황당한 서술이다. 잠깐 따져보자. 여기서 "위만군 혼성여단장"
은 다름 아닌 만주군 장백 지구 토벌사령관 고명을 가리킨다. 고명 부대가 만주
군 제2혼성여단으로, 총병력은 보병 한 연대(연대장 마립문, 중국인)와 기병 한 연대
(연대장 이해성, 중국인)를 합쳐 2,500여 명 남짓했다. 여단장이 직접 출동했다면 한
소대나 중대 규모는 아니었을 것이다. 최소한 한 대대나 한 연대가 함께 작전했
어야 옳다.

실제로 3종점전투 당시 고명 토벌대 척후는 주복귀의 기병중대가 섰다. 그 뒤
5리 간격으로 양 씨의 기병중대가 따랐다. 여단장 고명의 지휘부는 20도구 철
도머리에 있었고, 이 지휘부를 곧바로 공격한 사람은 김성주나 최현이 아닌 4사
참모장 박득범이었다. 당시 박득범이 인솔한 4사 제3연대에서 사망자 30여 명
이 발생했다. 대신 6사 쪽에서는 단 한 명도 사상자가 없었으나 사살했던 만주
군은 당시 척후병을 이끌고 들어왔던 기병중대장 주복귀의 처남인 소대장 장
광감과 8명뿐이었다. 결과적으로는 박득범이 4사 병력을 분산시켰기 때문에 양
씨 기병중대도 섬멸하지 못했을 뿐만 아니라, 20도구 철도머리 쪽을 공격하다

가 마립문의 보병연대가 신속하게 달려왔기 때문에 선두에서 공격하던 필서문의 4사 2연대에서 30여 명이나 되는 전사자가 발생하고 말았던 것이다.

이 일로 필서문과 박득범 사이가 또 틀어졌다. 두 사람은 총까지 뽑아들고 서로 죽여 버리겠다고 싸우다가 임수산이 뜯어말려서 가까스로 멈췄으나 이때 필서문의 4사 2연대의 무너진 기본 병력은 회복되지 못했다. 필서문은 2년 뒤인 1937년 7월에 박득범, 최현 등이 모두 제3방면으로 개편될 때 따라가지 않고 김성주의 제2방면군으로 편입되었다.

한편, 3종점전투에서 부하들을 다 버리고 혼자 돌아왔던 만주군 기병중대장 주복귀는 직위 해제되었고, 중상 당한 양 씨도 만주군으로 복귀하지 못했다. 주복귀는 후에 아내와 함께 술과 고기를 마련해 처남 장광감과 부하 여덟 명이 피살당했던 3종점 철도 서쪽에 찾아와 제사를 지내고 나무비석을 만들어서 세워놓았다. 비석 뒷면에는 전사자 8명의 이름이 쓰여 있었다.

이 나무비석은 3종점 철도 서쪽에서 북산으로 통하는 오솔길 가에 있었는데, 언제부터인가 이 오솔길에는 '랑아도(狼牙道)'라는 이름이 생겼다. 글자대로 해석하면 '승냥이 이빨 같은 길'이라는 뜻이다. 그곳 벌목공들이 이 오솔길을 지나 다니다가 나무비석에 이렇게 낙서해놓았다.

"누가 다시 감히 랑아도에 올 것이냐!"[49]

---

49 원문 看誰再敢來闖狼牙道!

3. 토라 헤이단

3종점전투 직후였다. 그동안 6종점에 주둔하던 정안군 장조의 8연대 본부가 간삼봉과 가까운 팔반도(八盤道)로 갑자기 이동했다. 팔반도는 오늘의 장백현 보천산진(寶泉山鎭)에 있는 당시 꽤 큰 촌락이었다. 김성주가 회고록에서 언급하는 로국소(老局所)도 팔반도 주변의 넓은 고원에 흩어져 있던 로보갑(老保甲), 란가점(欒家店), 구가점(邱家店), 신남강(新南岡), 대외자(大崴子), 료황지(撩荒地) 같은 10여 개의 자연 부락 중 하나였다. 그 가운데 팔반도가 가장 컸다.

원래 팔반도에 주둔하던 마립문의 보병연대 산하 한 대대가 이때 20도구로 이동하여 하 영장 대대가 주둔하던 병영으로 옮겨왔다. 하 영장의 대대는 대대장인 하 영장 본인이 작년 소덕수전투 때 자기편을 수십 명이나 오살한 죄로 문책당해 통화감옥에 수감되었고, 이 대대 일본군 지도관 오카무라 대위도 보천보전투 직전인 1937년 6월 1일 홍두산 기슭의 노독정에서 오중흡 중대에 피살되어 대대 기본 병력이 무너졌다. 그런데 마립문 보병연대가 20도구를 중심으로 병력을 모으는 상황이 포착되었다.

전광은 보천보전투 당시 2군 지휘부가 본거지로 사용해왔던 고력구자밀영을 떠나 팔반도 쪽으로 이동하려고 준비 중이었다. 그런데 팔반도 집단부락을 습격하기로 계획했던 1군 2사가 갑자기 작전을 중단하고 전광에게 편지 한 통을 보내왔다.

"6종점 정안군이 팔반도로 이동하여 그곳의 만주군과 병영을 교체하고 있습니다."

조아범이 보낸 편지였다. 전광은 몹시 놀랐다.

그러잖아도 목장자 쪽으로 나가는 길이 막혀 4사로 하여금 1군 2사와 함께 6

종점에서 정안군부터 부수고 한동안 횡산 지방에서 활동하다가 기회를 보아가면서 다시 무송으로 이동하는 것이 어떻겠느냐고 김성주와 박득범 등에게 의견을 묻는 중이었다.

"놈들은 내 뱃속 회충처럼 내 속을 들여다보듯이 행동하는구면."

전광은 감탄했다. 팔반도는 광활한 원시림이 100여 리나 펼쳐져 항일연군이 이 지대로 잠복해 들어가면 동변도의 만주군이 모조리 달려들어 수색해도 쉽게 찾아낼 수 없는 천혜의 요새라고도 할 수 있었다.

이 요새를 차지하기 위하여 전광은 조아범에게 편지를 보낸 적이 있었다.

"4, 6사가 무산과 보천보에서 철수할 때 틀림없이 조선군이 따라 나올 수 있으니 우리 항일연군이 더는 횡산 지방에 발을 붙이기 어려울 것이오. 그러니 서강고원을 차지하여 우리가 피신할 수 있는 새로운 발판으로 만들어야 하오."

김성주와 박득범은 조아범이 답신으로 보내온 편지를 번갈아 보고 한결같이 판단했다.

"놈들은 우리가 무송 아니면 서강고원 쪽으로 빠질 것으로 짐작하고 대비하는 것 같습니다."

전광은 머리를 끄덕이면서 김성주와 박득범을 칭찬했다.

"하북과 승덕 지방에 틀고 앉아 있어야 할 홍슈터우들이 한 대대도 아니고 자그마치 한 연대나 장백현으로 나온 것은 바로 동무네 두 사단이 두만강과 압록강을 건너가 조선 땅을 발칵 뒤집어놓았기 때문 아니겠소. 이는 당초 1군의 서북원정을 측면에서 지원하기로 했던 우리 2군의 작전계획이 아주 원만하게 성공했음을 설명하는 것이오."

그러나 전광 얼굴에서 웃음기를 찾아볼 수 없었다. 편지를 읽은 다음부터 긴장을 풀지 못했다.

"전광 동지, 까짓 훙슈터우는 저희 6사에 맡겨주십시오."

김성주가 이렇게 말하자 박득범까지도 자신만만하게 나섰다.

"저희 4사가 원래 목창자 쪽으로 치고 나가려 하지 않았습니까. 6종점 훙슈터우가 서강 쪽으로 이동했다니, 이참에 저희 4사가 먼저 6종점을 습격하고 그 길로 목창자를 거쳐 용천갑과 8호갑 사이에서 재차 압록강을 건널 것처럼 양동작전을 펼치겠습니다. 그러면 팔반도의 훙슈터우들이 반드시 횡산 쪽으로 다시 몰려나올 것입니다."

박득범의 말을 듣고 김성주가 물었다.

"장백의 만주군이 지금 모두 횡산 지방에 몰려들어와 있는데, 훙슈터우를 횡산 8호갑 쪽으로 유인하려 한단 말입니까? 그러다가 만약 조선 쪽에서 놈들이 들어오는 날이면 그땐 어디로 빠질 생각이오? 설마 진짜로 압록강 넘어 조선으로 다시 들어가려는 건 아니겠지요?"

그러자 박득범은 이렇게 반문했다.

"만주와 조선 모두 왜놈들 세상이긴 하지만 엄연히 다른 나라인데, 조선 쪽 일본군이 제멋대로 조만국경을 넘어 장백 땅으로 들어올까요?"

김성주가 머리를 갸우뚱했다.

"작년 여름, 우리가 처음 장백 땅에 발을 들여놓았을 때도 혜산경찰대 놈들이 자기 집 문턱 드나들 듯 장백 땅을 들락거렸소. 하물며 정규부대라면 이 허수아비 같은 조만국경이 무슨 상관이 있겠습니까."

김성주가 대답하자 전광이 그 말을 받았다.

"옳은 말이오. 그동안의 경험으로도 만주군이 압록강을 넘어갈 일은 없겠지만, 조선 쪽에서는 경찰대뿐만 아니라 정규군이 출동할 가능성도 배제하지 못하오."

그러다가 전광은 문득 생각난 듯이 김성주에게 부탁했다.

"참, 얼마 전에 김재수 동무가 사업 보고를 하러 고력구자에 왔다갔는데, 그 동무한테 조선 쪽 놈들의 동향을 각별히 주의해서 알아봐 달라고 부탁했소. 소식이 와야 하는데, 왜 아직 잠잠한지 모르겠소. 도천리 조직들은 6사가 대부분 담당하니 김일성 동무가 사람을 한 번 더 보내는 것이 어떻겠소?"

"그러잖아도 김재수 동무가 전광 동지를 만나 뵙고 돌아갈 때 저희한테도 들렀기에 이 문제를 의논했습니다."

김성주 역시 전광 못지않게 조선의 동향을 각별히 주시했다.

왕작주도 보천보전투를 전후해 박득범과 비슷한 생각을 했다. 조선에서 철수할 때 자칫 조선군이 추적해올 수 있다는 경고에 대해 이렇게 해석했다.

"그동안 혜산 경찰 놈들이 장백땅을 들락거린 것은, 장백에 사는 조선 사람들과 혜산의 조선 사람들이 서로 연고가 있고 민형사상으로 얽힌 사건들이 많기 때문일 겁니다. 조선에서 도적질하고 강도를 일삼다가 형사 입건 되면 무작정 압록강 넘어 만주 땅으로 도주한다고 하오. 그러니 혜산 경찰들이 장백 땅을 들락거릴 수밖에 없었을 것입니다. 하지만 일본군 정규부대는 다를 것이오. 만주의 만주군과 마찬가지로 국경을 넘어 작전하려면 반드시 관동군 사령부나 아니면 조선총독부에서 재가해야 가능할 겁니다."

김성주는 언제나 논리정연한 왕작주에게 말문이 막히곤 했다.

그러나 보천보전투 직후 23도구에서 왕작주 일행을 마중했던 김성주가 전영림 8연대를 구시산에 남겨 엄호부대로 삼고 지양개를 거쳐 3종점으로 이동할 때, 김성주의 경위원 이두익(李斗益)이 잠깐 19도구 소암촌에 갔다 돌아온 적이 있었다. 소암촌에 이두익의 큰형 이훈(李熏, 19도구 구장)이 살고 있었던 것이다. 이훈은 20도구 신흥촌 촌장 이제순의 소개로 광복회에 참가했고, 권영벽과 만난 다음에는 19도구 광복회 책임자로 위임받았다. 1992년에 북한군 차수(次帥, 부원수급 별)까지 된 이두익이 바로 이훈의 막냇동생이다. 당시 소암촌 소년회 회원이었던 이두익은 큰형 부탁을 받고 곰의골밀영을 건설하러 나왔던 김주현과 박영순 심부름을 아주 많이 다녔다. 이두익은 이훈이 혜산에서 보내왔다는 편지를 김성주에게 전했다.

"큰형은 아직 혜산에서 돌아오지 않았고, 형수가 이 편지를 주었습니다."

이 편지는 당시 이훈과 함께 혜산으로 적후 정찰을 나갔던 한병을(韓炳乙, 도천리 주민) 노인이 가지고 나와 이훈의 아내 한병주에게 맡긴 것이라는 이야기도 있다.

"이것 보오, 내가 걱정했던 일이 그대로 벌어지고 있소."

김성주는 이훈이 보내온 정보를 왕작주에게 보여주었다.

편지에는 '토라 헤이단'이라 불리는 나남 19사단 산하 함흥 제74연대를 태운 자동차 수십 대가 혜산으로 들어왔다는 내용이었다.

왕작주는 여전히 반신반의했다.

이때 권영벽이 박금철과 함께 직접 고력구자밀영으로 전광을 찾아왔다.

"놈들이 신파 쪽에서 이미 압록강을 건너오기 시작했습니다. 나남 19사단 제74연대가 확실합니다. 여기 밀영도 빨리 폐쇄하고 전광 동지도 다른 곳으로 이동해야 할 것 같습니다."

권영벽이 파견해 함흥에 들어갔던 박금철은 조선 주둔 일본군이 함흥역에서 출정식까지 벌이는 것을 두 눈으로 직접 확인했다. 목재상으로 위장하고 혜산에서 정찰하던 이훈은 혜산경찰서 경부 최 씨(崔氏, 최연)와 친분 있는 목재상 입을 통해, 혜산으로 들어온 74연대가 신파에서 목선 수십 척에 나눠 타고 압록강을 넘을 때는 경찰뿐만 아니라 그곳 일본인과 조선인 유지들, 관리들, 재향군인들까지 총동원되어 거리로 나와 노래도 부르고 일장기도 흔들면서 요란하게 환송식을 거행했다는 사실을 알게 되었다.

혜산 지방 조선인 중 일본군으로 복무했던 대대장 김석원(金錫源)[50]이 화제였다. 가네야마 샤쿠겐(金山錫源)이라는 일본 이름으로 불렸던 김석원은 일본군 육군사관학교 제27기 졸업생이었고, 1931년 만주사변 직후였던 9월경에 중국 흑

50　김석원[金錫源, 일본 이름 金山錫源(가네야마 샤쿠겐), 1893-1978년] 한성부에서 출생했으며 1909년 일본에 유학하여 일본 육군사관학교에 입학했다. 1915년 제27기로 졸업하고 1917년에는 보병소위로 임관했다. 그는 1931년 만주사변이 일어났을 때 중대장으로 화려한 전과를 기록했고, 1937년 중일전쟁 때는 대대장으로 출전했다. 제대할 때까지 별은 달지 못했으며, 최종 계급은 일본군 대좌(대령)로, 중장이었던 홍사익에 이어 일본군에 복무한 조선인 중 최고위급 인물 중 하나다.

김석원은 침략 전쟁에 일선 지휘관으로 적극 뛰어들어 훈장을 받았고, 특히 만주 지역에서 독립군들과 직접 전투를 벌인 인물로 잘 알려졌지만, 그가 세운 전공 대부분은 중국군을 상대로 한 것이다. 김석원은 두 중대 병력으로 한 사단의 중국군을 쫓아버리는 등 눈에 뜨이는 전공을 올려 "김 부대의 분전기"(〈매일신보〉, 1938년 03월 11일 3면 1단) "김석원 부대 격전기", "전진여담(戰塵餘談)"(〈매일신보〉, 1939년 03월 29일 3면 3단) 등의 기사가 언론을 통해 소개됐다. "김 부대의 분전기"와 "전진여담"은 중국 북부전선에서 국민당군과 싸워 올린 전공이다. 태평양전쟁 때는 학병으로 참전할 것을 권유하는 강연회에 이응준 등과 함께 참가했다.

1945년 광복 당시 대좌 계급으로 평양에서 근무했는데, 광복 후 바로 상경하여 이응준이 위원장을 맡은 조선임시군사위원회에 참가했다. 이 조직은 일본 육사 출신 장교모임인 계림회가 주도하여 조직한 군사 단체였다. 그는 대한민국 국군 대령으로 임관하여 일본군이나 만주군 출신 인사가 국군 중추를 형성하는 데 기여했다. 1949년 10월 한국군이 북한 상인과 북한산 북어를 밀무역하여 이익을 챙긴 이른바 "북어사건"이 일어나자 이를 두고 국방부 참모총장이었던 채병덕 장군을 거론했다가 강제 예편 당했다. 이듬해 한국전쟁이 일어나자 사단장으로 현역 복귀하여 북한군과 전투를 벌였다.

북한에서는 김일성의 항일투쟁 경력과 대한민국 국군 장성을 지낸 김석원의 독립운동 탄압 경력을 종종 대비시키는데, 보천보사건 이후 김석원이 김일성 부대 토벌에 나서면서 함흥에서 혈서로 쓴 '무운장구'라는 깃발을 들고 성대한 장행식을 가졌다가 결국 패퇴했다는 등의 일화가 인용된다. 그러나 당시 김석원이 함흥에 있었다는 복무 기록이 없다. 북한 측이 일본군 74연대와 김일성 부대 사이에 간삼봉전투가 있었다고 하는 날짜(1937년 6월 30일) 직후인 1936년 7월 15일 자 〈동아일보〉는 "78연대 소속 대대장인 김석원 소좌"가 탑골공원에서 시국강연회를 했음을 보도한다. 일본어 버전 역시 간삼봉에 김석원이 참가했다고 언급하지 않는다. 실제 간삼봉전투에서 동북항일연군 2군 산하 4, 6사 부대와 맞붙었던 일본군 지휘자는 김석원이 아니라 당시 함흥연대(19사단 74연대) 소속인 김인욱이다. 이는 당시 신문 기사에서도 확인되며, 여러 사람의 연구에서도 밝혀졌다.

룡강성에서 마점산의 동북군과 전투을 벌였던 일본군 제20사단 산하 78연대 기관총소대 소대장 출신이었다. 1934년 3월 일본군 육군 소좌로 진급했고, 2년 뒤인 1936년 8월에는 이 연대 대대장이 되었다.

　당시 혜산 사람들은 김석원이 직접 압록강을 건너 항일연군과 싸웠다고 오해한다. 혜산에서 얻어온 정보에서 언급된 일본군 지휘관 이름이 조선인 김석원이었기 때문이다. 그래서 김성주도 회고록에서 그때 나남 19사단 산하 일본군을 이끌고 장백 땅으로 들어온 일본군 지휘관이 김석원이라고 썼다. 여기서 한 가지 주목할 사실이 있다. 당시 만주로 출정했던 부대는 김석원이 복무한 78연대가 아닌 일명 '함흥연대'로 불린 74연대였다. 김석원이 소속된 78연대는 19사단이 아닌 20사단 산하였으며, 주둔지도 서울 용산이었다. 때문에 78연대는 '용산연대'로 불렸다.
　그런데 놀랍게도 74연대에 김석원과 일본군 육사 27기 동기였던 조선인 지휘관이 복무했는데, 그의 이름은 김인욱(金仁旭)[51]이었다. 김석원으로 오해할 만

51　김인욱(金仁旭, 1892-?) 일제강점기 군인으로, 본적은 평안남도 용강군 양곡면(陽谷面)이다. 김해욱(海海旭)이라는 별명도 있었다. 1909년 대한제국 육군무관학교가 폐지되자 일본으로 유학을 떠났으며, 1915년 5월 일본 육군사관학교 제27기생으로 졸업하고 소위로 임관했다. 1915년 11월 일본 정부로부터 다이쇼 대례 기념장을 받았다. 1919년 4월 일본 육군 보병중위로 진급했으며, 1925년 육군 보병대위로 진급하면서 만주로 파견되었다. 1928년 5월 일본의 제2차 산동 출병(중국 국민당 북벌이 진행 중이던 당시 일본이 중국에 거주하던 자국 거류민을 보호한다는 명목으로 산동반도와 만주 일대를 침략하여 영토 확장과 자국의 이익 확대를 도모한 전투) 때 조선군 제20사단 보병 제77연대 3대대 9중대장으로 참전하여 요동반도 일대에서 군사 활동을 했고, 1928년 11월 일본 정부의 훈6등 서보장을 받았다. 1932년 9월 평안북도 강계수비대 제1중대장으로 복무하는 동안 항일무장부대 공격에 가담했으며, 1933년 3월 일본 동경에서 영친왕 이은(李垠) 중좌의 왕족부 부관으로 복무했다. 1934년 2월 일본 정부의 훈5등 서보장을 받았고, 1934년 3월 육군 보병소좌로 진급했다. 1934년 3월 1일 만주국 정부에서는 만주국 건국공로장을 받았다. 1935년 8월 왕공족부 무관 '이왕 은(垠)' 부속 제19사단 보병 제74연대 소속으로 복무했으며, 1937년 7월 만주 일대의 항일무장부대 공격에 가담했다. 1940년 8월 1일 육군 보병중좌로 진급했고 1941년 11월 1일 육군 보

큼 둘은 나이도 비슷했고, 같은 학교 동기생이었으며, 비슷한 시간대에 소좌로 진급했다. 그럼에도 불구하고 당시 혜산 사람들이 김인욱보다 김석원 이름을 더 많이 입에 올린 것은 김석원이 훨씬 유명했기 때문이다.

"우리 조선이 자랑하는 가네야마 샤쿠겐이 어떤 인물인가, 일본인들도 감탄하는 전투영웅이란 말일세. 이런 분이 직접 일본인 병사들을 부하로 거느리고 만주로 토벌하러 나갔으니 공비 수괴 김일성을 격파하고 서간도가 평정되는 것은 시간문제가 아니겠나."

신파에서 일본군 출정식을 구경하러 나왔던 사람들이 주고받는 소리였다.

김성주가 회고록에서 "최 경부는 '혜산사건' 때 많은 애국자들을 잡아가둔 악질적인 경관이었다. 박달을 체포한 것도 이 최 가였다."라고 기억한, 당시 혜산 경찰서 사법주임이자 고등주임인 최연(崔燕, 일본 이름은 타카야마 키요다高山淸只)도 역시 그 중 하나였다.

최연은 김석원 못지않게 보천보전투 이후 혜산사건을 주도하면서 일본인에게 자질과 충성심을 인정받았다. 나중에는 조선총독부 경찰제도에서 조선인에게 허락된 최고 직급인 경시에까지 오른다. 박달뿐만 아니라 권영벽과 박금철, 이제순, 박녹금, 마동희에 이르기까지 모두 이 최 가의 손아귀에서 벗어나지 못했다.

"아, 가네야마 샤쿠겐이면, '김 부대의 분전기'에 나오는 황군용사 김석원이겠군요. 아무래도 김일성이 단단히 잘못 걸린 것 같습니다."

박금철은 구경꾼 사이에 섞여 넌지시 최연에게 말을 걸기도 했다.

병 제216연대 소속으로 복무했다. 1944년 11월 3일 함흥 육군병사부 소속으로 복무하는 동안 일제의 조선인 병력 동원을 담당했다. 1945년 광복 이전에 예편한 뒤 한동안 평안남도 평양에서 거주하다가 소련군에게 피랍된 것으로 알려졌으며, 이후 행적에 대해서는 거의 알려져 있지 않다.

일본군을 환송하러 나왔던 혜산 사람들은 자기 멋대로 김성주 이야기를 주고받았다. 이미 신문을 통해 보천보에 들어와 불을 지르고 달아난 공비 수괴가 김일성이라고 널리 알려졌기 때문이다.

"그자는 이빨도 보통 사람과는 달리 두 줄로 났다던데, 사실인지 모르겠구려."

"급해 마시오. 이번에 가네야마 샤쿠겐이 만주로 건너가 반드시 김일성의 머리를 베어올 것이오. 그때 가면 이빨이 한 줄인지 두 줄인지 다 밝혀질 것이오."

후에 박금철을 체포했을 때 최연은 금방 그의 얼굴을 알아보았다.

여느 사람보다 유달리 덩치가 큰 데다가 두 눈까지도 부리부리한 박금철은 평소 숱이 많은 머리를 길러서 부챗살처럼 뒤로 빗어 넘긴 모양새였다. 신파에서 자기에게 넌지시 말까지 걸었던 이 구경꾼을 최연이 기억했던 것이다.

"오라, 신파에 나와서 염탐꾼 노릇을 했던 놈이 바로 너였구나."

덜미 잡힌 박금철은 빼도 박도 못 했다. 더구나 마동희와 함께 체포된 장증렬 (張增烈, 조선인, 항일연군 2군 6사 청년과장, 중공 장백현위 위원)이 나서서 마동희뿐만 아니라 박달과 박금철, 이제순 등을 모조리 물어들였기 때문이다.

4. 더푸거우

1937년 6월 20일을 전후하여 전광 등은 다시 곰의골밀영으로 이동했다.

한가구 인근의 횡산 고력구자밀영은 이때 폐쇄되었다. 6종점에서 팔반도 집단부락을 공격하려다 정안군 장조 연대가 먼저 그쪽으로 이동하는 바람에 작전을 중단한 1군 2사도 지양개골로 돌아오기 시작했다. 왕자주는 김성주의 부탁을 받고 직접 전광을 마중나갔다.

지양개골은 김성주 세상이나 다름없었다. 곰의골밀영이 지양개골과 비교적 가까운 19도구 막치기에 있었기 때문에 이때 4사 200여 명과 6사 200여 명 외에도 또 1군 2사 8연대의 100여 명까지 500여 명의 군인이 지양개골에 집결했다.

보천보전투 때 인부들까지 동원했을 정도로 노획물이 많았던 김성주의 6사가 이때 곰의골밀영에서 주인 노릇을 톡톡히 했다. 김성주가 회고록에도 쓴 것처럼, 항일연군이 마냥 굶고 허덕이기만 했던 것은 아니었다. 전투에서 이기고 노획물이 많을 때는 배 터지게 먹고 마셨다. 또 값진 물건들은 대원들에게 포상물로 주었다. 그중 가장 값나가는 물건은 당연히 금반지나 시계 같은 것들이었다. 실제로 재봉대 대장이었던 최희숙은 김성주에게 금반지와 시계를 받았다. 회고록에서 "남들이 다 자는 한밤중에도 우등불(모닥불을 뜻하는 북한어) 곁에서 언 손을 녹여가며 전우들의 꿰진 옷들을 기위주었다."면서 최희숙이 금반지와 금시계를 포상받은 이유를 설명하고 있다.

전광 일행이 지양개치기에 도착하던 날, 김성주는 특별히 농마국수(감자를 얼리고 녹여서 만든 함경도 국수)까지 눌렀다. 취사부대에서는 박영순이 깡통으로 만든 국수 분틀을 하나 가지고 다녔는데, 이때 4사와 1군 2사에서도 그 국수 분틀을 본떠 50여 개나 더 만들어 국수를 누르기 시작했다. 오늘날 함흥냉면의 원조가 되는 농마국수는 조선 북부 지방 사람들이 특별히 좋아하는 음식 가운데 하나였다. 함경북도 온성 태생이었던 전광은 농마국수라면 오금을 못 썼다고 한다.

김성주는 특별히 김주현에게 부탁했다.

"주현 동무는 우리가 작년 겨울에 곰의골밀영에서 전광 동지한테 농마국수를 만들어 대접했던 것 생각나오? 그때 국수 면발이 쫄깃쫄깃하고 육수 물도 새큼하게 아주 잘 만들었다고 칭찬하시던 전광 농지 국수 그릇에 고기 한 점 놓지 못하고 그냥 김치 한 조각만 고명으로 올린 일이 마음에 걸렸소. 이번엔 제대로 만들어서 대접합시다. 마침 돈도 생겼으니 주현 동무가 책임지고 설탕과 달걀, 고기 등 필요한 재료를 구해주오."

당시 김성주 일행은 오늘의 장백현 마록구진 대리수촌(馬鹿溝鎭 大梨樹村)에 주둔했다. 대리수촌은 지양개치기에서 40여 리 떨어진 산 등판에 있는 자연부락이었다. 당시 이 동네에는 중국말로 '쑹더푸(宋德福, 송덕부)'라고 부르는 중국인 지주가 살고 있었다. 그는 젊었을 때 조선 평양을 드나들면서 비단장사를 하여 엄청나게 많은 돈을 벌었다고 한다. 그 돈으로 리수촌 땅들을 다 사들였는데, 1931년 7월 만보산사건(萬寶山事件)[52] 때 평양에 살던 중국인들이 조선인들에게 얻어맞고 쫓겨나는 일이 생겨났다. 쑹더푸는 그때 장백현으로 돌아와 리수촌에 정착했다. 이때부터 이 지방 사람들은 리수촌이라는 이름 대신 '쑹더푸' 이름을 붙여 '더푸거우(德福溝)', 즉 덕부골이라고 부르기 시작했다. 쑹더푸는 중국인 지주였지만 조선에서 살다 와서 조선말을 알아들었다.

이훈이 권영벽과 이제순의 파견을 받아 더푸거우에 와서 안덕훈이라는 조선 농민 집에 묵으며 광복회 조직을 발전시킬 때였다. 밤마다 안덕훈 집에 모여 앉아 주고받는 말을 엿듣던 쑹더푸는 주재소에서 일하는 처남에게 이훈을 장백현 경찰서에 밀고하라고 한 적도 있다. 때문에 이훈은 쑹더푸를 벼른 지 아주 오래되었다.

---

52 만보산사건(萬寶山事件)은 1931년 7월 2일 중국 만주 길림성 장춘현 삼성보 소재 만보산 지역에서 일어난 사건으로, 일본의 계략으로 한국인 농민과 중국인 농민 사이에 수로(水路) 문제로 충돌과 유혈 사태가 벌어져 만주사변을 촉발시켰다. 이 사건의 여파로 인천을 필두로 경성, 원산, 평양, 부산, 대전, 천안 각지에서 수천 명이 참가하는 중국인 배척운동이 일어났으며, 평양과 부산과 천안에서는 대낮에 중국인 상점과 가옥을 파괴하고 중국인을 구타하고 학살하는 사건이 며칠간 계속되는 등 잔인한 폭력사태로 확산되었다. 이후 중국에 거주하는 한국인과 한국에 거주하는 화교 수가 급감했다.

6사 사부가 더푸거우에 주둔하던 날, 이훈에게 쑹더푸 이야기를 들은 김성주는 김주현에게 쑹더푸를 잡아오게 했다. 이훈이 앞으로도 계속 이 지방에서 광복회 일을 하기 위해 김주현은 쑹더푸가 보는 데서 이훈도 함께 잡아온 것처럼 꾸몄다.

"쑹 가야, 우리가 누군지 아느냐? 죽고 싶으냐, 아니면 살고 싶으냐?"

김주현이 총창을 든 대원 둘과 한바탕 위협하자 쑹더푸는 땅에 엎드려 여러 번 절하면서 살려 달라고 빌었다. 이훈도 곁에서 빌었다.

"살겠으면 뭐든지 내놓아야 할 것 아니냐."

김주현은 두 사람에게 돈을 요구했다. 이훈이 기다렸다는 듯 동네에서 돈을 걷어 50원을 마련하겠다고 했다. 그러자 쑹더푸도 바로 두 손가락을 펼쳐 보이며 약속했다.

"나는 면양표자[53] 2장을 내겠소."

쑹더푸가 돈 200원을 내놓자 김주현은 바로 풀어주었다.

그 돈 200원으로 비밀리에 한가구에 들어간 김주현은 산속에서 구하기 어려운 소금과 참기름, 설탕 등 국수 양념장에 필요한 조미료들을 구해 돌아와서는 4사와 2사에 나눠주었다.

김성주는 여대원 장철구가 들고 온 밥상을 직접 받아 전광 앞에 내려놓았다. 국수 맛을 보고난 전광은 입을 다물지 못했다.

"이거야말로 우리 함경도의 진짜 농마국수구먼. 어떻게 만들어냈소?"

---

53 면양표자(綿羊票子)는 만주국 사람들이 당시 100원짜리 지폐를 부르던 말이다. 만주국 화폐는 5전, 10전, 1원, 5원, 10원, 100원, 1,000원 등 총 8종류가 있었다. 1,000원은 은행권이었고, 100원은 보통 구명권(救命券)으로 간주되었다. 토비들이 많았던 당시, 부자들은 100원짜리 지폐를 몸에 한두 장씩 간직하고 다니면서 불상사에 대비했다. 100원짜리 지폐 앞면에는 공자 초상이, 뒷면에는 풀을 뜯는 양 한 무리가 그려져 있었다. 면양표자란 이름은 그래서 나왔다.

"작년에 곰의골밀영에서 전광 동지께 대접했던 국수에 김치 한 조각밖에 얹어 드리지 못해 항상 마음에 걸렸습니다. 이번에 저희가 특별히 마음을 썼습니다."

"오늘도 특별히 나한테만 국수를 주는 것이오?"

전광은 다른 사람들을 돌아보았다.

"아, 아닙니다. 이번에 국수를 50여 개 만들어 4사와 1군 2사에도 나눠주었습니다. 다른 부대 동무들도 원하는 만큼 국수를 먹을 수 있게 국수도 많이 만들었고, 양념도 구입해서 각 부대 취사반과 나누었습니다. 국수 먹고 싶은 대원은 국수를 먹고, 교자 좋아하는 대원들은 교자를 먹을 수 있게 여러 가지 준비했습니다."

"그렇다면 오늘은 허리띠까지 풀어놓고 한 번 배 터지게 먹어도 되겠구먼. 먹는 거 구경만 하지 말고 동무들도 모두 앉으시오. 음식은 함께 먹어야 맛이 나는 법 아니겠소."

김성주 방에는 전광과 만나러 왔던 박득범과 최현, 임수산, 조아범, 송무선, 이흥소 등 4사와 1군 2사 지휘관들이 모두 있었다.

"아닙니다. 우리는 먼저 먹었습니다."

김성주가 대답하는데, 거짓말 할 줄 모르는 최현이 불쑥 다가앉았다.

"나한테도 한 그릇 주오. 전광 동지한테 올라온 국수는 모자가 좀 더 높은 것 같소."

그 바람에 모두 웃음을 터뜨리고 말았다. 잠시 후 국수를 담은 그릇들이 들어오기 시작했다. 전광은 자기 국수 그릇에 달걀 두 개가 더 담긴 것을 보고 집어서 박득범과 최현 그릇에 놓아주며 말했다.

"사실 이번에 특별히 칭찬받아야 할 부대는 바로 동무네 4사요."

그러나 최현은 오히려 김성주에게 공을 돌렸다.

"사실은 6사에서 보천보를 습격했기 때문에 우리가 쉽게 포위를 뚫고 나올 수 있었습니다. 그러니 이 달걀은 김 사장이 받아야 합니다."

전광이 준 달걀이 최현을 거쳐 김성주 그릇으로 넘어왔다.

"직접 보천보에 들어갔던 사람은 우리 참모장이니, 이 달걀은 작주 당신이 받아야겠소."

김성주는 달걀을 왕작주 그릇에 옮겨놓았다.

그러자 왕작주가 소리를 질렀다.

"이게 웬 일이오. 나 혼자 세 개나 먹으란 말이오."

최현이 자기 달걀을 김성주 그릇에 옮길 때, 박득범도 자기에게 하나 더 넘어온 달걀을 집어서 왕작주의 국수에 놓았던 것이다.

"원, 말도 안 되는 소립니다. 각자 자기 것만 먹읍시다."

왕작주는 달걀 두 개를 집어 다시 전광의 그릇에 옮겨놓았다.

그러는 사이에 달걀이 부서져 노른자위가 드러났다.

"자, 이 달걀을 보오. 자꾸 이동하다 보니 한입도 안 먹었는데 이렇게 저절로 부서지고 말았구면."

전광은 다시 자기 그릇으로 되돌아온 달걀을 가리키며 말했다.

"우리가 올 2월 리명수에서 놈들을 처치하고 무송으로 이동할 때가 생각나오. 그때도 우리를 엄호하느라 4사에서 최수길 동무가 희생되지 않았소. 전투에서 이기고도 철수하면서 큰 낭패를 본 게 아니겠소."

5. 격전 전야

식사가 끝난 뒤 바로 작전회의에 들어갔다.

전광은 고력구자밀영에서 떠날 때 마중나왔던 왕작주와 함께 길을 걸으면서 이번만큼은 관례를 깨고 대부대로 대부대와 맞서보자는 김성주의 결심을 이미 전해 들었다. 왕작주는 전광을 설득하기 위해 무송으로 이동하려 해도 퇴로가 벌써 다 막혀 버렸다고 한바탕 과장해서 설명했다.

"6종점에 주둔하던 홍슈터우 한 연대가 갑자기 팔반도 집단부락으로 이동한 것은 우리가 무송 쪽으로 달아나리라고 예측하고 놈들이 벌써부터 대비한 것 아니겠습니까. 뭐, 그래도 우리 6사나 4사가 혼자 치고 빠지는 거라면 어려울 것도 없지만, 지금은 4사와 6사 외에도 1군 2사까지 발이 묶인 데다 조선 쪽에서 일본군 한 대대까지 쏟아져 나오니 큰일입니다. 그동안 몇 번 겨뤄본 장백의 만주군뿐이면 그런대로 해볼 만한데, 조선의 일본군 놈들은 한 번도 접전해보지 않아서 실력을 알 수 없으니 여간 걱정이 아닙니다."

그랬더니 전광은 기다리기라도 했던 것처럼 거꾸로 왕작주를 설득했다.

"내 말이 바로 그것이오. 자고로 지피지기해야 백전백승한다고 하지 않았소. 그런데 놈들의 병력과 실력이 파악되지 않은 데다 형세 또한 우리 쪽이 훨씬 불리하니 이럴 때는 36계에 줄행랑밖에 더 좋은 방법이 어디 있겠소."

전광은 여전히 리명수전투 직후 최수길의 4사 2연대를 엄호부대로 삼아 추병을 노호산 쪽으로 따돌리고 6사를 되골령으로 빼돌렸던 전술을 선호했다.

"우리 남방의 중앙홍군이 강서성 서금에서 국민당 대부대와 정면 대결을 벌이다가 8만 명이 3,000명으로까지 줄어들었던 교훈을 경험으로 삼아야 하오. 그 3,000명이나마 가까스로 살아남아 섬서 땅에 발붙이게 된 것이 줄행랑을 놓았기 때문 아니겠소. 우리 홍군의 전법은 바로 싸워 이길 만하면 싸우고, 이길 수 없을 때는 일단 피하고 보는 것이오. 생각해보오. 올 2월에 우리가 장백의 만주군 놈들과 정면 대결했다면 결과가 어땠을 것 같소. 고명의 혼성 2여단 병력이 최소한 2,000은 되는데, 겨우 200~300밖에 안 되는 우리 병력으로 어떻게 당할 수 있었겠소. 그때도 부리나케 무송으로 이동했기 때문에 지금 이만큼이라도 병력을 보존했고, 오늘날 다시 돌아와 조선 땅에까지 들어갔다가 나올 수 있지 않았겠소."

이렇게 말하면서 전광은 거꾸로 왕작주에게 부탁까지 했다.

"동무네 6사 김 사장이 다른 사람 말은 잘 안 들어도 참모장인 동무 말만은 '팥으로 메주 쑨다.'고 해도 믿는다고 하더군. 그러니 동무가 좀 설득해주기 바라오."

'성주는 전광 동지를 설득하라고 나를 보냈는데, 거꾸로 내가 설득당하게 되었네.'

왕작주는 마음속으로는 난감해하면서도 내색하지 않고 머리를 끄덕였다.

"실은 저도 전광 동지와 비슷한 생각을 했습니다."

"아, 그랬소? 그렇다면 마침 잘 됐구먼."

전광은 반색하며 말했다.

"동무만 김 사장을 설득하면 4사는 어차피 6사가 하는 대로 따라올 것이오."

전광은 1군 2사에 대해서는 아무 걱정도 하지 않았다.

이송파가 살아 있을 때부터 전광은 아주 오랜 시간을 2사와 함께해온 데다 실질적인 지휘권이 신임 사장 조아범과 참모장 이흥소가 아닌 정치부의 실질적인 책임자 송무선과 주력부대 연대장인 현계선이 여전히 장악하고 있다고 봐도 과언이 아니었다. 더구나 2사는 연대장 이하 모든 대원에 이르기까지 전광의 말

한마디면 모든 일이 그대로 통과되었다.

전광이 평소 동행한 경위부대도 2사 소년중대였다.

"그런데 전광 동지, 유감스럽게도 제가 김 사장을 설득해내지 못했습니다."

왕작주가 전광에게 말했다.

"전광 동지께서 우리 홍군 전법은 싸워 이길 만하면 싸우고, 이길 수가 없을 때는 일단 피하고 보는 것이라고 하신 것처럼 저도 그렇게 주장했습니다. 그런데 김 사장은 이번 전투는 싸워서 이길 만하다고 주장합니다. 오히려 싸우지 않고 줄행랑 놓다가는 더 위험해질 수 있다고 하는데, 저도 수긍하지 않을 수 없었습니다."

왕작주 말을 듣던 전광이 금방 웃음을 터뜨렸다.

"허허, 누가 제갈량 아니랄까봐 그렇게 에둘러 설명하오?"

"아닙니다. 사실입니다."

왕작주는 정색하고 말을 이어나갔다.

"올 2월에 우리 6사가 무송으로 이동할 때는 마침 최 연대장(최수길) 부대가 임강에서 놈들을 노호산 쪽으로 유인해 주었기 때문에 되골령으로 무사히 빠질 수 있었지만, 결과는 최 연대장 부대를 통째로 잃어버리지 않았습니까. 만약 이번에도 그때처럼 철수한다면 한 연대를 손실 보는 문제가 아닐 것입니다. 4, 6사와 1군 2사 가운데 남아서 엄호할 부대는 자칫 이름조차 사라질지도 모릅니다. 왜 그렇게까지 비관적인지 질문하자 김 사장은 이렇게 설명했습니다. 그동안 6종점에 주둔하던 홍슈터우들이 갑작스럽게 팔반도 집단부락 쪽으로 옮겨 앉은 것만 보아도 모르겠느냐고요. 장백 놈들이 벌써 이렇게까지 대비하고 있는데, 무송이라고 대비하지 않았을 리 없다는 것입니다."

"그래서 결론은 무엇이오?"

"관례를 깨고 한 번 정면으로 붙어보자는 것입니다."

왕작주는 방금 전까지 자신도 김성주에게 설득당했다고 했던 사람답지 않게 땅에 지도까지 펼쳐 놓고 전광에게 자세하게 설명했다.

"설사 무송 쪽에서 대비해도 무송의 만주군 놈들이야 그동안 우리한테 한두 번 패했던 것이 아니잖습니까. 그러니 전혀 걱정할 것 없습니다. 문제는 조선에서 건너온 일본군과 함께 한가구에 몰려든 장백의 만주군 놈들인데, 어차피 이 놈들은 우리를 찾아 19도구로 몰려들 겁니다. 여기에 만약 장백현 경찰대대까지 합세한다면, 상황은 녹록치 않습니다. 마금두란 놈의 경찰대대가 작년에 곰의골밀영까지 들어와서 불을 지르고 달아났던 적 있잖습니까. 거기다가 지양개치기에는 광복회 조직들까지도 많이 집중되어 있기 때문에, 김 사장은 전투를 이곳에서 진행하지 말고 좀 더 중부 쪽으로 이동하여 오지로 끌어들인 뒤 한꺼번에 몰살시켜 버리자는 것입니다."

"오지라, 어디쯤이면 오지가 되겠소?"

전광은 왕작주가 가리키는 지도의 한 지점을 내려다보았다.

그 지점은 연필로 수십 번도 더 동그라미를 겹쳐 그려놓았다. 이 지점을 두고 왕작주와 김성주가 이미 많이 연구했다는 걸 금방 알 수 있었다.

"여기가 어디오?"

"지금 우리 부대가 주둔한 곳은 19도구 막치기고, 여기는 13도구와 8도구 사이쯤입니다. 이 사이로 펼쳐진 거리가 최소한 100여 리는 될 것입니다. 6종점의 훙슈터우들이 최근에 이동한 팔반도 집단부락도 바로 여기에 있습니다."

그러자 전광이 놀라 물었다.

"그럼 대놓고 훙슈터우들이 먼저 차지한 곳으로 들어가겠다는 소리요?"

"이놈들을 한가구 쪽으로 유인하는 것은 별로 어렵지 않습니다. 놈들의 연대

지휘부가 먼저 팔반도로 들어갔을 뿐이고 부대 절반은 여전히 6종점 쪽에 남아 있습니다. 우리가 횡산의 목창자와 6종점을 동시에 공격하면 팔반도의 홍슈터우들도 틀림없이 한가구로 구원하러 달려올 것입니다. 그때 우리 부대 한 갈래를 남겨 계속 동쪽으로 이동하는 척하고 나머지는 모두 서쪽으로 방향을 바꿔 13도구 서강으로 바로 접어들면 됩니다. 그런 다음 동쪽으로 이동하던 부대도 놈들이 뒤따라 붙기를 기다렸다가 천천히 13도구 쪽으로 유인하면 되지 않겠습니까."

왕작주가 이처럼 자세하게 설명하자 비로소 전광의 마음도 움직이기 시작했다.

"장백의 만주군은 한 여단인데 조선에서 또 한 대대가 건너오고 있다니, 놈들이 최소한 1,000명 이상은 뒤에 따라붙을 텐데 해낼 수 있겠소?"

"김 사장이 그럽디다. 이번 전투야말로 우리가 얼마나 큰 주머니를 펼쳐놓고 있는가에 달렸다고요. 4, 6사와 1군 2사까지 합쳐 한마디로 동변도 지방의 항일연군 주력부대가 모두 한데 모이게 되었는데, 놈들 한 1,000~2,000명쯤이야 소화해내지 못하겠느냐고 했습니다."

왕작주가 자신만만하게 대답하자 전광도 머리를 끄덕였다.

"하긴 틀린 말도 아니오."

그러나 전광은 다시 왕작주에게 다짐이라도 받아내려는 듯 다그쳐 물었다.

"말끝마다 김 사장이 그러더라는 식으로 말하지 말고, 김 사장의 제갈량인 당신 견해를 말해 보오. 당신도 그렇게 생각하오? 100% 이길 수 있다고 확신하오?"

"네. 확신합니다."

"좋소. 그럼 뭔가를 걸고 보증까지도 설 생각이 있소?"

그 말에 왕작주는 순간 얼떨떨해지고 말았다.

"저한테 내걸 만한 게 뭐라도 있어야 말이지요."

"농담이오. 난 동무와 김일성 동무가 하도 자신만만하게 이길 수 있다고 큰소리치기에 한 번 뭔가 내걸고 보증 받고 싶어 그랬소."

그러자 왕작주는 잠깐 생각해보고 나서 흔쾌하게 대답했다.

"좋습니다. 그럼 전광 동지께서도 뭔가를 내걸어 주십시오."

"나 말이오? 좋소, 내가 뭐를 내걸면 좋겠소?"

"그것은 저도 모르겠습니다. 이번 전투에서 이기지 못하면 저는 6사 참모장 직을 내려놓고 일반 평대원이 되겠습니다. 그러잖아도 제가 김 사장과의 인연 때문에 한순간에 참모장직에 올라앉았다고 뒷말하는 사람들이 있다고 들었습니다. 이참에 평대원에서 다시 시작하겠습니다. 전투에서 공을 세워 분대장과 소대장, 중대장을 다 거쳐 보겠습니다. 어떻습니까? 이쯤 하면 괜찮겠습니까?"

전광은 연신 머리를 끄덕였다.

"좋소. 대단하오. 이 정도면 진짜 크게 거는 것으로 볼 수 있소."

이때쯤 전광과 더욱 스스럼없는 사이가 된 왕작주가 물었다.

"그럼 전광 동지께서는 뭐를 걸겠습니까?"

"나도 약속하겠소. 그런데 일단은 비밀에 붙여야 하오."

왕작주는 호기심을 감출 수 없었다.

"무엇을 걸기에 비밀에까지 붙인단 말입니까? 당사자인 저한테도 비밀인가요?"

"때가 되면 알게 될 것이오."

전광은 쉽게 알려주려 하지 않았다.

그러나 작전회의 때 전광은 특별히 왕작주를 지명하면서 상황을 보고하게 했다.

"여기 지휘관들 가운데 6사 왕 참모장만큼 횡산 지방의 적정에 관해 손금 보 듯 잘 아는 사람이 있을 것 같지 않소. 4사의 박 참모장과 최 연대장이 무산 쪽 으로 들어갔다가 포위에 들었을 때도 적을 분산시켜 약점을 공략하는 위위구조 전술 방안을 내놓은 사람이 바로 왕작주 동무였소. 그래서 이번에 우리 1, 2군 세 사가 함께 진행할 합동작전의 총참모장으로 왕작주 동무를 추천하오. 동무들 생각은 어떠하오? 이의가 있다면 얼마든지 말해보시오."

전광의 제의에 아무도 반대하지 않았다.

원칙대로라면 왕작주보다는 김성주와 박득범 가운데 한 사람을 총참모장으 로 선출하는 것이 옳았으나, 전광이 갑작스럽게 왕작주를 추천하면서 특별히 횡 산 지방의 적정에 관해 가장 잘 아는 사람이 아니면 안 된다는 조건을 내놓았기 때문이다. 그러자 조아범이 먼저 찬성했다.

"주임동지 말씀이 옳습니다. 누가 뭐라 해도 횡산 지방에 관해서는 6사 사장 김일성 동무와 참모장 왕작주 동무 외에 또 누가 있겠습니까."

그 말이 떨어지기 바쁘게 박득범도 기다렸다는 듯 찬성했다.

"저도 동의합니다."

이렇게 1군 2사와 4사에서 찬성하자 김성주는 무척 기쁜 기색이었다. 박득범 의 태도가 좀 의외였지만, 김성주는 그동안 왕작주를 일반 군사참모로 취급하지 않고 언제나 부대를 절반씩 갈라주면서 그로 하여금 독립적으로 전투를 기획하 고 조직하게 했을 뿐만 아니라, 전투현장에서 직접 지휘하게 했기 때문에 오늘 이 있게 되었다고 믿었다.

그러나 이 이면에는 아직 김성주나 왕작주가 모르는 내막이 있었다.

전광은 이때 아무도 모르게 박득범과 임수산을 따로 불러 각각 4사 사장과 정치위원으로 추천하겠다고 약속한 것이다. 물론 최종 결정은 남만성위원회 서기 겸 1로군의 총정치부 주임인 위증민이 내리겠지만, 위증민도 현장에서 2군을 책임진 전광이 추천하는 인사에 대해 함부로 거절하기 어려웠다.

왕작주는 그때부터 전광 곁에 남게 되었다. 왕작주와 헤어진다는 것은 김성주에게는 상상할 수 없는 일이었다. 그러나 한편으로 2군 총책임자인 전광 곁에 가장 친한 친구를 참모장으로 박아두게 된 것은 여러 가지로 의미 있는 일이기도 했다.

이와 관련한 항일연군 연구자 호유인의 설명이다.

"이준산(伊俊山)에게 직접 들었던 이야기다. 1938년 5월 '제1차 노령회의' 직전, 2군에서는 한 차례 대대적인 인사를 단행하려고 했다. 당시 2군에서는 주수동이 전사한 뒤 1군 2사의 조아범과 4사의 박득범, 그리고 6사의 김일성을 트로이카라고 불렀다. 여기서 편제상 2군에 소속된 5사 사장 진한장이 빠지고 대신 1군 편제였던 2사 사장 조아범이 2군 삼두마차로 분류된 것은, 당시 그들의 활동지역과 밀접한 관련이 있었다. 즉 진한장의 5사는 주로 영안과 돈화 지방에서 활동하다 보니 5군과 함께 합동작전하는 시간이 많았고, 군사상에서도 2군이 아닌 5군의 지도를 받았다. 진한장도 원래 5군 출신이었고, 주보중의 부하였다.

마찬가지로 원래 조국안이 사장이었던 1군 2사도 양정우에 의해 특별히 동변도 동부 지방에 남아서 활동하게 되었기 때문이다. 양정우는 서북원정에 1군 1사와 3사를 참가시키고 2사를 참가시키지 않았다. 그것은 2사를 동변도 동부 지역에 남겨 동만에서 남만으로 들어왔던 2군을 돕기 위해서였다. 후에 2사 사장 조국안이 죽고 신임 사장(조아범, 6사 정치위원)과 참모장(이홍소, 6사 교도연대장)으로 임명된 사람들이 모두 2군에서 나왔던 것도 다 이런 이유 때문이었다.

그뿐만 아니라 1군 2사는 창립 초창기부터 줄곧 전광의 영향권 아래 있었던 부대였고, 전광은 양정우와 위증민에 의해 2군 정치부 주임으로 왔기 때문이다. 실제로 2군의 원 참모장이었던 유한홍이 소련으로 들어가고 군장 왕덕태가 전사한 뒤 1로군 당위원회에서는 전광을 2군 군장에 임명하고 2군 정치부 주임은 조아범에게 맡기려 했다는 설이 있다. 그렇게 되면 2군 군 참모장은 당연히 박득범과 김일성 가운데 하나가 맡게 될 가능성이 있었다. 그런데 전광 본인이 군장 직을 거절했다고 한다. '간삼봉전투'가 발생했던 그해 겨울 11월에 위증민이 방진성의 독립여단을 이끌고 '휘남현성전투'를 진행했는데, 2군 참모장 왕작주가 전광의 파견을 받아 6사 전영림 부대를 이끌고 와서 위증민을 도와주었다. 전영림이 그때 전사했다.

전광은 위증민과 따로 만나 2군 인사 문제를 논의했다. 당시 독립여단 정치위원이었던 이준산도 위증민과 전광이 만날 때 곁에 함께 있었다고 했다. 전광은 박득범을 4사 사장직에 추천했으나 위증민이 동의하지 않았다.(혹자는 위증민이 추천한 것을 전광이 반대했다고도 증언하고 있다.) 평소에 박득범이 포로들을 마음대로 죽이고, 또 2연대 연대장 낭화가 양목정자밀영에서 의문사를 당한 배후에는 박득범이 있었다는 의문이 제기되었다는 것이다. 박득범에게는 그 외에도 여러 문제가 많았다."[54]

왕작주는 그때부터 이최(李崔)라는 별명을 사용했다. 얼핏 보면 6사 참모장에서 2군 참모장이 되었으니 훨씬 높이 올라간 듯도 했다. 그러나 직접 전투부대를 지휘하던 6사 참모장에서 겨우 경위원 10여 명밖에 움직일 수 없는 2군 참모장이 된 것은 왕작주에게는 사실상 불행한 일이 아닐 수 없었다. 이때쯤 전광이

---

54 취재, 호유인(胡維仁, 가명) 중국인, 전광(오성륜) 전문가로 자처하는 문사(文史) 연구가, 취재지 통화, 2000.

왕작주의 군사 재능을 무척 흔상(欣賞)했고, 작전과 관련한 그의 모든 구상과 제안을 신중하게 받아들였지만, 실천으로 옮겨지기까지는 장애나 변수가 너무 많았던 것이다.

　결국 왕작주는 전광의 개인 군사참모 꼴이 되고 말았다.

37장

간삼봉전투

간삼봉전투는 2군뿐만 아니라, 전체 항일연군 역사에서도 대서특필할 만한 전투였다.
그동안 항일연군은 만주군과 수많은 전투를 벌였지만
일본군 정규부대와 이처럼 대대적으로 교전한 적은 없었기 때문이다.

1. 지양개

1937년 6월 23일, 작전회의는 이날 점심 무렵까지도 계속되었다. 항일연군 역사에서 일명 '지양개군민연환(聯歡, 연합 환영)대회'라고 불리는 4, 6사와 1군 2사의 회사(會師, 여러 갈래의 군대가 합류하는 것)로 대원들은 한껏 고무되었다.

지양개(19도구골) 넓은 등판은 병력으로 가득 찼다. 4사 1, 2연대 200여 명과 6사 7, 8연대 외 경위중대까지 240여 명, 1군 2사 8연대 130여 명을 합치면 600명 가까이 되었다. 거기에 광복회 지방조직들까지 동원되었다. 해방 후 중국 연변에서 살았던 생존자 김명주가 당시 그를 직접 취재했던 박창욱 연변대 교수에게 들려준 회고담 한 토막이다.

"유격대에 참가한 이래 우리 항일연군이 이렇게 많이 모인 것을 난생 처음 보았다. 낮에는 노래와 춤판이 벌어졌고 간부들이 나와서 연설도 했는데, 나는 그때 처음 군 정치부 주임 전광의 얼굴을 아주 가까이에서 보았다.

전광이 '연환' 모임에 나와서 연설했는데, 양 사령(양정우) 부대가 3,000명이나 우리 주변에 있다고 했다. 동북 3성의 항일연군을 다 합치면 '10대 연군에 10만 명[55]이라고 했다. 이만한 병력이면 멀리 갈 것도 없이 2, 3년이면 왜놈들을 다 쫓아내고 우리가 조선으로 돌아갈 수도 있을 것이라고 하는 바람에 우리는 모두 희망에 부풀어 올랐다.

조선에서 대표로 왔던 광복회 간부들이 어찌나 좋아하던지 그네 터에서 처녀애들을 붙잡고 '중국에서 시집가지 말고 이태만 더 기다렸다가 조국에 돌아와서 시집가라.'는 농담까지 했다. 처녀애들도 '그러면 국내에 있는 총각들한테도 너무 급하게 장가 들지 말고 우리가 조국으로 돌아가는 날까지 기다리라고 해달라.'고 농을 받기도 했다."[56]

이날 사회는 권영벽과 이제순이 함께 보았다.

권영벽은 신흥촌 부녀들을 시켜 만든 축기를 4사와 6사에 각각 증정했다. 4사에서는 중국인 중대장 동숭빈이 나와서 받았고, 6사에서도 중국인 중대장 무량본이 나와서 받았다. 김성주는 회고록에서 "보천보전투 때 정찰임무를 잘 수행한 마동희가 위임에 따라 축기를 받았다."고 회고했다. 그리고 연설 도중에 자

---

55 '10대 연군에 10만 명(十大聯軍, 十萬名)'이라는 말은 당시 항일연군 노래 속 한 구절이다. 1937~1938년은 항일연군의 전성기였다. 1937년 상반기에 중공당이 이끌던 항일연군은 10개의 군(11월에는 11군이 또 성립되었다)으로 확대되었다. 11개 군의 병력을 보면 1, 8군이 3,000여 명, 2, 3군이 2,000여 명, 11군이 1,500여 명, 4, 5, 6, 7, 9, 10군이 각각 1,000여 명으로 합치면 실제로 2만 명 남짓했다. 여기에 기타 항일부대들까지 모두 합쳐도 가장 많을 때조차 4만 명을 넘지 못했다. 그러나 1939년에 접어들면서 이 병력은 급격히 줄어들었다. 1939~1940년 사이에는 겨우 1,000여 명밖에 남지 않았다.

56 취재. 박창욱(朴昌昱) 조선인, 항일투쟁사 전문가, 연변내학 역사학부 교수, 취재지 연길, 1995~2000, 10여 차례.

기가 "국내진공작전에 대해 간단히 개괄했던 것 같다."고 썼지만, 사실은 보천보전투 지휘관의 한 사람으로 직접 참가하여 경찰주재소를 습격했던 무량본이 전광에게 지명받고 보천보전투뿐만 아니라 구시산에 남아 철수하는 부대를 엄호했던 이야기도 들려주었다.

이 과정에서 무량본은 "구시산에서 손목시계를 한 개 챙겼는데, 그것을 꺼내 들고 자랑하다가 몰수당했다."고 취재자들에게 실토하기도 했다.

박덕산이 김성주 부탁을 받고 연단으로 올라가 무량본을 내려오게 했다. 곧이어 사회자는 역시 보천보전투에 참가했던 마동희를 연사로 초청했다.

"이번에는 마동희 동무 이야기를 들어보겠습니다."

마동희는 보천보전투 직전 보천보 정찰임무를 수행했고, 철수 도중에는 노획물을 수송할 인부모집 임무를 맡았다. 그는 전영림 8연대가 구시산에서 뒤를 쫓아오던 경찰대와 싸우고 있을 때, 23도구 구시골마을에서 마지막까지 남아 수고했던 인부 몇몇과 작별인사를 나누고 있었다.

그 인부 가운데 한 사람이 마동희 귀에 대고 말했다.

"아까 마을로 들어올 때 혜산경찰서의 조 순사와 비슷하게 생긴 사람이 마을 입구에 있는 걸 보았는데, 저와 눈길이 마주치자 급하게 몸을 피합니다. 지금도 계속 마을에 있을지도 모릅니다. 만약 그자가 조선으로 돌아가면 반드시 우리를 밀고할 것입니다."

그 말을 들은 마동희는 깜짝 놀랐다.

"아니, 조 순사라니요, 소학교에서 역사 선생 했던 조 씨 말인가요?"

"맞습니다. 바로 그잡니다."

마동희의 얼굴에 대뜸 살기가 어렸다.

조 순사는 구시산전투 때 경찰대에 동원되어 함께 따라왔다가 산으로 오르던 중 각반을 고쳐 매는 척하면서 슬그머니 뒤에 떨어졌다가 빠져 나왔다. 전투가 시작되자 기관총 소리와 수류탄 터지는 소리에 기겁했던 조 씨는 산 밑으로 냅다 뛰었다. 전투가 끝날 때까지 수풀 속에 납작 엎드려 있다가 너무 배가 고파 근처에 보이는 마을로 찾아들어 온 것이다. 조 씨는 마동희에게 덜미를 잡히고 말았다.

"이 더러운 놈아, 내가 누군지 알겠느냐?"

마동희는 조 씨의 이마에 권총을 겨누며 호통 쳤다.

조 씨가 마동희를 기억하지 못할 리 없었다. 시험 점수를 왜 잘못주었냐며 찾아와서 대들던 마동희의 귀뺨을 한두 번만 때린 게 아니었기 때문이다. 화가 치밀 대로 치민 마동희는 다른 선생이 모두 보는 앞에서 성적표를 갈기갈기 찢어 조 씨 얼굴에 뿌리고는 집으로 돌아왔다. 그 일 이후 마동희는 학교에 다니지 않았다. 조 씨도 평소 학부모들이 찔러주는 뇌물을 받아먹고는 제멋대로 시험 점수를 조작하다가 결국 문제가 되어 교단을 떠났다. 후에 순사시험을 보고 갑산에서 순사노릇을 했던 조 씨는 사범학교 출신이라 글도 많이 알고 일본어와 중국어에도 능해 아주 빨리 승진할 수 있었다.

혜산에서는 조 씨를 조 순사가 아닌 조 형사라고 불렀다. 혜산으로 온 뒤 마동희의 종적을 짓궂게 찾아다녔던 조 씨는 고등주임 최연에게 이렇게 장담도 했다.

"제가 갑산에서 소학교 교사를 할 때 갑산 운흥면 백암리에 살았던 마동희란 애가 만주로 건너간 후 김일성 비적단에 합류했다는 소문이 있습니다. 그의 소꿉친구였던 김태선이 지금 어디 사는지 알아냈습니다. 조만간 이 애를 찾아내 포섭하겠습니다. 김태선이 협조하면 마동희를 붙잡는 것은 어렵지 않습니다."

김태선은 마동희의 어머니 장길부를 찾아가 알려주었다.

"저와 동희가 소학교에 다닐 때 역사를 가르쳤던 조 가 놈이 지금 우리 둘을 찾아다니는 모양입니다. 그래서 저도 남흥동으로 몰래 이사했으니 동희한테도 알려주세요."

하지만 이때 김태선은 이미 조 가에게 포섭당한 뒤였다. 이런 방법으로 마동희 모자의 신임을 얻은 김태선은 계속 마동희와 연락하고 있었다.

김태선은 처음에 조 씨에게 포섭되었다가 조 씨가 죽은 뒤에도 고등주임 최연과 몰래 연락하고 있었다. 그런 줄 몰랐던 마동희에게 새로 이사간 김태선의 남흥동 집은 언제나 시름 놓고 들르던 국내 접선 장소였다.

"언젠가는 마동희보다 훨씬 더 높은 자가 들를 수 있으니, 섣불리 김태선의 신분을 폭로해서는 절대 안 됩니다."

조 씨는 생전에 이미 김태선을 최연에게 인계했다. 조 씨가 보천보전투 때 경찰토벌대에 차출되어 항일연군을 뒤쫓다가 구시산에서 실종되자 최연은 김태선에게 시켰다.

"마동희를 만나면 조 씨가 죽었으니 이제 혜산에서 마동희 얼굴을 아는 사람이 없으니 시름 놓고 다녀도 괜찮다고 안심시키거라."

김태선은 최연이 시키는 대로 했다. 김태선에게 속아 넘어간 마동희는 권영벽의 파견을 받아 조선민족해방동맹 지도부와 연락하기 위해 갑산 땅에 들어갔다가 남흥동의 김태선 집에 들렀다. 때마침 함께 간 장증렬의 신분을 알게 된 김태선은 곧바로 아내에게 장 보러 가라고 내보내며 최연에게 달려가 소식을 전하게 했다.

"김일성 부대의 청년과장이 방금 저희 집에 도착했어요."

"마동희도 함께 왔느냐?"

"네, 그가 직접 데리고 왔어요. 하루나 이틀쯤 묵을 것 같다고 했어요."

"그물을 걸을 때가 되었구나."

최연은 직접 경찰대를 이끌고 남흥동에 들이닥쳤다.

그 사이 김태선이 차린 술상 앞에 마주앉았던 마동희와 장증렬은 꼼짝 못하고 경찰대에 생포되고 말았다. 두 팔을 꽁꽁 묶인 마동희는 최연 곁에 서 있는 김태선을 바라보면서 눈물을 흘렸다.

"태선아, 다른 사람도 아닌 네가 어떻게 나를 팔 수 있단 말이냐?"

"미안하다, 동희야, 나도 어쩔 수 없었다."

김태선도 같이 울면서 마동희에게 다가와 그의 눈물을 닦아주려고 했다.

김태선이 가까이 다가오자 마동희는 갑자기 있는 힘을 다해 머리로 김태선의 얼굴을 받아쳤다. 그 바람에 코와 윗입술이 터져 피범벅이 된 김태선은 땅에 주저앉아 계속 울면서 이렇게 되뇌었다고 한다.

"그래, 내가 맞아도 싸지, 분이 안 풀리면 더 때려다오."

"동지를 팔아먹은 네 죄가 매 몇 대로 끝날 줄 아느냐!"

마동희가 계속 발로 걷어차려 하자 경찰들이 달려들어 마동희를 차에 끌어올렸다.

장증렬은 체념한 듯 머리 푹 떨구고 한숨만 내쉬었다. 이후 장증렬도 김태선을 따라 바로 변절했고, 마동희만은 혜산경찰서 유치장에서 옥사했다. 그가 고문을 견디다 못해 잠결에라도 헛소리로 비밀을 누설할까봐 혀까지 깨물어 끊었던 사연은 세상에 널리 알려졌다. 최연이 폐인이 된 마동희를 재판에 넘기지 않고 그냥 풀어주었다는 이야기도 나돈다. 북한 내무성에서 근무한 적 있는 한 탈북자에 따르면, 마동희가 고향에서 후두암으로 고생하다가 사망해 자신이 직접 염장까지 했노라고 주장하는 사람도 있었다고 한다.

2. "쑨 가야, 네가 내 밑천을 다 까먹는구나."

다시 그날의 19도구골로 돌아가, 김명주의 회고담을 마저 들어보자.

"지양개에서 하루를 보낸 다음 날, 우리는 바로 곰의골밀영 쪽으로 이동하기 시작했다. 도중에 사부에 불려 갔던 우리 중대 중대장 최일현(崔一賢)[57]이 갑자기 4중대장으로 가고 김택환(金澤煥)[58]이 왔는데, 각 소대 분대장까지 다 불러 모아 '조선의 일본군 정규부대가 지금 압록강을 넘어 우리한테로 오고 있으니 모두 전투준비를 단단히 하고 있어야겠다.'고 당부했다. 최 중대장(최일현)이 4중대장이 되었다는 말을 듣고 우리는 오중흡이 바로 7연대 연대장이 되는 줄 알았다.

그때 우리 7연대에서는 최 중대장(최일현)과 김 중대장(김택환)의 나이가 제일 많았다. 아마 손 연대장(손장상)보다도 한두 살 더 위였을 것이다. 어린 대원들은 사석에서 그 둘을 아저씨라고 불렀는데, 김택환 중대장은 아저씨 소리가 듣기 싫다면서 언제나 형님이라고 불러 달라고 했다. 중대장들 가운데는 4중대 중대장 오중흡의 나이가 제일 젊었는데, 오중흡마저도 김일성보다 한 살 많았다. 그러니 우리 6사에서는 사장 김일성이 제일 젊었던 셈이다. 대원들은 뒤에서 '우리 6사에서는 사장이 젊다 보니 나이 많은 사람보다 나이 젊은 사람이 더 빨리 승진한다.'고 수군덕거리기도 했다.

손 연대장이 3사 시절에 한동안 참모장직을 겸했던 적이 있어, 그가 7연대 연대장 자리를 오중흡에게 내놓고 다시 참모장직에 임명될 걸로 생각했는데, 4사에서 옮겨온 임수산이 참모장이 되었고 손 연대장은 전영림 대신 8연대 연대장을 맡게 되었다. 7연

---

57 최일현(崔一賢, 1906-1939년) 조선 함경북도 명천군에서 출생했으며 1939년 12월 17일, 육과송전 투에서 전사했다.

58 김택환(金澤煥, 1904-1938년) 조선 함경북도 성진군에서 출생했으며 1938년 10월 21일, 몽강현 경찰내대와 싸우다 전사했다.

대 연대장은 오중흡이 아니라 김주현이 임명되었다."⁵⁹

이에 대해 무량본은 아주 중요한 증언을 남겼다.

"보천보전투 이후 김일성과 전 사령(전영림) 사이가 아주 나빠졌는데, 그 때문에 나까지도 덩달아 전 사령 눈 밖에 나게 되었다. 하루는 주재일이 나한테 '전 사령 눈에 나서 8연대에 남아 있기 어려운 사람들을 따로 뽑아 7연대나 경위중대로 데려간다.'고 했다. 8연대 주력 중대였던 1중대가 간삼봉전투를 앞두고 20여 명밖에 남지 않은 데다 신입대원들을 보충받지 못 했기 때문에 나도 7연대나 사부 경위중대로 가게 될 줄 알았다.

나중에 보니 '7연대에 조금 남아 있던 구국군 출신 중국인 대원들을 골라내 8연대로 옮겨놓고, 8연대에 남아 있던 조선인 대원을 골라내 7연대로 데려갔다. 그때 우리 8연대의 기관총 명사수였던 이달경(李達京)⁶⁰과 오일남(吳日男)⁶¹도 사부 경위중대로 데려가 버렸다. 이달경도 조선인이었지만 전투 중 전 사령을 구한 적이 있었다. 그래서 조선 대원들 가운데 전 사령이 제일 좋아한 부하였는데도 그때 내주었다. 왜냐하면 7연대에서 데려온 중국 대원은 한 중대였고 8연대에서는 겨우 한 소대를 넘겨주었다.

---

59 취재, 박창욱(朴昌昱) 조선인, 항일투쟁사 전문가, 연변대학 역사학부 교수, 취재지 연길, 1995~2000년 10여 차례.

60 이달경(李達京, 1913-1937년) 중국 길림성 연길현에서 출생했다. 1932년 유격대에 참가했고, 1936년 항일연군 제2군 3사 8연대에서 기관총수가 되었다. 1937년 3월 8연대 기관총소대장이 되었다가 6월에 6사 사부 경위중대로 옮겨 정치지도원과 중대장이 되었다. 그해 10월에 몽강현 양목정자 밀영에서 전투 중 전사했다.

61 오일남(吳日男, 1914-1942년) 조선 함경북도 회령군에서 출생했다. 1932년 유격대에 참가했고 1936년 항일연군 제2군 3사 8연대에서 기관총수가 되었다. 1937년 6월, 6사 사부 소년중대 중대장이 되었고 1938년 10월에는 7연대 4중대 중대장이 되었다. 1942년 5월 한 차례 전투 중 전사했다.

1 대 10의 비율로 바꿔치기한 셈이었다.'[62]

이후 무량본은 8연대 대원들과 한동안 전광을 따라다녔다. 전광은 김성주와 전영림 사이가 나빠지자 이런 식으로 조율했던 것이다. 어쩌면 김성주가 이렇게 해달라고 요청했을 가능성도 있다. 실제로도 1938년 이후 김성주가 늘 데리고 다녔던 7연대 및 6사 사부 경위중대와 소년중대에는 중국인 대원이 거의 없었다. 아주 오래전부터 김성주를 따라다녔던 유옥천과 교방신, 교방지 형제 같은 대원은 있었지만, 구국군 시절부터 손장상이나 전영림을 따라다녔던 노병들은 모두 사라졌다.

이는 여러 가지로 중요한 시사점을 던져 준다. 김성주는 직속부대나 다름없던 6사 7연대를 '조선인민혁명군'의 기간부대라고 주장한다. 비록 당시에는 조선인민혁명군이라는 독립 명칭의 항일부대가 존재하지 않았지만, 조중 혼성부대나 다름없는 6사 내에서 조선인 대원들을 7연대로 집중시켜 늘 곁에 있게 했던 사실만은 주목하지 않을 수 없다. 어쩌면 이것이 오늘의 북한에서 여전히 주장하는 '조선인민혁명군' 존재설을 뒷받침하는 가장 주요한 근거 중 하나가 아닐까 생각하게 된다.

간삼봉전투를 전후하여 6사 주력부대였던 7, 8연대의 쟁쟁한 기층 지휘관들

---

62 취재, 허록산(許祿山) 중국인, 강서성 남창시 무장부 이직간부, 시 정협문사연구위원, 취재지 남창, 1999.『我在東北抗聯的日子』, 吳良本訪談錄(未出版), 楊剛 整理, 1977.『吳良本革命歷史簡歷』, 江西省南昌市政協文史委 提供, 2002.『被遺忘的抗日英雄-金日成部隊的中國連連長吳良本』, 許祿山 整理, 2002.

인 최일현, 김택환, 오일남, 손태춘(孫泰春)[63], 박수만(朴壽萬)[64], 강홍석(姜洪錫)[65] 등 소대장, 중대장급 조선인 간부들이 하나둘씩 김성주 주변으로 몰려든 반면, 손장상이나 전영림, 마덕전 같은 연대장급 중국인 지휘관들은 물론이고 무량본까지도 주력부대에서 밀려나게 되었다. 거기에 김성주의 가장 주요한 군사참모였던 왕작주까지도 이때 2군 참모장이 되면서 6사 참모장직을 임수산에게 인계[66]하게 된다.

김성주는 의도적으로 전영림 8연대를 전광 곁에 남겨놓았다. 전영림이 1936년 겨울에 한동안 각기병으로 곰의골밀영에서 치료받고 지낼 때, 8연대 연대장을 손장상이 임시로 대리했으나, 실제로 8연대를 인솔했던 사람은 왕작주였기 때문이다. 11월 소탕하전투 때 8연대는 원금산의 기관총중대를 통째로 잃어버

---

63 손태춘(孫泰春, 1915-1942년) 조선 함경북도 경성군에서 출생했다. 1932년 화룡유격대에 참가했으며 항일연군 제2군 6사 7연대에서 분대장, 소대장을 지냈다. 1942년 6월 5일 전사했다.

64 박수만(朴壽萬, 1907-1938년) 조선 강원도 문천군에서 출생했으며 1937년 10월 항일연군 제2군 6사 경위중대장이 되었다. 그의 전임자였던 이달경이 10월에 화전에서 몽강으로 이동하던 중 토벌대의 추격을 받고 김성주를 엄호하다가 전사했기 때문이다. 1938년 4월 26일 임강현 쌍산자전투에서 전사했다.

65 강홍석(姜洪錫, 1912-1939년) 조선 함경북도 은덕군에서 출생했다. 1932년 화룡유격대에 참가했으며 1937년 항일연군 제2군 6사 7연대 1중대 소대장 겸 기관총 사수를 지냈다. 1939년 12월 17일 돈화현 육과송전투에서 전사했다.

66 임수산이 간삼봉전투 당시 이미 6사 참모장이었다는 주장은 중국 항일투쟁사의 권위자로 평가받는 연변대 민족연구소 박창욱 교수가 1990년대에 처음 내놓았다. 박 교수의 주장에 따르면, 제1로군이 성립될 때 전광은 위증민의 요청으로 동만특위 조직부장으로 내정되어 2군으로 왔다는 것이다. 3사를 6사로 개편하면서 김일성과 조아범 사이가 무척 나쁜 걸 본 전광은 조직부장 자리에 조아범을 추천하고, 조아범 대신에 김선호(金善虎)라고 부르는 연길 1연대 출신 한 조선인 간부를 김일성의 정치위원으로 임명했다는 것이다. 김일성은 김선호에 대해 한마디도 언급하지 않지만, 김선호가 6사 정치위원이었던 사실은 현재 중공당 연길현 영웅열사명록에 기재되어 있다. 그런데 얼마 안 있어 동만특위를 폐지하고 남만성위원회가 출범하면서 다시 조아범을 6사 정치위원으로 임명하고 김선호는 왕덕태의 부관장(副官長)으로 옮겼다가 그해 11월에 소탕하에서 왕덕태 등이 포위에 들었을 때 함께 전사한 것으로 추정된다. 임수산은 1936년 5, 6월경 2, 4, 6사가 장백현 19도구골에서 회사했을 때 이미 6사 정치위원으로 내정되었으나, 왕직주가 다른 자리로 옮기면서 참모장 자리가 비어 결국 참모장으로 임명되었던 것으로 보인다.

리고 말았다. 군장 왕덕태까지 전사한 전투에서 8연대가 유일하게 기본 대오를 유지할 수 있었던 것은 왕작주 덕분이었다. 처음에 전영림은 김산호와 원금산이 전사했다는 소식을 듣고는 그만 넋을 놓다시피 했다.

"쑨 가야, 네가 내 밑천을 다 까먹는구나."

전영림은 연대장을 대리했던 손장상에게 소리를 질렀다. 김성주에게도 따지고 들었다

"왜 하필이면 내 부대는 무송에 남겨두고 쑨 가 부대만 장백으로 데리고 들어왔소? 어차피 쑨 가를 무송에 남겨 내 부대를 지휘하게 할 거였으면 쑨 가 부대를 무송에 남겨놓고 내 부대는 나와 함께 장백으로 들어왔어야 하는 게 도리 아니오. 산호, 금산이까지도 다 죽었다는데, 이렇게 밑천을 다 날려보냈으니 어떻게 할 작정이오?"

"제갈량을 남겨놓고 왔으니 8연대는 반드시 무사할 겁니다."

김성주는 말끝마다 왕작주를 제갈량이라 부르며 무한한 신뢰를 나타냈지만, 전영림은 반신반의했다. 아닌 게 아니라 왕작주는 뛰어난 용병술을 과시했다.

김산호의 반대에도 불구하고 소탕하전투가 발생하기 이틀 전에 원금산의 기관총중대를 뺀 나머지 세 중대를 모두 이끌고 양목정자 쪽으로 빠져 달아났던 것이다. 귀환할 때도 노령을 넘어 임강현 경내의 화수진으로 우회했다. 뒤를 쫓았던 무송 지구 토벌사령부 참모처장 소옥침과 일본군 여간첩 김옥희가 인솔한 동변도 지구 토벌사령부 치안숙정공작반이 끌고 나타났던 만주군 100여 명은 서대천에서 왕작주에게 코가 꿰어 끌려다니다가 청산호 공배현 부대와 9연대 마덕전 부대에게 양쪽으로 협공당해 하마터면 전멸할 뻔했다.

"왕작주에게 부대를 맡기면 대오가 금방 확충될 겁니다."

김성주는 전영림을 달랬다. 전영림도 그것을 믿었다. 그런데 간삼봉전투 닷새

를 앞둔 6월 24일 점심 무렵, 작전회의를 마친 4사와 1군 2사 지휘관들이 점심 상도 거절하고는 부랴부랴 임무를 수행하러 떠나는데 왕작주가 전영림만 따로 불러 그에게 내린 작전 임무를 변경했다.

"6종점 습격 일은 김 사장에게 맡기고 전 사령은 손 연대장과 8연대를 이끌고 13도구 서강고원 쪽으로 빠져야겠습니다."

그 말을 듣고 전영림은 펄쩍 뛰었다.

"아니, 6종점 먹잇감을 나한테 주기로 결정해 놓고서 왜 갑자기 바꾼단 말인가? 또 김 사장이 자네한테 그렇게 하라고 시킨 것 아닌가?"

"6종점에 있던 홍슈터우들이 절반 이상은 팔반도 쪽으로 옮겨갔다고 하지만, 그래도 최소한 한 대대는 남아 있을 겁니다. 아무래도 8연대 병력만으론 어려울 것 같고, 김 사장은 오중흡 중대를 보내는 것이 더 믿음이 간다고 하더군요. 김 사장도 경위중대와 직접 가겠다고 합디다."

왕작주는 진심으로 전영림을 걱정해서 권했다.

"거 보라니까, 내 말이 맞지 않는가. 내가 잘되는 꼴은 못 보는 김 사장의 꼼수일세."

전영림은 김성주를 비난했다. 그러더니 갑자기 무슨 생각이 들었는지 정색하고 왕작주에게 따졌다.

"이해가 안 되는 것이 또 하나 있네. 나더러 13도구 서강 쪽으로 빠지라고? 6종점 쪽에서 움직이면 팔반도의 홍슈터우들이 분명히 구원하러 달려올 텐데, 나보고 그들과 정면으로 부딪치라는 것 아닌가?"

왕작주는 기가 막혀 한참 대답을 못 했다.

"안 되겠습니다. 이 문제는 전 사령이 직접 김 사장에게 설명을 들으십시오."

마침 김성주는 임수산과 함께 4사 1연대 숙영지로 건너가 목창자 쪽으로 출발하는 박득범과 최현 일행을 바래다주고 돌아왔다. 전영림과 마찬가지로 갑자기 작전임무가 변경된 김재범과 오중흡, 김택환, 이달경 등이 모두 김성주에게 불려와 지도를 펼쳐 놓고 앉아 있었다. 새로 6사 참모장에 임명된 임수산이 한창 지도 앞에서 무슨 이야길 하고 있다가 왕작주가 불쑥 들어오자 그를 붙잡았다.

"조조 소리를 하면 조조가 온다더니 마침 잘 오셨소."

김성주도 반기며 왕작주를 눌러 앉혔다. 두 사람이 왕작주에게 권했다.

"우리도 지금 막 출발 직전인데, 각 중대 지휘관과 작전임무를 최종 확인하던 중이었소. 군 참모장께서도 몇 마디 해주시기 바라오."

왕작주는 손을 내저었다.

"원, 실권이라고는 손톱만큼도 없는 군 참모장 같은 소리는 그만하십시오. 전 사령이 반발하고 나서는데, 내 말발이 먹히지 않아서 김 사장의 도움을 받으러 왔습니다. 빨리 갑시다."

왕작주가 오히려 김성주 손목을 붙잡고 막사 밖으로 나왔다.

"왕 형, 어떻게 된 일이오?"

"6종점의 홍슈터우가 큰 먹잇감이나 되는 줄 알고 김 형이 그걸 가로챈 게 아니냐며 달려들었소. 도저히 설득할 수 없습니다."

김성주는 짐작이 되면서도 전영림과 얼굴을 부딪히기 싫었다.

"왕 형은 지금 군 참모장이시니 전 사령이 명령을 듣지 않으면 차라리 전광 동지를 앞세우는 게 더 쉽지 않겠소? 전 사령이 다른 사람 말은 잘 안 들어도 전광 동지 앞에서만큼은 제법 얌전하다오."

김성주 말에 왕작주가 자기 고충을 하소연했다.

"원, 김 형은 내 사정이 딱한 것은 안중에도 없나 봅니다. 그러잖아도 전 사령이 댓바람에 김 사장이 뒤에서 꼼수 부리는 것 아니냐고 따지고 드는 데, 전광 동지도 내가 김 형과 둘이서 이번 작전을 계획한 내막을 아는 눈치입니다. 비록 작전계획을 최종적으로 찬성했지만 은근히 불쾌하다고 말씀했소. 더구나 6종점을 공격하는 임무는 성주 요구대로 갑자기 변경한 것이어서 더 그렇소. 전광 동지를 앞세우려면 6사 내부의 시시콜콜한 사정까지 또 일일이 보고해야 하니, 긁어서 부스럼을 만들 일이 있겠습니까. 그러다가 괜히 이런저런 추잡스러운 소문들까지 다 드러나는 날이면, 그 뒷수습을 어떻게 하겠습니까?"

'추잡스러운 소문들'이란 다름 아닌 이도강 배와자에서 조선 지주 김만두 집을 털었던 전영림의 부하들이 부대로 돌아와 퍼뜨린 최 과부와의 염문설이었다. 처음에는 전영림이 김만두를 죽이려다가 최 과부의 자색에 빠져 살려주었다고 소문났는데, 나중에는 김성주가 그 최 과부를 욕심냈다고 번졌다. 그 후 김성주뿐 아니라 참모장 왕작주까지 함께 배와자에 드나들었다는 것으로 확대되었다. 두 사람이 아주 친하니 한 여자를 같이 나눠가질 수도 있다고 믿는 사람들까지 생겨났다. 설마 하고 의심하는 사람조차 없었던 것은 당시 6사에서 떠돌던 이 염문설이 얼마나 잘 다듬어졌는지 말해주고도 남는다.

"허허, 그런 걱정은 하지 않아도 되오."

김성주는 빙긋이 웃어 보이기까지 했다. 오히려 이런 염문설이 나도는 데도 화조차 내지 않는 김성주 때문에 왕작주는 아리송했다.

"원, 김 형은 그런 추잡한 소문이 즐겁기라도 한 것처럼 태평입니다."

"다른 사람은 몰라도 전광 동지야 우리 6사 내부 사정에 관해 모르는 것이 있소? 그런 근거 없는 낭설을 그대로 믿을 사람이 아니잖소. 하물며 전 사령도 얼마 안 있어 환갑 되실 분인데, 나한테 화가 난 것은 어쩔 수 없지만 이런 일을 떠들고 다닐 분은 아닐 것이오."

김성주는 오히려 전영림을 감쌌다.

"어쨌든 그렇게 믿으신다니 잘 됐습니다. 김 형이 직접 전 사령에게 설명해주시오."

왕작주는 김성주와 함께 전영림에게 갔다.

3. 수동하 지휘부

마침 박덕산과 무량본 등이 전영림의 막사에 와 있다가 김성주가 오자 자리를 피해 막사 바깥으로 나왔다. 무장한 경위원 유옥천과 오백룡이 김성주 뒤에 바짝 따라붙었으나 김성주는 그들을 막사 바깥에 세워두었다.

조금 뒤 같이 들어갔던 왕작주까지 바깥으로 나왔다.

"죄송하지만 왕 참모장도 자리를 피해주시면 좋겠소."

김성주가 전영림과 단 둘이 주고받을 이야기가 있는 것처럼 왕작주를 바깥으로 내보낸 것이다.

"전 사령이 화가 많이 나 있던데, 괜찮겠소?"

박덕산이 걱정했으나 왕작주는 괜찮을 것 같다고 머리를 끄덕였다.

역시 김성주는 화난 전영림의 마음을 가라앉히는 재주가 있었다. 참모장 왕작주까지도 다 물리치고 오로지 자기한테만 들려줄 비밀이 있다는 사실이 전영림을 은근히 기분 좋게 만들었는지도 모른다. 어쨌든 한참 뒤 김성주와 함께 막사 바깥으로 나온 전영림의 표정은 오랜만에 밝았다.

"이봐, 덕산이, 량본이, 우리도 빨리 떠날 준비하세."

전영림은 박덕산과 무량본에게 재촉했다.

왕작주는 무척 의아했다. 김성주는 몰래 왕작주 귀에 대고 소곤거렸다.

"나중에라도 전 사령이 물으면 왕 형은 전혀 모르는 것처럼 대답해야 하오. 우리가 6종점을 공격하는 게 사실은 진짜 목적이 아니라는 거 말이오. 내가 참모장한테도 알리지 않고 전 사령한테만 말해주는 것처럼 했더니 무척 기분 좋아했소."

"그런데 만에 하나라도 팔반도 쪽 홍슈터우들이 6종점을 구하러 달려 나와 우리와 마주칠 수도 있지 않겠습니까? 그럴 때는 어떻게 합니까?"

왕작주가 걱정하자 김성주는 정색했다.

"아니, 다른 사람도 아닌 왕 형이 왜 나한테 그런 질문을 던지는 거요?"

"물론 나야 당연히 피해 가겠지만, 김 형이나 목창자 쪽을 공격하기로 한 박 참모장과 최 연대장네 쪽에서 부딪게 될까봐 걱정입니다."

"그러잖아도 그 일 때문에 임수산 동무한테 특별히 부탁해 박득범과 최현 두 지휘관에게 단단히 주의를 주었소. 아까 왕 형이 나한테 왔을 때, 임수산 동무와 함께 4사 숙영지에 갔다가 막 돌아오던 참이었소."

김성주는 헤어질 때 왕작주에게 다시 당부했다.

"이번에 권영벽, 김재수, 정동철 같은 동무들까지 모두 왕 형과 함께 이동하게 된 것은 그만큼 왕 형이 해야 할 일이 간단치 않기 때문이오. 우리가 횡산 목창자와 6종점에서 장백의 만주군 놈들을 동쪽으로 유인한 뒤 뒤따라 서강고원 쪽으로 쥐도 새도 모르게 접어들 테니, 그 사이에 왕 형도 최소한 놈들을 1,000명 이상 끌어들일 '그물망태기(매복하게 될 진지와 싸움터를 뜻함)'를 찾아놓아야 하오. 그 주변에 설치할 진지 위치들까지 모두 잘 그려서 나한테 제때 보내주어야 히오."

왕작주는 머리를 끄덕였다.

"권영벽 동무가 그러던데, 13도구에서 서강성으로 올라가는 사이가 온통 산굽이와 영마루 천지라고 합니다. 수풀도 원시림이니 매복전을 펼쳐볼 만한 좋은 싸움터가 분명 있을 겁니다. 내가 직접 찾아볼 터이니 걱정하지 마십시오."

그러면서 이번에는 왕작주가 김성주에게 당부했다.

"만약 이번 작전에 실패하는 날이면, 나도 김 형도 완전히 바닥으로 추락하고 말 것입니다."

왕작주가 사뭇 심각한 표정으로 말했다.

"허허, 그러잖아도 전광 동지한테서 들었소. 실패하면 왕 형은 스스로 참모장 직을 내려놓고 평대원이 되겠다고 했다던데. 걱정 마오. 정말 실패한다면, 나도 사장직을 내려놓고 왕 형과 한 분대에서 평대원이 되어 동무합시다."

김성주는 농으로 받아넘겼다. 그러자 왕작주가 화를 냈다.

"김 형, 내 마음을 진정시켜 주려는 건 알겠지만, '군중에는 농담이 없는 법(軍中無虛言)'입니다. 만약 조선에서 건너오는 놈들을 서강성 쪽으로 끌어들이지 못하고 거꾸로 장백의 만주군 놈들한테 발목이 묶이면 모든 게 허사가 되고 맙니다. 솔직히 이번에 헛바닥이 닳도록 전광 동지를 설득해 이 작전을 허락받았지만, 아직도 썩 내켜 하지 않는 게 보입니다. 그러니 이번 작전은 꼭 성공시켜야 합니다. 만에 하나라도 계획에 차질이 생기면, 성주는 전광 동지와 같은 조선인이라 봐줄지 모르지만, 나는 완전히 찍힐 것이란 말입니다."

이에 김성주도 웃음을 걷으며 머리를 끄덕였다.

"알겠소, 왕 형. 누구보다도 우리가 먼저 우리 자신을 믿읍시다. 이번 작전은 반드시 성공하게 될 것이오. 나는 굳게 믿소. 그리고 최선을 다할 것이오."

이날 있었던 일을 기록한 자료 한 토막을 보기로 하자. 여러 판본의 자료가 존재하는데, 그 가운데 유일하게 전광 이름을 그대로 기재한 자료가 있다. 일반적으로 중국 자료들은 후에 변절한 사람의 경우, 성씨만 알려주고 이름은 아무개라는 뜻의 '모(某)'로 대체한다. 그런데 이 자료는 전광을 '전모'라 하지 않고 '2군 정치부 주임 전광'이라고 부르며 곁에 괄호를 치고 '후에 변절함(後叛變)'이라고 밝힌다.

"항연(抗聯, 항일연군의 약칭) 제1로군 장백 주요 전적, 간삼봉복격전" (생략) 당시 장백의 곰의골밀영에 모였던 항일연군 1군 2사와 2군 4, 6사는 적군의 증원부대(조선 주둔 일본군)가 침범(조선 주둔 일본군이 압록강을 넘어온 것에 대한 표현)해 들어온 정황에 대비하여 군사회의를 진행했다. 2군 정치부 주임 전광(후에 변절함)의 사회로 이에 대처할 작전 방안을 전문적으로 연구했다. (생략) 6월 24일, 항일연군 2, 4, 6사 일부는 동쪽으로 이동했다. '이가난진(以假亂眞, 가짜로 진짜를 어지럽힌다는 뜻)', '성동격서(聲東擊西, 교묘하게 적을 속여 공격한다는 뜻)' 전술이었는데, 부대가 세 갈래로 나뉘어 횡산 목창자와 6종점을 바라고 출기불비(出基不備)[67]의 공격을 진행하여 장백현 삼림토벌중대 병영과 포대, 그리고 이 거점에서 주둔하던 만주군 혼성 2여단 마 연대(馬團, 마립문의 연대) 산하 한 중대를 섬멸했다. 이후 세 갈래 대오 약 340여 명은 횡산 8호갑(橫山 八号閘) 쪽으로 철수하면서 뒤에 따라붙은 토벌대들에게 항일연군이 재차 압록강을 넘어 조선으로 들어갈 것처럼 착각하게 만들었다. 그러나 25일 새벽녘에 8호갑 쪽 수림 속으로 모조리 자취를 감춘 항일연군은 갑작스럽게 방향을 서쪽으로 잡고 철수하기 시작했다. (생략) 항일연군은 6월 29일 밤에야 비로소 장백현 중부 13도구 서강 사이의

---

67 고사성어 '공기불비 출기불의(攻其不備 出其不意, 대비가 없을 때 공격하고 예상하지 못한 곳에 출동한다는 뜻)'에서 비롯된 표현으로 보이며, 원문에 출기불비(出其不備)로 되어 있다.

간삼봉 고지에 도착했다.'[68]

말미에는 이 자료의 내용을 구술한 몇몇 사람 이름도 첨부되어 있었다. 무량본, 동숭빈, 교방의 같은 중국인 생존자들이었는데, 이들 모두 간삼봉전투의 실제 참가자였다. 그 외에도 조선족 생존자 중 김명주(1969년 8월 19일 사망), 조도언(曺道彦, 1985년 4월 3일 사망) 같은 사람들이 이와 관련한 많은 이야기를 남겨놓았다. 내용에서 중국인 생존자들의 회고담과 조금씩 맞지 않는 부분도 있다. 이 책에서는 주로 무량본과 김명주, 박춘일의 회고담을 토대로 했다.

필자의 흥미를 끈 것은 이 전투에서 박득범에게 직접 임무를 받아 간삼봉 기슭의 수동하(水洞河) 곁에 임시로 설치된 연합지휘부 막사로 찾아갔다가, 전투에서 패배한 줄 알고 혼자 뒷산마루로 내뛰던 전광 뒤를 쫓아가면서 "우리가 지지 않고 이겼다."고 소리쳤다는 회고담을 남겨놓은 박춘일 이야기다.

그런데 무량본 역시 "군 정치부 주임이 혼자 살겠다고 내뛰는 것을 내가 뒤쫓아 가서 데려왔다."고 주장한다. 당시 지휘부를 지키던 것이 무량본 중대였으므로 박춘일보다는 무량본일 가능성이 더 크다. 지휘부 경비는 무량본의 1중대와 1군 2사의 소년중대가 서고 있었다. 여기서 2사 소년중대는 전광의 최측근 경호부대였으므로 지휘부와 함께 있었고, 무량본 중대는 지휘부 외곽 경비를 맡았을 것이다. 따라서 박춘일은 지휘부 외곽에서 무량본과 먼저 만난 다음 지휘부가

---

68 원문 "抗聯第一路軍在長白的主要戰績 間三峰伏擊戰" (省略) 當時, 駐扎在長白黑瞎子溝密營的抗聯一軍二師和二軍四, 六師, 針對敵軍(駐朝日軍)增援入侵(駐朝日軍越過鴨綠江)情況, 由二軍政治部主任全光(後叛變)的主持下召開了軍事會議, 研究了作戰方案: (省略)于6月24日揮師東進, 采用"以假亂真, 聲東擊西"戰術, 直奔橫山木廠子"六終点", 出其不備, 一舉攻克僞長白森林討伐中隊營房和炮台(据点中駐混二旅馬團一連和僞森林討伐中隊), 殲敵30余人, 造成敵人以為我軍从橫山八号閘越境去朝鮮的错觉. 然后, 我軍三支隊伍約三百四十奧人趁机补充了給养, 弹药, 虚晃一槍, 揮師西進, 穿越密林山谷, 于6月29日晩, 到达長白縣中部十三道溝西崗間三峰高地宿營.

있는 곳으로 갔다가 전광이 보이지 않는 것을 발견했을 가능성이 있어 보인다.

"아, 그렇다면 김일성은 지휘부에 있지 않았다는 것인가?"

이런 질문에 박춘일과 만나 직접 회고담을 들었던 박창욱, 한준광 등 역사학자들은 이렇게 대답했다.

"김일성과 박득범, 강 연대장(현계선) 등은 모두 전투 현장에서 직접 자기 부대를 지휘했고, 연합지휘부가 따로 설치되어 있었다. 이 전투에는 2, 4, 6사가 모두 참가했으며 총지휘관은 2군 정치부 주임 전광이었다.'[69]

"정치부 주임이 실질적인 군사지휘관은 아니잖은가?"

필자가 이렇게 질문하자 한준광 전 연변역사연구소 소장은 이렇게 대답했다.

"이런 질문을 한국에서 온 학자들도 가끔 하는데, 전광은 2군의 실질적인 총책임자였다. 정치, 군사 모든 면에서 총지휘를 했다. 장백현에서 싸울 때는 주로 2, 4, 6사와 함께 행동했는데, 이때 진행된 비교적 규모가 큰 전투들과 관련한 자료들에는 모두 전광의 이름이 등장한다. 군사회의 때마다 언제나 사회자가 전광이었다고 나온다. 많은 사실이 증명하듯 전광은 2군뿐만 아니라 전체 1로군에서도 양정우나 위증민보다도 훨씬 더 말발이 먹히는 사람이었다."[70]

전광에 대한 양강, 호유인 등 중국인 연구자들의 설명도 거의 같았다. 그러나

69 취재, 박창욱(朴昌昱) 조선인, 항일투쟁사 전문가, 연변대학 역사학부 교수, 취재지 연길, 1995~2000 10여 차례.

70 취재, 한준광(韓俊光) 조선인, 연변주당위 선전부 부부장, 연변역사연구소 소장, 중국조선민족사학회 이사장 역임, 취재지 연길, 1986~2001 30여 차례.

이와 같은 구술 자료들이 정부 관계기관의 문사자료집에 공식적으로 기재될 수 없는 것은 아무래도 전광의 귀순 경력 때문일 것이다. 박창욱 교수는 전광이 2군으로 파견받아 왔을 때, 양정우 곁에 남았던 조선인 가운데 1군 정치부 주임 겸 참모장을 맡았던 안광훈보다는 이동광에 주목해야 한다고 설명했다. 당시 1, 2군과 동, 남만특위가 합치면서 남만성위원회가 발족될 때, 조직부장을 맡았던 사람은 원 남만특위 서기였던 이동광이었다. 조선공산당 엠엘파 출신으로 남만 반석 지방의 한 소학교에서 교사로 있었던 그를 찾아내 중국공산당에 참가시킨 사람이 바로 전광이라는 것이다. 즉, 전광은 이동광의 중공당 입당 소개인이었다.

양정우 곁에는 2명의 조선인 고위간부가 보좌하고 있었다. 군사면에서는 1로군 참모장으로 임명되었던 안광훈이었고, 정치면에서는 이동광이었다. 이 두 사람은 1936년 여름부터 이듬해 1937년 6월 이동광이 사망하기 직전까지 1년 남짓한 시간 동안 줄곧 1로군 군부와 함께 행동하면서 양정우의 서북원정 계획에도 깊이 참여했다. 그러다가 이동광이 먼저 사망하고 얼마 안 지나 안광훈도 체포되어 변절하면서 남만성위원회의 일상 업무뿐만 아니라 그동안 한 번도 동요 없이 추진되어 왔던 서북원정 계획도 차질이 빚어진다. 이에 양정우는 위증민과 의논하고 급히 전광을 1로군 총부로 소환했다.

그야말로 아이러니가 아닐 수 없다. 간삼봉전투 당시 보여준 전광의 행태가 다른 하급 지휘관들에게서 나타났다면 분명 도주병으로 취급되었을 것이며, 일반 처분이 아니라 처형까지 갈 수 있는 일이었다. 그런데도 당시 2군에서는 이 일을 문제 삼을 수 있는 사람이 없었다. 김성주가 회고록에서 단 한 마디도 언급하지 않은 사실도 이해하기 어렵다.

필자는 특별히 이 일에 대해 박창욱 등 여러 역사학자와 대담했던 적이 있었다.

"김일성은 회고록에서 가끔 전광에 대해 언급한다.[71] 그가 변절했다느니, 비겁했다느니, 또는 덩치 값을 못 했다는 지적을 하면서도, 간삼봉전투 때 혼자 살겠다고 도망쳤던 일은 왜 일절 입 밖에 꺼내지 않을까? 김일성이 이 일을 모를 리 없었을 텐데 말이다."

전광에 대한 양강, 호유인 등 중국인 연구가들의 설명은 거의 같았다.

"그 일을 이야기하다 보면 그 전투 때 전광도 간삼봉에 함께 있었다는 사실을 설명해야 한다. 그때는 아직 방면군이 성립되지 않았을 때이고 2, 4, 6사 지휘관이었던 조아범, 박득범, 김일성은 모두 동급이었다. 누가 누구를 지휘하고 또 누가 누구의 지휘를 듣는 처지나 입장에 있지 않았다. 이 세 사를 직접 지도했던 사람이 바로 2군 정치부 주임 전광이었는데, 만약 전광이 간삼봉전투 때 함께 있었다고 말하면, 이 전투를 자기가 다 조직하고 지휘했노라는 주장이 금방 거짓말로 들통 나지 않겠나."[72]

---

71 김일성 회고록 『세기와 더불어』 제6권 16장 "압록강을 넘나들며" 제1절 "무송원정"
   "적들의 추격이 심해지자 전광은 동만강에 있는 밀영으로 가버렸다. 그는 밀영에 돌아가자 우리 대원들에게 통밀 몇 말을 주어 보냈다. 우리 대원들은 정치 주임이란 사람의 인심이 고작 그것뿐인가? 덩치 값을 못 한다고 하면서 전광을 비난했다. 어떤 대원들은 그를 용기도 없고 인정머리도 없는 사람이라고 욕했다. 그들은 전광이 무송현성전투 때 보조적으로 하게 되어 있었던 만량하습격전투를 포기함으로써 전반적인 작전에 혼란을 주었던 사실에 대하여 여전히 의혹을 품고 있었다. 전광이 간부 티를 내는 데다 어렵고 위험한 모퉁이에서 매번 몸을 사렸기 때문에 우리 부대의 관병들은 대체로 그를 시답지 않게 보고 있었다. 군중의 감각은 정확했다. 전광은 그 후 변절하여 우리 혁명에 막대한 해독을 끼쳤다."
72 취재, 양강(楊剛, 가명) 중국인, 길림성 정협문사위원(文史委員) 겸 역사당안관리처장, 취재지 장춘, 1986.
   호유인(胡維仁, 가명) 중국인, 전광(오성륜) 전문가로 자처하는 문사(文史) 연구가, 취재지 통화, 2000.

김성주는 또 회고록에서 한 번도 전광의 직책에 대하여 제대로 설명하지 않는다. 다만 '정치 주임'이라고만 소개하는데, '정치부 주임'이라는 직책에서 고의로 '부(部)' 자를 잘라내 그냥 6사 산하의 어느 연대급 정치위원쯤으로 보이게 한 것이다. 잘 알려져 있듯, 공산당 부대에서 정치부는 정치위원이 직접 영도했다. 따라서 하급기관 정치위원은 상급기관의 정치부에 소속되어 있었고, 상급기관 정치위원은 정치부를 통해 하급기관의 당 사업과 조직 정치사업을 관리했다. 뿐만 아니라 각종 군사방침과 전투 임무들까지도 모조리 확정하고 감독했다. 때문에 공산당 부대에서는 최종 결정권이 군사지휘관이 아니라 정치위원에게 있었다. 때로 이 두 사람의 의견이 상충하면서 문제가 발생하는 경우에 대비하여 모택동의 중앙홍군에서는 가끔 군사지휘관이 정치위원직을 함께 겸직하는 일이 있었지만, 항일연군에서는 한 번도 그런 일이 없었다. 혹시라도 정치위원이 독단 행위를 할까봐 정치위원을 견제할 수 있는 당위원회 서기를 따로 선출하고 정치위원이 겸직하지 못하게 특별히 방비했던 것이다.

예를 들면 2군의 영안원정 때 북만으로 나갔던 방진성의 3연대가 그랬다. 주보중은 방진성 3연대를 북만으로 파견할 때 특별히 이준산에게 두 중대를 인솔하여 합류하게 하면서 그를 방진성의 정치위원으로 임명했다. 당시 방진성은 2군 산하 3연대 연대장이었으나, 이준산의 합류로 일약 6개의 중대를 인솔하게 되었고, 대원들만 자그마치 300여 명에 달했다. 이후 방진성 부대는 독립여단으로 개편되었는데, 여단장 방진성만은 위증민이 직접 임명하고 다른 정치위원과 당위원회 조직개편은 주보중이 관여했다. 주보중의 파견으로 방진성 부대를 찾아갔던 5군 참모장 장건동(張建東)은 1958년에 주보중에 대한 회고담을 남기면서 특별히 이때 일을 언급했다.

여단장 방진성의 정치위원으로 5군 출신 이준산을 임명하면서도, 여단 당위원회 서기는 이준산이 아닌 조선인 최춘국이 선출될 수 있도록 비밀리에 조치했다는 것이다. 후에 사실이 증명하듯 이런 식으로 서로 견제하게 만들었기 때문에 이 부대는 북만에서 원정임무를 마치고 남만으로 돌아올 때, 평소 전횡을 일삼는 지휘관으로 이름난 방진성도 결국 당위원회 서기였던 최춘국에게 코를 꿰이고 말았다. 최춘국은 군사상 전술 문제로 분규가 발생할 때마다 당위원회를 소집했고, 방진성은 매번 당위원회에 불려 나와 위원들에게 공격당했다.

방진성과 최춘국은 얼굴을 붉혀가며 싸운 것이 한두 번 아니었다. 그런데 남만으로 무사 귀환한 뒤에는 두 사람 사이가 갑자기 떼려야 뗄 수가 없는 사이가 되고 말았다. 그해 겨울, 방진성의 독립여단은 위증민과 함께 휘남현성 경내로 이동했는데, 위증민과 만나고 돌아왔던 전광이 김성주에게 휘남현성전투에 참가할 부대를 차출하라고 지시했다. 김성주는 전영림의 8연대를 파견하면서 가능하면 전영림을 독립여단에 남겨놓고 대신 왕청유격대 시절 자신의 옛 부하였던 최춘국을 6사로 옮기려 했다. 김성주의 부탁이라면 어떤 방법을 대서라도 다 들어주었던 전광이었지만, 이번 일만큼은 성사시키지 못했다. 최춘국만은 안 된다고 방진성이 딱 잘랐다는 것이다.

과거 방진성과 김성주 사이에 있었던 일을 알 리 없는 전광이 멋모르고 말했다.

"당신 부대에 원래 구국군 출신 대원들이 많은 데다, 전 사령이 마침 길림구국군의 그 유명한 '전 대대장'이니 오히려 잘된 일이 아니겠소. 대신 춘국이는 동만에서 유격대 생활을 할 때부터 김일성 사장의 옛 부하였다고 하더구먼."

김성주 이름을 잘못 내비쳤다가 그만 방진성의 성질을 잔뜩 돋우고 말았다.

전광은 돌아와서 김성주에게 화를 냈다.

"아니, 방 가와 사이가 나쁜 걸 왜 미리 귀띔해주지 않았소. 나는 그것도 모르고 직접 방 가와 만나 최춘국은 김 사장의 유격대 시절 옛 부하니 6사로 옮기고 대신 구국군 출신 전 사령을 이동시키면 어떻겠느냐고, 그냥 의향만 물었는데 난리를 부리더구먼. 옛 부하라서 데려가겠다면 김 사장도 춘국이도 실은 다 3연대 출신이고, 자기가 바로 3연대 연대장이었으니 따지고 보면 당신도 춘국이도 모두 자기 부하였다는 거요. 라오웨이가 곁에 함께 있었는데도 이 방 가가 이같이 난리부리더구먼."

김성주도 혀를 찼다.

"영안원정 때 저도 방 여단장도 함께 노야령을 넘었습니다. 성질머리가 급하고 남의 말을 잘 듣지 않는 사람입니다. 게다가 우리 조선 사람들을 무지 구박했습니다. 후에 5군 원정부대와 함께 송화강 쪽으로 원정했는데, 전투가 발생할 때마다 제멋대로 지휘하고 다른 지휘관들의 의견을 경청하는 법이 없었다고 합니다."

김성주는 전광에게 방진성을 험담했다. 김성주는 그를 떠올릴 때마다 기분이 나빠졌다. 특히 1935년 6월, 제2차 북만원정 당시 방진성에게 부대를 다 빼앗기고 가까스로 후국충과 왕윤성의 도움으로 김려중의 한 중대를 받아 노야령을 넘던 일을 생각하면 당장에라도 그의 멱살을 잡고 한바탕 패주고 싶은 심정이었다. 그럼에도 불구하고 영안에서 원정활동을 마치고 방진성 등과 헤어질 때 김성주는 걱정이 이만저만이 아니었다.

조금이라도 북만 쪽에서 무슨 소식이 있다 하면 바로 달려가서 물어보았다.

"혹시 우리 2군에서 5군 원정부대에 참가했던 방진성 3연대는 무사하오?"

김성주가 항상 마음속에 담아두고 그때까지 단 하루도 잊지 않고 걱정했던 사람이 바로 최춘국이었다. 그리고 최춘국과 함께 5군 원정부대에 참가했던 처남 매제 간이나 다를 바 없던 한흥권에게는, 영안까지 함께 노야령을 넘어왔던

1951년 9월에 항일연군 출신 길림성 생존자들이 연변의 동만유격근거지를 방문하면서 남긴 기념사진. 아랫줄 오른쪽부터 교수귀, 유건평, 석동수, 황생발, 여영준, 강위룡.

그의 여동생 한성희를 잃어버리고 마음속에 엄청나게 큰 빚을 지고 있었던 셈이다.

'홍권이, 춘국이. 제발 꼭 살아서 무사히 돌아와 주게.'

김성주는 마음속에서 빌고 또 빌었다. 그러던 중 간삼봉전투를 앞두고 남호두의 대자지하에 설치된 4사 밀영(2군 독립사 시절 설치되었던 1연대 밀영)을 폐쇄하고 그곳에 남아 치료받던 대원 10여 명을 이끌고 남만으로 돌아온 정응수가 김성주를 찾아와 한홍권과 최춘국 소식을 전해 주었다.

방진성의 독립여단이 그동안 송화강 유역에서 출발하여 온갖 어려움을 겪으면서도 동경성까지 무사히 도착했는데, 느닷없이 나타난 정안군에 발목을 잡혀 적지 않은 손실을 보았다는 것이다. 다행스럽게도 진한장의 5사 부대를 만나 정안군을 물리치고 가까스로 돈화현으로 들어왔지만, 할바령을 넘어서다가 또 난관에 봉착했다. 이 산 구간을 지나가는 경도선 철도를 지키기 위해 자그마치 500여 명에 달하는 일만 혼성부대가 돈화-할바령 구간을 뒤덮고 있었다는 것이다.

여기서 한흥권 중대는 일본군을 유인하느라 할바령을 넘어서지 못했다. 할바령의 일만 혼성군은 두 갈래로 나뉘어 한 갈래는 계속 방진성 여단을 추격하고, 다른 한 갈래는 한흥권 중대를 추격했는데, 그때 마침 진한장의 5사 부대가 관동담배로 유명한 오늘날의 교하현 남쪽의 표하진(漂河鎭) 서쪽에서 60여 리 떨어진 한 산기슭에서 일본군 미야모토(宮本, 돈화 일군 연대장) 부대와 전투를 벌이다가 패하고 철수하던 중 할바령 부근에서 한흥권 중대와 만나게 되었다. 결과 한흥권, 석동수(石東洙)[73] 등은 끝내 남만으로 돌아오지 못하고 진한장의 5사 부대에

73　석동수(石東洙) 1932년 7월, 길림성 훈춘현에서 유격대에 입대했으며 1933년에 중공 당원이 되었다. 같은 해 겨울 중공당 훈춘 연구(煙區)위원회 선전부에서 일하다가 영남유격대 정치지도원이 되었다. 1934년에 박두남(훈춘 영남유격대 정치위원, 후에 귀순)이 만주성위원회 순시원 반경우를 사살하고 산속으로 도주했을 때, 그에게 몰래 쌀을 가져다준 일이 발각되어 민생단으로 지목되어 감금되기도 했다. 1935년 7월에는 2군 4연대에 참가하여 영안현 경내로 이동했다. 이후 5군 1사 3연대에 소속되었다가 2, 5군이 함께 북만원정부대를 조직할 때 여기에 선발되었고 1937년 6월에 다시 영안으로 돌아와 5사 4연대에서 소대장과 중대 지도원이 되었다. 1938년 7월 영안현 장령전투 때 중대장 한흥권 등이 모두 전사했으나 석동수만 혼자 살아난 것이 문제가 되어 지도원직에서 물러났다. 이후 1940년 12월 28일, 토벌대에게 쫓겨 최후의 시각이 다가오던 제3방면군 지휘 진한장의 신변에 최후로 남아 있었던 7명의 대원(여대원 4명과 남대원 3명) 가운데 석동수도 들어 있었다. 진한장은 이들을 살리기 위해 혼자 남아서 토벌대와 싸우고 석동수 등에게는 포위를 뚫고 달아나라고 명령했다. 포위를 돌파하는 도중 또 5명이 죽었으나 석동수만 혼자 살아나왔다.
　　1941년 9월 25일에 소련으로 철수했던 석동수는 동북항일연군 교도려에 배속되었고, 2군 3사 시절 오중흡의 4중대에서 제2소대장을 지냈던 손태춘(孫泰春)과 함께 국내로 들어와 정찰임무를 수행하다가 경성 지방 경찰들에게 추격당하게 되었다. 이때도 손태춘은 전사했으나 석동수만은 살아서 돌아왔다. 이 일로 김일성에게 의심받았던 석동수는 1945년 광복 이후 북한으로 돌아가지 않고 중국 연변에 남았다.
　　석동수는 1955년 12월부터 1959년 1월까지 중공당 연변자치주 정법위원회 당조서기와 부주장 등을 지냈다. 이 기간에 북한의 항일전적지 답사단을 이끌고 연변 지방에 나왔던 박영순과 여러 차례 만났고 또 집으로 초대하여 술을 마시면서 주고받았던 대화 내용들이 공안기관에 제보되기도 했

남게 되었다.

4. 김인욱 소좌의 무운장구

다시 간삼봉전투 현장으로 돌아간다.

이 전투는 단지 간삼봉 고지에서 진행된 매복전투에만 국한되지 않는다. 여러 자료를 종합한 결과 김성주 등이 장백의 만주군과 조선에서 들어왔던 나남 19사단 산하 74연대 병력 일부를 간삼봉으로 유인했던 작전은 정확히 1937년 6월 24일부터 본격적으로 시작되었다고 볼 수 있다. 여기서 장백의 만주군이라고 하면, 주로 간삼봉에 들어왔던 장백지구 토벌사령부 고명 여단의 마립문 보병연대 산하 두 중대와 장조의 정안군 8연대 산하 한 대대를 가리킨다. 횡산 목창자에 주둔했던 부대는 그동안 6사 산하 오중흡 중대에게 적잖게 골탕을 먹어왔던 마립문 연대였고, 6종점 병영은 바로 장조의 정안군 두 중대가 지켰는데, 김성주는 이 두 곳을 동시에 습격하는 방안만 가지고는 조선에서 들어오던 일본군을 유인하는 데 부족하다고 생각했다. 그리하여 즉시 전광에게 요청했다.

"아무래도 제가 직접 전투현장에 나가야 할 것 같습니다."

다. 대화 중 "박(박영순): 연변이 원래부터 우리 조선 땅이니 북조선에 통째로 떼줄 수 있도록 노력해달라. 석(석동수): 알았다. 노력하겠다."는 부분이 문제가 되었다.
1966년 중국에서 문화대혁명이 시작되던 첫 해에 북한으로 달아났던 석동수는 한동안 조선혁명박물관 관장이 되었으나, 1970년 노동당 제5차 대표대회 때 반역자로 지목되었고 바로 체포되었다. 이후 중국 연변에서도 '석동수 북조선 특무사건'이 발생했다. 과거 석동수와 인연이 있었거나 문화대혁명 기간에 북한으로 도망쳤다가 돌아왔던 사람들이 북한에 들어가 석동수를 만난 적 있었다고 거짓말을 했다가 모두 연루되었다. 석동수가 숙청된 후 자강도로 추방된 석동수 일가족은 1980년대 말에 달북하여 숭국 연변으로 돌아왔으며 1993년까지 연길시 교구 장백시장 부근에서 살았다.

이에 전광도 두말없이 동의했다.

"나 역시 어쩐지 왕작주 참모장보다는 김 사장이 직접 가는 게 더 좋지 않을까 생각하던 중이었소. 4사 최 연대장(최현)이 원래 김 사장과 친한 데다가 2사 참모장(이흥소) 역시 6사 출신이니 돌발 상황이 발생하면 현장에서 이 사람들을 직접 움직일 수 있는 사람은 아무래도 김 사장밖에 없을 듯하오."

김성주는 손장상, 김재범, 오중흡 등과 함께 부대를 세 갈래로 나누어 한 갈래는 4사와 함께 행동하고 다른 한 갈래는 1군 2사와 함께 행동하게 했다. 자신은 여전히 오중흡의 4중대와 4사와 2사 사이에서 전투 중에 갑자기 발생할 수 있는 돌발 사태에 대비했다.

이때 횡산 목창자와 6종점에서 발생한 전투를 보도한 조선 국내 신문인 〈동아일보〉나 〈매일신보〉 기사 내용[74]을 통해 알 수 있듯이, 항일연군은 보천보전투 이후 다시 압록강을 넘어 조선으로 쳐들어갈 것처럼 양동작전을 펼쳤다. 이는 압록강 대안의 신갈파에서 한창 도강 준비를 하던 일본군 74연대를 유인하는 데 크게 한몫했음을 알 수 있다.

횡산 목창자에서 마립문의 보병연대 산하 1중대와 접전한 후 박득범과 최현은 부대를 절반씩 갈라 한 갈래는 리명수로, 다른 갈래는 신갈파 대안의 동대정자(東大頂子)로 접근했다. 당시 김성주의 파견으로 6사 사부 부관 김주현(金周賢)이 한 소대를 데리고 최현의 1연대에 와 있었다. 김주현이 이끌고 다녔던 대원들 가운데 김주현과 이름이 같은 대원이 있었는데, 부관 김주현의 현은 '어질 현

---

74 〈동아일보〉 1937년 6월 30일, 2면, "김일성 일파 200명 국경선 진출기도(金日成一派二百名 國境線進出企圖)". 〈매일신보〉 1937년 7월 2일, 3면, "합류비육백추격전(合流匪六百追擊戰) 쌍방(雙方)의 사상 다수(死傷多數) 토벌대 아측도 긴장리에 대피 신갈파 대안(新乫坡對岸)의 토비(討匪)". 〈동아일보〉 1937년 7월 16일, 2면, "극도(極度)의 식량난(食糧難)으로 김일성파 재습기도(金日成派再襲企圖).

(賢)'자였고 대원 김주현은 '나타낼 현(顯)' 자를 썼다. 이 때문에 김주현은 자기 이름을 김주형(金周亨)으로 고치려 했던 적도 있었다. 그러자 대원 김주현이 나서서 자기 이름에서 주 자를 빼고 김현이라고 불러달라고 했다고 한다. 이후 6사에서는 김현이라고 불렸으나, 여기서는 본명 김주현(金周顯)으로 쓴다. 왜냐하면 간삼봉전투 때 뜻하지 않게 동대정자에서 일본군에게 생포된 이 김주현은 혜산으로 압송되었고, 이후 함흥지방법원에서 판결받았다.

당시 일이 기록된 일본 측 공문서 "김일성 부대 전투 기록(金日成 部隊 戰鬪 記錄, 혜산사건판결서)"을 보면, 김현이 본명 김주현을 그대로 사용했음을 알 수 있다. 김주현(金周顯)은 김주현(金周賢)의 파견을 받아 한 분대를 이끌고 박득범을 따라갔는데, 동대정자에서 박득범의 경위소대장 김충진(金忠鎭)[75]이 제멋대로 신갈파쪽에 기관총을 한 배짐 갈긴 것이 그만 강기슭에 매복한 일본군을 놀라게 했다. 일제 공문서 자료[76]에서 밝혀진 바이지만, 이날 나남 19사단 산하 함흥 74연대 김인욱 소좌의 부대 100여 명이 방금 압록강을 건너왔던 것이다.

너무나도 갑작스럽게 발생한 전투였다. 양쪽에서 기관총이 불을 뿜기 시작했

---

75 김충진(金忠鎭, 1910-1939년) 조선 함경북도 경성군에서 출생했다. 열여섯 살 되던 해였던 1926년에 부모와 함께 만주로 이주했으며 오늘의 연길시 의란진 태암촌(당시는 연길현 소연집구 태암촌)에 정착했다. 1931년 동만 각지에서 춘황, 추수 폭동이 일어났을 때 연길 북쪽 연집하에서 순라를 돌던 한 중국 순경을 때려눕히고 권총을 빼앗아 연길유격대에 바쳤다. 이후 유격대 통신원이 되었다가 동북인민혁명군 독립사가 성립될 때 제1연대 대원이 되었다. 1936년 제2군 4사 2연대 3중대에서 소대장 겸 기관총수가 되었고 중공 당원이 되었다. 1937년 5월에는 4사 사부 경위중대로 옮겼고 최현, 임수산과 함께 무산 지구 습격작전에도 참가했다. 6월 간삼봉전투 당시에는 참모장 박득범의 경위소대장이 되었다. 이후 1939년 여름 천보산광산전투 이후 철수하던 부대를 엄호하다가 전투 도중 전사했다.

76 "혜산사건판결서(惠山事件判決書)". "(생략) 東北抗日聯軍 部隊員인 被告人 金周顯은 昭和 十二年 六月 下旬頃 長白縣 十三道溝 奧地에서 金日成 師長以下 約三百名의 隊員과 가치 移動中 咸興第七十四聯隊 陸軍少佐 金仁旭 部隊 百十名과 遭遇하자 이를 全滅시킬 目的으로서 一齊射擊을 하여 上等兵 中澤 等 五名을 射殺하고 下士 以下 七名에게 銃創을 입히었다."

고 수류탄들이 날아들었다. 눈 깜짝할 사이에 항일연군에 사상자 10여 명이 발생했지만, 박득범은 조금도 당황하지 않고 아주 침착하게 전투를 지휘했다. 상대방을 유인하는 것이 목적이었지만, 일단은 조선으로 쳐들어갈 것처럼 보여야 했기에 후대를 계속 앞으로 출격시켰다. 그러면서 먼저 접전을 벌였던 대원들은 눈에 띄지 않게 한 분대씩 뒤로 살금살금 빼돌렸다.

"충진이. 저놈들이 머리를 쳐들지 못하게 단단히 제압해주오."

박득범은 김충진에게 계속 소리쳤다.

김충진과 또 다른 기관총수 둘이서 강 언덕 유리한 지점을 차지하고 엎드려 탄알이 다 떨어질 때까지 무차별 사격을 퍼부어댔다. 그 바람에 김인욱 소좌 부대에서도 상등병 나카자와(中澤)를 비롯한 5명이 사살당하고 7명이 총상을 당했다. 얼마나 많은 총알을 쏴댔는지 기관총 총신이 벌겋게 달아올랐다. 그때 박득범이 철수 신호를 보냈다.

"자, 됐소. 이제 빨리 달아납시다."

박득범은 이미 두 중대를 리명수 쪽으로 철수시켰고, 나머지 한 중대도 두 갈래로 나눠 동대정자 숲속을 향해 달리기 시작했다.

망원경에서 눈을 떼지 못한 채 계속 살피던 일본군 김인욱 소좌는 혀를 찼다.

"지휘관이 아주 무섭게 교활한 자로구나."

김인욱 소좌는 동대정자에서 13도구로 이어지던 산속을 뒤지기 시작했다.

이때 리명수 쪽에서도 전투가 벌어졌는지 요란한 총소리와 수류탄 터지는 소리가 울려왔기 때문에 김인욱 소좌는 부대를 멈추고 부하들과 잠깐 의논했다.

"압록강만 건너면 만주군이 우리를 마중하기로 되어 있었는데, 정작 우리를 마중나온 게 비적들이 아니었느냐. 지금 총소리 나는 곳에서 우리를 마중 나온 만주군이 한창 골탕먹고 있는지도 모르겠구나. 가서 구해야 하지 않겠느냐?"

그러자 부하들은 한결같이 김인욱에게 말했다.

"우리는 비적 수괴인 김일성 목을 따러 온 부대 아닙니까. 그곳 비적들이 김일성 부대가 맞는지 확인부터 해야 합니다."

김인욱은 리명수로 척후병을 파견했다.

척후병이 얼마 지나지 않아 정안군 장조의 연대 지도관 오다니(大谿) 소좌와 함께 나타났다. 장백 지구 토벌사령부로부터 연락받고 조선군을 마중 나왔던 오다니 소좌는 항일연군이 갑자기 6종점을 공격하는 바람에 그쪽으로 달려갔다가 시간이 지체되었다면서 김인욱에게 사과했다.

"우리도 방금 강을 건너오다가 비적들과 만났소. 일단 물리치기는 했지만 비적 세력을 보니 만만치 않더군요. 어림짐작으로도 200여 명은 충분히 되겠던데, 우리와 부딪히지 않았다면 분명 월경했을 것이오."

김인욱 말에 오다니도 공감을 표하면서 말했다.

"놈들이 어제부터 목창자와 6종점을 공격하기 시작했는데, 압록강을 넘어 조선을 습격하려는 목적이 틀림없소. 놈들은 조선에서 우리 일본군이 직접 출격하리라고는 미처 생각지 못한 듯하오. 장백의 만주군 2여단 주력부대가 이미 횡산을 봉쇄한 데다 조선을 습격하려는 시도도 막혔으니 놈들은 틀림없이 13도구 쪽으로 이동할 것이오."

오다니는 미리 준비해온 지도를 김인욱에게 건넸다.

지도 여기저기에 그려진 동그라미들 곁에 비적 수괴들 이름까지 적어가면서 표시한 설명들을 꼼꼼히 들여다보던 김인욱이 물었다.

"여기 '비적 김일성 일파'와 '공비 최현부대' 같은 이름들은 조선에서도 많이 들었는데, '조국안 비적', '조아범 공비' 이것들은 다 무엇이오? 조국안과 조아범이 같은 인물이오? 아니면 다른 사람이오? 장백 지방에 들어와 있는 공비 부대가 도대체 몇 갈래요?"

이에 오다니 소좌가 자세하게 설명했다.

"공비는 모두 한 무리이니 크게 치면 한 갈래인 셈입니다. 김일성과 박득범, 최현 등은 조선인이고 조국안과 조아범은 중국인이오. 우리도 처음에는 같은 사람인 줄 알았는데, 최근에 확인해 보니 조국안은 작년에 이미 죽었고, 조국안이 남긴 부대를 현재 지휘하는 자가 바로 조아범이라고 합니다. 우리 정안군이 장백으로 나와 그동안 6종점에 주둔하면서 이자의 부대와 몇 번 접전했는데, 그때 생포한 자들에게서 알아낸 정보에 따르면, 이 조아범이라는 자도 실은 김일성 일파에 속해 있다가 이쪽으로 갈라진 자요. 어제 팔반도에서 이쪽으로 나올 때 이자의 부대가 13도구 서강성 쪽으로 은밀하게 이동하고 있다는 정보를 얻었소. 아마도 놈들은 부대를 두 갈래로 나눠 한 갈래는 재차 월경을 시도하고 다른 갈래는 새로운 소굴을 만들기 위해 13도구 오지를 선택한 게 틀림없소이다."

김인욱은 13도구와 8도구 사이의 산 모습을 그대로 본떠서 그린 표시가 다닥다닥 그려진 지도를 보고 머리를 갸웃했다.

"여기가 모두 산이란 말이오? 등고선이 높게 표기된 걸 보니 산세도 만만치가 않겠소. 이 사이 거리가 얼마나 되오?"

"아마도 100여 리는 넉넉히 될 것이오."

그러자 김인욱은 소리를 지르다시피 했다.

"이렇게 시간을 끌 일이 아니군요. 놈들이 여기로 숨어드는 날에는 찾아내기 쉽지 않을 것이니 빨리 뒤를 쫓아야겠소. 우리한테 길안내를 서주시오."

오다니 소좌는 팔반도에서부터 이끌고 나왔던 정안군 한 중대(정안군 8연대 산하 1대대 2중대)를 김인욱에게 넘겨주었다. 그리고 다른 중대는 자신이 직접 끌고 리명수로 달려가 그곳에서 마립문 보병연대와 합류한 뒤, 얼마 전에 목창자를 습격했던 최현 부대를 뒤쫓았다. 한편 김인욱 소좌 부대는 6월 30일 새벽녘에 13도구 영문차(迎門岔)에 도착했다.

여기서 밝히고 넘어가야 할 것이 있다. 북한은 물론이고 중국 측 자료들도 간삼봉전투 당시 참전했던 나남 19사단의 일본군 병력이 약 2,000여 명이라고 주장한다. 여기에 장백 지구 토벌사령부의 혼성 2여단(여단장 고명) 산하 만주군 400여 명과 정안군 장조의 연대 100여 명을 합쳐 총 2,400~2,500명으로 추산하는데, 실제로 맨 앞에서 압록강을 넘어왔던 김인욱 부대는 약 110명밖에 되지 않았던 것으로 일제 공문서 자료는 밝히고 있다.

김인욱 소좌가 소속된 19사단 74연대, 즉 함흥 연대 본부 총병력은 1,110명이었다. 조선 북부 국경 경비임무를 맡았던 이 병력은 압록강 연안의 군사중진에 속하는 혜산진, 신갈파, 중평장, 영흥만(동해안) 요새 등지에 중대나 소대 단위로 분포되어 있었고, 중대장이었던 조선인 김인욱 소좌를 비롯해 일본인 오카자와(桶澤) 소좌 등은 자기 주둔지의 지방 수비대장직도 겸하고 있었다. 따라서 일명 혜산진수비대이기도 했던 김인욱 중대는 정원이 165명이었다.

그런데 신갈파 대안에서 이른바 "공비 김일성 일파"와 접전했다는 신문 기사에는 병력수가 110명으로 나온다. 이는 김인욱이 연대 본부로부터 압록강 대안의 만주 공비 소탕 명령을 받고 장백현으로 출정할 때 최소한 한 소대 병력(약 50명 좌우)은 혜산진에 남겨두고 왔음을 설명한다. 뿐만 아니라 나남 19사단 전체의 병력보충지구가 나남 사관구(師管區, 함경남북도와 조만 국경 연안)였기 때문에 병사들 가운데는 조선인이 적지 않았다.

당시로부터 약 4, 5년 전이었던 1932년 봄과 1933년 3월에도 나남 19사단에서 조직한 간도파견대가 만주 동만 지방으로 출정했고, 훈춘, 연길, 화룡, 왕청 등지에서 토벌작전을 진행한 적이 있었다. 그때까지만 해도 19사단은 현지에서 병력을 보충하지 않고 모두 일본 본토에서 병력을 보내는 형식으로 충원되었다. 때문에 간도파견대 병사들은 간혹 특별한 경우를 제외하고는 거의 일본인이었다.

이들 눈에 간도 조선인들은 독립군 아니면 그 가족들이었다. 실제로 독립군 가족 가운데 한둘이 농기를 무기 삼아 대들다가 가족 전체가 몰살된 사례는 부지기수였다. 1920년의 간도참변(間島慘變, 경신참변) 때도 조선 주둔 일본군이 만주로 건너와 만주 주둔 관동군과 함께 조선인을 수만 명이나 죽였다. 여기에 그곳 마적들까지 함께 가세했다.

물론 조선인들은 무장으로 반항했다. 홍범도와 김좌진 등이 이끌던 독립군은 청산리와 봉오동에서 뒤를 쫓아오던 일본군을 격파했으나, 이에 대한 보복으로 간도 일대 조선인이 4,000여 명 가깝게 피살되었다. 연길현 의란구에서만 전 주민 30여 호가 피살되고 마을 전체가 폐허로 변하기도 했다.

홍범도, 김좌진에 이어 지청천, 조경한(趙擎韓) 등이 이끌던 대한독립군도 1933년 6월의 대전자령전투와 9월의 동녕현성전투를 끝으로 더는 만주 땅에서 배겨나지 못했다. 살아남은 몇몇이 중국 남방으로 이동한 뒤 유일하게 남만 지방에 남아서 끝까지 재기를 꿈꾸던 양세봉마저도 이듬해 1934년 8월에 일본군에게 매수된 동포 박창해의 손에 허망하게 피살되고 말았다. 간삼봉전투는 간도참변이 있었던 그해로부터 해수로 꼭 17년이 지나 벌어졌다.

김성주 부대를 토벌하러 간삼봉으로 들어왔던 일본군 내의 조선인 병사들이 과연 무슨 생각을 했을지 무척 궁금하다. 일부 자료들에서는 김인욱 소좌가 비록 일본군에 몸담고 있지만 꽤나 민족적인 성향을 가진 군인이었다고 소개하기도 한다. 1933년 3월 일본 도쿄에서 근무할 당시 영친왕 이은(李垠) 중좌의 왕족부 부관으로 복무했는데, 1945년 4월 일본군 투항 4개월을 앞두고 예편할 때 바로 그 민족적 성향 때문에 겨우 중좌 계급밖에 달지 못했다는 것이다. 그러나 사실은 이런 주장과 배치된다. 1934년 2월과 3월 불과 두 달도 안 되는 사이에 김인욱은 일본 정부에서 훈 5등 서보장을, 만주국 정부에서 만주국 건국공로장을 받은 걸로 미루어보면 그가 반일세력 토벌에서 크게 활약했음을 알 수 있다.

그 역시 일본인 장교들처럼 혈서로 쓴 '무운장구(武運長久, 무인으로서의 운수가 길고 오래감을 뜻함)'를 들고 다녔다. 함흥역에서 출정식을 할 때 배웅 나온 유지들에게 자랑을 늘어놓기도 했다.

"이번에 본관의 부대가 만주로 출정하게 된 것은 나야말로 만주에서 공산군과 싸워본 경험이 있기 때문 아니겠는가, 바로 내가 김일성의 목을 베어 올 수 있는 유일한 적임자이기 때문이다."

그러나 신갈파 대안의 동대정자에서 월경 첫날부터 바로 10여 명의 사상자를 냈던 김인욱은 간담이 서늘해지지 않을 수 없었다.

"놈들은 우리가 언제 압록강을 건너오는지 마치 그 시간과 도강지점까지도 미리 알고 기다렸던 것 같았소. 놈들은 우리가 주고받았던 전화 통화를 몰래 엿들었을 가능성도 있소."

간삼봉으로 들어가면서 김인욱과 정안군 오다니 지도관이 주고받았다. 김인욱은 자기가 직접 경험한 일을 들려주었다.

"오래전 흑룡강성 눈강 지방에서 마점산 군대와 싸울 때 일이오. 한 번은 놈들의 염탐꾼이 길가 전선주 위에서 우리 군의 통화 내용을 몰래 엿듣는 걸 발견하고 생포한 적이 있었소. 그때 그 염탐꾼이 들고 올라갔던 전화기도 몰수했는데, 남의 통화 내용을 훔쳐 듣는 전화기였소. 보통 전화기의 송수화기를 조금 개조한 것인데, 길게 이은 전화선 끝에 와이어가 있는 납 집게가 한 개씩 달려 있더군. 전화선을 집게로 짚고 수화기를 귀에 대면 한참 통화 중인 말소리가 다 들렸소. 후에 군부 참모가 이런 도청 전화에 대비할 방안을 강구해달라고 육군성에까지 보고를 올렸다던데, 오늘날까지도 별수를 찾지 못한 모양이오."

그 말을 듣고 오다니는 비포장 경비도로 주변을 따라 뻗어 있던 전선주 위에 네 갈래로 펼쳐진 전화 명선(明線, 현재의 케이블 전선 이전에 사용하던 금속 철사 전선)을 쳐다보면서 놀랐다.

"그럼 그 도청 전화기 집게를 저 전화선에 짚기만 하면 바로 남의 통화 내용을 다 엿들을 수 있다는 말입니까? 이 전화선은 우리 연대 본부가 주둔하는 팔반도 병영 앞을 지나갑니다. 그러니 김 소좌가 신갈파에서 우리한테 전화했을 때 주고받은 내용도 비적들이 모두 엿들었을 가능성이 있겠군요."

김인욱과 오다니는 멀거니 마주 바라보았다. 오가는 눈빛에는 자기들의 전화 통화 내용이 100% 도청당했을 것이라는 판단이 어렸다. 실제로 중국 자료들에 김주현의 소부대와 함께 13도구에서 정찰임무를 집행했던 중국인 생존자 방민총(房敏聰)의 증언을 통해 항일연군이 신갈파와 팔반도 사이에서 오갔던 전화 내용을 도청하는 방법으로 일본군 혜산수비대가 압록강을 건너 13도구로 들어왔던 날짜와 시간을 알아냈다는 기록이 있다.

5. 김일성 가짜설의 단초

6월 30일 새벽녘에는 한 차례 폭우가 내리다 멎었다. 언제 다시 폭우가 쏟아질지 모르게 하늘은 음침하기 이를 데 없었고, 공중으로 자욱하게 올라온 압록강 물안개가 간삼봉 일대를 뒤덮었다. 간삼봉과 가까울수록 부응동 물소리는 점점 더 요란하게 들려왔다.

길을 안내하던 오다니의 정안군 중대가 먼저 부응동으로 접근했다. 심상찮은 간삼봉 산세를 쳐다보면서 불안한 마음이 가시지 않았던 김인욱 소좌는 잠깐 부대를 멈추고 영문차 서쪽으로 들어오기로 했던 만주군 보병부대와 연락하러 간 오다니 소좌가 돌아오기를 기다렸다. 그때 뒤따라 도착한 오카자와(桶澤) 소좌가 파견한 통신병이 달려와 보고했다.

"저희 중대가 산속에서 부상당해 중태에 빠진 비적 하나를 발견하고 응급처치하여 현재 의식을 회복했는데, 김일성 부대 대원이라고 말합니다. 그것 말고는 다른 질문에는 전혀 대답하지 않습니다. 조선인이니 만약 소좌님께서 직접 보실 의향이 있다면 보내겠답니다. 그런데 이 자 두 다리뼈가 모두 부러진 상태라…."

김인욱은 두말없이 그 통신병과 함께 오카자와 부대로 갔다. 위생병 둘이 그 포로를 들것에 눕혀 막 떠나려던 참이었다. 김인욱은 들것을 땅에 내려놓게 하고는 직접 조선말로 포로와 말을 주고받았다.

"자네 이름이 뭔가? 김일성 부대원이 맞는가?"

"그렇소."

"이름도 알려주게."

"김주현이오."

"다리 상처는 어디서 어떻게 생긴 상처인가?"

"이틀 전 동대정자에서 당신네 부대와 조우했을 때 당한 부상이오."

김주현(金周顯, 김현)은 일본군 위생병이 반합에 가득 담아 갖다 준 국밥을 정신없이 퍼먹으면서 술술 대답했다.

"내가 바로 그 부대 부대장이었네. 자네도 그때 비적 무리에 있었구먼. 그 비적들이 김일성 부대였던 게 사실인가?"

김인욱은 은근히 미소까지 머금었다.

김현은 갑자기 들고 있던 숟가락을 내리며 한참 김인욱을 쳐다보았다.

"난 당신네 부대가 몽땅 왜놈들인 줄 알았는데, 이 위생병도 조선인이고 당신도 조선인이오?"

그러자 곁에 있던 어린 위생병이 제법 자랑스러운 듯이 말참견했다.

"우리 나남 19사단에는 소좌님 같은 조선인이 한두 분이 아닙니다. 소좌님께서는 일본 육군사관학교를 나오셨답니다."

김인욱은 제법 으스대며 김현에게 약속했다.

"자네가 김일성 부대원이라니 내가 부탁할 일이 있네. 만약 김일성에 대해 아는 만큼 숨기지 않고 대답해준다면 자네 생명을 보장해주겠네. 조선으로 압송되어 감옥살이까지 하는 일은 결코 없을 것이네."

그러자 김현이 뒷덜미를 긁었다.

"김일성은 우리 부대 총사장이고, 나는 일반 대원이라 그냥 멀리서 얼굴만 몇 번 보았을 뿐 아는 게 거의 없소. 그런데 우리 총사장도 일본 육군사관학교에서 군사공부를 한 사람이라고들 합디다."

김현이 갑자기 무슨 마음을 먹고 이렇게 꾸며댔는지 알 길이 없다.

김일성이 일본 육군사관학교에서 공부한 사람이라는 소리에 김인욱 얼굴에는 경악의 빛이 흘렀다. 그동안 소문으로만 무성하게 들어왔던 만주의 마적두목 김일성, 같은 조선인 김성주에 대해 알고 싶은 게 너무나 많았기 때문이다.

"지네가 얼굴을 직접 보았다고 하니, 그렇다면 좋네. 대답해 보게. 김일성이 이십 대의 홍안이라는 소문이 있던데 사실인가?"

김인욱이 묻자 김현은 머리를 저었다.

"홍안은 무슨, 온 얼굴이 구레나룻이라오. 털보입니다."

"그럼 나이는 얼마나 되어 보이던가?"

"아마 당신과 비슷할 것이오."

"나와 비슷하다? 자네 눈에는 내 나이가 얼마나 되어 보이나?"

"혹시 마흔댓쯤 되지 않았소?"

김인욱 소좌는 "옳거니." 하고 자기 무릎을 때렸다.

"자네들 두목 김일성과 나는 어쩌면 육사 동기생일지도 몰라. 한 번 만나고 싶은데, 자네가 연줄을 놓아줄 수 없겠나? 내가 편지를 한 통 쓸 터이니 자네가 전해주면 좋겠네."

김인욱이 이렇게 말하자 김현은 고개를 설레설레 저었다.

"보시다시피 두 다리가 부러진 나를 놓아준들 내가 어디로 갈 수 있겠소. 설사 돌아가도 일반 평대원인 내가 총사장 곁에는 접근할 수 없을 거요. 또 왜놈 소좌가 보내는 편지를 가지고 왔다고 해보오. 난 바로 반역자가 되어 동지들 손에 처형될 것이오."

김인욱은 그 말에 일리가 있다고 생각했다.

조금 뒤에 오카자와 소좌와 쿠리타(栗田) 소좌가 도착하여 김인욱에게 물었다.

"김 소좌, 뭘 좀 알아낸 것이 있습니까?"

"저자한테 생명을 보장해주는 조건으로 무슨 일을 시켜보려고 했지만, 두 다리가 부러졌으니 당장은 아무 일도 시킬 수 없겠소. 대신 공비 수괴인 김일성에 대해 알아낸 것이 좀 있소."

그 말에 쿠리타 소좌가 더 놀랐다. 1932년 봄 간도파견대에 참가했던 쿠리타에게도 김일성이라는 이름이 결코 생소하지 않았기 때문이다.

"설마 이곳 공비 수괴가 우리 육사 선배였던 도쿄 아사부(麻布) 연대의 기병중위[77]라는 소리는 아니겠지?"

이렇게 추측하는 쿠리타에게 김인욱이 대답했다.

"어쩌면 그 선배 일지도 모르겠소. 저자는 김일성 나이가 우리와 비슷하다고 했소. 또 육사까지 나왔다지 않겠소. 그러면 현충(顯忠, 일본 육군사관학교 시절 사용한 김경천의 이름) 선배가 아니면 누구겠소."

후에 김인욱에게 직접 들었다는 몇몇 사람의 증언을 보면, 김인욱은 간삼봉 전투를 벌였던 20대의 김성주를 일본 육사 시절 3년 선배였던 김경천으로 오해했던 것 같다.

그러나 이 증언들도 모두 믿을 것이 못 된다. 특히 '김일성 가짜설'의 단초가 되기도 했던, 김인욱과 먼 사돈 간이었던 극작가 오영진(吳泳鎭, 1916-1974년)이 남

---

77 1920년대 만주와 시베리아 지방에서 '백마를 탄 김일성'으로 알려진 김경천을 가리킨다. 1988년생으로 일본육군사관학교 제23기 기병과를 졸업한 김경천은 1919년 일본 도쿄 아사부(麻布) 연대에서 기병중위로 근무하다가 '3·1만세운동'의 영향을 받고 그해 6월 일본군에서 탈출하여 만주로 나왔다. 만주에서 김경천이 '김일성'으로 불린 증거의 하나로, 대한광복회 총사령이었던 고헌(固軒) 박상진(朴尙鎭, 1884~1921) 의사의 행적을 기록한 『고헌실기약초(固軒實記畧抄)』(1946년경 편집된 것으로 추정)가 있다. 여기에 김경천(金擎天)은 김일성(金日成)의 초명(初名)이며, 그가 〈김일성〉이라는 이름으로 지은 박상진 의사 애도시가 나온다.
"만주 목단강성 북편 심산애 (대덕산중)/조선사관학교를 일구일팔애 설립하야 무사를 양성식히엿난대/기 책임을 안중길 씨의게 임명하여 왓다가 후부 김경천 씨(일성 씨의 초명)의게 임명하얏다 (중길은 안중근 씨의 친족) - 子死非眞死 吾生亦謂生 家傳光字史 於此子眞生 右 金日成"
이 만시(輓詩)는 박상진 의사가 1921년 순국한 직후 박 의사의 부친에게 보낸 듯하다. 그 외에도 한국의 육사 출신 정치가였던 김정렬(金貞烈, 일본식 이름 카가와 사다오香川貞雄)의 아버지 김준원(金埈元, 1888-1969년)도 1920년대 초엽에 일본의 시베리아 출병 때 일본군 중위로 파견되었는데, 당시 김경천이 김일성 장군으로 알려져 있었다는 증언을 생전에 남겨놓았다.

긴 증언이 그랬다. 이 증언은 오 씨가 처남 김주익(金周翼)에게 직접 들은 이야기라며 엄청나게 꾸며 썼다.

"'장인은 조선인끼리 서로 싸우기가 싫어서 김일성과 단독으로 회견하고 화평을 제의하여 보기도 하고 항복을 권고도 했으나 김일성은 종시 듣지 않고 일정한 시간을 기하여 다시 전투태세로 들어갔다. 소련군과 만주인과 조선인으로 편성된 대부대와 200명밖에 안 되는 일본군과는 다과의 비가 아니므로 결국 일본군은 일패도지(一敗塗地, 싸움에 져서 다시 일어날 수 없게 되었다는 뜻)하고 말았다. 백병전 끝에 장인이 잃었던 의식을 회복하고 주위를 살펴보았을 때 이상하게도 일본 군인인 자기 부하들은 전부 살상을 당했는데, 조선인인 자기만은 기적적으로 아무런 상처도 없이 살아남아 있었다.' 나는 (김주익에게) 1940년경에 이 이야기를 듣고 일본 군인일망정 동포를 아끼는 김일성 장군의 애족심에 큰 감명을 얻고 오래 잊혀지지 않았다."[78]

여기서 '1940년경'이면 김인욱이 이미 중좌로 진급한 뒤였다. 그는 조선 주둔 일본군 보병 제216연대에서 중좌로 복무했고, 이후 함흥 육군병사부에 소속되어 조선인 병력을 동원하는 일을 담당하기도 했다. 나남 19사단 산하 함흥 74연대 혜산수비대장은 일본인 오니시(大西) 중좌로 교체되었다. 시간상 간삼봉전투가 있은 뒤로부터 불과 2개월도 지나지 않았던 1937년 8월 20일의 일이었다.

그런데 아직 중좌로 진급하기 직전이었던 1937년 7월 9일, 김인욱은 혜산으로 살아 돌아온 뒤 진(鎭) 내의 대정관(大正館)에서 기자단까지 초대해 당시 전투 상황을 소개했다. 그때 기사화되었던 내용은 김성주가 회고록에서 밝히는 간삼

---

78 오영진, 『소군정하의 북한: 하나의 증언』, 중앙문화사(1952년), 국토통일원, 1983년 재발간.

봉전투 당시의 상황뿐만 아니라, 이 전투의 참가했던 생존자들이 남겨놓은 증언들과도 거의 부합한다. 1937년 7월 9일 〈동아일보〉 2면에 실렸던 기사내용이다.

"혜산진(惠山鎭)-지난 7월 6일 밤 장백현 13도구 대토벌에 성공한 김 소좌(金 少佐)가 혜산진 대정관에 기자단을 초대한 석상에서 씨의 실담에 의하면, 김일성(金日成), 최현(崔賢), 조국안(曹國安) 등 연합군은 약 600명에 달하는 다수라는데, 경기관총 등 무기도 상당히 가지고 있다 하며 그 당에는 여당원이 30여 명이나 있어 접전 시에는 비 오듯 하는 총알 속에서 여자들이 모여 '하모니카'를 불며 만주어로 혹은 조선어로 소리 높여 합창응원을 하여 그들의 의기를 도운다고 한다. 그리고 격전 중에도 그들은 풍자적 언사를 던지며 때때로 재미나는 난센스도 연출하였다고 한다."[79]

이 기사야말로 기자들이 직접 김인욱 소좌에게 들었던 내용이었다.

기사 제목들도 "女子黨員(여자당원) 卅名(30명)도 潜在(잠재)" 아니면 "김일성 일파 격퇴코 개선" 등이었는데, 자신들이 겨우 200여 명밖에 안 되었던 적은 숫자의 병력으로 세 배나 많았던 600여 명에 달하는 비적들을 소탕했을 뿐만 아니라, 그들을 압록강 대안에서 먼 오지로 모조리 쫓아버렸다고 자랑하고 있음을 알 수 있다. 그리고 김인욱은 바로 중좌로 진급한다. 이 전투의 적측 수괴였던 김일성과 단독으로 직접 만났을 뿐만 아니라, 전투 도중 백병전을 하다 정신까지 잃었다가 김일성이 같은 조선인이라며 그만은 살려주었던 것이라는 등, 오영진이 전하는 증언대로라면 김인욱은 중좌 진급은 고사하고 바로 군법회의에 회부될 일이었다.

---

79 "女子黨員 卅名도 潜在", 〈동아일보〉, 1937년 7월 9일 자.

오 씨의 증언을 믿는 사람들은 김성주가 회고록에서뿐만 아니라 이후 6·25 전쟁 당시 진천에서 김석원이 지휘하던 한국군 수도사단과 전투했던 최현(그도 간삼봉전투 지휘자였다)도 모두 김인욱을 김석원으로 오해했던 사실에 대해 문제 제기하고 있다.

그러나 이 문제는 그동안 '김일성 가짜설'을 주장했던 이명영(李命英)의 저서에서도 잘 지적되어 있듯이, 당시 혜산 지방 주민들은 만주로 나갔던 일본군 토벌대장을 김인욱 소좌가 아니라 그의 일본 육사 동기인 김석원 소좌로 잘못 알고 있었다. 실제로 신문에서 보도할 때 김인욱이라고 실명을 밝히기도 하지만 대부분 '김 소좌'라고 썼다. 하물며 조선 땅도 아닌 만주 심산에서 신문 한 장 구하는 것조차 어려웠던 김성주 등이 김인욱과 김석원에 대해 제대로 알 리가 없었다. 때문에 필자는 오영진의 증언을 믿지 않는다. 김성주 본인뿐만 아니라 최현을 비롯한 당시 항일연군의 간삼봉전투 참가자들이 김인욱을 김석원으로 오해하는 것은 얼마든지 있을 수 있는 일이기 때문이다.

앞에서도 잠깐 설명했지만 여기서 좀 더 부언하면, 항일연군 역사에서 실제로 일본군에게 귀순했던 1군의 정빈이나 2군의 박득범, 그리고 5군 관서범의 경우에만 몰래 투항을 권유하러 왔던 적측의 파견자들과 만나 모의한 적이 있었을 뿐, 그 외의 지휘관들은 모두 상급 당위원회에 보고하여 비준을 얻은 다음 만났다.

이를테면 간삼봉전투 이후 김성주를 찾아왔던 이종락과 박차석을 만날 때도 김성주는 이 사실을 전광과 위증민에게 먼저 통보했고, 위증민에게 최종적으로 만나도 좋다는 동의를 받았다는 증언들이 존재하고 있다. 거의 같은 시간대에 일본군은 김성주의 중국인 친구였던 진한장(2군 5사 사장)에게도 사람을 파견하여 투항을 권유한 적이 있있다. 진한장 역시 주보중에게 먼저 알렸고 허락 받은 다음 비로소 일본군이 파견한 사람을 만났다.

그런 사람들은 대부분 살아서 돌아가지 못했다. '사자(使者)는 죽이지 않는 것이 예의'라는 말이 있었어도, 항일연군은 그들을 사자나 일반 담판대표로 대하지 않았다. 투항을 권유하러 왔기 때문에 적보다 더 나쁘다고 간주했으며, 그들이 들고온 권유에 대한 대답을 죽이는 방법으로 대신했다.

뒤에서 자세히 다루겠지만, 살아 돌아갔던 박차석의 경우는 좀 특별했다. 이일에 직접 관여했던 송무선의 한 지인은, 김성주가 이종락도 살려주려 했다고한다. 박차석을 풀어주고 나중에 이종락도 처형하지 않자 양정우는 김성주가 혹시 동요하는 것이 아닌가 의심했고, 이에 송무선이 김성주에게 자청하여 이종락을 1로군 총부로 압송했다. 결국 이종락도 살아 돌아가지 못했다.

이런 사실로 미루어볼 때, 일본군 영관급 장교였던 김인욱과 단독으로 만났다거나 전투 중 포로나 다름없는 상태였던 김인욱을 같은 조선인이라는 이유로돌려보내는 일은 있을 수 없다. 1940년대 이후에는 조선인 출신 일본군 병사들이 중국 화북 지방에서 전투하다가 팔로군에게 생포되었을 때, 피살당하지 않고투항을 권유받은 뒤 아예 팔로군으로 넘어가버린 사례가 아주 많았지만 항일연군에서는 거의 없었다.

항일연군은 일본군 부대에서 복무한 조선인들을 일본군보다 더 미워했다. 때문에 항일연군과 싸울 때 조선인 출신 일본군 병사들은 함부로 조선인이라는신분을 드러내지 못 했다. 더 참혹하게 보복당할 수 있었기 때문이다. 김성주 회고록에도 잘 나타나 있듯이, 그들이 김석원으로 알고 있던 김인욱 부대가 조선인 출신 일본 장교가 인솔하는 토벌대라는 사실은 김성주뿐만 아니라 박득범, 최현 등 2군 내 조선인 지휘관들도 모두 알고 있었다. 얼마나 인정사정을 두지않고 호되게 족쳤던지 이 전투에 동원되었던 만주군들 가운데 요행히 죽지 않고 살아 돌아간 중국인은 꽤 되지만 조선인 출신 일본군 병사들은 거의 사살되었다. 이런 사실은 당시 신문 기사에도 잘 나타나 있다.

6. 백병전

간삼봉전투의 중국인 참가자 동승빈은 최현의 직계 부하로 4사 1연대 2중대 중대장이었다. 그는 박득범이 변절자였음에도 불구하고 최현보다 박득범 자랑을 더 많이 했다. 횡산 목창자에서 만주군을 유인했던 최현 1연대는 리명수 부근에서 박득범이 직접 인솔한 부대와 합류한 뒤 바로 13도구와 8도구 사이의 비포장도로를 따라 달아났다.

김성주가 파견해 4사 부대와 함께 행동하던 김주현의 안내로 최현 1연대가 먼저 간삼봉 영문차로 들어왔다. 후위에 섰던 동승빈 중대는 박득범과 몇 차례 더 전투를 진행했다. 맨 앞에서 쫓아오던 마립문의 한 대대가 품(品) 자 형으로 펼쳐진 간삼봉 매복권 안으로 가장 먼저 돌입했다. 품 자 형의 왼쪽 진지가 70여 m 더 앞으로 나가 있었는데, 철수 도중 가장 뒤에 서서 유인작전을 직접 지휘했던 박득범이 이 진지에 남자 최현이 부랴부랴 달려와 진지를 바꾸자고 했다.

"그러잖아도 아까 왕작주 참모장이 만나러 왔다가 헛물만 켜고 돌아갔는데, 이곳은 내가 막을 테니 박 참모장은 어서 뒤로 물러나오. 군 지휘부가 뒷산 수동 하변에 있는 외양간에 설치되었소. 아마 6사 김 사장도 그곳에서 회의하고 있을지 모르겠소."

그러자 박득범이 최현에게 설명했다.

"어차피 이 진지는 버릴 진지입니다. 아까 유인하며 보니까 조선에서 들어온 일본군은 전진 속도가 좀 늦고 장백의 만주군 놈들과 팔반도에서 나온 홍슈터우들이 갑자기 무슨 지랄병이 났는지 여느 때보다 빠르게 다가들고 있습니다. 최 연대장은 이놈들은 상대하기보다 그 뒤에서 들어오는 일본군 맞을 준비를 잘하십시오."

이는 간삼봉전투 당시 박득범이 직접 지휘하던 4사 진지가 가장 최전선에 있었음을 말해준다. 박득범의 진지에서 조금 떨어진 품 자 형의 오른쪽 산봉우리에 6사 지휘부가 설치되었고, 산기슭으로 내려오면서 중턱 위치에는 경위중대가 포진했다. 경위중대가 가진 기관총 다섯 대 중 두 대만 남겨놓고 석 대는 새로 경위중대 지도원에 임명된 이달경이 기관총수들을 대동하고 7연대 진지로 내려왔다. 오중흡이 화를 내면서 이달경을 몰아세웠으나, 이달경이 말했다.

"그러잖아도 김 사장이 나한테 오 동무한테 배겨나지 못하고 쫓겨 돌아오면 나를 처분하겠다고 했습니다. 김 사장이 일구이언하는 사람이 아닌 건 오 동무도 잘 알지 않습니까. 진짜로 내가 처분받기 바랍니까?"

이렇게 버티는 바람에 오중흡도 하는 수 없었다.

김명주의 회고담에 따르면, 당시 7연대가 가지고 있던 기관총이 15대였다고 한다. 한 소대마다 평균 한두 대의 기관총이 있었던 셈이다. 여기에 김성주가 파견한 경위중대의 기관총 석 대까지 총 18대의 기관총이 간삼봉 오른쪽 진지에 배치되어 있었다.

아침 8시 무렵, 비가 내리다가 멎었다. 기관총수들은 입고 있던 옷까지 벗어서 기관총과 탄약 상자들을 덮었다. 행여 기관총이 비를 맞으면 무슨 문제라도 생길까봐 걱정한 것이다. 비가 멎자 젖은 옷들을 벗겨내 한창 물을 짜고 있을 때 갑자기 일본군이 쏘아대는 박격포탄이 간삼봉 여기저기 수풀 속으로 날아와 떨어졌다. 거의 같은 시간대에 오다니 지도관이 직접 인솔한 정안군 팔반도 2중대에서 파견한 척후병 한 소대가 4사 부대 왼쪽 진지 앞에 불쑥 나타났다.

"훙슈터우들이 건너온다!"

동숭빈 중대에서 한 중국인 대원이 놀라 소리를 질렀다. 그런데 이 대원의 위치가 진지 최전선은 아니었지만 좀 높은 곳에 있다 보니 먼저 발견하고 소리쳤던 것인데, 정안군 척후소대가 동숭빈 중대가 매복한 쪽으로 방향을 돌릴 때, 바로 코앞에서 박득범의 명령이 떨어졌다.

"쏴라!"

가장 먼저 진지 앞에 나타난 정안군 한 소대가 눈 깜짝할 사이에 모조리 사살되었다. 그러나 잠시 후 박격포탄이 연거푸 박득범 등이 매복한 진지로 날아들었고, 포탄이 작렬하기 바쁘게 바로 보병의 공격이 개시되었다. 거의 포탄과 같은 속도로 불쑥불쑥 나타났다. 이는 정안군이 머리 위로 포탄이 날아갈 때도 멈추지 않고 계속 포복해서 전진하고 있었다는 이야기다.

일본군도 김인욱 부대와 쿠리타 부대, 그리고 오카자와 부대 이렇게 세 갈래로 나뉘어 간삼봉을 삼면에서 공격해 들어왔다. 최현의 눈길은 왼쪽 박득범 진지에서 떨어질 줄 몰랐다. 정안군이 갑자기 벌떼같이 진지로 공격해 들어온 데다가 김충진이 쏘아대던 기관총 소리가 갑자기 멎어 버리는 바람에 최현은 몹시 놀랐다.

"안 되겠다. 성철아, 나하고 같이 갔다 오자."

최현이 벌떡 뛰어 일어나면서 박성철에게 소리쳤다.

박성철 중대가 최현을 따라 박득범을 구하러 가는 것을 발견한 김성주가 깜짝 놀라 발을 굴렀다.

"아니, 최 연대장이 어쩌자고 그쪽으로 나간단 말이오?"

김성주는 급히 임수산을 불러 자신의 망원경을 넘겨주면서 산 아래 진지를 가리켜보였다.

"우성 동무가 빨리 가서 최 연대장을 되돌아오게 하오."

6사 지휘부가 오른쪽 산봉우리에 있었기 때문에 김성주와 임수산은 아래쪽 지형을 환하게 내려다볼 수 있었다. 왕작주가 2군 참모장으로 가고 6사 참모장으로 온 임수산은 포탄 연기가 좀 가시자 바로 간삼봉 오른쪽 진지 앞으로 접근하던 만주군이 한창 두 갈래로 나뉘고 있는 것을 발견했다.

"혹시 저 놈들이 최 연대장네가 있는 진지 옆구리를 공격하려는 것 아니오?"

임수산도 놀라서 묻자 김성주가 말했다.

"놈들이 지금 두 갈래로 나뉘어 한 갈래는 우리 7연대한테, 다른 갈래는 왼쪽 4사 진지를 앞뒤에서 포위하려는 것 같소. 우리 쪽에서 먼저 저놈들을 갈겨야 하오. 그리고 따로 경위중대를 파견해 4사 쪽으로 이동하는 놈들도 저지해야 하오. 안 그러면 득권 형님네가 철수할 때 앞뒤로 공격받을 수 있소."

그러자 임수산이 나섰다.

"내가 갔다 오겠소. 마침 예비부대로 남겨놓은 8연대 무량본 중대가 뒷산에 있지 않소."

"무량본 중대는 군부 지휘부를 지키기 위해 특별히 왕작주 동무한테 맡겨놓은 것이니 부르지 말고 그냥 여기 있는 경위중대와 함께 가시오."

김성주는 이동학을 보냈다.

이에 앞서 이달경이 한 소대를 이끌고 7연대 진지로 내려갔기 때문에 김성주 곁에는 경위원 3, 4명밖에 남지 않았다. 임수산은 김성주가 주의하지 않는 틈을 타서 전달장 지봉손(池奉孫)에게 시켰다.

"봉손아, 네가 빨리 무량본 중대장에게 가서 사부에 지금 경위원 2, 3명밖에 남지 않았다고 전하거라."

임수산이 직접 이동학과 함께 경위중대를 데리고 떠난 뒤였다.

얼마 안 있어 무량본 중대가 도착하자 김성주는 두말없이 무량본 중대와 7연대 진지로 내려갔다. 무량본 중대의 기관총 두 대까지 합쳐 총 20대의 기관총이 간삼봉 오른쪽으로 접근하던 만주군 마립문 보병 중대 하나를 풍비박산냈다. 왼쪽 4사 진지 쪽으로 포위망을 만들려 했던 만주군이 뒤에서 불길이 일어나 오도 가도 못 하고 잠깐 망설이는 사이에 이동학 경위중대가 공격했다. 이 틈을 타서 박득범은 최현과 함께 포위를 뚫고 나왔다.

정안군 척후 소대가 섬멸된 뒤 바로 나타난 부대가 김인욱의 혜산수비대였다. 박성철 중대가 박득범과 최현을 호위하면서 1연대 원래 진지로 철수하는 도중 이동학의 6사 경위중대와 합류했는데, 이때 만주군을 응원하러 달려오던 일본군 오카자와 부대가 갑자기 길가 수풀에서 불쑥 뛰쳐나오면서 사격을 해오는 바람에 10여 명의 사상자가 발생했다. 거리가 너무 가까웠기 때문에 서로 피하지 못하고 바로 뒤엉켜버리고 말았다. 이 백병전에서 항일연군은 일본군 30여 명을 총창으로 찔러 죽였다.

백병전을 벌였던 일본군 오카자와 부대는 약 한 소대가량 되었던 것 같다. 대신 4사에서는 박득범이 원래 이끌던 부대와 1연대에서 응원하러 왔던 박성철과 동숭빈 중대가 모두 투입되었기 때문에 140여 명 정도였다. 병력 대비가 1:3 정도 되었기에 항일연군 3명이 일본군 1명을 상대로 엉켰던 것이다. 여기저기에서 총탁이 머리를 때리고 총창이 가슴을 찌를 때 "엄마", "살려줘" 하는 조선말 비명도 울렸다.

동숭빈의 회고담에 따르면, 그의 중대 여성 기관총수였던 허성숙(許成淑)이 쏘는 기관총에 맞아 쓰러진 일본군 병사 가운데 한 어린 병사가 조선말로 "엄마"를 부르며 비명을 질렀다고 한다. 진지 밖으로 돌진하던 대원들이 그 병사를 생포했는데, 동숭빈과 연애하던 요숙(姚淑)이라는 한 중국인 여대원이 울고 있는 그 병사를 데리고 진지로 돌아오다가, 그가 갑자기 뒤돌아서면서 두 손으로 요숙의 얼굴을 때리는 바람에 두 눈에서 피까지 흘러내렸다고 한다.

그것을 본 허성숙이 두 손에 기관총을 든 채 달려오면서 소리쳤다.

"요숙아, 어서 앉아!"

두 눈을 감싸 쥔 요숙이 땅에 주저앉자 바로 허성숙의 기관총이 불을 내뿜었다.

이 일 때문에 전투에서 패하자 바로 두 손에 총대를 받쳐 들고 땅에 주저앉으며 살려달라고 빌었던 만주군 병사들도 거의 사살되었다고 한다. 전투 상황이 너무 긴박하게 돌아갔던 데도 이유가 있었을 것이다.

점심 무렵 만주군이 갑자기 공격을 멈추고 뒤로 물러나기 시작했다. 그러나 간삼봉 왼쪽 최전선 진지를 내놓은 박득범의 4사가 뒤로 후퇴하면서 중간 골짜기를 열어주었고, 부대는 여전히 두 갈래로 나뉘어 골짜기 좌우 양편 고지를 차지했다. 1군 2사 현계선 부대가 중간 골짜기에서 약 100여 m 들어간 벼랑 위에 일자 장사진 모양으로 저지선을 만들어놓고 있었기 때문이다.

4사 진지로 공격해 올라왔던 것은 김인욱의 혜산수비대였다. 오다니 지도관의 팔반도 정안군도 김인욱 부대와 함께 작전했는데, 처음 공격할 때는 정안군이 앞에서 들어왔으나 오후부터는 정안군을 뒤로 돌리고 일본군이 직접 전면에 나서기 시작했다. 그런데 중간 골짜기에 매복한 2사 저지선이 무너지면 일본군은 그 골짜기를 따라 바로 수동하 기슭으로 접근할 수 있었다. 그렇게 되면 2군 지휘부가 바로 위험에 빠질 수 있었다.

동숭빈은 그동안 만주군과 싸웠을 뿐, 1938년 이전에는 일본군 정규부대와 전투한 적이 단 한 번도 없었다. 간삼봉전투 당시 처음으로 그렇게 많은 일본군을 보았다고 한다. 정안군과의 전투도 그때가 처음이었다.

"일본군의 작전규율을 그때 처음 알았는데, 세 마디로 평가하면 '일굉(一轟) 이공(二攻) 삼송(三松)'이었다. 먼저 박격포를 쏘아댔다. 그리고 공격을 시작했다. 공격에서 패퇴하고 난 뒤에는 보통 1시간에서 2시간 동안 잠잠하다가 다시 포격을 시작했다. 그러면 우리는 놈들의 공격이 시작되었다는 것을 알 수 있었다. 훙슈터우들을 아주 머저리처럼 묘사하는 글들도 있던데 사실과 다르다. 간삼봉전투 때 보니 훙슈터우들은 굉장히 훈련을 잘 받았다. 일본군이 박격포를 쏘기 시작할 때 그 포탄 밑으로 포복해서 전진했다. 그래서 포탄이 터지고 난 다음 바로 훙슈터우들이 '와' 하고 고함을 지르면서 진지 밑에서 불쑥불쑥 나타났다. 어찌나 놀랐던지 우리 진지 오른쪽에서 만주군 2여단 공격을 막고 있던 6사 김일성 부대가, 우리 진지가 점령당한 줄 알고 지레 놀라서 후퇴한 적도 있었다. 그때 우리가 다시 진지를 되찾는 걸 보고는 김일성 부대도 재차 공격해서 진지를 되찾고는 우리한테로 응원부대를 보내주었다."[80]

동숭빈의 이와 같은 회고담은 김성주 회고록에 비해 훨씬 더 자세하다.

김성주는 간삼봉전투 당시 혜산수비대가 정안군을 앞세우고 어느 부대 진지를 주공목표로 삼았는지 설명하지 않았다. 하지만 동숭빈은 일본군과 백병전이 발생했을 때 조선말을 사용하는 병사도 있었고, 또 잡힌 병사가 압송하던 여대원에게 달려들었다가 4사 기관총 사수 허성숙에게 사살되었다는 이야기도 한다.

---

80 취재, 동숭빈(董崇彬) 중국인, 항일연군 생존자, 항일연군 2군 4사 1연대 중대장 역임, 취재지 사천성 성도시, 1990.

오후 3시 무렵, 간삼봉을 공격하던 조선 주둔 일본군이 최후의 공격을 시도했다. 혜산수비대가 주공부대가 되어 2, 4사가 저지선을 펼쳐놓은 중간 골짜기로 공격해 들어왔고 오카자와 부대와 만주군 마립문 보병연대 산하 부대는 좌우측에서 협공했다. 오다니 지도관의 정안군은 이때 이미 100여 명이 사살당하고 60, 70여 명이 남았는데, 부대의 기본 구성은 이미 와해 상태였다.

김인욱은 오다니를 배려해서 그동안 줄곧 선두에 섰던 정안군을 뒤로 물러서라고 했다.

그러나 악에 받친 오다니는 그 말을 듣지 않았다.

"부하들을 다 죽이고 어떻게 혼자서 돌아갈 수 있겠소. 전투에서 지면 여기에 내 뼈를 묻겠소."

부득부득 선두 부대에 배치해달라고 요청한 것이다.

결국 그때까지 살아남았던 정안군 한 소대가 김인욱의 혜산수비대와 함께 마지막 공격을 시도했다. 혜산수비대는 3개의 기관총소대 외에도 네 문의 중기관총을 가지고 있었는데, 특별히 14명으로 구성된 박격포분대가 더 따라왔다. 여기에 쿠리타 소좌 부대가 55명으로 이뤄진 보병포 부대를 대동했다.

실제로 전투 당시 항일연군은 산봉우리에서 일본군이 끌고온 바퀴가 달린 곡사포 여러 대를 발견했다. 이 곡사포는 대대포(大隊砲)로 불리기도 했다. 조선 주둔 일본군에서는 대대급 편제에만 지원했던 보병포였기 때문이다. 후에 생존자들의 증언으로 간삼봉에 들어왔던 조선 주둔 일본군이 나남 19사단 산하 함흥 74연대 1,100여 명이었다는 근거가 바로 이것인 듯하다. 여기에 만주군 마립문 보병연대 한 대대를 더해 2,200명으로 추산하는데, 실제로는 마립문 연대에서는 한 중대(180여 명)만 들어왔고, 여기에 팔반도 정안군 한 중대(180여 명)가 보충되었다.

"해가 곧 서산으로 떨어질 것이오. 최후 일전을 각오합시다."

김인욱은 함께 간삼봉으로 들어온 오카자와 소좌, 쿠리타 소좌, 오다시 지도관 등과 의논한 다음 그들이 가진 포탄을 한 방도 남기지 말고 모조리 주공 진지에 퍼붓게 했다. 곡사포 화력은 박격포에 비할 바가 아니었다. 포탄이 간삼봉 주봉을 날아 넘었고, 여기저기에서 벼랑과 바위들이 와르르 무너져 내렸다. 정안군은 만주군의 최정에 부대답게 날아가는 포탄 밑으로 포복 전진을 했다.

김인욱 부대에서도 일본군 한 소대가 정안군과 함께 진지 밑으로 바싹 기어들었다. 포탄이 날아드는 동안 머리를 쳐들 수 없었던 항일연군은 참호 밑에 납작 엎드려 있었다. 그러다가 잠깐 포탄이 멈추는 듯하여 머리를 쳐든 순간 일본군이 바로 진지 턱밑까지 다가든 것을 발견하게 되었다. 이미 진지 위로 뛰어올라온 일본군들도 적지 않았다.

그런 곳에서는 총창이 서로 부딪치면서 백병전이 벌어졌고 한데 뒤엉켜 땅바닥에서 데굴데굴 뒹굴 때는 피아를 분간하기도 쉽지 않았다. 골짜기 안에 저지선을 치고 있던 2사 부대는 돕고 싶어도 함부로 지원사격을 할 수 없어 안절부절못했다.

2사 참모장 이흥소는 벌써 몇 번이나 진지 바깥으로 뛰어나가려는 현계선을 붙잡았다.

"기창(基昌, 현계선의 별명)이, 우리 진지가 최후 저지선이라는 걸 잊지 마시오. 함부로 움직였다가는 군부 지휘소가 위험해질 수 있소."

"아니오. 이곳은 참모장이 지키고 있소. 내가 힘장사들과 제적 갔다 오겠소."

현계선은 2사에서 가장 쓸 만한 대원 60여 명을 골라 직접 4사 진지로 달려갔다. 명사수였던 현계선은 한 손에 한 자루씩 모젤권총 두 자루를 쥐고 한창 뒤엉켜 싸우던 4사 진지로 뛰어들면서 귀신같이 일본군만 골라내어 한 방씩 쏘아 눕히고는 씨름하느라 진땀 빼던 대원들을 하나둘씩 구해냈다.

이렇게 먼저 진지로 기어올랐던 일본군과 정안군을 모두 소탕하는 동안에도 김인욱의 후속 부대가 미처 진지로 다가들지 못했던 것은 최현이 직접 류삼손, 김충진, 허성숙 등 기관총 사수들과 함께 버텨주었기 때문이다. 상황이 얼마나 긴박했던지, 진지 앞에서는 일본군이 무더기로 들어왔고 진지 위에서도 백병전이 벌어졌기 때문에 류삼손은 참지 못하고 기관총을 가슴에 안고 벌떡 뛰어 일어나 빙빙 돌면서 여기저기에 점발사격을 하기도 했다.

"삼손아, 뒤는 상관하지 말고 앞에서 오는 놈들만 쏘거라!"

최현은 류삼손에게 고래고래 소리쳤다.

일본군의 공격속도는 굉장히 빨랐다. 여기저기에 널린 동료 시체를 거두지 않고 그대로 시체를 밟고 돌격해왔다. 후속부대가 미처 따라서지 못하는 바람에 먼저 진지 위로 돌격해 올라간 부하들이 백병전 끝에 사살당하는 모습을 지켜보던 김인욱은 너무 급한 나머지 망원경을 내려놓고 직접 군도를 뽑아들며 높은 소리로 외쳤다.

"비적들의 진지가 이미 점령되었다! 빨리 돌격하라!"

오른쪽 진지에서 만주군을 앞세우고 6사 진지를 공격하던 오카자와 소좌의 중평장 수비대도 김인욱을 도우러 건너왔다.

"아니, 그쪽은 어찌하고 이리로 왔소?"

"우리가 곡사포를 쏘아대니 비적들이 지레 겁을 집어먹고 진지를 버리고 달아났소. 그래서 만주군이 이미 진지를 차지했소이다."

김인욱은 망원경을 들고 한참 오른쪽 진지를 살펴보다가 발을 굴렀다.

"아이쿠, 저 중국 병사들이 계속 추격할 생각은 하지 않고 총대를 땅에 내려놓고 담배를 피우고 있구려. 비적들이 다시 쏟아져 내려올게요. 저걸 어떡하면 좋단 말이오?"

그러자 오카자와도 한참 진지를 살펴보더니 김인욱에게 말했다.

"저게 하루이틀된 버릇도 아닌데 당장 고쳐질 리 있겠소. 우리가 빨리 중간고지를 점령하면 오른쪽에서 달아났던 비적들이 감히 내려오진 못할 겁니다."

김인욱도 그 말에 동감했다.

"오른쪽 비적들이 진지를 내놓고 철수한 건 놈들이 중간 진지가 무너지는 걸보고 포위에 들까봐 대비했던 게 틀림없소. 지금 우리가 빨리 앞의 진지를 점령하지 못하면 놈들은 다시 내려올 것이오. 그때면 저 중국 병사들은 하나도 살아남지 못할 것이오."

오카자와는 즉시 오른쪽 진지로 통신병을 보내는 한편, 직접 포병소대로 달려가 발포 명령을 내렸다. 포탄은 4사 진지와 2사의 저지선, 그리고 오른쪽 6사부대가 철수한 산중턱쯤 되는 곳으로 쉴 새 없이 날아갔다. 곡사포 한 발이 산봉우리를 넘어 수동하 기슭에 떨어지면서 작렬했다. 진동이 어찌나 컸던지 군 지휘부가 자리 잡은 오래된 외양간이 한쪽으로 기울어졌다. 외양간 주변에서 경계임무를 섰던 2사 소년중대 어린 대원들이 "으아아악!" 하고 비명을 지르면서 여기저기에서 나뒹굴었다. 날카로운 비명과 함께 공중으로 솟구쳐 올랐다가 떨어져 내리는 시체들도 있었다.

김성주의 지시로 달려오던 무량본 중대가 수동하 기슭에서 이 엄청난 봉변을당했다. 포탄이 작렬하면서 사방으로 튀는 돌멩이에 이마를 맞은 무량본은 온얼굴이 피투성이가 된 채로 달려와 경황없이 보고했다.

"4사 진지가 점령되었습니다. 놈들이 지금 이쪽으로 오고 있을 겁니다. 6사에서도 하는 수 없이 진지를 내놓고 철수하기 시작했습니다."

"아니, 그게 무슨 소리요?"

왕작주는 자기 귀를 의심하지 않을 수 없었다.

그러면서도 무량본이 거짓말할 리는 없다는 믿음 때문에 더욱 경악했다. 8연대 주력중대 중대장인 무량본이 직접 자기 눈으로 본 상황을 이야기했던 것이다.

"4사 진지가 점령됐단 말이오? 직접 보았소?"

다시 묻는 왕작주에게 전광이 소리쳤다.

"아니, 이미 점령됐다고 하지 않소. 김일성 이 자식도 지레 겁을 집어먹고 오른쪽 진지를 버리고 달아났다는 소리 아니오."

왕작주는 머리를 가로저었다.

"아니, 그럴 리 없습니다. 4사와 6사 병력이 400명을 넘는데, 이들이 그렇다면 다 죽었다는 소리 아닙니까. 그게 말이 됩니까?"

"놈들이 대포까지 쏘아대는데 왜 가능하지 않겠소. 방금 보지 못했소. 포탄 한 방에 수십 명이 공중으로 날아올랐소."

전광은 얼굴이 새파랗게 질려 계속 왕작주에게 소리 질렀다.

"잠깐만 계십시오. 제가 한 번 가보고 오겠습니다."

왕작주는 떠나기 전 다시 무량본에게 따져 물었다.

"똑똑하게 대답해보오. 4사 진지가 이미 점령된 걸 직접 보았소? 아니면 놈들이 진지 위에까지 기어 올라와서 한창 전투 중인 걸 보았소?"

"한창 전투 중이었던 것 같습니다."

"그러면 왜 도울 생각하지 않고 여기로 왔단 말이오?"

"군 지휘부를 뒤로 철수시키라는 임무를 받았습니다."

왕작주는 다시 돌아가 전광에게 말했다.

"총소리로 미루어 보아 4사 진지가 아직 점령된 것 같지 않습니다. 놈들이 포를 계속 쏘아대는 걸 보면 우리 진지로 기어 올라왔다가 격퇴당한 것이 틀림없습니다."

왕작주는 당장 철수할 듯 서두르는 전광을 일단 눌러 앉혔다.

"제가 바로 가보고 오겠습니다."

경위원 2, 3명과 함께 먼저 2사 부대가 쳐놓은 저지선 쪽으로 달려갔다.

저지선을 지키던 이흥소가 왕작주에게 방금 전까지 발생했던 상황을 간단하게 알려주었다.

"4사 진지를 이미 되찾았고, 6사도 다시 오른쪽으로 접근하던 만주군 놈들을 모두 몰아냈으니 상황은 호전되었지만, 아직은 마음 놓을 수 없습니다. 아무래도 날이 저물기 전에 다시 공격해올 것 같습니다."

그 말을 듣고 왕작주는 이흥소와 현계선에게 부탁했다.

"방금 전에 날아든 포탄에 군 지휘부가 날아났소. 다행히 전광 동지는 무사하오. 곧 날이 저물 것이니, 놈들이 이번에 공격한다면 마지막 공격일 거요. 그러니 2사도 저지선에서 있을 게 아니라 4사와 동시에 출격하여 놈들을 철저하게 짓부숴 버리는 게 어떻소? 내가 지금 6사에도 가서 진지만 지킬 게 아니라 적극적으로 출격해 놈들의 옆구리를 공격하게 만들겠소."

그러자 이흥소와 현계선이 반색했다.

"그러잖아도 우리 2사 아이들이 속이 닳아 죽을 지경입니다. 여기에는 기관총소대만 남겨놓고 모두 4사 진지로 이동하겠습니다."

왕작주는 그 길로 6사가 이미 되찾은 오른쪽 진지로 달려갔다.

진지가 가까워올 때 여성중대 대원들이 부르는 노랫소리가 울려오는 바람에 왕작주는 잔뜩 긴장했던 마음이 가벼워지면서 씽긋 웃음이 나왔다.

뒤따라오던 경위원들도 노랫소리를 듣고는 웃으면서 주고받았다.

"역시 우리 6사 아줌매들은 못 말린다니까."

아리랑 아리랑 아라리요
아리랑 고개를 넘어간다

"6사 아니고 4사 진지에서 부르는 노래 같은데."

왕작주가 뒤를 돌아보며 경위원들에게 말했다.

그러자 경위원들은 한참 4사와 6사 진지 쪽으로 귀를 기울이고 있다가 대답했다.

"두 곳 모두에서 부르고 있습니다. 4사 쪽에서는 박자까지 맞추고 있는 것 같습니다."

"노랫소리가 놈들한테도 들릴 터이니 환장하겠군."

왕작주가 먼저 6사 진지에 도착하자 김성주는 무척 놀랐다.

"아니 어찌된 일이오? 무량본한테 군부 지휘소를 철수하라고 시켰는데, 전광 동지는 어쩌고 왕 형 혼자 여기로 왔단 말이오?"

그러자 왕작주는 사람이 없는 쪽으로 김성주를 데리고 갔다.

"4사 진지로 놈들이 기어 올라왔을 때 김 형은 뭐하고 있었습니까?"

왕작주가 다짜고짜 이렇게 따지고 들자 김성주는 금방 실토하고 말았다.

"박 참모장네가 버티지 못할 줄 알았소."

"그러면 내친김에 김 형 쪽에서 먼저 진지 밖으로 치고 내려가면서 4사 진지로 기어들었던 놈들의 배후를 공격해야지, 어떻게 자기 진지를 버리고 달아났단 말입니까?"

왕작주가 나무라자 김성주가 투덜거렸다.

"원, 군 참모장으로 간 지 며칠이나 되었다고 벌써부터 나한테 훈계로구먼."

그러자 왕작주가 황망히 사과했다.

"아이고, 내 말투가 그렇게 건방지게 들렸습니까? 그렇다면 정말 미안하오."

"나를 따라오오. 내가 한 번 보여드리면서 설명하겠소."

7. "나가자, 나가자, 싸우러 나가자."

김성주는 왕작주와 함께 참호로 접근했다. 참호에서 파낸 흙으로 쌓아놓은 둔덕에 배를 붙이고 망원경을 눈에 가져다 댄 김성주는 왕작주에게 차근차근 설명했다.

"점심 전에 4사 진지가 모두 세 번 공격당했는데 한 번은 진지를 거의 빼앗겼다가 탈환했고, 두 번도 아주 위험했소. 거기에 우리 6사 진지로 올라오던 놈들도 만주군이 앞장서서 들어왔지만 수가 너무 많은 데다 일본군이 뒤에서 따라오고 있어 도저히 치고 내려갈 수 없었소. 행여 4사 진지가 점령당하면 놈들이 틀림없이 두 갈래로 나뉘어 한 갈래는 우리 6사 옆구리로 공격해 들어올 것인데, 그렇게 되면 4사는 2사 저지선으로 물러날 수라도 있지만, 우리 6사는 퇴로가 막혀 몰살당할 위험이 있었소. 그래서 먼저 뒤로 빠지는 한편 4사로 구원부대를 보내어 그들이 철수하게 될 경우 엄호할 생각이었소. 그런데 박 참모장과 최 연대장네가 정말 용케도 진지를 다시 탈환해냈고 지금까지 끄떡없이 잘 지켜내고 있구먼. 솔직히 감탄했소. 점심 무렵까지도 4사를 공격하던 놈들 선두부대에 홍슈터우들이 적지 않게 보였는데 지금은 다 사라지고 아예 보이지 않소. 놈들이 지금은 4사를 주공 진지로 확정하고 마지막 공격을 준비하는 게 틀림없소. 우리 6사와 대치중이던 일본군들도 모두 저쪽으로 이동하는 걸 보고 이미 오중흡에게 4사 진지를 떠나지 말고 그곳에서 최 연대장네와 함께 놈들을 막아내라고 일렀소."

김성주와 왕작주는 망원경에서 눈을 떼지 않은 채 진지 밖을 살피면서 소곤소곤 주고받았다. 참호에서 불과 40, 50m밖에 떨어지지 않은 곳에서 만주군이 불을 피워놓고 무엇을 굽고 있는 모양인지 고기 타는 냄새가 풍겨왔다. 한 늙은 만주군 병사가 나무 뒤에서 머리를 삐죽이 내밀고 6사 진지 쪽에 대고 지분거렸다.

"꾸냥(姑娘, 처녀를 부르는 중국말), 배도 고플 텐데 노래는 그만 부르고 여기 와서 우리랑 고기나 먹지 않으려나? 아무도 모르게 오면 제격 먹고 돌아가게 해줄게."

그러자 진지 쪽에서 뒷모습이 김확실처럼 보이는 여대원이 능청맞게 대답하는 게 들렸다.

"오빠라고 부르면 좋을지, 아저씨라고 부르면 좋을지 모를 당신이나 혼자서 배불리 자시고 나면 여기서 죽지나 말고 빨리 집으로 돌아가세요. 당신 마누라와 자식들이 얼마나 걱정하고 있을까요."

그야말로 "격전 중에도 그들은 풍자적 언사를 던지며 때때로 재미나는 난센스도 연출했다."고 보도한 1937년 7월 9일 자 〈동아일보〉 기사 내용 그대로였다.

김확실의 대답을 들은 만주군이 맞장구를 쳤다.

"우리가 너희네보다 더 많이 죽었는데, 왜 너희 노랫소리가 우는 소리처럼 청승맞냐? 아리랑, 아리랑 그게 무슨 노래냐? 다른 노래로 바꿔 불러다오."

그러자 〈아리랑〉을 부르던 여대원들은 금방 다른 노래로 바꿨다.

여성 항일연군들. 왼쪽에서 세 번째, 손에 보총을 들고 식량주머니를 멘 여대원은 오늘날 북한에서 "쌍권총을 들고 일본군을 무더기로 쓸어눕히곤 했다."고 선전하는 김정숙이다. 오른쪽 첫 번째, 실제로 권총을 멘 사람은 중대장 박녹금. 박녹금의 왼쪽, 무릎 위에 보총을 올린 채 앉아 있는 사람은 최현의 아내 김철호다. 필자가 일본군 생존자의 사진첩에서 직접 수집한 사진이다.

하모니카를 가진 대원 하나가 반주까지 해가면서 제법 흥을 돋우기 시작했다.

나가자 나가자 싸우러 나가자
용감한 기세로 어서 빨리 나가자
제국주의 군벌들 죽기를 재촉코
……

노랫가락에 취한 김성주까지도 망원경을 내려놓고 흥얼거리기 시작했다.

왔고나 왔고나 혁명이 왔고나

혁명의 기세는 전 세계를 덮었다

……

왕작주는 박자에 맞춰 손까지 흔들어대는 김성주에게 작별을 고했다.

"저 만주군 놈들은 이제 전투하고 싶은 마음이 다 사라져버린 듯합니다. 모르긴 해도 우리가 치고 내려가면서 '교창불살(交槍不殺, 총을 바치면 죽이지 않는다는 뜻)'만 외쳐도 모두 두 손을 쳐들고 투항할 것 같소. 난 그럼 시름 놓고 돌아가겠습니다."

왕작주는 떠나면서 다시 김성주에게 말했다.

"이번이 놈들의 마지막 공격일 수 있으니 2사에서도 저지선만 지키지 말고 4사 진지로 출격하라고 일러두었습니다. 이흥소와 강 연대장(현계선, 현계선은 강 연대장이라고 불리기도 했다) 두 분이 모두 동의했소. 만약 김 형도 4사 진지를 공격하는 놈들의 옆구리를 습격한다면 이번 전투 판세를 완전히 뒤집을 수도 있을 겁니다."

왕작주가 4사 진지에도 들르려는 걸 본 김성주가 말했다.

"이곳은 내가 알아서 할 테니 왕 형은 어서 전광 동지한테 돌아가오."

하지만 왕작주는 그 말을 듣지 않았다.

왕작주는 4사 진지에 도착해 박득범과 최현에게 칭찬을 아끼지 않았다.

"난 멀리에서부터 진지 최전선 참호 속에서 대원들과 함께 엎드려 있는 두 분 뒷모습을 보고 안도의 숨을 내쉬었습니다. 놈들이 몇 번이나 진지까지 올라왔다면서요? 끝까지 지켜내었으니 정말 대단합니다."

그러자 박득범과 최현은 서로에게 공을 돌렸다.

"다 박 참모장이 지휘를 잘 해낸 덕분이오."

"놈들이 진지까지 기어 올라왔을 때, 솔직히 달아나기 시작한 대원이 여럿 있었소. 그러나 최 연대장이 기관총 사수들과 진지에서 버티고 있었기 때문에 뒤에서 놈들이 따라오지 못했소. 그 사이 먼저 올라왔던 놈들을 모두 총창으로 찔러죽일 수 있었소. 만약 최 연대장이 아니었다면 우리도 진지를 빼앗기고 말았을 것이오."

최현은 다시 류삼손과 김충진, 허성숙 등 4사 기관총 사수들을 칭찬했다.

"솔직히 지금 생각하면 나도 끔찍하오. 모두 저 애들 덕분이오."

왕작주는 다시 박득범에게 감탄했다.

"오전에 놈들의 1, 2차 공격 때 박 참모장네가 왼쪽 진지를 버리고 중간 골짜기로 이동했다는 연락을 받고 나는 은근히 걱정했소. 놈들을 2사 저지선으로 유인하려는 것이라고 판단했지만, 놈들이 박격포가 아니라 곡사포까지 쏘아대는 판에 아무리 골짜기로 끌어들여서 포위망을 친들 그놈들이 빠져나가지 못 할 리가 있겠냐고 말이오."

이때 박득범이 왕작주에게 물었다.

"6사 진지를 공격하던 일본군이 지금 우리 쪽으로 이동하는 걸 보고 김 사장이 오중흡 중대를 우리한테 보냈지만, 그쪽도 만주군 수가 아직도 만만찮은데, 막아낼 수 있을지 모르겠소. 김 사장은 뭐라 하던가요?"

"만주군 놈들 사기가 땅바닥에 떨어져 더는 맥을 못출 것 같습니다. 전투가 시작되면 바로 치고 내려가라고 부탁해놓았소. 김 사장도 이번 전투에서 4사가 얼마나 큰 몫을 감당하고 있는지 너무 잘 알고 있었소. 때가 되면 6사가 놈들 왼쪽 옆구리를 공격할 것이오. 그때 가능하면 박 참모장네도 동시에 치고 내려가십시오. 6사 오중흡 중대와 2사 8연대가 함께 치고 내려가면 충분히 승산 있습니다. 난 박 참모장만 믿고 지금 바로 돌아가서 4사의 공적을 전광 동지께 자세히 설명하겠습니다."

왕작주가 이렇게 대답하자 포연으로 새까맣게 그을린 박득범 얼굴에도 희색이 가득했다.

"사실 이번에 김 사장도 무척 마음 쓰고 있는 걸 알겠소. 오중흡이 6사 기관총을 모조리 다 가지고 오다시피 했소. 만약 6사가 놈들 옆구리를 공격한다면, 이번 전투는 정말 대승이오. 우리도 동시에 치고 내려가겠소."

"어쨌든 이번 전투는 박 참모장 아니면 안 되었을 것이오. 마지막까지 박 참모장만 믿겠습니다."

왕작주는 비로소 작별을 고했다.

박득범은 기쁜 빛이 어린 얼굴로 왕작주를 배웅했다.

왕작주가 오중흡 중대가 지키던 참호를 들르려 하자 박득범도 그곳까지 함께 따라왔다. 그때 갑자기 박격포탄이 날아오는 바람에 박득범은 부리나케 왕작주를 넘어뜨리고 그의 몸 위를 덮었다.

"어디 다치지 않았소?"

왕작주는 허둥지둥 박득범의 몸부터 살폈다.

포탄이 조금 멀리서 터졌기 때문에 두 사람은 무사했으나, 왕작주의 경위원 하나가 중상을 입고 쓰러졌다. 먼지를 털고 일어서던 왕작주도 비명을 지르며 땅바닥에 주저앉고 말았다. 다친 데는 없었지만 발목을 접질렸던 것이다.

"놈들이 공격을 시작했소. 빨리 진지로 돌아가시오."

왕작주가 박득범을 재촉했다.

"잠깐 기다리오. 내가 제격 가서 들것을 만들어오겠소."

박득범은 이렇게 말하고는 급히 4사 진지로 돌아갔다. 조금 뒤 박득범의 명으로 어깨에 기관총을 멘 김충진이 한 소대를 끌고 달려오자 왕작주는 화를 냈다.

"아니, 제정신이오. 놈들이 올라오는데 기관총 사수가 진지를 지키지 않고 어떻게 여기로 온단 말이오? 군 참모장 명령이니 지금 당장 자기 위치로 돌아가시오."

그러자 김충진은 들것을 들고 따라왔던 대원 2명을 남겨놓고 돌아갔다.

그중 하나가 바로 박춘일(朴春日)이었다.

"춘일아, 네가 왕 참모장을 군부로 모셔다 드리거라."

이것이 박춘일이 간삼봉전투 때 항일연군이 일본군에게 모조리 섬멸된 줄 알고 혼자 뒷산마루로 도망가던 전광 뒤를 쫓아간 계기가 되었다. 박춘일은 들것에 왕작주를 싣고 산중턱에 난 오솔길을 따라 수동하 쪽으로 달려갔다.

포탄이 계속 날아들면서 일본군의 공격이 재개된 듯싶었다. 일본군은 좌우에 여러 대의 중기관총을 걸어놓고 교차 사격하면서 앞으로 돌격하는 부대를 엄호했다. 화력이 워낙 셌기 때문에 항일연군은 참호에서 머리를 내밀 수 없었다. 일본군은 계속 그런 방법으로 진지 밑까지 바짝 다가든 뒤 별안간 "와!" 하고 함성을 지르며 덮쳐들었다. 그래서 박득범은 무작정 참호 바깥으로 수류탄을 내던지게 했다.

과거에는 단 한 발의 수류탄이라도 잘못 던질까봐 두 눈을 부릅뜨고 입으로 심지를 물어 당겨가면서 조금이라도 더 멀리 던지려 안간힘을 썼지만, 이때는 어지간한 팔 힘으로 그냥 참호 바깥에 대고 던져도 여기저기에서 비명이 터져 나왔다. 대원들은 수류탄이 터지기 바쁘게 바로 총대를 내밀고 방아쇠를 당겼다.

"동무들, 오늘 전투 승패는 이번 한판에 달렸소."

박득범은 허리를 구부정하게 굽힌 채 참호 속을 다니면서 대원들의 사기를 북돋아주었다. 일본군 중기관총 화력이 잠깐 줄어든 틈을 타서 대원들이 일제히 참호 바깥으로 상반신을 내놓고 정신없이 총을 쏘아대기 시작했다. 4사 진지를 지키던 기관총이 20여 대 이상이었기 때문에 일단 기선을 잡자 일본군 중기관총 화력도 무력화될 수밖에 없었다.

참호를 한 바퀴 돌아본 박득범이 최현 곁으로 돌아왔다.

"자, 이제는 우리가 돌격할 때가 되지 않았소?"

"조금 더 기다립시다. 놈들의 후속부대가 또 들어올 거요."

"일단 저기 한 번 보오. 놈들이 지휘소를 좀 앞으로 당긴 것 같은데, 후속부대라야 이제는 100명쯤밖에 안 되어 보이오."

박득범은 최현이 가리키는 방향으로 망원경을 갖다 댔다.

불과 100m 남짓한 거리 바깥에 자동차 두 대를 ㄱ 자 형태로 붙여 세워놓고 적재함 뒤에 누런색 천막이 너펄거리는 것이 보였다. 포병들도 모두 그 근처 산언덕에 있었다. 돌격 대기 중인 후속부대도 불과 100여 명 정도인 걸 보고 박득범이 머리를 기웃했다.

"조선에서 들어온 일본군이 최소 1,000명은 된다고 하지 않았습니까?"

최현은 허허 소리까지 내가면서 웃었다.

"내 눈에는 넉넉잡아도 300~400명밖에 안 되어 보이던데, 저쪽 6사를 공격하는 '얼구이즈'들까지 다 합치면 모를까, 모두 1,000명이 될는지."

박득범은 머리를 저었다.

"아닙니다. 우리가 아주 많이 죽였소. 저 아래를 보십시오."

화력에 눌린 일본군이 4사 진지 바깥에서 잠깐 주춤거릴 때 오른쪽에서 갑자기 우레 같은 함성이 터져 나왔다. 약간 쉰 듯한 김성주 목소리가 간삼봉 하늘에 메아리쳤다.

"동무들, 돌격하라!"

6사 진지와 대치하던 만주군이 사정없이 무너져 내리고 있었다.

7연대 1, 2중대에 일본군에서 노획한 박격포가 한 대씩 있었지만 포탄이 겨우 2, 3발씩밖에 없어 함부로 사용하지 못했는데, 이때 김성주는 그 포탄을 모조리 쏘라고 명령했다. 미처 달아나지 못한 만주군 병사들이 땅바닥에 풀썩풀썩 주저앉으면서 두 손에 총들을 받쳐들었다. 사부 경위중대와 7연대 1, 2, 3중대 140여 명이 물밀 듯 진지 바깥으로 돌격해 내려왔고, 박덕산이 주재일과 함께 8연대 대원 일부와 뒤따라 내려오면서 만주군 총을 걷어 들이는 한편 신발과 바지도 벗겼다.

"돌아와서 바지와 신발은 돌려줄 테니 모두 제자리에 가만히 앉아 있거라."

만주군들은 고분고분 말을 들었다.

만주군과 좌우로 나뉘어 세력을 유지하던 일본군은 만주군이 무너져 내리자 바로 혼란에 빠지기 시작했다. 김인욱을 더욱 혼비백산하게 한 것은 그들이 임시로 만든 지휘소 근처로 박격포탄이 날아들었기 때문이다.

"아니, 이게 어찌된 일이오?"

후속부대를 맡았던 오카자와 소좌가 김인욱에게 달려왔다.

"지금 빨리 후속부대가 따라주지 않으면 오전에 당했던 꼴이 또 나고 마오."

김인욱이 재촉했으나 오카자와는 머리를 흔들었다.

"아니오. 지금 만주군 쪽에서 치고 내려온 비적들이 바로 여기로 달려들 것 같소. 놈들한테 어떻게 박격포까지 있는지 모르겠소."

"박격포뿐이겠소. 비적들 무기는 다 우리한테 빼앗은 것일 텐데, 우리한테 있는 것이면 놈들한테도 다 있다고 봐야 하오. 놈들이 내던지는 수류탄들을 보오. 어떻게 저리도 하늘 높이 날아오를 수 있는지, 생각도 못 했소."

김인욱 소좌가 머리를 흔들며 내뱉었다.

이때 4사 진지에서 바깥으로 날아오는 수류탄들은 모두 일본군의 10년식 수류탄(일본 육군이 다이쇼大正 10년에 개발했다고 해서 붙여진 이름)이었다. 하늘로 높이 날아오르면서 멀리까지 와서 떨어지는 형태를 보면 손으로 던지지 않고 척탄통(소형 폭탄 등을 발사하는 데 쓰는 휴대용 화기)을 사용했음을 알 수 있었다. 이렇게 간삼봉 전투 당시 항일연군은 병력에서도 전혀 열세이지 않았고 일본군에게서 노획한 척탄통과 수류탄도 엄청 많이 가지고 있었기 때문에 적극적으로 반격에 나설 수 있었다.

일본군이 후속부대를 들이밀지 못하자 박득범과 최현도 기다렸다는 듯 전 군에 돌격명령을 내렸다. 온종일 일본군의 공격을 방어하기에 급급했던 4사 대원들은 "돌격하라!"는 최현의 고함이 떨어지자마자 모두 용수철처럼 진지 여기저기에서 불쑥불쑥 튕겨 나왔다. 언제나 최현 뒤꽁무니에 그림자처럼 붙어 다니던 4사 1연대 나팔수 김자린[81]이 공격 신호를 알리라는 명령을 받고도 무엇을 하는지 뒤에서 꿈지럭거리는 걸 보고 뒤를 돌아보던 최현은 깜짝 놀랐다.

김자린 손에는 척탄통 한 대가 들려 있었다.

"이 자식아, 빨리 나팔을 불지 않고 뭐하느냐?"

김자린은 왼손엔 척탄통을 붙잡고 오른손엔 수류탄을 들고 있었다. 수류탄 안전핀은 진작 뽑아낸 채였고 막 기폭통이 있는 쪽을 척탄통 안에 집어넣으려

---

81 김자린(金慈麟, 1912-1987년) 함경북도 화대군 자가리에서 태어났다. 1918년 중국 연길현으로 이주한 후 열세 살부터 머슴살이를 하였으며, 1928년부터는 연길현 화전자에서 철공노동자로 일했다. 그 후 반제동맹, 농민협회 등에서 활동했으며, 1932년 4월 항일연군에 입대하였다. 1933년 3월부터는 나팔수로 활동했고, 1940년에는 소부대 활동을 하면서 평양, 청진, 회령 등지의 일제 군사시설을 정찰했다. 광복 후 1946년에는 함경북도와 평안남도에서 도보안부 차장, 과장으로 있었으며, 그 후 보안간부훈련소와 민족보위성에서 대대장, 부장으로 임명되었고, 1959년 10월 김일성군사종합대학을 졸업한 후 조선인민군 군단 부군단장, 민족보위성 부총국장, 부국장, 집단군 부사령관을 역임했다. 1961년부터 조선노동당 중앙위원회 검사위원회 위원을 맡았고, 1967년 11월에 최고인민회의 대의원이 되었다. 1987년 사망 후 신미리애국열사릉에 묻혔다.

하고 있었다. 문제는 척탄통 바닥판을 어디에 세우고 고정하는지 몰라 자기 넓적다리에 대고 좀 경사지게 세운 것이다.

"제가 제격 한 방만 쏴 보고요."

김자린이 대꾸하면서 어느새 수류탄을 척탄통에 집어넣고 말았다.

"아이쿠, 이 자식아, 다리 부러진다."

최현이 깜짝 놀라 소리 질렀으나 때는 벌써 늦고 말았다.

수류탄은 높이 날아갔으나 반중력으로 김자린은 그대로 땅바닥에 주저앉은 채 일어나지 못했다. 대퇴골이 골반에서 빠져나간 것이다. 다행히 최현이 달려들어 탈골된 다리를 두 손으로 잡아당겨 단번에 제자리에 맞춰주었다.

이런 일화들은 김성주의 회고록에도 쓰여 있다. 김성주와 북한으로 돌아간 뒤 이 전투에서 이름 날린 4사 기관총수 허성숙 회상기를 발표했던 여대원 황순희는 "허성숙 동무가 속한 연대는 제일 앞쪽 진지를 차지했다."고 밝혔다. 일본군의 주공 진지였던 4사 1연대를 가리키는 것이다. 그 외 김성주가 회고록에서 언급하는 일화 가운데 사카이라는 일본군 병졸이 조선말을 알고 있었던 덕분에 죽지 않고 살았다는 이야기도 있다.

항일연군이 최후 반격을 진행할 때, 일본군을 향해 "조선 사람은 엎드려라!"라고 소리쳤다는 것이다. 간삼봉에 들어온 일본군 가운데 조선인 병사들이 적지 않았음을 증명해주는 대목이기도 하다. 사카이는 그 소리를 듣고 부리나케 무기를 던지고 동료 시체 옆에 엎드려 살아날 수 있었다고 한다.

앞에서 동숭빈이 이야기한 한 어린 대원이 중국인 여대원 요숙의 두 눈에 상처를 입히고 도망치다가 허성숙의 기관총에 사살당했던 일까지 포함하여 이런 일화는 전부 4사에서 생긴 것이었다. 4사야말로 간삼봉전투의 실제 주인공이었던 셈이다.

그렇기 때문에 중국 항일연군 역사학자들은 이 전투를 언급할 때 6사보다는 4사를, 김성주보다는 박득범과 최현을 더 주요한 위치에 놓고 다루는 것도 사실이다. 그러나 박득범과 최현의 직계 부하였던 중국인 동숭빈은 이렇게 이야기했다.

"우리 4사가 진지를 빼앗기는 줄 알고 놀라서 먼저 도망치려 했던 김일성이 마지막 반격 때 갑자기 일본군 지휘소를 먼저 기습했다. 우리가 일본군과 싸울 때 오른쪽 6사 진지를 공격했던 만주군이 오후가 되면서 맥이 빠지기 시작한 데다 해가 질 무렵에는 비까지 한바탕 내렸다. 그때 만주군은 벌써 절반이 달아나 버렸다. 김일성이 치고 내려오자 나머지 만주군은 모조리 두 손을 쳐들고 투항했다. 김일성 부대의 '전 사령(전영림)'이라는 늙은 연대장이 뒤따라 내려오면서 투항한 만주군의 바지와 신발들을 모조리 벗겨냈다. 그 만주군들은 전투가 끝나고 우리가 전장을 수습할 때까지도 모두 제자리에 꼼짝하지 않고 앉아만 있더라. (생략) 놈들의 지휘소는 도로 길가에 있었는데, 자동차 두 대를 궁둥이끼리 마주 붙여놓고 그 뒤에 임시로 천막을 만들어 놓았다. 그리고 포병이 길가 산언덕에 있었고, 보병들은 모두 길가 수풀 속에서 한 소대씩 대개 4, 50m 거리를 두고 대기하고 있었는데, 포탄이 떨어진 포병들이 먼저 자동차에 앉아 달아나기 시작했다. 김일성의 6사가 어찌나 재빨리 그쪽으로 접근했는지 원래 우리 진지로 돌격하려던 일본군 후속부대가 6사를 막는 데 급급하다 보니, 그 사이에 우리에게로 돌격해왔던 놈들의 뒤를 돌봐줄 수가 없었다."[82]

---

82 취재, 동숭빈(董崇彬) 중국인, 항일연군 생존자, 항일연군 2군 4사 1연대 중대장 역임, 취재지 사천성 성도시, 1990.

이 전투의 실제 주인공은 박득범과 최현이었을지라도, 전투 막판에 일본군 지휘소를 습격했던 김성주의 6사가 결국 전세를 돌려세우는 데 기여했음을 인정하고 있다. 이와 같은 증언은 1980년대까지 중국 길림성 영길현(永吉縣)에서 살았던 동숭빈의 부하였던 중국인 상유선(常維宣, 또는 상유헌常維軒)에게서도 나왔다. 후에 4사가 제3방면군으로 편성되면서 진한장과 박득범의 경위중대장이 된 상유선은 동숭빈이 언제나 박득범을 대단하다고 말하고 김성주는 사실 겁쟁이였다고 비난하는 이유를 이렇게 설명했다.

"1939년 겨울인지 1940년 겨울인지 잘 모르겠는데, 하루는 박득범이 불쑥 우리 밀영으로 진한장을 찾아왔다. 그때 박득범은 1로군 총부로 갔다가 위증민의 파견을 받고 주보중과 만나러 가는 길이라고 했다. 그가 우리한테 김일성이 양정우와 위증민을 다 버리고 혼자만 살겠다고 소련으로 도망쳤다고 하더라. 그때 '라오둥(老董, 동숭빈)'이 '김일성이 겁쟁이라는 건 간삼봉전투 때 벌써 알아봤다.'고 하면서 그 이야기했다. 나남 19사단 김석원(상유선도 김인욱 부대를 김석원 부대로 오해하고 있었다.) 부대가 우리 4사 진지를 점령했다가 쫓겨 내려간 적 있었는데, 그때 다른 진지에 있던 김일성은 우리가 다 죽는 줄 알고 자기 부대만 데리고 제일 먼저 달아났다고 하더라.

나중에 전투에서 이기고 13도구밀영으로 이동하여 총결회의를 열었는데, 김일성은 오히려 칭찬받고 박득범이 비판받았다. 유격전술을 영활하게 사용하지 않고 진지전만 고집했기 때문에 4사 피해가 너무 컸다는 것이었다. 남만성위 간부(전광을 가리킨다)가 레닌의 교시라면서 '1보 후퇴하는 것은 2보 전진하기 위해서인데 김일성이 그 교시를 잘 실천했기 때문에 전투 승리에 결정적으로 기여할 수 있었다.'고 했다."[83]

---

83 취재, 상유선(常維宣) 중국인, 항일연군 생존자, 취재지 길림성 영길현, 1983.

더 깊이 증명할 방법은 없지만, 동숭빈과 상유선의 회고담에는 상충하는 내용이 더러 있는 것도 사실이다. 해방 후 중국 국가 철도부문에서 고위간부로 근무했던 동숭빈과는 달리 상유선은 고향 농촌으로 돌아가 불행한 나날을 보냈다. 1943년 소부대작전 때 정찰임무를 받고 만주로 들어왔던 상유선은 일본군에게 쫓겨 다니다 소련으로 돌아가지 못하고 왕청현 흑창(黑倉)이라는 깊은 산속에서 숨어 지내다 광복을 맞았다. 소련군이 들어오자 상유선은 재빨리 그곳 젊은이들을 모아 '동북항일연군 제1로군 3방면군 독립연대'라는 깃발을 만들어 들고 다니면서 소련군을 도와 당시 흑창 부근에 주둔했던 일본군의 투항을 받아내기도 했다.

그러나 상유선도 문화대혁명을 피해가지는 못했다. 그가 흑창 산속에서 자그마치 2년이나 야인처럼 지낼 때 부근 동네의 한 나무꾼이 그를 발견하고 아내와 함께 번갈아가면서 음식을 가져다주었다. 그런데 그 나무꾼이 문화대혁명 기간에 상유선이 자기 아내를 범했다고 고발한 것이다. 또 부부 사이에서 낳은 아이도 상유선의 아이라고 주장했다. 상유선은 1981년에야 억울한 누명을 벗고 항일간부로 재평가받았다.

이후 상유선은 많은 취재자를 만나 주었다. 공직에 있는 사람이 아니었기 때문에 취재자들은 언제든 찾아가면 그를 쉽게 만날 수 있었고, 그에게서 항일연군과 관련한 많은 이야기를 들을 수 있었다.

8. 간삼봉전투와 전광

간삼봉전투 직후 2, 4, 6사 세 갈래 대오는 신속하게 철수했다.

이에 앞서 팔반도 정안군 두 중대가 간삼봉전투에 참가해 병영이 비어 있던 틈을 타서 조아범과 송무선이 2사 사부 직속 교도대대를 인솔하고 팔반도 집단 부락을 공격하는 데 성공했다. 여기서 엄청 많은 식량을 노획한 조아범은 먼저 13도구밀영으로 철수했고, 뒤따라 간삼봉에서 철수해온 2, 4, 6사 대오를 마중 했다.

13도구밀영에서는 대잔치를 벌였다. 간삼봉전투는 2군뿐만 아니라, 전체 항 일연군 역사에서도 대서특필할 만한 전투였다. 그동안 항일연군은 만주군과 수 많은 전투를 벌였지만 일본군 정규부대와 이처럼 대대적으로 교전한 적은 없었 기 때문이다.

그럼에도 불구하고 그동안 중국 역사학계로부터 별로 중시받지 못했던 것은 여러 이유가 있다. 우선 이 전투 총지휘관이었던 2군 정치부 주임 전광과 현장 에서 직접 전투를 지휘했던 박득범이 모두 변절했기 때문이다. 게다가 중국에서 는 항일연군 출신 노간부들이 문화대혁명으로 곤경을 치를 때, 북한 정부가 나 서서 간삼봉전투는 물론이고, 2군 내 조선인 출신 항일연군 대원들이 그동안 남 만 각지에서 진행한 모든 전투를 전부 자기네 수령 '김일성 장군' 직접 조직하 고 지휘한 것처럼 만들었기 때문이다. 특히 보천보전투로부터 이어진 간삼봉전 투는 누구도 시비 걸기 쉽지 않았다. 김성주의 회고록은 물론, 황순희 같은 당시 어린 여대원들의 회상기까지 빌려 4사 주요 지휘관이었던 최현뿐만 아니라 4사 기관총 사수 허성숙까지 김성주가 직접 배치했다고 아주 디테일하게 주장하기 때문이다.

그러나 김성주의 회고록을 자세히 들여다보면, 간삼봉전투를 회고하는 장절 에서 김성주 자신도 6사에 소속된 생존자 이름을 여기저기 제멋대로 집어넣지 않았음을 알 수 있다. 이는 회고록을 쓸 당시 이 전투에 직접 참가했던 4사 출신 중국인 생존자들이 적지 않게 살아 있었기 때문일 것이다.

실제로 보천보전투와 간삼봉전투의 총지휘관이 김성주가 아니라 전광이었다는 주장도 중국 연변에서 가장 먼저 나왔다. 그런데 흥미로운 것은 당시까지만 하더라도 연변에서는 전광이 바로 한국 독립운동사에서 그 유명한 오성륜이라는 사실을 미처 몰랐던 것 같다. 그냥 중국 남방에서 나온 고위간부 한 사람으로만 알고 있었을 따름이다. 항일연군에서 겨우 이름 석 자 정도 익혔던 박춘일은 해방 후 중국 연변으로 돌아온 다음 항일간부라는 자격 때문에 한때 훈춘현 부현장을 지내기도 했고, 말년에는 연변 주(州) 임업국의 고문으로 이름을 걸어두고 휴양하다가 1995년 9월 22일에 노환으로 사망했다. 여영준과 친했던 박춘일은 둘이 함께 취재자들을 만나주었던 때도 있었다. 그럴 때면 둘이 서로 너의 기억이 틀렸거니, 나의 기억이 옳거니 하면서 김성주 흠집 내는 일에 무척 열성이었다.

"내가 박득범에게 직접 임무를 받고 군 지휘부로 달려갔는데, 지휘부가 자리 잡은 그 마구간이 포탄에 얻어맞고 다 날아가고 없었다. 그래서 한참 찾고 있는데 오량본[84]이 나한테 와서 전광이 저쪽 산 쪽으로 내뛰던데 빨리 쫓아가서 '우리가 지지 않고 이겼으니 돌아오라.'고 전해달라고 하지 않겠나. 그래 내가 전광의 뒤를 부지런히 쫓아갔는데, 그 높은 산봉우리를 바람같이 치달아 오르더라. 하이칼라 머리가 다 헝클어지고 온 얼굴이 새파랗게 질려가지고는 쉴 새 없이 '완라, 완라(完了, 完了, 끝장났다는 중국말)' 하더라. 내가 전광에게 '진지에 올라왔던 놈들을 다 죽여 버렸고 우리가 이겼습니다.'

---

84 무량본(武良本)을 오량본(吳良本)이라고 부르기도 했다. 박춘일은 오량본이라고 기억했고 여영준은 무량본이라고 주장했는데, 후에 찾아낸 다른 자료들에 무량본을 오량본이라고 적은 기록들이 있었다. 이는 무(武)와 오(吳)의 중국말 발음이 같은 데서 발생한 착오일 것이다.

라고 보고했더니 그제야 시름을 놓고 지휘부로 돌아왔다."[85]

"그러면 간삼봉전투 당시 총지휘자가 전광이었단 말인가?"
필자의 질문에 여영준이 대답했다.

"글쎄, 총지휘자는 전광이었지만 실제 전투야 우리 4사가 다 치렀다. 양심적으로 말하면, 박득범과 최현의 지휘로 간삼봉전투에서 이겼다고 해야 한다."[86]

박춘일과 여영준은 함께 정찰임무를 받고 팔반도로 몰래 나갔던 이야기도 했다.

그 지방 농민들에게서 간삼봉전투 이후 시체를 수습하러 나왔던 일본군의 인부로 고용되었던 이야기를 들었다고 했다. 시커먼 천막을 친 자동차 여러 대가 간삼봉으로 들어왔으며, 만주군 병사 시체들은 그곳에서 다 태워버렸고 일본군 병사 시체들은 대부분 자동차에 실어 가져갔다.

"나리, 달구지에 싣고 가는 게 무엇입니까?"

농민들이 시체를 운반하던 일본군 병사에게 물었더니 이렇게 대답했다고 한다.

"가보째(호박)다."

일본군 병사들은 머리를 기르지 않기 때문에 농민들은 일본군 시체를 '호박 대가리'라고 비아냥대기도 했다. 이런 사실들은 김성주의 회고록에도 나온다.

---

85 취재, 박춘일(朴春日) 조선인, 항일연군 생존자, 취재지 훈춘, 연길, 1988~1990.

86 취재, 여영준(呂英俊) 조선인, 항일연군 생존자, 취재지 연길, 1981~1982, 1986, 1988~1989, 1993, 1996.

혜산으로 소식을 알아보러 들어갔던 박금철 등이 돌아와 전광에게 보고했다.

"놈들이 크게 패하고는 너무 창피하여 혜산에는 들르지도 못하고 바로 함흥으로 돌아가 버렸다고 합니다. 아마 한동안은 꼼짝 않고 다시는 만주 땅에 발을 들여놓지 못할 것 같습니다. 그 김 소좌라는 자는 혜산수비대장이라 낮에는 얼굴을 들고 다닐 수가 없어 밤에 몰래 혜산으로 돌아갔는데 기자들한테는 자기들이 이겼다고 거짓말했다고 합니다."

전광은 박금철이 구해온 신문 기사들을 읽고 말했다.

"허허, 김 소좌라는 자가 거짓말을 해댔지만 기자들 눈은 속일 수 없었을 거요. 기사에 '실제로 일본군 사상자가 상당수였을 것으로 짐작된다.'는 말도 들어있소. 그리고 우리 홍군(紅軍, 항일연군) 연합군이 600명에 달할 뿐만 아니라 무기도 상당수 가지고 있으며, 전투 중 우리 여대원들이 노래 부른 것까지 자세하게 실렸소. 그 지휘관놈이 자기들이 이겼다고 거짓말을 해댔는지는 몰라도 기자들은 사실을 알고 있다는 걸 말해 주는 것 아니겠소."

전광은 특별히 권영벽과 박금철에게 주의를 주었다.

"놈들이 결코 가만있지 않을 거요. 우리가 작년 이맘 때 장백현으로 들어온 뒤 압록강을 넘어 조선으로까지도 충분히 쳐들어갈 수 있게 된 것은 장백과 혜산 두 곳 농촌에 분포한 광복회 조직들이 지하에서 전폭적으로 우리를 돕기 때문이라는 걸 놈들도 모를 리 없소. 우리가 다시 임강과 무송 지방으로 이동하면 놈들은 틀림없이 눈에 쌍심지를 켜고 광복회 조직을 파괴하려 달라붙을 것이오. 책임자인 동무들부터 각별히 명심하고 대비책을 잘 강구해두시오."

전광은 김성주에게도 작전임무를 맡겼다.

"우리가 이대로 13도구에서 사라지면 이 지방 경찰 놈들이 다시 기고만장해져서 광복회 조직들을 수색하고 다닐 것이오. 간삼봉 여세를 몰아 몇 곳 더 공격하시오. 주민들을 못살게 구는 악질 경찰 놈들은 산 채로 잡아 공개재판으로 일벌백계도 하면서 말이오."

이리하여 김성주는 간삼봉전투에 이어 곧바로 서강성전투를 벌였다.

그러나 서강성 습격전투는 팔반도의 집단부락이 한 번 함락되고 난 다음 만주군 이해성 기병연대가 서강고원으로 이동하면서 중과부적으로 이기지 못했다. 대신 19도구로 달아나면서 마순구에서 경찰주재소를 습격했다. 여기서 동네 사람들이 살려주라고 했던 늙은 경찰 하나만 제외하고 나머지는 모조리 끌어내 모두가 보는 앞에서 공개 총살했다.

용천갑으로 이동하면서 유가동 부근에서도 또 전투를 벌였다. 반강방자에서 최자준 경찰중대에게 골탕 먹은 적이 있는 오중흡 중대가 이때 복수한다며 경찰중대 병사(兵舍, 대원들의 숙소)까지 쫓아가 불을 질렀으나, 마금두 경찰대대가 응원하러 달려오는 바람에 끝내 최자준은 놓치고 말았다.

그러나 김성주의 6사 주력부대는 경찰대대가 달려왔어도 피하지 않고 정면에서 응전했다. 간삼봉전투 때 투항한 만주군 포로들을 참군시켜 병력을 충당했는데, 이로 인해 전영림 8연대가 다시 기본 전투력을 회복할 수 있었다. 7, 8연대와 함께 사부 직속 경위중대와 여성중대 및 소년중대를 다 합치면 이때 김성주가 인솔한 부대는 300여 명에 달했다. 김성주가 만주에서 직접 인솔했던 병력이 가장 많았던 시기이기도 했다. 이후로 병력은 점차 줄기 시작했다. 김성주의 주력 부대에서 가장 먼저 떨어져 나간 부대는 8연대였다.

고통은 사랑을 강하게 만든다.

그러나 고통으로 강해지지 못하는 사람은 죽고 만다.

행복한 때는 우리가 고난을 어떻게 견딜 수 있는지 알지 못한다.

고난 속에서 비로소 우리는 자기 자신을 알게 된다.

– 힐티

9부

역경

38장

산성진 음모

"이제 우리가 사는 길은 오로지 싸우는 것밖에 없소.
첫째도 싸우는 것이고, 둘째도 싸우는 것이오.
싸우면서 성장하고 싸우면서 강대해져야 하오."

1. 김영호

이 이야기는 간삼봉전투 직후 위증민이 갑자기 장백, 임강 지방으로 나오면서 시작된다. 위증민은 화전의 1군 근거지에서 한동안 양정우와 함께 보냈다. 1, 2차 서북원정에서 원기를 크게 상했던 제1군 기간부대를 재조직하는 일로 노심초사하던 양정우를 마냥 지켜보고 있을 수만 없었다. 1936년 겨울부터 1937년 봄 사이 금천하리근거지를 떠나 환인, 관전유격구로 이동한 양정우는 전염병 때문에 다시 환인, 관전유격구를 떠나 노령산구로 옮겼는데, 그곳에서 일명 '7·7사변' 또는 '노구교사변(盧溝橋事變)'으로 불리는 역사적인 사건을 맞이한다. 1931년 만주사변 이후 일본군이 언젠가는 산해관을 넘어 중국 본토를 침공할 것으로 예견했지만, 그 시점이 이렇게 갑자기 들이닥치리라고는 누구도 생각지 못했다.

높이 걸린 우리의 하늘에,
승리의 군기로 빛나는 홍광(紅光).

양정우 입에서는 자기도 모르게 1로군 군가 한 구절이 흘러나왔다. 노령산구
로 옮겨온 뒤에도 한동안 전염병 후유증으로 고생한 양정우는 말라서 뼈밖에
남지 않다시피 했다. 두 눈이 동굴같이 들어가고 양 볼의 광대뼈가 튀어나온 양
정우를 보면서 위증민은 재삼 강조했다.

"양 사령, 뭐니 뭐니 해도 건강이 우선입니다. 혁명도 건강해야 잘 해낼 수 있
지 않겠습니까. 그러니 지금은 다른 생각 마시고 열심히 건강부터 회복해야 합
니다."

그러나 양정우는 잠시도 쉴 수 없었다. 처음 노구교사건이 발생했다는 소식
을 가지고 노령산구로 달려온 사람은 남만성위원회 비서처 처장 김영호(金永
浩)[87]였다.

3월에 양정우 등이 노령산구로 이동할 때 이통현에서 찾아왔던 한 조직원이
이통3구 대간방자에 반석중심현위원회 마지막 서기였던 김창근(金昌根)이 살아
있을 때 2사 참모장 이송파(李松波)와 함께 건설했던 2사 밀영이 지금도 있다고
알려주었다.

"아니, 송파가 살아 있을 때였으면 그게 언제 일이오?"

---

87 김영호(金永浩, ?-1937년) 조선에서 출생했으며 중공당 남만성위원회 비서처장이었다. 1937년 6월
    16일, 양정우가 제3차 서북원정을 진행할 때 제1군 군부 교도대대와 함께 신빈현 황토강(黃土江)
    에서 심해철도(沈海鐵路)를 통과하는 일본군용열차를 습격하다가 전사했다.

"이송파 참모장과 왕평산(王平山, 김창근의 중국 이름) 서기가 이통 영성자에 주둔한 만주군 기병 13연대 산하 기관총중대 병영을 공격했는데, 그때 보총 40여 자루와 기관총 2정을 노획해 대간방자밀영에 보관해 두었습니다. 밀영에는 원래 왕평산 서기가 지휘하던 적위대원 20여 명이 있었는데, 후에 2사에서 부상병을 보내와 모두 30여 명 남짓으로 늘어나 지금도 밀영에서 지냅니다. 그해 겨울에 왕평산 서기가 갑자기 사망한 데다 2사도 다른 지방으로 옮겨간 뒤 돌아오지 않다 보니 그만 세상과 절연(絶緣)되어 있었던 것입니다."

그 조직원 말을 듣고 양정우는 즉시 이동광에게 사람을 보냈다.

그때까지 환인, 관전근거지에서 뒤처리하느라 미처 노령산구에 도착하지 못했던 이동광은 양정우의 편지를 받고 나서 이 일을 비서처장 김영호에게 맡겼다. 그러잖아도 김영호는 신문을 구하러 산 밖으로 나갔다 오겠다며 이동광을 애먹이던 중이었다.

그동안 남만성위원회 기관에 늘 신문도 구해주고 그곳 지방 조직들과 연계도 맺어주던 사람은 1군 3사 정치부 주임 유만희(柳万熙)였다. 그런데 5월에 일본군 청원현(淸原縣) 수비대 오가타(岡田) 소좌와 사카모토(坂本) 대위가 인솔하는 두 중대가 청원현 경찰대대를 길잡이로 내세우고 3사를 공격했다. 다리에 총상을 입고 그동안 1군 근거지로 들어와 치료받던 유만희는 연락을 받고 급히 3사로 돌아가 버리고 말았다. 이후 몇 번은 유만희가 보낸 통신병이 신문을 가져다준 적이 있었으나 점차 소식이 끊어지고 말았다.

"난 밥은 굶어도 신문을 굶으면 안 되는데."

김영호는 벌써 한 달째 신문을 못 읽자 안절부절못했다. 그러던 중 양정우가 보내온 연락원이 대간방자밀영 위치를 아는 이통현위원회 조직원까지 데리고 이동광을 찾아온 것이다.

"영호야, 양 사령이 눈이 빠지게 기다리니 절대 길에서 지체하면 안 된다. 밀영 동무들을 찾게 되면 바로 노령산근거지로 와야 한다. 전처럼 지방공작을 나갔다가 신문에 빠져 며칠씩 지체하면 결코 용서치 않겠다."

이동광은 김영호에게 임무를 맡기면서 신신당부했다.

사석에서 두 사람은 사제지간이기도 했다. 이동광에게 공부도 배웠고 또 그의 소개로 중공 당원이 된 김영호는 일찍이 화목림자(樺木林子)에서 반일회 활동을 시작했다. 당시 이동광의 여동생 이영숙이 그 지방 반일부녀회 회장이었는데, 남편이 죽은 뒤에는 혼자 살고 있었다. 김영호가 그때까지 장가를 가지 않았고 이영숙도 아이가 없어 조직의 동지들은 모두 김영호와 이영숙을 붙여주려 했다.

"영호와 재혼할 거라는 소문이 돌던데 사실이냐? 영호가 마음에 드니?"

이동광이 동생에게 물은 적이 있었다.

"좋긴 좋은데, 영호 오빠가 총각이어서 내가 미안하잖아요."

이영숙도 김영호가 싫지 않았지만, 그렇다고 한 번 결혼했던 처지에 적극적으로 나설 수 없었다. 그러던 중 전광이 불쑥 화목림자에 나타났고, 이영숙은 첫눈에 전광에게 빠져버리고 말았다. 순진한 김영호는 그런 줄도 모르고 어머니한테 좋아하는 여자가 생겼으니 장가 들겠다고 말했다가 날벼락을 맞았다.

"색싯감이 누구라고 그랬느냐? 남편이 그 되놈 짱개(장구진(張久振), 쌍양현 대정자의 중국 지주)한테 죽은 영숙이 말이냐? 영숙이가 혼자 사는 집에 현위원회에서 내려온 높은 간부가 와서 벌써 몇 달째 동거하고 지낸다는 소문이 자자한데, 그런 여자랑 결혼하겠다는 거냐? 네가 미쳐도 한참 미쳤구나."

김영호는 어머니 말을 듣고 이동광을 찾아가서 따지고 들었다.

"선생님, 어떻게 된 일입니까? 영숙이를 저랑 결혼시켜준다고 했잖아요?"

이동광도 여동생이 전광과 동거하는 걸 알고 있었다. 전광의 주숙처로 여동생 집을 소개한 사람이 바로 자신이었다. 마음의 빚을 진 이동광은 직접 나서서 김영호의 신붓감을 물색하기도 했지만 김영호는 그만 장가 들 생각이 없어지고 말았다.

후에 이영숙은 전광을 엄호하다가 길림일본총영사관 반석경찰분서에 체포되었다. 총상을 제때 치료하지 못한 이영숙은 유치장에서 옥사하고 말았다. 영사관 경찰은 시체를 돌려주겠으니 와서 찾아가라는 미끼로 이동광과 전광을 잡으려 했다. 그때도 김영호가 대신 마차를 몰고 가서 이영숙의 시체를 찾아왔다. 경찰이 죽은 이와 어떤 관계냐고 물으니 김영호는 "남편 되는 사람이오."라고 대답했다고 한다. 이런 일이 있은 뒤로 내막을 잘 모르는 사람들은 이동광과 김영호를 처형 매제 간으로 오해하기도 했다.

이동광은 김영호를 대간방자밀영으로 파견한 뒤 자신도 서둘러 환인, 관전근거지를 떠나 노령산구로 돌아왔다. 그런데 6월이 다 가고 7월로 접어들어도 김영호가 돌아오지 않자 이동광은 마음이 초조해졌다. 한 번은 양정우의 막사 바깥에서 위증민이 나무라는 소리를 들었다.

"아무리 사람이 없기로서니 어떻게 성위원회 비서처장한테 그런 일을 맡긴단 말입니까."

이동광은 더는 참지 못하고 양정우에게 자청하고 나섰다.

"아무래도 제가 한 번 갔다 와야겠습니다. 영호 동무에게 다른 무슨 일이 생기지 않았다면 이렇게 시간을 지체할 이유가 없는데 말입니다."

"말도 안 되는 소리요."

양정우는 단 마디로 잘라버렸다. 위증민도 권했다.

"당장 1군 당위원회 확대회의도 소집해야 하고 또 1로군의 금후 투쟁방침과 전략도 새롭게 제정해야 하는데, 성위원회 조직부장인 이동광 동무가 자리를 비우면 어떻게 한단 말이오? 그러지 말고 달리 보낼 사람이 마땅치 않으면 내 경위원 황정해를 보내봅시다."

"김영호 동무와 서로 얼굴을 아는 사람이 갔다 와야 합니다."

이동광은 기어코 자기가 갔다 오려 했다.

조금 뒤 양정우의 경위원 황생발이 달려가 참모장 안광훈을 데려왔다.

"김영호 처장이 살아 있다면야 시간은 더 걸리더라도 언제든 돌아오겠지만, 만약 불상사가 생겨 놈들한테 체포되었거나 사망했다면야 얼굴 아는 사람이 간들 무슨 소용 있겠습니까. 마침 군수처 마 처장(馬 處長, 마점원)[88]이 유하현 고산자와 통화의 삼구 등에 나갈 일이 생겼습니다. 전에 우리 연합군에 참가했던 '북래호(北來好)'가 부대를 해산하면서 기병을 우리한테 넘겨주겠다는 전갈도 들어왔는데, 확인도 할 겸 이통에도 들러 보라고 하지요."

안광훈이 방안을 내놓았다. 이렇게 되어 군수처장 마점원이 직접 김영호를 마중하기로 했다.

김영호 일행 40여 명은 대간방자밀영에서 출발한 다음 줄곧 산길을 타다 보니 시가지로 접근할 기회가 없었다. 이후 유하현 고산자 부근에서 마점원을 만난 뒤 함께 통화현 삼구로 이동했다. 여기서 임무를 집행 중이던 1군 1사 6연대와 합류했다.

"이 사람들은 어디서 무얼 하다 왔기에 이렇게 피둥피둥 살들이 쪘소?"

---

88 마점원(馬占元, ?-1937년) 본명은 이학원(李學元)이며 만주 태생 조선인이다. 출생지는 길림성 반석현 동집장(東集場)이며, 1932년에 반석노농의용군에 참가했다. 유격대 시절부터 계속 군수물자를 조달하는 사업을 맡았으며, 1935년 4월 1군 군수처장이 되었다. 1936년 10월에 원 1로군 군수처장 엄필순(嚴弼順, 엄수명)이 사망하자 그를 이어 1로군 군수처장이 되었다. 1937년 7월 10일, 통화현 삼구 사평가에서 1군 6연대와 함께 마적 북래호(北來好)의 기병부대를 인수하러 갔다가, 북래호에 투항을 권고하러 왔던 일본군 특무에게 피살당했다.

"어떤 사람은 혼자서 보총을 두 자루씩이나 메고 있구먼. 기관총도 두 자루나 있으니 우리 6연대에 배치해주면 안 되겠는지 마 처장에게 말씀드려봅시다."

연대장 유인풍(劉仁風)과 정치위원 이철수(李哲秀, 조선인)가 주고받았다.

"좋소. 김 처장이 돌아오면 한 번 의논해보겠소."

마점원은 유인풍과 이철수의 요청을 받아들이지 않을 수 없었다.

그동안 1, 2차 서북원정에 참가하면서 과반수 이상 죽고 현재는 겨우 한 중대에 못 미치는 병력밖에 남지 않았던 6연대는 유하현 고산자와 통화현 삼구 등에서 반일회의 도움으로 한창 모병 활동을 벌이고 있었다. 그때 삼원포(三源浦)에서 온 반일회 회장이 6연대 숙영지에 왔다가 김영호와 만났는데, 양정우와 잘 아는 사이였던 반일회 회장은 양정우의 안부를 물었다.

"양 사령 몸이 몹시 허약해지셨다니 내 집에 있는 인삼과 웅담을 가져다 드릴 테니 전해주시오."

이에 김영호가 회장에게 부탁했다.

"그런 것들은 우리 산속에도 얼마든지 있으니 차라리 산에 없는 것을 구해 주시오. 우리는 신문을 보지 못한 지 아주 오래되었는데, 최근 한달 동안의 신문 좀 구해주실 수 없겠소?"

"한두 장은 구할 수 있지만 그렇게 한두 달치를 모아놓은 사람들은 부자들밖에 없소. 우리 동네에 신문을 모아두는 사람 있긴 하지만 쉽게 내어줄 것 같지 않구먼."

그러자 김영호는 대원 한 사람을 데리고 반일회 회장과 함께 몰래 삼원포를 갔다 왔다. 당시 6연대가 주둔하던 고산자진 팔리초(八里哨)에서 삼원포까지는 100여 리로, 왕복 200여 리 길을 다녀온 김영호의 얼굴은 시뻘겋게 상기되어 있었다. 그는 신문 한 보따리를 등에 멘 채 자리에 앉지도 않고 마점원과 유인풍,

이철수 등에게 말했다.

"난 급해서 지금 당장 먼저 떠나야겠소. 이통에서 온 이분들은 마 처장이 데리고 오거나 이대로 6연대에 배치하거나 알아서 하세요."

마점원은 김영호에게 물었다.

"김 처장, 도대체 무슨 일 때문에 이러시오? 양 사령은 이 동무들이 돌아오기를 손꼽아 기다리는데, 이렇게 제멋대로 나한테 맡겨놓고 먼저 떠나겠다니, 나중에 문책이라도 받게 되면 나는 감당할 수 없소."

"어차피 이 동무들과 함께 가봐야 병력 손실이 제일 큰 1사에 배치될 게 뻔합니다. 1사에서도 6연대가 지금 제일 어렵잖아요. 하물며 1로군 군수처 책임자인 마 처장과 남만성위원회 비서처장인 내가 함께 의논하고 내린 결정이라면 누가 뭐라고 하겠습니까. 양 사령도 나무라지 않을 겁니다."

김영호가 이렇게 대답하니 마점원이 말했다.

"그건 김 처장 결정이지 결코 나와 의논하여 내린 결정이 아니오. 이 점을 분명히 하시오. 그리고 두 분도 증명해줘야 하오."

그러면서 유인풍과 이철수를 돌아보며 약속까지 받으며 말했다.

"김 처장 말씀이 맞습니다. 노령산까지 갔다가 우리 6연대에 배치되면 결국 이 동무들은 두 번 걸음 하는 것이지 않습니까."

그러자 유인풍과 이철수가 기뻐했다.

이렇게 김영호가 신문 한 보따리만 등에 멘 채로 정신없이 노령산근거지로 돌아왔을 때는 벌써 7월 중순에 접어들고 있었다. 먼저 김영호를 만난 이동광과 안광훈은 함께 오던 대원들을 제멋대로 1사 6연대에 모두 배치해 버렸다는 말을 듣고는 기가 막혀서 한참 아무 말도 하지 못 했다.

"어이쿠, 양 사령과 라오웨이(위증민)한테는 네가 가서 보고드리거라."

이동광이 겨우 이렇게 내뱉자 안광훈도 가까스로 질책했다.

"군 참모장인 나도 함부로 결정할 수 없는 일을 네 맘대로 결정해도 되는 거냐?"

그런데도 김영호는 싱글벙글 웃으며 농담을 받아쳤다.

"광훈 형님, 1로군 산하 1군 참모장과 1로군의 상급 영도기구인 남만성위원회 비서처장이 같은 직위인가요?"

안광훈은 정색하고 이동광을 나무랐다.

"상준(相俊, 이동광의 별명)이 영호를 너무 감싸고 돌아 저 애가 이제는 눈에 뵈는 게 없소."

"미안하오. 다 내 잘못이오."

이동광은 안광훈에게 사과까지 했다.

"그나저나 저 자식이 이번에는 틀림없이 혼날 게요."

이렇게 이동광과 안광훈이 주고받고 있을 때였다.

김영호가 양정우에게 간 지 얼마 안 되어 양정우가 직접 막사 밖으로 나왔다.

"동광 동무, 광훈 동무. 어서 와서 이 신문들을 좀 보오."

양정우는 김영호가 구해 온 신문들을 손에 한 움큼씩 들고 나와서 이동광과 안광훈에게 대고 소리쳤다. 이렇게 흥분하는 양정우의 모습을 별로 본 적 없던 둘은 무척 놀랐다. 뒤따라 막사에서 나온 위증민도 손에 신문을 들고 있었다.

"놈들이 드디어 전쟁을 일으켰소. 중일 전면전이오."

위증민은 동광에게 말했다.

"일단 우리끼리 먼저 의논해 봅시다. 빨리 1로군 당위원회를 소집해야겠소."

어찌나 흥분했던지 양정우의 얼굴이 시뻘겠다.

"이제 놈들은 진짜로 죽기를 재촉하는 것으로 보이오. 정세는 훨씬 더 복잡해

지겠지만, 우리는 어쩌면 화를 복으로 전환시킬 수 있소. 이제 우리의 투쟁은 결코 왜놈을 한 놈이라도 더 사살하고 이 만주 땅을 되찾는 데만 의의가 있지 않소. 새로운 전략 방침을 세워야 하오. 관동군은 틀림없이 산해관을 넘어 전 중국으로 뻗으려 할 것이오. 우리가 이 만주 땅에서 관동군 발목을 단단히 붙잡는 것이야말로 전 중국의 항일전쟁을 가장 실제적으로 지원하는 것이오. 우리의 새로운 투쟁목표는 바로 이것이어야 하오. 빨리 이런 방침을 정해 각 부대에 내려 보냅시다."

양정우는 벌써부터 안절부절못했다.

2. 3차 서북원정을 준비하다

며칠 뒤 바로 1로군 당위원회 확대회의가 열렸으나 정작 많은 위원이 참가하지 못했다. 남만 각지에서 흩어져 활동하다 보니 노령산근거지에 주둔하던 1군과 빠른 시간 내에 연락 가능했던 위원들만 참가할 수 있었다. 때문에 이 회의를 1로군 회의가 아닌 1군 당위원회 확대회의라고 주장하는 연구가들도 간혹 있다.

회의 통지를 전하려고 유하현 고산자진 팔리초밀영으로 마점원을 찾아갔던 군부 통신원이 돌아와서 불행한 소식을 전했다. 통화의 마적 '북래호'가 갑자기 은퇴하겠다며 그동안 따라다녔던 부하들을 해산할 때, 기병 한 갈래가 항일연군에 참가하겠다고 팔리초밀영으로 사람을 보내왔다. 이에 마점원은 6연대와 북래호 본거지가 있던 통화현 삼구 사평가로 찾아갔다가 그만 피살당하고 말았다. 유인풍과 이철수가 부대를 이끌고 뒤쫓아가 마점원에게 총을 쏜 자를 붙잡고 보니 중국인으로 위장한 일본인이었다.

이때 북래호처럼 일본군의 토벌을 버티지 못하고 스스로 해산하거나 일본군으로 넘어가 버린 뒤 만주군 경찰토벌대에 편입된 마적들이 아주 많았다. 그들 대부분은 1군 초창기 시절 양정우와 합작했던 자들이었다.

"이 많은 우군을 잃어버린 데는 내 잘못도 적지 않소."

양정우는 자기 자신을 반성하기도 했다.

남만의 항일 무장토비들이 그동안 믿고 따랐던 양정우를 배신하기 시작했던 것은 1936년 겨울부터 1937년 봄 사이였다. 1, 2차 서북원정 이후 양정우가 환인, 관전산구에서 병을 앓다 보니 다른 누구를 돌볼 수 없었기 때문이다. 이후 1군과 노령산구로 이동하면서 항일 무장토비들과의 연락이 끊어지고 말았다.

"이제 우리에게는 더 잃을 부대가 없소. 이대로 주저앉아 버리면 1군도 와해되지 말라는 보장이 없소. 우리가 사는 길은 오로지 싸우는 것밖에 없소. 첫째도 싸우는 것이고, 둘째도 싸우는 것이오. 싸우면서 성장하고 싸우면서 강대해져야 하오."

양정우는 1, 2차에 걸쳐 이미 실패로 막을 내렸던 서북원정을 다시 꺼냈다.

그동안 정빈을 비롯한 1군 주요 군사지휘관들이 비록 공개적으로 반대하지는 않았지만 뒤에서는 적지 않게 불만을 드러내고 있음을 양정우도 모르지 않았다. 정빈은 몰래 안광훈에게 이렇게 불평하기도 했다.

"도대체 남방의 홍군이 하북성까지 움직일 거라는 확실한 정보도 없으면서 우리가 꼭 승덕까지 치고 나가야 하는 이유가 무엇인지 모르겠단 말입니다. 우리는 동북 항일연군이지 하북 항일연군이 아니잖습니까."

그래도 양정우는 서북원정에 대한 자신의 확고한 의지를 꺾지 않았다.

"오늘날 우리 만주의 항일 형세가 2년 전에 비해서 어떠하오? 9·18 만주사변 직후부터 오늘에 이르기까지 그야말로 거대한 변화가 일어나지 않았소. 그 이유가 어디 있겠소. 바로 동만과 남만, 북만의 항일연군이 서로 원정부대를 파견하고 유격전선을 하나로 이어냈기 때문이오. 남, 북만으로 나뉘어 제각기 어렵게 싸울 때와는 달리 만주 전 지역이 하나의 항일전선으로 이어진 것에 승리의 비결이 있지 않겠소."

양정우의 연설은 이론적으로는 정확했다.

실제로 1로군 결성은 2군의 남만원정으로 달성한 결과물이었고, 그동안 2군 산하 부대였던 4, 6사가 1군 2사와 함께 무송과 임강, 장백 등지에서 동변도의 토벌 세력을 견제해주었기 때문에 양정우는 1군을 인솔하고 1, 2차에 걸친 서북원정을 진행할 수 있었다. 그러면서도 2군은 산하 5사를 돈화와 액목 지방에 남겨놓았기 때문에 길동(吉東, 길림 동부)의 5군과 하나의 전선을 구축할 수 있었다. 이때 5군도 부대를 두 갈래로 나누어 한 갈래는 밀산 지방으로 진출하여 4군과 전선을 구축하는 한편, 주보중이 직접 부군장 시세영과 함께 송화강을 넘어 주하, 탕원 일대로 들어갔던 것이다.

"이제 우리는 만주 한 지역에 국한되지 말고 전국 항일 투쟁의 군사적 기반을 새롭게 마련하는 일이 급선무요. 그중 가장 주요한 임무는 관동군이 산해관을 넘지 못하게 막는 것이오. 그러자면 서북원정을 계속 해 놈들의 기동작전을 파탄시켜야 합니다."

양정우는 회의에서 이처럼 열정적으로 역설했다. 그는 다른 누구보다도 위증민, 이동광 같은 남만성위원회 주요 지도자들이 서북원정이라는 이 투쟁 전략에 공감하고 1, 2차 때처럼 계속 지지해주기를 바랐다. 하지만 당면한 상황이 무척 어려웠기 때문에 함부로 낙관할 수는 없었다.

"항일 투쟁의 전반적인 국면을 고려한다면 양 사령의 서북원정 전략이 여전히 필요하긴 합니다. 하지만 1, 2차 서북원정에서 우리 부대가 당한 피해 상황이 너무 엄중합니다."

위증민이 우려를 드러내자 참모장 안광훈도 두 손을 앞으로 쫙 내밀며 말했다.

"당장 인솔하고 갈 만한 변변한 부대라도 있습니까?"

서북원정 주력부대이자 1군 기간부대였던 1사 병력이 절반 이하로 줄어든 데다 사장 정빈까지 부상 당해 밀영 병원에 누워 있었다. 회의 직전 유인풍과 이철수의 6연대가 유하현 팔리초밀영을 버리고 노령산근거지로 돌아왔는데, 살아남은 대원이 겨우 30여 명밖에 남지 않은 것을 본 정빈은 양정우 등이 모두 보는 앞에서 땅에 털썩 주저앉아 넋두리를 했다.

"홍광(紅光, 이홍광), 한걸(翰杰, 한호), 내가 미안하오. 내가 죽일 놈이오."

그것을 본 양정우가 말없이 자리를 뜨자 안광훈이 정빈을 꾸짖었다.

"정 사장, 지금 누구 들으라고 하는 소리요?"

"내가 틀린 말을 했습니까? 참모장도 잘 알지 않습니까. 이홍광 사장과 김한걸 사장이 모두 어떻게 돌아가셨습니까? 그렇게 강대한 1사가 지금 왜 이 꼴이 되었습니까?"

정빈은 양정우 들으라고 일부러 이홍광과 한호의 이름을 불러댔던 것이다.

1군 1사 사장들인 이홍광(제1임 사장)과 한호(제2임 사장)야말로 양정우의 가장 든든한 군사조수였음을 모르는 사람이 없었다. 특히 이홍광은 1군 전신인 남만유격대의 초창기 무장대오였던 '개잡이대' 대장이었고, 1차 서북원정에 필요한 기병부대를 조직하다가 사망했다. 그 뒤 한호가 사망하고 원정 도중에는 또 참모장 이민환까지 사망하는 불상사가 이어졌다. 그 바람에 2차 서북원정에는 어쩔 수 없이 1사 대신 3사가 참가했다.

그러나 결과는 좋지 않았다. 3사 역시 병력이 절반 이하로 줄었고, 현재는 100여 명도 안 되는 두 중대가 청원현 남산성(南山城) 산속에서 숨어 지내고 있었다.

3사 사정을 잘 아는 이동광이 마침내 참지 못하고 안광훈에게 말했다.

"이것 보오. 지금이야말로 우리가 양 사령을 도와 나서지 않으면 누가 나서겠소. 다른 사람도 아닌 군 참모장인 당신이 앞장서서 서북원정에 필요한 병력을 직접 조달해야 할 때 아니오. 두 손 내밀며 모르쇠하면 어쩌란 말이오?"

"방법이 전혀 없는 건 아니지만, 내 권한 밖의 일이오."

안광훈의 대답에 위증민이 물었다.

"안 참모장, 말해 보십시오. 내 도움이 필요합니까?"

"2군에서 한두 연대 병력을 차출하여 참가시키면 됩니다."

안광훈은 양정우와 이동광의 눈치를 살피다가 말을 이어갔다.

"최소한 한 연대만이라도 보충해주면, 1군 군부 교도대대와 3사 나머지 부대를 합쳐 300~400명은 될 것입니다. 그러면 2차 서북원정 때와 비슷해집니다."

그의 말이 떨어지자마자 이동광과 양정우가 동시에 반응했다.

"그것 참 좋겠군."

이동광은 찬성했지만 양정우는 반대했다.

"안 될 소리요. 우리가 금천, 하리에서 2군과 처음 회사할 때도 라오웨이가 서북원정에 2군을 참가시키자고 요청했지만 내가 거절했소. 2군이 동변도 동부 지방에서 놈들을 견제하니 우리가 그나마 1, 2차 원정을 진행할 수 있었소. 만약 2군에서 병력을 빼오면 장백과 무송 두 지방의 균형이 깨질 터인데, 그렇게 되면 동변도 토벌대 놈들이 활개치면서 우리 1군으로 몰려들 것이오. 결과적으로 서북원정에 나서는 부대가 앞뒤에서 협공당할 위험이 있소."

이렇게 양정우가 이해관계를 따지자 안광훈은 다시 한번 이동광 앞에 두 손을 좍 내밀어 보였다.

"상준이, 내가 뭐라고 했소. 양 사령은 절대 동의할 리 없다고 했잖소."

안광훈이 이미 이동광과 의견을 주고받은 것을 알게 된 위증민은 양정우의 반대에도 불구하고 안광훈이 내놓은 방안에 찬성표를 던졌다.

"양 사령, 안 참모장의 방안에 일리가 없는 것이 아닙니다."

"아니오, 그렇지 않소. 2군에는 조선 동무들이 많은데, 그들이 활동하기에는 조선 사람이 많이 사는 장백과 무송 지방이 가장 적합하오. 서북쪽으로 가면 모두 중국 사람뿐인데, 그런 곳으로 조선 동무들로 조직된 2군 부대를 끌고 가는 건 도리가 아니오."

양정우는 극구 반대했다.

"내가 바로 2군으로 가서 전광 동지와 의논해보겠습니다. 2군에서 중국 동무가 많은 연대를 하나 선발하겠으니, 그때까지는 서북원정을 시작하지 말고 내가 돌아오기를 기다려주십시오."

위증민이 이렇게 부탁했다.

하지만 양정우가 여전히 주장을 굽히려 하지 않자 안광훈이 참지 못하고 버럭 소리를 질렀다.

"양 사령, 계속 그렇게 고집하실 겁니까? 그러면 차라리 표결로 결정합시다. 마침 이 자리에 성위원회 서기와 조직부장, 비서처장도 다 계시니 잘 됐습니다. 자리를 비운 전광 동지 의견은 제가 대신하겠습니다."

안광훈이 이렇게까지 나오자 천하의 양정우도 한 발 물러설 수밖에 없었다.

"그럼 안 참모장은 혼자서 두 표 행사하겠다는 거요?"

"성위원회 서기인 위증민 동지도 제 방안에 동의하는데, 양 사령만 꿈쩍하지 않으시니 어떻게 하겠습니까."

안광훈이 푸념을 늘어놓았다.

"좋소, 총지휘도 당위원회 결정에는 복종해야 하니 내 의견은 보류하겠소. 라오웨이가 전광 동지와 의논한 다음 최종 결정해주기 바라오."

양정우는 3차 서북원정에 참가할 부대를 2군에서 차출하자는 안광훈의 의견을 받아들일 수밖에 없었다. 위증민이 전광을 만나러 떠난 다음, 이동광은 양정우를 도와 3차 서북원정을 준비 해나갔다. 그때 당시 이동광, 김영호 등이 양정우를 도와 작성했던 여러 결의문 초안을 중국 정부 중앙당앙관에서 열람할 수 있다. 7·7사변 이후의 "항일연군 제1로군 항일사업결의안", "항일연군 제1군 당위원회 확대회의 결의안", "정치결의안", "지시서한" 등 정치군사 방면의 주요 문건들이 이때 적지 않게 토의, 채택되었다.

양정우와 관련한 일부 자료에서 양정우가 위증민과의 약속을 지키지 않았음을 볼 수 있다. 연구가들은 양정우가 조선 대원들이 많았던 2군 부대가 서북원정에서 피해를 입게 될까봐 고의로 참가시키지 않으려 했다고 주장한다. 물론 그 외에도 여러 이유가 있었다. 당연히 2군은 조선인이 많이 살던 장백, 무송 지방에서 활동하기가 훨씬 쉬울 수밖에 없었고, 주로 산악지대에서 작전했기 때문에 기병도 없었을 뿐만 아니라 평원지대에서의 작전 경험이 거의 없어, 간혹 넓은 벌에서 만주군 기병부대와 만나면 지레 놀라 뿔뿔이 흩어져 달아나다가 하나둘씩 붙잡혀 피살당하는 일도 있었다. 하물며 서쪽의 하북, 승덕과 가까울수록 평원지대가 더 많아졌고, 일만(日滿)군은 기병뿐만 아니라 자동차와 장갑차까지 동원하기도 했다. 때문에 양정우는 병력이 적어도 평원지대의 전투에 능숙한 1군 부대와 서북원정을 진행하려 했다.

양정우는 위증민이 전광을 만나러 떠난 지 이틀밖에 지나지 않았는데도 벌써 출정을 서두르기 시작했다. 그는 참모장 안광훈이 처리해야 할 일들도 직접 나서서 지시했다. 해방 후까지 살아남았던 황생발, 장수봉 등 양정우 경위원들은 회고담을 통해 이때 일들을 이야기했다.

"1군 참모장 안광훈은 조선 사람이었는데, 남만에서 활동한 시간이 양 사령보다 훨씬 더 길었다. 양 사령이 아직 남만에 오지 않았을 때부터 반석중심현위원회 선전부장으로 있었는데, 전광과 이동광, 안광훈 세 사람을 가리켜 남만 공산당의 3원로라고 불렀다. 이동광은 남만성위원회의 실질적인 책임자였고, 안광훈과 전광이 각기 1군과 2군을 책임졌다. 2군에서는 군장 왕덕태가 전사한 뒤로 새로운 군장이 임명되지 않아 전광이 최후 결정권자였다. 그런데 1군에서 안광훈은 아무런 권한이 없었다. 그냥 지금으로 말하면 사무실 주임이나 총무과장쯤이라 해야 할지 모르겠다. 양 사령이 1로군 총지휘와 1군 군장을 모조리 겸직한 데다 남만성위원회 주요 당직자들도 모두 1군과 함께 행동했기 때문이다.

'7·7사변' 이후 양 사령이 또 서북원정을 진행하겠다는 바람에 안광훈과 정빈이 짜고 공개적으로 반대하고 나왔다. 그 바람에 양 사령은 안광훈을 거치지 않고 자기가 직접 통신원들을 불러 임무를 주기도 했다. 그것을 알고 화가 난 안광훈이 한 번은 양 사령을 만나러 왔다. 우리가 들여보내주지 않자 안광훈은 천막 바깥에서 '양 사령, 빨리 밖으로 나오시오. 내가 할 말이 있소.' 하고 고래고래 소리쳤다. 그때 양 사령이 나와서 '참모장한테 함부로 대하면 되느냐.'면서 거꾸로 우리를 비난했다."[89]

89   취재, 장수봉(張秀峰) 중국인 항일연군 생존자, 양정우의 경호소대장, 취재지 통화, 1983.
     황생발(黃生發) 중국인, 항일연군 생존자, 양정우의 경위원, 취재지 장춘, 1988, 1990.

3. 동강밀영

이때 위증민은 무송의 동만강밀영에 도착했다. 그런데 갑자기 위장병이 도지자 전광에게 통신병을 파견했다. 김성주는 회고록에서 이때 위증민과 만나러 갔던 일을 이렇게 회고한다.

"그 당시 위증민은 만강의 상류인 화피하 기슭의 동만강밀영에서 정양(요양)생활을 하고 있었다. 그날 우리 일행을 동만강밀영으로 안내한 사람은 중대 정치지도원이었던 주재일이었다. 그가 동만강 일대의 지형을 잘 알고 있었다. 주재일은 강원도 태생이었지만 어렸을 때 화룡 지방에 가서 살다가 어랑촌에서 유격대에 입대했다. 유격구가 해산될 때 화룡에서 살던 여섯 세대가 초수탄으로 이사를 했는데 그중 한 세대가 주재일의 집이었다. 주재일은 반일부대에서 사업하다가 1937년 3월에 자기 처와 함께 우리 사령부를 찾아왔다. 그때 우리는 그를 반일부대 출신의 중국인 병사들이 많은 중대에서 정치지도원으로 일하게 했다. 그가 중국말도 잘하고 중국 풍습도 잘 알고 있었기 때문이었다. 후에 그는 경위중대 정치지도원으로 있다가 연대 정치위원으로 승진했다. 주재일은 목적지까지 우리를 무사히 안내했다."

여기서 느닷없이 주재일이 길게 서술된 것 자체가 좀 아이러니하다. 주재일은 박덕산과 함께 구국군 출신 부대였던 8연대에서 중대 지도원으로 일하다가 보천보전투 직전 지도원직에서 직위 해제 당했다. 그랬던 주재일이 6사 사부 경위중대로 옮긴 이유에 대해 아무 설명이 없는 것은, 회고록에서 가끔 한두 마디 정도로만 언급되는 8연대 연대장 전영림과의 사이에서 발생한 일들을 한 번도 제대로 소개한 적 없는 깃과 관련 있어 보인나.

전광은 위증민이 보낸 통신병과 만난 뒤에 김성주와 의논했다.

"라오웨이가 지금 무송에 들어왔는데, 동만강밀영까지 와서 그만 위병이 도져 움직이기 어려운 상황이라고 하는군. 성주와 함께 빨리 왔다 가라고 하는데, 가는 길에 부대원도 좀 차출해서 라오웨이의 경위부대를 보강해야 할 것 같소. 화전에서 임강으로 나올 때까지는 무사했다고 하는데, 노령에서 양목정자를 넘다가 일본군 놈들의 개가 된 무장토비들과 만나 접전했던 모양이오. 그자들을 뿌리치고 만강까지 나오면서 경위대원 대부분을 잃은 모양이오."

그 말을 들은 김성주는 몹시 놀랐다.

평소 위증민을 경호했던 경위부대가 소대 규모밖에 되지 않아 김성주는 더 보태주고 싶어 했다. 그러나 위증민은 소대 규모조차 행동하는 데 불편하다고 거절했다.

"그러면 우리 6사 경위중대를 통째로 보내겠습니다."

김성주는 바로 이동학을 불렀다. 그러자 전광이 말렸다.

"아니, 그러지 마오. 라오웨이가 싫어할 거요. 동학 동무가 책임지고 똘똘한 경위대원 10여 명만 골라주오."

김성주가 얼마나 위증민을 챙겼는지는 이때 자신의 경위중대장 이동학을 그에게 보낸 것으로도 알 수 있다. 위증민에게 필요한 것이면 무엇이든 아끼는 것이 없었고, 그에 대한 존경심은 회고록 곳곳에서 잘 드러난다.

그러나 위증민은 그동안 많은 전투현장을 누비고 다녔던 이동학을 소대나 중대 규모의 경위부대 책임자로 곁에 눌러두기에는 아까운 인물이라고 판단하고 이듬해 제2차 노령회의 이후 그를 양정우에게 보냈다. 양정우는 그를 제1로군 경위여단 산하 제3연대 연대장으로 임명했으나 얼마 뒤 화전현 류수하자에서 전투 중 총상으로 사망했다.

김성주는 이동학 후임으로 이달경을 6사 경위중대장으로 임명했다. 그리고 주재일이 경위중대로 옮겨 이달경이 맡았던 경위중대 지도원직을 이어받았다. 둘 다 8연대 출신으로, 이로써 전영림의 8연대에 남아 있던 조선인 대원은 거의 차출되었고, 박덕산만 남아 정치위원 이름을 걸어두고 있었다. 일부 증언에 따르면, 전광이 김성주 등과 위증민과 만나러 갈 때 전영림의 8연대도 함께 갔다고 한다.

위증민이 전광에게 어떤 내용의 편지를 보냈는지는 알 수 없지만, 1군의 서북원정에 참가할 부대로 중국인 대원들이 다수였던 8연대를 지목했을 가능성도 배제할 수 없다. 어쨌든 이후 위증민은 자신을 기다리지 않고 3차 서북원정을 시작한 양정우를 찾아 노령산 기슭으로 들어갈 때 신변에 어떤 부대가 있었는지에 관한 기록이 전혀 없다. 대신 11월의 휘남현성전투에 참가한 부대가 북만원정을 마치고 남만으로 돌아온 지 불과 4, 5일밖에 안 된 방진성의 독립여단이었던 것과 이 전투에서 전영림이 죽은 것으로 미루어 추측이 가능하다.

위증민을 만났을 때, 그의 입에서 3차로 이어지는 서북원정 이야기가 나왔다. 김성주뿐만 아니라 모여 있던 모든 이의 얼굴빛이 무거워지기 시작했다.

"서정(西征, 서북원정)은 남만성위원회에서 채택된 작전방침이오."

위증민은 양정우가 역설했던 주장을 그대로 옮겼다.

서북원정이야말로 항일연군이 만주라는 한 지역에만 국한하지 않고 전 중국의 항일 형세를 새롭게 고조시킬 전략적인 작전방침이라는 점을 강력하게 부각했다. 따라서 2군은 두만강과 압록강 연안 일대를 비롯한 광활한 지역에서 적후 교란작전을 강화하고 조선 국내에도 소부대들과 정치공작원들을 더 많이 파견하여 반일민족통일전선운동을 계속 확대 강화해 나가야 한다고 강조했다.

동만강밀영에서 이틀간 회의를 마치고 났을 때 김성주는 너무 답답하여 가슴이 꽉 막혀오는 것만 같았다.

전광은 왕작주를 위증민 곁에 남겨놓고 김성주와 함께 돌아오면서 이렇게 비아냥댔다.

"가만 보니 위증민 동무도 좀 얼떨떨해진 것 같소. 우리더러 두만강과 압록강 연안 일대에서 적후 교란작전을 더 강화해야 한다고 자기 입으로 말해놓고는, 또 '반달형 포위'인지 뭔지 하는 것 보오. 1군이 열하로 진격하는 틈을 타서 우리더러 해룡과 길해선 쪽으로 이동하라고도 하고. 만주국 수도 신경(新京, 장춘)을 포위한다는 소리던데, 이게 제정신으로 하는 소리요?"

김성주도 전광과 같은 생각이었으나 다른 데로 말을 돌렸다.

"라오웨이가 위병 때문에 너무 말라서 걱정입니다. 오래 버틸 수 있을까요?"

"문제는 위증민 동무가 몸이 저런데도 양 사령과 서북원정에 함께 나서겠다는 심산이던데, 우리가 무슨 방법을 대서라도 붙잡아두어야 하오. 안 그러면 이번에는 살아 돌아오지 못할 수도 있소. 내가 작주 동무한테 귀띔해놓기는 했소만, 위증민 동무가 작주 동무 말을 들을지 걱정이오."

김성주는 위증민을 깊이 신뢰하고 있었다.

"라오웨이는 꽉 막힌 사람이 아닙니다. 작주 동무가 군사적으로 이해관계를 따져서 잘 설명하면 라오웨이도 받아들일지 모르지요."

"아니오, 그렇지 않소. 이번 일은 결코 위증민 동무로도 어쩔 수 없을 것이오."

전광은 머리를 흔들었다.

"나라고 왜 이 서북원정의 무모하다는 걸 모르겠소. 현실적으로는 거의 불가능하지만, 양 사령에게는 신념과도 같은 문제요. 양 사령은 우리와 다른 차원으로 문제를 사고하는 사람이오. 한두 차례 전투에서 이기고 지는 것보다 최종적으로 전쟁에서 이기느냐 지느냐의 큰 구상을 실천하는 것으로 보면 이해되오. 그래서 내가 드러내놓고 반대하지 않는 것이오. 모르긴 해도 위증민 동무 역시 나와 같은 생각일 것이오."

김성주는 자기도 모르게 감탄했다.

"전투에서 많이 질 수도 있지만 전쟁에서는 반드시 이겨야 된다는 도리는 이해하겠습니다. 하지만 전투에서 계속 지다 보면 그 이긴 전쟁에서 살아남지 못할 수도 있지 않습니까?"

반문하는 김성주에게 전광은 한참 말이 없다 가까스로 대답했다.

"어쩌면 이 전쟁에서는 그냥 살아남는 것 자체가 승리하는 것일 수도 있겠구면."

그러더니 바로 다시 한마디를 보탰다.

"단지 내 단편적인 생각일 뿐이니 너무 심각하게 받아들이지는 마오."

위증민은 동만강밀영을 떠나 노령산근거지로 돌아가고 있었다.

간삼봉전투 이후 장백현 경내에서 활동 중이던 항일연군 2, 4, 6사 부대들이 이번에도 예전처럼 '치고 달아나는 전술'을 구사하리라 판단한 동변도 토벌사령부에서는 무송과 임강, 화전 등으로 통하는 길목을 모두 봉쇄했다.

평소 경위원 10여 명만 이끌고 위장한 채 쉽게 이동하던 때와 달리 이번에는 서북원정에 참가할 전영림 8연대 100여 명이 함께 길을 떠났기 때문에 노상에서 많은 시간을 허비하게 되었다. 때로는 온종일 산속에서 갈팡질팡할 때도 있었다. 처음에 길목을 막고 있는 보초소를 그대로 치고 나갔다가 여기저기에서 추병이 따라와 혼이 난 다음부터 될수록 보초소도 피하다 보니 부내가 서강의 양목정자에 갔을 때는 어느덧 9월에 접어들었다.

"이것 정말 큰일일세. 양 사령이 우리를 기다릴지 모르겠구먼."

위증민은 걱정이 태산 같았다.

"병력이 모자라는데 우리를 기다리지 않고 떠날 리 있겠습니까?"

소문으로만 들었던 양정우와 만날 기대에 젖어 있었던 전영림은 행여 다시 6사로 돌아가게 될까봐 조바심을 냈다.

"먼저 양 사령에게 통신원을 보내 우리가 지금 양목정자에 거의 도착했다고 알리는 것이 어떻겠습니까?"

양정우와 만나고 싶은 것은 왕작주도 마찬가지였다.

"화전의 노령까지 들어가려면 얼마나 더 걸릴 것 같소?"

"이제부터는 그냥 노령을 타고 화전 쪽으로 이동하면 됩니다. 다른 변고가 생기지 않는다면 아무리 늦어도 2, 3일이면 도착할 수 있을 것입니다."

위증민은 황정해에게 이 임무를 맡겼다.

황정해는 그날로 혼자 길을 떠나 노령을 넘은 뒤에 바로 화전의 노령산 기슭으로 정신없이 달려갔다. 낯익은 근거지에 가까이 다가갔지만 여기저기에 설치되어 있었던 경계초소가 하나도 보이지 않아 부쩍 의심이 들던 중에 산속에서 마주 오던 낯익은 얼굴과 만나게 되었다. 누군지 잘 생각이 나지 않아 머뭇거리고 있을 때, 그쪽에서 먼저 황정해를 알아보고 달려왔다.

"너는 위증민 동지의 경위소대장 황정해 아니냐?"

"누구신지요. 한 번 뵌 적 있는 것 같은데, 생각나지 않네요."

황정해가 묻자 그 사나이는 흰 머리카락을 쓸어 올리며 웃으면서 대답했다.

"너는 나를 그냥 보기만 했고, 나는 너를 소개받은 적이 있단다. 나는 환인현의 이명산(李明山)[90]이다. 빨리 위증민 동지한테 데려다 다오."

"아, 생각나요. 저도 아저씨를 소개받은 적 있어요. 아저씨가 위 서기를 만나러 몇 번 왔다간 적이 있었잖아요. 위 서기가 아저씨를 조선 사람이지만 중국 사람보다 중국말을 더 잘하고 중국 문장도 더 잘 쓴다고 칭찬하셨어요."

일찍 흥경과 환인 지방에서 오랫동안 활동해왔던 이명산은 양정우를 도와 환인, 관전근거지를 건설하는 데 직접 참가했고, 당시 중공당 환인현위원회 서기였다. 1군이 노령산근거지로 이동한 뒤에도 환인현위원회 기관이 계속 근거지에 남아 있었다.

황정해는 이명산과 함께 위증민에게 돌아왔다. 이명산은 안광훈이 보낸 편지를 위증민에게 전달하면서 상황을 설명했다.

양정우가 벌써 1군 군부 직속 교도대 150여 명을 인솔하고 청원현으로 이동해 그곳에서 지내던 3사 부대와 합류했다는 것이다. 그런데 문제는 양정우가 떠난 뒤 얼마 안 되어 일본군이 노령산근거지를 공격하기 시작한 것이다. 근거지에는 비교적 상태가 좋지 않은 부상병 30여 명이 남아 있었다. 움직이기 어려워 서정부대에 참가하지 못한 이 부상병들을 피신시킬 곳이 마땅하지 않았던 안광훈은 마점원의 뒤를 이어 새 군수처장으로 임명된 호국신(胡國臣)과 의논해 유하현의 팔리초밀영으로 이동했고, 노령산근거지는 이미 비어 있다고 했다.

---

90 이명산(李明山, ?-?) 본명은 손영환(孫永煥)이며 진수명(陳秀明)으로 부르기도 했다. 1930년에 흥경현특별당지부 서기를 지냈고 항일연군 제1군이 설립된 후에는 독립사 제3연대 정치부 주임을 지내기도 했다. 1934년 12월에 흥경현위원회 서기가 되었고 1936년 여름에는 환인현위원회로 옮겨 서기 겸 조직부장이 되었다. 1937년 12월에 환인, 관전근거지가 습격당하고 현위원회 기관도 파괴되자 제1군 군부로 옮겼다. 1938년 7월에는 제1로군 총부 비서처 책임자가 되었다. 1940년 4월에 위증민의 편지를 가지고 코민테른 중국공산당 대표단을 찾아 소련으로 떠났다가 실종되었다.

4. 쿠로사키유격대의 결성

여기서 이야기는 두 갈래로 나뉜다.

마점원이 사망한 뒤, 팔리초밀영에 주둔하던 1군 6연대 나머지 대원들도 모두 유인풍과 이철수의 인솔로 서정부대에 참가하게 되었다. 당시 유하중심현위원회 기관이 팔리초밀영에 함께 있었는데, 서기 풍검영(馮劍英)은 양정우와 이동광 앞으로 직접 편지를 보내 6연대를 고산자에 남겨달라고 요청했으나 통신원이 노령산근거지에 도착했을 때는 이미 서정부대가 떠난 뒤였다.

"그러면 성위원회 이동광 조직부장도 못 만났느냐?"

"비서처까지 한 사람도 남지 않고 모두 양 사령을 따라 서북원정을 떠났다고 합니다. 대신 1군 참모장을 만나 그분의 편지를 받아가지고 왔습니다."

통신원은 풍검영에게 안광훈의 편지를 전해주었다. 풍검영은 본명이 최봉관(崔鳳官)이며 안광훈과 오랜 친구였다. 두 사람은 이전에 조선민족혁명당에서 함께 활동했다. 후에 전광의 연락을 받고 남만 지방으로 나온 뒤, 두 사람은 반석중심현위원회에서 주요 직책을 담당했다. 한때 풍검영은 공청단 반석중심위원회 서기가 되었고 안광훈보다도 먼저 현위원회 상무위원이 되었으나 공청단 여성 간부 두 명과 동시에 연애를 하다가 하마터면 출당당할 뻔했다. 그러다가 안광훈이 선전부장이 되었을 때 다시 선전간사로 기용되었다.

당시 안광훈의 여비서였던 구은혜(其恩惠)는 해룡현 산성진(海龍縣 山城鎭) 출신이었다. 안광훈의 소개로 풍검영과 결혼했고, 후에 품검영이 유하중심현위원회로 옮기자 구은혜도 남편을 따라 유하현 고산자진으로 옮겨 유하중심현위원회 부녀부장직을 맡았다. 일설에는 안광훈이 구은혜를 욕심냈고, 풍검영과 결혼하려는 것을 백방으로 가로막았다고도 한다. 그러자 구은혜와 풍검영은 전광에게 도움을 청했고, 전광의 지지로 결혼할 수 있었다는 설도 있다.

풍검영과 구은혜는 1936년 1월에 결혼했는데, 아이가 백일이 되었을 때 구은혜의 친정이 있는 산성진으로 놀러갔다. 구은혜의 부모도 만나고 아이 백일 사진도 찍기 위해 사진관에도 다녀왔다. 그곳에서 풍검영은 웬 낯모를 사내와 만나게 되었다.

"이 사람 봉관이, 나를 모르겠나?"

사내는 온몸이 상처투성인 데다 한쪽 눈에 붕대까지 칭칭 감고 있었다. 붕대 바깥으로 피가 새어나왔다. 풍검영이 더욱 놀란 것은 그 사내가 아무도 모르는 자신의 조선 이름을 불렀기 때문이다.

"뉘시오? 난 전혀 기억에 없는 얼굴인데, 어떻게 내 이름까지 아시오?"

그 사내는 풍검영 손을 잡아끌고 조용한 곳으로 데리고 갔다.

"제기랄, 이래도 못 알아보겠나?"

그 사내는 얼굴에 감았던 붕대를 풀어보였다. 온통 피고름으로 범벅된 눈이 드러났다. 얼핏 보기에도 이미 실명 상태임이 틀림없었다. 풍검영은 한참 그 사내의 얼굴을 뜯어보았다.

"조금 낯익기는 하지만 도저히 생각나지 않는구려."

"에휴, 자네까지 알아보지 못할 정도니, 내 몰골이 얼마나 흉측한지 말하지 않아도 알겠네."

그 사내는 땅이 꺼지게 한숨을 내쉬고 나서 말했다.

"봉관이, 내가 응택이오."

풍검영은 깜짝 놀랐다.

"응택이라니? 염응택[91], 그러면 염동진(廉東振), 그 염 형이란 말이오?"

"어이쿠, 이제야 알아보는군."

염응택이 머리를 끄덕이자 풍검영이 반가워했다.

"아니, 염 형은 그때 낙양으로 가지 않았소? 내가 남만에 나온 뒤에도 형 소식은 조금 들었소. 낙양군관학교 조선반을 졸업하고 남경인지 상해인지에서 활동하고 있다고 하던데, 어떻게 이 모양으로 여기서 만날 수 있단 말이오?"

염응택은 그동안 자기가 겪은 일들을 털어놓았다. 낙양군관학교 조선반[92]을 졸업한 다음 남경으로 돌아갔으나 애당초 성향이 다른 인사들이 너무 많이 모여든 탓에 김원봉파와 신익희파, 김규식파, 조소앙파, 최동오파 등 10여 갈래로 파벌이 나누어졌다고 한다. 그 사이에 끼여 이러지도 저러지도 못하다가 홧김에 다 팽개쳐 버리고 고향으로 돌아가는 길에 만주에 들렀는데, 해룡 산성진역에서 기차를 바꿔 타다가 일본 헌병대에 붙잡혔다는 것이다.

"그래서 이렇게 얻어맞았소?"

"아무리 때려 봐야 나한테서 나올 게 뭐가 있겠소? 헌병대 놈들이 항일연군

---

91 '부록 주요 인물 약전' 염응택 참조.

92 낙양군관학교 조선반(또는 한인반)은 장개석의 도움으로 1933년에 중화민국 군사위원회 산하 낙양군관학교 내에 설치했던 조선인 훈련반이었다. 1932년 일본 괴뢰정부인 만주국 정부가 세워졌을 때, 상해에서는 대한민국임시정부 국무위원 김구(金九)가 이끄는 한인애국단원 윤봉길(尹奉吉)의 홍구공원(虹口公園) 투탄의거(投彈義擧)가 있었다. 이를 계기로 장개석은 한국인의 독립투쟁 역량을 새롭게 인식하고 김구에게 면회를 요청했다. 윤봉길 의거 후 은신해 있던 김구는 1933년 5월 안공근(安恭根), 엄항섭(嚴恒燮)과 함께 남경으로 가서 중앙군관학교에 있던 장개석을 방문했다. 이때 김구와 장개석은 낙양군관학교에 조선반(또는 한인반)을 설치하기로 합의했다. 대한민국임시정부는 광복군의 중추 장교를 육성할 책임자로 만주에 있던 한국독립군 총사령 지청천(池青天)을 정하고 그에게 4,000원을 보내며 즉시 산해관(山海關)에 입관하게 했다. 상해·남경·북경·천진 등 여러 지역에서 모집한 한국인 청년 99명이 입학해 국민정부군관학교 낙양분교 육군군관훈련반 제17대로 편성되었다. 이를 보통반이라고도 한다. 지청천 외에 김구와 김원봉(金元鳳)이 운영에 참여했으며, 대장은 이범석(李範奭), 교관은 오광선(吳光鮮), 조경한(趙擎韓), 윤경천(尹敬天) 등이었다.

을 찾고 있었나본데, 재수가 없으려니 그놈들 가운데 아즈마(五妻)라는 준위 놈이 글쎄 남경에서 나를 본 적 있다고 하지 않겠소. 그놈한테 잡혀 헌병대까지 끌려가 반죽음이 되도록 얻어맞고 풀려났소. 나중에 헌병대장이란 자의 앞에까지 끌려갔는데 항일연군이 아니냐고 물었소. 그래서 아니라고 했더니, 그 아즈마란 자도 내가 '남경과 상해에서 활동한 건 사실이지만 항일연군은 아닌 것 같다.'고 해서 겨우 풀려났소. 하지만 너무 얻어맞아서 이 꼴이 된 데다 노자까지 떨어져 오도 가도 못 하는 중이오."

풍검영은 염응택을 데리고 고산자진으로 돌아왔다.

고향으로 돌아가지 말고 만주에 남아 함께 일해 보자고 권했으나, 그는 고향에 갔다 와야 한다며 노자만 얻어 가지고 산성진으로 돌아가 버렸다.

며칠 뒤 아이 백일사진을 찾으러 사진관에 갔던 구은혜가 사진관 주인의 밀고로 아이와 함께 산성진 경찰대대에 체포되고 말았다. 경찰들이 백일밖에 안 된 아기를 포대기째 빼앗아 위협하는 바람에 구은혜가 어쨌으면 좋을지 몰라 울고 있는데, 염응택이 불쑥 나타났다.

"제수, 아이는 내가 꼭 찾아드리겠으니 걱정 마오."

염응택은 일본 군인 하나와 산성진경찰서로 찾아왔다.

이 일본 군인은 산성진헌병대 아즈마 준위(准尉)였다. 그가 조선인이었다는 이야기도 있다. 아즈마 준위는 경찰서 책임자에게 직접 구은혜를 데려가겠다고 했다. 인계 수속을 밟은 뒤 산성진경찰서에서는 구은혜의 아이를 돌려주었다. 구은혜는 그길로 산성진헌병대로 이송되었다.

"제수, 나는 헌병대에서 얻어맞고 눈 하나가 실명되었소."

구은혜가 새파랗게 질려 사시나무 떨 듯이 몸을 떨었다.

"그렇다고 너무 겁먹지 마오. 그냥 요구하는 대로 하면 잘 대해줄 것이오. 반항하지 마시오. 어른은 좀 버틸 수 있겠지만 백일밖에 안 된 이 아이는 어떻게 하오?"

염웅택의 말을 들은 구은혜는 머리를 끄덕이고 말았다.

며칠 뒤 구은혜가 풍검영을 설득했다.

"여보, 어쩔 수 없었어요. 귀순하지 않으면 아이를 돌려주지 않겠다고 해요. 당신도 만주국에 귀순해 함께 아이나 키우면서 평범하게 살아갑시다."

나이 마흔이 다 된 풍검영도 늘그막에 겨우 본 어린 아들을 잃을 수는 없었다. 결국 귀순하고 말았다.

풍검영의 귀순은 바로 만주국 군정부와 동변도 토벌사령부에 보고되었다.

"이 안건은 저희 통화성 경무청에 넘겨주십시오."

키시타니 류이치로(岸谷隆一郞)는 부임한 지 불과 일주일도 되지 않았지만, 동변도 토벌사령부 회의에 참가하러 왔다가 이 소식을 듣자 직접 요청하고 나섰다.

"저희 통화성 경무청 산하 경무과에서 올린 보고 가운데 중공당 통화중심현위원회와 관련한 자료가 있습니다. 이 자료에는 이 위원회가 1935년 7월에 파괴된 뒤 다시 회복되지 못한 대신 유하현위원회가 최근에 유하중심현위원회로 확대되었으며, 현위원회 서기가 바로 풍검영입니다. 이자는 남만성위원회 위원이기도 합니다."

키시타니 경무청장은 동변도 토벌사령부의 허락을 받은 다음 산성진으로 달려왔다. 산성진헌병대는 정원이 30여 명밖에 안 되는 자그마한 파견대 규모였다. 그러나 1935년에 '면도날(剃刀, 가미소리) 장군'으로 이름 날린 도죠 히데키(東條英機)가 관동군 헌병사령관으로 부임하면서 만주국 내 헌병 지위가 대대적으로 강화되었다. 2년 뒤 도죠 히데키가 관동군 참모장으로 임명되면서 수백여 명밖에 안 되었던 헌병 규모가 수만 명으로 확대되었다. 급기야 산성진헌병대도 1937년부터는 관동군 헌병 제3연대로 개편되었다.

심해철로(沈海鐵路, 봉천-해룡 간 철로)의 시발역이었던 산성진 여기저기에 병영 건물들이 들어서기 시작했다. 초기에는 자체 병영이 없어 남만주철도회사의 기차역 건물을 빌려 사용했던 헌병대가 후에는 거금을 들여 큰 성벽을 연상케 하는 산성진상회 건물을 통째로 사들였다. 그 외에도 남만주철도 수비를 담당했던 만주독립수비대(滿州獨立守備隊) 제6대대가 상주했다. 그들의 병영 대문에는 '산성진 관동군 동변도 경비사령부(山城鎭關東軍東邊道警備司令部)' 간판이 걸렸다.

그러나 사령관이었던 대대장의 군사계급은 그다지 높지 않았다. 키시타니 경무청장은 산성진에서 젊은 중대장 하나를 소개받았다. 나이는 20대 초중반이었고, 군사계급은 중위였다.

"여기 산성진을 수비하는 만주독립보병 제6대대 산하 2중대 중대장이오. 이름은 쿠로사키 사다아키(黑崎貞明)인데, 어렸을 때 도쿠시마시(德島市)에서 현지사(縣知事)가 될 꿈을 키워온 젊은 수재라오. 고등학교에 입학할 때는 문과 장원도 했고, 그 학교에 와 있던 군부 배속장교(配屬將校)의 충고로 해병과 육사 시험을 동시에 보았는데 두 곳 모두에서 합격하였습니다. 그런데 제1고(제1고등 관립학교)와 해병 합격 통지서가 늦게 도착했던 모양입니다. 그는 먼저 도착한 통지서를 가지고 육군사관학교에 입학했는데, 그 후에야 비로소 '관립학교 합격발표 통지서'가 전달되었다고 하오. 그 통지서에는 '제일고등학교 문과 을류 쿠로사키 사다아키'라고 적혀 있었던 게요. 지사가 꿈이었던 이 친구는 그 학교에 입학하고 싶었지만 육군사관학교는 퇴교를 허락하지 않았다오. 그래서 군인이 되어 만주 땅에까지 오게 된 아까운 젊은이라오."

이렇게 쿠로사키를 소개한 산성진 헌병대장은 초등학교 교사였는데, 그 역시 고등학교에서 문과를 전공했고 참군하지 않았다면 시인이 되었을 거라고 했다. 그래서 헌병 신분과는 어울리지 않는 감성적인 말을 하기도 했다. 키시타니는 헌병대장 방에서 창문을 열어놓고 마당에서 부하들과 농구하고 있는 쿠로사키 중위를 한참 눈여겨보았다.

"얼굴을 보니 겨우 스물네댓밖에 안 되어 보이는데 어떻게 벌써 중대장이 되었단 말이오? 중대장이 되려면 최소한 상위나 소좌이어야 하지 않소?"

키시타니가 이렇게 덧붙여 물었다.

"어느 백작 댁 도령인가 보군? 계집아이처럼 너무 예쁘게 생긴 얼굴이구먼."

산성진 헌병대장은 머리를 흔들었다.

"말도 마오. 애송이처럼 보여도 황도파(皇道派, 일본 육군 내의 천황 친정을 옹호하는 무리)라오. 아라키 사다오(荒木貞夫) 장군을 추종하는 젊은이들 중 하나였는데, '2·26사건'[93] 때 잘못 걸려들어 하마터면 사형까지 당할 뻔했으나 다행히 무죄 판결을 받고 만주로 나왔소. 난 이 친구가 틀림없이 크게 될 인물이라는 걸 의심치 않소."

키시타니는 반신반의했다.

---

93 2·26사건은 1930년대 이후 일본이 군국주의화한 것을 보여준 반란사건이다. 1936년 2월 26일 새벽, 일본 육군의 황도파 청년장교들이 근위보병 제3연대, 보병 제1, 제3 연대, 야전 중포병 제7연대 등 1,483명의 병력을 이끌고 반란을 일으켰는데, 구 일본군 보수파벌 중 하나인 황도파의 영향을 받은 일부 청년 장교들(20대 대위부터 소위가 중심)은 일본 천황의 친정(쇼와유신) 등을 명분으로 원로중신들을 죽이고 천황 친정이 실현되면 정·재계의 부정부패나 농촌의 곤궁을 해결할 수 있다고 믿었다. 2월 27일에 계엄령이 선포되었고, 28일에는 일본 천황에 의한 원대복귀 명령이 내려졌다. 반란군은 천황 친정을 쿠데타의 명분으로 삼았지만, 천황이 복귀 명령을 내리자 반란의 근거를 잃은 이들은 일부는 자결하고 일부는 투항하여 사건은 일단락되었다. 당시 반란 가담자들은 재판을 통해 사형 등의 처벌을 받았으며, 극소수는 무죄 판결 받았으나 일본 국내에 둘 수 없다 하여 모두 만주와 조선 등으로 옮겨졌다.

"계급은 중위인데 직급은 중대장이라, 무슨 괄목할 만한 군공이라도 세웠소?"

"계급은 군령에 따르니 어쩔 수 없지만, 만주에 나온 지 불과 1년도 안 된 사이에 많은 전공을 세웠소. 얼마 전에는 흥경에서 심해철도를 전복하려던 항일연군을 공격하여 일거에 40여 명이나 사살하고 크게 승리했소. 중대장으로 진급한 지 얼마 안 되었지만, 저 말쑥한 생김새와 예절바른 인사법을 보오. 또 부하를 어찌나 사랑하는지 일반 병사들까지 그를 좋아하지 않는 사람이 없을 정도요. 내가 더욱 감탄하는 것은, 중대장이 되었는데도 소대장 때처럼 권위라고는 찾아볼 수 없다는 것이오. 식사도 언제나 사병들과 함께 하더구먼. 나한테 딸이 있었으면 정말 저 친구를 사위로 삼고 싶었을 것이오."

산성진 헌병대장은 입에 침이 마르도록 쿠로사키 중위를 칭찬했다.

키시타니 경무청장은 통화로 돌아온 뒤 즉시 동변도 토벌사령부에 보고하고 쿠로사키 중위의 만주독립보병수비대 6대대 산하 2중대를 통째로 차출하여 일명 '쿠로사키유격대'로 편성하고 통화성 경찰대대와 함께 공동으로 토벌작전을 진행했다. 키시타니는 직접 이 유격대 지도관을 맡았다.

산성진 헌병대에서 차출한 아즈마 준위와 헌병반장 나카지마 다마지로(長島玉次郎)도 이 쿠로사키유격대로 보냈다. 염응택과 풍검영, 구은혜 등은 모두 이 나카지마에게 취조받았다.

5. 체포된 항일연군 간부들

키시타니는 풍검영과 구은혜 부부를 풀어주고 고산자진에 좋은 집 한 채를 마련하여 선물했다. 풍검영은 이 집에 구은혜 모자를 들여보낸 다음 자신은 다시 팔리초밀영으로 들어가 양정우에게 편지를 보냈다.

그 편지를 전하러 갔던 연락원이 돌아와 말했다.

"양 사령은 만나 뵙지 못 했고 안 참모장을 만났는데, 이 편지를 풍 서기께 전하라고 합니다. 성위원회 기관까지도 모두 1군 군부와 함께 서쪽으로 나갔고, 근거지에는 거동이 불편한 부상병들과 군부 후방기관만 남았는데, 그들도 곧 노령산을 떠난다고 합니다. 토벌대 놈들이 근거지 위치를 눈치 챈 모양이던데, 제가 우리 팔리초밀영으로 와서 계시라고 했더니 한 번 생각해보겠다고 합니다."

연락원의 말을 듣고 풍검영은 금방 판단했다.

"한 번 생각해보겠다고 대답했단 말이지? 그럼 틀림없이 우리한테 올 것이다."

풍검영의 짐작대로 며칠 뒤 군수처장 호국신이 부상병들을 데리고 팔리초밀영에 도착했다. 풍검영이 집으로 돌아와서 구은혜한테 말했다.

"호국신은 이미 독 안에 든 쥐요. 안광훈은 원래 의심이 많아 함께 오지 않고 한 이틀쯤 뒤에 올 것이라고 하더군. 먼저 호국신을 들여보내 별 이상이 없는지 살펴보려는 게 틀림없소. 안광훈은 군 참모장이니, 이 사람만 붙잡아도 우리는 큰 공을 세우는 것이오. 나중에 호국신과 안광훈을 통해 양 사령까지도 잡을 생각이던데, 우리가 그것까지는 상관할 바가 아니지만 안광훈만은 꼭 잡아야 하오. 무슨 좋은 방법 없겠소?"

"제가 직접 부녀부 간부들을 데리고 밀영으로 올라가 부상병들을 간호할게요. 그러면 호국신은 우리를 완전히 믿고 안광훈에게 연락할 거예요."

풍검영은 즉시 키시타니에게 연락해 구은혜가 말한 방법을 이야기했다.

유하현 경찰대대에서는 키시타니로부터 직접 지시를 받고 구은혜의 연금을 풀고 집 주변에서 감시하던 사복경찰들을 모두 철수시켰다. 그날부터 구은혜는 아이를 업은 채 부녀부 여성간부 10여 명을 데리고 직접 밀영으로 들어와 부상병들을 간호했다. 그제야 안광훈은 호국신에게 연락을 받고 천천히 밀영으로 들어왔다.

그날 저녁, 이 부부는 안광훈에게 고산자진에 따로 살림을 차렸는데 집으로 초대하고 싶다고 요청했다. 완전히 의심을 푼 안광훈은 혼자 경위원 하나만 데리고 고산자진으로 따라 내려갔다.

거리에 들어섰을 때 풍검영이 안광훈과 구은혜에게 말했다.

"내가 술과 고기를 좀 사가지고 들어갈 테니 당신이 안 참모장을 모시고 먼저 집에 가 있소."

안광훈은 그때까지도 아무런 의심을 하지 않았다.

집 가까이 다가갔을 때 구은혜가 갑자기 울음을 터뜨리면서 안광훈에게 소리쳤다.

"광훈 오빠, 빨리 도망치세요. 미안해요. 우리 부부는 이미 귀순했어요."

"아이쿠, 믿는 도끼에 발등 찍힌다더니, 내가 다른 사람도 아닌 너희 둘한테 당하는구나."

안광훈이 소리를 지르자 구은혜가 그의 등을 떠밀었다.

"지금이라도 빨리 도망치세요. 봉관 오빠가 경찰들을 데리고 오려면 시간이 좀 걸릴 거예요."

안광훈은 어찌나 놀랐던지 구은혜가 등을 떠미는 걸 자신을 붙잡으려는 것으로 착각하고 바로 옆구리에서 권총을 뽑아들어 한방 쏘고는 허둥지둥 도망갔다. 아내가 총상 입은 것을 본 풍검영은 악에 받쳐 경찰대대와 함께 밤새도록 안광훈 뒤를 쫓았으나 끝내 붙잡지 못 했다. 안광훈을 엄호하던 경위원만 사살하고 돌아와 보니 구은혜도 이미 숨이 넘어가는 중이었다.

"여보, 내가 라오안(老安, 안광훈)을 꼭 잡아서 복수하겠소."

벼르는 풍검영에게 구은혜가 죽어가면서 겨우 한 마디 했다.

"광훈 오빠는 우리 두 사람의 입당 소개인이었어요. 우리가 그분께 미안하잖아요."

구은혜가 죽은 뒤 풍검영은 키시타니 경무청장을 도와 호국신까지 귀순하게 만들었다.

그때 호국신은 팔리초밀영에서 총소리를 듣고 부상병들을 모두 내버려둔 채 혼자 탈출하여 안광훈 뒤를 쫓아갔으나 따라잡지 못하고 오늘의 요령성 본계만족 자치현(本溪满族自治縣)의 동영방향 양호구촌(東營坊鄉洋湖溝村)까지 허둥지둥 달려가 쓰러지고 말았다. 다행스러웠던 것은 양호구촌에서 동남쪽으로 약 10여 리 떨어진 산골짜기에 1군 1사 산하 제4연대가 주둔하고 있었다.

키시타니는 풍검영을 길잡이로 내세워 통화에서 그곳까지 쫓아왔다. 마침 환인, 관전근거지를 소탕하던 만주군 동국화 여단의 군사고문 고마이 중좌(駒井 中佐)와 만나 4연대가 주둔하던 양호구밀영(洋湖溝密營, 도목구밀영)을 습격했다. 4연대 연대장 수상생(隋相生, 일명 수상태隋相泰)[94]이 호국신을 엄호하다가 전사했고, 여기서도 탈출했던 호국신은 근처 흑갱대지(黑坑大地)라는 밀영으로 이동했으나 다리에 총상을 입고 더는 걸을 수 없게 되었다. 결국 변절한 경위원에 포박 당한 뒤 일본군에 체포됐다.

호국신은 즉시 통화현 병원으로 호송되어 치료를 받았다. 건강이 회복된 후

---

94 수상생(隋相生, 1880-1937년) 중국 요령성 환인현(遼寧省 桓仁縣)에서 출생한 중국인으로 1935년 봄 중국공산당에 입당하여 농민자위대장, 동북항일연군 제1군 제1사 4연대장 등 직책을 맡았으며, 1937년 12월 환인현 외삼보(오늘의 요령성 본계현 소속)에서 일본군 토벌대와 싸우다가 전사하였다.

통화성 경무청 산하 경찰토벌대에 배치되었고, 풍검영도 경찰토벌대에 합류했다. 키시타니는 안광훈을 붙잡기 위해 이번에는 호국신을 이용했다.

"자네, 안광훈과 사이는 어떤가?"

"제가 안광훈의 추천으로 군수처장이 되었습니다."

"지금부터 자네 임무는 안광훈이 몸을 숨기고 있을 만한 곳을 찾아내는 것이네."

키시타니는 호국신에게 상금과 훈장뿐만 아니라 경무청에 취직까지 시켜주겠다고 약속했다. 이때 팔리초밀영에서 포로로 잡힌 부상병 30여 명이 처음에는 경찰토벌대에 배치되었으나, 포로들이 늘어나자 키시타니는 그들만 따로 묶어 대대 규모로 확충하면 호국신에게 대대장까지 시켜주겠다고 유혹했다.

"제가 안 참모장이 귀순할 수 있도록 설득해 보겠습니다."

호국신이 이렇게 나오자 키시타니는 크게 기뻐했다.

"그게 가능하겠나? 그렇게만 된다면 자네는 정말 큰 공을 세우는 걸세."

"네. 가능합니다. 최근 안 참모장은 양 사령과 의견이 맞지 않아 티격태격했고, 서쪽으로 나가는 양 사령을 따라가지 않았습니다. 제가 잘 설득하면 안 참모장도 반드시 귀순할 겁니다."

호국신은 어렵지 않게 안광훈을 찾아냈다. 양정우가 서정부대를 데리고 노령산근거지에서 출발한 뒤 안광훈과 호국신이 원래 이동하려 했던 곳은 유하현 팔리초밀영이 아니라 환인, 관전 경내의 옛 근거지였기 때문이다.

1사 사장 정빈도 2차 서북원정 기간에 총상을 당하고 1사 주력부대였던 4연대가 해산하는 바람에 겨우 사부 직속 보안중대만 이끌고 환인, 관전근거지에 계속 남아 있었다.

여기에는 사연이 있었다. 양정우는 정빈에게 1사 나머지 부대를 빨리 찾아서 노령산근거지로 들어오라고 명령했지만, 정빈은 계속 환인, 관전근거지에 남아 시간을 끌었다. 회의가 있으면 자신은 가지 않고 대신 정치부 주임인 호국신을 보냈다. 호국신은 1사 산하의 세 주력부대 가운데 하나였던 3연대 연대장 후준산(後俊山)과 함께 겨우 40여 명밖에 남지 않았던 대원들을 데리고 노령산근거지로 들어왔다가 군수처장에 유임되는 바람에 다시 정빈에게로 돌아가지 못했고, 후준산도 군부 교도대대에 배치되었다. 그런데 후준산이 데려온 대원이 40여 명밖에 안 되자 안광훈은 그를 교도대대 산하 중대장으로 낮추었다. 후준산이 이에 불복하자 안광훈이 약속했다.

"당신네 대원이 겨우 한 중대밖에 안 되니 중대장으로 임명할 수밖에 없소. 한 중대를 더 찾아서 데리고 오면 그때 다시 조정하겠소."

후준산은 3연대 정치부 주임 이철수(李鐵秀)가 40명에 달하는 옛 대원들과 함께 홍경현 1사 밀영에 남아 있다는 소식을 듣고 그리로 찾아갔다. 후준산이 양정우와 안광훈의 명령이라면서 대원들을 데리고 노령산근거지로 이동하겠다고 했으나 이철수는 거절했다.

"정 사장 명령이 없이는 함부로 이동할 수 없소."

"양 사령과 안 참모장의 명령이라고 하지 않았소. 일개 연대 정치부 주임밖에 안 되는 당신이 어디라고 함부로 거절한단 말이오?"

그러자 이철수는 후준산에게 따지고 들었다.

"당신이 이끌던 부대를 어디다 잃어버리고서는 지금 겨우 한 중대밖에 남지 않은 이 동무들까지 데려 가겠다는 소리 아닙니까? 여기 있는 동무들은 1차 서북원정 때 이민환 참모장이 자신의 생명까지 바쳐가면서 겨우 살린 우리 3연대의 마지막 남은 대원들이오. 정 사장 동의 없이는 누구 명령이라도 안 되오."

"그럼 좋소. 나와 함께 정 사장에게 가서 다시 이야기합시다. 정 사장도 양 사령과 안 참모장 명령은 함부로 거절하지 못할 것이오."

그러나 이철수는 말을 듣지 않았다.

"나는 이곳에서 한걸음도 못 움직이겠소. 당신 혼자서 정 사장을 만나보시오. 만약 정 사장이 노령산근거지로 이동하라고 명령하면 여기서 바로 출발하겠소."

이철수는 믿는 구석이 있는지 꿈쩍도 하지 않았다.

그도 그럴 것이 1936년 6월 1차 서북원정 당시 1사 주력부대는 사장 정빈이 사부 직속 소년대대와 보안중대를 인솔하고 3, 6연대는 참모장 이민환이 인솔하여 안봉(안동-봉천)철도를 넘어섰다. 여기서 군 정치부 주임 송철암이 갑자기 폐병이 악화하면서 피를 토하는 바람에 3연대 연대장 후준산이 한 중대를 데리고 송철암을 본계(本溪)와 봉성(鳳城) 사이의 화상모자산밀영으로 호송하고 나머지 부대는 계속 이민환과 이철수가 이끌고 수암북부 산구로 이동하여 정빈과 합류했다.

하지만 수암, 해성, 본계 삼각지대에 위치한 마천령을 넘다가 봉천과 해성, 요양 등지에서 물밀 듯이 몰려든 일본군 대부대에 겹겹이 포위되고 말았다. 정빈이 먼저 보안대대와 소년중대를 인솔하고 포위를 돌파할 때 이민환과 이철수가 남아서 엄호했다. 나중에는 이철수까지 빼돌리고 이민환 혼자 3연대 일부 대원과 뒤에 남아서 엄호하다가 끝내 전사하고 말았다.

"3연대 병력을 꼭 회복시킬 것이니 치료 잘 받으시오."

정빈은 포위 돌파 과정에서 중상을 입은 이철수를 홍경밀영으로 보내면서 3연대에서 살아남은 대원들도 모두 그에게 딸려 보냈다. 이후 후준산은 이듬해 2월까지 계속 화상모자산밀영에서 지내다가 송철암이 사망한 뒤에야 비로소 환인, 관전근거지로 정빈을 찾아왔다.

"밀영에서 놀고먹으면서 살만 피둥피둥 쪄가지고 왔구나."

이때 정빈은 후준산을 처형하려 했으나 딱히 죄목을 만들 수 없어 벼르던 중이었다.

"양 사령과 안 참모장이 저희 3연대를 노령산근거지로 이동하라고 명령했는데, 이철수가 듣지 않았습니다."

하지만 정빈은 이철수가 따로 보낸 편지를 받았다.

"네가 토벌대를 데리고 홍경밀영으로 찾아갔지?"

정빈은 그 자리에서 후준산을 포박하라고 명령했다. 그러자 후준산은 자기를 묶고 있는 소년대대 대대장 왕덕재(王德才)에게 소리쳤다.

"정빈과 이철수가 짜고 나를 모함하고 있다."

정빈은 후준산을 바로 처형하려 했으나 왕덕재가 극구 말리는 바람에 일단 귀틀집에 가두었다가 안광훈이 도착하자 석방했다. 정빈은 안광훈을 통해 풍검영, 구은혜 부부가 귀순하고 유하중심현위원회가 모조리 파괴되었을 뿐만 아니라 호국신까지 체포된 소식을 알게 되자 기절초풍할 지경이었다.

"호국신이 변절했으면 토벌대가 금방 우리한테 덮쳐들 겁니다."

"그러니까 말이오. 호국신이 알고 있는 밀영들은 모조리 폐쇄하고 환인현위원회에도 알려 조직들이 파괴되지 않게 미리 대비해야겠소."

정빈은 그날로 호국신이 알고 있으리라고 판단되는 환인, 관전근거지의 밀영 7, 8곳을 모두 폐쇄하고 새로 밀영 두 곳을 만들었다.

1982년 여름에 필자는 남만성위원회 기관의 주요 당직자들과 1군 군부 후방부문 책임자들이 거의 몰살당하다시피 한 우모오(牛毛鳥) 서차(西岔)밀영을 직접 답사했다. 중국말로 '쯔무타이즈(柞木台子)'라고 불렀던 작목태자밀영도 서차밀영에서 그다지 멀리 떨어지지 않은 오늘의 요령성 본계시 환인만족자치현(遼寧省 本溪市 桓仁滿族自治縣) 팔리전자진(八里甸子鎭)의 얼펑댄즈(二棚甸子, 이붕전자) 부근에 있었다. 굉장히 은밀한 위치였지만, 호국신뿐만 아니라 안광훈과 정빈까지도 다 일본군에 귀순하여 버리자 아무 쓸모가 없게 되었다.

안광훈은 정빈이 새로운 밀영을 건설하러 간 뒤 제일 먼저 환인현위원회 서기였던 이명산을 불러 부탁했다.

"풍검영이 변절하고 호국신도 체포되었소. 라오웨이가 전광 동지를 만나러 장백으로 나갔는데, 아마 지금쯤 노령산으로 돌아오고 있을 것이오. 양 사령이 교도대대와 이미 청원 쪽으로 이동했고, 우리도 모두 이곳으로 옮겨왔다는 사실을 모르는 라오웨이가 노령산으로 들어간다면 무슨 봉변을 당할지 알 수 없소. 더구나 호국신이 놈들한테 넘어갔는지 아니면 지금도 버티고 있는지 확인할 수 없는 상황이니 이곳 역시 안전하지 못하오. 빨리 라오웨이한테 사람을 보내 이 상황을 알려야 하오."

이명산이 선뜻 나섰다.

"제가 직접 가겠습니다."

이명산은 안광훈이 써준 편지를 가지고 그날로 길을 떠나 화전과 즙안 사이의 노령산 기슭에 도착했다가 황정해와 만나게 된 것이다.

위증민은 다시 동만강밀영으로 되돌아오고 말았다.

9월로 접어들었다. 이후 환인, 관전근거지로 돌아간 이명산은 위증민이 부탁한 대로 계속 사람을 보내 양정우 소식을 알려주었지만, 대부분 한참 지난 소식들이었다. 7월 중순경 노령산근거지에서 출정한 서정부대는 벌써 흥경현에 도착했고, 여기서 일본군 마츠바라(松原) 토벌대와 전투를 벌여 일본군 40여 명을 모조리 사살했다는 내용이 적혀 있었다. 9월에 마지막으로 전달된 편지에도, 서정부대가 흥경 3구에서 흥경 5구로 이동하여 관전현 마록구 도로경비대를 습격했고, 관전 사평가와 쌍산자 사이에서 경비대를 응원하러 달려오던 일본군 자동차 석 대를 습격해 일본군 30여 명을 사살했다고 한다.

소식을 전하러 왔던 통신원이 위증민에게 말했다.

"이번에 양 사령의 서정부대에 매달리는 부대들은 이상하게도 전부 일본군입니다."

"그래서 서정부대가 아직도 흥경 지방에서 벗어나지 못하고 계속 그곳을 배회하는 게 아닌지 모르겠소. 내가 빨리 도와야겠소."

위증민은 양정우의 서정부대를 지원하기 위해 여간 노심초사하지 않았다.

그는 이 일을 의논하기 위해 전광에게 사람을 보냈으나 매번 허탕치고 돌아왔다.

"전광 동지가 지금 조선 국내로 들어갔다고 합니다."

통신원의 말을 들은 위증민은 깜짝 놀라 다시 김성주에게 사람을 파견했다. 그러나 김성주도 만나지 못하고 돌아왔다.

이때 전광과 김성주는 권영벽, 이제순, 박금철 등 장백현위원회 주요 간부들과 함께 "9월 호소문"을 만들어 공작원들에게 나누어주고 있었다. 그들은 이 호소문을 한 봇짐씩 나눠 메고 몰래 압록강을 넘어 조선 국내로 들락거렸다. 그래서 위증민의 통신원이 몇 번이나 13도구밀영으로 전광을 찾아갔으나 번번이 만나지 못하고 다시 신흥동, 초수탄, 도천리 등 지방에 분산된 6사 사부 지방공작대 거점들로 김성주를 찾아다녔지만, 역시 만날 수가 없었다.

후에 통신원은 도천리에 들렀다가 가까스로 김주현과 만났다. 그때는 6사 여성중대 여대원 김수복이 피살되었던 '주경동사건'이 발생한 지 얼마 안 되었을 때였다. 신분이 폭로된 김주현은 도천리뿐만 아니라 가재수, 신흥촌, 왕가동, 홍산, 반재구 등지의 광복회 조직원들 집들을 옮겨 다니면서 숨어 지냈다. 그러나 이곳 조직들도 계속 파괴되고 있었다. 보천보전투에 이어 간삼봉전투가 발생한 지 불과 2개월도 안 된 사이에 혜산경찰서 고등계 경찰들이 총출동하다시피 압록강을 넘어와 장백현 내의 광복회 조직을 색출하고 있었다. 여기에 장백현 경찰대대는 물론 만주군까지 동원되어 김성주를 찾아다니고 있었다.

얼마 뒤에는 '혜산사건'이 발생한다. 그런 줄도 모르고 전광과 김성주는 서로 조선으로 들어갔다 오겠노라고 옥신각신했다.

김성주는 회고록에서 전광 이름은 한마디도 언급하지 않으면서 자신이 직접 정치공작조를 데리고 압록강을 넘어 신흥, 풍산까지 들어갔다 나온 것처럼 이야기한다. 그러면서 '내'가 직접 조선 국내로 들어가겠다고 하니 군정 간부들이 모두 나서서 간청하다시피 반대했다고 한다. 그 뒤부터 '나'는 '우리'로 바뀐다. 누가 따지고 든다면 '나'의 파견을 받고 국내로 들어갔던 사람들을 '우리'라고 표현했다고 둘러댈 수 있기 때문은 아닐까? 실제로 신흥을 거쳐 풍산 지구에까지 "9월 호소문"이 전해진 것은 사실이나 그것을 가지고 직접 국내로 들어갔던 광복회 최고책임자는 김성주가 아닌 전광이었다.

전광을 경호했던 김주현은 직접 소분대를 이끌고 압록강을 건넌 뒤 부전령산줄기 남쪽 기슭에 있는 신흥 지구의 울창한 수림으로 안내했다. 여기서 박달이 마중 나와 전광은 그와 함께 갑산군 운흥면 철도공사장 노동자들을 만나러 갔고, 김주현은 무산군 백무선 철도공사장으로 떠났는데, 이때 철도공사장에서 체포된 광복회 회원 하나가 형사한테 이렇게 자백했다.

"만주에서 광복회 책임자가 직접 갑산군에 왔는데, 우리와 만나자는 연락을 받았습니다."

"그 책임자가 박달이냐, 아니면 김일성이냐? 누가 직접 왔다더냐?"

함경남도 경찰부에서는 이 회원의 연줄을 타고 혜산에서 또 다른 회원 3명을 체포했는데, 이 중 박달이 직접 교육한 간부 김철억이 있었다. 김철억은 사촌형 김창영과 함께 장백현으로 들어와 권영벽을 만났고, "9월 호소문"을 한 배낭 받아 몰래 혜산으로 돌아왔다.

위증민이 급히 전광을 찾는다는 연락을 받은 권영벽은 대신 보낼 사람이 없어 직접 옥양목으로 바지와 저고리를 지어입고는 부랴부랴 길을 떠났으나, 강을 건너는 도중 도강증을 검사하는 형사들한테 붙잡히고 말았다. 평소 권영벽은 옥양목 바지저고리 차림으로 찍은 사진을 가지고 다니면서 검문에 걸리면 능청스럽게 "사진관에 가서 사진 찍고 돌아오는 길이오." 하고 둘러댔는데, 이날은 형사 곁에 낯익은 얼굴 하나가 같이 있다가 권영벽을 알아보고는 형사 귀에 대고 소곤거렸다.

"저 사람이 바로 장백현 광복회 우두머리입니다."

'저자는 언젠가 박달의 소개 서신을 가지고 나를 찾아왔던 김창영 아닌가? 원래 밀정이었단 말인가?'

권영벽은 후닥닥 형사를 밀치고 강물에 뛰어들었다.

형사들이 강변을 따라 내려오면서 계속 총을 쏘았지만 명중하지 못하자, 그 길로 압록강을 건너 장백현으로 들어왔다. 그때 이미 장백현 신흥촌 주변에서 잠복하던 혜산경찰서 파견대는 고등계 주임 최연의 인솔로 상강 쪽으로 도망가는 이제순 뒤를 쫓던 중이었다. 최연이 남겨놓은 사복형사 둘이 밤에도 이제순의 집 닭장 뒤에 몸을 웅크리고 숨어 있었는데, 그런 줄도 모르고 느닷없이 남편을 찾아온 권영벽을 보고 이제순의 아내 최채련이 소스라치게 놀랐다.

"낮에 혜산에서 나온 형사들이 여기까지 왔댔어요."

"그럼 동석(東石, 이제순의 본명)이는 어떻게 됐소?"

"이틀 전 낌새가 좋지 않다면서 상강(上岡)에 있는 아주버님 댁(이제순의 형 이효순)으로 피신했는데, 그곳이라고 무사하겠어요? 오늘쯤 소식을 보내겠다고 했는데, 계속 연락이 없어요."

권영벽은 그 이야길 듣고 바로 떠나려 했다.

"시간이 없으니 묵은 밥이라도 있으면 좀 주오. 길에서 먹겠소."

최채련은 급히 주먹밥을 만들어 삶은 감자 몇 개와 함께 봇짐 속에 넣어주면서 말했다.

"잠깐 기다리세요. 달걀이 있나 보고 올게요."

길에서 생달걀이라도 먹게 하려 했는데, 달걀은 없고 차가운 권총이 손에 섬뜩하게 부딪쳐왔다. 잠복하던 형사 둘은 권영벽을 미행하려고 지켜보던 중이었는데, 갑자기 최채련이 닭장으로 오는 바람에 발각된 것이다.

형사가 급히 최채련 입을 틀어막았으나 새된 비명이 이미 울린 뒤였다. 거기다가 놀란 닭들이 닭장 속에서 푸드덕거리고 울어대자 권영벽은 후닥닥 울바자(울타리를 만드는 갈대나 싸리 따위) 박차고 마을 밖으로 달려갔다. 형사 둘이 뒤를 쫓아왔다. 상강구까지 뛰었던 권영벽은 온종일 아무것도 먹지 못한 데다 권총에도 탄알이 떨어져 반격할 수가 없었다. 그는 지친 나머지 길바닥에 쓰러지고 말았다.

주변 숲속에 숨어 있던 이제순의 형 이효순은 권영벽이 끌려가는 것을 눈앞에서 빤히 바라보면서도 손을 쓸 수가 없었다. 해방 후 북한 당내에서 갑산파 대표인물이었던 이효순, 박금철 등이 제거될 때, 권영벽을 구하려고 뛰어나가지 않았던 것도 이효순의 죄목 중 하나가 되었다. 혜산 형사들이 권영벽을 마차에 신고 갈 때 구경하러 나왔던 마을 사람들 속에서 이효순을 발견한 권영벽은 계속 눈짓을 보냈다. 함부로 경거망동하지 말라는 지시였다.

권영벽을 실은 마차가 신흥촌에 들렀는데, 형사들이 그 동네에서 저녁을 먹을 때 이삼덕[95]이라는 이제순의 친구가 형사들에게 동의를 구하고 권영벽에게 물을 가져다주면서 몰래 이야기를 나눴다. 권영벽은 이삼덕에게 김주현이 있는 곳을 알려주면서 이렇게 전하게 했다.

"큰집에서 갑산으로 장 보러 갔던 아주버님을 급히 찾고 있으니 빨리 돌아오게 하오."

큰집은 항일연군이고 아주버님은 전광을 가리키는 것임을 어렵지 않게 짐작할 수 있다. 이때 김주현도 조선으로 들어가 돌아오지 않았기 때문에 대신 이삼덕에게 연락받은 이효순과 박금철이 의논한 끝에 박금철이 직접 갑산으로 들어가기로 했다.

"그러잖아도 얼마 전 마동희와 장증렬이 갑산으로 들어갔는데, 이 두 사람 모두 전광 동지 얼굴을 알고 있으니 다행이오. 더구나 마동희가 그곳에 살던 사람이니 그에게 맡기면 금방 해낼 것이오."

박금철은 부리나케 갑산으로 들어갔다.

마침 전광은 경위원 안경청과 함께 공사장 인부로 위장하고 운흥면 철도노동자 숙소에서 지냈는데, 어떻게 신분을 위조했는지 후에는 삼수의 한 목욕탕에 취직까지 했고, 목욕탕 주인 딸에게 영어를 가르치면서 환심을 샀다고 한다. 목욕탕 주인 딸은 갑자기 사라져버린 전광을 찾아 장백현까지 들어와 여기저기에서 전광의 행적을 수소문하고 다녔다고 한다.

---

95 이삼덕은 광복회 장백 지구 책임자 중 하나였으며, 당시 장백현 신흥촌 촌장이었다는 설도 있다.

박금철은 압록강을 넘어서자마자 형사들에게 쫓기다 보니 온종일 물 한 모금 마시지 못하고 밤에도 인가를 피해 숲속에서 잤다. 얼굴도 씻지 못 하고 옷까지 엉망이 되자 아예 거지로 위장하고 여기저기 떠돌아다니면서 겨우 박달을 찾아 냈다. 온 얼굴에 기름때가 번질번질한 박금철을 박달도 알아보지 못할 지경이 었다.

"아니, 왜 이 모양이 됐소?"

"큰일 났소. 권 서기(권영벽)가 체포되었소. 신흥촌의 이 촌장도 체포되었고, 서웅진과 박인진도 체포되었소. 광복회는 이제 끝장났소. 남만성위원회에서 빨리 전광 동지에게 돌아오라고 하는데, 하도 사람이 없어서 내가 직접 이 모양을 하고 나왔소. 동희를 만나면 금방 소식을 전하고 돌아가려 했는데, 동희 집에 갔더니 그의 아버지가 목이 타도록 설명해도 나를 믿지 않았소. 동희가 피신한 곳을 분명 아는 것 같은데도 절대 알려주지 않으니 낸들 어쩌겠소."

박금철은 박달과 헤어진 뒤 돌아오는 길에 혜산에 들렀다. 박달이 새 옷으로 갈아입으라고 준 돈을 가지고 혜산에 들렀는데, 목욕탕에서 목욕부터 하고 머리를 깎은 다음 백화상점을 돌아다니다가 그만 최연 눈에 띄고 만 것이다.

그로부터 2개월 뒤인 1937년 11월 28일에 옛 친구 김태선의 밀고로 갑산에서 체포된 마동희 이야기는 앞에서 소개했다. 마동희를 다룬 북한의 영화와 책들에 흥미 있는 대목이 나온다. 형사들은 마동희에게 '조선혁명군 사령부 위치를 대라.'고 문초한다. 김성주도 회고록에 마동희가 "고문을 받아 정신을 잃었을 때 헛소리라도 쳐서 혹시 혁명 사령부의 위치를 노출시킬 수 있다는 것을 생각하고 스스로 자기 혀를 깨물어 끊었다."고 썼다.

그러나 함남경찰부에 마동희와 함께 붙잡혔던 장증렬의 입을 통해 김성주가 조선 땅에 있지 않았다는 사실을 알 수 있다. 더구나 마동희를 체포할 때 그를 고발했던 김태선뿐만 아니라 장증렬까지도 모두 귀순한 사실이 바깥에 알려졌기에 그들이 설사 김성주가 주둔했던 밀영 위치를 알고 있었다 해도 이미 소용없는 일이 되고 말았다.

그러면 최연은 마동희 입에서 누구를 찾고 싶었던 것일까? 마동희가 혀까지 끊어가면서 지켜내고 싶었던 사람은 박달 아니면 전광이었을 것이다. 덕분에 장백과 혜산 지방 광복회 조직들이 거의 파괴된 '혜산사건' 당시 제1차 검거선풍 때도 박달만은 용케도 빠져나갈 수 있었다.

6. 삼도양차로 이동하다

한편 위증민은 눈이 빠지도록 전광을 기다렸다. 위증민이 파견한 통신원들이 쉬지 않고 장백 지구를 돌아다니면서 전광과 김성주를 찾아다녔으나 모두 헛물만 켜고 돌아왔고, 장백 지방의 광복회 조직들이 속속 파괴되고 있다는 소식까지 날아들었다. 그러다 장백현위원회 당 서기 권영벽까지 체포되었다는 소식을 들어오자 위증민은 그만 체념하고 말았다.

"보나 마나 조직을 복구하는 일로 정신이 하나도 없나 봅니다."

박덕산이 김성주 편을 들며 말했다.

"내 보기에는 그런 것 같지만은 않소. 김 사장은 6사를 서정부대에 참가시킬까봐 지레 겁을 먹고 일부러 피하는 것이 틀림없소."

전영림은 계속 바람을 넣었다. 위증민도 처음에는 믿지 않았으나 통신원들이 김성주를 찾아내지 못 하자 반신반의하기 시작했다.

"작주 동무, 전 사령 말대로 정말 김 사장이 그렇소?"

위증민이 참지 못하고 왕작주에게 물었다.

"김 사장이 얼마나 조직 원칙이 강한 사람인데, 그렇게까지야 하겠습니까. 지방 당 조직들이 모조리 파괴되고 있으니 복구하느라 바삐 지내고 있을 겁니다."

왕작주도 박덕산과 함께 김성주를 변호했다.

나중에 김주현이 드디어 동만강밀영에 나타나자 위증민은 그에게 따지고 들었다.

"도대체 어떻게 된 일이오? 왜 전광 동지도 김 사장도 모두 연락이 안 되오?"

"전광 동지는 국내로 들어갔는데, 마침 전광 동지가 갔던 갑산군 운흥면 철도공사판에서 우리 광복회 회원 하나가 몸에 지녔던 전단이 발각되면서 경찰에 잡혔습니다. 다행히도 전광 동지는 공사판을 빠져나와 삼수 쪽으로 몸을 피했는데, 그 뒤로 연락이 끊어지고 말았습니다."

그러자 위증민은 어찌나 놀랐던지 얼굴이 백짓장처럼 하얗게 질렸다. 한참 아무 말도 못하다가 가까스로 물었다.

"아니, 어떻게 그렇게 위험한 곳으로 직접 가게 만들었단 말이오?"

"김 사장이 자신이 간다고 나섰지만 전광 동지가 듣지 않았습니다. 나중에는 김 사장한테 새로운 임무를 맡기면서 명령까지 내렸습니다."

"어떤 임무 말이오?"

"간삼봉에서 당한 놈들이 틀림없이 13도구로 다시 몰려들 거라면서 이곳에서 몇 차례 더 전투를 벌이면서 서서히 임강현 쪽으로 작전 지역을 이동하라고 했습니다."

그러면서 김주현은 지금 김성주가 임강현으로 이동했다고 알려주었다.

김성주는 회고록에서 이때 6사 사부가 주둔했던 곳이 신태자밀영이라고 기억한다. 그러나 임강현에 신태자라는 지명이 존재하지 않았다. 대신 1937년 10

월 중순경에 방진성의 독립여단이 남만에 도착했을 때 위증민이 그들을 마중했던 장소는 임강현 육도구진(六道溝鎭) 삼도양차(三道洋岔) 골이었다.

김주현이 돌아가기 전에 왕작주가 위증민에게 몰래 소곤거렸다.

"북만에 나갔던 방 여단장 부대가 곧 도착할 텐데, 김 사장에게 만나러 오라고 하면 당장 달려올 것입니다."

위증민은 왕작주가 시키는 대로 김주현에게 말했다.

그랬더니 김주현이 물었다.

"독립여단 인원이 최소한 150명은 될 터인데, 그들에게 먹일 식량이 만강에 있습니까?"

그 바람에 위증민은 어찌할 줄 모르게 되었다. 그러잖아도 동만강밀영에 비축해둔 식량이 거의 바닥나고 있었기 때문이다. 이 식량도 위증민이 노령산근거지에서 나올 때 김성주가 그와 만나러 오면서 한 중대 대원들을 동원해 가져다 준 것이었다.

김주현은 김성주의 부탁을 전했다.

"혜산과 장백 두 지방에서 대대적인 검거선풍이 일어났고 토벌대들도 지금 13도구밀영으로 기어들었습니다. 4사는 다시 화룡 쪽으로 이동했고 2사도 한창 서강 쪽으로 이동 중입니다. 과거에 우리가 늘 무송으로 피신했기 때문에 이번에도 장백에서 우리를 놓친 놈들이 틀림없이 무송으로 주의를 돌릴 것입니다. 그러니 위증민 동지도 동만강밀영을 버리고 임강으로 이동하는 것이 어떻겠느냐고 의향을 물어보라고 했습니다. 더구나 지금 삼도양차에 새로 만든 밀영에는 우리가 13도구에서 가지고 나왔던 식량과 서강성전투와 마순구전투에서 노획한 것까지 합쳐 1, 2년은 먹을 수 있는 분량이 있습니다. 삼도양차뿐만 아니라 오도양차와 신태자에도 밀영을 만들고 있습니다. 그러니 독립여단이 서간도에 들어와도 일단 임강 지방에서 휴식하는 것이 좋지 않겠느냐고 합니다."

위증민의 얼굴이 밝아지기 시작했다.

이렇게 되어 위증민 일행은 1937년 10월 중순경, 동만강밀영에서 임강현으로 이동하게 되었으며 삼도양차에서 김성주의 6사 사부와 회사했다. 동만강밀영에서 만났다가 헤어진 지 불과 2개월밖에 안 된 시간이었으나 위증민에게는 2년처럼 긴 시간이라 해도 과언이 아니었다.

정작 김성주와 만난 위증민은 아무 말도 할 수가 없었다. 김성주의 모습이 얼마나 초췌했던지 그가 겪었을 마음고생이 이만저만이 아니었음을 알 수 있었다. 지난 1년 동안 장백현을 근거지 삼아 부챗살처럼 조선 북부 지방을 향해 뻗어나가던 광복회 조직들이 계속 파괴되고 있었기 때문이다. 장백현위원회 주요 책임자 권영벽과 이제순까지 체포되자 조직 복구에 대한 일말의 희망도 사라져버린 채 김성주는 그만 맥을 놓다시피 했다.

"그동안 마음고생이 얼마나 심했소?"

오히려 위증민이 먼저 김성주를 위로해야 할 지경이었다. 김성주도 속 타는 심정을 인정했다.

"제가 지금 가장 속이 타는 것은 전광 동지도 소식이 없다는 것입니다. 제가 결사적으로 막았어야 했는데, 막아내지 못했습니다. 만약 전광 동지께 무슨 일이 생긴다면 그것은 전적으로 제 불찰입니다."

"무소식이 희소식이라고 하지 않소. 원체 산전수전 다 겪은 분이고 적후투쟁 경험도 많은 분이니 별탈이 없이 나타날 게요."

위증민은 김성주 등과 함께 1군의 서북원정을 돕는 일에 관해 의논했다.

"좀 늦은 감도 있지만 6사가 비로소 임강 경내로 이동 했으니 혜산과 장백으로 쏠리는 놈들의 예봉을 일단 피한 셈이오. 우리 2군은 여전히 남만성위원회와 1로군 당위원회에서 제정한 전략 방침에 따라 1군의 서북원정을 지원해야 합니다."

따라서 김성주도 6사가 계속 임강을 거쳐 화전, 해룡 쪽으로 이동해야 한다는 위증민의 결정을 받아들이지 않을 수 없었다. 저녁에 왕작주가 몰래 막사로 찾아오자 김성주는 그의 손을 잡고 한숨을 푹푹 내쉬었다.

"정말 큰일이오. 큰일. 장작개비로 눈사태를 막으라는 소리 아니오?"

김성주가 이렇게 불만을 내비치자 왕작주가 설득했다.

"김 형, 이번에 위증민 동지와 지내면서 1군 사정을 좀 들었는데, 양 사령이야말로 지금 장작개비로 눈사태와 맞서는 중이었소. 그분이야말로 1로군과 남만이라는 한 지역에 국한하지 않고 전 중국의 항일전선을 염두에 두었으니 어떡하겠소. 우리도 대승적인 차원에서 그 전략 방침에 따르지 않으면 안 됩니다."

"원, 왕 형은 내 곁을 떠난 지 얼마나 됐다고 벌써 이렇게 바뀌었소?"

김성주는 섭섭한 감정을 억누르며 말을 이었다.

"속담에도 누울 자리 보고 발을 뻗으라고 했소. 나는 단순히 군사적인 관점에서만 서북원정이 불가능하다고 보는 게 아니오. 중국 대원들이 비교적 많은 1군을 중심으로 서정부대가 조직된 것에 내가 한 번이라도 반대의견을 냈던 적이 있었소? 이번에도 결국 8연대를 내놓지 않았소. 그런데 2, 4, 6사 전부를 서쪽으로 이동시키려 한다면 문제가 있소. 보다시피 우리 6사에는 조선 동무가 많소. 모두 조국을 눈앞에 두고 있소. 이 동무들한테 조국을 등지고 멀리 서쪽으로 가서 싸워야 한다고 설득하란 말이오?"

김성주가 이처럼 반발하자 왕작주는 잠잠히 듣고만 있었다. 왕작주가 아무 말도 하지 않자 김성주는 계면쩍은 듯 왕작주를 툭 건드렸다.

"왜 말이 없소? 갑자기 바보가 됐소?"

"어떻게 합니까? 전광 동지라도 계시면 그분이 우리를 대신해 양 사령이나 라오웨이를 설득할지도 모르지만, 현재로서는 명령에 따르는 도리밖에 없잖습니까."

"그러게 말이오."

김성주도 동감이었다. 이때 왕작주가 불쑥 물었다.

"혹시 김 형이 양 사령을 직접 만난다면 그 앞에서 서북원정이 불가하다고 말씀드릴 수 있겠습니까?"

"최소한 군사적인 면에서 기병도 없는 우리 항일연군이 자동차와 장갑차까지 있는 일본군의 봉쇄를 뚫고 수천 리나 되는 평원지대를 치고 나가는 것 자체가 무리라는 점은 분명히 말씀드릴 용의가 있소."

이에 왕작주도 머리를 끄덕였다.

"김 형, 우리 둘이 의견을 통일합시다. 우리는 다만 군사적인 문제만으로 의견을 냅시다. 조선 동무가 많은 6사는 조선과 가까운 곳을 작전지역으로 삼고 활동해야 한다는 논조를 절대 입 밖에 내면 안 됩니다."

며칠 뒤 방진성의 독립여단이 삼도양차에 도착했다. 1937년 10월 중순경이었다. 새로 만들기 시작한 오도양차의 밀영이 또 완성되어 위증민 등은 그리로 옮겨갔다. 방진성은 부대를 삼도양차에 주둔시키고 정치위원 이준산과 함께 위증민을 만나러 떠났는데, 부대와 함께 삼도양차에 남았던 최춘국은 정신없이 김성주 막사를 향해 달려왔다.

"춘국이, 이게 얼마 만이오?"

김성주는 왕청유격대 시절 부하였던 최춘국과 얼싸안았다. 그의 군복은 너덜거렸고 신발은 닳아서 여기저기 터져 있었다.

"나도 김 정위가 얼마나 보고 싶었는지 모릅니다. 홍권이도 철산이도 이번에 김 정위와 만나게 되면 다시는 헤어지지 말자고 약속했는데, 그만 함께 오지 못했습니다."

최춘국은 그간 북만원정에서 겪었던 일들을 김성주에게 들려주었다.

3월에 의란에서 출발하여 남만까지 도착하는 데 4개월이란 긴 시간이 걸렸고, 그 사이 발생했던 여러 일들은 그야말로 밤낮을 이어가면서 이야기해도 끝이 없을 듯했다. 특히 작전 문제로 거의 매일 충돌했던 방진성을 길들였던 과정을 들으면서 김성주는 때로는 너무 분해 주먹을 불끈 틀어쥐기도 했고 때로는 함께 소리 내어 웃음을 터뜨리기도 했다.

"이준산 동무가 아니었다면 큰일 날 뻔했구먼."

독재자나 다를 바 없었던 방진성을 길들이는 과정에서 최춘국의 제일 큰 무기는 당위원회를 소집하는 것이었다. 최춘국은 당위원회 서기였지만 군사 직위는 여단 산하 1연대 정치위원이었기 때문에 방진성의 부하였다.

"무슨 놈의 당위원회를 전투 때마다 한단 말이오?"

방진성은 화가 나서 미칠 지경이었다. 그러나 그때마다 여단 정치위원인 이준산이 언제나 최춘국 손을 들어주었다. 다른 3연대 출신 간부들과 달리 이준산은 영안에서 북만원정부대를 조직할 때 주보중이 직접 임명하여 파견한 정치위원이었기 때문에 방진성도 함부로 할 수 없었다. 늘 이준산이 나서서 방진성을 설득했다.

"지금과 같은 비상 시기에는 당위원회에서 함께 작전계획을 수립하고 통과한 뒤에 진행하는 것이 오히려 방 여단장에게 더 이롭습니다. 설사 전투에서 손실을 입게 되더라도 공동으로 책임질 것이니까요."

최춘국 이야기를 듣고 김성주도 감탄하지 않을 수 없었다.

"중국 동무들 가운데는 라오웨이를 비롯해 우리 조선 동무들한테 정말 고마운 분들이 적지 않소. 이준산 동무도 그 가운데 한 분이라고 보오."

"이준산 정위는 오히려 김 사장과 영안의 산동툰에서 처음 만났던 얘기를 자주 합니다. 그때 산동툰 서북쪽에서 만주군 놈들에게 포위되었을 때 만약 김 사장께서 조금만 늦게 도착했더라면 자신은 살아남지 못했을 거라고 했습니다. 게다가 명사수 '장폴(장용산)'을 달라고 했는데, 선선히 넘겨주었던 일을 정말 감사하고 있습디다."

최춘국은 전철산과 홍권을 데리고 오지 못한 것이 자기 잘못인 것처럼 면목없어 했다.

"액목까지 다 와서 할바령을 넘다가 전철산 동무를 잃어버렸고, 홍권 동무와도 헤어지게 되었습니다. 그나마 홍권 동무는 5사 부대와 합류했기 때문에 시름을 덜었지만, 같이 오지 못한 것이 너무 아쉽습니다."

"춘국 동무만이라도 무사히 돌아왔으니 얼마나 다행이오. 나도 다시는 춘국 동무와 헤어지지 않겠소. 마침 라오웨이도 여기 와 계시니 어떤 일이 있어도 춘국 동무를 내 곁으로 오게 하겠소."

김성주가 이렇게 위로하자 최춘국은 오히려 머리를 저었다.

"왜 그러오?"

"여기까지 오면서 저희 독립여단 상황이 좀 많이 바뀌었습니다. 방 여단장이 이제는 제가 없으면 하루도 못 견딥니다. 무슨 일이나 전부 저와 의논하고 제가 수긍을 해야만 진행합니다."

김성주는 놀라지 않을 수 없었다.

"아니, 이제는 그렇게까지 됐단 말이오? 이건 정말 사건이구먼."

"방 여단장이 노야령을 넘을 때만 해도 우리 조선 동무들을 얼마나 우습게 알고 멸시했습니까. 그런데 북만에 가서 눈을 뜨게 된 거지요."

최춘국은 북만에서 최용건을 만났던 이야기를 했고, 최용건을 비롯해 김책, 이복림 등 조선인 대부분이 당과 군대 고위직에서 활약하고 있는 사실을 알려주었다.

특히 주보중의 5군에서 파견받은 원정부대라는 말을 듣고 찾아왔던 최용건은 이준산에게 주보중의 안부를 물으면서, 주보중이 자기와는 운남강무당에서 함께 공부했던 사이라는 이야기도 했다. 이후 황포군관학교에서 교관으로 있을 때는 3군 조상지까지도 그가 교관 겸 구대장으로 있었던 학생대에서 공부했다는 사실을 알게 되었을 때 방진성과 이준산 등은 모두 두 눈이 휘둥그레지고 말았다고 한다.

"북만의 조선 사람들은 정말 대단하구려. 어떻게 된 판이기에 전부 고위직이구먼."

방진성은 혀까지 내둘렀다.

남만으로 돌아오는 길에도 여러 차례 위기를 겪으면서 방진성은 중국인 부하들한테 적잖게 인심을 잃었지만, 최춘국을 비롯하여 지병학, 김홍파, 김룡근 등 독립여단 조선인들이 나서서 마지막까지 방진성을 버리지 않고 끝까지 도와주었다.

"춘국이 고맙소. 과거에 내가 잘못한 것들은 다 잊어주오."

결국 방진성 눈에서 눈물이 쏟아지고 말았다.

"이제부터 조선인들은 내 친형제요. 누구든 조선인이라고 함부로 우습게 대했다가는 나부터 허락하지 않을 것임을 모두 알기 바라오."

방진성은 전체 독립여단의 중국 대원들에게 선언하다시피 했다.

"난 그런 줄도 모르고 군 참모장한테 벌써 부탁까지 해놓았소. 우리 8연대를 통째로 넘겨줄 테니 춘국이만은 6사로 옮겨 달라고 말이오. 아마 지금쯤 방 여단장 귀에도 들어갔겠소."

김성주는 방진성의 이와 같은 변화도 즐거웠다. 그러잖아도 최춘국만 데려오면 방진성 밑에 남아 있을 다른 조선인들이 불이익이라도 받게 되지 않을까 걱정했다. 그런데 지금 최춘국 이야기를 듣고 보니 그런 걱정이 다 가셨다.

"만약 병학이랑 룡근이도 함께 나오면 모르겠지만, 그들을 놔두고 혼자만 올 수 없습니다."

김성주도 수긍하지 않을 수 없었다. 특히 지병학의 경우는 최춘국의 그림자나 다를 바 없이 언제나 곁에 있는 부하였다.

왕청유격대 시절부터 최춘국을 따라다녔던 지병학은 광복 이후 북한군의 첫 포병연대장이 되었고, 중국 국공내전 당시 김성주의 파견을 받고 직접 포병 한 대대를 이끌고 중국으로 들어와 임표의 제4야전군을 돕기도 했다. 이후 북한군 인민무력부 부부장까지 되었으나 1976년 '김동규사건'[96] 때 말려들어 숙청당하

---

96 김동규사건(金東奎事件)이란, 1976년 6월 북한 노동당 정치국 회의에서 당시 북한의 국가 부주석이었던 김동규와 이용무 군 총정치국장, 지경수 당 검열위원장, 그리고 지병학 인민무력부 부부장 등이 "당과 국가의 일상 사무가 김정일 중심으로 운영되고 있다."며 비판했던 일로 유발된 숙청사건이다. 당초 김정일이 후계자로 지정될 때 김동규는 최현과 함께 "장자를 후계자로 삼아야 한다."고 주장했기 때문에 김일성, 김정일 부자에게 환심을 샀다. 그러나 후에 김정일의 횡포가 극심해지자 이를 제지하려다 숙청되었다.
김동규는 1933년에 연길현유격대에 참가했고 동북인민혁명군 제2군 독립사 시절 2연대 참모장 류란환이 사망하면서 약 3개월가량 참모장직을 맡았던 적이 있었다. 이후 2군 군장 왕덕태의 신변에서 군부 교도대대 중대장과 참모장을 지냈고, 1938년에는 제3방면군 14연대 연대장이 되었다. 이 시절 13연대 연대장을 지냈던 최현과 15연대 연대장을 지냈던 이용운(李龍雲, 왕덕태의 경위소대장)과 더불어 제3방면군 총지휘 진한장 휘하의 3대 맹장으로 소문나기도 했다. 그는 김일성보다는 진한장의 직계 부하였다. 그러나 최현과는 유격대 시절부터 함께했던 친구였다. 1945년 광복 이후 북한으로 돌아가 조선노동당 중앙위원, 정치국 위원, 당 중앙위원회 국제부장, 평양시 책임비서와 국가 부주석을 지냈다. 김동규사건 이후 얼마 지나지 않아 김정일은 김동규에 대한 연금을 해제했

고 말았다. 당시 김정일은 항일연군시절 제3방면군의 연대장 출신으로 안길, 최현 등과 친구였던 국가 부주석 김동규와 북한국 총정치국장 이용무, 당 검열위원장 지경수까지도 인정사정 두지 않고 모두 감금했지만 지병학만은 김성주가 직접 지시하여 바로 석방되었다.

"최춘국이 살아 있다면 얼마나 섭섭해 하겠느냐. 지병학은 감금하지 말아라."

김성주가 직접 이렇게 지시했다는 후문이 전해진다. 최춘국에 대한 김성주의 마음이 얼마나 깊었는지 짐작하게 만드는 대목이기도 하다. 그만큼이나 최춘국은 김성주의 항일역사에서 아주 주요한 부분을 차지한다. 『항일빨치산 참가자들의 회상기』에도 김성주가 왕청유격대 정치위원으로 있을 때 그의 밑에서 중대 지도원으로 있었던 최춘국 이야기가 나오는데, 북한에서는 이 시절 이야기로 〈새 정권의 탄생〉(상·하, 1982년)이라는 제목의 영화까지 만들었다. 그것도 한 편이 아니고 두 편이나 되는데, 모두 왕청 시절 이야기를 다루고 있다.

최춘국은 1935년 6월 2차 북만원정 당시 김성주와 헤어졌다. 이후 방진성과 함께 2, 5군 연합 원정부대에 소속되어 북만으로 나갔다가 남만으로 돌아온 뒤에도 계속 독립여단에서 활동했다. 김성주는 진심으로 최춘국을 6사로 데려오고 싶어했다고 한다. 당시 최춘국은 독립여단 당위원회 서기 겸 여단 산하 1연대 정치위원이었기 때문에 만약 6사로 왔다면 김성주의 정치위원으로 임명되었을 가능성도 없지 않다. 정치위원 조아범이 2사 사장으로 옮겨간 뒤 6사 정치위원 자리가 줄곧 비어 있었기 때문이다.

이는 전광이 6사와 함께 행동하면서 장백 지구의 광복회 조직을 직접 지도한 것과도 분리할 수 없다. 권영벽을 비롯해 박녹금, 장증렬, 마동희 등 장백현위원

다. 이후 김동규는 다시는 공개석상에 얼굴을 드러내지 않았지만 항일빨치산 출신 간부로 대우받다가 1984년에 평양에서 사망했다.

회 주요 일꾼들이 모두 6사에 소속된 간부들인 데다 그들의 가장 주요한 사업인 광복회를 전광이 직접 지도했기 때문이다. 때문에 전광은 일부러 조아범의 후임자를 따로 임명하지 않았는지도 모른다.

"9월 호소문"을 국내에 살포할 때도 그렇다. 전광은 몰래 조선으로 들어가려 했던 김성주 대신 자신이 직접 압록강을 건너 함남 지방을 돌아다녔다. 이로 볼 때 전광은 2군 정치부 주임과 6사 정치위원직을 겸직이라도 한 것처럼 행동했다는 인상을 준다.

39장
악전고투

"사람은 원래 죽고 싶어 하지 않는다.
나도 체포되고 나서 어떻게든 목숨을 유지하고 싶었다.
그러나 사실이 증명하다시피 혁명과 반혁명 사이에 다른 길은 없다,
나는 죽지 않을 수가 없다."

1. 서북원정 바람

1937년 11월이 가까워오면서 상황이 갑작스럽게 변하기 시작했다. 전광이 파견해 국내로 들어갔던 박금철과 마동희, 장증렬 등이 모두 체포된 데다 이들을 직접 장악하고 있었던 장백현위원회도 파괴되었기 때문이다.

9월경 조선으로 잠입해 들어갔던 전광은 11월이 다 되어서야 불쑥 나타났다. 도천리에서 그를 마중한 김주현은 바로 신태자밀영으로 전광을 안내했다. 당시 신태자밀영에는 7연대가 주둔하고 있었고, 김성주와 6사 사부는 삼도양차밀영에 주둔했다. 김주현이 보낸 통신원에게서 먼저 연락받은 김성주는 전광이 무사하게 돌아왔다는 소식을 위증민에게도 알리는 한편 직접 임수산, 김재범 등과 신태자밀영으로 마중하러 갔다.

"아니, 어떻게 된 일이오? 라오웨이가 임강에 있단 말이오?"

전광은 김성주에게서 위증민 등이 오도양차밀영에 있다는 말을 듣고 무척 놀랐다. 계획대로라면 지금쯤 위증민은 양정우의 서정부대와 함께 청원 쪽에 있어야 했다. 7월 말경 동만강밀영에서 전광과 헤어질 때 위증민은 전영림 8연대를 이끌고 당장이라도 노령산근거지로 이동할 태세였기 때문이다.

"그 사이 많은 문제가 발생했습니다. 양 사령은 라오웨이를 기다리지 않고 먼저 출발했던 모양입니다. 환인현위원회 책임자가 직접 무송까지 라오웨이를 찾아왔습니다. 그분이 돌아간 뒤에도 통신원을 몇 번 보내왔다는데, 이미 서쪽으로 출정한 양 사령 쪽 상황도 그렇게 녹록지 않은 모양입니다."

전광은 김성주가 하는 이야기를 듣다가 물었다.

"길에서 김주현 동무한테 대충 상황을 들었소만, 라오웨이의 최종 결정은 도대체 뭐요? 6사 나머지 부대도 계속 길해선 쪽으로 출정하라는 게요?"

김성주는 말없이 머리를 끄덕였다.

"그러나 아직까지 최종 결정을 내리지는 않았습니다. 동지가 돌아오셨으니, 반드시 동지의 의견을 들어본 다음 결정을 내릴 겁니다."

김성주가 덧붙이자 전광도 알겠다는 듯이 머리를 끄덕였다.

전광은 임수산 등에게 좀 떨어져서 오게 하고 김성주에게 계속 물었다.

"양 사령의 서북원정은 이론적으로는 그럴 듯하지만 군사적인 면에서 보면 맹목적인 부분이 없지 않은데, 왜 왕작주 동무로 하여금 라오웨이한테 설명드리도록 하지 않았소?"

"라오웨이는 군사보다는 이론에 더 집착하는 분이니, 왕작주 동무가 언젠가 양 사령과 만나면 직접 설명드리겠다고 하더군요. 아마도 그동안 줄곧 라오웨이와 함께 지내면서 그의 의중을 많이 관찰한 모양입니다."

김성주는 전광에게 부탁했다.

"이번에는 동지께서 직접 나서 주셔야 할 것 같습니다. 어떤 일이 있더라도 6사 주력부대를 모조리 길해선 쪽으로 이동시키려는 것만큼은 꼭 막아 주셔야 합니다."

그러자 전광은 선선히 김성주의 부탁을 받아들이면서도 이렇게 물었다.

"지금 상황에서는 일단 길해선 쪽으로 이동하는 것이 장백 지방에 있는 것보다 더 안전하지 않겠소?"

김성주는 몇 가지 반대 이유를 들어가면서 설명했다.

"길해선 쪽으로 이동하면 다시 장백 지방으로 돌아오기가 결코 쉽지 않습니다. 놈들의 예봉을 잠시 피해 이동하는 것이라면, 길해선보다는 화룡 쪽이 여러 면에서 훨씬 낫습니다. 첫째는 화룡도 조선과 두만강을 사이에 둔 고장이라 대원들은 어렵고 힘들어도 조국을 위해 싸운다는 의무감을 가지게 되니까요. 둘째는 이곳 주민 구성도 우리에게 유리합니다. 해룡보다 조선인들이 더 많으니 도움받기에도 좋습니다. 셋째는 6사 참모장으로 온 임수산 동무가 화룡 지방을 아주 잘 알기 때문입니다. 그동안 임수산 동무가 4사 최 연대장과 함께 화룡현을 많이 들락거렸기 때문에 지리에 훤하고 장백현과도 잇닿아 있어서 언제라도 장백으로 되돌아오는 데 훨씬 더 유리합니다."

"이 장백 땅을 끝까지 지켜내려는 동무 뜻을 잘 알겠소."

전광은 김성주와 함께 당시 7연대가 주둔하던 신태자밀영에는 들르지 않고 바로 삼도양차밀영에 도착한 뒤 잠깐 쉬었다가 다시 오도양차밀영으로 떠났다. 김성주는 오도양차밀영까지 따라가려 했으나 전광이 말렸다.

"일단 좀 기다리오. 내가 먼저 라오웨이와 만난 뒤 김 사장과 이야기한 것을 진지하게 의논해보겠소. 그다음 2군 군부 회의를 조직할 테니, 그때 모두 오도양차에서 다시 만납시다.”

전광이 오도양차로 떠난 뒤, 김성주는 불안한 마음을 금할 길이 없었다. 그동안 삼도양차에 주둔하던 방진성의 독립여단도 며칠 전 오도양차로 옮겨갔다.

“혹시 양 사령의 서정부대를 찾아 떠나려는 것이 아닌지 모르겠소.”

자신을 배웅하며 걱정하는 김성주에게 최춘국이 대답했다.

“라오팡(老方)이 그러던데, 자기네 여단이 여기서 더 지내다가는 김 사장네 쌀독이 바닥나게 생겼다면서 떠난다고 합니다.”

“원, 오도양차에 있는 쌀은 우리 6사에서 마련한 쌀이 아니고 하늘에서 저절로 떨어진 쌀인 줄 아나보오. 그나저나 라오팡이 이제는 남의 쌀독 걱정까지도 할 줄 아는 사람이 됐다는 게 신기하오.”

그동안 남만 상황에 대해 많은 이야기를 얻어들은 최춘국도 나름대로 의견을 제시했다.

“양 사령이 위증민 동지를 기다리지 않고 떠난 것은 아무래도 6사 조선 대원들을 참가시키지 않으려는 게 틀림없습니다. 대신 위증민 동지는 양 사령의 서북원정을 돕기 위하여 직접 우리를 이끌고 길해선 철도 쪽에서 놈들을 견제하려는 것 같습니다. 그렇게 되면 양 사령도 부담이 많이 줄겠지요.”

김성주는 최춘국 말을 들으면서 내심 반신반의했다. 그런데 그것이 현실로 다가온 것은 전광이 오도양차밀영으로 들어간 지 얼마 안 되었을 때였다. 오도양차밀영에 와서 회의에 참가하라는 통지를 일반 통신원이 아닌 왕작주가 직접 전하러 왔다.

“왕 형, 전광 동지와 따로 이야기를 나눠보셨소?”

왕작주는 머리를 끄덕였다.

“김 형, 이번에는 라오웨이가 단단히 화 나셨습니다.”

김성주는 어안이 벙벙해지고 말았다.

김성주는 전영림의 8연대를 위증민에게 맡기면서 자신은 최소한 7연대만 이끌고 계속 장백현에 남아 있을 생각이었다. 장백 지방 상황이 너무 심각하게 돌아가고 있어 부득불 임강현 경내로 이동하지 않을 수 없었지만, 장백으로 돌아가야 한다는 일념이었다.

"빨리 좀 말해주오. 어떻게 된 것이오?"

"양 사령의 서북원정을 돕는 문제로 전광 동지와 위증민 동지가 이틀 밤낮을 함께 숙식하면서 긴 이야기를 나누셨다오. 결과는 6사뿐만 아니라 라오팡의 독립여단까지도 모두 길해선 쪽으로 이동하기로 최후 결정을 내렸습니다. 나도 찬성했소. 확실한 정보에 따르면, 양 사령의 서북원정 부대가 벌써 3개월째 청원현을 빠져나가지 못했다고 합니다. 환인 쪽에서 또 편지를 보내왔는데, 어쩌면 양 사령은 환인, 관전근거지로 다시 돌아올 가능성이 있다고 합니다. 위증민 동지는 양 사령의 서북원정계획이 이처럼 차질을 빚게 된 것이야말로 우리 2군이 여기서 놈들의 토벌세력을 제대로 견제하지 못한 탓이라면서 한없이 자책했습니다. 위 동지가 원래 건강이 좋지 않은 데다 양 사령 소식을 듣고는 너무 마음 아파하면서 눈물까지 흘리니 전광 동지도 더는 아무 말이 없었소. 일단 내가 김 형한테 먼저 알리러 온 것은, 화룡 쪽으로 잠깐 이동했다가 다시 장백 지방으로 돌아가려는 김 형의 생각을 절대 입 밖으로 꺼내지 말아달라는 전광 동지의 부탁 때문입니다."

왕작주의 말을 듣고 김성주는 속으로 한탄했다.

'이놈의 서북원정 바람에 결국 모든 사람이 말려들어가는구나.'

"어떻게 하겠소. 전국의 항일 형세와 보조를 맞추는 일인데…."

김성주는 왕작주의 얼굴을 멀거니 쳐다보았다.

"6사의 지금 편제는 네 연대나 되지만, 마덕전의 9연대와 서괴무의 10연대는 사실상 이름뿐이고 기본 전투력은 모조리 상실한 상태요. 남은 7, 8연대 가운데 8연대를 라오웨이한테 맡겼는데, 이제 남은 7연대도 다 가져가겠다는 소리 아니오?"

김성주가 불만을 드러내자 왕작주는 김성주를 위안했다.

"김 형, 누가 함부로 7연대를 가져간다고 그럽니까. 독립여단이 돌아왔으니 8연대도 곧 돌려드릴 겁니다. 이 일은 나한테 맡겨주시오."

"우리가 장백 지방에서도 배겨나지 못해 이 모양인데 휘남, 해룡 쪽으로 치고 나가겠다는 게 말이 되오? 나아가 만주국의 수도 신경까지도 포위하겠다는 것인데, 이게 글쎄 제정신으로 하는 발상이오?"

김성주는 생각하면 할수록 갑갑해서 울분이 터져 나왔다. 그러나 이런 불만도 전광이나 왕작주처럼 가장 가까운 사람에게만 터놓았을 뿐이었다. 그가 양정우의 서북원정을 반대한 것은 군사적인 측면에서 문제가 있다고 생각했기 때문이다. 회고록의 그 부분을 들여다보자.

"위증민은 열하원정(서북원정) 계획에 모험주의적 요소가 있다는 것을 알면서도 그 원정을 지지하는 입장에 있었습니다. 나는 그것을 중국혁명에 대한 위증민식의 충실성이라고 보았습니다. 위증민은 화북의 산서성 출신이지만 1930년대 초부터 만주에 들어와 동북혁명에 참가한 지도적 인물의 한 사람입니다. 그는 동북의 당 사업과 항일연군 건설에 심혼을 바쳤으며, 일제를 격멸 소탕하는 군사작전에서도 큰 성과를 올렸습니다. 동북혁명에 대한 그의 애착과 관심은 보통 정도가 아니었습니다.

그러나 위증민은 동북혁명에만 머물러 있지 않았습니다. 그는 동북혁명을 중국혁명의 한 부분으로 보았으며 지역혁명을 중시하면서도 전반적 중국혁명 발전에 대해서 언제나 관심이 있었습니다. 그는 전 중국혁명을 앙양시키는 데 이바지할 수 있는 일이라면 어떤 희생도 감당해야 한다는 입장에 서 있었습니다.

그래서 나는 그에게 당신이 희생을 무릅쓰고서라도 열하원정을 성사시키고 싶어 하는 심정에 대해서는 나도 이해한다, 그렇지만 나는 국제당(코민테른)이 원정에 대한 계획을 작성할 때 동북의 현실과 중국혁명의 요구를 정확히 반영했는가 반영하지 않았는가, 그 계획의 군사적 가능성 여부를 정확히 타산했는가 타산하지 않았는가, 더욱이 그들이 시도하는 원정이 유격전의 특성에 부합되는가 부합되지 않는가 하는 데 대하여 신중하게 생각하지 않을 수 없다, 국제당이 시달한 열하원정 계획에는 중국혁명의 현 실태에 대한 정확한 통찰이 부족할 뿐 아니라 조선혁명에 대한 고려가 전혀 없다고 할 수 있다, 왕명이 국제당에 가서 중공당 대표로 활동하고 있지만 그 사람의 주관주의가 보통이 아닌 것 같다고 말해 주었습니다.

(생략) 그래서 나는 절충안으로 우선 당분간은 임강, 무송, 몽강 일대에서 유동작전을 벌이면서 조선혁명을 추진시키기 위한 정치 군사 활동을 하다가 적당한 시기에 그쪽으로 서서히 움직이겠다고 했습니다. 우리 부대에는 그 당시 서간도와 국내에서 입대한 신입대원들이 많았습니다. 그들을 충분히 훈련시키지 못한 조건에서 부대가 본래의 활동지역을 떠나 생소한 고장으로 자리를 옮기는 것은 별로 좋은 일이 못 되었습니다. 나는 국내에 꾸려진 혁명조직들을 보존 확대하며 앞으로 국내진공을 더욱 적극화하기 위해서도 서간도와 백두산 지구를 멀리 이탈하지 않겠다고 내놓고 말해주었습니다. 위증민은 나의 입장에 동의했습니다."

이 내용에서 드러난 문제는 여기서 논의하지 않겠다.

보천보전투와 간삼봉전투 이후 일본군의 주의가 온통 장백 지방으로 쏠릴 때도 끝까지 이 지방을 떠나고 싶지 않아 했던 김성주의 마음이 잘 드러나 있다.

그는 위증민에게 절충안을 제안했고, 위증민도 동의했다고 썼지만, 나중에 발생한 일들을 보면 이런 절충안은 근본적으로 존재하지 않았다. 절충안이 있어 그대로 진행되었다면, 오늘날 북한에서 모택동의 '2만 5,000리 장정'보다 훨씬 더 참혹했다는 이른바 '고난의 행군'도 없었을 것이다.

왕작주와 함께 오도양차밀영에 도착한 김성주는 위증민 앞에 섰다. 위증민과 전광은 경례를 올리는 김성주의 두 손을 잡고 자리를 권했다. 먼저 위증민이 김성주에게 말했다.

"전광 동지는 6사가 화룡 지방으로 잠깐 이동했다가 다시 장백 지방으로 나와 광복회 조직을 재건하는 일을 맡아야 한다고 말씀하셨지만, 내가 동의하지 않은 것은 다른 이유 때문이오. 사실 우리가 '7·7사변'만 아니었더라도, 장백 지방은 천혜의 밀림이 뒤덮인 고장이라 마음만 먹는다면 놈들의 토벌이 아무리 강화되어도 결코 지금처럼 그 예봉을 피하기 위해 그 지방을 떠날 필요까지는 없을 것이오. 그러나 지금은 양 사령의 서정부대를 돕기 위해 모두 서북 쪽으로 이동하면서 놈들의 토벌세력을 견제하지 않으면 안 되오. 나는 맨 앞에 6사가 서주기를 바라오. 솔직히 작년쯤만 해도 6사보다는 2사를 앞장세우려 했소. 그런데 2사 사정이 지금 어떤지는 김일성 동무가 누구보다 잘 알고 있지 않소. 때문에 2사는 계속 동변도 동북부 지방에 남겨 무송을 중심으로 이 지역 항일 세력이 진공 상태에 빠지는 일이 없게 하려 하오. 나아가 4사 임무도 오래전부터 계속 안도와 돈화, 화룡 지방을 무대로 삼고 활동하면서 경박호 쪽에 남겨놓은 5사와의 연대를 형성하는 것이오. 이것이 부득불 이번 작전에서 6사를 선택하게 된 이유요."

김성주는 이해한다는 듯이 머리를 끄덕였다.

그동안 어떤 결정을 내릴 때 명령보다는 항상 의논하는 위증민 앞에서 기탄없이 의견을 말하던 김성주였지만, 이때는 이미 왕작주를 통해 그의 결심을 돌려세울 수 없다는 걸 들었기 때문이다.

"위증민 동지, 명령을 내려주십시오. 군 당위원회의 결정을 굳세게 따르겠습니다."

"좋소, 작전회의 때 참모장동무가 구체 작전방안을 설명할 것이오."

그 작전방안 역시 이미 들어서 알고 있었지만, 김성주는 수첩을 꺼내들고 받아 적기까지 했다. 이날 작전회의에는 김성주뿐만 아니라 방진성과 이준산, 최춘국 등이 모두 참가한 가운데 열렸다.

2. 휘남현성전투 계획

이날 회의에서는 휘남현성전투 작전계획도 함께 채택되었다.

북한에서는 1937년 10월 25일의 휘남현성전투를 김성주가 제시한 '적 배후 교란작전 방침'으로 1937년 9월에 진행한 습격전투라고 주장한다. 9월 역시 오류이며, 차마 김성주가 '직접 지휘'했다는 말까지는 하지 않는다. 당시 항일연군 2군 내의 조선인 대원들을 소속 부대에 상관없이 모두 '조선인민혁명군'이고 '우리가 벌인 습격전투'라고 주장하는 근거도 몇 가지 있는 것은 사실이다. 가장 큰 근거를 꼽자면, 이 전투에 김성주의 6사 산하 8연대, 즉 전영림 부대가 참가했고, 방진성 독립여단에는 최춘국이 있었기 때문이다.

실제로 최춘국이 인솔한 독립여단 산하 제1연대가 맨 앞에서 휘남현성 남문을 열어젖혔다. 그러나 최춘국은 6사 소속이 아니었고, 6사 산하 8연대도 위증민에게 차출되어 있었고, 2군 참모장 왕이최(王李崔), 즉 왕작주가 직접 인솔하고 방진성의 주공부대를 지원했다.

중국 학자들은 이 전투의 의의와 특성을 규정하면서 '일만군의 기염을 꺾어 버리고 남만 지구 군민들의 항일 의지를 북돋아주기 위해 벌인 전투'라고 설명한다. 과연 실상은 어떠했을까?

이 전투는 위증민이 직접 조직했고, 본인이 방진성과 함께 전투현장에서 대원들을 독려했다. 이 전투 참가자들이 생전에 남긴 증언들을 종합해보면, 김성주의 6사가 장백에서 버티지 못하고 임강현으로 이동하면서 건설한 신태자밀영과 삼도양차밀영에는 이듬해 여름까지도 먹고 남을 만한 식량이 비축되어 있었다고 한다. 처음부터 서북원정에 마음이 없었던 김성주는 계속 장백현과 붙어 있는 임강현 산속에서 1937년 겨울을 보낼 생각이었다. 그렇다고 함부로 서북원정에 반대의견을 내놓을 수도 없었고, 계속 말썽만 부리던 전영림의 8연대를 보내는 것으로 정리하려 했지만, 사태는 그가 원하는 대로 진행되지 않았다.

우선 방진성 독립여단이 남만으로 들어와 한동안 삼도양차밀영에 주둔하면서 6사가 비축한 식량을 모조리 결딴내 버렸다. 당시 손장상과 김재범, 오중흡 등은 모두 신태자밀영에 주둔했고, 김성주와 임수산 등 6사 사부는 삼도양차에, 위증민 일행은 오도양차에 따로 밀영을 건설하면서 그들에게 필요한 식량까지도 모두 6사에서 책임지고 공급하게 된 것이다.

회의 직전 김성주와 만나러 왔던 왕작주는 밥상을 받고는 몹시 놀랐다. 자기 밥그릇에만 쌀밥이 담겨 있고 김성주와 임수산 등의 밥에는 무와 시래기들이 함께 섞여 있었다. 왕작주는 오도양차로 돌아온 뒤 전광과 위증민에게 보고했다.

"김 사장네는 벌써 식량이 떨어진 모양입니다."

"왜 아니겠소. 수백 명이 몰려들어 축내고 있는데, 심일성 동부한테 무슨 용빼는 수가 있겠소. 우리가 빨리 방법을 찾아야겠소. 지금부터 겨우살이 준비를 하지 않으면 우리뿐만 아니라 6사까지도 겨울을 무사히 넘길 수 없게 되오."

위증민뿐만 아니라 방진성도 6사 밀영을 떠나자고 난리였다. 최춘국을 통해 6사가 그동안 비축해 두었던 식량이 거의 바닥난 것을 알게 된 방진성과 이준산 은 직접 위증민 막사로 찾아와 제안했다.

"길해선 철도 쪽으로 이동하는 것이 양 사령의 서북원정에 도움 되는 작전이 라면 저희 독립여단을 앞장세워 주십시오. 우리가 남만에 도착한 지 얼마 안 되 어 겨울 준비를 전혀 하지 못했는데 이참에 길해선 철도선상에 있는 현성을 공 격해 식량도 해결하겠습니다."

"그러잖아도 지금 의논 중인데 마침 잘 왔소."

위증민은 즉시 왕작주에게 지도책을 펼치게 하고 설명을 부탁했다. 당시 왕 작주는 1932년 판『신만주국지도책』을 가지고 있었다. 전광이 조선에서 구해 와 왕작주에게 선물했다는 이야기도 있다. 어떤 경로로 왕작주의 유가족에게 전달 되었는지는 알 수 없으나, 왕작주의 외손녀 호소아는 어렸을 적에 "외할아버지 가 항일연군에서 사용했던 지도책이 우리 집에 보관되어 있었다."고 했다.

이 지도책은 1932년 일본 오사카에서 출판되어 일본과 조선, 그리고 만주에 서 발행되었다. 책 설명에는 일본 정부가 만주사변 전부터 전문 측량 인원들을 파견하여 만주 전 지역 철도 이정(里程)은 물론, 각지에서 나는 주요 물산들과 인 구 실태까지도 낱낱이 조사한 다음 완벽하게 집계했다고 자랑하는데, 당시엔 독 보적이고 권위 있는 지도책이었을 것이다.

"자, 여기 보십시오. 여기가 지금 우리가 있는 곳입니다."

왕작주는 항상 지도의 어떤 지점에 동그라미들을 그려놓고 그것들을 선으로 이으면서 하나둘씩 설명하기를 좋아했다.

"과거 우리 2군의 작전은 양 사령의 서북원정 계획을 지원하기 위해 일본군 토벌세력을 계속 동변도 동북부 지방에 붙잡아두는 것이었지만, 이번 작전은 성격상 조금 달라진 면이 있습니다. 양 사령의 서북원정 목적 자체가 열하성 쪽으로 치고나가는 것에 있다기보다는 그와 같은 형세를 조성함으로써 관동군의 이동을 저지하는 데 있습니다. 때문에 1군이 현재 봉해선(奉海線) 철도연선을 작전지역으로 삼은 것에 대비하여 우리 2군 작전지역도 길해선(吉海線) 철도연선으로 이동하는 것입니다. 어쩌면 이 역시 우리 2군의 서북원정이라고 말할 수도 있습니다. 우리는 이동작전을 진행할 때 항상 해왔던 것처럼 두 갈래나 세 갈래로 나뉘어 서로 기각지세를 형성해야 합니다. 한 갈래는 화전과 몽강 방면으로 이동하고 다른 한 갈래는 바로 조양진(朝陽鎭)과 황기툰(黃旗屯) 쪽으로 방향을 잡는 것입니다. 제가 전 사령과 함께 6사 8연대를 인솔하고 기동부대가 되겠습니다."

"그러면 두말할 것 없이 조양진부터 공격하면 되겠구먼."

방진성이 말하자 왕작주가 설명을 보탰다.

"이 지도에서는 조양진이 길해 철도의 꼬리 부분에 있지만, 이미 오래전에 철도가 더 연장되어 반석을 거쳐 해룡까지 이어지고 있다고 합니다. 여기서 주목해야 할 것은, 반석과 해룡 사이로 빠져나가는 이 강 이름이 휘발하(輝發河)인데, 이 강을 따라 서쪽으로 접어들면 강을 사이에 두고 화전현과 휘남현이 서로 마주보고 있습니다. 우리 한 갈래가 화전과 몽강 쪽으로 이동하니 다른 한 갈래도 계속 이 강을 따라 이동하면서 휘남현성을 공격하는 것이 가장 좋습니다. 더구나 조양진 기차역은 해룡보다는 휘남과 더 가깝기 때문입니다. 때문에 휘남을 공격하면 놈들은 해룡보다는 황기툰 총역[길림기차역(吉林火車總站)]이 위협받는다고 생각할 것이 분명합니다. 그렇게 되면 길해선 철도 자체가 파괴될까봐 틀림없이 일본군이 직접 달려들 것입니다. 그 사이 화전과 몽강 쪽으로 접근한 부대가 활동하기 시작하면 놈들은 길해선에 이어 봉해선 경계도 강화할 것입니다. 따라서 우리가 길해선 쪽으로 접근하여 이 전투를 진행하면 한순간에 만주의 동, 남만 전 지역 일본군을 경악에 빠뜨릴 수 있습니다. 군사적으로도, 정치적으로도 반드시 필요한 전투가 아닐 수 없습니다. 또 대량의 식량과 탄약도 해결할 수 있을 것이니 이 얼마나 좋습니까.”

위증민은 오랜만에 기분 좋은 표정이었다.

왕작주의 설명을 듣고 나서 김성주는 어차피 6사 주력부대를 이끌고 길해선 쪽으로 이동할 바에는, 양정우의 1군 서정부대에 참가시키려 차출한 전영림의 8연대도 돌려받겠다고 생각하고 휘남현성 공격전투를 6사가 맡겠다고 나섰다.

“독립여단이 남만으로 돌아온 지 한 달도 안 된 데다가 전사들이 모두 지칠 대로 지쳐 있고 또 이 지방의 지리에도 익숙지 않을 것이니 이 전투는 저희 6사에 맡겨주십시오. 식량과 탄약을 노획하면 남김없이 독립여단에 모두 드리겠습니다.”

그러자 방진성은 펄쩍 뛰었다.

“말도 안 되는 소리요. 그동안 우리가 김 사장네 식량을 바닥내다시피 했는데, 어떻게 겨울에 먹을 쌀까지 또 김 사장보고 나서서 해결하라 하겠소.”

김성주는 자기 나름의 이유를 설명했다.

“놈들이 지도책에 황기둔과 조양진을 함께 표기해놓을 정도니, 조양진과 가장 가까운 휘남현성이야말로 놈들의 군사 중진(重鎭)일 터, 틀림없이 많은 병력이 주둔하고 있을 겁니다. 겨우살이에 필요한 식량을 구하기 위해 진행하는 전투니, 무송현성 때처럼 치다가 안 돼도 철수할 수 없습니다. 반드시 한 번에 성공해 현성을 완전히 공략해야 하니 독립여단 병력만으로는 어려울 듯합니다. 그러니 우리 6사도 독립여단과 함께 휘남 쪽으로 접근하다가 전투 후 곧바로 휘발하를 건너 화전 쪽으로 이동하면 어떻겠습니까?"

"김일성 동무의 견해에 일리가 있소. 나도 찬성이오."

전광이 나서서 김성주를 도왔으나 위증민이 나섰다.

"그렇게 되면 우리가 언제 노령산을 넘겠소? 우리 2군이 빨리 화전과 몽강 쪽으로 접근해야 지금 텅 비어 버리다시피 한 노령산근거지를 다시 복구할 수 있소. 만약 양 사령의 서정부대가 청원 지방에서 버티지 못하고 그쪽의 환인, 관전근거지까지 파괴되면, 다시 돌아올 곳은 노령산근거지밖에 없소. 그러니 김일성 동무는 하루도 지체하지 말고 빨리 그쪽으로 나가야 하오. 대신 전 사령의 8연대를 남겨 독립여단을 지원하시오."

위증민이 최종 결정을 내려버리고 말았다.

김성주는 전광에게 하소연했다.

"제가 전광 동지께만 드리는 말씀입니다. 라오웨이가 전투를 직접 지휘해본 적 있습니까? 왜 라오웨이가 직접 가겠다고 고집하는지 모르겠습니다. 괜히 춘국 동무도 데려오지 못한 채 저희 8연대만 통째로 떼인 게 아닌지 모르겠습니다."

3. 오도양차 사진의 주인공

다음날 휘남 쪽으로 정찰 나갔던 방진성의 부하 몇이 돌아오면서 사진사 한 사람을 데리고 왔다.

"저희가 돌아오는 길에 사방정자에서 이 사진사를 만났는데, 이 사진사가 아는 내용이 우리가 정찰한 것과 너무 달라 데려 왔습니다. 우리가 정찰한 바로는 현성 자위단이 100여 명 상주하고 경찰까지 합쳐봐야 모두 150~160명 정도 되리라 생각했는데, 이 사진사의 조카가 포대를 지키는 만주군이라고 합니다. 현재 휘남현 남북 포대에만 각각 40여 명씩 80여 명이 지키고, 성안에는 자위단 외에도 일본군 수비대 한 중대가 주둔하고 있다고 합니다. 여기에 경찰 병력까지 60여 명을 합치면 300명도 넘습니다. 거기다가 화전과 조양진 쪽에 일본군 대부대가 주둔하고 있어 전투가 시작되면 1, 2시간 안에 응원하러 달려올 가능성이 있습니다."

곁에서 그 말을 듣던 최춘국이 방진성에게 말했다.

"정찰하러 나갔다는 친구들이 성문에 포대가 있는 것도 보지 못하고 돌아온 것이 분명하군요."

그러면서 다시 정찰병을 파견하려 하자 사진사가 나섰다.

"제가 휘남가에서 평생을 산 사람이라, 그곳 상황을 잘 압니다. 만약 항일연군이 휘남가를 공격한다면 제가 길안내를 서겠습니다."

그 말을 들은 방진성은 크게 기뻐하며, 그 길로 사진사와 함께 위증민에게 갔다.

"하늘이 우리를 돕고 있습니다. 휘남현 사정을 훤히 아는 사진사를 구해왔습니다. 이 사진사가 길안내까지 서겠다고 하니 휘남현성은 이미 우리 손바닥 안에 들어온 것이나 다름없습니다."

마침 전광과 왕작주는 삼도양차로 돌아가는 김성주를 배웅하러 나가고 없었다.

그 기회를 타서 방진성이 위증민에게 부탁했다.

"제가 비록 공성(攻城) 총지휘를 맡았으나 왕 씨는 김일성 친구인 데다 직급상 군 참모장이라 제가 이래라저래라 하기 불편하니 위증민 동지께서 직접 지시해주십시오. 전투가 진행되면 놈들의 응원부대가 반드시 달려올 것이니, 전 사령의 8연대는 타원부대(응원군을 막는 부대)가 되면 좋겠습니다. 그리고 우리가 철수할 때 뒤에서 엄호해주고요."

방진성이 돌아가려 할 때 위증민은 사진사를 남겨놓았다.

조금 뒤 황정해가 부리나케 김성주에게 달려갔다. 한창 전광, 왕작주와 작별인사를 나누던 김성주는 황정해가 달려오는 걸 보고 전광에게 말했다.

"라오웨이가 볼일이 있나 봅니다."

"휘남에서 사진사 한 분이 왔는데 위증민 동지께서 기념사진을 함께 찍자고 합니다."

그 말을 들은 김성주 등은 모두 기뻐했다.

오도양차에서의 그 유명한 기념사진이 이때 세상에 남겨지게 되었다. 아마도 여러 사람이 함께 사진을 찍었을 것으로 짐작된다. 위증민과 전광, 또 위증민과 김성주, 김성주와 왕작주도 단둘이 찍었을 가능성이 있으나, 해방 후까지 남아 있던 사진은 김성주와 전광이 함께 찍은 사진이다.

이 사진 원본을 소장한 전광의 조카 오모(吳某, 유가족이 실명 공개 거부) 씨는 1980년대 중국 연변의 한 출판사에 근무했다. 출판사 출판과장을 지냈던 그는 1984년에 직접 필자에게 말했다.

"우리 삼촌(전광)이 김일성과 함께 찍은 사진이 집에 여러 장 있었는데, 문화대혁명 때 '가택수사'를 당하다가 모두 잃어버렸고, 딱 한 장 남아 있던 그 사진을 북조선에서 온 사람들이 와서 가지고 가버렸다. 처음에는 며칠만 빌려달라고 했다. 보고 난 뒤에 돌려준다고 했는데, 가져가 버리더니 다시는 소식이 없었다. 주(州) 외사과에서 같이 온 사람에게 찾아가 물어봤더니 자기도 모르겠다고 잡아뗐다. 그래서 그 사진을 잃어버리고 말았다."[97]

그러면서 오모 씨는 김일성이 자기 삼촌 직계 부하였으며, 삼촌은 사실상 김일성 때문에 일본군에게 붙잡혔다고 주장하기도 했다.

"자료에는 선생의 삼촌 오성륜(吳成倫, 전광)이 스스로 일본군에 찾아가 항복했다고 나와 있다."

필자의 질문에 오모 씨는 무척 화를 내면서 강변했다.

"양정우가 죽은 뒤 1로군 총사령부에서는 나머지 부대들이 계속 동북에 남아서 항일투쟁을 하는가 아니면 소련으로 철퇴(撤退)하는가 하는 문제를 가지고 토론했는데, 최종적으로는 끝까지 남아서 항일투쟁을 견지하기로 결정이 내려졌다. 양정우가 죽은 다음에는 우리 삼촌이 1로군 총책임자였다. 그때 회의도 바로 우리 삼촌이 있는 데서 열렸고, 우리 삼촌이 주재했다고 한다. 그런데 김일성이 결정을 집행하지 않고 혼자 살겠다고 나머지 부하들을 데리고 소련으로 먼저 달아나 버린 것이다. 그 바람에 혼자 남게 된 우리 삼촌은 혼자 오갈 데가 없게 되었다. 결국 일본군에게 귀순하고 말았다."

북한에서 가져가버린 전광 사진 외에도 또 유명한 것이 김일성이 오도양차에서 경위대원들과 함께 찍은 것이라고 주장하는 사진이다. 그런데 왕작주의 외손

---

97   취재, 오흥식(吳興植, 가명), 조선인 항일연군 유가족 오성륜의 친조카, 취재지 연길, 1984.

녀 호소아는 북한에서 김일성이라고 주장하는 안경 낀 주인공이 바로 자기 외할아버지 왕작주라고 주장한다.

"외할아버지가 어떻게 이 사진을 집에 전달했는가?"

이 질문에 호소아는 이렇게 대답했다.

"외할아버지는 남자 형제가 다섯이나 되었는데, 그중 막내였다. 그리고 외할아버지 밑에 여동생이 하나 있었는데, 내가 중학교 다닐 때까지도 우리 집에서 함께 살았던 외고모할머니에게서 외할아버지의 이야기를 많이 들었다. 제일 큰 외할아버지가 동생과 만나러 산속에 들어간 적이 있었다고 했다. 후에 경찰들이 이 사실을 알고 큰 외할아버지를 잡기도 했는데, 토벌대에 불려가 길안내를 서기도 했다. 외할아버지가 있는 산속에서 이름을 부르면서 산에서 내려오라고 했으나 오히려 토벌대에게 총을 쏘았다고 했다. 이에 화가 난 경찰들은 큰 외할아버지가 동생과 함께 짠 것이라며 덮어씌우고 길림감옥으로 압송했는데, 왜놈이 망한 뒤에야 풀려났다."[98]

사진 속 안경 낀 사람이 북한의 김일성이라는 주장에 대해서도 어처구니없어 하며 말했다.

"우리 외고모할머니가 자기 친오빠도 못 알아보겠나?"[99]

마찬가지로 이 사진을 전달한 왕작주의 큰 형도 동생 얼굴을 알아보지 못할

---

98 취재, 호소아(胡紹婀) 중국인, 왕작주의 외손녀, 외고모할머니 왕춘연(王春燕)은 왕작주의 여동생, 취재지 장춘, 1998.

99 상동.

북한에서는 이 사진이 김일성이 오도양차밀영에서 경위대원들과 함께 찍은 사진이라고 주장한다. 하지만 새로 발굴된 중국 유가족들(왕작주의 외손녀, 안경희의 아들)의 증언에 따르면, 김일성으로 알려진 중간에 안경을 낀 사람은 제2군 군 참모장 왕작주이며, 앞에 앉은 소년은 안경희(샤오안즈), 오른쪽은 2군 정치부 주임 전광, 손영환(중공당 환인현위원회 서기), 김주현(손에 권총을 들고 있는 사람) 순이다.

리가 없다. 이 사진에서 '김일성, 또는 왕작주'라 주장하는 사람 앞에는 무릎에 총을 얹고 앉아 있는 10대 소년 모습이 가장 눈에 띄는데, 유감스럽게도 김성주 본인도 이 소년이 누군지 기억하지 못한다.

대신 북한에서 주장하는 이 사진 속 인물들이 사실과 다르다는 증거가 몇 가지 더 있다. 바로 그 소년이 자기 아버지 안경희, 즉 '샤오안즈'였다는 안준청의 증언이다. 샤오안즈가 전광의 최측근 경호병으로 활동하게 된 경위는 이미 앞에서 자세하게 소개했다. 따라서 사진 속에 샤오안즈가 존재할 때, 그가 경호했던 전광이 없을 리가 없다.

이 문제는 필자 역시 '김일성 가짜설'을 맨 처음 주장했던 이명영의 일부 견해를 수긍한다. 중간에 모자 쓰고 앉은 '김일성, 또는 왕작주' 오른쪽 옆에 다리를 꼬고 앉은 사내 둘이 있다. 얼굴을 보면 김성주나 왕작주보다 훨씬 연상으로 보이며, 그런 자세는 결코 경위대원들이 취할 수 없을 것이기 때문이다. 그래서 이명영은 이 둘을 위증민과 전광(오성륜)이라 판단한다.

실제로도 오도양차에서 위증민이나 전광과 함께 가장 많은 시간을 보냈던 사람은 다름 아닌 2군 참모장 왕작주였다.

다시 오도양차로 돌아간다. 위증민이 왕작주에게 방진성의 뜻을 전달했다.

"라오팡은 혼자서 휘남현성을 공략하겠다는 소리 같은데, 너무 큰소리치는 것이 아닌지 모르겠군요. 정말 걱정됩니다."

곁에서 김성주가 참지 못하고 방진성에 대한 불만을 드러냈다. 그러자 전광이 김성주를 말렸다.

"너무 걱정하지 마오. 독립여단이 저 먼 북만에서 남만까지 수천 리 길에 사고 나지 않고 무사히 돌아오지 않았소. 결코 호락호락한 부대가 아니오. 하물며 우리 2군 제갈량이 함께 따라가는데 뭘 그렇게 걱정하오."

"물론 왕작주 동무는 당연히 걱정하지 않습니다. 그런데 공성부대 총지휘를 라오팡에게 맡기니, 그가 군 참모장인 왕작주 동무마저도 영 시답지 않아 하는 것을 보십시오. 전 사령 8연대는 타원부대로 성 밖에서 대기하고 있다가 자기들이 쌀과 탄약을 노획하여 메고 달아나면 8연대가 뒤에 남아서 쫓아오는 놈들을 막아 달라는 소리가 아니고 무엇입니까."

김성주가 위증민과 전광 앞에서 대놓고 불만을 터뜨리는 걸 본 적 없었던 왕작주는 여간 당황해하지 않았다.

"아이고, 제발 그만하시오. 괜히 방 여단장 귀에까지 들어가겠습니다."

"들어가라고 하는 소리요."

김성주가 계속 분을 삭이지 못하자 왕작주가 다짐하듯이 말했다.

"걱정 마시오. 내가 알아서 잘 임기응변하겠습니다. 전투가 끝나면 바로 8연대를 곱게 이끌고 김 형한테 돌려보내겠소. 결코 한 명도 손실 보는 일이 없게 하겠습니다."

이렇게 약속까지 하자 전광이 보다 못해 두 사람을 질책했다.

"원, 지금 무슨 소리들을 하는 게요? 항일연군이 동무들 개인 소유물이오?"

"그 뜻이 아니라…."

왕작주가 뭐라고 변명하기 전에 전광이 말을 이어갔다.

"지금부터 내가 하는 말을 명심하오. 이번 전투는 왕 군장이 전사한 뒤 우리 1로군의 부총사령까지 겸한 라오웨이가 처음으로 직접 조직하여 지휘하는 큰 전투이니만큼 이 전투가 결코 실패로 돌아가서는 안 되오. 8연대가 모조리 손실되는 한이 있어도 이번 전투에서 승리할 수 있게 독립여단을 도와야 하오."

얼굴이 시뻘게진 김성주가 전광의 말을 받았다.

"왕 형, 전광 동지 말씀이 옳소. 내가 방금 했던 말은 괘념치 말고 모두 잊어주오."

김성주가 돌아간 뒤에 전광이 왕작주에게 부탁했다.

"방진성은 심술도 많고 욕심이 돼지인 데다 안하무인이기까지 하더군. 라오웨이 앞에서도 허튼 소리를 제멋대로 해대는 작자니, 작주 동무는 행여 부딪혀 얼굴 붉히는 일을 만들지 마시오. 이런 작자와 상대할 때는 물으면 대답하고 묻지 않으면 아무 말도 하지 마오. 라오웨이가 공성 총지휘권을 이자한테 맡겼으니 이자는 동무한테 뭘 물어보려고 하지도 않을 것이오. 전투가 끝난 뒤에도 쌀을 나눠주면 받아오고, 설사 몫이 없더라도 절대 개의치 말고 그냥 돌아오시오."

왕작주가 전영림의 8연대와 함께 1937년 10월 23일 오후에 오늘의 정우현(靖

宇縣, 몽강현) 용천진(龍泉鎭) 대북산촌(大北山村)에 도착하여 부대를 주둔시키고 위증민과 방진성이 있는 지휘부로 만나러 갔더니, 방진성은 대놓고 불평했다.

"아니, 왜 이렇게 늦장 부리며 오는 게요? 이참에 김일성을 따라 화전 쪽으로 가버린 줄 알았는데, 그래도 오긴 왔구먼. 하긴 다 된 밥에 숟가락 얹을 일이 생겼는데, 이 좋은 기회를 마다할 리 없겠지."

방진성이 이렇게 비아냥대도 왕작주는 그냥 미소만 지었을 뿐이었지만 전영림은 참지 못하고 후닥닥 나서서 방진성에게 욕설을 퍼부었다.

"방 가야, 너는 눈에 뵈는 게 없구나. 나는 전영림이다. 구국군에 있을 때 너를 보았던 적이 있다. 너야말로 지금 어디라고 내 앞에서 이렇게 건방을 떠느냐?"

방진성 역시 길림구국군에 복역한 적이 있어 전영림을 모를 리 없었다. 비록 소속부대는 달랐지만 당시 전영림은 대대장이었고 방진성은 소대장에 불과했다. 대대장과 소대장은 계급상 몇 단계 차이가 난다. 그러나 항일연군에서 방진성은 전영림보다 직급상 훨씬 높았다. 독립여단 여단장이면 사급 간부로 김성주와 동급이었다.

"아, 전 사령, 내가 실례했소."

방진성은 나이 쉰을 넘긴 연장자에게 일단 이렇게 사과했으나, 작전 토의 때 또 횡포를 부렸다.

"우리 독립여단이 주공임무를 맡고 군부 교도대대는 후대를 맡고 전 사령 부대는 놈들의 구원부대가 오면 그들을 막아 주어야겠소."

김성주와 전광의 부탁도 있었기에 왕작주는 두말없이 수락했다. 그러나 타원부대를 어디에 배치하는가 하는 문제를 의논할 때 왕작주가 방진성에게 물었다.

"나는 휘남현성에 대해 자세한 정보가 없으니, 방 여단장께서 타원부대가 어디에 배치되어야 할지 가르쳐 주시기 바랍니다. 공성부대가 공격할 성문은 어느

문인가요?"

"우리는 남문으로 공격할 것이오. 휘남에서 온 사진사가 길안내를 서기로 했소. 우리 독립여단이 선대를 맡고 군부 교도대대는 후대를 맡을 것이니, 참모장이 인솔한 6사 부대는 후대 뒤에 서면 되지 않겠소? 위치는 남문 어디쯤 알아서 찾아보구려."

방진성이 이렇게 대충 대답하자 왕작주는 입을 다물어 버리고 말았다.

8연대가 주둔하고 있었던 휘남현성 밖 대북산촌으로 돌아오는 길에 전영림은 한바탕 방진성 욕을 퍼부으면서 왕작주에게 물었다.

"참모장은 왜 가만있기만 했소? 도대체 어떻게 할 생각이오?"

"오도양차에서 누가 저한테 저 방 씨가 심술돼지니 조심하라고 하던데, 지금 보니 무식하기까지 하군요."

"그러게 말이오. 총지휘를 맡았다는 작자가 도와주러 온 우리한테 알아서 위치를 찾아보라니. 절을 해도 모자랄 판에 어떻게 이럴 수 있단 말이오? 내 평생 이런 작자는 처음이오. 우리한테 전투에 참가하지 말고 돌아가도 된다는 소리나 다를 게 뭐가 있겠소."

돌아가도 되는 것 아니냐며 오히려 좋아하는 전영림에게 왕작주가 말했다.

"그렇다고 진짜로 돌아갈 수 없잖습니까. 제가 내일 하루 휘남 남문 쪽 지리를 정찰해 보겠습니다. 그 사이 전 사령은 푹 쉬고 계십시오."

왕작주는 그날 밤 남만 출신 신입대원 몇을 정찰조로 꾸려 자신이 직접 인솔하고 휘남현성 남문 밖의 포대로 몰래 접근했다. 새벽녘 대북산촌으로 돌아온 왕작주는 전영림을 깨워 부대를 남문 밖 용수산(龍首山)으로 은밀히 이동시켰다. 이유를 묻자 왕작주가 이렇게 대답했다.

"전투를 진행할 때는 반드시 지형을 잘 관찰해야 합니다. 방 여단장이 남문으로 공격하겠다고 하니, 남문에서 몽강현과 화전현으로 통하는 길이 바로 이 용수산을 에돌아가고 있습니다. 이 두 현성에서 지원군이 달려온다면 반드시 용수산을 지날 것이 뻔한데, 방 여단장은 이런 지형에 대해서 전혀 모르는 모양입니다."

4. 휘남현성전투와 전영림의 죽음

휘남현성전투는 1937년 10월 26일 새벽 2시에 시작되었다.

워낙 병력이 우세하다 보니 앞장서 돌격했던 최춘국의 독립여단 산하 1연대가 눈 깜짝할 사이에 남문 주변 포대 몇 곳을 날려 버리고 남문 앞까지 접근했다. 처음에 일본군 휘남현 수비대 100여 명이 성루에서 반격해 왔으나 최춘국 1연대에는 북만에서 돌아올 때 3군의 조상지에게 선물 받은 화력이 엄청난 나무 대포가 있었는데, 지병학이 직접 그 대포로 휘남현성 남문을 부쉈다고 한다. 광복 후 지병학은 북한군 첫 포병연대장이 되었고, 북한에서는 이 휘남현성전투를 '조선인민혁명군이 진행한 전투'라고 주장한다.

일본군은 남문으로 돌격해 오는 항일연군이 수백 명이나 되는 것을 보고 기겁했다. 잠깐 사이에 20여 명의 사상자가 나오자 급히 철수해 수비대 병영 안으로 기어들어가 다시 반격할 엄두도 내지 못했다. 다만 두 대의 중기관총을 병영 포루 좌우에 걸어놓고 항일연군과 대치했다.

방진성이 급히 최춘국에게 시켰다.

"이보오, 최 연대장, 안 되겠소. 가서 라오웨이한테 알리오. 내가 여기서 이놈들을 막고 있는 사이에 군부 교도대대를 데리고 빨리 성을 털라고 말이오. 쌀이고 천이고 눈에 보이는 대로 모조리 걷어 다시 남문으로 나가라고 하오. 그 후에 나도 철수하겠소."

그러나 최춘국이 방진성에게 말했다.

"아닙니다. 여기는 내가 막고 있겠으니, 방 여단장이 빨리 가보십시오."

"좋아, 병학이가 노략질을 잘하니 나하고 같이 가자."

방진성은 지병학에게 소리치고는 부리나케 위증민에게 달려갔다.

지병학과 김룡근 등 최춘국의 조선인 부하 여럿이 방진성을 따라가 노략질 대오에 합류했다.

필자가 여기서 '노략질'이라고 표현한 이유가 있다. 『휘남현지』에는 "항일연군은 괴뢰 휘남현 정부의 창고를 털어 대량의 물자를 노획했다."고 쓰여 있으나, 그 전투 당시 휘남현에 살았던 노인들은 현성에 들어왔던 항일연군이 300여 명이나 되었으며, 좀 산다는 집들은 모조리 털렸다고 증언했다. 뿐만 아니라 여자들이 끼고 있던 금가락지나 목걸이도 빼앗았는데, 빼앗기지 않으려다가 총에 맞아 죽은 경우도 적지 않았다고 증언한다.

이런 종류의 일들은 항일연군에서 빈번하게 발생했다. 오죽했으면 군기가 엄하기로 유명했던 6사에서도, 그것도 김성주를 호위하고 다녔던 6사 경위중대에서도 전투 중 주민들의 물건을 노략질하다 발각되어 문제가 되자 김성주가 공개 총살[100]한 적이 있었다.

---

100 '김일성 부대 금품 노략사건'은 휘남현성전투가 있은 때로부터 6개월 뒤인 1938년 5월 2일에 발생했다. 김일성이 직접 사부 경위중대를 인솔하고 반절구(半截溝, 반재구)에서 전투를 진행했는데, 이 전투에서 한 경위대원이 노략질하다가 주민의 집에 들어가 집주인 아내가 하고 있던 금붙이를 빼앗았다. 당시 경위중대는 반절구에서 밀가루 200여 자루를 노획했는데, 들고 달아나기에는 힘에 부쳤다. 그리하여 반절구 주민들에게 밀가루를 날라달라고 부탁했다. 그때 밀가루를 나르었던 주민 가운데 금붙이를 빼앗긴 여자의 남편이 있었다. 이 남편이 아내의 금붙이를 되찾을 생각으로 밀가루를 운반하는 인부로 참가하여 장백현 천교구밀영까지 따라 들어왔던 것이다. 그 인부들

이와 같은 노략질은 큰 현성을 점령했을 때는 거의 통제 불가능이었다. 과거 팔도구진전투나 동녕현성전투, 무송현성전투 등에서도 볼 수 있듯이 일단 무장 토비 출신 항일 삼림부대들과 합작하여 치른 전투에서는 노획물을 나눠 가지는 일로 늘 말썽이 많았다. 천이나 식량처럼 부피가 큰 물건들은 숨길 수 없으니 나중에 한 곳에 모아놓고 고루 나누었지만 돈이나 아편, 금붙이 같은 것은 보이는 족족 모두 각자의 몸속에 깊숙이 감추었기 때문이다.

그런데 휘남현성전투 때는 항일 무장토비들이 일절 참가하지 않았다. 남만 성위원회 서기 겸 1로군 부총사령이자 총정치부 주임인 위증민이 2군 군부 직속 교도대대와 방진성 독립여단을 인솔하고 직접 진행한 전투였다. 원칙대로라면 이런 부대에서 노략질이 발생하는 건 있을 수 없었다. 그러나 노략질을 했던 것을 보면 산속에서 추위와 굶주림으로 얼마나 힘든 생활을 이어왔을지 짐작이 되기도 한다.

10월에 접어들면, 항일연군뿐만 아니라 만주 지방의 모든 마적과 토비까지 다가오는 겨울을 나기 위해 식량을 구하기 위한 전투를 했다. 항일연군이 벌인 전투 대다수도 식량과 천, 총과 탄약을 빼앗아 무장하기 위한 목적이었다 해도 절대 무리가 아니다.

최춘국은 휘남현 일본군 수비대 병영 정문을 가로막고 장장 2시간이나 대치

이 돌아갈 때 김일성은 만두를 만들어 대접하면서 고맙다는 인사 겸 항일 도리를 선전했다고 한다. 그때 이 남편이 김일성에게 "당신 부하들이 내 아내의 금가락지와 목걸이를 빼앗았는데 돌려주시오." 하고 말했다. 인부들이 모두 지켜보는 데서 이 말을 들은 김일성은 어찌나 놀랐던지 그 자리에 경위중대를 불러놓고 그 대원을 찾아냈다. 찾아내고 보니 중국인 대원이었다. 그 남편은 "물건만 돌려받으면 되니 저 사람은 처벌하지 마십시오." 하고 말렸지만 김일성은 모두가 보는 앞에서 공개 총살했다. 이 이야기는 김일성 회고록에는 나오지 않지만, 장백현 사람들은 반절구 이야기만 나오면, "김일성이 두 눈알을 부라리면 부하들이 모두 무서워서 벌벌 떨었다."고 전하며, 이와 같은 내용들은 『장백현지(長白縣志)』에도 비교적 자세하게 실려 있다.

했다. 그 사이에 휘남현성은 모조리 싹쓸이당하다시피 했다. 연락을 받은 만주군이 화전과 몽강, 그리고 조양진 세 곳에서 달려왔다. 이들이 모두 용수산 기슭에 도착했을 때였다. 전영림 8연대는 먼저 도착한 만주군 색경청(索景淸) 여단의 한 중국인 부대는 그냥 보내고 그 뒤를 따르던 이 여단 일본인 군사고문 다카오카 다케시(高崗武治) 상위가 인솔한 기병대 한 무리에게 총포탄을 퍼부었다. 뒤따라 조양진 쪽에서 달려온 경찰부대도 모두 중국인인 것을 보고는 총을 쏘지 않고 대원 몇을 산 아래로 내려 보내 설득했다.

"우리 항일연군은 왜놈들만 치니 중국인들은 뒤로 물러나라."

그러자 만주군의 중국인들은 뒤로 비실비실 물러나기 시작했다. 8연대가 일본군과 대응사격을 하는 동안 조양진 쪽에서 달려온 경찰부대는 모두 땅바닥에 찰싹 엎드려 미동도 하지 않았다.

"만주군은 될수록 생포하는 게 좋겠소. 저자들 중에는 우리한테 귀순하려는 자들도 적지 않을게요. 저자들 가운데 한 50여 명만 참군시켜도 우리는 대성공이오."

전영림이 왕작주에게 말했다.

"전 사령 말씀이 맞습니다. 휘남에서 턴 쌀과 천들은 모두 군부 교도대대와 독립여단에 주고 우리는 저 인원만 보충해도 크게 성공하는 것입니다."

왕작주도 맞장구쳤다. 그러나 전영림이 저격수에게 피살되면서 이들의 계획은 틀어진다. 1934년 이후부터 만주국 군정부는 관동군의 협조를 받아 영관(佐官)급 일본군 군관들을 만주군 연대 단위에 파견해 군사고문이나 군사교관을 맡게 했다. 1936년 가을 '북부 동변도 치안공작' 때부터는 관동군에서 퇴역한 군인뿐만 아니라 만주에 나와 생업에 종사하던 군인 출신 일본인들까지 징집하여 만주군 연대 단위 이하에 배치했고, 마지막에는 각지 경찰서와 경찰분서, 경찰대대들에 이르기까지 모조리 일본인 지도관을 배치하기 시작했다. 만주국 모든 현급 단위에 중국인 현장 외에도 일본인 참사관을 반드시 배치하여 실권은 참사관이 장악했는데, 무송현성전투 직후 무송현성에만 참사관 곁에 부참사관을 3명이나 더 배치하기도 했다.

만주군 동국화 여단에도 고마이 중좌 밑으로 일본인 지도관 30여 명이 여단 산하 각 연대와 대대, 중대들에까지 배치되어 있었다. 그들은 만주군과 같은 군복을 입었으며, 중국말도 잘했다.

전영림이 총에 맞은 것은, 8연대가 용수산 기슭에서 돌격하여 내려갈 때였다. 휘발하 기슭의 자갈밭에 엎드려 있던 조양진 경찰대대의 한 일본인 지도관이 땅에 엎드린 채 전영림을 쏜 것이다. 전영림을 표적으로 삼은 것은 8연대에서 목이 긴 가죽장화를 신은 사람이 그밖에 없었기 때문이다. 전영림을 부축하러 달려가던 경위원들도 계속 총탄을 맞았다.

"전 사령이 희생되었어요."

백학림이 달려와 왕작주에게 알렸다. 왕작주는 총탄이 전영림의 관자놀이를 명중한 것을 보고 경찰대대 쪽에 저격수가 있다고 짐작했다. 이에 왕작주는 장씨(張氏, 이름 미상) 성의 한 중국인 중대장에게 명사수 몇 명을 뽑게 하여 자신이 직접 이끌고 경찰대대와 대치하던 진지로 달려갔으나 저격수가 누구인지 찾아낼 방법이 없었다.

"안 되겠소. 초가삼간을 다 태워서라도 빈대를 잡는 수밖에."

왕작주는 대원들에게 수류탄을 경찰대대를 향해 던지게 했다. 그리고는 고마이 중좌의 일본군 진지로 돌격해 내려가던 중대를 돌려세워 싸우면서 한편으로 철수하기 시작했다. 일본군만 섬멸시키고 만주군과 경찰대대를 설득해 귀순시키려 했던 계획이 전영림의 갑작스러운 죽음으로 차질을 빚게 된 것이다.

휘남현성전투에 참가했던 8연대는 연대장 전영림 외에도 대원 30여 명을 더 잃고 방진성이 나눠주는 밀가루 20포대만 지고 돌아왔다.

"이처럼 낭패를 본 것은 다 제 불찰입니다."

왕작주는 모든 책임을 떠안았다. 휘남현성전투 이후 열린 총결회의에서 왕작주는 군 참모장 직에서 내려와 다시 6사로 돌아가겠다고 요청했으나 위증민이 말렸다.

"참모장 불찰이 아니오. 참모장이 직접 나가 지형까지 정찰하고 부대를 용수산에 배치하는 등 아주 잘했소. 문제는 우리 지휘관들이 만주군에 대해 잘못 생각한 것이오. 때로는 만주군이 왜놈들보다 더 지독하고 악착스러울 때가 많은데, 이 점에 대해 미리 주의를 주지 않은 내 불찰도 적지 않소. 정말 후회가 되오."

위증민은 김성주에게 너무나 미안했다. 다른 누구도 아닌 연대장 전영림이 전사했기 때문이다.

"정치위원 박덕산과 제1중대장 무량본 가운데 한 사람을 임시로 연대장으로 임명하고 빨리 8연대를 수습해야 하지 않겠소."

전광이 이렇게 요청하자 위증민이 말했다.

"원래는 양 사령의 서정부대에 참가시키려 차출한 부대였는데, 연대장까지 죽고 말았으니 어떡하겠습니까? 김 사장에게 돌려보내는 수밖에 없습니다. 새 연대장도 6사에서 알아서 임명하도록 김 사장에게 맡깁시다."

위증민은 휘남현성전투에서 살아남은 대원들을 중대장 장 씨(성만 전해지고 있음)에게 맡겨 김성주에게 돌려보냈다. 그런데 장 씨를 따라 화전현 노령산으로 들어갔던 대원들은 화전현에서 몽강현 동패자로 이동한 김성주를 따라잡지 못하고 산속에서 갈팡질팡하다가 20여 명이 도주하고 겨우 30여 명만 남게 되었다. 나중에는 장 씨까지도 늙은 부모를 봉양해야겠다면서 달아나 버리고 말았다. 동패자의 마당거우밀영까지 6사를 찾아온 대원들은 겨우 20여 명도 되지 않았다.

김성주는 이 20여 명에 휘남현성전투에 참가하지 않았던 무량본의 1중대를 합쳐 50여 명 남짓한 병력으로 8연대를 다시 재건했다. 7연대 연대장이었던 손장상이 8연대 연대장이 되고, 7연대 주력중대였던 4중대 중대장 오중흡이 정식으로 7연대 연대장에 임명되었다.

한편 위증민과 방진성 독립여단이 휘남현성전투를 진행할 때 화전현 노령산구로 부리나케 이동했던 김성주는 여기서 양정우의 옛 1군 근거지였던 노령산근거지로 바로 들어가야 할지 말지를 고민했다. 그때 마침 양정우의 명령을 받고 몽강 쪽으로 이동 중이던 2사 역시 노령산구로 들어왔다. 2사 사장 조아범의 파견으로 양정우와 만나러 환인, 관전근거지로 들어갔던 송무선이 양정우는 만나지 못하고 안광훈과 만난 뒤 명령을 받고 돌아오다가 김성주에게 들렀다.

"유하중심현위원회가 파괴되면서 환인, 관전근거지도 모두 폭로되었소. 때문에 양 사령의 서정부대도 더는 환인, 관전근거지로 돌아가지 못 하고 다시 노령산근거지로 돌아올 거라고 하더구먼. 이 근거지를 회복시키기 위해서는 놈들의 주의력을 근거지 바깥으로 유인해서 견제하라는 안 참모장의 명령이오."

송무선은 안광훈의 명령에 따라 1군 2사는 즙안 쪽으로 우회할 것이니, 6사도 노령산에서 계속 몽강 쪽으로 이동하는 것이 좋겠다고 했다. 김성주도 두말없이 동의했다.

"방진성 독립여단이 원래는 휘남에서 휘발하를 건너 화전으로 이동하면서 밀영을 건설할 생각이었지만, 휘남현성전투 여파가 너무 커서 이 지방에 밀영을 만들어내기는 어려울 것 같습니다. 그래서 저희도 몽강 쪽으로 이동하고 화전은 독립여단에 내주는 것이 옳지 않을까 생각 중이었습니다. 지금 바로 이동하겠습니다."

이렇게 되어 김성주는 화전현 노령산구에서 다시 몽강현 노령산구로 이동했고, 뒤따라 화전현 경내로 들어왔던 방진성의 독립여단도 이듬해 1938년 2월에는 역시 몽강현으로 이동할 수밖에 없었다. 화전현 경내의 노령산근거지가 이미 오래전에 일본군에게 발각되었기 때문이다.

김성주의 회고록에서 '남패자(南排子, 만주 몽강 지방에서는 排를 '배'나 '파이즈'가 아닌 '패'로 발음)'와 '마당거우'는 아주 유명하다. 특히 남패자에서 지내는 동안 김성주는 처음으로 양정우와 만났다. 나중에 자세히 소개하겠지만, 양정우가 김성주와 만나러 남패자까지 찾아왔다고 한다. 북한 석윤기의 장편소설 『고난의 행군』에서도 이때 이야기들이 나온다.

그런데 화전에서 남패자로 이동할 때 김성주는 자신의 두 번째 경위중대장이었던 이달경을 잃는 아픔도 겪었다. 이달경을 김성주는 이렇게 소개한다.

"이동학 후임으로 경위중대장이 된 이달경은 원래 4사에서 기관총수로 있던 사람이었다. 그는 백발백중의 명사수였다. 어찌나도 총을 잘 쏘았던지 이달경이라면 모르는 사람이 없을 정도였다. 그는 경위중대의 정치지도원으로 얼마간 있다가 이동학이 연대장으로 소환되어간 다음 중대장으로 임명되었으나 한 달도 못 되어 전사했다."

북한에서는 남패자 당시의 모든 회의를 김일성이 조직하고 주재한 것으로 묘사하는데, 그렇다면 김성주가 주둔한 남패자의 밀림으로 다른 부대 간부들이 찾아왔어야 한다. 거꾸로 김성주가 140여 리나 되는 밤길을 걸어 북패자로 회의에 참가하러 갔다는 설명은 이해되지 않는다.

그렇다면 북패자에는 누가 있었던 것일까? 중국의 일부 자료들에서는 방진성의 독립여단이 북만에서 돌아왔을 때, 처음부터 임강현 경내로 들어왔던 것이 아니라 몽강현의 북패자에 들어와서 자리 잡았다고 기록하고 있다. 이 기록에 따르면, 위증민이 독립여단을 마중하러 먼저 몽강현으로 들어왔으며, 뒤따라 전광의 인솔 하에 2군 군부도 함께 이동한 것으로 나타나 있다.

5. 밀정 염응택의 침투

그러나 휘남현성전투 이후 위증민은 독립여단 일부를 북패자에 남겨두고 자신은 방진성과 함께 양정우를 찾아 떠났다. 또 다른 자료들에 따르면, 위증민은 청원현에서 열하성 쪽으로 결국 빠져나가지 못한 양정우가 환인, 관전근거지나 노령산 옛 근거지로 돌아오지 않고 어쩌면 금천, 하리 쪽으로 이동했을지도 모른다는 잘못된 짐작으로 다시 휘발하 남쪽으로 출정했는데, 이 때문에 몽강 쪽으로 몰려들었던 일본군 헌병 제3연대와 만주군 동국화 여단 1,000여 명이 그 뒤를 따라 1군의 옛 근거지였던 하리 쪽으로 이동했다. 위증민은 하리에서도 양정우를 만나지 못하자 다시 동쪽으로 이동하여 임강현으로 들어왔는데 이번에도 휘남과 화전, 즙안 쪽의 만주군이 임강으로 몰려들었다. 이 기회를 타 2군 군부는 몽강현 경내의 남, 북패자에 자리를 잡을 수 있었다.

전광은 1938년 2, 3월경에 남, 북패자를 모두 김성주에게 맡기고 왕작주, 이준산과 함께 100여 명에 달하는 대원들을 이끌고 즙안 경내의 노령산구로 잠입했다. 원래 목표는 환인, 관전근거지였으나 노상에서 마침 그를 찾아오던 이명산과 만나게 되면서 진로가 바뀌게 되었다.

전광은 하마터면 이명산을 알아보지 못할 뻔했다. 머리엔 검불이 가득 붙어 있었고, 온 얼굴에 멍이 들어 있었다. 거기다가 신발 한 짝을 잃어버려 한쪽 발은 맨발 바람인 데다 왼손에는 이 빠진 밥그릇까지 들고 있었던 것이다. 완전히 비렁뱅이 모양이었다. 발바닥에선 피까지 흘렀다. 아무래도 길에서 걸식하면서 즙안 오도구(五道溝)의 노령산 기슭까지 찾아왔음이 분명했다.

"제기랄, 내가 영환(永煥, 손영환, 이명산의 본명)이오. 왜 날 알아보지 못한단 말이오?"

노령산 기슭에서 항일연군을 발견하고 정신없이 달려왔던 이명산은 전광에게 소리쳤다.

"아니, 이게 어떻게 된 영문이오? 발은 또 이게 뭐요?"

전광은 반가움에 이명산과 부둥켜안은 뒤 여기저기 살펴보았다.

"토벌대에게 쫓기다가 신발 한 짝을 잃어버렸소."

이명산은 한 짝만 남은 신을 발을 바꿔가며 신고 절뚝거리면서 오도구까지 찾아온 것이었다.

어찌나 오래 굶었는지 이명산은 먹을 것부터 찾았다. 이준산이 큼직한 전병 한 장과 물병을 건네자 이명산은 그것을 받아 목이 메어질 정도로 정신없이 먹어댔다.

"천천히 먹으시오. 숨넘어가겠소."

전광은 이명산의 등을 두드리면서 물었다.

"도대체 남만 최고의 멋쟁이를 이 모양으로 만든 게 뭐요? 어서 말해주오."

"먼저 내가 묻는 말에나 대답하오. 지금 어디로 가는 길이었소?"

"광훈이한테 가면 혹시 양 사령 있는 곳을 알 수 있을까 해서 라오웨이는 금천, 하리 쪽으로 갔고, 나는 지금 환인, 관전 쪽으로 가는 길이었소."

전광의 대답에 이명산은 안도의 숨을 내쉬었다.

"아, 정말 하늘에 감사하고 땅에 감사할 일이오. 여기서 나를 만난 것은 그야 말로 하늘이 도운 것이오."

"왜 그러오? 도대체 무슨 일이 생긴 게요?"

"말도 마시오. 일구난설(一口難說, 한 마디 말로 다 설명할 수 없다는 뜻)이오."

이명산이 계속 뜸을 들이면서 말을 하지 못했다.

그러자 전광이 더 급하게 재촉했다.

"빨리 말 좀 해보라니까."

"창피해서 차마 입 밖에 꺼내지 못하겠소."

"혹시 광훈이한테 무슨 일이라도 생긴 게요?"

전광은 창피하다는 말에 이미 어느 정도는 짐작할 수 있었다. 이명산이 머리를 끄덕이자 전광도 그의 곁에 털썩 주저앉아버리고 말았다.

한참 뒤에 이명산은 이준산이 알아듣지 못하도록 조선말로 안광훈이 체포되어 변절한 사실을 전광에게 이야기했다. 듣고 있던 전광 얼굴이 점점 사색이 되기 시작했다.

"전광 동지, 도대체 무슨 일이 생긴 겁니까?"

이준산이 물었지만 전광은 말없이 한숨만 푹푹 내쉬었다.

"이제 양 사령을 만나도 면목이 없게 되었소."

전광이 겨우 한마디 하자 이명산도 머리를 끄덕였다.

"정말 무슨 낯을 들고 1군으로 돌아가야 할지 모르겠소."

"아니, 그렇다면 환인현위원회도 파괴되었소?"

"현위원회뿐이겠소. 성위원회도 다 파괴되었소. 근거지에 있던 사람들이 다

죽거나 붙잡히고 나 혼자만 남았소. 더는 회생이 불가능하오."

이렇게 말하면서 머리를 푹 떨구고 앉아 있던 이명산이 갑자기 울음을 터뜨렸다.

전광은 이명산의 마음을 알고도 남음이 있었다.

'다 죽었다'는 것은 그동안 이명산과 함께 흥경, 환인 지방을 개척해왔던 1군 독립사 시절의 친구들인 이홍광, 한호, 한진(韓震)[101]까지 모두 환인현에서 전사했기 때문이다. 가장 일찍 흥경 지방에 나왔던 사람은 바로 이홍광이었다.

제1차 서북원정을 준비하던 양정우의 부탁을 받고 기병부대를 조직하러 흥경 지방에 온 이홍광을 도운 사람이 당시 흥경현위원회 서기였던 이명산이다. 이후 이홍광이 죽고 그의 사장직을 이어받은 부사장 한호와 군수부장 한진은 환인현위원회 조직부장이 된 이명산과 함께 환인, 관전근거지를 개척하는 일에

---

101 한진(韓震, 1900-1936년) 조선 경성의 한 대지주 가정에서 출생했다. 1919년 3 · 1만세운동에 참가했고, 1920년 중엽에 만주로 이주하여 반석 지방에 정착했다. 1928년 봄 반석현 석취진(石嘴鎭)의 한 조선인 소학교에 교사로 취직했고, 이 시기에 조선공산당에 참가해 남만청년동맹 상무집행위원이 되기도 했다. 이후 이동광의 소개로 당적을 옮겨 중공 당원이 되었으나 1931년에 체포되어 징역 1년을 선고받았고 만주사변 직후 출옥했다. 1932년 봄에 반석중심현위원회 산하 괴자항(拐子炕) 특별지부 서기와 반석서구 구위원회 서기직을 맡았고, 그해 가을에 1군 독립사가 성립되자 제1군 독립사 산하 3연대 정치위원, 1934년 3월에는 독립사 당위원회 서기가 되었다. 11월에는 1군 1사 군수부장이 되어 이홍광과 함께 흥경 지구로 기병부대를 조직하러 나갔다. 전투 중 오른쪽 눈에 총상을 입고 실명했는데, 이홍광은 그에게 '독안사령(獨眼司令)'이라는 별명을 지어주었고, 이후 대원들은 이홍광을 사장으로, 한진은 '사령'으로 불렀다고 한다. 1935년 2월에 이명산을 도와 환인현 6구 동과령(오늘의 신빈현 경내)에서 1,000여 명의 회원이 참가하는 대규모 반일회를 조직했고, 당시 환인현 경내에서 반일 의식을 가진 갑장(甲長)과 패장(牌長) 20여 명도 회원으로 참가했다. 후에 환인, 관전근거지를 개척할 때 합법 신분을 가진 이 회원들의 도움을 많이 받았다. 1936년 3월, 환인현위원회는 환인현 선인동의 이도령자(二道岭子)에서 1군 1사 산하 제4연대를 조직했고 한진은 정치위원이 되었다. 그러나 바로 그날 밤, 반역자의 밀고로 흥경현 평정산의 일본군 수비대가 이도령자를 포위했다. 포위를 돌파하는 과정에서 뒤에 남아 엄호했던 한진은 총상을 입고 전사했다. 향년 36세였다.

직접 참가했다. 그러다가 한호가 죽은 다음에는 안광훈이 군 참모장으로 임명되어 환인현으로 들어오면서 한진과 안광훈, 이명산이 계속 환인현 경내의 노독정자(老禿頂子), 이층정자(二層頂子), 만인구(万人溝), 해청화락(海靑火絡, 오늘의 요령성 본계시 화첨자향鏵尖子饗), 보악보(普乐堡), 전후협도자(前后夾道子) 등지에 10여 개에 달하는 밀영을 건설했다.

특히 한진은 안광훈과 가장 가깝게 지냈다. 1928년에 남만청총 상무집행위원 신분으로 조선공산당 만주총국에 몸을 담았던 한진은 안광훈의 소개로 반석현의 석취진 초석산 조선인 소학교에서 교편을 잡았다. 이후에도 안광훈의 소개로 이동광과 만나게 되었으며, 1930년 8월에는 정식 중공 당원이 되었다. 그의 입당 보증인도 바로 이동광과 안광훈이었다.

당시 남만의 중국공산당 조직은 반석중심현위원회 서기였던 전광을 비롯해 안광훈, 이동광, 조명신(趙明信), 김창근, 송명식(宋明植), 풍검영, 이명산, 한진 등 조선인 출신 당 간부들 세상이었다. 후에 양정우가 오면서 전광이 서기직에서 물러났으나 여전히 조선인 이동광의 차지가 되었고, 중국인 간부들은 거의 발을 붙일 수가 없었다.

양정우는 자신 이전에 만주성위원회에서 내려보냈던 중국인 간부들이 모두 버티지 못하고 남만을 떠났던 배경에는 바로 전광이 있었음을 금방 알아냈다. 총명한 양정우는 1933년 이후 전광이 비록 반석중심현위원회 서기직에서 내려왔지만, 그에 대한 예우를 조금도 소홀히 하지 않았다. 언제나 깍듯하게 원로로 대우했을 뿐만 아니라, 인사 문제에서 무릇 그가 추천하는 인물들은 한 사람도 빠뜨리지 않고 중용했다.

그리하여 양정우 신변에는 거의 조선인 간부들이 포진하다시피 했다. 남만의 조선인 간부들은 당 조직뿐만 아니라 군사조직도 모두 장악했다. 1군 초창기에 양정우가 가장 의지했던 사람은 다름 아닌 1사 사장 이홍광과 2사 참모장 이송파였다. 2사의 경우, 사장으로 임명되었던 중국인 간부 조국안은 조선인 참모장 정수룡에게 권총을 압수당하고 부대에서 쫓겨난 적까지 있었다. 그러나 양정우는 정수룡이 전광의 심복임을 알고 있었던 까닭에 정수룡을 함부로 처벌하지 않고 수평 이동시키는 방법으로 문제를 해결했다.

부천비(傅天飛, 별명 부운익, 부숭례, 부세창)는 1933년 6월에 만주성위원회의 파견으로 양정우를 보좌하러 온 공청단 간부였다. 남만으로 올 때 겨우 스물두 살밖에 되지 않은 앳된 중국인 청년이었다. 그는 업무를 시작하기 전에 양정우에게 조언을 구했다.

양정우는 주저하지 않고 핵심을 말했다.

"이곳은 조선 사람들 세상이라, 그들한테 잘못 보이면 큰일 나오."

"제가 순시원으로 주하(珠河)에도 내려가 보았지만 그곳에도 조선 동지들이 적지 않습니다. 모두 직위가 높았지만 잘못 보인다고 해서 무슨 큰일이 나지는 않던데요. 이곳은 다릅니까?"

부천비가 이해하지 못하자 양정우는 한술 더 떴다.

"조선 사람 가운데 가장 명망 있는 간부 몇을 뒷심으로 두고 있으면, 업무를 진행할 때 많은 도움을 받을 수 있소."

"그러면 양사령에게도 뒷심이 있다는 말씀인가요? 그는 누구입니까?"

"차차 알게 될 것이오."

얼마 후 부천비는 해룡과 반석 지방으로 내려가 공청단 조직을 지도하다 반석중심현위원회 선전부로 소환되어 올라왔다.

선전부장 안광훈 아래 있던 풍검영, 이명산, 한진 등이 모두 유하현위원회와 흥경현위원회 등 각지 현위원회 책임자로 떠나는 것을 보면서 부천비는 새삼스럽게 양정우가 귀띔해주었던 말을 떠올렸다.

'남만 당 조직은 모조리 이 사람들이 틀어쥐고 있구나.'

부천비는 이때부터 조선말을 배우기 시작했다. 선전간사였던 부천비는 안광훈의 비서였던 구은혜가 남편 풍검영과 함께 유하현위원회로 발령받자 비서 역할까지 떠맡았다. 일찍이 하얼빈에서 동북상선학교(東北商船學校)를 다녔던 부천비는 이 학교 교사였던 만주성위원회 비서장 풍중운(馮仲雲)의 소개로 중공 당원이 되었고, 공청단 만주성위원회에서 일할 때는 강판글을 잘 쓰기로 유명했다. 글재간까지 있어 삐라나 호소문을 만들 때면 언제나 그가 내용 초안을 썼다.

"세창(부천비의 별명)의 문장은 그야말로 거침없구먼. 손 댈 곳이 거의 없소."

풍중운은 언제나 칭찬해주었다.

안광훈도 부천비의 재간을 몰라볼 리 없었다. 안광훈은 처음에 1군 군부 교도연대 정치위원으로 금천히리근거시로 들어갔는데, 그때 부천비도 동행했다. 그후 얼마 되지 않아 1군 정치부 주임으로 올라갔는데, 부천비에게 동북인민혁명군을 세상에 알릴 수 있는 선전간행물을 만들어 보라고 지시하면서 그를 이홍광 부대에 배치했다. 부천비는 그동안 소문으로만 들어왔던 그 유명한 이홍광 부대에 배치된 것에 기뻐 어쩔 줄을 몰랐다. 그때 부천비는 이홍광을 따라 환인, 흥경 지방으로 왔으며 여기서 한진, 이명산 등 낯익은 얼굴들과도 다시 만나게 되었다.

어디를 가나 조선인 간부들의 세상이었다. 이홍광은 양정우의 가장 든든한 군사조수인 데다 1군 기간부대였던 독립사 참모장이었고, 한진은 독립사 당위원회 서기였다. 이후 독립사가 1군으로 개편되고 산하 부대가 1, 2사로 나뉘면서 1사 정치부 선전간사로 배치된 부천비는 〈홍군소식〉, 〈인민소보〉, 〈인민혁명군사〉, 〈청년의용군보〉 등 많은 신문을 만들었다. 〈인민군화보〉 1935년 10월 4

일 판에 실렸던 1, 2군의 회사 장면을 담은 강판 그림도 바로 부천비의 작품이었다.

이듬해 부천비는 1사 산하 신편(新編) 제4연대 정치위원이 되었다. 전임자였던 한진이 1936년 3월 2일, 4연대가 성립된 지 불과 하루 만에 흥경현 평정산 수비대의 습격을 받고 포위를 돌파하는 도중에 전사했기 때문이다.

이후 군 정치부 주임과 군 참모장까지 겸직한 안광훈은 부천비를 다시 1사 정치부로 불러들였다가 1937년 9월에 남만성위원회 비서처로 옮기도록 했다. 얼마 후 그는 비서처 편집실 주임이 되었다. 누가 뭐라고 해도 부천비의 뒷심은 안광훈이었던 셈이다.

이때쯤 안광훈은 남만성위원회뿐만 아니라 1군의 모든 일상 사무를 총괄했다. 양정우와 위증민, 이동광이 없었던 환인, 관전근거지에서 그의 직위가 가장 높았기 때문이다.

다시 1937년 12월로 돌아가, 부천비와 남만성위원회 비서처 인쇄실 주임 번제는 안광훈이 총상을 당했다는 말을 듣고 그를 병문안하러 오늘의 요령성 본계시 환인현 사도하자향(四道河子鄕)의 우모대산(牛毛大山)밀영으로 찾아갔다. 그곳에서 4연대 시절 얼굴을 익혔던 몇몇과 만나게 되었다.

"동무들은 수 연대장의 경위원들 아니오? 어떻게 여기에 와 있소? 수 연대장도 함께 오셨소?"

"수 연대장은 전사하셨습니다."

한 대원이 얼굴을 떨구고 흐느껴 울었다.

"동무는 누구요? 다른 동무들은 본 적 있는데, 동무 얼굴은 좀 생소하오."

"네, 저는 염원택(廉元澤, 염응택이 항일연군에 침투하면서 사용했던 별명)입니다. 부 정위(傅政委, 부천비) 동지께서 4연대를 떠난 다음 왔습니다."

그 대원이 대답하자 다른 대원들이 이구동성으로 말을 받았다.

"저희는 수 연대장이 전사한 후 호 부장(호국신)과 함께 끝까지 싸우려 했지만, 호 부장께서 저희들이라도 살아서 탈출해야 군부에 소식을 전할 수 있을 것이 아니냐고 했습니다."

안광훈은 부천비와 번제에게 그동안 있었던 일을 이야기했다.

"내가 고산자에서 혼자 빠져나온 뒤에 팔리초밀영에 남아 있던 호국신도 풍검영이 변절한 것을 눈치 채고 뒤따라 탈출했는데, 놈들이 유하에서부터 환인까지 끈질기게도 뒤쫓아 왔던 모양이오. 호국신이 양호구의 도목구밀영까지 와서 미처 숨을 돌리기도 전에 토벌대가 들이닥쳤다는 것이오. 수 연대장이 호국신을 엄호하다 죽었고, 살아남은 이 동무들이 끝까지 호국신을 엄호하면서 흑갱대지(黑坑大地) 쪽으로 이동시켰지만, 결국 호국신 본인도 총상을 당하자 염원택에게 다 같이 죽으면 안 되니 나머지 대원들과 포위를 뚫고 나가 소식을 전해달라고 부탁했다고 하오."

부천비는 돌아올 때 안광훈에게 물었다.

"수 연대장이 데리고 있던 이 경위원들을 신변에 두실 겁니까?"

"차차 봐가면서 정빈한테 보내 새로 배치하겠소."

부천비는 그래도 시름이 놓이지 않았다.

"염원택이라는 저 경위원은 내가 4연대에 있을 때 한 번도 본 적이 없습니다. 수 연대장의 경위원들은 대부분 수 연대장이 해청화락에 있을 때부터 알고 지냈던 한 동네 친구들의 자식들인데, 염원택은 어디서 불쑥 나타난 건지 모르겠습니다. 수상한 데가 있으니 염원택과 함께 온 경위원들을 모두 다른 곳에 보내십시오."

이렇게 부탁했으나 안광훈은 들으려 하지 않았다.

안광훈은 흑갱대지밀영에서 호국신 등이 토벌대에 사로잡혔던 시간과 염원택 등이 자기를 찾아왔던 시간을 대조해 보고는 조금도 의심하지 않았다.

"호국신은 통화에서부터 쫓아온 경찰대 놈들에게 체포되었다고 하오. 아마 지금쯤 통화에 끌려갔을 것이오. 사선을 헤치고 여기까지 소식을 전하러 온 경위대원들을 의심해서야 되겠소. 이 동무들이 아니었다면 우린 아직도 호국신 소식을 몰랐을 것이오. 그러니 샤오푸(小傅, 부천비)와 라오판(老攀, 번제, 이영호)도 지금 있는 밀영을 버리고 이곳으로 옮겨오시오."

부천비는 안광훈의 말에 일리가 있다고 생각했다.

부천비와 번제는 밀영으로 돌아온 뒤 의논했다.

"이곳은 호국신이 알고 있는 곳이니 더 지낼 수는 없소. 그런데 안 참모장이 있는 곳으로 인쇄소까지 모조리 다 옮기는 건 좀 무리요."

"등잔 밑이 어둡다고, 놈들이 불을 지르고 간 양호구로 몰래 돌아가면 어떨까요? 제가 4연대에 있을 때 우모구(牛毛溝) 서차(西岔)에 있는 동굴에서 며칠 지낸 적 있는데, 아는 사람이 별로 없습니다. 그곳에서 안 참모장이 있는 우모대산(牛毛大山)과도 60여 리밖에 안 되니 연락하기도 좋지 않겠습니까."

부천비가 의견을 내놓자 번제도 동의했다.

두 사람이 남만성위원회 비서처를 우모구 서차동으로 이동시킨 뒤였다. 안광훈은 그때까지도 수상생(隋相生, 항일연군 제1군 1사 4연대장)의 경위원 염원택으로 위장하고 우모대산으로 들어온 염웅택 등을 다른 곳으로 보내지 않고 있었다. 우모대산은 환인현성에서 140여 리 떨어진 사도하자, 즉 오늘의 환인현 대전자촌(大甸子村)과 보악보진(普樂堡鎭) 사이에 펼쳐진 해발 1,319m에 동서로 100여 리가 넘는 거대한 산이었다.

이 산 남북 60여 리를 사이에 두고 보악보진의 와방촌(瓦房村)은 매주 한 번씩

장이 서는 큰 동네였다. 염응택은 와방촌에 큰삼촌이 사는데, 푸줏간을 한다며 설에 먹을 고기를 구해 오겠다고 안광훈에게 요청했다.

1938년 설을 며칠 앞두고 와방촌으로 비밀리에 들어간 염응택은 큰삼촌의 푸줏간으로 찾아들어갔다. 그런데 푸줏간 안방에서 그를 마중한 사람은 바로 통화성 경무청장 키시타니 류이치로였다. 키시타니의 통역관으로 통화성 경무청에 함께 부임했던 중국인 유술렴(劉述廉)의 공술자료를 보면, 부임한 지 불과 한 달도 되지 않았던 키시타니는 풍검영과 호국신을 체포한 다음 직접 그들을 데리고 환인현 보악보진 와방촌에 들어와 잠복했고, 푸줏간을 차려놓고 있었다.

6. 키시타니 류이치로 경무청장

키시타니 경무청장은 대단한 수완가였을 뿐만 아니라 아주 끈질긴 사람이었다. 관련 자료들을 보면, 1901년생이니 당시 나이는 30대 중반 정도였다. 일본 아오모리현 구로이시에서 대장장이의 큰아들로 태어났다고 한다. 아버지가 대장장이이자 농사꾼이었지만 생활은 어려웠고 동생 키시타니 토시오(岸谷俊雄)는 아무리 일해도 형편이 나아지지 않는 부모를 보고 마르크스주의에 심취하게 되었다고 한다. 이로 인해 키시타니도 동생의 영향을 받았던 것으로 보인다. 그러나 점차 시간이 흐르면서 키시타니는 동생과 달리 일본인의 삶을 풍요롭게 하기 위해 만주의 권익을 이용하는 것이 오히려 마르크스주의 운동보다 훨씬 더 현실적이라고 생각했다. 그는 당시 겐요샤(玄洋社) 산하 간첩기관의 하나였던 일로협회(日露協會)가 설립한 '러시아중국어학원'에 들어가 러시아어와 중국어를 배웠고, 아오모리현의 응시자 11명 중에서 유일하게 국비 유학생에 선정되었다.

1927년 키시타니 류이치로는 공부를 마친 뒤 만주 철도회사에 입사하게 된다.

그때 배치된 부서가 만철 조사부 러시아반이었다. 세상에 잘 알려져 있듯 만철 조사부는 관동군 정보부와 더불어 만주 경내에서 일본 정부가 직접 운영했던 거대 정보기관의 하나였다. 이때 쌓았던 경험을 바탕으로 나중에 통화성 경무청장이 되었을 것으로 보인다. 어려서 마르크스 이론에 심취한 적이 있는 이론가형 수사관 출신이었으니, 키시타니 류이치로는 항일연군 포로들을 대할 때 자신의 특기와 장점들을 그야말로 능수능란하게 발휘했다. 나중에는 양정우 소탕작전도 성공시킬 정도로 크게 이름을 날렸다. 물론 오늘날의 중국과 북한에서는 악마로 취급당하고 있다. 그의 통역관이었던 유술렴의 회고담 한 토막을 들어보자.

"당시 키시타니에게 붙잡혔던 항일연군 포로들은 거의 한 사람도 빠져나가지 못하고 모두 투항했다. 나는 통역관으로 곁에 있었지만 사실상 형식적인 것에 불과했다. 키시타니는 러시아어뿐만 아니라 중국어에도 아주 능했는데, 말할 때 발음만 조금 서툴렀을 뿐 직접 중국어로 편지도 썼고 시간이 날 때면 붓글씨도 연습하곤 했다. 그때 포로가 된 항일연군들은 대부분 가난한 농사꾼의 자식들이었는데, 키시타니는 그들을 심사할 때면 절대로 때리거나 욕하지 않고, 자기도 농사꾼이었고 어렸을 때 굶고 살았다는 이야기를 장황하게 늘어놓곤 했다. 너무 배가 고파 소똥 위에 떨어진 쌀알을 발견하고 그것까지도 주워 씻어 먹었다고 했다. 그런 이야기를 할 때는 눈물까지 보였다. 포로들도 따라 같이 울었다. 그러다가 후에는 바로 당신네처럼 공산혁명을 일으켜 부자들을 모조리 섬멸해야만 가난한 자들도 잘 살 날이 오게 되리라는 확신 하에 마르크스주의를 공부했으며, 어렸을 적 꿈은 러시아에 가서 사는 것이었다고 말했다. 자기가 러시아어를 배웠던 것도 바로 그 때문이었다고 했다. 풍검영이나 호국신, 안광훈

같이 대단한 인물들까지도 결국 키시타니에게 설득되고 말았던 것이다."[102]

키시타니가 '소똥 위에 떨어진 쌀알까지도 주어먹었다'는 이야기는 듣기에 따라서 감동적이지 않을 수 없었다. 그가 포로들에게 자기가 마르크스주의자를 포기한 이유에 대해 무엇이라고 말했는지는 사실 유술렴도 정확하게 기억하고 있지 못하지만, 여하튼 포로들은 키시타니의 이런 솔직한 태도와 공감 능력에 적잖게 감동받았을 것으로 보인다.

키시타니는 호국신을 잡은 다음 먼저 그의 경위원들부터 설득하여 귀순시켰다. 그들 가운데서 비교적 똑똑하고 총명한 자들만 따로 뽑아 교육을 진행한 후 놓아보내면서 그 속에 염응택도 함께 섞어넣었던 것이다. 우모대산으로 들어온 염응택은 그런 밀정들 중 하나였다. 출발 직전에 풍검영과 호국신에게서 항일연군과 관련한 지식을 직접 교육받기도 했다. 안광훈과 아주 오랫동안 함께 일해 왔던 이 두 사람은 안광훈의 사소한 생활습관은 물론 평소 그가 좋아하는 음식과 취향까지도 너무 자세히 알고 있었다.

"두 분은 안광훈을 산 채로 잡게 되면, 그가 우리에게 귀순할 확률이 얼마쯤 된다고 보시오?"

키시타니가 이렇게 묻자 풍검영과 호국신은 거의 약속이라도 한 듯이 반반이라고 대답했다. 안광훈의 귀순 여부를 두고 귀순하지 않을 확률을 반으로 보는 데는 그의 특수한 가족사가 있었다. 안광훈의 아버지 안봉근은 1909년 10월 하얼빈 기차역에서 이토 히로부미를 저격한 안중근과 사촌형제였다. 안봉근의 아버지 안태근은 안중근의 숙부였던 것이다.

---

102 취재, 유술렴(劉述廉) 중국인, 만주국 통화성경무청 연고자, 통역관 출신, 취재지 통화, 1984.
    『楊靖宇將軍犧牲經過尋訪問手記』, 楊剛, 1996.

안중근의 조카 둘이 항일연군에서 활동했다는 것은 널리 알려진 사실이다. 안광훈뿐만 아니라 그의 친동생 안광호(安光浩)[103]도 양정우의 직계였으나 그는 이미 사망한 뒤였다. 1937년 6월 16일 남만성위원회 조직부장 이동광과 비서처장 김영호 등이 모두 함께 전사했던 전투를 안광호가 지휘했던 것이다. 안광훈은 이 전투에서 동생 안광호가 이미 전사한 사실도 그때까지 모르고 있었다.

그러나 키시타니는 쿠로사키 중위에게 황토강자(黃土崗子)전투 때 있었던 일을 자세하게 소개받은 후 흥경현(興京縣) 경무과에 연락했다. 황토강자 부근의 대와자구(大瓦子溝)에서 항일연군이 일본군 군용열차를 전복하려 했던 상황을 낱낱이 조사했는데, 그때 항일연군에서 탈출하여 고향으로 돌아가던 항일연군 1군 군부 비서 하나(이름을 알 수 없음)가 그곳 경찰에 붙잡혀 현재까지 계속 수감 중이라는 연락을 보내왔다.

키시타니는 즉시 사람을 보내 그 비서 출신을 와방구까지 데려왔다.

"그 전투에서 교도연대 허 연대장(허국유)과 한 처장(한인화)만 겨우 빠져나왔으나 모두 중상을 입었고, 나머지는 전부 죽었습니다."

---

103 안광호(安光浩, 1914-1937년) 본명이 안창준(安昌俊)이며 안창호(安昌浩)라고 불리기도 했다. 조선 황해도에서 출생했고 1928년에 형 안광훈이 반석현에 있다는 소문을 듣고 열세 살에 홀로 집을 떠나 유랑걸식하면서 만주로 들어왔다. 1년 동안 도보로 걸어서 반석현까지 찾아온 안광호는 서버리하투(西玻璃河套, 당시의 반석중심현위원회 소재지로 오늘의 길림성 반석시 명성진과 조양진 사이의 홍석라자(紅石砬子) 산속에 위치하여 있음)에 정착했고 이곳에서 아동단 총대장을 거쳐 공청단에 가입했다. 1932년에는 제1군 독립사에 참가했다. 양정우와 이홍광 사이의 연락은 전부 안광호가 맡았다. 그는 독립사 사령부 연락병과 경위원으로 있다가 1933년 9월에 이홍광을 따라 금천, 휘남, 몽강, 유하, 환인, 홍경 등에서 활동했다. 1934년 11월에 제1군 군부 교도연대로 옮겨 중대 지도원을 거쳐 청년과장과 조직과장이 되었고, 1936년에는 교도연대 정치위원이 되었다. 교도연대는 양정우의 직속부대였기 때문에 양정우가 가는 곳에는 언제나 안광호가 함께 있었다. 1937년 7월 7일 이후, 3차 서북원정길에서 군부 교도연대와 합류했던 1군 산하 제3사 사장 왕인재가 전사하자 양정우는 안광호를 제3사 사장으로 내정하기도 했다. 그러나 임명 통지가 있기 훨씬 전인 1937년 6월 16일에 남만성위원회 조직부장 이동광과 비서처장 김영호 등과 함께 신빈현 황토강자에서 심해철도를 통과하는 일본군의 군용열차를 습격하다가 스물세 살의 나이로 전사했다.

"나머지란 어떤 사람들이냐? 왜 이름은 모르고 성씨만 아느냐?"

"성씨에 직책을 붙여서 불렀으니까요. 허 연대장을 엄호하느라 뒤에 남았던 안 정위(안광호)가 전사했습니다. 그 외 남만성위 간부들이 몇 명 더 있었습니다."

키시타니는 안 정위를 안광호라고 생각했다. 풍검영과 호국신도 그 안 정위가 틀림없이 안광훈의 동생 안광호라고 주장했다. 안광훈이 원래 군부 교도연대 정치위원이었는데, 후에 옮기면서 자기 동생을 그 자리에 앉혔다는 것이다.

"동생까지 죽었으니 항일연군에 더는 미련이 없을 것입니다."

"오히려 살아 있었으면 더 좋았을 걸 그랬소."

키시타니와 쿠로사키 중위가 주고받았다.

"무슨 말씀이십니까?"

"안광호는 양정우의 직속부대인 1군 군부 교도연대 정치위원이니, 안광훈을 이용해 안광호를 귀순시킬 수 있었다면, 양정우는 그야말로 독 안에 든 쥐가 되지 않았겠소."

키시타니는 여간 아쉬워하지 않았다.

"그러나 잊지 마십시오. 안광호는 비록 죽었지만 안광훈 곁에는 아직도 정빈이 있다고 하지 않습니까."

쿠로사키가 귀띔했다.

"이 사람이야말로 그 누구보다 양정우의 신임을 받는 인물입니다. 호국신 이야기를 들어보니 정빈은 일반 정치간부나 군사참모가 아니라고 하더군요. 이 사람의 1사가 바로 1군이라 해도 과언이 아닐 정도로, 1사는 그동안 줄곧 양정우의 기간부대 역할을 해왔고, 이 부대 책임자인 정빈은 양정우의 수제자로 불릴 만큼 양정우를 잘 알고 양정우에게 신임받는 자라고 합니다. 그러니 빨리 이 사람부터 손에 넣어야 합니다."

쿠로사키가 키시타니를 재촉하자 그도 동의했다.

"지극히 옳은 말씀이오. 중위의 제안대로 더는 기다리지 말고 안광훈 체포 작전을 곧바로 실행해야겠소."

키시타니는 와방촌으로 내려가 염응택에게 지시했다. 날짜와 시간은 1938년 2월 13일 새벽 3시경으로 정하고, 그 이전에 안광훈과 계속 연락하는 주변 밀영들 중에서 특히 남만성위원회 비서처로 의심되는 우모구 서차 쪽 동굴도 알아내라고 명령했다. 마침 안광훈은 염응택이 와방촌에서 푸줏간을 하는 큰삼촌한테서 가져왔다는 얼린 통돼지를 여러 토막으로 나눠 밀영 병원에도 보내고 부천비와 번제가 묵고 있던 서차동과 정빈이 내려가 있던 1사 산하 3연대 밀영에도 보냈다. 그 심부름까지도 염응택에게 맡긴 것이다.

'내가 몸을 두 개로 쪼갤 수도 없고, 이 두 곳을 반드시 알아내야 할 터인데 어떻게 한다? 정빈이 있는 곳은 나중에 안광훈을 붙잡은 다음 알아내는 한이 있더라도, 일단 남만성위원회 비서처가 있는 곳부터 알아내야겠다.'

염응택은 안광훈이 알려주는 대로 먼저 우모구 서차동으로 찾아갔다.

아즈마 준위가 항일연군 복장으로 갈아입은 유격대 한 소대를 이끌고 그 뒤를 따랐다. 그러나 동굴 근처에서 보초병에게 앞길을 가로막힌 염응택은 돼지고기를 맡겨놓고 돌아올 수밖에 없었다.

"저 보초병부터 잡고 동굴을 찾아내면 안 되겠소?"

아즈마 준위가 서둘렀다.

"총소리라도 잘못 내는 날에는 주변의 다른 밀영들까지 모두 놀라게 됩니다. 그렇게 되면 작전계획에 차질이 생길 수 있습니다. 수색 명령이 내려오기 전까지 함부로 행동해서는 절대로 안 됩니다."

염응택은 단단히 주의를 준 후 바로 안광훈에게 돌아왔다.

"보초병이 동굴로 올라가지 못 하게 해서 비서처장 동지는 만나 뵙지 못했습니다. 돼지고기는 그냥 보초소에 맡겼습니다."

염응택의 말을 듣고 안광훈은 한바탕 자랑을 늘어놓았다.

"우리 우모대산에는 아직도 1군 주력부대인 1사 나머지 부대의 최소한 한 연대 이상 병력이 요소 곳곳에서 지키고 있다네. 때문에 양 사령이 안 계셔도 여전히 난공불락의 요새나 다름없다네."

그날 밤 쿠로사키유격대는 몰래 안광훈이 주둔하던 밀영으로 기어들었다. 대장 쿠로사키 사다아키 중위가 직접 앞장에 섰고 풍검영, 호국신뿐만 아니라 안광훈과 일면식이 있는 사람들은 전부 동원되었다. 1년 전이었던 1937년 1월에 체포되어 귀순하고 이미 고향에 돌아가 장가도 들고 두 아이의 아버지가 되어 있던 전 반석중심현위위원회 청년부장 송명식(宋明埴)도 이때 아내와 함께 아이까지 다 데리고 키시타니에게 불려왔다.

"새로 집을 마련해 드릴 테니 통화 시내로 이사 와서 살도록 하시오."

풍검영, 호국신 등 새로 귀순한 사람들도 모두 통화 시내에서 살 수 있게 집을 마련해주었다. 반석중심현위위원회 공청단 서기 시절부터 여자 문제로 말썽을 일으켰던 풍검영도 구은혜가 죽은 뒤 금방 새장가를 들었다고 한다.

"이 사람들이 행복하게 잘 살아가는 모습은 이들의 동료들이 앞으로 계속하여 암흑을 버리고 광명한 새 삶을 찾는 데 도움이 될 수 있습니다."

키시타니는 후에 귀순분자들에게 사용되는 돈이 너무 많다고 불평하는 노조에 쇼토쿠(野副昌德, 관동군 제2독립수비대 사령관)에게 이런 식으로 설명했다가 하마터면 귀순분자들에게 대재앙을 불러올 뻔했다. 양정우까지 사살하고 난 다음에는 공개적으로 대항할 항일연군이 거의 없다고 판단했던 노조에가 참모부장 후쿠베 구니오(北部邦雄)에게 이렇게 농담을 했기 때문이다.

"이제 별로 쓸모없는 이자들을 모조리 없애버리는 게 어떨까?"

이 말이 키시타니 귀에 들어가자 그는 직접 관동군 사령관 앞으로 편지까지 보내면서 노조에 쇼토쿠를 제지했다고 한다. 한두 통이 아니라 10여 차례나 보내자 사태의 심각성을 느낀 당시 우메즈 요시지로(梅津美治郎) 신임 사령관이 지시하여 참모장 이무라 조(飯村穰) 중장이 이 일을 책임지고 항일연군 귀순분자들을 모조리 살해하려고 했던 노조에를 제지시켰다고 한다. 이처럼 귀순분자들은 언제라도 토사구팽(兎死狗烹) 당할 위기에 놓여 있었던 것이다.

그러나 키시타니뿐만 아니라 쿠로사키 중위도 그런 위기의식을 심어주지 않기 위해 갖은 노력을 다했다고 한다. 어쩌면 그것이 풍검영, 호국신에 이어 안광훈과 정빈 같은 최고위급 귀순자들이 속속 생겨나게 된 이유였을지도 모른다.

풍검영과 호국신, 그리고 송명식이 마중 나온 염응택을 따라 먼저 안광훈의 막사로 들어갔다. 그들이 출발할 때 쿠로사키 중위는 어둠 속에서 일일이 악수까지 청했다.

"여러 선생들, 안 씨가 만약 귀순하기를 거부하고 반항하면 즉결 처형해도 좋습니다. 무엇보다도 가장 중요한 것은 여러분이 안전하고 무사하게 살아 돌아와야 하는 것입니다. 일이 키시타니 청장이 기대하는 대로 잘 되지 않아도 모든 후과는 다 제가 책임집니다."

이렇게까지 나오니 풍검영 등은 감동하여 눈물까지 흘렸다고 한다.

"중위께서 이렇게까지 걱정해 주시니, 저희는 설사 죽는 한이 있더라도 후회하지 않겠습니다. 반드시 안광훈을 귀순시키겠습니다."

그들이 들어간 지 반 시간이 지나도록 쿠로사키 중위는 막사 주변에서 기다렸다. 계속 소식이 없자 우리도 따라 들어가 봐야 되지 않겠느냐며 조바심 내는 아즈마 준위와 나카지마 헌병조장에게 쿠로사키 중위가 침착하게 말했다.

"이런 작전은 싸움이 능사가 아니오."

"동감입니다. 방금 자신들의 생명 안전에 소홀해서는 안 된다는 중위님의 말씀을 듣고는 풍 씨는 눈물까지 흘리더군요."

아즈마 준위가 감탄하자 쿠로사키 중위는 말을 이어갔다.

"중국 병법에는 '공심위상(攻心爲上)'이라는 말이 있소. 먼저 마음을 움직여야 하오. 마음을 움직이는 데는 그야말로 '세에이오 못테 히토니 셋스루(誠意をもって人に接する, 성의를 가지고 사람을 대한다.)' 하지 않으면 안 되오. 중국 사람들은 그걸 '이성상대(以誠相待, 성의를 가지고 대하다)'라고 하지요. 그런데 성의란 꼭 물질로만 구현되는 건 아니오. 우리가 그들을 부르면서 함부로 이름을 불러대지 않고 선생이라는 존칭을 사용한다든가, 담배 한 대라도 함께 나눠 피우는 그런 사소한 것들이 때로는 큰 상금보다 더 큰 감동을 줄 수 있는 게 아니겠소. 이 점에서는 누구보다도 나카지마 상이 특별히 명심하기 바라오. 잡아놓고 무작정 매질부터 안기는 것이야말로 가장 천박한 사람들이 펼치는 저급한 수단일 뿐이오. 이 점을 꼭 명심하시기 바라오."

"중위님 말씀을 명심하겠습니다."

나카지마 헌병조장도 동의한다며 머리를 끄덕였다.

약 한 시간쯤 지났을 때 염응택이 먼저 나와 쿠로사키 중위에게 달려왔다.

"중위님, 좋은 소식입니다. 안광훈이 중위님을 만나겠다고 합니다."

쿠로사키는 아즈마 준위와 나카지마 헌병조장이 말리는 것도 마다하고 주저 없이 염응택을 따라 안광훈 막사로 들어갔다. 쿠로사키는 총과 군도까지 풀고 빈 몸으로 들어갔다. 문어귀에서 마중하는 풍검영, 호국신 등과도 다시 악수를 나누면서 인사를 건넸다.

"두 분 수고가 많았습니다."

안광훈에게도 목례를 했다.

"안 선생께서 저희 대일본제국의 품에 안기셨으니 만주국에는 이보다 더 큰 다행은 없을 것이라고 믿습니다. 진심으로 경하합니다."

안광훈은 그때까지도 총상이 낫지 않아 팔과 어깨뿐만 아니라 옆구리에도 붕대가 감겨 있었는데, 쿠로사키는 즉시 위생병을 불러들여 그의 상처부터 돌보게 했다. 고산자진에서 풍검영에게 쫓길 때 맞았던 총상이었는데, 옆구리 상처가 곪기 시작했다.

"내가 그날 괜히 총질했구면. 총도 잘 쏘지 못하는데 어쩌자고 그날은 이렇게 세 발이나 명중했는지."

사과하는 풍검영에게 안광훈도 따라서 사과했다.

"근데 세 발 다 생명과는 상관없으니 그나마 다행일세. 나야말로 잘 쏘지 못하는 총에 구은혜가 대신 맞고 죽은 것을 생각하면 진심으로 마음이 아프네."

호국신이 곁에 있다가 농담했다.

"그래도 안 참모장 덕분에 라오펑(老馮, 풍검영)은 새장가를 또 들었답니다."

안광훈은 염웅택에게 받은 충격이 너무 커서 계속 한탄하듯 머리를 흔들어댔다. 4연대 연대장 수상생의 경위원으로 알았던 염원택이라는 자가 새벽에 불쑥 나타나더니 그 뒤를 따라온 풍검영과 호국신, 송명식 등을 앞으로 인도했다. 터벅터벅 들려오는 발자국 소리와 함께 가까이 다가오는 염웅택을 쳐다보며 안광훈은 꿈이라도 꾸는 것처럼 멀거니 쳐다보기만 했다.

"너는 염원택 아니냐? 웬 일이냐?"

염웅택은 히죽거리고 웃으면서 그때야 자기 신분을 밝혔다.

"안 형, 어쩌면 그렇게도 나를 알아보지 못하오?"

"넌 도대체 누구냐?"

안광훈은 눈 하나를 잃은 염웅택을 알아볼 리 없었다.

"수상생의 경위원이 아니더냐?"

"안 형이 이렇게나 눈이 어두우리라고는 정말 생각지도 못했소. 처음 여기 왔을 땐 한 이틀만 속이고는 알려주려 했는데, 안 형이 나를 전혀 알아보지 못하더라니까. 하긴 한쪽 눈까지 멀어버렸으니 쉽게 알아볼 리 없겠지. 지금이라도 자세히 들여다보오. 염원택이 아니고 염동진이오. 민족혁명당에서 안 형이랑 함께 일했던 그 염동진이 바로 나란 말이오."

안광훈은 너무 놀라 '어떻게…' 라는 말만 되풀이했다.

"나도 처음 길에서 만났을 때는 알아보지 못했소. 자기 입으로 말하지 않았다면, 죽어도 그 염동진이라고 믿지 못했을 것이오."

풍검영도 나서서 처음 염웅택과 만났던 일을 이야기했다.

"봉관아, 너는 그만하고 입을 다물거라. 구은혜가 죽은 지 며칠이라고, 그새 또 새장가를 들었더냐? 그것도 통화에 새살림을 차렸다지? 너는 평생 계집을 좋아하다가 망했고, 나는 너 같은 놈을 친구로 믿었다가 이렇게 됐구나."

안광훈은 풍검영에게 악의 없이 욕을 퍼부었다. 풍검영은 얼굴이 벌게져 뒷덜미를 긁어댔다.

"나 혼자만 장가를 든 줄 아오. 이 친구들도 모두 장가를 들었소. 인수(麟洙, 송명식)는 벌써 아이가 둘이오. 형도 이제는 그만 고생하고 산속에서 나와 장가도 드시오. 키시타니 경무청장이 아마 최고로 좋은 여자를 형한테 중매해 줄 것이오."

쿠로사키 중위도 그 농담에 끼어들었다.

"이제 안 선생도 새 인생을 시작해야지요. 만주에는 좋은 처녀가 많습니다."

유일하게 전해지는 안광훈 사진(뒷줄 오른쪽 두 번째). 안광훈은 일본군에 귀순한 후 쿠로사키유격대에 참가하여 항일연군 토벌에 앞장섰다. 사진은 이 일본군 특수부대 대장이었던 쿠로사키 사다아키가 보관했던 것으로, 유격대 해단식을 앞두고 찍은 것이다. 앞줄 왼쪽부터 산성진 헌병대 아즈마 준위, 나카지마 다마지로 헌병조장, 쿠로사키 사다아키 중위, 정빈, 니시오 조장, 뒷줄 왼쪽부터 호국신(전 1로군 군수처장), 밀정 염응택(염동진), 안광훈(전 1군 정치부 주임 겸 참모장), 풍검영(전 유하중심 현위원회 서기).

"나는 됐소. 장가 같은 소리는 나중에 다시 합시다. 이제는 내가 무엇을 어떻게 하면 되오?"

"보통은 귀순서 한 장 쓰고 시작하면 되지만, 일단 저희를 도와 안 선생 능력이 닿는 대로 이곳 근거지 내의 항일연군 부대들을 모두 귀순시킬 수 있게 도와주십시오. 구체적인 것은 이 업무를 책임진 분이 날이 밝으면 도착할 겁입니다. 그때 자세하게 다시 의논합시다."

다음날 연락을 받은 키시타니가 와봉촌에서 직접 우모대산으로 들어왔다.

키시타니는 그야말로 치밀하게 작전을 짰다. 안광훈 막사가 있던 밀영에서 철수하지 않고 계속 남아 주변의 다른 밀영들을 하나씩 접수해 나갔다. 안광훈의 경위중대 40여 명 전원이 통째로 귀순했다. 단 1명도 반항하지 않았다.

나중에 서차동과 작목태자 두 곳만 남았을 때, 쿠로사키 중위는 작목태자 쪽으로 접근하고 키시타니는 서차동과 비교적 가까운, 오늘의 환인만족자치현 보악보진(普樂堡鎭) 경내의 보악창(普樂滄)이라고 부르는 동네로 지휘부를 이동했다.

안광훈을 특별히 환대했던 키시타니는 그에게 독방을 마련해주고 술과 고기가 끊이지 않게 했을 뿐만 아니라 기생까지도 둘이나 붙여주었다고 한다. 키시타니 통역관이었던 유술렴의 증언에 따르면, 안광훈은 그 기생 둘을 양쪽에 끼고 앉아 술을 마시면서 자술서(自供書, 자백공술자료)를 작성했는데, 술 한 잔 마시고 한 글자 쓰고 술 한 병을 다 마셔야 겨우 한 줄 썼다고 한다. 그만큼이나 자술서 쓰는 일이 무척이나 힘들었던 것으로 짐작되는 대목이다. 어쨌든 보악창에서 10여 일을 술과 기생으로 시간을 보낼 때, 키시타니는 통화성 경찰대대를 이끌고 서차동을 습격했다. 동시에 쿠로사키유격대도 작목태자밀영을 습격했다.

겨우 한 소대 병력이 지키던 서차동은 금방 점령되었으나, 작목태자밀영에서는 전투가 발생했다. 정빈은 1군 주력부대였던 1사 사장답게 3연대 정치위원 이철수와 함께 침착하게 반격했다. 3연대 연대장 후준수가 이때 정빈을 엄호하다가 총상을 입고 체포되었는데, 그때 후준수와 함께 남아 전투했던 정빈의 경위원 이만영(李萬榮)과 한영호(韓榮好)는 들보에 거꾸로 매달려 고춧물을 한 사발씩 마시고도 변절하지 않았으나, 그때까지 장가 들지 않았던 이 두 노총각에게 기생을 붙여주자 바로 귀순하고 말았다. 이만영과 한영호는 기생들과 함께 후준수의 병실로 찾아가 설득했다.

"안 참모장까지 다 귀순했는데 우리가 더 버틴들 어쩌겠습니까?"

"너희들은 정 사장(程 師長, 정빈)이 무섭지도 않느냐?"

후준수도 이미 안광훈이 귀순했다는 말을 듣고 마음이 움직이고 있었다.

"저희들이 보기에는 정 사장도 금방 귀순할 것 같습니다."

그날 밤, 후준수와 만나러 왔던 키시타니는 몰래 후준수를 풀어주면서 정빈 등이 사라져버린 쪽을 수소문해서 찾아가라고 했다. 후준수가 정빈을 만났을 때 의심을 받지 않도록 하기 위해 총상도 치료해주지 않아 후준수는 피가 나는 다리를 절뚝거리며 걸어나갔다. 물론 다시 살아 돌아오면 무엇을 요구하든지 다 해주겠다고 약속했다. 한시라도 빨리 정빈 뒤를 쫓는 일이 급했기 때문에 즉석에서 후준수를 내보낸 것이다.

"당신에게는 아무런 임무도 없소. 그냥 정빈을 찾아간 다음 그의 신임만 얻으면 되오. 나중에 우리가 이만영과 한영호 중 하나를 보내 연락하겠소. 그때 우리가 시키는 대로 하면 되오."

7. 부천비의 유서

한편 키시타니와 함께 서차동을 습격했던 나카지마 헌병조장은 부천비를 생포했다. 동굴을 폭파시켜 인쇄 설비를 묻어버리려고 동굴 입구에 수류탄 여러 개를 한데 묶어 터뜨리려던 남만성위원회 인쇄실 주임 번제가 그 자리에서 사살되었다. 부천비는 살아남은 대원 3, 4명에게 연대가 주둔한 작목태자 쪽으로 포위를 뚫고 나가게 하고는 혼자 번제의 시체 곁에 앉아 산산조각이 나다시피 한 그의 팔과 다리들을 주워 모으면서 흐느꼈다. 부천비가 한 손에 계속 권총을 들고 있었기 때문에 나카지마는 쉽게 접근하지 못했다.

"저 사람이 바로 안 참모장이 샤오푸(小傅)라고 부른 부천비요. 반드시 산 채로 잡아야 하오. 다 죽이고 나면 이 작전은 아무 의미가 없소."

염응택이 나카지마 헌병조장에게 말했다.

"자네 말이 맞네. 저자를 사로잡지 못하면 키시타니 경무청장님과 쿠로사키 중위님은 나한테 크게 실망할걸세. 자네가 앞으로 나가 권고해보게."

염응택이 부천비에게 가까이 다가갔다.

"안 참모장도 이미 귀순했습니다. 그만 반항하고 내려오십시오."

"너는 도대체 누구냐? 안 참모장이 귀순했다는 말을 나는 믿을 수 없다."

나카지마 헌병조장이 참다못해 소리쳤다.

"안 참모장뿐만 아니라, 당신네 1군 간부 대부분이 투항했소. 믿지 못하겠다면 내가 몇 사람 여기로 데려오겠소."

풍검영과 호국신이 오자 부천비가 물었다.

"안 참모장은 왜 보이지 않소?"

"안 참모장이 총상 때문에 거동이 불편한 건 당신도 잘 알지 않소. 지금 병원에서 치료받고 있소. 총을 놓고 내려오면 직접 만나게 해드리겠소."

염응택은 끈질기게 설득했다.

그러자 부천비는 잠시 생각하더니 염응택에게 말했다.

"잠깐 내려가 있소. 내가 좀 더 생각해보고 답을 주겠소."

부천비는 번제의 시체 곁에 앉아 중얼거렸다.

"개처럼 사느니 차라리 죽는 게 낫지. 나도 곧 따라갑니다."

그는 권총을 들어 자기 머리에 대고 방아쇠를 당겼다. 그러나 철컥 하고 빈 격침 소리만 났다. 깜짝 놀란 부천비는 다시 방아쇠를 당겼으나 탄알은 나오지 않았다. 그때 염응택이 달려와 부천비의 손목을 걷어차 권총을 날려 보냈다.

"젊은 사람이 왜 그렇게 생각이 꽉 막혀 있소? 앞닐이 창창한데 꼭 자살해야 하오?"

"좋소. 나를 안광훈 동지 있는 곳으로 데려다 주시오. 내 눈으로 확인하겠소."

한숨을 내쉬며 부천비는 염웅택을 따라 일어섰다.

나카지마는 어찌나 기뻤던지 염웅택을 칭찬해 마지않았다.

"당신이 지금까지 세운 공 중에서도 오늘 세운 공이야말로 정말 대단하오."

사연을 들은 키시타니도 무척 감탄했다.

"이제 안 참모장을 만나면 이 사람도 틀림없이 귀순할 것입니다."

"그랬으면 얼마나 좋겠소. 남만성위원회 비서처 편집실 주임이라, 지금까지 그의 손에서 만들어져 나왔던 비적들 선전물이 얼마나 다양한지 아시오? 내 서랍 속에도 그 선전물들이 넘쳐나고 있소. 어쨌든 염 선생이 마지막까지 이 사람을 잘 책임지고 자술서까지 받아낸다면 고맙겠소."

키시타니는 염웅택에게 부천비를 맡기다시피 했다.

그날로 부천비는 쿠로사키유격대 지휘부가 있던 보악창으로 압송되었다. 염웅택이 직접 부천비를 안광훈에게 데리고 갔다. 바로 집으로 들어가지 않고 일부러 문 밖에서 한참동안 안을 들여다보게 했다. 술에 취한 중국 기생은 치마 바깥으로 흰 다리가 나온 줄도 모른 채 침상에 대(大) 자로 누워 있었고, 일본 기생은 안광훈 곁에 앉아 부지런히 해바라기 씨를 까고 있었다. 그날따라 안광훈은 키시타니에게서 자술서를 너무 늦게 쓴다는 꾸지람을 듣고 한창 글을 쓰던 중이었다.

염웅택은 부천비의 귀에 대고 소곤거렸다.

"벌써 며칠 동안 자술서를 쓰는 중입니다. 그동안 자신이 걸어온 인생 이야기를 전부 쓰려는 모양입니다. 직접 들어가 보시겠습니까?"

"들어갑시다."

부천비는 머리를 끄덕이며 문을 밀고 들어섰다.

머리를 쳐들고 부천비를 바라보던 안광훈은 체념한 듯 한숨을 후 하고 내쉬었다.

"자네 이제야 왔네그려. 좀 늦긴 했지만 잘 왔네."

안광훈은 손에 들고 있던 만년필을 내려놓고 몇 장 써놓은 자술서를 한 편으로 밀어놓으려 했다. 그러자 부천비는 그 자술서를 보려고 손을 내밀었다.

"별것 아니네."

안광훈이 급히 자술서를 치우려 했으나 염웅택이 다가와 자술서를 빼앗아 부천비에게 넘겨주었다.

"그냥 보여주시구려. 이 친구가 쓸 때 참고할 수 있게 말이오."

부천비는 침착하게 자술서를 읽은 뒤 염웅택에게 말했다.

"나도 당장 귀순서를 한 장 쓰겠소. 나한테 종이와 만년필을 주시오."

그 말을 들은 염웅택은 어찌나 기뻤던지 조금도 의심하지 않았다.

염웅택은 그 자리에서 안광훈이 쓰던 종이와 만년필을 부천비에게 주었다. 부천비는 염웅택에게 잠깐만 방에서 나가달라고 부탁한 뒤 바로 안광훈 곁에 앉아서 자술서를 쓰기 시작했다.

그런데 자술서 첫 머리에 '나의 유서(我的遺書)'라고 제목을 달았다. 안광훈은 그것을 보면서도 문 밖에 있는 염웅택에게 알리지 않고 침묵만 지키고 있었다고 한다. 부천비는 부리나케 쓴 다음 차곡차곡 접어 염웅택에게 들어오라고 손짓했다. 염웅택이 들어오자 그것을 건네면서 한마디 했다.

"이것이 내 자술서이니 당신네 상관한테 전해주시오."

세상 똑똑하다고 자부하던 염웅택도 이때는 부천비에게 속아 넘어가고 말았다. 염웅택이 돌아서는 틈을 타 그의 옆구리에서 권총을 뽑아낸 부천비는 안광훈과 염응택을 번갈아 바라보면서 낮으나 무겁게 말했다.

"지금 당장 당신들 둘을 처단해버릴 수 있지만, 그렇게는 하지 않겠다. 뒤로 물러서라. 나는 내 지조를 지킬 것이다. 대신 당신들이 인간이라면 내가 어떤 유서를 남겨놓고 죽었는지 세상에 그대로 알려주기 바란다."

부천비는 바로 자기 머리에 대고 방아쇠를 당겼다.

그 바람에 염응택도, 안광훈도 모두 바보가 되고 말았다. 부천비가 유서 쓰는 것을 지켜보던 안광훈은 얼마든지 그를 제지할 수 있었으나 가만히 지켜보기만 했던 것과 부천비가 자살한 뒤에도 염응택이 이 일로 안광훈을 나무라지 않은 것을 보면 일말의 인간성은 남아 있었던 것 같다.

부천비의 유언대로 유서 전문이 전해지고 있다. 이 날은 1938년 3월 5일 오후 3시 무렵이었다.

"망할 일본 놈들아! 모든 공산당원이 죽음을 두려워하는 줄 아느냐? 중국 항일전사들이 다 불쌍하게 여겨지더냐? 너희는 잘못 생각하고 있다! 이번 전쟁과 혁명의 대폭풍에서 너희는 너희들의 개 같은 목숨을 분명 잃게 될 것이다! 사람은 원래 죽고 싶어 하지 않는다. 나도 체포되고 나서 어떻게든 목숨을 유지하고 싶었다. 그러나 사실이 증명하다시피 혁명과 반혁명 사이에 다른 길은 없다, 나는 죽지 않을 수가 없다. 이 글을 남김으로써 죽음을 선택한다! 1938년 3월 5일 오후 3시."[104]

104　원문 "日本人們! 混蛋们! 你们認為共産黨員都怕死嗎? 你们认为中國的抗日戰士都是可怜的人吗? 你们的想法错了! 你们在这次戰爭如革命大風暴中, 将失掉你们的那一條狗命. 人本来是不愿意死的, 我被捕以后, 曾想過再苟延残喘的活着, 但事实证明了, 革命与反革命之间, 没有其他的道路. 我不能不死! 留此而死別! 老傅留字. 1938年 3月5日 午後 3時."

40장

노령

> "실패가 눈앞에 뻔히 보이는 이런 작전을,
> 실패를 각오하면서까지 끝까지 진행하려면
> 그로 인해 치를 거대한 희생을 초월할 정당성이 있어야 합니다."

1. 우모대산의 귀순바람

한편, 전광과 왕작주, 이준산 등은 즙안현 경내의 노령산 기슭에서 주저앉고 말았다. 이명산을 만나 안광훈까지 귀순한 사실을 알게 되자 다시 북패자로 돌아갈 수도 없었다. 안광훈을 잘 아는 전광은 이명산과 이준산에게 자기 생각을 말했다.

"작년 봄 환인, 관전근거지에 전염병이 돌았을 때, 양 사령 부탁을 받고 혼자 나가서 노령산근거지를 개척한 사람이 바로 안광훈이오. 그때는 화전현 쪽에만 밀영을 만들고 임강 쪽으로 화수진을 거쳐 노령산을 넘을 수 있도록 교통선을 설치했는데, 안광훈은 이 교통선을 이용해 무송의 동만강까지 갔다 왔다고 했소. 라오웨이(위증민)는 그때 안광훈이 노령산 주변에 빙 둘러 있는 화선과 몽강,

임강, 그리고 여기 즙안까지 모두 밀영을 건설하기 좋은 산구라고 하면서, 2군이 장백과 무송 지방에서 버티지 못하면 몽강 쪽으로 이동해 이곳 남, 북패자에 밀영을 만들면 좋다고 추천했다고 하오. 그러니 우리가 북패자로 돌아갈 수는 없소. 모르긴 해도 놈들은 남, 북패자로 몰려들 것이오."

그러자 이준산이 말했다.

"그러면 김일성 사장에게도 빨리 사람을 보내야 하지 않겠습니까."

"그건 걱정하지 않아도 되오. 김 사장이 북패자를 떠나면서 나를 만나러 왔는데, 다시 장백 지방으로 이동하겠다고 요청하기에 그렇게 하라고 했소. 부대 일부는 남패자에 남겨놓겠다고 했는데, 아마 은밀한 곳에 밀영을 만들었을 것이오. 나도 모르는 곳이니 안광훈이라고 쉽게 찾아낼 수 있겠소. 지금 문제는 우리가 어디로 가야 하는가 하는 것이오."

그동안 환인, 관전근거지에서 탈출한 뒤 줄곧 위증민을 찾아 헤맸던 이명산은 자기 나름의 여러 견해를 내놓고 전광과 이준산의 의견을 물었다.

"처음에는 놈들이 금천, 하리 쪽으로 이동한다는 소문을 듣고 양 사령이 청원에서 버티지 못하고 그쪽으로 포위를 뚫고 나간 줄 알았소. 그래서 위 서기도 금천, 하리로 갔을 거로 판단했는데, 갑자기 응취라자(鷹嘴砬子)[105]에서 전투가 발생했소. 그리로 쫓아가보니 그곳 농민들이 간밤에 이곳 만주군을 공격한 부대 사령관이 방진성이라고 했소. 나는 위 서기가 임강으로 돌아왔다고 판단했는데, 양 사령이나 위 서기 모두 호국신과 안광훈이 귀순한 사실을 모르니, 화전으로

---

105 응취라자(鷹嘴砬子)는 오늘의 길림성 혼강시(옛 임강현) 경내의 지명이다. 백두산 18봉의 하나로, 『장백산강강지략(長白山江崗志略)』에 따르면, 장백산 18봉 중 16번째 유명 산봉우리인 응취봉에서 왔으며, 오늘날 유명한 천문봉(天文峰)의 원래 명칭이기도 하다. 천문봉 외에도 또 화개봉(華盖峰), 황암봉(黄岩峰) 등으로 불리기도 한다. 이 봉우리의 동쪽에 중국 정부가 세운 장백산천지기상참(长白山天池气象站)이 있다.

다시 돌아갈까봐 걱정되오."

"그렇다면 신출귀몰하는 양 사령의 동선을 알 수 없지만, 최소한 라오웨이는 다시 화전으로 이동할 가능성이 있다는 소리요?"

전광이 묻자 이명산은 머리를 끄덕였다. 전광은 왕작주에게도 의견을 물었다.

"저도 같은 생각입니다. 임강에서 화전 쪽으로 이동하려면 반드시 즙안을 거칠 테니, 우리는 이리저리 찾아다니지 말고 여기에 발을 붙이면 좋겠습니다. 어쩌면 오도구(五道溝)를 중심으로 새로운 노령근거지를 개척할 수도 있지 않겠습니까."

왕작주가 대답하니 이명산과 이준산 모두 동의했다.

이렇게 되어 전광과 왕작주, 이준산, 그리고 이명산까지 네 사람은 1938년 3월경 즙안현 경내의 노령산구를 개척하기 시작했다. 한 달쯤 지나 4월이 되었을 때, 위증민과 방진성, 최춘국 등이 인솔한 독립여단 제1연대가 즙안현 청구자(靑溝子)로 들어왔다.

청구자에는 만주군 한 대대가 주둔하고 있었다. 청구자는 오도구에서 화전으로 이동하는 길목에 있는 꽤 큰 동네였는데, 병영뿐만 아니라 마을 밖에 한 소대가 따로 지키는 포대가 있었고, 이 포대 앞으로 빠져나간 길이 바로 즙안현 쌍차하(雙岔河)까지 이어졌다. 쌍차하는 청구자보다 더 큰 동네여서 경찰서까지 있었다.

왕작주가 전광과 이준산에게 제안했다.

"오도구 주변의 청구자와 쌍차하까지 모두 차지해야 즙안근거지가 확실하게 개척되었다고 볼 수 있습니다. 먼저 청구자의 만주군부터 몰아내고 그다음 쌍차하경찰소의 경찰들을 잡아 우리 항일연군을 위해 일할 수 있게 만들면 좋겠습니다. 그러면 화전과 임강 시이로 오가는 교통선이 개통됩니다. 우리 연락원들이 쌍차하에 들러 휴식도 하고 필요한 급양도 해결하면 얼마나 좋겠습니까."

1938년 4월경, 이준산은 북패자에서 방진성이 남겨둔 두 중대 대원들을 이끌고 청구자 바깥에 있는 만주군 포대를 공격했다. 마침 임강현에서 철수하여 즙안으로 들어왔던 위증민과 방진성 일행도 한창 청구자로 접근하던 중이었다. 최춘국의 1연대(독립여단 1연대) 대원들이 이준산과 함께 있던 대원들이 서로 알아보고 달려와 부둥켜안으며 야단법석을 떨어댔다. 그들은 모두 북만부터 남만으로 천리 원정을 함께 다녔던 전우들이었다.

"이게 어떻게 된 영문입니까? 왜 북패자에 있지 않고 여기 나와 있습니까?"

최춘국은 눈이 휘둥그레졌다.

"말도 마오. 위 서기와 방 여단장은 모두 어디 있소? 함께 왔소?"

"위 서기는 방 여단장과 함께 경위중대와 교도대대를 인솔해 쌍차하 쪽으로 갔습니다."

"춘국이네가 북패자를 떠난 다음 우리도 양 사령을 찾아 환인, 관전 쪽으로 이동하다가 그곳에서 생각지 못했던 큰일이 벌어지는 바람에 그만 여기 주저앉고 말았소. 지금 전광 동지랑은 모두 오도구에 계시오. 청구자와 쌍차하를 차례로 공격하고 이 근처 만주군 놈들을 모조리 쫓아내려던 중이었는데, 여기서 만나게 되었구먼."

이준산은 청구자 바깥의 포대만 날려 보낼 계획이었지만, 최춘국의 1연대와 병력을 합쳐 포대뿐만 아니라 청구자 내의 만주군 병영까지 밀고 들어갔다. 포대에 있던 한 중대를 먼저 소탕하고 나머지 200여 명 가운데 40여 명도 순식간에 사살했다. 나머지 만주군 100여 명은 병영을 버리고 쌍차하 쪽으로 철수했으나, 쌍차하경찰서는 이미 방진성의 교도대대가 점령한 뒤였다. 여기서 방진성의 독립여단은 오랜만에 보기 좋은 전투를 진행하고 일격에 만주군 100여 명을 섬멸하는 전과를 올렸다.

이준산은 전광의 지시로 생포했던 쌍차하의 경찰 10여 명을 모두 풀어주었다.

"너희들은 항일연군에 붙잡혔던 사실을 숨기거라. 우리도 비밀을 지키겠다. 대신 앞으로 우리 항일연군이 간혹 쌍차하를 지나다닐 때 그냥 두 눈 감고 모른 척하면 된다. 다른 요구는 하지 않겠다."

이렇게 즙안현 노령산구가 개척되었다.

얼마 뒤에 열린 1, 2차 '노령회의'가 바로 이곳 오도구에서 열렸다. 위증민과 방진성은 전광과 만나 어떻게 하면 청원현 경내에서 고생하는 양정우의 서정부대를 찾아서 데려올 것인지 의논했다. 그때 청구자에서 크게 패한 만주군이 다시 병력을 수습해 몰려들었다. 미리 준비하고 있던 최춘국은 지병학에게 한 중대를 맡겨 싸우면서 임강 쪽으로 달아나라고 했다. 그러잖아도 독립여단이 줄곧 임강현 응취라자에서 전투해온지라 만주군뿐만 아니라 일본군들까지도 그동안 종적을 찾기 어려웠던 양정우 부대가 임강현에 있을 수 있다는 판단을 하게 만들었다.

"놈들을 임강 쪽으로 멀리 유인하면 할수록 좋소."

최춘국의 부탁을 받은 지병학은 청구자에서 임강현을 거쳐 장백현 15도구와 가까운 곳까지 달렸다. 그 뒤를 따르던 만주군은 지칠 대로 지쳤다. 결국 지병학 중대를 놓쳐 버리고 임강현을 거쳐 돌아오다가 응취라자에서 일본군 특수부대와 만나게 되었다. 바로 쿠로사키유격대였다.

쿠로사키유격대가 환인, 관전근거지를 떠난 것도 4월 말경이었다. 안광훈의 도움으로 1군 후방 근거지와 남만성위원회 기관까지 모조리 파괴했던 키시타니 경무청장은 이때 양정우보다는, 양정우를 따라 제3차 서북원정에 참가하지 않고 우모산 여러 밀영에 퍼져 주둔하던 정빈의 1사 부대를 통째로 귀순시키는 일에 몰두했다.

"정빈만 귀순시킨다면 1사는 모두 귀순할 겁니다."

풍검영과 호국신이 번갈아 가며 정빈의 중요성을 강조했다.

"1사는 이홍광 부대라고 들었는데, 어떻게 정빈의 위상이 이렇게 높은 겁니까?"

키시타니가 안광훈에게 물었다.

"이홍광이 가장 어려울 때 이 친구가 유하유격대를 인솔하고 1사에 합류했소. 그 이전 남만유격대 시절에도 이홍광 밑에서 소대장을 했소. 후에 한진의 추천으로 독립사 정치보안중대 지도원이 되었다가 다시 유하유격대로 파견되어 정치부 주임을 맡았소. 정빈은 이 유격대를 이끌고 정식으로 1사와 합류했소. 이홍광이 전사한 뒤 1사 정치부 주임이 되었고, 1936년 제1차 서북원정 때는 참모장 이민환과 직접 서정부대를 인솔했소."

"1사가 1군 기간부대라고 들었는데, 그러면 정빈이야말로 양정우의 아주 중요한 군사 조수 아니오?"

"이태 전까지만 해도 그랬소. 그러나 지금은 아니오."

"무슨 말씀입니까?"

안광훈은 1군 병력에 관해 자세하게 설명했다.

"1사는 1차 서북원정에서 크게 패해 오랫동안 기력을 회복하지 못하고 있소. 그래서 2차 서북원정에는 3사가 참가했는데, 3사 역시 기간부대를 모조리 잃어버리다시피 했소. 작년에 3사 사장 왕인재와 정치위원 주건화가 죽었고 이제 70~80여 명만 남아 있을 뿐이오."

"그렇다면 현재 1군 기본 전투력은 어떻게 구성되어 있습니까?"

"1군 2사가 완벽하게 살아 있다고 볼 수 있소. 하지만 그들은 줄곧 2군 부대와 함께 동변도 북부 지방에서 활동하는 중이고, 양정우 신변에는 군부 교도연대가 남아 있을 뿐이오. 내 동생(안광호)이 이 연대 정치위원으로 있다가 작년에 전사했소. 현재 교도연대 연대장은 허국유(許國有)인데, 정빈과는 둘도 없는 친구요. 정빈이 군부 정치보안중대 지도원일 때 중대장이었소. 무술에 뛰어난데, 특히 창격전을 잘해 당신네 일본군 7, 8명과 붙어 잠깐 사이에 모두 베어버린 무서운 자이오."

키시타니는 안광훈과 이야기를 주고받다 보면 시간이 가는 줄 몰랐다. 그가 1군 군 참모장과 정치부 주임이었으니, 무릇 1군과 관련한 사연과 인물들에 관해 막힘이 없었다.

"허국유와 정빈을 비교한다면 어느 쪽이 더 뛰어납니까?"

"허허, 그야 정빈 쪽이 훨씬 더 뛰어나고 똑똑하다고 봐야지요."

"그 근거가 무엇입니까?"

안광훈은 주저하지 않고 대답했다.

"허국유는 양 사령이 시키는 대로만 하는 사람이라오."

키시타니는 알겠다는 듯 머리를 끄덕였다. 정빈은 독립적인 지휘능력을 가진 사람이라는 뜻이었다.

"정빈을 귀순시킬 방법은 없습니까?"

넌지시 물어오는 키시타니에게 안광훈은 대답하지 않았다.

키시타니가 안광훈의 의견을 듣기 위해 상황을 자세히 설명했다.

"솔직히 말씀드리면, 그동안 여러 방법을 생각해 보았지만 별로 신통치 않구려. 양정우가 계속 우모대산으로 돌아오지 않아서 구로사키 중위는 양정우의 서

정부대가 금천, 하리 쪽에 있는 1군의 옛 근거지나 임강현 쪽으로 이동했을 거라고 판단했소. 나도 그동안 휘발하 남쪽의 동정 보고를 분석한 결과 쿠로사키 중위의 판단에 공감하지 않을 수 없었소. 지금 쿠로사키는 이미 임강으로 출정했고 풍검영과 호국신, 그리고 염동진을 나한테 남겨놓았는데, 나카지마 헌병조장이 직접 책임지고 벌써 며칠째 정빈의 행적을 쫓는 중이오."

안광훈이 대답했다.

"우리가 모두 귀순한 것을 아는 정빈이 이곳에 계속 남아있을 리가 없소. 그렇지만 그를 붙잡으려면 방법이 영 없는 것은 아니오."

"무슨 방법입니까?"

"내가 정빈과 비교적 오랫동안 함께 지내봐서 아는데, 이 친구는 세상에 둘도 없는 효자요. 노모가 지금도 살아 계실 거요. 정빈의 형이 어머니를 모시고 사는 걸로 아오. 사람을 보내 이들 모자를 잡아오면 정빈은 틀림없이 귀순할 거요."

안광훈이 이렇게 계책[106]을 내놓자 키시타니는 무척 기뻐했다.

키시타니는 나카지마를 불러 정빈의 노모를 잡아오라고 하자 나카지마가 안광훈에게 요청했다.

"우리가 정빈 모자를 책임지고 찾아낼 터이니, 안 선생께서는 먼저 정빈이 숨어 있는 고장을 알아내 주십시오."

---

106 『항일연군의 장령출신 반역자들(抗聯叛將)』(바이두 지식문고百度智庫)에는 안광훈이 먼저 귀순한 풍검영, 호국신 등에 의해 체포되어 귀순한 후 두 가지 흥미로운 이야기가 쓰여 있다. 하나는 정빈이 효자인 점을 이용해 그의 어머니를 납치하여 붙잡아 가두면 정빈이 틀림없이 귀순할 것이라는 계책을 일본군에게 준 것이다. 그 결과 정빈까지도 귀순하게 되고, 정빈의 귀순으로 말미암아 1로군 총지휘자 양정우가 끝내 사살당하는 비극을 맞게 된다. 양정우가 사살당한 직후에도 안광훈이 등장하는데, 양정우와 관련한 모든 중국 자료에 '양정우의 시신을 확인하기 위하여 안광훈이 불려왔으며, 안광훈은 양정우의 시신을 안고 통곡했다. 일본인들이 그를 끌어내려고 하였으나 말을 듣지 않았다. (原文: 為了確認日本人叫來了叛徒安光勳, 結果確認是楊靜宇之後, 安光勳竟然撫屍痛哭起來, 日本人拉他出去 怎麼也拽不走.)'고 기록되어 있다.

"좋소. 그렇게 합시다."

이때 키시타니는 풍검영과 호국신, 안광훈, 염용택, 송명식뿐만 아니라 그동안 환인, 관전근거지에서 귀순한 일반 대원들까지 모두 나카지마공작반에 받아들였다. 자술서를 낸 뒤 고향으로 돌아가고 싶어 하는 사람들에게는 그들이 바친 총기 가격을 돈으로 환산해 주기도 했다.

그런데 당시 고향으로 돌아가겠다며 서약서에 지문까지 찍고 노자를 받은 사람들에게 '귀순자'라는 표시로 왼팔 안쪽 가운데에 약 2cm 크기의 '품(品)'자 문신을 새겨 넣었다. 하지만 그 문신을 새기지 않겠다고 거부하는 사람이 꽤 많았다. 그뿐만 아니라 고향으로 돌아간 뒤에도 항상 '항복 비준서'를 몸에 지니고 다녀야 하며, 사는 곳 경찰서 및 동네 책임자에게 감시받아야 하는 등, 적지 않은 구속이 따른다는 걸 알게 되자 모두 불만이 가득했다.

그러자 나카지마 헌병조장이 돈으로 그들을 유혹했다.

"만약 고향으로 돌아가지 않고 여기에 남아서 우리와 함께 만주국 치안유지 사업에 동참한다면 특별한 혜택이 있소. 문신도 새기지 않을 것이고, 또 매달 생각보다 많은 봉급을 받게 될 것이오. 공을 세우면 봉급 외에 상금도 받고, 임무집행기간에는 따로 특별수당까지 더 받을 수 있소."

당시 통화성 경무청의 관련 자료를 보면, 나카지마공작반 일반 대원이 받은 봉급은 30원이었는데, 만주국 경찰 봉급이 10원 정도였던 걸 고려하면 세 배나 많은 돈이었다. 또 가족이 딸린 사람에게는 '생계보조금'이라며 가족 수에 따라 1인당 1원 50전씩 더 주었다. 딸린 식구가 4, 5명이면 일반 경찰의 한 달 봉급 정도를 더 받는 셈이었다.

임무집행기간에 주는 특별수당도 많았다. 예를 들면 작목태사에서 정빈을 엄호하다가 체포된 후준산이 다시 정빈 곁으로 돌아가 잠복해 있던 기간에는 하루 80원씩 수당금이 책정되었다고 한다. 정빈의 노모를 찾으러 남만 지방을 샅샅이 뒤지고 다녔던 공작반원 심아동(沈亞東)도 하루에 4원씩 수당금을 더 받았다는 기록이 있다. 이후 정빈의 형 정은(程恩)과 함께 안광훈이 써준 편지를 가지고 정빈이 숨어 있던 화상모자산(和尙帽子山)[107]밀영으로 들어갔던 이만영과 한영호 등에게도 하루 80원씩 수당이 지급되었다고 한다. 하지만 후준산은 그 돈을 받지 못하고 정빈에게 피살되고 말았다.

2. '김일성 부대의 일본인' 실상

이야기는 즙안현 오도구로 되돌아간다.

1938년 5월 상순경, 청구자전투 직후 만주군을 임강 쪽으로 유인했던 지병학 중대가 다시 노령산 기슭으로 돌아오다가 쌍차하경찰소에 들러 얼마 전 전투 후 풀어주었던 경찰들에게 밥을 시켜놓고 마당에서 잠깐 쉬고 있었다. 늙은 경찰 하나가 허둥지둥 달려 들어와 소리쳤다.

"큰일났수다. 만주군 부대가 여기로 오고 있소. 물어보니 유수림자(楡樹林子)에서 항일연군 양 사령 부대에 당했다고 합니다. 빨리 자리를 피하십시오."

그 이야기에 지병학은 뛸 듯이 기뻐했다.

---

107 화상모자산(和尙帽子山)은 산봉우리가 중의 모자처럼 생겨 지어진 이름인데, 오늘의 요령성 본계 만족 자치현과 요령성 단동시 봉황성(鳳凰城) 사이의 새마진(賽馬鎭)에 있으며, 단동시 정부는 이 지역을 보석하삼림공원(莆石河森林公園)으로 조성했다. 1936년 6월에 정빈의 1사와 함께 1차 서북원정길에 올랐던 1군 정치부 주임 송철암(宋鐵岩)이 폐병으로 대오에서 떨어져 이곳에서 치료받다가 1937년 2월 11일에 토벌대의 습격으로 스물여덟의 나이로 전사했다.

"아, 양 사령 부대가 여기 나타났단 말이오? 그러면 우리가 피할 이유가 없지. 당장 맞받아치겠소."

지병학은 즉시 중대원들에게 전투준비를 시켰으나 경찰소장이 매달리면서 우는소리를 해댔다.

"여기서 싸움을 벌이면 우리가 더는 당신네를 도울 수 없게 되오."

그 바람에 지병학은 일단 경찰서에서 철수했다.

유수림자에서 양정우의 교도연대와 전투를 벌였던 만주군은 즙안현 6도구에 주둔하던 일만 혼성부대로 약 120여 명에 달했다. 6도구와 12도구 사이의 산 중턱을 뚫는 터널공사를 하던 동아토목주식회사(東亞土木株式會社) 시공현장을 보호하기 위해 파견된 경비부대였다. 1938년 3월 13일에 1군 교도연대가 이곳을 습격해 현장 노동자들의 식량을 빼앗았는데, 밀가루만 자그마치 800포대였다고 한다. 그 외에도 일본인 식량인 입쌀까지 12포대를 빼앗고 주변 전기시설물도 파괴했다.

당시 현장 노동자들은 일본인 감독들의 지휘로 항일연군에 대항했다고 한다. 공사장을 지키던 만주군들이 항일연군을 당해내지 못하고 뿔뿔이 도망치기 시작하자 회사 측에서 노동자들에게 만주군이 내버린 총들을 주워 항일연군을 막게 한 것이다.

"비적들이 너희 식량까지 다 빼앗아가는 데도 가만히 보고만 있느냐? 누구든 나서서 비적들과 싸우면 1인당 100원씩 상금을 주겠다."

상금이 탐난 몇몇 노동자가 총을 주워들고 후쿠마 카즈오(福間一夫, 항일연군에 참가했던 유일한 일본인)라는 일본인 감독을 따라 나섰다. 그러나 파죽지세로 공격해오는 항일연군을 막아낼 수는 없었다. 어떻게 된 일인지 맨 앞에서 달리던 후쿠마 카즈오가 먼저 땅에 무릎을 꿇고 앉으면서 총을 두 손에 받쳐 들고 항일연군을 향해 소리쳤다.

"난 투항하겠소. 반항하지 않겠소. 동료들도 함께 투항하오."

그는 뒤따라오던 노동자들을 설득해서 함께 투항했다. 양정우는 노동자들은 놓아주고 생포한 일본인 감독 몇몇을 현장에서 처형했는데, 후쿠마 카즈오 차례가 되었을 때 노동자들이 나서서 처형을 집행하던 교도연대 정치위원 황해봉(黃海峰, 조선인)[108]에게 사정했다.

"저 사람은 우리같이 가난한 일본인입니다. 우리를 욕하거나 괴롭히지 않고 늘 우리를 역성들어준 좋은 사람입니다. 그러니 살려주십시오."

그 말을 듣고 황해봉은 연대장 허국유와 의논한 뒤에 양정우에게 보고했다.

양정우는 후쿠마 카즈오를 처형하지 말고 풀어주게 했다. 그러자 후쿠마는 황해봉에게 매달리면서 자기도 항일연군에 참가하겠다고 따라나선 것이다. 사람들은 모두 이 일본인을 의심했다.

"일본군이 특무를 파견한다면 같은 중국인을 파견하지 이런 식으로 하진 않을 것이오. 하물며 우리가 일본인을 항일연군에 받아들일 거라고 믿지도 않을 거요. 설사 그를 받아들여도 다들 경계할 터인데 무모한 짓거리를 할 수 있겠소. 일단 받아들이고 봅시다."

---

108 황해봉(黃海峰, 1916-1941년) 길림성 반석현 석취자촌에서 태어났으며 본명은 황병산(黃炳山), 아명은 황봉출(黃蜂出)이다. 열여섯 살 되던 해인 1932년에 이홍광의 '개잡이대'가 반석공농유격대로 개편될 때 유일하게 학생 신분으로 참가하였고 그해에 중공 당원이 되었다. 이듬해 1933년에 남만유격대가 동북인민혁명군 제1군 독립사로 개편되자 산하 정치보안중대 소대장이 되었다가 1934년 11월에는 중대장으로 승진했다. 이후 1935년 4월에는 1군 교도연대 정치부 주임이 되었고 이듬해 1936년 7월에는 1로군이 결성되면서 총지휘 양정우의 직속 교도연대 정치위원으로 임명되었다. 이후 교도연대는 경위여단 산하 제1연대로 변경되었고 1940년 1월 초, 1로군 군부로 몰려드는 일본군의 압력을 덜어주기 위하여 경위여단 정치위원 한인화와 함께 화전, 돈화 지방으로 이동하여 일본군을 견제하였다. 3월에는 계속하여 돈화에서 액목과 영안 지방으로 포위를 돌파하다가 1941년 3월 4일, 영안현 대연통구(大煙筒溝)에서 일만군에게 포위돼 항전하다 전사했다.

양정우는 후쿠마 카즈오를 항일연군에 받아들이고 자기 가까이에 두었다.

1로군 교도연대에는 일본말을 무척 잘하는 '샤오만순(小滿順, 별명)'이라는 조선인 소년이 있었는데, 양정우의 최측근 심복 가운데 하나였다. 전투 중 일본군과 부딪힐 때면 언제나 샤오만순이 나섰다. 양정우는 경위원 황생발과 샤오만순을 이 일본인에게 붙여 늘 감시하게 했다. 그런데 얼마 지나지 않아 이 두 소년은 후쿠마 카즈오에게 매료되고 말았다.

후쿠마 카즈오는 40대 안팎으로 당시 20대 청년들이 우글거리던 항일연군에서는 노인 취급 받을 나이였으나 원체 힘이 셌고, 특히 팔뚝 힘이 장사였다. 그는 행군 도중 항상 다른 대원들의 짐을 들어주었다. 5월에 제1차 노령회의가 열리고 원 교도연대가 경위여단으로 개편되면서 경위여단 산하 기관총중대에 배치된 후쿠마 카즈오는 이때 보총 한 자루와 탄약도 지급받았다. 이는 항일연군에서 드디어 후쿠마 카즈오를 믿기 시작했음을 보여준다.

당시 노령터널 공사장은 통화성 경무청 관할이었다. 키시타니 경무청장은 당시 통화성 성장이던 중국인 여의문(呂宜文)에게 불려가 갖은 수모를 당했다.

"동아토목주식회사가 당한 경제 손실이 20만 원이나 된다는데, 그 돈을 우리 통화성 정부에서 모두 부담하라고 난리를 부리니 도대체 누구한테 이 책임이 있단 말이오?"

여의문은 키시타니에게 화풀이를 해댔다.

"빨리 공사를 재개하지 않으면 손실은 눈덩이처럼 불어날게요. 그러면 나는 우지산(于芷山, 당시 만주국 치안부 대신) 장군에게 보고해 당신부터 경무청장직에서 물러나게 할 수밖에 없소."

키시타니는 일본인이었지만 여의문 앞에서 찍소리도 못 하고 돌아왔다.

이 중국인 통화성 성장은 만주국의 일반 중국인 관리들과는 달리 배경이 어마어마한 인물[109]이었기 때문이다. 노령터널 공사를 수주할 때 일본인 건설회사는 혹시라도 항일연군의 습격이 있게 될 것을 우려하면서 여의문과 치안유지 문제로 협상을 벌인 적이 있었다. 그때 체결한 협의문에 따라 통화성 정부가 돈을 들여 6도구와 12도구 사이에 발전 시설을 따로 사들이느라 2개월의 시간이 흐른 뒤에야 비로소 중단된 공사를 재개할 수 있었다.

이후 키시타니는 즙안현의 만주군을 동원하여 터널 공사장을 습격한 항일연군으로 의심되는 한 부대를 추격했다. 즙안 6도구와 17도구에서 두 차례나 전투했던 만주군이 돌아와서 보고했다.

"이 부대는 양정우의 1군이 아니오. 비적들 대부분이 조선말을 했소. 아무래도 장백현 쪽에서 자취를 감췄던 2군이 이곳으로 옮겨온 게 아닌지 의심스럽소."

---

[109] 여의문(呂宜文, 1897-1950년) 여의문의 비서였던 왕체부(王替夫)의 구술서 『히틀러를 만나고 유대인을 구했던 위만주국의 외교관(見过希特勒与救过猶太人的伪满外交官)』(흑룡강인민출판사, 2001)에 따르면, 여의문은 오늘의 요령성 금주시에서 출생했다. 어렸을 때 일본으로 유학하여 메이지대학(明治大學)을 졸업했고 귀국한 뒤에는 여순에서 〈순율보(順律報)〉 주필로 지내기도 했다. 당시 여순에 주둔했던 관동군 사령부와도 무척 가깝게 지냈다고 한다. 공부를 많이 해 만주국 제일의 문장가로 불릴 정도였다. 만주사변 이후 여의문은 만주국 외교부 사무관과 문서과장을 거쳐 만주국 국무총리대신 장경혜(張景惠)의 비서관을 역임하기도 했다. 1936년 통화성 제2임 성장으로 부임했다가 2년 뒤인 1938년 12월에는 독일 주재 만주국 공사로 파견되었다.
공사로 독일 함부르크에 간 여의문은 독일에서 갈팡질팡하던 유대인들에게 만주국 비자를 대량으로 발급해 주었던 일로 유명하다. 덕분에 1만 2,000여 명에 달하는 유대인이 그 비자를 가지고 중국으로 들어왔는데, 이것이 한때 상해 홍구 지역에 유대인 난민들이 대량 몰려들게 된 발단이 되었다. 여의문이 비록 만주국 관리였고 만주국이 패망한 뒤에는 첩자로 몰렸지만, 유대인들에게 만주국 비자를 발급했던 일은 세계 난민사에 기록될 만큼 높은 평가를 받는다.
2017년 중국에서는 여의문을 소재로 〈최후의 비자 한 장〉이라는 드라마를 만들기도 했으나, 정작 여의문 본인의 운명은 비참했다. 1946년 5월 11일 여의문은 국민당의 운남성 고등법원에서 한간죄(漢奸罪)로 사형판결을 받았다. 그러나 사형은 바로 집행되지 않았고, 그는 감옥에서 탈출하여 운남성 사모(思茅) 지구에서 토비가 되었으나 해방군 토비숙청부대에 의해 쫓기게 되었다. 자료에는 1950년 10월에 토비숙청부대의 한 병사가 그를 추격한 끝에 사살하고 머리를 잘라가지고 돌아와 대대부에 바쳤다고 기록되어 있다. 여의문이 53세일 때였다.

이와 같은 정보를 규합해 동변도 토벌사령부에 보고했다.

"이는 양정우 1로군의 일관된 전술이다. 2군이 배후에서 소동을 일으키고, 1군은 그 틈을 타 계속 서쪽으로 빠져 나가려는 것이다."

사령부는 이렇게 결론을 내려 보냈다. 따라서 즙안으로 이동하던 색경청의 제32연대도 방향을 바꿔 다시 환인, 관전으로 올라가 헛물만 켜고 되돌아오고 말았다. 이들은 양정우가 여전히 청원현 아니면 환인, 관전근거지 어디쯤에 있을 거라고 잘못 판단하고 있었다.

3. 조선인 경위대원을 탐내다

최춘국의 독립여단 산하 제1연대는 6도구와 17도구에서 이 지역을 수비하던 경찰병력 120여 명을 사살한 뒤, 허국유의 1군 교도연대와 합작하여 계속 즙안현의 노토정(老土頂), 적수하(吊水河), 문자구(蚊子溝) 일대를 휩쓸고 다니면서 경찰소와 만주군 포대들을 날려 버렸다. 이후 허국유의 교도연대는 대동차(大東岔) 주변 산속에 밀영을 만들고 정식 주둔하기 시작했다. 이렇게 되어 오도구를 중심으로 쌍차하와 대동차 사이의 100여 리 공간이 확보되었다.

1936년 4, 5월경 건설된 화전현 경내 노령산근거지에 이어 두 번째로 건설된 즙안현 경내 노령산근거지가 바로 이곳이다. 1938년 5월 1차 노령회의가 여기서 개최되어, 양정우는 지난여름 황토강자에서 전사한 안광호 후임으로 한인화를 교도연대 정치위원으로 임명했다.

교도연대 연대장 허국유는 신임 정치위원 한인화를 들쑤셔 1군 작전참모 양준항(楊俊恒)[110]을 찾아가 그동안 즙안현에서 함께 전투했던 최춘국 칭찬을 잔뜩 늘어놓았다.

"위 서기가 작년에 2군으로 가실 때 서북원정에 부대를 보충해 주겠다고 하지 않았습니까? 2군에서 최춘국의 1연대를 달라고 하면 안 될까요?"

그러자 양준항도 같은 생각을 하고 있다고 슬쩍 내비쳤다.

"글쎄 말이오. 이번에 보니 최춘국 연대가 굉장히 싸움을 잘하더구먼, 특히 그 연대 조선 동무들이 너무 마음에 드오. 틀림없이 2군 주력부대일 텐데 위 서기가 쉽게 내주자고 할지 모르겠소."

"위 서기는 2군만의 서기가 아니라 전체 남만성위원회 서기잖아요. 그분은 우리 1로군 부총지휘이기도 하니, 우리가 요청하면 반드시 들어줄 겁니다."

허국유와 한인화는 끈질기게 매달렸다.

"하여튼 내가 의향을 타진해 보겠소."

양준항도 동의했다.

양준항 외에도 남만성위원회 위원 겸 1로군 군의처장 서철과 1군 교도연대 정치위원 겸 군부 비서처장 한인화가 함께 양정우를 모시고 위증민과 만나러 오도구로 갔다. 위증민은 전광과 이준산을 대동하고 쌍차하까지 마중 나왔다. 쌍

---

110 양준항(楊俊恒) 남만유격대 제1대대 제1중대장이었다. 1935년 소검비(蘇劍飛)가 전사한 뒤 대대장직을 이어받았다. 후에 1군 제2교도연대로 편성되었고 연대장에 임명되었다가 1군 제3사가 창건될 때 제2교도연대를 이끌고 합류했다. 양준항은 3사 참모장에 임명되었는데, 후에 3사 정치부 주임이 되었던 조선인 소년 유만희는 바로 이 양준항의 전령병 출신이었다. 제2차 서북원정 때 양준항은 3사 주력부대를 이끌고 참가했다. 이후 제3차 서북원정을 준비하는 과정에서 안광훈과 틀어진 양정우는 양준항을 1로군 총사령부 작전참모로 임명했다. 남만성위원회 위원이었던 안광훈이 1군 참모장과 정치부 주임을 겸했기 때문에 양정우는 그의 대항마로 양준항을 신변에 데리고 있었다. 양준항은 1로군 총사령부 작전참모로 임명되었고, 사령부의 일상 군무도 모두 그가 맡았다고 한다. 때문에 1938년 5월 1차 노령회의 때 일반 작전참모의 신분으로 남만성위원회 위원으로 선출되기도 했으나, 그해 8월 양정우 부대가 색경청(索景淸) 여단과 싸웠던 전투에서 전사했다. 그 전투는 양정우의 항일투쟁사에서 가장 크게 기록된 전과 중 하나이기도 하다.

차하와 청구자 사이의 밀영에 부대를 주둔시키던 방진성은 아직 양정우를 못 만났는지라 부대는 최춘국에게 맡겨놓고 혼자 말을 타고 경찰서로 먼저 달려와 그곳 경찰들을 마당에 불러내어 한일자로 세워놓고는 한바탕 떠들어댔다고 한다.

"너희들이 우리 항일연군을 돕는 까닭에 오늘 양 사령을 만날 수 있는 행운을 얻게 되었다. 어떻게 맨 물만 떠놓고 양 사령을 마중할 생각이란 말이냐?"

그 바람에 쌍차하 경찰서 경찰들은 술과 고기를 장만하느라 분주하게 움직였다.

한 젊은 경찰은 이참에 양 사령 부대에 참가하고 싶다고 청했다.

"그것은 너희들이 얼마나 정성을 다해 술상을 마련하는가 봐서 다시 생각하겠다."

방진성은 경찰들이 마련해준 술상까지 한 짐 해들고 오도령 기슭으로 위증민 일행을 쫓아올라가다가 산기슭에서 불쑥 황정해에게 앞길을 가로막히고 말았다.

"방 여단장은 오라는 말이 없었는데, 어딜 가십니까?"

"이게 뭔지 안 보이냐? 양 사령께 드릴 술과 고기다."

"그 술과 고기에 뭐가 들었는지 누가 압니까? 나하고 방 여단장이 먼저 조금씩 맛을 봅시다."

황정해가 이렇게 나오자 방진성은 고래고래 소리를 질렀다.

"위 서기, 나 라오광이요. 빨리 와서 이 애 좀 말려주시오!"

위증민은 방진성이 뒤따라온 것을 보고 황정해에게 들여보내라고 손짓했다. 그제야 달려온 방진성은 여러 사람이 보는 앞에서 이렇게 씩씩거렸다.

"저렇게 지독한 녀석은 정말 처음이오. 온 겨울을 라오웨이하고 함께 보냈는데도 저 자식이 나한테 얼마나 살벌하게 구는지 한번 보오."

그러나 뒤쫓아 올라온 황정해는 전광의 경위원 안경희와 짜고 끝내 방진성이 가지고 온 음식보자기를 빼앗았다. 둘이서 먼저 그 보자기를 펼쳐놓고 이것저것 조금씩 맛을 본 다음에야 돌려주었다. 그것을 보고 모두 웃는데 방진성만 두 눈을 부라리며 소리 질렀다.

"이놈들아, 어린 녀석들이 아무리 버릇없어도 그렇지, 어떻게 양 사령께 드릴 음식에 너희들이 먼저 손을 댄단 말이냐?"

"경찰 놈들이 마련한 음식이 아닌가요. 그 안에 뭐가 들어 있을지 누가 압니까. 당연히 저희가 먼저 검사해 봐야지요."

대꾸하면서 또 보자기에 손을 집어넣으려 했다.

"조금만 더 맛을 볼게요."

"아이고, 이놈들아, 됐다. 그만하거라."

방진성이 소리를 지르면서 봇짐을 빼앗아 갈무리했다.

"정해 동무, 그만하오."

그제야 위증민도 황정해를 말렸다.

위증민만은 황정해에게 언제나 존댓말을 썼다고 한다. 두 사람 사이의 감정이 얼마나 깊었는지에 관한 이야기는 김성주의 회고록에도 잘 나타나 있다. 제8권 "위증민에 대한 회상"에서 이런 이야기를 들려주고 있다.

"황정해는 처음에 통신을 맡아보았습니다. 필요할 때에는 위증민의 통역도 했습니다. 그 후 경위소대장이 되어 전적으로 위증민을 호위하고 그의 사업을 보좌하는 인물이 되었습니다. 그는 위증민의 요구에 따라 문건과 자료번역도 하고 그가 병석에서 일어나지 못할 때에는 집필도 대신했습니다. 황정해도 곽지산과 함께 위증민의 신변을 끝까지 호위한 동무입니다. 그가 위증민을 정말 성실하게 호위했습니다. 한 번은 밀영에서 위증민의 백마가 없어진 일이 있었습니다. 황정해는 기관총수에게 위증민을 부탁하고 백마를 찾아 떠났습니다. 백마를 찾자면 발자국을 따라가야 했습니다. 그는 발자국을 따라 얼마쯤 가다가 밀영으로 살금살금 기어드는 적들을 발견했습니다. 적들도 말 발자국을 더듬어가면서 밀영 쪽으로 접근하고 있었습니다. 아주 위급한 정황이었습니다. 경위소대원들이 식량공작을 떠난 뒤여서 위증민의 곁에는 황정해와 기관총수밖에 없었습니다. 황정해는 오던 길로 되돌아가 비밀문건을 건사한 후 위증민을 들쳐업고 수림 속으로 달렸습니다. 적탄이 인차(바로) 우박처럼 날아왔습니다. 그러자 그는 위증민을 안고 달렸습니다. 자기는 죽는 한이 있더라도 위증민만은 살려내자는 것이었습니다. 그날 황정해는 어깨에 부상을 당했습니다. 그런 상태로 더는 위증민을 안고 뛸 수가 없었습니다. 그렇게 되자 그는 위증민을 기관총수에게 넘기었습니다. 그리고는 기관총을 잡고 엄호사격을 하면서 적들을 견제했습니다. 황정해란 사람은 이런 사람이었습니다."

양정우도 황정해 같은 조선인 경위대원을 무척 욕심냈다.

후에 양정우와 만났을 때 김성주는 이동화라는 조선인 대원을 또 경위원으로 붙여주었다는 이야기를 한다. 실제로 1차 노령회의 이후 1로군이 개편될 때, 양정우는 자신의 경위부대에 수많은 조선인 대원을 보충한다. 허국유와 한인화가 욕심냈던 최춘국 연대가 소속된 방진성의 독립여단은 물론이고, 조아범의 2사에서 가장 조선인 대원이 많은 교도대대를 차출하여 허국유의 1군 교도연대와 합쳐 1로군 사령부 경위여단으로 편성했는데, 양정우가 직접 이 여단을 지휘했다.

그때는 양정우의 1군 주력부대였던 정빈의 1사가 이미 일본군에 귀순한 사실이 항일연군에 알려진 뒤였다. 더구나 이때쯤에는 1군 나머지 부대들이 환인,

관전근거지에서 즙안으로 쫓겨 내려온 데다 2군 역시 장백과 임강 지방에 발을 붙이기 어렵게 되어 1, 2군 사이의 작전구역이 과거처럼 따로 존재할 수 없게 되었다.

1군과 함께 2군도 1로군에 소속된 부대였지만, 역사학자들이 특별히 2군의 희생에 대해 강조하는 이유가 여기에 있다. 중국 자료들은 오도구에서 양정우가 위증민과 만났을 때 눈물까지 흘렸다고 기록한다. 부둥켜안은 두 사람은 오래도록 떨어지지 않았다. 특히 위증민은 양정우의 두 손을 잡고 흔들면서 나무라기까지 했다.

"양 사령은 내가 돌아오기를 기다린다고 하더니 어떻게 먼저 떠나버릴 수 있습니까? 나는 온 겨울 내내 양 사령을 찾아 헤맸습니다. 노령을 넘다 당신이 이미 서쪽으로 간 걸 알고는 뒤따라 서쪽으로 떠날 준비를 했습니다. 휘남현성전투를 치른 후 출발하려 하는데, 당신이 청원현 경내에서 자취를 감추었다는 소문이 들려 혹시 우리가 처음 만났던 옛 근거지 금천, 하리 쪽으로 이동한 게 아닐까 추정했습니다. 그래서 그곳까지 갔다가 헛물을 켜고 다시 임강으로 돌아오면서 처음에는 양 사령을 무척 원망했습니다. 그런데 시간이 갈수록 원망은 걱정으로 바뀌었습니다. 매일 양 사령 걱정을 했습니다."

양정우는 눈에 눈물이 가득한 채로 계속 머리를 끄덕였다.

"미안하오. 그리고 정말 고마웠소."

"결과적으로 서북원정에 아무런 보탬을 드리지 못했는데, 무엇이 고맙다는 겁니까?"

이렇게 위증민이 오히려 미안해하자 양정우가 말했다.

"그렇지 않소. 이번 서북원정은 너무 성급했던 걸 인정하오. 우리 1군 기간부대인 1사가 아직도 원기를 회복하지 못한 걸 뻔히 알면서도 교도연대만 데리고

급하게 서쪽으로 나가다가 결국 청원현에서 놈들 포위에 들고 말았소. 하마터면 포위를 뚫고 나오지 못할 뻔했소. 라오웨이가 2군을 인솔하고 금천, 하리까지 움직여 주었기에 내가 뚫고 나오는 데 큰 도움이 되었소. 난 즙안 쪽으로 포위를 돌파하면서도 계속 2군 움직임을 살펴보고 있었소. 라오웨이가 놈들을 금천으로 끌고 갔다가 다시 임강으로 끌고 오는 걸 보면서, 아직도 우리 2군이 튼튼하구나 생각하니 무척 기뻤소. 오늘 우리가 많은 손실을 보았으면서도 섬멸되지 않고 튼튼하게 살아서 다시 만난 것은 우리 1로군의 승리이고 당신 위증민의 승리요. 그리고 나 양정우의 승리이기도 하오. 우리는 이 승리를 함께 축하합시다."

양정우와 함께 오도구로 왔던 양준항, 서철, 한인화, 황해봉 등 1군 지휘관들도 오도구밀영에서 20여 일을 주둔했다. 며칠 뒤에는 조아범이 파견한 송무선이 2군 교도대대와 함께 오도구에 도착했다. 중국 자료 중 이때 일을 기록한 것이 있다.

"노령회의 참가자의 한 사람이었던 진수명(陳秀明, 이명산)에 의해 풍검영, 호국신, 안광훈 등이 변절하고, 환인, 관전근거지도 파괴된 사실이 회의 참가자들에게 상세하게 보고되었다."[111]

그러나 정빈 소식은 그때까지 아무도 모르고 있었다. 양정우는 여전히 정빈을 믿고 있었던 것으로 보인다. 특히 정빈의 직속부대인 1사 소년중대는 남만유

---

111 원문 "彭劍英(崔鳳官, 朝鮮族 柳河中心縣委書記), 胡國臣, 安光(昌)動 等人的叛變情況, 以及桓(仁), 寬(殿)根据地遭到破坏的事實被老嶺會議參加者之一的陳秀明(卽李明山, 朝鮮族, 桓仁縣委書記)詳細的滙報給參加會議者."[(나점원羅占元)·풍수성(馮樹成), 요령성중공당사인물연구회, 『요령당사인물전(遼寧黨史人物傳)』, 요령인민출판사, 2007.]

격대 시절부터 이홍광을 따라다녔던 아동단 출신 소년들이 절반 이상을 차지하고 있었다. 거기에 기본 전투 서열을 갖춘 3연대가 한호의 옛 부대였기 때문이었다.

"정빈이 설사 변절하고 싶은 마음이 있어도 소년중대 대원들이 시퍼렇게 눈을 뜨고 있는 한은 함부로 변절하지 못할 것이오. 난 이홍광의 이 옛 부대를 믿고 싶소."

양정우는 집념의 사나이었다. 1937년 7·7사변 이후 3차 서북원정을 단행했지만 중도에 그만둘 수밖에 없었으면서도 또다시 서북원정계획을 들고 나왔다. 과거 안광훈이 두 손을 내밀면서 '인솔하고 갈 만한 변변한 부대'가 있냐고 반문했던 것처럼 이번에는 전광이 나서서 간곡하게 말렸다.

"2군 덕분에 겨우 경위여단을 새로 만들었지만, 만약 이 경위여단까지 말아먹는 날에는 우리 1군에는 이제 부대가 없소. 그렇게 되면 1로군 자체가 존재 의미를 상실하게 되는 겁니다. 홍광이가 살아 있을 때 우리 1군에는 기병부대도 있었소. 그런데도 결과는 어떠했소? 지금은 보병뿐인데 어떻게 두 다리만 가지고 자동차와 장갑차를 이겨낼 수 있겠소. 하북의 홍군은 장성(長城, 만리장성)만 넘어서면 바로 열하 땅에 들어설 수 있을지 모르나, 우리는 1,000리나 되는 평원지대를 무슨 수로 치고 나간단 말이오? 참혹한 현실을 낭만적인 상상으로 대할 수는 없소. 한마디로 '군사모험주의'요. 반드시 재고하고 중단해야 하오."

전광의 반대의견은 굉장히 수위가 높았다.

그러나 이때도 위증민은 "동북 항일연군은 동북 지역에 국한하지 말고 전 중국의 항일 형세와 보조를 함께 해야 한다."는 양정우의 손을 들어주었다. 나중에는 위증민까지 나서서 양정우를 도와 전광을 설득하는 형국이 펼쳐졌다.

4. 1로군 총정치부 주임에 취임한 전광

저녁에 위증민은 전광의 막사에 들렀다.

"전광 동지, 왜 저라고 이 서북원정의 폐단을 모르겠습니까. 낮에 1군 양준항 참모장과 우리 2군 왕작주 동무가 군사 문제로 한바탕 쟁론을 벌일 때도 난 왕작주 동무의 손을 들어줄 뻔했습니다. 동만강에서 왕작주 동무와 지내면서 이 문제를 가지고 내내 의견을 주고받았습니다. 그때도 작주 동무는 양 사령의 서북원정이야말로 장작개비로 눈사태에 맞서는 형국이라고 비판하면서도, 정당성만큼은 결코 의심하지 않았습니다. 그런데 이번에는 그마저도 폄훼하는 말을 서슴지 않고 내뱉으니 제가 곁에서 양 사령 보기가 참으로 민망합니다. 마치 저와 전광 동지가 공개적으로 나서서 반대하지 못 하니 참모장 왕작주 동무를 앞에 내세운 것처럼 보이더군요. 솔직히 작주 동무가 그렇게까지 나선 건 뒤에 전광 동지가 있기 때문 아니겠습니까."

낮에 양정우와 전광 사이에서 논쟁이 발생했을 때 양정우 쪽에서는 한인화와 양준항이 불쑥 나서서 전광에게 대들었다.

"전광 동지는 서정부대 대원들이 어떤 정신으로 왜놈들과 싸워왔는지 직접 보신 적 있습니까? 없을 겁니다. 그렇지만 저는 3사 철기(鐵騎, 서북원정 선봉에서 길을 개척했던 기병부대)를 이끌고 서정부대에 참가했습니다. 비록 몇 차례 곤경에 빠지기도 했지만, 우리 대원들은 언제나 용감하게 싸웠고 놈들의 자동차나 장갑차에 겁을 먹지도 않았습니다."

전광은 회의에서 왕작주가 한 말들을 떠올렸다.

"그 철기가 지금 모두 어디 있습니까? 저희가 알기로는 그 철기도 적에게 당해 모조리 흩어지고 말았다고 들었습니다."

왕작주가 양준항에게 대들자, 양준항은 그때 일을 떠올리고는 잔뜩 화를 냈다.

"12월인데도 요하가 얼지 않아서 건널 수 없었던 것뿐이오."

왕작주는 2차 서북원정 때 발생했던 군사적 문제들을 조목조목 따졌다.

"제가 자세히는 모르지만, 2차 서북원정 때 3사 400여 명이 참가했지만 결국 요하를 건너지 못했고 청원, 흥경 지방으로 되돌아왔을 때는 겨우 100여 명밖에 남지 않았다고 들었습니다. 놈들의 수십 겹 포위를 뚫고 나오다 보니 그렇게 되었다고 하는데, 그렇게 포위될 때까지 무작정 치고나간 것 자체가 군사 모험주의인 것입니다. 때로는 멈추고, 철수했다가, 에돌아서 전진하다가, 도저히 안 되겠다 싶으면 일단 돌아와야 하는데, 왜 그렇게 하지 못했냐는 말입니다. 만약 3차 서북원정도 1, 2차처럼 같은 방법을 답습한다면 100% 실패할 것입니다. 실패가 눈앞에 뻔히 보이는 이런 작전을, 실패를 각오하면서까지 끝까지 진행하려면 그로 인해 치를 거대한 희생을 초월할 정당성이 있어야 합니다. 그에 따라 결정할 문제가 아닌가 합니다."

양정우는 가만히 듣고만 있었다. 몹시 불쾌했지만, '거대한 희생을 초월할 정당성'이 있어야 한다는 말에 공감하지 않을 수 없었다. 양정우나 위증민은 정당성이 충분히 있다고 굳게 믿었기 때문이다.

"전광 동지, 저나 양 사령은 중국의 공산주의자들입니다."

위증민은 '공산주의자들의 의무와 희생'에 관해 더 자세히 설명하고 싶었으나 더는 말이 나오지 않았다. 그때 전광이 그의 말뜻을 해석했다.

"3년 전 내가 남만에서 2군으로 파견되어 나올 때, 이 문제로 김일성 동무와 꽤 많은 이야기를 주고받았소. 그때 김일성 동무가 나한테 만약 코민테른에서 조선공산당을 해산하지 않았다면, 자신도 '조선의 공산주의자'가 되고 싶다고 했소. 그러면서도 '진정한 공산주의자는 자기 조국과 민족보다는 전 세계 피압박 인민들의 이익을 우선해야 하기 때문에, 중국의 공산주의자들과 함께 침략자 일본 놈들과 싸우는 일에 몸을 바치겠다.'고 약속했소. 그렇지만 우리 마음은 사상으로만 좌우되는 것이 아니오. 사상 외에도 정신을 좌우하는 다른 무엇이 있음을 나는 이번 양 사령에게서 찾아냈소. 그것이야말로 자신의 정체성에서 나오는 인간 본연의 의무 같은 것이 아닌가 생각하는 중이었소. 그러고 보니 두 사람이 어쩌면 그렇게도 닮았는지 은근히 놀라게 되오."

그 말에 위증민은 놀란 듯 전광을 쳐다보았다.

"두 사람이라니요? 누구 말씀입니까? 양 사령과 김일성 동무말인가요?"

전광은 천천히 머리를 끄덕였다. 그러자 위증민은 여전히 이해되지 않는 듯 반론했다.

"글쎄, 좀 고집스러운 데는 서로 좀 비슷합니다만, 김일성 동무야말로 진정한 공산주의자이고 국제주의 전사입니다. 나는 그에게서 협애한 민족주의 감정 같은 걸 단 한 번도 본 적이 없습니다."

전광이 소리 내어 웃었다.

"그것은 라오웨이가 그 친구 마음속에 들어가 보지 못 해서 하는 소리요."

"전광 동지는 들어가 보시기라도 했단 말씀입니까?"

위증민도 따라 웃었지만, 표정은 금방 심각해졌다. 자기가 한 말을 전광이 동의하지 않기 때문이다. 전광이야말로 김성주와 함께 보낸 시간이 많았고, 둘 다 조선인이니 서로 속 깊은 말들을 터놓을 수도 있었겠다는 생각이 들었다.

"물론이지요. 나야 수십 번도 더 들어가 보았소."

"어땠습니까? 좀 알려주실 수 있겠습니까?"

위증민이 이렇게 말하자 전광은 머리를 흔들었다.

"남의 마음속에 들어가 이것저것 훔쳐본 게 자랑스러운 일은 아니오. 다만 객관적으로 눈앞에 보이는 사실만 가지고도 한두 가지는 양 사령과 비교해볼 수 있소. 이를테면 말이오."

그날 전광과 위증민이 김성주를 두고 주고받았던 말이 며칠 뒤에 드러났다. 1군 2사 참모장 이흥소와 군수부장 송무선 등이 조아범의 파견을 받고 오도구에 도착한 것은 노령회의가 열린 지 며칠 되지 않았을 때다. 그런데 이흥소와 송무선은 혼자 온 것이 아니라 2사 교도대대 100여 명을 이끌고 왔다. 조아범이 양정우와 위증민 앞으로 보내는 편지도 가지고 왔는데, 편지를 읽고 난 양정우는 가슴을 들먹이며 감격해 했다.

그는 편지를 위증민에게 건네며 말했다.

"전광 동지가 입으로는 나를 비판했지만, 마음속으로는 사실상 서북원정을 지지하고 있었소."

조아범은 편지에서, 전광 동지가 환인, 관전근거지가 파괴된 것과 정빈의 1사가 아직까지 원기를 회복하지 못한 상태에서 3차 서북원정에 참가할 부대가 모자라니 2사에서 최소한 한 대대나 한 연대를 양 사령 경위부대에 보충해주기 바란다는 편지를 자신에게 보내왔다고 했다.

양정우는 위증민과 함께 직접 전광에게 찾아갔다.

마침 송무선이 전광에게 인사하러 왔다가 자리를 피하려는 걸 위증민이 붙잡았다.

"우리도 그냥 한담하러 온 것이니 송 동무가 있어도 되오."

양정우가 전광에게 말했다.

"나는 아무리 힘들어도 뒤에 전광 동지가 있다고 생각하면 없던 힘도 생기오.

진심으로 전광 동지한테 고맙기만 합니다. 이제는 동지께서도 1로군 총부로 돌아와 제 곁에 계실 때가 되지 않았나 하오."

전광은 양정우의 말 속에 숨어 있는 뜻을 금방 읽었다.

환인현위원회가 파괴되어 서기 이명산의 인사 문제를 논의할 때 양정우는 이렇게 제안했다.

"진수명 동무를 1로군 비서처로 옮깁시다. 남만성위원회 기관도 근거지에 따로 두면 위험하니 1로군 총부 기관과 함께 두고 사령부와 성위원회 기관의 직책을 겸직하는 게 좋겠소."

위증민도 찬성했다. 이미 사망한 남만성위원회 조직부장도 따로 후임을 선출하지 말고, 제1로군 총부 정치부 주임이 남만 지방 당 조직 사업까지 책임지고 지도하게끔 하자는 것이다. 그 적임자를 바로 지목하지는 않았지만 전광은 불안했다.

"솔직히 난 정말 면목이 없소. 풍검영과 호국신, 안광훈 이 작자들이 과거에는 내 좌우손이나 다름없었는데, 지금은 모조리 변절해버렸단 말이오. 어떻게 나한테 책임이 없다고 할 수 있겠소. 남만성위원회 위원과 2군 정치부 주임직도 다 내려놓겠소. 예전처럼 어느 소년중대 정치지도원으로 내려보내주오."

전광은 진심으로 사과하면서 양정우와 위증민에게 요청했다.

그러나 양정우는 빙그레 웃으면서 거절했다.

"그때는 홍광과 송파가 모두 살아 있고, 전광 동지의 건강이 좋지 않아서 쉬게 해드렸지만 지금은 그럴 수 없습니다."

위증민도 권했다.

"왕덕태 군장이 희생된 뒤로 제가 남만성위원회 서기에 1로군 부총지휘와 총정치부 주임까지 겸직하고 지낸 지가 벌써 2년째입니다. 전광 동지께서 최소한

사장 정빈을 따라 일본군에 통째로 귀순하다시피 한 항일연군 1군 1사 100여 명의 대원들. 1938년 7월 본계 시내의 한 소학교 마당에서 집단 귀순의식을 가진 뒤 일본군 쿠로사키유격대와 함께 기념 촬영한 것이다.

하나는 감당해 주셔야 도리 아니겠습니까."

"그러면 2군은 어떻게 하실 생각이오?"

전광이 묻자 양정우가 권했다.

"전광 동지의 후임이니, 직접 추천해주십시오."

전광은 김성주부터 떠올렸다.

"이 친구가 나이는 젊어도 진짜 괜찮은 친구요. 하지만 어느 쪽에도 잘 어울리지 않소. 분명 정치 쪽보다는 군사지휘관에 더 잘 맞는데, 2군의 현재 상황을 보면 그 두 쪽 모두에 자기가 더 잘났다고 달려드는 친구들이 있단 말이오. 그래서 감당해낼 수 있을지 솔직히 의문이구려."

전광 말을 듣고 양정우가 위증민에게 물었다.

"지금 누구를 두고 하는 말이오?"

"6사 김일성 사장을 두고 하는 말입니다."

위증민도 전광 이야기에 머리를 끄덕이다가 양정우가 묻자 바로 김성주 이름을 꺼냈다. 양정우는 금방 얼굴빛이 밝아졌다.

"아, 김일성 동무요. 솔직히 이번에 그를 꼭 만나게 될 줄 알았는데, 인연이 잘 닿지 않는군요. 그동안 6사가 벌인 전투들을 보면, 김 사장에게도 이제 군 정도는 맡겨도 감당해낼 수 있지 않겠나 생각했소. 그런데 무슨 이유로 어느 쪽으로 임명하고 싶어도 잘 어울리지 않는다는 거요? 꽤 궁금하오."

이렇게 양정우가 요청하자 전광이 대답했다.

"내가 2군으로 나온 뒤 이 친구와 보낸 시간이 가장 많았소. 이 친구의 과거사는 나보다 라오웨이나 여기 송무선 동무가 훨씬 더 많이 알겠지만, 나는 6사가 그동안 치렀던 전투과정에서 발생한 일들을 곁에서 하나하나 지켜보았소. 왕덕태 군장이 전사한 뒤 진짜로 2군 군사지휘권을 능히 떠맡을 수 있는 사람이 누가 있을까 오랫동안 물색해 왔던 것도 사실이오."

여기까지 말하자 양정우가 재촉했다.

"그래서 그가 적임자라는 말입니까? 아니면 아직도 좀 부족하다는 말입니까?"

"글쎄…."

전광은 위증민을 돌아보았다. 대신 좀 판단해서 말해 달라는 듯한 눈치였다.

"양 사령, 전광 동지 말은 부족하다는 뜻이 아닙니다. 솔직히 제가 보기에도 2군을 맡길 적임자로 김일성 동무만한 군사지휘관이 없는 것도 사실입니다. 우리 2군에는 조선 동무들이 많으니 김일성이나 박득범 같은 조선 동무가 지휘관을 맡아야 한다는 데는 저도 반대하지 않습니다. 그런데 박득범은 용맹하고 잘 싸우지만 정치적으로 한참 모자랍니다. 포로들도 제멋대로 죽이고 당 조직을 무시하는 경향이 아주 농후합니다. 대신 정치적으로 성숙하고 이론 수준도 높은 조아범 동무는 유감스럽게도 군사 면에서 이 두 사람에 비해 많이 딸립니다. 대신 김일성 동무는 이 두 가지를 고루고루 합니다. 장점이기도 하고 단점이기도 하지요. 만약 4사의 박득범이나 2사의 조아범을 김일성 동무와 한데 묶지 않고 단독으로 중임을 맡긴다면, 아마 무난히 해낼 수도 있지 않을까 생각합니다."

위증민은 김성주에게 높은 점수를 주었다. 양정우는 두 사람 의견을 듣고 난 다음 곁에 말없이 앉아 있는 송무선에게 얼굴을 돌렸다.

"참, 송 동무도 김일성 사장과는 길림 시절부터 인연이 있다고 들었는데 사실이오? 송 동무 의견도 한 번 들어보고 싶소."

송무선은 쉽게 대답하지 못 하고 전광 눈치부터 살폈다.

그리고 나서 결심한 듯이 위증민에게 먼저 한마디 건넸다.

"혹시 위 서기께서도 김 사장이 요즘 몽강에 있지 않고 장백으로 되돌아간 걸 알고 있습니까?"

위증민은 전광과 눈빛을 교환하고 나서 천천히 머리를 끄덕였다. 자신도 이미 전광에게 들어 알고 있으며, 지금 양정우 앞에서 하고 싶은 말이 있으면 얼마든지 해도 된다고 허락하는 눈빛이었다. 송무선도 비로소 생각하는 바를 거리낌 없이 털어놓았다.

"솔직히 이번에 제가 이홍소, 조인묵(趙仁默)[112] 두 동무와 함께 오도구로 온 것은 조아범 사장에게 부탁받았기 때문입니다. 조 사장은 양 사령 경위부대에

---

112 조인묵(趙仁默, 1912-1939년) 조선인. 2군 6사 교도대대 중대장이었으나 후에 조아범과 이홍소가 1군 2사로 옮기면서 함께 2사로 갔다. 대대장 이홍소가 참모장이 되면서 대대장직을 이어받았으나, 1938년 5월에 2사 교도대가 차출되어 1로군 경위여단과 합류하면서, 경위여단 산하 제2연대 연대장이 되었다. 1939년 11월에 화전에서 전투 중 27세의 나이로 사망했다.

병력을 보태달라는 전광 동지의 편지를 받고 그 자리에서 이홍소 참모장에게 저희 2사 교도대대를 보내주자고 하더군요. 그런데 저한테도 같이 갔다 오라면서 전광 동지와 위증민 동지를 만나 꼭 보고해야 한다고 신신당부했습니다. 제가 그러지 말자고 말렸지만 조 사장은 김일성 동무와 관련 있는 문제는 무조건 상강상선(上綱上線, 정책과 강령 틀에 올려놓고 분석하는 사고방식)하니 저도 별수 없었습니다."

여기까지 말하고 송무선은 한숨을 내쉬면서 쉽사리 말을 이어나가지 못 했다.

"도대체 그 문제라는 게 무엇이오?"

양정우가 재촉했다.

송무선이 계속 어떻게 말하면 좋을지 몰라 망설이자 전광이 대신 나섰다.

"사실은 별것 아니오. 작년 겨울 동만강밀영에서 우리는 1군의 서북원정을 지원하기 위해 새로운 작전방침을 정했소. 방진성의 독립여단과 김일성의 6사를 두 갈래로 나눠 화전, 휘남과 몽강 쪽으로 이동하기로 결정한 것이오. 그런데 장백과 임강을 떠나지 않겠다고 고집하는 김일성 동무를 억지로 이동시켰소. 라오웨이가 방진성과 양 사령을 찾아 떠난 뒤, 나도 노령으로 들어가면 양 사령이 그곳으로 돌아오지 않을까 하는 심정으로 이준산 동무와 부대를 인솔해 북패자를 떠났소. 이번에 알고 보니 내가 없는 사이, 김일성 동무가 남패자를 버리고 장백으로 돌아갔다고 하오. 이홍소와 송무선 말을 들어보니, 간삼봉전투 이후 장백 상황이 살벌해졌는데도 이 친구는 겁도 없이 여기저기를 마구 들이치고 다니는 모양이오. 그 바람에 임강에서 라오웨이와 방진성 뒤를 쫓던 놈들이 헷갈려서 모조리 장백 쪽으로 몰려갔다고 하오."

김일성이 장백으로 간 걸 알게 된 조아범은 송무선에게 이렇게 부탁했다고 한다.

"빨리 전광 동지께 알려 김일성 동무를 제지해야 하오. 지금 김일성 동무는 엄중한 착오를 범하고 있소. 서북원정은 남만성위원회와 1로군 당위원회에서 공동으로 제정한 전략적인 작전방침이니, 누구도 함부로 위반할 권한이 없소. 그런데 어떻게 몽강까지 이동했다가 몰래 장백으로 되돌아갈 수 있냐 말이오. 틀림없이 광복회 조직을 복구하기 위해 돌아갔다고 하겠지만, 이것이야말로 협애한 민족주의 발로가 아니면 뭐겠소. 나는 동만에서 지낼 때 이와 유사한 착오를 범하고 나중에 엄한 처분을 받았던 조선 동무들을 수도 없이 많이 보았소. 김일성 동무가 지금 그 전철을 다시 밟아가고 있다고 보오. 빨리 제지시키고 응분의 책임을 묻지 않을 수가 없소."

송무선은 믿기 어려웠지만, 오두구에 와서 전광을 만나 이야기하자 전광도 거의 신음소리를 냈다.

"어이쿠, 그 친구가 끝내 장백으로 돌아갔구먼."

위증민은 전광에게서 자초지종을 다 듣고 나서는 한참동안 말을 못 했다.

"동만에 있었을 때 같으면 조아범한테 단단히 걸렸을 것이오."

전광이 한마디 하자 위증민은 머리를 가로저었다.

"그러면 조아범 동무가 잘못하는 거지요. 난 김일성 동무를 믿습니다. 나는 그에게서 한 번도 협애한 민족주의 감정 같은 것을 본 적이 없습니다."

그러자 전광도 덧붙였다.

"난 김일성 동무뿐만 아니라 양 사령도 공산주의자라기보다는 진정한 민족주의자로 보고 싶소. 생각해보오. 전 중국의 항일투쟁을 마음에 담고 일편단심 서북으로 향하는 양 사령 마음이나 눈앞에 자기 조국 조선을 바라보면서 장백에서 싸우고 싶어하는 김일성 동무의 마음이나 뭐가 다르오. 그 고집을 어떻게 나무라겠소."

생각밖으로 양정우도 김성주를 나무라고 싶은 마음이 없는 모양이었다. 오히려 남패자를 비워놓고 장백으로 돌아간 것을 괜찮게 생각하는 눈치였다.

"듣다보니 점점 만나고 싶은 친구로구먼."

김성주가 장백 땅에 불쑥 다시 나타나는 바람에 임강에서 위증민과 방진성의 독립여단을 따라오던 토벌대들까지도 다시 방향을 틀어 장백 쪽으로 돌아갔다는 사실은 시사하는 바가 컸다. 이는 김성주의 6사가 직간접적으로 위증민과 방진성의 독립여단이 임강현 경내에서 무사하게 탈출할 수 있게 도와준 것이나 다름없었기 때문이다.

"그런데 걱정입니다. 지금쯤 장백 사정이 녹록치 않을 겁니다."

"난 아직 한 번도 못 만났지만, 어쩐지 그 친구에게 믿음이 생기오. 이런 말이 있잖소. '명지산유호(明知山有虎), 편향호산행(偏向虎山行)'이라고. 이 친구가 바로 지금 그러는 중 아니겠소. 남들은 산에 호랑이가 있다고 피하는데 이 친구는 산에 호랑이가 있어서 그리로 간 것이니 말이오."

양정우는 오히려 김성주 칭찬을 아끼지 않았다. 위증민이 그 말을 받았다.

"어제 전광 동지랑 이야기를 주고받다 우리 둘은 이렇게 말했습니다. 김일성 동무가 양 사령과 아주 닮은 데가 많다고 말입니다."

"그러게 말이오. 그 고집, 그 맞받아 치고나가는 배짱, 닮아도 너무 닮았다니까."

전광도 따라서 맞장구쳤다. 그러자 양정우도 오랜만에 소리까지 내가면서 웃었다.

"자꾸 그러니 점점 더 이 친구를 만나고 싶어집니다."

"저희가 장백으로 사람을 보내겠습니다. 가능하면 오도구에 와서 회의에도 참가하라고 하겠습니다. 양 사령이 만나자고 하면 그는 아마 정신없이 달려올 것입니다."

위증민도 약속했다.

5. 승리의 군기로 빛나는 홍광

양정우와 김성주의 만남은 쉽게 이루어지지 않았다.

1938년 5월 11일부터 6월 1일까지 열렸던 제1차 노령회의 정식 이름은 "중국공산당 남만성위원회와 동북항일연군 1로군 총부 군정간부 연석회의"다. 초기에 발견한 자료들에서는 이 회의 참가자로 양정우(1로군 총지휘), 위증민(남만성위원회 서기), 양준항(1로군 군부 작전참모, 원 1군 3사 참모장), 한인화(조선인, 1로군 교도연대 정치위원 겸 1군 비서처장, 후에 경위여단 정치위원), 황해봉(조선인, 1로군 교도연대 정치위원), 진수명(조선인, 이명산, 환인현위원회 서기, 후에 1군 비서처장), 서철(조선인, 남만성위원회 위원 겸 1로군 군의처장), 여백기(2군 4사 정치부 주임), 이준산(2군 독립여단 정치위원, 후에 1방면군 부관장), 송무선(조선인, 1군 2사 정치부 주임 겸 군수부장) 등 10여 명의 이름이 거론된다.

그러나 자료가 더 나오면서 인원이 계속 보충되고 있다. 여러 이유로 명단에 오르지 못했던 전광과 2군 참모장 왕이최(왕작주) 외에도 1군 2사를 대표하여 참가했던 2사 참모장 이홍소, 이 회의 직후 새롭게 편성된 1로군 경위여단 산하 제2연대 연대장이 된 조인묵(조선인), 독립여단 산하 제1연대 정치위원 최춘국(조선인)과 동만강밀영에 있을 때 위증민이 파견한 김성주의 옛 경위중대장 이동학(조선인) 이름도 있다. 또 일부 자료에는 허국유와 박선봉(조선인)도 회의에 참가한 것으로 나온다. 따라서 회의 참가자는 20여 명에 가까웠다는 것이 더 정확할 듯하다.

또 양정우와 위증민의 상봉을 이른바 '노령회사(老嶺會師)'라고 부르는데, 이는 양정우의 서정부대(1군 경위부대와 교도연대)와 위증민과 함께 온 방진성의 독립여단이 만난 걸 두고 하는 말이다. 이때 이 두 부대를 합쳐 1로군 사령부 경위여단으로 새롭게 편성된다. 여단장에 방진성이 임명되고 정치위원에는 이준산이 유임되었다.

그로부터 3개월 뒤에 정치위원은 한인화로 교체된다. 1로군 산하 제1방면군이 가장 먼저 편성되면서 이준산이 1방면군 부관장으로 가고, 그 사이 전사한 왕인재를 대신하여 제3사 정치위원으로 임명되어 갔던 한인화가 당시 변절한 지 얼마 안 된 정빈의 토벌대에게 쫓겨 1로군 총부로 다시 돌아왔기 때문이다.

그리고 3사 참모장에 내정되었으나 결국 취임하지 못한 왕작주도 이 무렵에 전사한 양준항을 대신하여 1로군 군부 작전참모로 임명되었다. 방진성의 원 독립여단 산하 두 연대와 1군 군부 직속 교도연대 외에도 2사에서 조아범이 보내왔던 조인묵의 교도대대와 동만강에서 김성주가 위증민에게 보내준 이동학의 경위중대까지 합쳐 순식간에 500여 명에 달하는 대부대가 만들어지게 되었다. 산하에 3개의 연대를 두었는데, 1연대 연대장 허국유를 빼면 다른 부대는 조선인들이 각 연대 연대장과 정치위원, 참모장 등을 맡았다.

이때 양정우의 직속부대도 원래 허국유의 1연대에서 조인묵의 2연대로 교체되었다. 황해봉을 조인묵의 정치위원으로 임명했고, 1연대 참모장이었던 정수룡은 여단 참모장으로 승진했다. 그 외에도 최춘국, 최철관, 박선봉, 이동학 등 조선인 지휘관들이 모두 양정우 주변에 포진하게 되었다. 위증민의 경위원이었던 황정해는 공식적으로 경위여단 산하 2연대 1중대 1소대장이었다. 1소대가 위증민의 진딤 경위소대였던 것이다. 그만큼 조선인들에 대한 양정우와 위증민의 신임이 굉장히 두터웠다.

한편, 원래 1군 군부 교도대대는 편제상 허국유의 경위연대 소속이었는데, 경위여단 산하 경위 1연대로 개편되면서 새로운 교도대대는 양세봉의 조선혁명군에서 넘어왔던 최윤구(崔尹龜)[113]와 박대호(朴大浩)의 부대로 충당했다.

여기서 잠깐 이 부대를 설명하겠다.

1934년 9월에 사령관 양세봉이 사망하고 나서 조선혁명군은 급격하게 몰락하기 시작했다. 결과 조화선, 최윤구, 박대호 등은 부대 대원 180여 명을 인솔하고 1938년 2월에 환인현 우모령에서 양정우의 지시로 그들을 찾아왔던 1군 참모장 안광훈과 만나 항일연군에 참가하기 위한 협상을 진행했다.

안광훈은 양정우의 동의를 거쳐 먼저 조화선을 동북항일연군 제1군 군부 부관으로 임명한 뒤, 그로 하여금 조선혁명군의 나머지 부대들을 모조리 데려오게 했다. 그러나 협상과정에서 양정우는 1군에도 조선인 대원들이 많은 점을 고려하여 그들이 조선혁명군이라는 독립적인 군사조직 명칭을 사용하는 데 반대했다. 자칫하다가는 항일연군에서 활동하는 조선인 대원들이 모두 조선혁명군으

---

113 최윤구(崔尹龜, 최운구崔雲龜, 1885-1940년) 경북 청도 사람이다. 1932년 조선혁명군 중대장으로 총사령 양세봉(梁世奉), 참모장 김학규(金學奎), 중대장 조화선(趙化善)·정봉길(鄭鳳吉) 등과 한중연합군을 조직했다. 그해 3월 조선혁명군은 신빈현성(新賓縣城) 일본수비군과 치열한 전투를 벌여 영릉가성(永陵街城)을 점령했다. 1933년 3월에는 일본군이 영릉가성의 패배를 설욕하기 위해 흥경현성(興京縣城)에서 주력부대가 참전하고 비행기까지 동원했으나, 치열한 공방전 끝에 중국 의용군과 함께 일본군을 격파했다. 그러나 양세봉이 사망하고 나서 조선혁명군은 급격하게 몰락하기 시작했다. 결과 조화선, 최윤구, 박대호 등은 나머지 부대를 인솔하고 항일연군에 참가했다. 처음에 그들은 1군 경위연대 산하 교도대대에 소속되었다가 1938년 7월 경위연대 경위여단으로 확충될 때 갈라져 나와 1군 교도대대로 편성되고 최윤구가 대대장 겸 총참모장에 임명되었다. 1940년 2월 15일, 정빈, 최주봉 등 귀순자들이 인솔한 토벌대가 양정우를 추격할 때, 최윤구의 교도대대는 양정우를 엄호하다가 전멸했다. 그로부터 8일 뒤였던 2월 23일에 양정우도 전사했다. 한국 정부에서는 최윤구의 항일 공훈을 기리기 위하여 1990년 건국훈장 애족장을 서훈했고, 2005년에는 독립장을 서훈했으나 2019년까지는 그가 1938년 이후 몸담고 싸웠던 부대가 공산당의 항일연군이라는 이유로 수여하지 않고 있다.

로 넘어가 버릴 것을 염려했기 때문이다.

대신 양정우는 조선혁명군 대원들이 더 불어나면 항일연군 1군 산하 '조선인 (한인)독립사'를 조직할 수 있다고 약속했다. 그러자 최윤구 등은 독립사 사령(사장)에는 최윤구, 참모장에는 박대호, 선전간사에는 김세헌, 참모에는 김윤걸, 비서장에는 김남을 내정하기도 했다. 그러나 처음 항일연군에 합류했던 대원들이 60여 명밖에 안 되었기 때문에 그들은 모두 경위연대 산하 교도대대에 편성되었다가 1938년 7월에 경위연대가 경위여단으로 확충될 때 따로 갈라져 나와 1군 교도대대로 편성되고 최윤구가 대대장 겸 참모장에 임명되었다.

이후 2년 동안 1군 상황이 급격하게 나빠지면서 '조선인독립사'는 끝내 조직되지 못했다.

노령회의의 가장 백미는 전광이었다. 2군 정치부 주임이었던 전광이 이때 1로군 총부로 소환되었으며, 그동안 위증민이 겸직하던 1로군 총정치부 주임직을 이어받게 되었다. 중국 정부에서는 이 사실을 줄곧 덮어두었다. 거의 모든 자료에서 위증민이 남만성위원회 서기 겸 1로군 부총지휘(부총사령) 겸 총정치부 주임이라고 표시했으나 최근에야 비로소 '1로군 총정치부 주임 전광'이라는 이름이 공개되기 시작했다. 그 외에도 전광은 남만성위원회 선전부장과 지방부 주임(조직부장 역할), 소수민족공작부 부장을 겸했고, 후에는 또 1로군 군수처장도 겸직하게 되었다. 한 사람에게 이렇게 많은 권한이 집중되는 것 자체가 비정상이었다.

실제로 남만성위원회 조직부장이었던 이동광이 사망한 뒤로, 다시 조직부장을 선출(임명)하지 않고 따로 지방부와 소수민족공작부를 만들어 그것마저도 전광에게 맡긴 것을 보면, 위증민은 그냥 남만성위원회 서기라는 이름만 걸어놓았을 뿐 실제적인 모든 업무는 전광이 주관했다고 볼 수밖에 없다. 그러나 따지고 보면 이때부터 전광은 군사지휘권을 내려놓게 되었다. 그동안 줄곧 2, 4, 6사를 인솔하고 다니면서 군사지휘권을 직접 장악했던 전광은 이 권한을 위증민에게 다시 돌려주었다.

제1차 노령회의에서 양정우의 제의로 위증민이 정식으로 1로군 부총사령을 겸하고 과거 왕덕태가 인솔했던 4, 5, 6사 군사지휘권을 다시 이어받고, 전광으로 하여금 그동안 안광훈이 도맡았던 후방 업무를 다시 총괄하게 했다.

여전히 서북원정에 대한 양정우의 열정과 고집은 그 누구도 꺾지 못했다. 그는 이 회의 기간에 〈동북항일연군 1로군 군가〉까지도 직접 지었다. 과거 자신이 제1차 서북원정 당시 서정부대의 사기를 높이기 위하여 지은 3절로 된 〈서정승리가〉에 기초하여 2절을 더 보태 모두 5절로 된 1로군 군가를 직접 대원들에게 가르치기도 했다.

우리는 동북항일연합군,
연합군은 1로군을 창조했다네.
……
높이 걸린 우리의 하늘에,
승리의 군기로 빛나는 홍광(紅光).
돌격, 우리는 제1로군!
돌격, 우리는 제1로군!

가사에는 '홍광'이라는 이홍광의 이름자가 들어가 있다. 1군 모체였던 그 유명한 반석의 '개잡이대' 대장이었고, 1군이 창건된 뒤에도 1군 주력부대였던 1사 사장이었던 이홍광에 대한 그리움 때문이었을 것으로 짐작된다. 실제로도

양정우의 경위원 황생발은 "양 사령이 이홍광 사장을 무척 그리워했다."고 회고
한다.

"이홍광 사장이 희생된 뒤에도 양 사령은 거의 이홍광 이름을 입에 담고 살았다. 힘들
고 어려운 일이 있을 때도 이홍광 사장을 외웠고, 즐겁고 기쁜 일이 생겨도 이홍광 사
장을 외우곤 했다. 오죽했으면 1로군 군가를 지었는데, 그 노래 속에까지 이홍광 사장
의 이름까지 넣었겠는가, 그 노래를 양 사령이 직접 우리한테 가르쳐주었는데, 홍광이
라는 이름이 나오는 마지막 5절에서 '우리 1로군은 이홍광 사장이 살아 계셨을 때처
럼 계속 영용하게 잘 싸워야 한다.'고 연설까지 했다."**114**

그러나 양정우도 이번에는 화전의 노령산구에서 출정할 때처럼 행동하지 않
았다. 너무 성급하게 서쪽으로 나가다가 청원현 경내에서 온갖 어려움을 겪었던
경험에 비춰 출정시간을 최대한 늦추었다. 그 사이에 사장과 정치위원이 전사한
3사를 재건하고 또 사라져버린 정빈의 1사와도 연락하여 모두 합친 다음 연말
이 되기 전에 제3차 서북원정을 재개한다는 계획을 세워놓았다. 그리하여 위증
민도 양정우와 함께 한동안 즙안현에서 작전하게 되었다.

그 결과 오도구 전광의 막사는 남만성위원회와 1로군 총부 기관이 되어 버렸
고, 이 오도구를 중심으로 새로운 노령산근거지를 대대적으로 확충해 나가기 시
작했다. 앞에서 잠깐 언급한 즙안현 경내의 노토정(老土頂), 적수하(吊水河), 문자
구(蚊子溝) 등지에서 벌였던 전투들 가운데 가장 유명한 전투가 제1차 노령회의
직후였던 1938년 6월에 진행된 '문자구전투'와 8월에 진행된 '장강자전투(長崗

---

114 취재, 황생발(黃生發) 중국인, 항일인군 생존자, 양성우의 경위원, 취재지 장춘, 1988, 1990.

子戰鬪)'인데, 이 전투에는 일만 혼성부대 900여 명이 투입되었고, 항일연군 쪽에서도 양정우의 경위여단 산하 세 연대가 모두 전투에 참가했다. 이 전투에서 양준항(1군 3사 참모장)이 전사하게 되었다.

그러나 만주군의 손실[115]도 만만하지 않았다. 100여 명이 사살당했고 30여 명이 생포되었는데, 뜻하지 않은 사고로 일본군 비행기 한 대가 한창 전투 중이던 현장 상공에서 갑작스럽게 추락하는 일이 벌어졌다. 물론 항일연군에서는 자신들이 보총으로 명중시켜 추락한 것이라고 주장하지만, 어쨌든 이 두 차례 전투를 통해 양정우는 그동안 화전의 노령산근거지에 이어 환인, 관전근거지까지 모조리 잃어버릴 정도로 곤경에 빠져 있었던 국면을 한순간에 되돌려놓을 수 있었다.

6. 만주 토벌의 꽃

그렇다면 이 많은 만주군 부대는 갑자기 어디서 나타난 것일까?

여기에 대답하자면, 양정우의 1군 교도연대가 노령터널 공사장을 습격했던 3

---

115 만주군은 1938년 6월 11일 문자구전투에서 140여 명(색경청 여단 산하 제32연대 2대대)이 사살당했고, 8월의 장강자전투에서는 110여 명이 사살당하고 30여 명이 생포되었다. 중국 정부가 장강자전투를 더 크게 기념하는 것은, 이 전투에 투입된 만주군은 900여 명에 달했으며, 문자구전투에서 이미 한 대대를 손실보았던 색경청 여단 32연대 외에도 일본군 니시다 시게다카(西田重隆) 중위가 인솔한 기병 한 소대까지 합쳐 1,000여 명에 달하는 규모의 토벌대가 양정우의 경위여단 500여 명과 싸웠기 때문이다. 정확하게 2배인 일만혼성 부대와 전투한 양정우의 경위여단은 이 전투에서 일본군 기병중위 니시다뿐만 아니라 만주군 32연대 일본군 지도관 다카오카 다케지(高崗武治) 상위도 사살하는 전과를 올렸다. 오늘의 중국 길림성 집안시(集安市, 당시 즙안현) 청하진(淸河鎭) 동차촌(東岔村)과 유림진(楡林鎭) 치안촌(治安村) 사이의 산길가(동차촌 경내)에는 이 전투를 기념하는 장강전투기념비(長崗戰鬪紀念碑)가 세워져 있다.

월로 돌아가야 한다. "위만통화성공서 기사(偽滿通化省公署 記事)"와 관련한 당시 자료를 보면, 통화성 성장 여의문은 3월과 4월경 모두 세 차례나 동아토목주식회사 사장과 키시타니 류이치로 경무청장을 대동하고 동변도 토벌사령부를 직접 방문했다고 기록되어 있다. 공사장 치안에 경찰대대 힘만으로는 어림도 없으니 일본군 정규부대 파견을 요청한 것이었다.

동변도 토벌사령부에서는 키시타니 경무청장이 잘못된 정보를 제공했다고 나무랐다.

"우리는 그때 양정우가 직접 즙안 경내에 나타났을 거로 의심했지만, 당신이 나서서 양정우는 여전히 청원에서 더 서쪽으로 빠져나갈 궁리만 하고 있다고 우기지 않았소? 그런데 지금 보시오. 그 틀린 정보 때문에 우리는 금류 지구에서 주둔하던 한 여단을 이동시켜 임강까지 왔다가 중간에 다시 돌아가게 했소. 여기에 소모된 군비가 얼마인지나 아시오? 군인들이 어디 물만 마시고 바람을 타고 다니는 신선인 줄 아나 본데, 어떻게 7,000명도 넘는 한 여단을 움직이는 데 드는 돈과 공사장을 며칠 문 닫는 데 드는 돈을 비교할 수가 있단 말이오?"

그러나 여의문은 관동군 사령부에도 믿는 구석이 있어서 끈질기게 매달렸다. 결국 이 일은 만주국 군사부(軍事部, 치안부이자 원군정부)에 보고되었고, 그해 4월 신임 치안부 대신 우지산(于芷山)은 과거 자신이 동변도 진수사(東邊道 鎭守使) 시절 부하로 두었던 하북성 위장현(圍場縣) 경비사령관 색경청을 남만으로 불렀다. 이때 색경청을 상좌에서 소장으로 진급시켰을 뿐만 아니라, 원 32연대를 기간으로 일본군 한 중대(니시다 시게다카 기병중대)를 더 보충하여 여단으로 만들어주었다. 그 바람에 색경청은 너무 감격하여 어찌할 바를 몰랐다.

동변도 토벌사령부에서는 그의 여단에 다카오카 다케지(高崗武治)라는 퇴역한 일본군 출신 만주군 상위를 파견하면서 아직까지 아무 전투도 하지 않았던 그의 부대에 '만주 토벌의 꽃(滿洲剿匪之花)'이라는 현판까지 증정했다. 아직 항일연군이 어떻게 생겼는지 코빼기도 구경하지 못했지만, 일본군이 그를 잔뜩 치켜세운 것은 그야말로 죽도록 부려먹으려는 심산이었다.

벌써 이태째 진행된 '만주국 3년 치안숙정 계획'에 동원된 동변도 북부 지구의 만주군 부대들은 각자 자기 관할 작전지역을 나눈 뒤로는 여간해서 그 지역을 벗어나려 하지 않았다. 일단 항일연군이 자기 지역에서 빠져나가면 바로 추격을 멈춰버리기까지 했다. 이 때문에 노구교사변 직후였던 1937년 8월에 화북방면군으로 온 사사키 도이치(佐木到一, 만주국 군정부 최고고문)는 만주를 떠나면서 그를 배웅하러 나온 치안부 시종무관처(侍从武官處) 무관장 장해붕(張海鵬)에게 이렇게 한탄했다.

"내가 그동안 낡은 중국 군대 물이 밴 만주군을 근본적으로 바꿔보려고 많은 노력을 기울였지만, 끝까지 변화시키지 못하고 떠나게 되었소. 정말 걱정이 이만저만이 아니오."

"그게 뭘 말씀하는 건가요?"

장해붕이 묻자 사사키 도이치가 대답했다.

"글쎄 말이오. 뭐라 해야 할지? 좀 길게 설명하자면 국가와 대의를 위해 자아희생하는 정신을 눈곱만큼도 찾아볼 수 없는 것이오. 예를 들면 말이오. 눈앞에 빤히 보이는 비적들을 추격하다가도 그 비적들이 자기 관할 구역을 빠져나가면 바로 추격을 멈추고 돌아가 버리오. 이런 작태가 비일비재하니 비적들은 소멸되지 않고 시간이 지날수록 점점 창궐하고 있소. 물론 다 그런 건 아니오. 조추항 기병 3여단장이나 제2 고명 여단의 마립문 연대장 같은 사람들은 아주 잘 싸웠소. 일단 비적들을 발견하고 한 번 물면 절대로 떨어지지 않고 끝까지 추격하여 무슨 결판이라도 꼭 내리고야 마는 멋진 친구들이었소. 유감스럽게도 이런 친구들이 너무 적단 말이오."

사사키 도이치는 지난 2년 동안 동변도 토벌사령부에 주재하면서 겪었던 여러 일들을 장해붕에게 들려주었다.

"만주군이 이 폐단을 극복하지 못 하면 싸움에서 절대 이길 수 없소."

장해붕은 귀담아 듣는 척했지만 건성으로 머리를 끄덕였다. 열하성 경비사령관이었던 자신의 부대야말로 몸을 사리며 안일을 추구했던 집단이었기 때문이다. 1934년 7월 열하성 경비사령부는 만주국 제5군관구로 바뀌며, 이 제5군관구 제1임 사령관을 지낸 장해붕의 후임자들로 왕정수(王靜修)와 여형(呂衡), 오원민(吳元敏)[116] 같은 사람들도 나중에는 하늘 높은 줄 모르고 승진했다.

장해붕은 우지산에게 사사키 도이치에게 들은 이야기를 해주었다.

그랬더니 우지산은 아무렇지도 않다는 듯 말했다.

"그게 무슨 큰 폐단이라고 그런다오. 총과 탄약을 넉넉하게 공급하고 돈만 많이 쥐어주어 보오. 거기다가 승진까지 확실하게 약속한다면야 우리 만주군은 칼산과 불바다도 마다하지 않고 뛰어들 수 있는 용맹한 군대라고 믿소."

우지산은 직접 통화로 내려와 색경청을 만나기까지 했다. 색경청에게 양정우만 없애면 군관구 사령관으로 승진시켜주겠다고 약속하면서, 특별히 조추항 이야기를 들려주기도 했다.

---

116 오원민(吳元敏, 1886-?) 중국인, 호북 형주 사람. 일찍이 일본군 육군사관 학교에 유학하였으며 1923년 육군 소장에 진급하였고 1924년 길림성 연길진수사서(延吉鎭守使署) 참모장으로 부임했다가 다시 동북육군 제13여단 참모장이 되었다. 1934년 만주국 길림경비사령부 참모장이 되었다가 2년 뒤인 1934년에는 만주군 길림지구 사령관이 되었고 우침징(于琛澄)이 치안부 대신으로 있을 때는 치안부 참모사 사장(参謀司长)이 되기도 했다. 1940년 8월에는 만주군 제8군관구 사령관을 지냈고 1941년 3월에는 다시 제2군관구 사령관, 1942년 9월에는 제5군관구 사령관으로 옮겼다가 일본이 패망한 뒤에는 부리나케 장개석의 국민당 군대로 개편, 신편(新編) 제11로군 총사령관으로 날바꿈하기도 했다.

"당초 우리가 군정부 총무과 과장인 조추항을 제1군관구로 옮겨 기병 3여단을 맡긴 게 무엇 때문인지 아나? 바로 왕봉각의 요령민중자위군에 대항하기 위해서였다네. 그때 사사키 고문은 조추항에게 '당신은 다른 비적들은 전혀 상관하지 않아도 좋다. 오직 왕봉각만 잡아오라. 그러면 당신을 중장으로 진급시키겠다.'는 약속까지 했다네. 결국 조추항은 왕봉각을 산 채로 붙잡았지. 어떻게 붙잡았는지 아는가? 조추항 여단은 절대로 어느 한 지역에 안주하지 않았네. 왕봉각 부대로 의심되기만 하면 남만 어디고 가리는 데 없이 달려갔다네. 휘남에서 무송으로, 무송에서 임강으로, 장백으로 조추항의 기병여단이 달려가지 않았던 곳이 없었네. 때문에 일본군도 조추항의 여단이라면 혀를 내두를 지경까지 되었네."

이리하여 색경청은 제법 조추항의 기병여단을 흉내냈다. 1937년 10월, 양정우의 서정부대가 어쩌면 환인, 관전근거지로 돌아갔을 거라고 연락받자 잠시도 지체하지 않고 노령산을 넘어섰다. 다시 양정우 부대가 휘발하 기슭으로 돌아온 듯하다는 연락을 받고는 정신없이 휘남으로 달려왔다. 거기서 위증민과 방진성의 독립여단에게 공격당하던 휘남현성 구원 전투에 참가했고, 계속 이 부대를 뒤쫓아 금천, 하리로 갔다가 다시 임강현으로 이동했다. 좌충우돌하면서 왕복 1,000여 리를 달렸지만 잔뜩 고무된 색경청은 힘든 줄을 몰랐다. 오히려 그의 일본인 군사고문 다카오카 다케시 상위가 부대가 쉬어야 한다고 권고할 지경까지 되었고, 마침 노령터널공사 습격사건이 발생한 뒤로 동변도 토벌사령부에서도 색경청 여단을 즙안현 경내에 상주시킬 작정이었다.

색경청 여단은 임강의 응취라자에서 방진성의 독립여단을 따라잡았다. 물론 색경청은 상대방을 양정우가 직접 인솔하는 1군 부대로 오해했다. 위증민과 방진성은 최춘국으로 하여금 청구자까지 따라왔던 추격병을 장백 쪽으로 유인하게 하고는 자신들은 즙안현 노령산구로 이동했다. 최춘국은 장백 쪽으로 철수하는 척하면서 도중에 한 중대나 두 소대씩 병력을 빼돌렸다. 마지막에는 지병학 중대가 남아서 니시다 다카시 중위의 기병소대를 뒤에 달고 장백현 경내의 15도구로 들어가는 길목에 있는 쌍산자(雙山子)라는 동네의 한 갈림길에서 바람처럼 종적을 감추어버리고 말았다.

이곳에서 니시다 중위의 기병소대는 뒤에서 자동차로 따라오던 색경청의 제32연대 1대대를 기다렸다. 마침 1대대가 길에서 나무꾼을 만났는데 쌍산자에 사는 농민이었다. 장 씨(張氏)라는 이 농민은 광복 직후 오늘의 임강시 육도구진(六道溝鎭)에서 동네 사람들에게 몰매를 맞아죽었다. 그때 만주군은 나무를 실은 장 씨의 손수레를 자동차에 매달아 쌍산자에까지 데려다주면서 그 대가로 장백현 쪽으로 들어가는 길안내를 부탁했는데, 그의 입에서 생각하지 않았던 놀라운 정보가 나왔다. 장 씨가 색경청에게 말했다.

"저 앞에 보이는 마을이 쌍산자인데, 마을 뒤쪽으로 보이는 산만 넘어서면 바로 장백현 이도하자입니다. 거기서는 13도구와 15도구가 모두 멀지 않습니다. 그런데 항일연군을 토벌하러 간다면서 굳이 장백현까지 들어갈 필요가 있습니까? 저희 동네 뒷산에 지금 김일성의 '꼬리부대(조선인 항일연군에 대한 비속어)'가 와 있습니다."

그 말을 들은 색경청은 어찌나 놀랐던지 그 자리에서 장 씨에게 100원을 꺼내주며 간곡하게 부탁했다.

"당신이 길안내를 서서 우리가 김일성을 붙잡게 도와주면, 따로 1,000원을 더 드리겠소. 꼭 좀 도와주시오."

장 씨는 1,000원이나 더 준다는 바람에 그만 입이 떡 벌어지고 말았다.

바로 그날 밤, 색경청은 직접 제32연대 산하 한 소대를 인솔하고 몰래 쌍산자

로 들어왔다. 장 씨가 굳이 산속으로 들어가지 않아도 마을에서 기다리면 항일
연군이 식량을 구하러 내려올 것이라고 했기 때문이다. 색경청이 왜 그렇게 자
신하느냐고 묻자 장 씨는 이렇게 대답했다.

"며칠 전 항일연군이 우리 마을에 불쑥 나타나 동네 어른들을 모아놓고 식량
좀 구해달라고 사정했습니다. 당장 보릿고개가 눈앞이라 어느 집이나 쌀들이 귀
했는데, 글쎄 한두 사람도 아니고 100여 명이 5일 동안 먹을 수 있게끔 쌀을 찧
어 미숫가루도 만들고, 주먹밥도 몇 광주리를 준비해달라고 하더군요. 나는 당
장 입에 풀칠도 하기 어려운 사정이라 내놓을 쌀이 없습니다. 아마 내일이나 모
레쯤이면 준비한 음식들을 가지러 사람들이 내려올 것입니다. 그때를 타서 습격
하거나 그 뒤를 몰래 따라가면 되지 않을까요."

장 씨는 제법 그럴듯한 방법까지 내놓았다. 색경청은 마을 안에 한 소대를 잠
복시키고 다른 부대는 모두 쌍산자 바깥의 은밀한 곳에서 대기했다. 만약 산에
서 내려온 사람이 적으면 그냥 내버려두었다가 돌아갈 때 장 씨를 시켜 뒤를
미행하게 하고, 많이 내려오면 바로 달려들어 모조리 생포하기로 했다. 그날은
1938년 4월 26일이었다.

7. 쌍산자전투와 박수만의 죽음

김성주 회고록에도 이때 발생한 일이 한 줄 언급된다.

"이달경 다음으로 경위중대장을 한 박수만도 참으로 용감한 사람이었다. 그는 쌍산자
전투에서 나에게로 집중되는 적의 화력을 다른 데로 돌리기 위하여 기관총사수를 데

리고 이곳저곳 자리를 옮겨가며 싸우다가 흉탄을 맞고 그 후과로 운명했다."

유감스럽게도 더 이상의 언급은 찾아볼 수 없다. 한편으로 이해되기도 한다. 회고록에서 그 전투가 언제 어떻게 무슨 이유로 발생했는지에 관해 사실대로 설명할 수 없었던 이유는 위에서 장 씨 입을 빌어 잠깐 설명했다. 5월을 눈앞에 바라보던 시절이면 누가 뭐라고 해도 쌀이 다 떨어져 가던 보릿고개였다. 그럴 때 쌍산자 같은 척박한 농촌마을에 들이닥쳐 식량을 내놓으라고 했으니, 농민들에게는 재앙이 아닐 수 없었다. 아무리 나라와 민족을 위하여 일제와 싸우는 항일연군이라고 해도, 이미 주민 상당수가 만주국을 자기 나라로 여기고 있었던 것이 부인할 수 없는 현실이기도 했다. 그들에게는 항일연군이 고마울 때도 있고 싫을 때도 있었다. 마찬가지로 만주군을 반기는 사람이 있었고 싫어하는 사람들이 있었다. 그러니 쌍산자에서 식량을 구하려다가 그곳 농민의 밀고로 만주군에게 포위되었던 그때 일을 떠올리기가 무척 싫었을 듯하다.

그럼에도 불구하고 북한에서는 쌍산자전투를 대서특필하고 있다. 그런데 박수만이 전사했던 날을 26일이 아닌 다음 날인 27일로 바꾸어 설명하는 것에 주목해야 한다. 박수만의 경위중대와 함께 직접 쌍산자로 내려갔다가 가까스로 포위를 뚫고 나왔던 김성주는 정신없이 뒷산으로 치달았다. 뒤에는 겨우 열댓 살밖에 나지 않은 한 어린 대원 하나가 턱에 콧물을 길게 달고 힐떡거리며 뒤따라올 뿐이었다. 쌍산자 주변 숲속에서도 만주군이 떼를 지어 쏟아져 나오는 바람에 그들을 막느라고 경위대원들이 한 분대씩 뒤에 떨어지기 시작했기 때문이다.

이에 앞서 김성주의 지시로 15도구 쪽으로 먼저 이동했던 김재범이 곁에 오중흡 중대만 남겨놓고 나머지 중대를 김성주에게 돌려보냈다. 그제야 김성주는 비로소 한숨을 돌리고 그 꼬마대원에게 밀을 길었다.

"넌 작년에 혹시 19도구에서 참군했던 아이 아니냐? 이름이 뭐더라?"

"네, 저는 조명선[117]입니다."

"용하다. 너에게 임무를 하나 주마."

김성주는 조명선에게 쪽지 하나를 써주었다.

"북쪽 산비탈로 가서 그곳을 지키는 8연대 중국인 중대장(무량본)한테 이 쪽지를 전해주거라. 너랑 친한 백학림도 거기 있으니 중대장도 너를 믿을 거다."

그리고는 직접 김택환(金澤環) 중대를 인솔하고 박수만을 마중하러 다시 달려 내려갔다.

어린 경위원들이 모두 산비탈에 있다는 생각에 어찌나 마음이 급했던지 그는 앞장서서 정신없이 달려 내려갔다. 그러나 이미 때는 늦고 말았다. 지갑룡 등에 업혀 산중턱까지 올라왔던 박수만의 손에 쥐어져 있던 권총이 맥없이 땅에 떨어졌다. 김성주는 급히 지갑룡 등에서 박수만을 받아내렸으나 이미 숨이 없었다. 그때 뒤에서 김정숙이 지갑룡의 무거운 기관총을 대신 들고 가까스로 따라 올라오자 김성주는 벌떡 일어서면서 그 기관총을 빼앗아들었다.

"사장동지, 더 아래로는 못 내려갑니다."

김정숙이 말렸으나 김성주는 들은 척도 하지 않았다.

다행스럽게도 무량본 중대가 산봉우리 쪽으로 달려오지 않고 쌍산자로 공격

---

117 조명선(趙明善, 1923-1994년) 1937년 6월에 항일연군에 참가했다. 처음에는 경위중대(또는 소년중대)에 배치되었다가 후에 7연대 4중대로 옮겼다. 임강현 6도구전투와 쌍산자전투, 돈화현 육과송전투에도 참가했다. 해방 후에는 북한군 보안간부훈련소 군관, 대대장을 거쳐 여단장과 사단장이 되었다. 6·25전쟁 이후 계속 승진하여 군단장과 집단군 참모장, 총참모부 부총참모장을 역임했고, 1982년 사회안전부 부부장, 1989년 다시 군대로 돌아가 강건종합군관학교 교장직을 담임했다. 그의 사망일자는 1994년 7월 8일로, 김일성의 사망일자와 같다. 일설에는 조명선이 사망한 소식을 전달받은 김일성이 그 충격으로 심장병이 발작하여 사망했다고도 한다. 그 바람에 조명선의 부고는 세상에 알려지지도 못했다. 후에 김정일이 그의 반신상을 대성산혁명열사릉에 세웠다.

하며 내려갔기 때문에 김성주에게 쏠리던 만주군 공격이 일시 멈추게 되었다. 육도구 쪽에서도 임수산이 박덕산과 함께 8연대 나머지 대원들을 이끌고 쌍산자로 달려왔다. 잔뜩 풀이 죽은 임수산은 9척이나 되는 큰 키에 어울리지 않게 대원들 맨 꼬리에 서서 머리를 푹 떨구고 터벅터벅 걸어왔다.

몽강에서 다시 장백으로 나올 때 임수산이 고집을 부려 6사 당위원회를 열고, 6사 주력부대를 두 갈래로 나눠 한 갈래만 장백에서 혜산 쪽으로 통하는 출격노선을 개척하고, 다른 한 갈래는 임강에서 양강도 쪽으로 통하는 출격노선을 개척한다는 작전방침을 채택한 것이다. 이때 김성주는 8연대 병력이 7연대에 비해 너무 모자란다며 부대를 두 갈래로 나누는 것에 반대했으나 어떻게 된 영문인지 김재범뿐만 아니라 김평까지 나서서 임수산 손을 들어주었다.

그러잖아도 회의 전에 김재범은 김성주에게 여러 차례 권고했다.

"작전할 때 8연대 중국 아이들을 달고 다니다가는 7연대에 전혀 도움이 되지 않으니, 8연대는 이번에도 뒤에 남겨 후속 부대로 삼든지 아니면 임강 쪽 중국인 반일부대들과 접촉하는 데 파견하는 것이 좋겠습니다."

"지금 8연대는 전 사령이 살아 있을 때와는 많이 달라졌소. 말을 잘 안 듣던 노병들은 모두 사라졌고 순진한 아이들만 남았는데, 어떻게 그들을 함부로 내버려둘 수 있단 말이오. 작주 동무도 여기 없으니 누구한테 맡길 순 없소. 내가 직접 데리고 다니면 다녔지 절대로 안 되오."

김성주가 잡아뗐으나 임수산이 나서서 김재범과 함께 끝까지 설득했다.

"김일성 동무, 부대가 출격하거나 철수할 때 반드시 두 갈래로 나뉘어 기각지세 형태가 되어야 한다고 우리한테 알려준 사람이 누굽니까? 4년 전 우리가 왕청에서 처음 만났던 걸 기억합니까? 그때 삼도하자전투를 눈앞에 두고 김 사장이 나와 득범이한테 바로 '기각지세'가 무엇인지 가르쳐주지 않았소. 난 지금이야말로 그것을 다시 실행할 때라고 봅니다. 작년에 득범이와 최 연대장(최현)이 무산으로 나가고 6사가 보천보 쪽에서 서로 호응했던 것도 기각지세 형태가 조성되어 있었기 때문 아닙니까. 이번에도 마찬가집니다. 왕작주 참모장이 없어서 8연대를 맡길 사람이 없다고요? 그러면 내가 맡겠습니다. 내가 손 연대장(손장상)과 함께 임강에서 4도구와 6도구 쪽으로 나가고, 김재범 정위가 오중흡이네와 장백 쪽으로 나가는 것이 좋겠습니다. 그러잖아도 장백보다는 임강 쪽에 중국 사람들이 훨씬 더 많은 같습니다. 특히 4도구와 6도구 주변의 쟈피거우(夾皮溝, 현재 임강시 육도구진 협피구)와 훠룽거우(火絨溝, 현재 임강시 육도구진 화융구촌 소육도구)에는 중국인 반일부대들까지 주둔하고 있으니, 내가 직접 책임지고 이들과 통일전선을 성사시켜 보겠습니다. 그러니 김 사장은 사부와 경위중대를 인솔하여 나와 재범 동무 사이에서 중심을 잡아주면 되지 않겠소?"

어쨌든 임수산의 언변은 뛰어났다. 교사 출신에 정치위원으로 오래 지내다보니 그의 앞에서는 말재주가 좋은 김성주까지도 눌변이 되어버릴 때가 적지 않았다.

이때 임수산이 김성주를 도와 만든 작전방안은 일명 '제2차 조국 진출'이라 불리기도 했다. 6사 주력부대를 두 갈래로 나눠 한 갈래는 계속 장백으로 들어가면서 파괴된 광복회 조직을 복구하고 다른 한 갈래는 임강의 4, 6, 7도구를 차례로 공략하면서 바로 양강도 후창군까지 이어지는 출격노선을 개척하는 것이었다. 그런데 이 노선에서 가장 큰 장애물은 만주군 한 대대 병력이 주둔한 6도구를 공략해내는 일이었다. 그러자면 8연대보다는 그래도 전투력이 강한 7연대를 이곳에 투입해야 되지 않겠느냐는 의견이 나왔으나 임수산은 그마저도 거절했다.

"그 문제는 6도구 주변의 반일부대들과 합작하면 쉽게 해결할 수 있소."

그러면서 임수산은 김성주에게 중국인 반일부대들과 담판을 진행할 때 필요하니 6사 참모장 외에 다른 직책 하나를 더 사용할 수 있게 허락해달라고 했다. 임수산의 뜻은, 자신이 원래 왕덕태의 오랜 직계 부하인 데다가 2군의 모체나 다를 바 없는 연길유격대 시절부터 줄곧 정치위원이었으니 6사 정치위원과 참모장직을 겸하게 해달라는 소리였다. 그걸 모를 리 없는 김성주로서는 함부로 동의할 수도, 그렇다고 면전에서 거절해버릴 수도 없어 이렇게 둘러댔다.

"그 문제는 군 정치부에서 논의하고 상급 당위원회의 결정을 거쳐야 하는 문제요."

"원칙적인 순서는 6사 당위원회에서 요청하고 군 당위원에서 결정하면 됩니다."

임수산은 끝까지 김성주를 설득했다.

"아니오. 참모장이나 부사장까지는 그렇게 할 수 있어도 정치위원은 그렇게 요청하면 안 되는 걸로 압니다. 만약 전광 동지가 여기 계신다면 한 번 의논드릴 수도 있겠지만, 나중에 상급 당위원회에서 부결이라도 되는 날에는 어떻게 하려고 그러오?"

김성주가 끝까지 동의하지 않자 임수산은 한발 물러섰다.

"그러면 부사장이라도 겸하게 해주오."

"부사장 겸 참모장이라, 아닌 게 아니라 직위가 그 정도는 되야 중국인 반일부대들도 함부로 얕보지 않겠소. 좋습니다. 그럼 당위원회에서 투표로 결정합시다."

김성주가 비로소 동의하자 조직과장 김평이 찾아와서 김성주에게 말했다.

"투표한다고 꼭 임우성(林宇成, 임수산) 동지가 되리라는 보장이 있답니까?"

김성주는 김평뿐만 아니라 다른 위원들도 설득했다.

"함부로 그런 소리 하지 마오. 임 참모장 말에도 도리가 없는 건 아니오. 나도 경험한 적이 있소. 중국인 반일부대들은 담판을 진행할 때 대표로 나온 상대방 직위에 이상하리만치 집착하는 습관이 있소. 6도구전투를 성공시키려면 중국인 반일부대들과 꼭 손을 잡아야 하니, 나도 임 참모장이 부사장직까지 겸직하는 데 동의하오."

그러나 정작 투표결과 6사 부사장에 선출된 사람은 임수산이 아니었다.

6사 당위원회 위원들이 대부분 화룡 2연대 출신들이었고, 그들은 모두 조아범의 부하들이었다. 김성주까지 임수산 지지 발언을 했는데도 6사 부사장에는 7연대 정치위원 김재범이 선출되고 말았다. 따라서 김재범의 요청으로 4중대 중대장 오중흡이 7연대 연대장으로 승진하고, 김재범의 정치위원 직은 나중에 주재일이 이어받게 되었다.

김성주는 회고록에서 이런 내막을 일절 공개하지 않는다. 북한에서는 지금까지 단 한 번도 6사 사장이었던 김성주 밑에 부사장이 있었다는 사실 자체를 인정하지 않았다. 1988년 중국 연변주 당사연구소에서 『연변역사사건 당사인물록』을 편찬할 때에도 "김재범은 1937년에 동북항일연군 제2군 6사 부사장이 되었다."는 대목을 넣었다가 길림성위원회(상급 당위원회) 조직부와 성(省) 당사 연구실의 심열(審閱, 편집 심사)에 걸려 삭제되고 말았다.

최근에야 이 사실을 공개하고 있다. 북한의 주장대로 김성주가 '조선인민혁명군 사령관'이라면 김재범은 '조선인민혁명군 부사령관'이고, 임수산은 '조선인민혁명군 참모장'이 된다. 물론 임수산은 이미 너무 많이 알려져 존재 자체를 숨길 수 없게 되었다. 회고록을 보면, 실제로 김성주는 전광보다 임수산에게 훨씬 더 많은 비난을 쏟아내고 있다.

8. 임수산의 조호이산지계

6사 부사장 직을 생각지도 않게 김재범에게 빼앗긴 임수산의 기분은 엉망진창이 되고 말았다. 김성주는 진심으로 미안한 마음이 들어 임수산에게 말했다.

"결과가 원하는 대로 되지 않아 유감이오. 그렇지만 어떻게 하겠습니까. 투표 결과를 함부로 뒤집을 수도 없지 않소. 아무래도 6도구전투는 좀 뒤로 미루는 게 어떻겠소? 오중흡이네가 15도구전투를 마친 다음 병력을 모아 다시 계획을 세우는 게 좋겠습니다."

"아니오. 이럴수록 난 반드시 더 멋들어지게 해내겠소."

임수산은 손장상, 박덕산과 함께 8연대를 데리고 4도구 쪽으로 들어갔다. 4도구는 재빨리 점령했지만 6도구 공격은 만만치 않았다. 중국인 반일부대들이 항일연군과 합작하려 하지 않았기 때문이다.

"예전 같으면 큰 나무 밑에 들어가면 선선한 바람을 얻을 수 있었지만, 지금은 형편이 달라졌소. 만주국 정부에서는 우리한테 공산당 부대와 손잡는 일만 없으면 나중에라도 다 용서해주고 양민으로 살아가게 해준다고 약속했소. 그러니 우리를 꼬드겨서 함께 6도구를 공격할 생각은 걷어치우시오."

임수산의 통일전선 구축 사업은 모조리 실패로 돌아가고 말았다.

손장상이 중국인 부하들을 데리고 4도구와 6도구 주변의 중국인 반일부대들을 부지런히 찾아다녔지만 가는 곳마다 퇴짜 맞고 돌아와 임수산과 대책을 의논했다.

"당신이 김 사장 앞에서 큰 소리 탕탕 쳤는데, 이제 어떻게 할 생각이오?"

"방법이 전혀 없는 건 아닙니다."

임수산은 손장상 귀에 대고 소곤거렸다.

들고 있던 손장상 두 눈이 점점 휘둥그레졌지만 결국에는 머리를 끄덕였다.

"좋소, 이 방법이 좋구먼. 김 사장한테는 일단 비밀로 합시다."

며칠 뒤 손장상은 대원들을 중국인 반일부대로 위장시켜 6도구에서 멀리 떨어진 대율자구(大栗子溝)[118]를 습격했다. 이곳에서 기차역 건설에 필요한 기자재를 실은 남만주철도주식회사의 차량 한 대가 불탔고, 시공현장에 쌓아놓았던 침목들도 불에 탔다. 시공 현장에서 멀지 않은 곳에 약 한 소대 규모의 대율자 광산경비대가 주둔했는데, 그들은 항일연군과 몇 차례 접전해보고는 당해낼 수 없자 급히 대대부에 보고하고 구원부대를 요청했다. 임수산은 바로 6도구의 만주군 병력이 대율자 쪽으로 빠져나간 틈을 탔던 것이다.

이 일을 두고 김성주는 회고록에서 이렇게 이야기한다.

"1938년 봄 한 달 사이에 우리가 6도구전투를 두 번 했는데 왜 두 번 했는가. 첫 전투를 임수산이 지휘했으나 다 이긴 전투를 망쳐놓았습니다. 6도구는 1,000여 호의 집들이 밀집되어 있는 큰 성시였습니다. 성시에 적이 얼마 없다는 보고를 받자 임수산은 즉시 연대를 이끌고 6도구 시내로 쳐들어갔습니다. 그런데 전투에 진입하자 곧 예상치 않았던 적 부대와 조우하게 되었습니다. 정찰병들이 정찰을 하고 돌아온 후 6도구에 새로 나타난 부대였습니다. 연대가 성 안으로 쳐들어갔을 때 적들은 한창 먹자판

---

118 대율자구(大栗子溝)는 오늘의 중국 길림성 임강시 행정구역에 속한다. 1945년 8월 15일 직후 만주국 황제 부의(溥仪)가 일본의 패망소식을 듣고 신경에서 탈출하여 피신처로 삼고 달려온 고장으로 유명하다. 부의는 이곳에서 소련군에 체포되었다. 당시 부의가 머물렀던 곳에는 임강시 대율자 위만박물관(臨江市大栗子偽滿博物館)이 들어섰다. 그러나 1938년 당시까지만 해도 이곳에는 아무것도 없었다. 양정우가 1군 교도연대를 인솔하고 직접 습격했던 즙안현 노령터널로 통하는 철도가 바로 이곳 대율자까지 이어지게 되었다. 남만철도주식회사에서 한창 시공중이었던 이 철도 총길이는 113km가 되었고, 통화의 압원역에서 출발하여 대율자에 도착했다. 일명 압대선철로(鴨大線鐵路)라고 불리기도 하는데 오늘날에도 계속 사용되고 있다.

을 벌리느라고 여념이 없었습니다. 그러니 능히 소멸할 수 있는 적들이었습니다. 그러나 임수산은 적의 역량이 수적으로 우세하다는 것을 알게 되자 겁을 집어먹고 얼른 퇴각명령을 내렸습니다. 이 퇴각명령은 아군으로 하여금 주동으로부터 피동에 빠지게 했습니다. 대원들은 어리둥절해서 전투를 중지했고 그 틈을 타서 적들은 인차 기관총을 난사하면서 반격으로 넘어왔습니다. 결국 부대는 아무 소득도 없이 6도구 거리에서 물러나게 되었습니다. 이 전투가 있은 다음 적들은 유격대의 공격을 격퇴했다고 대대적으로 선전했습니다. 인민들이 그 선전을 듣고는 누구나 어깨를 떨구고 다녔습니다. 임수산의 오류로 해서 첫 6도구전투는 이처럼 인민혁명군의 권위에 오점을 남겼습니다. 그래서 나는 6도구전투를 다시 조직했습니다. 부대를 이끌고 성시로 쳐들어가 6도구를 단숨에 점령했습니다. 적들은 유격대의 공격을 격퇴했다는 선전을 더는 하지 못했습니다."

물론 김성주는 이 전투의 전후사연은 일절 설명하지 않는다. 그리고 1차 6도구전투에서 실패한 뒤 2차 6도구전투를 조직했으며, 2차 때는 '단숨에 점령'했다고 하지만, 유감스럽게도 2차 6도구전투는 아예 존재하지도 않았다. 필자가 조사한 바로는, 실제 6도구전투는 6사 참모장 임수산과 6사 산하 8연대 연대장 손장상, 정치위원 박덕산이 함께 조직했으며, 이 전투에서 8연대 주력 중대 중대장인 무량본의 활약이 가장 컸다고 한다. 중간에 대율자 쪽으로 달려갔던 만주군이 갑작스럽게 되돌아오지 않았다면 크게 성공할 수 있었던 전투였을 것이다.

"도대체 다 이긴 전투를 실패한 까닭이 무엇이오?"

김성주도 너무 아쉬워 발을 구를 지경이었다. 맨앞에서 6도구진으로 쳐들어간 무량본 중대가 만주군 병영대문을 봉쇄한 뒤 기관총으로 한 시간 남짓하게 제압했으나 끝내 함락하지 못했다. 당시 6도구 만주군은 이미 대율자 쪽으로 떠난 뒤였고 병영 안에는 한 소대만 남아서 지키고 있었기 때문에 섣불리 병영 밖으로 치고 나올 생각은 하지 못했다.

"그럼 그 사이에 다른 중대라도 거리로 들어가 뭐라도 털었어야 할 것 아닙니까? 한 시간이면 최소한 상가 수십 채는 털 수 있었겠는데, 뭐하고 있었단 말입니까?"

손장상이 대답했다.

"왜 안 털었겠소. 다 털어놓고 미처 들고 나오지 못했소."

"참, 아까운 전투를 지고 말았군. 도대체 그놈들은 어떻게 동무들의 조호이산지계(調虎離山之計, '호랑이를 움직여 산을 떠나게 만든다는 계책'으로 적에게 불리한 조건을 만들어 이를 이용하는 방법)를 간파해낸 겁니까?"

임수산이 한숨을 내쉬면서 대답했다.

"아무래도 내 생각이 조금 깊지 못했던 것 같습니다. 6도구 만주군에 비상한 자가 있는 게 틀림없소. 그놈들을 바깥으로 유인하느라 손 연대장에게 반일부대로 위장하고 대율자 기차역 시공현장을 몇 번 습격하게 했소. 그냥 불이나 지르고 다른 물건 같은 건 하나도 들고 오지 않았는데, 그게 아무래도 놈들의 의심을 산 듯합니다. 생각해보오. 진짜 반일부대가 습격했다면 그들이 하릴없이 침목더미에 불이나 지르고 돌아갔을 리 없지 않겠습니까."

그 말을 들은 손장상도 '아차' 하고 무릎을 때렸다.

"대율자에서 조금 더 들어가면 철광 캐러 들어온 일본인 가족 10여 호가 살고 있소. 광산경비대가 바로 그곳 철광을 지키는 자들인데, 몇 번 우리한테 총을 쏘기까지 했지만 그냥 내버려두었소. 지금 보니 정말 후회됩니다."

김성주는 이때다 싶어 임수산을 설득했다.

"교훈으로 삼으면 되니, 아쉬워하지 맙시다. 임강은 이제 놈들이 잔뜩 신경을 도사리고 있을 테니 이참에 두 부대를 합쳐 먼저 15도구부터 습격하고 13도구로 이동하여 장백현 옛 근거지들을 빨리 다시 복구합시다."

잔뜩 풀이 죽은 임수산은 김성주의 의견을 따를 수밖에 없었다. 부사장 자리도 김재범에게 빼앗겼을 뿐만 아니라, 왕작주처럼 직접 전투부대를 이끌고 다니면서 능히 작전임무를 실행할 수 있음을 보여주고 싶었지만 아쉽게도 그 뜻을 펼칠 수 없게 된 것이다. 그러나 임수산은 금방 명랑해졌다.

"좋소. 내 잘못을 인정하겠소. 이제는 김 사장 의견대로 따르겠습니다."

임수산에 대하여 잘 아는 김명주는 이런 이야기를 남겨놓았다.

"우리가 몽강에서 다시 장백으로 나올 때 김일성은 별로 보이지 않고 온통 참모장 임수산만 보였다. 그가 혼자서 쥐락펴락하던데 대오를 멈춰 세우고 휴식도 시키고 또다시 출발명령도 내리곤 했다. 임수산은 키도 우리보다 보통 머리 하나가 더 컸다. 나이도 아마 김일성보다 서너 살은 위였던 것 같다.(임수산은 1909년생이다.) 원래 정치위원을 오래 했던 사람이라 이론 수준도 높았고 꾀도 많았기 때문에 모두 그를 무서워했다. 행군할 때 한 번은 김택환 중대장이 우리 분대에 와서 내 뒤에 숨으면서, 누가 와서 물어보면 못 봤다고 하라고 했다. 보니까 임수산이 씩씩거리면서 오고 있었다. 잔소리도 어찌나 많이 하는지 행군할 때는 온통 임수산 목소리밖에 안 들렸다."[119]

119 취재, 최선길(崔先吉, 가명) 조선인, 조선의용군 생존자, 1950년대 중국 연변사범학교 교장과 연변주 교육처에서 근무함, 김명주의 지인, 취재지 연길, 1982~1984 10여 차례.
박경호(朴京浩, 가명) 조선인, 동북인민혁명군 2군 독립사 3연대 연고자, 취재지 도문.
박경환(朴京煥, 가명) 조선인, 연변전원공서 시절 임춘추의 비서, 취재지 요령성 안산시, 1987.
박창욱(朴昌昱) 조선인, 항일투쟁사 전문가, 연변대학 역사학부 교수, 취재지 연길, 1995~2000 10여 차례.
한준광(韓俊光) 조선인, 연변주당위 선전부 부부장, 연변역사연구소 소장, 중국조선족민족사학회 이사장 역임, 취재지 연길, 1986~2001 30여 차례.
『中國共産黨吉林省延邊朝鮮族自治州組織史資料 1928-1987』, 中共延邊州委組織部, 中共延邊州委党

이는 임수산의 활약이 대단했음을 말해준다.

이 이야기를 전하는 김명주의 여러 지인 가운데서 최선길(崔先吉, 가명)은 조선의용군 출신으로 1945년 광복 이후 연변으로 돌아와 동북군정간부학교를 졸업한 뒤 한동안 연변주 교육처에서 근무하며 당시 민정처장이었던 김명주와 아주 친하게 지냈다. 후에 연변사범학교 교장으로 부임한 최선길은 김명주 이야기를 책으로 쓰려고 많은 취재를 진행하였으나 문화대혁명으로 그 계획을 실현할 수 없었다. 김명주는 반란파들에 의해 납치되어 감금당했고, 얼마 뒤 병사했다. 최선길 본인도 생활작풍문제(生活作風問題, 일반적으로 남녀문제를 뜻함.)로 직위 해제당하고 말았다.

최선길이 쓴 노트를 보면, 특히 김성주와 관계된 일들에 주목한 것을 알 수 있다. 심지어 김성주의 주(柱) 자와 김명주의 주(柱) 자가 같은 돌림이라는 설명과 함께 두 사람이 결의형제까지 맺었다는 이야기도 있다. 김성주의 생년월일이 김명주보다 몇 개월 앞섰기 때문에 김명주는 그를 형이라고 부르기도 했다는 기록도 있지만, 정작 김성주 회고록에서는 이와 같은 이야기를 어디서도 찾아볼 수가 없다.

이후 1938년 4월 27일, 김성주의 경위중대장 박수만이 전사했던 쌍산자전투 다음날, 김성주는 임수산 등과 함께 장백현 15도구로 이동했다. 그 사이에 김재범과 오중흡이 벌써 15도구를 점령하고 마중 나왔다. 경위중대가 절반이나 줄어든 것을 본 김재범은 며칠간 휴식하자고 요청했으나 김성주가 반대했다.

"쌍산자에서 발생한 전투 때문에 장백 놈들도 신경을 곤두세우고 있을 거요. 시간을 지체하다가 놈들이 낌새라도 알아채고 달려들면 어쩌려고 그러오? 김주

史工作委員會, 延邊朝鮮族自治州檔案館編. 所藏機關: 中共延邊州委組織部, 中共延邊州委党史工作委員會, 延邊朝鮮族自治州檔案館.

현 동무가 우리를 눈 빠지게 기다릴 텐데 빨리 떠납시다."

"그러잖아도 김주현 동무가 사람을 보내와 천교구로 통하는 길목에 있는 반절구 경찰 놈들을 좀 혼내달라고 부탁하더군요. 반절구는 인구도 많은 데다 최근에는 경찰서까지 들어와 앉았다고 합니다. 들이치면 최소한 식량 200~300마대는 털 수 있을 거라고 합디다."

그 말에 임수산이 혹했다.

"6도구와 쌍산자에서 쌀을 한 톨도 못 구했는데, 여기서 벌충하면 되겠습니다."

"오중흡 중대만으로는 어려울 테니 경위중대도 투입합시다. 새로 보충한 경위대원 전투력도 한 번 시험해볼 겸 말입니다. 내가 직접 데리고 가겠소."

9. 반절구전투

김성주는 임수산이 말리는 것도 마다하고 29일 밤에 직접 앞장서서 부대를 인솔하고 요방자(腰房子)와 고력보자(高力堡子), 3남리(三南里) 등을 쥐도 새도 모르게 빠져나갔다. 밤새 강행군하여 새벽녘 16도구 부근에 도착했을 때, 오중흡의 전령병 김철만이 달려와서 그들을 마중했다.

16도구에서 달라자구 쪽으로 20여 리 들어가면 치부동(致富洞)이라는 동네가 있다. 오중흡이 15도구를 점령한 뒤 곧바로 반절구(半截溝)를 습격하려고 먼저 이곳으로 이동했던 것이다. 행정구역상 16도구부터 시작해 17도구와 구곡(鳩谷), 리전(梨田), 삼포(三浦) 등 이 지역 동네들은 모두 반절구향(半截溝鄉) 소속이었다. 해방 당시는 물론이고 1980년대 초엽까지도 계속 반절구인민공사(半截溝人民公

社)와 반절구향이라는 이름을 사용하다가 후에 오늘의 금화향(金華鄉)으로 바뀌었다. 반절구를 습격하기 위해 김성주와 김재범, 오중흡 등이 임시로 주둔하던 치부동의 마을 뒷산은 16도구 경내에 있었다.

치부동은 치부툰(致富屯)이라 부르기도 했다. 조선 사람과 중국 사람의 혼합 동네였는데, 조선 사람들은 '동'이라고 불렀고 중국 사람들은 '툰'이라 부른 것 같다. 치부동과 천교촌, 전구곡(前鳩谷) 등 자연 부락이 반절구 주변에 둥그렇게 펼쳐져 있었다. 김주현이 먼저 도착하여 새로 건설했던 천교밀영은 천교촌에서 10여 리 떨어진 산속에 있었고, 이 밀영 동쪽은 마록구진과 이어졌고 서쪽은 14도구와 산비탈 하나를 사이에 두고 있었다. 그리고 남쪽으로 조금만 내려가면 바로 압록강 넘어 조선 혜산 땅이 눈앞에 보이는 고장이었다.

김주현은 반절구에 대한 자세한 정보를 미리 정찰해두고 있었다.

"주현 동무 이야기를 들어보니, 우리가 간삼봉전투를 치른 뒤에 혜산 경찰 놈들이 한 무리나 반절구에 들어와 주둔하면서 무릇 광복회와 조금이라도 관련 있는 사람들을 모두 잡아 물고를 냈다고 하는군요. 반절구 자위대장은 송성업(宋成業)이라는 되놈인데, 조선 사람들은 모두 이자를 쑹 가 대장이라고 부른답니다. 이놈이 제일 앞장서서 반절구 주변 동네들을 샅샅이 뒤지고 다니면서 광복회 회원들을 붙잡아 경찰에 넘겼다고 하는데, 주현 동무는 이놈부터 먼저 꼭 생포해서 공개 처형해달라고 신신당부했습니다."

김성주는 습격을 하루 앞두고 다시 정찰조를 파견했다. 정찰조는 먼저 치부동으로 들어간 뒤 그 동네 농민 장 씨(張氏)의 도움을 받아 달걀장사로 위장하고 그와 함께 반절구로 들어가 진내(鎭內) 상황을 샅샅이 살펴보고 돌아왔다.

이때 일을 기록한 중국 자료에는, 6사 사장(김일성)의 지시로 "조선족 박 중대장과 한족 장 중대장이 직접 조선 농민으로 위장하고 정찰을 진행했다."[120]고 쓰여 있다. 이 '조선족 박 중대장'과 '한족 장 중대장'이 누구인지는 유감스럽게도 확인이 불가능하다.

당시 반절구에는 180여 호의 인가가 있었으며 동네 주변 네 귀퉁이 각각에 포루가 있었는데, 40여 명 규모의 무장자위대(대장 송성업, 한족)가 지키고 있었다고 한다. 그 외에도 경찰 9명이 마을에 상주했다. 가장 걱정스러웠던 것은 마금두의 장백현 경찰대가 자주 반절구에 드나들었다는 정보가 있었는데, 그날따라 보이지 않아서 다행이었다.

김성주는 5월 2일 저녁 6시쯤 되었을 때 반절구 서남쪽 포대가 있는 압록강변 고산(孤山)으로 은밀하게 접근했다. 압록강으로 향한 서남쪽 포대는 다른 포대에 비해 비교적 경계가 느슨했다. 항일연군이 조선 쪽에서 건너올 리 없다고 생각했기에 평소에도 포대를 지키던 경비병들은 포루를 비워놓고 몰려 앉아 술판을 벌이거나 놀음에 빠져 있을 때가 많았다.

필자는 직접 반절구의 옛 포루가 있던 서남쪽 고산을 답사했다. 주변 산과 이어지지 않고 따로 동떨어진 야트막한 산언덕이었는데, 1980년대까지 그대로 있었다. 공동묘지로 사용되는지 무덤이 아주 많았다. 산기슭은 반절구소학교 운동장과 이어져 있어 아이들이 체육시간에 운동장에 나와 공도 차고 달리기도 하는 모습을 볼 수 있었다. 공부하기 싫은 아이들은 아예 고산으로 들어가 놀 때가 많았다고 한다.

그러나 밤만 되면 아이들은 물론 어른들도 얼씬하지 않았다. 그 이유를 알아

---

120 원문 六師長首先派朝鮮族朴連長和漢族張連長化成朝鮮農民去偵察.

보니, 고산에는 아주 오래된 묘지들이 많았는데, 밤만 되면 그 묘지들에서 푸른 불빛이 솟아올랐기 때문이었다. 사체 속의 인(燐) 성분이 자연 발화하면서 나타나는 현상인 것을 알 리 없는 옛적 사람들은 귀신불이라고 부르기도 했다. 반절구에서 만난 한 노인이 당시 이야기를 들려주었다.

"서남쪽 포루를 지키던 놈들은 밤만 되면 고산 쪽을 내다보지 않았다. 귀신불이 한 번 눈에 비끼면 한 열흘 동안은 계속 눈알이 새파랗게 된다는 소문이 있었다. 김일성 부대가 그것을 노리고는 밤에 모조리 고산에 들어와 숨었다가 운동장을 가로질러 한 갈래는 북문 포루 쪽으로 달려가고 다른 한 갈래는 동문 포루 쪽으로 달려갔다. 김일성이 직접 경위중대를 데리고 반절구경찰서를 공격했는데, 경찰서에 있던 경찰 네 명이 모조리 사살되었다. 그때 죽은 경찰 네 명이 이상하게도 성씨가 몽땅 한씨(韓氏)였다. 그 넷이 한집식구나 형제 간은 아니다. 그냥 우연히 같은 한 씨 성을 사용했는데, 그래서 '반절구의 한씨반(韓氏班)'이라고 불리기도 했다. 그 '한씨반'이 그날 밤에 한 놈도 살아남지 못 하고 모조리 총에 맞아 죽은 것이다. 내가 그 이름까지 다 기억한다. 한옥봉(韓玉峰), 한계장(韓桂长), 한광규(韓光奎), 한규이(韓奎尒)였다…"[121]

동문 포루를 공격했던 김택환 중대에서 자위대장 송성업을 사로잡았다. 몇 가지 자료가 존재하는데, 그가 전투 중 사살당했다는 기록도 있고, 반절구에서 공개 처형되었다는 기록도 있다. 또 어떤 자료에는 천교밀영으로 압송하여 인부들이 보는 앞에서 처형했다고도 기록되어 있지만, 전투 도중 사살당했을 가능성이 비교적 높아 보인다. 천교밀영까지 식량을 운반해 주었던 인부들이 보는 앞

121　취재, 한××(韓××) 외 3명(1명 중국인, 2명 조선인), 장백현 금화향 전구곡대대 주민, 취재지 치부툰, 1988.

에서 처형된 사람은 다름 아닌 반절구에서 금품을 노략질했던 대원이었다. 앞에서 잠깐 소개한, '김일성 부대의 금품 노략사건'이라고 불렸던 그 유명한 사건이 바로 이날, 1938년 5월 2일의 이 반절구전투에서 발생했던 것이다. 그런데 북한에서는 이 사건에 대해 일절 언급하지 않는다.

1930년대 후반기에 접어들면서 오늘의 장백현 금화향, 즉 반절구향 경내에서 활동했던 항일연군은 모두 3차례에 걸쳐 반절구를 습격했다. 그 가운데서 가장 유명한 것이 이 노략사건이 생긴 1938년의 2차 반절구전투였다. 그러면 제1차와 제3차는 언제 있었던가? 아래 북한의 설명을 한 번 살펴보자.

북한에서는 반절구전투를 가리켜 "(김성주가)조선인민혁명군 주력부대를 친솔하시고 주체25(1936)년 10월과 주체28(1939)년 5월에 장백현 반절구에서 조직 지휘하신 습격전투"라고 정의하고 있다. 1936년과 1939년 사이에 있었던 1938년 5월의 반절구전투는 전혀 언급하지 않는다. 한마디로 김성주의 '경위중대원'이 주민들의 금품을 노략질했다가 처형되었다는 사실이야말로 설사 하늘이 무너져도 있어서는 안 되는 일이기 때문일 것이다. 그런데 어떡하랴, 1936년 10월 17일의 제1차 습격전투는 오일남과 손태춘이 주역이었고, 제3차 습격전투는 임수산과 지갑룡이 주역이었다. 오히려 제2차 반절구전투야말로 김성주가 직접 지휘했을 뿐만 아니라 또 경위중대를 이끌고 가장 앞장에서 반절구경찰서까지 순식간에 점령해냈던 전투였다.

41장

1군의 패망

"투항한 것도 모자라 아주 개 노릇까지 하기로 작정한 것 아니더냐.
우리 정 씨 가문에 이제 그 녀석은 없는 놈이다.
다시는 내 앞에서 그놈 이야기를 하지 말거라."

1. "성두야, 할미가 왔다."

얼마 후 김성주 등은 또다시 천교밀영을 떠나지 않으면 안 되었다. 1938년 여름은 김성주의 6사뿐만 아니라 전체 2군과 나아가 1로군에 이르기까지 그야말로 악재가 잇달아 터지던 불행한 시간이었다.

김성주가 제2차 반절구전투 직후, 파괴된 장백 지방의 당 조직들을 다시 재건하려고 한창 활동을 펼쳐갈 때였다. 오늘의 장백현 신방자진(新房子鎭)에는 가재수촌(佳在水村)이라는 유명한 동네가 있다. 이 동네가 유명해진 것은 당시 함남도 경찰부가 만주국 치안부 경무사의 요청으로 김성주의 할머니 이보익을 회유하여 장백현 경내로 끌고 나왔기 때문이다. 혜산경찰서의 경찰 둘이 그해 62세였던 이보익을 가재수촌의 한 농가에 가두고 가재수 주변의 경수와 대정자, 노인구 등의 동네에 조선말 포고문을 붙여놓았던 것이다.

"김일성의 할머니가 가재수에 와 있으니, 만나보고 싶으면 지체 말고 산에서 내려오라."

지방공작을 나갔던 김평이 이 포고문을 보고 돌아와 소식을 전했다.

'설마 할머니가?'

김성주는 반신반의하지 않을 수 없었다.

그의 머릿속에서는 대뜸 인자하면서도 강직한 할머니 모습이 떠올랐다. 천교구밀영에서 처음 이 소식을 들었을 때만 해도 김성주는 믿고 싶지 않았다. 이는 자기를 붙잡기 위해 경찰이 날조한 계략이라고 100% 판단했기 때문이다.

"놈들이 나를 붙잡으려고 별의별 수작질을 다 벌이는 것이 틀림없소."

얼마 뒤에는 신방자에 주둔한 삼림경찰대 한 소대와 만주군 한 소대가 이보익을 앞세우고 주변의 고력보자 부근에 나타났다는 소식이 또 들어왔다.

"성두(성주)야, 할미가 왔다. 어데 있느냐?"

뒤에서 압송하던 경찰 둘이 한 번씩 총대로 등을 찌르면 이보익은 마지못해 한두 번 손자를 불렀다.

"목이 마르니 물 좀 다구."

이보익은 핑계를 대면서 애를 먹였다.

"다리도 아프고 허리도 아프니 좀 쉬게 해주오."

그럴 때마다 경찰들을 따라온 사복경찰이 대신 나서서 욕을 퍼붓는 경찰들을 막아서곤 했다. 그 사복경찰은 신경에서 내려온 만주국 치안부 경무사 소속의 조선인 사무관이었다.

그렇다면 어떻게 이런 일이 발생하게 되었는가?

이 일을 설명하려면 다시 키시타니 류이치로 경무청장에게로 돌아가야 한다.

1938년 3월에 통화성 경무청 산하 경찰대대와 만주독립보병수비대 산하 쿠로사키유격대가 합작하여 남만성위원회 기관을 파괴한 사건은 만주국 치안부는 물론, 관동군 사령부에까지 보고되어 올라갔다. 치안부에서는 이 사건을 1936년부터 실시했던 '만주국 3년 치안숙정계획'의 제2개년도 실시 과정에서 가장 성공적인 모범사례로 규정했고, 특별히 길림 제2군관구에서 관련자 표창대회와 연구토론회를 진행하기도 했다.

길림, 간도, 통화 3성 경무청장 회의가 3월 23일에 오늘의 길림시에서 열렸는데, 치안부 산하 만주 각지의 경찰, 헌병, 특무기관 책임자들은 물론 관동군 헌병사령부의 적지 않은 간부들이 초청되어 연구토론회에 참가했다. 당시 삼강성 특무기관장 후쿠베 구니오(北部邦雄) 중좌와 함께 출장 나왔던 한 조선인 간부가 이 회의에 참가하여 방청하다가 자유발언 시간을 틈타 키시타니 경무청장에게 이렇게 권고했다.

"장백 지방의 조선인 비적들은 가족들이 적지 않게 조선 국내에 살고 있으니, 가족들을 찾아내어 이용하면 많은 도움이 될 것입니다."

이 조선인 간부는 바로 김창영이었다. 그동안 경무청 경무사 사무관 신분으로 목단강과 가목사(佳木斯)에 주재하면서 후쿠베 구니오 특무기관장을 도와 북만 지방의 조선인 항일연군 지휘관들을 회유하는 작전을 주도해왔던 인물이기도 했다. 후쿠베 구니오 중좌가 한바탕 김창영 자랑을 늘어놓았는데, 특히 그가 조선인 신분이며 조선에서 살 때 조선총독부 산하 순사교습소장 직을 역임했던 경력 때문에 많은 사람의 주의를 끌었다.

"아니, 조선인으로서 총독부 순사교습소장이라면, 경찰계의 베테랑이 아니면 안 될 터인데, 어떻게 이런 인물이 만주에 나오게 되었단 말씀이오? 좀 더 자세히 설명해주실 수가 없겠소?"

키시타니는 김창영에게 반했다. 1890년생이었던 김창영은 이때 나이가 벌써 쉰에 가까웠는데, 20대였던 1915년에 일본에 유학하여 교토 리츠메이칸대학에서 법과를 나온 뒤 조선으로 돌아와 조선공립보통학교(朝鮮公立普通學校)에서 교편을 잡았다. 후에는 북하동공립보통학교(北下洞公立普通學校) 교장이 되었다. 여기까지는 경찰과 무관한 문관의 길을 걸어왔다고 할 수 있으나 31세 되던 1921년 갑자기 경찰에 몸담았다. 처음에는 강원도 경찰로 근무하면서 경시(警視)까지 진급했는데, 그러다가 경찰을 떠나 전라북도 금산군(錦山, 지금은 충청남도) 군수를 지냈고, 평안북도 강계군 공북면장이 되기도 했는데, 그때는 평북 도지사로부터 표창을 2차례나 받았고, 종당에는 평북 지사의 추천으로 조선총독부 중추원 참의 후보가 되기도 했다.

이는 1920년대에 독립운동가들이 자기 집처럼 드나들던 평북 지방에서 지방관리로 근무하는 동안 그가 조선총독부에 이로운 일들을 굉장히 많이 했다는 증거이기도 했다. 그는 1921년부터 강원도 경찰부 경무과 경부보를 시작으로 1922년 7월에는 평안북도 경무국 경무과 경찰부보(道警部補), 그리고 1923년 평안북도 경무과 경부, 1924년에는 다시 강원도 경찰부로 돌아와 경무과 경부로 부임하여 근무하다가 종당에는 강원도 순사교습소 소장을 거쳐 도 경시 8등 고등관으로 올라갔다. 이후에도 또 많은 지방으로 옮겨 다녔는데, 1932년 전라북도청 경찰부 고등경찰과장을 끝으로 더는 올라가지 못하고 옷을 벗고 말았다. 1933년 총독부가 펴낸 『조선공로자명감』 조선인 공로자 353명 중 하나로 이름이 올라 있다.

그가 만주로 오게 된 것은 후쿠베 구니오의 요청에 의해서였다. 1937년 10월에 삼강성 특무기관장으로 부임했던 후쿠베 중좌는 일본으로 출장 갔다 돌아오는 길에 조선을 경유하게 되었는데, 젊었을 때 리츠메이칸대학에서 함께 공부했던 김창영이 문득 머릿속에 떠올랐다.

'이 친구가 그동안 뭐하고 지냈나? 가네미츠 마사나가(金光昌英)라는 일본 이름도 그때 내가 지어주지 않았던가. 대학 시절에는 나와 도시락까지 나눠먹었던 사이 아니었던가. 내가 너무 무심했구나.'

후쿠베 중좌는 즉시 조선군 내 인맥을 이용하여 김창영을 찾아낼 수 있었다. 금산에서 군수직을 내려놓은 지 얼마 안 된 김창영은 만주에 나와서 자기를 도와달라는 옛 친구에게 이렇게 말했다.

"내가 이래 뵈도 한때 조선 경찰에서는 알아주는 베테랑이었다네. 지금은 군수직을 그만두고 별 볼일 없이 지내지만, 그래도 『조선공로자명감』에 올라 있는 내가 어떻게 아무런 명분도 없이 그냥 자네를 따라가서 허드렛일이나 하며 지낼 수 있겠나. 군이 만약 꼭 나를 쓰고 싶다면 공식적으로 만주국 정부를 통해 나를 초청해 주시게. 그러면 내가 한 번 생각해보겠네."

"아, 그건 어렵지 않지. 내 돌아가는 길로 바로 그렇게 해드리겠네."

후쿠베 중좌는 즉시 치안부에 보고를 올려, 삼강성 특무기관에서 항일연군 내의 조선인 지휘관들을 귀순시키는 데 꼭 필요한 인물이므로 초청해달라고 부탁했다. 김창영은 치안부 산하 경무사의 초청을 받아 경무사 사무관 신분으로 삼강성 특무기관에 차출된 것이다.

키시타니 경무청장은 이 소식을 듣고 나서 흥분한 나머지 부르짖었다.

"현재 우리 동변도 치안숙정사업에 바로 가네미츠(김창영의 일본 이름) 상 같은 인물이 절실하게 필요한 때란 말이오."

그는 그 자리에서 후쿠베 중좌의 손목을 붙잡고 사정했다.

"가네미츠 상을 우리 통화성 경무청에 빌려주시오. 더도 말고 3개월만 꼭 빌려주시오."

하지만 후쿠베 중좌가 들어줄 리 없었다.

"지금 삼강성 치안도 말이 아니오. 가네미츠 상이 직접 지휘하는 작전이 몇 개 있는데, 중간에 멈추면 큰 차질이 빚어지오. 그러니 절대 안 되오."

그러나 키시타니는 쉽사리 물러서려 하지 않았다. 그가 얼마나 끈질기게 매달렸던지 나중에는 관동군 동변도 경비사령부를 내세워 만주군 치안부에 압력을 가했다. 그 결과 1938년 3월에 김창영은 목단강에서 통화로 옮겼다. 자료를 보면, 만주국 치안부 직속 경무사 특별반(특별공작반)이 임강현에서 조직되었으며, 반장은 조선인 독찰관(督察官) 김창영이었다.

이 특별반이 통화성 경무청 관할 조직이었는지 아니면 치안부 경무사 직속 관할 조직이었는지 분명하게 밝혀지진 않았지만, 그 이후 키시타니의 활약상을 보면 그가 김창영의 직계 상사였을 가능성도 없지 않다.

"현재 동변도 북부 지방에서는 김일성과 박득범, 조아범이 가장 큰 골칫거리인데, 이 세 사람 가운데서도 최근까지 계속 장백과 임강, 무송 사이를 오가면서 우리 만주국을 괴롭히는 자가 바로 김일성이오. 이자는 계속 서북으로 치고 나가려는 양정우 부대와 기각을 이루는 자인데, 이자 때문에 제1 군관구 절반 이상의 병력이 동변도 지구에서 발이 묶인 채 꼼짝달싹 못 하는 중이오. 그 병력이 얼마나 되는지 아오? 자그마치 세 여단이오. 그러니 가네미츠 상은 그 누구보다 우선 이자를 먼저 붙잡아야 하오."

키시타니는 김창영에게 신신당부했다.

김창영은 본격적으로 김성주 수사에 착수했는데 장증렬, 박녹금, 박금철 등

제1차 혜산사건 관계자들이 대거 체포되었던 혜산경찰서에서 많은 수사 자료를 제공받았다. 이후 1939년에 발간된 『사상휘보(思想彙報)』제20호에 실렸던 혜산 사건 보고서에도 잘 나와 있듯, 여기저기 신문들에서 "김일성은 이미 사살되었다."는 내용의 기사들이 모두 오보였음을 증명하는 김성주의 실제 본명과 나이, 출생지, 항일무장투쟁 투신과정 등의 경력에 대해 김창영은 완벽하게 파악했다.

이와 같은 사실들은 1949년 4월 15일 서울 성북에서 '반민족행위특별조사위원회'에 체포되었던 김창영이 재판을 거치면서 반민법정에서 했던 진술 내용에도 잘 나와 있다. 불과 10여 년밖에 시간이 흐르지 않은 시점에서 만주 지역 항일세력 귀순공작 책임자로 당시 상황을 가장 잘 알았던 김창영은, 그때 끈질기게 뒤를 쫓았던 만주 항일부대의 그 '김일성'이 바로 지금 평양에 있는 '김일성'과 같은 인물이냐는 질문에 '그렇다.'고 답변했을 뿐만 아니라, 그때 김일성 부대 귀순공작을 시도했으나 실패했다고 증언했다.

당시 김창영은 함남 경찰부에서 제공받은 수사 자료에서 결코 낯설지 않은 두 인물의 이름을 발견하는데, 조선혁명군 길강지휘부 시절 김성주의 사령장이었던 이종락(李宗洛)과 박차석(朴且石)이었다. 특히 박차석은 김성주의 삼촌 김형권의 오랜 친구였다.

언론 자료에도 잘 나타나 있듯, "1930년 8월 14일 오후 5시 10분경 함경남도 풍산의 파발리에서 주재소 순사부장 오빠시[122](본명 마츠야마)를 사살했던 3명의 권총범"(《동아일보》기사) 가운데 한 사람이 바로 박차석이었다. 당시 주범 최효일은 교수형에 처해졌고 김형권은 15년 징역, 박차석은 10년 징역을 받았으나, 일찌감치 전향하고 3, 4년 앞당겨 출옥했음을 알 수 있었다.

---

122 오빠시란 '땅벌'의 일본어 방언이다. 보통 악질 경찰을 지칭했다.

김창영은 박차석과 술 한 잔 나누면서 허심탄회하게 주고받았다.

"솔직히 말하면 난 김성주 이 아이한테 굉장히 탄복했소. 그동안 많이 조사하고 연구했소. 내가 최종적으로 내린 결론은 이 아이야말로 장차 우리 조선 민중이 믿고 따를 만한 큰 인물이 될 수 있다는 판단을 내리게 되었소. 오죽했으면 함남, 평북의 시골들에도 '아들을 낳으면 김일성 같은 아들을 낳으라'는 말이 유행하겠소. 어려서 부모를 여의고 공부도 제대로 변변하게 못했으면서도 오늘날 만주국의 한 지방을 떵떵거리고 호령할 수 있을 만큼 큰 인물이 되었으니 이 얼마나 대단하오. 이런 인물이 우리 조선인의 대표자가 되어야 일본 사람들도 함부로 못할 것이 아니겠소. 그러니 우리가 도와주어야 하오. 그가 회개하고 대일본제국의 품으로 돌아온 뒤 우리 조선인을 대변할 수 있는 대표자가 되게 만들어드려야 하오. 그리하여 얼마 전 만주에서 일본인의 치외법권이 폐지[123]된 것처럼, 우리 조선인도 당당하게 자치 권리도 호소하고, 여차하면 만주국처럼 일본 천황에게 조선의 행정권까지도 이양받을 수만 있다면 얼마나 좋겠소. 이것이야말로 평화적인 방법으로 내 나라를 다시 찾을 수 있는 독립운동이오. 그 독립운동의 지름길이 될 수 있소. 그 앞에 바로 김성주 같은 인물이 나서서 우리 대표자가 되어야 하는 것 아니겠소."

김창영의 이 일장 연설에 넘어가지 않는 사람이 없었다. 박차석은 물론이고, 총명하기로 유명한 이종락까지도 모두 넋을 잃을 지경이 되었다 해도 과언이 아니었다. 특히 박차석은 옛 친구의 조카인 김성주에게 깊은 애정이 있었다. 마지막으로 김성주를 보았던 안도 흥륭촌의 그 새벽길도 항상 아련한 추억으로

---

123 1937년 12월에 일본의 치외법권 폐지와 만철 부속지의 행정권이 이양되었지만, 실상은 눈 가리고 아웅하는 격이었다. 만주국 정부가 일본인의 각종 자유를 보장하고 일본인의 교육, 병무 등에 관한 시향은 일본 정부가 처리한다는 비밀협정이 일본과 만주국 정부 사이에 맺어져 있었기 때문이다.

떠오르곤 했다. 박차석을 괴롭히며 머릿속에서 지워지지 않는 것은 김형권의 모습이었다. 서울 마포형무소에서 한동안 박차석과 함께 지냈던 김형권은 옥내 공장수인들을 꼬드겨 파업을 시도하다가 발각되어 팔목과 발목에 수갑을 차고 독방에 갇혀 있었다. 앞당겨 출소하게 되었던 박차석은 김형권을 찾아갔다.

"차석이, 아무래도 난 며칠 못 갈 것 같소."

너무 얻어맞아 반죽음이 된 김형권은 곧 출소한다는 박차석을 부러운 눈으로 쳐다보았다. 그의 눈에서는 눈물이 흐르고 있었다.

"차석이는 평소에도 군말 없이 일을 잘하고 그놈들한테 대드는 법이 없으니 이렇게 감형된 것일게요. 나가면 만경대에도 들러 우리 어머니한테 내 이야기도 꼭 전해주오. 그리고 기회가 되면 만주에 나가 성주 그 애도 좀 만나보오. 내가 마지막까지 놈들한테 숙이지 않고 잘 싸웠다고 전해주면 그 애도 이 삼촌이 무척 자랑스러울게요."

박차석은 그냥 머리만 끄덕일 뿐 다른 말은 더 할 수가 없었다.

그가 감형을 조건으로 전향서를 쓴 사실은 김형권도 모르고 있었다.

'며칠 지나면 내가 전향서를 쓴 사실이 신문에도 실릴 터인데, 형권이 이 친구는 얼마나 나를 원망할까?'

박차석은 그것이 너무 마음에 걸려 출소한 뒤에도 감히 고향으로 돌아가지 못하고, 김형권의 어머니가 사는 평양에는 들를 생각조차 할 수 없었다.

그런데 김창영이 그의 걱정을 덜어주었다.

"박 군이 전향서를 쓴 사실은 결코 세상에 알려지지 않을 것이오."

"아닙니다. 지금 선생님 말씀을 들어보니 전향서를 쓴 일이 결코 부끄러운 게 아니군요. 이제부터 무엇이 진정으로 내 나라와 내 민족을 위하는 일인지 알게 되었습니다. 저는 당당하게 김성주의 할머니를 찾아가 설득하겠습니다. 필요하면 김성주와도 직접 만나서 선생님의 뜻을 전달하겠습니다. 저는 그 애도 반드시 선생님의 참 뜻을 이해하고 받아들일 거라고 믿어 의심치 않습니다."

박차석은 자청하여 평양으로 달려갔다.

북한에서는 김성주에게 귀순을 권고했던 이종락과 박차석을 결코 동일시하지 않는다. 이종락은 처형되었지만 박차석은 놓아준 이유에 대해, 그가 김성주를 만나자마자 이실직고하고 참회했다고 주장한다. 대신 이종락은 옛 사령장답게 마지막까지 김성주를 설득하려다가 결국 처형당했다고 하는데, 이 역시 사실과는 다르다.

필자가 보기에 박차석은 김창영에게 넘어간 것이 틀림없다. 박차석은 김창영을 대신하여 진심으로 김성주의 할머니 이보익을 설득했을 것이다. 그는 김창영이 마련해준 만주국 치안부 경무사의 소개 편지를 받아 직접 평양으로 달려갔고 그곳에서 평양 헌병대장의 도움을 받았다.

"이 노인네가 원체 호락호락하지 않아 그냥 좋게 말하면 안 들을 수도 있으니, 내가 나서서 좀 위협해 드리리까?"

평양 헌병대장이 이렇게 나서자 박차석은 이렇게 부탁했다고 한다.

"아닙니다. 제가 잘 설득하겠습니다. 설득하다가 도저히 안 되면 그때 대장께서 나서 주십시오. 그렇지만 함부로 대해서 몸을 상하거나 하는 일이 있어서는 절대 안 됩니다."

평양 헌병대장의 짐작대로 처음에 이보익은 들으려 하지 않았다.

나중에 헌병대장이 나서서 위협했다.

"그러면 형록이 부부를 데려가도 좋겠소?"

그 바람에 이보익은 펄쩍 뛰다시피 했다.

"하나밖에 남지 않은 내 아들 내외를 데리고 가겠다니? 당신네들이 그러고도 인간이오?"

이보익은 박차석에게 사정했다.

"형록이는 지금 팔을 상했고 며느리도 임신 중이오. 그러니 내가 가겠소."

박차석은 이보익을 데리고 만주로 나올 때 주머니에 있던 돈을 다 털어 김형록[124] 부부에게 건네기도 했다. 인간성만큼은 나쁘지 않았던 박차석 덕분에 이보익은 만주로 나오면서 크게 고생하지는 않았다. 박차석은 언제나 '조모님'이라고 깍듯하게 불렀고, 김창영도 가재수(佳在水)[125]로 드나들면서 먹을 것과 입을 것을 넉넉하게 마련해주었다. 그런데 산속으로 손주를 찾아다닐 때는 상황이 많이 달라질 수밖에 없었다.

총창을 든 만주국 병사들이 한둘도 아니고 수백 명씩이나 뒤를 따르면서 잔뜩 경계하는 것을 보고는 사태가 심상치 않음을 눈치 챈 이보익은 박차석과 만날 때마다 따져 물었다.

"자네들이 진짜로 내 손주를 해치려는 것은 아니겠지?"

박차석은 만날 때마다 입이 닳도록 이보익을 꼬드겼다.

"일본 정부에서는 성주의 지략과 덕성, 성주에 대한 조선 사람들의 흠모심을 귀히 여겨 산에서 내려와도 계속 독립운동을 할 수 있다는 특혜를 베푸는 것이랍니다."

"그런데 왜 이렇게도 많은 되놈 병사들이 총창을 꼬나들고 우리 손주가 나타

124　김형록(金亨祿)은 김보현, 이보익 부부의 차남(장남은 김성주의 아버지 김형직)으로 김성주의 삼촌이다. 아내 현양신과의 사이에서 김원주(金元柱), 김창실, 김원실 등 6남매를 두었다. 평양 만경대에 가면 김일성의 생가 윗방에 걸려 있는 3인의 가족사진 가운데 가장 오른쪽 소년이 김성주의 사촌동생인 김형록의 아들 김원주다.

125　가재수촌(佳在水村)은 오늘의 중국 길림성 장백조선족자치현 서부 신방자진(新房子鎭) 경내에 있는 촌락으로, 김일성의 할머니 이보익이 한때 이곳에서 연금생활을 하였다. 망천아협곡에서 발원하여 장백현과 임강현 경계를 이루는 7도구하가 동네 주변을 감돌아 흐르고 있다.

나면 당장이라도 한입에 잡아먹을 것처럼 눈에 쌍심지를 켜고 있나 말이네."

"되놈 군대가 성주에게 너무 많이 당해서 겁에 질려 그러는 것입니다."

"그래, 알겠네, 그럼 난 자네만 믿겠네."

이보익은 김창영과 박차석에게 속아 넘어가 그해 겨울까지도 평양으로 돌아가지 못 하고 장백 지방에 남아 있어야 했다.

한편 김성주는 1938년 6월에 8도강 부근의 도로공사장을 습격했다. 이는 5월에 진행되었던 제2차 반절구전투에 이어서 비교적 규모가 큰 전투 중 하나로 볼수 있다. 특히 이 전투 직후 만주군 제1군관구의 병력 1,000여 명이 조선의 강계와 중강으로부터 임강을 거쳐 무송과 화전 쪽으로 통하는 군용도로 주변을 뒤지기 시작했는데, 이는 5월에 임수산과 손장상이 6도구의 만주군을 바깥으로 유인하기 위하여 임강의 대율자 기차역 시공현장을 습격했던 사건으로 유발되었다. 당시 임강의 휘룽거우에 본거지를 틀고 있던 중국인 무장토비들이 바로 6도구전투로 만주군에게 토벌당했는데, 우두머리가 직접 군관구에 찾아와서 자수하고는 일러바쳤다.

"대율자에 불을 지른 건 우리가 한 짓이 아니오. 김일성 부대 참모장이라는 자가 사람을 보내서 함께 6도구를 공격하자는 걸 우리가 못 하겠다고 거절했더니 6도구 수비대를 바깥으로 유인하느라고 대율자를 공격한 것이오."

만주군 제1군관구는 이 무장토비들의 투항을 받아들인 뒤 계속 휘룽거우에서 지내게 했다. 만약 항일연군이 다시 찾아와 합작하자고 하면 동의하고 유인하라는 임무를 준 것이었다.

그런데 한 사람이 몰래 이 정보를 손장상에게 30원을 받고 팔아넘겼다. 8도강 도로공사장을 습격하고 돌아올 때 손장상에게서 이 보고를 받은 임수산은 박덕산이 극력 반대하는 것도 마다하고 다시 손장상과 함께 8연대를 데리고 휘롱거우를 공격하여 그 토비들의 소굴에 불을 지르고 중국인을 40여 명이나 사살했다. 그곳 중국 사람들은 휘롱거우의 토비들이 이미 만주군에게 귀순한 사실을 몰랐던 까닭에 떼거리로 몰려나와 철수 중이었던 손장상의 8연대를 가로막았다.

"당신들이 진짜 항일연군이 맞소? 우리 휘롱거우 토비들은 보통 토비들이 아니오. 당신네 항일연군 못지않게 왜놈들과 싸우는 항일 무장토비들이란 말이오. 그런데 어떻게 당신들이 이럴 수 있소? 사람을 죽였으니 이대로는 못 가오."

"이자들은 이미 왜놈한테 투항했소. 그래서 우리가 죽인 것이오."

임수산이 아무리 설명해도 중국 주민들은 결코 믿으려 하지 않았다.

손장상이 증거를 내놓으려고 그 정보를 제공한 사람을 찾았으나 어디로 사라져버렸는지 보이지 않았다. 결국 휘롱거우의 중국 주민들은 삽과 곡괭이 같은 농기들을 추켜들고 달려들었을 뿐만 아니라, 아이들까지도 뒤따라오면서 돌멩이를 던져댔다. 다급한 임수산은 대원들에게 경고 사격을 가하게 했다.

이런 사건이 발생한 뒤로 김성주의 6사는 임강현 경내에서 무척 어렵게 되었다. 김성주는 회고록에서 8도강 도로공사장을 습격한 데 이어 "계속하여 우리는 8도강, 외차구, 내차구 일대에서 적을 소멸했다."고 썼는데, 실제로 1938년 여름 임강현 경내의 내, 외차구 일대에서 있었던 네 차례의 전투는 전부 양정우의 1군 경위여단과 박득범, 최현의 2군 4사가 벌였던 전투다. 그래서 이때의 전투를 김성주는 '나'가 아닌 '우리'라고 표현한다.

특히 10월에 진행되었던 외차구전투 때는 "박선봉, 박성철, 지병학, 김인묵(조인묵을 김인묵으로 잘못 기억하고 있다.), 문봉상 동지들과 전체 전사들의 인내성 있고 헌신적이며 대담한 돌격이 아니었더라면 우리 부대 500명은 섬멸을 당했을 지도 모른다."고 했던 양정우의 말을 인용한 박성철의 회상기가 있다. 여기서 박성철은 바로 2군 4사 1연대 중대장이었고, 지병학은 2군 독립여단 산하 제1연대 출신이며 최춘국 뒤를 그림자처럼 따라다녔던 부하로 이미 여러 차례 소개했다.

이 외차구전투가 유명한 것은, 이 전투에서 양정우의 경위여단 산하 3연대 연대장이었던 박선봉(朴先鋒)[126]이 전사했기 때문이다. 이 박선봉에 이어 3연대 연대장으로 임명되었던 사람이 바로 김성주의 옛 경위중대장이었던 이동학이었다. 그러나 이동학도 한 달 뒤인 1938년 12월 27일에 사망하게 된다.

2. 최악의 경우를 대비하다

1938년 여름으로 되돌아간다. 김성주가 인솔한 6사 주력부대가 반절구전투와 '8도강 도로공사장 습격전투' 이후 다시 무송현 경내로 이동했던 것은 그동안 장백과 임강으로 들어갔던 김성주의 6사를 대신해 무송현 서강 지방에 남았던 박득범과 최현의 4사가 위증민의 명령을 받고 교하현 대청배와 표하 쪽으로 이동하게 되었기 때문이다.

제1차 노령회의 때 경위여단을 새롭게 편성하고 500여 명에 달하는 전투부대를 확보했던 양정우는 또다시 제3차 서북원정의 꿈을 불태웠다. 그러나 즙안현

---

126 박선봉(朴先鋒, 19913-1938년) 함경북도 명천군에서 출생했으며 1915년 두 살 나던 해에 부모의 등에 업혀 중국 길림성 연길현 의란구 구산촌으로 이주했다. 1932년 봄, 부모가 일본군의 토벌로 피살된 후 의란구 적위대에 참가했고, 9월에는 적위대와 함께 왕우구 유격구로 가서 유격대에 입대했다. 1936년에 항일연군 제2군 1사(후에는 4사로 변경) 1연대 3중대에서 소대장이 되었다. 이후 어떻게 1군으로 옮겼는지는 밝혀지지 않았다. 1938년 7월에 제1로군 총지휘부 경위여단 산하 3연대 연대장이 되었고, 8월에 장강자전투에 참가했다. 10월 18일, 양정우와 함께 이동하던 중 임강현 경내의 외차구에서 포위를 돌파하다가 전사했다.

노령산근거지를 확실하게 다져놓을 필요성 역시 느끼고 있었다.

그래서 10여 차례의 대, 소규모 전투를 벌였으며 이중에서 가장 유명한 전투가 앞에서 소개한 문자구전투와 장강자전투였다. 이 전투 직후 양정우는 아직까지 세상에 잘 알려지지 않은 두 가지 군사 조치를 취하는데, 하나는 김성주의 6사로 하여금 장백현에서 철수하게 만든 것이었다. 다른 하나는 박득범과 최현의 4사를 교하와 돈화 쪽으로 이동하게 하여 다시 액목을 거쳐 경박호 쪽으로 항일전선을 이어놓음으로써 1로군 산하 제5사 부대, 즉 진한장 부대까지도 노령산근거지로 언제든지 들어올 수 있게 해놓으려 했다.

7월경 김성주의 6사 주력부대가 장백에서 철수하여 무송현으로 이동했을 때, 양정우의 지시로 청원현 경내로 유만희(3사 정치부 주임, 조선인)를 찾으러 들어갔던 신임 3사 사장 한인화와 참모장 왕작주가 헛물을 켜고 돌아왔다.

"3사 나머지 부대는 어디에 숨어 버렸는지 찾을 수가 없고, 일본군에 귀순한 안광훈과 호국신이 일본군 토벌대를 이끌고 정빈의 1사 사부를 공격했는데, 정빈 등은 포위를 돌파한 뒤 본계 쪽 화상모자산으로 이동했으나, 얼마 전부터 토벌대가 다시 화상모자산을 공격하고 있다는 소식이 들려옵니다. 그런데 화상모자산밀영은 과거에 호국신이 직접 이홍광 사장을 따라가서 개척한 밀영이라 그곳 지리를 아주 잘 알 터인데 정빈이 무슨 수로 그곳에서 버티겠습니까. 그래서 급히 되돌아왔습니다."

한인화와 왕작주의 보고를 받고 양정우는 급히 위증민, 전광 등과 의논했다.

"마음으로는 당장이라도 정빈을 구하러 달려가고 싶은데, 여기 일이 미처 마무리 되지 않아 어찌했으면 좋을지 모르겠소. 두 분 생각은 어떻습니까?"

역시 1군 사정을 누구보다 잘 아는 전광이 대답했다.

"전에 효천(曉天, 송철암)도 그곳에서 당했소. 소본량(邵本良)의 토벌대도 그곳에 들어갔다 나온 적이 있는데, 정빈이 왜 그곳으로 피신했는지 모르겠구먼. 화전이나 즙안 쪽으로 나올 수도 있었는데 하필이면 왜 그쪽으로 달아났는지 알 수 없소. 한 비서(한인화) 말이 이미 토벌대가 그쪽으로도 몰려갔다니 아무래도 정빈이 빠져나오지 못할 듯하오. 결과는 두 가지요. 하나는 싸우다가 죽는 것, 아니면 안광훈과 호국신 뒤를 따라갔을 가능성이오."

양정우는 전광이 이처럼 찍어서 말하자 여간 불쾌해하지 않았다.

"정빈은 결코 풍검영이나 안광훈 같은 사람이 아니오. 더구나 1사가 어떤 부대요, 그들은 절대 우리를 배신하지 않을 것이오."

이때까지만 하여도 양정우는 정빈을 굳게 믿고 있었다.

"글쎄, 그러면 다행이지만, 사람 일을 어떻게 알겠소. 솔직히 난 지금도 안광훈이 변절했다는 사실이 믿어지지 않소. 위증민 동무는 어떻게 생각하오? 가만히 있지만 말고 양 사령한테 한마디 하시구려."

전광이 재촉하는 바람에 위증민도 고개를 들고 양정우에게 권했다.

"양 사령, 나도 전광 동지와 같은 생각입니다. 정빈을 아끼는 건 알지만 지금 같은 상황에서는 섣불리 믿어서는 안 됩니다."

전광이 다시 양정우에게 권고했다.

"놈들이 정빈을 잡으려고 화상모자산 쪽으로 몰려갔다고 하니 우리도 본계나 봉성 쪽으로 사람을 보내봅시다. 최악의 경우를 대비하지 않으면 안 되오."

"최악의 경우라니요?"

"정빈도 안광훈과 호국신의 뒤를 따랐을 가능성을 가정하자는 게요."

양정우는 한탄했다.

"정말로 정빈까지 투항한다면 사태는 정말 심각해지오."

위증민도 동의했다.

"안광훈과 정빈은 1로군 고위 간부인 데다 특히 안광훈은 작년에 화전의 노령산구를 개척할 때 우리 2군의 동만강밀영까지 왔다 간 적이 있습니다. 1군뿐만 아니라 2군의 번호와 군사 편제 및 작전방침까지도 모조리 꿰고 있는 자입니다. 조속히 조치하지 않으면 그 후과를 상상할 수 없습니다."

이렇게 되어 양정우는 즙안의 노령산근거지를 발판으로 삼고 다시 서쪽으로 치고 나가려던 원래 계획을 잠정 중단할 수밖에 없게 되었다.

얼마 뒤에 본계 쪽으로 나갔던 연락원이 돌아왔다. 아니나 다를까, 정확한 일자로는 1938년 6월 29일, 정빈은 1사 부대원 100여 명과 함께 산에서 내려와 투항했다는 소식을 가지고 왔다. 모두 반신반의하지 않을 수 없었다.

"아니, 100여 명이나 되는 대원이 있었는데, 싸우지 않고 투항했단 말이오? 이게 어떻게 가능하오?"

정빈을 잘 아는 1군 출신 간부들은 모두 머리를 저었다. 더구나 1사는 박격포까지 가진 부대였다. 비록 제1차 서북원정 때 원기를 크게 상했지만, 양정우는 이홍광의 이 옛 부대만큼은 어떻게든 되살려놓으려 그동안 다른 전투를 맡기지 않고 줄곧 환인, 관전근거지에서 쉬게 했는데 이런 결과가 나온 것이다. 본계에서 돌아온 연락원은 비교적 자세하게 상황을 전달했다.

"현재 정빈 등 1사 부대원 115명은 모두 투항했으며 인원이 너무 많아 거처를 배정받지 못하고 본계현 한 소학교 건물에서 지내는데, 일본군이 지키고 있었습니다. 아마 조사받는 모양입니다. 본계 시내 사람들은 온통 정빈 이야기뿐입니다. 투항할 때 박격포 1문에 기관총 5정, 그리고 보총 174자루와 탄약 6,000여 발이 있었다고 합니다. 싸우려 마음먹었다면 얼마든지 싸워 볼 수도 있었을 텐데, 그냥 모조리 내려와 투항하고 말았다고 합니다."

양정우는 기가 막혀 말이 나오지 않았다.

"도대체 어떤 놈들이 화상모자산을 공격했기에 그렇게 강대한 정빈의 1사가 이처럼 허무맹랑하게 무너진 것이오?"

자세한 내막을 알 수 없었던 1군 간부들은 서로 얼굴만 마주보았다.

"안광훈과 호국신이 앞장서서 토벌대를 끌고 들어갔을 텐데, 무슨 수로 막아 내겠소."

"정빈은 이미 그 둘이 투항한 사실을 알고 화상모자산으로 이동한 것 아니오? 그러면 필시 무슨 대비책이라도 취했을 텐데 말입니다."

연락원이 다시 전했다.

"들리는 소문으로는, 일본군이 정빈을 붙잡으려고 특수부대를 투입했다고 합니다. 일명 '쿠로사키유격대'라는 토벌대인데, 대장 이름이 쿠로사키이고 20대 초반의 미남자라고 합니다. 싸움을 굉장히 잘하는 부대라고 합니다."

여기서 잠깐 쿠로사키유격대를 살펴본다. 1938년 6월경 만주 독립보병수비대는 산성진에 주둔하던 6대대 산하 2중대를 봉천으로 이동시키려 했다. 일본에는 이 부대와 관련한 자료가 아주 많은데, 오늘의 아이치현 하즈군(愛知県 幡豆郡)에는 이 부대 출신들의 무훈을 기리는 위령비까지도 세워져 있다. 위령비에는, 1937년 중일전쟁 이후 이 부대가 원래 6개 대대에서 11개 대대로 확충되었으며, 태평양전쟁 때는 해상 기동부대로 편성되어 태평양 중부 마샬군도 브라운섬에 진출해 있었다고 기록되어 있다. 그러다가 1944년 2월 24일에 미군에 의해 궤멸된 듯하다. 비문에 "신슈우 후메츠(神州不滅, '신의 나라인 일본은 절대로 멸망하지 않는다.'는 뜻)의 신념을 가지고 조국 번영을 바라면서 전원 옥쇄했다."고 쓰여 있다.

이 부대의 원래 임무는 남만주 철도 경비와 철도 주변 치안유지에 집중하는 것이었기에 쿠로사키유격대는 8월에 정식으로 해단식을 가졌다.

당시 키시타니 류이치로 통화성 경무청장은 쿠로사키유격대의 활동을 하루라도 더 연장시켜 보려고 동원할 수 있는 모든 인맥을 다 동원했다.

"늦어도 8월 30일 이전까지는 반드시 원대 복귀해야 하오."

서로 같은 계통이 아니다 보니 군부 쪽에서 이런 명령이 떨어지자 키시타니는 여간 아쉬워하지 않았다.

"아, 중위 같은 인물을 다시 어디 가서 만날 수 있겠소?"

"호국신이나 안광훈이 잘 협력하고 있는데 무슨 걱정입니까?"

"이 두 사람은 모두 정치 간부요. 기껏해야 참모 역할이나 했던 인물에 불과하오."

"떠나기 전에 반드시 정빈을 붙잡아드리겠습니다."

"정말 그렇게만 해주면 만주국에 이보다 더한 행운은 없을 것이오. 군도 잘 알다시피 정빈이야말로 양정우의 최측근 심복이자 1군 주력부대인 1사 사장이오. 만약 정빈만 귀순시킬 수 있다면 양정우는 완전히 사라지게 만들 수가 있소."

한편 키시타니는 쿠로사키유격대가 원대 복귀할 것에 대비하여 산성진헌병대 소속 나카지마 다마지로 헌병조장을 반장으로 하는 공작반을 따로 만들고 호국신과 안광훈을 이 공작반에 배정했다. 경찰대대에서는 날랜 대원들을 차출하여 쿠로사키유격대와 꼭 같게 80여 명으로 확충했는데, 쿠로사키유격대와 함께 행동하면서 그들에게서 싸움하는 법을 배우게 했다. 그리하여 쿠로사키유격대 80여 명과 나카지마공작반 80여 명을 합쳐 총 200여 명 가까운 특수부대가 화산모자산을 공격했다.

6월 27일 오전, 1사 산하 6연대 정치위원 이자소(李刺蘇)와 보안중대 정치위원

이향전(李向前)[127]이 정빈에게 불려왔다.

"아무래도 감장(鹼廠, 오늘의 요령성 본계시 본계만족자치현 경내의 감장진鹼廠鎭) 쪽으로 포위를 돌파해야 할 듯하오."

정빈은 식량이 바닥나자 토벌대 공격은 막아낼 수 있을지 몰라도 굶주림으로 도주병이 대량으로 생길 수 있으니 어떻게 했으면 좋겠느냐고 두 사람에게 물었다.

그러자 두 사람은 한결같이 반대했다.

"여기서 철수하다가는 그냥 다 흩어질 말 수도 있습니다. 더구나 놈들과 변변하게 싸워보지도 않고 줄곧 달아나기만 한다면 대원들의 사기에도 큰 영향을 끼칠 수 있습니다. 다른 곳도 아니고 감장 쪽으로 이동하는 것이야말로 '섶을 지고 불 속에 뛰어드는 격'이 아닙니까? 도대체 감장 쪽으로 이동하자는 발상은 누가 낸 것입니까?"

이자수가 유난히 흥분하는 것을 보고 정빈이 둘러댔다.

"일전에 군수부 3분대가 그쪽에서 활동하며 쌀을 많이 걷어들인 적이 있었소. 그래서 이미 며칠 전에 그쪽으로 사람을 보내놓았소. 조만간 연락이 올 것이오."

그 말을 들은 이자수는 눈이 휘둥그레져서 이향전을 돌아보았다. 얼마 전 둘이서 정빈에게 오는 길에 만나 몇 마디 주고받은 것이 있었기 때문이다. 그때 이자수가 먼저 이향전에게 물었다.

---

127 이향전(李向前, 김충한) 항일연군 제1군 1사 정치보안중대(정보련) 지도원이었다. 항일연군 역사에서 이향전과 김충한은 지금까지 다른 사람으로 소개되었으나 최근 새로운 자료에 따르면 이 둘은 같은 사람으로 밝혀졌다. 이향전은 1938년 6월 27일 정빈에게 투항을 권유하다가 피살된 것으로 소개되었지만, 사실은 투항하려는 정빈을 저지하다가 죽은 사람은 6연대 정치위원 이자소(李刺蘇)였고, 이향전은 탈출하는 네 성공했다. 그러나 얼마 뒤 이향전도 역시 일본군에 투항하여 나카지마공작반에 참가했다.

"대원들 사이에서 쉬쉬거리는 소리가 있던데, 웬 수상한 자 둘이 몰래 정 사장에게 왔다갔다고 하더군. 혹시 아는 것 없소?"

"아, 한영호와 이만영 말이오? 그 애들이 우모대산에서 포위를 돌파할 때 부상당해 뒤에 떨어졌다가 치료받고 며칠 전에 뒤따라 왔소."

이향전은 별로 의심하지 않고 대답했다.

"그 두 아이가 지금 어디 있소? 내가 만나 몇 가지 물어봐야겠소."

"정 사장이 오늘 아침에 둘을 군수부 3분대로 파견했소. 식량이 떨어져 가니 빨리 해결해 달라고 군수부 3분대 지도원 맹해지(孟海芝) 앞으로 보내는 편지를 가지고 갔소. 편지 내용은 나도 보았소."

이향전은 정빈의 경호부대나 다름없는 정치보안중대 지도원이라 이자수는 그 말을 믿지 않을 수 없었다.

그러나 지금 정빈의 대답은 이미 며칠 전에 3분대로 사람을 보냈다는 것이 아닌가. 이자수가 정빈에게 따지고 들었다.

"한영호와 이만영은 지금 어디 있습니까?"

"그들은 사부 정보련(政保連, 정치보안중대) 아이들인데, 당신이 어떻게 이름까지 알고 있소? 그리고 그 아이들이 지금 어디에 있는지 왜 묻소?"

"정 사장, 지금 바깥에서는 소문이 자자합니다. 여기 이향전 지도원과 나는 정치간부입니다. 이 문제를 어물쩍 넘겨 버리면 안 됩니다."

"어물쩍 넘겨 버리다니?"

정빈은 이향전에게 의심을 살까봐 여간 불안하지 않았다.

며칠 전 한영호와 이만영이 우모대산에서부터 따라왔다며 정빈을 찾아왔다. 둘은 호국신과 안광훈이 보낸 편지를 꺼내놓았다.

"정 사장님 어머니와 형님이 지금 감장에 와 있습니다."

그 사이 공작반 특무 심아동(沈亞東)이 이통현의 정빈 집 주소를 찾아낸 것이다. 정빈은 처음에는 반신반의했다.

"형님께서는 그동안 공주령에 살고 계셨더군요. 이번에 정 사장님과 만나려고 직접 어머니를 모시고 감장까지 왔습니다. 정 사장님께서 그쪽으로 이동하면 일본군은 포위망을 열어주겠다고 대답했습니다."

한영호가 말하자 정빈은 그만 울음을 터뜨리고 말았다.

"아, 이놈들이 내 어머니까지 붙잡아 가두었구나. 이 일을 어떻게 하면 좋단 말인가?"

정빈 눈에서는 눈물이 거침없이 흘러내렸다.

1군 출신 한 생존자는 세상에 둘도 없는 효자였던 정빈이 어머니가 일본군에게 붙잡혀 감금되었다는 사실을 알게 된 순간부터 바로 무너지기 시작했다고 주장했다.

"한 번은 전투에서 노획한 물건들을 정리하다가 후지(富士)라는 상표가 붙은 사과를 한 알 발견했는데, 한 대원이 그 사과를 정빈에게 가지고 와서 '제가 어렸을 때 부모님에게서 들었는데 이런 상표가 붙어 있는 일본 사과는 세상에서 제일 맛있는 사과라고 합니다.'라고 소개하면서 바쳤다. 정빈은 그 사과를 먹지 않고 호주머니 속에 넣어 가지고 다녔다. 후에 시간이 너무 많이 지나 사과가 썩게 되자 정빈은 그 사과를 손에 들고 '어머니한테 가져다드리려고 했는데 그만 이렇게 썩어버렸구나.' 하고 슬퍼하면서 눈물까지 흘리지 않겠나. 이런 이야기를 들으면 모두 '사과 한 알이 뭐라고.' 하면서 밑지 않을 수도 있지만, 그때는 정말 그랬다. 정빈이 그렇게 효자였다."[128]

나카지마공작반에서는 이런 일화들까지 하나도 놓치지 않고 모조리 수집했고 치밀하게 연구했던 것 같다.

정빈은 일단 어머니부터 만나고 싶은 마음에 한영호와 이만영에게 이렇게 말하며 돌려보냈다.

"그래 좋다. 그쪽으로 이동할 것이니 포위망을 열어달라고 전해라."

겉으로는 군수부 3분대 지도원 맹해지 앞으로 급양과 관련한 편지를 보내는 척 꾸며 직접 이향전을 시켜 그들 둘을 산 아래로 내려보낸 것이다.

'이자수와 이향전 이자들을 살려두었다가는 감장에 도착한 다음 시끄러운 일이 발생할지도 모르겠구나. 차라리 이 기회에 둘 다 없애버리고 말자.'

정빈은 이자수가 한영호와 이만영을 의심하자 이렇게 속으로 생각하면서도 겉으로는 넌지시 이자수에게 이렇게 물었다.

"그럼 이자수 당신이 한 번 방법을 말해보구려. 식량을 어디 가서 해결할 거요?"

이자수가 대답했다.

"3일 밤낮을 굶는 한이 있어도 우리는 반드시 혁명을 견지할 것이오. 적에게 투항하는 것은 수치스러운 일이오."[129]

그 말이 떨어지자 정빈은 마치 그 말을 음미라도 하듯 몇 번 따라해 보는 척 뒷짐을 지고 그 두 사람 앞에서 뚜벅뚜벅 왔다 갔다 했다고 한다. 이자수와 이향전이 아무 생각 없이 가만히 앉아 있을 때 정빈의 오른손이 슬그머니 옆구리로

---

128 황생발(黃生發) 중국인, 항일연군 생존자, 양정우의 경위원, 취재지 장춘, 1988, 1990.
129 원문 "就是三天三夜吃不上饭, 我们也要革命, 投降敌人是可耻的!"

올라갔다. 갑자기 권총을 뽑아 든 정빈은 먼저 이자수의 머리를 겨누고 한 방 쏘았고 다음 이향전에게도 한 방 갈겼으나, 이향전은 총탄에 가슴을 맞고 뒤로 넘어졌다가 후닥닥 일어났다. 몸에 항상 지니고 다녔던 양철로 표지를 씌운 두툼한 공책이 앞섶 주머니에 들어 있어 총탄을 막아준 것이다. 이향전도 권총을 뽑아들고 반격하면서 바깥으로 내뛰었다.

다른 자료에서는, 이때 이향전이 쏜 총에 정빈도 팔꿈치가 상했고 이향전도 뒷덜미(또는 오른쪽 어깨)에 총을 맞았다고 한다. 필자가 조사한 바로는 이향전도 산에서 내려간 뒤에 갈 곳이 없어 호국신을 찾아가 바로 나카지마공작반에 참가했다.

느닷없이 울려오는 총소리를 듣고 숲속에서 나물을 캐던 보안중대 대원 여럿이 총창을 들고 정빈의 막사 쪽으로 허둥지둥 달려왔다. 정빈이 마침 이자수의 시체를 바깥으로 끌어내다가 대원들한테 이렇게 말했다.

"두 정위 놈이 놈들한테 투항하자고 나한테 권고하기에 즉결 처형해 버렸는데, 한 놈만 죽였고 다른 한 놈은 빠져나갔소."

대원들은 이향전이 뛰어가면서 '정빈이 투항하려고 한다!'고 외치는 소리를 이미 들으며 달려온 까닭에 어느 쪽 말을 믿어야 할지 몰랐다.

한편 이자수가 정빈에게 피살된 뒤, 이자수의 부하 견욱광(甄旭光, 1사 6단 기총 중대 중대장)이 기관총을 안고 도주했다.

이에 앞서 나카지마 헌병조장은 정빈과 만나고 돌아온 한영호와 이만영이 "감장 쪽으로 이동하겠으니 그쪽으로 포위망을 열어 달라."는 정빈의 말을 전달받고는 그길로 쿠로사키 중위에게로 달려가 의논했다.

"이 두 자의 말만 믿고 포위망을 잘못 열어놓았다가 혹시라도 그물에서 빠져나가버리는 사태가 발생하지 않을까 걱정되어 중위님 의견을 들어보려 합니다."

"이쯤 되면 비적들 내부에서도 싸움이 벌어져야 정상인데, 너무 잠잠한 것이 좀 미심쩍기는 하오. 어쨌든 놈들은 이미 독 안에 든 쥐니 조금만 더 지켜봅시다. 여차하면 이대로 쳐들어가 모조리 섬멸해 버려도 밑질 것이 없으니 조급해 마시오. 정보작전은 키시타니 청장님이 책임자니 그분께도 한 번 여쭤보시오."

나카지마 헌병조장은 그길로 감장진경찰서로 달려갔다. 마침 키시타니 경무청장도 감장진에 도착한 지 얼마 안 되었다. 그는 감장진 중국인 경찰서장 장충방(張忠芳)과 일본인 부서장 마스다(增田) 경위와 함께 봉천과 신경에서 내려온 일본군 조사관들과 신문사 기자들을 접대하느라 정신이 없었다.

양정우의 1군 주력부대였던 1사를 통째로 귀순시킨다는 어마어마한 광경을 영상 자료로 만들기 위해 심지어는 만영(滿影, 주식회사 만주영화협회, 오늘의 장춘영화촬영소) 영화감독들까지도 직접 초청했다.

실제로 이 거대한 작전을 성공시키는 데 크게 도움을 주었던 일본군 중위 쿠로사키 사다아키를 주제로 한 〈쿠로사키유격대(黑崎游擊隊)〉라는 영화가 1940년대 만주에서 제작된 적이 있었으나, 유감스럽게도 그 영상자료는 분실된 상태다. 필자는 현재 일본에 사는 쿠로사키 유가족들에게 편지를 보내는 등 여러 방법을 강구해 보았지만, 그 영상자료만은 찾아낼 수 없었다.

"일단 한영호와 이만영을 들여보내 정빈의 노모와 형이 지금 감장에 와 있다는 소식을 전달했지만, 정빈이 진심으로 항복할지 미심쩍어 청장님 의견을 듣고 싶습니다. 포위망을 열어도 되겠습니까?"

나카지마 헌병조장이 묻는 말에 키시타니가 대답했다.

"하늘이 무너져도 정빈과 그의 부대를 통째로 귀순하게 만들어야 하오. 지체없이 감장 쪽 포위망 한 귀퉁이를 열어놓으시오."

"그랬다가 그냥 빠져 달아나면 어떻게 합니까?"

나카지마 헌병조장이 걱정하자 키시타니가 재촉했다.

"세상에 효성을 이기는 것은 존재하지 않소. '백선 효위선(百善孝爲先, 백 가지 선 중에서 효가 최우선이라는 뜻)'이란 말도 있지 않소. 공산주의자들도 사람이니 결코 자기 어머니를 버리는 일은 없을 것이오. 하물며 정빈은 어머니에게 사과를 대접하려고 다 썩어버릴 때까지도 계속 호주머니에 넣고 다녔다는 이야기의 주인공이 아니오. 아무 걱정도 말고 원래 짜놓았던 작전계획대로 추진하시오."

나카지마 헌병조장은 잔뜩 흥분하여 다시 화상모자산으로 돌아왔다. 쿠로사키 중위에게 키시타니의 의견을 전하면서 감장 쪽에 이미 신문사 기자들뿐만 아니라 만영 촬영사들까지 와 있다고 했다. 그러자 쿠로사키도 키시타니의 담대하고도 세밀한 계획에 감탄해 마지않았다.

그때 마침 이향전에 이어 견욱광까지 산에서 내려와 귀순하자 나카지마 헌병조장은 뛸 듯이 기뻤다. 그날 밤 쿠로사키유격대는 감장 쪽으로 통하는 산길을 열어놓고 정빈 일행 60여 명이 그쪽으로 빠져나가게 만들었다.

다음 날인 29일 아침에는 정빈의 최측근인 정치보안중대 중대장 하귀유(何貴有)가 직접 원옥희(袁玉喜)라는 대원을 데리고 감장진 경내의 팔릉수(八楞樹)촌 경찰서로 찾아왔다. 화상모자산에서 감장진까지 통하는 주변 동네 파출소들에도 모두 나카지마공작반 반원들이 주재하고 있었기 때문이다.

"우리 보안중대는 이미 손리구에 들어왔고, 뒤따라 3연대도 곧 이곳으로 들어올 것이오. 군수부 직속 부대도 이 근방에 있는데, 모두 합치면 최소한 150여 명 정도요. 우리가 귀순한 후에 귀측에서 어떻게 대우해 주는가에 따라서 최종 결정하게 될 것이오."

그 경찰서에 주재하던 공작반원이 나카지마 헌병조장에게 달려왔다. 정빈의 최측근 심복이나 다름없는 정치보안중대 중대장이 직접 내려왔다는 말을 들은 나카지마는 호국신과 함께 팔릉수경찰서로 갔다.

"하 중대장, 드디어 오셨구려. 잘 오셨소."

하귀유와는 서로 잘 아는 사이였던 호국신이 반갑게 맞이했다.

하귀유는 호국신의 변한 모습을 한참 살펴보았다. 호국신이 신고 있는 빛이 반질반질 나는 목이 긴 가죽부츠와 윗주머니 단춧구멍에 느슨하게 걸린 금줄 달린 회중시계도 눈에 들어왔다. 어찌된 것인지 호국신 몸에서는 향수 냄새까지 풍겼다.

"호 처장도 잘 아시다시피 우리 정 사장은 어머니만 아니면 결코 항복할 분이 아닌 걸 일본 사람들한테 잘 전했겠지요? 정 사장의 어머니와 형이 모두 무사하게 잘 계신지 직접 눈으로 확인하고 돌아오라고 했소."

하귀유의 말에 호국신은 대답했다.

"그런 것은 걱정하지 마오. 일본 사람들이 얼마나 신의가 있는지는 이미 겪어 본 내가 증인이오. 정 사장 어머니는 팔순이시라 대신 공주령에 사는 정 사장 형이 지금 감장진에 도착했으니 직접 만나든지, 아니면 직접 모시고 정 사장에게 가는 건 어떻겠소?"

"그러면 정 사장이 직접 형에게 들으면 되겠군요."

하귀유는 정빈의 형을 데리고 가도 된다는 말에 두말없이 동의했다.

한편 정빈은 하귀유를 내려보낸 그날 오후 2시경, 손리구의 쌍차두(雙岔頭, 호저촌) 숙영지에서 분대장 이상 전체 간부회의를 소집했다. 주위를 실탄을 갖춘 보안중대 대원들이 둘러싸고 함부로 정빈에게 대항하면 당장 방아쇠라도 당길 것처럼 살기등등하게 노려보았다. 6연대 정치위원 이자소가 이미 정빈에게 대항하다가 현장에서 사살되었고, 이향전도 도주한 사실이 한 입 두 입 건너 전체

부대에 모조리 퍼져버린 상태였다.

"동무들, 이 며칠 동안 모두 보았겠지만 이제 군부와의 연락은 더는 불가능하게 되었소. 우리가 이번에 화상모자산을 떠나 감장 쪽으로 이동할 수밖에 없는 것도 그동안 우리가 우모대산(환인, 관전근거지)에서 지낼 때 일본군은 화상모자산 산봉우리까지 바로 닿을 수 있게 자동차 길까지 닦아놓고 기다리기 때문이오. 가까스로 감장까지 이동했지만 길에서 보셨듯 일본군 장막들이 온통 여기저기 널려 있었소. 우리는 이제 다른 데로 빠질 길이 없게 되었소. 이 손리구도 이미 포위되었소. 여기서 무의미한 반항을 하다가 모조리 몰살당하기보다는 산에서 내려가 귀순하여 각자 자기 고향으로 돌아가 가족들과도 만나고 또 부모님 곁에서 여생을 효도하면서 살아가는 게 유일한 희망이라고 생각하게 되었소. 여러분도 자신이 생각하는 바를 기탄없이 말씀해 주시기 바라오."

몇몇 분대장이 머리를 맞대고 수군거렸다.

"멋모르고 일본군에 투항했다가 총살당한 마적들도 적지 않다는데, 우리 항일연군은 그동안 그렇게 많은 일본군을 죽였는데 정작 투항하면 우리를 가만두려고 할까?"

"그러게 말이오. 괜히 투항했다가 살아남지 못하고 또 반역자로 몰리지나 않을지 모를 일이오."

정빈은 이렇게 말하는 분대장들을 안심시켰다.

"설사 죽인다고 해도 우두머리인 나를 죽이지 당신네같이 일반 병사들을 죽여서 뭘 하겠소. 이미 일본 사람들이 우리한테 연락해왔소. 만약 귀순한다면 상금도 줄 뿐만 아니라 고향으로 돌아가고 싶은 사람에게는 생활 정착금도 주고, 또 만주군에 남고 싶은 사람에게는 항일연군에서 맡았던 직위보다 한 계급씩 더 높여서 배치하겠다고 약속했소."

그 말을 듣자 회의 참가자들은 또 수군거리기 시작했다.

이번에는 대놓고 정빈에게 이것저것 묻기 시작했다.

"투항하면 상금도 준다고요? 얼마나 준다고 합디까? 정착금도 포함해서 줍니까?"

"정착금은 우리가 들고 내려가는 무기에 값을 매겨서 주는 모양이오. 상금은 우리가 단 한 명의 대원이라도 더 설득하여 같이 가면 그 숫자에 따라 간부들에게 따로 상금을 더 내려준다고 약속했소."

이때쯤 1사 간부들은 모두 동요했다. 나서서 반대 의사를 내놓은 사람이 없었다. 정빈과 미리 약속하고 이 회의에 참가한 란점규(欒占奎)라는 중국인 소대장이 손에 권총을 뽑아들고 소리쳤다.

"정 사장, 우린 정 사장을 따라다닌 지 벌써 수 년째입니다. 그냥 정 사장께서 우리를 대신하여 결정을 내려주십시오. 우리는 정 사장을 따르겠습니다."

그때 하귀유와 원옥희가 정빈의 형 정은과 한영호를 데리고 숙영지로 들어왔다.

한영호는 이미 견장 없는 일본군 군복까지 얻어 입고 호국신처럼 번쩍번쩍 빛나는 가죽부츠를 신고 옆구리에는 당시 중국 사람들이 일명 '왕바커즈(王八殼子)'[130]라고 불렀던 일본군 권총까지 한 자루 얻어서 매달고 나타났다.

---

130 왕바커즈(王八殼子)란 중국 사람들이 일본군의 14년식 권총을 부르던 호칭이었다. 이 권총을 넣는 권총집이 거북의 등처럼 둥그렇게 생겼다. 이 권총은 대정(大正) 14년(1925년)부터 일본군 부대에서 사용해서 붙여진 이름으로 14년식 권총이다. 총탄 여덟 발을 장탄했는데, 특히 만주에서 작전하던 일본군이 겨울에도 방한장갑을 끼고 쏠 수 있도록 방아쇠울을 크게 만들었다. 이 방아쇠울은 마치 눈사람을 옆으로 눕혀놓은 것처럼 파여 있었다. 그 때문에 만주의 일본인들은 이 권총을 '다루마형 방아쇠울'이라 부르기도 했다. 다루마는 일본어로 '오뚜기'라는 뜻이고, 눈사람은 유키다루마라고 한다.

3. 정빈 귀순작전

그때 정빈과 함께 일본군에 귀순했던 1사 대원 장해야(張奚若)는 양정우를 사살한 뒤 직접 작두로 양정우의 수급을 잘랐던 장본인이다. 1980년대까지도 중국 정부에 의해 처형당하지 않고 살아남았던 장해야는 이런 황당한 이야기를 주변 사람들에게 남겨놓았다.

"그때 정빈의 형과 함께 산에 들어왔던 한영호가 왼손에는 사과 한 상자를 들고 오른손에는 담배 한 보자기를 들고 왔는데, 사과는 정빈에게 바치고 담배 보자기는 그 자리에서 풀어 대원들한테 일일이 한 개비씩 나눠주었다. 난 담배 피울 줄을 몰랐기 때문에 담배 대신 그 담배곽을 주면 안 되냐고 물었더니 한영호가 텅 빈 담배곽 몇 개를 나한테 주었다. 그 담배곽도 서로 빼앗아 가지려고 난리가 일어났다. 우리는 그 담배곽에 있는 여자 사진을 보고 모두 제정신이 아니었다. 그때 만주국에서는 '하더먼(哈德门, 합덕문)'이라는 담배와 '삼묘(三猫)'라는 담배가 유명했는데, 담배곽에는 흰 다리와 어깨곽을 드러내놓고 손에는 권연을 꼬나문 여자 그림이 있었다. 한영호는 귀순하면 상금을 받아가지고 담배곽에 나오는 여자들과 마음대로 놀 수 있다고 우리를 꼬드겼다. 또 만주국 정부를 도와 공을 세우면 국가에서 직접 이런 여자들한테 장가도 들수 있게끔 도와준다는 바람에 숱한 대원이 그 자리에서 귀순하겠다고 따라나섰다."[131]

이 이야기에서 한영호가 사과상자를 들고 왔던 게 사실이라면, 당시 키시타

---

131   취재, 장해야(張奚若) 중국인, 항일연군 귀순분자, 길림성 유하현 삼원포진 유가대대 2대대 거주, 취재지 장해야의 집, 1983.
『殺害楊靜宇的兇手爲何逃脫法網』, 靖宇縣史志辦 提供. 2000.

니 경무청장과 나카지마 헌병조장 등은 정빈의 '사과 한 알 이야기'에서 확보한 단서를 귀순공작에 얼마나 치밀하게 활용했는지를 입증해 준다.

"예의상 빈손으로 갈 수 없잖으냐. 이 사과 한 상자를 가져다가 정빈에게 드려라. 귀순하고 내려오면 매일같이 이런 사과를 배터지게 먹을 수 있다는 말도 꼭 전하고 말이야."

나카지마 헌병조장은 진짜로 후지 상표가 붙어 있는 사과까지 한 상자를 구해 정빈의 형 정은과 함께 산속으로 들어가는 한영호에게 맡겼다.

"사과만 받아먹고 끝까지 귀순하지 않으면 어떻게 합니까?"

그러자 나카지마는 빙그레 웃으며 대답했다.

"받아먹고 나면 정빈은 꼭 귀순하게 될 것이다. 만약 받아먹지 않고 팽개쳐 버린다면 아마 너도 살아 돌아오지는 못할 것이다."

그 바람에 한영호는 두려워졌다. 산속으로 들어오면서 정은에게 매달려 애원하고 또 애원했다.

"형님, 저를 꼭 살려주십시오. 정 사장이 형님 말씀은 꼭 듣지 않겠습니까."

"걱정 마시게. 내 동생이 내 말은 안 들을 수 있지만, 어머니를 버리지는 않을 것이네."

정은은 한영호를 안심시켰다.

정빈이 자기 형 정은을 만난 상황과 최종적으로 투항하는 과정에 대한 이야기는 여러 설이 존재하는데, 아래 이야기도 이 중 하나다.

정빈은 일본군이 쥐어준 사과상자를 손에 들고 나타난 정은을 보자 화를 내며 길길이 날뛰었다.

"이놈들이 사람을 가지고 노느냐?"

그리고는 그 자리에서 한영호를 죽이려 들었으나 정은이 동생을 꾸짖었다.

"이 녀석아, 너는 어머니 안부는 마음에 전혀 없는 것이냐?"

"왜 어머니를 놈들의 손아귀에 들어가게 만들어놓고, 형은 이 모양, 이 꼴로 여기까지 나를 찾아온단 말이오? 그리고 이 사과는 또 뭐요?"

"네가 말은 쉽게 하는구나. 나와 어머니를 이 곤경에 빠뜨린 건 바로 너다. 어머니와 내 생명이 지금 네 손에 달려 있다. 사과는 그냥 선물이다. 어머니가 계신 곳에 이런 사과와 달걀을 무더기로 쌓아놓았다. 나카지마 반장이 일단 너라도 먼저 맛 좀 보라고 보낸 것인데, 뭐가 잘못됐느냐?"

정빈은 땅바닥에 주저앉아 울음을 터뜨리고 말았다. 그때 직접 나카지마를 만나고 돌아온 하귀유가 정빈을 달랬다.

"정 사장님, 일본 사람들이 아직까지는 사장님 어머니를 감옥에 가두지 않고 좋은 방에 모시고 환대하는 모양입니다. 사장님께서 산에서 내려오면 아무 일도 없을 것입니다. 저희들이 올 때 안 참모장님과 호국신 처장님 편지도 받아 왔습니다. 한 번 읽어보십시오."

정빈은 눈물을 닦고 안광훈과 호국신이 보낸 편지를 읽었다.

"투항을 권유하는 편지(勸降信)"로, 일본군이 정빈을 각별히 중요하게 여기니 귀순하면 통화성 경무청에 취직시켜 주겠다는 약속도 담겨 있었다. 그러나 원하지 않으면 정착비를 받아 고향에 돌아가 만주국의 자유로운 보통 국민으로 살아갈 수도 있겠지만, 자기들(안광훈과 호국신)은 이미 통화성 경무청장의 배려로 취직하기로 마음을 굳혔으며, 정빈도 취직하면 최소한 경무청 산하 경무과장과 대등한 직위를 가지게 될 것이라는 등, 온갖 달콤한 이야기가 다 적혀 있었다.

"제기랄, 경무과장 따위와 대등한 직위라니."

정빈은 볼을 씰룩거리며 편지를 집어던졌다.

"1로군 참모장과 정치부 주임까지 했던 작자의 입에서 이따위 소리가 나오다니, 항일연군 내 직위를 보면 이 안 씨는 양정우 바로 아래 직위였던 자인데, 어떻게 이렇게까지 비굴해질 수 있는지 모르겠소!"

정빈은 욕설을 퍼붓기까지 했다. 그러자 형 정은이 말했다.

"동생아, 이제 그따위 오기 같은 건 그만 부리거라. 시간이 별로 없구나. 오면서 보니 산 바깥에 일본군이 새까맣게 뒤덮여 있더구나. 그들은 지금 네 대답을 기다리고 있다. 형이 긴 말은 하지 않겠다. 이미 귀순하기로 마음을 정했다면, 한마디만 대답하거라. 공산당과 어머니 가운데 누구를 택할 것이냐?"

정빈은 땅에 내던졌던 편지를 다시 주워들고 정은에게 대답했다.

"형님, 두말할 것도 없소. 어머니를 선택해야지요."

"그래, 이제야 내 동생답구나."

정은은 동생을 재촉했다.

"공산당에는 너 같은 인물이 한둘이 아니잖느냐. 그러나 우리 형제한테는 어머니가 한 분밖에 없는 걸 어떻게 한단 말이냐. 잘 생각했다. 어서 산에서 내려가자."

"형님, 잠깐만 기다리십시오. 이대로는 못 내려갑니다. 우리가 산에서 내려가는 걸 알면 총부리를 겨누고 달려들 자가 한 놈 더 있는데, 처리하지 않으면 시끄러워질 수 있습니다."

그리고는 정빈이 달려간 곳은 바로 3연대 숙영지였다.

이 대목에서 서로 다른 자료가 존재한다. 그때 정빈의 귀순을 막다가 피살된 사람이 6연대 정치위원 이자소가 아니라 3연대 정치위원 이철수(李鐵秀)였다고 주장하는 학자들이 더러 있다. 길림성 당사 연구실의 자료에 보면 "그 사람이 이철수일 가능성은 있으나 아직까지 확실한 증거는 없다."고 쓰여 있으나, 1

로군 경위여단 출신 서광(徐光, 항일연군 생존자)[132]은 생전에 주변 사람들에게 이런 이야기를 했다.

"정빈이 투항할 때 1사 정치부 주임 이철수(원래는 3연대 정치위원)가 나서서 멱살까지 잡아가면서 가로막았으나 정빈이 다른 사람은 다 죽였으면서도 그 사람에게만은 차마 총을 쏘지 못했다고 했다. 제1차 서북원정 때 이철수는 3연대를 이끌고 정빈과 함께 수암 쪽까지 나갔다가 토벌대에게 포위되었는데, 그때 이철수가 뒤에 남아서 정빈을 엄호해주었기 때문에 정빈은 죽지 않고 살아날 수 있었다는 것이다. 후에 이철수가 어떻게 되었는지 아는 사람이 없다. 어쨌든 정빈은 이철수만은 죽이지 않고 놓아주었다고 했다."[133]

그러나 실제로 정빈이 놓아주었던 사람은 따로 있다.

이자소의 6연대 소속 한 소대 30여 명이 1사 선전과장 상정(常靖)의 인솔로 군수부 3분대와 합류하러 간다고 거짓말하고는 손리구에서 빠져나갔다. 나카지마 헌병조장이 상정 일행을 놓아준 것은 이때 3분대 지도원 맹해지(孟海芝)도 귀순하겠다고 편지를 보내왔고, 원래 주둔하던 숙영지에서 찾아오는 다른 대원들이

---

132 서광(徐光, 1922-1985년) 본명이 서보인(徐寶仁)이며 오늘의 길림성 집안시(즙안현) 청하진 문자촌(淸河鎭 文字村)에서 출생하였다. 형 서보전(徐寶全)이 항일연군에 참가하여 먼저 희생하자 그 뒤를 이어 1938년 2월 열여섯에 항일연군에 참가했다. 이 해 8월, 1로군에서 소년철혈대를 재편할 때 편입되었고, 1942년 8월 소련으로 철수하여 88국제교도여단 제1대대 김일성 휘하 2중대 분대장이 되었다. 1945년 광복 후 동북으로 돌아와 교하현 신참 주둔 소련군사령부 부사령과 교하현 신참공안분국 국장, 동북철도호로군 제4연대 중대장, 연대 참모장, 치치하르 공안 3대대 참모, 하일라르 공안단(公安段) 부단장, 단장, 만주리 공안판사처 부주임, 하얼빈철로공안처 부처장, 처장, 정치부 주임 당위원회 부서기 등을 지냈다. 1985년 병으로 사망했다. 향년 63세였다.

133 취재, 양강(楊剛, 가명) 중국인, 길림성 정협문사위원(文史委員) 겸 역사당안관리처장, 취재지 장춘, 1986.

있으면 모두 붙잡아두겠다고 약속했기 때문이다.

"모두 생각들이 있을 테니, 굳이 나를 따르라고 강요하지 않겠소. 그런데 어떻게 빠져나갈 셈이오?"

정빈이 물으니 6연대 기 씨(祈氏, 이름은 알 수 없다.) 소대장이 대답했다.

"싸우다가 죽는 한이 있더라도 투항은 할 수 없습니다."

이에 정빈은 상정의 귀에 대고 따로 소곤거렸다.

아마도 맹해지의 3분대를 찾아가는 길이라고 하면 길목을 지키는 감장의 경찰들이 길을 열어줄 것이라고 일러주지 않았을까 짐작된다. 상정은 30여 명의 대원들과 함께 손리구에서 빠져나온 뒤에 뒤도 돌아보지 않고 대원들과 함께 노래를 부르면서 유유히 사라져버렸다고 한다.

높이 걸린 우리의 하늘에,

승리의 군기로 빛나는 홍광(紅光).

돌격, 우리는 제1로군!

당시 감장진 팔릉수경찰서에서 복무했던 한 연고자의 회고담이다.

"일본인들이 정빈을 굉장히 무서워했다. 투항하기로 담판을 다 마친 뒤에도 정빈이 혹시라도 변덕을 부릴까봐 그가 산에서 내려오기로 약속된 날에 일본군 토벌대와 경찰들이 산 주변을 새까맣게 뒤덮었다. 정빈 부대가 대부분 중국 사람들이어서 일본 군대를 보고 놀란 나머지 불상사가 일어날까 우려해 감장경찰서 중국인 경찰들까지 총동원되었다. 그때 정빈 부대는 주로 '남야낭자구(南野娘子溝)'라는 골짜기에서 숙영하고 있었는데, 돤버즈거우(短脖子溝, 손리구)에서 남야낭자구까지 들어오는 길목에 모두 우리 중국 경찰들을 세워놓았다. 우리는 모두 겁에 질려 부들부들 떨었는데, 나카지마 헌병이 '비적들이 설사 변덕을 부리는 한이 있더라도 그들은 일본 사람들에게 총을 쏘면 쏘았지 같은 중국인들에게는 총을 쏘지 않을 것이니 걱정 말라.'고 위안하더라. 그리고 일본군 토벌대들은 모두 우리와 좀 떨어진 숲속에 매복했고, 나카지마 헌병도 우리 중국인 경찰 옷을 입고 숲속 바깥에 나와 서 있었다.'[134]

이때 일본군 병력은 정확하게 192명이었다. 쿠로사키유격대 80명과 나카지마공작반 87명 외 감장경찰서에서 중국인 경찰 25명이 동원되었던 것이다. 키시타니 경무청장도 현장에 직접 나와 있었다.

저녁 6시 무렵, 정빈이 먼저 자신의 직계 부대인 1사 정치보안중대 61명을 데리고 산에서 내려왔다. 한 번에 다 내려오지 않고 3연대와 6연대 대원들은 산속에 남겨두었는데, 그들을 하귀유에게 맡기면서 이렇게 분부했다.

"일단 내가 먼저 내려가서 보겠소. 내가 직접 소식을 보내오기 전까지는 누구도 함부로 내려와서는 안 되오. 나 대신 다른 누가 와서 내려오라고 해도 절대로 들어서는 안 되오."

정빈 일행 60여 명이 완전무장을 하고 본계현 제4구(완버즈거우) 경내까지 들어왔을 때 쿠로사키유격대가 신속하게 그들 뒤를 에돌아 남야낭자구 입구를 봉쇄했다. 설사 정빈이 갑자기 마음이 바뀌어 돌아가려 해도 되돌아갈 수 없게 만든 것이다. 그러고 나서 쿠로사키 중위는 나카지마 헌병조장에게 신호를 보냈다.

134 취재, 고××(高××), 중국인 만주국 경찰 경력, 역사반혁명분자, 요령성 본계시 거주, 취재지 요령성 본계시, 1999~2000.
     하××(何××), 중국인, 요령성 본계시 공안국 당안과 근무, 취재지 요령성 본계시, 1999~2000.

"이제는 당신이 직접 나서서 정빈과 일대일로 만나라."

신호를 받고 나카지마 헌병조장은 호국신을 데리고 정빈 앞으로 다가갔다.

"정 사장, 나 호국신이오. 대원들에게 총을 내리라고 하오. 일본군이 이미 이곳을 포위했소. 혹시 한 대원이라도 오발사고를 내는 날에는 다 같이 봉변당할 수 있어 하는 소리요."

이때 나카지마 헌병조장이 쿠로사키 중위에게 신호를 보냈다.

숲속에 매복했던 일본군이 모두 총검을 내밀고 몸을 일으켜 보였다. 어느새 자기들이 방금 내려온 남야낭자구 입구도 벌써 일본군으로 뒤덮인 것을 본 정빈은 설사 마음이 변하여 대항해 보았자 부질없는 짓임을 알게 되었다.

정빈은 땅이 꺼지게 한숨을 내쉬고는 두말없이 권총을 목갑채 벗어서 땅에 내려놓았다. 대원들도 모두 총을 내려놓고 탄띠와 수류탄주머니까지 다 벗었다. 그러자 미리 대기했던 감장경찰서 자동차 한 대가 먼저 들어왔고 뒤따라 본계수비대 일본군 자동차 여섯 대가 들어왔다. 무장을 내려놓은 대원들은 모두 자동차에 올라탔고, 정빈만은 마중나온 호국신과 한 중국인 경찰 뒤를 따라 감장진 팔릉수촌(八楞樹村) 파출소로 들어갔다. 그곳에서 기다리던 키시타니는 정빈에게 악수를 청하면서 호국신과 함께 그를 데리고 왔던 경찰을 소개시켰다.

"이분이 나카지마 다마지로 헌병조장이오. 이제부터 정 선생과 함께 일을 보게 될 것이니 잘 협조해주시기 바라오."

"정 선생, 앞으로 잘 부탁합니다."

나카지마는 제법 싹싹하게 굴었다. 정빈은 그날 밤을 나카지마 등과 함께 팔릉수촌 파출소에서 묵었다. 안광훈과 호국신 등이 정빈과 첫날밤을 함께 보내며 이야기를 주고받았다.

다음은 앞서 목격담을 전했던 팔릉수촌 파출소 연고자가 들려준 이야기다.

"일본 사람들은 정빈을 안심시키기 위하여 변절자들끼리 모여앉아 마음대로 웃고 떠들며 별의별 소리를 다 해도 상관하지 않았다. 정빈에게 식사대접을 하는데 그 일본 헌병조장이 직접 팔을 걷어붙이고 주방에서 몇 가지 요리를 만들었다. 그리고는 그 요리를 직접 들고 들어가 정빈 등 여러 변절자에게 대접하면서 술도 권했다."[135]

"내 어머니를 볼모로 붙잡아놓게 한 건 안 참모장이 내놓은 꾀였소?"

술이 거나해지자 정빈이 안광훈에게 따졌다.

안광훈은 무척 참담한 표정이었다.

"이보게, 정 사장, 진짜로 큰일이네. 그 꾀는 내가 냈소만, 자네 노모는 여간 강직한 분이 아니시더군. 이미 고향으로 돌아가셨지만, 자네가 섣불리 찾아가 만나지는 마시게."

안광훈 말을 듣고 정빈은 어리둥절해 했다.

"어머니 때문에 귀순하고 산에서 내려왔는데, 나보고 찾아가지 말라니?"

"『삼국지』에 나오는 서서(徐庶, 서원직)의 어머니[136]처럼 될까봐 걱정돼서 그러는 걸세."

그 말을 들은 정빈도 그제야 비로소 깜짝 놀랐다.

그리하여 정빈은 바로 어머니를 만나러 가지 못했다. 대신 형 정은이 먼저 동생이 귀순하면서 일본군에게 받은 상금으로 선물을 한 수레 잔뜩 장만해 이통

---

135 상동.

136 서서(徐庶)는 『삼국지』에서 유비에게 제갈량을 추천하였던 참모로 유명하다. 제갈량 이전에 잠시
    동안 유비를 보좌하면서 조조와 싸워 여러 차례 이겼다. 그때 마침 서서의 어머니가 위나라 경내
    안에 있어서 조조에게 납치되었는데, 서서는 어머니를 구하기 위해 조조에게 항복하였다. 그러나
    정작 서서가 위나라로 들어와 조조와 만나자 그의 어머니는 아들의 경망됨을 질책하면서 스스로
    목을 매고 자살하였다.

현으로 돌아가 어머니 장 씨(張氏)에게 막내아들 정빈도 곧 어머니를 만나러 올 거라고 말했다고 한다. 그랬더니 장 씨는 정빈이 귀순한 사실을 짐작하고 손에 들고 있던 지팡이로 땅바닥을 때리면서 욕을 퍼부었다고 한다.

"바보 같은 녀석이, 하필이면 이 늙은 어미 때문에 왜놈들한테 투항한단 말이냐?"

"일본 사람들이 정빈이를 통화성 경무청에 취직시켜주기로 약속했습니다."

정은이 이렇게 대답하자 장 씨는 불호령을 내렸다.

"그러면 투항한 것도 모자라 아주 개 노릇까지 하기로 작정한 것 아니더냐. 우리 정 씨 가문에 이제 그 녀석은 없는 놈이다. 다시는 내 앞에서 그놈 이야기를 하지 말거라."

적지 않은 자료들이 정빈 어머니 장 씨가 자살했다고 기록했다. 목을 매서 자살했다고도 하고 스스로 밥을 먹지 않고 굶어죽었다고도 하는데, 어찌 됐던 정빈은 자기 어머니 때문에 귀순했으면서도 결국 어머니에게 버림받는 몸이 되고 말았다.

팔릉수촌에서 하룻밤을 묵은 뒤 정빈은 심복 가운데 려영상(呂永祥)이라는 자를 산속으로 들여보내 나머지 3, 6연대 대원들도 모두 데리고 나오게 했다. 다시 하귀유를 감장진 경내의 란하곡(蘭河峪) 서쪽 오도구(五道溝)로 파견하여 그곳에서 숨어 지내던 1군 군수부 3분대 20여 명도 귀순시켰다.

이렇게 정빈을 따라 귀순한 1군 1사, 그 유명하던 이홍광의 옛 부대는 겨우 30여 명만이 1사 선전과장 상정과 기 씨 소대장의 인솔로 빠져나가고 나머지 115명이 모두 일본군에게 귀순하고 말았다. 그들이 가지고 내려갔던 무기는 평사포(平射炮) 1문과 포탄 30여 발, 기관총 5정과 보총 174자루 외 탄약이 6,200발이나 되었다.

특히 포탄 30여 발을 내려다보면서 쿠로사키 중위는 혀를 내둘렀다고 한다.

"우리가 정말 위태로웠구먼. 이 많은 포탄을 가지고 있었으면서도 왜 포위망을 뚫고 나가려 하지 않았을까?"

"그러게 말입니다. 중위님이 만약 정빈이었다면 우리는 모두 죽었을 것입니다."

나카지마 헌병조장도 맞장구를 쳐댔다.

"다 천황폐하의 홍복이 아니겠소."

키시타니 경무청장도 진심으로 감탄했다.

4. 정빈정진대 결성

키시타니 경무청장은 바로 다음 날부터 이들 115명에 대한 감별(사상 교정) 작업을 진행했다. 그때까지만 해도 만주국에는 아직 귀순분자를 전문적으로 책임지고 처리하는 사상규정국 같은 부서가 없었기 때문에 치안부와 사법부, 만주국 국무원 총무청에서 공동으로 연합조사조를 꾸려 본계현으로 내려왔다고 한다.

당시 자료들을 보면, 이 사건은 관동군 사령관에게까지 보고되어 올라갔다. 만주국 사법부에서는 귀순자 전원을 감옥에 수감해야 한다고 주장했고, 관동군 쪽에서는 한발 더 나아가 그들 전원을 공개 총살하여 비적들을 혼내야 한다는 주장도 나왔다고 한다. 그러나 이런 주장은 전부 키시타니 경무청장의 반대로 무산되었다.

"천부당만부당한 말씀들입니다. 반드시 약속을 지켜야 합니다. 만약 약속을 지키지 않고 이 사람들을 총살했다가는 그 후과는 상상할 수 없습니다. 아직도 만주의 산과 들에 퍼져 있는 비적들이 이를 어떻게 생각하겠습니까. 귀순해봐야 살길이 없구나 판단할 것 아니겠습니까. 우리는 어차피 죽을 바에는 끝까지 싸우다 죽겠다는 그들의 결사항전에 부딪히게 될 것입니다. 그동안 우리가 그들을 소탕하느라 치른 대가와 앞으로도 계속 치러야 할 걸 한 번 생각해 보십시오. 지금 이 사람들을 섭섭지 않게 잘 대해주는 것이 무슨 그리도 어려운 일이겠습니까."

일본군이 직접 편찬한 『동변도치안숙정공작(東邊道治安肅整工作)』에도 이 내용들이 아주 자세하게 담겨 있다. 관동군 참모부 주임 정보참모 칸 자키 중좌가 키시타니 경무청장의 주장을 지지하고 나섰기 때문에 결국 반대자들까지도 모두 입을 다물게 되었다.

귀순자들에게는 그런 키시타니 경무청장이 눈물 나도록 고마운 사람이 아닐 수 없었다. 키시타니는 귀순자들에게 상금을 한 푼이라도 더 나눠주기 위해 신경에서 내려온 만주국 국무원 관리들과 목에 핏대까지 세워가면서 설전을 펼치고 있다는 사실을 정빈 등 귀순자들의 귀에도 들어가게끔 했던 것이다. 그래서인지는 몰라도 귀순자들은 모두 감격했고, 누구라 할 것 없이 키시타니를 좋아하게 되었다. 오죽했으면 귀순자들이 자원하면 통화성 경무청 산하 경찰대대에 참가할 수 있다고 발표했을 때 115명 전원이 이 경찰대대에 참가하겠다고 나서기까지 했겠는가. 키시타니는 그들 중 비교적 나이 많거나 병이 있는 자들을 골라내 35명은 정착금을 받아 고향으로 돌아갔고, 나머지 80명만 나카지마공작반에 편입되었다.

1938년 7월 31일 오전 10시에 성대한 귀순 의식까지 거행했다. 장소는 본계호소학교 운동장에서였다. 행사장 정면에는 만주국 국기를 걸어놓았고, 귀순자 전원이 그 국기를 향해 절을 했다. 만주국 사법부에서 내려온 사무관이 직접 귀순인가증을 발급했다. 정착금 외에도 그들이 바쳤던 총기들을 돈으로 환산하여 더 지급했는데 액수가 꽤 많았던 모양이다. 모두 집과 밭을 장만하고 장가도 들 수 있게 되었다면서 좋아했다고 한다.

특히 정빈이 귀순자들을 대표하여 충성 맹세서를 읽었다. 그 맹세서를 누가 썼는지는 알 수 없으나 정빈이 그 글을 읽어 내려가는 동안 행사장에 있던 일본 군인들이 우레와 같은 박수갈채를 보내기도 했다. 통역관이 곁에서 직접 통역했는데, "새 사람이 될 수 있도록 은혜를 베풀어준 만주국과 황군(皇軍, 일본군)에 감사하며 그 은공에 보답하기 위하여 늦었지만 오늘부터라도 있는 힘을 다해 충성하겠다."는 등의 미사여구가 잔뜩 담겨 있었다. 나카지마공작반에 참가했던 정빈 등 80여 명은 약 20여 일 동안 계속 본계호소학교에서 주둔하고 지내며 쿠로사키유격대로부터 고강도의 집중훈련을 받았다.

그러다가 1938년 8월 말경 쿠로사키유격대는 해산하게 되었다. 쿠로사키 중위가 군부로부터 소환령을 받았기 때문이다. 그때 해산식을 하면서 쿠로사키 중위가 정빈 등 귀순자들과 함께 찍었던 사진이 오늘날까지 전해지고 있다. 처음 중국에서 이 사진이 발견되었을 때, 연구자들은 쿠로사키 중위와 정빈의 얼굴은 어렵지 않게 알아낼 수 있었으나 어느 사람이 안광훈과 풍검영, 호국신인지를 확인할 방법이 없었다. 특히 염응택에 관해 아는 사람은 아무도 없었다.

염응택을 연구하는 한국 연구자들은, 염응택이 1936년 2월에 해룡현 산성진에서 체포된 사실과 그때 고문으로 눈 하나가 멀었다는 사실까지는 알고 있으나, 그가 일본군 특무기관에 어느 정도까지 협력했는지에 대한 자료는 알려진 게 없다고 주장한다. 혹자는 그때 고문당하면서 시력을 잃은 탓에 일본군은 그를 써먹지 못했다고 주장하는 사람도 있었다. 그러나 쿠로사키 중위의 일가족이 보관하던 이 사진에는 일본 군복을 입고 권총까지 찬 염응택이 바로 쿠로사키 중위 뒤에 서 있었다. 빼도 박도 못할 증거가 나온 것이다. 이로써 염응택이 1938년에 만주에서 그 유명한 나카지마공작반의 밀정으로 활동한 사실이 비로소 증명된 셈이다.

이후 쿠로사키 중위에 이어서 나카지마 헌병조장도 헌병대로 소환되었다. 정빈, 안광훈, 호국신, 풍검영, 염응택 등 그동안 나카지마공작반에 배치되었던 귀순자 80명 전원은 키시타니 경무청장을 따라 통화로 오게 되었다. 그들이 하루는 통화의 묘구(廟溝) 남대영(南大營, 통화 주둔 만주군 병영)에서 대기하고 있었는데, 키시타니가 한 일본인과 함께 불쑥 나타나 이렇게 말했다.

"오늘부터 제군들과 함께 일하게 될 토미모리 유지로(富森雄次郎) 경무과장이시다."

2년 전인 1936년 10월경에 조직되어 주로 장백현에서 활발하게 활동했던 토미모리공작반(富森工作班) 반장인 그 토미모리 유지로였다. 당시 이 공작반의 부반장은 장백현 정부 부참사관 오가다 타다오가 직접 맡았던 만큼 이들은 주로 장백현 내에서 활동했다. 주로 1군 2사와 2군 4사 및 6사를 상대로 활동했지만, 설립된 지 불과 2개월밖에 안 되었던 1937년 1월 1일 설날에 도천리에서 당시 2사 책임자였던 송무선의 계책에 걸려들어 거의 궤멸되다시피 한 적이 있었다.

"나는 당신네 항일연군에게 사로잡혀 공개처형장에 끌려 나갔다가도 죽지 않고 구사일생으로 살아 돌아왔던 사람이오."

토미모리 경무과장은 이때 통화성 경찰대대 대대장을 겸직했다.

나카지마공작반이 해산하게 되어 여기에 참가했던 대원 전원이 이때 통화성 경찰대대로 재편성되었다. 일명 토미모리 경찰대대(富森警察大队)라고 불렸던 이 토벌대는 원래의 통화성 경찰대대 160여 명에 정빈, 안광훈 등 귀순자들 80여 명 외에도 김창영의 '치안부 경무사 임강공작반' 40여 명을 합쳐 300여 명에 달하는 특수부대가 만들어졌다. 토미모리 유지로는 정빈, 안광훈 등과 마주앉아 항일연군과 관련한 이야기를 주고받을 때마다 입버릇처럼 1937년 1월 1일 설날 도천리에서 겪었던 일을 입에 올렸다.

"그때 당신네 항일연군이 복수한답시고 좀 더 지독하게 죽인다는 것이 그만 총창으로 찔렸단 말이오. 만약 총알을 한 방씩 안겼다면 오늘의 나는 결코 없었을 것이오. 그래서 난 맹세했소. 당신네 항일연군을 생포라도 하는 날이면 반드시 총알부터 한 방 먹여준 다음에 총창으로 찌르든 말든 하겠다고 말이오."

토미모리는 꼭 '당신네 항일연군'이라고 불렀다.

정빈이 토미모리에게 대들었다.

"왜 자꾸 항일연군 앞에 '당신네'를 붙이시오? 마치 우리가 지금도 항일연군이기라도 한 것처럼 말입니다. 정말 기분이 나쁘오."

정빈은 또 안광훈과 호국신, 풍검영에게도 한바탕 분풀이를 해댔다.

"이런 꼴 당하자고 나를 그렇게나 설득했습니까? 무슨 말이든 좀 해보구려."

귀순자들의 우두머리격인 안광훈이 키시타니에게 토미모리의 말버릇에 대해 불만을 토로했다.

그러나 키시타니는 역성을 들기는 고사하고 한술 더 떴다.

"당신네들은 이미 개과천선해 지난날의 항일연군이 아니라는 걸 실제 행동으로 보여주면 되지 않겠습니까. 난 당신들이 그렇게 해낼 능력이 충분하다고 확신합니다. 꼭 그날을 기다리겠습니다."

안광훈은 돌아와서 정빈 등과 대책을 의논했다.

"청장님은 통화성 경무청에 부임한 지 얼마 안되는 데다가 토미모리 유지로란 자는 원체 통화성 경무청의 '바닥쇠'(한 곳에 오래 산 사람을 낮잡아 부르는 말) 같은 인물이라 직접 나서서 이래라저래라 잔소리하기가 딱하다고 하더군. 가능하면 우리가 실전에서 성과를 내어 토미모리가 찍소리 못 하게 콧대를 꺾어 버리라는 뜻이오."

안광훈의 말에 정빈이 대답했다.

"실전에 들어가면야 당연히 성과를 낼 것입니다. 그런데 요 며칠 동안 함께 훈련하면서 보니 경찰대대 사람들이 굼뜨기 이를 데 없어서 함께 행동하기가 여간 불편하지 않겠습디다. 그러니 정말로 성과를 올리기 바란다면, 그들과 우리를 갈라 따로 작전하게 만들면 좋겠습니다."

정빈뿐만 아니라 김창영 쪽에서도 역시 이렇게 요청해왔다.

그리하여 토미모리 경찰대대는 성립된 지 얼마 안 되어 다시 대대적인 개편이 이루어지게 되었다. 경찰대대 전원 300명도 그동안 주둔했던 묘구의 남대영을 떠나 임강현 팔도강으로 옮겨왔다. 김창영의 경무사 임강공작반 사무실이 있던 압강루(鴨江樓)라는 여관을 사들여 대대본부로 만들고, 정빈 등 귀순자 전원 80명은 따로 갈라 '토미모리공작대 산하 정빈대대'라고 호칭했다. 김창영의 임강공작반도 '토미모리공작대 산하 북방공작반'으로 명칭을 바꾸었다.

안광훈은 항일연군 내 직위가 정빈보다 훨씬 더 높았고 남만성위원회 기관을 소탕하는 데 결정적으로 기여했을 뿐만 아니라 정빈을 귀순시키는 데도 그가 내놓았던 계책이 큰 효과가 있었기 때문에 바로 경관으로 임용되었다. 그의 경무청 내 공식 직함은 특무과(特務科) 산하 사상고(思想股) 경좌(警佐, 7급경관) 겸 토미모리 경찰대대 정치훈련반 주임이었다. 정빈 대대와 관련한 업무는 전부 안광훈을 통하여 정빈에게 전달했고, 정빈도 토미모리 경무과장과 상대할 일이 있으면 될수록 안광훈을 앞에 내세웠다.

9월 중순경 키시타니 경무청장이 직접 팔도강으로 달려왔다.

"여러분, '뱀은 7촌을 때려야 한다(打蛇要打七寸, 급소를 찔러야 효과가 있다는 뜻)'는 말이 있고, '도적 무리는 괴수부터 붙잡아야 하는 법(擒賊先擒王)'이오. 이것은 내가 지어낸 말이 아니오. 중국 36계에 나오는 책략이오. 뱀의 7촌은 심장이 있는 곳이니, 이곳을 때리면 한 번에 죽일 수 있소. 도적 무리를 소탕하는 데도 마찬가지 아니겠소. 바로 우두머리부터 생포해야 하오. 그러면 나머지 무리는 갈 길을 잃어버릴 것이고, 우리는 그때를 타서 하나하나 쉽게 격파해 버릴 수 있소. 오늘부터 우리 토미모리 경찰대대의 주공목표는 항일연군 제1로군 총지휘부요. 우두머리 양정우를 생포하거나 사살하는 것이오."

키시타니는 안광훈에 이어 정빈에게도 경좌 직함을 부여했다. 특별히 정빈을 토미모리 경찰대대 부대대장으로도 임명하면서 그가 항일연군에서 데리고 온 옛 부하들뿐만 아니라 전체 경찰대대를 다 지휘할 수 있는 권한을 쥐어주었다. 정빈은 감지덕지하며 충성을 맹세했다.

"저는 총소리만 들어도 그것이 양정우가 쏜 총인지, 위증민이 쏜 총인지 분간해낼 수 있습니다. 반드시 양정우를 사로잡아서 청장님께서 주신 이 믿음에 보답하겠습니다."

키시타니도 정빈에게 약속했다.

"양정우만 사로잡을 수 있다면, 당신이 요구하는 것은 내가 하늘의 별이라도 따다드릴 것이니 뭐든 다 말씀해 보시오. 뭐가 더 필요하시오?"

정빈은 토미모리 경찰대대를 차라리 '정빈정진대(程斌挺進隊)'로 확충해달라고 했다. 키시타니는 그 요청도 두말없이 받아들였다. 그리하여 편성된 지 불과 20여 일밖에 안 된 토미모리 경찰대대는 정빈정진대로 이름이 바뀌게 되었다. 편제는 여전히 토미모리공작대 산하였으나 키시타니 경무청장이 직접 시휘했고 토미모리 경무과장은 주로 정보 업무를 책임지게 되었다.

"전투 현장에서는 정 대장에게 모든 권한을 위임하겠소. 그 누구의 말도 듣지 않아도 되오. 오로지 적정과 상황에 따라서 정 대장이 내리는 결정에는 설사 토미모리 경무과장이라도 일단 복종부터 해야 한다는 규정을 세워놓겠소."

키시타니는 정빈을 굉장히 치켜세웠다. 출정식을 할 때는 모든 사람이 보는 앞에서 자신의 군도를 직접 정빈에게 선물하기도 했다. 그만큼이나 정빈뿐만 아니라 그의 부하들에게도 전적인 신뢰를 보여주기 위해서였다.

정진대의 병력과 무기도 최상으로 공급했다. 일단 병력면에서도 80명밖에 안 되었던 쿠로사키유격대의 3배에 달하도록 확충했다. 기록을 보면, 정진대 인원은 총 258명이었다. 경기관총 8정과 보총 226자루, 권총 50자루와 자동권총 2자루, 그리고 무전기까지 갖추고 있었다. 탄약과 수류탄 등은 언제든지 필요에 따라 무제한으로 공급받을 수 있게 했는데, 토미모리 경무과장 본인은 이름만 정진대 지도관으로 걸어놓았을 뿐 실제로는 이 토벌대의 식량과 탄약 등 물자를 공급하는 후방 지원을 담당할 수밖에 없었다.

1938년 9월 24일 밤, 정진대는 비로소 즙안현 경내 쪽으로 이동하기 시작했다.

일찍이 즙안현 노령산구에서 항일연군 토벌작전에 수차례 참가했던 일본군 생존자 사토(佐藤)는 이렇게 말했다.

"우리가 즙안현 경내에서 항일연군을 토벌할 때 있었던 일이다. 정빈이 우리한테 넘어오기 이전까지 우리 일본 군경은 주로 낮에만 행동했다. 산속에서 밤길을 다녀본 적이 없었다. 날이 어두워지기 시작하면 바로 산속에서 나와 넓은 벌을 찾아서 숙영했다. 그러나 정빈의 정진대는 낮에는 주로 휴식하고 밤에 활동하기 시작했다. 그들은

이 사진은 일본군이 1940년 9월 왕청현 천교령에서 사살했던 항일연군 제1로군 산하 3방면군 15연대 연대장 이용운의 소지품에서 발견한 것으로 추정되며, 사진 아래쪽에 일본어로 '항일연군 제1로군 경위여단 일부 −소화 14년(1939년) 여름에 촬영'이라고 쓰여 있다. 따라서 사진 속 항일연군 대원들은 1로군이 산하 부대를 방면군으로 편성할 때 새롭게 조직되었던 양정우의 경위여단 대원들로 보인다.

과거 항일연군에서 활동할 때와 꼭 같이 했는데, 그 바람에 즙안현 노령산구에 깊이

뿌리내리고 버티던 항일연군은 불과 하루 만에 모조리 사라져버리고 말았다.'[137]

137 『中華偉男: 抗戰中的楊靖宇將軍』, 夏國珞, 中共中央党校出版社, 1995.

『抗日民族英雄楊靖宇傳奇』, 卓昕. 解放軍出版社, 2002.

『中國抗日戰爭軍事史料』(第1版), 解放軍出版社, 2015.

42장
귀순자들의 절창

"문제는 양정우나 김일성이 수백 명씩 되는 부대를 끌고 다니면서
그냥 두더지처럼 땅 속으로만 기어 다니겠는가 하는 것이다.
그자들은 분명히 또 총을 쏘아대고 불을 지르지 않겠는가.
그것을 미리 알아내 방비하는 것이 바로 우리가 해야 할 일이 아닌가."

1. 노령회의

정빈 등이 본계현에서 귀순식을 거행할 때였다. 제3사 사장과 참모장으로 임
명받고 청원현에 들어갔다가 3사 나머지 부대와 만나지 못하고 되돌아온 한인
화와 왕작주에게서 이 소식을 전해들은 양정우와 위증민, 전광 등은 즉시 긴급
간부회의를 소집했다. 제1로군 산하의 각 부대 번호와 편제 및 작전부서가 모두
폭로되었기 때문에 시급히 변경하지 않으면 안 되었다.

그리고 이 소식을 1로군 산하 각 부대에 빠르게 전달해야 했다. 참가자 명단
에서 알 수 있듯이 이때 임강에서 무송 쪽으로 한창 이동하던 김성주의 6사에서
는 아무도 이 회의에 참가하지 못했다. 이미 교하의 대청배와 돈화의 표하 쪽으
로 이동했던 박득범과 최현의 4사에서 여백기(呂伯岐, 4사 1연대 정치위원)가 참석했

을 뿐이다. 그 외 한인화, 황해봉, 진수명(이명산), 서철, 이준산, 송무선, 이흥소 등 제1로군 경위여단을 개편할 때 참가한 사람들이 대부분이었다. 환인현위원회가 이미 파괴되어 재기 불능 상태였기에 이명산은 1군 비서처장이 되었고, 원 1군 비서처장으로 임명된 지 얼마 안 되어 3사 사장으로 임명되었다가 부임하지 못하고 돌아온 한인화는 경위여단 정치위원으로 임명되었다.

항일연군 역사에서는 이때 열렸던 회의를 '제2차 노령회의'라고 부른다. 따라서 2개월 전인 5월 중순경에 양정우와 위증민, 전광 등이 즙안현 오도구에서 만나 제1로군 경위여단을 편성할 때의 회의는 '제1차 노령회의'로 규정한다. 불과 2개월밖에 안 되었던 5월과 7월 사이에 두 차례나 1로군 산하 주요 지휘관들이 10여 명씩이나 모여 앉았던 것은 그 이전에도, 이후에도 다시는 존재하지 않았다.

일단 안광훈과 정빈 등이 손바닥같이 환하게 꿰뚫고 있는 제1로군 부대 번호부터 모두 뜯어고치지 않으면 안 되었다.

이렇게 되어 제2차 노령회의에서는 1로군 군사편제를 방면군으로 재편성하고 군(軍, 군단)과 사(師, 사단) 체제를 폐지했다. 1로군 총부는 총사령부로 호칭하고 사령부 산하에 경위여단 1개와 방면군 3개를 두기로 했다. 양정우는 직접 경위여단을 인솔하고 맨앞에서 즙안현 노령산구로 몰려들던 만주군 색경청 여단에 반격하기로 했다. 방면군 주요 지휘관들로 내정된 5사 사장 진한장과 6사 사장 김성주, 그리고 4사의 박득범, 최현 등이 모두 이 회의에 참가하지 못해 2, 3방면군 편성은 일단 계획만 세워놓았다.

제1방면군만은 바로 편성작업에 착수할 수 있었다. 한인화에게 경위여단 정치위원직을 넘겨주고 제1방면군 정치부 주임으로 임명된 이준산이 이 회의에 참가한 2사 참모장 이흥소와 군수부장 송무선 외에도 원 3사 조직과장 김광학과 군부 작전참모 윤하태 등과 함께 2사 주력부대가 주둔한 금천현 금골로 이동했다. 여기서 바로 제1방면군을 정식 편성하고 조아범과 이준산이 각각 방면군 총지휘와 정치부 주임에 취임하고, 참모장 이홍소는 주력부대였던 8연대 연대장 현계선이 전사하면서 연대장직을 대신하게 되었다. 따라서 윤하태가 참모장으로 임명되었다.

이준산이 얼마 뒤에는 2방면군 정치부 주임으로 옮기면서 1방면군 정치부 주임직은 조직과장 김광학이 이어받게 되었다.

한편 정빈의 정진대 300여 명은 즙안현 경내에서 헛물만 켜고 말았다. 양정우와 위증민이 제2차 노령회의 직후 바로 즙안의 노령산근거지를 버리고 임강, 통화 쪽으로 빠져나가기 시작했기 때문이다. 양정우와 위증민은 자신들을 추격하던 만주군 색경청 여단을 혼란에 빠뜨리기 위해 부대를 두 갈래로 나눠 한 갈래는 통화로, 다른 갈래는 임강으로 치고나갔다. 통화로 빠지던 양정우를 마중하기 위해 노령 북부산구까지 마중나왔던 조아범 주력부대가 10월 11일에 색경청 여단과 전투를 벌였다. 이 전투에서 2사 8연대 연대장 현계선과 정치위원 조충재가 전사하는 바람에 8연대가 하마터면 와해될 뻔했다.

위증민은 전광 등과 함께 임강의 5도양차 쪽으로 빠졌다. 뒤에 따라붙은 정빈 정진대를 임강산구로 유인하기 위해서였다. 그 사이에 양정우는 통화에서 큰 움직임을 보이다가 슬며시 휘발하를 넘어 금천, 하리의 옛 근거지에서 위증민과 만나기로 했다. 최종 목표는 몽강 쪽으로 이동하는 것이었지만 1,000여 명에 가까운 토벌대를 달고 갈 수 없기 때문에 이런 작전을 펼친 것이다. 다행히도 조아범의 도움으로 양정우는 신속하게 통화현 경내로 이동했으나 위증민은 금천, 하리로 통하는 임강현 사방정자(四方頂子)을 넘지 못한 채 정빈정진대에 따라잡히고 말았다. 단 한 차례 전투에서 정진대에 크게 패한 위증민은 급기야 사방정자를 넘어가려던 계획을 포기하고 일단 5도양차 쪽으로 철수했다.

다행스럽게도 이곳에서 박영순을 만나게 되었다. 왕작주가 직접 박영순과 함께 무송의 서강밀영으로 급히 달려갔지만, 김성주는 벌써 주력부대를 이끌고 몽강으로 이동한 뒤였다.

"아이쿠, 우리가 그만 늦었군요."

박영순은 안타까워했으나 왕작주는 내심 안도의 숨을 내쉬었다.

"역시 김 형은 빨라, 빠져나갔으니 다행이야."

왕작주는 중얼거리며 김성주 앞으로 편지 한 통을 써서 박영순에게 맡겨놓고, 자신은 다시 서강의 해청령으로 달려갔다. 2년 전인 1936년 8월의 무송현성 전투 전후로 한동안 해청령에서 활동했던 왕작주는 이 지역 항일 무장토비들과 인연을 맺고 지낸 적이 있었다. 특히 청산호의 두령 공배현은 이때 이미 항일연군에 참가하여 6사 산하 제9연대의 한 중대로 편성되었으나 부하 60여 명이 모두 기병이다 보니 대외적으로는 여전히 청산호 깃발을 들고 다녔다.

이때 공배현은 마덕전의 도움으로 해청령에 본거지를 틀고 있던 만순의 부하 한옥덕(韓玉德) 부대를 몰아내고 다시 해청령을 차지했는데, 왕작주가 찾아오자 그를 마덕전 연대가 주둔한 동강(東岡)의 우초구(牛草溝)로 안내했다.

"원, 해가 서쪽에서 다 뜨겠구먼, 군 참모장이 어떻게 여기에 다 나타났소?"

"지금은 그냥 참모니 그 '장' 자는 떼어주시오."

왕작주는 위증민, 전광 등이 지금 임강현 오도양차에서 정빈정진대에게 골탕을 먹고 있다고 했다. 김성주에게 구원병을 청하러 왔으나 그가 이미 몽강 쪽으로 출발하여 만나지 못했다고 하자 마덕전은 한바탕 욕설을 퍼부어댔다.

"내가 유격대에 참가하여 오늘까지 벌써 7년째요. 그동안 어떤 산전수전인들 겪지 않았겠소만은, 김일성 같은 작자는 평생 처음이오. 어찌나 몸을 사리고 도망을 잘 가는지 둘째가라면 서러워할지도 모르오. 6사는 아예 '꼬리 부대'가 돼버렸소. 우리 한족들은 다 솎아내고 꼬리들만 데리고 다니더구먼."

왕작주는 빙그레 웃으면서 그냥 욕설을 다 들어주고 나서 말했다.

"그나마 마 연대장이 아직도 이 서강 땅을 지키고 있어서 다행입니다. 솔직히 서괴무의 10연대가 무너진 뒤로 9연대가 언제까지 버틸 수 있을지 의심하는 사람들도 적지 않았습니다. 진심으로 감탄했습니다."

이렇게 칭찬하자 마덕전은 진심으로 공배현에게 감사했다.

"그나마 우리 9연대가 지금까지 살아있는 것은 공 두령 덕분이 크오."

"마 연대장, 나를 공 중대장이라고 부르기로 하지 않았소. 우리 청산호도 지금은 항일연군이라는 사실을 왜 자꾸 잊으시오?"

공배현은 마덕전을 나무랐다.

"공 중대장 말씀이 맞소. 내가 깜빡했소. 그나저나 참모장이 불쑥 나타났으니 우리에게 새로운 전투임무가 생겼을 게요. 말씀해주시오. 우리 9연대가 비록 병력은 많지 않지만 웬만한 전투 임무는 수행할 능력이 있소. 우리가 어떻게 해야겠소?"

왕작주는 마덕전, 공배현과 마주앉아 정빈정진대를 무송 쪽으로 유인하기 위한 작전방안을 연구했다.

"정진대는 전투력이 굉장할 테니 우리 힘만으로는 어려울 겁니다. 반드시 이 지방 항일 무장토비들과 손잡고 대처해야 할 것 같습니다. 무송현성을 공격할 때 우리와 합작했던 무장토비들 가운데 지금도 무송에 남은 무리가 있습니까? 어느 무리가 지금도 세력이 큽니까?"

왕작주가 묻는 말에 공배현이 대답했다.

"여전히 '만순' 세력이 제일 큽니다. 해청령을 되찾으려고 계속 우리와 문제를 일으키지만, 마 연대장 덕분에 제가 밀리지 않고 있을 뿐입니다."

"정전육(만순 두령)은 지금 어디 있습니까?"

"정전육은 최근 몇 달 동안 주로 임강 12도구에서 지내고, 이곳에는 그의 부하 한옥덕과 장청일(張淸一, 쌍룡) 부대가 주둔하고 있습니다."

"마침 잘됐군요. 그러면 이 두 사람을 이용하여 양 사령 부대가 해청령에 들어왔다는 소식을 임강의 정전육에게 전하게 합시다. 공 중대장도 따로 정전육 앞으로 편지를 보내십시오. 그 편지를 가지고 가는 사람에게 임강 경찰서에 달려가서 자수하고 편지는 경찰들에게 바치라고 하십시오."

왕작주는 이렇게 시키고 편지도 직접 써주었다.

2. 호국신, 최주봉에 이어 만순까지

바로 다음 날 공배현은 한옥덕과 장청일을 차례로 찾아가 우는 소리를 했다.

"항일연군 마 연대장(마덕전)이 갑자기 연락하더니 양 사령 부대가 당장 해청령으로 들어온다며 나보고 산채를 내놓으라고 해서 부득불 두 분 도움을 받으러 왔습니다. 이번에 저를 도와주어 양 사령의 항일연군을 막아주시면 다음에는 제가 보답하는 마음으로 해청령을 두 분께 바치겠습니다."

"그럴 거면 차라리 양 사령에게 바치고 그 밑에서 한 자리 얻는 게 더 낫지 않소?"

한옥덕과 장청일 모두 반신반의했다.

"산채만 내놓으라는 게 아니고 우리 청산호에 얼마 남지 않은 말들까지 모두 빌려달라고 했습니다. 말로는 빌리는 거지만 통째로 꿀꺽 삼겨버리겠다는 소리 아니면 뭐겠습니까.”

“우리가 함부로 결정할 수 없으니 정 두령께 여쭈어보고 대답을 드리겠소.”

“모쪼록 부탁합니다. 시간이 급합니다. 마 연대장이 오늘내일이라도 산채로 올 듯하니 나도 따로 정 두령 앞으로 편지를 보내겠소.”

공배현은 심복 부하 하나에게 편지를 줘서 임강경찰서로 달려가 자수하도록 했다. 그 편지는 금방 김창영 손에 전달되었다.

“정 대장이 5도양차와 6도양차 사이에서 양정우를 놓쳤다더니, 양정우가 어느새 무송 쪽으로 빠져나간 걸 모르고 있었구나.”

김창영은 그길로 토미모리 경무과장에게 달려갔다.

“빨리 정빈에게 연락해서 양정우가 무송 쪽에 나타난 상황을 알려야겠습니다.”

“혹시 비적들 유인책은 아닐까?”

토미모리 경무과장은 임강경찰서에서 전달받은 편지를 여러 번 읽어본 다음 불쑥 넘겨짚었다.

“이 편지는 가짜일 수 있소.”

“무슨 근거로 그렇게 판단합니까?”

“정전육 부하들이 무송에 숱하게 널려 있는데, 이 편지 내용이 사실이라면 정전육도 양정우가 무송 쪽에 나타난 사실을 진작 전달받았어야 하오. 그런데 왜 정전육 쪽에서는 아무 소식이 없는 게요? 그쪽과 연락해 보셨소?”

김창영은 토미모리의 분석에 일리가 있다고 생각했다.

“옳은 말씀입니다. 그쪽으로 사람을 보내 다시 확인해보겠습니다.”

대화에서 나온 ‘그쪽’이란 임강현 12도구에서 정전육과 함께 살던 조선 여자를 말한다.

여자의 이름은 알려져 있지 않고 그냥 '이 씨(李氏)'라고만 전해진다. '만주국 치안부 경무사 임강공작반'에서 직접 관리했던 이 여자의 자세한 신원은 알아낼 수 없었으나 여기저기 소개된 관련 정보들을 모을 수 있었는데, 후에 통화에서 호국신과 살림을 차렸던 여자도 조선 여자로 역시 '이 씨(李氏)'로 알려졌다.

　이 통화의 이 씨에게는 '대백리(大白李, 혹은 大白梨)'라는 별명도 있었다. 대백리란 '크고 흰 이 씨'라는 뜻이다. 성 씨 이(李) 대신 배나무 이(梨)를 쓰기도 한다는데, 이 여자가 통화에서 호국신을 꼬드길 때 자신이 세 들어 사는 암창가 문에 헌신 한 짝을 걸어놓았다고 한다. 이 집에 몸 파는 여자가 있다는 암시였다.

　호국신이 몇 번이나 이 집에 찾아와 문을 두드렸으나 열어주지 않아 옆집 아주머니에게 물어보니 이렇게 알려주었다.

　"이 집 여자는 원래 몸 파는 여자가 아닌데, 최근에 노자도 떨어지고 집세도 밀려 어쩔 수 없이 헌신짝을 내걸었다오."

　호국신은 마침 상금으로 받아둔 돈이 많았던지라 선뜻 한 움큼 꺼내 그 아주머니에게 맡기며 대백리에게 전해달라고 했다. 며칠 뒤에 다시 가니 옆집 아주머니가 대백리네 창문을 두드렸다.

　"명향(茗香, 유명향)아, 며칠 전 돈을 주고 갔던 분이 너를 보러 왔단다."

　그제야 대백리는 호국신을 들어오게 했다.

　"저는 조선에서 태어났고 그동안 일본에서 살다가 만주로 나온 지 얼마 안 되었습니다. 아버지가 일본인이고 어머니는 조선인인데 모두 돌아가셨고, 아버지 쪽 친척 한 분이 봉천에서 잘 사신다고 하여 찾아왔으나 만나지 못하고 다시 조선으로 돌아가려다가 여비가 떨어져 여기에서 머무르게 되었습니다. 많은 돈을 주고 가셨던데, 그 돈만큼 제가 통화에서 지내며 모실게요."

　"아까 옆집 아주머니가 아가씨를 명향이라고 부르던데, 그게 본명인가요?"

호국신은 이것저것 궁금한 게 많았다.

"아닙니다. 성씨는 이 씨고요, 이런 일을 하자면 가짜 이름이 하나씩은 꼭 있어야 한대서 제가 임시로 지었습니다."

"그럼 '대백리'란 별명은 어떻게 생긴 거요?"

이 씨는 얼굴이 새빨갛게 되었다.

"제가 살색이 희고 여기가 다른 여자들보다 많이 크잖아요."

그렇게 대답하면서 자기 가슴을 슬쩍 내려다보았다.

호국신은 대백리의 미모에 빠져 꼬박 20여 일을 함께 보냈다.

하루는 대백리가 호국신에게 슬쩍 귀띔했다.

"지난 번에 주신 돈만큼 모시고 지냈으니 오늘까지만 계세요. 내일부터는 다른 손님을 맞아야 합니다."

호국신은 대백리에게 사정했다.

"며칠만 더 기다려주면 안 되겠소? 월급이 곧 나올 텐데 전부 드리겠소. 그리고 조만간 큰 상금도 받게 될 것이오. 그때면 좋은 집도 새로 마련하고 세상 부러운 것이 없게 장만해 줄 테니 나와 결혼합시다."

그 말에 대백리도 혹했다.

"그게 언제쯤인가요? 제가 얼마나 더 기다리면 되는지 알려주세요."

"빠르면 한 달, 늦어도 석 달이면 반드시 될 것이오."

"그러면 석 달까지 기다려 드릴게요."

이후 정빈정진대가 정식으로 발족되자 호국신은 도저히 시간을 낼 수가 없었다.

그러던 중 대백리가 사라졌는데, 옆집 아주머니가 이런 이야기를 전해주었다.

"명향이는 이제나저제나 선생이 자기를 데리러올 날을 기다리며 다른 손님은 일절 받지 않고 방구석에만 틀어박혀 지냈답니다. 그런데 며칠 전부터 돈이 떨어져 하는 수 없이 손님을 받기 시작했는데, 그 첫 손님도 착하고 마음씨가 좋은 분이었어요."

옆집 아주머니는 한참 뜸을 들였다.

"그래서 어찌됐다는 게요?"

"유하현에서 오신 손님인데, 명향이는 오늘 아침에 그와 함께 유하현으로 따라가 버렸습니다."

그 말을 들은 호국신은 제정신이 아니었다. 며칠 동안이나 정진대에 복귀하지 않고 유하현으로 달려가 경내의 좀 크고 번화한 거리 구석구석 무릇 대백리가 있을 만하다고 짐작되는 곳은 모두 뒤져보았다. 하지만 어디로 사라져버렸는지 도무지 찾아낼 방법이 없었다.

'휴, 내가 미쳐도 한참 미쳤지 이게 뭐란 말인가. 어쩌다가 기생년한테 빠져 이렇게 혼쭐까지 놓아버리게 되었단 말인가. 이건 아니다. 정신 차리자. 양정우만 잡으면 키시타니 경무청장님이 직접 우리 몇몇한테 장가도 보내준다고 약속하지 않았던가. 그래, 그날을 기다리자. 다시는 생각하지 말고 다 잊어버리자.'

호국신은 유하현을 떠나면서 갑자기 1사 시절 옛 부하 하나가 떠올랐다.

1사 산하 소년철혈대(少年鐵血隊) 대장이었던 최주봉(崔冑峰)이었다. 열세 살에 남만유격대에 참가한 이 소년은 한때 이홍광과 정빈 뒤꽁무니에 그림자처럼 찰싹 붙어 따라다니던 만만찮은 소년이었다. 나이는 어리지만 키가 어른들 못지않게 커서 '추이따거얼(崔大個兒, 최격다리)'이라는 별명으로 불리기도 했다. 그 외에도 그에게는 또 '추이따빵즈(崔大棒子, 최몽둥이)'라는 별명도 하나 더 있었다. 키가 큰 데다가 힘도 셌을 뿐만 아니라 백발백중의 명사수였고 또 제1차 서북원성에도 다녀왔던 1사 출신 꼬마 노병이기도 했다. 후에 최주봉은 정빈과 호국신의 소개로 중공 당원이 되었다.

1차 서북원정 때 취주봉의 소년철혈대 대원이었던 한 생존자(본인이 실명 밝히는 것을 거절)가 직접 필자에게 들려주었던 이야기에 따르면, 1차 서북원정 당시 최주봉의 소년철혈대는 오늘의 요령성 수암만족자치현(岫岩滿族自治縣) 경내의 한 지주 집 사랑채에 묵었다고 한다. 처음 전투에 참가하여 사람을 죽여 보았던 이 소년들의 눈에는 뵈는 것이 없었다. 그것도 서북원정에서 실패하고 철수하던 중이어서 언제 죽을지 모른다는 공포감에 사로잡혀 있었다. 열여덟 한창 나이였던 최주봉은 대원들을 모두 쉬게 하고 혼자 밖에 나와서 보초를 섰다. 그때 지주 집 주인이 슬그머니 나타나 그에게 말을 걸었다.

"이보게, 소년대장. 자네는 올해 나이가 얼만가? 장가는 들었나?"

"열여덟 살입니다. 항일투쟁 하는 사람이 어떻게 장가 들 생각을 하겠습니까? 그리고 전 아직 나이도 어린데요."

최주봉의 대답에 지주가 그를 구슬렸다.

"이 사람아, 열여덟 살이 어떻게 어린 나인가? 난 열세 살에 장가를 들었다네. 지금은 나이가 벌써 예순이지만 작년에 또 새장가를 들었다네."

"늙어서 새장가 든 게 무슨 자랑입니까?"

"자랑하는 게 아니라 내 경험을 이야기하는 걸세. 젊었을 때 여자 맛도 보고 장가도 들어야 하네. 눈 깜짝할 사이에 나이 반백을 넘기고 보니 새장가를 들었어도 어린 여자를 도무지 다스릴 방법이 없다네. 그래서 젊은 여자를 독수공방 시키고 있네."

지주는 한숨까지 풀풀 내쉬었다.

최주봉은 지주 손에 이끌려 다른 대원들이 모두 자고 있을 때 그 여자 방에 몰래 들어갔다가 새벽녘에야 나왔다. 다음날 아침, 대원들을 데리고 떠나려 하는데 지주가 밖에 나갔다가 돌아와서 최주봉에게 말했다.

"놈들이 마을 밖에 주둔하고 있으니 계속 내 집에서 숨어 지내게. 언젠가는 놈들이 물러가겠지. 자네들은 그때를 타서 조용히 떠나게."

최주봉과 소년들은 진심으로 그 지주가 고마웠다.

지주는 밤만 되면 최주봉을 불러내 자기의 젊은 첩과 잠자리를 같이하게 했다.

"저 혼자만 하자니 우리 대원들한테 너무 미안한데요."

"그럼 내가 눈감아줄 테니 자네가 대원들한테 시키게."

이렇게 되어 최주봉의 소년철혈대는 밤마다 돌아가면서 한두 번씩 지주의 젊은 첩과 잠자리를 같이했다. 나중에는 그 여자가 대원들이 숨어 지내던 광으로 들어와 어린 대원들과 뒹굴 때도 있었다. 이후 환인, 관전근거지로 돌아왔던 최주봉 등은 모두 성병에 걸려 있었다.

거짓말 같은 이야기지만, 당시 항일연군에는 성병을 앓는 사람이 아주 많았던 게 사실이다. 사료[138]에도 나와 있듯이, 정빈 일행 115명이 귀순할 때 80명만이 통화성 경찰대대 입대가 비준되고 나머지 35명은 나이나 건강상의 이유로 입대를 불허했다고 하나, 실제로는 건강검진 결과 35명에게서 엄중한 성병이 발견되었기 때문이다.

어린 소년대원들이 성병을 앓고 있다는 소식을 들은 양정우는 군의처장 서철을 파견하여 영문을 알아보게 했다. 서철은 성병에 옮았던 소년철혈대 대원들을 모두 불러 세워놓고 바지를 벗긴 뒤 일명 '노괄안(老鴰眼, 취서리臭鼠李)'이라고 부

---

138 일본군 및 통화경무청, 『동변도치안숙정공작(東邊道治安肅正工作)』, 일본국제선린우호협회(日本
        國際善邻協會) 소장.

르는 나무껍질을 끓인 약물로 고름이 흐르던 성기를 매일 하루 두 번씩 씻어주었다고 한다. 병이 거의 나아갈 무렵 서철은 가장 어린 대원을 몰래 데리고 나와 그동안 무슨 일이 있었던 것인지 사실대로 말하면 처벌하지 않겠다고 약속했다. 그러자 그 소년이 다 털어놓았다.

"수암에서 철수할 때 한 지주 집 광에서 여러 날 숨어 지냈어요. 지주 마누라가 밤마다 광에 들어와 저희들한테 그런 것 하는 방법을 가르쳐주었어요."

서철은 그길로 정빈과 호국신에게도 알리고 총부로 돌아와 양정우에게도 이 사실을 보고했다. 정빈은 대노하여 최주봉을 총살한다고 펄펄 날뛰었으나 양정우가 급히 사람을 보내어 정빈을 제지했다.

"최주봉만 당적을 제명하고 다른 대원들은 처분하지 마오. 대신 소년철혈대는 해산하고 대원들은 각 중대들에 배치하도록 하오."

당적 제명 처분을 받은 최주봉을 어느 중대에서도 데려가려 하지 않았다. 나중에 호국신이 1사 정치부 주임에서 1로군 군수처장으로 가면서 그를 보급부대의 한 분대장으로 배치했는데, 이것은 그를 더욱 깊은 구렁 속으로 굴러 떨어지게 만들었다. 군수처에 소속된 이 분대의 주요 임무는 식량공작이었기에 농촌 지주들과 접촉하는 일이 많았기 때문이다. "중이 고기 맛을 알면 절간의 빈대가 남아나지 않는다."는 속담처럼 사춘기 때까지도 멋모르고 무난하게 보냈던 최주봉은 서북원정 길에서 처음 여자와 관계해 본 뒤로 그 유혹에서 도저히 헤어날 수가 없었다.

결국 그는 유하현에서 식량공작을 할 때 탈출하기로 마음먹었다. 산에서 함께 내려온 대원들이 식량공작금을 모조리 챙겨 달아나던 최주봉 뒤를 추격했다. 총은 버려두고 돈만 가지고 달아나다보니 뒤에서 쫓던 동료들이 쏘는 총에 다리와 팔, 어깻죽지 등 여러 곳에 총상을 입은 최주봉은 하마터면 잡힐 뻔했다.

고산자진 부근에서 총소리를 듣고 달려온 유하현 경찰대가 최주봉을 구했다.

"난 항일연군인데, 당신들께 귀순하겠습니다."

최주봉은 유하현 경찰대 대대장 최지무(崔志武)에게 이같이 말하면서 총을 빌려달라고 부탁했다.

"귀순하겠다면서 총은 어디에 쓰려고 하느냐?"

최지무는 온통 피투성이가 된 최주봉을 내려다보았다.

"어제까지 한 부대 전우들이었던 저들을 해칠 수가 없어 총까지 두고 떠났는데, 저들은 뒤따라오면서 나한테 총탄을 퍼붓더군요. 아직 한쪽 팔이 성하니 총을 빌려주시면 복수하겠습니다."

최주봉의 대답을 듣고 최지무는 입이 떡 벌어지고 말았다.

최지무가 허락하자 한 부하가 장탄한 보총 한 자루를 최주봉에게 건넸다. 왼쪽 어깻죽지를 총에 맞았기 때문에 오른손으로 그 보총을 받아 슬그머니 쳐들더니 연속해서 방아쇠를 당겨댔다. 땅, 땅, 땅! 하는 세 발의 총소리와 함께 쫓아오던 항일연군 대원 셋이 그 자리에서 고꾸라졌다. 그 광경을 지켜보던 최지무 등은 두 눈이 휘둥그레지고 말았다.

"어쩌다가 이런 보배가 우리한테 굴러들어 왔구나."

최주봉은 그길로 최지무를 따라 유하현 경찰대대로 가서 귀순 절차를 밟았다.

들리는 소문에 따르면, 후에 최주봉은 유하현 경찰대대에 참가했고 최지무와는 서로 생명을 구해준 은인 사이가 되었다고 한다. 최지무가 극력 추천하기도 했지만 최주봉이 원래 항일연군에 있을 때부터 용맹하고 날래기로 이름 있었던 까닭에 귀순한 지 불과 1년도 안 되었을 때 벌써 유하현 경찰대대 부대대장까지 되었다.

호국신은 최주봉에게 대백리를 찾아달라고 부탁하면 분명히 어렵지 않게 찾아낼 수 있으리라고 생각했지만 그냥 마음을 접고 말았다.

'제기랄, 내가 아무리 귀순했기로서니 과거의 어린 부하한테 기생년에게 빠져 혼쭐까지 놓은 모습을 보여서야 쓰겠나? 그냥 만나서 술이나 한 잔 하고 돌아가자.'

이렇게 생각하고 경찰대대로 최주봉을 찾아갔다.

그런데 마침 가는 날이 장날이라고 최주봉은 대대장 최지무의 중매로 그의 조카딸한테 장가 들던 날이었다. 최주봉은 호국신을 만나자 반가워서 난리였다.

"그러지 않아도 신랑 쪽에 친척이 없어서 아무라도 하나 가짜로 내세우려 했는데, 바로 이렇게 호 부장께서 찾아와 주셨구려."

"부장은 무슨 놈의 부장인가? 항일연군에 있을 때 입버릇을 고치게. 친척이 없어서 서글펐다니 그럼 나를 자네의 친척형님으로 소개하게."

최주봉은 그 자리에서 새 신부를 불러 호국신에게 소개했다.

그런데 신부 얼굴을 보는 순간 호국신은 너무 놀라 하마터면 뒤로 자빠질 뻔했다. 잘못 본 게 아닌가 다시 눈을 비비고 보았는데도 그가 찾던 대백리였기 때문이다.

"자네 신부가 최 대대장님 조카딸이라고 했나?"

"네, 형님, 왜 이리도 놀라시오?"

"아, 아니네, 신부가 정말 너무도 이쁘군. 우리가 산속에서 함께 고생하던 시절이 떠올라 눈물이 나네그려."

호국신은 눈물을 닦는 척 넘겼다.

그러는 호국신을 쳐다보면서 대백리도 전혀 모르는 사람처럼 천연덕스럽게 대했다.

호국신은 당장에라도 대백리의 신분을 폭로하고 싶었지만 참았다.

'최주봉, 이 바보 같은 녀석아, 최지무의 조카딸이라고? 아이쿠, 내가 한 달 동안이나 데리고 살았던 기생년이다. 필시 최지무란 놈도 실컷 데리고 논 다음 자기 조카딸로 둔갑시켜 너한테 시집 보낸 건데, 그것도 모르고 이렇게나 좋아하는구나.'

호국신은 이후로 다시는 대백리를 떠올리지 않았다. 아주 깨끗하고 철저하게 잊고 지낸 지도 한참 되었을 때 불쑥 최주봉의 아내가 최근 가출한 뒤 실종되었다는 소문이 들려왔다.

"추이따빵즈(최주봉의 별명)의 아내가 가출했는데, 돌아오지 않는다고 하네. 분명 어느 놈팽이랑 눈이 맞아서 도망가 버린 모양이오."

1사 출신 귀순자들은 종종 서로 소식을 전하면서 지냈다. 대부분 통화성 경무청 산하의 각지 경찰대에 배치되어 있다 보니 각자의 소식들에 훤했다. 그 말을 들은 호국신은 바퀴벌레라도 씹은 것처럼 얼굴을 씰룩거리면서 입 속으로 중얼거리기만 할 뿐 여전이 비밀을 털어놓을 수 없었다.

'그년은 원래 기생년이야. 별명은 대백리라고.'

이 말이 하마터면 입 밖으로 나올 뻔한 적도 있었다.

그러나 시간이 더 흐른 뒤에는 호국신과 최주봉이 같은 기생에게 빠져 상금으로 받은 돈을 모조리 날렸다는 이야기가 통화성 안에 자자하게 퍼졌다. 귀순자 대부분이 상금으로 받은 돈을 기생놀음에 탕진했는데, 호국신과 최주봉의 경우도 한 예에 불과할지도 모른다.

그러나 대백리라는 여자는 결코 만만하지 않았다. 최소한 20, 30여 명의 귀순자들과 동시에 관계하면서 그들이 자기 동지들을 배신한 대가로 받았던 상금을 모조리 탕진하게 만들었다고 한다.

이런 이야기를 증명해주는 자료들이 아주 많다. 특히 일본군이 남긴 자료들 가운데 1939년 3월경 정빈의 정진대는 부득불 휘남현의 만주군 병영에서 한동안 휴식했는데, 대원들 모두가 성병에 걸렸기 때문이었다고 기록하며, 추가 설명[139]까지도 달아놓았다.

"귀순자들은 대부분이 열여덟에서 스물네댓 사이의 젊은이들이었는데 손에 돈만 생기면 모두 기생집으로 달려가곤 해, 그들에게 지급되었던 상금도 상당 부분이 암창가에서 몸을 팔고 있는 기생들을 거쳐 노보(老鴇, 기생집을 운영하는 포주)들의 호주머니으로 굴러 들어갔다."

어쨌든 최주봉을 끝으로 불쑥 사라져버렸던 대백리의 종적을 아는 사람이 없었지만, 만순 부대 정전육의 부하였던 장청일은 이런 이야기를 들려주었다.

"정전육은 1937년 이후 거의 임강 12도구에서 지냈다. 그동안 모아놓았던 금괴만 20상자나 되었는데 그것을 모조리 12도구로 날라 들였다. 무송에다가는 나와 한옥덕 (정전육의 부하)을 남겨놓았다. 양정우가 무송으로 들어와 해청령을 차지하려고 한다는 소식을 듣고 나와 한옥덕이 정전육을 만나러 12도구로 갔다가 그 조선 여자가 따라주는 술도 받아마셨다. 그 여자는 성씨가 이 씨였는데, 만주국 수도 신경에서 파견되어 내려왔던 특무였다. 후에 이 여자 소개로 정전육은 임강현 팔도강에 주둔하던

---

139 원문 "帰順者らは, そのほとんどが18歳ないし24, 25歳の間の若者であったが, お金さえ手に入れると皆妓院楼に駆け込んだりしたので, 彼らに支給されていた賞金もその多くが暗娼街で, 体を売っていた妓女を通じて, ノボらのポケットに転がり込んで行った." 「東邊道治安肅正工作」, 『通化省日本軍警所内部檔案』, 第222號. 1939.

통화성 경찰대대에 찾아가 투항했다."[140]

이 사실은 중국 정부 중앙당안관 소장 자료인 만주국 치안부 산하 경무사 관련 적위당에 기록된 내용과도 십분 부합하고 있다. 그 자료의 한 토막[141]이다.

"1938년 가을, 만순 부대는 임강현 12도구에서 괴뢰 신경 치안부 경무사 특별공작반에 투항했다. 괴뢰 신경 치안부 경무사 독찰관, 즉 특별공작반 책임자 김창영은 정전육을 본부에 편입시키고 경위 직위를 수여했으며, 부하들도 모두 본부 부대로 받아들였다. 이 특무 두목의 직접적인 지휘로 만순을 위수로 하는 특별반은 1939년 봄에…"

대백리라는 별명의 이 씨와 특무 이 씨가 같은 인물인지는 좀 더 증거자료가 필요하다.

어쨌든 이상에서 알 수 있듯이, 통화성 경무청 산하 토미모리 경찰대, 즉 정빈정진대와 김창영의 치안부 경무사 임강공작반이 굉장한 활약을 펼쳤음을 알 수 있다.

특히 김창영의 공작반은 초기 40여 명에 불과했을 때와는 달리 정전육을 귀순시킨 다음 그의 부대를 모두 공작반에 편입시켰다는 기록에서 알 수 있듯이, 1939년 이후부터 이 공작대는 단순 정보수집 업무만 진행한 것이 아니라 독립적으로 토벌작전을 수행했음을 알 수 있다.

---

140 취재, 장청일(張淸一) 중국인, 마적 경력 생존자, 1930년대 무송 지방 포우터우(砲頭), 취재지 무송, 1988.

141 원문 "1938年秋天, 萬順部在临江縣十二道溝向日僞新京治安部警務司特別工作班投誠. 日僞新京治安部警務司督察官曁特別工作班负责人金昌永将丁殿毓編入本部, 授衔警尉, 其部下編入衛隊. 在特務頭子的直接指揮下, 以"萬順"爲首的'特別班'于1939年春…" 「萬順的歧路」, 『撫松縣志』, 1939.

3. 스승과 제자의 한판 승부

1938년 10월 초순경, 정빈정진대는 임강현 차구산구(岔溝山區)에서 무송현 서강으로 이동했다. 덕분에 위증민은 사방정자(四方頂子)산을 넘어 부리나케 금천, 하리 쪽으로 이동할 수 있었다. 처음에 정빈은 토미모리 경무과장이 보내온 전보를 읽어 보고는 무전수에게 따지고 들었다.

"이 내용이 확실한가? 토미모리 경무과장이 직접 보낸 내용이란 말이지?"

전보라는 신생 통신 수단에 익숙하지 않았던 정빈은 양정우가 분명 통화로 빠져 달아났는데 어떻게 불쑥 무송에서 나타났다고 하는지 이해할 수 없었다.

"믿지 못 하겠으면 대장께서 직접 전화로 문의해 보십시오."

정빈은 통신병을 데리고 근처에서 전봇대를 찾아 나섰다. 통화에서 임강, 무송 쪽으로 빠져나간 전화선이 멀지 않은 곳에 있었기 때문에 통신병이 전봇대로 올라가 그 명선에 집개를 짚어주어서 정빈은 전봇대 아래서 직접 토미모리 경무과장에게 전화를 걸었다.

"양정우가 통화로 빠져 달아나는 것을 제가 직접 보았는데, 어떻게 갑자기 무송에 나타난단 말입니까? 난 도저히 믿을 수가 없습니다."

그러자 토미모리는 김창영이 시킨 대로 대답했다.

"양정우의 선두부대가 이미 서강에 들어왔고, 그곳 무장토비들과 손잡기 위해 연락을 취하다가 김창영 공작반에게 덜미를 잡혔다오. 무송 지방 무장토비들이 오래전부터 양정우와 합작해온 사이인 건 누구보다 정 대장이 더 잘 알고 있잖소. 빨리 서강 쪽으로 이동하오. 정진대 목표는 오로지 양정우라는 걸 잊었소? 다른 토비들은 조금도 상관 마시오."

정빈은 그래도 미심스러워 다시 키시타니 경무청장에게도 전화했다.

키시타니는 사태의 심각성을 눈치 챘다.

"정 대장, 잠깐만 기다리시오. 20여 분 뒤 다시 나한테 전화 주시오."

키시타니는 직접 김창영에게 전화하여 확인했다.

"정보가 확실하오?"

"해청령의 비적 청산호가 만순에게 보내는 편지를 저희들이 취득했습니다. 만순 쪽에 심어둔 우리 공작원에게도 편지 내용을 확인받았습니다. 서강에서 만순의 부하 둘이 이 일 때문에 직접 임강까지 왔다 갔다고 합니다. 확신할 수 있습니다."

"100% 확신하오?"

그러자 김창영은 대답하지 않았다. 100% 확신할 자신은 없는 모양이었다.

"알겠소. 무슨 뜻인지."

키시타니 경무청장은 김창영과 통화를 마친 뒤에 정빈에게 말했다.

"현장 결정권은 정 대장에게 있으니 알아서 하시오."

정빈은 결국 무송으로 이동하기로 마음먹었다.

'내가 만약 양정우라면 어떻게 했을까? 통화 쪽으로 계속 치고 나갔을 것이다. 그렇게 하여 토벌대의 주의력을 모조리 통화에 집중시키고는 금천, 하리로 슬쩍 이동했다가 그곳에서 휘발하를 건너면 바로 몽강으로 향하는 대로가 활짝 열릴 것이다.'

처음에는 이렇게 판단했다. 하지만 호국신이 정빈의 판단을 흐려놓고 말았다.

"그것은 정 사장이 양 사령 곁에 있을 때나 내릴 수 있는 결정 아니겠소."

"옳은 말씀입니다. 양 사령이 절대로 과거처럼 행동하지는 않을 겁니다."

정빈정진대 300여 명은 밤새 100여 리 길을 달려 바로 다음 날 무송현으로 들어섰다.

연락을 받은 만주군 무송지구 토벌사령부에서도 한 대대를 파견하여 정빈정진대를 지원했다. 정빈정진대는 자동차 3대에 갈라 타고 해청령 기슭에 도착한 뒤 청산호 공배현의 산채부터 공격했다. 공배현 부대는 모두가 기병인 데다 병력이 60여 명밖에 안 되었으므로 바로 산채를 버리고 동강 쪽으로 달아났다.

한편, 무송 지구 토벌사령부에서 파견된 만주군 통화지구 제8교도대가 대대장 주대로(周大魯)[142] 상좌의 인솔로 만순의 부하 한옥덕과 장청일 부대를 토벌했다. 불과 2, 3일 만에 서강 지방에 주둔했던 항일 무장토비들을 모조리 몰아내고 동강 쪽으로 이동하던 주대로의 교도대대는 우초구 부근에서 정빈정진대와 만났다.

"이보게 정 대장, 오랜만일세. 정진대는 양정우가 목표라고 들었는데, 왜 양정우의 옛 소굴인 하리로 가지 않고 무송에 와서 토비들 쌀창고나 뒤지고 있는 겐가? 자네들도 돈이 떨어져서 그러나? 정진대는 특별대우 받는다고 들었는데, 어찌된 일인가?"

주대로 상좌는 정빈에게 지분거렸다.

가뜩이나 양정우의 그림자도 보지 못한 정빈은 후회막급이었다. 정빈 등이 본계에서 막 통화로 왔을 때 묵었던 묘구의 남대영은 바로 주대로의 제8교도대 병영이었기 때문에 정빈과 주대로는 서로 얼굴을 익힌 사이였다. 특히 동북육군

---

142 주대로(周大魯, ?-1982년) 본명이 정림(禎林)이며 만주족이다. 요령성 개원현에서 출생했으며, 봉천(심양)경관학교를 졸업했다. 이후 봉천에서 경찰로 근무하다가 동북군 포병연대에 참가하여 군수관이 되었다. 여기서 추천받아 동북강무당 흑룡강 분교에 들어가 공부했고, 졸업한 뒤에는 마점산(馬占山) 기병여단에서 복무했다. 9·18만주사변 직후 일본군에 투항했고, 만주군 통화 주둔 제8교도대대 대대장을 거쳐 보병 제5여단장을 역임했다가 만주군 제8군관구 사령관(중장)까지 되었다. 1945년 광복 이후 소련군에 체포되었고, 하바롭스크로 압송되어 수감생활을 하다가 1950년대에 중국의 무순전쟁범죄자 관리소로 이송되었다. 1961년 12월에 특별사면(제3차)을 받고 고향인 개원현으로 돌아가 농민이 되었다. 1982년에 병사했다.

강무당 출신이었던 주대로와 이 교도대 일본인 군사고문은 정빈 등 귀순자들에게 군사강의를 한 적도 있었다. 이 두 사람은 사제지간이기도 했던 셈이다.

"그게 무슨 말씀이십니까? 교관님, 저희들도 경무청 지시를 받고 나왔습니다."

정빈은 정색하고 대답했다. 한옥덕과 장청일의 산채를 습격하고 엄청나게 많은 전리품과 노획물을 취득해 기분 좋은 주대로의 얼굴을 쳐다보고 있자니 정빈은 화까지 났다.

"그런데 통화에 계셔야 할 교관님이야말로 어떻게 무송에 나와 계십니까? 만주의 토비들 가운데 특히 무송 토비가 가장 돈이 많다고 합니다. 교관님이야말로 그 돈을 욕심내신 건 아닙니까?"

정빈도 농담 반 진담 반으로 맞받아쳤다.

그러자 주대로는 잠시 후 한 사람을 데리고 와서 정빈에게 소개시켰다.

"이 사람은 무송 지구 토벌사령부 참모처장 소옥침 중좌일세. 지금 사령관들이 탐오 문제로 잡혀 들어가고 소옥침 중좌가 임시로 이 지구 토벌사령관직을 대리하고 있는 셈이지. 항일연군과의 작전을 지도해본 경험이 많으니, 고견을 한 번 들어보는 게 좋겠네. 내가 보기에는 어쩐지 자네들이 양정우의 유인책에 걸려든 것 같은데, 소 처장 견해는 어떠하시오?"

소옥침은 정빈과 인사를 나눈 뒤 바로 설명했다.

"주 상좌가 짐작하신 대로 양정우는 틀림없이 유인책을 써서 당신네들을 무송으로 이동시키고 자신들은 아마 통화 깊숙이 들어갔을 것이오. 모르긴 해도 오늘 밤이나 내일쯤 통화 몇 곳을 들쑤신 다음 금천, 하리 산속으로 사라져버릴지도 모르오."

"근거를 말씀해주실 수 있겠습니까?"

정빈이 요청하자 소옥침은 머리를 끄덕였다.

"지난 9월까지도 서강에서 김일성 부대가 활동하고 있다는 정보가 들어왔소. 원래 무송은 김일성과 조아범, 박득범 부대가 가장 많이 활동하던 고장이었는데, 후에 그들은 장백현 쪽으로 활동무대를 옮겼소. 그러나 장백 쪽으로 옮겨간 뒤에도 계속 시도 때도 없이 불쑥불쑥 다시 나타났소. 이자들은 무송을 자기들 후방 근거지쯤으로 간주하는 것이 틀림없소. 그럼에도 불구하고 우리는 병력이 모자라 미처 소탕할 수 없었소."

소옥침은 그동안 무송지구 토벌사령부에서 발생했던 일에 대해서도 한참 들려주었다.

1937년 7·7사변 이후 만주의 일본군은 관내로 부대를 파견하기 시작했는데, 이듬해 1938년 2월부터는 만주군도 여기에 동원되었다. 무송 지구 토벌사령부 제3여단 부여단장 겸 기병 6연대 연대장이었던 조보원 부대가 선발되어 산동성 교동 지구로 출정했다가 이곳에서 국민당 부대와 몇 차례 전투하다가 대패했는데, 일본군의 문책이 두려워 아예 국민당 부대로 넘어가 버리고 말았다. 이후 조보원은 국민당 산동성 정부에서 내양현(萊陽縣) 현장에 임명되기도 했다.

조보원과 함께 갔던 이수산(李壽山, 1936년경에 무송 지구 토벌사령관에 임명된 만주국 군 제3보병 독립여단 여단장)의 일본인 부여단장 장종원이 몰래 만주국 치안부에 편지를 보내 조보원이 이수산과 연계할 가능성이 있다고 귀띔해 주었다. 그러잖아도 특무기관에서는 이수산을 감시하던 중이었다. 그럴 때 아니나 다를까 조보원이 보낸 사람이 곧바로 이수산을 찾아오지 않고 몰래 소옥침을 찾아와 이수산에게 보내는 조보원의 편지를 전달하면서 함께 국민당 정부에 귀순하자고 요청하다가 소옥침에게 검거되었다. 이렇게 되어 이수산도 바로 일본군에 정식으로 체포되고 말았다.

후에 이수산은 만주국 수도 신경으로 압송되었고, 신경지방법원에서 징역 5년 형에 처해지게 된다. 이것은 1938년 7, 8월경에 무송에서 발생했던 일이다.

4. 제2차 서강전투의 내막

이 사건은 관동군 사령부가 만주군을 불신하게 만든 첫 단초가 되고 말았다. 그동안 일본군은 만주군과 관련한 일들은 줄곧 만주국 군 정부 내의 일본인 고문들에게 맡겨 처리해왔으나, 이 사건 직후였던 1938년 10월부터는 서서히 그 방식을 바꾸기 시작했다. 만주군을 밀쳐놓고 관동군 정규부대가 직접 항일연군 토벌작전에 투입된 것이다. 가장 좋은 예가 이듬해인 1939년 5월에 출범한 '일만 경헌특(日滿警憲特) 동변도 연합 토벌사령부'였다.

그 시점에서 1년 전, 사사키 도이치 전 만주국 군 정부 최고 고문은 일본군 제16사단 산하 보병 제30여단 여단장으로 이동하면서 그를 배웅하러 나왔던 치안부 무관장 장해붕에게 이렇게 말했다고 한다.

"내가 떠난 뒤에 만주군이 계속 이 모양대로 가다가는 관동군이 직접 비적 소탕에 나서게 될 날이 오래지 않소. 그렇게 되면 만주군은 독립 국가의 국방군으로서 체면을 살릴 수 없게 될 것이오. 빨리 근본 방법을 강구하지 않으면 그날이 금방 들이닥칠 것이오."

장해붕이 해결책을 물었더니 사사키 도이치는 이렇게 고백했다고 한다.

"내가 천황폐하의 장교로서 이렇게 말하는 것은 옳지 않은 줄 알지만, 그러나 나는 만주군에 특별한 애정이 있소. 때문에 나는 만주군이 이대로 관동군에게 밀려서 죽도 밥도 안 되는 꼬락서니로 전락하는 것은 진심으로 원하지 않소. 때문에 관동군의 도움을 받아서라도 항일연군 토벌작전만큼은 여전히 만주군이 주도할 수 있어야 하오. 그러지 않고 관동군이 직접 작전에 투입될 때면, 만주군은 만주 땅에서 아예 쓸모없는 존재가 되어 버릴 것이오."

후에 드러난 사실이 증명하듯 사사키 도이치의 짐작은 모두 적중했다. 그도 그럴 것이, 그 자신이 당시 만주국을 떠나면서 관동군 사령부의 요청에 의해 약 7,000여 명에 달하는 만주군 열하원정부대를 조직한 적이 있었기 때문이다. 항일연군 토벌작전에 직접 관동군 정규부대가 투입되면서 만주군은 중국 내지로 출정했다.

최근 대만에서 발견된 국민당 군대의 과거 자료를 보면, 1937년 7·7사변 직후부터 만주군이 대량으로 중국 남방전선에 투입되기 시작한 것을 알 수 있다. 1937년 9월 21일 국민당 장령이었던 고축동(顧祝同)이 당시 국민당 군대 국방부장 하응흠(何應欽)에게 보냈던 전보문에서도 잘 드러나 있듯이, 굉장히 강한 전투력을 갖춘 적 500~600여 명이 갑자기 나타났는데 전부 동북(만주) 지방 사람들이었다며 놀라워한다.

이어서 26일 하응흠이 고축동에게 보낸 회답 전보문(1120호)에는 당시 일본군 화북방면군은 병력이 모자란다며 만주군을 요청했고, 이 요청은 동경 육군성의 비준을 받았는데, 이미 요령성 영구와 봉성 일대에 주둔하던 만주국 최정예 부대의 하나인 우지산 경비대 1만 2,000여 명이 상해 지역으로 이동하고 있다는 내용이 있었다. 그러면서 이미 만주군 우지산 부대 약 4,000여 명이 먼저 상해의 양림구(楊林口)와 사림(獅林) 부두를 이용하여 상륙하기 시작했다고 알려준다.

이때 남방으로 파견된 만주군은 1937년 8월 13일에 발생한 송호회전(淞滬會戰, 일본에서는 제2차 상해사변으로 부르기도 한다.)뿐만 아니라 이어서 12월에 발생한 악랄하기 이를 데 없었던 '남경대학살(南京大屠殺)' 때도 일본군 앞에서 제 나라 사람을 도살하는 데 혈안이 되었다는 증언들이 오늘날까지도 여기저기에서 계속 쏟아져 나오는 것에 주목하지 않을 수 없다.

그런데 흥미로운 것은, 남방에서 작전하던 국민당 군대는 만주군의 전투력을 아주 높이 평가하지만 항일연군은 만주군을 아주 우습게 알았다는 사실이다. 만주군 역시 남방의 국민당 군대는 우습게 여기면서도 항일연군은 무척 무서워했는데, 이것이 항일연군에 대한 평가를 단적으로 보여주는 것으로 볼 수 있다.

실제로 일본군과 창격전을 했던 팔로군과 신사군 출신 생존자들은, 창격전으로 1명의 일본군 병사를 이기는 데 필요한 중국군 병사는 8명 내지 12명이었다고 증언한다. 그러나 만주에서 관동군과 창격전을 벌였던 항일연군은 대부분 1 대 1이거나 거꾸로 항일연군 1 대 관동군 2일 때도 부지기수였다고 한다.

이수산, 조보원 사건 이후 1938년 10월 간도성 경내에서 가장 먼저 '조선인특설부대'가 창설되었다. 일명 '간도특설부대(만주국 국방군 중앙직할 소속 특수부대)' 또는 '안도특설부대'라고도 불리는 그 부대다. 이후 통화성 경무청에서도 봉천헌병대와 함께 항일연군에 대한 대대적인 정보작전을 펼쳤다. 1938년부터 만주군 대부대들은 이 정보들이 제시하는 단서들을 따라 길동과 북만 지구에서 점차 동, 남만 지구로 이동하기 시작했다.

이때부터 만주군의 작전 활동에 대한 관동군 사령부의 직접 개입이 눈에 띄게 나타난다. 최소 한 연대 이상의 병력이 이동할 때면 반드시 관동군 참모부에서 파견된 참모의 직접적인 지휘를 받아야 했다. 절대 권력을 행사하던 관동군 참모부 참모들은 만주국 치안부 산하의 각 성 경무청장들까지도 모두 어린아이 다루듯 제멋대로 불러다가 마구 훈계하곤 했는데, 당시 만주군을 들락거리면서 가장 세도를 부렸던 참모가 바로 관동군 참모 간자키 중좌였다. 1938년 9월부터

10월 사이에 간자키 중좌의 직접 주도로 만주군 제1군관구 왕전충 부대 1만여 명이 무송으로 옮겨 들어오기 시작했다.

그 선두부대가 바로 만주군 통화 제8교도대대 주대로의 부대였던 것이다. 주대로 부대가 통화에서 출발하여 무송현 서강으로 들어오다가, 서강에서 대영으로 통하는 오솔길에서 항일연군 2군 6사 산하 제9연대 마덕전의 부대와 전투가 발생했던 정확한 일자가 1938년 9월 13일로 자료에 밝혀져 있다.

북한에서는 이 전투를 '제2차 서강전투(西崗戰鬪)'라고 주장하기도 한다.

제1차 서강전투는 2년 전인 1936년 7월에 발생했는데, 이 두 차례 전투를 모두 '김일성 동지의 지휘 밑에 조선인민혁명군 주력부대가 벌인 전투'라고 주장하면서 김일성이 "서강에 대한 두 차례의 전투를 조직하심으로써 적들의 식민지 통치체계에 혼란을 조성하고 이 일대의 인민들에게 조국해방의 신심을 안겨주시었다."고만 간단히 설명한다. 다른 전투들은 '왜놈토벌대' 및 만주군 몇백여 명이 몰려들었고, 또 김일성이 직접 기관총을 잡고 싸웠다고 하거나, '김정숙 동지'도 어떠어떠하게 주도적인 역할을 했다고 설명하는데 반해 '서강전투'는 구체적인 내용을 밝히지 않는다. 만약 그 전투를 설명하려면 마덕전에 대해 이야기하지 않을 수 없을 것이다.

마덕전이 왕작주에게 "(김일성은) 어찌나 몸을 사리고 도망을 잘 가는지 둘째 가라면 서러워할지도 모르오."라고 했던 말은, 마덕전이 1970, 80년대에도 그를 찾아와 김일성과 관련한 이야기를 들려 달라는 사람들에게 거의 입버릇처럼 내뱉던 말이었다. 생전에 마덕전과 10여 차례나 만났던 중국 연변대 역사학자 박창욱 교수도 당시 마덕전에게 직접 들은 이야기를 필자에게 전해주었다.

"(마덕전 이야기다.) 1938년 가을에 김일성과 만났는데, 그가 1로군을 다시 개편하는데 당신도 나와 함께 몽강 쪽으로 이동하자고 했다. 그동안 김일성은 평소 말을 잘 안 듣는 구국군에서 왔던 한족들은 모두 숨아내 버리고 주로 조선족(인)들만 인솔해 다니면서 한족인 나를 무지 박대했는데, 그때는 이상하게 잘 대해주었다. 그래서 나도 몽강으로 가면 양정우도 만날 수 있겠다고 생각하고 그동안 지내던 우초구밀영을 청산호(공배현)에게 맡겨놓고 함께 따라 떠날 준비까지 다 했다. 김일성이 나보고 다음날 아침 여덟 시까지 대영으로 들어가는 오솔길로 나오라고 하더라. 사람을 보내서 마중하겠다면서 그 자신은 하루 전날에 먼저 우초구를 떠났다. 나중에 알고 보니 나만 대영 쪽으로 보내놓고 자기들은 벌써 하루 전날에 모조리 만강 쪽으로 달아나버린 것이었다."[143]

1984년 8월에 오늘의 길림성 장춘시에서 진행했던 '항일연군 참가자 좌담회' 때도 참고인 신분으로 초청된 마덕전은 이런 내용의 이야기를 털어놓았다. 당시 좌담회에는 양정우의 경위원이었던 황생발, 왕전성(王傳聖)뿐만 아니라 주보중의 아내 왕일지(王一知)도 모두 참가했다. 마덕전은 1938년 9월 무송현에서 있었던 일을 회고하면서 이렇게 말했다.

"나를 해친 것은 김일성이었다. 바로 김일성 때문에 나는 갈 곳이 없었다. 그리고 청산호 공배현도 그때 나를 구하다가 정빈의 토벌대에게 맞아죽었다."[144]

---

143   취재, 박창욱(朴昌昱) 조선인, 항일투쟁사 전문가, 연변대학 역사학부 교수, 취재지 연길, 1995~2000 10여 차례.
      『중국조선족혁명렬사전』 1-3, 요령민족출판사, 1983, 1986, 1992.

144   취재, 마덕전(馬德全) 중국인, 항일연군 생존자, 2군 6사 9연대 연대장, 취재지 교하, 1982.
      원문 "我是被金日成害的, 是因爲他我是沒地方的, 還有'靑山好'公培顯也是當時因爲爲了救我被程

좌담회 참가자들은 아무도 그의 말을 제지하지 않았다.

마덕전은 이야기하는 도중에 눈물까지 흘렸는데, 자기를 엄호하다가 죽은 청산호 공배현을 떠올렸기 때문이다. 그때 마덕전이 들려준 회고담에 따르면, 겨우 100여 명 정도 되었던 마덕전의 9연대는 서강에서 대영으로 통하는 오솔길에서 김성주의 6사 주력부대를 기다리고 있다가 만주군 주대로 교도대대와 정면에서 마주치게 되었다. 갑자기 발생한 전투로 미처 은폐물도 찾지 못 하고 서 있던 그 자리에 엎드린 채로 한참 총 사격을 가했다.

"김일성은 우리가 몰살당하던 총소리를 혹시 들었을지도 모른다."

마덕전의 이야기를 들으면서 참가자들은 모두 참담한 기분이 아닐 수 없었다. 마덕전의 9연대는 이때 서강에서 다시 우초구 쪽으로 되돌아올 수밖에 없었는데, 다행히 공배현의 기병대가 달려와 그들을 구해주었다. 그러나 이미 기본 전투대오가 무너지기 시작한 마덕전은 공배현에게 권했다.

"안 되겠소. 어디서 나타난 얼구이즈(만주군)인지 대영과 만강 쪽에서 벌떼같이 서강으로 몰려들고 있소. 아무래도 우리 힘만으로는 당해낼 수 없으니 쌍룡(장청일)과 한옥덕에게도 연락해 도와달라고 해야겠소."

그러나 한옥덕과 장청일 부대도 모두 주대로의 교도대대에게 차례로 토벌을 당하고 난 뒤였다. 한옥덕 부대는 임강 쪽으로 철수했고 장청일도 부대를 다 버리고 부하 서넛과 함께 깊은 산속으로 몸을 숨겼다가, 후에 산 밖으로 나와 자수하고는 무송현성에 정착하여 살았다.

彬的討伐隊打死的…."

1938년 10월 11, 12일경, 정빈정진대는 동강의 우초구를 포위했다. 정빈은 이때 우초구에 들어박혀 지키기만 하고 바깥으로 나오지 않던 마덕전 부대를 양정우가 무송 지방으로 파견한 선두부대로 의심했다. 일단 우두머리 마덕전을 생포한 다음 심문하면 자기들이 어떻게 유인당하여 이곳까지 오게 되었는지 그 전모를 밝힐 수 있다는 생각에 무서운 기세로 공격했다.

이때의 일과 관련한 자료가 중국에서 최근까지도 계속 발견되었고 또한 회고 문장들도 속속 발표되었는데, 청산호 공배현의 최후에 대하여 다음과 같이 서술하고 있다.

"1938년 10월, 공배현과 마덕전은 부대를 인솔하고 동강의 우초구에서 괴뢰 정빈의 토벌대와 전투를 벌였다. 공배현이 일부분 부대를 인솔하고 대부대를 엄호했다. 적들은 물고 떨어지려고 하지 않았다. 결과 이 37세의 농민 출신 항일영웅은 장렬하게 희생되었다."[145]

여기서 "대부대를 엄호했다."는 것도 크게 정확하지 않다. 공배현의 도움으로 우초구에서 가까스로 빠져나왔던 마덕전 부대는 겨우 30여 명밖에 살아남지 못했다. 그러나 한 달 전이었던 9월 13일 서강의 대영등판에서 만주군 주대로의 교도대대와 벌인 전투까지 합쳐서 말하는 것이라면 이렇게 설명할 수도 있다. 마덕전과 공배현이 위증민에게 연락받고 한창 몽강 쪽으로 이동 중이던 6사 주력부대를 엄호한 것이 되기 때문이다. 물론 마덕전은 김성주가 자기를 미끼로

---

145 원문 "1938年 9月, 公培顯和馬德全率部在東岡牛草溝與僞程斌"討伐隊"接仗, 公培顯率領一部分部队 掩護大部隊轉移, 死死咬住敵人不放, 最后這位37歲的農民抗日英雄壯烈犧牲." 「農民出身抗日英雄-青 山好公培顯」, 『撫松縣志』.
　　　王永新, "靑山好'在撫松海靑岭二, 三事", 〈長白山日報〉, 2015.11.4.

던져놓고 달아났다고 주장하지만 말이다.

5. 외차구 돌파전

정빈은 다시 키시타니 경무청장에게 전화로 보고했다.

"저희가 무송현 경내에 도착했을 때 김일성 주력부대가 이미 화전의 노령산 쪽으로 빠져 달아났고, 양정우 부대는 그림자도 발견하지 못했습니다. 주대로 상좌의 교도대대와 함께 동강 우초구에서 김일성 부대 소속인 소규모 비적들을 소탕하고 지금 바로 통화 방면으로 이동하려고 합니다."

"그러면 양정우는 도대체 하늘로 올라갔나? 아니면 땅으로 스며들었나?"

키시타니는 토미모리와 김창영에게 차례로 전화하면서 재촉했다.

"빨리 양정우가 사라진 곳을 찾아내시오."

토미모리와 김창영은 멍하니 마주보았다.

"다 당신 때문에 일이 이렇게 되었소. 빨리 무슨 방법을 좀 대보란 말이오."

"지금 와서 보니, 양정우가 통화로 빠져 나갔다고 주장한 정빈 말이 맞는 것 같습니다. 급할 것 없으니 한 며칠만 더 기다려봅시다. 양정우가 가만있지만은 않을 것입니다. 어디를 들이쳐도 꼭 들이칠 것입니다. 그때 정빈을 시켜 부리나케 양정우 뒤를 쫓아가면 되지 않겠습니까."

누구보다도 급해야 할 김창영의 배포 있는 대답에 토미모리가 나무랐다.

"당신은 남의 일처럼 이야기하는구려. 만약 통화에서도 끝끝내 양정우를 찾아내지 못하면 그때는 어쩌려오? 만약 이번 일로 문책당한다면 나보다 당신 책임이 더 클 텐데 말이오."

"통화가 아니라면 양정우가 갈 곳은 몽강이 아닐까 판단됩니다. 정빈 대장이 무송에서 김일성 부대를 놓쳤다고 하지 않았습니까. 김일성이 부하들을 일부만 남겨 저항하게 하고 자신은 부대를 이끌고 노령 쪽으로 빠져 나갔다고 하니, 그들이 어디로 가겠습니까? 지도를 보십시오. 화전의 노령산을 넘어서면 노령산과 한데 이어져 있는 곳이 즙안과 화전인데, 즙안에는 만주군 색경청 여단이 뒤덮고 있습니다. 또 화전은 어떤 곳입니까? 과거 황군(일본군) 18사단이 주둔했던 고장입니다. 동변도에서 가장 집단부락이 잘 된 고장이며 황군 수비대가 지키고 있습니다. 때문에 김일성 부대는 틀림없이 휘남산구를 가로지른 뒤에 몽강의 패자로 들어가려 할 것입니다. 이곳이야말로 수백 리에 걸쳐 펼쳐져 있는 밀림의 바다입니다. 항일연군이 몸을 숨기기에 이곳보다 좋은 곳은 없을 것입니다. 내가 항일연군이라면 분명 이곳으로 달아났을 것입니다."

김창영의 긴 설명을 듣고 난 토미모리가 또 물었다.

"김일성은 그렇다 치고, 양정우도 꼭 이쪽으로 달아나리라는 보장은 없잖소?"

"잊으셨습니까? 양정우야말로 요 몇 해째 오로지 '서북으로'의 꿈만 꾸는 집념의 사나이 아닙니까."

김창영은 껄껄 소리까지 내가면서 웃었다.

토미모리도 김창영의 논조에 감탄하고 말았다. 그러나 이런 주장을 전달받은 키시타니는 여간해서 화를 내지 않는 사람인데도 불구하고 어찌나 화가 났던지 손에 들고 있던 전화기까지 내동댕이칠 지경이었다.

"문제는 양정우나 김일성이 수백 명씩 되는 부대를 끌고 다니면서 그냥 두더지처럼 땅 속으로만 기어 다니겠는가 하는 것이다. 그자들은 분명히 또 총을 쏘아대고 불을 지르지 않겠는가. 그것을 미리 알아내 방비하는 것이 바로 우리가 해야 할 일이 아닌가."

키시타니는 정빈에게서 양정우가 통화 쪽으로 들어온 게 확실한 것 같다는 보고를 받은 다음, 너무 급해 신임 중국인 통화성 성장 장서한(張書翰)과 일본인 차장(부성장) 쿠리시마 모리시(栗山茂二)에게 부탁해 그들이 직접 만주국 국무총리에게 보고했다고 한다. 다음 날 일본군은 공군까지 동원했다.

정찰기 한 대가 통화의 일본군 비행장에서 하늘로 날아올랐는데, 이 정찰기는 통화현 6도구와 7도구 사이에서 최소한 300~400여 명에 달하는 항일연군을 발견했다. 다른 한 갈래 200여 명은 이미 금천, 하리 쪽으로 행군하고 있다는 정보를 보내왔다. 정빈정진대는 부리나케 6도구 쪽으로 접근했으나 양정우는 6도구와 7도구 사이의 츠쟈졔(赤家街)라는 동네를 습격하여 불을 지른 뒤, 얼마 전 위증민이 금천, 하리 지구로 이동하기 위해 넘어섰던 사방정자산을 되넘어왔다. 연락을 받고 위증민 역시 차구산구(岔溝山區)로 되돌아와 양정우와 합류했다.

양정우가 위증민에게 말했다.

"하리 쪽에 정빈이 모르는 밀영들이 여러 개 있어서 올해 겨울을 하리에서 보낼 수 있다고 생각했는데, 그동안 우리 경위여단이 500여 명 가깝게 확충된 사실을 내가 깜박했소. 하리밀영이 몽강에 비해 크지 않으니 경위여단이 모조리 이 산속에서 틀어박혀 활동하기에는 좀 비좁을 듯하오. 게다가 정빈 이 자식이 우리 항일연군의 활동 규칙을 너무 환하게 꿰고 있으니, 금방 드러날 수도 있소."

그러나 바로 그날 밤, 정진정진대 300여 명의 뒤를 따라 통화 주둔 만주군 1,200여 명도 속속 차구산구로 몰려들기 시작했다. 무송에서 막 되돌아온 왕작주가 마침 경위여단 산하 제3연대에 도착하여 이동학과 만나 한참 숨을 돌릴 때였다. 만주군 척후부대가 들이닥치자 왕작주는 연대장 박선봉에게 시켰다.

"차구 내 산구와 외 산구 사이에 외따로 떨어진 영마루가 하나 보이던데, 빨리 그곳으로 이동해 기관총 지고점(地高点)을 차지하십시오."

"양 사령의 명령 없이는 함부로 움직일 수 없습니다."

"양 사령에게는 내가 직접 가서 전하겠소. 전투가 발생하면 놈들이 박 연대장 쪽으로 몰려들 것이니 될수록 놈들을 끌어당겨야 합니다. 그 사이 양 사령과 위 부사령이 바깥에서 공격하고 박 연대장은 안에서부터 치고 내려오십시오."

3연대 참모장 겸 제1중대 중대장을 맡고 있던 이동학이 그 말을 듣고 박선봉의 명령이 떨어지기도 전에 벌써 움직이기 시작했다.

"그러다가 빠져 나오지 못하면 어떻게 합니까?"

"걱정 마십시오. 그런 일은 없습니다."

왕작주는 걱정하는 박선봉 등을 떠밀다시피 하고는 부리나케 양정우와 위증민이 주둔한 곳으로 달려갔다. 박선봉의 경위 3연대 산하 제 1중대는 과거 이동학이 6사에서 차출해 온 대원들이 많아 왕작주의 지시를 잘 따라서 내, 외차구 사이 외딴 영마루를 점령했다. 뒤따라 영마루 밑에 도착한 박선봉도 나머지 부대를 배치할 때 정빈정진대가 앞에서 공격해오기 시작했다.

박선봉을 알아본 정빈은 흥분하여 부르짖었다.

"아, 양정우, 양 사령이 바로 저 영마루 안으로 들어갔소. 빨리 내, 외차구 병력들을 모조리 이 영마루로 집중시켜 주시오."

그 사이 양정우와 위증민은 즉시 철수 준비를 서두르다가 왕작주가 달려와서 박선봉의 3연대를 내, 외차구 사이 영마루로 이동시켜 토벌대를 그쪽으로 유인했다고 보고하자 여단장 방진성이 크게 놀라 왕작주를 꾸짖었다.

"아니, 누가 당신에게 그런 권한을 주었단 말이오? 한 중대도 아니고 한 연대를 제멋대로 움직이다니, 이게 말이 되는 소리요? 그래, 박선봉이 여단장인 나한테는 묻지도 않고 그냥 일개 작전참모에 불과한 당신 말만 듣고 그 외딴 영마루로 기어들어갔단 말이오?"

방진성은 어찌나 화가 났던지 권총까지 뽑아들고 왕작주를 처형한다고 소란을 부려댔으나 정치위원 한인화가 제지했다. 방진성과 한인화가 왕작주를 끌고 양정우와 위증민, 전광 등이 주둔하던 숙영지로 달려가 보고하자 양정우는 즉시 위증민과 전광에게 먼저 철수하라고 했다.

"내가 3연대를 마중해서 뒤따라 철수하겠으니 두 분은 먼저 앞에 서십시오."

이때 영마루 쪽에서 요란한 총소리가 울려터지기 시작했다. 영마루에 갇힌 부대 지휘관 박선봉을 양정우로 오해한 일본군은 비행기를 파견해 영마루 위에서 삐라를 날렸다. 그 삐라에는 이런 내용들이 적혀 있었다.

"황군은 양정우 장군을 존경한다."
"희망컨대 우리는 양 장군과 함께 '대사(大事)'를 도모하려고 한다."
"만주국은 양 장군이 필요하다."

일본군이 비행기까지 동원한 것을 본 왕작주는 불안한 마음을 금할 길이 없었다.

방진성은 양정우에게 위증민, 전광 등과 함께 철수하라고 재촉하면서 자신이 남아서 최춘국 연대를 이끌고 박선봉 연대를 구하러 가겠다고 하자 왕작주도 따라나섰다.

"놈들은 2연대가 영마루에 갇혀 있다고 오해하는 것이 틀림없습니다. 그러니 이 기회를 타서 우선 2연대부터 빠져 나가야 합니다."

그러나 양정우는 방진성과 한인화에게 명령했다.

"정빈을 상대하려면 내가 아니면 안 되오. 두 분이야말로 빨리 위증민과 전광 동지를 모시고 휘발하 쪽으로 빠지시오. 내가 미처 도착하지 못하더라도 휘발하 만 넘어서면 한시도 지체하지 말고 줄곧 몽강 쪽으로 가시오. 나도 바로 뒤따라 가겠소."

양정우는 직접 군부 교도대대를 인솔하고 정빈의 배후를 공격했다. 앞에서 잠깐 소개했지만, 이때 교도대대는 원 조선혁명군에서 넘어왔던 대대장 최윤구 와 참모장 박대호를 비롯해 180여 명 전원이 조선인 대원들이었다. 거기다 사령 부 기관총중대 60여 명은 그해 5월 제1차 노령회의 때 4사 대표로 이 회의에 온 여백기를 호송하기 위해 차출된 4사 1연대 산하 박성철 중대가 모체였다. 1로군 총사령부 경위여단을 재편성하면서 1군 2사에서는 조인묵 중대가 합류했고, 2 군 6사에서는 이미 이동학 경위중대가 거의 옮겨온 것을 본 여백기가 호송하러 따라왔던 박성철 중대를 경위여단에 남겨놓았던 것이다.

박성철이 양정우 신변으로 오게 된 것이 바로 이런 이유 때문이었다.

이때 조인묵(1군 2사), 이동학(2군 6사) 등이 모두 총사령부 경위여단 산하 각 연 대의 주요 지휘관으로 임명되면서 박성철(2군 4사)도 사령부 기관총중대 지도원 으로 임명되었다. 재미있는 것은 이때 정빈정진대의 배후를 공격한 기관총중대 대원 다수가 조선인이었고, 한창 정빈정진대와 마주보며 전투하던 박선봉의 3 연대도 이동학이 데리고 왔던 6사 옛 경위중대 대원들과 최춘국의 독립여단 산 하 1연대에서 갈라져 나왔던 대원들까지 합쳐 온통 조선인 대원들이었다.

"병학아! 인묵아! 봉상아! 모두 살아 있는 거냐?"

"오, 나 여기 있어. 나 여기 살아 있다."

이쪽에서 불러대면 저쪽에서 총대를 내밀고 흔들어 보이는 그림자들이 여기 저기 나타났다.

그럴 때마다 정빈정진대 쪽에서 기관총이 불을 뿜어댔다.

"우, 어떤 놈인지 꽤 매섭네."

"아마도 샤오장(小張)일 거야, 그 1사 장해야말일세."

"이 더러운 반역자 놈을 오늘 죽여 버리자고."

조선인 대원들이 조선말과 중국말을 섞어가면서 주고받는 소리를 들은 정빈 정진대는 어리둥절하여 어찌할 바를 몰랐다. 박성철 기관총중대에서는 일시에 정빈과 장해야의 기관총이 위치한 방향으로 사격을 집중했다.

"이 사람들은 양 사령의 경위연대 같지 않습니다."

"다들 조선말을 합니다. 혹시 김일성 부대일까요?"

"김일성이 어떻게 여기 나타날 수 있단 말이냐?"

정빈도 얼떨떨하여 한참 망원경을 들고 앞을 살펴보았다.

그때 호국신이 곁으로 기어와 그의 판단을 흐려놓는 말을 또 한마디 던졌다.

"이보시오, 정 대장, 여기가 임강이라는 사실을 잊었소?"

"임강이 어쨌단 말이오?"

"아, 여기 임강과 장백은 2군 김일성이 주로 활동하는 고장 아니겠소."

그 바람에 정빈도 아차, 하고 뒤를 돌아보았다.

조인묵(경위여단 제2연대장)이 양정우의 지시로 직접 박성철 기관총중대를 후원했다. 박성철 기관총중대에는 6정의 기관총이 있었는데, 조인묵이 파견한 중대가 또 4정을 가지고 달려왔다. 두 중대는 합쳐 120여 명 남짓했다.

"양 사령 명령이오. 탄약을 아끼지 마오. 점발사격 하지 말고 연발사격으로 놈들을 제압하고 그 사이에 빨리 박선봉의 3연대가 빠져 나오게 해야 하오."

10대의 기관총이 동시에 정빈정진대를 향해 불을 뿜어대기 시작했다.

1군 기관총 사수들은 탄약을 아끼려 여간해서는 연발사격을 하지 않았다. 이런 습관을 잘 아는 정빈은 이때 상대방이 또 조선말로만 이야기하는 바람에 의심하지 않을 수 없었다.

'정말 김일성 부대가 불쑥 나타난 건가?'

정빈은 잠시 어느 쪽을 주공 목표로 삼아야 할지 몰라 머뭇거렸다.

'정보에는 김일성 부대가 무송 쪽으로 옮겨갔다고 했는데, 어떻게 경위연대에 이렇게도 많은 조선인이 있단 말인가?'

정빈으로서는 제1, 2차 노령회의를 거치면서 그동안 양정우가 항상 곁에 두었던 허국유(許國有) 교도연대가 이미 경위여단으로 개편되고, 허국유는 경위여단 산하 제1연대 연대장이 된 사실을 알 수가 없었다. 따라서 조인묵의 2연대와 박선봉의 3연대는 정빈에게는 생소한 인물들이었다.

"저 기관총 쏘아대는 걸 보오. 우리 1군이 언제 저렇게 연발사격을 했소? 내 짐작에는 2군 꼬리들이 틀림없구먼. 꼬리들을 내세워 우리를 유인하고 양정우는 뒤로 빠져 달아났을 수 있소. 빨리 방향을 돌려야 하오."

호국신이 이렇게 권하자 정빈도 동의했다. 정진대는 원래 진지에서 철수하기 시작했다. 차구산구에서 작전 중이던 만주군 보병 제23 혼성여단 산하의 한 대대가 외차구 쪽으로 이동하는 걸 발견한 호국신이 그쪽으로 달려가 양정우가 이 영마루에 있다고 했다. 그리고 정빈정진대는 박선봉 연대와 조인묵 연대 사이에서 빠져나와 대신 외차구 쪽으로 슬그머니 이동하기 시작했다. 자기들이 원래 차지했던 진지를 만주군에게 인계한 셈이었다.

그런데 이때 정빈정진대의 척후부대가 외차구 쪽으로 빠져나가다가 박선봉 연대를 마중하러 달려오던 조인묵의 경위 2연대와 정면에서 마주 부딪히게 되었는데, 어둠 속에서 미처 상대방의 정체를 간파하지 못한 정빈정진대에서 누군가가 나서서 소리쳤다.

"당신들은 어느 부대요?"

조인묵 쪽에서 대답하지 않자 다시 일본말로 물어왔다.

"우리는 정진대인데, 당신네들은 혹시 황군이 아니십니까?"

조인묵과 박성철이 다급하여 어쩌했으면 좋을지 몰라할 때 후쿠마 카즈오가 두 사람 곁으로 기어왔다.

"제가 나서서 저 사람들을 속여도 됩니까?"

"맙소사, '라오팔호(老八號, 후쿠마 카즈오의 항일연군 내 별명)' 당신이 그렇게만 해낼 수 있다면 정말 큰 공을 세우는 것이오."

그러자 후쿠마 카즈오는 앞에 나가서 한참 일본말로 지껄여댔다.

정빈정진대에서도 일본인 부대대장이 나와 몇 마디 주고받고는 상대가 일본인이라 의심할 나위 없이 바로 믿어버리고 말았다.

물론 훗날에 있게 된 일이지만, 이 일로 후쿠마 카즈오는 직접 양정우에게 표창받았을 뿐만 아니라, 양정우 경위여단에서 가장 사랑받는 대원들 중 하나가 되었다. 처음에는 그의 실제 이름을 몰라 모두들 '라오일본자(老日本子, 나이 많은 일본 사람)'라고 불렀다. 다른 대원들보다 나이가 많았기 때문에 앞에 '라오' 자를 붙인 것이다. 그러나 이 호칭이 어딘가 깔보는 듯했기에 양정우는 그렇게 부르지 못하게 했다.

당시 후쿠마 카즈오와 가깝게 지낸 양정우의 경위원 황생발은 그 일본인이 처음 교도연대에 참가할 때 그가 소속된 소대 대원은 7명이었다고 회고했다. 그는 자연스럽게 여덟 번째 대원이 되었기 때문에 대원번호가 8번이었다. 대원들은 또 습관적으로 8번 앞에 늙은이 '라오'를 붙여 '라오팔호(老八號)'라고 불렀다고 증언한다.

정빈정진대는 철수할 때도 항일연군에서 했던 식대로 한편에선 싸우면서 한편에선 한 중대씩 빼돌렸다. 그 틈을 타 박선봉 연대가 안에서부터 치고나왔다. 그러나 포위를 돌파하던 중 연대장 박선봉이 그만 가슴에 총탄을 맞고 쓰러졌다. 박선봉 곁에 붙어 있던 연락병 김익현[146]이 덩치 큰 박선봉 시체를 업고 내려오다가 너무 무거워 잠깐 내려놓고 숨을 돌리는 사이 박성철의 기관총중대가 마중하러 달려왔다.

"익현아, 이게 웬 일이냐?"

"연대장동지가 방금까지 숨을 쉬었는데…."

김익현이 울음을 터뜨리자 박성철은 다른 대원을 시켜 박선봉을 업고 골짜기 아래로 내려가게 했다. 그러나 골짜기에서도 만주군이 벌떼같이 밀고 올라오는 바람에 포위를 돌파하다가 박선봉을 업었던 그 대원까지도 또 총탄을 맞고 쓰러지고 말았다. 가까스로 포위를 뚫고 나왔을 때는 새벽녘이었다.

6. 귀신 씻나락 까먹는 소리

김성주는 회고록에서 이렇게 이야기하고 있다.

"양정우가 남패자에 왔을 때는 그가 데리고 온 부하들이 얼마 되지 않았습니다. 그는 열하원정에서 당한 손실을 생각하면 가슴이 찢어지는 것 같다고 했습니다. 양정우네

---

146 김익현(1921-2009년) 조선 황해북도에서 출생했으며 1937년 6월에 항일연군에 참가했다. 1941년 봄 안도의 왕바버즈에서 지갑룡, 김복록과 함께 소조활동을 진행하던 도중 지갑룡은 도주(북한 주장)하고 김복록과 김익현은 굶으면서 끝까지 김일성이 파견한 전문섭을 기다려냈다는 이야기(왕바버즈사건) 속 주인공이기도 하다. 1945년 광복 이후 김일성과 함께 북한으로 돌아가 북한군의 부총참모장과 인민무력부 부부장을 거쳐 1994년에는 차수(次帥)까지 되었다. 2009년 1월 15일에 사망했다.

부대는 원정과정에도 많은 피를 흘렸지만 즙안으로부터 몽강으로 빠져나오는 행군과 정에서도 온갖 간난신고를 다 겪었다고 합니다. 적들은 비행기와 대포를 비롯한 중무기까지 다 동원하여 그의 부대를 숨 쉴 사이 없이 추격했습니다. 온 부대가 포위 속에서 고전을 겪은 때도 있었습니다. 하늘에서는 비행기가 공격하지 앞에서는 정빈이 투항을 권고하는 나발을 불어대지 사처에서 대포를 꽝꽝 쏘아대며 포위망을 좁혀들지 정말 빠질 길이 없었다고 합니다. 양정우는 1군에 속한 조선인 전투원들이 특별히 잘 싸웠다고 하면서 가장 어려웠던 외차구싸움에서 용맹을 떨친 박선봉 연대와 박성철 중대에 대해서 거듭 찬양하는 말을 했습니다. 양정우는 자기가 외차구에서 최후를 각오했었다고 했습니다."

이것은 김성주가 양정우와 처음 만났을 때의 일을 회고한 것이다.

김성주의 중국인 경위원 유옥천은 1962년 11월에 이때 있었던 일을 회고담으로 남겨놓았다. 당시 회고담을 직접 경청했던 관계자들이 전하는 이야기에 따르면, 양정우는 여기까지 오는 동안 자기를 엄호하다가 전사한 조선인 지휘관들의 이름을 하나둘씩 손으로 꼽으면서 울음이 북받쳐 올라 종종 말을 멈추기도 했다고 한다.

필자는 여기서 의문을 던진다. 김성주는 회고록에서 박선봉과 박성철 이름은 언급하면서도 박선봉이 1로군 총사령부를 엄호하다가 외차구에서 전사한 사실은 왜 말하지 않는 것일까? 그리고 외차구에서 포위를 돌파한 뒤 한동안 하리의 밀림 속에 숨어 있다가 무송으로 이동한 뒤 서강에서 노령산을 넘을 때 뒤에서 추격해 오던 만주군 주대로의 교도대대를 유인하여 달아났던 경위 3연대 연대장 이동학(박선봉의 후임)이 실종[147]된 것도 왜 전혀 언급하지 않는 것일까?

그 당시 양정우는 이동학도 전사한 것으로 알고 있었을 것이다. 김성주는 이동학 대신 박선봉에 이어 느닷없이 박성철을 언급한다. 회고록에 관계했던 북한의 당중앙 역사연구소 관계자들이 이때의 전투 회상기를 남겼던 박성철을 결코 외면할 수 없었기 때문으로 보인다.

이때 발생한 전투를 조금이라도 아는 사람이라면, 북한『항일빨치산 참가자들의 회상기』에 실려 있는 박성철의 "임강현 외차구전투" 내용이 얼마나 황당하게 꾸민 것인지 금방 알 수 있다. 이 회상기대로라면, 박성철 등은 모두 "김일성 동지의 전략적 계획"에 의하여 "1938년 봄부터 집안, 통화 등지에서 활동하다가 1938년 10월에는 임강에 있는 부대들과 연합하여 대부대로서 도발적 행동에 날뛰는 적의 후방을 교란하며 더욱 큰 타격을 주기 위하여 다시 임강밀림으로 돌아오게 되었던 것"으로 주장한다. 즉 그들은 김일성의 명령대로 도처에서 수많은 적들을 격파분쇄하고 다시 그가 있는 주력부대로 찾아갔다는 것이다. 여기서 박성철이 회상기에서 주장하는 주력부대가 과연 누구의 부대인가? 물론 이 회상기대로라면, 그것은 김일성 부대를 가리킨다. 그래서 전투가 끝난 뒤의 일에 대해 이렇게 이야기한다.

"그 다음날 우리는 위대한 수령님께서 계시는 임강밀영지에 도착했다. 여기서 당시 제1군장이었던 양정우 동지는 다음과 같이 말했다. '…외차구 포위 돌파 전투에서 만약

---

147 박선봉이 전사한 뒤에 이동학은 1로군 경위 3연대 연대장직을 이어받았다. 이동학은 1938년 10월 임강현 차구산구에서 포위를 돌파한 뒤 양정우와 함께 금천, 하리의 옛 근거지로 이동했다가 여기서 다시 출발하여 무송현 양목정자(서강)에서 노령산을 넘다가 추격해온 만주군 주력으로의 교도대대에 쫓기게 되었다. 이동학은 양정우를 엄호하기 위하여 추병을 임강현 화수진 쪽으로 유인했다. 이후 다시 노령산을 넘어 화전현 경내로 이동했다. 이후 1938년 12월 27일 화전현 류수하자 전투에서 전사했다.

박선봉, 박성철, 지병학, 김인묵, 문봉상 동지들과 전체 전사들의 인내성 있고 헌신적
이며 대담한 돌격이 아니었더라면 우리 부대 500명은 섬멸을 당했을지도 모른다. 참
으로 조선 동지들의 영웅성과 불요불굴의 투지를 항상 배워야 하겠다.' 이렇게 전체 우
리 대원들과 지휘관들에게 격려와 치하를 했다."

이것은 또 무슨 귀신 씻나락 까먹는 소리인지 모르겠다.

당시 제1군 군장이었던 양정우도 함께 임강밀영지에 도착했다는 소리 아닌
가. 여기서 양정우가 격려와 치하까지 했다고 강조하는 이 내용대로라면 제1군
군장 양정우까지도 거꾸로 김일성 주력부대의 산하 군장으로 뒤바뀌는 셈이다.
더 무슨 말을 해야 할지 모르겠다.

물론 나는 이 전투 실제 참가자였던 박성철이 제멋대로 거짓말을 지어냈다고
보지는 않는다. 박성철은 자신이 당시 1로군 사령부 기관총중대 지도원이었다
는 사실도 밝히지 않는다. 회상기 내용대로라면, 그는 박선봉 경위 3연대 산하
중대장이다. 그리고 중국에는 당시 일본군 비행기가 차구산구 하늘 위에서 날
려 보낸 삐라들이 보관되어 있다. 삐라 내용들 역시 모두 공개되었다. 박성철도
처음 회상기를 집필했을 때는 이 삐라 내용도 그대로 적었을 것이나 북한의 관
계자들이 삭제해버리지 않았나 싶다. 회상기에서는 이 부분 내용도 무척 간략
하다.

"적들은 날이 밝기 전부터 기관총을 난사하기 시작했고 또다시 비행기를 동원했다. 비
행기는 공중에서 아군의 동향을 정찰하여 지상에 있는 적들에게 알리는 한편 사격을
지휘했고 직접 기총사격을 퍼붓기도 했다. 동시에 적들은 점점 더 포위망을 좁히기 시

작했다. 그러면서 '투항하라!'는 삐라를 계속 뿌렸다."[148]

아주 교묘하게, 그리고 두루뭉술하게 항일연군 제1로군 총사령관인 중국인 양정우를, 1로군 산하 2군 6사 사장이었던 김성주의 부하로 만들어버린 이 회상기는 그야말로 왜곡과 과장으로 넘치는 북한판 『항일빨치산 참가자들의 회상기』에 실린 수백 편에 달하는 회상기 가운데서도 가장 백미가 아닐까 싶다.

어느 정도로 황당한지 살펴보겠다. 중국 자료에서는 당시 임강현 차구산구에 동원되었던 토벌대는 만주군 통화주둔 보병 23여단 산하 한 대대와 정빈의 정진대까지 합쳐 총 1,500여 명으로 추산한다. 그러나 박성철은 회상기에서 "외차구에 몰려든 적은 수만 명"이며 "적들은 3,000여 명의 손실을 보았다."고 과장한다. 또 즙안현 문자구전투와 장강자전투 등을 다 합해도 일만군 140여 명밖에 사살하지 못한 것을 20배나 과장하여 "우리들은 적 한 연대(2,000여 명)를 대부분 섬멸, 포로하고 기관총, 보총 등(1,100여 정)을 노획하는 승리를 쟁취했다."고 썼다.

임강현 차구산구에서 발생한 내, 외차구전투 이야기는 여기서 멈추려 한다. 그리고 이 전투 당시 김성주의 6사 주력부대는 박성철의 회상기대로 임강밀영지에 있었는지의 논쟁도 의미가 없다. 왜냐하면 이때 김성주의 6사는 이미 몽강현 경내로 들어와 있었기 때문이다. 이후 몽강현에서 김성주의 6사가 어떤 전투를 진행했으며, 실제 전과는 어떠했는지 자료들을 보자.

마덕전의 회고담대로라면, 1938년 9월 김성주는 전부 중국인 대원이었던 9연대를 서강에서 대영으로 통하는 산길가에 미끼로 던지고 만강 쪽으로 아주 쉽

---

148 취재, 박성철, "림강현 외차구전투", 『항일빨치산 참가사들의 회상기』, 제2권.

게 빠져나간 듯하다. 하지만 "동북항일연군 제1로군 몽임(몽강·임강)지구 반토벌 전투"를 소개하는 중국 정부 자료를 보면, 무송에서 빠져나와 몽강으로 이동하기까지 김성주가 직접 7, 8연대를 이끌고 뒤를 쫓던 만주군 토벌대와 벌인 전투들도 결코 만만치 않았다. 김성주 역시 뒤에 진드기처럼 들러붙었던 만주군을 쉽게 뿌리칠 수는 없었다.

김성주는 무송의 서강에서 탈출한 뒤 곧이어 양정우와 위증민, 전광 등도 몽강현 경내로 이동할 것임을 알고 있었기 때문에 일단 북패자의 마당거우밀영에서 2, 3일쯤 쉬고 난 다음부터는 바로 남패자와 동패자 밀림에 밀영을 건설하기 시작했다. 이 과정에서 가장 먼저 발생한 전투는 몽강현 경내로 접어들 때 오늘의 정우현(靖宇縣, 몽강현) 몽강향(蒙江鄕) 대사하촌(大沙河村, 또는 대사하툰)에서 100여 명의 경찰대대와 벌인 것이다. 이 전투에서 몽강현 경찰대대 측에 발생한 사상자는 20여 명이며 실제로 사살당한 사람은 4명이었다. 곧이어 오늘의 정우현 화원진(花園鎭)의 두도강과 이도강 사이 골짜기에서 또 200여 명의 만주군과 전투를 벌였다. 이 전투에서도 역시 만주군 쪽에 30여 명의 사상자가 발생했으며 사살당한 사람은 18명으로 기록되어 있다. 이런 전투들은 모두 1로군 경위여단이 임강현 차구산구에서 갑자기 실종된 지 얼마 안 되었을 때 일어난 일들이었다.

43장

몽강의 겨울

"양 사령이 전사한 뒤 만주에서는 지금 이 애가 가장 큰 괴물이 되었네.
양 사령의 옛 부하들 중에도 더러는 살아남아 항일연군에 참가한 사람들이
꽤 있는 모양이더구먼. 하지만 모두 성주에게는 비하지 못하네.
이 아이는 지금 동변도 지방의 비적들 가운데서 가장 큰 세력을 가지고 있네."

1. 이종락

키시타니 경무청장에게로 돌아간다.

"양정우에게 날개가 돋지 않고야 어떻게 몽강에서도 나타날 수 있단 말이
오?"

키시타니는 토미모리에게 따지고 들었다.

"당신은 김일성이 장백과 임강 이 두 지방을 버리고 다른 데로 가는 일은 없
을 거라고 확신까지 하지 않았소? 그런데 이게 어떻게 된 일이오? 도대체 몽강
에 나타난 항일연군은 누구 부대요? 대답 좀 해보시오."

"나야 가네미츠 상(김창영) 말만 믿었지요. 김일성 종적을 뒤쫓는 일은 그의 전
문 아닙니까."

키시타니는 한 달에 이십 일은 임강의 팔도강에 내려와 지내다시피 했다.

이때 김창영은 박차석 소개로 새 인물 하나를 공작반에 영입했는데, 바로 이종락(李鐘洛)이었다. 이종락은 그동안 강도죄로 꼬박 6년이나 징역형을 살고 만기 출소[149]했는데, 고향 의주로 돌아가 노모 곁에서 1년 동안 살았다. 그 사이에 장가도 들었고 아이도 하나 있었으나 폐렴으로 죽었다고도 한다. 이후 생활이 어려워지자 아내는 친정으로 돌아가 버렸고 이종락은 먹고 살기 위해 철도공사판에서 일했다.

1938년 10월, 의주에서 평양을 거쳐 서울까지 통했던 경의선 철도선(오늘의 북한 안주시를 통과하는 평의선) 상의 대교역(大橋驛) 공사가 한창 진행 중이었다. 열차가 이 지역을 지날 때 한두 시간씩 연착되는 일이 종종 발생했다. 그럴 때면 여객들은 모두 플랫폼으로 나와 담배도 피우고 바람을 쐬기도 했다.

박차석은 그동안 김창영의 요청으로 김성주의 할머니 이보익을 만주로 데리고 나왔지만, 정작 김성주 그림자는 구경도 못 하고 괜한 짓을 했다고 자책하던 중이었다. 한 해 농사에서 가장 중요한 입춘 때 만주로 불려 나온 이보익은 여름 내내 줄곧 가재수 농가에 갇혀 있어야 했다. 처음에는 너무도 보고 싶었던 손자 얼굴을 이 기회에 한 번 볼 수 있지 않을까 하는 희망을 가지고 박차석을 따라나섰지만, 정작 상황은 딴판이었다.

"이제 보니 자네들은 나를 이용하여 우리 증손이[150]를 해치려 하는구먼."

---

149 이종락이 만기 출소했다는 것과 반대되는 주장도 있다. 그런 주장들 가운데는 형기 중 일본군 경찰에게 협조했던 이종락이 감형 받아 앞당겨 출소했다고 한다. 실제로 1935년 일본군에 투항했던 조선혁명군(양세봉 부대) 제1사장 최종윤은 이종락과 친구였다. 당시 최종윤을 투항시키기 위해 통화 일본영사관에서는 조선총독부와 연락하여 이종락을 가석방시켰다고 한다. 이종락이 직접 최종윤을 찾아가 투항하도록 권유했다는 기록이 있다.

150 이보익에게 김성주는 손자이나, 당시 시아버지였던 김응우가 자신의 남편인 김형직을 장손으로, 김성주를 증손이라 했던 것을 그대로 따라 불렀던 것으로 보인다. 김일성회록과 관련 자료들

이보익은 박차석을 나무랐다.

"지금이 농번기인데 나를 여기다 잡아두면 어쩌란 말인가? 더구나 우리 증손이는 여기 없는 것도 분명하네. 있다면 이 할미가 여기 와 있는 줄 알면서도 왜 나타나지 않겠나?"

박차석도 어쨌으면 좋을지 몰라 김창영과 의논했다.

"일단 고향으로 돌려보냈다가 김일성이 활동하는 곳을 찾아냈을 때 다시 데려오는 것이 어떨까요?"

"그건 말도 안 되는 소리요. 김일성이 언제 어디서 불쑥 나타날지 모르는데, 그때 가서 노인네가 갑자기 드러누워 와주지 않는다면 어떻게 하려고 그러오?"

"우리가 약속만 지키면 이 할머니도 결코 약속을 어기진 않을 겁니다. 지금 농번기라 집에 일손이 모자라다고 걱정이 이만저만 아니더군요."

"그렇다면 군이 책임져야 하오."

"네, 제가 책임지겠습니다."

이렇게 박차석이 나서서 가까스로 이보익을 고향에 돌려보낸 지 불과 2, 3개월도 지나지 않았을 때 김성주가 몽강 지방에서 그곳 경찰대대와 전투를 벌인 일이 보고되어 올라왔다. 김창영은 박차석에게 불호령을 내렸다.

"빨리 가서 김일성 할머니를 다시 데려와야겠소. 만약 말을 듣지 않으면 평양헌병대에 도움을 요청하여 강제로라도 데려와야 하오."

1938년 10월 중순경에 박차석은 다시 평양행 열차에 올랐다. 그리고 이 열차가 오늘의 평안남도 안주 부근 철도공사장을 지나면서 잠깐 멈추었을 때, 박차석은 플랫폼에 나와 담배를 피우다가 한 허름한 차림의 노동자와 만나게 되었

모두 이보익이 김성주를 '우리 집 증손이'라고 불렀다고 증언한다.

다. 바로 이종락이었다.

"아, 이게 어떻게 된 일인가? 얼마 만인가?"

박차석은 이종락과 진심으로 반갑게 포옹했다.

새까맣게 그을린 이종락의 몰골은 말이 아니었다.

"어떻게 하다 보니 이렇게 됐습니다."

이종락은 무척 풀이 죽어 있었다.

"형님 옷차림을 보니 신수가 아주 멀쩡하군요. 무슨 일로 재미를 보고 계십니까?"

"사령장, 그러지 말고 나와 함께 갑시다."

박차석은 옛적 조선혁명군 길강지휘부 시절의 이종락을 대하듯 하면서 손목을 붙잡았다.

"지금 같은 시절엔 나보다 사령장이 해야 할 일이 더 많지 않겠나."

"에휴, 양 사령(양세봉)이 전사한 지가 언젠데, 제가 할 일이 더 남아 있겠습니까. 재작년에 관동군이 흥경 5구에 '조선혁명군 전멸지'라는 비석까지 세웠다고 하더군요. 그 사람들이 살아 있을 때까지는 일본 사람들이 가끔 우리 같은 사람들도 불러다 썼지만 지금은 완전 개차반 신세가 되고 말았습니다."

"사령장, 그렇지 않네. 지금도 할 일이 많다네."

이때 박차석은 이종락에게 김성주 일을 장황하게 이야기했다.

"성주야말로 사령장의 옛 부하 아닌가? 양 사령이 전사한 뒤 만주에서는 지금 이 애가 가장 큰 괴물이 되었네. 양 사령의 옛 부하들 중에도 더러는 살아남아 항일연군에 참가한 사람들이 꽤 있는 모양이더구먼. 하지만 모두 성주에게는 비하지 못하네. 이 아이는 지금 동변도 지방의 비적들 가운데서 가장 큰 세력을 가지고 있네. 작년 여름, 보천보로 들어왔던 비적들도 모두 이 애의 부하들이네.

오죽했으면 만주국 치안부 경무사에서는 성주를 귀순시키기 위한 특별공작반까지 만들었겠나. 나도 지금 그 공작반에 참가하고 있다네.”

박차석에게 연락받은 김창영은 어쩌나 기뻤던지 직접 이종락을 만나러 달려왔다. 며칠 뒤에는 이종락, 박차석과 함께 토미모리 경찰대대 본부로 돌아왔다. 마침 키시타니도 임강현 차구산구에서 양정우에게 크게 당한 정빈정진대를 위로할 겸 팔도강에 나와 있다가 이들을 모조리 불러놓고 향후 대책회의를 했다. 이 회의에서 김창영은 새로 영입한 이종락을 소개했다.

“이 사람은 김일성의 옛 상관이었던 이종락 군입니다. 한때 국민부 계통의 조선 독립 단체에서 혁명군 중대장으로 활동하다가 나중에 따로 길강지휘부가 발족했을 때는 사령장까지 되었던 사람입니다. 당시 김일성은 이 사람을 친형처럼 따랐다고 합니다. 어쩌면 김일성에게 공산주의 사상을 불어넣은 은사였다고 볼 수 있는 이종락 군이 이번에야말로 직접 나서서 그 공산주의 사상이 얼마나 황당하고 허구인지에 대해 자신이 그동안 겪은 실제 체험을 통하여 김일성을 확실하게 설득하겠다고 합니다.”

키시타니는 몽강현 경찰서에서 보내온 최근 적정 동향 보고서를 김창영과 이종락에게 직접 보여주면서 부탁했다.

“가네미츠 상의 말만 믿었다가 이번에 정 대장(정빈)이 차구산구에서 양정우에게 크게 당했소. 다 당신의 잘못된 정보 때문이오. 무송으로 해서 몽강으로 달아난 김일성 부대를 당신이 양정우 부대라고 잘못 판단하는 바람에 이렇게 된 것이 아니겠소.”

“이론적으로는 김일성도 양정우의 부하가 맞지 않습니까.”

김창영은 궤변을 늘어놓았다.

다음날 회의에서 김창영은 정빈에게 물었다.

"솔직히 정 대장이 외차구에서 양정우 얼굴을 직접 보기라도 하셨습니까? 저희 공작반에서 조사해보니 외차구에서 정 대장의 정진대와 싸운 항일연군은 전부 조선말을 했다고 합니다. 도대체 양정우 경위부대에 언제부터 이렇게 조선 사람들이 많았습니까?"

김창영이 이렇게 따지고 들자 회의에 참가한 안광훈과 정빈, 호국신 등도 모두 수긍할 수밖에 없었다. 정빈은 키시타니에게 말했다.

"솔직히 정말 생각 밖의 일입니다. 1로군 경위연대에 조선 사람이 좀 있긴 하지만 그렇게 많지 않았는데, 이번에는 온통 조선말뿐이더군요."

"양 사령이 우리가 만주국에 귀순한 걸 알고 부대 편제를 대대적으로 개편했을 가능성이 있습니다. 아마 2군에서 조선 사람을 대대적으로 보충한 모양입니다. 양세봉의 조선혁명군에서 넘어왔던 사람들 100여 명가량이 공식 편제되지 못한 채 계속 양 사령의 경위연대와 함께 행동했는데, 아마 이번에 정식으로 편성된 모양입니다."

안광훈이 말하자 키시타니뿐만 아니라 정빈, 호국신까지도 모두 놀랐다.

"아니, 그런 일도 있었소? 양세봉 부대는 벌써 몇 해 전 섬멸된 것 아니오?"

"제가 우모령에서 치료받을 때, 그 지방 조선인 부대들이 양 사령에게 사람을 보내 합작하려 한다는 소문을 들었습니다. 그때 안 주임이 양 사령을 대표하여 그 사람들과 접촉했던 것 아니던가요?"

정빈이 이렇게 묻자 안광훈은 기억을 더듬었다.

"난 그냥 그 사람들이 보낸 대표를 한 번 만났을 뿐이오. 그 이후 상황은 나도 잘 모르오. 그때 듣기로는 그 사람들이 항일연군에 참가하는 조건으로 '조선인 (한인)독립사'로 편성해달라고 했는데, 병력이 200명도 안 되는 데다 일단 먼저 넘어오기로 했던 사람들도 60여 명밖에 되지 않아 양 사령이 동의하지 않았소. 독립사는 후에 다시 생각하기로 하고 먼저 경위연대에 합류했던 것 같소."

"이번에 보니 내, 외차구에서 우리를 공격한 양 사령 경위연대는 어찌된 영문인지 전부 조선인입디다. 최소 200~300명은 되었던 것 같습니다."

정빈의 말을 이어서 김창영이 하던 말을 계속 해나갔다.

"안 교관(안광훈은 통화성 경찰대대 정치훈련반 주임과 교관을 겸했다.) 말씀에 일리가 있습니다. 공군에서 보낸 정찰보고에 따르면, 통화와 임강 차구산구에서 포착한 양정우의 항일연군은 약 450에서 550명가량 된다고 했습니다. 이는 올 봄에 청원현에서 보내온 보고서 숫자와 비교하면 3배나 더 불어난 숫자입니다. 보통 150여 명 정도를 한 연대로 편성하는 항일연군 편제로 보면, 이는 최소한 세 개 연대에 달하는 병력 아닙니까? 이는 현재 양정우의 직접 관할 부대가 세 경위연대로 확대되었음을 설명해 줍니다. 안 교관과 정 대장, 그리고 호 부대장(정진대 부대장), 세 분은 어떻게 생각하십니까?"

세 사람은 모두 감탄했다. 김창영의 이와 같은 분석을 열심히 듣고 있던 키시타니도 동의한다는 듯이 머리를 끄덕이며 말을 받았다.

"참으로 고견이오. 정 대장의 정진대가 외차구에서 왜 패했는지 이유를 알겠소."

키시타니는 토미모리에게 말했다.

"지금 보니 양정우가 정진대보다 2배나 많은 병력을 가지고 있구먼. 거기다가 항일연군에서 제일 지독한 조선인들만 골라서 곁에 모아놓은 모양이오. 우리도 병력을 보강하지 않으면 안 되겠소. 최소 지금보다 두세 배 이상으로 확대하지 않으면 양정우를 붙잡을 가망이 없소."

"문제는 돈이 아닙니까."

"마침 하늘이 도와서 따로 돌려쓸 수 있는 예산이 생기게 되었소."

2. 고조쿠쿄와의 맛

그로부터 며칠 뒤였다. 통화에 출장 중이던 관동군 간자키 중좌는 통화에서 가장 유명한 일본 요릿집 기쿠스이(菊水)에서 키시타니 경무청장 등과 함께 술을 마셨다. 여기에는 토미모리 경무과장과 이 우케(鵜池) 경비고장(警備股長) 외에도 김창영 등 임강공작반 주요 관계자들까지 모두 참석했다. 키시타니는 특별히 통화성에서 가장 예쁘다는 게이샤들까지 모두 불러 간자키 중좌의 술시중을 들게 했다.

"게이샤들은 그만하고 조선 여자나 만주 꾸냥(처녀)을 불러주시구려."

간자키는 특이한 취향을 가지고 있었다.

키시타니는 기다렸다는 듯이 김창영에게 눈짓했다.

"그러자면 시간이 좀 걸릴 텐데, 조선 여자와 중국 여자를 하나씩 부를까요? 아니면 혼자서 이 두 나라 맛을 다 낼 수 있는 여자를 부를까요?"

김창영이 사뭇 정색하고 묻자 간자키도 잔뜩 호기심이 동했다.

"아, 그런 여자도 있소이까?"

"중좌께서 원하신다면 제가 알선해드릴 수 있습니다."

"그렇다면 우리 만주국의 특색인 고조쿠쿄와(五族協和)[151]의 여러 맛을 한 번에

---

151 오족협화(五族協和, 일본어로 고조쿠쿄와)는 만주의 표어이자 건국이념, 정치 슬로건이다. 중화민국 성립 초기의 정치 슬로건이었던 오족공화(五族共和)에서 유래했지만, 오족공화의 '오족(五族)'이 지배민족인 만주족, 후이족(회족), 몽골족, 티베트족 그리고 피지배민족인 한족을 가리키는 것과는 달리 오족협화는 일본인, 조선인, 만주족, 몽골족, 한족의 협력을 뜻한다. 만주국 국

다 볼 수 있는 그런 명기 중의 명기를 만나게 해주시면 더욱 고맙겠소."

간자키가 한술 더 떴으나 김창영은 자신 있게 대답했다.

"결코 후회하는 일은 없으실 거라고 제가 감히 자신합니다."

"그런데 시간이 좀 걸린다는 건 무슨 뜻이오?"

"중좌께서는 이곳 통화가 인삼의 고향으로 불리는 걸 아시겠지요? 이 지방에서 산삼 캐러 다니는 조선 사람들은 산삼을 발견했을 때 '심봤다!' 하고 외칩니다. 그러면 이 외침을 들은 다른 심마니들은 모두 그 자리에서 한동안 가만히 있는 것이 예의라고 합니다. 산삼은 영물이라 사람 눈에 띄면 도망가려 하는데, '내가 이미 너를 봤다'고 외치는 사람이 있으면 그 혼이 놀라서 제자리에 가만히 있다고 합니다. 그때 가서 파야 합니다."

김창영 이야기를 듣고 간자키는 중얼거렸다.

"그러니까 내가 방금 심마니가 됐나 보구먼."

"네, 맞습니다. 중좌께서 자기를 부르는 걸 아는 그 인삼은 도망가지 않고 기다리고 있을 겁니다. 제가 사람을 보냈으니 인삼을 파오는 데 시간이 좀 걸리겠지요. 그 사이 우리는 인삼으로 담근 이 술들을 마시고 있으십시다. 저희들이 모두 돌아간 후 중좌께서만은 진짜 혼이 붙은 인삼을 맛보시게 될 것입니다."

그 말을 들은 간자키는 크게 기뻐했다.

"가네미츠 마사나가라고 했습니까? 당신은 참으로 훌륭한 조선인이요. 만주인들도 당신처럼 우리 대일본제국에 충성한다면 얼마나 좋겠습니까? 우리가 이 척박한 만주 땅에 왕도락토(王道樂土, 만주족, 몽골족, 한족, 일본인, 조선인 등 다섯 민족의 화합 국가를 만든다는 뜻)를 건설하기 위하여 얼마나 많은 땀과 피를 흘리는 중입니

기는 노란색(만주족) 바탕에 왼쪽 상단에 네 가지 색(빨간색(일본인), 파란색(한족), 하얀색(몽골족), 검정색(조선인)) 가로 줄무늬가 그려져 있는데, 이는 오족협화의 이념을 뜻한다.

까? 빨리 이와 같은 상황을 개변시켜야 합니다."

그러고는 키시타니에게도 말했다.

"이번에도 또 내 손을 빌릴 일이 있는 것 같은데 뭡니까? 기탄없이 말씀해 보십시오."

토미모리가 먼저 차구산구에서 있었던 일부터 이야기했다. 경무청 경찰대대가 양정우를 발견하고 뒤를 쫓아 내·외차구에서 따라잡았고 통화 주둔 8군관구 만주군이 한 연대를 출정시켜 산구를 모조리 포위했으나 결국 놓쳐 버렸다는 사실을 자세히 소개했다.

"정진대가 다 차려놓은 밥상을 만주군이 뒤엎어놓았다는 소리 아니요?"

"맞습니다. 이번 전투 결과가 증명하듯 만주군으로 항일연군을 토벌하는 것은 완전히 불가능합니다. 반드시 우리 관동군이 직접 출정하지 않으면 안 됩니다."

키시타니의 대답에 간자키는 한숨을 내쉬었다.

"그걸 누가 모르겠소. 벌써 오래전부터 관동군이 나서서 만주의 비적 문제를 빨리 해결해야 한다고 주장했지만 사사키 도이치 고문이 만주군의 군사력을 자신하면서 계속 반대해 왔소. 그런데 이제는 진짜로 상황이 달라졌소. 국민당 군대의 저항으로 화북 방면군이 고전을 겪고 있소. 관동군은 이제 만주만 지키고 있을 수 없게 되었소. 빨리 장성을 넘어 중국 관내로 들어가야 하는데, 만주의 비적들에게 발목을 잡히고 있어서야 되겠소?"

"그래서 하는 말입니다. 저희가 알기로 국민당 군대는 만주군을 우리 황군 못지않게 엄청 무서워한다고들 합니다. 그런데 만주군은 항일연군만 만나면 놀라서 오줌을 쌀 지경입니다."

키시타니의 말에 간자키는 고개를 갸웃하고 바라보았다.

"그래서 무슨 뜻인가요?"

"만주군을 남방으로 출정시켜 국민당 군대와 싸우게 하자는 것입니다."

"이미 한두 여단을 출정시켰지만 그것만으로는 새 발의 피요. 아직도 최소한 5만에서 10만 명이 더 필요하오. 그런데 그렇게 하면 만주의 치안은 누가 지켜내겠소?"

"저희 경찰대대에 맡기시면 됩니다."

이때쯤 간자키는 키시타니의 의중을 거의 눈치 채고 있었다.

"물론 청장님의 통화경찰대대는 항일연군에서 귀순해온 사람들로 전문 토벌대를 만들었으니 그 전투력을 인정하지만, 다른 지방 경찰대들도 통화경찰대대만큼 강력한 전투력을 갖추게 하는 일은 결코 쉽지 않소."

이때다 싶게 키시타니는 간자키에게 하소연했다.

"물론입니다. 그럼에도 불구하고 지난달 간도성에서 설립된 소메카와 부대(染川部隊, 간도특설부대)는 병력 규모가 겨우 세 중대에 불과한데도 직접 국방군 예산에서 배당받고 있습니다. 일반 대원의 한 달 봉급이 모두 수백 원씩 된다고 하니 부럽기만 할 따름입니다. 만약 저희에게 소메카와 부대가 받는 예산의 절반이라도 주시면, 현재 병력 규모를 400명에서 500명 정도로 불리겠습니다. 그래봐야 양정우가 직접 이끌고 다니는 비적 숫자 정도에 불과할 따름입니다. 그러나 그렇게만 해주신다면, 저희는 만주군 손을 빌리지 않고 저희 경찰대 힘만으로도 반드시 남만주의 비환(匪患)을 깨끗하게 근절할 수 있을 것입니다."

여기까지 들었을 때 간자키가 떠올렸던 것은 다름 아닌 얼마 전 해산한 '쿠로사키유격대'였다. 간자키는 키시타니에게 말했다.

"쿠로사키 중위의 유격대는 100명도 되나 마나 했소. 그런데도 그들은 천하무적이었소. 현재 정빈정진대는 쿠로사키유격대의 3배나 되는데도 더 불려야 한단 말이오? 하긴 양정우가 데리고 다니던 부대도 과거보다 2배나 불었다니, 그에 상응하는 수준으로 정진대도 불리겠다는 뜻은 이해하겠소. 하지만 그것은 경무사와 의논해야 할 일이오. 관동군 참모가 경무사에 찾아가서 지방경찰 대대 병력을 더 불려야겠다고 청을 넣어달라는 말이오? 그런다고 그 사람들이 듣기나 하겠소?"

그러자 토미모리가 나섰다.

"치안부 내부 규정에 병력 불리는 일은 반드시 관동군에 보고됩니다. 경무사에는 물론 저희들이 남만주의 특수성에 근거하여 경찰대대를 더 확충해야 한다는 보고서를 제출할 것입니다. 그러니 이 보고서가 비준될 수 있도록 중좌께서 경무사장님에게 한 말씀만 해달라는 것입니다. 두 분은 한 고향 친구라고 들었습니다."

간자키는 두 눈이 휘둥그레졌다.

"타니구치 메에조오(谷口明三)[152] 경무사장이 나와 고향이 같은 건 또 어떻게 아셨소? 정말 귀신이 곡할 노릇이로구먼."

"잊으셨습니까? 저희들은 스파이 노릇으로 먹고 사는 사람들 아닙니까."

토미모리가 이렇게 대꾸하는 바람에 모두 웃음을 터뜨렸다.

---

152 타니구치 메에조오(谷口明三, 1899-1987년) 일본 야마구치현(山口県) 시모노세키시(下関市)에서 태어났으며 1924년 11월에 일본문관고등학교 행정과시에 합격했고 이듬해 1925년 동경제국대학교 법학부를 졸업했다. 이후 일본 요코하마시청을 거쳐 내무부에 근무했으며, 토쿠시마현, 아오모리현, 이바라키현, 오사카 경찰부 과장을 거쳐 만주국 치안부 경무사장(警務司長)이 되었다. 이후 1944년에 귀국하여 사이타마현 내무부장과 경찰청 경무부장을 역임했다. 1944년 8월에는 제33대 미야자키현 지사가 되었다. 일본이 항복을 1년 앞두었던 시점에 타니구치는 태평양전쟁 말기의 본토 결전 체제 정비에 진력하여 '결전 지사'라고 불리기도 했으나 1945년 8월 15일 이후 지사직에서 내려왔고 공직에서 추방당했다. 1953년에 다시 홋카이도 개발청 차장이 되었고, 이후 일본 주택공단 고문, 토마코마이항(苫小牧港) 개발 부사장과 기문식품 상임 감사 등을 역임하다가 1987년 10월 9일에 사망했다. 향년 87세였다. 그는 만주국 치안부 경무사장 재임 기간에 『만주국 경찰사』 편찬을 주도했고 서문도 직접 집필했다.

조금 뒤에 김창영이 보냈던 사람이 왔다.

"마루니시 타카코(丸西登子) 양이 방금 도착했습니다."

김창영은 바로 키시타니 경무청장, 토미모리 경무과장 등과 눈빛을 교환한 뒤 그에게 일렀다.

"바로 이리로 모시게."

키시타니가 간자키에게 술을 권하며 은근한 목소리로 말했다.

"가네미츠 상이 추천한 혼을 가진 인삼이 도착했다고 합니다. 바로 그 고조쿠쿄와 말입니다."

"아, 그래요. 그럼 어서 부르세요. 그런데 방금 우리 일본 이름으로 들었는데?"

"네, 일본에서 살 때는 마루니시 타카코라고 불렀고, 조선에서 살 때는 유명향이라고 불렀다고 합니다. 유명향이 하도 유명하니 이름을 끌어다 썼을 수도 있겠지요. 중국 이름과 몽골 이름도 있다는데 그건 잘 모르겠습니다. 어쨌든 이 여러 민족 말을 모두 그 나라 사람처럼 잘하니 한 번 겪어볼 만한 여자 아니겠습니까."

키시타니가 은근하게 권하자 간자키는 너털웃음을 터뜨렸다.

"그럴듯한데요, 혼을 가진 인삼 처녀에 고조쿠쿄와 맛이라, 하하…."

남만주의 밤은 유난히 가을과 잘 어울린다. 그중에서도 밤만 되면 잔잔한 은빛 알갱이로 부서지는 아름다운 고구려의 옛 강 혼강(渾江) 기슭에 자리 잡은 통화의 가을밤은 더욱 정취가 있다. 그러나 이날따라 누구도 생각지 못했던 가을 장맛비가 추적추적 내리기 시작했다. 1938년 겨울이 갑작스럽게 다가오고 있었다.

3. 최주봉돌격대

간자키 중좌는 키시타니 경무청장과의 약속을 지켰다.

1938년 11월과 12월 사이, 통화성 경무청에서는 원래 있던 정빈정진대에 이어서 비슷한 규모의 새로운 토벌대를 두 개나 더 출범시켰고, 관동군 사령부에서 직접 무기와 탄약뿐만 아니라 자동차도 제공했다. 그리고 경무사에서 상당 부분의 자금을 감당했다.

이렇게 새로 설립된 토벌대가 바로 최주봉돌격대(崔胄峰突擊隊)와 당진동정진대(唐振東挺進隊)였다. 이듬해 1939년 3월에는 최지무의 유하현 경찰대대도 전원 차출하여 토미모리 경찰대대의 지휘를 받으며 토벌 작전에 투입되었는데, 이들의 총병력은 600여 명에 달했다.

당시 만주국 치안부 경무사는 19개의 성 가운데서 주로 조선인들이 많이 거주하는 길림성과 간도성, 통화성, 사평성을 먼저 선택하여 보안국을 설치했다. 보안국의 주 업무는 경찰 지문(指紋)사업이었다. 각 성 경무청장이 직접 보안국장직을 겸하고 이사관은 성 경무청의 특무과 과장이 겸하기로 되어 있었다. 보안국 산하에 특별첩보반을 신설하고, 중앙 정부와 지방 정부에서 공동으로 예산을 책정했다. 이 첩보반에서 하는 일은 만주국 내 여러 민족의 지역 구성을 재조사하고 나아가 그들의 지문을 모두 채취하는 것이었다. 당시 만주국 경찰제도가 매우 정비되어 가고 있었음을 알 수 있다. 일종의 인구 실태 조사와 더불어 만주국 내 전 국민의 지문을 등록하는 것으로, 『만주국 경찰사』에서는 다음과 같이 설명한다.

"우리나라(만주국)는 복합 민족국가로 국민 호적이 없었고 또 매년 50~60만 명에 달하는 민공들이 화북으로부터 우리나라에 들어왔기 때문에 치안 방면을 놓고 보아도 그렇고, 국책을 추진시키는 방면을 보아도 그렇고 모든 국민의 지문을 수집할 필요성을 느끼게 되었다. 그러나 만약 전 국민적으로 실시한다면 기술과 사무상에서 가능할 수 있겠는지? 만약 전국적으로 실시할 수 있다면 경찰 지문에만 국한시킬 수 없겠는지? 이러저러한 구체적인 문제들은 계속하여 연구가 필요했다. 이리하여 대동 2년 8월 16일에 경무사에서는 지문사업을 실시하는 데 관한 토론 회의를 소집했고 아래와 같은 관련 사항을 결정했다."[153]

그러나 키시타니 경무청장은 특별히 치안부에 보고를 올려 양정우를 토벌하는 일이 시급하다는 이유로 보안국을 신설하는 데 드는 비용을 모조리 경찰대대에 퍼부었다. 간자키 중좌가 직접 타니구치 메에조오 경무사장을 설득하여 받아낸 결과였다.

여기서 잠깐 최주봉돌격대를 살펴본다. 최주봉은 1923년생이었으므로 이때 나이가 겨우 스물다섯밖에 안 되었다. 그러나 최주봉은 일찍이 1군 소년철혈대 대장을 맡았고 제1차 서북원정에도 참가하는 등 경력이 화려했다. 정빈과 호국신은 최주봉의 중공당 입당 보증인이기도 했다. 즉, 항일연군에 있을 때 정빈과 최주봉의 직위는 큰 차이가 있었다.

1차 서북원정 당시 최주봉과 소년철혈대 대원들이 성병에 걸렸던 일로 하마터면 정빈에게 총살까지 당할 뻔했던 최주봉은 어느 날 정빈도 자기처럼 항일연군을 배신하고 만주국에 귀순한 것을 알게 되었을 때, 말로 형용할 수 없는 이

---

153 『만주국경찰사(滿洲國警察史)』, 1942년 9월.

상야릇한 기분이 들었다. 그럴 즈음 유하현 경찰대대 정치훈련반 주임으로 부임한 풍검영이 최주봉에게 잔뜩 바람을 불어넣었다.

"난세에 영웅이 난다는 말이 있네. 자네가 항일연군에 계속 있었으면 평생을 가도 정 사장(정빈) 발뒤꿈치라도 따라갈 수 있었겠나. 그러나 지금은 자네도 당당하게 경찰대대 부대장이 되었네. 일본 사람들 눈에는 항일연군에 있을 때의 직위 같은 것은 전혀 상관없네. 일본 사람들 눈에는 과거보다는 오늘과 내일만 있으니, 바로 오늘 어떤 큰일을 해내는가에 따라서 내일이 결정된다고 보면 되겠네. 즉 영웅이 되느냐, 안 되느냐는 지금 이 기회를 얼마만큼이나 손아귀에 틀어쥐는가에 달려 있다 그 말일세."

"만약 기회가 주어진다면 저는 손아귀에 단단히 틀어쥐고 절대로 놓치지 않을 겁니다. 다만 그런 기회가 정말 나 같은 사람에게도 올까요?"

최주봉은 잔뜩 희망에 부풀어 올랐다.

그러던 중 통화성 경무청에서 직접 내려온 토미모리 경무과장이 그를 데리고 키시타니 경무청장에게 갔다. 키시타니는 그에게 일본인 경위보 이토(伊滕)를 붙여주면서 유하현에 살고 있는 항일연군 출신 귀순자 40여 명을 모두 불러 모으라고 지시했다. 그리고는 유하현 경찰대대에서 20여 명을 뽑아 총 60여 명에 달하는 소규모 돌격대를 조직하게 했다. 대장은 물론 최주봉이 임명되었다. 풍검영 외에도 호국신을 최주봉돌격대로 이동시켰고 일본인 경위보 이토를 부대장으로 임명했다.

"최주봉 대장, 당신의 돌격대는 먼저 60명으로 시작하라. 1년 사이에 대대 규모로 병력을 증강시킬 것을 약속한다. 그러나 관건은 전과에 달려 있음을 잊지 말기 바란다."

키시타니는 과거에 정빈에게 자신의 군도를 주었던 것처럼 이번에도 새 군도 한 자루를 직접 최주봉에게 주었다.

"두고 보십시오. 양정우는 정빈이 아니라 반드시 제가 먼저 잡을 것입니다."

최주봉은 정빈을 이기려는 승부욕으로 벌써 안절부절못했다.

그러나 키시타니는 최주봉돌격대를 김창영의 임강공작반에 붙여주었다. 김창영이 최주봉과 이토를 불러놓고 타일렀다.

"양정우도 양정우지만, 현재 동변도 지방에서 양정우 못지않게 만주국 국경을 소란스럽게 하는 자는 김일성이오. 만약 양정우와 김일성을 동시에 없애지 못하면, 어느 날 양정우가 사라지는 순간부터 김일성이 쇠를 먹고 계속 덩치가 커져 가는 불가사리가 되어 버릴 수 있소. 불가사리가 무슨 뜻인지 아오? 괴물이오. 몸을 잘라내도 끝없이 재생하기 때문에 쉽게 죽일 수 없소. 진짜로 '불가살이(不可殺伊)'가 되고 말기 때문이오. 그래서 키시타니 경무청장님은 양정우와 김일성 목에 같은 액수의 상금을 걸겠다고 약속했소. 먼저 성공하는 사람이 통화성 경찰대대 대대장이 될 것이오. 토미모리 경무과장님이 현재 겸직한 이 대대장직 말이오."

최주봉과 이토는 김창영에게 이구동성으로 말했다.

"이사관님, 저희는 뭐든지 시키는 대로 다하겠습니다. 빨리 저희들을 김일성이 있는 곳으로 가게 해주십시오."

4. 김일성 귀순작전

이렇게 최주봉돌격대가 김창영과 합류한 것은 1938년 11월 중순경이었다.

김창영이 직접 지시하여 다시 만주로 불려나온 김성주의 할머니 이보익은 박차석의 안내로 장백현에 도착하여 가재수에서 이틀간 묵고 팔도강으로 옮겼다. 이곳에서 김창영과 만나 푸짐한 식사대접을 받았다. 평생 구경조차 해본 적이 없는 진수성찬이 차려졌다. 김창영은 이미 구면이었지만 새로 나타난 생소한 얼굴의 조선인은 다름 아닌 이종락이었다.

"조모님, 이 사람은 성주가 어렸을 때 화성의숙에서 함께 공부했던 이종락 군입니다."

김창영은 평생 김성주와 만나본 적도 없으면서 어린 시절부터 잘 아는 사이라도 되는 것처럼 김성주를 성주라고 부르고, 이보익을 박차석처럼 조모님이라고 따라 불렀다. 그들이 제법 깍듯하게 대했기 때문에 이보익은 적이 안심한 듯 음식도 조금씩 먹기 시작했다.

"우리 증손이가 전번에 왔을 때도 끝내 나타나지 않았는데, 이번이라고 나타나 주겠나?"

이보익이 걱정하자 이종락이 나서서 말했다.

"그때는 성주가 할머니께서 진짜로 와 계신 줄 몰랐을 수 있습니다."

"그럼 이번에는 무슨 방법으로 우리 증손이한테 이 할미가 왔다는 걸 알릴 수 있나? 이번에도 전번처럼 군인들이 총창을 들고 뒤를 따라다니면서 내 등허리를 쿡쿡 찌르지는 않겠지?"

그러자 김창영이 재빨리 이보익을 안심시켰다.

"아, 이번에는 절대 그런 일 없을 것이니 안심하십시오."

다음 날 이보익은 팔도강에서 일본군 군용트럭에 실려 몽강으로 이동했다. 김창영과 이종락 등도 함께 동승했다. 그들 뒤로 또 다른 군용트럭 한 대가 뒤따랐는데, 이 트럭에는 최주봉의 돌격대 60여 명이 타고 있었다. 이들은 모두 항일연군 복장이었다. 미리 연락받은 몽강현 경찰본부 일본인 니시타니(西谷) 경좌가 중국인 경무과장 왕사홍(王土洪)과 경찰대대 대대장 상문해(桑文海)와 함께 그들을 마중했다.

그날 밤 김창영은 니시타니 경좌와 함께 최주봉과 풍검영, 호국신, 이종락, 박차석 등 임강공작반 주요 관계자들을 다 모아놓고 하나둘씩 임무를 주면서 특별히 최주봉과 이종락, 박차석 세 사람에게 말했다.

"이제부터 관건은 세 분이 어떻게 하는가에 달렸소. 이 작전 성패가 우리 민족의 명운과도 직접 관계있다는 숭고한 사명감을 가지고 임해야겠소."

그리고 니시타니 경좌에게 부탁했다.

"일단 김일성 숙영지를 발견하면 우리가 데리고 온 돌격대가 척후병이 될 것이고 경좌의 경찰대대는 본대가 되어 주시오. 따로 만주군을 동원할 필요 없이 토미모리 경무과장이 직접 통화성 경찰대대를 인솔하고 후위에 따라서기로 했소. 아마 지금쯤 이미 화전현 경내로 들어섰을 것이오."

김창영은 다시 최주봉과 이토 경위를 불러 특별히 당부했다.

"김일성과 연락만 되면 전후 거래 과정은 몽강 경찰들한테 일절 비밀에 붙여야 하오. 만약 최 대장의 척후부대가 김일성을 놓치는 날이면 우리는 니시타니 경좌의 들러리만 서는 꼴이 되고 말 것이오. 내 뜻을 알겠소?"

"김일성이 우리한테서 빠져나간다면 몽강현 경찰대대인들 무슨 수로 막겠습니까. 아마도 후위에서 따라붙을 정빈정진대가 어부지리를 얻게 될 것입니다."

이토의 말에 최주봉은 펄쩍 뛰었다.

"저희 돌격대가 모조리 몰살당하는 한이 있더라도 제가 막아내겠습니다. 김일성은 결코 우리의 포위권 바깥으로 빠져나가지 못할 것입니다."

다음 날부터 이종락 등 임강공작반 반원들은 미리 인쇄하여 가지고 온 삐라들을 산속으로 가지고 들어가 여기저기 뿌리기 시작했다.

그로부터 5년 뒤인 1943년 만주국 치안부 경무사 이사관직에서 물러나 조선으로 돌아왔던 김창영은 한동안 전라남도 도청 참여관과 산업부장, 광공국장 등으로 영달을 누리다가 일본이 전쟁에서 패하고 일본인 경성 부윤(서울 시장) 츠지 게이고(辻桂五)가 업무를 내려놓자, 그 자리를 인수인계 받기도 했다. 그러나 1949년 4월 15일 반민족행위특별조사위원회에 의해 체포되었다. 이때 재판을 받으면서 남겨놓은 자료에는 당시 김창영이 이종락과 박차석을 시켜 몽강현 밀림에 살포했던 삐라에 대해 자세하게 설명한 것이 있다. 삐라는 어쩌면 김성주에게 보내는 공개서한이었다고 보는 편이 훨씬 더 정확하다.

다음은 김창영 신문조서(訊問調書) 내용[154]이다.

피의자신문조서(제2회)
반민족행위특별조사위원회

피의자 김창영
右 반민법위반 피의사건에 관하여 4282년(1949) 4월 19일 반민족행위특별조사위원회 충청북도조사부(忠淸北道調査部) 서기 김상철(金相喆)을 입회시키고 전회(前回)에 계속하여 피의자의 신문함이 여좌(如左)함.

문: 전회(前回)에 진술한 중(中) 허위는 없는가?
답: 없습니다.

---

154 반민특위조사기록, "김창영 반민족행위특별조사위원회 자료", 국사편찬위원회, 한국사데이터베이스.

문: 다음 치안공작을 말하라.

답: 본인은 만주국(滿洲國) 내의 조선인에 대한 지도 무육(撫育)사무를 담당할 뿐 외(外)라 전술(前述)한 바와 여(如)히 여소재(呂紹財) 귀순공작에 성공한 연유로 치안부(治安部) 차장 박전미조(薄田美朝)(전 일본 경시총감)의 특명을 받아 만주국 국책에 의한 (사법부, 치안부, 관동군關東軍 협정) 김일성(金日成, 양정우楊靖宇 부하 제8사단장) 귀순공작에 착수했습니다.

문: 귀순공작의 계획 내용을 대략 말하라.

답: 길림성 돈화현(吉林省 敦化縣) 진한장(陳翰章, 양정우 부하 제5사단장)의 귀순공작 실패의 전례에 감(鑑)하여 김일성 귀순공작은 특히 신중히 고려할 필요가 유(有)하다고 생각하고, 전(前) 양정우 부하 제1사단장 최주봉(崔胄峯, 기 귀순자)과 김일성의 상관이던 전 중대장 이종락(李宗洛, 귀순 후 사망), 김일성 친우(親友, 재 평양 박차석朴且石) 3인과 협의한 후 제일착(第一着)으로 통화성 무송현(通化省 撫松縣), 몽강현(濛江縣) 등의 현지에 출장하여 전기(前記) 이종락, 박차석으로 하여금 김일성 부대의 잠복했을 듯한 산간 촌락 일원을 순회하며 해(該) 2인의 서신과 사진 등을 살포하여 김일성과의 연락을 취했던 바, 약 2개월 후에 몽강현 두도화원(頭道花園)이라는 촌락에 거주하는 만인(滿人) 농부를 이용하여 김일성 부대로부터 반신(返信)이 왔습니다.

문: 전술한 김일성이라는 자는 현재 어디 있는가?

답: 현재 평양에 있는 김일성으로 인정합니다.

문: 박차석 등이 순회 살포했던 서신과 사진은 어떤 내용이었던가?

답: 면회를 요청하는 서신과 이종락, 박차석 등의 실모(實貌)를 증명하는 2인 합촬(合撮)한 사진(4절판)이었습니다.

문: 어느 때 하처(何處)에서 누구와 회견했는가?

답: 적정(敵政) 소화 15년(1940) 1월 중순 김일성으로부터 회신이 있은 수일 후 이종락 지시에 의하여 전기(前記) 만인(滿人) 농부의 안내로 김일성의 지시 장소인 두도화원 남방 약 5리 지점 산중을 향하여 박차석이 단신으로 들어가 김일성 이하 두 중대 약 120명과 1박 하며 직접 김일성과 회담을 시켰습니다.

문: 박차석과 김일성의 회담 내용은 무엇이었던가?

답: 박차석으로부터 삼강성(三江省) 귀순공작의 4대 조건을 설명한 외 혁명 대상은 초목이 아니라 인간이니 하산하라는 의미와 귀순 후 특별한 조처로 외국 유학을 알선한다는 등의 조건을 들어 귀순을 역설했던 바, 김일성으로부터 귀순의 의사를 표시하며 2대 조건을 요구하여 왔었습니다.

문: 2대 조건은 무엇이었던가?

답: 제1은 귀순공작의 책임자인 김창영(피의자)을 간도성(間島省) 혹은 통화성의 성장(省長)으로 임명하여 귀순 후 장구히 일동(一同)의 신변을 보장할 것과 제2는 동 성(同省) 내 적당한 지역을 택하여 귀농생활을 하되 일반 행정에 대하여는 만주국법에 전반적으로 순응하나 치안과 경비에 대하여서만은 정부에서 간섭치 말고 귀순부대에 일임하여 줄 것 등이었습니다.

문: 상기 2대 조건에 대하여 조처 여하?

답: 본인은 산중으로부터 돌아온 박차석과 이종락 등에게 2대 조건의 부당성을 말하고 무조건 귀순 후 매사를 타협적으로 진행할 것을 지시한 후, 전기(前記) 이종락으로 하여금 김일성을 재회견케 하고 귀순공작을 계속키 위하여 전기(前記) 산중으로 입산시켰습니다.

문: 산중에 잠복한 김일성 부대의 내용은 여하?

답: 파견원 박차석의 보고에 의하면 산중에는 천막 4개에 분(分)하여 120명이 포진하고 있었는데 조선인 약 40명, 만인 약 80명의 두 중대였고, 제7단장은 만인 손장상

(孫長祥)이며, 제8단장은 조선인 최현(崔賢)이었다고 들었습니다.

문: 이종락 입산 후 결과 여하?

답: 김일성 부하 중대장급으로 있다가 장백현(長白縣)에서 귀순한 만인 이자평(李子平)의 말에 의하면, 이종락 입산 익일(翌日) 마침 군장 양정우가 약 400명 부하를 인솔하고 해(該) 산중에 내도(來到)하여 이종락을 납치하고 김일성에게 대하여는 귀순 공작원(전기 박차석, 이종락)과의 연락한 것을 대노(大怒) 문책하고, 즉시 김일성 부대의 전군(全軍)을 장백현으로 이동을 명(命)했다고 합니다.

문: 기후(其後)에 공작은 여하?

답: 전기 이자평의 진술에 의하여 공작이 불순(不順)함을 깨달은 외에 당시 관동군 대서(大西) 대좌가 한 대대를 인솔하고, 김일성 토벌의 특명을 받아 장백현에 내착(來着)했기에 동 공작은 전부 단념하고 말았습니다.

문: 김일성에 대한 귀순공작은 그 후에 어느 때에 다시 시작했던가?

답: 본인은 관계한 일이 없고, 각 성(各省) 각 현(各縣) 단위로는 귀순공작을 계속한 지방도 있어서 순회 위문한 일이 있습니다.

우(右) 본인에게 독문(讀聞)시킨 바 상위(相違)가 무(無)하다 하고 서명 무인(拇印)함.

공술자 김창영. 단기 4282년(1949) 4월 19일. 반민족행위특별조사위원회

조사관 신정호(申政浩). 입회인 서기 김상철.

5. 김주현의 죽음

이때쯤 김성주는 인생 최대의 격변기를 맞이하고 있었다. 그야말로 슬픔과 기쁨이 교차하던 나날들이었다. 양정우와 위증민, 전광 등이 임강현 차구산구에서 포위를 뚫고 있을 때 먼저 몽강현으로 들어왔던 김성주는 1938년 10월 중순 경부터 남패자와 북패자를 개척했다.

이때 김성주를 울리는 사건이 발생했다. 정확한 날짜는 10월 21일, 6사 부관 겸 군수관 김주현이 7연대 1중대장 김택환과 함께 서패자에서 남패자로 돌아오는 길에 몽강현 경찰대대가 몰래 미끼로 던져 놓은 주인 없는 벌통 여러 개를 발견하게 되었다.

"저 꿀을 가져다가 후방병원 환자들에게 대접합시다."

김주현이 김택환에게 시켰다. 그런데 벌통 주변 숲속에는 자그마치 100여 명에 달하는 몽강현 경찰대대가 매복하고 있었다. 이 전투에서 김주현과 김택환이 모두 죽고 함께 가던 1중대 산하 소대 대원들도 겨우 3, 4명만 살아남고 나머지는 모두 사살당하고 말았다. 총소리를 듣고 오중흡이 직접 구하러 달려갔으나 때는 이미 늦고 말았다. 경찰대가 사살한 시체들을 쌓아놓고 불을 지르고 있을 때 도착한 오중흡은 경찰들을 쫓아버린 뒤에 불더미 속에서 타다 남은 김주현과 김택환, 김영국 등의 시체를 끄집어냈다.

평소 김주현이 늘 메고 다니던 배낭을 받아 안은 김성주는 눈물을 걷잡을 수 없었다. 더구나 맨발 바람으로 오중흡 등에 업혀 온 김주현 시체를 보면서 그가 남긴 배낭을 뒤지던 김성주는 그만 울음을 터뜨리고 말았다.

"어떻게 부관의 배낭 속에 짚신 한 짝 없단 말이오?"

그때 김주현 등이 불철주야로 뛰어다니면서 몽강현 밀림에 밀영들을 건설했기 때문에 11월에 접어들면서 동패자와 북패자, 그리고 서패자로 들어오던 양정우와 위증민, 전광 등은 무척 편했다.

뒤따라 서패자로 들어오던 방진성과 한인화의 경위여단 일부가 화전현으로 들어올 때 류수하자 부근에서 만주군과 전투가 벌어졌으나 조아범이 송무선과 함께 1군 2사 부대를 이끌고 달려와 그들을 엄호했다. 그리고 돈화 쪽으로 빠져나갔던 박득범과 최현의 4사도 이때 최현의 1연대가 먼저 몽강현으로 이동하고, 박득범은 남아서 뒤따라 돈화현으로 들어올 진한장의 5사를 마중할 계획이었다.

이렇게 하여 조아범의 1방면군에 이어서 뒤따라 2, 3방면군 결성도 선포하려 했으나, 최현 1연대가 화전현 목기하(木其河)에서 화전현 삼림경찰대대 이해산(李海山) 부대에 앞을 가로막혀 더는 서쪽으로 이동할 수 없게 되었다. 처음에는 일반 삼림경찰대로 간주하고 전투를 진행했으나, 전투 도중 불쑥 배후에서 나타난 정체를 알 수 없는 한 무리의 무장부대가 최현의 1연대를 공격했다.

결국 최현의 1연대는 끝내 몽강현으로 들어오지 못하고 화전과 돈화 사이에 있는 황니허(黃泥河, 황니하) 산구로 철수하고 말았다. 하는 수 없이 양정우와 위증민은 먼저 제2방면군 결성을 다그치기로 작정하고 1938년 11월 25일에 남패자 밀영으로 김성주와 만나러 갔다. 김성주는 회고록에서 특별히 "양정우와 만나"라는 제목의 장절을 할애하여 이때의 광경을 이야기한다.

그런데 회고록 7, 8권은 모두 계승본이다 보니 집필자(북한의 당 역사연구소)들은 과거 김성주가 생전에 구술했던 회고담을 그대로 받아 적은 것처럼 서술해 나가는데, 황당한 부분이 적지 않다.

한 단락을 돌아보자.

"1930년대 전반기 남만 일대에서는 대도회군이었던 요령구국의용군 총사령 왕봉각이 양정우와 더불어 영웅으로 되고 있었습니다. 그들이 동변도 일대를 휩쓸며 싸움도 많이 하고 피도 많이 흘리었습니다. 우리가 서간도 일대를 타고 앉은 다음부터 적들은 우리와 양정우, 왕봉각 이름을 나란히 놓기 시작했습니다. 왕봉각이 안해와 함께 적들에게 피살된 후에는 시선이 우리와 양정우에게 집중되었습니다. 적들이 김일성 군이라고도 부른 조선인민혁명군과 양정우 부대는 동남만에서 일본제국주의자들을 실력으로 압도한 2대 무장역량으로 되었습니다. 적 측의 극비문건들을 보면 나와 양정우의 이름을 나란히 놓은 개소들을 많이 찾을 수 있습니다. 신문, 잡지들도 그렇게 썼습니다. 일본의 어떤 양정우 연구가는 길림에 대하여 쓰면서 '청년 김일성이 반일활동을 하다가 투옥되었던 거리', '양정우가 유격구에 들어가기 전에 머물렀던 거리'라는 식으로 썼으며 또 어떤 글에서는 항일운동이 거세찼던 만주 지도에 '양정우와 김일성이 항일유격전쟁을 전개한 남만주 지역'이라는 설명문을 달기도 했습니다. 양정우의 희생에 대하여 쓴 글에서는 그가 항일게릴라의 지도자로서 일본에서는 김일성 다음으로 잘 알려져 있다고 했습니다…."

여기서 회고록 집필자들은 김성주를 '나'로 호칭하지 않는다. '우리'라고 쓰여 있는데, '우리'는 '나', 즉 김성주가 되기도 하고 또 '김일성 군이라고도 부른 조선인민혁명군'이 되기도 하는 등 복합적인 의미를 지니게 만들었다. 그러면서 "우리는 남패자에서 우리 부대의 대원들로 양정우와 위증민에게 경위연대를 새로 개편해 주었습니다. 그 연대에 숱한 인원을 보충해 주었습니다. 그때 지휘관들도 재임명하고 양정우에게 전령병도 넘겨주었습니다."라고 한다. 그 이유로 "양정우가 남패자에 왔을 때는 그가 데리고 온 부하들이 얼마 되지 않았습니다. 그는 열하원정에서 당한 손실을 생각하면 가슴이 찢어지는 것 같다고 했습니다."라고도 한다.

처음부터 마지막까지 자신이 남패자에서 제2방면군 지휘관으로 임명된 사실에 대해서는 일절 언급하지 않는다. 물론 북한에서는 지금까지도 당시 김성주가 인솔한 6사 주력부대가 항일연군 제1로군 산하 2군 6사 부대라는 사실을 인정하지 않기 때문이기도 하지만, 회고록에서는 자신(우리)이 "양정우와 위증민에게 경위연대를 새로 개편해 주었다."고 주장하기 때문이다.

그러나 1로군 경위연대가 제1차 노령회의 때 방진성, 이준산의 2군 독립여단과 합류하면서 어떻게 경위여단으로 개편되었는가 하는 이야기는 이미 앞에서 소개하였다. 회고록에서는 또 양정우와 만날 때 곁에 1군 군의처장 서철이 있었다고 썼다. 그런데 여기서도 황당하기 이를 데 없는 설명을 늘어놓는다.

"남만유격대에 파견되어간 사람들 가운데는 하얼빈에서 공청사업을 할 때 우리와 연계를 가지고 활동한 서철도 포함되어 있었습니다. 서철은 조선 사람이지만 중국 사람 행세를 하라는 지령을 받고 남만유격대에 군의관으로 파견되어 갔습니다. 조직에서는 그에게 남만에 가면 이홍광과 이동광에게만 조선 사람이라는 것을 알리고 다른 사람들 앞에서는 철저히 중국 사람으로 행동할 것을 요구했습니다."

모르는 사람이 이 장면을 읽었다면 제법 그럴듯해 보일 것이다. 그런데 서철이 과연 누구의 '파견'을 받고 남만유격대로 갔다는 소린지 알 수 없다. 위 내용대로라면 '나'가 포함된 '우리'가 파견했다는 소리다. 그리고 '철저히 중국 사람으로 행동'하라고 요구했다는 주장도, 당시 온통 조선 사람 세상이었던 남만의 중공당 조직 상황을 조금이라도 아는 사람이라면 받아들일 수 없을 것이다. 한마디로 '나'를 부풀리기 위한 옹색한 거짓말일 따름이다. 당시 현장에 있었던 유옥천은 다음과 같이 회고한다.

"1938년 겨울, 아마도 11월 25일이었다. 우리는 양정우 장군과 몽강 남패자의 한 작은 지방에서 회사했다. (생략) 오후 3시쯤, 김(일성) 사장의 명령에 의해 각 중대들은 집합하고 수장동지를 맞을 준비를 했다. 김일성이 직접 대오를 인솔하고 마중하러 숙영지 밖으로 나갔다. 얼마 안 있자 양 사령이 경위중대를 인솔하고 도착했는데 대오가 무척 정제(整齊)했다. 양 사령과 김 사장은 만나자마자 얼마나 반가워했는지 모른다. (생략) 양 사령이 숙영지로 들어온 뒤에는 바로 간부회의가 소집되었다. 회의를 6, 7일간 계속 진행했다. (생략) 양 사령은 우리에게도 연설했는데 우리는 그를 몹시 존경했다. 연설할 때 김일성이 곁에서 직접 조선말로 통역했다."[155]

6. 2방면군 결성 회의

이때의 회의 중심 의제는 2방면군 결성과 관련한 것이었다. 회의에는 양정우, 위증민, 전광 등이 모두 참가했으며, 1로군 산하 각 방면군의 활동구역들도 새롭게 나누었다. 2방면군 인사와 관련한 사항은 제1로군 총정치부 주임이었던 전광의 주도로 진행되었다. 전광은 그동안 줄곧 1군 2사와 2군 4, 6사를 직접 지도했기 때문에 가장 발언권이 많았다.

2방면군 지휘로 임명되었던 김성주 이하 부지휘(김재범)와 정치부 주임(여백

---

155 이 회고담은 1962년 11월에 유옥천 본인이 직접 정리했다. 중공 길림성 지방 당사자료 연구실(中共吉林省委地方黨史資料研究室編), "중국공산당의 동북 지구에서의 혁명활동에 대한 회억록(中國共産黨在東北地區的革命活動回憶錄)"(7), 86쪽.

기), 참모장(임수산), 부관장(필서문) 등 간부들을 임명하면서 전광의 입김이 작용하지 않은 곳이 없었다. 이미 7월에 제1방면군(1방면군 기간부대는 1군 2사) 결성을 선포할 때 벌써 제2방면과 제3방면군은 각각 김성주의 6사와 진한장의 5사를 기간부대로 정했기 때문에 그 사이에서 4사가 통째로 진한장의 3방면군으로 편입되었다.

"2방면군 지휘부는 조선 동무에게 집중되어 있고 3방면군 지휘부는 중국 동무에게 집중되어 보기가 좋지 않소. 우리 항일연군이 조중 두 나라 민족의 연합부대라는 취지에도 부합하지 않소. 그래서 여백기와 필서문 등 몇몇 중국 동무는 2방면군에 배치하고 박득범, 최현, 이용운, 김동규, 안길, 조정철 같은 조선 동무들은 3방면군으로 편입시키려는데, 김일성 동무의 의견은 어떠하오? 별다른 의견이 없으면 곧 이대로 결정하도록 하겠소."

이때 김성주를 대하는 전광의 태도는 과거와 많이 달랐다. 그의 직위가 2군 정치부 주임 때보다 훨씬 더 높아졌지만 같은 조선인으로서 1로군의 한 방면군을 맡게 된 김성주를 자랑스러워했기 때문이다.

특히 김성주에게 건 양정우의 기대도 이만저만이 아니었다. 전광에게서 김성주에 대한 이야기를 많이 얻어들은 양정우는 은근히 이홍광이 살아 있었을 때의 1군을 되돌아보기도 했다.

"난 김일성 동무를 보면 나도 모르게 홍광이가 떠오르곤 합니다."

남패자회의 기간에 양정우와 위증민, 전광 세 사람은 마주앉아 가끔 김성주 이야기를 주고받았다. 양정우가 어느덧 김성주를 이홍광에 비견하기 시작했다는 것은 단순한 일이 아니었다. 비록 이홍광을 만나본 적은 없지만 그 이름만큼은 귀에 못이 박히도록 들었던 위증민도 놀라지 않을 수 없었다.

"정말 김일성 동무를 대단하게 평가하고 계시군요."

전광도 동의한다는 듯이 머리를 끄덕였다.

양정우에게 이홍광은 그 누구도 함부로 비교할 수 없는 존재였다. 오죽했으면 '제1로군 군가' 가사에 직접 이홍광이라는 이름까지 넣었을 정도로 그에 대한 사랑과 그리움이 넘쳐났다. "높이 걸린 우리의 하늘에, 승리의 군기로 빛나는 홍광(紅光) 돌격, 우리는 제1로군"이라는 구절로도 알 수 있듯이 양정우 마음속에서 제1로군은 바로 이홍광의 정신을 가지고 싸우는 부대였다.

그런데 그 정신을 파괴한 것은 이홍광 부대로 일컫는 1군 1사를 이끌고 항복한 정빈이었다. 한때 정빈은 이홍광 이후 1군 1사 사장에까지 오르며 가장 주목받은 인물이었다. 양정우는 심지어 자기에게 불상사가 발생할 경우, 1군을 맡길 수 있다고 생각했을 만큼 정빈에게 건 기대가 아주 컸다. 그 기대가 너무도 허황하게 허물어져 버린 뒤 양정우는 여간해서 누구를 칭찬하지 않았다. 어쩌면 누구도 쉽게 믿으려 하지 않았다고 보는 편이 더 정확할지도 모른다. 이홍광을 떠올리면 바로 떠오르는 사람이 다름 아닌 정빈이었고, 그는 한때 이홍광의 부하이기도 했다.

그러나 이홍광이 살아 있을 때 정빈은 정치간부였다. 1933년 9월에 동북인민혁명군 제1군 독립사 정치보안중대 정치지도원으로 시작하여 이듬해였던 1934년 봄에는 유하현유격대 정치부 주임을 거쳐 그해 가을에는 동북인민혁명군 제1군 1사의 정치위원을 맡았다. 항일연군 조직 계열 제7조에도 잘 나와 있듯이 "군장이나 사병, 관장을 막론하고 정치부 주임의 명령을 거역하면 매국역적으로 본다."는 이 규정만 보아도 알 수 있듯이 정치부 주임은 실제로 최고 및 최후 결정권자나 다름없었지만, 유일하게 이홍광 부대에서만은 그런 것이 잘 통하지 않았다.

"우리는 양 사령과 이홍광 부대요."

이홍광이 살아 있을 때까지만 해도 1군 1사 대원들은 대부분 양정우 이름 곁에 이홍광 이름도 함께 붙여서 부르곤 했다. 이홍광의 위세가 무척 컸기 때문이다.

"그런데 임강 외차구전투 때만 해도 만주군 놈들은 우리 경위연대 대원들이 주고받는 조선말을 듣고는 댓바람에 '김일성 부대가 왔다.'고 놀라더군요. 그때 난 몹시 놀랐습니다. 허 연대장(허국유)이 나한테 그러더군요. 만주군 놈들이 조선말하는 항일연군만 만나면 모두 '김일성이 왔다.'고 하는 걸 보니, 김일성 명성이 이홍광 사장을 넘어서는 것 같다고 말입니다."

양정우는 진심으로 김성주를 칭찬했다.

위증민은 전광에게 물었다.

"이홍광 사장에 대해선 양 사령 못지않게 전광 동지도 잘 아시지 않습니까? 과연 우리 6사의 김일성 사장이 이홍광 사장도 넘어설 정도가 되었다고 봅니까? 만약 두 사람을 비교한다면 전광 동지는 어느 쪽에 더 높은 점수를 줄 겁니까?"

"두 사람을 비교해보란 말씀이오?"

전광은 흥미로운 듯 고개를 갸웃했다.

"아닌 게 아니라 두 사람은 서로 비슷한 데가 많긴 하오. 용맹하고 지혜롭고 부하들이 모두 따르는 건 진짜로 서로 닮았소. 그렇지만 다른 점도 있소."

"어떤 점에서 다른가요? 궁금합니다."

위증민이 재촉했으나 전광은 쉽사리 대답하려 하지 않았다. 그러자 양정우도 재촉했다.

"어디 들어봅시다. 나도 둘이 서로 비슷하면서도 다른 것 같은데, 딱히 판단이 안 됩니다. 전광 동지 견해가 궁금합니다."

이에 전광은 머리를 끄덕였다.

"이건 나 개인의 견해요. 정확하지 않을 수가 있다는 말이오. 특히 홍광이에 대해서 말이오. 기탄없이 말씀드릴 테니 그냥 참고하기 바라오."

전광은 미리 주의부터 주었다. 그런데 이 말뜻은 이홍광에 대한 자신의 견해는 틀릴 수도 있지만 김성주에 대해서는 결코 틀리지 않을 거라는 암시이기도 했다. 그래서 양정우와 위증민은 오히려 더욱 궁금했다.

"홍광이는 지혜롭지만 어딘가 고집스럽고 우직한 데가 있소. 한 번 옳다고 판단하면 끝까지 밀고 나가는 것이 특징이오. 그런데 생각해보오. 옳다고 판단한 것이 틀린 것이었다면 어떤 후과가 발생할 것 같소? 그게 홍광이의 장점이라면 장점이고 단점이라면 단점일 것이오. 그런데 김일성 동무는 그렇지 않더군. 꼬박 2년을 곁에서 지켜보았는데, 난 그것을 단점이라고 보고 항상 지적해주고 싶었지만, 이상하리만큼 결과가 나쁘지 않아서 아직까지 한 번도 터놓고 말해보지 않았소. 물론 그 자신도 자기 나름의 생각과 판단으로 그랬겠지만 말이오."

전광이 이처럼 에둘러 말하는 바람에 양정우와 위증민은 어리둥절해 했다.

"무슨 뜻인지 잘 이해하지 못 하겠는데요?"

위증민이 양정우를 돌아보았다.

"전광 동지 말씀대로라면, 홍광 동무의 단점은 고집스럽고 우직한 데가 있다는 것 아닙니까. 대신 김일성 동무는 그렇지 않다는 소리 같습니다. 무슨 뜻인지 알겠습니다."

양정우는 대뜸 시무룩한 표정이 되어 버렸다.

"저는 전혀 모르겠는데요?"

위증민이 계속 어리둥절해 하자 양정우가 대신 설명했다.

"제1차 서북원정을 준비할 때 내가 홍광 동무에게 홍경 지방으로 나가 기병을 조직해달라고 부탁했습니다. 그때 아마 전광 동지는 반대했던 것으로 압니다. 그런데 홍광 동무는 한 번 결정하고 나면 무슨 일이 있어도 밀고 나갑니다. 절대로 되돌아서는 법을 모르지요. 그래서 홍광이가 고집스럽고 우직하다고 하는 건 아닌가요?"

그러자 전광은 급히 손을 내저었다.

"아, 난 그때 일을 가지고 이야기하는 게 아니요. 홍광이는 '개잡이대' 때부터 내가 데리고 다녔소. 두 분이 알고 있는지 모르겠지만, 개잡이대를 반석유격대로 개편할 때 내가 이 유격대의 첫 참모장이었다오."

비로소 위증민은 양정우가 시무룩해진 이유를 알 수 있었다.

전광이 지적하려 했던 이홍광의 단점이 직접적으로 양정우와 연관 있을 것으로 판단하자 급히 화제를 김성주에게로 돌렸다.

"전광 동지, 이미 고인이 되신 이홍광 사장 이야기는 여기서 멈추십시다. 우린 다만 김일성 동무가 이홍광 사장과 어떤 면에서 다른지 그것이 무척 궁금합니다. 좋은 방면에서 다르다는 건가요? 아니면 단점에서 다르다는 건가요?"

전광은 위증민을 나무랐다.

"위증민 동무, 지금 김일성 동무를 홍광이와 비교하는데, 홍광이 문제는 더는 이야기하지 말라고 하면 어떻게 비교할 수 있겠소?"

"이홍광 사장은 좀 고집스럽고 우직한 데가 있다고 이미 말씀하지 않았습니까. 대신 김일성 동무는 어떠한가 말입니다. 저는 진심으로 그것이 궁금할 따름입니다."

그러자 양정우도 동감이라는 듯 전광 얼굴을 바라보았다.

"전광 동지, 뜸은 그만 들이시고 어서 말씀해 주십시오."

양정우도 재촉했다.

"좋소. 그러면 내가 마저 말하리다."

비로소 결심한 듯 전광은 머리를 끄덕였다.

"양 사령은 홍광이만큼이나 충성스럽고 의리가 있으며, 강직한 부하를 만났던 적이 있었소? 그런데 6사의 김 사장은 그만큼 충성스럽지 않소. 그는 홍광이보다 훨씬 더 총명한 사람이오. 때로는 교활한 면까지 있소. 그럴 때는 정말 화가 나서 단단히 꾸짖고 싶다가도 그의 주장과 고집대로 일이 진행되고 나면 결과가 그렇게 나쁘지 않았소. 그래서 그냥 넘겨버렸던 적이 한두 번 아니오. 한마디로 평가하자면, 그의 머릿속과 마음에는 온통 조선밖에 없소. 내 감히 단언하건데 그는 절대로 공산주의자가 아니오."

전광이 이렇게까지 단언하는 바람에 양정우와 위증민은 한참이나 아무 말도 할 수 없었다.

두 사람은 서로 마주 보기만 할 뿐이었다.

"설마 그렇게까지야?"

혼자 중얼거리는 위증민을 바라보던 양정우가 전광에게 물었다.

"전번 즙안 때와는 의미가 좀 다르군요. 그때 전광 동지는 오도구에서 나한테 뭐라 하셨습니까? 김일성 동무의 '일편단심 장백'은 나의 '일편단심 서정'과 비슷한 데가 있다고 칭찬까지 하지 않았던가요?"

전광은 가볍게 머리를 끄덕였다.

"그랬지요. 내가 그렇게 말했습니다."

비로소 위증민이 나서서 김성주 역성을 들었다.

"그것은 단점이 아닙니다. 김일성 동무는 공산주의자이기 전에 먼저 조선인입니다. 조선인이 자기 조국을 마음에 품고 살아가는 게 무슨 잘못이겠습니까."

양정우도 동감한다는 듯이 머리를 끄덕였다.

"위증민 동무 말씀이 맞습니다. 우리 모두는 공산주의자이기 전에 그 누구보다도 자기 민족을 사랑하는 민족주의자가 되어야 합니다. 난 김일성 동무가 자기 조국을 마음에 품고 항일투쟁을 하는 것에 반대하지 않습니다. 다만 몇 가지 걱정이 있습니다. 예를 들면 말입니다. 그의 주력부대가 조선인 일색인 것은 이해하더라도, 방면군 지휘부 성원들까지도 전부 조선인 간부들인 것은 그다지 바람직하지 않습니다. 이 문제는 반드시 해결하고 넘어가야 할 것 같습니다."

양정우가 이렇게 제의했고 위증민과 전광도 모두 동의했다.

중국인 여백기와 필서문이 김성주의 정치부 주임과 부관장으로 배치된 배경에는 이런 이유가 있었던 것이다. 그런데 아이러니하게도 이태 뒤에는 이 두 사람뿐만 아니라 나아가 제1로군 총정치부 주임이었던 전광까지도 모두 귀순하게 되었다는 사실이다. 그럼에도 불구하고 김성주의 강한 민족주의 경향에 대한 중국인 공산주의자들의 의구심은 결코 근거 없는 것이 아니었다.

7. 주자하촌의 증언

남패자회의 직후 위증민은 한동안 북패자에서 머물렀다.

전광 역시 동패자밀영에서 철수하고 북패자의 마당거우로 들어와 위증민과 함께 제1로군 군정학습반을 조직했다. 여기에는 2방면군 기층 간부들이 주로 참가했다. 그리고 양정우는 경위여단 주력부대를 이끌고 화전의 노령산구로 이동하여, 이곳에 들어와 새로 밀영을 건설했던 조아범의 제1방면군 지휘관들과 만났다. 이곳에서 양정우는 20여 일간 휴식을 취했다.

이때 양정우의 경위여단 주력부대가 서패자에서 회전의 노령산구로 이동하는 것을 엄호하기 위해 김성주는 직접 경위중대를 이끌고 손장상, 박덕산의 8연대와 함께 오늘의 정우현(靖宇縣, 당시 몽강현) 삼도호진(三道湖鎭) 경내의 두도화원(頭道花園)을 공격했다. 그리고는 삼도호 남쪽의 한 동네 뒷산에서 잠시 숙영했다. 그 동네는 오늘의 몽강향 주자하촌(珠子河村)일 가능성이 있다.

주자하촌에서 살았던 노인들이 그때 있었던 사연을 필자에게 들려주었다. 물론 그 노인들도 어렸을 때 아버지나 형에게 들었던 이야기라는 전제를 달았다.

"그때 김일성 부대는 양정우와 헤어진 뒤에 몰래 일본군에 귀순하려 했다. 김일성이 귀순하고 조선으로 돌아가면 최소한 도지사는 시켜준다는 조건을 가지고 조선총독부에서 직접 파견받고 나온 사람들이 김일성 부대와 접촉했다. 그때 김일(박덕산)이 우리 동네 패장(牌長)한테 직접 찾아와 김일성이 담판 대표와 만나려 한다는 편지를 전해 주기까지 했다. 패장은 그 편지를 몽강경찰서에 가져다 바쳤고 며칠 지나자 담판 대표가 패장의 집에 나타났다. 평양에서 온 사람인데 김일성과 같은 조선 사람이었다고 했다. 그 사람이 김일성과 만나러 산속에 들어갔는데, 담판 과정에서 협상조건이 잘 맞지 않았던 모양이다. 김일성 쪽에서 도지사는 너무 작으니 싫고 조선으로 돌아갈 생각도 없으니 그냥 만주에서 살게 해달라고 요청했던 모양이었다. 만주에도 조선 사람이 아주 많이 살고 있으니 이 사람들을 한 지방에 모아놓고 자기가 그 지방 우두머리가 되려고 했다고 한다. 그런데 결국 판이 깨지고 말았다. 이 담판은 몰래 진행되었는데, 어떻게 하다 양정우 귀에 들어갔던 것이다. 양정우가 사람을 보내어 놈들 쪽 담판대표를 붙잡아다가 총살해 버렸기 때문에 그만 판이 깨지고 말았다고 하더라…"

실제 내막과 경위에 오차가 있을 수 있다. 하지만 이 과정에 양정우가 직접 개입했다는 사실은 최근에야 새롭게 밝혀졌다. 북한의 회고록 계승본에서는 김성주가 박차석은 놓아주고 이종락만 처형해버렸다고 주장하지만, 실제로 이종락을 붙잡아 처형했던 사람은 다름 아닌 양정우였던 것이다. 이는 그동안 북한이 줄곧 주장해 왔던 것과는 굉장히 다르다.

이런 내막은 후에 직접 김성주의 할머니 이보익과 만나 취재한 다음 발표했던 1940년 4월 23일 자 〈만선일보(滿鮮日報)〉의 기사 "비수 김일성의 생장기(匪首金日成의 生長記)"에서도 이미 증명되었다. 당시 신문 기사 제목도 "양정우(楊靖宇)의 포위협위(包圍脅威)로 귀순공작(歸順工作)은 수포화(水泡化), 공작원(工作員)의 하나인 이종락(李宗洛)을 사살(射殺)"이라고 쓰고 있다. 뿐만 아니라 이 기사에서 취재자와 주고받았던 이보익의 구술(口述)을 읽어보면, 그는 두말할 나위 없이 평범한 농촌 여인에 불과했을 따름이다.

어쩌면 이보익도 김성주가 산에서 내려와 귀순하고 함께 고향으로 돌아가기를 진심으로 바랐을지 모른다. 북한에서는 이보익이 손자 이름을 부르라고 강요하는 적들에게 "나는 그런 미친 소리는 할 줄 모른다. 네놈들이 나를 죽이고 무사할 줄 아느냐. 우리 손자의 총알을 받고 싶거든 어디 네놈들 하고 싶은 대로 해봐라!" 하고 거꾸로 맞받아 위협했다고 주장하지만, 유감스럽게도 이 역시 사실과는 다르다. 중국에서 찾아낸 증언들에 따르면, 이보익은 눈이 날리는 몽강의 밀림에서 진심으로 김성주를 찾아 헤매고 다녔다.

"성두(성주)야, 이 할미가 왔다. 어서 나오거라."

이렇게 부르며 다니는 이보익을 직접 보았던 생존자들이 정우현에는 적지 않았다. 너무 추워 주자하촌의 한 농가에 들러 몸을 덥히고 있을 때, 이보익은 치마 고름으로 눈주위를 찍으면서 집주인에게 이렇게 하소연했다고도 한다.

"우리 증손이 내가 온 걸 알면 꼭 보러올 텐데 왜 이렇게도 무심한지 모르겠어요. 진짜로 우리 증손이가 이 동네 산속에서 지내고 있나요?"

집 주인은 바로 그 동네 패장이었다.

"할머니 손자가 김일성이오?"

"우리 증손이 이름은 김성주요. 글쎄 후에는 김일성이라고 이름을 바꿨다고 합니다."

"그럼 틀림없수다. 할머니 손자가 지금 이 지방에서 만주국 정부를 몹시 괴롭히고 있습니다. 경찰들만 벌써 수십 명 죽였습니다."

그런 말을 들을 때마다 이보익은 두려움에 질리곤 했다.

"이 사람, 차석이, 되놈 군대들이 우리 증손이를 붙잡으면 해치려 하지 않을까?"

"조모님, 성주는 되놈 군대들과 상관이 없습니다. 되놈 군대들도 모두 일본 사람 말을 들어야 합니다. 지금은 일본 사람들이 성주와 만나 담판하려고 합니다."

박차석은 김성주와 아주 가까운 곳까지 와 있음을 직감했기에 여간 무섭지 않았다. 그의 얼굴도 시퍼렇게 질렸다. 말할 때면 가끔씩 입술을 떨기까지 했다. 삼도하 기슭을 따라 주자하촌으로 올 때 박차석은 부들부들 떨기까지 했다.

"자네, 왜 그러나?"

손에 지팡이를 짚고 꼿꼿이 걷던 이보익은 박차석의 표정을 눈여겨보았다.

"우리 증손이 있는 곳까지 거의 다 왔나 보구먼?"

"글쎄, 아직은 잘 모르겠습니다. 그런데 성주가 나를 용서해줄지 모르겠습니다."

이렇게 가까스로 내뱉는 박차석 눈에는 눈물 같은 것이 반짝이기도 했다.

이보익은 오히려 박차석이 불쌍하기까지 했다.

"이 사람, 차석이, 그럴 거면 왜 일본 사람한테 굴복하고 그랬나? 차라리 우리 증손이를 찾아 산속에 들어가서 내려오지 말지, 왜 그러지 않았나?"

박차석은 울상이 되었다.

"조모님, 저도 왜 이 지경까지 왔는지 정말 모르겠습니다. 그렇지만 산속에서 사는 건 사람의 삶이 아닙니다. 너무 배가 고파 나무뿌리까지 파먹으며 지낼 때도 있었습니다. 어차피 강대한 일본제국 앞에서는 다 무너지게 되어 있습니다. 그나마도 지금 일본 사람들이 성주의 가치를 인정해 줄 때 산에서 내려와 귀순하고, 그들이 허용하는 범위 안에서 평화적인 방법으로 조선의 독립을 쟁취하여야 하지 않겠습니까. 전 그래서 진심으로 조모님도 돕고 성주도 돕고 싶은 마음에서 여기까지 온 것입니다."

여기까지 말하고 났을 때 박차석은 자기도 모르는 사이에 울음을 터뜨리고 말았다.

조선말을 알아듣지 못하는 몽강현 중국 경찰들이 한편에서 그 모습을 지켜보다가 자기들끼리 수군거렸다.

"저자는 김일성과 어렸을 때부터 잘 아는 사이였다고 하는구면."

"그런데 왜 저리도 슬프게 우는 거지? 김일성 부대와 연락이 닿았다고 하던데, 산속으로 들어갈 일을 생각하니 살아 돌아오지 못할까봐 무서운 건가?"

"에잇, 겁쟁이로군, 김일성이 설마하니 담판 대표를 죽이기야 하겠소?"

"그러게 말이오. 자고로 사자(使者)는 죽이지 않는 법이라고, 하물며 자기 할머니가 우리 손에 있는데 담판 대표로 온 사람을 죽이기까지야 하겠소."

이보익은 잔뜩 겁에 질려 있는 박차석에게 부탁했다.

"우리 증손이를 만나면 이 할미가 많이 보고 싶어 한다고 전해 주게. 담판을 잘 진행해 우리 증손이도 만족하고 일본 사람들도 약속한 것을 다 지키게 해주면 난 정말 자네한테 감사하겠네. 우리 증손이가 얼마나 정이 많은 사람인지는 자네도 잘 알지 않나. 자기 삼촌 얼굴을 봐서라도 결코 삼촌 친구였던 자네를 함부로 대하지 않을 것이니, 걱정 말고 당당하게 가서 만나고 돌아오게."

박차석은 이보익에게 위안 받고 마음이 많이 안정되었다.

다음날 아침 일찍 박차석은 주자하촌의 패장과 함께 마을 뒷산으로 가서 기다렸다. 최주봉돌격대가 위장하고 몰래 박차석 뒤를 따라가겠다고 고집했으나 김창영이 가로막았다.

"자네도 항일연군에서 활동했던 사람인데, 아무리 위장했다 한들 발각되지 않을 도리가 있겠나. 모르긴 해도 숙영지까지 여러 개의 경계 초소가 설치되어 있을 것이네. 그들이 우리를 토벌하러 들어온 것으로 오해해 신호를 보냈다가는 지금까지 공들인 일이 다 무너져 버릴 수 있네. 그러니 꼼짝 말고 자기 위치에서 대기하게. 개미 그림자 하나도 뒤에 따라서는 일이 없게 해야 하네."

김창영의 신문조서에는 당시 김성주가 숙영했던 위치를 "두도화원 남방 5리 지점 산중"이라고 기록돼 있지만, 주자하촌 뒷산에서 숙영지까지는 30여 리 남짓했으며, 여름과 달리 겨울에는 적어도 2, 3시간은 족히 걸어야 닿을 수 있는 곳이었다. 5리 지점에 첫 망원초소가 있었고, 다시 10여 리쯤 들어가니 또 초소가 나타났다. 초소는 보통 2, 3명이 지키고 있었다. 모두 중국인들이었다.

신문조서에는 중국인 손장상 이름도 나온다. 그런데 8연대를 7연대라고 한 것은 손장상이 8연대 연대장으로 옮긴 것을 몰랐기 때문이 아닌가 싶다. 어쨌든 김창영 등이 알고 있던 김성주 부대 정보는 2방면군으로 개편되기 전의 부분적인 정보였음에 틀림없다. 아니면 김성주가 고의로 잘못된 정보를 흘렸을 가능성이 있다.

박차석과 대화하는 과정에서 김성주는 박차석의 가치가 '투석문로(投石間路, 미끼를 던지고 추이를 살펴본다는 뜻)'용에 지나지 않음을 금방 알았다. 김성주와 만난 박차석은 몇 마디 인사말을 주고받았을 때부터 벌써 한숨이 쏟아져 나왔다.

"형님, 도대체 무슨 일입니까?"

김성주는 이미 짐작했으면서도 넌지시 물었다. 6월의 8도강전투 때 이미 대원들이 "김일성의 조모가 가재수에 와 있으니 빨리 내려와서 만나라."라고 쓰여진 삐라 여러 장을 보았기 때문이다.

'놈들이 어떻게 할머니를 찾아냈을까?'

그때도 불길한 조짐을 느꼈지만 확실히 확인하지 못했다.

장백과 임강에서 주웠던 삐라들과는 달리 이번 몽강 밀림에서 대원들이 주워왔던 삐라에는 박차석 사진이 들어 있어 김성주는 무척 놀랐다. 할머니가 사는 평양 주소를 알고 있는 사람은 어렸을 때부터 형권 삼촌에게 놀러왔던 박차석밖에 없었다. 틀림없이 박차석의 밀고로 할머니가 만주까지 불려 나왔음을 짐작할 수 있었다. 마음으로는 당장에라도 죽여 버리고 싶었지만 김성주는 참을 수밖에 없었다. 삼촌 친구였던 데다 삼촌과 함께 감옥살이까지 했던 국민부 시절 선배 박차석을 당장 달아맬 수만은 없었다. 벌써 오래전에 감옥에 수감된 삼촌 소식도 여간 궁금하지 않았다.

"형님, 옛날의 그 혈기는 모두 어디 가고 지금 이 모양입니까? 내가 어느 정도 짐작할 수 있지만, 형님 입으로 숨김없이 사실대로 말해 주시면 결코 해치는 일은 없을 겁니다. 제가 형님을 용서하여 드리겠습니다."

이렇게 권고하는 김성주의 목소리는 분노를 가라앉히느라 약간 떨리기까지 했다. 박차석은 김성주의 그런 목소리에서 살기까지 느꼈지만, 오히려 그 때문에 용서한다는 말에 믿음이 갔다.

"성주야, 난 정말, 미안하구나. 사실은 너를 볼 면목이 없다⋯."

박차석은 두 손으로 머리를 싸쥐고 말했다. 그가 절망하듯 내뱉는 말을 들은 김성주도 분노가 가라앉으며 역시 땅이 꺼지도록 긴 한숨을 내쉬고 말았다.

박차석은 그동안 있었던 일들을 하나둘씩 털어놓기 시작했다.

김성주는 회고록에서 "적들이 나에 대한 '귀순공작'을 조작할 때 거기에 박차석을 끌어들인 것은 장소봉이었다."고 썼다. 1931년 초 장춘에서 이종락과 함께 체포되었던 장기명이 바로 그의 본명이다. 장소봉이 먼저 귀순한 뒤 이종락을 들이댔고, 이종락이 박차석을 끌어들였다고 하는데, 정작 김창영과 관련한 만주국 경무사 자료에서는 박차석이 이종락보다 먼저 등장한다. 김창영의 임강공작반과 관련한 중국 측 소장 자료에는 박차석과 이종락에 이어 조선인 헌병오장 김창룡(金昌龍)이 등장할 뿐 장소봉 이름을 찾을 수는 없었다.

어찌됐던 박차석은 진심으로 참회했다.

8. 할머니에게 보낸 편지

박차석의 진심을 읽은 김성주는 그를 숙영지에서 하룻밤 묵게 하고 밤에 회의를 열었다. 정치부 주임 여백기와 부관장 필서문, 8연대 연대장 손장상 등 중국인 간부들이 회의에 참가했다. 박덕산과 오백룡은 이 기회를 타서 박차석을 길잡이로 삼아 주자하촌으로 쳐들어가서 이보익을 빼앗아 오자고 나섰으나 김성주는 반대했다.

"박차석 이야기를 들어보면 놈들이 지금 삼중으로 포위망을 펼쳐 놓았다고 하오. 그것도 전부 우리 항일연군에서 귀순한 자들로 조직된 특수부대인데, 이 자들은 우리 전법에 아주 익숙한 자들이오. 그러니 섣부르게 행동하다가는 거꾸로 우리가 이 남패자 밀림에서 빠져나가지 못하는 낭패를 볼 수도 있소. 때문에 우리는 '장계취계(將計就計, 미리 상대의 계략을 알고 이를 역이용하는 것)'해야 하오."

김성주는 박차석을 이용하여 시간을 벌기로 마음먹었다.

박차석이 가지고 온 김창영의 귀순 요청에 응하는 척하면서 몇 가지 협상 조건을 내놓고 일단 담판을 진행하자고 했다. 그러나 이에 대해 정치부 주임 여백기와 부관장 필서문, 손장상 등 중국인 간부들은 모두 반대했다. 심지어는 임수산까지도 나서서 걱정했다.

"이미 양 사령 주력부대가 화전 쪽으로 빠져 나갔으니 우리가 설사 남패자에 갇혀도 놈들이 함부로 덮치지 못합니다. 놈들이 포위망을 좁혀 오기 시작하면 우리 쪽에서 먼저 양 사령과 이응외합(裏應外合, 안과 밖이 서로 호응한다는 뜻)하는 방법으로 포위망을 망가뜨릴 수 있지 않겠소. 괜히 가짜 투항 놀음을 벌이다가 소문만 나쁘게 날까봐 무섭구려. 차라리 박덕산 동무 의견대로 박차석을 이용하여 김 지휘의 할머니라도 먼저 데려오고 봅시다."

"그것은 더욱 안 될 소리입니다."

김성주는 딱 잘라 말했다.

"나는 내 할머니 한 사람 구하자고 항일투쟁에 나선 사람이 아니오. 이미 우리 집 식구들은 왜놈들과 싸우느라 모두 목숨을 바쳤소. 아버지도, 어머니도, 동생도 다 죽었소. 삼촌도 아마 살아서 나오기는 틀린 것 같소. 우리 할머니도 내가 그렇게 하는 걸 원하지 않을 것이오. 생각해보오. 할머니를 데려온 다음 어떻게 하겠소? 그러면 이후엔 할머니가 고향으로도 돌아갈 수 없게 될 터인데, 우리가 부대에서 모시고 다닐 수 있겠소? 그것이 가능한 소리요?"

김성주의 이런 질문에 임수산이나 박덕산 모두 할 말이 없었다.

"놈들이 우리가 몽강 지방으로 이동한 것도 다 알고 온 이상, 결코 귀순공작이나 하려고 몇십 명만 따라왔을 리는 없소. 정빈이란 놈의 토벌대도 지금 화전 쪽에 와서 주둔하고 있다고 하오. 몽강으로 들어온 토벌대 역시 일찍 1군의 소년철혈대 대장까지 했던 자라고 하오. 그러니 이번에 전투가 발생하면 우리뿐만 아니라 양 사령 쪽에서도 엄청 어려운 전투일 것이오. 그러니 '우리는 당신들의 귀순 요청에 협상을 진행할 용의가 있으니 좀 더 자세한 내용을 가지고 다시 만나자.'는 답장을 보내면 놈들은 틀림없이 우리에게 시간을 줄 것이오. 그 사이에 빨리 양 사령에게도 사람을 보내 이런 상황을 보고하고 함께 대비해야 하지 않겠소?"

김성주는 매우 주도면밀하게 대처해 나갔다.

박차석에게는 할머니 앞으로 보내는 편지를 한 통 맡기면서 바로 할머니에게 전해달라고 부탁했다. 그 조건으로 박차석이 밀영에 도착하자마자 김성주 앞에 무릎 꿇고 모든 것을 자백한 일은 비밀에 붙여주겠다고 약속했다. 그리고 귀순 요청도 의논할 의사가 있으니 전달해달라고 했다.

"성주야, 귀순하겠다는 것이 참말이란 말이냐?"

박차석은 자기 귀를 의심할 지경이었다. 눈이 휘둥그레져서 멍하니 쳐다보았다. 김성주가 어떻게 밤새 생각이 바뀌었는지 박차석으로서는 도무지 이해할 수 없었다. 그런 박차석을 믿게 하기 위하여 김성주는 어제와는 달리 얼린 멧돼지 고기를 가져다가 직접 칼로 썰어 화롯불에 굽고 술도 한 잔 따라주며 권했다.

"그럼, 어떻게 하겠습니까? 제가 여생이 많지 않은 할머니를 위해서라도 마냥 고집만 부리고 있을 수는 없잖습니까. 대신 몇 가지 조건이 있습니다."

박차석은 김성주가 할머니에게 보내는 편지를 받아 깊이 간직했다.

김성주는 편지와 함께 산삼 몇 뿌리도 박차석에게 맡겼다. 가지고 있는 귀중한 것이라고는 산삼밖에 없었던 모양이다. 그것을 할머니에게 전달해 달라고 했으나 그 산삼은 김창영에게 빼앗기고 말았다. 물론 회고록에서도 산삼을 빼앗겼다고 썼으나, 어쩌면 귀순 작전을 지휘하는 사람이 만주국 치안부 경무사 이사관 김창영이라는 걸 알게 된 김성주가 일부러 그에게 선물삼아 보냈을 가능성도 있다. 김창영은 1890년생이니 이때 마흔여덟이었다. 그 시절에는 나이 쉰이면 노인 취급을 받았다. 겨우 20대 중반이었던 김성주는 할머니를 놓아주기 바라는 마음으로 짐짓 김창영에게 공경의 뜻을 표시한 것일 수 있으며, 이 수단은 어김없이 효과를 발휘했다.

"김일성이 선생님께 보내는 선물이 있습니다."

박차석은 김창영 등이 모두 보는 앞에서 앞섶을 헤치고 안주머니를 바닥까지 다 드러나게 하면서 산삼을 담은 주머니를 꺼냈다.

"뭐요? 나한테 선물까지 보내더란 말이오?"

김창영은 감탄하지 않을 수 없었다. 박차석이 주머니를 완전히 뒤집어 보였으니, 더 깊은 곳에 할머니에게 쓴 편지 같은 게 있으리라고 생각할 수 없었다. 더구나 귀순 요청을 진지하게 받아들인다는 것과 마음을 터놓는 심복들과 따로 합의해야 하고, 또 귀순하게 되면 반드시 반발할 사람들도 있으니 좀 더 시간을 달라는 김성주의 요구사항을 전해받은 김창영은 계속 머리를 끄덕였다.

"정리에도 맞고 사리에도 맞고 도리에도 다 맞는 말씀이오."

김창영은 박차석이 전달한 내용을 조금도 의심하지 않았다. 그러나 김성주가 내놓은 요구사항에 대해서는 난색을 짓지 않을 수 없었다.

이종락 등 공작반 내의 다른 귀순자 몇몇이 궁금하여 김창영 주변에 몰려 앉았다.

"박차석 군이 김일성한테 도대체 나에 대해 어떻게 소개했는지 모르겠소. 마치 내가 만주국 황제나 치안부 대신이라도 되는 것처럼 실현 불가능한 요구조건을 내놓았소. 글쎄, 같은 조선 사람인 내가 간도성 성정이나 통화성의 성장을 맡고 자기들은 내 관할 성 내에서 적당한 지역을 선택해 독립적으로 귀농 생활을 하게 해달라고 하오. 게다가 그 지역의 치안과 경비는 전부 귀순한 자기들이 책임질 것이며 만주국 정부가 결코 관계해서는 안 된다는 것이오."

"아니, 그러면 어떻게 만주국에 정식으로 귀순한 것이 됩니까?"

"자치권을 달라는 것 아니겠소. 만주국에 대항하지 않고 만주국 법에 순응하는 조건으로 독립적인 자체 지역 하나를 부여해 달라는 것이오. 부하가 400여 명에 달하니, 크게는 현(縣)이나 작게는 진(鎭) 정도는 내놓으라는 거요."

이것이 바로 박차석이 가지고 돌아왔던 김성주의 귀순 조건이었다.

김창영은 이를 단칼에 끊어버리지 않았다.

"아무래도 이번에는 종락 군이 나서야겠소. 박차석 군은 사람됨이 어진 건 좋은데, 말솜씨가 별로니 아무래도 더 깊이 협상하는 일은 종락 군의 몫인 듯하오."

이종락은 그러잖아도 이미 박차석을 통해 김성주에게 귀순할 의사가 있음을 들은지라 이때야말로 공을 세울 좋은 기회라고 생각하던 중이었다.

"네, 제가 가서 반드시 이 협상을 성공시키겠습니다."

"종락 군은 자신이 여기서 직접 본 것을 사실대로 전달하면서 설득해야 하오. 양정우의 최측근 심복이었던 정빈의 귀순 과정이 바로 가장 좋은 실례 아니겠소. 지금 당장 우리가 보장하는 것은 귀순자들의 신변안전과 함께 전적으로 귀순자들의 입장에서 만주국 정부를 향하여 그들의 요구사항을 적극적으로 신청하고 이룰 수 있게 돕겠다는 것밖에 없소. 일단 귀순만 하면 살길이 생긴다는 것과 귀순자들은 모두 합법적인 만주국 양민으로 살아갈 수 있다는 사실이오. 물론 조선인들은 모두 조선으로 돌아가 자기 고향에 정착해 아무런 처벌과 차별 없이 행복하게 살 수 있을 것이오. 매사에 타협해야 하며, 한꺼번에 다 해결할 수는 없지만 결국엔 하나둘씩 해결되리라는 희망을 강조해야 하오. 일단 김일성의 할머니를 고향으로 돌려보내는 것은 내 권한이니 곧바로 조처할 수 있소."

김창영은 김일성을 귀순시키기 위하여 진심으로 몇 가지 일을 진행했다. 먼저 1939년 설날이 지나자마자 바로 이보익을 놓아주었다. 데리고 올 때와 마찬가지로 돌아갈 때도 박차석이 직접 책임지고 신의주까지 이보익을 배웅했다. 그가 몰래 이보익에게 건넨 김성주의 편지에는 이런 내용이 적혀 있었다. 그 편지 내용은 오늘의 북한 노동당 기관지 〈노동신문〉의 전신이었던 〈정로〉 1946년 5월 29일 자에 실렸다.

"할머니의 극진한 심정은 잘 알았습니다.

남아 한 번 국사에 몸을 바친 이상 그 몸은 완전히 나라의 것이요 민족의 것인 것은 두말할 것 없습니다. 이제 멀지 않아 반가이 할머니 앞으로 돌아갈 날이 있사오니 안심하시고 계십시오."

재미있는 것은 이 편지에 결코 '왜놈'이니 '투쟁'이니 하는 말이 들어 있지 않다. 김창영 등이 김성주 귀순작업을 펼칠 때도 그들은 '자치독립'의 기치를 내걸었고, 김성주가 산에서 내려와 자기들과 함께 만주국이 자체의 황제와 정부 형태를 조성하고 독립 국가로 존재하게 된 것처럼 조선도 만주국 식으로 독립을 쟁취하자는 취지의 공감대를 형성하고 있었다.

"우리 손주가 진짜로 산에서 내려올 것이라고 했나?"

"그럼요, 다만 성주의 부하들 중에는 우리 조선 사람뿐만 아니라 중국 사람들도 아주 많습디다. 중국 사람들은 모두 만주국 양민으로 살아가게 될 것이고, 조선 사람들도 자기 고국으로 돌아와 귀농생활을 할 수 있게 한다는 조건으로 협상을 진행하는 중입니다. 협상이 잘 진행되면 성주도 앞으로는 당당하게 조선으로 돌아와 평양에서 조모님을 뵙게 될 것입니다."

"어휴, 그날이 빨리 왔으면 얼마나 좋겠나."

이보익을 취재했던 〈만선일보〉를 보면, 이보익은 진심으로 김성주가 빨리 귀순하여 고향으로 돌아오기를 바랐던 듯하다. 그리고 박차석에 이어 김성주와 만나러 들어갔던 이종락이 사살되고 담판이 모조리 파탄난 것에 대해 이보익은 여간 아쉬워하지 않는다.

> "우리 가정에서는 하루라도 속이 귀순하기만 고대하고 있습니다. 서로 갈라진 지도 이미 칠(七)개년이 지내었스니 그동안 심리가 엇더케 될 것은 모르지요. 작년 녀름에 내가 통화에 가 잇슬 때에 귀순하겠다는 회답을 밧고는 무어라고 말할 수 업는 깃븜에 싸혀서 밤잠도 이루지 못해요. 기대럿지만 양정우란 놈의 방해로 귀순하지 못하게 되엿지요."[156]

이 기사 내용을 다 믿을 수는 없지만, 여기서 부인할 수 없는 것이 있다. 바로 이보익이 몽강의 남패자 밀림에서 흰 머리카락을 날리며 "성두(성주)야, 성두야." 하고 손자의 이름을 부르고 다녔던 일은 실제로 있었던 사실이며 이와 관련해서도 여러 증언이 있다.

북한에서는 김성주가 직접 이종락을 처단했다고 주장하지만 실제로는 남패자가 아닌 화전의 1군 2사 밀영으로 압송되어 그곳에서 처형당했다. 당시 1방면

---

156 "비수 김일성의 생장기(匪首 金日成의 生長記)", 〈만선일보(滿鮮日報)〉, 1940년 4월 18일.

군 밀영에서 쉬고 있던 양정우는 2방면군 부관장 필서문이 직접 달려와서 전달한 정치부 주임 여백기의 편지를 받아 읽고는 낯빛까지 변했다.

"아니, 도대체 뭣들 하고 있는 게요? 그동안 남패자에서 이런 어마어마한 일이 벌어지고 있는데, 왜 위 부사령(위증민)과 전 주임(전광)은 여태까지 나한테 기별 한 마디도 없었을까?"

양정우는 그 자리에서 송무선에게 명령을 내렸다.

"송 동무가 남패자에 한 번 다녀와야겠소. 여백기 동무가 보내온 편지에 따르면 통화성 경무청에서 파견한 담판대표라는 자가 지금 남패자에 들어와 김일성과 만나고 있는 중인데, 사실은 김일성과 어렸을 적부터 친했던 친구 사이였다고 하는구먼. 송 동무는 불문곡직(不問曲直, 옳고 그름을 따지지 않는다는 뜻)하고 일단 이자를 체포하여 총부로 압송해 오시오. 명령이오."

송무선은 양정우에게서 직접 서슬 퍼런 명령을 받았지만, 그래도 함부로 전광을 외면할 수 없었다. 그것은 전광의 이때 직책과 관련 있다. 실제로도 이와 같은 사안들은 모두 정치부 소관이었고, 전광은 1로군 총정치부 주임이었기 때문이다. 그리하여 송무선은 먼저 북패자(마당거우밀영)에 들러 전광과 만났다.

전광에게는 벌써 박덕산이 먼저 도착하여 그동안 있었던 일을 모두 보고한 뒤였다.

"거참, 아닌 게 아니라 의심 살 노릇을 단단히 했구먼."

전광은 혀를 찼다. 그러던 차에 송무선이 도착했던 것이다.

"양 사령은 신경이 잔뜩 곤두서서 말이 아닙니다. 담판대표라는 자를 바로 총사령부로 압송하라고 합디다."

"혹시 양 사령도 김일성 동무를 의심하기 시작한 것은 아니오?"

전광이 묻는 말에 송무선은 머리를 끄덕였다.

"남패자에서 방금 돌아왔을 때는 김일성 동무에 대한 평가가 정말 대단했습니다. 그런데 여백기와 필서문이 몰래 편지를 보내와 통화성 경무청에서 파견받고 온 담판대표를 만났을 뿐만 아니라 처음에 왔던 자는 살려서 돌려보냈다는 말을 듣고는 안색이 확 바뀌더군요. 그때도 제가 곁에서 전략전술 차원에서 놈들의 공격을 지연시키기 위해 그렇게 했을 수 있지 않겠냐고 백방으로 설명했는데도 그때마다 조 지휘(조아범)가 자꾸 이상한 소리로 불을 질러대는 바람에 그만 이렇게 되었습니다."

전광은 송무선과 박덕산에게 말했다.

"여백기와 필서문이 양 사령으로부터 2방면군의 동태를 바로 보고하라는 임무를 받았던 모양이오. 하긴 하늘이 무너진대도 정빈만큼은 귀순할 사람이 아니라고 철석같이 믿어왔던 양 사령이니 지금은 귀순놀음에 민감하지 않을 수 없었을 것이오."

"김 지휘는 될수록 협상을 벌이는 방법으로 놈들의 공격시간을 지연시키려 했습니다."

그러자 송무선이 박덕산을 나무랐다.

"문제는 협상내용이오. 그 내용들이 왜 바깥으로 누설되게 하느냐 말이오. 우리가 모두 조선 사람인 걸 고려해 놈들도 조선인 관료를 내세워 이 귀순놀음을 벌이고 있다는 사실을 양 사령이 알게 된 것이오. 더구나 조선의 독립이니 뭐니 하면서 조선도 만주국처럼 독립된 국가 형태로 바뀔 수 있게끔 함께 일하자는 등 이러한 내용들이 양 사령 귀에 모두 전달된 것이오. 어떻게 이처럼 자세한 내용들까지 모두 여백기와 필서문 같은 사람들 귀에 다 들어가게 만들었소?"

"제가 좀 소홀했습니다. 이자가 김 지휘의 소년시절 친구이자 옛 상사이기도 한 데다, 김 지휘는 우리가 협상에 응할 용의가 있다는 진정성을 보여주려고 이

자가 숙영지를 비교적 자유롭게 돌아다니게 허락했습니다. 그런데 이자가 중국말에 정통한 것을 제가 미처 대비하지 못했습니다. 오백룡이 책임지고 이자를 데리고 다니면서 숙영지를 구경시켜주었는데, 그때 이자가 여대원들과도 만나고 오중흡과도 만나게 해달라고 해서 그렇게 해주었는데, 그 과정에서 여백기나 필서문을 만나 이야기를 나누었던 모양입니다. 이제 어떻게 하면 좋겠습니까?"

박덕산은 김성주의 부탁을 받고 전광을 찾아왔던 것이다.

박차석, 이종락과 차례로 만나면서 주고받은 내용이 양정우의 귀에까지 모두 들어갔다는 것을 알게 되자 김성주도 내심 불안했다. 처음 박차석이 찾아왔을 때까지만 해도 2방면군이 방금 결성된 뒤였고 김성주는 이 정도의 사건은 자신의 선에서 처리해도 괜찮을 것으로 자신했다. 그러나 오랜 당무 경험이 있는 박덕산이 거듭 권고하자 김성주는 전광에게 이 사건을 보고했다. 두말할 것도 없이 전광은 대찬성이었다.

"장계취계라, 역시 김일성 동무다운 아주 좋은 생각이오. 양 사령의 주력부대는 이미 화전으로 빠져나가 조아범의 1방면군과 만났으니, 만약 놈들의 총공격이 개시되더라도 돈화와 교하 쪽으로 움직일 공간이 있지 않소. 난 2방면군이 다시 장백으로 돌아갈 일이 여간 걱정 아니었소. 그런데 이렇게 좋은 기회가 저절로 찾아와 주는구면. 잘 이용하여 일단 놈들의 공격시간부터 늦추고 그 사이 출정 준비를 잘 갖추라고 하오."

1로군 총정치부 주임에게 이미 회보했으니 나머지 일은 알아서 하면 될 것으로 생각하고 김성주는 박차석, 이종락 등과 진행한 담판 내용을 박덕산, 오중흡 등 몇몇 심복만 제외하고는 일절 비밀에 붙였던 것이다. 그러나 여백기나 필서문의 눈에는 김성주는 물론이고 1로군 총정치부 주임 전광도 모두 조선인이라는 사실이 여간 미심쩍지 않았다.

"지금 김일성이 하고 있는 모양새를 보니 난 갑자기 안봉학이 생각나는구먼."

여백기의 말에 필서문이 맞장구쳤다.

"맞아요. 과거에 안봉학이 우리 같은 사람들은 전혀 안중에도 없이 최현이와 둘이서 계집 빼앗기를 하다가 결국에는 부대까지 다 버리고 도망가지 않았습니까. 그때도 안 씨나 최 씨가 우리가 알아듣지 못하는 조선말로만 지껄이다 보니 나중에 사고가 발생한 뒤엔 모든 게 다 행차 뒤 나발이 되고 말았지요."

여백기는 필서문에게 시켰다.

"이대로는 두고 볼 수 없소. 바로 제안해 봐야 김일성은 전 주임(전광)을 등에 업고 우리 말에는 귀도 기울이지 않을 것이니 내가 직접 양 사령 앞으로 편지를 쓰겠소. 부관장이 믿을 만한 사람 하나를 골라 내 편지를 양 사령에게 전달해주오."

4사 출신이었던 여백기와 필서문은 안봉학의 귀순을 직접 목격한 사람들이었다. 연길현유격대에서 오랫동안 왕덕태와 함께 일해 왔던 안봉학의 제1연대는 줄곧 2군 군장 왕덕태의 직속부대였다. 안봉학은 한때 왕덕태의 후계자로까지 촉망받기도 했던 인물이었다.

"여 주임, 누구를 보낼 것 없이 내가 직접 갔다 오겠습니다. 마침 총부에 갔다 올 일도 있습니다. 직접 양 사령을 만나 뵙고 지금 김일성이 하고 있는 짓거리들에 대해 자세히 말씀드리겠습니다. 과거에 주진과 안봉학이 귀순했던 일들도 일일이 실례를 들어가면서 설명해 드리면 양 사령도 틀림없이 주의를 돌리게 될 것입니다."

아닌 게 아니라 양정우는 여백기가 보낸 편지를 읽고 나서 낯빛까지 변했다.

거기에 필서문이 살까지 보태가면서 굉장히 과장했던 모양이었다. 담판대표와 멧돼지고기까지 구워놓고 술을 마셨을 뿐만 아니라 두 사람 모두 자기 천막에서 재우기까지 했다는 사실은 누가 들어도 의심을 살 만했다.

더구나 김성주 회고록(계승본)에서도 일부 쓰여 있듯이, 이종락 본인도 김성주와의 인연을 믿고 아무런 공포감이나 위축감 없이 행동했음을 알 수 있다. 아래 구절을 살펴보자.

"그는 보초대를 책임지고 밀영 어귀에 나가 있던 오중흡을 보고 추운 산중에서 고생이 많겠다고 하면서 그에게 시계를 선사하려고 했습니다. 오중흡은 자기의 회중시계를 꺼내 보이면서 필요없다고 했습니다. 그러자 이종락은 사양 말고 받으라, 시계가 둘 있으면 더 좋지 않겠는가고 했습니다…. (생략) 설복하는 것이 부질없는 짓이라는 것을 깨닫게 된 이종락은 대원들에게 낚시를 걸려고 했습니다. 우리 경위대원 한 사람을 만나서 부모가 있는가, 가족들이 그립지 않은가고 하면서 일본 사람들이 전에는 유격대를 사로잡으면 다 죽였지만 지금은 살려줄 뿐 아니라 신세를 고칠 수 있게 해준다, 부모 곁에 가서 고운 색시를 얻어 안락한 생활을 하고 싶거든 자기와 함께 가자고 구슬렸습니다."

여기서 알 수 있듯이 이종락은 옛 친구 집에라도 놀러온 듯이 행동했던 것 같다. 보초대가 있는 밀영 어귀에도 제멋대로 드나들었고, 또 경위대원들과도 단독으로 만나 이야기도 나누는 자유를 누렸음에 틀림없다. 먼저 다녀간 박차석을 통해 귀순의사가 있음을 이미 전달받은 데다 이처럼 환대하는 김성주에 대한 믿음으로 넘쳐 있었다.

9. 몰래 배웅하다

이종락은 김성주가 귀순할 것이라고 완전히 믿고 있었다. 다만 혼자 귀순하는 것이 아니고 수백여 명에 달하는 부하들까지 모조리 설득하여 함께 귀순하는 것은 하루 이틀만으로는 턱없이 부족하다는 입장을 이해했다. 그러나 부하들을 설득하려면, 그들에게 '귀순하면 얻게 되는 좋은 점'을 충분히 제시해야 한다는 김성주의 요구에 이종락은 난색을 짓지 않을 수 없었다. 이종락 본인도 물론 보통 마적이나 중국인 무장토비들이라면 돈과 여자로만 유혹해도 충분했지만 김성주의 부하들에게는 이런 물질적인 유혹들만으로는 어림없다는 걸 너무 잘 알고 있었다.

김성주 회고록(계승본)에서는 이종락이 "세계는 일본을 중심으로 하는 하나의 집안이라는 '팔굉일우(八紘一宇)'[157]의 사상"을 설파했다고 한다. 이론을 좋아하고 중국어에도 정통한 이종락이니 김성주를 상대로 일장 연설을 했을 것으로 여겨진다. 그러나 담판은 현실적이고 실리적일 수밖에 없었다. 서로 요구하는 조건이 있으며, 서로의 이익이 그 조건에 부합해야 했다.

김창영의 신문조서에서도 볼 수 있듯이, 귀순하면 김성주를 비롯한 주요 간부들에게는 특별 조치로 외국(일본) 유학을 알선한다는 내용도 있었다. 이종락은 김창영의 지시로 이와 같은 협상조건들을 내걸고 김성주와 담판하던 중 양정우가 파견한 송무선에 의해 긴급 체포되었다.

---

157 팔굉일우(八紘一宇, 핫코이치우)는 일본 천황제 파시즘의 핵심 사상으로, 태평양전쟁에 접어든 일본이 세계 정복을 위한 제국주의 침략전쟁을 합리화하기 위해 내세운 구호다. "전 세계가 하나의 집"이라는 뜻이 있다. 다시 말해 "세계 만방이 모두 천황의 지배 아래 있다."는 이념이며, 황국사관의 근본사상이다. 팔굉일우는 고노에 후미마로 총리의 1940년 시정 방침 연설에서 유래했다.

송무선보다 한발 앞서 남패자로 정신없이 돌아왔던 박덕산은 김성주에게 이종락을 이대로 살려서 사령부에 넘긴다면 불필요한 오해를 사게 될 것이라고 권고했지만, 김성주는 받아들이지 않았다.

"만약 우리 손으로 죽여 버렸다가는 오히려 더 크게 의심받습니다."

"전광 동지의 뜻도 이종락을 우리 손으로 처형해 버리라는 것이오."

이에 김성주는 더욱 안 된다고 잡아뗐다.

"그렇게 되면 진짜로 문제가 생길 수 있습니다. 생각해 보십시오. 우리는 박차석이 처음 들어왔을 때부터 이 상황을 이미 전광 동지께 알렸습니다. 전광 동지가 1로군 총정치부 주임이니, 조직 원칙상 우리는 착오를 범한 것이 없습니다. 우리가 협상을 진행한 건 놈들의 공격 시간을 지연시키기 위해서가 아니었습니까. 그런데 그것이 무슨 큰 비밀이라도 되는 것처럼 우리 손으로 이종락을 죽여 버리면 그때는 가짜 협상이 진짜 협상으로 의심받게 될 것입니다. 2사 송 부장이 지금 남패자로 오고 있다고 하셨지요? 이종락을 털끝 하나 건드리지 말고 그대로 넘겨줍시다."

"아, 내가 미처 그 생각을 못했구먼. 김 지휘 말씀에 일리가 있소."

박덕산은 감탄했다.

"그런데 전광 동지가 왜 이종락을 죽여 버리라고 했는지 모르겠소."

"그러게 말입니다. 나중에라도 양 사령이 문책하면 자기만 혼자 빠지고 책임은 우리한테 모두 덮어씌우려 했던 건 아닌지 모르겠습니다."

김성주가 갑자기 이렇게 내뱉자 박덕산은 눈이 휘둥그레지고 말았다.

"아니, 전광 동지가 설마하니?"

김성주는 자기 나름대로 상황을 분석했다.

"내가 박덕산 동지에게만 하는 말입니다. 틀림없이 정빈의 귀순으로 양 사령은 '귀순'이라는 이 두 글자에 과격하게 반응했을 것입니다. 그러지 않고서야 어떻게 총정치부 주임인 전광 동지도 거치지 않고 바로 우리한테 사람을 보내 이종락을 내놓으라고 하겠습니까. 그러나 송 부장은 원래부터 전광 동지의 오랜 부하이니 전광 동지한테 먼저 이 상황을 귀띔한 것입니다. 전광 동지는 아마 양 사령이 크게 문책하리라는 느낌을 받았을 겁니다. 그런데 우리가 정작 이종락을 죽여 버리면 전광 동지는 그 사이에서 빠지고 우리만 의심받게 될 것이란 말입니다."

김성주는 송무선이 도착하기 전에 오백룡을 시켜 이종락의 신병을 확보하게 했다. 오백룡이 직접 경위중대 한 소대를 데리고 이종락이 혼자 사용하던 천막을 에워쌌다. 심상찮은 느낌이 들었던 이종락이 밖으로 나와 보초병에게 물었다.

"갑자기 왜 이러오? 무슨 군사행동이 있소?"

"아닙니다. 저는 잘 모릅니다."

"내가 여기 있는 한 만주군과 일본군은 함부로 공격하지 못할 것이오. 지금 당장 김 지휘를 만나겠으니 안내해주오."

이종락은 다시 들어가 외투를 입고 나왔다.

그때 불쑥 오백룡이 나타나 이종락의 앞을 가로막았다.

"가만 계십시오. 조금 있다가 김 지휘께서 직접 이곳으로 오실 것입니다."

꼼짝달싹 못하게 된 이종락은 공기창으로 바깥을 내다보고는 보초병에게 장작을 좀 가져다 달라고 부탁하면서 천막 안으로 불러들인 뒤 손목에 차고 있던 시계를 벗어주면서 구슬리기 시작했다.

"이 시계를 전당포에 가져가면 아무리 적어도 100원은 줄 걸세. 나와 함께 산에서 내려가지 않겠나. 그러면 내가 책임지고 자네한테 고운 색시도 구해주고 장가도 보내주겠네. 지금 귀순하면 만주국 정부에서는 모든 죄를 다 사면해주고 상금도 엄청 많이 준다네."

그러나 보초병이 미처 뭐라고 대답도 하기 전에 갑작스럽게 몰아치는 찬바람에 천막이 찢길 것처럼 펄럭이더니 오백룡과 박덕산이 불쑥 나타났다. 그 뒤로 송무선 일행이 도착하여 다짜고짜 이종락의 두 팔을 포박했다.

"이게 뭐하는 짓이오? 성주는 어디 있소?"

그러자 오백룡이 참지 못하고 욕설을 퍼부었다.

"성주라니, 어디다 대고 함부로 이름을 입에 올리느냐?"

"박 정위, 왜 이러는 게요? 김 지휘가 시킨 게요? 당장 김 지휘를 만나게 해주오."

이종락이 악을 쓰면서 소리를 지르자 송무선 일행 중 한 대원이 나와 이종락 입에 헝겊을 쑤셔 넣었다. 포박을 마친 뒤에 송무선은 박덕산에게 작별인사를 했다.

"뒤처리는 내가 잘하겠으니 염려하지 마오."

박덕산은 여전히 불안한 마음을 금할 길이 없었다.

"송 동무, 바로 화전으로 돌아갑니까?"

"아니, 북패자에 들러 가겠소. 전광 동지도 이자를 한 번 보았으면 합디다."

송무선은 배웅하러 따라 나온 박덕산에게 말했다.

"뒷일은 내가 잘 알아서 처리하겠으니, 김일성 동무한테는 놈들이 눈치 채기 전에 빨리 남패자에서 빠져나갈 준비나 하라고 하오."

박덕산은 송무선 일행이 떠난 뒤에 돌아서다가 하마터면 말없이 뒤따라와 서 있던 김성주와 부딪칠 뻔했다. 경위원도 없이 혼자서 이종락이 압송되는 모습을 지켜보던 김성주의 얼굴빛은 말이 아니었다. 마음의 상처가 무척 컸기 때문이다.

"한때는 살아도 같이 살고 죽어도 같이 죽자고 약속했던 사이였는데, 결국 이렇게 갈라지고 마는군요. 정말 그때는 누구보다도 절대 변절할 사람이 아니었습니다."

김성주는 박덕산과 함께 눈 속을 거닐면서 천천히 이야기를 주고받았다.

"아닌 게 아니라 사람 일은 참으로 알 수가 없소. 이종락이라고 하면, 조선혁명군 길강지휘부의 사령장까지 했던 사람 아니오. 나도 오래전에 저 사람 이름을 많이 들었소."

"말하자면 나의 사령장이었지요. 내가 남만청총에 막 참가했을 때, 저 사람 밑에서 분대장 노릇도 하고 심부름도 정말 많이 다녔습니다. '왕청문사건' 때도 저 사람이 아니었으면 난 이미 그때 무슨 화를 입었을지도 모릅니다."

김성주는 회고록에서 과거 이종락과 맺은 우정이 아주 깊었음을 인정한다. 칼로 단번에 벨 수도 없고 불로 태워 버릴 수도 없는 것이 사람의 정인 것 같다면서, 그렇게 믿었던 옛 친구였고 상사였으며 다정다감하던 이종락을 박차석처럼 놓아주지 않고 죽음의 길로 보내 버린 것이다.

"그나저나 이종락이 양 사령 앞에 가서 우리와 주고받았던 협상 내용들을 다 불어버리기라도 하는 날이면 양 사령이 우리를 어떻게 생각할지 그게 영 걱정이오."

박덕산이 걱정하자 김성주의 표정은 오히려 가벼워졌다.

"그것은 걱정할 것 없습니다. 이종락 몸에는 그가 통화성 경무청장에게 보내는 편지가 있는데, 내가 직접 불러준 대로 쓴 것입니다. 내용은 지금 한창 담판 협상중인데, 김일성이 부하들을 설득하는 데 시간이 필요하니 최소한 새해 음력설 이전까지는 절대로 토벌대를 들여보내면 안 된다는 말을 써넣게 했습니다.

넉넉히 1개월에서 2개월만 잡으면 김일성 일개인이 아닌 김일성 부대 전체를 귀순시킬 수 있을 것이라고 했습니다."

"아, 그렇다면 양 사령도 틀림없이 편지 내용 그대로 발송하게 하실 겁니다."

박덕산도 드디어 걱정을 덜었다.

"그러니까요. 우리도 그 사이에 빨리 남패자에서 빠져나가야 합니다."

박덕산은 설을 눈앞에 두고 출정을 서두르는 김성주의 의중을 알았지만, 하필이면 이 엄동설한에 사서 고생하느냐고 불평할 8연대 중국인 간부들을 설득할 일이 걱정되었다.

인생에 있어서 큰 기쁨은,

당신은 못해낸다고 세상에서 말한 것을

당신이 해냈을 때이다.

- 루즈벨트

10부

결전

1936~1939년 만주 항일연군 전정망도(全程全網圖)

항일연군 서북원정노선

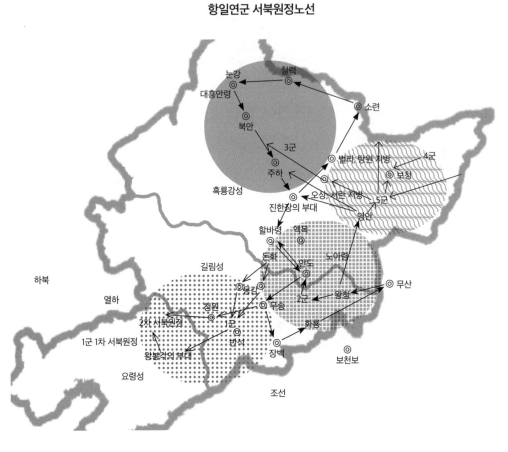

:::: 1군 활동지역

▦ 2군 활동지역

● 3, 6, 8, 9, 10, 11군 활동지역

〰 4, 5군 활동지역

화살표방향 따라 서북원정 진행
원정 노선 따라 만주의 항일전장이 그물식으로 모조리 연결됨

44장

무산 진출

"아니, 놈들이 특별히 우리 항일연군을 토벌하는 데 쓰자고 닦아놓은 대로로
우리가 대놓고 걸어가잔 말이오? 정말 상상도 할 수 없는 일이오."
"그러니까요. 우리가 대낮에 자기들이 닦아놓은 경비도로로 버젓이 행군해 가리라고는
아마 죽었다 깨어나도 상상하지 못할 것입니다."

1. 이종락의 죽음

며칠 뒤 이종락은 화전에서 양정우에게 처형되었다. 양정우는 이종락 몸에서
나온 편지 역시 읽어보고는 그 자리에서 북북 찢어버렸다.

필자는 당시 양정우가 주둔하던 오늘의 길림성 화전현 홍석림구(紅石林區)의
깊은 산속에 있었던 호자호밀영(蒿子湖密營) 유적지로 직접 찾아가 보았다. 이 유
적지는 정부에서 지정한 홍석국가삼림공원에 포함되었으며, 화전현 정부가 맡
아서 관리하고 있었다. 대원들이 숙식했던 병영과 취사실, 우물, 식량창고, 총기
계수리소, 피복공장 같은 기관들이 모두 원상태로 복원되어 있었다. 놀라운 것
은 통나무로 만든 감방 비슷한 집도 한 채 있었는데, 도주병이나 포로, 인질 등
을 가두었던 곳이라고 한다. 말하자면 밀영 감옥인 셈이다.

어쩌면 남패자에서 이곳으로 압송된 이종락도 이 통나무집 감방에서 죽기 전까지 보냈을지도 모른다는 생각에 그야말로 만감이 교차했다. 어쩌면 이종락은 양정우에게 압송되었을 때, 만주의 공산비적 괴수가 직접 자기를 만나준다는 과대망상에 빠져 당장 죽게 될 줄도 모르고 더 큰 꿈을 꾸지는 않았을까. 그리고는 김일성과 협상하던 때와 꼭 같은 수법으로 자기와 대담하던 중국인 간부를 설득하려 들었을지도 모른다.

그런데 유감스럽게도 이곳에서 이종락과 만난 사람은 양정우 본인이 아니었다. 누구는 조아범이었다고 하고, 또 경위여단 정치위원 한인화였다는 사람도 있다. 어쨌든 당시 제1방면군 지휘부와 양정우의 경위여단이 호자호밀영에 함께 주둔하고 있었으니 조아범 외 이준산, 한인화 등 몇몇 정치간부 어느 누구라도 가능한 일이다. 이종락은 주로 김성주와의 관계를 추궁 당했다. 이 과정에서 김창영과 김성주 사이에서 진행된 귀순과 관련한 협상 내용들도 일일이 밝혀졌을 것이다. 양정우는 보고받고 몹시 격분했다.

"아무리 병불염사(兵不厭詐, 군사에서는 적을 속이기 위해 어떤 수든 쓸 수 있다는 뜻)라고 하지만, 이런 가짜 귀순놀음은 결코 해서는 안 된다는 걸 이번에 확실히 보여주어야 하오. 초장에 바로잡지 않으면 아주 나쁜 후과를 초래하게 될 것이오."

양정우보다 조아범의 비판은 훨씬 더 혹독했다.

"저도 양 사령의 견해에 동감입니다. 가짜 귀순놀음이 자칫하다가는 진짜로 번질 개연성이 있다는 데 주의하지 않으면 안 됩니다. 예전에도 장난삼아 벌인 일이 진짜가 되어 버린 사례가 어디 한두 차례만 있었습니까. 더구나 김일성 동무가 벌인 이번 귀순 협상 사건이야말로 가짜인지 진짜인지 분간조차 안 될 지경입니다. 진짜로 벌이고 발각되자 가짜라고 잡아뗄 수도 있잖겠습니까."

조아범이 이렇게까지 몰아가자 양정우는 불쾌한 표정을 지었다. 그는 양미간을 찌푸리며 조아범을 타일렀다.

"조아범 동무, 문제를 그런 식으로 비약하는 것은 좋지 않소."

그러나 조아범은 자기 생각을 고집했다.

"양 사령, '해인지심불가유, 방인지심불가무(害人之心不可有, 防人之心不可無)'라는 속담이 있지 않습니까. 남을 해치려는 마음이 있어서는 안 되지만, 인간에 대하여 경계하는 마음도 결코 없어서는 안 된다고요. 우리는 반드시 대비하지 않으면 안 됩니다."

"송 동무도 그렇게 생각하오?"

양정우는 직접 남패자까지 이종락을 압송해왔던 송무선에게 물었다.

송무선은 조아범과 김성주 사이에서 여간 난감하지 않았다. 그가 대답하지 않자 조아범이 웃으면서 양정우를 나무랐다.

"양 사령, 우리 송 부장은 김일성 동무와 어릴 적 길림에서 한 중학교를 다녔던 선후배 사이입니다. 더구나 김일성 동무와 5사 사장 진한장 동무를 직접 공청원으로 키운 혁명 선배이기도 합니다. 그런 송 부장에게 물으시면 어떻게 대답하겠습니까?"

그 말에 양정우는 더욱 혹했다.

"그래요? 그렇다면 더욱 송 동무 생각을 들어봐야 하지 않겠소."

"송 부장도 새각시처럼 입만 다물고 있지 말고 한 말씀 하십시오. 송 부장은 이 문제를 어떻게 보십니까?"

조아범이 직접 송무선에게 권했다.

"네, 조 지휘의 말씀에 일리가 있습니다만, 김일성 동무가 아무 군말 없이 이종락을 총사령부에 바쳤을 뿐만 아니라 이종락 몸에서 나온 편지 내용 등 여러 현상을 볼 때 귀순 협상 벌인 것을 신짜라고 판단하는 건 부리가 있습니다. 하물며 2방면군에는 김일성 동무 한 사람만 있는 게 아닙니다. 이번 일에 직접 관여했던 박덕산 동무만 해도 아주 노련한 정치공작가 아닙니까. 제가 남패자에 가서 좀 알아보니 이미 총정치부 주임 전광 동지께 모두 보고되었다고 합니다. 그러니 과도하게 의심하는 것은 옳지 않다고 봅니다."

이렇게 송무선까지 김성주를 변호하자 양정우는 동의한다는 듯이 머리를 끄덕였다.

양정우는 다시 조아범에게 말했다.

"송 동무의 견해가 정확하오. 김일성 동무에 관해서는 누구보다도 조아범 동무가 더 잘 알 것 아니요. 생각해보오. 만약 동무 말대로 귀순 협상이 가짜가 아니라 진짜였다면 그 결과가 결코 지금 같지는 않았을 것이오."

"저도 양 사령과 송 부장의 견해에 동의합니다. 제 생각이 짧았던 것 같습니다."

조아범은 양정우와 송무선의 견해에 수긍했다.

"귀순 협상이 진짜일 수도 있다고 한 말은 취소하겠습니다. 그러나 이런 일이 다시는 발생하지 않도록 단단히 바로잡아야 할 것입니다."

양정우는 머리를 끄덕였다.

"두말할 것 없이 우리의 결심을 보여줍시다. 이 담판 대표라는 자는 처형해 버리고 2방면군이 남패자에서 포위를 뚫고 나올 수 있게 우리가 직접 도웁시다."

양정우는 조아범과 의논하고 제1방면군 주력부대와 사령부 경위여단을 두 갈래로 나누어 화전현 유수하자를 공격하기로 결정했다.

당시 유수하자에는 만주군 제9여단 산하 12연대 1, 2대대 400여 명이 주둔하고 있었다. 또 대대 산하 여러 중대가 유수하자 주변의 팔도하자(八道河子)와 횡도하자(橫道河子), 홍석라자(紅石磖子) 등지에 분산되어 주둔했는데, 유독 쟈피거우 쪽 만주군 한 중대만은 지난해 11월에 1방면군에 의해 먼저 쫓겨났고 나머지 800여 명이 모두 유수하자 주변에 집중해 있었다.

1939년 1월에 접어들면서 일본헌병연대 길림분대(吉林分隊)가 화전으로 들어왔다. 이 헌병대에 고용된 밀탐 300여 명이 화전 주변 농촌과 산속에서 항일연군의 종적을 찾아다녔다.

해방 후 화전현 공안 부문에 체포된 위용길(魏勇吉)은 이 헌병대 산하 서무고(庶務股)에서 일했던 경력 때문에 역사반혁명분자로 판결받았다. 공안 부문이 소장했던 위용길 공술자료에 따르면, 다리를 절어 별명이 '위체즈(魏瘸子, 절름발이)'였던 그는 여러 거짓말로 처음에는 감옥살이만은 모면했다. 예를 들면 헌병대에서 일하는 동안 억울하게 잡혀 들어온 사람이 있으면 자기가 적극적으로 나서서 통역도 해주고 가족들에게도 찾아가 소식을 알려주면서 중국인들을 위해 일했다고 주장했다. 그러나 문화대혁명 기간에 그의 아버지 위따마즈(魏大麻子, 본명은 알 수 없음)가 1937년 가을에 홍석라자에서 항일연군에 침투했다가 특무 신분이 발각되어 조아범에게 처형당한 사실이 드러났다. 이후 다시 체포된 위용길은 아버지가 항일연군에 침투할 때 절름발이였던 자기를 위장용으로 데리고 산속에 함께 들어갔던 사실을 실토하고 말았다.

위따마즈는 밀영에서 신분이 폭로된 후 혼자 얼마든지 탈출할 수 있었으나 절름발이인 아들을 살리기 위하여 뒤에서 엄호하다가 결국 항일연군에게 사로잡히고 말았다고 한다. 항일연군은 위따마즈를 처형한 뒤 시체를 밀영 입구의 한 나무에 매달아놓았다. 며칠 뒤 화전현 경무국에서는 위용길을 길잡이로 내세워 대대적인 밀영 토벌을 감행했다. 그러나 항일연군은 이미 다른 곳으로 옮겨간 뒤였고 토벌대는 위따마즈 시체만 가지고 화전현으로 되돌아왔다.

1980년대 초엽까지 오늘의 화전시 팔도하자진 하이랑푸(海浪布村, 해랑포촌)에서 혼자 살고 있었던 위용길은 이때 감옥(장춘 철북감옥)에서 석방된 지 얼마 안 되었을 때였다. 징역 18년을 받았는데, 2년을 감형받고 16년 만에 석방되던 해에 감옥에서 〈간세(奸細)〉(1980년, 중국 '8·1'영화촬영소 제작)라는 제목의 영화를 보았다고 이야기했다. 자기 아버지 위따마즈가 영화에 나오는 간첩과 매우 비슷했다고 말했다. 그런데 실제로 침투과정은 영화나 드라마에서처럼 위에서 파견받고 내려온 상급 기관의 특파원이나 순시원을 중간에 납치하여 죽이고는 다른 사람이 그 신분을 도용하여 처음부터 높은 간부로 침투했던 사례는 단 한 번도 존재하지 않았다고 한다.

"그 이후에는 어떻게 되었나? 어떻게 되어 헌병대에 취직하게 되었나?"

대부분 체포되면 바로 귀순할 수밖에 없었다는 것이 위용길의 주장이다. 일본군 헌병대에서 근무했으니 거기서 진행했던 고문이 얼마나 무서운지 잘 알았을 것이다. 물론 간혹 고문을 견디어 냈던 사람들도 없었던 것은 아니나 그들은 모두 살아남지 못했다.

"그때 다시 항일연군에 파견된 사람들은 모두 귀순했던 사람들이었다. 다른 사람을 그 장본인으로 위장시켜 대신 들여보내는 건 거의 불가능했다…"

가장 성공한 침투 사건의 하나였던 '소진구사건(蘇振久事件)'도 소진구 본인이 원래부터 중공당 만주성위원회로부터 순시원으로 위임되어 무순특별지부를 조직하려 내려올 때 이미 성위원회 기관에서 오랫동안 사업해 왔던 고위 간부 중 하나였다. 소진구는 해방 후 무순시 공안기관에 체포되었고 1952년에 총살당했다.

그가 남긴 공술 자료를 보면, 일본군 봉천헌병대에서도 처음에는 가짜 소진구를 하나 만들어 진짜 소진구 대신 무순특별지부에 내려 보내려 계획한 듯하다. 그러나 소진구는 이렇게 청했다.

"무순은 심양과 가까운 도시라 무순특별지부 위원 가운데는 성위원회에 근무했던 사람이 한둘이 아닙니다. 또 위원들이 수시로 옮겨가고 보충되기 때문에 어느 날 갑자기 나와 잘 아는 사람이 파견될 수 있습니다. 그러니 다른 사람으로 위장하는 수법으로 잠깐은 괜찮을지 모르나 좀 더 시간이 지나면 100% 발각될 것입니다. 그러니 차라리 나를 보내 주십시오."

소진구는 자청하여 간첩이 된 후 오랫동안 무순특별지부에 침투해 있었다. 1928년 8월에 만주성 임시위원회 순시원 신분으로 무순 지방에 파견받고 내려왔다가, 1937년 12월에 무순특별지부위원회가 완전히 파괴되기까지 무려 8~9년 동안 잠복했던 소진구였으나, 일본군은 소진구가 잠복한 무순특별지부에 범청(範靑)이라는 간부를 몰래 체포하여 귀순시킨 뒤 놓아주었다. 이 두 사람은 서로의 비밀 신분은 전혀 모른 채 각자 자기가 맡았던 특무임무를 수행했던 것이다.

그러면 위용길의 아버지 위따마즈의 경우는 어떠했던가? 화전현 홍석라자에 같은 위씨였던 갑장(甲長, 작은 농촌 마을의 책임자)이 살고 있었는데, 당시 호자호밀영을 건설하던 항일연군 간부 하나와 친분이 있었다. 이 간부는 가끔 위 갑장에게 찾아와 쌀을 얻어갔는데 이 사실이 화전현 경무국에게 발각되었다. 경무국에서는 위 갑장을 체포한 후 이 항일연군 간부를 유인했다.

그러나 유인과정에서 항일연군 간부는 위 갑장이 자기를 불어 버린 걸 알자 바로 총으로 쏘아 죽이고 자신도 현장에서 사살당하고 말았다. 위 갑장은 죽기 전에 호자호밀영에 부상병 10여 명이 있는데, 자기가 보내준 쌀로 연명해 왔나고 털어놓았다. 후에 조아범의 1군 2사가 호자호밀영에 들어왔을 때, 화전현 경무국은 당시 화전현 화수림자 경찰분주소 소장이었던 위따마즈를 홍석라자의 위 갑장으로 위장시켜 밀영으로 들여보낸 것이다.

"그때 당신은 몇 살이었나? 아버지가 경무국 특무였다는 사실도 다 알고 있었는가?"

"알고 있었다. 어머니가 일찍 돌아가셨기 때문에 아버지가 혼자서 나를 키웠다. 후에 아버지는 경찰이 되어 다른 지방에 가서 근무하다 보니 나는 집에 혼자 있을 때가 많았다. 내가 열일곱 살 때 우리 집과 몇 번 혼삿말이 오갔던 집에 있었는데, 내가 다리를 몹시 저는 데다 아버지가 술을 많이 마셨고, 근무하던 고장에서 어떤 과부와 살림을 차리는 바람에 돈이 모자라 생활이 쪼들렸다. 그 때문에 나는 스무 살이 되도록 장가도 들지 못했다. 그러던 어느 날, 아버지가 과부와 헤어지고 한동안 집에 돌아와 쉬면서 나와 함께 지냈다. 그때 일본 사람 하나가 아버지와 만나러 집에까지 찾아왔는데, 내가 다리를 심하게 저는 것을 보고는 직접 병원에 데리고 가서 검사받게 했다. 의사의 말이 내 다리는 다른 병이 없고 힘줄이 줄어들어서 그런 것이니 일본에 보내 수술하고 치료받으면 곧 나을 수 있다고 했다. 그러자면 돈이 많이 들겠지만 자기가 도와줄 수 있다고 하더라. 그 일본 사람이 화전현 경무국장이었다."

"화전현에서는 경찰국이라고 하지 않고 경무국이라고 불렀나?"

"아니, 경찰국이라 부르지 않고 경찰서라고 불렀는데, 경찰서는 화전현에만 8개나 있었다. 이 경찰서들을 모두 경무국에서 관리했다. 경찰서 아래 경찰분주소가 14개 있었다. 일본 사람들이 화전현에 들어오기 이전에는 경무국이라 하지 않고 공안국이라고 불렀다. 후에 경무국으로 이름이 바뀌었다. 아버지가 죽고 내가 화전현 경찰훈련소에서 훈련받을 때는 화전현에 8개의 경찰서와 14개의 경찰분주소 외에도 1개의 삼림경찰대대가 더 생겼다. 경찰 총병력만 800명에 달했다. 그리고 만주군 12연대까지 합치면 병력이 자그마치 2,000여 명이나 되었다."[158]

위용길은 당시 화전현의 경찰 병력에 대하여서도 자세하게 설명했다.

만주국 입장에서 보면, 위용길의 아버지 위따마즈는 국가를 위하여 희생한 열사였던 셈이다. 그리하여 위용길은 열사의 유가족으로 혜택을 받았다. 경무국 장은 약속대로 위용길의 다리를 치료하여 주었다. 일본까지 가지는 못하고 신경 병원에서 수술받고 많이 호전되어 지팡이 없이도 걸을 수 있게 되었다고 한다. 이후 위용길은 화전현 경찰훈련소에서 6개월간 교육을 받게 되었다.

당시 화전현 경찰훈련소는 현 경무국에 직접 소속되어 있었다. 경무국 산하 에는 경찰훈련소와 함께 총무고와 경무고, 사법고 등의 부서가 있었다. 경찰서 산하에는 경무반과 위생반, 보안반, 특무반, 경방반(警防班) 등의 부서가 있었다. 그 외에도 만주군 한 연대와 일본군 한 중대 병력의 수비대가 상시 주둔했다는 것은 지리적으로도 화전현이 그만큼 중요했다는 증거이다.

"아버지가 경무국에서 맡긴 임무를 수행하다가 사망했기 때문에 나는 훈련소를 졸업 한 뒤 아주 편안한 직책에 배치되었다. 처음에는 경찰서 위생반에서 근무하다가 후에 는 반장이 되었고, 1938년 12월에는 헌병대로 옮겼다. 그때 경무국장이 나한테 헌병대 로 가면 노임은 더 많이 받을 수 있지만 위험한 일도 적지 않으니 만약 가고 싶지 않 으면 거절해도 된다고 했는데 나는 노임을 많이 받고 싶어 거절하지 않았다. 그것이 정말 후회된다. 화전헌병대는 오늘의 화전 서대가(西大街) 남쪽에 자리 잡고 있었다. 1938년 여름에 이 헌병대는 다른 지방으로 옮겨가고 그해 12월에 길림에서 새로운 헌

---

158 취재, 위용길(魏勇吉) 중국인, 일본헌병대 근무 경력자, 해방 후 반혁명분자로 징역 16년 복역, 취 재지 길림성 화전시 팔도하자진, 1988.

병분견대가 옮겨왔다. 원래 헌병대보다 훨씬 더 규모가 컸다. 밀탐만 300여 명이나 되었다. 나는 다리가 불편하여 일반 서무고에 배치받아 이 밀탐들에게 노임을 발급하는 일을 한 달쯤 책임졌다. 그러다가 이듬해 1월이 되자 양정우 부대가 갑자기 나타나 유수하자를 공격했는데, 유수하자를 지키던 만주군 12연대에서 100여 명이나 죽었다. 그때 양정우 부대가 사라져버린 종적을 찾기 위하여 헌병대뿐만 아니라 화전현 경찰들도 동원되었다. 우리 헌병분견대에서도 특고, 서무, 사법 세 반 직원 40여 명이 모두 이 일에 투입되었다."[159]

당시 만주국 정부에서 양정우에게 내건 현상금은 1만 원(만주국 화폐)이었다. 몇 달 뒤 1939년 4월 14일 자로 발표된 관동군 사령부 "만주 작전 명령 제13호 문건(滿作命第13號文件)" 부록에 열거된 항일연군 각 부 군사지휘관들에 대한 현상금 액수와 순서를 보면, 김성주 이름이 양정우와 조상지, 그리고 이연록에 이어서 4위로 올라가 있었다.

이것은 결코 과장이 아니라 사실이었음을 주목해야 한다. 항일연군 제1로군에서 양정우 다음 2인자였던 1로군 부총사령 위증민과 3임자였던 1로군 총정치부 주임 전광도 모두 현상금 순위에서 김성주의 뒤로 밀려난 것은 흥미로운 일이다. 당시 만주국 정부와 이 정부를 지탱했던 일본군과 만주군의 눈에 김일성 부대로 알려진 김성주의 제2방면군은 이미 남만주 지방에서 양정우 다음으로 위해를 일으키는 부대가 되었기 때문이다.

---

159 상동.

2. 위용길과 일본인 항일연군 후쿠마 카즈오

위용길은 화전현 헌병대의 밀탐 300여 명을 모두 동원했어도 남패자에서 장백 쪽으로 빠져 달아났던 김일성 부대를 찾아내지 못했다고 회고했다.

"당시 일본군은 양정우보다도 김일성 때문에 오히려 더 골머리를 앓았다."[160]

유수하자전투 직후 양정우 부대는 북쪽으로 이동하면서 쟈피거우밀영에서 치료받던 위증민을 만났다. 그 후 양정우와 위증민 두 사람은 함께 경위여단을 인솔하고 갑작스럽게 방향을 동쪽으로 돌려 돈화현 경내의 다푸차이허로 이동했다. 다푸차이허에서 멀지 않은 황니허 산속에 주둔하고 있던 박득범과 최현의 4사 부대가 달려와서 그들을 마중했다.

"후에야 알게 된 일이지만, 양정우 부대는 유수하자에서 만주군을 공격한 뒤 다푸차이허 쪽으로 달아나면서 토벌대들을 모조리 동쪽으로 유인했다. 김일성 부대는 그 틈을 타서 몽강현에서 빠져나온 뒤 슬그머니 화전현 경내로 들어왔다. 우리가 양정우 부대와 김일성 부대를 판단하는 방법은 아주 간단했다. 조선말을 많이 하는 부대는 김일성 부대였고, 양정우 부대는 주로 중국말을 했다. 그러다가 후에는 양정우 부대에서도 조선말을 많이 했다. 그리고 김일성 부대에서도 중국말을 많이 했는데 우리를 헷갈리게 하기 위해서 일부러 그랬던 것 같다."[161]

---

160 상동.
161 상동.

위용길은 1939년 음력설을 잊지 않고 있었다. 날짜까지도 2월 19일로 분명하게 기억했는데, 이날이 자신의 생일이기도 했기 때문이다. 중국에서는 음력설을 춘절(春節)이라고 부른다. 생일이 춘절과 같았던 위용길은 동료들과 함께 양정우 부대를 미행하다가 무치허목재소를 지키던 이해산의 삼림경찰대 병영에서 하룻밤을 보냈다. 화전현 부얼령(富尔岭, 부이렁) 기슭에 있었던 이 목재소 주인은 일본인이었는데, 노동자만 1,000여 명에 달했다. 전 만주국에서도 세 손가락 안에 드는 규모가 엄청나게 큰 목재소였기 때문에 삼림경찰대가 주둔하고 있었던 것이다. 목재소 주변 네 귀퉁이에는 포대가 있었고, 높은 담장 위에는 철조망과 탐조등까지도 달려 있었다.

"이곳은 금성철벽(金城鐵壁, 방비가 튼튼하다는 뜻)이니 아무 걱정 말고 며칠 동안 푹 쉬어라."

위용길 아버지 위따마즈의 친구였던 목기하 삼림경찰대 대장 이해산은 자기를 찾아온 옛 친구의 아들에게 만두를 빚어 대접하면서 한바탕 자랑을 해댔다.

"작년 가을에 '사이켄 최현 부대'가 우리 목재소를 넘보다가 얻어맞고 돈화 쪽으로 사라져버린 뒤로 항일연군이 다시는 얼씬도 못 하고 있다."

위용길은 이해산의 말을 믿고 그날 밤 시름을 놓고 술을 마셨다고 한다. 새벽녘에 오줌을 누려고 바깥에 나왔다가 병영 창고 쪽에서 수상한 그림자 여럿을 발견하고 부랴부랴 돌아와 한 방에서 같이 자던 동료들을 흔들어 깨웠다.

여럿이 총을 뽑아들고 창고 쪽으로 달려갔다.

"당신들은 누구요? 뭐하는 사람들이오?"

밀가루를 훔쳐 가지고 나오던 7, 8명이 모두 깜짝 놀라 멈춰 섰다.

그들 가운데 한 일본인이 앞으로 나오면서 위용길에게 일본말로 소리쳤다.

"난 일본인이다, 어디다 대고 함부로 도적 취급 하느냐? 화식방에서 만두를 빚다가 밀가루가 모자라서 지금 가져가는 길이다."

옷차림이나 말투, 생김새까지도 완전히 일본인인지라 위용길 등은 제풀에 수그러들어 그들을 그냥 보냈다. 그리고는 다시 방으로 돌아와 잠들었다고 한다.

그런데 다음 날 아침이 되자 병영에서 소란이 일어났다. 하지만 위용길 일행은 밤늦게까지 술을 마신 데다 새벽녘에 도적으로 의심되는 사람들 때문에 잠을 설친 바람에 점심 무렵까지 자다 일어났다. 이해산이 나타나 간밤에 창고에 도적이 들어 밀가루 수십 포대를 잃어버렸다고 야단쳤다.

"내가 간밤에 밀가루를 지고 가는 사람들과 만났던 이야기를 했더니 이해산은 펄쩍 뛰더라. 진짜 일본인이 목재소 사람들을 데리고 와서 만두를 빚다가 밀가루가 모자라서 가져간다고 하더라고 했더니, 이해산은 발로 땅을 차면서 야단이더라. '네가 목재소 사람들이 누군지 어떻게 아느냐, 그 일본인이 바로 항일연군일 수가 있잖으냐.' 했다. 그래서 나는 '조선 사람들이 거의 일본말을 할 줄은 알지만, 어젯밤에 만난 사람은 진짜 일본 사람이다. 설마 항일연군에 진짜 일본 사람이 있을 수 있겠느냐'고 했더니 이해산도 더는 말을 못했다. 그런데 글쎄, 우리가 무치허목재소를 떠난 뒤 20여 일쯤 지나 진짜로 항일연군이 무치허목재소를 공격했다. 아버지 친구였던 이해산이 그때 피살되었다. 삼림경찰대대 140여 명이 전멸했고 목재소 노동자 70~80여 명이 항일연군을 따라갔다. 이해산의 시체가 수류탄에 맞아 산산조각난 것을 주워 모아다가 입관한 뒤에 화전현에 실어 와서 장례를 지냈다. 그때 경무국뿐만 아니라 헌병대에서 사람을 보내 목재소에 내려가서 조사를 진행했다."[162]

---

162 상동.

조사 결과 화전현병대에서는 기절초풍하도록 놀랐다.

이 전투는 정확히 1939년 3월 11일 밤부터 다음날 12일 새벽 사이에 발생했다. 황니허에서 출발하여 양정우 부대와 합류하려 달려왔던 박득범과 최현의 4사 부대가 양정우 경위여단과 함께 목재소를 지키던 이해산 삼림경찰대를 사면에서 에워싸고 불시에 공격했던 전투였다. 400여 명의 항일연군이 140여 명의 경찰대대를 상대로 벌인 전투다 보니 불과 1, 2시간 사이에 삼림경찰대는 겨우 10여 명만 살아남아 도주하고 나머지는 모두 사살됐다. 이해산은 일본인 부대 대장과 함께 부하 서넛을 데리고 완강히 저항했다. 목재소 서남쪽 포대 안에 갇혔던 이들은 함께 자결한 준비를 하고 있었다. 그때 항일연군에서 한 일본인이 손에 양철로 만든 나팔을 들고 나타났다.

"할 말이 있으니 잠시 멈춰라. 나도 일본인이니 당신이 만약 항복하면 죽이지 않고 살려준다. 항일연군은 일본인보다 오히려 첩자를 더 미워한다. 그 첩자 대 대장을 죽여 버리고 빨리 포대 밖으로 나오라. 당신 생명만큼은 내가 보장한다."

일본인 부대대장이 너무 놀라 포대 바깥으로 머리를 내밀고 물었다.

"당신이 진짜 일본인인가?"

그는 자신이 진짜 일본인 항일연군이라고 대답했다.

두 사람은 한참동안 일본말로 주고받았다. 일본인 항일연군이 자기가 일본인 이라는 사실을 증명하기 위해 한참 자기소개를 했던 모양이다. 그러면서 슬그머니 포대 가까이 접근하더니 갑자기 옆구리에서 수류탄을 꺼내 심지를 뽑고는 포대 안에 집어던졌다. 그 안에 있던 이해산과 부하들은 모두 죽고 말았다. 항일연군이 철수한 후 목재소 사람들이 달려들어 이해산의 시체를 수습했다.

일본인들은 경악했다. 그때까지만 해도 항일연군에 일본인이 있으리라고는 누구도 상상하지 못했기 때문이다. 위용길에 따르면, 헌병대는 일본에서 살다

온 중국인이나 조선인일 가능성이 있다고 의심했으나, 목재소가 공격당한 후 팔도구자까지 쫓아갔던 만주군이 허탕만 치고 돌아와서는 '그 일본인은 진짜가 맞다.'고 보고한 것이다. 그때 뒤를 쫓아가면서 항일연군과 몇 차례 접전까지 벌였던 만주군 일본 지도관이 전투 중에 그 일본인에게 말까지 건네 보았다고 한다.

위용길은 그 일본인 항일연군의 이름도 기억하고 있었다. 그런데 정작 이 일본인과 한 부대에서 몇 해 동안 함께 보냈던 양정우의 경위원 황생발과 서광, 그리고 후에 김성주와 함께 북한으로 돌아갔던 박성철은 서로 다른 이름으로 기억한다. 이 일본인을 가장 잘 아는 사람은 박성철 외에도 양정우 최측근이라 할 수 있는 1로군 군의처장 서철도 있었다.

그런데 서철은 죽을 때까지 이런 이야기들을 입 밖에 꺼내놓은 적이 없다. 한때 세간에서는 이 일본인 이름은 도미다 가쓰오(富田勝雄)이며 '김일성 부대의 일본인'이라는 주장이 제기된 적도 있었다. 그 주장에 의하면, 박성철 중대가 1938년 11월에 보급투쟁 즉 '식량 약탈'을 목적으로 집안현 철도부설공사장을 습격했는데, 그때 인부로 동원된 사람 가운데 이 일본인이 들어 있었다는 것이다. 말도 안 되는 소리다. 꽤 흥미진진하게 퍼졌던 이 '김일성 부대 일본인'설에 의하면, 도미다 가쓰오라는 이 일본인이 평소 무산자 계급을 옹호하는 공산주의에 호감이 있었으며, 패배를 모른다는 김일성의 전설 같은 명성을 듣고 평소 흠모해왔다는 것이다. 막무가내로 김일성 부대에 가입하겠다고 고집하는 그를 서투른 일본어로 설득하다가 지친 박성철이 김일성에게 이 사실을 보고했다고 한다.

만약 이와 같은 주장대로라면 집안현(당시는 즙안현)의 철도 부설 공사장을 습격한 부대는 김일성 부대이며 박성철도 이 부대 중대장이다. 그러나 이미 앞에서도 언급했듯이, 즙안현 노령터널을 지나갔던 이 철도 부설 공사장에서 벌어진 전투는 당시 통화성 중국인 성장 여의문(呂宜文)과 일본인 경무청장 키시타니 류이치로가 직접 만주국 국무원과 치안부에 보고했을 정도로 큰 사건이었기에 중국에는 이 사건과 관련한 자료들이 상당히 많다. 또 이 전투 참가자들이 남긴 회고담도 여러 편 있다. 이와 같이 '김일성 부대 일본인'설을 퍼뜨렸던 사람들은 박성철이 원래 2군 4사 1연대 즉 최현 연대 산하 중대장이었다는 사실까지는 알고 있었던 것 같다. 그러나 제1차 노령회의 때 박성철은 이 회의에 4사 대표로 참가했던 여백기(4사 3연대 정치위원, 후에는 2방면군 정치부 주임)를 호송하여 즙안현 오도구에 왔다가 제1로군 경위여단 산하 기관총중대(또 다른 자료에는 1로군 사령부 기관총중대로 기재) 지도원으로 옮긴 사실은 몰랐던 것이 분명하다. 따라서 즙안현 경내의 철도부설공사(노령터널) 전투도 김일성 부대가 아닌 양정우 직속부대가 직접 벌인 전투였고, 시간도 1938년 11월이 아닌 3월이었다.

그런데 왜 여기에 김일성 부대를 끌어들인 것일까? 아마도 박성철이 이때 이미 1로군 총사령부 양정우 곁으로 옮긴 사실을 몰랐기 때문인 것으로 보인다. 또 북한에서도 그동안 줄곧 2군 4사 1연대가, 즉 최현 부대도 모두 '김일성'이 직접 지휘하던 조선인민혁명군이라 주장했기 때문이기도 하다. 아무튼 이 '김일성 부대 일본인'설에서 실제로 도미다 가쓰오라는 이 일본인이 항일연군에서 얼마만큼이나 활약했고, 또 어떤 이름으로 불렸으며, 어느 해에 어떻게 죽었는지에 대하여서는 정작 아무런 설명도 내놓지 못하고 있다.

그렇다면 실제로 당시 만주의 항일부대에 일본인이 참가하긴 했을까? 필자는 처음 위용길에게 이 일본인 이야기를 듣고 황생발, 서광 등 일본인과 만나 함께 생활했던 1로군 출신 생존자들을 직접 찾아다니면서 조사했다. 우선 이 '김일성 부대 일본인'설 속의 도미다 가쓰오라는 이름부터가 틀렸다. 이 일본인 이름은 후쿠마 카즈오(福間一夫)였다. 중국 사람들은 후쿠겐 카즈오(福健一夫)로 부르기도 한다. 이는 후쿠마의 한자 '間' 자와 후쿠겐의 한자 '健' 자의 중국어 발음이 같은 까닭에 비롯된 오해일 수 있다.

당시 노령터널 공사장의 작은 감독이었던 후쿠마 카즈오는 인부로 따라온 것이 아니고 전투 중 생포되었다. 하마터면 처형당할 뻔했으나 공사장 노동자들이 나서서 양정우에게 사정했다. 그러자 양정우는 직접 후쿠마 카즈오를 불러 만났다. 그런데 그의 입에서 일본을 비판하는 말이 튀어나올 줄은 몰랐다.

"나는 비록 가난하지만 교육을 받은 사람입니다. 일본의 집에는 아내와 어린 자식이 있습니다. 만주에 나와 돈을 벌어 집에 보내고 있습니다. 그런데 만주에는 나보다도 훨씬 더 가난한 사람들이 너무 많습니다. 특히 우리 일본 사람들이 만주 사람들을 너무 혹독하게 대하는 것이 마음 아픕니다. 그래서 가난한 우리가 힘을 합쳐 이 전쟁을 막을 수 있다면 나는 어떤 일이라도 할 수 있습니다. 나를 믿어 주시고 항일연군에 받아 주십시오."

양정우는 크게 감동받았다. 처음에는 그를 받아들이려 하지 않았으나 그는 계속 따라왔다.

"우리 항일연군은 산속에서 아주 힘들게 지내고 있소. 보다시피 낡고 볼품없는 무기로 머리에서부터 발끝까지 무장한 일본 군대와 싸우는 중이오. 그러니 언제 무슨 일이 발생할지 모르오. 더구나 당신과 우리는 민족도 풍속도 달라 일상생활에서 어려운 문제가 적지 않게 생길 것이오. 그러니 받아들일 수 없소. 이제 돌아가시오."

황생발은 양정우가 돈까지 100원을 주었다고 한다. 그 돈을 받고 돌아갈 듯했던 후쿠마 카즈오는 계속 부대 뒤를 따라왔다. 많은 사람이 그를 의심하기 시작했다. 양정우도 예외가 아니었다. 황생발은 양정우의 부탁을 받고 박성철 기관총중대에 직접 가서 이 일본인의 정황을 몇 번 알아보았다고 한다.

"후에 경위여단이 새롭게 편성될 때 후쿠마 카즈오는 총부 경위여단 산하 1연대 기관총중대에 배치되었다. 그때 기관총중대 지도원이 '북조선의 부주석 박성철'이었다."[163]

황생발은 박성철이 지도원을 맡았던 중대도 1로군 사령부 기관총중대가 아니라 경위여단 산하 1연대의 기관총중대라고 주장했다.

"중대 대원들이 모두 후쿠마 카즈오를 칭찬했다. 한 달 동안 관찰한 뒤에 중대에서는 그에게 보총 한 자루를 발급했다. 그는 너무 좋아서 어찌할 바를 몰라 했다. 그때 후쿠마 카즈오에게 장가를 들었는지 물었다. 그랬더니 '아내와 아이도 둘이나 있다.'고 하더라. 또 이렇게 물었다.

'라오8호(老八號), 당신은 일본인인데 어떻게 우리와 함께 일본인과 싸울 생각을 다 하게 됐나?'

그러자 그는 이렇게 대답했다.

'일본이 중국을 침략한 것은 나쁘다. 그래서 난 일본의 중국 침략을 반대한다.'

'이 다음 중국혁명이 성공하고 나면 라오8호는 일본으로 돌아갈 건가요?'

이렇게 묻는 사람도 있었다.

'너희들이 중국혁명을 성공시키면 중국공산당에서 나에게 소개 편지를 한 장 써 달라. 내가 공산당의 항일연군과 함께 일본의 중국 침략을 반대하여 싸웠다고 말이다. 일본에도 공산당이 있다.'

---

163 취재, 황생발(黃生發) 중국인, 항일연군 생존자, 양정우의 경위원, 취재지 장춘, 1988, 1990.

이런 이야기를 주고받으면서 우리는 그를 무척 좋아했다. 우린 그에게 말했다.

'라오8호, 당신이 일본에 돌아가 혁명을 성공시켜 일본 국가수령이 되어라. 그러면 우리가 모두 일본으로 놀러가마. 그때 우리를 외면하면 안 된다.'

'정말 그런 날이 오면 난 당신네들을 모두 내 집에 초대하여 회와 김밥을 맛보게 하겠다. 그리고 당연히 구경도 시켜주지.'

난 지금도 그 일본인과 주고받은 이야기가 귓전에서 들려오는 것만 같다. 그는 중국말도 아주 잘했다. '동북항일연군 1로군 군가'를 5절까지 다 부를 수도 있었다. 임강현 차구산구에서 포위를 뚫고 나갈 때 밤에 일본군 순라대(실제로는 정빈정진대)를 만난 적이 있었는데, 그때도 후쿠마 카즈오가 나서서 일본말로 속여 넘겨서 위기를 모면할수 있었다. 그는 싸움도 아주 잘했다. 팔뚝 힘이 셌기 때문에 누구보다도 수류탄을 멀리까지 뿌리곤 했다. 또 어쩌나 잘 명중시키는지 그가 던진 수류탄은 한 번도 목표물에서 빗나가는 법이 없었다.

1939년 3월, '무치허전투(木箕河戰鬪, 목기하목장 습격전투)' 때 우리는 목재소 병영에 쳐들어갔는데, 놈들이 미처 달아나지 못 하고 병영 지하실에 들어가 숨어 버렸다. 그놈들이 지하실에서 위에다 대고 총을 쏘았는데 총알이 내 신발 바닥을 뚫고 들어왔다.'[164]

황생발은 무치허(목기하)목재소를 습격했던 광경도 자세하게 들려주었다. 포로에게 병영 지하실에 20여 명이 숨어 있다는 말을 듣고 후쿠마 카즈오와 함께 지하실 입구를 찾고 있던 황생발은 하마터면 총상을 당할 뻔했다. 당시 이 전투에 참가했던 4사 1연대 출신 생존자 김윤길도 회상기에서 무치허전투를 이렇게

164　상동.

회상한다.

"전투가 끝난 후 우리 지휘관들은 적 병영 사무실에 들어갔다. 이때 양정우 동지의 연락병이 사무실 마룻바닥을 제치고 사다리가 놓인 큰 구멍을 발견했다. 그가 사다리에 접근했을 때 '땅!' 하는 총소리가 났다. 탄알이 그의 발을 꿰뚫었다."[165]

그러나 총알은 두꺼운 신발을 신고 있던 황생발의 발바닥을 뚫지 못했다. 뒤로 넘어진 황생발 대신 지하실문을 열어젖힌 후쿠마 카즈오가 지하포대로 수류탄을 집어넣었다. 여기까지는 황생발이 들려준 이야기다. 그런데 김유길은 이 전투에서 4사 1연대 기관총중대의 조선인 소대장 안태범이 전사한 이야기는 썼지만, 후쿠마 카즈오에 관한 언급은 단 한 마디도 없다.

후쿠마 카즈오가 어떻게 사망했는가에 관해서는 1940년 2월 양정우가 전사하고 나서 아주 급하게 개편된 1로군 경위여단 산하 제1중대 보총반에 후쿠마 카즈오와 함께 배치되었던 심봉산(沈鳳山) 회고담에 쓰여 있다. 해방 후 광서 유주군분구 사령부(廣西 柳州軍分區 司令部) 참모장과 부사령원을 맡았던 심봉산은 1984년에 "후쿠마 카즈오를 추억하여(憶福間一夫)"라는 회고문을 집안현(당시 즙안현) 『정협 문사자료』(제4집)에 발표했다. 이 회고문은 후쿠마 카즈오가 사망하기 직전에 있었던 일들을 아주 자세하게 기록했다. 필자는 황생발 이야기와 심봉산의 회고담에 근거해 정리해보았다.

"1940년 2월에 양정우가 전사했다. '라오8호(후쿠마 카즈오)'는 우리와 함께 1로군 경위

---

165 김유길, "무치허에서", 『항일빨치산 참가자들의 회상기』, 제1권

여단 제1중대 보충반에 배치되었다. 11월에 이 중대는 1로군 군의처장(서철)과 함께 남만을 떠나 북만으로 이동하고 있었다. 그때 '샤오만순(양정우의 일본어 통역관, 조선인 소년)'도 함께 이동했다.

[나는 이 부분에서 황생발에게 그때 함께 소련으로 이동했던 대원들 이름을 기억하는지 물었다. 황생발은 1로군 군의처장 서철(해방 후까지 생존, 북한 인민군 총정치국장 역임)과 중대장 전 모(全某, 도주한 뒤 귀순함), 김영숙(金英淑, 조선인, 전 중대장과 함께 도주한 뒤 귀순함), 반장(분대장) 부만림(傅萬林), 전사 강전원(姜殿元, 해방 후까지 생존), 마만인(馬萬仁), 석길경(石吉慶), 심봉산(沈鳳山, 해방 후까지 생존), 샤오만순(小萬順), 박 씨(老朴), 조 동무(小趙) 등 10여 명의 이름을 댔다.]

1942년 겨울, 우리는 온갖 고생 끝에 영안현과 동녕현 사이의 어느 지점에 도착했다. 겨우 10여 명만 살아남았다. 그런데 중대장 전 씨가 김영숙이라는 이쁘게 생긴 조선인 여대원만 데리고 어느 날 갑자기 사라져 버렸다. 이자가 그냥 혼자 살려고 그 여대원을 데리고 산에서 내려간 줄 알았는데, 다음날 토벌대를 이끌고 나머지 대원들이 숙영하는 곳에 나타났다. 그 토벌대에게 쫓겨 달아나면서 3일 동안 아무것도 먹지 못했던 우리는 마침내 추격병을 떼어 던지고 생 벼를 구해다가 껍질째 배 터지게 먹었다. 라오8호가 그때 배탈이 생겨 땅바닥에 뒹굴었다. 그는 변비가 심해 항문에 자기 손가락을 밀어 넣고 후비다가 그만 항문에서 창자가 한 뼘이나 흘러나왔다. 우리 모두 변비와 함께 심각한 탈항(脫肛) 증상을 겪고 있었으나 라오8호가 누구보다 심했다. 더는 걸음을 옮겨놓을 수조차 없게 된 것이다.

그러다가 이도구 부근에서 또 토벌대와 만나게 되었다.

[필자는 이곳이 김일성의 첫 번째 여자였던 한성희가 생포된 그 영안현 이도구가 아닐까 생각했다. 다시 확인한 결과, 오늘의 흑룡강성 목단강시 동녕현 노흑산진 이도구촌(黑龍江省 東宁縣 老黑山鎭 二道溝村)이었다.]

이때 우리는 운신하기 힘들었던 라오8호를 내버려두고 자기만 살겠다고 달아날 수가 없었다.

'내가 남아서 엄호할 테니 동무들은 빨리들 떠나라. 나 때문에 다 함께 죽을 수는 없다.'

라오8호는 자기보다 나이 어린 우리가 자기 때문에 함께 붙잡혀 죽는 것을 원하지 않았다. 고향이 동녕현성이었던 강전원이 나서서 자기가 남아 엄호할 테니 라오8호만은 꼭 살려내야 한다면서 그를 데리고 철수하라고 했으나 라오8호가 말을 들으려 하지 않았다.

'동생들아, 난 이제 살 만큼 살았다. 자네들이야 겨우 20대밖에 안 된 새파란 젊은이들이 아닌가, 내가 엄호할 것이다. 빨리 떠나라. 그러지 않고 나를 데리고 가다가는 다 붙잡혀 함께 죽을 수가 있다. 나의 마지막 요청이다. 제발 들어 달라.'

라오8호는 눈물을 흘리면서 우리한테 빨리 떠나라고 재촉했다. 잔혹한 현실 앞에서 제일 상관이었던 서철이 그 요청을 받아들이고 철수 명령을 내렸다. 대원들은 가지고 있던 수류탄(연대)과 탄약을 후쿠마 카즈오에게 넘겨주었다. 그리고 중대에 유일하게 남아 있던 성냥 한 갑과 소금 한 줌도 라오8호에게 남겨 주었다. 샤오3호(소만순의 대원 번호는 3번이었다.)가 이때 라오8호 곁에 남았다. 이 두 사람의 엄호로 포위를 돌파한 우리는 약 한 시간쯤 뒤에 토벌대가 물러가기를 기다렸다가 라오8호와 헤어졌던 곳으로 다시 갔다. 여기저기에 잘려진 팔과 다리, 머리들이 나뒹굴고 있었다. 토벌대는 라오8호와 샤오3호의 시체를 작두로 잘라 여기저기 던져 버리고는 산에서 내려가 버렸더라. 우리는 그것을 모아다가 화장한 다음 다시 길을 떠났다.'[166]

---

166 심봉산, "후쿠마 카즈오를 추억하여(憶福間一夫)", 집안현 『정협 문사자료(政協 文史資料)』, 제4집 및 황생발(黃生發) 취재(취재지 장춘, 1988, 1990.)

이것이 바로 한때 세간에 회자되던 '김일성 부대 일본인'설의 실체다.

이 일본인 이야기는 지금도 중국의 항일연군 역사에서 일찍이 1933년 3월 왕청에서 자살했던 일본인 공산당원 이다 스케오 이야기와 더불어 미담으로 전해진다. 그런데 이다 스케오는 군인으로 만주에 나왔지만 항일부대에는 참가하지 못하고 소왕청 항일근거지를 공격하는 전투 때 탄약을 유격구에 넘겨주고 자신은 자살했다. 반면에 항일연군에 참가하여 '라오8호'로 불렸던 후쿠마 카즈오는 진짜로 항일연군 전사가 되어 많은 전투에 참가하였다.

후쿠마 카즈오가 소속되었던 부대도 김일성 부대와는 거리가 먼 양정우 직속 경위여단 소속이었다. 그럼에도 불구하고 이 일본인이 갑작스럽게 김일성 부대 일본인으로 둔갑한 것 자체가 난센스가 아닐 수 없다. 이와 같은 소문을 여기저기로 퍼 나르는 사람들은 박성철이나 서철 같은 사람들이 정작 이 일본인과 관련한 단 한 편의 회상기도 남겨놓지 않은 것을 돌아보았어야 했다. 이 '김일성 부대 일본인'설에 의하면, 도미다 가쓰오(실제로는 후쿠마 카즈오)라는 일본인이 "패배를 모른다는 김일성 장군의 전설 같은 용명을 듣고 평소 흠모해왔다."는 말까지 지어내고 있다. 또 이 일본인이 참가했다는 몇몇 전투들, 예를 들면 "1938년 6월, 집안과 통화 사이에서 일본군 장교 2명과 기관총 사수를 삽으로 쳐서 처치해서 첫 공을 세운 전투"와 같은 해 10월 18일 "외치(차)구 공격전"에서 일본군 장교로 변장하고 적진에 깊숙이 침투해서 귀중한 정보를 수집해 오기도 했다는 주장 모두 지어낸 거짓말임에 틀림없다. 그리고 외차구전투도 실제로는 김성주와 아무 상관없는 전투였음은 이미 앞에서 자세하게 언급했다. 날조의 백미는 두말할 것 없이 이 일본인이 운명하면서 박성철 품에 안겨 "수령님을 잘 모셔 달라."는 유언까지도 남겼다고 쓴 것이다. 기가 막혀 더는 말이 나오지 않으니, 이 이야기는 여기까지만 하겠다.

3. 고난의 행군

다시 1938년 11월로 돌아간다.

남패자회의 기간에 몽강현으로 들어온 김창영의 임강공작반은 부대 전체를 설득해 귀순하는 데 시간이 필요하다는 김성주의 답장을 철석같이 믿었다가 큰 골탕을 먹게 되었다. 이때 김창영은 이종락이 몽강 남패자에서 화전의 호자호밀영으로 압송되어 양정우에게 이미 처형당한 사실을 모르고 있었다. 여기서 몇 가지 보충할 내용이 있다.

김성주의 중국인 경위원 유옥천은 1962년 10월에 "김 사장이 직접 이종락을 양 사령이 있는 데로 데리고 갔다."[167]는 증언을 남겼고, 송무선의 생전 지인들은 "송 부장이 직접 양 사령의 파견을 받고 몽강에 가서 이종락을 압송해 왔다."고 상충되게 증언했다. 하지만 결과적으로 이종락이 양정우 손에 처형당한 것만은 틀림없는 사실이며, 당시 환경으로 보아 김성주가 화전의 호자호밀영으로 직접 갔다 올 수 없었고, 양정우도 몽강의 남패자로 달려왔을 가능성도 적어 나는 송무선이 압송해 간 것에 비교적 무게를 둔다.

그런 줄도 모르고 김창영은 거의 2개월 동안이나 몽강현에 주둔하면서 산하 공작반과 함께 최주봉돌격대를 삼도호진 두도화원 쪽에 배치하고 주자하촌 뒷산만 철통같이 에워싸고 있었을 뿐이다. 그들은 주자하촌 뒷산 밀영이 손장상과 박덕산의 8연대가 임시로 주둔했던 숙영지에 불과했던 것을 알 수 없었다. 이종락이 압송된 뒤 김성주 역시 경위중대와 함께 부리나케 주자하촌을 빠져나와 북패자로 이동했으며 여기서 오중흡의 7연대와 합류했다. 김성주 꾀에 넘어간

---

167 원문 金師長把他領到楊司令那里

김창영은 몽강까지 데리고 왔던 김성주 할머니 이보익을 평양으로 돌려보냈을 뿐만 아니라 나중에는 두도화원 주변에 매복시켜 놓았던 최주봉돌격대까지 철수시키는 실수를 저지르고 있었다.

북한에서 주장하는 '김일성 항일혁명투쟁사' 또는 '조선인민혁명군 항일투쟁사'에서 이른바 중국 홍군의 '2만 5,000리 장정'보다 더 험난했다고 과장하는 '고난의 행군'이라는 대장정이 이때 시작되고 있었다. 1938년 12월 초부터 이듬해 1939년 3월 말까지였다.

남패자에서 '가짜 귀순놀음'을 벌이며 토벌대를 미혹시킨 뒤 포위를 뚫고 나왔던 김성주의 제2방면군 주력부대의 행군 목적지는 여전히 꿈에도 가고 싶은 '내 조국 조선'을 눈앞에 바라볼 수 있는 장백 땅이었다. 남패자에서 장백현 북대정자까지는 정상적으로 간다면 4, 5일이면 넉넉히 닿을 수 있는 거리였다. 그러나 김성주의 주력부대가 그곳까지 가는 데는 자그마치 100여 일이나 걸렸다.

남패자에서는 무사히 빠져나왔으나 화전현 경내로 접어들면서부터 바로 토벌대가 뒤따라 붙었기 때문이다. 토벌대와의 싸움은 그런대로 이겨낼 수 있었지만 더 무서운 것은 바로 추위와 굶주림이었다. 1938년은 추석 전에 첫서리가 내렸고 추석이 지나자 첫눈이 많이 왔다. 초겨울부터 강추위에 박달나무가 얼어 터질 정도였다. 게다가 식량까지 떨어져 대원들의 행동이 차츰 굼뜨기 시작했다.

김성주 회고록(계승본)에서는, "1932년 가을에 우리가 부대를 이끌고 안도에서 왕청으로 갈 때의 행군"과 "1차 북만원정을 갔다가 간도로 돌아올 때의 행군" 외에도 "1937년 초봄의 무송원정"도 함께 거론하면서 이들을 다 합쳐도 이때의 "고난의 행군"에는 결코 비할 바가 못 된다고 썼다.

김명주가 생존했을 당시 이때 있었던 일들을 직접 들은 지인들이 연변에 여

렷 있었다.

"우리 7연대가 아니었으면 2방면군은 그때 이미 사라지고 말았을 것이다. 김일성도 몇 번이나 토벌대에게 생포될 뻔했다. 토벌대라고 부르면 무조건 다 일본군인 줄 아는데 아니다. 정우현(몽강현)에서 화전 쪽으로 빠져나올 때는 우리 뒤를 쫓는 토벌대에 조선말 하는 자들이 꽤 많았다. 그러다가 화전에서 휘남, 장백 쪽으로 빠질 때는 대부분 되놈들(만주군)이었는데, 13도구 쪽으로 접근하고 있을 때 딱 한 번 일본군이 뒤에 매달렸다. 그때도 오중흡 연대장이 직접 기관총을 들고 맨 뒤에 남아서 엄호했다. 우리는 굽인돌이(굽이돌이의 간도 사투리)를 만날 때마다 돌아앉아 뒤에 따라오는 '진드기(추격하는 토벌대)'들을 향해 한바탕씩 갈기곤 했는데, 그렇게 수십 번이나 골탕 먹고도 떨어지지 않고 계속 뒤따라왔다. 화전 쪽에서 고생을 많이 했는데 눈이 너무 많이 내려 길이 다 사라져 버렸다. 그 눈 속으로 온종일 기어갔는데 겨우 10리도 못 갔다. 그러니 글쎄 남패자에서 12월에 떠난 것이 이듬해 1939년 정초에야 겨우 임강현 경내의 산악지대를 경유하여 장백현 13도구에 도착할 수 있었다."[168]

김성주 회고록에서는 이때 가장 많은 전투를 진행했던 오중흡 7연대 이야기는 하면서도 8연대 이야기는 한마디도 없다. 왜일까?

---

168 취재, 최선길(崔先吉, 가명) 조선인, 조선의용군 생존자, 1950년대 중국 연변사범학교 교장과 연변주 교육처에서 근무하다가 생활작풍 문제로 직위 해제됨, 김명주의 지인, 취재지 연길, 1984~1986 10여 차례.
　　박경호(朴京浩, 가명) 조선인, 동북인민혁명군 2군 독립사 3연대 연고자, 취재지 도문.
　　박경환(朴京煥, 가명) 조선인, 연변전원공서 시절 임춘추의 비서, 취재지 요령성 안산시, 1987.
　　박창욱(朴昌昱) 조선인, 항일투쟁사 전문가, 연변대학 역사학부 교수, 취재지 연길, 1995~2000 10여 차례.
　　한준광(韓俊光) 조선인, 연변주당위 선전부 부부장, 연변역사연구소 소장, 중국조선족민족사학회 이사장 역임, 취재지 연길, 1986~2001 30여 차례.

김명주는 고난의 행군 동안 제2방면군 주력부대였던 7, 8연대는 각각 총지휘였던 김성주와 참모장 임수산이 직접 인솔했으며, 특히 임수산이 손장상, 박덕산과 함께 척후를 담당했다고 증언한다. 따라서 장백현 7도구치기까지 들어오면서 임강현에서 벌인 요구집단부락 습격전투와 마의하 부근 전투(손장상 지휘), 그리고 왕가점 습격전투(무량본 지휘) 등은 모두 참모장 임수산의 직접 지휘로 손장상과 박덕산 8연대가 벌인 전투들이었다.

사부 기관은 정치부 주임 여백기와 부관장 필서문이 인솔했다. 김성주와 그의 경위중대는 한 마디로 기동부대였다. 그러나 추격당하다 보니 행군 도중 발생한 소규모 전투들은 대부분 7연대에서 벌였고 김성주는 오중흡이 잠시만 보이지 않아도 오백룡 등 몇 명만 데리고 후대 쪽으로 달려가곤 했다.

"아니, 지휘동지, 빨리 앞으로 가지 않고 왜 자꾸 뒤로 옵니까?"

2방면군 결성과 함께 새로 7연대 정치위원이 된 주재일은 몇 번이나 앞에서 두 팔을 벌리고 가로막기도 했다.

"오중흡 동무가 걱정돼서 그러오."

"오 연대장은 제가 잘 지킬 테니, 지휘동지께서는 다시는 뒤에 나타나지 마십시오. 오 연대장뿐만 아니라 일반 대원들도 지휘동지를 보면 오히려 더 걱정되어 마음 놓고 싸울 수가 없습니다. 어서 돌아가십시오."

그리고는 김성주 곁에 있던 오백룡에게 단단히 일러두었다.

"경위중대장이란 자가 도대체 무얼 하는 게냐? 또다시 지휘동지를 모시고 뒤에 나타나면 당위원회 때 문제 삼을 것이니 알아서 하거라."

오백룡은 울상이 되어 김성주 뒤를 따라오면서 푸념했다.

"지휘동지도 들으셨습니까? 주 정위가 당 위원회에서 나를 가만두지 않겠다고 합니다."

"걱정 마오. 주재일 동무는 입만 사납지 마음이 두부 같은 걸 동무도 잘 알지 않소."

"아닙니다. 이번에는 표정을 보니 장난이 아닙니다. 꼭 나를 혼쭐내려는 것 같습니다."

주재일은 7연대 정치위원이 되기 전 경위중대 지도원이었고, 오백룡은 주재일 밑에서 소대장으로 있다가 중대장으로 발령받은 지 아직 얼마 안 되었다. 아닌 게 아니라 이후 7도구치기에서 2방면군 당위원회가 개최되었을 때, 주재일은 총지휘관인 김성주가 자꾸 7연대 진지에 나타나는 것에 문제를 제기하기도 했다. 정치부 주임 여백기의 사회로 열렸던 이 회의에서 김성주는 방면군 총지휘관 신분임에도 불구하고 전투진지에 직접 들락거리는 것에 대해 위원들에게 비판받았고 그 자신도 앞으로 각별히 조심하겠노라고 약속했다.

그러나 그런 약속을 지키기에는 상황이 너무나도 좋지 않았다. 말 그대로 앞에도, 뒤에도, 옆에도 모두 토벌대였다. 김성주는 여간해서 화정위령(化整爲零) 전법을 사용하지 않았다. 한 번 흩어지면 다시 불러 모으기가 결코 쉽지 않았기 때문이다. 이때의 회고록 내용을 돌아보자.

"그때 나는 2방면군을 몇 개의 방향으로 갈라서 활동하게 하고 나 자신은 7연대와 함께 움직일 작정을 했습니다. 그런데 간부회의에 참가한 지휘관들이 한결같이 내가 7연대와 같이 다니는 것을 반대했습니다. 그들은 7도구치기의 밀영들 중에서 제일 안전한 청봉밀영에 사령부가 들어가 있어야 한다고 주장했습니다. 그들이 그런 주장을 하는 것은 나의 신변안전을 보장하자는 데 있었습니다. 우리 부대에서 싸움을 제일 많이 하는 연대가 7연대인데 그들과 같이 다니면 나의 신변이 위태롭게 될 수 있다는 것입니다. (중략) 결국 우리는 방면군을 세 개의 방향으로 분산시키기로 했습니다. 사령부는 경위중대와 기관총소대를 데리고 청봉밀영을 거쳐 가재수 방향으로 나가고 오중흡이네 7연대는 장백현 상강구 일대에 진출하여 활동하며 8연대와 독립대대는 무송현 동강 일대에서 활동하도록 했습니다."

남패자에서 장백현 7도구치기까지도 계속 주력부대 기본 대열을 유지해 왔던 2방면군은 이때 세 갈래로 나뉘었음을 알 수 있다. 중국공산당 길림성 당사 자료연구실에서 편찬한 관련 자료에 따르면, 김성주는 회고록에서처럼 오중흡의 7연대를 장백현 상강구 일대로 따로 진출시키지 않고 계속 자신이 직접 인솔하고 13도구 일대에서 활동했다. 대신 참모장 임수산이 8연대를 인솔하고 무송의 동강 방면으로 이동하면서 토벌대를 유인했다. 그리고 방면군 지휘부 직속 교도중대(회고록에서는 독립대대라고 함) 60여 명은 중국인 여백기와 필서문의 인솔로 즙안, 통화 등지로 이동하게 했는데, 이는 두 중국인 간부를 따로 갈라 버렸던 것으로 보인다.

4. 북대정자회의

이 기간에 김성주는 오중흡 7연대를 직접 인솔하고 다시 곰의골밀영과 부후물(富厚水, 니립하) 등지를 전전(轉戰)하면서 6, 7차례 전투를 벌여 매번 성공했다. 그리하여 4월에 접어들자 7도구하를 사이에 두고 임강현의 만주군은 장백현으로 감히 발을 들여놓지 못하게 되었다. 김성주는 오중흡에게 7도구하 기슭에서 계속 소란을 일으키게 하여 장백현의 만주군들을 8도구 쪽으로 유인하는 한편, 자신은 경위중대를 이끌고 오늘의 장백현 신방자진 대정자촌으로 이동했다.

장백현 15도구 망천아협곡(望天鵝峽谷)에서 발원했던 7도구하와 8도구하는 모두 신방자진 경내에서 흘렀다. 그중 7도구하는 장백현과 임강현의 경계를 이루는 강물이었고, 8도구하는 13도구와 보천산, 신방자를 거쳐 8도구 쪽으로 흘러 마지막에는 압록강과 합류했다. 때문에 오중흡 7연대가 이때 8도구 방면으로 동정을 일으킨 것은 항일연군이 다시 조선으로 쳐들어갈 것처럼 보이기 위해서였다. 8도구에서 계속하여 압록강 쪽으로 접근한다면, 지리상 주공 목표는 혜산일 수밖에 없었다. 항일연군이 혜산을 공격하여 복수를 진행할 것이라는 추측은 얼마든지 가능했다.

김성주는 대정자촌에서 임수산과 박덕산 등을 마중한 뒤 곧바로 회의를 열었다. 오중흡, 주재일 등 7연대와 손장상, 박덕산 등 8연대 지휘관들이 모두 이 회의에 참가했으나, 유독 정치부 주임 여백기와 부관장 필서문은 빠졌다. 아무래도 이 두 중국인 간부는 일부러 참석시키지 않은 듯하다.

이 회의를 북한에서는 '북대정자(北大頂子)회의'라고 부른다. 북한 주장대로라면 이날, 즉 1939년 4월 3일에 김성주가 "적극적인 반격전으로 일제 침략자들을 연속 타격하고 조국으로 진군하자"라는 역사적인 연설을 했다고 한다. 연설 내용도 잘 정리해 『김일성저작집』에 실었는데, 정작 이 회의에 참가했던 생존자 무량본은 다른 내용의 회고담을 남겨놓았다. 그동안 1, 2차에 걸친 '혜산사건'으로 숱한 부하들과 장백 지방의 광복회 조직이 파괴된 데 대한 보복을 위해 김성주는 아주 견결하게 혜산을 공격하자고 주장했으나, 방면군 부지휘였던 김재범과 참모장 임수산, 그리고 8연대 정치위원 박덕산까지 모두 나서서 반대했다고 한다.

임수산은 혜산 대신 무산을 공격해야 한다고 적극적으로 주장했다. 당초 보천보전투의 이유가 되기도 했던 박득범과 최현의 '무산전투' 계획에 직접 참가했던 임수산은 회의에서 이렇게 발언했다.

"재작년 여름에 우리가 '보천보전투'를 진행했던 이유가 바로 무산에 들어갔다가 포위당한 최현 동무네를 구하기 위해서 아니었습니까? 그때 6사가 보천보를 공격하는 바람에 무산 쪽으로 몰려들던 국경경비대 놈들이 결국 혜산 쪽에서 발을 묶이고 말았고, 4사는 그 사이에 포위를 뚫고 나올 수 있었습니다. 우리는 그때 방법을 다시 써볼 수 있습니다. 이번에는 혜산 쪽에서 먼저 소동을 일으켜 놈들의 주의를 장백 쪽으로 옮기고, 주력부대는 그 틈을 타서 무산을 공격하자는 것입니다. 그리고 그때보다 좀 더 대담하게 무산 공격부대가 따로 간도의 화룡 쪽으로 이동해 그곳에서 두만강을 건널 것이 아니라 보천보를 공격할 때처럼 바로 20도구에서 압록강을 건넌 다음 양강도 변경 지대의 산속에 잠복하자는 것입니다. 그곳에 마침 우리가 작년에 이미 만들어놓은 청봉밀영도 있으니 이를 발판으로 삼아 바로 함북 쪽으로 출정하면 될 것입니다."

김성주는 임수산의 이 제안을 받아들이지 않을 수 없었다.

실제로 혜산이 아닌 무산을 공격하기로 했던 결정적인 요인은 장백에서 화룡까지 공격부대를 이동시켜 두만강을 넘어 공격하는 방법을 취하지 않고 바로 장백에서 압록강을 넘어 청봉으로 잠복한 뒤 양강도 북부 변경지대를 이용하여 함경도 북부 지방으로 이동하는 노선이었다. 이는 굉장히 담대하면서도 지혜로운 작전 방안이었다.

김성주는 약 한 달 남짓 줄곧 곰의골밀영에서 지내며 철저하게 준비했다. 1939년 5월 15일에 밀영을 떠나 3일간 행군하여 5월 18일 새벽에 24도구에 도착했다. 여기서 먼저 정찰조를 파견했는데, 그 정찰조가 미처 돌아오기도 전에 김성주는 도강 명령을 내렸다. 김성주 자신이 얼마나 감격과 흥분에 휩싸였는지 알 수 있게 하는 대목이다. 참모장 임수산은 정찰조가 돌아오기를 기다려서 도 강하자고 말렸으나 막무가내였다. 누구보다도 오중흡이 나서서 빨리 정찰조 뒤를 따라서자고 재촉했다.

김성주는 자신이 방면군 총지휘관이라는 신분도 잊은 채 가장 척후에서 압록강을 건넜으며, 누가 말리면 한바탕 역정까지 냈다. 철없는 어린 대원들만 좋아라고 김성주 주변에 쫄망쫄망 매달렸다. 자기 키만한 총대를 등에 멘 이오송은 이태 전까지만 해도 마안산밀영에서 황순희 등에 업혀 엉엉 울던 아이였다. 너무 마르고 여윈 데다 키까지 작아서 김성주는 그가 여간 마음이 쓰이지 않았다.

"오송아, 넌 내 가까이에 오거라."

김성주는 이오송을 잡아당겨 자기 곁에 바짝 붙어서게 했다. 어린 두 동생 가운데 하나는 이미 잃어버리고 다른 하나도 어디서 어떻게 살아가는지 전혀 소식조차 모르고 지내던 김성주에게 이 어린 대원들은 친동생이나 다름없었을 것이다. 김일성의 중국인 경위대원이었던 교방의가 1963년에 남겨놓은 회고담에는 이런 내용이 들어 있다.

"5도양차전투에서 내 손뼈가 부러졌을 때 김 사장이 면도칼을 가지고 부러진 뼈를 뽑아내 주었다. 마취약이 없는 상태에서의 수술이라 매우 아팠는데, 김 사장은 내 아픔을 가시게 하려고 관운장 이야기 등 우스갯소리를 해주었다. 손이 상하다보니 김 사장은 소변볼 때 바지도 내려주고 입혀주고, 양말이 젖으면 불에 쬐어 말려주었다. 원래는 내가 김 사장 양말을 말려주는 일을 했어야 했는데…. 너무 감동해서 우니, 김 사장은 "울지 마라, 중국 사람이나 조선 사람은 모두 함께 일본 놈을 치는데, 내가 사

장이라고 경위대원 바지와 양말도 말려주지 못하겠는가." 하고 말했다.[169]

6사 소년중대는 1937년에 설립되었다. 1임 중대장이 3사 시절 기관총 소대장을 지냈던 오일남(吳日男)이었다. 김철만, 김복록, 이을설, 전문섭, 조명선 등이 모두 소년중대 출신이었다. 김성주 경위대원들은 대부분 6사 소년중대 출신이었다. 이 소년중대는 1938년 오일남이 7연대로 가면서 해산되었다. 소년들이 어찌나 빨리 컸는지 불과 1, 2년 사이에 벌써 자기 몸에 맞는 38식 기병보총들을 한 자루씩 얻어 메고는 여기저기에 배치되어 갔다.

8연대에 배치된 이오송은 너무 어리다고 몇 번이나 손장상에게 쫓겨 돌아왔다. 박덕산은 이오송보다 머리 하나는 더 큰 김성국에게 이오송을 돌보라는 특별한 임무를 주었으나 이오송 역시 불만이었다.

"제가 이래 뵈도 성국이 형보다 먼저 혁명에 참가했거든요."

마안산에서 김정숙과 황순희 등에 업혀 다니던 이오송을 본 적 있는 김성주도 나서서 이오송의 혁명 연한을 인정해주기까지 했다.

"그래, 네가 성국이한테 비하면 노혁명가인 셈이다."

그 바람에 이오송은 온 얼굴에 웃음꽃이 피어올랐다.

대신 김성국은 보천보전투 훨씬 이전부터 그의 고향 보천산진(장백현 보천산진)의 로국소(老局所)라는 동네에서 광복회 조직을 지도했던 박덕산의 소개로 입대했다. 김성국의 아버지 김상현이 로국소 부근 한 야산에서 화전을 일구다가 박덕산과 만났는데, 농막에 숨겨주면서 먹을 것을 날라준 인연으로 남의 집에서

---

169 「艱苦的抗聯生活」, 橋邦義, 『長白革命鬪爭史資料』, (內部發行) 收錄, 長白縣委黨史辦 編輯, 1990.
한글본 교방의, 「간고한 항일연군의 생활」 『장백혁명투쟁사자료』(내부발행) 수록, 장백현위당사판공실 편집, 1990.

머슴 살던 세 아들 중 맏이를 박덕산에게 맡긴 것이다. 그 맏이가 바로 김성국이었다.

김성국은 해방 후 이날 김성주를 따라 압록강을 건너면서, 김성주가 이오송과 주고받던 이야기를 회상기에 담았다.

"오송아, 이 강이 무슨 강인지 아느냐?"

나서 처음 조국 땅을 밟아 보는 이오송은 압록강 이야기는 여러 번 들었지만 한 번도 본 적이 없어 잠시 머뭇거렸다. 그러나 씩씩하게 대답했다.

"압록강 아닌가요?"

"그래, 맞다. 이 강이 우리 조선의 강, 압록강이란다."

김성주에게는 너무나도 감개무량한 곳이었다. 어쩌면 이오송보다 더 어린 나이에 독립운동을 하다 망명길에 올랐던 아버지를 따라 이 강을 건넌 김성주는 좀 더 컸을 때 또 이 강을 혼자 건너 평양 만경대까지 갔다. 어쩌면 그 시절 광경을 떠올렸을지도 모른다.

"이제는 여기서 다시 돌아가지 않겠지요?"

끝없이 질문하던 이오송에게 김성주는 자못 진지하게 대답했다.

"우리는 조국 땅에 영원히 돌아오기 위해 이번에는 다시 돌아가야 할 것 같구나."

이오송은 어리둥절하여 곁에 있던 김성국을 쳐다보았다. 김성국도 그 말뜻을 이해하지 못했는지 역시 어리둥절한 표정이었다.

그날 새벽, 압록강을 건너 도착한 곳은 오늘의 북한 삼지연군 리명수 노동자구에서 그렇게 멀지 않은 수림이었다. 오늘날 북한에서 김정숙과 대원들이 쓴 구호 나무들이 원상 그대로 보존되어 있다면서 굉장한 의미를 부여하고, 그 외에도 많은 유적지, 예를 들면, 김일성이 묵었던 사령부 자리와 병실 자리, 취사장 자리 등이 발굴 및 복원되어 있는 '유서 깊은 량강도 삼지연군의 청봉 숙영지'다.

그런데 정작 김성주 일행이 이곳에서 보낸 시간은 무척 짧았다. 아마도 그 사이에 김정숙 등 대원들이 산속에 들어가 나무껍질을 벗기고 구호를 쓸 새는 없었을 것이다. 대원 모두는 제자리에서 미동도 하지 않고 은폐하고 있었으며, 함부로 불을 피워 밥도 짓지 못했다. 1939년 5월 18일 새벽에 도착하여 하루 낮을 보낸 다음 밤에는 8연대 1중대가 먼저 임수산의 인솔로 경수리 목재작업소를 습격했다. 손장상과 박덕산, 무량본이 모두 여기에 참가했다.

이 전투는 19일 점심 무렵까지 진행되었다. 이곳에서 물자와 식량을 노획한 손장상은 무량본과 함께 1중대만 데리고 압록강을 건너 다시 장백 쪽으로 되돌아갔다. 박덕산은 나머지 중대를 데리고 포태리 방면으로 이동했다가 다시 베개봉 쪽으로 접어 들었는데, 다음날 김성주도 박덕산과 합류하기 위해 하루 만에 청봉에서 나와 건창으로 이동했다가 다시 새벽안개 속에서 베개봉 쪽으로 행군했다.

먼저 이곳에 도착한 임수산이 김성주에게 보고했다.

"김 지휘, 베개봉 동쪽에 아주 기막히게 잘 닦아놓은 도로가 있었소. 박덕산 동무가 더 자세히 알아보겠다면서 정찰조를 데리고 직접 나갔소. 곧 소식이 올게요."

그러자 김성주가 임수산을 나무랐다.

"아니, 그런 데를 박덕산 동지가 직접 나가면 어떻게 합니까?"

"나도 말렸지만 덕산이 성격이야 김 지휘도 잘 알지 않소. 한 번 마음먹으면 누구도 못 막는 고집불통인 걸 난들 어떡하란 말이오."

임수산의 대답에 김성주도 수긍하지 않을 수 없었다.

김성주는 도천리전투 때 박덕산이 직접 정찰조를 데리고 홍두산에서 도천리까지 이동 중이던 만주군 뒤를 미행하면서 머릿수까지 모두 세고 나서야 돌아왔던 일이 떠올랐다.

김성주는 지도를 펼쳐 놓고 도강 첫날 청봉에서 보고받은 정보로 베개봉 동쪽 원시림 속에 임시로 그린 도로를 들여다보며 중얼거렸다.

"놈들이 혹시 갑산에서 무산까지도 새 도로를 만든 것은 아닐까요?"

그럴 때 마침 박덕산이 돌아와서 김성주와 임수산에게 보고했다.

"갑산에서 무산까지 통하는 신설 도로인데, 놈들이 일반 사람은 출입을 금지하고 있소. 여기저기 '통행금지' 팻말을 만들어 세웠던데, 부시려다가 일단 내버려두고 왔소. 재작년 여름부터 공사해서 최근에 거의 완공되었다는 것을 보니 아마도 보천보와 간삼봉에서 우리한테 혼난 뒤에 시작했던 것 같소."

그 말을 들은 김성주 입가에는 묘한 미소가 흘렀다.

"마침 잘 됐군요. 그럼 한 번 더 골탕을 먹입시다."

김성주는 즉시 회의를 소집하고 작전방안을 밝혔다.

그 유명한 '백주 대낮에 갑무(갑산-무산)경비도로를 따라 행군'했던 것이 이때 있었던 일이다. 처음에는 모두 어리둥절했다.

"아니, 보통 달구지 길도 아니고 놈들이 특별히 우리 항일연군을 토벌하는 데 쓰자고 닦아놓은 대로로 우리가 대놓고 걸어가잔 말이오? 정말 상상도 할 수 없는 일이오."

이렇게 반대하는 사람들에게 김성주가 말했다.

"그러니까요. 우리 자신도 상상할 수 없는 일이라고 하는데 놈들이야 더 말해 뭣하겠습니까. 아마 죽었다 깨어나도 우리가 대낮에 자기들이 닦아놓은 경비도로로 버젓이 행군해 가리라고는 상상하지 못할 것입니다."

임수산, 김재범, 오중흡 등이 모두 차례로 설득당했다.

그야말로 상상할 수 없는 김성주만의 배짱이었다. 그는 5월 19일에 경수리목재소를 습격했던 8연대 1중대를 장백현으로 되돌아가게 하는 방법으로 조선군 국경경비대의 주의를 압록강 쪽으로 돌렸고, 그 기회를 타서 갑무경비도로를 이용해 두만강 기슭의 무포(무산)까지 무난히 도착하여 이번에는 불쑥 두만강을 건너 다시 만주 땅으로 돌아갔다가 다음날 오후에 다시 두만강을 건너 무산의 삼장면 원사동으로 들어갔다.

5. 대홍단전투와 다푸차이허전투

5월 22일이었다. 눈앞에서 대홍단벌이 펼쳐졌다. 한창 진달래가 만발한 삼지연과 대홍단은 이때 김성주를 따라 무산 지구에 나왔던 다른 대원들에게도 평생 잊을 수 없는 조국 땅이었다. 오중흡과 박덕산의 7, 8연대는 김성주를 따라 대홍단을 횡단했다. 김성주는 여기저기에 보초대를 파견했다. 삼수평 방향과 무포 쪽 붉은 바위산으로 각각 한 중대씩 파견하여 혹시나 달려들지 모를 국경경비대를 막아내도록 미리 배치해 나갔다. 까치봉은 대홍단벌 중심에 있었다. 즉 까치봉을 중심으로 붉은 바위산과 삼수평 방향의 보초대들이 서로 호응하면서 연락할 수 있게 한 것이다.

국사당 부근에 도착한 뒤 7연대가 먼저 오중흡의 인솔로 신개척동을 공격했다. 김성주는 박덕산과 함께 신사동 쪽으로 이동하여 대홍단벌의 유리한 지형에 8연대의 두 중대와 자신의 경위중대를 매복시켰다. 한편 오중흡 7연대는 이

날 밤에 신개척의 한 목재소를 공격했는데, 이 목재소는 당시 함북 길주군에 자회사를 둔 일본 제지업계의 대표 기업인 오지제지(王子製紙)가 설립한 북선제지화학공업주식회사 산하 목재소였다. 평소 무장한 20여 명의 조선인 산림보호대원들이 지키고 있었다. 이들은 "김일성 부대가 왔다."는 말을 듣고 모두 손을 들고 땅바닥에 주저앉았다. 역시 총을 가지고 있던 10여 명의 일본인 십장들도 방아쇠 한 번 당겨보지 못하고 모조리 생포되었다. 불과 한 시간 만에 두지바위로부터 신개척까지 산악지대를 모두 장악할 수 있었다.

북한에서 김정은의 아내 리설주가 직접 부른 것으로 유명한 〈아직은 말 못해〉라는 노래 가사에 "로은산에 둥근 달 솟던 그 밤에, 그 동무와 맺은 약속 아무도 몰라"라는 구절이 나오는데, 이 산이 바로 신개척동 주변 15여 리에 펼쳐져 있는 그 로은산이다.

김성주는 이때 목재소에서 노획한 식량과 피복뿐만 아니라 다른 물자들도 일절 가져가지 말고 모두 신사동 주민들에게 나눠주라고 명령했다. 그리하여 대원들은 심지어 자기 배낭 속에 남겨둔 군량미까지 다 털어냈다.

오중흡의 전령병 김철만이 땀투성이가 되어 달려왔다. 김철만에게서 7연대가 이미 대홍단벌로 철수하기 시작했다고 보고받은 김성주는 재삼 당부했다.

"철만아, 연대장한테 전하거라. 8연대 매복진지 앞으로 계속 지나가야 한다고 말이다. 알겠느냐?"

"연대장도 대원들한테 그렇게 주의를 주었습니다."

"안개가 너무 많이 껴서 놈들이 뒤에 따라붙는 것을 미처 발견하지 못할 수도 있으니 각별히 조심해야 한다고 전하거라. 8연대 매복진지에 도착하기 전까지는 불질이 일어나면 절대 안 된다."

"네. 그렇게 전할게요."

김성주는 김철만을 먼저 보내고는 그길로 신사동을 떠나 8연대 진지로 달려 갔다.

8연대 90여 명과 경위중대 40여 명을 합쳐 130여 명이 둔덕진 곳에 매복진지를 구축하고 모조리 진지 밑에 엎드려 있었다. 그동안 박덕산과 함께 진지 구축하는 일을 지휘했던 임수산이 김성주 곁으로 다가와 걱정스러운 표정으로 한마디 했다.

"놈들이 과연 이곳까지 뒤따라올지 걱정이구면."

"꼭 올 겁니다. 문제는 안개가 너무 껴서 오중흡 동무네가 뒤에 따라붙은 놈들을 미처 발견하지 못하고 중간에 따라잡힐까봐 그게 걱정입니다."

이때는 벌써 5월 23일 오전 10시가 가까워 오고 있었다.

오중흡의 7연대 100여 명이 대흥단벌에 나타났을 때 그 뒤로 200~300미터 지점에서 아침 햇빛에 번쩍이는 철갑모들을 발견한 김성주는 임수산에게 다급하게 소곤거렸다.

"참모장동무, 오 동무네가 지금 추병이 뒤에 매달린 걸 모르는 것 같습니다."

"거 혹시 우리 동무들이 철갑모를 노획해 쓰고 오는 건 아닐까요?"

"아니오, 우리 동무들의 기본 대열과는 거리가 있습니다. 틀림없이 놈들입니다."

김성주는 오백룡에게 한 소대를 이끌고 동쪽으로 에돌아 7연대 쪽으로 몰래 접근하라고 시켰다. 만약 매복진지 앞에까지 도착하지 못한 채 추병이 따라붙으면 바로 옆구리에서 추병을 공격하라고 임무를 주었다. 그런데 다행스럽게도 뒤따르던 조선군 국경경비대와 창평경찰대도 안개 때문에 전방이 잘 보이지 않아 함부로 추격 거리를 200미터 안으로 좁히지는 못했다.

드디어 7연대 대원들이 매복진지 앞을 통과했다.

바로 부근 둔덕에 8연대와 경위중대가 매복하고 있다는 걸 알면서도 미리 주의를 받았기 때문에 곁눈 한 번 팔지 않았다. 대오의 마감 꼬리가 지나가고 뒤를 따라오던 국경경비대와 경찰대가 나타났을 때였다.

망원경을 눈에 대고 있던 김성주 입가에 미소가 흘렀다. 매복진지 앞에 나타난 국경경비대와 창평경찰대 대원들의 얼굴 표정까지도 읽을 수 있을 정도로 거리가 가까워졌기 때문이다. 모두 겁에 질려 두리번거리는 걸 본 김성주는 더 시간을 끌다가는 이자들이 추격을 멈추고 돌아서 버릴까봐 걱정되기도 했다.

김성주는 두 눈을 망원경에서 떼지 않은 채로 오른손을 궁둥이 쪽으로 가져갔다. 목갑 뚜껑을 젖히자 바로 권총이 튕겨 나오듯 손에 잡혔다. 그는 방아쇠에 손가락을 집어넣으면서 계속 망원경으로 앞을 주시했다. 척후에 섰던 국경경비대 40여 명이 진지 앞을 지나 계속 7연대 꼬리를 따라가고 창평경찰대가 진지 앞으로 모두 들어왔을 때였다.

"땅!"

공격 신호가 울렸다.

불과 20여 미터 남짓한 거리인 둔덕에서 갑자기 불벼락이 날아올 줄 전혀 생각지도 못했던 창평경찰대가 그 자리에서 무너져버렸다. 7연대 역시 들고 가던 물건들을 모조리 땅에 내려놓고는 바로 돌아서서 공격했고 또 동쪽으로 우회하면서 접근하던 오백룡이 기관총소대를 이끌고 배후에서 창평경찰대를 향하여 총탄을 퍼부었다. 이때 문제가 발생했다. 국경경비대 척후부대는 잠깐 사이에 섬멸되었으나 창평경찰대가 사방으로 흩어져 달아나기 시작했기 때문이다.

"동무들, 기관총은 이제부터 점발사격을 해야 하오."

임수산이 김성주 부탁을 받고 진지로 이동하면서 목줄이 터지라고 대원들에게 소리쳤다.

머리 위로 날아드는 눈먼 총탄이 어느 쪽에서 쏜 총탄인지 구분이 안 될 지경이었다. 8연대 진지에서 남동수와 김세옥이 총탄에 맞고 뒤로 넘어졌다. 왼쪽 어깨죽지에도 총탄을 맞은 남동수는 스스로 기어 일어나 김세옥에게로 기어가 피가 쏟아져 나오는 그의 상처를 틀어막았으나 배에 관통상을 당한 김세옥은 그 자리에서 의식을 잃고 말았다. 김성국이 달려가 김세옥을 업고 내려왔다.

김성주의 회고록에 따르면 김세옥은 마동희의 여동생 마국화의 애인이었다. 중태에 빠졌으나 여전히 숨이 붙어 있어 전투를 마치고 대홍단에서 철수할 때 대원들이 번갈아 가면서 업고 이동했다. 나중에 두만강을 건너 오늘의 중국 연변 화룡현 경내의 장산령 임산작업소가 있던 산기슭까지 왔을 때 김세옥은 그만 사망하고 말았다. 그때 김세옥을 묻었던 자리를 기억해 두었던 김성주는 해방 후 사람을 보내 그의 유골을 대홍단으로 이장했다.

한편, 김성주의 2방면군이 몽강에서 포위를 돌파하는 걸 돕기 위하여 화전현 부얼령에서 무치허목재소를 공격했던 양정우의 경위여단 300여 명은 이 전투 때 합류한 4사 박득범의 경위중대 60여 명과 최현의 1연대 130여 명을 합쳐 총 500여 명의 병력으로 다푸차이허를 포위했다. 이는 1로군 산하 제3방면군 결성을 바로 눈앞에 둔 때이기도 했다. 이 전투에 참가했던 생존자 여영준이 중국 연변에서 이렇게 증언했다.

"그때 위증민도 양정우와 함께 우리 부대로 찾아왔다. 1, 2방면군이 모두 설립되고 3방면군만 아직 설립되지 못했는데, 위증민이 책임지고 3방면군을 설립했다. 다푸차이허에 만주군 군용물자 창고가 있었는데, 돈화와 화전, 무송, 안도 쪽 토벌대들이 모두 여기 와서 무기와 군수품들을 실어가곤 했다. 양 사령과 위증민은 3방면군을 설립하는 데 무기와 탄약을 보태주기 위하여 다푸차이허를 공격했다…."[170]

그러나 이 증언에 반하는 이야기를 하는 사람도 적지 않았다.

과연 다푸차이허전투가 3방면군 설립을 돕기 위해 진행된 것인가에는 재론의 여지가 있다. 분명한 것은 이 전투에서 노획한 50여 자루의 보총과 수만 발의 탄약, 현금 8만여 원이 모두 4사에 넘겨져 이후 진한장의 5사와 회사한 뒤에 곧 성립된 제3방면군 설립자금으로 사용하게 되었다는 사실이다.

양정우의 경위여단에서는 기관총 1정과 모젤권총 5자루만 가져갔다. 이후 위증민은 박득범과 최현의 보좌를 받으며 계속하여 안도와 돈화 지방에서 활동하다가 1939년 7월에 안도현 경내의 한요구에서 진한장의 5사와 드디어 합류했다. 여기서 제3방면군이 설립되었다. 이미 내정되었던 대로 지휘에는 진한장, 부지휘에는 후국충, 참모장에는 박득범이 임명되었다. 여영준과 그의 아내 오철순은 모두 3방면군에 소속되었고, 여영준 본인은 방면군 지휘부 경위중대에 배치받았다. 진한장은 위증민에게 편지 보낼 일이 있으면 언제나 여영준에게 시켰다.

위증민은 제3방면군 결성을 선포한 뒤인 9월 말경에 진한장 등과 작별하고 다시 양정우에게 돌아왔다. 그때 여영준도 함께 동행했다. 여영준은 1939년 설 기간에 박득범과 함께 양정우를 마중하러 두도, 유하 부근으로 갔다가 그곳의 한 밀영에서 처음 양정우를 만났다고 회고했다. 그때 양정우와 위증민이 소를 한 마리 잡아 가지고 와서 대원들을 위로했다고 한다. 그리고 4월 다푸차이허전투 때도 멀리에서 양정우를 한 번 보았고, 9월에는 박득범에게 임무를 받고 화

---

170 취재, 여영준(呂英俊) 조선인, 항일연군 생존자, 취재지 연길, 1986, 1988~1989, 1993, 1996.

전현 경내의 메밀렁즈(蕎麥楞子)라는 고장까지 위증민을 호송했다고 한다.

여기서 위증민은 또 한 번 양정우와 만나게 된다.

"그해 6월에 양정우가 휘남현성을 공격하다가 다리에 총상을 입었는데, 상처가 곪아서 잘 낫지 않았던 모양이다. 손에 지팡이를 짚고 있었는데 온 얼굴이 너무 말라서 두 눈이 우묵하게 들어가 있었다. 거의 알아보지 못할 지경이었다. 위증민이 얼마나 착한 사람이었는지 양정우 두 손을 잡고 눈물을 흘리더라. 그러니까 양정우도 연신 눈 주변을 찍으면서 '괜찮다. 거의 다 나았다. 당신이 왔으니 이제는 다 나은 것 같다. 당장 날아다닐 것 같다.'면서 손에 짚고 있던 지팡이를 숲속으로 던져 버렸다. 그리고는 껑충껑충 뛰어 보이기까지 했다. 그런데도 다리는 계속 조금씩 절었다."[171]

1939년 여름 한철 동안 양정우가 다리에 총상을 당하여 거동이 불편했던 사실은 여러 자료에서도 보인다. 시간도 김성주가 5월 하순경에 2방면군 주력부대를 인솔하고 압록강을 넘어 조선 국내로 쳐들어갔던 때와 비슷하다.

동변도 지역의 만주군 주력부대는 모두 금천, 하리 지구에 주둔했는데, 이들은 두 갈래로 나뉘어 양정우와 김성주를 따라다녔다. 이 해 5월 1일 만주국 정부에서는 안동과 통화 두 성의 국방과 치안을 전담할 만주군 제8군관구를 만들었는데, 이 군관구에 재배치된 만주군 병력 1만여 명이 이때 두 갈래로 나뉘어 한 갈래는 김성주 뒤를 쫓아 장백현 경내로 이동했고, 다른 한 갈래는 무치허목재소전투와 다푸차이허전투 직후 화전, 돈화산구로 이동하여 양정우의 종적을 뒤졌으나 모두 헛물만 켜고 말았다.

---

171 상동.

45장

올기강

"그게 무슨 소린가?
하늘에는 일본군 비행기가 지키고 있으니 날아올랐을 리 없고
그러면 땅 속으로 잦아들었다는 소리밖에 더 되겠나?
땅 밑을 석 자 깊이로 샅샅이 다 뒤져서라도 반드시 찾아내야 하네."

1. 4사의 무산 진출과 2방면군의 무산지구전투

1939년 5월, 만주국 치안부 참모사 사장에서 제8군관구 사령관으로 부임한 지 얼마 안 된 중국인 왕지우(王之佑)는 군관구 참모장 조휘(趙諱)로부터 다음과 같은 보고를 받았다.

"주대로 소장의 여단이 임강현 6도구에서부터 장백현 20도구까지 약 240여 명에 달하는 공비 대부대(2방면군 주력부대)를 추격했는데, 5월 20일 전후 이 비적들은 갑자기 하늘로 솟아올랐는지 땅으로 잦아들었는지 도무지 찾아낼 길이 없습니다."

그 말을 들은 왕지우는 참모장 조휘를 꾸짖었다.

"그게 무슨 소린가? 하늘에는 일본군 비행기가 지키고 있으니 날아올랐을 리

없고 그러면 땅 속으로 잦아들었다는 소리밖에 더 되겠나? 땅 밑을 석 자 깊이로 샅샅이 다 뒤져서라도 반드시 찾아내야 하네."

왕지우와 조휘 이 두 사람 외에도 직접 김성주의 제2방면군을 쫓아다녔던 훗날의 만주군 제8군관구 3임 사령관 주대로 역시 1945년 이후 소련군에게 체포되었다가 중국 정부로 이송되어 무순전쟁범죄자관리소에서 복역했다. 1961년 12월에 특별사면(제3차)을 받고 고향인 개원현으로 돌아가 농민이 되었던 주대로는 문화대혁명 기간에 "김일성이 진짜로 축지법을 할 줄 알았다."는 말을 했다가 홍위병들에게 끌려 나가 조리돌림을 당했다. 그때 누군가 홍위병들에게 "이자는 일제 침략자의 개다리 노릇을 하던 한간(漢奸)[172] 두목이었다."고 귀띔하는 바람에 주대로는 갈비뼈가 부러질 정도로 구타당했다고 한다. 주대로가 정부에서 발급받은 사면증까지 꺼내 보여줬어도 홍위병들이 그런 것을 눈여겨볼 리 없었다. 다급하게 주은래에게 편지를 보낸 뒤에야 주대로는 겨우 풀려났다.

1986년 여름, 나는 요령성 개원현으로 주대로의 유가족을 찾아갔다. 주대로는 사망한 지 이미 여러 해 지난 후였다. 개원현 문사자료 판공실에서 근무하다가 퇴직한 진희준(陳熹俊, 취재 당시 76세) 역시 스스로 양정우 전문가로 자처하는 사람이었다. 항일연군 제1로군 투쟁사에 관해서도 환했다. 주대로가 문화대혁명 기간에 김일성 이야기를 했다가 홍위병들에게 구타당했던 사실도 자세히 알고 있었다. 주대로를 도와 주은래에게 편지를 보낸 사람도 바로 진희준이었기 때문이다.

"문화대혁명 때 우리 개원현에는 항일연군 노간부가 몇 명 있었다. 현내 중·소학교들

---

172 한간(漢奸)은 중국에서 일본 침략자를 도왔던 친일파 또는 배신자를 일컫는 공식적인 호칭으로 통한다.

에서 그분들을 초청하여 항일연군 시절의 혁명 이야기를 듣곤 했는데, 그분들 가운데 한 분이 강연 도중에 그때 우리 항일연군을 쫓아다녔던 만주군 사령관이 지금도 우리 개원현에 살고 있다고 말했다. 그리하여 홍소병과 홍위병들이 단체로 그가 살고 있던 사하농장(沙河農場)에 찾아가 투쟁 대회를 열었다. 그때 주대로는 정말 많이 얻어맞았다. 그의 자식들이 국무원에 편지를 보냈다. 나도 주대로를 도와 편지 한 통을 써주었던 적이 있다. 들리는 소문으로는 주은래가 직접 받아서 보았다고 하더라.

후에 요령성혁명위원회에서 문건이 내려와 그곳 정부에서 주대로를 보호하라고 지시했다. 문화대혁명이 끝난 후 주대로는 요령성 문사위원이 되었다. 나는 주대로가 죽기 전에 찾아가 여러 번 만났다. 1980년에 한 번은 그의 집에 놀러 갔다가 '김일성이 축지법을 할 줄 알았다.'는 말을 하고 투쟁당했는데, 그 축지법의 근거가 무엇이냐고 물었더니 '1939년 봄에 장백현에서 한 연대를 인솔하고 김일성 뒤를 쫓았는데, 그들이 하룻밤 새 모두 사라져 버렸다. 6도구 어디서 압록강을 건너 조선으로 들어가 버렸는데, 조선 쪽에서도 그들을 발견하지 못했다. 그러니 귀신이 곡할 노릇이 아닌가.'라고 했다. 그때 김일성은 부대를 이끌고 조선으로 들어간 뒤에 바로 혜산이나 갑산을 공격해야 맞다. 우리도 모두 그렇게 짐작하고 있었다. 그러면 다시 압록강을 넘어 만주로 되돌아오지 못한다. 장백 쪽에서 그들을 뒤쫓다 놓친 토벌대가 수천 명이나 지키고 있었으니 말이다.

김일성은 미리 그런 것들을 다 고려했던 모양이다. 조선으로 들어간 뒤에 압록강 연안을 따라 두만강 쪽으로 이동하여 올라가 버린 것이다. 그리고 불쑥 나타난 곳이 바로 무산이었다. 그들이 무산에서 전투를 벌이고는 두만강을 건너 다시 만주로 들어왔는데, 그곳은 이미 장백현 관할구역이 아닌 간도성의 화룡현 관할구역이었다. 아마 그래서 주대로는 '김일성이 진짜로 축지법을 할 줄 안다.'고 말했던 모양이다. 확실히 김

일성은 무산을 공격할 때 굉장히 대담하면서도 기묘한 전술을 구사했던 것이다.'[173]

이와는 반대로 박득범과 최현의 4사는 1937년 봄 안도현 대사하 금창에서 이도선 토벌대와 전투를 벌인 후 그곳에서 동쪽으로 증봉령을 넘어 화룡현 팔가자를 경유하여 두만강으로 접근했다. 뒤에는 줄곧 만주군이 추격하고 있었다. 때문에 박득범과 최현 등이 두만강을 건너 무산 땅으로 들어왔을 때, 그들에게는 돌아나갈 퇴로가 사실상 막혀버린 상태였다. 오도 가도 못하고 베개봉 쪽에서 포위에 들었다가 가까스로 빠져나올 수 있었던 것은 6사가 베개봉과 가까운 보천보를 공격하는 방법으로 베개봉 포위진을 구축하고 있던 조선 국경경비대를 유인했기 때문이다.

이와 같이 전술적으로도 1939년 5월의 무산지구전투는 뛰어난 전투였다. 또 중요한 것은 이 전투를 직접 기획하여 조직하고 전투 현장에서도 총지휘했던 사람이 김성주였다는 사실이다. 불과 이태 전까지만 해도 1군 2사와 2군 4, 6사는 모두 전광의 지휘를 받았다. 그동안 이들 세 사가 단독 또는 공동으로 함께 벌였던 모든 작전의 총지휘권과 결정권도 모두 남만성위원회 위원 겸 군 정치부 주임이었던 전광에게 있었다. 전광이 양정우와 위증민에게 위탁받고 직접 2군 부대에 내려와 있었기 때문이다. 제1차 '무산 지구 습격전투' 즉 박득범과 최현의 4사가 1937년 5월에 두만강을 건너 무산 지구로 들어갔던 것도 모두 그해 3월 양목정자회의에서 내린 2군 정치부 결정에 따른 전투 임무 중 하나였다.

그러나 1939년에 접어들면서부터는 2년 전과 상황이 많이 달라져 있었다. 무엇보다 줄곧 김성주의 직계 상사였던 전광의 직책이 1로군 총정치부 주임과 남

---

173 취재, 진희준(陳熹俊, 가명) 외 1인, 중국인, 만주군 장령 주대로 지인, 요령성 개원현 문사자료실에서 근무하다가 이퇴직, 취재지 요령성 개원현.

만성위원회 지방공작부 부장으로 바뀌면서 그가 2군을 떠나 1로군 총부로 복귀했기 때문이다.

그러나 전광은 여전히 1로군 내 모든 조선인 지휘관의 상사이자 후견인이나 되어주었다. 특히 김성주에게는 가장 든든한 '뒷배'이기도 했다. 1930년대 후반기에 접어들면서부터는 여백기나 필서문 같은 사람들은 말할 것도 없고 심지어는 조아범까지도 함부로 김성주를 험담하지 못했다고 한다. 전광의 눈치 때문이었다.

전광은 1939년 8월에 화전현 두도류하(頭道溜河)에 도착했다. 이곳은 오늘의 길림성 화전시 홍석임업국 백산임장(紅石林業局 白山林場) 관할구역에 들어 있었다. 1984년에 길림성 정부는 이곳을 성급 문화재로 지정했다. 그동안 남만성위원회 기관과 1로군 총부 병참부대와 함께 몽강의 북패자(마당거우밀영)에 주둔했던 전광은 장백, 임강 방면으로 진출했던 김성주의 2방면군이 압록강을 넘어 조선으로 들어간 뒤에 다시 장백으로 돌아오지 못하고 화룡 방면으로 탈출했다는 보고를 받았다. 김성주의 눈 밖에 났던 여백기와 필서문이 통화와 즙안 경내에서 활동하다가 8월로 접어들면서부터는 더는 버티지 못하고 겨우 20여 명만 살아남아 몽강으로 다시 돌아왔던 것이다.

그때까지도 2방면군 주력부대가 계속 장백, 임강 지방으로 돌아오지 못하자 전광은 걱정이 이만저만이 아니었다. 그러던 차에 마침 4사를 이끌고 진한장의 5사와 합류하는 데 성공했던 위증민이 제3방면군 결성을 마무리하고는 곧 총부로 돌아온다고 연락원을 보내왔는데, 그 연락원이 양정우와 만난 뒤에는 다시 전광에게도 들러 9월 안으로 총부 산하의 여러 기관을 모두 화전현 경내로 이동시키라는 양정우와 위증민의 명령을 전달했다.

그리하여 전광은 서철, 진수명(이명산, 원 환인현위원회 서기), 김백산 등과 더불어 오늘의 화전시 두도류하의 태평천(太平川) 부근에 도착하여 밀영을 건설하기 시작했다. 비교적 일찍 두도류하에 도착했기 때문에 거의 한 달 동안 두도류하 주변 사방정자(四方頂子)와 삼화툰(三和屯), 소서남차(小西南岔), 빙호구(冰湖溝) 등에도 크고 작은 밀영 10여 채를 새로 건설했다. 그중에서 사방정자밀영은 위증민이 생의 마지막 순간까지 머물렀던 곳이기도 하다. 전광은 직접 메밀렁즈까지 양정우와 위증민을 마중하러 갔다.

진희준이 들려준 이야기에 따르면, 양정우가 전광과 함께 마중하러 나왔던 서철에게 이렇게 말했다고 한다.

"당신이 나한테 준 수술 칼로 다리 총상을 짜개고 탄알을 끄집어냈는데, 알코올이 없을 때는 수술 칼을 불에 달구었다가 식히는 방법으로 살균해야 한다는 걸 그만 깜빡했다오."

그 때문에 다리 상처에 염증이 생겨 곪은 것 같다고 했다.

서철은 양정우와 위증민, 전광, 조아범 등에게 갑자기 총상을 당했을 때 응급처치 하는 법을 가르쳐주었다고 한다. 머리나 어깨, 가슴팍 등 상체에 총상을 당했을 때는 절대로 눕힌 상태에서 지혈하지 말고 출혈 부위가 심장보다 더 높게 만드는 것이 중요하다고 일깨워 주었다. 주변에 나무나 바위 같은 것이 있으면 부상자를 거기에 기대어 앉히는 것이 좋다고 했다. 만약 기댈 데가 없으면 다른 대원 등에 부상자가 반쯤 기댄 상태에서 지혈부터 해야 하는데, 붕대나 수건이 없을 때는 맨손을 이용하라고 했다. 최소한 5분에서 10분 동안 계속 누르고 있으라고 했다.

양정우는 듣고 나더니 웃으면서 후회했다.

"아이고, 그런 줄도 모르고 앉아서 스스로 상처에 칼을 댔단 말이오. 지금 보니 내가 바보 같은 짓을 했구먼. 피가 어찌나 많이 뿜어져 나오는지 경위원들이 모두 겁을 집어먹는 걸 보고 차마 시키지도 못했소. 그때 재빨리 땅에 드러누워 다리를 좀 높은 데 슬쩍 얹어놓고 칼을 댔다면 좋았을 뻔했구먼."

"그러게 말입니다. 자기 상처에 스스로 칼을 대는 건 아주 위험합니다. 한 20여 일이면 다 낳을 상처를 괜히 2개월이나 생고생하지 않았습니까."

서철은 이렇게 나무라면서 양정우의 다리 상처를 깨끗하게 씻은 뒤 자신이 만든 연고를 발라 주었다. 그리고는 다시 붕대로 상처를 싸매 주면서 한 이틀쯤 지나면 붕대를 풀어도 될 것 같다고 했다.

그로부터 10여 일 뒤였던 1939년 10월 1일부터 5일까지 남만성위원회와 1로군 주요 간부회의가 두도류하밀영의 전광 막사에서 열렸다. 여백기와 필서문이 회의 직전 김성주를 찾아 화룡 방면으로 떠났으나 필서문은 평소에 앓던 각기병이 심해져서 걸음을 옮겨놓을 수도 없었다. 그리하여 필서문은 화전현 오도차 밀영에서 머무르게 되었고, 여백기만 혼자 화룡에서 안도로 이동 중이던 김성주 주력부대를 따라잡았다.

이때 여백기가 김성주에게 전달한 위증민의 편지에는 5월 이후 만주군이 제8군관구를 새로 설치하면서 장백과 임강 지방에 만주군이 급증했으므로 2방면군 작전지역을 안도, 돈화 쪽으로 이동하여 가능하면 한양구(제3방면군이 결성되었던 장소)에서 제3방면군 진한장 부대와 만나 항일전선을 구축해야 한다는 내용이 담겨 있었다. 이것은 이후 두도류하에서 열렸던 회의에서 1로군 산하 3개의 방면군 작전구역을 다시 새롭게 나눌 때 내린 결정 내용과도 맞는다.

전문섭의 회상기를 보면, 위증민의 편지를 받은 이후 김성주는 진한장의 제3방면군과 합류하기 위하여 2방면군 주력부대를 이끌고 안도와 화룡 사이의 증봉령을 넘어 홍기하 지류가 흐르는 한양구 골짜기에까지 들어갔던 것으로 보인다. 그러나 김성주는 1935년 남호두에서 진한장과 헤어진 뒤로 다시는 그를 만나지 못했다.

2. 올기강에서 아수라를 사살하다

그동안 화룡현 올기강 기슭에서 여름 한철을 보내며 다가오는 겨울을 대비하여 식량도 적지 않게 비축했던 김성주의 2방면군은 장차 이동할 안도와 돈화, 화전 쪽 밀영들에 미리 식량을 날라다가 숨겨놓기 시작했다. 김성주의 회고록(계승본)에서 "올기강전투를 한 다음에 우리는 화룡과 국내 삼장 지구, 안도현 일대를 한 바퀴 돌고 올기강밀영에 머물러 있으면서 정치군사 활동을 맹렬히 벌였습니다."라고 회고한 것이 바로 이때 일들이었다.

가장 인상적인 이야기는 화룡현 달라자에서 30여 리 떨어진 우심산 기슭 땅 30만 평을 가지고 있었던 중국인 대지주 류퉁사에게서 쌀을 얻어냈던 사연이다. 어렸을 때 우심산에서 살았던 오일남이 7연대 한 소대를 이끌고 이 지방으로 식량공작을 나왔다가 류퉁사의 동생 부자를 납치했던 것이다. 김성주는 부대에 비상용으로 보관했던 아편을 류퉁사의 동생에게 주어 피우게 하면서 그를 구슬려 형에게 편지를 쓰게 만들었다. 결국 류퉁사는 동생과 조카를 구하기 위해 김성주와 만나러 직접 찾아왔고 이렇게 제안했다.

"내가 대놓고 당신들한테 쌀을 주었다가는 당신들이 이 고장을 떠난 뒤 바로 경무국에 잡혀가고 말 것이외다. 그러니 당신네가 나를 포박하고 강제로 쌀을 빼앗아간 것으로 해주시오."

김성주는 류통사의 요청대로 했다.

이렇게 류통사를 통해 많은 물자를 얻어낸 뒤에는 낌새를 눈치 챈 화룡현 경무국에서 토벌대를 파견할까봐 부랴부랴 올기강밀영을 떠났는데, 류통사를 돌려보낼 때는 송별연회까지 차려 환송했다고 한다. 나이 칠순을 넘겼던 류통사였지만, 언젠가는 일본인들이 망하고 항일연군이 이기는 날이 오게 될 것이라고 짐작했는지 자손들에 남길 목적으로 자신이 김성주와 항일연군에 원호물자를 대주었다는 증명서를 한 장 써달라고 했고, 김성주는 흔쾌히 써주었다. 1930년대에 김성주에게서 이런 증명서를 받았던 사람들은 류통사뿐만 아니라 장백 지방에도 여럿 있었다. 해방 후 실제로 이런 증서들을 여러 장 찾아내기도 했다.

김성주는 1939년 5월 '무산 지구 진공작전' 이후 한동안 화룡현 백리평 일대에서 활동하며 많은 일화를 남겼다. 오늘날 중국 연변의 당 역사 부문에서 크게 다루는 '올기강전투(兀奇江戰鬪)'가 가장 대표적인 전투다. 특히 김성주 주력부대였던 오중흡 7연대는 동북인민혁명군 시절 화룡 2연대를 모체로 하는 부대였기에 앞에서 류통사를 납치했던 오일남을 비롯하여 적지 않은 대원들이 화룡 출신들이었다. 그리하여 김성주의 2방면군이 무산 지구에서 철수하여 화룡현 경내로 들어왔던 것에 대해 오늘날까지도 중국 연변의 한글 언론들은 "두만강을 넘나들며 일본군을 짓부순 제2방면군의 자제병(子弟兵)들이 연변 인민의 고향으로 돌아왔다."고 기사화하기도 한다.

중국 연변 지방에서 김성주가 항일연군 고위급 지휘관으로 크게 이름을 날린 것도 바로 이때였다. 왕청 시절의 김성주와 이때의 김성주는 그야말로 하늘과 땅 사이만큼이나 차이 나는, 완전히 다른 모습이었다. 불과 4, 5년 전까지만 해도 왕청유격대 정치위원에서 겨우 왕청유격대를 모체로 하는 동북인민혁명군 제3연대 정치위원으로 임명되었으나 그나마도 실질적인 군사지휘권은 모두 방진성에게 빼앗겨 빈털터리나 다름없던 처지였다.

그러나 김성주는 좌절하지 않고 끝까지 분발했다. 1로군 산하 1군 부대가 양정우의 서북원정바람에 무너지고, 1938년에 접어들면서부터는 2군 부대도 여기에 투입되려는 기미가 보이자 김성주는 갖은 방법을 동원해 이를 제지했다. 물론 이 과정에서 김성주 역시 자신의 경위중대 40여 명과 6사 산하 8연대 두 중대 90여 명을 합쳐 총 130여 명의 대원들을 양정우에게 바치지 않으면 안 되었던 아픔을 겪기도 했다. 경위중대장 이동학이 1로군 총부로 옮겼고, 8연대 연대장 전영림은 위증민을 따라 휘남현성전투에 참가했다 전사하는 불행이 이어졌기 때문이다.

김성주는 고의로 1로군 총부와 연락을 끊고 지낸 때도 있었다. 위증민이 양정우의 제3차 서북원정을 지원하기 위해 김성주의 6사로 하여금 해룡현 쪽으로 이동하라고 명령했을 때, 김성주는 위증민이 파견한 연락원을 만나주지 않은 적도 있었다. 결국 양정우의 제3차 서북원정 계획은 안광훈, 호국신, 정빈 등 최측근 심복들이 줄지어 귀순하면서 무산되고 말았고, 김성주 자신은 6사뿐만 아니라 나아가 전체 2군에서도 가장 강한 전투력을 자랑했던 오중흡 7연대와 7연대에 버금가는 박덕산 8연대를 지켜낼 수 있었다.

7연대와 마찬가지로 8연대 역시 과거 화룡과 안도 지방에서 활동해왔던 구국군 전영림의 부대를 모체로 한 대오였다. 더구나 전영림 사후 8연대 연대장으로 전보되었던 손장상과 정치위원 박덕산도 모두 화룡 출신이었다. 특히 박덕산은 일찍이 화룡현위원회 책임자였던 김일환과 한 지부에서 일했던 동지이자 죽마고우 사이였다.

백리평 일대 지리를 손바닥처럼 꿰고 있는 박덕산 덕분에 김성주는 식은 죽먹기처럼 올기강전투를 진행했다. 그는 박덕산과 함께 경위중대 60여 명과 8연대 두 중대 110여 명을 합쳐 총 170여 명의 대오를 이끌고 두만강 줄기를 따라 동쪽 옥돌골과 휘풍동 일대를 휩쓸었다. 휘풍동에 도착했을 때는 이 지역 경찰대와 자위단들이 감히 대적하지 못하고 달아나 버렸다.

오중흡 7연대는 두만강 상류의 동경평과 대동, 원봉 등지에서 8연대와 기각지세를 이루고 있었다. 드디어 달라자(大碴子, 당시 화룡현 공서 소재지)에서 일본군 수비대가 출정한다는 정보가 들어왔다. 백리평에 주둔하던 만주군 한 소대가 달라자로 통하는 폐문툰 어구의 사금구 다리에 기관총을 걸어놓고 다리목을 지켰다.

여기서 가슴팍에 '아수라(阿修羅)'를 새긴 다이노(多井畑, 혹은 代野)라는 토벌대장이 등장한다. 화북전선에 출정하여 군공을 세우고 천황에게 표창까지 받은 자라는데 더는 자세하게 확인할 수 없었다. 당시 백리평에 주둔한 정안군 중대의 일본인 지도관으로 보인다. 이자가 인솔했던 정안군 두 소대 100여 명이 올기강 기슭에서 2방면군 주력부대를 추격하다가 매복에 걸려 50여 명이 사살당한 것이다. 김성주의 회고록(계승본)에서 이때 상황을 자세하게 소개한다.

"적의 대오가 우리 매복권에 모조리 들어섰을 때 긴 칼을 찬 일본 장교가 웬일인지 물도랑 옆에 와서 걸음을 멈추더니 수상한 흔적이 있다고 소리를 질렀습니다. 아마 우리 동무들 중 누구인가 거기에 발자국을 냈던 모양입니다. 싸움을 끝내고 전장을 수색할 때 전사한 일본 장교들의 가슴을 헤쳐 보았는데, 물도랑 옆에서 우리 흔적을 맨 처음으로 발견한 긴 칼을 찬 그 장교가 바로 '아수라'로 자처하는 '토벌대' 대장이었습니다… '아수라'가 물도랑 옆에서 일어서는 순간에 나는 사격 명령을 내렸습니다. 우리는 잠깐 사이에 200여 명의 적을 살상 포로했습니다. '아수라'는 칼집에서 군도를 질반도 뽑지 못한 채 물도랑 옆에 쓰러졌습니다."

여기서도 살상 포로 200여 명은 과장이다. 중국 자료(『중화민국 시기 1931-1945년 대사변』)에서 밝힌 이때 전투 전과에서 전리품으로 노획한 무기는 기관총 4정과 보총 100여 자루였다. 그리고 사살된 자는 50여 명 남짓했다. 그렇다면 나머지 50여 명은 포로였을 것이다. 당시 만주군(정안군을 포함)의 1개의 중대 군사편제는 3개의 소대로 편성되었으며 총인원수는 200여 명이었다.

따라서 한 소대는 55~60명 정도였으며, 중대부 소속인원은 10~20여 명 사이로 부대들마다 조금씩 달랐다. 백리평의 정안군 병영은 한 중대부 규모의 병영이었다. 때문에 부대가 출정할 때면 최소한 한 소대는 남겨서 병영을 지키고 있어야 했다.

나머지 두 소대 가운데서 한 소대는 사금구 다리에 초소를 만들어놓고 주둔했다. 여기에 다이노 지도관이 나머지 한 기동소대를 데리고 달려왔다가 8연대에서 박덕산의 지시로 올기강 기슭으로 정안군을 유인하러 왔던 대원 2명을 발견하고 그 뒤를 바짝 뒤쫓았던 것이다.

1939년 6월 10일 늦은 아침녘이었다. 강기슭이다 보니 안개가 잘 가시지 않아 매복하기에도 좋았다. 김성주 주력부대는 이미 새벽 3시경 올기강 기슭에 도착하여 강기슭으로 난 길을 사이에 두고 서편 언덕과 약 500여 m 떨어진 북쪽 지점에 일렬횡대로 매복했다.

맞은편 밀림지대에는 오중흡 7연대가 도착하여 풀을 이용해 은폐하고 땅바닥에 납작 엎드려 있었다. 김성주 경위중대까지 합치면 300명을 넘는 병력이었다. 그동안 김성주가 직접 인솔했던 부대 중 가장 대원이 많았을 것이다. 다이노 정안군보다 병력이 3배나 많았던 데다 기관총만 30여 정이나 있었다. 전투는 불과 20여 분 만에 끝났다.

　1939년 여름 한철은 그야말로 김성주의 계절이었다.

　이 해에 스물일곱 살이었던 김성주는 항일연군 제1로군에서 1방면 지휘 조아범과 3방면군 지휘 진한장과 더불어 남만주 지역의 항일투쟁을 주도하는 트로이카를 형성했다. 그 가운데서도 조선인 대원이 다수였던 2방면군은 조선이라는 자신들의 조국을 눈앞에 두고 주로 압록강과 두만강 연안에서 일본군과 만주군을 상대로 싸웠다.

　이 기간에 보여준 김성주의 행동을 보면, 그가 민족주의자이기 전에 중국공산당의 항일부대에 참가하여 중국 항일혁명을 위해 싸운 공산주의자에 불과하다는 일부 남한 측 학자들의 주장은 받아들이기 어렵다. 필자의 관점으론 김성주는 민족주의자였다. 조선을 마음에 품고 항일투쟁해온 철두철미한 민족주의자일 수밖에 없었다.

　여러 피치 못할 사연과 이유가 있겠지만, 남만성위원회와 1로군 당위원회 및 1로군 산하 각 부대 군사지휘관 회의에 김성주가 참가하지 않았던 경우가 아주 많다. 물론 어떤 회의에는 그의 직급으로 참가 자체가 불허되었을 수도 있다. 그러나 1938년 11월 이후 제2방면군 지휘관으로 임명되었음에도 불구하고, 김성주는 두 차례나 열렸던 '두도류하회의(頭道溜河會議, 남만성위원회 및 1로군 주요 군사간부 회의)'에 단 한 번도 참가하지 않은 것을 보면 잘 이해되지 않는다. 그는 이 회의에 자기 대신 김재범을 파견했다. 그 이후, 김재범과 영원히 이별하게 될 줄은 생각지 못했을 것이다.

　올기강전투 이후 김성주가 제2방면군 주력부대와 안도현 양병태 부근에서 며칠 동안 휴식하고 있을 때 여백기가 불쑥 나타나 위증민의 편지를 전했다. 또 몽강 북패자에 주둔하던 전광도 이미 남만성위원회 기관과 1로군 총부 유수처 일꾼을 모두 인솔하고 화전현으로 나와 현재 두도류하에 머무르고 있다는 사연도 자세하게 전했다. 여기서 김성주는 지난 5월 이래로 남만주 동변도 지방뿐만 아니라 나아가 만주 전역에 불어 닥치던 거대한 적의 동향을 자세하게 파악하게 되었다.

"놈들이 지난 5월 상순에 안동과 통화 두 성의 국방과 치안을 전담하는 제8군관구를 새로 설치한 데 이어 5월 말경에는 우리 1로군을 전담해서 상대하기 위한 '동변도연합토벌사령부[일만군경헌특(일본, 만주, 군대, 경찰, 헌병, 특무) 연합토벌대, 이하 '노조에 토벌사령부'로 약칭]'를 출범시켰는데, 여기에 관동군 정규부대가 동원되었다고 하오. 아직 이 사령부 우두머리가 누군지는 자세하게 알아내지 못했지만, 참모부장으로 온 자가 작년 한 해 동안 북만에서 '삼강 지구 대토벌'[174]을 지휘했던 후쿠베 구니오(北部邦雄)라는 특무두목이며, 총병력은 2만여 명이나 되기 때문에 놈들과 정면으로 대결한다는 것 자체가 바위로 돌을 치는 격일 것이오."

여백기는 계속하여 지난 4월 북대정자에서 주력부대와 헤어진 뒤 필서문과

---

174 만주국 정부에서는 1937년 말경부터 일본군의 협조로 2만 5,000여 명에 달하는 병력을 집결하여 오늘의 흑룡강성 경내 우수리강과 송화강, 흑룡강 하류 지역의 항일연군 근거지들에 대한 대대적인 토벌을 진행했다. 여기에 일본군은 관동군 제4사단 주력부대와 제8사단 일부를 투입했고 만주군은 혼성 제16, 23, 27, 28여단과 정안군 4개의 연대, 그리고 각 지역 만주국 경찰대와 지방 자위단을 동원했는데, 이때 진행된 대토벌을 일명 '삼강 지구 대토벌(三江地區大討伐)'이라고 부르기도 한다. 이 토벌의 예봉을 피하기 위해 북만 지방의 항일연군 주력부대였던 주보중의 2로군과 이조린의 3로군은 모두 탕원과 나북, 수빈, 해륜 등을 향하여 대대적인 서북원정을 단행했다. 결과적으로 항일연군은 유생역량(有生力量, 전투에 참가할 수 있는 병력)을 보존할 수 있었다. 비록 항일연군 측에서 이 대토벌전에서 승리했다고 자찬하지만, 무척 많은 손실을 보았던 것도 사실이다. 이때 일본군 토벌사령부에서 특무작전을 지휘하던 후쿠베 구니오 삼강성 특무기관장의 활약은 대단했다. 2로군을 지도하던 중국공산당 길동성위원회 서기 송일부가 이때 체포되어 일본군에 귀순했고 성위원회 기관은 모조리 파괴되었다. 항일연군 역사상 2로군에서 발생했던 팔녀투강사건도 이때 발생했으며, 이 사건 직후 주보중의 가장 중요한 군사 조수 가운데 하나였던 항일연군 제2로군 산하 5군 1사 사장 관시범도 후쿠베 구니오의 작전에 걸려들어 산하 부대를 모두 이끌고 귀순하려다가 발각되어 주보중에게 처형당했다.

함께 즙안과 통화 경내에서 활동하며 겪은 일들을 이야기하면서 몸서리를 쳤다.

"5월 중순에 접어들기 시작하니까 벌써 일본군이 떼로 몰려들었는데 이자들은 따로 병영을 짓지 않고 집단부락에 묵었다가 낮에는 바로 주변 산속을 뒤지고 다니면서 오두막 한 채도 남기지 않고 불을 질렀소. 작은 규모의 집단부락들은 큰 집단부락으로 이사시키고, 우리 항일연군이 활동하고 있으리라 의심되는 산과 부락들 사이를 무인구(無人區)로 만들고 있소. 그러니 무슨 방법으로 식량을 해결하겠소."

이와 같이 '무인구'를 조성하는 토벌작전은 그러나 김성주 등에게 생소하지만은 않았다.

3. 노조에 토벌사령부

만주국 정부에서는 벌써 수년 전부터 집단부락을 만들기 시작했고, 집단부락 주변 100리 안팎에 흩어져 있는 10여 호 남짓한 작은 자연부락들도 강제 철거 대상에 넣었다. 그럴 때도 항일연군을 돕고 싶어 했던 주민들은 농작물을 일부러 전부 수거하지 않고 일부를 남겨놓기도 했다. 그런데 이 해 8월, 임강현에서는 이복생(李福生)이라는 한 농민이 밭에서 농작물을 깨끗하게 거두지 않았다는 이유로 '통비분자(通匪分子)'로 의심받고 옥수수밭에서 즉결 사살된 사건이 발생했다.

일본군 토벌대는 쌀 한 톨이라도 항일연군에 전달되는 것을 차단하기 위해 무인구를 조성하면서 이른바 '삼광정책(三光政策, 모조리 불사르기, 모조리 죽이기, 모조리 빼앗기)'이라는 악명 높은 작전을 진행했다. 일본군들은 이를 '신멸작전(燼滅作

戰, 진메츠 사쿠센)'이라고 불렀다. 연구가들은 1940년대 이후 중국 화북 지방에서 본격적으로 실행되었다고 주장하지만, 실제로는 그보다 훨씬 이전이었던 1930년대 초엽부터 만주 지방에서는 이미 실행 중이었다.

본격적으로 신멸작전이라는 작전명까지 만들어 무인구를 조성하는 데 성공한 것은 '삼강 지구 대토벌' 때였다. 이 작전을 진두지휘했던 자는 노자키 시게사쿠(野崎茂作)[175]라는, 당시 만주국 빈강성 경무청 소속의 늙은 경찰관이었다. 일본인으로 한때 봉천헌병대에 근무했던 이자는 나이 마흔이 가까워오도록 조장(曹長)에서 승진하지 못하자 홧김에 퇴역을 신청하고 하얼빈으로 들어와 경찰계에 몸담은 자였다. 빈강성 경무청에서 일본군 삼강성 특무기관의 협조로 1936년 5월부터 하얼빈 동부 5현(주하, 쌍성, 아성, 오상, 빈현)을 하나로 묶어 '합동 5현 모아산치안숙정판사처(哈東五縣 帽兒山治安肅正辦事處)'라는 토벌기관을 만들었는데, 노자키 시게사쿠는 이 판서처 주임직을 맡게 되었다. 1946년 1월, 미처 탈출하지 못하고 오늘날의 중국 길림성 회덕현(懷德縣, 공주령)에서 체포되어 전쟁범

---

175 노자키 시게사쿠(野崎茂作)는 1954년 8월 중국 무순전쟁범죄자 관리소에서 다음과 같이 자기 약력 및 범죄사실(항일지사를 사살한 범죄 내용)을 제출했다. 1898년 9월 일본 시즈오카현에서 출생했으며, 1931년부터 중국 동북 지역으로 건너와 중국 침략전쟁에 가담했다. 일본 헌병대 병기공장 분대 조장, 회덕현 현 경무과 과장 등을 맡았고 1946년 1월 15일에 체포됐다. 노자키는 1931년 10월부터 12월까지, 부하들을 인솔, 3차례에 걸쳐 장학량(張學良) 군대 병사 15명을 체포해 그들을 고문했으며, 12월 25일에 권총으로 그들을 사살했다. 1932년 8월에는 봉천에서 장해붕(張海鵬)의 부하 5명을 고문 끝에 권총으로 사살했다. 1932년 12월, 장하현에서 등철매(鄧鐵梅)가 이끄는 항일무장 조직 병사 18명을 체포 및 고문 후, 장하현 북쪽 500m 떨어진 모래사장에서 헌병 15명을 지휘해 이 중국 병사 전부를 한 줄로 세워 총살했다. 1932년 12월, 대고산(大孤山) 서쪽 마을에서 항일 지사와 공산당원 5명을 체포, 고문 끝에 총살했다. 1933년 2월, 신경(新京) 헌병대 길림 헌병분대 반장, 헌병 조장으로 있을 때, 유동파(劉東波) 수하의 중국 병사 5명을 길림시 교외 서남쪽으로 2km 떨어진 곳에 끌고 가서 총살했다. 1935년 6월, 봉천 일본 헌병대 부속지역 분대에 있었을 때는 밀산현에서 이두(李杜) 부대의 항일 전사 12명을 체포했다고 보고한 뒤 상사의 지시하에 전부 총살했다. 1935년 이후 삼강 지구와 남만주 동변도 및 길림, 간도 지방에서 무인구를 조성하는 과정에서 주민들의 가옥을 불사르고 무고한 농민들을 통비분자로 몰아 처형했던 내용은 이 공술자료에 포함하지 않았다.

죄자로 재판에 넘겨졌던 노자키 시게사쿠가 자필로 남긴 공술자료에는 그가 삼강 지구에서 무인구를 조성하는 과정에서 얼마나 많은 민가에 불을 지르고 주민들을 죽였는지에 관한 죄상이 낱낱이 기록되어 있다.

1939년 5월 말경 '노조에 토벌사령부'가 한창 조직되고 있을 때 참모부장으로 이미 내정되었던 후쿠베 구니오 대좌가 가장 먼저 한 일이 바로 노자키 시게사쿠를 참모부 참모로 옮긴 일이었다. 그런데 노자키는 퇴역한 지 오래된 데다 현직 경찰관 신분이다 보니 그를 옮기는 일이 군대 내의 공식 인사조치에 해당하지 않았다. 그리하여 후쿠베 구니오는 특별히 경무사를 통해 원 빈강성 경무청 소속 경찰관인 노자키를 길림성 경무청으로 배치해 특별히 치안숙정 분야를 전담하는 경무과 부과장(科附)으로 임명하게 했다.

이후 10월에 노조에 토벌사령부가 오늘의 길림성 길림시에서 정식 발족식을 진행할 때는 길림성 경무청뿐만 아니라 간도, 통화, 사평까지 길림 4성 경무청 경무과 부과장들 모두가 참모부 참모직을 겸직하게 되었다. 뿐만 아니라 이 4성 경내에 주둔한 각 지역 헌병대들에서 주요 담당자 1명씩을 선임하여 참모부 회의에 참가하게 했다. 노조에 토벌사령부를 가리켜 '일만군경헌특 연합토벌대'라고 부르는 이유가 여기에 있다. 항일연군을 토벌하기 위해 동원할 수 있는 역량을 모두 동원했던 것이다. 얼마나 방대한 규모의 토벌작전이었는지 과거 사사키 도이치가 주도했던 통화의 동변도 토벌작전이나 이후의 삼강 지구 대토벌 때 지급된 돈의 수십 배에 달하는 예산이 책정되었다고 한다.

중국 정부 중앙당안관에 이때의 예산총액을 기록한 자료가 있다. 한창 준비 단계이던 1939년 4, 5월경에 1차로 지급된 예산 총액만 300만 원에 달한다. 그러나 이 돈은 벌써 7, 8월경에 모두 바닥난 상태였다. 토벌작전을 개시하지도 못한 상태에서 이처럼 돈이 모자라자 노조에 토벌사령관은 참모부장 후쿠베 구니오 대좌에게 매일 성화를 부렸다.

"당신이 노자키 시게사쿠를 시켜 앞에서 불만 지르게 하면 뭘 하오. 그 뒤를 따라 토벌대가 바로 출정할 수 있게끔 길을 닦아야 하고 또 가는 곳마다 요새를 구축해야 하는데, 벌써 돈이 다 떨어지면 이 일을 어쩌란 말이오? 국가 기강을 바로잡는 거대한 군사작전에 책정된 예산이 겨우 300만 원이라니, 그 돈으로 어느 콧등에다 처바르겠소. 우리 사령부 기관 내 임원 노임을 해결하고 나면 남는 돈도 없을 것 같소. 그러니 신임 사령관이 도착하기 전에 빨리 만주국 국무원과 총무청에 예산보고서를 올리시오. 사령관이 부임하면 그에게도 우리가 만든 '만주군 동남방위숙정계획서'를 올리면서 예산 문제도 다시 말씀드려 보시오. 우리가 돈이 모자라 자체 사령부 건물도 해결하지 못하고 길림수비대 건물을 빌려 사용하는 상황을 알게 되면 신임 사령관과 참모장도 우리 요청을 결코 거절하지 못할 것이오."

이때 노조에 토벌사령부 내 주요 임원들만 수십 명에 달했다. 임원 명단과 직책 및 군사계급까지도 낱낱이 밝힌 기록이 있다. 아래는 명단[176]이다.

사령관: 노조에 쇼토쿠(野副昌德) 소장

참모 부장(1): 후쿠베 구니오(北部邦雄) 대좌

참모 부장(2): 야마모토 나가미츠(山本長光) 대좌

부관(1): 다카무라 츠네히토(高村経人) 중좌

부관(2): 하세가와 타다시(長谷川正) 중좌

부관(3): 시미츠 츠토부(清水勧) 중좌

---

176 「原關東軍獨立守備第八大隊副官手島丈男」, 『叢創立到終焉-關東軍獨立守備第八大隊戰史』, 編纂(內部文獻), 1978.

부관(4): 후루이치 카츠사부로(古井勝三郎) 중위

부관(5): 가와노 토키지(河野通吉) 중위

헌병 부장(1): 타마오카 이와(玉岡岩) 소좌

헌병 부장(2): 마츠모토 미츠타다(松本滿貞) 소좌

헌병 부관(1): 타카소쿠 사이치로(高籔佐一郎) 대위

헌병 부관(2): 야규 카오루(柳生香) 대위

정보 부장: 코야마 토키치(小山藤吉) 중위

통신 반장(1): 남바 카즈키요(難波一清) 소좌

통신 반장(2): 사이토 토시로(齐藤淑郎) 중위

경비 대장(1): 카와이 타다시(川井正志) 중위

경비 대장(2): 미타니 미노루(三谷 実) 소위

군수 경리부장(1): 쿠로세 토모카즈(黒瀬知一) 대좌

군수 경리부장(2): 이치지 토시오(伊地知俊雄) 소좌

군수 경리부장(3): 타카하시 노리키(高橋 德樹) 대위

군의 부장(1): 타카이치 타카이치(高市太加一) 군의소좌

군의 부장(2): 스즈키 미츠지(铃木光次) 군의대위

경찰 부장(1): 우에타 미츠타로(植田贡太郎) 경무사장

경찰 부장(2): 타나카 요지(田中要次) 경무사장

경찰 부장(3): 노자키 시게사쿠(野崎茂作) 경무과장

행정 연락 부장: 무네 토시오(宗敏雄)

협화회 연락부장(1): 타코이 모토요시(蛸井元義)

협화회 연락부장(2): 아카미네 요시오미(赤嶺義臣)

협화회 연락부장(3): 카마타 마사아키(镰田政明)

협화회 연락부장(4): 타나카 사네이네(田中實稻)

이상에서 보다시피 토벌사령부 내 임원들은 모두 일본인이다.

산하 각 전투부대 부대장들과 여기에 동원된 길림 동남부 지역 각 군관구에서 차출한 만주군 여단급 이하 군사 단위에 소속된 중대장급 이상 군관들은 하나도 포함하지 않았다. 사령부 기관은 오늘의 중국 길림성 길림시에 설치되었는데, 그들은 따로 건물을 짓지 않고 일본군 길림수비대 건물을 함께 사용했다.

4. 만주의 3각 동맹 '2키 3스케'

이 무렵 길림성을 관할하던 만주국 제2군관구 사령관 길흥은 노조에 토벌사령부의 명령으로 군관구 산하 여단 2개를 차출하여 토벌작전에 참가시켰다. 그들은 돈화 주둔 유상화(劉尙華) 여단과 화전 주둔 윤보형(尹寶衡) 기병여단이었는데, 김성주는 회고록에서 "우리에게 그런 정보를 제공해준 사람은 그해 6월에 있은 올기강전투에서 포로되었던 '봉천 부대'의 한 중대장"이라고 쓰고 있는데, 이 '봉천 부대'가 당시 봉천(奉天)으로 불렸던 오늘의 요령성 심양시에서 온 부대를 뜻하는 것인지 아니면 일본군 미네카와(峰川, 한자로 직역하면 역시 봉천) 부대를 뜻하는 것인지 조금 헷갈리기도 한다. 하지만 필자의 짐작에는 만주군 유상화의 돈화 부대였을 것으로 보인다.

당시 화룡 달라자에는 일본군 화룡수비대 약 60여 명과 헌병분견대 20여 명외 유상화의 돈화여단 산하 한 대대가 주둔하고 있었다. '아수라' 다이노 상위는이 대대 산하의 중내 지도관이었을 가능성이 크다. 전투 중에 포로로 잡혔나 풀려난 중국인 중대장은 곧바로 직위 해제당했다.

6월이면 노조에 토벌사령부가 한창 주비(籌備) 중이었고, 백리평같이 화룡에서도 100여 리나 더 떨어진 깊은 시골에 주둔한 중대장급 군관이 그 전모를 자세하게 알 리가 없었다. 대신 일찌감치 길림성 경무청으로 옮겨 경무과 부과장 직에 취임했던 노자키 시게사쿠는 후쿠베 구니오 대좌로부터 무인구를 조성하라는 임무를 받고 무릇 항일연군이 출몰하는 곳이라면 어디든 정신없이 달려갔다. 자연스럽게 화룡도 예외일 수 없었다.

특히 김성주의 2방면군이 화룡현에서 올기강전투를 벌이던 거의 비슷한 시간대에 안도와 돈화 쪽에서도 4사와 5사 부대들이 전투를 벌였다. 그러나 항일연군과 전투가 발생했던 그 지역 주민들은 죽을 지경이었다. 지방 경찰대와 자위단들이 일본군과 만주군 꽁무니에 붙어 다니면서 민가들에 불지르는 일을 전담하다시피 했다.

산속에 숨어 화전을 일구며 살아가던 주민들까지도 대부분 붙잡혀 나와 집단부락으로 강제이주하지 않으면 안 되었다. 그러다가 1939년 여름부터는 산구와 비교적 가까이 있는 작은 규모의 집단부락들을 모두 폐쇄하기 시작했고, 100여 호 규모의 집단부락은 300여 호 규모의 집단부락으로 이주해야 했다.

이와 같이 비교적 큰 규모로 조성된 집단부락에는 최소한 한 대대 규모 이상의 병력이 상주했다. 이 무렵 길림 제2군관구 사령관을 지냈던 길흥의 공술자료에 따르면, 노조에 토벌사령부에 차출되었던 만주군은 길림시에 사령부를 두었던 2군관구 두 여단(유상화, 윤보형) 외에도 통화에 사령부를 두었던 8군관구에서도 역시 두 여단을 차출했고, 봉천에 사령부가 있었던 1군관구에서는 한 여단을 차출하여 만주군 병력만 최소한 2만 명을 넘어섰다.

그 외 통화성, 간도성, 길림성, 열하성, 목단강성, 빈강성 등지의 경찰대대 역시 노조에 토벌사령부의 지휘를 받게 되었으며, 이들 경찰대대는 자체 성(省)마다 책임지고 대대 규모 편제, 즉 최소한 500명 이상의 병력을 상시적으로 확보하고 있어야 했다.

그리하여 10월 이전, 즉 추기 대토벌을 시작하기 2, 3개월 전부터 이들 지방 경찰대대가 먼저 자기 관할구역 내에서 항일연군이 활동하는 산림 지대로 의심되는 주변 농촌들을 찾아다니면서 민가에 불을 질렀고, 농민들에게 아직 채 익지 않은 농작물들도 모두 걷어들이게 했다. 쭉정이 벼이삭이라도 땅바닥에 떨구었다가는 바로 통비분자로 몰리기 일쑤였다.

1939년 9월 7일 관동군 사령부에 사령관과 참모장이 모두 새로 부임했다. 신임 우메즈 요시지로(梅津美治郎) 사령관과 참모장 이무라 조(飯村 穰)는 모두 중장 계급이었다. '노몬한사건' 당시 소련군과의 전투에서 크게 패하고 문책받아 사령관에서 물러나게 된 우에다 겐키치 전임 사령관은 당장 원수 진급을 눈앞에 두고 있었던 대장이었던 데 반해 그의 후임자들은 한 계급 낮은 중장급으로 교체된 것이다. 이를 두고 관동군에서는 자기들 위치가 일본 육군 내에서 크게 추락하는 중이라고 자평하기도 했다. 그러나 이와 같은 설명은 적절하지 않은 부분이 있다.

일본 군인들 가운데서 비교적 온건파에 속하고 정치 수완도 있었던 우메즈 중장은 만주로 전출되기 이전에 데라우치 육군대신 막하에서 육군차관을 지내며 '2·26사건' 당시 젊은 소장파 군관들의 세상이었던 일본 육군 숙군(肅軍)작업을 주도한 인물이었다. 따라서 육군 중앙부에서는 노몬한사건도 관동군의 츠지 마사노부(辻政信) 소좌를 비롯한 젊은 소장파 참모들이 늙은 우에다 겐키치 사령관의 머리 꼭내기에 타고 앉아 벌인 망동으로 보고 있었다. 훗날 우메즈는 아들에게 '2·26사건'과 '노몬한사건'을 이야기하면서 "이번에도 또 내가 나서서 뒤처리를 해야 하는군." 하며 허탈해 했다고 한다.

한마디로 우메즈의 부임은 그동안 육군 중앙부의 통제를 벗어나는 일을 일삼았던 관동군 참모부의 숙정작업을 진행하기 위해서였다. 후에 일본 연구가들은 우메즈 신임 사령관이 이 문제를 해결했다고 평가한다. 태평양전쟁 당시 관동군이 더는 사건을 일으키지 않았던 것도 우메즈의 공이라는 것이다.

취임식 다음날인 9월 8일, 참모장 이무라 조 중장은 우메즈 사령관을 자기 방으로 초청하여 노조에 토벌사령부 참모부장 후쿠베 구니오 대좌의 "만주동남부치안숙정계획" 보고를 들었다. 여기에는 만주국 정부의 실질적인 인사와 경제권을 틀어쥐고 있었던 '2키 3스케'¹⁷⁷ 가운데 '3스케'도 불려와 있었다. 그들은 만주국 총무청 차장 기시 노부스케(岸信介)와 만주중공업개발주식회사 사장 아이카와 요시스케(鮎川義介), 그리고 남만주 철도총재 마스오카 요스케(松岡洋右)였다. 만주국의 실제 경제권을 틀어쥔 사람들이었다. 세간에서는 이 세 사람을 '만주의 3각 동맹'이라고 부르기도 했다.

여기에 우메즈 신임 사령관의 전직이었던 육군차장직을 이어받고 일본으로 돌아간 관동군 헌병사령관 도조 히데키 한 사람만 빠진 만주의 '1키 3스케'(1키는 호시노 나오키 만주국 국무원 총무장관) 네 사람은 후쿠베 구니오 대좌가 입에서 침이 마르도록 "만주동남부치안숙정계획"을 설명하는 동안 듣는 둥 마는 둥 천장만 쳐다보다가 나중에 천문학적인 액수의 예산 청구서를 받아서 들여다보고는

---

177 2키 3스케(二キ三スケ)란 만주국을 실질적으로 지배했던 5명의 일본인 최고 권력자들을 부르는 별명이다. 이들 이름이 '키' 또는 '스케'로 끝났기 때문이다. 도조 히데키(東條英機) 관동군 헌병 사령관, 호시노 나오키(星野直樹) 만주국 국무원 총무장관, 기시 노부스케(岸信介) 만주국 총무청 차장, 아이카와 요시스케(鮎川義介) 만주중공업개발주식회사 사장, 마스오카 요스케(松岡洋右) 남만주철도 총재이다. 이들 중에서 도조 히데키와 기시 노부스케는 나중에 일본 내각 수상 자리에까지 올랐다. 아이카와 요시스케는 오늘날 닛산승용차의 전신인 닛산콘체른을 만든 기업가다.

입맛만 쩝쩝 다시고 말았다.

"원, 3,000만 원이 뉘 집 아이 이름인가? 아직 토벌작전은 개시하지도 않았다면서 먼저 가져간 300만 원은 어디다 써먹고 갑자기 나타나서는 열 배나 더 되는 돈을 내놓으라는 소리요?"

매번 작전 때마다 이런저런 명목으로 거액을 뜯겨오던 마스오카 총재와 아이카와 사장은 대놓고 불평했다.

"아닌 게 아니라 비적들을 토벌하는 데, 무슨 돈이 이렇게 많이 필요하단 말이오?"

이무라 조 신임 관동군 참모장 역시 의문이었다.

이무라 조 중장은 1909년에 21기로 육군사관학교를 졸업하고 20대의 새파란 나이로 육군보병 소위로 근위보병 제3중대에서 부중대장으로 임관했던 경력 외에 1918년 육군대학에 입학하면서부터는 줄곧 이 대학에서 교관과 연구생부 주임 및 총간사장을 거쳐 총장직에 오르기까지 이처럼 어마어마한 예산에 직접 손을 대본 경험이 없었다.

"내가 도쿄에서 들은 바로는, 작년 만주 '삼강 지구 대토벌'도 굉장히 성공한 작전이었다고 하던데, 그때 예산은 얼마였소?"

이무라 중장이 호시노 나오키 총무장관에게 물었다.

"그때도 처음에는 150만 원을 책정했다가 후에 모자란다고 해서 계속 추가한 돈을 다 합치면 아마 200~300만 원은 되었던 것 같습니다."

후쿠베 구니오 대좌는 조금도 지체하지 않고 참견했다.

"정확하게 230만 원이 들었습니다. 그 중에서 151만 원이 가목사 주변 국방경비도로를 신설하는 데 투입되었습니다."

"후쿠베 군은 어떻게 그렇게 자세하게 알고 계시오?"

"후쿠베 군이 '삼강 지구 대토벌' 때 가목사에 주둔하고 있었습니다. 그곳에서 여러 해 동안 삼강지구 특무기관장을 맡고 있었지요."

호시노 총무장관이 알려주자 이무라 조 중장이 머리를 끄덕였다.

"그런데 이해할 수 없는 게 있소. 비적들만 신속하게 토벌하면 되지 왜 경비도로까지 신설하고 보수하는 일을 토벌사령부가 다 떠안아야 하는 거요?"

"그것은 참모장께서 만주 사정을 아직 잘 모르셔서 생기는 의문입니다. 비적들은 태생적으로 산악지대에서 생존하고 그곳에 의지하여 저항하고 있습니다. 우리 황군은 산악지대 작전에 익숙하지가 않습니다. 우리가 산악지대로 들어가 토벌작전을 진행하면 비적들은 갑자기 산산이 흩어져 주민 거주 구역으로 숨어들어 버립니다. 이렇게 되면 그들을 색출하는 일은 여간 어렵지 않습니다. 그리하여 우리는 '삼강 지구 대토벌' 때 비적들이 주민 거주구역으로 숨어드는 걸 막기 위해 집단부락을 만들고 주민들을 이 부락에 모두 집중시켰습니다. 산악지대와 집단부락 사이를 무인지대로 만들고 비적들과 주민들 사이의 연결고리를 철저하게 끊어버렸습니다. 이것이 바로 우리가 '삼강 지구 대토벌' 때 크게 성공할 수 있었던 이유 가운데 하나였습니다. 비적들은 우리 토벌대의 예봉을 피해 사방 각지로 달아나기 시작했습니다. 그런데 가장 무서운 건 이자들이 걸핏하면 소련 쪽으로 피신했다가는 다시 기어들어 오는 일이었는데, 이것을 방비하기 위해 가목사를 중심으로 경비국방도로를 신설한 것입니다. 이 도로를 따라 우리 정규군이 신속하게 기동할 수 있는 데다 도로 곳곳에 요새를 구축하여 비적들이 옴짝달싹못하게 했습니다. 결과 삼강 지구 비적들은 배겨나지 못하고 모두 소흥안령 쪽으로 달아나기 시작했습니다."

누구보다도 '삼강 지구 대토벌' 작전에 대해 환하게 꿰뚫고 있었던 후쿠베는 그때의 경험과 교훈을 살려 우메즈 사령관과 이무라 참모장을 설득했다. 한참 들고 있던 우메즈가 머리를 끄덕였다.

"무슨 뜻인지 알겠소. 비적들이 다시는 살아날 수 없도록 뿌리뽑자면 그자들의 생존 거주지인 산악지대를 모두 국방경비도로 범주에 넣고, 병영을 주민들의 집단부락에 함께 두지 말고 따로 요새를 건설하고, 요새와 집단부락 사이의 통신시설도 철저하게 다시 보강하자는 소리 아니오. 그러면 집단부락 경비는 만주군에 맡기고 우리 관동군은 새로 건설하는 요새로 이동하여 비적들과 직접 대결하는 것이 좋겠구먼. 시간 끌 것 없이 하루라도 빨리 만주국 치안의 암 덩어리를 도려내 버려야 하오."

"문제는 돈이 아니겠습니까!"

이무라 참모장은 후쿠베 대좌가 '만주동남부치안숙정계획' 보고서와 함께 내놓은 예산 관련 보고서를 불안한 눈길로 내려다보며 중얼거렸다.

"그러게 말입니다. 300만 원이 모자라다고 하면 거기에 200만 원쯤 더 보태주는 것은 이때까지 해왔던 관례가 아닙니까. 그런데 한 번에 3,000만 원이나 더 내놓으라고 하니 이것은 그야말로 상상조차 할 수 없는 액수입니다."

호시노 총무장관은 손사래를 치면서도 곁에 앉아 침묵만 지키는 '3스케' 세 사람을 슬쩍 돌아보았다. 자기 능력으로는 300만 원이 최고 한도이니 더 돈을 얻어내려면 이 세 사람에게서 후원받지 않으면 안 된다는 암시이기도 했다.

기업가인 아이카와 요시스케와 마스오카 요스케는 정부 요직에 있는 기시 노부스케의 얼굴을 동시에 쳐다보았다.

"아무래도 기시 군이 앞장서서 이 문제를 해결해줘야겠소."

우메즈 사령관은 기시 총무차장에게 떠밀었다.

"방법이 하나 있긴 합니다. '삼강 지구 대토벌' 때 가목사 경비국방도로를 신설하는 데 넣었던 돈을 '소만국경 방면의 국경건설비용'으로 이름을 바꾸고 통화성과 간도성의 '만조국경 건설비용'을 새로 제출하여 주시면 제가 주계총감(主計總監, 예산안을 평가하고 작성하는 회계담당자로 장차관급이다.)과 잘 의논하여 어떻게든 예산을 다시 한번 책정하여 보겠습니다. 압록강과 두만강이 두 성에 나뉘어 있으니 한 성의 국경경비 예산을 당시 소만국경 건설비용과 맞먹게 책정하면 300만 원 정도는 더 빼낼 수 있을 것 같습니다."

이렇게 되어 관동군 사령부에서는 특별히 축성부(築城部)라고 부르는 새로운 부서를 따로 하나 만들었다. 여기에 카와다 스에사부로(河田末三郎)라는 육군대좌를 축성부장으로 임명했는데, 이 축성부 이름으로 통화성과 간도성의 '만조국경 건설비용(滿朝國境建設費用)'을 새로 신청하여 300만 원을 받아내 모두 노조에 토벌사령부에 넘겨주었다.

이런 내용들은 『만주국군(滿洲國軍)』에 실린 "동남부치안숙정특별공작"을 통하여 그 전모를 그려볼 수 있다. 최종적으로 만주국 정부와 관동군 사령부에서 노조에 토벌사령부에 퍼부은 돈은 토벌작전 초기 책정되었던 예산 300만 원의 10배도 더 넘는 액수였다. 당시 금 가격으로 환산하면 황금 80만 냥에 해당하는 돈이었다. 대충 어림잡아도 1939년 10월부터 1941년 3월까지 불과 1년 5개월 사이에 자그마치 5,200여만 원에 달하는 예산이 투입되었음을 알 수 있다.

덕분에 노조에 토벌사령부는 자체로 항공대까지 갖추고 언제든지 필요할 때면 관동군 사령부에 보고하지 않고도 정찰기를 날릴 수 있었다. 후쿠베 구니오 대좌는 거의 매일 군용기를 타고 여기저기 날아다니면서 토벌작전을 지휘했는데, 토벌작전이 정식 개시되기 3개월 전이었던 1939년 7월경에는 노조에 토벌사령부에서 요령성 영구(營口) 해상경찰대(海上警察隊)의 비행기 석 대를 빌려다가 사용했던 것으로 자료에 나온다.

46장

목란산 기슭

"반드시 안도, 돈화 쪽으로 달아났다가 무송을 경유하여
장백 쪽으로 잡입해 들어오거나 다시 간도로 되돌아올 가능성이 있소.
이자가 이토록이나 압록강과 두만강 연안에 집착하는 것은
자신이 조센징이고 부하들도 모두 조센징들이기 때문이오."

1. 다나카 요지와 이홍철의 제보

7월에 후쿠베 구니오 대좌는 이 비행기를 타고 직접 연길로 날아갔다. 비행장으로 달려와 그를 마중했던 간도성 경비과장 다나카 요지(田中要次)는 훈춘현 경무과장으로 재직할 때 그곳 조선인 친일단체였던 훈춘상조회와 정의단을 조직하는 데 깊이 개입했던 사람이다. 전부 조선인으로 조직했던 이 친일단체의 중심은 항일운동단체에서 활동했던 전력이 있는 귀순자 출신들이었다. 예를 들어, 중공당 만주성위원회 순시원 반경유를 죽이고 달아났던 훈춘유격대 제3대대 정치위원 박두남도 민생단으로 몰려 유격대를 탈출한 뒤에는 바로 이 상조회에 참가하여 별동대장을 맡았다가 상조회가 정의단으로 바뀐 뒤에는 부단장과 선전부 정치과장으로 활동해왔다.

영구 해상경찰대 비행기를 빌려 타고 연길군용비행장에 도착한 노조에 토벌사령부 후쿠베 구니오 참모부장과 그를 마중 나온 다나카 요지 간도성 경비과장(오른쪽 두 번째). 왼쪽부터 비행사 야마다(山田), 영구 해상경찰대 대장 와루 키(若木), 후쿠베 구니오, 다나카 요지, 길림성 경무청 경비과장 와다나베(渡邊). 필자가 일본군 생존자의 사진첩에서 직접 수집한 사진이다.

   정의단의 주요 업무는 훈춘 일본영사관과 헌병대를 도와 항일무장투쟁세력에 대한 파괴와 투항자(귀순자) 처리를 돕는 것이었다. 비록 일본군과 만주국 정부를 위해 일했지만 민간 조직이다보니 국가에서 예산을 지원하지 않아 이들은 자체 농장과 목재소를 경영하고 목탄을 판매하는 등 비즈니스에 손을 댔다. 즉, 자체적으로 예산을 확보하면서 조직을 운영했는데, 이 과정에서 주요 간부들의 부패 문제로 곤욕을 치른 적도 있었다. 비록 헌병대를 등에 업고 직접 토벌작전까지 진행할 수 있을 만큼 인원과 무장을 갖추었지만, 산하 관련 부서가 방대하여 계속 돈이 모자랐다.

   그래서 당시의 단장 김기룡(金基龍, 조선인)이 만주척식회사 연길지점에서 거금 3만 원을 차용했는데, 그 사이에서 소개해주고 보증도 섰던 사람이 바로 다나카 훈춘현 경무과장이었다. 김기룡은 고마움을 표시하기 위해 다나카에게도 매달 50원씩 지급했다. 당시 정의단 일반 직원들은 5원에서 12원 사이의 임금을 받았다. 김기룡 본인도 30여 원밖에 받지 않은 것에 비하면 다나카가 매달 50원씩 1년 넘게 받아 챙긴 뒷돈은 가히 부패 범죄에 걸릴 만한 액수였다. 후에 이 일이 헌병대에 발각되었다.

훈춘헌병대에서는 김기룡 등 몇몇 우두머리를 잡아 가두었지만 결국에는 다나카 경무과장을 건드릴 수 없어 모두 놓아주고 말았다. 1937년경에 이르자 훈춘 지방 항일세력이 모두 사라졌다고 판단한 훈춘 영사는 헌병대와 의논해 이 단체를 해산시키기로 결정했다.

그러자 만주척식회사 연길지점의 빚 3만 원이 문제가 되었다. 다급한 다나카는 직접 나서서 정의단이 소유한 재산들을 매각해 빚을 갚았는데, 훈춘현 이도구 농장으로 달려가 소들까지 몰수하여 훈춘시장에 내다 팔았다고 한다. 그동안 정의단이 훈춘 각지에서 긁어모은 재산이 꽤 많았던 모양이었으나 해산될 때 미처 현금화하지 못했을 것이다. 훈춘채금회사 경비를 도맡았던 정의단이 갑자기 해산되면서 이 회사에서 받아야 할 돈을 못 받게 되자 이때도 다나카가 나섰다. 그는 자신이 받은 돈을 하루아침에 무직자가 되어버린 정의단 대원들에게 일일이 나눠주었다고 한다. 후에 다나카 경무과장은 간도지구 토벌사령부 경비과장으로 옮겼다.

훈춘을 떠나 연길에 와서 근무할 때도 다나카는 훈춘에서 재직할 때 친했던 조선인 부하들과 종종 연락하고 있었다. 당시 정의단 산하 이도구 중대에서 복무했던 한 생존자(역사반혁명분자, 1984년 취재 당시 76세)는 다나카 경비과장에 대해 이렇게 회고했다.

"다나카는 일본인이지만 조선말과 중국말을 아주 잘했다. 훈춘 일본특무기관 두목이 었는데, 정작 만나보면 그렇게 무서운 사람이 아니었다. 그 사람이 보증을 서서 정의 단에서 일본 회사 돈을 3만 원이나 꿔다 썼는데, 정의단이 갑자기 해산되자 그 빚을 다나카 기관장이 다 떠안게 되었다. 그리하여 다나카 기관장이 직접 이도구 농장에 찾아왔더라. 이마에 수건을 동여매고 농장 소들을 모조리 몰아가지고 훈춘 시장에 내다 팔았는데, 그때 나도 따라가서 소 파는 일을 도와줬다. 시장에서 소를 팔 때 우 리한테 국밥도 사주고 또 저녁에 돌아갈 때는 수고했다면서 돈도 1원씩 나눠주었다. 일본 놈 특무라고 해서 영화에서처럼 그렇게 떽떽거리고 사람을 때리고 그러지 않았 다. 얼마나 싹싹하고 인사 바른지 말도 마라. 후에 내가 결혼하고 아내와 함께 연길에 놀러갔다가 그분이 계신 연길토벌사령부에 찾아가 인사를 건넸던 적이 있는데, 그때 도 또 우리 부부를 데리고 나가 밥도 사주고 헤어질 때는 새 살림에 보태 쓰라면서 돈 도 10원 주었다. 그때 돈으로 10원이면 내 한 달 임금보다 더 많았다."[178]

이것을 볼 때 다나카는 사람의 마음을 움직이는 재주가 있는 수완가였음이 틀림없다. 그는 자기 밑에서 일한 적 있는 부하들은 일본인이건 조선인이건 차 별하지 않았던 모양이다. 때문에 부하들은 다나카에게 충성했다. 물론 이렇게 잘 챙겨주었던 데는 목적이 있었다.

1939년 6월 하순경, 훈춘영사분관 경찰부에서 잡일을 하던 이홍철(李洪哲)이 경찰부 전화를 이용해 몰래 다나카에게 연락했다.

"과장님께 알려 드릴 주요한 정보가 있는데, 저를 좀 연길로 불러주십시오."

---

178 취재, 정풍호(鄭豊鎬) 조선인, 자위단 생존자, 역사반혁명분자, 취재지 도문 양수, 1988.

그러자 다나카는 다시 경찰부에 전화하여 이홍철을 연길로 올려 보내라고 지시했다.

다나카는 이홍철을 기억하고 있었다. 이홍철은 훈춘정의단 이도구 분대에서 소대장을 하던 자였다. 그의 소대는 금광 경비를 맡았는데, 한 번은 광장(鑛長) 사무실에 보관하던 사금 한 자루가 없어지는 사건이 발생했다. 그 바람에 이홍철의 소대원들이 모두 의심받게 되었다. 광장은 소대장 이홍철을 범인들의 우두머리로 지목했다. 이홍철이 도박빚 때문에 부하들과 짜고 사금 자루를 통째로 훔쳤다는 것이다. 그 바람에 이홍철 등은 모두 훈춘헌병대에 체포되었다.

그러나 조사해보니 사금 자루를 훔친 도적은 광장의 아들이었다. 광장은 아들이 잡혀갈까봐 헌병대에 뇌물을 썼다. 그래서 이 사건을 맡았던 헌병대 관계자는 끝까지 이홍철에게 죄를 덮어씌우려고 했으나 마침 훈춘헌병대에는 이홍철과 같은 민족의 조선인 군관 하나가 재직[179]하고 있었다. 이 군관이 몰래 다나카 경비과장에게 이 사실을 알렸고, 다나카의 개입으로 광장의 아들은 절도죄로 잡혀 들어가고 이홍철 등은 풀려나올 수 있었다. 후에 정의단이 해산되자 이홍철은 아내와 함께 처갓집이 있는 화전현으로 이사 갔다가 불과 1년 만에 다시 훈춘으로 되돌아왔다.

정의단이 해산된 후 다나카의 후임으로 훈춘특무기관장을 맡았던 아라키(荒木)라는 일본인은 반일세력을 소탕하는 데 경험 있는 정의단 출신 단원들을 매년 한두 차례 모아 매일 1원씩 훈련수당을 지급하며 특수훈련을 진행했다. 언젠가는 이들을 불러다가 다시 쓸 날이 있을 것으로 생각했기 때문이다. 직업이 없

---

179 훈춘헌병대는 간도헌병분단 소속이며, 만주국 헌병단 제6단에 속해 있었다. 간도헌병분단에는 만주국에서 유일하게 '조선인' 헌병군관이 존재했다. (중앙당안관, 『위만헌병통치』, 中華書局, 1993년, 365쪽)

어 놀고 있는 자들에게 취직을 알선해주기도 했다. 이홍철도 아라키의 도움으로 훈춘영사관 경찰부 잡부로 취직하게 된 것이었다.

"항일연군과 관련한 정보가 있다면 당연히 아라키한테 먼저 보고했어야 하지 않나. 아라키 소개로 영사관 경찰부에 취직했다고 들었네."

다나카 경비과장의 말에 이홍철은 머리를 끄덕였다.

"네, 아라키 특무대장님도 저에게는 고마운 분이지만, 과장님은 그냥 고마운 분이 아니고 제 생명을 구해준 은인이나 다름없습니다. 그때 광장 놈이 사금 자루를 저희들이 훔쳤다고 덮어씌웠을 때 과장님이 나서서 도와주지 않았다면, 아마 저희는 지금도 감방에서 세월을 보내고 있을 겁니다. 언젠가는 꼭 과장님께 이 은혜를 갚을 날이 있기만을 기다렸는데, 드디어 오늘 그 기회를 만나게 되었습니다."

이홍철이 이렇게 말하자 다나카는 부쩍 호기심이 동했다.

"어서 자세히 말해보게. 도대체 무슨 정보를 가지고 온 것인가?"

"김일성과 관련한 정보입니다."

김일성이라는 소리에 다나카는 깜짝 놀랐다.

그러잖아도 올기강전투 이후 간도지구 토벌사령부는 초비상 상태에 빠져 있었다. 다나카는 치안부 경무사로부터 '김일성 부대'의 종적을 찾아내 보고하라는 닦달에 직접 우나미 경찰대대(宇波警察大隊, 간도성 경찰토벌대)와 함께 백리평까지 두 번이나 갔다 왔지만 매번 헛물만 켜고 말았다. 후에 후쿠베 대좌가 직접 군용수송기를 타고 연길로 날아왔고, 요령성 영구해상경찰대대에서 빌려온 정찰기 3대도 함께 날아와 간도성 하늘을 배회하며 '김일성 부대'의 종적을 샅샅이 뒤지기 시작했다.

"100여 명 이상의 대부대는 보이지 않고 10~20명 또는 20~30명 정도의 소규모 비적 떼들이 안도 쪽으로 서서히 이동하는 것 같습니다."

정찰기에서 보내온 보고였다. 이는 올기강전투 직후 김성주의 2방면군 주력부대가 곧바로 '화정이령' 전법을 구사했음을 말해준다. 부득이한 경우를 제외하면 낮에는 수풀에서 쉬고 밤에만 행군했기 때문에 정찰기도 쉽게 찾아낼 수 없었다. 겨우 발견한 10~20명 규모의 '소규모 비적 떼'들이란 식량공작을 나갔던 대원들을 가리키는 것이었다.

"놈들이 분산전술을 써서 안도, 돈화 쪽으로 이동하는 모양이오."

후쿠베 대좌는 금방 판단했으나 우나미 대대장은 믿으려 하지 않았다.

"안도에는 특설부대인 소메카와 부대가 지키고 있는데, 김일성이 환장하지 않고서야 그쪽으로 달아날 리 있겠습니까?"

"그것은 중좌가 잘 모르는 소리오. '김일성 부대'야말로 항일연군에서 우리의 '소메카와 부대'와 맞먹는 독종들만 모인 부대요. 기회가 있어서 이 두 부대가 맞붙는다면 우열을 가리기가 쉽지 않을 것이오. 우리가 왜 이자의 현상금을 양정우나 조상지와 같은 액수로 매겼는지 아오? 작년 한 해 동안에만 남만주 동변도 일대에서 이자의 부대에게 당했던 만주군이 최소한 두 여단이오. 장백현의 고명 여단장이 그러던데, 그곳 만주군들은 '김일성'이라는 이름만 들어도 놀라서 오줌을 쌀 지경이라고 하더군. 그러니 이자의 부대와는 무작정 정면충돌하는 것만이 능사가 아니오. 통화의 키시타니 청장이 그동안 양정우 부대에 대하여 벌여왔던 이이제이 토벌작전을 한 번 참조해볼 필요가 있소."

후쿠베 대좌는 직접 간도지구 토벌사령부에 내려와 주재하면서 김성주 2방면군을 추격하는 작전을 지휘했다. 당시 노조에 토벌사령부에서는 양정우보다는 오히려 김성주 때문에 더 골머리를 앓았다는 증거자료가 꽤 많다.

"그나마 '김일성 부대'가 안도와 돈화 쪽으로 진군하고 있는 건 우리 모두에게 여간 다행스러운 일이 아니오. 만약 다시 두만강이나 압록강을 넘어 조선으로 쳐들어가는 일이 발생하면 그때는 나를 포함하여 당신네들도 모두 직위 해제 당할 각오를 해야 하오."

후쿠베 대좌는 연길로 내려올 때 노조에 쇼토쿠 사령관에게 들은 훈계 내용을 그대로 여러 사람에게 전하면서 이렇게 말했다.

"그러나 이자들은 언제 또다시 갑작스럽게 방향을 틀어 되돌아올지 모르오."

북만의 삼강 지구에서 오랫동안 항일연군을 상대해 왔던 후쿠베 대좌는 항일연군이 일관되게 사용했던 전법에 무척 익숙했다.

"일단은 치고 달아났다가 숨을 돌리고는 다시 몰래 기어드는 것이 이자들의 일관된 전법이오. 작년 한 해 동안 남만주 동변도 지방에서 '김일성 부대'가 벌여왔던 행태들을 분석한 결과도 바로 이러하오. 그러니 이번이라고 다를 수가 있겠소? 반드시 안도, 돈화 쪽으로 달아났다가 무송을 경유하여 장백 쪽으로 잡입해 들어오거나 다시 간도로 되돌아올 가능성이 있소. 이자가 이토록이나 압록강과 두만강 연안에 집착하는 것은 자신이 조센징이고 부하들도 모두 조센징들이기 때문이오."

바로 이런 때 이홍철이 다나카 경비과장을 찾아왔던 것이다.

이홍철은 아주 자세하게 설명했다.

"제 아내가 화전현 사람인데 처갓집이 오도차(五道岔)라는 곳에 있습니다. 장인어른이 몇 해 전까지만 해도 오도차에서 갑장으로 일했는데 항일연군이 오도차에 와서 식량을 사간 일이 있었습니다. 그 일에 연루되어 헌병대 출입까지 하다 보니 갑장 노릇도 더는 못 하게 되었지요. 그런데 작년에 항일연군이 또 우리 장인을 찾아오지 않았겠습니까. 우두머리가 부하 서넛을 데리고 왔다는데, 그들 가운데 하나가 훈춘 이도강 사람이라고 합니다. 이도강에 부모와 아내가 함께 살고 있다고 합니다. 제 장인이 항일연군에 쌀을 팔았다가 헌병대에 잡혀간 적이 있었던 데다 갑장 노릇도 다 내려놓은 것을 본 항일연군은 장인이 자기들 사람이라고 믿는 것 같습니다. 장인은 그 항일연군에게 제 이야기를 하면서 '딸과 사위가 모두 훈춘에 사는데, 사위도 한때는 당신들처럼 항일투쟁을 한 사람' 이라고 말했다고 합니다. 제가 정의단에서 일한 건 비밀에 붙이고 지금은 농촌에서 농사 짓는데, 매년 설 명절에 처갓집에 다니러 온다고 했더니 그 항일연군이 제 장인에게 부모와 헤어진 지 너무 오래되었다며 소식이라도 알리고 싶은데 편지를 전해줄 수 있겠는지 부탁하더랍니다."

이 편지를 딸 내외에게 맡기면서 이홍철의 장인은 부탁했다.

"사위, 행여나 이 편지를 일본 사람들에게 가져다 바칠 생각은 말게. 그러면 아무 죄도 없는 이 사람의 부모와 처자들이 화를 입게 될 것이네."

"그럼요. 실수 없이 가족에게 전하겠습니다. 저도 한때는 항일운동을 했던 사람입니다. 비록 마지못해 귀순했지만, 마음속으로는 지금까지도 귀순하지 않고 항일 투쟁하는 사람들을 존경합니다."

이홍철이 이같이 대답하자 장인은 사위를 믿고 몇 가지 비밀을 더 말해주었다.

"실은 내가 헌병대에 잡혀가서 항일연군인 줄 모르고 쌀을 팔았다고 잡아뗐지만, 사실은 알고 팔았네. 쌀을 사러 왔던 사람들이 누군지 아는가? 직접 우리 집에 찾아와서 나한테 고맙다고 인사하고 간 사람은 '김일성 부대'의 임 참모장이라는 분이었다네."

이홍철이 '김일성 부대'와 관련한 정보라고 주장하는 근거가 바로 그것이었다.

다나카는 이홍철에게 잠깐만 자기 방에서 기다리라고 한 후 즉시 후쿠베 대좌에게 달려갔다. 자초지종을 다 들은 후쿠베는 크게 흥분했다. 그는 직접 이홍철을 불러 만난 뒤에 다나카에게 지시했다.

"다나카 군이 한시도 지체하지 말고 빨리 훈춘에 가서 이자의 부모와 아내를 만나시오. 절대로 놀라게 하거나 위협하지 말고 잘 달래서 우리에게 협조하게 만들어야 하오. 만약 협조하겠다고 나서면 우리는 아주 좋은 작전을 기획할 수 있을 것이오. 내가 최선을 다해서 후원할 테니 다나카 군이 이 작전을 잘 기획해서 성공시켜 보기 바라오."

흥분한 것은 다나카도 마찬가지였다.

최근에 치안부 경무사 경방(警防)과장 자리가 비어 물망에 오른 몇몇 지방 경무청 경무과장 명단에 다나카의 이름도 함께 들어 있었기 때문이다. 노조에 토벌사령부가 발족하면서 치안부 경무사장까지도 이 사령부 내 참모부 임원으로 이름을 올려놓았기 때문에 후쿠베 대좌의 한 마디가 다나카의 운명을 좌우할 수 있었다.

다나카 경비과장은 그날로 이홍철을 데리고 훈춘으로 달려왔다.

2. 생간작전

미리 연락을 받은 아라키 훈춘특무기관장은 다나카 경비과장과 이홍철을 데리고 훈춘 영사 야마야 스시지로(瀧山靖次郎, 1941년 4월 하북성 석가장 총영사가 됨)의

방에서 긴밀하게 모의했다.[180]

다음 날 다나카는 아라키와 함께 훈춘현 배차자(北岔子) 채금장으로 찾아가 이곳에서 세금기(洗金機)를 돌리던 강 씨(姜氏, 본명은 알 수 없음)를 부근의 한 찻집으로 데리고 갔다.

"혹시 당신에게 강홍석(姜洪錫, 또는 姜興錫)이라는 아들이 있소?"

강 씨는 몹시 놀랐지만 침착하게 대답했다.

"있습니다. 그런데 집을 나간 지 오래됐고 죽었는지 살았는지 모르고 지냅니다."

"집을 나간 이유가 무엇인지 말해줄 수 있겠소?"

"마음에 없는 여자와 결혼시켰더니 저한테 대들다가 한 대 얻어맞고는 홧김에 뛰쳐나갔습니다. 그 뒤로 지금까지 소식을 모르고 지냅니다. 벌써 7, 8년 되었습니다."

"그러면 강홍석의 아내는 다른 데 재가했습니까?"

"아니요, 지금도 저희와 함께 살고 있습니다. 재가하라고 했지만 남편이 돌아올 때까지 기다린다고 하기에 하는 수 없이 같이 지냅니다."

강 씨는 별로 숨기는 것이 없이 사실대로 대답했다.

강 씨는 함경북도 은덕에서 살다가 중국으로 이주하여 처음엔 훈춘현 대황구 부근의 보천(寶泉)이라는 동네에서 살다가 후에 이도구로 이사했다. 보천에 와서 야학교를 꾸린 적 있는 오빈(吳彬, 훈천현위원회 제5임 서기)에게 영향을 받은 강 씨의 아들 강홍석은 후에 유격대에 참가했다.

처음에는 유격대에서 몇 번 거절했다고 한다. 강 씨가 아들 몰래 대황구의 유

---

180 모의 결과는 "훈령정기밀 제186호, 소화 15년(1940년) 7월 26일 훈춘 영사 야마야 스시지로 보고"에 아주 자세하게 나와 있다.

격대 지휘부를 찾아가 하나밖에 없는 외아들인데 이미 혼처를 정해둔 집도 있고 혼인 날짜도 받아두었으니 제발 거절해 달라고 사정했기 때문이다. 그래도 아들은 유격대에 참가하겠다고 야단법석을 떨었다. 함께 야학에 다닌 친구들이 모두 유격대에 참가하고 자기만 마을에 남았기 때문이다.

아들을 단념시키기 위하여 강 씨는 서둘러 장가보냈다. 그런데 장가가는 날 강 씨의 친구가 술을 마시면서 강 씨가 유격대에 찾아가 아들을 받지 말라고 사정한 일을 그만 이야기해버린 것이다. 강 씨 부자는 대판 싸웠다. 아들은 자기를 가로막는 아버지를 친일파 반동분자로 몰아세웠다. 그 바람에 잔뜩 화가 돋은 강 씨는 닥치는 대로 손에 잡히는 것으로 아들을 팼다. 그러자 아들은 더욱 화가 나서 펄펄 뛰었다.

여기까지 듣고 났을 때 다나카와 아라키는 감탄하며 강 씨에게 칭찬을 아끼지 않았다.

"오, 당신은 참으로 훌륭하신 아버지였군요. 당신 결정이 옳았음을 아들도 언젠가는 알게 될 날이 있을 것입니다."

"결국 그놈은 집에서 나갔고, 저는 아들을 잃어버리고 말았지요."

강 씨는 길게 한숨을 내쉬었다.

여기까지는 모두 사실이었지만, 강 씨는 그 뒤에 있었던 일은 조금도 입 밖에 꺼내지 않았다.

강홍석은 아내에게 부탁했다.

"나를 유격대에 보내주오. 일본 놈들을 몰아내고 내 나라를 다시 찾게 되는 날 꼭 데리러 올 것이니 그때까지 집에서 우리 아버지와 어머니를 잘 모시고 나를 기다려주오."

"일본 놈들을 다 몰아내는데 몇 해 쯤 걸릴까요?"

"야학 선생님이 그러는데, 빠르면 4, 5년 늦어도 10년이면 넉넉하다고 하오."

강홍석의 아내 지순옥(池順玉)은 직접 봇짐을 꾸려 남편을 대황구까지 바래다 주었다.

이후 2, 3년 동안 훈춘유격대는 계속 훈춘현에서 활동하며 세력을 키워갔다. 후에 훈춘유격대는 동북인민혁명군 제4연대로 개편되었고, 4연대에서 조선인 중대로 소문난 김려중 1중대에 배치되었던 강홍석은 1935년 6월에 영안원정(제 2차 북만원정) 부대에 참가하면서 가족과 연락이 끊긴 것이다.

그 사이 지순옥은 강홍석의 아들을 낳았다고 한다. 강홍석이 아직은 훈춘현 에서 활동할 때 가끔 연락이 닿은 지순옥은 밤새 100리 길을 걸어 유격대가 묵 는 숙영지로 찾아가 남편을 만나고 돌아오기도 했다.

그러나 1945년 광복 이후 북한으로 들어가 함경북도 학포탄광에서 살았던 지 순옥은 첫 남편 강홍석과의 사이에서 낳은 아들이 있었으나 아이는 어린 나이 에 폐결핵으로 죽었다. 만약 그 아이가 살아 있었고, 지순옥도 재가하지 않았다 면 해방 후 북한으로 돌아간 그의 운명 또한 달라졌을지도 모른다.

강홍석은 중국 정부의 『동북항일연군 명록』에도 이름이 기재되어 있을 정도 인데 그의 항일혁명 참가 연한은 1931년으로 기록되었다. 나이도 1912년생으로 김성주와 동갑이었다. 오중흡 7연대 출신인 데다 1중대에서 소대장 겸 기관총 수를 지냈으니, 해방 후 중국 연변에 많이 살아 있던 7연대 출신 연고자들은 모 두 강홍석의 친구들이었다. 강홍석의 아내 지순옥과 한동안 함께 자고 먹고 하 면서 지냈던 여대원 출신의 연고자들도 연변에 몇 명 있었다.

연고자들 가족 중에 1990년대 말까지 북한과의 무역업에 종사한 사람이 있었 다. 그는 평양을 자주 드나들었고, 김일성 김정일 부자와도 만나 고려인삼과 '김일성' 서명이 들어간 금시계를 선물로 받고 돌아온 적도 있어, 필자가 강홍석의 아내 지순옥을 취재할 때 절대 자기 부모의 실명만큼은 밝히지 말아달라고 신신당부했다. 여기서는 취재한 사람들을 그냥 '연고자' 또는 '생존자'라고 썼다. 이 연고자들이 전하는 강홍석의 아내 지순옥은 아주 아름답게 생긴 20대 후반의 여인이었다.

지순옥은 시부모(시아버지 강 씨가 강력하게 권고했다고 한다.)의 허락으로 일본군 간도지구 토벌사령부 경비과장 다나카 요지에게 약 1개월가량 집중훈련을 받았다. 시부모 강 씨 내외가 그 사이 연길에 와서 며느리를 만나고 돌아간 적도 한두 차례 있었다. 장소는 오늘의 연길 연변병원 맞은편에 있던 연길헌병대 초대소였다고 한다. 지순옥은 이 초대소에서 지내면서 다나카 경비과장 외에도 중국인 한 명에게서 항일연군과 관련한 지식을 교육받았다.

이때쯤 훈춘영사관 경찰부 정식 직원으로 고용된 이홍철도 간도지구 토벌사령부로 차출되어 이 작전에 함께 투입되었다. 당시 야마야 스시지로 훈춘 영사가 직접 작성한 내부 보고서에 훈춘영사분관 경찰부 산하 계원(이홍철로 짐작된다)이 동행했으며, 이에 앞서 지순옥이 연길에서 교육받은 시간은 1939년 8월 5일에서 9월 5일까지 약 1개월로 기록되어 있다.

물론 시간과 날짜는 다소 오차가 있을 수 있다. 실제로는 훨씬 더 빨랐을 수도 있고, 아니면 1939년 8월 8일 오후 10시쯤 김성주의 2방면군 산하 7연대가 안도 쪽으로 이동하던 지휘부를 엄호하기 위해 화룡현 용택촌을 습격한 사건이 발생하자 바로 교육을 중단하고 지순옥을 앞당겨 입산시켰을 것으로 보인다. 노조에 토벌사령부는 이 작전을 성공시키기 위하여 특별히 정찰기 2대를 간도지구 토벌사령부에 배당했다. 이 2대의 정찰기는 매일 같이 화룡과 안도 상공을 배회했다. 그 결과 한 정찰기가 화룡현 맹하동 서남쪽 1088고지에서 이동 중인 약 120여 명 가량의 항일연군을 발견했다. 용택촌을 습격하고 한창 서남쪽 밀림 지대로 이동하던 오중흡의 7연대였다.

보고를 받은 후쿠베 대좌는 그 자리에서 다나카 경비과장에게 명령했다.

"시간이 없소. 김일성 주력부대가 지금 화룡 경내를 벗어나고 있소. 만약 시간을 지체했다가는 이 여자가 김일성 부대를 따라잡을 수 없게 되오. 설사 따라잡아도 의심받을 수 있소. 지금이야말로 절호의 기회요."

"교육기간이 겨우 한 달 남짓에 불과한데 괜찮을까요?"

다나카가 걱정하자 후쿠베가 머리를 저었다.

"너무 세련되게 훈련시키면 오히려 흠이 될 수 있소. 진실은 좀 서투른 법이오. 김일성 부관장이었던 자가 이미 증언하지 않았소. 입산하자마자 바로 남편과 만날지는 모르겠으나 젊은 여자이니 작식대나 재봉대 또는 지휘부 가까이에 배치될 수 있다고 말이오. 더구나 이 여자는 젊고 단정하게 생긴 데다 꽤 매력적이기까지 하오. 김일성 가까이 접근할 기회가 생길 걸 염두에 두고 독살 임무를 반드시 추가하오. 강홍석과 만나 그를 귀순시킬 수 있다면, 그 다음엔 강홍석을 이용하여 김일성 부대의 내부 분열을 시도해볼 만하오. 입산했을 때 바로 취조받겠지만, 남편을 만나기 위해 들어왔고 또 남편과의 사이에 낳은 아이가 벌써 네 살이 되었으니 입산 이유는 충분하오. 그러니 어서 서두르시오."

이 작전은 다나카 경비과장이 직접 주관했으나 실제로 총지휘를 담당한 것은 노조에 토벌사령부 참모부장 후쿠베 대좌였다.

1938년 '삼강 지구 대토벌'을 성공시켰던 후쿠베는 만주국 정부와 관동군 내부에서 '베테랑 비적 사냥꾼'이라는 찬사를 받고 있었다. 그가 얼마나 중국 고전에 통달했던지 다나카가 작성한 "김일성 부대와 관련한 내부 분열 및 독살 계획서"를 직접 '세이 칸 작전(生間作戰)'이라고 부른 것만 봐도 알 수 있다. 이와 관련한 설명은 김성주 회고록(계승본)에도 비교적 자세하게 나온다.

"일제특무기관에서는 지순옥을 '생간'이라고 했습니다. '생간'이란 『손자병법』에 나오는 술어인데, 반드시 살아서 돌아와야 하는 간첩이라는 뜻입니다. 지순옥을 '생간'으로 선택한 것으로 보아 적들이 그에게 상당한 기대를 걸었던 것 같습니다. 그를 직업적 스파이로 써먹자고 했을 수도 있습니다. 적들은 지순옥에게 네 남편이 유격대 기관총수가 되어 황군을 수없이 해쳤으니 그 죄는 3대를 멸살시켜도 씻을 길이 없다, 그러나 네가 공산군 부대에 찾아가서 남편을 귀순시키고 우리가 주는 임무를 수행하기만 하면 상금도 후히 주고 잘살게 해주겠다고 했습니다. 3대를 멸살시키겠다고 하니 지순옥이도 어쩔 수 없었습니다. 그의 자백을 받고 보니 가슴이 여간 아프지 않았습니다. 그 여자가 불쌍하다는 생각도 들었습니다."

실제로 다나카는 강홍석의 아버지를 위협하기 보다는 이렇게 보증했다.

"이 일 때문에 당신 아들과 며느리가 해를 입거나 하는 일은 절대로 없을 것입니다. 반드시 무사히 살아 돌아올 수 있도록 저희가 조치를 취하겠습니다. 만에 하나라도 당신 아들이 끝까지 귀순하려 하지 않고 만주국에 대항하다가 우리 토벌대에 사로잡히더라도, 당신 며느리가 우리를 위해 일한 것을 생각하여 내가 당신 아들이 처벌받지 않도록 보증하겠습니다."

1953년에 훈춘현 공안 부문에서는 성과 이름을 모두 고치고 오늘의 돈화시 황니허임업국에서 임장(林場) 노동자로 살아가던 이홍철을 체포하여 훈춘으로 압송해왔다. 강홍석의 아버지 강 씨는 광복 직후 배차자 채금장의 세금기를 훔치다가 그곳을 지키던 소련홍군이 쏜 총에 맞아 죽었고, 후에 재가한 지순옥은 중국인 남편과의 사이에서 아들 둘을 더 낳았다. 그러나 이때 경력이 문제되자 남편과 이혼한 뒤 시어머니(강홍석 어머니)를 모시고 북한으로 들어가 버린 것이다. 강홍석 어머니도 얼마 살지 못하고 바로 죽은 것으로 보인다.

이홍철은 훈춘공안부문에서 심사를 받을 때 횡설수설했다. 처벌을 면하기 위해 모든 죄를 강홍석 아버지에게 덮어씌웠다. 강 씨가 일본군 특무기관에서 돈을 받고는 며느리를 설득하여 일본군에게 협조하게 만들었다고 했다. 이와 같은 사실들은 당시 자료들에 의해 일부 증명된다.

분명한 것은 지순옥 본인이 벌써 몇 해 동안 생사를 모르고 지냈던 남편에 대한 그리움 때문에 일본군 특무기관의 요청을 받아들인 것이다. 물론 이 과정에서 다나카 경비과장은 강홍석의 아버지에게 일본군 간도지구 토벌사령부 이름으로 된 보증서를 써주었다고 한다. 아들이 항일연군인 것 때문에 그의 가족이 결코 불이익당하는 일은 없게 할 것이며 나아가 아들이 끝까지 귀순하지 않고 만주국에 대항하더라도 체포되었을 경우에는 반드시 책임지고 사면하겠다는 내용이 들어 있었다. 강홍석의 아버지와 아내 지순옥의 마음을 움직인 것은 바로 이와 같은 보증서였다.

결코 북한에서 주장하는 것처럼, "3대를 멸살시키겠다."는 위협과 공갈은 하지 않은 것으로 보인다. 『손자병법』 13편 「용간편(用間篇)」에도 나오듯이, 반드시 살아 돌아와야 함을 의미하는 '생간(生間)'과 '내간(內間)', '반간(反間)' 그리고 죽어서 돌아오지 못하는, 즉 일회용으로 사용하고 버리는 간첩을 의미하는 '사간(死間)'의 차이는 간첩의 가치에 따라서 달라진다. 만약 지순옥이 이 작전에서 1차적으로 가시적인 성과를 올린다면, 그에게는 계속하여 또 다른 임무가 내려질 것이고 따라서 직업적인 스파이로 활용될 것이 분명했다. 워낙 시간이 촉박하기도 했지만, '생간'으로 간주되었기 때문에 지순옥은 직접 총갈을 휘두르는 특공

대원처럼 무장하지 않고 독약 한 봉지만 옷 속에 숨겨가지고 남편을 찾아 떠난 것이다.

이홍철은 처형당하기 직전 공술자료에서 후에 살아 돌아왔던 지순옥과 만났다고 했다. 워낙은 '귀래 예정'을 2, 3개월로 잡았으나 입산한 지 얼마 안 되어 바로 신분이 발각되고 말았다.

3. 화라즈밀영

강홍석이 전사했던 육과송전투 때 오중흡 7연대에서 전투에 참가했던 이 연고자는 김성주가 고의로 강홍석과 지순옥을 만나지 못하게 했다고 주장했다. 북한의 『세기와 더불어』(계승본) 이야기와는 완전히 다른 주장이다. 그 이유 중 하나로, 1939년 8, 9월경에 양정우와 위증민은 정치부 주임 여백기를 파견하여 김성주를 1로군 총부로 왔다 가라고 불렀다. 그런데 김성주는 안도로 들어올 때 갑자기 마음이 바뀌었던 것 같다.

필자는 지인 몇몇과 이 연고자를 따라 김성주가 화룡에서 안도로 이동할 때의 노선을 답사했다. 백리평에서 오늘의 화룡시(답사 당시는 화룡현) 서성진 화안촌(和安村)은 화룡과 안도의 경계 사이에 있어 붙은 이름이었다. 물론 지금은 화룡시 행정구역에 들어가 있지만 만주국 때는 안도현에 속했으며 해방 직후까지도 여전히 안도현 삼도향에 소속되어 있었다. 이도백하에서 발원한 시냇물 하나가 화안촌 주변의 목란산 기슭을 감돌아 오도백하(五道白河, 홍석하) 쪽으로 흘렀는데, 그 사이에 펼쳐진 크고 작은 산들 이름이 그 유명한 화라즈(花砬子)였다. 오늘의 화룡현 서성진 화안촌의 화라즈는 소화라즈(小花砬子)이고, 안도현 이도백하와 오도백하 사이의 화라즈는 대화라즈(大花砬子)라고 불리기도 한다.

대화라즈 뒤로 계속 펼쳐지는 옥황강(玉皇崗), 석종산(石鐘山) 등은 중국 길림성 정부에서 직접 관리하는 '장백산(백두산) 홍석석봉 원생태풍경구(長白山紅石石峰原生態景區)'로 개발되어 있다. 김성주가 강홍석의 아내 지순옥과 20여 일간 묵은 곳으로 알려진 화라즈밀영에는 원래 통나무로 만든 큰 반토굴 귀틀집 세 채와 부상자들을 따로 숙영시켰던 병원 한 채, 그리고 재봉대원들이 숙영하면서 군복을 만들던 피복장(被服場) 두 채까지 총 여섯 채의 귀틀집이 있었고, 그 외에도 식량을 숨겨두었던 큰 움 서너 개가 여기저기에 널려 있었다고 한다.

이 밀영을 만든 사람은 다름 아닌 임수산이었다. 때문에 1940년 3월 25일 '홍기하전투(紅旗河戰鬪)' 직후, 일본군에 귀순했던 임수산이 불쑥 토벌대를 데리고 이곳에 나타났을 때 밀영은 그대로 잿더미가 되고 말았다. 귀틀집들은 불에 타버렸고 움 속에 숨겨둔 식량과 감자도 다 빼앗기고 말았다. 해방 직후 이 밀영에서 지낸 적 있는 생존자들이 연변에 적지 않게 있었기 때문에 그곳 정부에서 이밀영을 화전의 호자호밀영처럼 복원하려고 마음먹었다면 얼마든지 원래 모양대로 되살릴 수도 있었을 것이다.

중국 길림성 정부에서 성급 문물단위로 지정해 복원한 호자호밀영은 일명 '양정우밀영'으로 불리기도 한다. 그러나 화라즈밀영은 그냥 "당시 항일연군 제1로군 2방면군이 두만강 북부 지대에 건설했던 밀영들 가운데 하나였다."[181]고만 간단하게 설명할 뿐, 이 2방면군 총지휘관이 북한 주석 김일성이라는 사실은 알리지 않았다. 그냥 '화라즈밀영지(花砬子密營地)'라는 자그마한 표지석 하나가 세워져 있을 뿐이다.

---

181 원문 "當時抗聯第一路軍第二方面軍在圖們江北部地帶建立的密營地之一."

그러나 이 밀영에서 발생한 일들을 파고 들어가면 무척 드라마틱하다. 일본 군 간도지구 토벌사령부에서 '반드시 살아서 돌아와야 한다'는 '생간'으로 교육 받고 귀환 날짜까지 약속한 다음 남편을 만나러 밀영에 찾아왔던 지순옥은 이 곳에서 남편 대신 김성주와 밤을 보내게 되었다.

남편을 찾아왔다는 것은 핑계에 불과했다. 지순옥의 임무는 김성주를 독살하 는 것이었다. 이때쯤 김성주 곁에는 그를 견제할 수 있는 사람이 아무도 없었다. 임수산은 올기강전투 직후 바로 안도로 이동하여 화라즈밀영을 건설하고 화룡 에서 노획한 식량들을 비축한 뒤 다시 무송과 화전 쪽에도 식량을 숨겨두러 떠 났기 때문이다.

북한에서는 이를 가리켜 '대부대 선회작전'을 대비했던 것이라고 주장한다. 즉 화룡현 올기강전투 이후 항상 해왔던 대로 치고 달아났다가 기회를 봐서 다 시 잠입하는 전법이었다. 마음으로는 장백이나 화룡으로 돌아오고 싶었지만, 위 증민에게서 돈화와 액목 쪽으로 접근하면서 진한장의 제3방면군과 전선을 구축 하라는 지시를 받았다. 그러나 이때 임수산이 먼저 8연대를 데리고 안도에서 무 송을 거쳐 화전 쪽으로 들어가면서 식량을 비축해둔 것은 여러 가지로 시사하 는 바가 크다.

김성주는 돈화에서 액목 쪽으로 접근하고 싶은 마음이 전혀 없었다. 그는 오 히려 진한장의 5사에 합류하여 제3방면군을 결성했던 4사 박득범과 최현 부대 가 돈화에서 무송 쪽으로 접근하길 바랐다. 자신은 무송을 거쳐 다시 장백으로 들어가거나 돈화에서 안도로 급선회하여 재차 화룡으로 되돌아오고 싶어했다. 비록 '대부대 선회작전'이라고는 했지만, 화룡에서 안도로 이동할 때는 이미 화 정이령 상태로 들어갔다. 임수산과 손장상이 8연대 일부와 독립대대 일부(독립대 대는 실제로 30여 명밖에 안 되었다.)와 먼저 떠난 다음 자신은 박덕산과 8연대 일부와 경위중대 및 방면군 지휘부 기관을 인솔하여 중간에 섰다.

항상 척후에 섰던 오중흡 7연대가 이때는 후대에 남아 김성주 경위중대와 대략 50, 60리 간격을 두고 기각지세 형태를 취했다. 부득이한 경우가 아니고는 여간해서 화정이령 전법을 쓰지 않았던 김성주는 회고록에서 양정우가 궁지로 몰리게 된 것을 설명하면서 '화정이령' 전법을 구사하다가 다시 '화령이정'으로 미처 전환하지 못한 것이 큰 원인이라고 짐작한다. 한 번 흩어지기는 쉬워도 흩어진 뒤 만에 하나라도 연락이 끊기는 날에는 다시 원래 상태로 모이기가 결코 쉽지 않기 때문이었다.

그리하여 화룡에서 안도로 이동할 때 희한한 광경이 벌어졌다. 전령병들만으로는 모자라 경위중대 대원들까지도 번갈아가면서 전령병 노릇을 했다. 모두가 발에 불이 나도록 김성주와 오중흡 사이를 오갔다. 나중에는 중대장 오백룡까지도 직접 오중흡을 만나러 저녁에 훌쩍 떠났다가 새벽녘에 돌아오곤 했다.

김성주가 얼마나 오중흡 7연대를 소중하게 여겼던지 전령병이 제 시간에 돌아오지 못 하고 조금 늦거나 일찍 돌아오면 오중흡에게 무슨 일이라도 생긴 것은 아닐까 안색이 확 바뀌곤 했다.

"내가 정해준 길로 가지 않고 혹시 다른 길로 가면서 딴짓한 것 아니냐?"

김성주는 어린 대원들을 세워놓고 꼬치꼬치 따져 묻기도 했다. 그래서 정말 문제를 발견하면 아무리 어린 대원이라도 인정사정을 두지 않고 눈물 나도록 나무라기도 했다. 책벌을 안길 때는 동그라미를 그려놓고 그 안에 서서 2, 3시간씩 꼼짝 못하게 했는데, 그것을 이른바 '자기반성 시간'이라고 부르기도 했다. 반성이 끝나면 대원들이 모두 모인 앞에 나서서 '자기비판'을 하게 했다.

세간에서 오늘의 북한을 여전히 '유격대국가'라고 하는 것은, 북한 당국이 오늘날까지도 주민들에게 이런 '자기비판'과 '자기반성'을 강요하기 때문일 것이다. "생산도, 학습도, 생활도 항일유격대식으로!" 이렇게 모든 것을 '항일유격대식으로'라는 슬로건을 내세운 사람은 김성주의 아들 김정일이었다. 오늘날 손자 김정은에 이르기까지도 북한 당국이 '최고지도자'를 우상화하기 위한 사상 교양과 주민 통제 수단으로 이와 같은 '자기비판'과 '자기반성'을 계속 강요하고 있다. 그러나 이러한 비판과 반성은 결코 김성주 자신에게는 해당되지 않았는데, 지순옥이 2방면군을 찾아왔을 때 당시 부내 내에서 떠돈 흉측한 소문으로도 알 수 있다.

> "지순옥은 우리가 용택촌을 습격하고 한창 의란구 쪽으로 이동할 때 만났다. 그때 우리 중대장은 손태춘(孫泰春)이었다. 지순옥이 남편을 만나러 찾아왔다면서 남편이 강홍석이라고 하자 우리는 지순옥을 손태춘에게 데리고 갔다. 손태춘은 '홍석이가 오 연대장이랑 함께 앞에 있다.'고 하면서 직접 지순옥을 데리고 오 연대장이 있는 데로 찾아갔다. 그런데 손태춘이 혼자 돌아와서 그러더라. '지휘부에서 김재범 부지휘가 화전으로 회의하러 가는데 경호 임무를 맡을 소대를 보내달라고 해서 홍석이한테 한 소대를 맡겨 떠나보냈는데, 아마 지금쯤 김재범 부지휘가 출발했는지 모르겠다면서 급히 다른 사람으로 교체를 하겠다.'고 했다. 후에 오백룡이 와서 지순옥을 지휘부로 데리고 갔다."[182]

여기까지는 김성주의 회고록(계승본)에서 소개하는 내용과 별로 다르지 않다. 회고록에서는 오중흡이 부대 실태를 보고하러 사령부로 오던 도중 강홍석 처를

---

182 취재, 박경호(朴京浩, 가명) 조선인, 동북인민혁명군 2군 독립사 3연대 연고자, 취재지 도문, 1981~1983.
　　　박경환(朴京煥, 가명) 조선인, 연변전원공서 시절 임춘추의 비서, 취재지 요령성 안산시, 1987.

만나 8연대 밀영으로 데리고 왔다고 한다. 이때 8연대는 연대장 손장상이 참모장 임수산과 함께 먼저 안도와 무송, 화전 쪽으로 식량을 운반하러 떠난 뒤였다. 그 뒤 돈화와 액목 쪽으로 빨리 접근하라는 위증민의 연락을 받고 박덕산도 돈화 쪽으로 먼저 출발했다.

위증민은 김성주를 직접 만나고 싶어 했지만, 박덕산이 김성주를 말렸다.

"지금 부대가 모조리 흩어져 이동 중인데 이럴 때 중심을 잡고 있어야 할 김 지휘가 자기 위치에서 벗어나 혼자 그렇게 위험한 곳으로 나갔다가 만에 하나라도 무슨 불상사가 생기면 그 후과를 누가 감당할 수 있겠소. 양 사령한테 김재범 부지휘를 대신 보낸 것처럼 돈화 쪽에는 나를 보내주오. 내가 직접 가서 위증민 서기도 만나고 또 간 김에 마호(돈화현 마호향, 현재 돈화시 강원진, 육과송전투가 발생한 곳) 쪽에 밀영도 만들고 식량도 비축해놓겠소."

2방면군에서 김성주가 함부로 할 수 없는 사람들은 부지휘 김재범과 참모장 임수산 외에 박덕산이 유일했다. 여기서 김혜순이 1980년대 중후반, 직접 자신을 찾아와 취재했던 북한(조선)중앙방송국 기자 장해성에게 김성주에 대해 평가한 내용을 소개한다.

"글쎄, 한마디로 말하면 뭐라고 할까. 무서운 사람이었던 건 사실이야. 눈이 쭉 째진데다 덧니까지 턱 나와 있는 사람이 눈을 한 번 부릅뜰 때에는 정말이지 웬만한 사람은 그 앞에서 오금이 얼어붙었다니까."[183]

장해성은 평양에서 기자 생활을 할 때 오백룡에게도 이런 말을 들었다고 한

---

183   취재, 장해성(張海成) 조선인, 탈북 작가, 항일열사 유가족, 전 북한 조선중앙방송국 기자, 취재지 서울, 2017.

다. 당시 김성주의 경위중대장이었던 오백룡이야말로 김성주와 강홍석의 아내 지순옥 사이에서 있었던 일을 가장 잘 알았을 것으로 보인다.

"그런데 화라즈에서 한 20여 일 보냈던 것 같다. 김일성은 매일 밤마다 지순옥을 자기 천막으로 불러들였다. 며칠 동안 계속 김일성과 한 천막 안에서 함께 자고 먹었는데, 먼 산길을 걸어오면서 지칠 대로 지친 지순옥은 밤에 녹초가 되어 뻗었고 김일성은 그 틈을 타서 지순옥이 벗어놓았던 옷들을 뒤졌다. 그때 겹옷에 바느질로 잡아맨 수상한 흔적을 발견했다고 한다. 그곳을 뜯어보니 안에 독약 봉지가 들어 있었던 것이다."[184]

필자가 이 책을 쓰기 위해 자료를 수집하고 다니면서 많은 충격을 받았지만, 그중 이 부분에서 가장 심한 충격을 받았다.

"김일성이 지순옥이라는 여자를 데리고 갔다는 소리 아닌가? 그러면 김혜순은 그때 뭐 하고 있었단 말인가?"
"김혜순은 임수산이 화전으로 데리고 가서 없었다. 설사 곁에 있었더라도 김혜순인들 무엇을 어떻게 할 수 있겠나. 우리가 몽강에서 북대정자로 나올 때 김혜순이 몇 번 임수산 등에 업혔던 적이 있다. 그 일로 계속 의심을 받았다."
"그 뜻은 임수산과 김혜순 사이에서 무슨 일이 있었다는 것인가?"
"임수산이 어떤 사람인가, 그도 어디서 자신이 김혜순과 사귀었다는 말을 얻어듣고는 화가 나 직접 김일성에게 고래고래 소리치면서 달려들었다. 백리평에서 지낼 때 두 사

---

184 취재, 김×선(金×善, 가명) 조선인, 항일연군 생존자, 취재지 연길, 1991~1992, 1996.

람이 정말 크게 싸웠다."

"혹시 이것이 임수산이 2방면군을 탈출하게 된 이유가 되지는 않았을까?"

"글쎄, 그것은 잘 모르겠다. 어쨌든 그 이후로 이내 분산 활동에 들어갔는데, 임수산은 안도 양강구에서 회의할 때 한 번 보고는 다시는 보지 못했다. 8연대에서 중국 대원들이 제일 먼저 쉬쉬거렸다. 화전에서 1로군 총부회의(두도류하회의)가 열렸는데, 여백기가 와서 양 사령과 위증민의 지시를 전달했다. 군사작전과 관련한 회의이므로 김일성과 임수산 가운데 한 사람은 반드시 참가해야 한다고 했으나 김일성은 자기도 가지 않고 임수산도 보내지 않았다. 그때 임수산이 지휘부에 없었지만, 마음만 먹으면 얼마든지 다른 사람을 보내 교체하고 임수산을 불러올 수 있었다. 김일성이 왜 그랬겠나? 임수산이 총부로 가면 자기를 고발할까봐 싫었던 것이다. 결과 방면군 부지휘였던 김재범을 대신 보냈는데 회의가 다 끝난 마지막 날에야 도착했다. 결국 제1차 회의에는 참가하지 못하고 제2차 회의에 참가했다."[185]

강홍석의 아내 지순옥이 겹옷에 숨겨 왔던 독약 봉지에 관한 부분도 회고록(계승본)과 중국 연고자들이 들려준 이야기와 다르다.

"지순옥과 한 천막 안에서 자던 여대원이 지순옥의 거동이 이상하고 말도 아귀가 맞지 않아 이상하게 생각하던 중 밤중에 바느실로 잡아맨 그의 겹옷을 깐깐히 살펴보다가 독약봉지가 있는 것을 발견했다."[186]

어느 쪽 말을 믿어야 할까? 바로 그 여대원은 1945년 광복 이후 북한으로 돌

---

185 상동.
186 상동.

아가지 않고 중국 연변에 정착했다. 말년에는 김성주에 대해 알고 싶어 하는 사람들이 찾아와 인터뷰를 요청하면 거절하는 법 없이 다 받아주었고, 결국 이런 이야기까지 모두 털어놓았다. 회고록(계승본) 이야기가 이 생존자가 들려준 이야기에 비해 설득력이 떨어지는 것은 이유가 있다. 앞에서 언급했지만, 회고록의 지순옥 이야기는 다만 증인용으로, 오중흡과 오백룡 이름이 함께 등장할 따름이다.

> "사령부로 오던 도중 올기강 상류에서 강흥석의 처를 만나 8연대 밀영으로 데리고 왔다."(오중흡)
> "혁명군 소대장의 아내라는 것이 유격대를 돕지는 못할망정 일제의 개가 되어 들어왔으니 이런 고약한 일이 어디 있는가, 당장 총살해버리자."(오백룡)

그러면 이때 김성주의 2방면군 부지휘 겸 당위원회 서기였던 김재범과 참모장 임수산, 그리고 정치부 주임 여백기(중국인), 7연대 정치위원 주재일, 8연대 정치위원 박덕산, 2방면군 조직과장 김평 등은 모두 어디서 무엇을 하고 있었는지 의문이 생긴다. 나아가 회고록에는 양정우와 위증민이 직접 화전 두도류하에 와서 제1로군 총부 군사작전회의에 참가하라고 한 명령에 대해서는 일언반구 언급이 없다. 그러면서 김성주가 '대부대 선회작전'이라는 묘술을 고안해냈다고 한다.

잘 모르는 사람들에게는 이와 같은 거짓말이 쉽게 통할 수도 있겠다. 하지만 조금이라도 중공당 남만성위원회와 제1로군 항일투쟁사를 연구한 사람들이라면 이것이 거짓말임을 금세 알 수 있다. 중국 연변대 박창욱 교수뿐만 아니라 조선족 역사와 관련한 여러 문제에서 박 교수와 상반된 견해로 항상 긴장과 대립

관계[187]에 있었던 한준광 전 연변역사연구소 소장까지도 생전에 사석에서 필자와 이때의 일을 이야기하면서 한결같이 개탄해 마지않았다.

"북한에서는 참으로 회고록을 이상하게 만들어놓았다. 차라리 제대로 말할 수 없는 창피한 이야기는 회고록에 넣지나 말 것을, 억지로 꾸며놓다 보니 온통 거짓말투성이가 되고 말았다. 강홍석의 처와 한 천막 안에서 자고 먹고 했던 사람들이 우리 연변에도 한둘이 아니다. 남편을 찾아왔던 여자를 자기가 가로채서는 먼저 데리고 자버리고는 빤히 문제 있는 여자인 걸 알면서도 계속 부대에 데리고 다니지 않았겠나. 강홍석이 죽을 때까지도 두 사람이 서로 만나지 못하게 했다. 고의로 갈라놓았던 것 아니겠나. 후에 강홍석이 돈화 마호(육과송)에서 죽자 하는 수 없이 그 여자를 집으로 돌려보냈다. 그때 김혜순이 마침 곁에 없을 때여서 강홍석의 아내를 데리고 살다가, 그를 집으로 보낸 뒤에는 김정숙을 데리고 살았다. 김정숙을 데리고 살면서도 또 김모모(가명, 가족이 실명 거론을 반대)한테 집적거려 소문이 자자했다."[188]

필자는 가급적이면 양쪽의 견해와 주장을 공개하고 판단은 독자들에게 맡기고 싶다. 다만, 엄연하게 증거가 존재하는 사실들에 관해서는 해명 작업을 진행

---

187 박창욱 연변대 역사교수와 한준광 연변역사연구소 소장은 중국 조선족의 항일투쟁사 외에도 기타 역사 문제에 대한 시각이 서로 달랐고 생전에 격렬하게 대립했다. 나중에는 서로 반목하며 인신공격까지도 서슴지 않았다. 한 소장은 박 교수의 아버지가 일제 때 화룡현 이도구 경찰서에서 순사(별명 박몽둥이)로 일했고, 해방되던 해에 이도구 장거리에서 주민들에게 몰매를 맞아 죽은 일을 들고 나왔고, 박 교수는 한 소장이 공산당 고위관료 출신으로 역사를 대하는 태도가 진실하지 않고 항상 정치적이라면서 진정한 역사학자가 아니라고 비난을 퍼부었다.

188 취재, 박창욱(朴昌昱) 조선인, 항일투쟁사 전문가, 연변대학 역사학부 교수, 취재지 연길, 1995~2000 10여 차례.
한준광(韓俊光) 조선인, 중공당 연변주위원회 선전부 부부장, 연변역사연구소 소장, 중국조선민족사학회 이사장, 취재시 연길, 1990~2000 10여 차례.

하겠다.

'대부대 선회작전'에 대한 진실도 살펴보자.

1939년 7월 7일 남만성위원회와 동북항일연군 1로군 총정치부(주임 전광)에선 "7월 7일(7·7사변) 2주년에 즈음하여 동북 동포들에게 고함"[189]이라는 호소문을 발표했고, 여백기가 2방면군으로 귀환할 때 이 호소문을 가지고 왔다.

양정우와 위증민은 여백기를 통해 2방면군에게 돈화와 액목 방면으로 접근하라고 지시하면서 9월 말, 10월 초순경에 화전현 두도류하에서 1로군 내 방면군 지휘관 회의를 진행하자고 약속했다. 여기에 김성주는 자기 대신 김재범을 파견했던 것이다.

한마디로 말하면, 1939년 6월 올기강전투 이후 안도를 경유하여 돈화 쪽으로 이동한 것은 이와 같이 1로군 총부의 지시에 의한 것이었지 김성주가 기획했던 이른바 '묘술'은 결코 아니었다. 그럼에도 불구하고 북한에서는 이를 김성주가 지휘한 작전이라고 주장한다.

> "…조선인민혁명군 주력부대가 주체 28(1939)년 가을부터 주체 29(1940)년 봄까지의 사이에 백두산 동북부의 광활한 지역을 부단히 선회하면서 벌인 영활한 작전…"

노조에 토벌사령부의 '동남방위연합대토벌'에 대비하여 2차례 걸쳐 열린 중공당 남만성위원회와 1로군 총부의 제1, 2차 두도류하회의에 대한 언급은 단 한마디도 없이 말이다.

---

189   원제 "爲七月七日二周年紀念告東北同胞書"

4. 양강구회의

여기서 몇 가지 바로 잡을 것이 또 있다. 연고자들의 회고담에는 시간상 잘 맞지 않는 부분이 있다고 했다. 예를 들면 다음과 같은 부분이다.

"우린 뒤에서 가뜩이나 임수산과 무슨 일이 있는 것처럼 의심하면서도 왜 김혜순을 임수산이한테 맡겨서 떠나보내는지 여간 의아하지 않았다. 그런데 후에 얼마 되지 않았을 때 부대 안에서는 임수산이 도망쳤다는 소문이 돌기 시작했다."[190]

이 회고담에서 '얼마 되지 않았을 때'란 정확한 기억으로 볼 수 없다. 만약 회고담대로라면 임수산은 1939년 여름이나 가을쯤 귀순한 것이 된다. 그런데 1939년 10월 7일 열렸던 2방면군 군정간부 회의 참가자들에는 임수산과 함께 여백기와 필서문 이름도 있다. 유일하게 빠진 사람은 바로 김재범이었다.

이는 두도류하회의에 참가하러 여백기와 함께 화전으로 들어갔던 김재범이 위증민과 전광에 의해 1로군 총부에 남게 되고, 이 회의 정신을 전달하기 위해 여백기가 돌아왔을 때 오도차밀영에 들러 임수산, 필서문과 동행했기 때문으로 보인다.

이후 제2차 두도류하회의 때 김재범이 특별히 남만성위원회 산하 동만지방 사업부(또는 사업위원회) 부장(주임)으로 임명된 것을 두고 많은 학자는 위증민은 노조에 토벌사령부의 관심이 모조리 남만 지방에 집중된 것을 고려하여 중공당 남만성위원회 기관과 1로군 총부를 비밀리에 동만 지방으로 옮길 계획이었다는

---

190 피취재자의 가족들이 실명 밝히는 것을 허락하지 않았다.

견해를 내놓았다.

김재범이 그 계획을 실행하기 위해 동만으로 나왔다가 7월 말경 김성주와 만나기로 약속했던 지점에서 미리 정보를 알고 대기한 간도성 경찰토벌대대 산하 나카무라 신이치 중대에게 포위되고 말았다. 김재범과 동행한 왕작주가 오늘의 용정시 세린하향에서 김재범을 엄호하다가 사살당한 것도 이때 일이다. 3사 작전참모에서 6사 참모장으로, 그리고 2군 참모장까지 올랐다가 1로군 총부 작전참모로 내려앉았던 왕작주가 1940년 7월에 어떻게 갑자기 연길 근방에 나타나 사망했는지에 관해서는 한때 의견이 분분했다.

가장 가능성 있는 답은 제2차 두도류하회의 때 김재범과 함께 동만 지방 사업부에 배치되었거나, 임수산의 귀순으로 결원이 생긴 2방면군 참모장으로 임명되어 다시 파견되어 내려오던 길로 짐작된다. 그런데 김재범과 만나기 위해 세린하의 태양령까지 왔던 김성주는 토벌대를 발견하고 싸우면서 철수했다. 여기서 김재범을 빼돌리느라 한창 토벌대를 끌고 달아나던 왕작주를 만난 김성주는 잔뜩 신경이 곤두서 있었다.

당시는 제1로군 총지휘 양정우에 이어서 제1방면군 지휘 조아범까지도 사망한 지 얼마 안 되었을 때였다. 양정우를 죽음으로 몰아갔던 귀순자들 가운데 1군 참모장 안광훈이 선두에 있었다면, 조아범을 죽음으로 몰아간 귀순자에는 1방면군 참모장 윤하태(尹夏泰)가 있었다. 당시 통화성 경무청 산하에는 정빈정진대와 쌍벽을 이루는 최주봉돌격대가 있었는데, 양정우가 전사한 뒤에는 '윤대대(尹大隊)'라고 불리는 토벌대가 또 보충되었고, 대대장이 바로 윤하태였다. 즉, 1방면군에서는 조아범의 좌우 손이라 할 수 있었던 참모장 윤하태와 정치부 주임 김광학이 귀순했고, 2방면군에서도 김성주의 참모장 임수산과 정치부 주임 여백기, 그리고 부관장 필서문까지 모두 귀순했기 때문이다.

이 셋 모두 안도현 양강구에서 열린 2방면군 군정간부회의에 참가했다. 이 회의에서도 김성주와 임수산은 충돌했다. 임수산은 김성주가 화룡에서 안도로 이동할 때, 시간을 많이 지체한 이유와 안도현 화라즈밀영에서도 또 20여 일씩이나 묵으면서 계속 돈화와 액목 쪽으로 빨리 접근하여 제3방면군과 회사하라고 했던 위증민의 지시를 집행하지 않은 것에 문제를 제기했다.

임수산이 먼저 식량을 운반하면서 안도를 거쳐 돈화, 무송으로 들어갈 때 돈화현 경내의 서북차(西北岔) 부근에서 연길현유격대 시절 전령병으로 데리고 다녔던 조정철(趙政哲)과 만났다. 조정철은 줄곧 주진(朱鎭)과 임수산, 김순덕(독립사 산하 연길 1연대 연대장, 1934년에 전사) 사이에서 심부름을 다녔던 소년이었다. 1934년 동북인민혁명군 독립사가 결성되면서 사장과 정치위원이 된 주진과 왕덕태는 모두 자신이 데리고 다녔던 전령병과 경위원들을 독립사 사부로 데리고 가려 했다. 그때 김순덕과 임수산이 함께 짜고 조정철을 남겨놓았다.

후에 주진이 민생단으로 몰려 사장직까지 내던지고 도주했을 때, 주진과 남다른 인연이 있었던 사람들은 모두 연루되었다. 겨우 열여덟 살밖에 되지 않았던 조정철도 예외는 아니었다. 그때 또 임수산이 나서서 조정철을 보호했다.

"정철이는 주진의 전령병이 아니라 김순덕 연대장의 전령병이었소."

조정철은 4사가 결성되었을 때, 안봉학의 경위중대장이 되었다가 다시 1연대로 돌아와 임수산 밑에서 조직간사를 맡았다. 임수산은 안봉학이 도주하고 주수동이 사장에 임명되었을 때, 반드시 자기가 4사 정치위원이 되리라고 굳게 믿고 있었다. 그렇게 되면 자기 후임으로 조정철을 마음에 두고 있었다.

후에 원하던 4사 정치위원에는 오르지 못하고 6사 참모장이 된 임수산은 조정철을 1연대 정치위원으로 추천했지만, 위증민은 겨우 스무 살밖에 되지 않은 조정철이 최현 같은 호랑이 곁에서 정치위원 직을 제대로 감당할 수 있을지 여간 걱정이 아니었다. 그때 마침 4사 조직과장 김홍범(원 화룡 2연대 부관, 마안산밀영에서 '민생단' 문서 작성)이 안도현 장흥하(長興河) 기슭의 서북차구(西北岔溝)에서 식량을 구입하다가 그곳 자위단 공격을 받아 전사하자 조직과장 자리가 비게 되었다. 조정철이 그 뒤를 이어받아 4사 조직과장으로 있다가 3방면군이 결성되면서 드디어 13연대(원 4사 1연대), 즉 최현의 정치위원에 임명된 것이다.

"근데 왜 득권 형님은 보이지 않느냐? 너희도 지금 '화정이령'하는 중이냐?"

임수산은 두리번거리며 최현을 찾았다. 그러자 조정철이 머리를 설레설레 저었다.

"그동안 우리가 겪은 일을 알면 임 정위는 아마 깜짝 놀라실 겁니다."

"도대체 무슨 일이 있었다는 게냐?"

"저희는 위증민 동지를 화전으로 바래다드리고 다시 한총구 쪽으로 돌아가는 길이었는데, 2방면군이 돈화와 액목으로 접근하니 가능하면 안도나 돈화 쪽에서 마중하라고 했습니다. 최현 연대장은 2방면군이 화룡에서 철수하면 분명히 3도구 쪽으로 들어올 것이라며 그쪽에서 마중하자고 했습니다. 그런데 3도구까지 못 가고 석두하자(石頭河子) 근방까지 왔을 때 안도에서부터 쫓아온 토벌대와 전투가 벌어졌습니다. 글쎄 이 토벌대에서 다른 사람도 아닌 독립사 시절 주진 사장을 만나게 될 줄 누가 생각이나 했겠습니까!"

조정철의 말을 들은 임수산도 너무 놀라고 말았다.

"주진이라니? 주백룡 그 형님이 토벌대에 있더란 말이냐?"

"놀라운 것은 토벌대 거의 전부가 우리 조선인이었단 말입니다. 말도 마십시오. 어찌 된 영문인지 토벌대 조선인들이 일본놈들보다 더 지독하게 우리 대원들을 죽였습니다. 얼마 전 천보산을 습격했던 우리 부대에서 대원 하나가 실종되었는데, 안도 쪽으로 철수할 때 뒤에 따라붙은 토벌대가 바로 이놈들이었습니다. 이 부대에 인부로 따라갔다가 돌아온 농민들을 만나서 이놈들에 대해 이해하게 되었습니다. 작년 9월 안도에서 조직된 그 '간도특설부대'가 바로 이자들입니다."

임수산은 알겠다는 듯이 머리를 끄덕였다.

"그러잖아도 놈들이 우리 항일유격대 경력을 가진 사람들은 다 긁어모아서 참가시켰다고 하니, 주백룡 그 형님을 빠뜨렸을 리가 있겠느냐."

조정철이 하던 말을 계속했다.

"주진 사장의 이야기는 좀 있다 다시 할게요. 천보산 인부들한테 직접 들은 건데, 이자들이 얼마나 지독한가 하면 그때 부대에서 뒤떨어졌던 대원을 산 채로 묶어 전투 중 사살당한 자기 대원들의 충혼비에 제를 지냈다고 합니다. 글쎄, 우리 포로들을 산 채로 배를 가르고는 간을 꺼내 빈 통조림 몇 개에 갈라넣고 인부들이 메고 가는 짐짝에 얹었다는데, 인부들이 길에서 허기가 지자 그것이 통조림인 줄 알고 몰래 훔쳐 먹다가 생고기인 걸 보고 어리둥절했다고 합니다. 그랬더니 그자들이 그것을 보고 웃어대면서 사실을 알려주었다고 합니다."

"우리랑 같은 조선 사람들이 그런 짓을 했더란 말이냐?"

조정철은 머리를 끄덕였다.

"그러게 말입니다. 토벌대의 조선 놈들은 일본 놈들보다 오히려 몇 갑절 더 지독하게 군다고 합니다. 그래 최 연대장과 저는 다른 임무를 지체하는 일이 있더라도 일단 이놈들부터 없애버려야겠다고 마음먹고 3도구로 가려던 걸 돌려 석두하에서 다시 돈화 쪽으로 이놈들을 유인했습니다. 그 과정에서 몇 차례 전투를 벌였지만 도무지 놈들의 화력을 당할 길이 없었습니다. 그리하여 한총구나 우심정자 쪽에서 포위망을 형성하고 이놈들을 그쪽으로 유인했으나 놈들의 기동속도가 너무 빨라 미처 돈화로 들어가지 못한 채 서북차에서 이놈들한테 따라잡히게 되었습니다."

날고뛴다는 최현도 이때쯤 간도특설부대의 전투력에 혀를 내두를 지경이 되었다.

특히 최현과 조정철을 곤혹스럽게 만든 것은 상대방이 모두 같은 조선인인데다 대부분 유격대 또는 동북인민혁명군 시절 최현 등과 한 부대에 몸담았던 사람들이라는 사실이었다. 여기저기에서 최현 본명뿐만 아니라 조정철의 별명까지 불러대는 자들이 있었다.

조정철의 별명은 '북청댁'이었다. 그가 고향이 함경남도 북청인 데다가 계집아이처럼 곱상하게 생겨 유격대 시절 나이 많은 대원들이 부르던 별명이었다. 그러나 조정철이 중대장이 되면서 그 별명은 거의 잊다시피 했는데, 어떻게 된 영문인지 거꾸로 토벌대 쪽에서 그 별명을 부르는 자들이 나타난 것이다.

"이런 육시를 해버릴 녀석들 같으니라고, 틀림없이 우리 유격대 출신들이야."

최현은 너무 화가 나서 눈알이 뒤집힐 지경이었다.

그날 밤, 박득범이 여영준을 파견하여 최현과 조정철에게 알렸다.

"한총구 쪽에 이용운의 15연대를 매복시킬 것이니, 가능하면 계속 서북차에서 놈들을 막아라. 그 사이에 김동규 14연대를 파견하여 놈들의 옆구리를 공격하겠다."

두 연대를 합쳐 간도특설부대와 싸우고, 이길 수 없다면 다시 서북차에서 철수하여 한총구 쪽으로 유인해 이번에는 세 연대가 함께 간도특설부대를 섬멸하자는 것이었다. 그런데 김동규의 14연대가 서북차로 은밀히 접근하는 도중에 일본군 안도 수비대와 한 산길가에서 정면으로 부딪히게 되었다. 이 전투에서 일본군 40여 명을 사살했다.

5. 주진의 최후

1939년 7월 11일로 역사에 기록된 이날 전투에서 항일연군 제3방면군 산하 14연대에도 적지 않게 사상자가 발생했다. 14연대 연대장 김동규와 정치위원 안길은 북한 정권에서 크게 한 몫 했던 인물들이다. 비교적 일찍 사망한 안길에 비해 김동규는 평양시당 책임비서와 북한 국가 부주석을 역임하기도 했다.

전투가 발생하자 소메카와 이치오(染川一男) 간도특설부대 부대장은 바로 산하 2중대를 구원병으로 파견했다. 일명 '혼고 중대(本鄕 中隊)'라는 이 중대 중대장 역시 조선인이었으며, 본명은 강재호(姜在浩)[191]였다. 혼고 키미야스(本鄕公康)는 그가 창씨개명한 일본 이름이었다. 강재호는 작전에 함께 동원된 안도경찰대 한 중대와 함께 최현 부대를 도우러 달려오던 김동규의 14연대를 가로막은 다음 서북차로 통하는 산 길목에 중기관총을 걸어놓고 한 소대만 남겨 지키게 했다.

이 전투에 참가한 중국인 항일연군 생존자 동숭빈의 회고담에 따르면, 석두하와 서북차 사이 마쟁령(马趖岭)이라는 산등성이에서 딱따구리 소리를 방불케 하는 일본군의 중기관총이 오후부터 이튿날 새벽까지 한 번도 멈추지 않고 계

---

191 강재호(姜在浩, 혼고 키미야스本鄕公康로 창씨개명, 1905-?) 일제강점기의 군인이다. 만주국 중앙육군훈련처 제4기 출신이며 고 박정희 대통령의 고향선배이기도 하다. 1932년 만주국 육군 하사로 임관했고, 1934년 만주국 육군 중사로 진급하였으며, 1936년 11월 28일에 만주국군 소위로 재임관했고, 국경감시대에 배속되면서 만주국군 장교로 복무했다. 1939년 3월 간도특설대 창설 요원으로 참여한 이래 치안숙정(治安肅正) 등의 명목으로 수많은 인명 살상에 가담했으며, 1940년 3월 16일 만주국군 보병 중위로 임관되었다. 1943년 9월 15일 항일무장세력 토벌에 협력한 공로를 인정받아 만주국 정부로부터 훈5위 경운장(景雲章)을 받았으며, 1945년 광복 때까지 간도특설대 제2중대장과 만주국군 상위(대위)로 복무했다. 이러한 경력으로 인해 민족문제연구소의 친일인명사전 수록자 명단에서 군 부문과 친일반민족행위진상규명위원회가 발표한 친일반민족행위 705인 명단에 포함되었다. 광복 이후 대한민국에서 군인으로 복무 했지만, 허약한 체질 때문에 뛰어난 성과를 기록하지 못했으며, 나중에 병사했다고 전해진다.

속 울렸다고 한다. 김동규는 길이 막히자 동숭빈에게 한 소대를 맡기면서 엄호할 테니 서북차로 뚫고 들어가라고 지시했다. 최현에게 혼고 중대가 이미 서북차 옆구리에서 최현 13연대를 포위하고 있다는 사실을 알려야 했다. 과거 항일연군이 일본군 또는 만주군의 거점을 공격할 때 동시에 타원부대(打援部隊)를 따로 조직하여 구원병을 중도에 차단하는 전술을 썼는데, 간도특설부대가 그대로 따라하고 있었다. 김동규 14연대가 바로 최현 13연대를 구하러 오다가 그렇게 당하고 말았던 것이다.

김동규 14연대는 오후부터 저녁까지 몇 번이나 공격했지만 끝내 서북차로 통하는 산 길목을 가로막은 혼고 중대 중기관총을 제압하지 못했다.

계속 대치상태로 어느덧 날이 저물어갈 때, 강재호는 안도경찰대 장 씨(張氏) 중대장에게 이 지방 길을 잘 아는 경찰 하나를 추천해 달라고 했다.

"빨리 우리 부대장에게 사람을 보내 비적 구원부대를 마쟁령에서 차단해 버렸으니, 서북차 비적 공격을 동시에 개시하자고 알려야겠소."

그러자 장 중대장은 즉시 소대장 한 사람을 데려왔다.

강재호는 그 소대장에게 부탁했다.

"소메카와 대장님께 전해 주시게. 새벽녘쯤 되면 비적들이 모두 지쳐 있을 테니, 그때를 타서 총공격을 개시하자고 말이네. 공격시간을 정하면 바로 돌아와 알려주게."

이 소대장은 자전거를 타고 서북차 쪽 간도특설부대 진지로 쏜살같이 달려갔다.

소메카와 부대장은 강재호가 보낸 편지를 읽고 나서 크게 기뻐했다.

"우리가 이번에야말로 항일연군 전법을 그대로 따라한 보람을 톡톡하게 보는구면."

"중대장님께서 공격시간을 정해 달라고 했습니다."

그러자 소메카와 부대장은 강재호가 보낸 소대장에게 물었다.

"과거에 우리가 작전할 때는 언제나 낮에 공격하고 항일연군은 밤에 습격했는데, 이번에는 우리도 밤에 습격해야겠군. 혼고 군이 편지에서 자네야말로 과거 비적 우두머리였던 사람이라던데, 공격시간을 언제쯤으로 하는 게 좋겠는지 한번 제안해 보시게나."

그러자 그가 대답했다.

"새벽 3시가 좋겠습니다. 공격신호도 유격대에서 하는 대로 간격을 좀 두고 점발사격을 서너 번 하는 것으로 합시다. 그러면 비적들이 자기들 공격행동인 줄 알고 모두 나올 수도 있을 겁니다. 그때 일시에 출격하여 일망타진(一網打盡)하면 좋겠습니다."

"좋네, 바로 그렇게 하세. 어서 그렇게 전하게."

소메카와 부대장이 허락하자 소대장은 다시 자전거에 올라 왔던 길로 되돌아갔다.

이 소대장이 바로 안도현 양병태(亮兵台) 경찰분주소 경찰관이었던 주진이다. 그동안 토벌작전에 여러 번 동원되었지만 이번처럼 간도특설부대와 함께 과거 자신이 이끌었던 4사 1연대를 궁지로 몰아간 적은 없었다. 일본군에 귀순한 뒤 한동안 간도일본총영사관 경찰부 특수반(間島日本總領事館 警察部 特搜班)에 적을 두고 있었던 주진은 후에 영사관이 없어진 뒤에는 안도 명월구에 와서 정착하였다. 이때 명월구 지방 유지들은 그의 과거 경력을 높이 샀고, 자위단 단장으로 선출하기도 했다. 자연스럽게 주진은 명월구자위단을 이끌고 안도 지역의 여러 토벌작전에 참가할 수밖에 없었다.

투항 후 간도특설부대의 어마어마한 전투력을 알게 된 주진은 걱정이 이만저만이 아니었다. 비록 뜻하지 않게 민생단으로 몰려 처형을 앞두고 혁명군에서 탈출한 처지였지만, 그는 어린 동생 같은 자신의 옛 부하들이 토벌대에 풍비박산 나는 것을 진심으로 원하지 않았음은 여러 정황상 추정된다. 한마디로 최현 13연대뿐만 아니라 14연대와 15연대 모두 과거 자신이 왕덕태와 함께 키워냈다고 할 수 있는 그런 부대였기 때문이다. 그런 주진의 마음을 알았는지 김성주도 회고록에서 주진을 비난하는 말을 단 한 마디도 하지 않는다. 오히려 주진을 비롯하여 윤창범 등이 정말 억울하게 몰렸으며, 특히 주진은 마지못해 탈출할 수밖에 없었노라고 변호하기도 한다.

그러나 1945년 광복 직후인 9월 중순경, 오늘의 안도현 명월구진에서 체포된 주진은 이때의 경력 때문에 처형을 면치 못했다. 아직 소년이었을 때 주진을 체포하여 처형하는 데 참가했던 홍수천(洪壽天, 1993년 사망)은 소련에서 돌아온 항일연군이 안도현 정부를 완전히 접수한 것은 이듬해 1946년 3월이었다며, 주진은 국민당 안도현 당부에서 임시로 조직한 지방유지회 무장대에게 붙잡혔다고 증언했다. 이 무장대의 공식명칭은 동북민주자치군(東北民主自治軍)인데 홍수천 본인이 이 무장대에 따라다녔던 과거사도 문화대혁명 때 문제가 되었으나 당시 나이가 어렸기에 별로 추궁받지 않았다고 한다. 이 무장대는 1945년 9월에 안도현 명월구에서 결성되었다. 아이러니하게도 우두머리들은 만주국 시절 안도현 정부 부처에서 한자리씩 해먹던 사람들이었다. 그러다보니 자기들 현 경내에서 토벌대를 따라다녔던 경찰 출신 친일파들이 어떤 사람들이며 현재 그들이 어디서 살고 있는지에 관한 정보를 잘 알고 있었던 것이다. 따라서 맨먼저 붙잡혀 나온 사람이 바로 주진이었다.

주진은 명월구에 본처가 있었고 양병태에서는 첩과 동거하고 있었다. 아들 하나가 명월구에 살았는데 아버지가 처형당한 후 북한으로 도주하다가 조양천

에서 아버지의 옛 친구 마철(馬哲)[192]이라는 사람 집에 들렀다가 '연변인민민주
동맹' 별동대에 붙잡혔다. 홍수천은 주진의 아들이 그곳 별동대원들에게 맞아죽
었다는 소문도 있고, 임춘추가 그를 놓아주었다는 설도 있다고 이야기했다. 주
진을 처형하는 날, 임춘추가 사람을 보내 처형을 중단시키려 했으나 안도현 지
방유지회는 그 요청을 들어주지 않았다. 주진의 아내와 양병태에서 살던 첩이
유지회에 찾아와 자기 남편이 경찰이 된 뒤에도 항일연군을 도운 게 결코 한두
번이 아니라고 하소연했다. 무장대에는 주진을 동정하는 사람이 여럿 있었는데,
그들이 나서서 주진에게 항일연군을 도운 사실을 자세하게 이야기하라고 권했
으나 주진은 죽을 때까지 입을 다물고 말하지 않았다고 한다. 다음은 목격자 홍
수천의 증언이다.

"그때 주진을 총살한 곳은 오늘의 안도현 양병태진 동명촌 뒷산이었다. 후에 연변역사
연구소 사람들이 길안내를 서달라고 해서 다시 찾아갔는데, 그 동네 사람들이 자기
동네 이름이 동명촌이 아니고 봉황촌이라고 우겼다. 그래서 동네 이름은 지금도 좀 분
명하지 않다. 동네 앞에 이도강이 흘렀는데, 그때 한창 장마가 시작될 때여서 물이 불
어 있었다. 나무다리가 물에 떠내려가고 그 동네 사람들이 큰 배를 한 척 만들어서 강
양쪽에 나무 말뚝을 박고 밧줄을 걸었는데, 배를 그 밧줄에 달아놓았다. 한 번에 한

---

192 마철(馬哲, 1904-1945년) 일찍 중공당 동만특별위원회 위원과 만주성위원회 후보위원에 올랐
고, 1930년 11월 연화중심현위원회가 성립되었을 때 서기로 임명되었다. 주로 마준(馬俊)으로 알
려졌으며, 마문현(馬文賢)이라고 부르기도 했다. 조선 함경북도 길주군 동해면에서 출생했으며,
1905년 부모 등에 업혀 북간도로 이주하였고, 용정명동학교를 졸업했다. 1927년 3월 조선공산당
에 가입했고, 이듬해 조선공산당(엠엘파) 동만도 조직부장이 되었다. 이후 중공당으로 적을 옮겼
고, 5·30폭동의 주요 지도자 가운데 한 사람이었으나 1933년에 체포되어 서대문형무소로 압송되
었다. 서울 경성지방법원에서는 그에게 징역 5년을 선고했다. 만기출옥 후 고향으로 돌아와 농사
짓다가 1943년 언변 조양천에서 만주국 헌병대에 참가했으며, 조양천 헌병분견대 특수사업반 반
장을 하다가 1945년 광복 직후 용정에서 체포되어 총살당했다.

주진(2군 독립사 사장)을 체포하여 귀순시키는 데 성공한 연길현 의란구 경찰분주소가 만주국 군정부로부터 집체 표창과 함께 은상을 받고 남긴 기념사진이다. 사진 하단에 일본어로 "소화 10년(1935년) 2월에 비적 괴수 주진을 체포하였다"고 밝혀 놓았다.

20~30명이 탈 수 있었다. 배에 노는 없었고 누구나 그 밧줄을 잡아당겨 오가곤 했다.

우리는 자동차가 없어서 명월구에서 공판대회를 마친 다음 양병태까지 걸어서 갔다. 나는 나이가 어렸기 때문에 앞에서 쟁개비(무쇠나 양은으로 만든 작은 냄비)를 두드리며 소리치는 일을 했다. 동네들을 지날 때마다 사람들이 나와서 주진에게 돌멩이를 던지고 구정물을 퍼붓기도 했다. 주진은 그래도 한마디도 하지 않고 피하지도 않았다. 주진의 아내와 첩이 뒤에 따라오면서 계속 울고불고 하다가 꽤 많이 얻어맞았다.

강을 건널 때 주진이 말했다. '구정물을 맞아 몸이 많이 더러워졌는데 죽기 전에 좀 씻게 해달라.' 그러더니 걸어서 강을 건너겠다고 하더라. 주진이 걸어서 이도강을 건너가던 모습이 지금도 눈앞에 생생하다. 물이 깊어서 키를 넘는데도 계속 꼿꼿하게 걸어갔다."**193**

1980년대에 홍수천은 연변 도문시로 옮겼다. 그때 노덕산(盧德山, 도문시도서관 관장, 후에 연변역사연구소 연구원)의 소개로 연변역사연구소 소장 한준광이 그를 찾아왔는데, 주진이 처형당했던 장소를 안내해달라고 했다. 계속하여 홍수천이 필자에게 들려준 이야기다.

"한 소장(한준광)은 주진과 주진의 아들도 그때 모두 죽지 않았다고 했다. 그래서 난 주진의 아들이 죽었는지 살았는지는 모르지만, 주진은 분명히 죽었다. 총살할 때 난 현장에 있었다. 그가 총에 맞고 땅에 묻히는 것까지 직접 눈으로 보기까지 했다. 주진의 아내와 첩이 관을 가지고 와서 현장에서 입관했고, 그 동네 사람들이 도와서 땅에 묻었다. 그런데 한 소장은 옛날 양병태에서 살았던 노인들에게 들은 이야기라며, 그 동네 사람들이 주진 시체를 담았던 관을 욕심내 몰래 무덤을 파헤쳤다고 하더라. 그런데 관 뚜껑을 열고 보니 안에 시체가 없더라는 것이다. 이런 이야기는 나도 처음 들었다.

우리가 주진을 총살하고 명월구로 돌아왔는데, 그때 연길에서 사람들이 와서 주진이 항일연군을 도와준 것은 사실이라면서 왜 좀 더 자세히 알아보고 결정하지 않고 섣불리 죽였느냐고 나무랐다는 말을 들었다.

시간이 너무 많이 흘러 동명촌이 어디 있는지도 잘 모르겠더라. 한 소장이 데리고 온 중국민족사학회 박 주임이라는 젊은 총각이 우리를 차에 태우고 양병태까지 가서 또 주진의 무덤 속에 시체가 없었다고 제보했다는 사람을 만났는데 정작 그 사람도 우리

---

193   취재, 홍수천(洪壽天) 조신인, 주진 처형 현장 목격사, 취재지 노문, 1984.

가 주진을 총살한 장소가 어딘지 몰랐다. 어렸을 때 자기 엄마에게 그런 이야기를 들었다는 것이었다. 무덤은 끝내 못 찾았다. 그때 벌써 30여 년이 지났으니 주인 없는 무덤들은 누가 와서 봉분(封墳)하지 않아 오래전에 다 평지가 되어버린 것이다."

그렇다면 주진은 과연 그때 죽지 않고 무덤 속에서 기어 나왔을까? 만약 영화나 드라마라면 가능할 것이다. 1945년 광복 직후, 혼란스럽기 그지없던 세상에서 제대로 된 정부와 사법기구로부터 엄격한 잣대의 재판을 받았던 것도 아니고 어중이떠중이가 다 참가했던 지방 유지회 무장대대에게 인민재판식으로 거리에 끌려 나가 죽도록 얻어맞고 처형당했으니, 만약 누가 마음먹고 구해내려 했더라면 얼마든지 손 쓸 기회가 있었을 것이다.

게다가 주진의 아내와 첩이 마지막까지 울고불고하면서 관을 마련해 처형장까지 따라왔다는 사실 역시 흥미로운 부분이 아닐 수 없다. 당시 인민재판에 가족들이 함부로 얼굴을 내밀고 처형장까지 따라오는 일은 있을 수 없었기 때문이다. 1990년대에 접어들면서 홍수천이 사망하고 이어서 노덕산도, 한준광도 모두 사망하고 난 요즘은 더는 이 이야기를 입 밖에 꺼내는 사람이 없게 되었다. 필자가 안봉학을 조사할 때, 몇몇 관계자들이 안봉학과 함께 주진 이야기를 했던 적이 있었다.

특히 연변대 박창욱 교수는 주진에 대하여 이렇게 평가했다.

"안봉학뿐만 아니라 주진도 다른 귀순자들, 예를 들면 안광훈이나 정빈, 임수산 같은 귀순자들처럼 평가해서는 안 된다. 안봉학은 비록 귀순했지만 일본군 토벌대 대장이 항일연군을 토벌하는 전투를 지휘해달라는 요청을 받아들이지 않았다. 차마 자기 옛 부하들을 해칠 수 없어 토벌대장의 권고를 거절하다가 현장에서 그 토벌대장에게 피살되었다. 이것은 어떻게 평가할 것인가? 열사라고 봐야 하나? 아니다. 귀순한 것만큼은 분명하기 때문이다. 주진은 안봉학보다도 더 훌륭한 데가 있었다. 서북차에서 옛 부하들이 포위에 들어 다 죽을 수 있다는 걸 알자 몰래 찾아가 빨리 도망치라고 알려주었다. 이것은 또 어떻게 평가할 것인가? 최소한 귀순했던 죄값만큼은 씻었다고 봐야 하지 않겠는가."[194]

주진이 남겨놓은 이야기는 한두 가지가 아니다.

물론 가장 유명한 이야기는 돈화 서북차에서 소메카와의 간도특설부대가 최현의 3방면군 13연대와 대치할 때, 몰래 찾아가 새벽 3시에 총공격이 개시되므로 그 이전에 빨리 철수하라고 알려준 것이다. 당시 서북차에서 직접 주진과 만났던 13연대 정치위원 조정철은 6·25전쟁 때였던 1951년 3월에 전남(당시 북한군 남해여단 정치위원)에서 일찍 사망해 회상기 한 토막 남기지 못했다.

그러나 설사 더 오래 살았어도 이런 이야기를 함부로 입 밖에 꺼내지 못했을 것으로 보인다. 최현이나 김동규 모두 연길현유격대 시절 옛 상사였던 주진 덕분에 서북차에서 포위를 돌파하고 무사하게 철수했던 사실에 관해 단 한 마디도 하지 않는 것이 이해되기도 한다. 따라서 북한으로 돌아가지 않고 중국에서 2006년까지(사망일자는 2006년 6월 24일) 여생을 보내며 그나마 좀 자유롭게 이야기할 수 있었던 여영준 같은 사람이 있어서 여간 다행이 아닐 수 없었다.

여영준은 2군이 동만을 떠나 남만으로 들어간 뒤 산에서 내려왔던 손원금(孫元金)이 안도 거리에서 빌어먹다가 몇 번이나 경찰에 붙잡혔으나 그때마다 주진이 보증 서서 풀려났다는 이야기도 한다. 뿐만 아니라 한봉선도 귀순 후에는 한

---

194 취재, 박창욱(朴昌昱) 조선인, 항일투쟁사 전문가, 연변대학 역사학부 교수, 취재지 연길, 1995~2000 10여 차례.

동안 생계 때문에 고춧가루 장사를 하다가 고춧가루에 메밀가루를 섞고 물감을 탄 일이 발각되어 안도 경찰에 붙잡힌 적이 있었다고 했다. 그때도 주진 덕분에 풀려났다고 한다.

"당신도 한때 항일연군이었다는 것을 주진이 어떻게 알고 도와주었나?"

내 질문에 한봉선은 자기 손목을 보였다. 한봉선에게 '조막데기노친'이라는 별명이 붙게 만든 그 손목은 그녀가 일본군과 싸우다가 당한 총상으로 인한 것이었다. 총탄이 손목 관절을 뚫고 나가는 바람에 치료가 불가능해 결국 잘라버릴 수밖에 없었다.

"보통 사람들은 나를 몰랐지만 경찰들은 모두 나를 알고 있었다. 주진도 내 손목을 보고 '혹시 돈화의 조막데기 아닌가?' 하고 먼저 물었다. 맞다고 하니 나를 붙잡아왔던 경찰에게 자기가 잘 아는 사람이니 풀어주라고 하더라. 그리고 몰수했던 고춧가루도 다 돌려주어 가지고 나와 판 다음 주진에게 고맙다는 말을 하려고 찾아갔는데, 어디로 가버렸는지 보이지 않았다. 1943년에 만주국 정부에서 갑자기 주민들한테 집에 있는 쇠붙이들을 모두 바치라고 했다. 그해 여름, 만주국 황제까지도 자기가 보관하던 금속 그릇들을 다 내다바쳤다고 했다. 각 촌에 할당량이 내려왔는데, 시간 내에 못 바치면 경찰들이 와서 갑장을 잡아갔다. 그러면 동네 사람들이 갑장을 빼내오기 위해 밥 짓는 가마까지 내다 바치기도 했다. 그때도 내가 안도경찰서에 찾아가 주진에게 부탁해서 우리 동네 갑장이 집으로 돌아올 수 있었다."[195]

---

195 한봉선(韓鳳善) 별명 조막데기노친, 항일연군 생존자, 일본군에 귀순, 취재지 돈화현 할바령촌, 1984.

47장
돈화원정

"오중흡 동지를 위해 복수하자! 복수하자!"
"피 빚은 피로 갚자! 피로 갚자!"
"일본제국주의를 타도하자! 타도하자!"

1. 계관라자산

다시 안도현 양강구로 돌아가자. 임수산에게서 3방면군 최현의 13연대가 자기들을 마중하러 3도구 쪽으로 이동하다가 서북차에서 간도특설부대와 전투가 벌어졌다는 사실을 알게 된 김성주는 후회하는 마음이 없지 않았다.

"그러잖아도 안도로 들어설 때부터 은근히 그 유명한 간도특설부대와 한두 번 맞장 뜨게 되리라고 짐작했는데, 결국 득권 형님네가 우리 대신 먼저 볼기를 맞았군요. 정말 너무 안됐습니다."

임수산은 김성주가 진심으로 침통해하는 것을 보고 위로했다.

"정철의 이야기를 들어보니 다행스럽게도 주진 형님이 몰래 찾아와 도와주었기 때문에 크게 피해 보지 않고 모두 탈출했다고 하더군. 글쎄 그 형님이 토벌대에 있었을 줄이야 누군들 생각했겠소. 경찰 복장을 한 어떤 자가 정철이네가 매복한 마쟁령 기슭 산언덕 밑에 와서 타고 왔던 자전거를 세우고는 곧바로 진지 쪽으로 걸어왔다고 하오. 어딘지 낯익다 해서 가까이 다가오기를 기다렸다는데, 그 경찰은 정철이가 매복하고 있는 걸 이미 알았던 모양이오. 대뜸 '정철아, 정철아.' 하고 불렀다고 하오. 목소리를 듣고는 주진 사장인 것을 확인한 정철이기가 막혀 한참 아무 말도 못했다지 않겠소. '여기서 뭐하고 있느냐? 동규네가 저쪽 마쟁령 산언덕에서 가로막혀 더는 오지 못하고 있다. 토벌대가 새벽 3시에 동시에 공격해올 것이니, 그 전에 빨리 달아나라.'고 알려주었다고 하오."

임수산의 이야기를 들은 김성주 등은 모두 어이없어 했다. 상상도 할 수 없는 일이었기 때문이다. 1군에서 귀순했던 안광훈, 정빈, 호국신 등이 그동안 얼마나 살벌하게 양정우를 뒤쫓아 다녔는지 누구보다 잘 알았던 김성주는 주진이 이처럼 나서서 옛 부하들을 살려준 것에 반신반의하지 않을 수 없었다. 그러나 최현, 조정철 등이 서북차에서 탈출하여 무사히 우심정자산 쪽으로 이동했다는 사실을 확인했다. 임수산이 김성주에게 재촉했다.

"언제까지 여기 계속 앉아 뭉개고 있을 겁니까? 지금이야말로 우리가 돈화 쪽으로 빨리 출격하여 3방면군으로 쏠린 토벌대 놈들을 견제해야 하지 않겠소?"

여백기와 오중흡도 임수산의 견해에 동의했다.

"우리가 빨리 돈화 쪽으로 나가지 않으면 아마 최 연대장네는 우심정자산에서도 버티지 못하고 교하나 경박호 쪽으로 밀려나게 될 것입니다. 그렇게 되면 안도와 돈화 방면에서 3방면군과 전선을 구축하여 서로 기각지세를 형성해야 한다는 위증민 동지의 구상을 실현할 수 없습니다. 3방면군이 돈화에서 발을 붙이지 못하면, 우리 2방면군도 더는 이 지방에서 버틸 수 없을 것입니다. 그러니 빨리 돈화 쪽으로 출격하여 4사를 도와야 합니다."

모두 나서서 간곡하게 김성주를 설득하자, 결국 그도 동의했다.

"난 돈화 마호 쪽으로 먼저 나간 박덕산 동지의 연락을 기다렸는데, 그렇다면 좋습니다. 연락을 기다리지 말고 우리도 서둘러 바로 출발합시다."

이때 행군노선을 북한에서는 일명 '돈화원정(敦化遠征)'이라고 부르기도 한다. 북한에서 주장하는 이른바 '대부대 선회작전'을 정식으로 채택했던 회의가 바로 안도 양강구에서 개최되었으니, 이곳에서 시작하면 이 원정의 첫 출발지는 바로 돈화가 되는 셈이었다. 그러나 김성주의 내심을 과연 누가 알 것인가. 그는 다시 장백이나 화룡으로 돌아가고 싶었지만 그건 이미 불가능해졌다.

돌이켜보면 1938년 12월 초부터 1939년 3월 말까지 몽강 남패자에서 포위를 돌파하고 장백 북대정자에 이르는 동안(고난의 행군), 만주군 주대로의 부대에게 쫓겨 지칠 대로 지쳤던 김성주의 2방면군은 하마터면 모두 압록강에 빠져 수장당할 뻔했으나 다행히도 압록강을 건너자마자 조선의 갑산에서 무산으로 신속하게 이동하는 방법으로 위기를 모면할 수 있었다. 그야말로 기적 같은 생환이었다. 그 사이 만주군은 제8군관구가 설치되어 사령부가 통화에 들어섰고, 군관구 산하 만주군 주력부대들은 전부 압록강 연안으로 몰려들고 있었다. 양정우와 위증민은 이 틈을 탔다.

제1차 두도류하회의에서 양정우는 자신이 직접 사령부 경위여단과 조아범의 1방면군 주력부대를 인솔하고 다시 휘발하를 넘어 몽강현 경내로 들어가 새로운 근거지를 개척할 준비를 했다. 따라서 김성주의 2방면군 주력부대도 화룡현에서 시간을 끌지 말고 안도, 돈화 방면으로 재빨리 이동하여 3방면군 주력부대와 회사하고 새로운 전선을 구축할 것을 지시했다. 그러지 않고 2방면군만 외따로 간도성에 떨어져 작전하다가는 각개격파 당할 위기에 놓일 수 있었다.

그런데 2방면군의 이른바 돈화원정은 양강구회의 이후에도 그 행군 속도가 여전히 느렸다. 화룡에서 안도로 이동할 때는 비록 두도류하회의가 아직 열리지 않았지만 여백기를 통해 그 회의에서 채택하게 될 결정사항들을 모두 전달받았기에 얼마든지 돈화원정을 앞당길 수 있었다. 그런 그들을 마중하려고 최현과 조정철의 3방면군 13연대가 안도현 3도구 쪽으로 이동하다가 석두하에서 간도특설부대와 전투를 벌인 것이 바로 7월 상순경(기록에는 7월 11일)이었다. 최현과 조정철이 석두하에서 패하고 계속 쫓겨 돈화 서북차에서 또 포위에 들었다가 주진의 도움으로 간신히 빠져나와 우심정자산 쪽으로 아주 돌아가 버렸을 때에야 비로소 김성주 등은 양강구에서 모임을 가지고 하룻동안 회의를 진행했다.

북한에서는 이 회의를 일컬어 '양강구회의'(1939년 10월 6일)라고 부르기도 한다.

이 회의에 참가하기 위하여 먼저 양강구로 이동했던 오중흡의 7연대 숙영지로 여백기가 돌아왔다는 연락을 받자 김성주는 바로 한 소대 경위원들만 이끌고 은밀하게 양강구로 들어가다가 한양구와 양강구 사이 계관라자산(鷄冠砬子山)에서 그곳 자위단 30여 명과 부딪혀 하마터면 생포당할 뻔했다. 회고록에서는 이때의 전투를 "노조에 토벌대와의 첫 조우전이었다."고 주장하지만 이 역시 정확하지는 않다.

당시 이 계관라자촌은 오늘의 안도현 유수천진(安圖縣 楡樹川鎭, 후에는 석문진石門鎭으로 합병) 관할이었으며, 유수천진 자위단 30여 명이 산속에서 불을 피워놓고 밥을 짓는 도중에 갑자기 무장한 소년이 뛰어와 가을에 산속에서 불을 피웠다가 잘못하면 산불로 번질 수 있다고 주의를 주었다고 한다.

그 소년은 당시 김성주를 수행하던 경위원 김정덕일 가능성이 있다. 김성주는 처음에 농민들이 산속에서 불을 피워놓고 날짐승이라도 잡아서 구워먹는 것으로 오해했던 모양이다. 그래서 산불을 조심하라고 김정덕을 보냈는데, 그는 불을 피우던 사람들 근처 나무에 기대어놓은 보총 수십 자루를 발견했다.

"서라!"

자위단도 김정덕이 항일연군인 것을 바로 알아보았다. 바로 두 자위단이 허둥지둥 김정덕 뒤를 쫓아오면서 보총을 겨누고 소리쳤다.

김성주 곁에서 그 모습을 지켜보던 '조꼬맹이'라는 별명의 한 어린 대원이 불안한 눈길로 김성주를 쳐다보면서 중얼거렸다.

"나쁜 놈들 같아요."

태연한 척 걸어오던 김정덕은 갑자기 달리면서 소리쳤다.

"사장동지! 놈들이에요!"

바로 그 순간, 김성주 손에 들려 있던 권총이 불을 내뿜었다. 두 발의 총소리와 함께 김정덕 뒤를 쫓아오던 자위단원 둘이 풀썩 꼬꾸라지고 말았다.

김성주는 김정덕과 조꼬맹이를 양 손에 하나씩 잡고 산기슭 아래로 내뛰기 시작했다. 뒤따라 달려온 유옥천과 강위룡이 기관총을 한 대씩 들고 추격해 오는 자위단을 제압했다. 일단 산기슭으로 피신했던 김성주는 김정덕과 조꼬맹이가 모두 총상을 당한 것을 보고 무척 놀랐다. 총탄이 어떻게 중간에서 뛰던 덩치 큰 김성주를 피해서 곁의 어린 두 소년을 명중시켰는지 참으로 알다가도 모를 일이었다. 오로지 천운이라고 할 수밖에 없다.

그대로 철수하려 했지만 치명상을 당한 두 어린 소년을 보자 눈에 불이 일어난 김성주는 강위룡과 유옥천이 자위단의 화력을 제압하는 동안 대원 7, 8명과 자위단원들이 불을 지피던 봉우리와 잇닿은 고지능선으로 올라갔다. 그리고는 그 고지에서 고함을 지르면서 사격을 가했다. 유수천 자위단 30여 명은 겨우 7, 8명에게 포위당한 꼴이 되었다. 이 전투를 통해 김성주는 자위난들까지도 모두 동원되어 관할 지역 산속들로 돌아다니면서 항일연군의 종적을 찾고 있음을 알게 되었다.

계관라자에서 자위단 30여 명을 통째로 잃어버린 안도현 경무과에서는 이 사실을 간도 지구 토벌사령부에 보고하는 한편 간도특설부대를 따라 돈화 우심정 자산 쪽으로 들어갔던 안도경찰대대를 즉시 불러들였다. 김성주는 이 경찰대대의 추격을 받으며 안도 이도강 기슭에서 수십 일 동안을 좌충우돌했다.

2. "혜순이, 정말 미안하오."

1939년 11월에 접어들면서 첫 눈이 내렸다.

안도경찰대는 간도특설부대와 한동안 함께 작전하면서 이른바 '진드기전술'을 배웠는데, 한 번 물고 달라붙으면 절대 놓치지 않고 끝까지 따라다니는 지독하게 악착스러운 전술이었다. 중간에 피해가 발생하고 인원이 감소해도 계속 보충해 가면서 순환작전(循環作戰)을 펼쳤다. 게다가 토벌대는 무장뿐만 아니라 급양 보급 면에서 항일연군과는 근본적으로 비교되지 않을 정도로 월등했다. 일본군 정규부대 급양을 지원받다 보니 토벌대들은 체력적으로 우위에 있었다.

여영준은 어느 전투에서 사살당한 토벌대 대원(만주 군인)에게서 소가죽으로 만든 베도재(가방, 부대의 함북 방언)를 벗겨내 뒤졌던 일을 이야기했다. 그 속에는 보리쌀과 입쌀이 조금 들어 있었고, 과자 한 봉지와 소고기 통조림, 도시락(벤또)과 물통이 들어 있었다고 한다. 야외에서 작전할 때 토벌대원들이 휴대하고 다닌 식량들이었다. 식량을 공급하는 전문 치중대(輜重隊)가 항상 토벌대 뒤에 붙어서 일정한 거리를 두고 따라다니기도 했다. 이런 치중대는 항일연군의 최우선 공격목표가 되기도 했다.

11월 중순경, 김성주는 안도현 북부 지대에서 목단령(牡丹岭)을 넘어 돈화현 경내로 들어섰다. 먼저 돈화로 들어왔던 박덕산이 이때 김정숙과 이두익을 동행하여 불쑥 그의 앞에 나타났다.

'아니, 정숙이가 어떻게?'

김성주는 혹시 김혜순에게 무슨 일이라도 생기지 않았나 놀랐다. 당초 김혜순을 화전의 오도차밀영으로 떠나보낼 때 김정숙도 함께 보냈던 것은, 누구보다도 마음씨 착한 김정숙이니 김혜순을 잘 돌봐줄 수 있으리라는 믿음이 있었기 때문이다. 한편으로 임수산과 함께 식량 운반 작업을 맡았던 지갑룡도 이미 화전 쪽에 나가 있었다. 지갑룡과 김정숙 두 사람이 너무 오랫동안 헤어져 지내다 보니 사이가 예전 같지 않다는 소문도 가끔 돌고 있었다. 김성주는 은근히 두 사람을 붙여주려는 마음이 있었던 것이다.

"어쩐 일로 여기까지 찾아왔소?"

"그 사이에 토벌대가 벌써 몇 번이나 오도차밀영에 와서 불을 지르고 식량을 뒤졌으나 헛물만 켜고 돌아갔는데, 그때마다 우리는 더 깊은 산속으로 숨었다가 토벌대가 돌아간 다음에 다시 나와 밀영을 회복했습니다. 그러는 사이에 대원들도 여러 명 희생되었습니다. 우리가 그처럼 생명을 바쳐가면서 땅 속에 숨겨두었던 식량들을 참모장동지가 절반이나 파가지고 몽강 쪽으로 가버렸습니다."

박덕산은 자기보다 직위가 더 높은 임수산에 대해 함부로 왈가불가할 수 없던 차에 마침 김성주가 도착하자 직접 달려왔던 것이다.

"아무래도 화전의 상황이 심상찮아 오도차밀영을 포기하려고 마음먹은 것은 아닐겠소?"

"그래도 부상병들이 오도차밀영에 그대로 있는데, 그들의 생사는 나 몰라라 팽개치고 어떻게 쌀만 퍼가지고 몽강으로 들어간단 말이오. 화라즈에 이어 오도차와 마호에 밀영을 건설하고 식량을 비축하기로 한 것은 우리가 화룡에서 이미 결정했던 일 아니오. 아무리 참모장이라 해도 너무 독단적이오. 도대체 이 사람 안중에 우리 2방면군 총지휘관이 있기나 한지 모르겠소. 당위원회 결정까지도 제멋대로 마구 뜯어고치지 않나."

박덕산은 평소 말수가 적었다. 여간해서 남을 비난하는 일이 없는 사람이었다. 더구나 이렇게 대놓고 자기 상관을 말하는 일은 더욱 없었다. 김성주는 직감적으로 돈화 마호 쪽에 밀영을 만들겠다고 약속했던 일이 잘 풀리지 않은 것으로 짐작했다.

김성주는 이두익에게 부탁했다.

"아무래도 두익 동무가 몽강에 다녀와야겠소. 가서 임 참모장한테 전하오. 식량을 그쪽으로 빼간 것은 아주 잘못되었다고 말이오. 양 사령 주력부대와 1방면군이 화전을 떠나 몽강 쪽으로 이동했다면 상대적으로 화전이 더 안전지대일 텐데, 임 참모장은 거꾸로 하고 있소. 틀림없이 토벌대 대부대가 몽강 쪽으로 몰려들 것이오. 우리 2방면군은 절대로 그쪽으로 가서는 안 되오."

김성주는 마음이 놓이지 않아 임수산 앞으로 편지까지 한 통 써서 이두익에게 맡겨 보낸 후 박덕산과 김정숙과 오도차밀영으로 이동하여 잠깐 쉬었다. 그러나 오도차밀영도 안전하지 않았다. 이미 토벌대에게 여러 차례 습격당한 오도차밀영은 거의 폐허나 다름없었다. 오늘의 돈화시 황니허진 임장산구(林場山區, 현재는 화전현 관할)에 속한 오도차밀영은 지리적으로 돈화와 화전, 안도 쪽으로 언제든 빠져나갈 수 있는 좋은 위치에 있었지만, 거꾸로 이 세 지방 경찰대와 자위단 등의 좋은 먹잇감도 될 수 있었기 때문이다.

화전 지방의 경찰 토벌대들은 오도차밀영으로 쳐들어와 1, 2명씩 사살하거나 사로잡아서 돌아가곤 했다. 그러다보니 치료받으러 왔던 김혜순은 오도차밀영에서 지내면서 하루도 마음 놓고 잠을 자본 적이 없었다. 너무 여위어 뼈밖에 남지 않은 김혜순을 보던 김성주는 자기도 모르는 사이에 눈물이 글썽해지고 말았다.

"혜순이, 정말 미안하오. 내가 생각이 좀 짧았소."

김성주는 김혜순 손을 잡고 자책하듯이 말했다.

"아니요, 그래도 여기까지 오면서 김 지휘동지가 더 많이 고생하셨잖아요."

"차라리 임 참모장을 따라 몽강 쪽으로 들어갔다면 덜 고생했을 것 아니요. 그곳 북패자와 동패자 밀영들도 모두 우리가 작년에 만들어놓은 밀영들인데, 왜 바보처럼 이미 폭로된 이 오도차에서 계속 버티고 있었단 말이오."

이렇게 나무라는 김성주에게 김혜순은 오랜만에 밝은 미소를 지어보였다.

"그래도 이렇게 바보처럼 버틴 덕분에 당신과 다시 만나게 되었잖아요."

"이제부터는 다시 헤어지지 맙시다. 아무리 힘들어도 내 곁에 있는 것이 더 안전할 것 같소."

김성주가 이렇게 말하면서 어느새 얼굴을 숙이고 눈물을 뚝뚝 떨구는 김혜순을 품에 안았다. 가냘픈 김혜순의 몸은 격랑을 만난 것 같았다. 그가 억지로 울음을 참는 것을 안 김성주는 한참동안 품에 안은 채 미동도 하지 않았다.

"진짜 약속하신 거예요? 다시는 다른 데로 보내지 않는다고."

김혜순은 한참 울다가 비로소 얼굴을 들고 다짐이라도 받아 내리려는 듯 김성주의 얼굴을 빤히 쳐다보았다. 김성주는 진심으로 사랑하는 마음을 담아 머리를 끄덕였다.

한편 이두익은 북패자의 마당거우밀영으로 임수산을 찾아갔다.

몽강현 경내로 접어들면서부터 산속 골짜기들마다 토벌대가 우글거리는 것을 본 이두익은 간담이 서늘해지지 않을 수 없었다.

'토벌대들이 어떻게 갑자기 이렇게 많아졌을까?'

북패자에 도착한 뒤 토벌대를 만나 계속 산 속에서 빙빙 돌다보니 코앞에 마당거우밀영을 두고도 함부로 들어가지 못하고 여러 날을 관찰한 다음에야 비로소 밤에 슬그머니 밀영으로 더듬어 들어갔다.

귀틀집들이 모두 불에 타버리고 밀영은 이미 폐쇄된 상태였다. 이두익은 그 길로 다시 동패자를 향해 달려갔다.

그런데 길에서 토벌대에게 쫓기다 가까스로 포위를 뚫고 나온 임수산 일행과 만나게 되었다. 마당거우에서 동패자로 옮길 때, 콩을 실은 마대에 구멍이 난 줄 모르고 정신없이 가다 보니, 그 콩을 따라 몽강현 경찰대대가 뒤에 바짝 붙었던 것이다. 결국 동패자에 도착하지도 못하고 경찰대대와 전투를 벌였다.

지갑룡의 엄호로 가까스로 동패자에서 탈출한 임수산은 이두익에게 김성주가 이미 화전의 오도차에 와 있다는 말을 듣고는 감히 화전으로 돌아가지 못하고 돈화 마호로 박덕산을 찾아갔다.

"이보 덕산이, 겨울을 보낼 쌀을 몽땅 잃어버렸으니 이 일을 어떻게 하면 좋겠소?"

임수산은 풀이 죽어서 박덕산에게 우는 소리를 했다.

"만약 오도차 상황이 좋지 않으면 다시 화라즈로 돌아오거나 아예 화룡으로 돌아가자던 김일성 동무의 권고를 듣지 않고 부득부득 몽강 쪽으로 들어갔다가 그만 이렇게 되고 말았소. 빨리 어디서 쌀을 얻어낼 방법이 없겠소?"

언제나 당당하고 기세가 사납던 임수산의 이런 모습을 처음 보는 박덕산은 측은한 마음이 들어 임수산과 함께 한참동안 어떻게 할지를 고민했다.

"방법이 하나 있긴 한데, 우리 8연대 병력만으로는 어려우니 아무래도 김 지휘한테 알리고 오중흡의 7연대도 참가시켜야 할 것 같소."

"좀 자세하게 말해주오."

"여기서 서쪽으로 30여 리 들어가면 육과송이라는 부락이 있소. 그 뒤에 있는 쟈신즈 사이로 뻗어나간 길이 서북차를 거쳐 우심정자산까지 쭉 통하고 있소. 전에는 일본군 한 중대가 주둔하다가 후에 목재소가 들어서면서 삼림경찰대 한 대대가 들어왔고 일본군은 다른 곳으로 옮겨갔소. 원래 일본군이 사용하던 병영 말고도 목재소 쪽에 병영을 하나 더 만들고 병영 네 귀퉁이에는 지하 포대를 겸한 포루가 늘어섰소. 목재소 노동자들이 600~700명에 달하니 이 사람들을 먹이기 위한 쌀과 물자가 엄청 많을 것 같소. 원래 마호 쪽에 밀영 하나를 만들려던 계획에 차질이 생겼던 것은 바로 이놈들 때문이었소. 육과송과 쟈신즈 쪽에 각각 한 중대씩 두 중대가 서로 마주 바라보고 있고, 다른 한 중대는 원래 일본군이 주둔하던 병영에 주둔하고 있소. 그러니 이놈들을 없애려면 우리 8연대만 가지고는 어림도 없소. 반드시 7연대가 나서야 하오. 그러자면 김 지휘한테 보고하지 않을 수 없소."

박덕산의 설명을 듣고 나서 임수산은 한숨을 내쉬었다.

"제기랄, 쌀을 다 잃어버렸으니 내가 무슨 얼굴로 김일성 동무를 보겠소?"

"어쩌겠소. 사정이 그렇게 된 것을. 김 지휘가 이해할 것이오."

"어쨌든 나는 못 가겠소. 그러니 덕산 동무가 대신 가서 내 사정도 이야기하고 또 육과송과 쟈신즈에서 겨울 쌀을 구해보자고 의논해보오. 만약 김일성 동무가 나한테도 이 전투에 참가하라고 하면 그때는 내가 직접 나서겠소. 당장 설이 눈앞인데, 쌀을 해결하지 못하면 우리는 모두 굶어죽거나 얼어죽을 것이오. 그러니 제발 부탁이오."

다음 날 박덕산은 마침 오중흡 등이 모두 오도차에 도착했다는 연락을 받고 손장상과 함께 김성주를 만나러 갔다. 6월 올기강전투 이후 화룡현에서 탈출하면서 화정이령에 들어갔던 2방면군 주력부대 지휘관들이 거의 반년 만에 다시 한자리에 모여 앉은 것이었다.

유일하게 임수산이 빠진 것을 보고 김성주는 박덕산에게 의미 있는 농담 한마디를 던졌다.

"아니 덕산 동지, 어떻게 되어 세상에서 제일 잘난 우리 2방면군 참모장이 머리를 들고 나타나지 못할 지경까지 되었답니까?"

"그러지 마오. 덩치도 큰 참모장이 이번에 무지 마음고생이 심했던 모양이오. 아주 반쪽이 되었소. 양 사령의 경위여단이 화전에서 금천 쪽으로 내려가다가 길이 막혀 다시 몽강산구로 이동하고 있어 토벌대들도 모두 그쪽으로 따라붙는 모양이오. 이럴 때 우리가 돈화에서 한바탕 소동을 벌이면 양 사령에게 도움이 되지 않겠소. 겸하여 쌀도 해결하고 말이오."

박덕산이 이렇게 제안했다.

김성주와 오중흡 모두 동의했다. 이때 김성주가 박덕산에게 말했다.

"지금 간도특설부대가 우심정자산을 가로막고 있어 우리가 액목 쪽으로 이동하는 건 이미 불가능합니다. 또 통화성 토벌대들이 양 사령 뒤를 따라 몽강 쪽으로 몰려드는 데다 우리네 잘난 참모장이 비축해둔 쌀까지 다 잃어버렸으니 우리가 몽강산구로 들어가는 일도 이제는 다 글러 버린 것 같습니다."

이제부터는 박덕산이 책임지고 2방면군 철수 노선에 식량 비축하는 일을 맡아달라고 했다.

"결국 화룡으로 되돌아가겠다는 것이오?"

박덕산이 놀라자 김성주는 웃으면서 대답했다.

"최종 목적지는 화룡이 아니라 조선이지요."

"어이쿠, 여백기가 알았으면 또 난리 부릴 소리를 하는구면."

박덕산도 따라 웃었다.

이때 김성주는 정치부 주임 여백기와 부관장 필서문은 화라즈밀영에 남겨놓았다. 양강구회의 때 여백기에게는 화룡의 지방조직을 건설하는 임무를 맡겼고 필서문에게는 안도의 지방조직 건설 임무를 맡긴 것이다.

얼마 뒤에 김성주 등이 화라즈밀영을 떠나 돈화로 들어간 뒤 여백기와 필서문은 각자 자기가 맡은 지역으로 떠나면서 화라즈밀영에서 좀 더 북쪽(북화라즈)까지 함께 가다가 증봉령을 넘어서게 되었다.

산봉우리에서 두 사람은 잠깐 땀을 식히면서 주고받았다.

"여 주임, 이곳이 어딘지 생각나십니까?"

"여긴 증봉령 아닌가?"

"전에 안 사장(안봉학)이 살아 있을 때 우리가 이곳 증봉령에서 여러 날을 함께 보내지 않았습니까. 최현이 안 사장과 멱살잡고 싸웠던 곳도 이 근방 어디였지요. 이래도 생각나지 않습니까?"

필서문이 슬쩍 힌트까지 주자 여백기가 비로소 알아챘다.

"원, 그때 자네가 저지른 짓거리들을 떠올리기 싫어서 난 모조리 지워버리고 지냈다네. 참, 그러고 보니 그 단가네 딸이 살았던 집도 이곳에서 그리 멀지 않겠군."

"네, 바로 코앞입니다. 형님은 여기서 남쪽으로 내려가면 화룡 용성(龍城)과 숭선(崇善)입니다. 나는 북쪽으로 가야 합니다. 단가네 집이 북화라즈에서 그리 멀지 않은 이도강에 있습니다. 한 번 찾아볼 생각인데, 괜찮겠습니까?"

필서문이 이렇게 묻자 여백기는 한참 대답을 하지 못 했다.

"여 주임은 기억하고 계신지 모르겠습니다. 그때 단가네 오라비 셋이 우리를 쫓아와서 자기들 여동생이 내 아이를 가졌으니 언젠가는 돌아와서 아이 이름이라도 지어달라고 하지 않았습니까. 그때는 안 사장이 귀순하고 토벌대를 끌고 오는 바람에 급해서 나중에 보자고 하고는 그냥 달아나버렸는데, 지금은 아무래도 한 번 들러 봐야 할 것 같습니다. 허락해 주십시오."

필서문이 이렇게 요청하자 여백기는 두 손으로 자기 귀를 틀어막았다.

"에잇, 불결한 자 같으니라고, 이번에도 난 아무것도 못 들은 거로 해주게. 만약 단가네가 안도 지방조직을 복구하는 데 도움이 되어 괄목할 만한 성과를 내게 된다면 그때는 나도 허락했던 거로 해도 되네. 그러나 지금은 아닐세. 난 모르네."

여백기는 이렇게 내뱉고는 곧바로 필서문과 헤어졌다.

이후 두 사람은 다시 만나지 못했다. 여백기가 화룡현 용성과 숭선 사이 홍기하 기슭에서 한창 조직을 복구하는 작업을 펼쳐갈 때, 돈화에서는 김성주의 2방면군 주력부대가 천천히 마호 서쪽으로 이동하고 있었다.

3. 육과송전투

이날은 1939년 12월 17일이었다.

이틀 전이었던 12월 15일, 8연대 두 중대가 김성주의 명령으로 마호에서 화전 오도차밀영으로 이동하기 시작했다. 오도차밀영에 얼마 남지 않은 식량과 물자들을 비교적 안전하다고 여겨지는 화라즈밀영으로 옮겨놓는 임무를 맡은 것이다.

대신 육과송(六顆松) 삼림경찰대를 공격하는 전투는 김성주가 직접 경위중대와 함께 오중흡의 7연대를 인솔하고 진행하기로 했다. 임수산이 몽강에서 쌀을 잃어버린 실수도 만회할 겸 공을 세워보겠다고 하자 김성주가 말렸다.

"우성 동지는 동패자에 두고 온 독립대대 나머지 동무들을 빨리 데리고 나오십시오. 시간을 지체하다가 설을 넘기면 영영 빠져나올 수 없을지도 모릅니다. 그 사이에 우리는 돈화의 상황을 보고 발을 붙이거나 아니면 안도로 돌아가야 합니다. 설에는 화전의 오도차에서 우성 동지를 기다리고 있겠습니다. 가능하면 설 전에 도착하여 함께 설도 쉽시다."

김성주는 조금도 화난 기색 없이 임수산을 달래 주었다.

그동안 임수산이 인솔했던 독립대대 40여 명에 화룡에서 지갑룡을 파견할 때 증원해주었던 두 소대까지 합하면 동패자에는 임수산 직속부대가 60여 명이나 있었다. 그들을 모두 동패자에 둔 채 경위원 서너 명만 대동하고 나타난 것이 무척 불쾌했지만 김성주는 전혀 내색하지 않았다. 임수산이 그들과 같이 왔다면 육과송전투를 함께 했을지도 모른다.

한편 8연대 1중대가 마호에서 오도차로 이동할 때 육과송 삼림경찰대의 한 척후병이 정찰 나왔다 붙잡혀 무량본과 박덕산 앞으로 끌려왔다. 박덕산이 직접 그 척후병을 김성주에게 끌고 와서 육과송목재소의 배치 상황을 낱낱이 물었다. 특히 목재소 노동자들의 식량을 따로 창고에 보관하지 않고 모두 경찰대대 군수창고에 넣어 보관한다는 말을 들은 박덕산은 8연대도 육과송전투에 참가하겠다고 요청했다.

"좋습니다. 그럼 박덕산 동지는 물자 운반조를 맡아 주십시오."

김성주는 대신 오중흡 7연대에 돌파조를 맡겼다.

김성주 자신은 경위중대를 데리고 차단조가 되기로 했다. 이렇게 전투 대열을 편성하고 각 조들에 전투 임무를 준 다음 그로부터 이틀 뒤인 17일 밤 10시 정각에 습격을 개시하기로 결정했다. 그런데 경찰대에서도 마호 쪽으로 파견했던 척후병이 제 시간에 돌아오지 않자 사태가 심상찮다고 판단하고 전투태세에 들어갔다.

전투가 개시될 때 삼림경찰대 세 중대는 모두 지하 교통호에 들어가 몸을 숨겼다. 오중흡은 자신이 직접 돌파조를 이끌고 병영 나무울타리 안으로 들어가 철조망을 끊고 나머지 대원들을 안으로 불러들였다. 그러나 병영은 텅 비어 있었다.

"이놈들이 모두 어디 숨어 버렸지?"

중대장 최일현이 두리번거리면서 오중흡에게로 다가왔다.

"엊그저께 우리가 붙잡았던 정찰병 놈이 그랬소. 병영에 지하 교통호가 있다고 말이오. 여기 어디에 지하실 입구가 있을 것이오. 빨리 찾아보시오."

오중흡은 전령병 김철만에게 시켰다.

"철만아, 넌 솜과 석유 좀 찾아 오거라. 지하실을 찾으면 그 안에 불을 집어넣자꾸나."

영리한 김철만은 병영 벽에 걸려 있던 만주군 솜외투들을 북북 뜯기 시작했다. 그리고는 남포등을 걷어 그 솜옷들에 석유를 부었다. 그때 최일현과 함께 한창 지하실을 찾던 소대장 강홍석이 갑자기 소리 질렀다.

"지하실 입구가 여기 있습니다!"

그러면서 강홍석은 쭈그리고 앉아 지하실 입구로 판단되는 나무상자 틈새에 단검을 쑤셔넣고 한참 비틀어 보았다. 그 나무상자가 뒤집어지려 할 때였다. 강홍석 곁에서 지켜보던 최일현은 나무상자 밑에서 심상찮은 인기척이 느껴지자 부리나케 강홍석을 옆으로 밀었다. 바로 그 순간이었다. 지하실에서 숨어 있던 삼림경찰대가 바깥에 대고 기관총을 퍼붓기 시작했다.

타탕! 뚜루룩~! 뚜루룩~!

입구를 막고 있던 나무상자가 산산조각 나면서 사방으로 튕겼다. 나무 파편을 이마에 맞은 김철만 얼굴이 온통 피투성이가 되었지만, 중상은 아니었으므로 그는 지하실에 대고 연거푸 방아쇠를 당겼다. 지하실에서 바깥으로 돌격해 나오던 경찰대 10여 명이 눈 깜짝할 사이에 모조리 사살당했다.

나머지 경찰대 60여 명은 나오지 않고 지하 교통호에 틀어박혀 계속 바깥으로 사격만 해댔다. 중대장 최일현이 직접 김철만에게서 석유 묻힌 솜옷들을 받아서 지하실 안에 던져넣었다. 총탄이 작열하면서 불꽃이 튕기자 불이 붙었다. 연기가 일자 눈을 뜰 수가 없었다. 여기저기서 콜록거리는 소리가 들렸다.

이때다 싶어 최일현은 강홍석 소대를 이끌고 지하실로 뛰어들었다.

강홍석의 기관총이 한참 불을 내뿜었으나 삼림경찰대는 미리 이런 공격에 대비라도 한 것처럼 물을 적신 수건으로 얼굴을 싸매고 지하실 바닥에 납죽 엎드려 있다가 반격을 가하기 시작했다.

강홍석의 기관총이 멎자 최일현이 달려와 그 기관총을 받아 들다가 연기 속에서 날아온 총탄에 쓰러지고 말았다. 그러나 최일현은 피투성이가 된 몸으로 기어일어나 강홍석의 시체를 끌고 바깥으로 나왔다.

"형! 형! 중대장동지!"

김철만은 기겁하여 강홍석에게 매달려 한참 흔들어보다가 다시 최일현을 흔들었다. 뒤따라 정문 병영에 도착한 김성주는 오백룡에게 수류탄 수십 개를 지하실에 던져넣게 했다. 생포하지 않고 모두 몰살시켜 버린 것이다.

삽시에 지하 교통호는 불바다가 되고 말았다. 그때 병영 병실 쪽에서도 폭음이 울렸다. 병실 밑 지하에 숨어 있던 경찰대 한 중대가 계속 안에서 반항하다가 역시 수류탄 수십 발에 몰살당하고 만 것이다.

그런데 전장을 수습하고 나오는 대원들이 모두 울고 있었다. 대원들이 문짝에 담아 들고 나왔던 사람은 다름 아닌 7연대 연대장 오중흡이었기 때문이다. 그쪽으로 달려갔던 김철만이 기겁한 듯 비명을 지르면서 울음을 터뜨렸다. 창고를 점령한 손장상과 박덕산의 8연대로 가려 했던 김성주는 걸음을 멈추고 김철만의 뒷모습을 한참 지켜보았다. 뭐라고 형언할 수 없는 공포가 갑자기 엄습해오는 바람에 김성주는 선 자리에서 굳었다.

그때 김철만에게 달려갔던 조명선이 허둥지둥 달려와서 울먹거리며 김성주에게 말했다.

"연대장동지가 중상을 입었습니다."

"누가? 오중흡이가?"

김성주는 자기 귀를 의심했다.

조명선이 훌쩍거리며 다시 반복하자 그때야 김성주는 갑자기 손에 들고 있던 권총을 꼬나들고 병실 쪽으로 성큼성큼 발을 옮겨놓으면서 높은 소리로 으르렁거렸다.

"어떤 놈이 오중흡이를 이 모양으로 만들어놓았단 말인가? 그놈이 어디에 있느냐? 난 그놈을 반드시 죽여 버리겠다! 어서 앞으로 나서라."[196]

당시 기관총을 받쳐 들고 김성주 뒤에 붙어서 따라갔던 유옥천은 김성주가 붙잡혀 나온 포로들이 줄줄이 서 있는 쪽으로 다가가면서 중국말로 이렇게 외쳤다고 회고한다.

---

196 원문 "是那個傢伙打死了吳仲洽? 他在哪裡? 我絕不饒他!" (유옥천의 회고)

절반은 죽고 30여 명만 살아서 붙잡혀 나왔던 삼림경찰대 포로들은 모두 기겁했다. 전투가 벌어졌을 때 이미 그들은 육과송을 습격한 항일연군이 김일성 부대라는 걸 알았다고 한다. 항일연군이 전부 조선인들이었기 때문이다.

그리고 자기들을 금방이라도 죽여 버릴 것처럼 으르렁거리는 이 키 큰 젊은 지휘관이 바로 그 유명한 '김일성'이라는 것도 어렵지 않게 짐작할 수 있었다. 얼굴이 눈물로 범벅이 된 김일성을 바라보며 포로들은 놀랐다.

'비적 괴수가 울고 있다!'

김성주는 실신할 지경이었다. 너무 슬프고 마음이 아파 화조차 내지 못했다.

이미 오중흡은 숨이 멎어 있었다. 오중흡의 시체를 담은 문짝을 김성주 가까이에 내려놓자 김성주는 털썩하고 문짝 곁에 주저앉으며 부르짖었다.

"중흡이, 어떻게 된 일이오? 눈 좀 떠보오."

가슴팍 여기저기 난 총상 구멍에서 흘러나오는 피는 아직 굳지 않았다. 그 구멍을 막으려 손을 내밀던 김성주는 아이처럼 엉엉 소리까지 내면서 울기 시작했다.

"중흡이, 중흡이, 눈 좀 떠 보오. 어떻게 이렇게 혼자 갈 수가 있소? 중흡이가 가면 난 어떻게 하란 말이오?"

김성주는 오중흡 시체를 잡고 흔들었다. 그때 박덕산이 달려와 오열하는 김성주를 붙잡아 일으켰다.

"김 지휘, 어서 그만하오. 빨리 철수해야 하오."

그러는 박덕산 얼굴도 이미 온통 눈물범벅이었다.

"중흡이가 죽었습니다. 중흡이가, 이 일을 어떻게 해야 한단 말입니까?"

김성주가 울음을 멈추지 않자 나중에는 박덕산까지도 맥이 풀려서 그의 곁에 주저앉아 땅이 꺼지게 한숨을 내쉬었다.

"참으로 실수라고는 없었던 사람이, 싸움도 그렇게 맵시 있게 잘하던 중흡이가 이렇게 허무하게 당하다니, 정말 기가 막히는구면. 포대 공격 전투를 한두 번 했던 게 아닌데, 어떻게 발밑에 놈들이 기어들어가 있는 걸 미처 생각지 못했을까. 그렇지만 어떻게 하겠소. 살아 있는 우리들이라도 끝까지 힘을 내서 먼저 간 동무들 몫까지 다 해야 하지 않겠소."

박덕산은 김성주가 너무 애통하여 정신을 못 차리자 직접 나서서 오백룡에게 시켰다.

"백룡 동무, 빨리 철수 준비를 서두르오. 쟈신즈 쪽에서 놈들이 몰려올 수 있소. 오 연대장과 최일현, 강흥석 두 동무 시체도 모두 데리고 철수하시오."

오백룡은 선뜻 움직이지 못했다. 철수 명령은 반드시 김성주가 내려야 했기 때문이다. 김성주는 가까스로 눈물을 닦고 일어서서 박덕산이 시키는 대로 하라고 머리를 끄덕였다.

삼림경찰대 한 대대가 먹고 사는 군수창고를 통째로 점령했으니 전리품이 엄청 많았지만, 김성주는 조금도 기쁘지 않았다. 그는 울먹이며 박덕산에게 한마디 했다.

"저것들을 다 돌려주고라도 중흡이만 살려낼 수 있다면 얼마나 좋겠소."

"김 지휘, 쟈신즈 쪽에서 토벌대가 몰려올 수 있소. 빨리 대비책을 세워야 하오."

박덕산이 조심스럽게 김성주에게 주의를 주었다.

"놈들이 오면 맞받아칠 것이고, 오지 않으면 우리가 먼저 때리겠습니다. 내 오늘만큼은 하늘이 무너지는 한이 있더라도 중흡이 복수를 해야겠습니다."

"좋소. 나도 동의하오. 그렇게 합시다."

육과송에서 철수한 일행은 마호 동쪽에서 안전지대를 찾아 오중흡, 최일현,

강홍석 시체를 내려놓고 추도식을 했다. 대원들도 하나같이 오중흡을 친형처럼 믿고 따랐던지라 울지 않는 사람이 없었다. 추도사를 하러 앞에 나온 김성주도 눈물이 앞을 가려 가까스로 겨우 세 마디를 했다.

"동무들, 오중흡 동지를 위해 복수합시다!"[197]

그 말이 떨어지자 대원들 모두 주먹을 쳐들고 따라 외쳤다.

"오중흡 동지를 위해 복수하자! 복수하자!"

"우리는 피 빚을 피로 갚아야 할 것입니다!"[198]

"피 빚은 피로 갚자! 피로 갚자!"

"일본제국주의를 타도하자!"[199]

"일본제국주의를 타도하자! 타도하자!"

김성주는 평생을 두고 오중흡을 잊지 못했다. 수십 년이 흐른 뒤에도 육과송 전투를 머릿속에 떠올릴 때면 오중흡 생각으로 가슴이 떨린다고 회고록(계승본)에 쓰여 있다. 어쩌면 김성주는 아버지와 어머니가 사망했을 때보다도 훨씬 더 많이 울었던 것 같다. 남만원정을 다녀오면서 노수하 기슭에서 차광수를 잃어버렸을 때도 정말 많이 울었지만 오중흡에게 비할 수는 없었다.

북한에서는 김성주를 '천출의 명장'이라고 부르지만, 김성주는 오중흡이야말로 '충신'이자 '명장'이었다고 칭찬을 아끼지 않는다. 오중흡은 김성주와 항일투쟁의 중, 후반기를 함께 보낸 가장 주요한 군사 지휘관 가운데 한 사람이었다. 항일연군 역사에서 연대장급 정도가 전투 중 전사한 일은 아주 많지만, 오중흡

---

197 원문 "為吳仲洽同志報仇!" (유옥천 회고)
198 원문 "血債要有血來換!" (유옥천 회고)
199 원문 "打倒日本帝國主義!" (유옥천 회고)

처럼 북한뿐만 아니라 중국에서까지도 그의 업적을 대서특필하는 이유는 결코 김성주의 후광 때문이 아님을 알 수 있다.

오중흡 7연대는 항일연군 2방면군 기간부대였다. 김성주의 표현을 빈다면, '주력부대 중 기둥부대'로 굉장히 싸움을 잘하는 부대였다. 이 부대의 모체는 동북인민혁명군 독립사 시절의 화룡 2연대였으며, 당시 화룡현위원회 서기이자 이 연대 정치위원을 겸했던 조아범의 직계 부대나 다름없었다. 그러다 3사가 결성될 때 김성주가 사장에 임명되고 조아범이 정치위원으로 임명되면서 이 부대는 김성주에게 넘어오게 되었다.

당시 오중흡은 이 연대 중대장(처음에는 2중대 지도원, 후에 4중대장)에 불과했다. 8연대 연대장 전영림이 전사하자 원 7연대 연대장 손장상이 8연대 연대장으로 옮기면서 7연대 연대장은 한동안 오중흡과 김주현이 번갈아가면서 대리한 적이 있었다. 후에 김주현이 먼저 7연대 연대장에 임명되었지만 얼마 지나지 않아 전사하자 그때부터 오중흡이 정식으로 이어받게 되었다.

오늘날 북한군의 표본이 되기도 한 '오중흡 7연대'는 이렇게 태어났다. 오중흡이 연대장이었던 시간은 약 1년 남짓했다. 그러나 김성주가 3사 사장과 6사 사장을 거쳐 2방면군 지휘에 이르는 동안 진행한 모든 굵직굵직한 전투에는 오중흡이 존재하지 않은 적이 없었다. 오죽했으면 김성주가 오중흡이야말로 자신에게는 '혁명전우이고 동지인 동시에 생명의 은인'이라고까지 고백했겠는가. 한마디로 오중흡 7연대는 '조선인민혁명군 사령부', 즉 김성주를 지켜온 '방탄벽이었고 난공불락의 성새'였다는 찬사도 전혀 과하지 않은 표현이다.

김성주 표현대로라면 1939년이 다 지나가던 12월에 이 방탄벽을 잃어버린 것이다. 그리고 그때부터 오중흡이 없는 7연대는 더는 '난공불락의 요새'가 아니었다. 당장 김성주에게는 오중흡을 대체할 만한 사람이 없었다. 이른바 '주력부대 중 기둥부대' 지휘관은 충성 하나만으로는 결코 안 되었다. 반드시 뛰어난 군사 재능도 겸비해야 했다.

'휴, 이럴 때 작주가 있었다면….'

김성주는 참모장 임수산과 사이가 틀어질 때마다 왕작주를 그리워했다. 그가 있었다면 이때야말로 7연대를 맡길 가장 좋은 적임자이었을 것이기 때문이다. 김성주는 박덕산과 의논했다.

"아무래도 전광 동지에게 연락하여 왕작주를 데려와야 할 것 같습니다."

"그게 가능하겠소? 한때 우리 2군 군 참모장까지 올라간 사람을 무슨 수로 데려와 연대장을 맡긴단 말이오? 그 사람 재간이라면 최소한 방면군 지휘나 참모장을 해야 할 것이오."

"그러면 찍어 놓고 우리 참모장으로 파견해달라고 하면 어떻겠습니까? 참모장과 7연대 연대장을 겸직시키면 되지 않겠습니까. 전에 6사에 함께 있을 때도 작주는 참모장보다는 언제나 직접 전투부대를 인솔하고 싶어 했습니다."

김성주 말에 박덕산도 머리를 끄덕였다.

"그거야 누구보다도 내가 잘 알고 있소. 문제는 임수산 동무로구먼."

"아직은 비밀로 하고 적당한 때를 기다립시다. 미리 말이 샜다가는 그가 또 달려와 난리를 부릴 것입니다."

이렇게 되어 김성주는 박덕산과 의논한 뒤 7연대 연대장은 임시로 자신의 경위중대장 오백룡에게 맡기기로 결정했다.

"오중흡이 없는 7연대를 함부로 다른 사람한테 못 맡기겠습니다. 이제부터는 내가 직접 7연대의 모든 것을 챙기겠습니다."

경위중대장 오백룡에게 7연대를 맡긴 목적이 여기에 있었다. 형식적으로 이름만 오백룡을 내세웠을 뿐 김성주 자신이 방면군 지휘 겸 7연대 연대장을 겸한 것이나 다름없었다. 오중흡이라는 자신의 방탄벽을 잃어버린 김성주는 이때부터 전투 현장에서 오중흡이 섰던 자리에 서 있을 때가 아주 많았다.

육과송전투 후 일주일 뒤였다. 1939년 12월 24일, 김성주는 경위중대와 7연대를 인솔하고 '쟈신즈전투(夾信子戰鬥)'를 벌였다. 육과송이 마호에서 서남쪽으로 30여 리 정도에 있었다면, 쟈신즈는 육과송에서 동쪽으로 60여 리 더 들어가 있었는데, 이곳 목재소는 육과송의 목재소보다 규모가 훨씬 더 컸다. 채벌노동자가 1,000명 가깝게 있었는데, 갑자기 어디서 나타난 사람들인지 평소 만주국에서 한 번도 본 적이 없는 괴이한 복장의 외국인들이 적지 않게 섞여 있었다고 한다.

어른이고 아이고 할 것 없이 정수리에 손바닥만큼한 검은색 헝겊데기(키파, 유대인 남자들이 쓰는 전통 모자)를 붙이고 다니는 남자들이 있는가 하면, 어깨부터 발목까지 덮어쓴 망토같이 생긴 옷을(쩸라, 유대인들의 전통 의복) 입은 이 남녀들은 모두 독일에서 몰려온 유대인 난민들이었다. 이는 다름 아닌 통화성 성장을 지냈던 여의문(呂宜文)이 독일 주재 만주국 공사로 파견되어 나가 있으면서 유대인들에게 대량으로 만주국 비자를 발급해주었기 때문이었다. 나치를 피해 구사일생으로 만주국에 들어와 여기저기에서 살길을 찾아 헤매던 유대인들은 '비적'이라는 항일연군이 불과 일주일 전에 육과송목재소를 습격해 70여 명에 달하는 삼림경찰대를 죽였다는 소문을 듣고 모두 두려움으로 벌벌 떨고 있었다. 그 비적들이 조만간 쟈신즈에도 들이닥칠 것이라는 소문이 나돌자 그들은 트렁크와 짐짝들을 들고 만주군 병영 앞으로 몰려들었다.

영어를 좀 하는 일본인 지도관이 유대인 난민들을 모아놓고 자기들이 얼마든지 비적들을 막아낼 수 있다고 설득하여 겨우 안정시켰던 그날 밤, 김성주는 쟈신즈를 습격했다. 자신들의 연대장을 잃어버린 지 불과 며칠밖에 안 되었던 7연대 대원들은 복수심으로 불타올랐다. 북한에서는 "총 한 방 쏘지 않고 조선인민혁명군 주력부대는 적들을 모조리 생포했다."고 주장한다. 육과송목재소보다 훨씬 더 큰 쟈신즈목재소를 아주 손쉽게 점령하고 창고에서 탄약과 식량들을 모두 턴 것이다.

이때 김성주의 2방면군은 육과송에서 100여 명의 입대자를 받아들였고, 쟈신즈에서도 또 100여 명을 더 받아들여 순식간에 400여 명이 넘는 대오로 불어났다. 당시로서는 어마어마하게 덩치 큰 병력으로 볼 수 있다.

며칠 뒤 김성주는 목단령 기슭 사도황구로 잠입해 들어갔다. 방면군 지휘관으로서는 모험이 아닐 수 없었다. 돈화원정을 앞두고 열렸던 양강구회의 때도 김정덕 등 10대의 어린 경위대원들만 데리고 몰래 계관라자산을 넘다가 하마터면 큰 사고가 날 뻔했기 때문이다. 이 일로 김성주는 양강구회의 때 방면군 당위원회로부터 공개 비판을 받았고, 자신도 잘못했다고 하지 않으면 안 되었다. 그런데 박덕산이 식량을 운반하러 떠난 다음에는 김성주를 말릴 사람이 아무도 없었다.

오백룡이 강위룡을 데리고 와서 김성주 앞을 가로막고 직접 가겠다면 차라리 자기를 죽이고 가라고 버티면서 강위룡에게 김성주를 옴짝달싹 못하게 끌어안으라고 했지만, 김성주는 인내심 있게 오백룡을 설득했다.

"걱정 마오. 사도황구는 나한테 아주 익숙한 고장이오. 전에 길림에서 중학교 다닐 때, 이 고장에 종종 와 보았소. 부락에 내려가면 혹시 아는 사람을 만나게 될지도 모르오. 나와 얼굴을 익혔던 조직원들이 지금도 살아 있다면 이참에 조직도 다시 복구하고 3방면군과 연계 짓는 일도 그분들한테 맡길 생각이오."

그러면서 오백룡과 함께 와서 앞을 가로막았던 강위룡에게 기관총을 메고 자기 뒤에 따르라고 했다.

이때 김성주와 같이 사도황구로 내려갔던 2방면군 조직과장 김평이 며칠 동안 일 처리를 하고 돌아오겠다면서 혼자 남았다가 그만 소식이 끊어지고 말았다. 이 사도황구는 오늘의 돈화시 관지진(官地鎭)에 있는 당시로서는 꽤 큰 산골 마을이었다. 주변을 높은 산이 둘러쌌고 산속에는 3방면군 밀영이 여러 채 건설되어 있었다.

1959년과 1960년 6월, 그리고 1984년 11월, 세 차례에 걸쳐 북한에서 나온 항일전적지 고찰단이 많은 자료를 가지고 와서 김평의 행방을 수소문했지만 끝내 찾지 못했다. 그리하여 '항일연군장령인물록' 같은 중국 자료들에서는 김평은 '실종자' 또는 '종무소식자'로 처리되었다.

김평이 실종되기 직전, 계속 사람을 보내 김성주에게 제공한 정보들 가운데는 엄청 재미있는 내용도 들어 있었다. 그 가운데 하나가 김성주가 회고록(계승본)에서 '대부대 선회작전'과 관련해 언급하는 이른바 '박득범사건'으로 부르기도 하는 '제3방면군 가짜 투항 사건'이다.

4. 3방면군 가짜 귀순 사건

김성주는 이 사건에 박득범 이름을 달아 '박득범사건'이라고까지 했지만, 실제로는 박득범보다 김성주의 친구인 진한장이 이 사건의 주인공이라는 게 정확할 것이다. 박득범은 다만 진한장의 참모장으로서 이 사건에 깊이 개입했을 따름이며, 실제 결정권은 진한장에게 있었기 때문이다. 따라서 '박득범사건'이 아니라 '진한장사건' 또는 '제3방면군 가짜 투항 사건'이라고 하는 것이 정확하다.

중국에서는 이 사건에 그 누구 이름도 달지 않고 사건 발생 당시 진한장, 박득범 등이 우심정자산밀영에서 이 작전을 기획했던 것을 고려해 '우심정자사건(牛心頂子事件)'으로 부른다.

이 사건은 김성주의 2방면군이 올기강전투 직후 화룡현에서 한창 식량을 사들일 때 일어난 사건이었다. 당시 막 다푸차이허전투를 벌였던 4사 1연대는 3방면군 결성을 눈앞에 두고 있었다. 이들은 진한장과 만나기 위해 한총구 쪽으로 이동하면서 또 몇 차례 전투를 했는데, 일본인 경정(警正) 나가타 요시오(永田善男)가 인솔한 돈화현 경찰토벌대와 싸우던 중 이경문(李景文)이라는 중국인 경찰을 체포한 적이 있었다. 신원을 조사하다가 그의 친형 이상문(李相文)이 돈화현성에서 꽤 큰 잡화상을 운영하고 있다는 정보를 알아냈다.

박득범은 다른 중국인 포로들은 모두 놓아주었지만, 이경문만은 인질로 잡아두었다. 그러자 이상문이 동생을 구하기 위해 직접 우심정자산으로 찾아왔다. 박득범은 이경문을 죽이지 않고 잘 보살필 것이니, 부대에 필요한 솜옷과 신발 등 겨울에 필요한 물품들을 가지고 오라고 했다.

이렇게 되어 이상문은 몇 차례 우심정자산을 드나들게 되었다. 그러던 도중 이상문이 진한장을 보게 되었다. 돈화 본토박이인 데다 진한장의 모교였던 오동중학교에 다녔던 이상문은 일본군과 경찰이 현상금까지 내걸었던 진한장을 금방 알아보았다. 이상문은 돌아오자마자 바로 돈화현 경무과에 달려가 이 사실을 보고했다.

돈화현 경무과의 보고를 받은 길림성 경무청 일본인 경비과장(길림성 이사관 겸임) 니시세토 히데오(西瀬戸秀夫)가 직접 돈화로 내려와 이 작전을 지휘했다. 니시세토는 진한장과 박득범을 귀순시키기 위해 돈화현 일본인 부현장 미시마 아츠시(三島篤)를 설득했다. 그러자 미시마 부현장이 직접 투항을 권유하는 편지를 쓰고 보증인으로 여러 사람이 서명했다. 나가타 경정이 직접 편지를 가지고 이상문과 함께 진한장과 인연이 있는 돈화상회의 양 씨(楊氏, 양선칭)라는 지인 한 사람을 데리고 함께 우심정자산으로 들어왔다.

이때 진한장은 그 자리에서 모두 처형해버리라고 명령했으나 박득범이 진한장을 설득했다고 현장에 함께 있었던 동숭빈, 여영준 등이 한결같이 말했다.

"당장 방면군을 결성할 텐데, 다푸차이허에서 노획한 물자만으로는 어림도 없으니 이 기회에 가짜로 항복하는 것처럼 해서 식량과 겨울옷들을 얻어냅시다."

"괜히 소문이 잘못나면 얻는 것보다 잃는 것이 더 많을 수 있소."

진한장은 계속 반대했지만 박득범이 우겼다.

"우리가 얻을 것을 다 얻어낸 다음 이자들을 공개 처형하면 되지 않겠습니까. 다 죽이지 말고 이상문과 이경문 형제, 양 씨는 풀어주면 그들이 바깥에 나가 일본군이 우리 항일연군을 귀순시키려다가 모두 총살당했다는 소문을 낼 것입니다."

결국 진한장도 박득범의 고집을 꺾지 못 했다.

박득범은 항복을 권유하러 들어왔던 나가타 요시오 경정에게 담판 대표로 더 직위가 높은 사람을 들여보내라고 했다. 그러면서 짐짓 "우리가 귀순하러 내려갈 때 입고 나갈 옷이 변변치 않고 또 식량이 떨어져 며칠째 굶고 있는 중이니 최소한 군복 500여 벌과 식료품을 한 트럭쯤 가져다 달라."고 부탁까지 했다.

여기에 속아 넘어간 돈화현 경무과에서는 즉시 트럭을 준비하고 군복과 식료품까지 가득 실은 다음 니시세토 히데오 길림성 경무청 경비과장과 미시마 아츠시 돈화현 부현장, 돈화치안공작반 경좌 후쿠다(福田)와 나가타 경정까지 일본인 고급 경찰관만 네 명이나 그 트럭에 동승하여 우심정자산으로 들어왔다. 당시 3방면군 지휘부 경위중대장이었던 동숭빈이 1969년 돈화에서 한 차례 열렸던 항일연군 노간부 좌담회에서 이때 일을 이렇게 회고했다.

"내가 임무를 받고 한 조선인 대원과 함께 3도황구에서 왕바버즈로 들어오는 산 길목 입구에 나가 기다렸다. 일본말을 잘하는 그 조선인 대원이 트럭을 멈춰 세우고 여기서 부터는 길이 나빠 트럭이 들어갈 수 없으니 트럭에 실어 가지고 온 '위문품'들은 모두 우리한테 맡기라고 하자 그자들은 '아니다, 우리가 인부들을 데리고 왔으니 그들이 지고 들어가면 된다.'고 했다. 보나마나 그 인부들은 위장한 토벌대 놈들이 대부분이었던 게 분명했다. 그리하여 내가 먼저 돌아가 이 사실을 보고하자 진한장은 박득범에게 '물자가 도착했다니 이놈들을 밀영 안까지 불러들이지 말고 밀영 바깥에서 모조리

노조에토벌대가 우심정자산을 토벌하고 밀영을 점령한 다음 찍은 사진. 당시 토벌대와 함께 동행한 촬영사가 찍은 사진으로, 이 외에도 밀영의 힝일연군 부상병을 촬영한 사진과 밀영에서 찾아낸 항일연군 깃발을 촬영한 사진 등이 더 있다. 이 사진 하단에는 "돈화 동남 약 25킬로미터 미혼진 지대 우심정산 부근에서 수색해낸 최현비의 산채"라는 설명이 있다.

이 사진들 역시 '가짜 귀순사건' 후 일본군이 다시 우심정자산을 토벌하면서 남긴 사진들이다. 왼쪽 아래 사진은 밀영에서 병 치료를 받다가 사살당한 항일연군이며, 오른쪽 아래 사진에서는 토벌대가 찾아낸 항일연군 깃발에 공산당 유격대를 상징하는 오각별이 선명하게 보인다. 필자가 당시 토벌에 참가했던 일본군 출신 생존자의 사진첩에서 직접 수집했다.

무장해제를 하고 처리해 버리는 것이 좋겠다.'고 시켰다. 최현 연대장이 직접 한 중대 를 인솔하고 산 아래로 내려가 밀영 밖에서 그들을 모두 체포했다. 우리는 일본인 네

놈만 처형하고 이상문, 이경문 형제와 양 씨는 그 자리에서 석방했다."[200]

　이것은 3방면군 결성 직후에 발생한 사건이었다. 이후 일본군 독립수비대 제8대대와 함께 길림 군관구 산하 만주군 유상화(劉尚華)의 제2여단 일부(제10연대)가 우심정자산을 토벌하기 시작했다. 진한장과 도정비가 인솔한 3방면군 지휘부 기관이 먼저 교화와 액목 쪽으로 탈출했다. 그 뒤를 만주군 유상화의 2여단 산하 제10연대가 쫓아갔다. 이어서 최현과 조정철의 13연대도 우심정자산을 탈출했을 때 그 뒤로는 일본군 돈화주둔 제8대대 산하 2중대가 따라붙었다.

　다른 부대들도 속속 우심정자산을 탈출했다. 나중에 맨 뒤에서 엄호했던 박득범이 김동규의 14연대와 이용운의 15연대를 투입해 서대차에서 포위당한 최현의 13연대를 구원하려고 마쟁령으로 이동한 것은 이미 앞에서 언급했다. 최현과 조정철이 혁명군 독립사 시절 자신들의 옛 상관이었던 주진의 도움을 받은 것이 바로 이때의 일이다.

　우심정자산에서 3방면군 주력부대를 놓친 돈화 주둔 일본군 독립수비대 제8대대는 이 대대의 부관이었던 테시마 다케오(手島丈男)가 1970년대까지 생존해 직접 쓴 『관동군 독립수비대 보병 제8대대 전사(關東軍獨立守備隊步兵第八大隊戰史)』로 세상에 널리 알려진 유명한 부대였다. 이 부대 전임 대대장 스케가와 케이키(助川啓尔) 대좌와 2중대장 츠지모토 신지(辻本信治) 중위가 6월 11일에 한총령에서 박득범, 최현 등에게 사살당했다. 스케가와 케이지 대좌는 만주에서 항일연군에게 사살당한 일본군 정규부대 지휘관 가운데 가장 높은 계급이었다. 일부 학자들은 6월 11일이 아니고 7월 11일에 마쟁령 기슭에서 김동규의 14연대에게

200　취재, 동숭빈(董崇彬) 중국인, 항일연군 생존자, 항일연군 2군 4사 1연대 중대장 역임, 취재지 사천성 성도시, 1990.

사살당했던 일본군 안도 수비대 대장이 사실은 돈화 수비대장인 스케가와 케이키 대좌가 아니었나 의심한다. 두 사람의 성씨가 같은 스케가와였기 때문이다.

어쨌든 김동규의 14연대도 3방면군 산하 부대였던 만큼 중국에서는 김동규나 최현, 박득범의 이름 대신 3방면군 대표자로 총지휘관이었던 진한장 이름만 언급한다. 이어서 24일에 우심정자산으로 투항을 권유하러 들어왔다가 처형당한 니시세토 히데오 경비과장도 진한장에게 피살되었다고 주장한다. 만주국 내 일본인 경찰관 가운데 가장 높은 고위 간부를 죽인 것이다.

북한의 당중앙 역사연구소 관계자들이 정말 공정하고 사실대로 역사를 기록했다면, 아무리 김정일에게 미운 털이 박힌 김동규였어도 그가 이룩한 전과는 반드시 자세히 밝혀야 했다. 그런데 그렇게 하지 않았던 이유, 아니 하고 싶어도 할 수 없는 이유는 육과송전투와 쟈신즈전투 이후 김성주가 보여준 행보와 깊은 관련이 있을 것이다.

김성주는 회고록에서 이때 일을 언급하면서 "박득범은 호된 비판을 받고 경위여단에 가서 일했는데, 조직의 신임을 저버리고 1940년에 적들한테 체포된 다음 귀순하고 말았습니다. 가짜 귀순이 진짜 귀순으로 되었습니다."라고 했는데, 이 또한 사실과 맞지 않는다. 경위여단에서 일한 것을 마치 처분받았던 것으로 폄하하지만 사실은 그렇지가 않다.

박득범은 오히려 위증민에게 잘 보여 3방면군 참모장에서 1로군 총사령부 경위여단장으로 임명되었다. 양정우가 전사하고 곧바로 열렸던 제2차 두도류하회의에서 위증민은 박득범을 이동시켜 여단장 직위를 방면군 지휘와 동등하게 간주한다고 선포했던 것이다.

그리고 정작 비판받았던 사람도 박득범이 아닌 김성주 자신이었다. 2차 두도류하회의 때 돈화에서 3방면군과 회사하라는 위증민의 지시를 집행하지 않고 육과송전투에 이어서 쟈신즈전투까지 치른 다음 식량과 물자들을 둘러메고 부리나케 안도를 경유하여 화룡으로 되돌아가버린 일로 비판받은 것이다.

물론 이는 임수산의 이간질에 의한 것일 수도 있다. 위증민은 김성주가 목단령을 넘어 돈화까지 들어왔으나 끝내 3방면군과 회사하지 않고 다시 안도 쪽으로 '피신'했다는 소식을 임수산에게 전해들은 것이다. 얼마나 실망했던지 위증민은 전광에게 원망하기까지 했다.

"김일성 이 친구, 사람이 비겁한 건지 아니면 교활한 건지 통 감이 안 잡히군요."

전광도 어처구니없다는 듯 헛웃음을 지을 수밖에 없었다.

"다른 사람은 몰라도 김일성 동무에 대해서라면 전광 동지야말로 발언권이 있지 않습니까. 어디 한번 말씀해 보시지요."

"나쁘게 말하면 교활한 것이 맞소. 그렇지만 이해하는 쪽으로 평가한다면 지혜로운 것이라고 봐야 하지 않겠소. 지난여름 한철 동안 일본군이 한총령에서 얼마나 많이 골탕 먹었소. 그리고도 그놈들이 가만있는다면 그것이야말로 이상한 일이 아니오. 김일성 동무네가 목단령을 넘어 돈화로 들어왔을 때는 진한장 동무네가 모두 교하와 액목 쪽으로 물러난 뒤였을 텐데, 2방면군이 무슨 수로 그곳까지 전선을 펼칠 수 있었겠소. 난 김일성 동무네가 안도와 화룡 쪽으로 되돌아간 것에 토를 달고 싶지 않소."

이렇게 전광은 매번 김성주를 두둔했다.

필자의 짐작에는 김성주의 생활 작풍과 관련한 문제 역시 임수산이 가만 놔두었을 리 없다고 본다. 여러 문제를 함께 고발했을 가능성이 있다. 예를 들면, 장백현에서 활동할 때 만주군 소대장의 마누라로 알려진 배와자의 최 씨 과부와 몰래 관계 맺은 일은 이미 8연대 연대장 전영림이 살아 있을 때 문제가 되었던 사건이다. 그때도 전광이 김재범과 박덕산을 시켜 몰래 무마해버렸다. 이후 일본군 특무기관의 임무를 받고 밀영으로 들어온 강홍석의 아내 지순옥의 신분이 드러났을 때도 화라즈밀영에서 20일이나 데리고 지냈던 것은 문제 삼기에 따라서는 상당히 엄중한 사건이라고 할 수도 있었다.

임수산은 육과송전투를 앞두고 몽강으로 되돌아가던 길에 전광이 묵고 있던 화전의 두도류하에 들러 김성주를 고발했다. 그러나 김성주보다 여자 문제가 훨씬 복잡한 바람둥이 전광의 귀에 그런 고발이 먹힐 리 없었다.

"그 만주군 소대장 놈의 미망인이라는 최 씨와의 관계는 이미 무혐의로 처리되었소. 그때 전영림 연대장이 이 문제를 가지고 떠들어서 내가 직접 김재범 동무한테 알아보았지만, 그 최 씨는 진작 다른 데로 재가했다고 하더구먼. 확인해보려고 최 씨를 찾아보기까지 했소. 그런데 최 씨는 이미 새 남편을 따라 배와자에서 다른 데로 이사가 버렸다는데, 김일성 동무가 어떻게 그 과부와 계속 관계를 가질 수 있었겠소. 그리고 지순옥이라는 여자도 그렇소. 빤히 놈들에게 임무를 받고 독약까지 들고 온 특무 년을 옆구리에 끼고 잤다는 것도 결국 낭설일 뿐이지 확실하게 자기 눈으로 본 사람이 있소? 만약 그것이 사실이라면, 정치부 주임 여백기와 부관장 필서문이 왜 여태까지 가만있겠소? 앞서 김재범 동무가 두도류하로 올 때 여백기도 함께 왔지만 한 마디도 없었소. 더구나 여백기는 양 사령과 라오웨이가 이종락, 박차석 사건 이전에 벌써 특별히 2방면군 동향을 감시하기 위해 김일성 동무 곁에 박아둔 정치부 주임임을 왜 모르시오."

이렇게 김성주를 감쌌지만 이 사건의 내막은 누구보다도 정작 전광 본인이 환하게 알고 있었다. 특히 배와자의 최 씨와 관련해서는 당시 이 사건을 보고한 김재범을 시켜 최 씨를 몰래 다른 데로 이사 시키고 영영 입을 다물게 만든 사람도 바로 전광 본인이었기 때문이다. 임수산은 여백기에게서 아무 보고가 없었다는 이유로 다른 문제들도 모두 묻어버리려는 전광에게 불만을 품고 위증민과 만나게 해달라고 요청했지만 그마저도 거절당했다.

"여백기와 필서문은 그때 이종락 일을 양 사령에게 일러바쳤다가 김일성 동무의 눈 밖에 나서 완전히 고립당하고 지금은 그냥 허수아비일 뿐입니다. 그나마 나와 김재범 동무가 곁에 있을 때도 김일성 동무는 계속 제멋대로 하다가 당위원회에서 여러 번 말을 들었습니다. 하지만 지금은 김재범 동무도 없고 나까지 이 모양이 되었습니다. 빨리 방법을 대지 않으면 이 부대는 조만간 김일성 개인의 부대가 될 가능성이 있습니다. 그렇게 되면 일반 마적 부대와 다를 게 뭐가 있겠습니까. 이런 상황은 위증민 동지에게 반드시 보고해야 하지 않겠습니까?"

임수산이 이렇게 나오자 전광은 얼굴빛까지 변했다.

"이 동무가 보자보자 하니 못 하는 소리가 없구먼. 참모장이라는 사람이 자기가 해야 할 일을 제대로 하지 않으면서 그런 식으로 자기 부대를 험담하오? 정말 마적 부대가 되어 버린다면 그 첫 번째 책임자가 바로 참모장 당신 아니오?"

"제가 표현을 좀 과하게 한 것 같습니다. 제 뜻은 이대로 내버려두면 2방면군이 남만성위원회와 1로군 총사령부의 지휘를 듣지 않게 될 가능성이 있다는 겁니다."

임수산은 그 증거로 김성주가 돈화로 이동하여 3방면군과 회사하라는 명령을 7월경 전달받고도 계속 시간을 끌다가 12월경에야 가까스로 목단령을 넘은 사실을 문제 삼았다. 이미 안도와 돈화의 일본군 토벌대들은 모두 3방면군을 쫓아 우심정자산 쪽으로 몰려갔기 때문에 돈화로 들어오는 데 결코 4개월이라는 시간이 필요하지 않았다는 것이 임수산의 주장이었다. 또한 처음부터 임수산이 화전의 오도차와 봉상의 동패자로 식량을 나른 것에 관해서도 김성주가 크게 화를 내면서 다시 안도의 화라즈와 화룡의 장상령 쪽으로 가져가라고 한 것도 이야기했다.

"이것이야말로 1로군 총부의 작전계획과는 상관없이 자기 멋대로 안도와 화룡 쪽으로 돌아가려는 것이 아니고 무엇이겠습니까. 그러니 반드시 위증민 동지께 보고드려야 합니다. 지금이라도 빨리 막으면 바로잡을 수 있습니다."

전광도 하마터면 임수산에게 설득당할 뻔했다.

그러나 전광은 이미 김성주와의 관계가 최악이 되어버린 임수산이 설사 2방면군으로 다시 돌아가더라도 더는 참모장의 권한을 감당할 수 없다는 판단을 하게 되었다. 정치부 주임 여백기와 부관장 필서문도 이미 김성주의 눈 밖에 나서 허수아비나 다름없다는 임수산 말에도 공감했다. 따라서 새로운 참모장이나 정치부 주임을 파견해야 했는데, 마땅한 적임자가 떠오르지 않았다.

"중국인 간부를 보내면 또다시 여백기 꼴이 날 것이고, 그렇다고 조선 동무를 보내고 싶어도 김일성 동무를 제어할 만한 간부가 당장 눈에 보이지 않소."

전광이 이렇게 말하자 임수산도 한숨을 내쉬었다.

"제가 김일성 동무한테 진심으로 감탄하는 것이 하나 있긴 합니다. 부하들을 다루는 데는 진짜 한 수 있습니다. 전에 전영림 연대장이 살아 있을 때까지만 해도 지금 정도는 아니었습니다. 그런데 지금은 2방면군 대원들이 모두 이자의 노복이 되다시피 했습니다. 중국 동무 수가 점점 줄어들다 보니 이제는 거의 조선 동무들만 남게 되었기 때문입니다. 3차 서북원정을 준비할 때도 계속 해룡선 쪽으로 이동하라는 명령을 거절하지 않았습니까. 대원들한테는 '내 조국 조선으로 나가야 한다.'는 말만 한 마디 던지면 모든 게 끝납니다. 일반 대원들이 남만성위원회와 1로군 총사령부의 작전계획에 대해 아는 것이 뭐가 있습니까. 그냥 김일성이 하는 말만 듣는 것이지요."

전광은 듣다 피식 웃기까지 했다.

"됐소. 이제 그만하오. 그런 것까지 다 문제 삼다가는 김일성 동무뿐만 아니라 나까지도 다 걸려들고 말겠소."

임수산이 순간 어리둥절해 하자 전광은 정색하고 말을 이어갔다.

"동무도 몇 해째 참모장을 해왔던 사람인데 왜 병법에 대해 그리도 무지하오. '외지에 있는 장수는 설사 임금의 명령이라도 받지 않을 수 있다.'고 했소. 조아범, 김일성, 진한장 이들은 모두 외지에서 작전하는 장수들과 다름없소. 더구나 독립적으로 하나의 방면군을 지휘하는 장수에게는 자기 스스로 판단하고 또 현지 상황에 따라서 작전계획을 변경시킬 권한이 있어야 하오. 당초 내가 2군 정치부 주임으로 내려올 때도 양 사령과 위증민 동무는 나한테 그런 권한을 위임했소. 2군 4, 6사와 1군 2사에 관한 모든 작전지휘권과 인사 임명권까지 나한테 일임하고 무릇 내가 내린 결정에 관해서는 한 번도 반대하지 않고 모두 받아주었소. 내가 동무를 6사 참모장으로, 조아범을 1군 2사 사장으로 삼은 것도 성위원회와 총사령부에 먼저 보고하지 않고 상황에 따라서 그때그때 조치한 것이오. 지금은 그때보다 훨씬 더 어려운 상황임을 잊으면 안 되오. 당초에 2방면군을 돈화로 이동하라고 한 것은 양 사령 경위여단과 조아범 1방면군을 돕기 위해서였소. 노조에 토벌사령부가 화전과 휘남, 금천 쪽으로 주의를 돌리자 양 사령은 1방면군까지 데리고 몽강산구를 다시 개척하기로 했소. 이때 만약 2방면군이 돈화로 들어와 3방면군과 회사한 뒤에 함께 이 지역에서 전선을 개척하면 양사령에게 따라붙는 놈들을 견제할 수 있지 않겠소. 물론 동무가 제기하는 문제도 일리가 없는 것은 아니오. 위증민 동무도 같은 생각을 하고 있더구먼. 어쩌면 김일성 동무의 2방면군이 좀 더 일찍 목단령을 넘어섰다면 3방면군이 돈화에서 버텼을지도 모른다고 말이오. 그러나 이것은 어디까지나 회망 사항일 뿐이오.

우리 병력은 제한되어 있지만, 놈들은 필요에 따라서 얼마든지 수천, 수만 명으로 증원할 수 있는 게 현실 아니오. 만약 2방면군이 좀 더 일찍 돈화로 들어오다가 안도에서 간도특설부대와 맞붙었거나, 아니면 돈화에서 노조에 토벌대와 맞붙었다면 결과는 어땠을 것 같소. 그러니 2방면군이 너무 늦게 돈화로 들어와 3방면군이 돈화에서 버티지 못하고 교하와 액목 쪽으로 철수했다는 주장도 성립하기 어렵소.”

전광은 임수산을 설득하여 돌려보낸 뒤 이런 식으로 위증민도 설득했다.

위증민은 제1차 두도류하회의 직후 심각한 위병으로 몇 번 피를 토하기까지 했다. 그리하여 양정우는 군의처장 서철을 위증민 곁에 남겨두었다. 서철은 당시 위생대를 데리고 홍석과 백산, 쟈피거우, 두도류하, 태평천 등의 여러 밀영을 돌아다니면서 부상자들을 돌보고 있었다. 이 밀영들 가운데 쟈피거우는 위증민이 묵고 있던 밀영이었고 태평천은 전광이 묵고 있던 밀영이었다. 오늘의 화전현 사람들은 이 밀영들을 ‘양정우밀영(호자호밀영)’, ‘위증민밀영(쟈피거우밀영)’, ‘전광밀영(태평천밀영)’, ‘김일성밀영(오도차밀영)’으로 부른다. 이 가운데 관광구로 크게 개발한 곳은 당연히 ‘양정우밀영’뿐이다.

태평천 기슭의 ‘전광밀영’과 오도차의 ‘김일성밀영’은 오늘날 흔적도 없이 사라져버렸다. 임수산이 태평천밀영으로 전광을 만나러 왔던 것도 자신이 직접 오도차밀영을 건설한 장본인이었으니 이 지방에 상당히 익숙했을 것으로 보인다. 그가 쟈피거우밀영으로 곧바로 찾아가지 않은 것은 위증민이 어느 밀영에 있는지 몰랐기 때문으로 짐작되기도 한다. 어쨌든 그가 찾아와서 전광과 만나고 갔다는 소식은 서철을 통해 위증민 귀에까지 들어갔다.

위증민은 아픈 몸을 끌고 전광을 만나러 왔다. 전광은 임수산이 찾아와 주고

받았던 이야기를 위증민에게 숨기지 않고 모두 전달했다. 위증민은 듣고 나서 너무 안타까워 발을 구르기까지 했다.

"2, 3방면군이 돈화에서 회사하여 화전과 휘남 쪽으로 이동하는 조짐을 보여 놈들을 견제하면 몽강산구로 들어간 양 사령의 부담이 훨씬 줄어들 텐데, 이제는 이 계획을 실현할 수 없게 되었으니 어떻게 하면 좋단 말입니까?"

전광도 생각 끝에 위증민에게 말했다.

"2방면군을 화전 지방에 남겨 1방면군과 서로 기각지세를 형성하면 양 사령의 경위여단이 몽강산구를 개척하는 데 도움이 되지 않을까 생각하오. 그리고 여백기와 필서문에 이어 이제는 참모장 임수산까지도 모두 김일성에게 고립당해 더는 견제 능력이 없소. 반드시 정치부 주임과 참모장을 다시 파견해야 할 것 같소."

"누구를 보낸들 김일성을 견제할 수 있겠습니까?"

위증민은 갑작스럽게 생소하고도 막연하게 느껴지는 김성주 때문에 여간 곤혹스럽지 않았다.

'정말 임수산 말대로 2방면군이 중공당의 영도에서 벗어날 수도 있단 말인가? 아니, 그럴 수는 없다. 2방면군이야말로 우리 1로군에서 기층 당 조직이 가장 잘 건설된 부대다. 나는 반드시 우리 당원들을 믿어야 한다….'

이렇게 생각하면서도 의구심을 완전히 털어 버릴 수 없었다.

김성주가 걸핏하면 "내 조국 조선으로 나가야 한다."고 대원들에게 호소하는 것은 한 마디로 마약 같은 것이라고 판단했다. 양정우가 "열하성으로 치고 나가 홍군의 동정부대와 회사해야 한다."고 주장하는 것과 비슷했다. 당시 양정우를 꽁꽁 사로잡고 있었던 것도 다름 아닌 '서북원정'이라는 마약이었다. 사정이 갑자기 어려워지면서 서북원정은 일단락되었지만, 사정이 좋아지면 양정우는 언제라도 서북원정을 다시 들고 나올 것이라고 생각하면서 위증민은 김성주도 이해가 되었다.

'우리 중국의 항일대업을 위한 양 사령의 집념이나, 자기 조국 조선에 대한 김일성의 집념이나 무엇이 서로 다르랴. 이런 일로 김일성에게 죄를 물을 수는 없는 일 아닌가.'

오늘날 북한뿐만 아니라 중국에서도 위증민에 대해서는 '진정한 공산주의자'라고 평가한다. 당시 임수산의 고발로 남만성위원회와 1로군 총부에서는 2방면군 지휘부를 다시 조직하는 걸 고민했다는 증언이 여기저기서 나온다. 2차 두도류하회의 때 김성주를 대체할 인물로 물망에 오른 사람은 다름 아닌 김재범이었다고 한다. 그러나 전광이 극력 반대했을 뿐만 아니라 위증민도 함부로 2방면군 지휘관을 교체하는 것은 위험한 인사 결정이라고 권고한 왕작주의 의견을 받아들였다. 결국 여백기 후임으로 신임 정치부 주임에는 이준산을 임명했고, 임수산의 후임으로는 원 6사 참모장과 2군 참모장을 담임했던 왕작주를 김성주 곁으로 보내자는 결정을 내리게 되었다. 이 일은 뒤에서 다시 자세하게 설명하겠다.

5. 윤하태토벌대대

얼마 뒤에 양정우와 함께 몽강산구로 들어갔던 왕작주가 먼저 돌아왔다.

박 씨(朴氏, 본명은 알 수 없음)와 이 꼬마(小李子, 본명은 알 수 없음)라는 1군 교도대대 대원 2명이 복부에 총상을 당한 왕작주를 들것에 싣고 왔는데, 포위를 돌파할 때 총상으로 창자가 흘러나왔다고 한다. 다행히 창자가 터지지 않아 그대로 집어넣고 왔다는 것이다.

서철이 상처를 응급처치하고 총상 구멍도 꿰매어 가까스로 생명을 부지했지만 아주 한참동안 병상에서 일어나지 못했다. 위증민은 왕작주와 만나기 위해 태평천밀영으로 달려왔다.

위증민과 전광은 왕작주를 통해 1939년 10월 1차 두도류하회의 이후 양정우의 경위여단 주력부대와 조아범의 1방면군이 몽강현에서 당한 어려움을 비교적 자세하게 들었다.

2방면군의 돈화원정이 지연되면서 원래 2, 3방면군이 화전과 돈화 지방에서 토벌대를 견제해줄 것이라는 희망이 물거품으로 돌아가자 양정우는 1939년 12월 24일 오늘의 임강, 금천 사이의 대반석구령(大盤石溝嶺)에서 조아범의 1로군과 헤어졌다. 양정우의 목표는 몽강산구에 새로운 근거지를 개척하는 것이 아니라 1군 옛 근거지인 금천 지구로 돌아가는 것이었다는 주장이 여기저기에서 제기된다.

일명 '대반석구령전투'라고 불리는 전투에서 양정우의 경위여단은 주대로의 만주군에게 크게 당했다. 두도류하에서 마련했던 약 10여 일분가량의 식량이 바닥나는 바람에 당장 대원들이 굶게 되자 직접 이를 해결하기 위해 양정우가 벌인 전투였다. 그러나 식량은 전혀 해결하지 못하고 사상자만 발생하면서 이때부터 부대 내에는 하나둘씩 도주자가 발생하기 시작했다.

일본군은 자신들의 상대가 바로 양정우의 경위여단 주력부대인 걸 알게 되자, 매일 정찰기를 띄워 삐라를 살포했다. 그 삐라에는 안광훈, 정빈, 호국신 등의 귀순자들이 만주군 황제의 은총으로 모든 죄를 사면받았을 뿐만 아니라 상금을 받고 좋은 집과 예쁜 여자에게 장가든 사실이 적혀 있었다. 실제로 안광훈, 정빈, 풍검영 등이 모두 장가들었는데, 정빈 부부가 결혼식을 올릴 때 찍은 사진까지 삐라에 등장하기도 했다.

양정우는 조아범의 1로군을 엄호부대로 삼고 1940년 1월 초순경 몽강현으로 들어왔다. 이때 경위여단은 급격하게 병력이 감소하여 양정우 신변에는 겨우 200여 명밖에 남지 않게 되었다. 굶다 못한 대원들이 도주하기 시작한 것이다. 이 문제를 해결하기 위해 양정우는 여단장 방진성에게 100여 명을 갈라주면서 몽강현 주요 군사거점의 하나인 용천진(龍泉鎭, 몽강현 서강 용천진)을 습격하여 식량을 구하게 했으나 용천진 밖 서강에 주둔하던 통화성 경찰대대 산하 최주봉돌격대에게 앞을 가로막히고 말았다.

앞에서 설명했듯이 최주봉돌격대는 과거 양정우의 직속부대나 다름없는 1군 소년철혈대 출신이 대부분이었다. 모두 20대 초반의 젊은 청년인 데다 10대 초반에 유격대에 참가하여 총을 메고 다닌 경력만 6, 7년씩 되었다. 게다가 귀순한 뒤부터는 일본군에 못지않은 무장과 급양을 공급받다보니 한마디로 날고뛰었다.

마침 키시타니 류이치로 통화성 경무청장은 몽강과 가까운 화전에 출장 중이었다. 화전 주둔 길림헌병대로부터 제1방면군 참모장 윤하태를 체포했다는 연락을 받고 정신없이 달려간 것이다. 그는 화전헌병대 대장에게 자기가 도착하기 전까지는 절대로 윤하태에게 혹형을 가하거나 인간적인 모멸을 느끼게 만들면 안 된다고 신신당부했다. 윤하태는 화전 헌병대로부터 전투 중에 입은 상처를 치료받고 키시타니 경무청장이 도착했을 때는 두말없이 귀순했다.

"만약 우리를 도와 양정우와 조아범을 사로잡을 수 있다면 당신도 안광훈이나 정빈 못지않게 대우하겠소. 일단 내가 데리고 온 오바마토벌대(小濱討伐隊)를 도와주시오. 당신을 이 토벌대 부대장으로 임명하겠소. 당신이 인솔했던 1방면군에서 귀순한 대원들이 오바마토벌대 숫자와 맞먹게 되면 모두 합쳐 대대로 편성하고 당신을 다시 대대장으로 임명하겠다고 약속하겠소."

후에 귀순자들이 많아지자 키시타니는 이 약속을 지켰다.

일명 '윤하태대대'라고 불린 토벌대를 아주 빠른 시간에 결성하고 윤하태를 대대장으로 임명했다. 일본인 오바마는 거꾸로 그의 밑에 들어가 부대대장이 되었는데, 이 때문에 귀순자들은 더욱 키시타니 경무청장에게 충성하게 되었다.

1940년 1월부터 가장 끈질기게 양정우를 쫓아다닌 토벌대의 선봉에는 정빈, 최주봉, 윤하태 이 세 사람이 있었다. 모두 양정우의 직계 부하들이었다. 용천진을 습격하다가 최주봉돌격대에게 앞길을 가로막히고 뒤로는 윤하태가 이끌던 오바마토벌대에게 퇴로를 차단당한 방진성의 경위여단은 1940년 1월 6일 포위를 돌파하는 과정에서 풍비박산이 나고 말았다.

정치위원 한인화가 겨우 60여 명을 데리고 포위를 돌파한 뒤 방진성은 참모장 정수룡과 한인화를 엄호하다가 나머지 부대를 모조리 잃어버리고 말았다. 겨우 10여 명만 데리고 몽강현 마가자 남쪽의 한 농가에 숨어 지내다가 이 농가의 쌀을 다 거덜 냈다.

"이 사람들이 계속 떠나지 않고 있다가 여기서 잡히면, 우리도 항일연군을 감춰준 죄로 함께 잡혀갈 거요. 그러느니 차라리 우리가 먼저 고발해야 하지 않겠소."

농민 내외는 가까운 곳에 마가자툰 툰장의 친척이 살고 있는데 그 집에 쌀이 많다고 꼬드겼다. 방진성은 그 말을 믿고 대원 1, 2명과 함께 그 농민 내외를 앞세우고 식량을 구하러 갔다가 마가자툰에 주둔 중이던 오바마토벌대에게 발각되고 말았다. 방진성이 붙잡히기 직전 그 농민 내외를 쏘아죽였기 때문에 오바마토벌대는 정수룡 등이 숨어 있던 농가를 찾지 못했다.

그러다가 나흘쯤 지난 21일, 마가자툰 툰장 신린서를 앞세운 몽강현 경찰대대가 정수룡 등이 숨어 있던 농가에 불쑥 나타났다. 정수룡을 사로잡았다는 연락을 받자 키시타니 경무청장은 다시 몽강현 경찰대대로 달려왔다. 그는 통화성 경찰대대에 임시 지휘부를 설치하고 정수룡에게서 얻어낸 정보로 현재 양정우가 이동하는 위치를 정확히 알아낼 수 있었다. 아직도 양정우 신변에 100여 명 가까운 대원이 남아 있다는 것을 알자 키시타니는 고민 끝에 결국 노조에 쇼토쿠에게 직접 보고하지 않을 수 없었다.

'아서라, 과욕은 금물이다. 만에 하나라도 성공하지 못하고 양정우를 놓칠 경우, 틀림없이 관동군 사령부의 문책을 면하기 어려울 것이다.'

노조에 사령관은 바로 키시타니의 속셈을 간파했다.

"이자가 이제야 보고하는 걸 보면 아마도 혼자 큰 공을 세워보려고 욕심 부렸던 모양이오. 어쨌든 놓치면 안 되니 빨리 정규부대를 투입해야겠소."

노조에 사령관과 후쿠베 참모부장은 바로 만주군 제1군 산하 독립혼성 보병 제3여단의 신임 여단장직을 겸직하고 있었던 쿠라시게 야스미(藏重康美)[201] 중좌에게 연락했다.

"긴급 명령이다. 오카미(승냥이, 박득범), 토라(범, 진한장), 쿠마(곰, 김일성)를 추적 중인 중대들은 모조리 몽강으로 집중하라. 통화성 경찰대대가 지금 양정우의 행

---

201 쿠라시게 야스미(藏重康美, 1893-1944년) 훗날 버마 방면군 148연대장으로 임명되어 중국 운남성에서 국민당 원정군 사령관 위립황(韋立煌) 부대와 작전하다가 폭사했다. 일본 야마구치현에서 출생했고, 1914년 육군사관학교 제26기 보병과를 졸업했다. 1944년 8월 13일 운남성 등월(騰越)에서 작전할 때 국민당 원정군은 그의 한 연대가 지키던 등충(騰冲)성을 공격하는 데 세 군단을 동원했고, 60여 대에 달하는 미 공군의 지원을 받았다. 3,000여 발의 포탄을 쏘았는 데도 쉽게 점령할 수 없었던 것으로 유명하다. 쿠라시게는 신변에 남은 30여 명과 함께 등충성 안에서 전원 폭사할 때까지 저항하여 일본군 중 가장 지독하게 완강한 자로 평판이 났다.

적을 발견해 포위망을 형성 중이다. 당신도 즉시 몽강으로 날아가 키시타니와 함께 이 작전을 지휘하라.”

쿠라시게 야스미 중좌는 만주군 제3여단장 직을 겸하고 있었다. 그는 1940년경 양정우에 이어 계속하여 조아범과 김성주, 진한장과 박득범을 추격했던 일본군 제2독립수비대 제8대대 신임 대대장이다. 전임인 스케가와 케이지 대좌가 츠지모토 신지 중위와 함께 한총령에서 3방면군에게 사살당한 뒤 관동군 사령부에서는 쿠라시게를 노조에 토벌사령부로 이동시켰던 것이다. 쿠라시게는 곧바로 산하의 오오하라(大原), 아리마(有馬), 아리마사(有政), 오가타(緒方) 4개 중대를 모두 인솔하고 몽강현으로 달려갔다. 총 700여 명에 달하는 병력에다가 키시타니 경무청장이 직접 인솔한 통화성 경무청 산하 9개의 경찰대대가 모두 몽강산구로 몰려들었다.

1월 말경, 몽강현 서부의 말엉덩이산(馬屁股山)에서 교전이 벌어졌다. 양정우는 군부 교도대대 70여 명을 왕작주에게 맡기면서 화전 쪽으로 포위를 돌파하라고 명령했다.

“그럼 양 사령께서는 화전으로 돌아가지 않고 계속 몽강에 남아 계시겠다는 겁니까?”

왕작주가 놀라서 묻자 양정우가 머리를 끄덕였다.

“내가 화전으로 이동하면 또 토벌대가 따라올 것이오. 그렇게 되면 성위원회와 총부 기관이 모두 위태롭게 되오. 그러니 왕 참모가 교도대대를 인솔하여 빨리 화전으로 돌아가 위증민, 전광 두 동지한테 내가 끝까지 몽강산구에서 남아 있어야 하는 이유를 설명해주기 바라오.”

그러자 왕작주가 양정우에게 말했다.

"전투력이 강한 교도대대는 계속 신변에 남겨두십시오. 저는 한 소대면 됩니다."

"그렇지 않소. 교도대대만큼은 꼭 데리고 가서 전광 동지께 맡기오."

양정우는 교도대대 대대장 최윤구의 상황을 왕작주에게 간단하게 설명했다.

"최 대대장은 과거 조선혁명군 양세봉 사령의 부하였소. 우리가 환인, 관전근 거지를 개척할 때 내가 직접 양세봉 사령에게 부탁받았던 부대였단 말이오. 그동안 우리 항일연군에 들어와 모두 사망하고 겨우 70여 명밖에 남지 않았소. 이 동무들을 다 희생시킬 수는 없소. 이 동무들은 반드시 살아서 자기 조국으로 돌아가야 할 사람들이란 말이오."

그러나 말엉덩이산에서 포위를 돌파할 때 최윤구 교도대대는 거의 전멸하다시피 했다. 70여 명 가운데 60명 가량이 죽고 겨우 10여 명이 살아남았으나 최윤구는 화전으로 철수하지 않고 그 10여 명을 데리고 다시 양정우를 찾아 떠났다.

48장

위기 탈출

"중국에는 죽어서 영웅이 된 사람은 '열사'라고 부른다.
그러나 민간에서는 '죽으면 산 강아지보다 못 하다'고 말한다.
죽어서 영웅이 될 것이 아니라 살아서 영웅이 되라는 소리다.
김일성의 경우는 '영웅이 살아남은 것이 아니라, 살아남았기에 영웅이 된 것'이다."

1. 제2의 양정우

왕작주가 화전의 두도류하에 도착했을 때는 2월 말경이었다. 노조에 토벌사령부는 양정우의 수급 사진을 삐라에 담아 항일연군이 활동할 것으로 짐작되는 산들에 대량으로 살포했다.[202]

가장 일찍 이 소식을 알게 된 사람은 당연히 조아범이었다. 1940년 1월까지 줄곧 양정우의 경위여단과 기각지세를 이루면서 금천과 화전, 몽강 지방에서 좌충우돌하며 함께 보냈던 조아범은 양정우가 사망하기 하루 직전인 2월 22일에는 1방면군의 나머지 부대를 인솔하고 몽강현성 북쪽 대사하(大沙河)까지 접근

---

202 양정우의 사망 전후 과정은 '부록 주요 인물 약전' 참조.

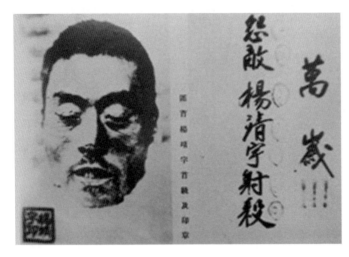

일본군이 살포한
양정우 수급 사진이 담긴 전단.

했다. 그는 방진성의 경위여단 주력부대가 이미 무너지고 양정우 신변에 대원이
얼마 남지 않았음을 알고 있었다. 그는 즉시 송무선을 전광에게 파견하여 구원
부대를 요청하는 한편, 어떻게든 양정우를 구하고 싶은 마음에 얼마 남지 않은
대원들을 데리고 이와 같이 위험한 모험을 벌인 것이다.

당시 조아범은 참모장 윤하태의 변절로 군수물자를 모조리 잃어버린 상태였
다. 정치부 주임 김광학은 조아범의 표정이 심상치 않은 것을 보았다.

'그냥 양 사령과 함께 죽으려는 심산 같은데, 내 힘으로는 막아낼 수도 없고
어떡하지?'

그는 궁리하다가 양정우가 전사한 다음 날인 24일에 조아범에게 말했다.

"양 사령이 전사한 소식을 위증민 동지한테 빨리 알려야 하지 않겠소."

이렇게 핑계를 대고는 대사하 기슭에서 먼저 빠져나왔다.

몽강현 성북 대사하 기슭에서 벌인 전투 때 일본군은 조아범이 인솔하는 1방
면군 나머지 부대가 삼도왜자로 접근하는 것을 발견하고 행여나 양정우를 놓치
게 될까봐 비행대까지 동원했다. 양정우를 사살한 후 여기에 참가했던 토벌대들

을 중심으로 길림시에서는 '양정우토벌좌담회'를 개최했다. 그때 좌담회 기록이 만철(滿鐵, 남만주철도주식회사) 사원회(社員會)에서 발행한 잡지 『협화(協和)』에 자세히 실렸다.

이 기록에 따르면, 몽강현 성북 대사하까지 접근한 조아범 부대는 1940년 2월 21일부터 23일까지 계속 전투를 벌였고, 23일 오후에는 오늘의 정우현 몽강향 대사하촌(靖宇縣 蒙江鄕 大沙河村)에서 대우구(大牛溝) 쪽으로 부득부득 접근하다가 비행대에 의해 제지당했다. 그러나 24일 결국 삼도왜자(三道崴子)까지 들이닥쳤으나 이미 양정우가 사살당한 뒤였다. 대우구에서 양정우가 사살당한 삼도왜자까지는 직선거리로 겨우 13, 14여 리밖에 안 되었다고 한다. 일본군이 하마터면 양정우를 놓칠 뻔했다는 소리다.

조아범은 대성통곡했다. 멀지 않은 곳에 토벌대들이 몰려들어와 있었지만, 조아범은 조총까지 울려가면서 추도식을 열었다. 노조에 토벌사령부의 "양정우토벌좌담회실기(楊靖宇討伐座談會實記)"에는 이 작전에 참가했던 귀순자 윤하태의 입을 빌어 조아범의 최후 몇 달 동안 있었던 일에 대해 언급하고 있다.

"양정우가 죽은 다음 조아범은 복수를 한다고 거의 매일같이 토벌대와 전투를 벌였다. 그는 가는 곳마다 먼저 공격해 왔다. 신변에 얼마 남지 않았던 대원들이 모조리 맞아 죽거나 도망치고, 결국 혼자 남을 때까지 소란을 멈추려 하지 않았다."[203]

조아범의 참모장이었던 윤하태만큼 그를 잘 아는 사람도 없었다.

김성주의 회고록에 보면, 조아범이 3사 참모장으로 임명되었을 때 민생단사

---

203 "양정우토벌좌담회 실기(楊靖宇討伐座談會實記)", 『협화잡지(協和雜志)』, 1940, 933기.

건으로 조선인 공산주의자들과 많은 원한을 맺었기에 어느 날 조선인들에게 무슨 피해를 받게 될지 모른다고 걱정하는 대목이 나온다. 이때 이미 귀순하여 '윤 대대'의 토벌대장이 되었던 윤하태도 바로 조선인이었고 조아범의 참모장이었다. 그리고 얼마 뒤에 귀순한 조아범의 정치부 주임 김광학도 역시 조선인이었다.

조아범은 당시 중국공산당 화룡현위원회 서기로 있으면서 김일환을 비롯한 화룡 출신 조선인 간부들을 꽤 많이 해친 것에 대해 마지막까지도 별로 사죄하는 마음이 없었던 것 같다. 그에게 해를 입은 조선인 간부들이 적지 않았지만, 그는 자기가 인도하여 항일혁명에 참가한 조선인들도 적지 않았음을 자랑스럽게 여겼음이 분명하다. 실제로 동만 출신 조선인 간부들 가운데는 그에게 절대적인 신임을 받았던 부하가 적지 않았다. 오중흡, 김산호, 김홍범 등은 한때 그의 직계 부하들이었을 뿐만 아니라 심복 중의 심복들이었다.

1983년에 오늘날의 흑룡강성 북안시(黑龍江省 北安市)에서 필자와 직접 만났던 양소강(楊笑康, 북안시 정신병원 원장)은 유일하게 살아남은 조아범의 경위원이었다. 그의 셋째동생 양유강(楊有康)도 조아범의 경위중대에 함께 있었는데 전령병이었다고 한다. 양소강은 한 차례 전투 중에 부상을 당해 몽강현 도기하자밀영(倒旗河子密營)에서 치료받고 있었다.

"하루는 우리 중대 지도원 지병학(池炳學)이 불쑥 밀영에 나타났다. 나를 보더니 '네 동생 소강(小康, 양유강)이 서옹권(西瓮圈, 밀영)에서 죽었다.'고 알려주었다. 내가 울면서 동생 시체를 걷으러 가겠다고 했더니 '네 동생만 죽은 게 아니고 조아범 지휘도 함께 죽었다.'면서 이미 일본군 토벌대가 서옹권에 들어와 밀영에 불을 질렀다고 했다. 그때 지병학은 화전에 회의하러 갔다가 돌아왔는데, 조아범과 내 동생이 피살된 것을 발견한 것이다. 후에 알게 된 일이지만, 전반장(全班長, 조선인, 조아범의 경위소대장)이 조아범과 내 동생을 기관총으로 쏘아 죽이고 달아났다.'**204**

키시타니 경무청장의 중국인 통역관이었던 유술렴이 전하는 이야기는 조금 다른 내용을 담고 있다. 윤하태와 함께 조아범 시체를 확인하러 갔던 유술렴은 이렇게 말했다.

'전반장'의 별명은 '로꼬리(老高麗)' 또는 '전꼬리(全高麗)'로 조선인이었다. 조아범을 죽인 뒤 밀영에서 나와 일본군에게 귀순하러 가던 길에 산속에서 나무하던 농민을 만나 그의 집에 따라가 술도 한 잔 얻어 마시고 쉬었다. 그때 농민은 마당에서 나무를 패고 있었고, 그의 아내가 전꼬리와 이 말 저 말 주고받게 되었다. 농민의 아내가 꽤 예쁘게 생긴 데다 바람기도 있었던 모양이다.

"나는 현상금이 5,000원이나 달려 있는 큰 '비적' 하나를 방금 죽였는데, 지금 토벌대로 상금을 받으러 가는 길이오. 이 깊은 산속에서 저 나무꾼과 아까운 청춘을 보내지 말고 나와 함께 산에서 내려가지 않으려오?"

전꼬리는 이렇게 농민의 아내를 꼬드겼다고 한다.

"그게 정말이에요? 토벌대가 진짜로 5,000원을 줄까요? 그럼 돈 받은 다음 다시 찾아오세요. 그때 제가 따라갈게요."

농민의 아내도 돈에 혹했다. 이렇게 두 사람이 수작질하고 있을 때, 바깥에서 나무 패던 남편이 이 말을 엿들었던 모양이다. 오랜만에 술 한 잔 하고 머리가 흐리멍덩해진 전꼬리는 억지로 농민의 아내를 머리맡으로 잡아당겨 그 무릎을 베개 삼아 베고 잠들어 버렸는데, 농민은 도끼를 들고 들어와 전꼬리의 이마를

---

204 취재, 양소강(楊笑康) 중국인, 항일연군 생존자, 조아범의 경위원, 취재지 흑룡강성 북안시, 1983.

내리찍었다고 한다. 살인한 농민은 그길로 허둥지둥 도망가고 아내만 몽강현 경찰서에 잡혀 왔다.

양소강은 자기가 그 농민을 안다고 했다. 그는 금천현(金川縣, 현재 휘남현) 사람이며 이름은 궁운삼(宮運森)인데, 나무패던 도끼로 전꼬리를 쳐죽인 후 그의 몸에서 권총 두 자루와 조아범의 도장을 가지고 달아났다. 후에 궁운삼 집에서 그 물건들을 찾아낸 몽강현 경찰서에서는 조아범을 죽인 사람이 궁운삼이라고 오해하게 되었다고 한다.

"그러면 왜 궁운삼의 아내는 자기 남편이 전꼬리를 죽인 사실을 말하지 않았나?"

"조아범에게는 현상금이 걸려 있었는데, 자기 남편이 직접 조아범을 죽인 것으로 오해하자 마침 좋아라고 입을 다물고 자기는 아무것도 모른다고 잡아뗐을 가능성이 있지 않겠나. 그때 위만 경찰이 그렇게 오해하고 잘못 만든 문건이 그대로 전해져, 해방 후에도 계속 궁운삼이 조아범과 전꼬리를 죽인 것으로 판단하고 '조아범 열사 기념비' 비문에 전꼬리 이름도 함께 들어가 있었다. 실제 이름을 몰라 그냥 '전반장(全班長)'이라고 써넣었다.'[205]

이 사건을 조사했던 관계자들은 당시까지 길림성에 살아 있던 항일연군 출신 귀순자 8명과 당시 몽강현 경찰서에서 근무했던 경찰 3명 외 항일연군 출신 생존자 17명을 차례로 인터뷰했다. 그 결과 1980년대에 이르러서야 비로소 조아범을 살해했던 사람은 궁운삼이 아니라 경위소대장 전꼬리였음이 밝혀졌고, '조아범 열사 기념비'에서도 그 이름이 지워지게 되었다.

---

205 상동.

필자는 서옹권밀영 옛터에 찾아가 보았다. 그곳은 행정구역상 오늘의 정우현 용천진에 있었으며 서옹권은 이수원자(梨樹園子)라고 불리고 있었다. 왼쪽으로 산을 넘으면 오늘의 휘남현 용담궁(즉 삼각룡만三角龍灣)에 닿고, 오른쪽 산을 넘으면 양정우가 전사했던 삼도왜자가 멀지않은 곳에 있다. 서옹권밀영 옛 터에서 조아범의 장지(葬地) 곁에 피살 당시 함께 당했던 경위대원 3인의 묘지도 발견했다. 이곳 정부에서는 아주 오랫동안 조아범 살해범을 조아범과 함께 희생당한 열사로 여겨 이름까지 새겨넣고 수십 년 동안 제사를 올렸던 셈이다. 그야말로 복장 터질 일이 아닐 수 없었다.

이후 일본에서 나온 『관동군 독립수비대 보병 제8대대 전사』를 통해 이 사실은 더욱 철저하게 밝혀졌다. 당시 8대대 산하 오가타 중대가 서옹권밀영으로 급파된 것은 키시타니 경무청장의 요청에 의해서였다. 서옹권 주변에 또 다른 작은 밀영들이 여러 채 더 있을 것으로 판단한 키시타니는 혹시라도 항일연군의 습격이 있을까봐 몽강에서 진두지휘하고 있던 쿠라시게 야스미 대대장에게 한 중대를 투입해 달라고 했던 것이다. 이렇게 되어 조아범이 피살된 장소에서 오가타 중대장이 요다(世田) 소대 사병 2명과 함께 반일 표어가 쓰여진 나무를 배경으로 찍은 그 유명한 사진이 세상에 나오게 되었다. 사진을 통해 그 나무에 쓰여 있는 표어 내용 한두 개를 확인할 수 있었다.

(오른쪽) "괴뢰 만주국을 뒤엎자(推翻傀儡滿洲偽國)"
(왼쪽) "항일구국은 중국인 모두의 신성한 천직이다(抗日救國是中國每个人的神聖天職)"

유술렴은 조아범의 참모장이었던 윤하태도 일본군 오가다 중대와 함께 현장에 도착하여 조아범 시신을 감식하는 데 참가했다고 한다. 조아범을 죽였던 전

조아범이 살해당한 장소에서 오가타 중대장(오른쪽 첫번째)이 세다 소대 사병 2명과 함께 반일 표어가 쓰여진 나무를 배경으로 찍은 사진.
나무에 쓰여 있는 표어, 오른쪽은 "괴뢰 만주국을 뒤엎자(推翻傀儡滿洲僞國)" 왼쪽은 "항일구국은 중국인 모두의 신성한 천직이다(抗日救國是中國每个人的神聖天職)"

꼬리 시신도 함께 감식했는데, 윤하태가 그를 알아보고 이렇게 말했다고 한다.

"라오챈(老全, 전꼬리를 가리킴)도 그(조아범을 가리킴)를 따라다니면서 너무 지쳐 더는 견뎌낼 수 없었던 것 같다. 그 결과 그가 잠이 들었을 때 기관총으로 쏘아죽이고 달아나다가 이렇게 되고 만 것이다."[206]

이를 통해 알 수 있듯이, 양정우의 전사 직후 복수의 일념으로 불탔던 조아범은 맹목에 가까울 정도로 물불 가리지 않고 끊임없이 전투를 벌였다. 그 결과는 참혹할 수밖에 없었다. 조아범이 가장 믿었던 경위소대장에게 사살당했을 뿐만 아니라 좌우 두 팔이라 할 수 있었던 참모장(윤하태), 정치부 주임(김광학) 등이 모

---

206 원문 "老全也是跟他(指曹亚范)實在熬不起了, 趁他睡熟的工夫用機槍把他们突突的." 취재, 유술렴 (劉述廉) 중국인, 만주국 통화성경무청 연고자, 통역관 출신, 취재지 통화, 1984.
『楊靖宇將軍犧牲經過尋訪問手記』, 楊剛, 1996.

두 귀순하는 결과를 낳고 말았다. 거기에 1방면군 군수부장 송무선까지 지원부대를 요청하러 가는 길에 그만 실종되고 말았다.

아래는 송무선의 지인이 전하는 내용이다.

조아범의 부탁을 받고 전광을 찾아 떠났던 송무선은 미처 화전 경내로 들어서지도 못하고 정빈정진대에 붙잡혔다. 과거에 정빈과 몇 번 만난 적까지 있었지만 그날따라 어떻게 된 영문인지 정빈은 그를 알아보지 못했다고 한다. 정빈뿐만 아니라 호국신도 모두 송무선을 알아보지 못한 것은, 모른 척한 것이 아니라 실제로 알아보지 못했을 가능성이 크다.

"송무선도 김일성과 마찬가지로 길림 육문중학교를 나왔다. 중국말을 아주 잘했는데, 그냥 잘한 것이 아니라 중국 사람처럼 잘했기 때문에 누구도 그가 조선 사람이라고 생각하지 못했다. 게다가 너무 굶어서 여윈 데다가 산속에서 며칠 동안이나 얼굴을 씻지 못했기 때문에 몰골이 말이 아니었을 것이다. 본인도 1방면군 군수부장이라는 신분을 숨기고 심부름이나 다니는 연락원 정도로 잡아뗐던 것 같다.

그리하여 처음에는 일반 포로들과 함께 감금되어 귀순서에 사인만 하고 나면 바로 석방될 수 있었는데, 불행하게도 윤하태에게 발각되고 말았다. 이자가 하루는 포로들한테 연설하러 왔다가 송무선을 알아본 것이다. 경찰들이 모두 지켜보고 있는데, 이자가 불쑥 송무선에게 다가오더니 '어이, 송 부장, 자네도 왔나?' 하고 말을 건넸다고 한다…."[207]

---

207 『東北抗日聯軍一軍二師代師長宋茂旋與朝鮮民主主義共和國主席金日成將軍的關係』, 訪談錄, 韓俊光, 魯德山 整理. 1982. (미발표 내부자료)

이후 송무선은 귀순서에 서명하지 않고 버티다가 죽도록 얻어맞았다. 1방면 군에서 함께 동료로 있었던 윤하태, 김광학 등이 모두 나서서 송무선을 설복했으나 끝내 잡아뗐다.

"내 차라리 죽으면 죽었지, 귀순은 못하겠소."

윤하태와 김광학이 키시타니에게 사정해서 송무선은 처형은 면했다. 하지만 끝까지 귀순서에 서명하지 않았기 때문에 풀려나지는 못하고 몽강지방법원에서 판결받고 길림감옥에서 2년 동안 징역을 살았다. 어떻게 1군 군수부장 신분까지 폭로되었는데, 겨우 2년밖에 징역을 살지 않은 것에 의문이 제기된 적이 한두 번이 아니었다.

출옥 후 길림시에서 막벌이를 하며 살아갔던 송무선은 1945년 광복 이후 길림 시내에서 1,000여 명에 달하는 청년들을 모았다. 이 청년들로 길림보안총대를 결성하고 화전에 본부를 둔 조선의용군을 찾아가 제7지대로 편성되었다. 7지대는 이후 화전현 보안연대를 거쳐 동북민주연군 길남군분구 24여단 산하 72 연대로 재편성되었다. 송무선은 72연대 산하 1대대장과 부연대장을 역임했으며, 국공내전 때는 국민당 군대와도 싸웠으나 결국 문화대혁명을 비켜가지 못했다. 귀순분자로 몰린 송무선은 아주 오랫동안 박해받았다.

"홍위병들에게 끌려 나가 너무 얻어맞고 몇 번이나 피를 토했다. 후에 도저히 견딜 수 없어 귀순했다고 억지로 자백하기도 했다. 송무선은 김일성에게도 여러 번 편지를 보냈으나 한 번도 회답편지를 받지 못했다. 문화대혁명 때 항일연군 출신 간부들이 억울하게 반역자나 특무로 몰리고 반란파들의 감독을 받으면서 노동개조(勞動改造, 노동을 통한 교화)를 했던 사람들이 아주 많았다. 그때 김일성이 자주 중국에 방문했는데, 만약 자기 옛 전우였다고 찾아와 만나주었다면 금방 누명을 벗을 수 있었다. 그런데 김일성이 송무선의 편지를 모조리 깔아뭉개고 일절 회답조차 하지 않은 것을 보면, 그도 송무선이 귀순했다고 의심하는 것이 틀림없었다. 아니면 송무선이야말로 길림육문학교 시절 그의 선배였을 뿐만 아니라 직접 그를 공청단에 참가시켰던 소개인이었기 때문에 그와 같은 사실이 주목받는 게 싫었을 것으로 볼 수밖에 없다.'[208]

2. 동만사업위원회와 김재범

1방면군은 양정우의 전사 직후 가장 먼저 와해되었다. 4월에 조아범이 피살당한 후 약 3개월쯤 지났을 때 위증민은 코민테른 중국공산당 대표단 강생(康生, 이때는 연안에 돌아와 있었음) 앞으로 보낸 편지에서 "조아범 동지는 피살되었고, 제1방면군은 대부분 와해되었다."[209]고 썼다. 그러나 경위여단은 정치위원 한인화가 살아 있었기 때문에 위증민은 1940년 3월의 2차 두도류하회의에서 박득범을 경위여단장으로 임명했다. 따라서 3방면군에서는 원 14연대(연대장 김동규)의 정치위원 안길(安吉)을 박득범 후임(참모장)으로 보충했다.

2차 두도류하회의도 위증민과 전광의 주도로 이루어졌다. 양정우가 전사하면서 1로군 군사업무를 모두 떠맡은 위증민을 대신해 전광은 남만성위원회 업무를 책임지고 처리했다. 두 사람은 이미 의견이 통일된 상태였다.

"1방면군이 기본 전투력을 상실했으니 2, 3방면군을 돈화 지방에서 회사시키려 했던 원래 계획은 일단 포기하고 3방면군이라도 먼저 영안과 동녕 쪽으로 포위를 돌파하게 해야겠습니다. 이제 남만에서는 버틸 수 없을 것 같습니다. 문제

208　상동.

209　원문 "曹亞范同志爲隊內叛徒所殺害, 第一方面軍的部隊大部分瓦解."

는 2방면군인데 안도에서 화룡 쪽 노선이 개척되었다고 하나 몽강 토벌대가 다시 동만 쪽으로 몰려들면 화룡에서 왕청 쪽으로 빠져나가기가 결코 쉽지 않을 것입니다. 전광 동지는 어떻게 하는 것이 좋겠습니까?"

"그쪽 사정은 김재범 동무가 훤하니 그 동무에게 물어보면 방법이 있을 겁니다."

전광은 위증민과 의논해 남만성위원회 산하에 동만사업부와 남만사업부 부서를 따로 만들었는데, 김재범을 동만사업부 부장으로 임명했고 남만사업부는 1방면군에서 살아남은 김광학에게 맡겼다. 이해 7월에 김광학은 반석에서 체포되어 귀순하고 말았다.

화룡에서 오래 활동해온 김재범은 위증민과 전광에게 제안했다.

"화룡에서 왕청으로 통하는 노선을 개척하자면 가장 빠른 길은 두만강 연안을 따라 도문을 빠져나가면 됩니다. 도문 뒷산에 있는 양수천자에만 도착하면 바로 왕청과 훈춘으로 통하는 길로 접어들 수 있습니다. 그런데 도문은 원체 경계가 너무 삼엄하여 접근하기가 쉽지 않습니다. 대신 화룡에서 평강벌로 빠져 세린하 쪽으로 접근하면 연길현 경내에 들어서게 됩니다. 연길현 상황도 만만치 않겠지만 그래도 도문에 비하면 상대적으로 여유가 있을 겁니다. 간도성 정부가 들어앉은 연길만 피하면 그 주변 노두구와 동불사를 에돌아 얼마든지 왕청 쪽으로 접근할 수 있습니다. 저는 동만사업부의 중점도 바로 이곳에 두려고 합니다. 때문에 3방면군이 영안, 동녕 쪽 포위를 돌파하기로 결정했다면, 2방면군은 안도와 화룡 쪽 포위를 돌파하면서 동만 지방을 다시 개척하는 것이 좋겠습니다."

위증민과 전광은 동시에 찬성했다.

"아주 좋은 생각이오. 만약 화룡에서 왕청을 연결할 수만 있다면, 이는 새로운 전선이 개척되는 셈이오. 과거 우리는 왕청에서 노야령을 넘어 영안으로 들어갔다가 영안에서 다시 액목을 거쳐 돈화로 나오면서 할바령을 넘었소. 이번에는 재범 동무가 동만사업부를 책임지고 화룡에서 왕청으로 통하는 전선을 개척해 주시오."

이때 위증민과 전광은 김재범이 김성주를 제어할 수 있는 적임자라고 여긴 게 분명하다. 김재범이 떠나는 날, 동만사업부를 동만사업위원회로 격상시키고 김성주, 이준산, 임수산, 손장상, 왕작주 등을 위원으로 임명했다. 김재범은 이 위원회 주임 겸 2방면군 당위원회 서기로, 김성주의 상관으로 임명되었다.

이런 결정이 김성주에게 기분 좋을 리 없었다. 그래서인지 김성주는 회고록에서 1, 2차 두도류하회의에 관해 한마디도 언급하지 않는다. 이 시절 1로군 산하 세 방면군의 모든 군사 활동은 모두 이 회의에서 내린 결정으로 진행되었지만, 북한은 '대부대 선회작전'이니 '돈화원정'이니 하면서 전부 김성주 혼자 계획하고 구상한 전략적 작전방침에 의한 것이라고 주장한다.

당시 관동군 헌병사령부가 편찬한 『만주공산당항일운동개황』을 보면 1939년 하반기 이후 1로군 산하 부대들이 남만주 지방에서 토벌대와 전투를 벌인 횟수는 총 276차이며, 그 가운데 김성주의 2방면군이 벌인 크고 작은 전투는 41차(조아범의 1방면군은 23차, 진한장의 3방면군은 55차, 정체불명의 무장부대 108차)에 달한다. 비교적 큰 전투였던 육과송전투와 쟈신즈전투를 제외하고 나머지 전투들은 쫓겨 다니면서 벌인 것들이 대부분이었다.

쟈신즈전투를 마친 후 김성주는 은근히 최현의 일이 걱정되었다.

"앞서 임수산은 득권 형님이 우리를 마중하겠다고 3도구 쪽으로 이동하다가 간도특설부대에 쫓겨 다시 우심정자산으로 돌아갔다고 하지 않습니까. 거기에 김평 동무가 사도황구에서 보내온 소식을 보니 신한장이 직접 우심정자산에 왔다 갔다고 하더군요."

김성주는 박덕산에게 소곤거렸다.

"내가 조용히 한 소대만 데리고 가서 득권 형님을 만나보고 오겠습니다. 혹시 압니까. 갔던 길에 진한장도 만나게 될지 말입니다."

박덕산은 불상사라도 생기면 뒷감당을 어떻게 할 거냐면서 반대했지만, 김성주가 한 번 마음을 정하면 여간해서 돌려세울 수 없음을 누구보다 잘 알고 있었다.

"백룡이도 함께 데리고 가면 동의하겠소."

박덕산은 당장 오백룡을 불러오려고 했다.

"사람을 많이 데리고 가면 오히려 더 위험합니다. 그냥 한 소대만 데리고 조용히 갔다가 금방 돌아오겠습니다. 그 사이에 덕산 동지는 빨리 몽강으로 사람을 보내 임수산 동지로 하여금 동패자에 있는 다른 동무들까지 모두 데리고 바로 안도 쪽으로 나오게 하십시오. 화전의 오도차밀영에는 이제 식량이 얼마 없으니 폐쇄해야 할 것 같습니다."

일부 증언에 따르면, 쟈신즈전투 이후 김성주가 진한장과 만나려고 우심정자산까지 몰래 들어갔다 나왔다고 한다. 비록 3방면군과 회사하는 일은 이미 어그러졌으나 돈화까지 왔으니 친구 진한장을 꼭 만나고 싶었던 모양이다. 더구나 쟈신즈에서 우심정자산까지는 100여 리밖에 안 되니 부지런히 걸으면 하룻밤 사이에라도 얼마든지 가닿을 수 있었다.

그러나 3방면군은 이미 교하와 액목 쪽으로 이동한 뒤였다. 3방면군 산하 일부 부대가 한양구(韓陽溝, 현재 안도현 양강진 한양촌 부근) 쪽으로 빠져나갔다는 소식을 듣고 다시 그쪽으로 방향을 틀었다. 어차피 한양구는 안도로 돌아가는 길에 있으니 마침 잘 됐다고 생각했다. 그런데 양강진으로 들어설 때 갑자기 토벌대한 무리가 달려들었다. 이 토벌대의 추격을 받으면서 한양구를 거쳐 양강구 쪽으로 빠져 달아날 때 총탄이 날아와 김성주가 머리에 쓰고 있던 털모자를 날려보냈다.

김성주와 함께 갔던 전문섭이 달려가 그 털모자를 주워왔다.

"얘들아, 빨리 뛰어라."

김성주는 어린 전령병들이 먼저 뛰어가게 하고 자신은 남아서 엄호했다. 그의 권총은 한 방도 빗나가는 법이 없었다. 총구가 어디로 향하면 그곳에서 비명과 함께 뒤로 넘어지는 자가 있었다. 이때쯤 김성주는 스무 살이 되기 전 안도구국군에 참가해 총도 변변히 다루지 못해 종종 꾸중 듣던 때와는 완전히 달랐다. 만주 바닥에서 이름난 명사수들 못지않은 사격 솜씨를 자랑했다. 전투 중 머리를 스치는 총탄에 솜모자가 날아가고 어깨팍 여기저기에 탄알이 스치고 지나가 경위대원들이 기겁했다는 이야기들은 과장이 아니었다. 해방 후 중국에 살던 2방면군 출신 생존자들에게서도 이런 증언이 종종 나왔다.

전문섭은 훗날 이렇게 회고한다.

"그때 일을 생각하면 지금도 가슴이 떨린다. 갈 때는 별일이 없었는데, 올 때는 닭 볏 모양으로 생긴 바위벼랑(오늘날의 안도현 유수천진 경내의 계관라자산) 밑을 지나다 적들에게 불의의 기습을 받았다. 우메즈의 '특수작전' 계획에 따라 산판을 뒤지며 헤매던 토벌대 놈들이 먼저 우리를 발견하고 매복했다가 사격을 들이댄 것이었다."[210]

이때 중국인 경위원 유옥천도 동행했다. 유옥천은 김성주와 함께 뒤에서 엄

---

210 전문섭, "새로운 작전적 방침을 제시하시여", 『항일빨치산 참가자들의 회상기』, 제18권.

호하다가 나중에는 김성주까지 빼돌리고 자기 혼자 토벌대를 유인해서 이도백하 쪽으로 달아났다고 회고한다. 그때 이도백하 골짜기에서 암자[黃大仙廟]를 발견하고 그 안에 들어가 몸을 숨겼는데, 토벌대가 암자 주인 황대선(黃大仙)에게 속아 다른 데로 가버리는 바람에 유옥천은 목숨을 건질 수 있었다고 한다. 이 이야기는 유옥천의 아들 유사파(劉士波)를 통해 널리 알려졌다.

"너는 김일성의 경위원 아니냐, 김일성이 조금 있으면 이 뒷산 너머에 도착할 것이다."

토벌대가 사라지자 황대선은 이렇게 말하며 유옥천에게 빨리 가라고 했다. 뒷산을 넘어서면 바로 삼도하자였다.

유옥천은 김성주와 만났을 때 이 일을 이야기했더니 모두 거짓말쟁이라고 놀렸다. 그는 이를 확인시키려 강위룡을 끌고 다시 황대선과 만났던 암자를 찾았으나 끝내 찾지 못했다고 한다.

유옥천의 아들 유사파에게 이 이야기를 취재하던 사람들이 아버지 이름을 빌어 김일성을 신비화했다고 하자 유사파는 정색하고 항변했다.

"내가 '황대선'이라는 이야기까지 꾸며가면서 김일성을 미화할 이유가 어디 있는가. 우리 아버지는 평생을 김일성 뒤에서 따라다니면서 여러 번 그를 구해 주기까지 했다. 그렇지만 김일성은 한 번도 우리 아버지에게 그 은혜를 보답한 적이 없다. 북조선에서는 항일연군 시절 가족들한테 매년 고려인삼도 보내고 금시계도 보낸다고 하더라. 그렇지만 우리 집은 한 번도 그런 걸 받아본 적이 없다. 오히려 왜놈들이 망한 후 아버지가 대련위수구 부사령으로 있을 때 중국 소녀를 강간한 소련홍군을 죽인 일로 직위해제 당하고 하마터면 총살당할 뻔했다. 그때 대련에 와 있었던 동숭빈[211]이 이 사실을 평양으로 가는 인편을 통해 김일성에게도 알렸지만 김일성은 자기한테 해가 될까봐 그랬는지 도와주지 않았다."[212]

일리 있는 말이다.

그 시절 만주국 거리에는 '대선(大仙)'이니 '인단(仁丹)'이니 하는 간판들이 많이 나붙어 있었다. 용한 점쟁이들은 자기 성에 '대선'을 붙여서 '황대선'이니 '장대선'이니 부르게 했고, 도사복을 입고 다니는 거짓말쟁이들도 적지 않았다. 그러나 유옥천이 이도백하의 산골짜기에서 만났다는 황대선은 산속에서 암자까지 짓고 살던 도사인 것이 분명한 듯하다. 그 도사가 일본군 토벌대에게 쫓기던 젊은 항일연군 전사를 숨겨 주는 것도 얼마든지 가능하다. 다만 그 도사가 유옥천에게 '김일성이 조금 있으면 이 뒷산 너머에 도착할 것'이라고 했다는 말은 덧붙인 거짓말로 보인다. 이런 식으로 사실이 전설이 되고, 전설이 다시 신화로 변형되는 과정을 보여주는 것이 아닐까.

북한에서 김성주를 과찬하는 이유가 아주 없는 건 아니다. 김성주가 많아 봐야 겨우 40~50여 명밖에 안 되던 유격대(중대 병력)를 직접 데리고 다녔던 왕청 시절에도 그랬거니와 400~500여 명이나 되는 2방면군 주력부대를 인솔하고 다닐 때도 종종 10여 명 정도의 10대 어린 경위대원들만 데리고 위험한 적구를

---

211 당시 유옥천 등 9명의 항일연군 국제교도여단(88여단) 동북지구 파견단이 소련홍군과 함께 대련에 도착했다. 주보중의 『동북항일유격일기』에 따르면, 이들은 동숭빈(董崇斌), 계희림(季喜林), 왕복(王福), 이소강(李紹剛), 우경란(于慶蘭), 이구한(李口翰), 곽소정(郭紹亭), 난덕금(蘭德金), 유옥천(劉玉泉)이며, 유옥천은 대련 감정자구 소련경비사령부 부사령(甘井子區 蘇軍警備司令部 副司令)이었고, 동숭빈은 사하구 소련경비사령부 부사령(沙河口 蘇軍警備司令部 副司令)이었다.

212 취재, 유사파(劉士波) 중국인, 항일연군 연고자, 유옥천의 아들, 취재지 북경, 2000.

가로질러 다녔던 것을 필자도 높이 평가한다. 이런 방식은 전형적인 빨치산이 아니고는 도저히 불가능한 일이다. 양정우(1로군 총지휘)나 조상지(3군 군장), 허형식(조선인, 후임 3군 군장 겸 3로군 총참모장) 같은 항일연군의 유명한 고위급 지휘관들도 대부대를 분산시키고 신변에 겨우 10여 명밖에 남지 않았을 때 인생을 마감했다.

전광이 위증민에게 '나쁘게 말하면 교활한 것이지만, 좋게 말하면 지혜로운 것'이라고 김성주를 평가했다는 뒷소문과 비슷하게, 2000년 12월 돈화에서 개최되었던 "진한장 장군 순난(殉難) 기념좌담회"에서 진한장과 김일성을 비교한 학자가 여럿 있었다. 비교하게 된 발단은 당시 노조에 토벌대가 "만주의 호랑이"로 부른 인물이 진한장인가 아니면 김일성인가 하는 거였다.

북한은 김성주가 '만주의 호랑이'였다고 주장한다. 또 남한의 학자들 가운데 일부는 1940년 김성주와 최현에 걸린 현상금이 같았으며, 김성주는 호랑이, 최현은 사자라고 불렀다고 한다. 그러면서 호랑이는 사자보다 못하니 김성주보다 최현이 더 대단했다고 주장하는데, 이런 것들은 모두 정확하지 않다.

양정우와 조아범의 전사 이후 노조에 토벌사령부가 집중적으로 추격했던 세 사람은 김성주와 진한장, 그리고 박득범이었다. 토벌대들끼리 주고받았던 전보문에서 이 셋을 지칭하던 별명이 있었는데, 호랑이(토라)는 진한장이었고, 김일성은 곰(쿠마), 박득범은 승냥이(오카미)였다.

친북한학자인 중국 연변의 한준광도 생전에 김일성에 관해 이렇게 평가했다.

"김일성은 굉장히 총명한 사람이었다. 나쁘게 말하면 '교활'하다고 할 수 있을 것이다. 양정우, 조아범, 진한장 모두 죽었지만, 김일성은 죽지 않고 살아나지 않았느냐.
(이 대목에서 나는 직접 한준광에게 '교활하다는 한두 가지 사례를 들 수 있는가?' 물었다.)

중국에는 죽어서 영웅이 된 사람은 '열사'라고 부른다. 그러나 민간에서는 '죽으면 산 강아지보다 못 하다.'고 말한다. 죽어서 영웅이 될 것이 아니라 살아서 영웅이 되라는 소리다. 김일성의 경우는 '영웅이 살아남은 것이 아니라, 살아남았기에 영웅이 된 것이다.'[213]

3. "아니, 김 지휘가 왜 저러오."

1940년 3월, 2차 두도류하회의로 다시 돌아간다.

이때 김성주는 오백룡과 함께 7연대를 이끌고 돈화에서 안도 경내로 이동한 뒤 삼도백하에서 오백룡을 뒤에 남겨놓고 자신은 부리나케 화라즈밀영으로 되돌아오고 말았다. 이곳에서 눈이 빠지게 김성주가 돌아오기를 기다리던 여백기도 이미 신문을 통해 양정우가 전사한 소식을 알고 있었다.

여백기가 구해 온 신문들을 들여다보던 김성주는 여간 불안해 하지 않았다.

"이 신문 기사대로라면 조아범 동무의 1방면군이 아직도 몽강현에 있는 모양이오. 양 사령의 복수를 한다고 아주 '미친 듯이'[214] 싸우는 모양이오. 3월 2일과 3월 6일 사이에만 세 차례나 먼저 토벌대를 공격했다지 않소. 이렇게 부대 위치를 다 노출시키면 나중에 놈들이 반격해올 때 그 뒷감당을 어떻게 하려고 이런단 말이오?"

"김 지휘 말씀에 일리가 있습니다. 이럴 때일수록 더 침착하고 냉정하게 대처

---

213 한준광(韓俊光) 조선인, 연변주당위 선전부 부부장, 연변역사연구소 소장, 중국조선족민족사학회 이사장 역임, 취재지 연길, 1986~2001 30여 차례.

214 원문 "打瘋了"

해야 하리라고 봅니다."

그러나 여백기는 김성주에 대한 불만도 없지 않았다.

아무리 늦어도 11월 첫 눈이 내리기 전에 돈화에 도착하여 3방면군과 회사해야 한다는 위증민의 명령을 직접 김성주에게 전달한 사람이 바로 여백기였다. 그는 이 원정의 의미를 그 누구보다 잘 알고 있었다.

"우리 2방면군이 좀 더 일찍 돈화원정을 성사시키고 3방면군과 함께 몽강 쪽으로 몰려들던 놈들을 견제했다면 오늘날 양 사령이 이렇게까지 희생되는 일은 없었을 것입니다."

여백기의 말에 김성주가 폭발했다.

"지금 뭐라는 게요? 당신 말은 양 사령이 전사한 것도 결국 우리 2방면군 탓이라는 게요? 어디서 이런 얼토당토않은 괴상한 논조를 퍼뜨리는 것이오? 아니면 조아범처럼 나도 2방면군을 모조리 이끌고 몽강으로 들어가 '미친 듯이' 싸우다가 다 같이 죽는 게 옳다는 소리요?"

어떻게나 화가 났던지 김성주는 손에 들고 있던 신문을 여백기 얼굴에 대고 뿌렸다.

그러자 여백기도 화가 났다.

"이보시오, 나는 2방면군 정치부 주임입니다. 이게 지금 뭐하는 짓입니까?"

"정치부 주임이고 나발이고, 당신은 지금 우리 2방면군에게 화룡으로 돌아오지 말고 조아범을 따라 몽강으로 들어가 양 사령 복수를 하라는 소리가 아니고 뭐요?"

김성주가 이렇게 화를 내자 여백기는 한숨을 내쉬었다.

"김 지휘, 많이 흥분했습니다. 나는 그런 뜻이 아닙니다."

여백기는 땅에 떨어진 신문들을 주우며 김성주를 달랬다.

"양 사령의 복수야 어디선들 못 하겠습니까. 이번 원정길에 병력 손실 없이 돌아온 것은 진심으로 축하할 만하지만, 우리 항일연군은 반드시 '전투 중 생존을 추구'[215]해야 합니다."

그러자 김성주는 더 화가 났다. 두 사람이 싸운다고 보고받은 박덕산이 달려와 김성주를 바깥으로 밀어냈다.

"아니, 김 지휘가 왜 저러오? 내가 무슨 틀린 말을 했다고 저렇게 화약 먹은 사람처럼 화를 내는지 모르겠소."

여백기의 말에 박덕산이 타일렀다.

"여 주임은 돈화원정 길에서 발생한 일들을 아직 자세히 알지 못해 실수한 것 같습니다. 방금 '전투 중 생존을 추구'해야 한다는 말은 마치 저희 2방면군이 그동안 전투를 피해 되돌아온 것처럼 들립니다. 안도에서만 40여 차례나 되는 크고 작은 전투들을 벌였습니다. 피해가 장난이 아닙니다. 오중흡 동무가 희생된 것은 알고 있습니까?"

"뭐라고? 오 연대장 말이오? 그가 희생됐단 말이오?"

여백기는 비로소 두 눈이 휘둥그레지고 말았다.

"아, 그런데 왜 김 지휘는 나한테 그 소식을 알려주지 않았던 게요?"

"저희 모두 오 연대장과 관련한 소리를 입에 올리지 않습니다. 그동안 김 지휘가 얼마나 울었는지 모릅니다. 그뿐이 아닙니다."

박덕산은 육과송전투와 쟈신즈전투 이후 돈화에서 안도로 이동하는 동안 400여 명으로까지 불어났던 대오가 다시 200여 명으로 줄어든 이야기를 했다. 새로 보충된 대원들이 전투 경험이 전혀 없는 데다 노수하(露水河)를 넘어설 때

---

[215]　원문 "在戰鬥中求生存"

불쑥 그들 뒤에 따라붙었던 간도특설부대와 전투를 벌이게 되었다.

김성주는 회고록에서 이때 벌인 노수하전투에 대하여 "우리는 로(노)수하에서 한 차례의 전투를 한 다음 두도백하, 이도백하, 삼도백하를 가로지르면서 안도현 남단으로 행군해갔습니다."라고만 쓰고 있을 뿐이다. 그러나 이 전투에서 2방면군이 당한 피해는 유례없을 지경이었다. 육과송과 쟈신즈에서 보충한 신입대원 100여 명을 모조리 잃어버리고 만 것이다. 절반은 사살당하고 나머지 절반은 전투 중 도주하고 말았다.

오백룡이 그 도주병들을 붙잡아 총살하려는 것을 박덕산이 가로막았다.

"그렇게 했다가는 도주하려고 마음먹은 다른 동무들이 총대를 거꾸로 들고 우리한테 방아쇠를 당길 수도 있다는 걸 잊지 마오. 차라리 공개적으로 집으로 돌아가고 싶은 사람들을 돌아가게 허락해 주시오."

김성주도 박덕산의 의견에 동의했다.

그뿐만 아니라 안도현 남단으로 행군할 때는 벌써 식량이 모자라기 시작했다. 중간에 집으로 돌아가겠다는 신입대원들을 빈손으로 돌려보낼 수 없어 그들에게 3일치 식량을 나눠주었기 때문이다.

이와 같은 사정을 그제야 알게 된 여백기는 비로소 입을 다물었다.

김성주가 이처럼 화내는 것은 무척 드문 일이었다. 북한에서는 김성주를 인자하고 따뜻하게만 묘사했기 때문에 그가 정치부 주임에게 손에 들고 있던 물건을 내던졌다는 것은 상상조차 못할 것이다. 이 이야기도 여러 증언을 종합하여 비교적 점잖게 재구성한 것이며, 사실은 훨씬 더 난폭한 상황이었다고 한다.

여백기는 그로부터 얼마 뒤에 있었던 대마록구전투에서 체포되자 바로 귀순해 버리고 말았다. 어떤 사람은 그가 전투 직전에 김성주와 논쟁을 벌이다가 폭행까지 당했다고 한다. 김성주가 차마 입에도 담지 못할 별의별 욕설을 다 퍼붓는 바람에 여백기는 더는 함께 할 수 없다고 판단했던 모양이다.

"당신은 진짜 망나니요. 당신 같은 인간과는 이제 일할 수 없소. 난 지금 당장 남만성위원회에 찾아가 당신 문제를 보고하겠소."

1915년생으로 김성주보다 세 살 어렸던 여백기는 오늘의 흑룡강성 쌍성현 사람으로 본명은 여백제(呂伯齊)였다. 1932년에 쌍성현 현립 중학교를 졸업하고 중동철로 호로군에 참가하여 한때 주하현(珠河縣, 현재 상지시) 석두하자(石頭河子)역에 주둔했는데, 그때 3군 조상지의 유격대가 석두하자역을 공격한 적이 있었다. 1933년 6월에 여백기가 소속된 호로군이 석두하자에서 해림역으로 파견되었는데, 그곳에서 이 중대는 귀순하여 수녕반일동맹군에 참가했다. 주보중은 중학교를 나온 여백기에게 처음에는 문서와 사무장을 시켰다. 후에 관서범에 의해 5군 1사 정치부로 옮겼고 조직과장이 되었다. 1936년 2월에 제7차 코민테른 대표대회에 참가하고 돌아오면서 주보중과 만나려고 5군에 들른 위증민과 처음 만났다. 그때 위증민의 요청으로 여백기는 5군에서 2군으로 옮겼다. 이후 2군 1사 조직과장, 4사 2연대 정치위원과 4사 정치부 주임직을 겸임했다.

1938년 11월에 2방면군 정치부 주임이 되었을 때 2군 4사 시절 함께 일했던 임수산이 먼저 6사로 옮겨 줄곧 참모장직을 맡았던 데다 필서문까지 2방면군으로 옮겨 김성주의 부관장을 맡게 되어 여간 든든하지 않았다. 그런데 2방면군이 설립될 무렵, 임수산의 처지가 왕년과 같지 않은 것을 눈치 챈 여백기는 여간 후회하지 않았다.

"아니, 4사에 있을 때는 안 사장(안봉학)이나 최 연대장(최현)까지 찜 쪄 먹던 임 정위가 6사로 온 뒤에는 왜 이 모양이 되었는지 모르겠습니다. 김일성 앞에서 설설 기는 꼴 좀 보십시오. 이러고야 4사 출신들이 2방면군에서 어디 기를 펴겠습니까!"

필서문이 쉴 새 없이 여백기 귀에 대고 구시렁거렸다.

그럴 때마다 여백기는 정치부 주임답게 오히려 필서문을 타일렀다.

"그렇지만 김일성은 여간해서 손해 보는 전투는 하지 않으니, 이 점은 박 참모장(박득범)이나 최 연대장(최현)보다 훨씬 더 훌륭하오. 난 솔직히 4사에 있을 때는 매일 불안했소. 지독하게 고약한 전투는 전부 4사에서 벌이지 않았소. 대원들은 지휘관을 잘 만나야 하는 법이오. 2방면군 대원들이 김일성을 따라다니기 좋아하는 것은 다 그런 이유가 있어서가 아니겠소. 당의 기율에 위배하는 원칙 문제만 아니면 눈감고 지내는 것도 나쁘지 않을 것이오."

사람됨이 부드럽고 말수가 적은 여백기는 될수록 김성주와 직접적으로 충돌하지 않으려 했다. 특히 여자 문제에서는 더욱 그랬다. 4사 시절 사장 안봉학이 최현과 여자 문제로 다투다 사장직까지 내버리고 달아났던 일을 가장 가까이서 지켜보았던 여백기는 이후 필서문이 이도강에서 주둔할 때 그곳 토호 단가네 딸을 묶어놓고 폭행하는 일이 벌어졌을 때도 불문에 붙였다.

"여 주임이 이렇게 물러 터졌으니 김일성이 온통 제멋대로 하지 않습니까. 김혜순을 싫증나도록 데리고 살다 마치 임 참모장과 무슨 일이라도 있었던 것처럼 덤터기를 씌워 내치고는 이번에는 독약까지 가지고 들어온 남의 마누라를 옆에 끼고 사는 것을 보오. 이러고도 인간인가요? 만약 인간이라면 너무 무섭지 않습니까. 나도 이 정도까지는 아닙니다. 그동안 지갑룡을 식량운반대로 쫓아버리고 김정숙까지 손아귀에 넣었다고 뒤에서 수군대는 사람들이 적지 않습니다."

필서문은 그동안 종종 여백기를 찾아왔다.

"확실한 증거 없이 함부로 입 밖에 내면 안 될 소리요. 내가 5군에 있을 때도 이런 일을 좀 겪어보았소. 그렇게 성인군자나 다를 없던 주 군장(주보중)과 관 사장(관서범)도 여자 문제로 얼굴을 붉히며 다툰 적이 있소. 그때 보니 모두 이성을 상실하고 입에 담지 못할 욕설들을 마구 내뿜어 곁에서 듣고 있던 내 귀가 다 뜨거울 지경이었소. 더구나 김일성은 성깔이 사나운 자라 괜히 뭐라도 잘못 건드렸다가는 어떻게 나올지 모르오. 그냥 못 본 척 입을 다물고 있는 게 우리 모두한테 좋을 것이오."

4. 관서범의 죽음

필서문이 말했던 주보중과 관서범(關書范) 이야기도 많은 생존자가 증언한다. 여기서는 주보중이 관서범을 처형할 때 두 사람이 주고받은 대화를 한 번 돌아보려 한다.

1939년 1월, 5군 1사 사장 관서범은 그 유명한 팔녀투강 주인공들인 냉운(冷雲), 안순복(安順福, 본명 장복순張福順), 이봉선(李鳳善) 등 여대원 8명이 목단강에 모두 뛰어들어 전사하면서까지 결사적으로 엄호한 덕분에 살아난 장본인이다. 그런 그의 여자친구(유병아劉兵野, 만주국 하얼빈 국립고등학교 학생, 두 사람이 이미 결혼했다는 설도 있다.)가 하얼빈에서 학생운동을 하다가 일본군에게 체포되었다. 관서범은 여자친구를 살리기 위해 몰래 일본군과 거래했던 것이다. 당시 5군 군장인 시세영의 아내 호진일(胡眞一)은 현장에서 이 모든 것을 직접 지켜본 생존자였다. 그는 이런 이야기를 전한다.

"모두 천막에서 회의하고 있을 때, 나는 그(주보중)가 무엇 때문에 관서범을 총살해야 하는지 설명하는 것을 들었다. 관의 아내는 유병야(劉兵野)로, 적에게 체포되어 하얼빈 감옥에 갇혀 있었다. 이 일을 알아낸 사람은 지하교통원 한덕귀(韓德貴)였다. 한덕귀는 누나 부부와 자식들이 모두 혁명에 참가했다. 그는 지방에 남아 교통원을 하면서 적정을 살피고 있었다. 한덕귀가 와서 관서범의 아내가 왜놈들에게 붙잡힌 사실을 알리자 관서범은 교통원에게 아내가 이미 처형당했는지 알아봐 달라고 했다. 알아본 결과 아내가 아직 처형당하지 않고 살아 있었다. 아내를 사랑하는 관서범은 주보중에게 아내를 구해 달라고 부탁했다. 주보중은 '구해낼 방법이 없다. 구해내자면 엄청나게 큰 대가를 지불하게 될지 모른다. 놈들이 네 아내를 그냥 붙잡은 것 같지는 않다.'고 거절했다.

관서범은 몰래 다른 교통원 이 씨(李氏)에게 부탁하여 '우리 항일연군은 현재 몹시 어렵다. 아주 오랫동안 고기와 만두를 먹어보지 못했다. 내 아내를 놓아달라.'고 직접 놈들에게 자기 말을 전하게 했다. 이것은 그야말로 놈들이 바라던 바였다. 교통원 이 씨에게 관서범의 말을 전달받은 놈들은 우리가 주둔하던 산속 주변 동네 주민들을 시켜 얼린 고기와 만두를 두 마대나 가져다주었다. 우리는 모두 배가 고팠지만 차마 먹지 못했는데, 관서범만은 주저 없이 먹었다.

누가 이 사실을 주보중에게 알렸다. 그때부터 주보중은 관서범을 의심하기 시작했다. 관서범은 놈들이 보내온 고기와 만두를 배불리 먹은 뒤 바로 놈들과 자기 아내를 구하기 위한 담판을 벌였다. 놈들은 당연히 관서범이 부대를 이끌고 산에서 내려와 귀순하라고 요구했다. 관서범 부대와 함께 주둔했던 군장 시세영은 관서범을 막을 수 없자 즉시 주보중에게 편지를 보내 이 사실을 알렸다.

이렇게 되어 주보중이 가목사에서 직접 조령으로 달려와 5군 당위원회를 열었다. 회의에는 주보중과 내 남편 시세영, 그리고 관서범과 계청이 참가했다. 먼저 관서범에게 놈들과 담판을 진행한 사실을 털어놓게 했다. 그런 후 잠깐 관서범을 내보내고 세 사람만 회의를 열었다. 주보중은 '관서범을 살려두면 안 되겠다. 부대를 데리고 도망칠 가능성이 충분하다.'면서 총살할 것을 주장했다. 내 남편은 처음에는 반대했다. 관서범이 혁명에 참가한 지 오래됐고 또 그동안은 계속 항일투쟁에 열정적이지 않았는가, 이번 한 번만은 용서하고 기회를 주자고 했다. 그러자 주보중은 내 남편 면전에서 '당신은 우경을 범하고 있소. 지금 이 마당에도 관서범을 동정하는 것은 혁명을 배반하는 것과 같소.' 하고 질책했다. 계청도 주보중의 의견대로 관서범을 총살할 것을 요청했다.

1939년 1월에 있었던 일인데, 주보중의 경위원 유부관은 포수 출신이었다. 우리는 그를 보통 유포(劉砲)라고 불렀는데 명사수였다. 유포에게 시켜 관서범을 묶어 오게 했다. 그때 관서범과 주보중이 서로 욕설을 퍼부었는데, 지금도 잊히지 않는다. 두 팔을 꽁꽁 묶인 채 끌려 들어온 관서범은 주보중에게 '야수야, 너는 인간도 아니구나. 나를 총살하면 너는 반드시 후회할 것이다(野獸, 你不是人呀, 槍斃我你會后悔-胡眞一 憶).'라고 욕을 퍼부었다. 주보중도 꼭같이 상스러운 욕설로 이렇게 맞받아치더라. '네 놈은 총살당한 뒤 귀신이 되어서 유병야의 파개자(巴盖子, 여자 생식기를 뜻하는 만주 지방의 중국어 방언)에 기어들어가거라(你被槍斃, 你變成鬼爬, 到劉兵野的巴盖子).' 사실 관서범은 지식인이었고 수준 있는 젊은이다. 특히 아내를 무척 사랑했다. 아내를 구하고 싶은 마음에 놈들과 담판을 벌이다가 이런 꼴을 당한 것이다.

황서랑즈거우(黃鼠狼子溝, 족제비골)라고 부르는 산골짜기에서 그를 총살했다. 50여 명이 언 땅을 파서 사람 하나가 들어갈 만한 구멍을 만들고 관서범을 묶어 그 구멍 곁에 데리고 왔다. 그는 마지막까지 비교적 말을 깨끗하게 했다. '나를 용서해 달라. 나는 아내를 구하고 싶은 마음밖에 없었다. 내가 이렇게 오랫동안 혁명해 왔는데 나를 죽이면 무슨 좋은 점이 있는가?' 그때 사형장에 나왔던 계청이 관서범에게 말했다. '당신 아내만 소중하고 당신을 엄호하다 희생당한 여덟 명의 여대원들(팔녀투강)은 그럼 소중하지 않단 말인가.' 이렇게 한마디 면박을 주니 관서범은 그제야 더는 말하지 않고 입을 다물었다."[216]

이런 이야기를 들은 사람들은 모두 깜짝 놀랐다. 주보중이 관서범을 처형하는 과정은 영화나 드라마에서도 각색된 적이 있었다. 인간적인 주보중이 부대 안에 한 줌밖에 남지 않은 쌀로 흰밥을 지어 형장으로 나가는 관서범에게 대접하며 눈물 흘리는 장면을 연출하기도 했다. 물론 이런 장면들은 모두 예술인들이 꾸며낸 것에 불과하다.

관서범은 2로군에서 주보중을 계승할 인물로까지 인정받았다. 군장이었던 시세영까지도 자기 산하의 1사 사장인 관서범을 함부로 대하지 못했다. 마찬가지로 관서범의 눈에도 주보중밖에 없었던 것이다.

항일연군 연구가들은 1군 정빈과 2군 김성주, 그리고 5군 관서범 세 사람은 비슷한 점이 있다고 한다. 물론 그 결과는 판이하게 달랐지만 말이다. 일단 이 셋은 모두 20대 중후반(김성주와 관서범은 1912년생, 정빈은 1911년생)이었고, 중학교를 나왔으며, 1931년 만주사변을 전후하여 혁명에 참가했다. 1930년대 중반기에 접어들면서 연대급 간부에서 일약 사(師團)급 간부가 되었을 뿐만 아니라 자기가 소속된 부대에서 가장 주요한 군사지휘관으로 부상했다. 정빈 1사가 1군 주력부대였다면, 관서범 1사는 5군 주력부대였고, 김성주 6사도 2군에서는 4사와 더불어 가장 강력한 전투력을 보유한 부대였다.

김성주의 6사는 이미 언급한 적이 있지만, 절대로 손해보는 전투는 하지 않는 걸로 정평이 나 있었다. 세심한 독자들은 1937년 간삼봉전투 당시 4사 방어선이

---

216 취재, 호진일(胡眞一) 중국인, 항일연군 생존자, 시세영의 아내, 취재지 사천성 중경시, 2000.
　　「胡眞一 : 金日成牽掛半世紀的中國女人」,『書報文摘』, 2005年 第19期.

무너지는 줄로 오해하고 제일 먼저 부대를 인솔하여 달아나다가 되돌아온 김성주를 기억할 것이다. 양정우가 1, 2차 서북원정으로 1군을 모조리 말아먹고 있을 때, 위증민은 6사에게 해룡선을 넘어 만주국 수도 신경을 포위하려는 듯 양동작전을 벌이라고 지시했지만, 김성주는 명령을 받아들이는 척했을 뿐 충실하게 이행하지 않았다. 이런저런 평계를 대면서 계속 능장을 부렸던 것이다. 나아가 북한에서 주장하는 이른바 '대부대 선회작전'도 같은 맥락이었다. 1939년 6월 올기강전투 이후 10월 이전에 안도와 돈화 지방으로 이동해 3방면군과 회사하여 장광령재산맥을 중심으로 새로운 항일전선을 개척해야 한다는 남만성위원회와 1로군 총사령부의 지시도 제대로 이행하지 않았다.

5. 최희숙 피살 내막

김성주 일행을 기다리던 최현과 조정철의 3방면군 13연대는 3도구 쪽으로 2방면군을 마중하려다가 그만 소메카와 간도특설부대와 전투를 벌이게 되었다. 결국에는 돈화 지방에서까지 발을 붙이지 못하고 교하와 액목 쪽으로 쫓겨나게 되었다.

덕분에 김성주는 간도특설부대가 안도를 비운 사이 비교적 여유 있게 계관라자산을 넘어 양강구로 들어왔고, 이곳에서 이틀간 회의까지 진행한 뒤 천천히 목단령을 넘어 돈화로 들어갔다. 그때는 이미 1939년 12월도 다 가고 있었다.

이듬해 1940년 3월, 2차 두도류하회의에서 2방면군은 다시 안도와 화룡을 중심으로 활동하면서 화룡과 왕청 사이의 작전노선을 개척해야 한다는 방침이 내려지기 2개월 전, 2방면군은 벌써 돈화에서 안도 쪽으로 철수하고 있었다. 물론

이 과정에서 뒤를 쫓아오던 노조에 토벌대와 자그마치 40여 차례에 달하는 전투가 발생했다. 육과송과 쟈신즈에서 보충한 200여 명에 가까운 신입대원들이 절반은 죽고 절반은 달아나 버리는 악재를 만나기도 했다.

어쨌든 결과는 정빈은 귀순했고, 관서범은 귀순하려다 발각되어 처형당했고, 김성주는 끝까지 탈출하는 데 성공했다. 후에 소련으로 탈출하면서 김성주가 택했던 노선도 여간 흥미롭지 않다. 주로 남만주 지대에서 활동했던 1로군 출신 생존자들은 대부분 무송과 돈화를 경유하여 할바령을 넘어섰다. 할바령만 넘으면 바로 영안현 액목을 거쳐 영안과 동녕현 경내로 접어들 수 있었기 때문이다.

그러나 김성주는 화룡에서 왕청으로 이동하여 훈춘으로 접근했다. 이 노선은 예전에 위증민이 코민테른 제7차 대표회의에 참가하기 위해 소련으로 들어갔던 방법으로, 이 노선을 책임졌던 동만특위 교통참이 1936년 12월까지도 존재하고 있었다. 한때 이 교통참이 파괴되어 그것을 복구하러 나갔던 종자운도 바로 이 노선으로 소련에 들어갔다. 때문에 더는 장백, 임강 지방에서 발을 붙일 수 없게 되자, 김성주가 가장 선호했던 작전 지역은 오로지 왕청과 가까운 화룡일 수밖에 없었다. 두 해 전 압록강을 가로타고 앉았던 때와 마찬가지로 이곳에서 두만강을 타고 앉을 생각이었다. 형세가 좋아지면 다시 두만강을 따라 곧바로 장백으로 돌아갈 수 있었고, 불리하면 왕청을 경유해 훈춘으로 탈출하는 데도 이보다 더 좋은 지역은 없었기 때문이다.

그리하여 김성주는 돈화원정을 떠날 때도 특별히 여백기에게 한 소대를 따로 남겨 화라즈밀영 외에도 장산령 기슭에 또 다른 예비 밀영 하나를 만들게 했다. 그때 여백기에게 남겨 놓은 소대 책임자는 다름 아닌 이계순의 세 번째 남편 남창수(南昌洙)였다. 6사 여대원들 가운데 맏언니로 불리던 최희숙이 재봉틀 두 대를 가지고 김선옥(가명) 등 여대원들과 함께 남창수 소대에 편입되어 화룡의 장산령밀영에서 군복을 만들었다. 김선옥이 들려준 이야기에 따르면, 이때 최희숙은 소대장 남창수와 바람을 피우다가 다른 대원 눈에 띄게 되었다. 이 일이 정치부 주임 여백기에게 보고되었으나 그는 눈감아 주었다.

그때 이 일을 적발한 지도원에게 여백기가 한 말은 무척 흥미롭다.

"남창수 동무의 아내 이계순이 사망한 지도 꽤 오래되었소. 홀아비와 과부가 서로 마음이 맞아 좋아하는 데 무슨 잘못이 있겠소. 어떤 사람은 혼자서 이 사람 저 사람 바꿔가며 잘도 노는데, 거기에 비하면 아무것도 아니오."

여백기가 김성주의 여자 문제를 빗대서 한 말이었을지도 모른다. 그러자 지도원이 말했다.

"남창수가 홀아비인 것은 사실이지만, 최희숙은 과부가 아닙니다. 남편이 집에서 시퍼렇게 눈을 뜨고 아내가 돌아오기만을 기다리고 있다고 합니다."

여백기는 직접 최희숙을 불러다가 물어보았다.

"남편이 고향 집에서 동무를 기다리고 있다는 게 사실입니까?"

"아닙니다. 제 남편은 5·30폭동 때 서대문형무소에 잡혀갔고 저도 유격대에 참가해 지금까지 서로 소식을 모르고 지냅니다. 설사 살아 있어도 이미 다른 데로 장가갔을 겁니다."

"아, 알겠소. 그렇다면 됐소. 나는 혁명대오에서 만난 부부를 인정하겠소."

여백기는 남창수와 최희숙이 공개적으로 부부로서 밀영에서 동거하는 것을 허락했다. 이렇게 되어 얼마 뒤 최희숙은 남창수의 아이를 임신했고, 그 몸으로 대마록구전투에도 참가한다.

최희숙을 더 소개하자면, 그는 참으로 굳센 항일투사였다. 대마록구전투 이후 1941년 2월경, 그녀는 남편 남창수와 함께 몇몇 대원과 이미 소련으로 탈출한 김성주를 찾아가다가 오늘의 용정시 백금향 송림촌 매대골 부근(당시는 화룡현 용신구)에서 토벌대에게 포위되었다. 토벌대와 싸우던 그는 다리에 총상을 입고 혼자 생포되었다. 그가 뒤에 남아서 남편과 다른 대원들이 빠져나가도록 엄호한 것이다. 전투 현장에서 최희숙을 체포한 토벌대 대원들은 그의 몸에서 금반지와 회중시계를 발견했다. 이것들은 김성주에게 직접 받은 것으로, 당시로서는 일반 대원이 가질 수 없는 귀중품이었다.

"이 여자는 틀림없이 높은 비적 간부일 것이다."

최희숙이 임신하여 배까지 불룩했기 때문에 토벌대는 그를 병원으로 싣고 가 입원시키고 다리 상처도 치료하여 주었다. 물론 끝까지 귀순하지 않자 결국 처형했지만, 그 전까지는 계속 병원에서 치료받게 해주었을 뿐만 아니라 처형한 뒤에는 새 옷으로 갈아입히고 가족에게 연락해 시체를 찾아가게 했다.

그런데 오늘날 최희숙과 관련한 자료들에서는 토벌대가 임신한 최희숙 배를 갈라 아기를 꺼내 죽였을 뿐만 아니라 젖가슴도 도려내고 눈알과 심장까지도 파냈다고 주장한다. "혁명의 승리가 보인다."는 북한 당국이 만든 그 유명한 명언도 여기에서 유래했다. 토벌대가 눈알을 도려냈을 때, 아직까지 숨이 붙어 있던 최희숙이 "눈이 없어도 나는 여전히 혁명의 승리가 보인다."고 외쳤다는 것이다. 물론 김성주 회고록에도 이렇게 쓰여 있다.

북한의 주장이 맞다면, 전체 만주의 항일 역사에서 최희숙처럼 일본군 토벌대에게 체포되어 전대미문의 참혹한 형벌 끝에 죽은 여대원은 없었다. 만약 그렇다면 중국에서 가장 추앙하는 항일영웅 조일만(趙一曼)[217]이 당했던 형벌도 최

---

217 조일만(趙一曼, 1905-1936년) 본명 이곤태(李坤泰)로, 중국 사천성 의빈현(宜賓縣)의 한 대지주 가정에서 태어났다. 의빈현 여자고등중학교에서 공부하다 중국공산당에 입당하였다. 같은 해 10월, 당 조직의 파견을 받고 황포군관학교 무한분교에 입학하여 공부하다가 이듬해 1927년 9월에는 다시 소련으로 파견되어 모스크바 중산대학에서 공부하였다. 1931년 만주사변이 발생하자 귀국하여 만주 북부 흑룡강 지방에서 항일운동에 참가하였고, 처음에는 하얼빈 시내에서 여성운동을 지도하다가 신분이 폭로되어 항일연군 제3군으로 이동하여 한때 제3군 1사 산하 제2연대 정치

희숙에게 비하면 그리 심하지 않을 지경이다. 그래서인지 평양의 대성산혁명열사릉에서 최희숙 묘는 제일 앞줄 김정숙과 함께 있다. 유해도 이장되었다.

그런데 1981년, 중국 연변의 조선족 역사학자 이광인이 최희숙의 본 남편을 찾아냈다. 바로 최희숙과 남창수가 화룡의 장산령 기슭 오도양차밀영에서 동거하기 시작했을 때, "아직도 본 남편이 살아서 기다리고 있다."는 제보 속 주인공이었다. 이름은 박원춘으로, 1926년에 자기보다 두 살 많은 최희숙과 결혼했다. 최희숙은 1909년생으로 김정숙보다 여덟 살이나 많았다. 용암동 부녀회 책임자였던 최희숙은 스물셋이 되던 해인 1932년에 연길현 팔도구 유격구로 들어갔고, 여기서 여영준, 지갑룡, 김정숙 등과 만나 한동안 합숙 살림도 했다고 한다. 이때 그들을 지도했던 중공당 팔도구위원회의 책임자가 바로 마안산밀영에서 민생단 문건을 보관하던 김홍범이었다.

역사학자 이광인이 직접 최희숙의 남편 박원춘에게 들은 바에 따르면, 토벌대가 최희숙에게 한 잔인한 짓은 모두 지어낸 말이었다.

"뭐라고? 내가 가서 편히 뜬 눈을 내리 쓸어주었는데."

이것이 최희숙의 남편 박원춘의 증언이었다.

당시 박원춘은 일흔한 살이었고 기억력도 아주 좋았다고 한다. 1990년 여든 살에 사망했는데, 그때도 다시 박원춘과 만난 이광인은 최희숙의 죽음과 관련한 내용을 다시 확인했다. 다음은 이광인이 정리한 최희숙의 남편 박원춘 이야

위원으로 활동하기도 했다. 당시 이 연대의 연대장은 조선인 혁명가 허형식(후에 제3사 사장으로 이동)과 중국인 왕혜동이 차례로 맡았다. 1935년 겨울, 조일만은 전투 중 포로가 되어 하얼빈병원에서 치료받던 중 감시하던 경찰과 간호사를 설득하여 함께 탈출했으나 하얼빈 시내를 벗어나지 못하고 다시 체포되어 1936년 8월 2일 오늘의 흑룡강성 상지시 북문에서 처형되었다. 그가 처형 직전에 아들에게 남긴 유서가 지금까지 전해지고 있으며, 해방 후 중국 정부에서는 그의 고향 의빈현은 물론 그가 처형되었던 상지시에도 기념비를 세웠고, 그의 이야기를 영화와 드라마로도 제작하였다. 중국 항일연군 역사에서 가장 추앙받는 여성 항일영웅의 한 사람이다.

기이다.

"1941년에 용정에서 통지가 왔소. 연필로 쓴 용정 총영사관의 호출장이었지. 병원에서 희숙이를 만났는데, 그가 먼저 손을 내미니 나도 손을 내밀어 악수했다오. 헌데 내 후처 김현숙이 아이를 업고 뒤따라와서 야단치는 바람에 나는 어쩔 줄 몰랐소. 총각이라고 했으면서 무슨 처가 있느냐고 말이오. 그래도 희숙이가 어른이더구면. 그는 내 후처보고 '나는 살지 못할 사람이니 떠들 필요까지야 있겠느냐'며 위안했소. 그리곤 동태를 살피는 놈들을 욕하기 시작하는데 아주 견결했소. 면회는 한 5분쯤 걸렸을까, 말도 별반 못 했소.

(이 대목에서 이광인은 '그 후엔 어떻게 되었습니까?' 하고 물었고 박원춘은 긴 한숨 뒤에 다시 이야기를 이어갔다.)

3, 4일 만에 또 호출이 왔다오. 다시 가보니 희숙이는 이미 잘못 되었는데, 관을 사서 파묻으라고 하지 않겠소. 그때 보니 놈들은 희숙이한테 아래위 흰옷을 입혔던데, 눈은 뜬 채였소. 그래서 내가 내리 쓸어 감겨 주었소. 이런데 무슨 사람들이 두 눈을 빼고 심장까지 끄집어냈다고 하오. 당치 않을 소리지!"[218]

최희숙은 끝까지 귀순하지 않아 처형당한 것은 사실이다. 그러나 북한의 주장은 모두 지어낸 거짓말이 분명하다. 항일연군이 토벌대와 작전 중에 사살당하면, 현장에서 눈에 달아 오른 토벌대는 시체를 작두로 자르거나 불에 태우는 만행을 저지르기도 했다. 세계 여러 전쟁사에서 드물지 않게 볼 수 있는 잔인한 일

---

218 이광인, 『겨레항일지사들』, 4권, 중국 북경 민족출판사.
    "제2방면군 재봉대 대장 최희숙", 〈길림조선문신문〉, 2015.3.6. 전재(중국 인민넷 조문판, "제2방면군 재봉대 대장 최희숙", 2015.5.13.)

이기도 하다.

그러나 일단 포로가 되어 지방 사법기관으로 넘겨지면 그때부터는 상황이 달랐다. 법치국가를 표방하던 만주국 정부는 항일연군 포로들도 법대로 집행했다. 예를 들면, 조일만이 처형 직전 아들에게 유서를 남기고, 그 유서에 만주국을 반대한다는 내용이 들어 있었음에도 불구하고 그의 아들에게 전달되었던 것이나, 최희숙을 처형시킨 후 깨끗한 흰 옷으로 갈아입혀 남편이 찾아가게 했던 것 등은 모두 사실이다.

어떤 대가를 치르더라도 승리요,

어떤 공포에서도 승리요,

그 길이 아무리 멀고 험해도 승리해야 한다.

승리 없이는 생존이 없기 때문이다.

- 윈스턴 처칠

11부

개선

1940년 10월 김일성의 소련 철수 경로와 1941년 4월 소부대 파견 및 8월 귀환 노선도

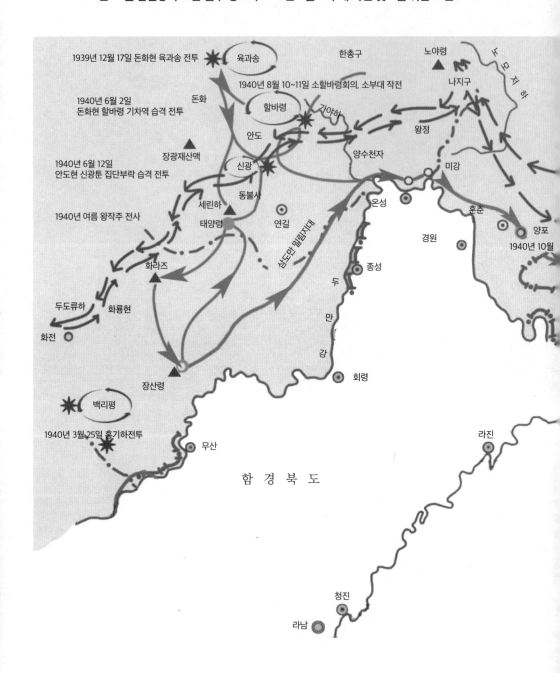

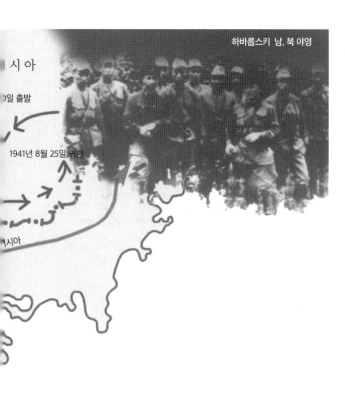

하바롭스키 남, 북 야영

시 아

)일 출발

1941년 8월 25일 귀환

시아

동   해

▲   산, 영마루

⟶   1940년 10월 철수 노선

▬▬▬   1941년 4월 소부대 파견 노선

✴   전투 발생 지역

49장

연전연승

"토벌대 놈들은 돈을 주고 인부들을 고용했는데,
그들이 쌀과 고기를 메고 따라다니면서 놈들에게 계속 따뜻한 밥을 해주었다.
우리는 마른 미숫가루나 언 떡을 한 조각씩 뜯어먹고 눈으로 목을 축이곤 했다.
그런데도 전투력은 우리가 훨씬 더 강했다. 전투가 발생하자마자 놈들이 풍비박산났다."

1. 홍기하에서 마에다 경찰중대를 섬멸하다

1940년은 지난 10여 년 동안 중공당 항일부대에 몸담고 싸울 수밖에 없었던 김성주가 자신의 운명을 변화시킬 가장 좋은 기회이자 어쩌면 마지막 기회가 될 시간이었다. 또한 자신의 항일투쟁에서 최전성기이기도 했다. 아이러니한 것은 이때 항일연군은 전반적으로 급격하게 말로를 향해 갈 때였다는 사실이다. 그것을 김성주가 감지하지 못했을 리 없다. 그러나 위기에 좌절하지 않고 더 노력하면 위기는 오히려 기회가 될 것이라고 생각한 듯하다.

오늘의 중국 길림성 화룡시 임업국 장삼령임장(長森岭林場) 장부(場部)가 자리 잡은 대마록구(大馬鹿溝)에는 1930년대 중·후반기부터 일본인들이 들어와 나무를 벌채했고, 삼림경찰본부가 들어와 주둔했다. 그러다가 1939년 6월 올기강전

당시 화룡현 경내에 주둔했던 일본군 미네카와 부대.

투 이후 일본군은 조만국경 경비를 대대적으로 강화했다.

일찍이 '청산리대첩'이 있었던 오늘의 화룡시 용성진 청산촌(龍城鎭 靑山村)에서 시작하여 백리촌 폐문툰(즉 백리평 폐문툰)과 대마록구, 그리고 대마록구에서 서북으로 홍기하에 이르는 100여 리 남짓한 두만강 연안 곳곳에 아카호리 부대(赤掘部隊), 호리우치 부대(掘內部隊), 미네카와 부대(峰川部隊), 츠치카치 부대(土勝部隊), 하토시게 키사토 부대(人重木里部隊) 등 우두머리 이름을 딴 소대에서 중대 규모의 크고 작은 토벌대가 다닥다닥 뒤덮고 있었다.

식량이 떨어진 김성주는 대마록구 삼림경찰대 병영을 습격했다. 병영 근처에는 일본군 아카호리 부대의 자동차 수리공장과 군수창고가 따로 있었다. 마침 이 부대가 삼도구 일대로 출정 중이어서 대마록구 삼림경찰대가 대신 지키고 있다는 걸 정찰한 김성주는 1940년 3월 11일 밤에 부대를 두 갈래로 나눠 오백 룡 7연대는 삼림경찰대 병영을 공격하게 하고, 자신은 직접 경위중대를 지휘하 면서 박덕산 8연대와 함께 군수창고를 공격했다. 전투는 불과 10여 분 만에 끝 났다.

전투 도중 누군가 "김일성이 왔다."고 소리치는 바람에 삼림경찰대는 혼비백 산했다고 한다. 이는 당시 '김일성'이라는 이름이 화룡 지방 경찰들에게 굉장히 무섭게 각인되어 있었음을 설명해준다. 포대에 기관총을 걸어놓고 저항하던 10 여 명이 일시에 사살되었고, 나머지 경찰들은 부근의 일본군 토벌대를 찾아 도 망쳤다. 연락을 받은 화룡현 경무과에서는 즉시 간도지구 연길토벌사령부에 보 고하는 한편 경무과 산하의 경찰중대를 출동시켰다. 이 경찰중대 중대장이 그 유명한 마에다 다케이치(前田武市) 경정(警政)이었다.

그런데 김성주가 대담하게도 뒤를 쫓아올 마에다 경찰중대까지도 모조리 섬 멸시켜 버리려 했던 것은 대마록구 삼림경찰대 병영에서 엄청나게 많은 탄약을 노획했기 때문이다. 기록을 보면, 기관총 한 대와 10여 자루의 보총 외에도 10여 상자의 탄약을 노획했음을 알 수 있다. 노획한 총기 수량을 보면, 이 전투에서 겨우 한 소대가량의 병력을 사살했음을 알 수 있다.

당시 만주국 경찰대 한 소대는 13명이었으며, 소대장 1명과 기관총 사수 4 명(부사수 2명)이 기관총 한 자루를 돌아가면서 사격했다. 소대장 본인도 기관총 사수였다. 그 외 8명은 보병이었다. 가끔 척탄통을 가지고 다니는 소대도 있었 다. 이 한 소대가 보유한 탄약은 두 상자였는데, 기관총 탄약 한 상자와 보총 탄 약 한 상자였다. 기관총 탄약상자에는 기관총 탄환 1,200발, 보총 탄약상자에는 1,500~2,000발의 탄환이 담겨 있었다.

그러면 이 10여 상자나 되는 탄약은 어디서 난 것일까? 대마록구 삼림경찰대 병영 부근에 있던 군수창고는 일본군 아카호리 부대의 군수창고였던 것이다. 한 상자당 1,500발로 계산해도 자그마치 1만여 발이 넘는 탄약을 노획한 김성주는 얼마나 기뻤던지 입을 다물지 못했다.

"우리 명사수들이 한 방에 한 놈씩만 쏴 눕혀도 최소한 1만 명은 사살할 수 있지 않겠습니까. 아, 정말 오랜만에 기분이 좋군요."

김성주는 탄약 외에도 노획한 밀가루 70여 마대를 절반만 밀영으로 나르게 하고 나머지는 행군 도중 만두도 만들고 빵도 굽게 하였다.

"동무들, 배 터지게 먹고 또 한바탕 멋들어진 전투를 해봅시다."

김성주는 오백룡, 박덕산과 함께 직접 대원들의 취사장소를 일일이 찾아다니면서 높은 소리로 독려했다. 이때 오백룡의 7연대와 손장상, 박덕산의 8연대는 두 길로 나뉘어 한 갈래는 장산령 기슭에서 우회하는 방법으로 뒤에 따라붙던 토벌대를 유인했다.

3월의 만주는 여전히 적설이 허리를 치는 겨울이었다. 눈 속에서 발자국을 발견하고 화라즈까지 뒤따라온 경찰대가 바로 마에다 중대였다. 대마록구전투가 발생했던 3월 11일부터 25일까지 10여 일 남짓한 동안 이 경찰대를 홍기하 골짜기로 유인할 때, 부대에 쫄라병(영양 부족과 추위로 생기는 병으로 사지가 오그라들어 몸을 움직일 수 없다.) 환자들이 생겨나서 행군 속도가 느려졌다. 그 바람에 뒤에 따라붙은 마에다 경찰대와의 거리가 10여 리 안팎으로 줄어들게 되었다.

일본군 정규부대도 아니고 일개 현성 경무과 산하의 경찰대가 이처럼 악착스럽게 김일성 부대로 소문난 2방면군 주력부대를 10여 일 넘게 추격하는 건 희한한 일이 아닐 수 없었다. 길에서 경찰대에 징발된 적이 있는 농민들을 만나 이 경찰대에 관해 들었다.

"중대장은 마에다 다케이치라는 경정인데, 평소에도 '김일성 목은 자기가 벤다.'고 항상 건방진 소리를 해대는 자입니다. 이번에 진짜로 '김일성 부대'를 만났다면서 부하들한테 모두 유서까지 미리 쓰게 만들었다고 합니다. 죽는 한이 있어도 김일성 부대와 결판을 보겠다는 것입니다."

농민들이 이구동성으로 마에다를 소개했다.

그런데 마에다 경찰대는 겨우 한 중대 규모였지만, 장산령에서 홍기하 기슭에 이르기까지 이미 1,000여 명에 가까운 네 갈래 토벌대가 총출동했다는 소식은 김성주를 불안하게 만들었다.

"안 되겠소. 일단 이놈들부터 먼저 소탕해 버린 뒤 다시 생각해봅시다."

김성주는 즉시 오백룡에게로 전령병을 파견했다.

"놈들이 8연대 뒤를 따라 화라즈 쪽으로 들어갔다가 지금 홍기하 쪽으로 나오는 중인데, 소마록구 능선 밑으로 떨어진 골짜기를 반드시 통과할 것이니 이곳에서 놈들을 몰살시킬 수 있게 빨리 능선 위로 접근하라."

오백룡은 명령을 받자 바로 다음 날 점심 무렵 뒤에 매달렸던 미네카와 토벌대를 떼어 버리고 김성주가 지정한 곳에 도착했다. 모두 지쳤지만 당장 큰 전투가 벌어진다는 긴장 때문에 누구도 쉬려 하지 않았다.

"일단 동무들을 모두 쉬게 하시오."

김성주는 근처에 산판 벌채공들이 사용하다가 버린 헌 집 한 채를 발견하고 대원들에게 그 집에 들어가 몸을 녹이게 했다.

"이번에 보니 놈들이 의심이 장난이 아닙니다. 저희 7연대 뒤에 따라붙은 토벌대는 겁도 많았습니다. 우리가 서면 놈들도 서고 우리가 움직이면 놈들도 따라 움직이면서 절대로 거리를 줄이려 하지 않았습니다. '김일성 부대'가 매복하고 습격하는 걸로 유명하다는 걸 알고 대비하는 것 같습니다. 그런데 마에다란 놈이 죽자고 환장하지 않고서야 골짜기로 따라 들어오겠습니까?"

김성주는 대원들이 모두 긴장한 채 쉬려 하지 않자 먼저 자리에 드러누웠다.

"아무 걱정 말고 푹 쉬었다가 일어나서 싸울 준비를 합시다."

대원들이 그제야 하나둘씩 드러눕기 시작했다. 김성주는 슬그머니 오백룡에게 밖으로 따라나오게 해서 능선 위로 올라갔다.

"덕산 동지가 이미 화라즈 쪽에서 놈들을 떼어 버리고 이곳 골짜기로 빠져나왔소. 놈들과의 거리를 20여 리로 벌려 놓았다고 하니 눈길인 데다 의심까지 들면 최소한 여기까지 도착하는 데 세 시간은 걸릴 것이오. 놈들은 이미 화라즈 쪽에 우리가 없다는 걸 확인했을 것이오. 그러니 우리를 찾아내기 위해서라도 이 골짜기로 올 수밖에는 없소. 내가 좀 걱정했던 것은 백룡 동무네 뒤에 매달렸던 토벌대였는데, 마침 그놈들은 겁에 질려 절대로 거리를 줄이지 않는다니 얼마나 잘됐소. 그놈들이 도착하기 전에 우리는 이 전투를 끝내 버려야 하오. 그러면 그놈들도 더는 덤벼들 생각을 하지 못하고 달아날 것이오. 우리는 그 틈을 타서 다시 서북쪽으로 빠져 화라즈로 되돌아가면 되오."

휴식을 마치고 오후 3시쯤 되었을 때 김성주와 오백룡은 소마록구 쪽 능선을 타고 떨어진 골짜기 양옆으로 이동하여 박덕산과 만났다. 먼저 도착한 박덕산이 김성주에게 감탄했다.

"김 지휘는 이제 제갈량이 다 되었구먼. 왕작주 참모장이 여기 있었어도 아마 혀를 내밀었을 게요. 이곳에 이렇게 명당이 있는 줄은 어떻게 알았소? 매복 진지로는 정말 적격이오. 저기 보오. 봉우리 쪽에 수림까지 있어서 우리가 잠복하기에는 정말 안성맞춤이오."

김성주는 골짜기 오른편에 있는 봉우리들에 기관총 소대와 경위중대를, 왼편 봉우리 주변에는 7, 8연대를 함께 배치했다.

초저녁 5시쯤 되었을 때 드디어 마에다 경정이 인솔한 화룡경찰대 제1중대 80여 명과 호리우치 철도경비대 한 중대 80여 명을 합쳐 160명 정도의 토벌대가 홍기하 골짜기로 들어왔다. 여기서 주목할 부분이 있다.

마에다의 화룡경찰대 1중대는 마에다 외 일본인 3, 4명을 제외하고 전원이 조선인 젊은이들이었다. 호리우치 철도경비대도 절반은 조선인이었고 절반은 중국인 젊은이들이었다. 두 중대를 다 합쳐 일본인은 불과 10여 명 안팎에 지나지 않았다.

김성주는 이런 사실을 회고록에서 밝히지 않았다. 간삼봉전투 때의 일본군은 조선에서 건너온 토벌대인 데다 지휘관도 조선인이다 보니, 전투 중 조선말을 알아듣는 일본인이 아주 많았던 것으로 미루어 조선인 출신 일본 군인들이 꽤 있었음을 인정한다. 하지만 홍기하전투 때 섬멸시킨 마에다 토벌대는 전부 일본인 경찰들인 것처럼 이야기하고 있다.

김성주는 망원경에서 눈을 떼지 못했다. 보통 경찰대는 척후병을 파견할 때 1, 2명이 고작이었으나 이번엔 한 소대가 척후병으로 나온 것 같았다. 10여 명이 먼저 들어와 매복진지 앞으로 지나갔다. 김성주의 눈길은 이 토벌대의 우두머리인 마에다 다케이치로 짐작되는 군도를 찬 장교에게서 멎었다. 나중에 확인하니 그가 마에다가 맞았다.

골짜기로 들어온 뒤 한 나무 밑에서 마에다와 몇몇 부하가 몰려서 있었다. 군도를 지팡이처럼 땅바닥에 박고 선 마에다가 뭐라고 지시했다. 그 사이에도 경찰대는 계속 골짜기 안으로 꾸역꾸역 기어들어왔다. 그야말로 절호의 기회였다. 김성주는 망원경에서 눈을 떼며 사격명령을 내렸다.

"쏴라!"

명령과 동시에 10여 대의 기관총이 골짜기 양편에서 마에다 경찰대를 향해 총탄을 퍼부어대기 시작했다. 기관총들은 단 1초도 멈추지 않고 연발사격했다. 순간 매복에 걸려든 것을 직감한 마에다는 즉시 부대를 산개시키면서 자신도 땅에 납죽 엎드린 채로 명령을 내리기 시작했다.

마에다는 기관총탄이 가장 많이 날아오는 북쪽 고지를 점령하기 위해 돌격대를 조직했다. 그러나 40여 명쯤 되는 첫 번째 돌격대가 함성을 지르면서 북쪽으로 달려 나갈 때 서쪽 잡관목림 속에서 또 총탄이 날아들기 시작했다.

"빨리 일어나라! 돌격하라!"

마에다가 아무리 고함을 질러도 일단 땅바닥에 엎드린 경찰들은 다시는 머리를 쳐들려 하지 않았다.

이 전투에 참가했던 김명주는 취재자들에게 홍기하전투에 관해 이야기하면서 몇 가지 흥미로운 증언을 남겼다.

"그때 홍기하에서 화룡경찰대 60, 70여 명을 죽였는데, 전장을 수습할 때 보니 모두 조선인이었다. 마에다도 일본말을 하지 않고 조선말로 고함을 질렀다. 그때 경찰대들의 식량을 지고 따라다녔던 인부들이 한 20여 명 있었는데 그들도 모두 총에 맞아죽었다. 몇몇이 아직 숨이 붙어 있어 비명을 질렀는데, 그들 역시 조선인들이었다."

"마에다는 토벌작전에 많이 참가하여 경험이 이만저만이 아니었다. 우리를 추격할 때 계속 거리를 유지하면서 섣부르게 공격하지 않았다. 아마도 우리가 지쳐서 더는 움직이지 못하게 될 때를 기다리는 것 같았다. 3월인데도 눈이 허리를 치더라. 우리가 앞에서 그 눈을 헤치고 나가면서 길을 내니까 토벌대 놈들은 그 길로 졸졸 따라왔다. 당연히 우리가 훨씬 더 지칠 수밖에 없었다."

"토벌대 놈들은 돈을 주고 인부들을 고용했는데, 인부들이 쌀과 고기를 메고 따라다니면서 놈들에게 계속 따뜻한 밥을 해주고 있었다. 우리는 마른 미숫가루나 언 떡을 한 조각씩 뜯어먹고 눈으로 목을 축이곤 했다. 그런데도 전투력은 우리가 훨씬 더 강했다. 전투가 발생하자마자 놈들이 풍비박산났다."

"전장을 수습할 때 보니 토벌대를 따라왔던 인부들도 한 20여 명(실제로는 17명)이 모두 죽었다. 죽지 않고 신음하는 소리를 듣다 보니 어떻게 된 판인지 그 인부들까지도 모두 조선인이 아니었겠나. 그 인부들이 토벌대를 따라 10여 일씩 넘게 눈 속에서 헤매다 보니 시커먼 경찰 외투를 한 벌씩 얻어 입고 있었다. 그런데 토벌대는 외투 겉에 위장용 흰 천을 덮어썼지만, 이 인부들은 천을 쓰지 않고 있었으니 오히려 토벌대보다 더 쉬운 표적이 된 것이다. 우리가 제대로 가려보지 못하고 인부들부터 먼저 쏘아 눕히고 말았던 것이다."[219]

이와 같은 증언에 따르면, 당시 홍기하 골짜기에서 거의 전멸하다시피 했던 화룡현 경찰대는 마에다 다케이치 경정과 함께 온 호리우치 중대장 등 몇몇 지휘관을 제외하고는 대원이 전부 조선인 젊은이들이었음을 알 수 있다.

마에다 경정이 전투 중에 부하들에게 조선말로 고함을 질렀다는 사실도 부하

---

219 취재, 최선길(崔先吉, 가명) 조선인, 조선의용군 생존자, 1950년대 중국 연변사범학교 교장과 연변주 교육처에서 근무하다가 생활작풍 문제로 직위 해제됨, 김명주의 지인, 취재지 연길, 1984~1986 10여 차례.
박경호(朴京浩, 가명) 조선인, 동북인민혁명군 2군 독립사 3연대 연고자, 취재지 도문.
박경환(朴京煥, 가명) 조선인, 연변전원공서 시절 임춘추의 비서, 취재지 요령성 안산시, 1987.
박창욱(朴昌昱) 조선인, 항일투쟁사 전문가, 연변대학 역사학부 교수, 취재지 연길, 1995~2000 10여 차례.
한준광(韓俊光) 조선인, 연변주당위 선전부 부부장, 연변역사연구소 소장, 중국조선족민족사학회 이사장 역임, 취재지 연길, 1986~2001 30여 차례.

들 대부분이 조선인들이었다는 증언과 부합하는 부분이다. 일부 자료에서는 마에다 경정은 조선에서 하급 경찰관 노릇을 오래 했다고 한다. 이후 만주로 옮긴 뒤에도 계속하여 조선 국경 대안의 여러 지역에서 경찰서장을 지내면서 항일연군을 토벌하는 작전에 적지 않게 참가했던 모양이다.

그가 화룡경찰대 중대장이 된 뒤 걸핏하면 "김일성 목은 내가 벤다."고 호언했던 것도 다 이런 경력 때문이었을 것이다. 분명히 항일연군 토벌작전에서 적지 않은 경험이 축적된 것 같다. 그러나 홍기하 골짜기에서 마에다 경정은 경계를 늦추고 그만 방심하고 만 것이다.

"앞에 바라보이는 골짜기가 심상찮아 보이는데 무턱대고 들어가도 되겠소?"

호리우치 중대장이 우려했으나 마에다는 자신만만했다.

"설사 매복이 있다 한들 비적들은 이미 강노지말(強弩之末, 강하게 쏜 화살도 마지막에는 힘이 떨어진다는 뜻)에 이르렀을 것입니다. 또한 지금 우리 주변에는 적어도 10여 갈래의 토벌대가 포진해 있습니다. 전투가 발생하면 호리우치 중대는 저희 후위에서 쳐들어와 주십시오."

무전기까지 있었던 마에다는 즉시 화룡현 경무과에 연락해 홍기하 골짜기와 가장 가까이에 있는 토벌대를 자기네 쪽으로 파견해달라고 했다. 그때 달려온 토벌대가 바로 화룡현 미네카와 토벌대였다.

김성주 회고록(계승본)에서는 미네카와(峰川) 토벌대를 '봉천 부대'라고 부른다. 한자를 밝히지 않아 봉천(奉天)에서 파견된 토벌대로 오해할 수도 있다. 당시 조선인들은 간도특설부대를 '염천 부대(간도특설부대 제1임 부대장 소메카와 이치오 染川一男의 성)' 또는 '본향 부대(간도특설부대 제1중대장 강재호의 일본 이름 혼고 키미야스 本鄕公康의 성을 따서 부름)'라고 불렀다. 특히 조선 국내 신문들에 크게 알려진 유명 일본인들을 제외하고는 대부분 일본인 성을 한자 그대로 한글로 바꾸어 기사로 내보내는 경우가 아주 많았다. 따라서 김일성 부대와 만났던 인부들도 미네카와 중대장의 이름을 한자 그대로 읽어 그냥 '봉천부대'라고 알려주었을 것으로 짐작된다.

미네카와 토벌대는 장산령 기슭에서 오백룡 7연대를 추격하다 놓치고 마침 대마록구에서 쉬던 중이었다. 무전을 받고 급히 홍기하 쪽으로 이동했으나 이미 마에다 경찰중대는 몰살당한 뒤였다. 이 전투의 전과와 관련하여서는 중국과 북한, 그리고 일본 각 나라들이 소장한 자료들마다 내용이 조금씩 다르지만 어쨌든 관동군 헌병대 자료에 이에 대한 기록이 상세하게 나와 있다. 사상자 규모에 대해서는 숫자가 조금 적기는 하나 대체로 인정하고 있음도 확인할 수 있었다. 당시 관동군 현병대 측에서 보고한 자료의 내용은 다음과 같다.

"김일성비 주력 150명은 안투현(안도현)을 유동중이던 3월 11일 홍치허 삼림경찰대 본부를 습격했다. 현금 1만 1000여 원 및 의복, 식량 다수를 약탈하고 화약고를 폭파하고 주민 145명을 납치해 도주했다. 이 비를 추적 중인 마에다 경찰토벌대는 3월 25일 안투현 다마루거우(대마록구) 서북방 지구에서 조우, 두 시간여의 교전끝에 흩어져 달아나게 했으나, 이 전투에 의한 아군측 전사는 대장 마에다 경정 이하 55명, 부상 26명을 내는 등 그 여세를 경시하기 어렵고 더욱더 경계를 요하는 현상이다. 비습지(匪襲地, 비적들이 습격했던 지역) 부근 주민은 다소 불안 동요의 조짐 있어 헌병은 유언 단속, 민심 선무에 노력하고 있다."[220]

이 전투 중에 생포되었던 30여 명의 화룡 경찰중대 조선인 대원들은 항일연

---

220 관동군 헌병대, 『사상대책월보』, 1940년 3월.

군에 참가하겠노라고 거짓말로 투항한 뒤 김일성 부대와 함께 행군하던 도중 하나둘씩 도주했다. 오백룡이 그들 뒤를 쫓아가 모조리 죽여 버린다고 씩씩거리는 것을 김성주가 말렸다.

"가만 내버려두오. 먹고 살자고 어쩔 수 없이 경찰대에 참가했던 것 같소. 우리와는 같은 조선 사람이니 조상님들을 봐서 용서해줍시다."

2. 여백기의 귀순과 나카지마공작반

김성주의 정치부 주임이었던 여백기에게로 돌아간다.

여백기가 대마록구전투와 홍기하전투 모두 참가했다는 자료와 증언들이 있는데, 해방 후 화룡현에서 역사 반혁명분자로 판결받고도 감옥살이만은 면했다. 그의 지인들은 이렇게 증언했다.

당시 홍기하전투 때 항일연군에 참가했던 포로 30여 명 가운데 미처 도주하지 못하고 몇몇 남은 자들이 있었다. 그들은 나이가 많이 어렸던 모양이다. 화안촌(화룡-안도 접경지대의 목란툰)을 빠져나온 뒤에 목란산 기슭에서 쉬는데, 훌쩍거리며 우는 포로가 있었다. 여백기가 왜 우느냐고 묻자, 이렇게 무턱대고 항일연군에 참가하면 가족들은 자기들이 죽었는지 살아 있는지 몰라 여간 걱정하지 않을 것이라고 대답했다. 그러자 여백기는 김성주와 의논해 남은 포로들도 모두 놓아주기로 결정했다.

김성주는 그들에게 떡국을 먹이면서 타일렀다.

"오늘 너희들을 보내주겠다. 보다시피 일본 놈들은 몇 놈이나 죽었느냐, 전부 우리 조선 사람이 죽었다. 노자도 주겠으니 집으로 돌아가거라. 다시는 경찰대에 참가해 항일연군과 싸워서는 안 된다. 알겠느냐."

노자까지 받은 포로들은 모두 감격해서 돌아갔다.

화라즈밀영으로 미처 들어가지 못했을 때 토벌대가 또 몰려들기 시작했다. 김성주는 즉시 부대를 세 갈래로 나누어 한 갈래는 손장상과 박덕산의 인솔로 훈춘 쪽으로 빠지게 하고, 다른 한 갈래는 다시 박덕산이 인솔해 돈화 쪽으로 가게 하고, 자신은 오백룡과 함께 화룡현 경내에서 빠져나와 안도현 삼도구 쪽으로 달아났다.

이때 박덕산은 화룡에서 왕청, 훈춘 쪽으로 뚫고 나갈 방법을 찾지 못해, 무산지구를 공격할 때처럼 몰래 두만강을 건너 무산에서 웅기(오늘의 선봉) 쪽으로 이동한 다음 그곳에서 다시 두만강을 건너 훈춘현 이도구 쪽으로 나왔다. 하지만 이 방안은 여백기의 귀순으로 노출되어 토벌대가 미리 이도구에서 대기하고 있었다. 손장상과 박덕산은 한 중대 병력을 몽땅 잃어버리고 겨우 6, 7명만 살아남아 소할바령으로 돌아왔다. 8연대는 이때부터 무너지기 시작해 다시는 기본 전투서열을 회복하지 못했다.

김성주는 회고록에서 "대마록구 부근 밀영에서 치료받던 방면군 정치주임 여백기가 적들에 체포되어 부대의 비밀을 속속들이 다 불었다."고 주장하지만, 이 또한 사실과 조금 맞지 않는 부분이 있다. 여백기는 김성주와 함께 이도백하와 오도백하 사이의 대화라즈까지 동행했고, 여기서 그들을 찾아왔던 김재범 일행 9명과 만났다. 김성주는 그때 2차 두도류하회의 정신을 전달받은 것이 분명하다.

또 다른 자료에는 김재범 일행 13명(5명은 위원, 7명은 통신 연락원)이 동만으로 나올 때, 경위여단 정치위원 한인화가 직접 한 중대를 이끌고 호위했다고 한다. 그만큼 위증민, 전광 등은 동만사업위원회를 중요하게 여겼다. 따라서 김성주는 그때부터 2방면군이 김재범을 책임자로 하는 중공당 남만성위원회 산하 동만 사업위원회의 지도를 받게 되었다는 기분 나쁜 명령도 함께 전달받았을 것으로 보인다.

김재범은 장차 1로군 잔존 부대와 남만성위원회 기관이 동만으로 이전할 가능성을 설명하면서 화룡에서 왕청과 훈춘으로 통하는 노선과 안도에서 할바령을 넘어 액목과 영안으로 통하는 노선을 반드시 개척해야 한다는 위증민의 지시를 전달했다. 물론 이런 내용은 김성주의 회고록에서는 조금도 찾아볼 수 없다.

여백기는 김재범에게서 화룡과 왕청, 훈춘 사이의 지방 조직을 반드시 복구해야 한다는 임무를 받고 그 사이 훈춘 쪽으로 이동했던 손장상, 박덕산과 연락하기 위해 다시 화룡으로 돌아가다가 대마록구 부근에서 그만 낯익은 경찰들에게 붙잡히고 말았다. 홍기하전투 때 포로로 잡았던 경찰들이었다. 여백기한테 노자까지 받아 내려갔던 그들은 여백기를 보자마자 달려들어 포승으로 꽁꽁 묶었다. 여백기는 그 길로 화룡현 경무과로 끌려갔다.

"당신 직위는 무엇이었소?"

화룡현 경무과장이 묻자 여백기가 둘러댔다.

"저는 사무장이었습니다. 포로들을 놓아줄 때 노자를 나눠주었습니다."

여백기가 중국인이었기 때문에 조선인 부대로 소문난 '김일성 부대'에서 절대로 높은 직위에 있었을 거라는 의심을 사지 않았다. 그리하여 귀순서에 서명만 하면 바로 풀려날 수 있었는데, 하루는 경무과장이 직접 그를 불러놓고 사진 한 장을 보여주었다.

그 사진이 임수산인 것을 본 여백기는 깜짝 놀라고 말았다.

"사무장이었다니, 이 사람이 누군지 잘 알겠지요?"

"이 사람은 방면군 참모장 임수산입니다."

여백기는 간담이 서늘해지고 말았다. 만약 임수산만 도착하면 모든 게 다 드러날 판이었다.

"며칠 뒤 이 사람이 곧 화룡에 옵니다. 그때면 당신의 진짜 신분이 드러납니다. 그러니 지금이라도 숨긴 게 있다면 똑바로 말하시오. 그러면 거짓말한 것도 다 용서해주겠소."

경무과장은 여백기에게 계속 점잖게 타일렀다. 참모장 임수산이 이미 귀순한 것을 알게 된 여백기는 하는 수 없이 다 불어 버리고 말았다. 경무과장은 흡족한 듯 그에게 직접 찻물까지 따라주면서 말했다.

"당신네 화라즈밀영이 어디 있는지 이미 다 알아냈소. 지금쯤 우리 토벌대가 화라즈밀영에 숨겨놓은 당신들 식량도 모조리 찾아냈을 것이오."

아닌 게 아니라 며칠 지나자 임수산뿐만 아니라 필서문까지도 여백기 앞에 나타났다. 정치부 주임 여백기, 참모장 임수산, 부관장 필서문까지 2방면군 주요 지휘관들이 모두 귀순한 것이었다.

노조에 토벌사령부 후쿠베 구니오 대좌가 다시 연길로 날아왔다. 후쿠베와 함께 동행했던 다나카 요지 간도성 경비과장은 이때 치안부 경무사 경방과장으로 승진했는데, 임수산이 몽강 동패자에서 그에게 체포된 것이다. 임수산 체포 작전에 참가하여 일익을 담당했던 또 한 사람이 있었다. 훈춘영사분관 경찰부 계원 이홍철이었다. 강홍석이 아버지한테 보낸 편지를 당시 간도지구 토벌사령부 경비과장이었던 다나카에게 바친 장본인이었다.

지순옥은 2방면군에 잠복한 뒤 거의 반년 동안이나 김성주 신변에 있었으면서도 별 성과를 내지 못하고 1940년 1월경 돌아갔다. 지순옥과의 연락 임무를 책임졌던 이홍철은 지순옥이 입산하자마자 신분이 폭로되어 독약 봉지도 다 빼앗기고 반년 동안 내내 감시받으면서 지냈다는 말을 듣고는 눈알이 뒤집어질 지경이었다. 지순옥은 시집으로 돌아간 뒤에도 한동안 이홍철에게 많이 시달렸다고 한다.

후에 이 사실을 알게 된 다나카 경방과장이 직접 이홍철에게 전화해 "남편까지 잃고 돌아온 사람을 너무 구박하지 말라."고 했다고 한다. 훈춘영사관 경찰부는 지순옥을 불러 산속에서 보냈던 일들을 자세하게 캐물었고 자료를 만들어 연길특무기관에 보냈다. 이후 지순옥은 또 연길로 불려와 한동안 국자가 영사분관에 감금되어 조사받았다. 이 영사분관 건물은 오늘의 연변 연길시 국자가와 해방로가 교차하는 서북쪽에 있었는데, 해방 후 한동안 연길시 인민정부 청사로 사용했다.

당시 용정총영사관 산하 국자가 영사분관 간판을 달고 있었는데, 1937년 12월에 관동군 간도성 특무기관으로 탈바꿈한 것이다. 김성주의 2방면군이 안도와 화룡현에서 활동할 때 연길특무기관의 특무들은 모두 이곳에 모여 대책회의를 열었다고 한다. 지순옥의 자료를 면밀하게 검토했던 다나카 경방과장은 그녀가 부대에서 한 번도 참모장 임수산의 얼굴을 본 적이 없다는 내용에 주목했다.

"지난 6월 이후로 임수산이 한 번도 김일성과 함께 있지 않았다는 것은 문제가 있네."

직접 연길로 내려와 이홍철을 부른 다나카는 임수산을 체포하기 위한 본격적인 작업에 들어갔다. 그길로 이홍철은 화전의 오도차에 살던 장인에게 달려가 그동안 임수산이 몽강 동패자에서 화전의 오도차밀영에 몇 번 다녀간 사실을 알아냈다.

그러던 중 1940년 2월경 오도차에 남아 치료받던 마지막 2, 3명이 몽강에서 찾아온 연락원과 함께 동패자로 돌아가던 길에 이홍철 장인의 집에 들러 길에서 먹을 식량을 달라며 자기들이 가지고 있던 아편 한 덩어리를 내놓았다.

이홍철은 이 이야기를 듣고 화전에서 몽강까지 그들을 미행했다. 동패자에서 밀영 위치를 확인한 이홍철은 몽강현 경찰서로 곧장 달려가 신경에 있는 다나카에게 전화를 걸었다. 그날로 다나카는 몽강현으로 날아와 키시타니 경무청장에게 또 다른 협조자를 소개받았다. 나카지마 다마지로 헌병조장이었다.

키시타니는 쿠로사키와 나카지마를 오래도록 잊지 않고 있었다. 쿠로사키 중위는 소좌로 진급한 뒤 남방전선으로 갔고 나카지마 헌병조장은 통화헌병대에 복귀해 있었다. 당시 통화헌병대 대장 니시다 중좌(西田 中佐)는 가는 곳마다 나카지마를 칭찬하는 소리를 듣고는 질투와 시기심에 불타올랐다. 신경에 출장가면 장성급들까지도 나카지마에 대해 궁금해 했다. 그 결과 나카지마는 큰 공을 세우고도 과장 자리에조차 올라보지 못하고 심지어는 퇴역까지 당했다는 소문도 더러 있다.

나카지마가 왔을 때 키시타니는 기다렸다는 듯 달려와 반색하며 말했다.

"나카지마 군, 우리 경무청에 와서 나를 도와주시오."

그때는 키시타니 경무청장이 정빈과 최주봉토벌대를 앞세우고 한창 양정우를 뒤쫓을 때였다.

"정빈, 최주봉 등이 굉장히 잘 하고 있다고 들었습니다. 제가 필요하겠습니까?"

"지금이야말로 군과 같은 사람이 필요한 때요. 우리 경무청의 토미모리가 일을 잘하지 못해 내가 이렇게 매일 현장에 나다니는 중이오."

키시타니에게는 나카지마의 노하우가 절실하게 필요했다.

"비적들을 체포하여 감화시키고 귀순하게 만드는 데는 나와 간자키 중좌 외에 바로 군이 가장 호흡이 잘 맞았소. 지금은 군이 한바탕 솜씨를 펼쳐 보일 때

인데, 이렇게 허무하게 퇴역당하고 조선으로 돌아가면 어떡한단 말이오."

"한동안 조선 청진에 가서 살 생각이었습니다."

"그러지 말고 나를 도와주시오. 군이 도와준다면 이번에야말로 진짜로 남만주 비적들을 철저하게 소탕할 것이오."

이렇게 되어 나카지마는 다시 통화성 경무청에서 일하게 되었는데, 이때 키시타니와 함께 몽강에 나와 있었던 것이다.

"나도 통화에 나카지마 헌병조장이 있다는 소문은 많이 들었다오."

다나카 경방과장은 크게 기뻐했다.

그는 그 자리에서 키시타니 경무청장과 의논하여 김창영의 '치안부 경무사 임강공작반'을 '나카지마공작반'으로 이름을 바꾸고, 김창영은 부반장으로 내려 앉혔다.

이에 앞서 김창영은 박차석과 이종락을 이용해 김성주 귀순작전을 진행했으나 실패하고 이종락까지 잃어버렸던 책임을 지게 되었다. 이후 나카지마에게 밀려 이태 동안 운영해왔던 임강공작반도 내놓게 되었다.

김창영이 임강공작반을 운영하는 동안 부정한 행위로 엄청나게 많은 돈과 금괴를 모았다는 자료도 있다. 통화성 경무청이 그의 공작반을 지도했으나 한편으로는 치안부 경무사 소속이었기 때문에 키시타니나 토미모리가 그를 함부로 대할 수 없었던 것이다. 특히 친구였던 후쿠베 대좌가 노조에 토벌사령부 참모부장으로 오면서 김창영의 세도는 하늘을 찔렀다. 자기 공작반에 필요한 사람이면, 복역 중인 죄인이건 사형판결을 받은 사형수이건 가리지 않고 모조리 사면 복권시킬 수 있을 정도로 막강한 권한을 휘둘렀다고 한다. 실제로 한때 교하의 농농하(濃濃河) 한인농장에 연금되었던 광복군 대대장 문학빈(文學彬)을 사형에

처하라는 조선총독부의 지시가 만주국 치안부를 통해 경무사로 내려왔으나 김창영은 그것을 집행하지 못하게 하고 갖은 이유를 만들어 문학빈이 자기 공작반에 필요한 인물이라고 고집했다. 결국 문학빈은 사형을 면했다.

그뿐이 아니었다. 김성주를 귀순시키기 위해 평양에 살던 조모 이보익을 장백현 가재수에 데려와 연금시켰을 때, 김창영을 도와 이보익을 감시하던 가재수의 끄나풀 10여 명이 항일연군과 몰래 거래하다가 '통비분자'(通匪分子, 비적들과 내통하는 자)로 몰려 장백현 경찰서에 체포되었다. 이들 중 5명은 항일연군에 쌀을 날라주다가 현장에서 체포되어 사형판결을 받고 봉천감옥으로 압송되었고, 나머지 8명은 계속 장백현에 수감되어 있었는데, 이들 가족이 김창영을 찾아와 도움을 청했다.

"아무 걱정 말고 모두 돌아가 있거라. 금방 석방시켜 주마. 그리고 봉천으로 압송된 친구들도 사형이 이미 집행되었다면 별 수 없지만, 아직 살아 있다면 반드시 석방시켜 집으로 돌려보내주마."

김창영은 조금도 머뭇거리지 않고 이렇게 큰소리를 탕탕 쳤다.

그길로 김창영은 토미모리 통화성 경무과장을 찾아갔다.

"현재 장백현에 수감 중인 여덟 명은 모두 우리 공작반을 위해 일하던 사람들인데, 어떻게 함부로 잡아넣은 거요. 당장 석방되게 조처해 주시오."

김창영은 사형판결을 받은 5명에 대해서도 후쿠베 대좌에게 김일성 부대를 섬멸하는 데 반드시 필요한 인물들이라며 모두 석방시켜달라고 했다.

또 박득범이 막 체포되었을 때 만주국 경무사는 박득범만큼은 반드시 처형해야 한다고 주장했다. 길림성 경무청 경비과장 니시세토 히데오와 돈화현 부현장 미시마 아츠시가 박득범에게 피살되었기 때문이다. 김창영이 이번에는 조선총독부를 통해 만주국 치안부에 압력을 가하며 갖은 이유를 다 들어 박득범을 비호했다.

"박득범이야말로 장차 조선이 독립한 뒤에도 여전히 일본에 충성하는 새 국가로 건설하는 데 쓰일 유용한 인물이니 절대 죽이면 안 됩니다. 니시세토 경비과장과 미시마 같은 만주국 고위 관료가 피살된 것은 안타깝지만, 일단 귀순하면 과거 죄는 묻지 않겠다고 한 만주국 국가 차원의 약속과 어긋나며 이는 신의를 중요시하는 일본의 사무라이 정신에도 어긋납니다."

이런 행각들이 점차 만주국 치안부 고위 관료들의 눈에 나기 시작하면서 김창영은 결국 파면되고 말았다. 그러나 그동안 세운 공도 적지 않았으므로 공개적으로 파면하지 않고 경무사 이사관에서 총무청 무임소 참사관으로 좌천되었다가 조선총독부에 제안하여 결국 조선으로 돌아가도록 했다. 그것이 이태 뒤인 1943년 4월 일이다.

3. 임수산공작대

1940년 2월 초순경, 김창영의 임강공작반을 넘겨받아 나카지마공작반을 출범시킨 나카지마 다마지로는 이홍철이 제공한 정보에 따라 바로 최주봉돌격대를 이끌고 동패자밀영을 습격했다. 임수산과 함께 있었던 원 2방면군 독립대대 대원 40여 명이 이때 절반 이상 사살당했다. 임수산과 살아남은 20여 명은 나카지마의 손에 사로잡히고 말았다.

다나카 경방과장은 나카지마에게 신신당부했다.

"임수산은 김일성의 참모장이었으니 이 사람이 우리에게 협력한다면 김일성도 독 안에 든 쥐나 다름없소. 혹형을 가하면 절대로 안 되오. 반드시 진심으로 귀순하게 만들어 보시오. 그가 우리의 성의에 감동하여 자발적으로 돕겠다고 나설 때만이 좋은 결실을 맺을 수 있소."

"옳은 말씀입니다. 혹형은 역효과를 낳을 수 있습니다."

한때 산성진 일대의 중국 사람들에게 '나카지마 헌병조장은 생사람 고기도 먹는다.'는 소문이 날 정도로 나카지마는 취조할 때 공포스럽게 했다. 하지만 피취조자가 공포에 질려 심경 변화가 일면 누구보다도 부드럽고 따뜻하게 설득하여 마음을 움직여내는 수완가이기도 했다.

임수산은 대원들과 한 방에 수감되었다. 그곳은 감방이라기보다는 몽강현 병원의 큰 병실 정도로 보였다. 간호사들이 들어와 상처도 치료하고 혈액도 채취하면서 살뜰하게 굴었다. 그때 일화가 하나 있다. 주사 놓으러 들어온 간호사가 장흥복(張興福)[221]에게 바지 좀 내려달라고 했다. 그때까지 주사를 맞아본 적이 없는 장흥복은 멋모르고 바지를 훌렁 다 내렸다. 그러자 간호사가 '사루마다(팬티)도 내리라'고 했다. 장흥복은 이번에도 사루마다를 다 내려 버렸다. 간호사는 얼굴이 새빨개졌지만 당황하지 않고 침착하게 주사를 놓은 다음 팬티를 잡아서 입혀주고 나가 버렸다고 한다.

이후 나카지마가 키시타니 경무청장과 다나카 경방과장 등과 함께 포로들을

---

221 장흥복(張興福, 1922-1996년) 중국인이며, 오늘의 교하시 신참진(新站鎭)에서 출생했다. 열여섯 되던 1938년에 항일연군에 참가했으며, 2군 6사 8연대 1중대 대원이었다. 무산지구 습격전투와 백리평전투, 육과송전투, 쟈신즈전투에 모두 참가했으며 동상으로 발가락 두 개가 떨어져 나갔다. 1940년 1월에 화전현 오도차밀영과 몽강현 동패자밀영에서 치료받다가 몽강현 경찰대대가 밀영을 습격했을 때 임수산 등과 함께 체포되어 귀순했다. 이후 임수산공작대에 참가하여 항일연군을 토벌하는 작전에 참가했으며, 1943년 같은 공작대의 일본인 위생병과 결혼해 교하에 정착했다. 1945년 광복 이후 그의 아내는 동북민주연군 병원에서 계속 간호사로 복무하다가 1953년에 일본으로 귀국했다. 장흥복은 반혁명죄로 14년을 복역하고 나와 계속 혼자서 살았다. 장흥복의 아내는 일본으로 돌아간 뒤 다른 남자와 결혼하여 아들 하나와 딸 둘을 낳았다. 1984년에 그 남편이 죽자 중국으로 돌아와 장흥복과 재회했다. 장흥복은 1986년에 아내를 따라 일본으로 이민했고 1996년에 나고야에서 사망했다.

만나러 왔을 때, 장흥복이 맨 먼저 손을 들고 나섰다.

"저에게 주사를 놓아준 간호사에게 장가 들게 해주면 저는 만주국에 귀순하겠습니다."

그 바람에 모두 웃었는데, 나카지마만은 정색하고 말했다.

"그 간호사는 처녀이고 자네는 총각이니 불가능하지는 않네. 그러나 혼인은 강제로 할 수 없네. 자네 스스로 처녀의 마음을 얻어야 할 것일세."

"그래서 도와달라는 것 아닙니까."

"좋아. 귀순하고 우리 공작반에 참가하게. 그래서 공을 세우고 상금도 많이 타면 처녀가 자네한테 마음을 줄지도 모르지."

나카지마는 병원 측과 의논해 그 간호사를 공작반으로 옮기기로 했다.

나중에 두 사람은 나카지마의 중매로 결혼했다. 장흥복은 결혼 첫날밤에 일본인 아내한테 물었다.

"그때 병원에서 치료받던 사람들 가운데 나보다 더 훌륭한 사람도 많았는데 어떻게 나한테 마음을 가지게 되었소?"

그랬더니 일본인 아내가 대답했다.

"그때 병원에 입원해 치료받은 사람들 중 당신을 제외하고는 모두 심한 성병을 앓고 있었어요. 그래서 나는 당신에게 좋은 인상을 받았던 거예요."

그때 신체검사를 받았던 사람들 가운데 임수산도 있었으니, 그 역시 엄중한 성병을 앓고 있었음을 설명해주는 이야기이기도 하다.

공작반이 해산된 뒤에는 부부가 함께 교하에 정착했다.

장흥복의 고향은 오늘의 교하시 신참진(新站鎮)이었는데, 1945년 광복 이후 동북민주연군이 들어오자 장흥복의 아내는 동북민주연군 야전병원에 간호사로 취직했고, 장흥복도 신분을 속이고 동북민주연군에 참군했다. 이후 남하(南下, 동

북민주연군 부대가 중국인민해방군 제4야전군으로 개편된 뒤 중국 남방 지방으로 작전 이동했다)
하는 부대를 따라 호남성 상서(湘西) 지방까지 내려가서 그곳 토비들을 숙청하
는 전투에 참가했다고 한다.

"그런데 어떻게 신분이 폭로되고 말았나?"
"내 아내가 실수로 우리가 몽강현 병원에서 처음 만난 일을 이야기했기 때문이다.
1953년 11월, 정부에서는 마지막으로 남은 일본인들을 자기 나라로 돌려보냈다. 그러
나 중국에서 이미 결혼하여 자식이 있는 사람들은 돌아가지 않아도 되었다. 나는 제
대하고 교하현 인민무장부에 배치받았는데, 아내가 일본에 있는 어머니가 너무 보고
싶어 잠깐 돌아가 어머니를 만나고 무사하면 다시 돌아오겠다고 약속하고는 귀국 수
속을 했다.

그때 서류를 쓰면서 지금의 중국 남편과 어디서 어떻게 만났는지 적는 항목에 그만
몽강현 병원에서 만났다고 써넣은 것이다. 그냥 거기까지만 썼어도 내가 어떻게든 변
명할 수 있었겠지만, 아내는 18년 만에 일본으로 돌아가는 것에 너무 감격하여 그만
실수를 저지르고 말았다.

서류를 심사하던 간부는 굉장히 꼼꼼한 사람이었다. 그는 '당신 남편은 교하 신참 사
람이라고 했는데, 어떻게 정우현(몽강현) 병원에서 만날 수 있었나?' 하고 꼬치꼬치 캐
물었고, 나한테도 와서 '정우현 병원에서 일했거나 병원에 입원한 적이 있었는가?' 하
고 물었다. 난 딱 잡아뗐지만 이미 아내가 다 불어버리고 말았다. 내가 붙잡히고 나서
아내가 귀국하기 전에 만나러 왔다. '당신은 해방군에 참가하여 군공까지 세웠기 때
문에 처벌받지 않는다고 하더라.' 하며 조금도 대수롭게 생각하지 않았다. 어찌나 화가
났는지 모른다. 내 아내를 구슬려서 진술을 받아낸 사람들이 그렇게 설득했던 것이

다.'222

장흥복은 일반 귀순자들보다 더 혹독한 형벌을 받았다.

신분을 속이고 동북민주연군에 참가하여 국민당 군대와 싸웠고 다시 남하하는 부대를 따라 상서 지방까지 내려가 토비 숙청 전투에서 공을 세운 것도 아무짝에도 소용없었다. 마침 '진반운동(鎭反運動, 반혁명분자를 숙청하는 운동)' 때라서 '항일연군 변절자'에다 '신분을 속이고 당 내에 기어든 반혁명분자'라는 죄목까지 더하여 하마터면 총살 당할 뻔했다. 그러나 14년 형을 받고 복역하던 중 탄원하여 10년으로 감형받았다고 한다.

길림성 노동개조관리국과 장춘 철북감옥(鐵北監獄)에 장흥복의 범죄 당안과 함께 그가 제출한 탄원서 수십여 장이 보관되어 있었다. 먹지를 받치고 한 번에 세 벌씩 써냈던 그 탄원서에는 자신이 항일연군에서 귀순한 후 임수산공작대를 따라다니면서 특별히 나쁜 일을 한 적이 없다는 것과 그때 죄를 속죄하기 위하여 중국인민해방군에 참가해 국민당 반동파와 희생적으로 싸웠으니 선처해달라는 게 주요 내용이었다.

아래는 필자가 직접 장흥복과 주고받았던 일문일답 내용이다.

문: 당신은 임수산공작대에 참가하여 별로 나쁜 일을 하지 않았다고 하지만, 자료에는 임수산공작대에게 체포된 사람들이 꽤 많다. 이것을 어떻게 설명하겠는가?
답: 체포된 그 사람들은 모두 순순히 귀순했다. 대부분 별로 반항하지 않았다. 마치

---

222 취재, 장흥복(張興福) 외 1인, 중국인, 항일연군 연고자, 일본군에 귀순 후 임수산공작대에 참가, 해방 후 반혁명분자로 14년 복역, 취재지 교하 신참진, 1986.

우리가 찾아와주기를 기다렸던 것 같았다.

문: 더 자세하게 예를 들어 설명해줄 수 있겠나?

답: 안도 3도구에 가면 목란툰(화안촌)이라는 마을이 있는데, 그 근처 산속에 꽤 큰 밀영이 있었다. (화라즈밀영일 가능성이 크다.) 그곳에서 김일성이 숨겨놓은 식량을 한 트럭 넘게 파냈다. 그리고 김일성이 데리고 살다가 내버려두고 간 여자도 있었는데, 폐병으로 여러 날 피를 토했다고 했다. (그 여자 이름을 물었으나 장홍복은 이름을 몰랐다. 김혜순일 가능성이 크다.) 너무 말라서 뼈에 가죽만 한 벌 붙어 있는 것 같았는데, 우리가 그를 병원에 입원시키고 치료까지 해주었다. 후에 건강을 회복하고 임수산의 중매로 한 만주군 군관한테 시집갔다. 아무튼 우리는 임수산을 따라다니면서 밀영 여러 곳을 습격했는데, 그때 잡힌 사람들은 대부분 환자였고 누구도 반항하지 않았다. 모두 손을 들고 순순히 따라 나왔다. 실제로 제일 반항을 많이 한 것은 몽강에서 우리가 체포될 때였다. 그때 반항하다가 30여 명이 죽었다.

문: 당시 남만성위 동만사업위원회 책임자였던 김재범도 임수산공작대에게 체포되었던 것 아니었나? 김재범까지 체포되고 나서 김일성이 더는 동만에서 버틸 수 없다고 판단해 소련으로 들어간 것으로 자료에 나온다. 이것은 임수산공작대가 저지른 가장 큰 범죄 가운데 하나였을 것으로 보인다.

답: 아니다. 김재범은 6사 부사장과 2방면군 부지휘까지 했던 사람이라 유명했으며 나도 잘 알았다. 임수산이 직접 김재범을 체포한 것이 아니고, 김재범이 숨어 있는 곳을 발견한 뒤 나카지마가 통화에서 1방면군 정치부 주임이었던 김광학을 데리고 왔다. 김광학은 김재범이 '동만사업위원회 책임자'로 파견받을 때 함께 '남만사업위원회 책임자'로 파견받고 반석 지방으로 내려갔던 사람이다. 그가 와서 김재범을 만난 뒤 '조선도 만주국처럼 평화적인 방법으로 독립국가로 전환될 수 있다고 설득했다.'고 하더라. 그때 만주국 정부에서는 귀순자들에게 절대로 혹형을 가해서

는 안 된다고 규정했기 때문에 누구도 얻어맞지 않았다. 모두 말로 설득했다. 병이 있는 사람은 귀순하지 않더라도 먼저 치료부터 시켜주었다. 그러면 나중에는 다 귀순하게 되었다.[223]

4. 한인화와 마덕전

이상에서 알 수 있듯이 1940년에 접어들면서 항일연군은 말 그대로 와해되고 있었다. 특히 1로군은 총지휘 양정우가 전사했고, 양정우의 후계자로 여겨졌던 조아범도 뒤따라 전사한 데다 위증민은 원래 있었던 심각한 위장병에 심장병까지 겹쳐서 운신이 어려울 지경이었다.

김재범을 호송하러 동만에 나왔다가 김성주와 만난 1로군 경위여단 정치위원 한인화는 술을 한 잔 하면서 얼큰해지자 그의 손을 잡고 한바탕 바람을 불어넣었다.

"김 지휘, 이제 우리 1로군에는 김 지휘밖에 없습니다. 위 부사령이 왜 나한테 김 지휘를 반드시 만나고 돌아오라고 했는지 이제 알 것 같습니다."

1913년생으로 김성주보다 한 살 어렸던 한인화는 이때 한쪽 눈이 멀었다.

중국 정부에서는 한인화와 정수룡이 모두 중국인(한인화는 만족, 정수룡은 한족)이라고 고집하다가 최근에 조선인라는 사실을 인정했다. 한인화는 길림성 길림시 근처의 영길현(永吉縣)에서 태어났으며, 열세 살인 1926년에 구 동북군에 참가하여 마부가 되었다. 후에 이 부대가 일본군에 투항하고는 계속 그의 고향 우라가

---

223 상농.

에 주둔하면서 만주군 철도경비 제5여단 산하 14연대 박격포중대로 개편되었다. 그때 마침 영길 지방에 파견되어 병운공작(兵運工作, 만주군 내부에서 반란을 유도하는 일)을 하던 조국안(원 1군 2사 사장, 1936년 12월에 사망)을 만나 그의 연락원이 되었다. 이것이 그가 중공당 남만유격대에 참가하게 된 계기였다.

이후 조국안은 그를 양정우에게 소개했고, 양정우는 그가 자기 키보다 더 큰 보총을 메고 다니면서 글도 스스로 배웠을 뿐만 아니라 사나운 말도 어린 강아지처럼 다루는 재간이 있는 걸 보고는 각별히 총애했다. 그는 계속하여 1군 독립사 비서와 1군 군부 비서장을 역임했고, 1936년 7월에 남만성위원회 위원이 되었다. 당시 조선인으로 남만성위원회 위원으로 이름을 올린 전광, 이동광, 안광훈 등 몇 안 되는 사람들 가운데 한인화의 나이가 가장 어렸다.

남만성위원회 조직부장 이동광 등이 전사했던 1937년 7월 황토강 대와자구 전투 때 한인화는 왼쪽 눈을 부상당했으나 계속 치료를 받지 못했다. 1940년에 이르자 눈이 완전히 보이지 않게 되었고 오른쪽 눈 시력까지도 급격하게 나빠지고 있었다. 김성주는 한인화를 위로했다.

"빨리 소련으로 들어가 치료받으면 오른눈은 얼마든지 지켜낼 수 있을 것이오."

"그랬으면 얼마나 좋겠습니까. 만약 오른눈까지 잃게 된다면 나는 더는 혁명을 할 수 없게 될 것입니다. 그게 제일 걱정입니다."

그러면서 한인화는 위증민과 주고받았던 이야기를 전달했다.

"제가 떠날 때 위 서기께서는 동만사업위원회가 신속하게 자리 잡을 수 있게 김 지휘와 김재범 동지를 잘 도우라고 했습니다. 그리고 나서 어느 정도 정착하면 즉시 2로군으로 이동하여 주보중 동지도 만나고 소련으로 들어가 눈 치료를 받으라고 했습니다."

그러자 김성주가 한인화를 재촉했다.

"아, 그렇다면 두말 말고 빨리 소련으로 들어가 눈부터 치료하고 돌아오오. 동만사업위원회는 내가 알아서 잘 후원하겠소."

홍기하전투 이후 안도현으로 철수했던 김성주는 이때 김재범, 한인화 등과 만난 뒤 한편으로는 한인화가 액목, 영안을 거쳐 동녕이나 왕청 쪽으로 빠져나갈 수 있도록 오늘의 안도현 남도툰(1940년 4월 29일)과 할바령 기차역(1940년 7월 2일)을 공격했다. 계속하여 오백룡과 함께 김재범의 동만사업위원회가 연길현 세린하 지방을 중심으로 사업을 진행할 수 있게 안도현 신광툰 집단부락과 화룡현 와룡툰을 또 습격했다. 이는 토벌대의 주의를 안도와 화룡 지방으로 유인하기 위해서였다.

이때 일을 두고 김성주는 회고록에 이렇게 썼다.

"한인화는 우리가 진행한 작전에서 얼마나 큰 인상을 받았던지 그는 2방면군이 제일이다, 김 사령 부대야말로 백전백승하는 부대이다, 이제는 우리도 자신이 있다, 액목이나 돈화 쪽에 가서 진한장을 만나고 영안 쪽에 가서 주보중을 만난 다음 한바탕 본때 있게 싸워보겠다고 했습니다."

그러나 한인화는 마지막까지 주보중과는 만나지 못했다. 김성주의 엄호를 받으면서 할바령을 넘어 영안현 경내로 무사하게 이동했던 한인화는 녹도(鹿道)와 북호두(北湖头)에서 진한장의 3방면군 잔존 부대와 함께 일본군 토벌대와 싸웠다. 그러나 이 과정에서 남만에서부터 생사를 같이했던 대원 60여 명을 모조리 잃어버리고 말았다. 12월에는 3방면군 지휘 진한장까지 전사하고 나자 한인화도 더는 버틸 수 없었다. 가까스로 신변에 남은 대원 7, 8명과 1941년 3월경 비로소 소련으로 들어가려고 이동하다가 영안현 상만구(上灣構)에서 뒤따라온 토벌대에 포위되어 모두 사살당하고 말았다.

이때 김성주는 한인화보다 훨씬 앞서 소련으로 들어가 있었다.

1940년 4월 말에서 5월 초순경, 김성주가 안도현 남도툰 습격전투를 막 벌였을 때 화룡에서 체포된 여백기 앞에 임수산이 불쑥 나타났다.

"여 주임, 더도 말고 우리 공작대에 참가해주오. 그러면 바로 풀려날 수 있게 내가 보증인이 되겠소. 다만 한두 가지라도 김일성과 관련한 정보는 제공해야 일본인들도 내 말을 믿을 것이오."

여백기는 난색을 지었다.

"나와 필서문이 김일성한테 따돌림당한 건 임 참모장이 누구보다 더 잘 알지 않소."

"잘 알고말고요. 내가 그 이야기를 나카지마 반장님께 이미 했소. 그래서 반장님도 은근히 당신을 풀어주고 싶은 눈치요. 만약 김일성이 간 곳을 모르겠다면, 박덕산이나 오백룡 가운데 한 사람이라도 좋소. 지금 김일성이 화정이령을 하는 것 같은데, 7연대와 8연대가 분명히 같은 방향으로 달아난 것은 아니잖소?"

임수산이 꼬치꼬치 캐묻자 여백기도 수긍했다.

"확실한지는 나도 자신없소만. 라오쑨(손장상)과 라오표(老朴, 박덕산)가 홍기하에서 안도로 가지 않고 몰래 무산 쪽으로 들어간다고 했소."

여백기가 이렇게 대답하자 임수산은 두 눈이 휘둥그레졌다.

"뭐요? 두만강을 건너갔단 말이오? 원, 그것도 정보라고 내놓소? 우리가 대홍단에서 쫓겨 돌아온 지가 언젠데, 또 그곳으로 들어갔단 말이오? 그 말을 믿으라는 게요?"

"정말이오. 화룡에서 훈춘으로 뚫고 나가는 방법을 찾아보려는 것 같았소."

임수산은 갑자기 생각나는 게 있어 나카지마에게 보고했다.

"작년 봄에 우리가 무산을 공격할 때 장백현에서 화룡현으로 이동하는 것이 위험할 것 같아서 몰래 두만강을 건넌 뒤 갑산에서 무산까지 두만강 연안을 따라 이동한 적이 있었습니다. 손장상과 박덕산이 이번에도 그 방법을 이용하려는 것 같습니다. 무산에서 두만강을 따라 훈춘 쪽으로 가려는 게 틀림없습니다. 훈춘에 연락하여 미리 대기하면 손장상과 박덕산을 사로잡을 수도 있겠습니다."

이렇게 되어 1940년 6월 11일에 두만강을 사이에 두고 무산 경내에서 웅기(오늘날의 북한 선봉군) 쪽으로 이동한 다음 훈춘현 이도구로 들어오던 2방면군 8연대 산하 무량본 1중대가 이때 전멸했다. 무량본이 훈춘현 이도구 집단부락 부근에서 손장상과 박덕산을 빼돌린 뒤 나머지 대원 6, 7명과 함께 가까스로 빠져나와 바로 소련 국경을 넘어선 것이 1940년 7월경이었다. 2방면군에서는 그가 제일 먼저 소련으로 들어갔으나, 항일연군 신분을 인정받지 못해 소련 감옥에서 꼬박 1년 3개월이나 갇혀 있어야 했다. 무량본의 1중대를 잃어버린 8연대는 기본 전투력을 상실하고 말았다.

앞에서 잠깐 언급했던 안도현 신광툰 집단부락 습격전투는 1940년 7월 12일에 진행되었는데, 김성주는 이때야 비로소 임수산이 귀순해 '임우성(林宇城, 임수산의 별명)공작대' 대장이 되어 여기저기 다니면서 자기를 찾고 있다는 사실을 알게 되었다.

가장 시급한 것은 바로 화라즈밀영에 숨겨둔 식량이었다. 그동안 화전과 몽강 지방에 만든 밀영들이 모조리 파괴되면서 계속 임수산과 연락이 닿지 않자 그러잖아도 의심하던 중이었다. 신임 2방면군 정치부 주임 이준산이 무송에서 화령이정 중이던 2방면군 산하 9연대와 10연대 잔존 부대를 찾다가 헛물을 켜고 겨우 9연대 연대장 마덕전과 만나 대원 10여 명과 함께 돈화로 이동하던 중 황니허 부근에서 한 무리의 토벌대와 만나게 되었다. 그 토벌대 앞장에는 임수산의 '임우성공작대'가 있었다.

화전에서 출발할 때 한인화가 보내온 연락원을 통해 2방면군 산하 7연대가 돈화의 할바령 쪽에서 활동하게 된다는 소식을 전달받은 이준산은 황니허에서 포위를 돌파하고 할바령으로 이동했고, 마덕전은 살아남은 한 소대를 데리고 이준산을 엄호하기 위해 안도 쪽으로 토벌대를 달고 달아났다.

다음은 마덕전이 직접 필자에게 들려준 회고담이다. 그는 이때 오늘날의 안도현 영경향 요단촌(腰團村) 뒷산까지 와서 나무 밑에 앉아 잠깐 쉬었다고 한다. 곁에는 살아남은 대원이 세 명 있었는데, 이들은 마덕전이 잠든 줄 알고 머리를 맞대고 수군거렸다.

"이제 희망이라고는 없소. 참모장까지도 다 투항했는데 우리가 더 버틴들 무슨 의미가 있겠소. 마 연대장을 산 채로 묶어 임수산에게 바치거나 죽여 버린 뒤 마 연대장 몸에 있는 돈을 나눠 가지고 각자 갈 길을 갑시다."

이런 이야길 듣게 된 마덕전은 간담이 서늘해지고 말았다. 평소 성깔대로라면 그 자리에서 다 쏘아죽이고 싶었지만, 그 세 대원은 마지막까지 자기 뒤를 따라다녔던 경위원들이었다. 마덕전은 몸에 모젤권총 두 자루와 소형 권총 한 자루, 그리고 금괴 하나와 돈 1,000여 원이 있었다.

"내 친동생 같은 애들을 차마 죽일 수는 없었다. 그래서 가지고 있던 돈을 모조리 그 애들한테 나눠주면서 집으로 돌아가라고 했다. 그런데 그자들이 돈을 받은 뒤 집으

로 가지 않고 그길로 임수산에게 달려가 내가 숨어 있던 곳을 알려준 것이다.'[224]

마덕전은 홀로 요단촌 뒷산에서 나흘이나 굶었다. 배도 고프고 몸도 어지러워 깜빡 잠들었다가 깨어나 보니 담가에 누워 있더라고 한다. 머리맡에선 임수산이 그를 내려다보고 있었다. 연길현유격대 출신인 마덕전은 임수산과 알고 지낸 시간이 김성주보다도 훨씬 더 일찍부터였다.

"에휴, 김일성한테 따돌림이나 당하더니 이게 무슨 꼬락서니요? 어쩌다가 이 모양이 돼 버렸소?"

임수산은 마덕전을 놀려주기까지 했다.

마덕전은 분하기도 하고 창피하기도 하여 권총을 꺼내 머리에 대고 방아쇠를 당겼으나 권총에는 이미 탄알이 없었다. 그가 의식을 잃고 있었던 사이, 임수산이 탄알을 빼낸 것이었다.

"그만하오, 덕전이, 나도 당신과 별다르지 않소. 그래도 당신은 그동안 계속 혼자서 따로 떨어져 활동해왔으니 나에 비하면 훨씬 운이 좋았던 셈이오. 나는 그동안 얼마나 많은 수모를 당했는지 모르오."

임수산의 말에 마덕전도 체념한 듯 긴 한숨을 내쉬었다.

"나한테도 가끔 들어오는 소식이 있었소. 당신이 김혜순을 업고 다니다가 의심을 샀다고 하더군. 그게 정말 사실이오?"

"제기랄, 하늘에 맹세하오. 그게 바로 그자가 나한테 억지로 덮어씌웠던 거요."

임수산은 그때부터 부대 내에서 자신의 위신이 바닥에 떨어졌다고 푸념했다.

---

224 취재, 마덕전(馬德全) 중국인, 항일연군 생존자, 2군 6사 9연대 연대장, 취재지 교하, 1982.

"내 도덕성에 문제가 있다면서 2방면군 당위원회 서기직을 회수하여 김재범에게 맡겼소. 그리고는 작전회의에도 참가하지 못하고 내내 식량 나르는 일을 전담하다시피 했소. 전에 김주현이 하던 부관 노릇을 나한테 맡겨버린 셈이오."

임수산은 마덕전을 귀순시켰지만 그를 자기 공작대에 받으려 하지 않았다. 일단 마덕전의 성깔이 나쁜 데다 김성주와 헤어져 단독으로 활동해온 시간이 오랬기 때문에 2방면군에 관해 아는 정보가 거의 없었기 때문이다. 또 여백기나 필서문처럼 자기와 비슷한 직위에 있었던 사람도 굳이 자기 이름으로 된 '임우성공작대'에 받으려 하지 않았다. 특히 마덕전은 연길현유격대 시절 군장 왕덕태와 사석에서 호형호제하는 사이였고, 자기보다 먼저 중대장이 되었기에 여간 껄끄러운 게 아니었다.

공작대에 참가하지 않게 된 게 마덕전에게는 다행스러운 일이었다. 후에 항일연군 생존자 가운데 여럿이 길림성 정부를 향해 마덕전을 귀순분자로 취급하는 것을 옳지 않다고 항변해주었다고 한다. 어쩔 수 없이 귀순했지만 마덕전은 아무런 나쁜 일을 하지 않았기 때문이다.

항일연군 생존자 좌담회 같은 모임에도 종종 초대되었는데, 그때마다 마덕전은 김성주를 향한 욕설을 퍼부었다고 한다. 자기가 안도로 토벌대를 끌고 달아날 때, 할바령에서 오백룡의 7연대와 만났던 이준산에게 이 소식을 전달받았으면서도 자기를 구하러 오지 않았다는 것이다. 이에 앞서 1938년 10월에도 김성주에게 배신당했던 일(동강진 우초구에서 만나기로 했던 지점에 김성주가 나타나지 않고 대신 정빈정진대가 나타났던 사건)까지 합치면, 평생을 두고 원망하지 않을 수 없었을 것으로 짐작된다.

5. "저는 아이를 낳겠습니다."

마덕전이 오해하는 일도 있었다. 1940년 6월 2일 돈화현 할바령 기차역을 습격했던 전투에서 김성주는 오백룡과 함께 있지 않았다. 따라서 이준산도 그때까지는 김성주를 만나지 못했다. 김성주는 지난 1939년 12월 육과송전투를 앞두고 다시 동패자로 들어갔던 임수산에게서 계속 소식이 없자 동물적인 감각으로 임수산을 의심하고 있었던 것이다.

그러면서도 섣부른 판단을 내리는 것만큼은 계속 자제하다가, 북패자 마당거우에서 한동안 보냈던 김정숙과 이두익에게 다시 한번 동패자에 다녀와 달라고 부탁했다. 이두익은 이미 임수산을 찾아 동패자를 다녀왔던 적이 있었다.

"정숙 누나가 없으면 지휘동지 밥은 누가 짓나요? 그냥 제가 혼자 갔다 올게요."

이두익이 말리자 김정숙도 여느 때와 달리 불안한 표정으로 흔쾌히 나서지 않았다.

김성주는 잠시 고민하다가 지갑룡에게 말했다.

"그러면 갑룡 동무가 함께 갔다 와주오. 이미 양 사령도 전사했으니 몽강 사정이 상당히 어려울 텐데, 모두들 어떻게 하고 있는지 모르겠소. 만일의 경우를 대비하여 절대 밀영에 곧바로 들어가지 마오. 그동안 밀영을 오갔던 지방 조직원들과 먼저 연계한 후 밀영의 동태부터 살피시오. 그래서 확실하게 문제가 없다고 판단되었을 때 임 참모장을 만나시오. 내 말이 무슨 뜻인지 알겠소?"

지갑룡은 자신 있게 머리를 끄덕였다.

"걱정 마십시오. 반드시 실수하지 않고 돌아오겠습니다."

김성주는 걱정되었는지 유옥천에게 기관총을 메고 지갑룡을 따라가게 했다.

이때 지갑룡은 김성주가 임수산에게 쓴 편지를 받아서 유옥천, 이두익과 함께 동패자밀영으로 떠났다. 김정숙과는 작별 인사도 하지 못하고 급하게 길을 떠났다. 지갑룡으로서는 이때 김정숙이 이미 자기를 배신하고 김성주의 아이까지 밴 사실을 알고 있을 리 없었다.

그들을 떠나보낸 뒤 김성주는 지금까지 무슨 임무든 우물쭈물하는 법이 없었던 김정숙의 심상찮은 눈빛이 떠올랐다.

'깜장 정숙이한테서는 여간해서 볼 수 없었던 눈빛인데, 무슨 일 때문일까?'

그날 김성주는 '신광툰 집단부락 전투'를 마치고 할바령 쪽으로 떠나는 오백룡 7연대를 배웅하고 돌아오다가 숙영지 근처 수풀에서 산나물을 캐던 김정숙을 발견했다.

김성주는 그쪽으로 발길을 옮겼다. 그는 되도록 다른 사람들을 놀라게 하지 않으려고 발소리를 내지 않고 조심스럽게 다가갔다. 그런데 산나물을 캐던 김정숙이 갑자기 손등으로 입을 막으면서 왝왝 하고 토하는 것 같았다. 언제나 먹을 것이 있으면 숨겨두었다가 아무도 없을 때 김성주에게만 내놓곤 하던 김정숙이었다. 그러면서 자신은 산나물로 허기를 달랠 때가 자주 있었다.

'무슨 독풀을 잘못 먹었나?'

김성주는 급히 달려가 김정숙의 등을 두드려주었다.

그러자 김정숙은 황망히 일어서더니 입가에 흘러나온 침을 닦으며 허둥지둥 돌아섰다.

"정숙 동무 왜 그러오? 아까 구토하는 것 같던데?"

"아무 일도 아닙니다. 좀 체한 것 같아요."

김정숙은 계속 둘러댔다. 그때까지 김성주는 아무것도 모르고 있었다.

그날 밤, 김정숙이 갑자기 그의 천막으로 들어왔다. 그러잖아도 지갑룡이 몽강 쪽으로 임수산을 찾아 떠난 뒤라 김성주는 김정숙을 부를까 하던 중이었다.

"허허, 곧바로 부르려던 참이었소."

"저, 지난달 달거리 안 왔어요. 그리고 이번 달에도 계속 소식이 없는데 어떡하면 좋습니까?"

"뭐라오?"

김성주는 자기 귀를 의심했다.

"달거리가…."

"그럼 아이를 뱄다는 소리가 아니오?"

김정숙은 새빨갛게 달아오른 얼굴로 끄덕였다.

김성주가 한참 말을 못 하자 김정숙은 일어나 앉아 단발머리를 뒤로 넘기며 담담하게 대답했다.

"저는 아이를 낳겠습니다."

"그렇지만 이런 상황에 어떻게 아이를 낳을 수 있겠소?"

"밀영에서 낳거나 한동안 주민들의 집에 가서 몸을 풀고 다시 부대로 돌아올게요. 무슨 일이 있어도 아이는 꼭 낳겠습니다."

그 견결한 표정을 본 김성주는 알겠다는 듯 머리를 끄덕였다.

"그런데 갑룡 동무한테는 어떻게 말할 거요?"

김성주는 지갑룡을 생각하면 정신이 다 아찔해질 지경이었다.

아닌 게 아니라 후회막급이었다. 지갑룡은 결코 일반 대원이 아니었기 때문이다.

김성주는 회고록에서 이때의 지갑룡에 관해 이렇게 회고한다.

"지갑룡은 건군 초창기부터 유격대 생활을 해온 사람으로서 공로도 세워 중대장으로 까지 발탁되었습니다. 그런데 준엄한 시기가 도래하자 동요했습니다. 처음에는 배가 아프다고 하면서 혁명임무를 잘 수행하지 않았습니다. 그래서 여성 동무들이 그에게 배띠개를 만들어주었습니다. 신병으로 고생하는 사람이라고 동정도 하고 특별히 돌 봐도 주었는데, 종당에는 곤란을 이겨내지 못하고 도주해 버리고 말았습니다."

이 글에서 '배띠개'는 김정숙이 만들어주었을 듯하다. 그리고 결국 '곤란'을 이기지 못했다고 하는데, 과연 어떤 곤란이었는지도 뒤에서 다시 따져보겠다.

다음은 유옥천 이야기다. 지갑룡, 이두익과 함께 임수산을 찾아 떠났던 유옥 천은 한 달 뒤에야 간신히 김성주 곁으로 되돌아왔다. 기관총까지 잃어버리고 왔다고 한다. 안도현 신광툰 집단부락 전투 이후 오백룡의 7연대는 할바령 쪽으 로 이동하고, 손장상과 박덕산의 8연대(한 중대 정도만 남았다)는 한총구 쪽으로 이 동했다. 그곳에서 최현, 조정철의 3방면군 13연대와 만나기 위해서였다. 그래서 김성주는 신변에 경위중대만 데리고 화라즈밀영으로 떠나면서 유옥천에게 만 약 10일 내로 돌아올 수 있으면 바로 화라즈밀영으로 들어오고, 그렇게 할 수 없 으면 할바령을 거쳐 한총구 쪽으로 들어오라고 했다.

그런데 화라즈밀영에 도착했을 때 그곳은 이미 폐허가 되어 있었다. 유옥천 이 지갑룡과 화전의 오도차까지 들어갔다가 도중에 혼자 허둥지둥 돌아온 것은 화전의 홍석라자 거리에서 임수산을 만났기 때문이다. 아주 오랜 세월이 흐른 뒤에도 유옥천은 그때 광경이 머릿속에 떠오를 때마다 몸서리치곤 했다고 한다.

지갑룡이 지난여름 임수산과 함께 화전과 몽강으로 식량을 운반할 때 몇 번 만났던 오도차의 한 조직원 집(이홍철의 장인일 가능성이 있다.)을 먼저 찾아가자고

해서 유옥천도 별 생각 없이 따라갔다. 지갑룡과 이두익은 모두 권총을 휴대했으나 유옥천은 기관총을 가지고 갔기 때문에 산속에 기관총을 파묻어두고 빈몸으로 따라갔다고 한다. 홍석라자에 도착한 뒤에 유옥천과 이두익은 한 찻집에 들러 기다리고 지갑룡만 그 조직원을 만난다고 오도차로 떠났다가 중간에 부리나케 되돌아왔다.

"큰일 났소. 저 앞에 임수산이 오고 있소."

그 말을 들은 유옥천과 이두익은 깜짝 놀랐다.

"네? 임수산이라요? 임 참모장 말씀입니까?"

"젠장, 참모장은 무슨 놈의 참모장인가, 벌써 왜놈의 개가 되었더구먼."

유옥천의 회고담에 따르면, 지갑룡이 만나려고 했던 그 오도차의 갑장도 이미 일본군 앞잡이가 되어 양정우의 수급이 찍힌 큰 삐라를 붙인 나무판대기를 등에 메고 손에는 쟁개비(쇠나 양은으로 만든 작은 냄비)를 두드리면서 거리를 돌아다니고 있었다고 한다.

"양 비적(양정우)은 이미 섬멸되었다. 김 비적(김일성)도 이미 섬멸되었다. 대일본국 만세! 만주국 만세!"[225]

지갑룡은 그 갑장을 죽여 버리려 몇 번이나 권총을 꺼내들었지만 주변에 사람이 많아 함부로 방아쇠를 당길 수 없었다. 그때 갑장 뒤로 조선인 복장의 낯익은 얼굴 몇몇이 이마에 흰 수건까지 동여매고 소파리[226]를 끌고 따라다녔는데,

---

225 원문 楊匪已滅, 金匪已滅, 大日本國萬歲, 滿洲國萬歲! (유옥천 회고)

226 만주 지방 농민들이 겨울에 사용한 운송수단. 바퀴 대신 참나무를 불에 구운 다음 스키 모양으로

거기에는 시체 하나가 있었다. 시체 곁에 꽂아놓은 나무 막대기에 '김비(金匪) 일성(日成)'이라고 쓰여 있었다.

"에잇, 더러운 놈들 같으니라고, 수작질해도 유분수지."

지갑룡은 구경꾼들 사이에서 김일성이라는 패쪽을 달고 누워 있는 시체가 과연 누구인지 확인하고 싶었으나 소파리를 끄는 사람이 임수산인 것을 보고는 황급히 찻집으로 돌아와 유옥천과 이두익을 불러냈다. 세 사람은 유옥천이 기관총을 숨겨둔 곳으로 돌아와 한참 의논했다.

"임수산이 변절한 것이 틀림없구먼. 어떻게 했으면 좋겠소?"

"빨리 돌아가 이 사실을 알립시다."

유옥천이 주장했으나 지갑룡은 이렇게 말했다.

"작년에 북패자(마당거우)밀영을 폐쇄할 때 나머지 부상자들은 모두 동패자로 이동시켰는데, 그 동무들만 해도 수십 명이나 되오. 그 동무들은 모두 어떻게 되었는지 걱정이오. 기왕에 몽강과 가까운 곳까지 왔으니 나하고 두익 동무는 계속 동패자까지 들어가보고 돌아오겠소. '오반장(유옥천의 별명)'은 먼저 돌아가서 방금 보았던 사실을 김 지휘한테 알리시오."

지갑룡과 이두익은 나무꾼으로 위장하고 화전의 오도차에서 산길을 따라 계속 동패자로 향하고 유옥천만 기관총을 메고 돈화의 7연대 숙영지(황니허)로 돌아왔다.

"원, 세상에, 이런 때려죽여도 성에 차지 않을 더러운 놈이 다 있구먼."

유옥천이 오도차에서 겪은 일을 전해들은 오백룡도 너무 화가 나서 발을 구

기다랗게 휘어서 만들었다. 모양은 썰매 비슷했으며, 주로 눈밭이나 얼음 위에서 달리기 편리했다. 중국 동북 지방에서는 1980년대까지도 이런 소파리가 농촌의 주요 운송수단이었다. 소가 끌면 소파리, 말이 끌면 마파리라고 불렸다. 작게 만들어 개나 사슴이 끌 때는 개파리라고 부르기도 했다. 중국어 발음이 파리(爬梨)다.

르고 몸까지 부들부들 떨면서 어찌할 바를 몰라 했다.

"임수산이 변절한 사실을 빨리 김 지휘한테 알려야 하지 않겠소?"

"맞소. 김 지휘는 오반장이 도착하면 굳이 화라즈 쪽으로 보내지 말고 7연대와 함께 할바령 기차역을 공격하는 전투에 참가시키라고 했지만 안 되겠소. 빨리 가서 이 사실을 알려야겠소."

유옥천은 할바령전투를 앞두고 혼자 다시 화라즈로 달려갔다.

어깨에 기관총을 메고 있었기 때문에 계속 인가가 없는 산속으로만 달리다보니 시간이 엄청 많이 걸렸다. 화라즈에 도착했을 때는 밀영이 이미 폐허 더미가 되어 있었다.

50장

운명

"지금이 제일 어렵고 힘들 때라는 것은 나도 인정하오.
그렇지만 언제나 날이 새기 직전이 제일 어두운 법이오.
곧 새날이 밝아올 것이오."

1. 화라즈의 불행

그렇다면 그 사이 화라즈에서는 과연 무슨 일이 벌어진 것일까?

1980년대 평양에서 살고 있던 김혜순을 직접 취재한 탈북작가 장해성도 항일 투사 유가족이었다. 일찍이 김일성종합대학 철학과를 졸업하고 북한 중앙방송 정치교양국 기자로 있던 기간에 김혜순을 방문했고, 1940년 화라즈밀영에서 김성주와 헤어지게 되었던 과정에 대한 회고담을 기록했다.

장해성이 직접 정리한 기록을 살펴보자. 필자가 생각하는 시간과 장소와는 맞지 않는 부분이 더러 있지만, 나름 참고할 만한 가치가 있어 소개한다.

"자넨 뭘 알고 싶다고? 김일성과 김정숙이 어떻게 같이 살게 되었는지, 그걸 알고 싶다

했나? 진실이라, 여차하면 자네뿐만이 아닌 여러 사람이 다칠 수 있다는 것도 생각해 봤나? 임자들은 항일 무장투쟁이다 하면 그저 영하 30도를 오르내리는 추위 속에서 늘 왜놈 토벌대들에게 쫓겨 다니고 굶고 떨고 그런 줄만 알겠지? 하지만 늘 그렇게 굶고 배고프고 언제 죽을지도 모를 위협에 시달린다면 누가 그 짓을 하겠나. 아무리 명분이 조국 광복을 위해 싸운다고 해도 말일세.

사실대로 말하면 집단부락이나 왜놈 목재소 같은 걸 하나 제대로 치면 며칠은 정말이지 배를 두드리며 잘 먹을 때도 있었어. 그 멋이 없다면 십여 년씩 산에서 싸우기가 힘들었을 거야. 물론 힘들고 배가 고팠고, 죽음은 늘 눈썹 끝에 달고 다녔던 건 사실이야.

하지만 그건 그거고, 자네 그때 김일성이 어땠는가 물었더라? 글쎄 한마디로 말하면 뭐라고 할까. 무서운 사람이었던 건 사실이야. 눈이 쭉 째진 데다 덧이빨까지 턱 나와 있는 사람이 눈을 한 번 부릅뜰 때에는 정말이지 웬만한 사람은 그 앞에서 오금이 얼어붙었다니까. 하지만 그래도 그 사람 아무튼 아랫사람들은 끔찍하게 생각해줬던 건 사실이야. 누구든 그 사람 부대에만 가게 되면 좋아하면 좋아했지 싫어하는 사람은 없었으니까.

다른 건 몰라도 그 사람 진짜 거짓말 같이 왜놈 토벌대 오는 걸 미리 알아맞히더라니까. 그러니까 잠을 자다가 새벽에 불의 습격을 당하는 일은 거의 없었지. 그거면 됐지, 그때 우리가 거기서 뭘 더 바라겠나. 또 그 산속을 돌아다니면서도 여자들 그거 하는데 쓰는 것(생리대)까지 챙겨주고. 한마디로 사람은 괜찮았어.'[227]

장해성은 김일성이 멀리 무송에 있던 참모장 임수산을 불러 오기 위해 김정

---

227 취재, 장해성(張海成) 조선인, 탈북 작가, 항일열사 유가족, 전 북한 조선중앙방송국 기자, 취재지
서울, 2017.

숙을 보냈다고 한다. 그러나 이 부분은 정확하지 않다. 일반 취사대원에 불과했던 김정숙을 화라즈에서 무송까지 혼자 갔다 오라고 할 수 없기 때문이다. 더구나 이때 김정숙은 이미 임신 중이었다.

어쨌든 장해성의 취재 기록에 따르면, 김정숙이 갔다 와서 이상한 말을 했다. 임수산이 곧 돌아가겠다고 하면서 필요한 식량을 해결하기 위해 일제 밀정을 끌어들여 거래하더라는 것이다. 항일연군에서는 원칙적으로 이런 거래는 허용되지 않았다. 하지만 임수산이 참모장이고 또 그때까지 모든 곤란을 헤치며 잘 싸워 온 사람이었기에 그럴 수도 있으리라 생각했다.

김일성은 역시 동물적 감각을 가진 듯하다. 갑자기 밀영을 옮겨야겠다고 하더란다. 그곳에 너무 오래 있었다는 것이 이유였다. 물론 다른 사람들은 모두 달가워하지 않았다. 밀영을 옮기는 것이 쉬운 일이 아니었기 때문이다. 그러나 칼자루를 쥔 것은 김일성인데 누가 막겠는가. 거기서 약 30리쯤 떨어진 곳에 들어가 새 밀영을 짓기 시작했다.

그럭저럭 며칠이 지나 새 밀영이 완성되어 갔다. 기본 대원들은 거의 그쪽으로 옮겼고, 본 밀영에는 여대원들과 부상병들만 몇 명 남아 있던 어느 날이다. 김일성이 전문섭과 지봉손 연락병 두 명만 동행하여 불쑥 화라즈밀영에 들렀다. 이제 2, 3일 후에는 모두 새 밀영으로 갈 터인데, 밥 지을 사람이 없어 김혜순을 데리러 왔다는 것이다. 누구도 달리 생각할 것이 없었다.

그때 김혜순은 독감으로 고열에 떨며 심하게 앓고 있었다. 김일성이 그를 보고 난감해하자 김정숙이 나서며 자기가 가겠다고 했다.

"그렇게 하오."

김일성은 그날 김정숙만 데리고 먼저 떠났다.

그러나 그것이 뜻밖에도 김혜순과 김정숙의 운명을 완전히 바꾸는 갈림길이 될 줄 누가 알았으랴. 바로 다음 날 새벽에 임수산이 불쑥 화라즈밀영에 나타난 것이다. 그것도 혼자 오지 않고 무송에 있던 독립대대 대원 전부를 데리고 나타났다. 물론 누구도 이상하게 생각한 사람은 없었다. 김정숙이 며칠 전 그곳에 갔다 오면서 곧 그들이 온다고 했기 때문이다.

임수산도 김정숙에게서 김일성이 화라즈밀영에 와 있다는 말을 듣고 만반의 준비를 갖추고 달려왔다. 뒤에는 토벌대가 몰래 따라와 이미 밀영을 철통같이 에워싸고 있었다. 밀영 밖 망원초소에서는 누구도 임수산을 의심하지 않았다.

"김 지휘랑은 모두 잘 있느냐?"

"네. 어떻게 갑자기 새벽에 온 겁니까?"

보초 서던 이두수가 별 생각 없이 한마디 던졌다.

이 이두수와 이두익은 서로 다른 인물이다.

"일이 그렇게 됐소. 근데 김 지휘는 지금 어디 계시오? 왜 밀영이 이렇게 썰렁한 거요? 동무도 여기 있지 말고 함께 김 지휘한테로 갑시다."

임수산은 이두수까지 데리고 김일성이 사용하던 제일 큰 귀틀집으로 향했다.

그러나 이두수는 함부로 초소를 비우면 안 된다면서 망원초소로 돌아가 버렸다. 밀영의 크고 작은 귀틀집 여러 채가 이때 모두 폐쇄되고, 김성주가 사용했던 큰 집에서 남은 대원들이 함께 합숙하고 있었다.

누워 있는 김혜순을 발견한 임수산은 그의 곁으로 다가갔다.

"혜순이 아직도 어디 아픈 거요? 왜 이러고 있소?"

임수산은 그때까지도 열이 떨어지지 않아 누워 있는 혜순을 보고 말했다.

"오늘은 그래도 많이 나은 것 같아요."

김혜순이 가까스로 일어나 앉았다.

그때 임수산 뒤를 따라 주섬주섬 방 안으로 들어오는 독립대대 대원들의 심상찮은 눈빛을 본 김혜순이 어리벙벙해졌다.

"그런데 왜 다른 동무들은 안 보이오? 모두 어디로 간 거요? 김 지휘는 어디 있소?"

임수산이 자꾸 캐물었다. 김혜순과 함께 밀영에 있었던 한 대원이 멋모르고 대답했다.

"김 지휘는 장산령 쪽으로 새 밀영을 만들러 갔습니다. 우리도 며칠 안으로 모두 그리로 옮겨갈 겁니다."

바로 그때였다. 이두수가 망원초소에서 토벌대를 발견하고 정신없이 달려오면서 총소리를 냈다.

"동무들, 왜놈토벌대가 나타났소!"

그 소리에 깜짝 놀라 모두들 총을 잡는데, 어느새 임수산이 먼저 총을 내들었다.

"모두들 꼼짝 마라! 움직이는 자는 가차없이 처단하겠다!"

임수산과 함께 온 대원들도 모두 총을 겨눠들고 김혜순 등을 내려다보았다.

"왜 이러세요? 동무들, 어떻게 된 거예요?"

김혜순이 울먹이며 임수산에게 물었다.

"혜순이, 난 이미 어제의 2방면군 참모장이 아니오. 만주국에 귀순하고 동무들을 데리러왔소. 무슨 일이 있어도 동무들의 목숨만은 내가 보장하겠소."

김혜순 등 화라즈밀영에 남아 있던 부상자 10여 명은 모두 토벌대 자동차에 실려 명월구로 압송되었고, 임수산은 계속 토벌대를 이끌고 화라즈밀영에서 장산령 쪽으로 쫓아갔으나 결국 헛물만 켜고 말았다. 화라즈밀영에서 탈출한 이두수가 먼저 달려가서 소식을 알렸기 때문이다.

이후 임수산이 김혜순에게 치근댔다는 이야기도 있지만 이는 믿을 만하지 않다. 임수산과 함께 화라즈밀영을 습격했던 장흥복은 김혜순이 임수산의 소개로 명월구의 한 만주군 중대장 후실로 들어갔다고 증언한다. 물론 귀순서에도 서명했고, 병원에서 치료도 받았다고도 했다.

장해성은 그때 화라즈에서 붙잡힌 김혜순 등이 모두 한 일본군 병영에 갇혀 있었다고 했다. 귀순자 대부분은 가족들이 고향 마을의 갑장이나 보장을 보증인으로 데리고 와서는 석방 수속을 마치고 돌아갔으나, 가족이 없고 보증인으로 나서주는 사람이 없는 사람들은 계속 병영에 갇혀 있었다.

그 기간에 임수산은 토벌대와 함께 김성주가 사라진 곳으로 의심되는 안도현 여러 지방들을 뒤지고 다녔다. 김혜순은 함께 병영에 수감된 사람들의 빨래를 도맡았다. 임수산의 얼굴을 봐서 그랬는지 일본군은 김혜순이 병영 앞 개울가에 빨래하러 나가는 것까지는 허락해 주었다고 한다.

그러던 어느 날, 김혜순은 빨래터에서 앞을 지나가는 한 사람과 말을 건네게 되었다. 며칠 전부터 빨래터에서 여러 번 보았던 청년이었다. 그는 허름한 양복을 입고 손에는 책 묶음을 들고 매일 이도강 기슭을 따라 명월구 시내로 출퇴근하고 있었다.

"저 미안하지만, 제 말 한마디만 듣고 가실 수는 없나요?"

"무슨 일인데요?"

"긴 사연을 다 말할 수는 없고 저와 결혼해 주세요."

"네?"

청년은 깜짝 놀랐다.

"어쩔 수 없는 사정이 있어서 그래요. 저랑 결혼해 주세요."

비록 귀순서에 손도장은 찍었지만 김혜순에게는 보증인으로 나서 줄 사람이 없어 고향으로 돌아갈 수 없었기 때문이다. 즉 결혼하여 보증인이 되어달라는 것이었다.

"그러면 저는 풀려날 수가 있답니다."

청년이 주저했다. 자기는 아버지와 단 둘이 사는데 집이 몹시 가난하다. 그리고 돈도 없는 시골 소학교 사서인데, 그래도 괜찮겠느냐고 물었다.

"상관없어요. 돈은 우리가 결혼한 다음 함께 벌면 되잖아요."

김혜순은 절박하게 요청했고 마침내 청년의 마음을 움직였다.

"그럼 집에 가서 아버지와 의논하고 내일 다시 오겠습니다."

다음 날 그 청년은 아버지와 함께 병영으로 김혜순을 찾아왔다.

귀순자들을 관리하던 그곳 경찰서 담당관도 연락받고 달려와 간단한 수속을 마친 다음 바로 김혜순을 석방했다. 김혜순은 그날 저녁에 청년과 결혼식을 올렸다고 한다.

장해성은 직접 김혜순에게서 들은 이야기를 필자에게 전해 주었다.

"알고 보니 그 젊은이 아버지도 한때는 독립운동을 한다고 여기저기 뛰어다니다가 결국 그곳에 주저앉은 사람이 아니었겠나. 그래서 나도 결혼 첫날밤 신방에서 남편한테 다 털어놓고 말았지. 내가 항일유격대에 참가한 지도 벌써 10여 년이나 된다는 말에 남편은 겁에 질려 벌벌 떨었네. 내가 뜻하지 않게 변절자에 의해 잡혀왔지만, 일찍부터 김일성과 서로 혼인까지 맺었던 사이라고 알려줬더니 남편은 나보고 잘 자라 하고는 바깥으로 나가버리더구면. 다음 날 시아버지가 남편과 함께 와서 나한테 '김일성이 어디 있는지 알면 찾아가도 된다.'고 했지만, 내가 떠나면 보증인으로 나서주었던 그 부자가 바로 잡혀가게 되어 있었거든. 그래서 난 김일성이 살아 있는지 죽었는지 그 소식이라도 알게 될 때까지만 나를 혼자 있게 해달라고 부탁했다네. 그렇게 3년이

나 한 집에서 가짜 부부로 같이 보내다가 1943년에야 비로소 정식으로 부부가 되었다
네.'[228]

김혜순이 다시 김성주와 만난 것은 1945년 11월 평양에서였다. 이 해 평양에
서는 "북조선민주여성동맹" 창립대회가 개최되었다. 당시 북한 30여만 각계각
층 여성들을 대표하는 6도 여성대표들이 도여맹 조직사업의 윤곽에 관한 보고
를 진행하기 위해 평양으로 올라왔는데, 여기에 김혜순이 함경북도 대표로 참가
한 것이다.

창립대회 날 저녁에 여성 대표들은 김성주 집으로 초청되었다. 당시 그 집은
김성주, 김정숙 부부가 사용하던 건물로, 현재 북한 노동당 중앙위원회 조직위
원회 청사 뒤에 있으며 사적관으로 지정되었다. 식사가 끝난 뒤 김성주가 여성
대표들에게 오락회를 요청했다.

"자, 이제 여맹까지 창립했으니 어떻게 그냥 헤어지겠소. 모두들 노래나 한
마디씩 하고 헤어지는 게 좋지 않겠소?"

모두들 좋다고 찬성했다.

작은 방이 아니었지만 워낙 초청된 사람이 많아 김성주 등 몇몇 남자는 윗방
에 앉고 아래 큰방 사이 미닫이는 없앴다. 이 사람 저 사람 모두 일어서서 자기
가 잘 부르는 노래를 한 곡조씩 선보였다. 한창 유행이었던 〈양산도〉에 〈눈물 젖
은 두만강〉 〈홍도야 울지 마라〉까지 울렸다. 그렇게 시계바늘 순서로 차례차례
한 곡조씩 뽑다가 드디어 함경북도에서 온 여성 대표 차례가 되었다. 숨죽이고
뒷자리에 숨어 있던 김혜순이 일어섰다. 다난한 세파에 부대끼며 적지 않게 거

---

228 취재, 장해성(張海成) 조선인, 탈북 작가, 항일열사 유가족, 전 북한 조선중앙방송국 기자, 취재지
서울, 2017.

칠어지긴 했으나 역시 아름다운 모습이었다. 금방이라도 눈물을 쏟을 듯한 얼굴로 노래를 불렀다.

> 내 고향을 떠나 올 때 나의 어머니
> 문 앞에서 잘 다녀오라 눈물 흘리며 하시던 말씀
> 아 귀에 쟁쟁해
> ......

이 노래는 김성주의 애창곡 〈사향가〉였다.

산속에서도 가끔 고독하거나 외로울 때면 언제나 이 노래를 흥얼거렸던 것을 김성주의 동료들은 모두 잘 알고 있었다. 겨우 2절까지 부르고 자리에 주저앉아 버린 김혜순은 얼굴을 감싸 쥐고 말았다. 오락회가 해산할 때 김정숙이 김혜순 뒤로 따라왔다.

"언니, 나 좀 봐. 이게 어떻게 된 일이야?"

"정숙아."

김혜순은 마침내 두 손으로 얼굴을 감싸고 울음을 터뜨리고 말았다.

김혜순을 부둥켜안은 김정숙도 함께 울었다. 원래는 김혜순의 남편이어야 했을 김성주와 결혼하고 벌써 두 아들(장남 김정일, 차남 김만일)의 어머니가 되어버린 김정숙의 마음도 편치는 않았다.

울고 있는 김혜순을 김성주가 불렀다.

"혜순 동무, 여기 좀 들어오시오."

눈치 빠른 김정숙은 이내 김혜순을 윗방으로 올려보내고 자신은 자리를 피했다.

"수상님, 그때 왜 정숙이만 데려가고 저는 데리러 오지 않았나요?"

김혜순은 울며 절규했다.

"그때 저도 함께 데리고 갔더라면 지금쯤 얼마나 떳떳하게 이 날을 맞았겠습니까."

"나도 조국으로 돌아온 뒤 계속 동무 소식을 수소문하고 있었소."

김성주는 더는 다른 말을 할 수가 없었다.

건국 초기이다 보니 내각 수상과 당 총비서가 되었어도 귀순서에 손도장을 찍은 김혜순을 평양으로 데려올 수 없었을 것이다. 그러나 김정숙이 살아 있을 때까지만 해도 김혜순은 함경북도 여맹위원장까지 되었다. 후에 간부 신원 확인 사업이 진행되면서 결국 '귀순자'로 판명되어 모든 공직에서 내려앉았다. 그로 부터 별 볼일 없는 시골 아낙네로 전락[229]하고 말았다.

여기서 몇 가지 밝히고 넘어갈 것이 있다. 김성주는 회고록에서 단 한 번도 왕청유격대 시절의 한성희나 6사 시절의 김혜순에 대해 그들이 체포된 뒤 모두 귀순한 사실을 언급하지 않는다. 심지어는 독약 봉지를 숨겨 들어왔던 지순옥도 그렇게 미워하지 않는다.

물론 한성희는 유격대 시절 그에게 가장 큰 도움을 주었던 중대장 한흥권의 여동생이라는 사실도 한몫했을지 모른다. 그리고 지순옥도 항일열사(강홍석)의

---

229 장해성에 따르면, 1982년 김성주는 칠순 생일을 맞았다. 김정숙이 사망한 지도 어느덧 33년, 그 때까지도 살아 있었던 김혜순도 어느새 60대 후반에 접어들었다. 이때 건국 초기와 달리 이미 독재자로 군림한 김성주는 특별히 김혜순을 지명해 그녀의 이력에서 '귀순자' 딱지를 지워버리게 했고, 생존 중인 여느 항일투사들과 같은 대우를 해주라고 교시를 내렸다. 비록 늦기는 했지만 김혜순도 평양으로 올라와 보통강 구역 서장동에 있는 항일투사 전용 아파트를 받았고, 전문 간병인까지도 곁에 두게 되었다. 안도의 이도강 기슭에서 만난 그 가난한 청년 사이에서 낳았던 아들딸도 모두 김일성종합대학을 나와 정부 주요 부서에 배치되었다고 한다.

미망인이라는 사실을 외면할 수 없었을 것으로 보인다.

김성주를 연구하는 많은 연구가들이 곧잘 한성희와 김혜순을 혼동한다. 해방 후 여맹위원장이 되었던 사람을 한성희라고 주장하는 사람도 있고, 한성희가 김혜순이라고 오해하는 사람도 있는데, 이 둘은 분명히 다른 사람이다. 한성희는 앞에서 그의 어렸을 적 아명 한옥봉으로 이미 자세히 소개하였으니 여기서는 더 이야기하지 않겠다.

김혜순의 귀순은 여느 귀순자들과 좀 다른 데가 있다. 장해성이 전하는 이야기와는 또 다른 여러 증언과 자료들이 있는 것도 사실이다. 그 증언들 가운데 하나가 당시 안도의 화라즈밀영에서 직접 김혜순 등을 체포하는 데 참가한 임우성공작대 대원 장흥복이다.

일부 자료들에서는 김혜순이 체포되었던 시간과 장소가 다르게 기술되어 있기도 하다. 1940년 4월 6일, 압록강 건너 13도구의 서강성 북쪽 백암이란 곳에서 나카지마공작반에 의해 체포되었다는 주장도 있다. 그러나 장흥복은 김혜순이 그냥 감기가 아닌 폐병을 앓고 있었으며 피를 토했다고 직접 필자에게 증언했다. 한편으로 김혜순은 병원으로 이송되었고, 나카지마 헌병조장의 일본인 아내가 조선 청진에서 연길로 들어와 김혜순의 간병까지도 직접 해주었다는 일화가 또 전해지지만 모두 신빙성이 떨어진다. 이 이야기로 보면, 김혜순이 안도 명월구에 압송되어 그곳 일본군 병영에 수감되어 있었다는 이야기도 모순이 아닐 수가 없다.

이후 어느 정도 건강이 회복되었으나 여전히 허약했던 김혜순은 병원에 입원해 있는 동안 친자매처럼 자신을 돌봐준 나카지마 헌병조장의 아내를 따라 조선 청진에 들어가 한동안 요양생활을 했다는 자료도 나왔다. 따라서 김혜순은 진심으로 귀순했을 가능성이 크다는 것이 필자의 짐작이다.

그러나 김혜순도 김성주에 대해 아는 정보가 극히 제한적이었다. 특히 1939년 12월부터 1940년 3, 4월경까지 두 사람이 함께 보낸 시간은 많지 않았다. 가끔 김성주가 밀영에 들러 만났을지는 모르나 부대 이동경로나 작전 방안 같은 것을 이야기했을 리가 없다. 게다가 이때는 김성주 곁에 김정숙이 그림자처럼 따라 다니고 있었다. 김정숙은 임신 사실이 드러날까봐 불룩해지기 시작한 배를 천으로 꽁꽁 싸매고 다녔다.

화라즈밀영에 숨겨둔 식량을 장산령밀영으로 옮겨놓은 지 얼마 안 되었을 때, 이두수가 달려와 임수산이 변절했을 뿐만 아니라 토벌대를 이끌고 왔다는 소식을 전했다.

"그럼 혜순 동무는 어떻게 되었소?"

이두수는 혼자 도망친 죄책감으로 머리를 들지 못했다.

1937년 2월 홍두산전투에서 왼쪽 다리에 부상을 입은 뒤부터 조금씩 다리를 절었던 이두수는 한때 북한에서 '불사조'로 내세웠던 생존자다. 불사조라는 별명답게 아주 위태로운 순간들을 기적같이 모면하고 살아났던 것으로 유명했다.

그 전투(홍두산전투) 이후 부근의 한 바위굴에서 이계순의 간병을 받으면서 숨어 지내던 이두수와 박상활 등의 이야기는 세상에 널리 알려져 있다. 특히 박상활이 통조림통으로 만든 톱으로 썩어가던 발가락 열 개를 자기 손으로 잘라낸 것이 바로 이때 일이다. 그해(1937년) 12월에 토벌대가 들이닥치는 바람에 이계순과 박상활이 체포되고 이두수는 진대나무(넘어지거나 쓰러져 있는 죽은 나무)에 걸려 넘어졌다가 곰이 들어갔던 구덩이 속에 몸을 감추어 구사일생으로 살아날 수 있었다.

김성주는 회고록에서 그때 일을 이렇게 회고하고 있다.

"그때 송의사가 책임진 후방 병원도 불의 습격을 당했습니다. 박순일은 격전 끝에 전사하고 이계순은 적들에게 사로잡혀 장백현으로 끌려갔습니다. 살아남은 사람은 이두수뿐이었습니다. 우리는 그런 줄도 모르고 김정필과 한초남에게 식량을 지워 병원으로 연락을 보냈습니다. 병원에서 치료를 받던 환자들이 다 나았을 터이니 모두 데려오라고 했습니다. 그런데 그들은 짐승인지 사람인지 분간할 수 없을 정도로 험상스럽게 변모해버린 이두수만 데리고 부대로 돌아왔습니다."

광복 이후 한동안 연변에 남아 조양천 경비대장을 했던 이두수는 이후 북한으로 돌아갔지만 건강이 몹시 나빴다. 1952년 4월 6·25전쟁 때 다시 연변으로 돌아와 한동안 휴양했다. 연변에는 6사 시절 친구들이 많이 살고 있었기 때문에 여러 면에서 편했던 것 같다. 때문에 그곳에는 이두수 이야기를 전하는 사람들이 적지 않았다. 이두수에게서 직접 이야기를 들었다는 한 생존자는 후에 소분대 활동을 할 때 지갑룡이 끝까지 돌아오지 않고 달아나 버린 것을 증언했다.

"김일성은 1940년 여름에 안도현 화안촌(화라즈밀영)에서 하마터면 임수산에게 산 채로 붙잡힐 뻔했다. 그때 곁에 데리고 있던 경위대원들은 겨우 20여 명밖에 남지 않았는데, 그들한테 땅에 숨겨두었던 식량을 파내서 장산령 쪽으로 나르게 했다. 마지막날 밤에는 김일성도 김정숙과 김복록만 데리고 몰래 화라즈밀영을 떠났는데, 그때 밀영에 남겨둔 김혜순에게는 떠난다는 사실도 알려주지 않았다. 김정숙이 임신했기 때문에 빨리 걸을 수 없어 밤에 일찌감치 떠난 것이다. 그 다음 날 새벽에 임수산이 토벌대를 데리고 들이닥쳤다."[230]

---

230 취재, 박경호(朴京浩, 가명) 조선인, 동북인민혁명군 2군 독립사 3연대 연고자, 취재지 도문. (유가족이 실명을 밝히는 걸 원하지 않았다.)

이는 북한에서 1982년 이전까지 김정일 출생일을 1941년 2월 16일이라고 했다가 갑자기 한 해 늦은 1942년 2월 16일로 바꾼 것과 무관하지 않다.

김성주는 회고록에서 자신이 1940년 10월 소련으로 들어가기 직전에 결혼식을 올렸다고 고백한다. 그러나 이때 김정숙은 이미 임신 7, 8개월 차였으며 결혼을 기정사실화하지 않으면 안 되었다. 결국 소련 땅에 들어서기 직전 오늘의 훈춘시 동남부에 있는 양포 만족향(楊泡 滿族鄕) 부근 훈춘하 기슭에서 급하게 결혼식을 올리게 되었다. 이곳에서 소련 국경까지는 겨우 19km밖에 되지 않았다.

양포에서 북쪽으로 훈춘하를 건너면 바로 흑룡강성 동녕현 경내로 접어든다. 아마도 중국의 일부 자료에서 김성주와 김정숙이 소련으로 들어가기 직전 결혼식을 올렸던 장소를 훈춘현이 아닌 동녕현 경내의 어느 산기슭이었다고 주장하는 것도 이와 같이 지리적으로 한데 붙어 있기 때문 아닐까 짐작된다. 따라서 김정숙은 이미 결혼식 5, 6개월 전에 이미 임신했으며, 그때는 아직 그의 애인이었던 지갑룡이 멋도 모르고 여기저기 임무를 수행하러 다녔을 때이기도 했다.

2. 태양령 기슭에서

다시 유옥천에게 돌아간다. 화라즈밀영에서 김성주를 만나지 못하자 다시 장산령 쪽으로 달려가다가 자위단 20여 명과 만나 싸우면서 기관총 탄알을 다 써버린 유옥천은 기관총을 분해해 여기저기에 던져 버리고는 할바령으로 돌아왔다.

이 기간이 무려 45일이나 걸렸다고 한다. 그는 날짜를 기억하기 위해 하루가 지날 때마다 허리띠에 구멍을 한 개씩 뚫었다고 한다.

"그때 나는 쌀도 떨어지고 소금도 없고 너무 배가 고파 계장자(鷄腸子)라는 풀을 뜯어 먹었다. 나는 지금도 그 풀의 진짜 이름이 무엇인지 모르겠다. 땅콩나무 잎처럼 생겼는데, 겨울에도 지지 않고 계속 피었다. 먹고 나면 배가 몹시 괴로웠다. 나중에는 소나무 껍질을 벗겨 입에 넣고 씹어대다가 쓴 맛이 다 없어질 때까지 씹은 뒤 꿀꺽 넘겨버리곤 했다. 너무 지쳐 하루에 겨우 2, 30여 리밖에 걷지 못했다."[231]

유옥천은 8월에야 비로소 할바령에서 오백룡이 남겨놓은 연락원을 만났다. 그와 함께 김성주가 이미 도착해 기다린다는 소할바령으로 이동했다.

1940년 8월 초순경이었다. 할바령 기차역을 습격하다가 오백룡이 한 중대의 사상자를 내고 돌아와 김성주에게 호되게 욕을 얻어먹었다고 한다. 너무 창피한 나머지 오백룡이 권총을 뽑아들고 자살한다고 소란까지 부리다가 제지당했다는 일화도 있다. 또 기본 전투 서열을 탄탄하게 보존했던 7연대가 와해되기 시작했던 무렵이기도 했다. 따라서 2방면군 자체가 이때부터 급격하게 무너졌다. 무량본은 소할바령회의 때, 자기가 인솔했던 대원은 겨우 3명뿐이었다고 했다.

"위기를 극복하면 반드시 기회는 찾아온다."

이런 희망을 가지고 안도와 화룡 지방에서 한동안 버텨 보았지만 기회는 다시 찾아오지 않았다. 계속 위기의 연장일 뿐이었다. 대오가 눈에 띄게 줄어 겨우 70, 80여 명밖에 남지 않자 김성주는 더는 버틸 수 없음을 실감하게 되었다.

이때 열렸던 회의가 오늘날 북한에서 "조국 해방의 대사변을 주동적으로 맞이하기 위한 새로운 전략적 방침이 제시된 조선인민혁명군 군정간부회의"라고

---

231 취재, 유사파(劉士波) 중국인, 항일연군 연고자, 유옥천의 아들, 취재지 북경, 2000.
고정천(高靜泉) 중국인, 항일연군 연고자, 유옥천의 미망인, 취재지 북경, 2000.

이름붙여 놓은 '소할바령회의'(1940년 8월 10일~11일)였다.

　이 회의는 이틀 만에 끝났다. 첫날 회의에서는 "조국 광복의 대사변을 준비있게 맞이할 데 대하여"라는 역사적인 보고도 했다고 한다. 그러면서 제시한 전력과업에는 "역량을 보존 축적"하고 "유능한 정치군사간부로 육성"하고 나아가 "인민들을 정치사상적으로 준비"시키는 등 미사여구로 가득하다. 이러한 투쟁방침을 관철하기 위해서 군사적으로 "소부대활동"으로 전환해야겠다는 것이다. 이 과정에서 모든 지휘간부와 전사들은 "정치군사적으로 더욱 튼튼히 준비하고 세계의 모든 혁명 역량과의 연대성을 강화"해 나가야 한다는 작전 방침을 제시했다고 그럴듯하게 늘어놓지만 실제 내막은 달랐다.

　이 회의에 참가했던 무량본이 생전에 남겨놓은 이야기에 따르면, 이 회의는 한마디로 '도주를 모의했던 회의'였다. 이 회의 직전에 돈화의 한총구로 나왔던 위증민에게도 비밀로 했던 회의였다. 위증민이 화전에서 돈화로 나온 것은 김재범과 연락이 되지 않았기 때문이다.

　당시 위증민과 김재범은 서로 무전기로 연락했다. 이 무전기는 1940년 1월에 소련의 하바롭스크에서 열렸던 '중국공산당 길동, 북만성위원회 대표연석회의'(일명 '제1차 하바롭스크회의')를 앞두고 소련공산당 극동지구 당 조직에서 소련과 비교적 멀리 떨어져 있었던 남만성위원회와 연계하기 위해 보내준 최신 연락장비였다. 보내준 사람은 항일연군의 소련 이동 문제 담당자로 왕신림(王新林)이라는 별명을 사용했던 극동군 정보부장 소르킨(Sorkin, 索尔金)으로, 왕신림은 이름 와시리(Vasily, 瓦西里)의 발음대로 만든 이름이었다. 그때 왕신림이 보내준 무전기 두 대 가운데 한 대는 위증민에게 남겨두고 다른 한 대는 김재범이 가지고 동만으로 나왔던 것이다. 그만큼이나 위증민은 동만사업위원회를 굉장히 중요하게 여겼다.

그런데 7월에 접어들면서 갑자기 김재범 쪽 무전기가 먹통이 되고 말았다. 무전기 전지(電池)가 떨어진 데다 유일하게 무전기를 사용할 줄 아는 무전수가 산에서 내려가 버렸기 때문이다. 이 무전수는 이름을 알 수 없고 다만 박 씨(朴氏)로만 알려져 있다.

박 씨의 부모와 동생들이 모두 오늘의 용정시 세린하향 일신대대(細鱗河鄉 日新大隊)에 살고 있었다. 특히 동생들 가운데 하나가 세린하의 친일 대지주 손영명(孫榮銘, 1947년에 공산당에 의해 총살당했다)의 집을 지키는 자위단에 참가했기 때문에 김재범은 박 씨의 집과 비교적 가까운 오늘날의 세린하향 단결대대(團結大隊)로 들어가는 산고개에 사업위원회를 설치했다. 이 산고개의 이름이 그 유명한 태양령이었다.

태양령에서 일신까지는 겨우 10여 리 남짓했다. 자위단 30여 명이 지키던 손영명의 집은 높은 토성으로 둘러싸여 있었고 토성 네 귀에도 모두 포루가 있었다. 박 씨의 동생이 자위단에 있었기 때문에 일신 쪽으로부터 오는 위협은 방비가 된다고 생각한 김재범은 주로 대흥동 쪽 동태를 주시했다. 왜냐하면 태양령에서 4, 5리 들어간 대흥동 골안은 화룡에서 연길현으로 이어지는 열두 산골짜기 중 마지막 골짜기였다. 이 열두 골짜기가 끝나면 바로 평강벌이 펼쳐지고 평강벌을 지나면 장산령이었다. 그리고 태양령에서 불과 7, 8리밖에 떨어지지 않은 곳에 각각 노두구(老頭溝)와 동불사(銅佛寺)가 좌우로 나뉘어 있었다. 노두구 방면으로 나아가면 안도와 가까워지고 동불사 방면으로 내려가면 바로 조양천을 거쳐 간도의 수도 연길에 도착하게 되어 있었다. 한마디로 간도의 심장부 같은 곳에 동만사업위원회 첫 거점을 설치했던 것이다.

그런데 박 씨가 하루는 집에 갔다 오더니 몹시 의기소침하여 김재범에게 물었다.

"주임동지, 우리가 진짜로 일본군을 이겨내고 나라를 되찾을 수 있을까요?"

"왜, 갑자기 그런 말을 묻소? 집에 무슨 일이 있었던 게요?"

"제가 유격대에 참가하면서 들어왔던 말이 '빠르면 3년, 늦어도 10년'이면 일본 놈들을 모조리 쫓아내고 나라를 되찾을 수 있다고 들었습니다. 그 사이에 보천보에도 갔다 오고 무산에도 갔다 왔습니다. 그때는 당장 내일, 모레라도 내 나라를 다시 찾아낼 수 있을 줄 알았습니다. 그런데 이게 벌써 몇 해째입니까? 제가 유격대에 참가한 햇수가 9년이나 되었습니다. 일본 놈들은 점점 더 강해지고 우리 세력은 점점 더 약해지고만 있잖습니까. 양 사령도 죽고 이제는 전혀 앞날이 보이지 않아 그럽니다."

맥이 빠져 있는 박 씨를 바라보며 김재범도 한숨을 내쉬지 않을 수 없었다.

"지금이 제일 어렵고 힘들 때라는 것은 나도 인정하오. 그렇지만 언제나 날이 새기 직전이 제일 어두운 법이오. 곧 새날이 밝아올 것이오."

김재범 입에서는 겨우 이런 말밖에 더 나오지 않았다. 자신의 심정도 공허하기는 마찬가지였다. 대오가 장성하고 전투에서 승리를 거듭할 때는 굳이 말이 쓸데없었다. 대원들 스스로 이대로라면 얼마든지 2, 3년 안에 일본군을 몰아내고 나라도 찾아낼 수 있다는 믿음으로 벅차오르던 호시절은 불과 1, 2년 사이에 사라져버리고 말았다. 산판은 온통 비행기에서 살포한 투항권고문이 덮고 있었다.

"글쎄, 무슨 뜻인지는 알지만, 도무지 우리가 원하는 새 날은 올 것 같지 않습니다."

박 씨는 식량을 얻으러 한 번씩 집에 다녀올 때마다 부모들이 이제는 항일투쟁을 그만하고 빨리 장가도 들라고 재촉한다고 이야기했다.

"그래서 혁명을 그만두고 이제는 귀순하겠다는 소리요?"

"저는 결코 귀순하지 않을 겁니다. 그러나 제 아래로 동생들이 셋이나 제가 장가가기만을 기다리고 있습니다. 제가 맏이니까요. 장가를 들고 가정을 이룬 뒤에도 계속 다른 방법으로 항일혁명은 할 수 있잖습니까. 더구나 저는 지금 무전기로 하는 일이 거의 없습니다. 제가 산속에서 밥만 축내느니, 무전기를 집에 가져다가 숨겨놓고 주임동지께서 필요할 때마다 제 집에 와서 지시를 주면 훨씬 더 편리하지 않을까요."

박 씨는 김재범을 설득했다.

김재범은 고민하지 않을 수 없었다. 만약 다른 사람 같았으면 단숨에 거절해 버렸거나 의심이 들면 즉결 처형이라도 해겠지만, 박 씨에게만은 함부로 그렇게 할 수 없었다. 그가 무전기를 다룰 줄 아는 유일한 사람이기 때문이었다.

'만약 이자가 도망치거나 변절한다면 나는 당장 위증민, 전광 동지와 연락이 끊어진다. 귀순만은 하지 않고, 장가 든 다음에도 계속 우리를 위해 일한다면, 이자의 집을 우리 연락소로 사용할 수도 있지 않겠는가. 더구나 이자의 동생은 자위단이라 의심을 사지 않을 수 있어 여러 유익한 점도 적지 않을 것 같다.'

이렇게 생각한 김재범은 박 씨가 무전기를 가지고 산에서 내려가는 것을 허락했다.

얼마 뒤 박 씨는 장가들었고, 박 씨 부부의 신방은 사실상 동만사업위원회 아지트가 된 것이나 다름없었다. 박 씨의 아내는 항상 불만이었다. 영화나 드라마에서는 혁명가의 아내나 가족들이 솔선수범하여 망도 보고 연락 심부름도 다니지만, 현실은 차갑고 비정했다. 박 씨 아내도 남편 친구들이 하루가 멀다하게 찾아와 신방을 차지하고 앉을 때마다 눈살을 찌푸렸다.

어느 날 박 씨의 아내는 시동생을 찾아갔다.

"도련님, 형님을 좀 말려주세요. 형님은 사흘이 멀다하게 산에 들어갔다가는 며칠씩 돌아오지 않고, 산 사람들도 밤만 되면 저의 집에 와서 쌀독을 거덜 내고 있어요."

박 씨의 남동생은 형수 귀에 대고 소곤거렸다.

"형님이 지금 거래하는 사람들을 나도 몇 번 만나보았지만 유명한 사람들이 아니라서 고발해도 상금을 몇 푼 받을 수 없습니다. 난 지금 김일성이 이곳에 오기를 기다리는 중입니다. 형님도 김일성이 오면 나를 만나게 해주겠다고 약속했습니다. 그때 김일성을 붙잡을 수 있다면 우리는 상금 1만 원을 받게 됩니다."

"아, 그게 정말이에요?"

박 씨의 아내는 깜짝 놀랐다. 그러던 어느 날 젊은이 두 사람이 집에 왔는데, 그 중 하나는 김일성일 것으로 의심했다. 그러나 사실 한 사람은 2방면군 참모장인 왕작주였고, 다른 사람은 우림청(于霖靑)이라는 1군 1사 출신 대원이었다. 우림청은 1939년 11, 12월부터 1940년 3, 4월 사이에 항일연군 제1로군 총정치부에서 거꾸로 일본군 토벌대와 경찰대들에게 살포했던 "귀순자들에게 보내는 글(告降隊書)"에 등장한 인물이기도 했다. 원래 정빈의 부하였던 우림청은 귀순했다가 다시 항일연군으로 되돌아왔던 것이다.

남만성위원회와 1로군 총사령부에서는 우림청을 가리켜 "암흑을 버리고 다시 광명을 찾아온 모범사례"로 간주하고 대대적으로 선전했다. 1로군 총정치부 주임 전광이 직접 "귀순자들에게 보내는 글"을 전단으로 만들어 부대에 나눠주었고, 정빈, 최주봉 등 귀순자들로 꾸렸던 토벌대에게 쫓기던 부대들은 이 전단을 산속에 잔뜩 뿌렸다. 이 전단은 전투 중에 항일연군이 거꾸로 뒤를 쫓아오던 토벌대를 향하여 뿌린 것으로 유명하다. 이 전단에서는 안광훈, 호국신, 정빈 등 귀순자들을 일일이 열거하면서 다음과 같이 질책한다.

"너희들은 때로는 혁명에 참가하고 때로는 혁명을 배신하고 종당에는 혁명을 파괴하는 등 사상적으로 모순되는 비열한 행동을 끝없이 자행하고 있다. 묻노니, 이런 인생에 무슨 의미가 있느냐? 너희들은 수치와 부끄러움도 모른 채로 기편(欺騙, 사람을 속이고 재물을 빼앗음)적인 수단을 이용하여 우리 항일연군 내 극소수의 불온분자들을 동요시키고 있지만, 우림청의 정확한 선택에서 보다시피 결코 우리의 항일혁명에 희망이 없는 것이 아니다. 너희들은 최후 승리가 우리 것이 아니라고 감히 말할 수가 있겠느냐?"[232]

이 전단을 읽은 최주봉돌격대에서도 몇몇 귀순자가 탈출했다.

키시타니는 어떻게나 놀랐던지 우림청을 양정우 다음 가는 사살자 목록에 넣었다고 한다. 그리하여 위증민과 전광은 우림청을 동만으로 떠나는 왕작주의 경위원으로 함께 파견했던 것이다.

혹자는 우림청이 나카지마공작반에서 파견하여 재침투한 첩자가 아니었을까 의심하기도 한다. 왕작주는 몽강현 삼도왜자에서 탈출할 때 당했던 복부 관통상이 깨끗하게 낳지 않아 상처 구멍에서 계속 고름이 흘러내렸다. 우림청이 그 상처를 처치하는 데 필요한 소독약과 붕대 등을 구하려고 김재범이 붙여주었던 또 다른 사람과 그곳 출신 연락원과 함께 태양령에서 멀지 않은 동불사로 내려갔다가 그 연락원이 길에서 낯익은 사람과 만나 몇 마디 인사를 건넨 뒤에 허둥지둥 우림청에게로 돌아와 이렇게 말했다고 한다.

---

232 원문 "你们始而参加革命, 繼而背叛革命, 終而破坏革命, 思想矛盾, 行動卑鄙, 試問人生意義在哪里? …你们恬不知恥辱招搖撞騙的行為, 雖影響到抗日聯軍內極少數動搖不穩分子的附和, 但覺不能設革命无望和不能取得最后的成功." 史義軍, "告降隊書", 『最危險的時刻 : 東北抗聯史事考』, 中信出版社, 2016. 9.

"저 사람은 전에 동만청총에서 나와 함께 활동했던 사람인데 나중에 귀순했다고 들었소. 어떻게 여기서 이렇게 우연히 만났구려. 진짜로 귀순했는지, 지금은 뭐하고 지내는지 전혀 알 수 없으니 난 빨리 피하지 않으면 안 되오. 그러니 당신 혼자서 돌아가오."

"돌아가는 길이 익숙하지 않소."

우림청이 대답하자 그 연락원이 손짓해가며 자세하게 알려줬다.

"여기서 곧바로 서쪽으로 바라보이는 저 양철지붕 건물이 동불사 기차역이오. 그 기차역까지 가기 전 중간에 가로 난 길이 있소. 그 길을 따라 오른쪽으로 한 5, 6리 가면 왼쪽으로 굽어드는 산길이 있는데, 그 산길을 따라 계속 가다 보면 가파른 오르막이 나올 것이오. 그 산고개가 바로 태양령이고, 태양령 밑에 있는 동네가 태양촌이오. 태양촌에서 대흥동 쪽으로 들어가는 사이에 주임동지가 계시는 산막이 있소."

그때 동불사에서 김재범의 연락원을 발견하고 경찰서에 달려가 고발했던 사람이 바로 일찍이 동만청총 대표로 남만의 왕청문에 가 이종락, 차광수 등과도 직접 만난 적 있었던 김금열(金今烈)이었다. 김금열은 동불사에서 있었던 일을 철저하게 부인하지만, 고발당했던 연락원 김세균은 해방 후 연변 연길시 초대 시장이 되었다. 김세균이 자신은 김금열의 고발로 붙잡혀 죽도록 맞았다고 그를 고발자로 지목했지만, 조사 결과 김금열이 고발했다는 확실한 증거를 발견하지 못하자 공안 부문에서는 김금열을 석방했다.

아이러니하게도 김금열은 역사반혁명분자가 되어 그때 김재범 등이 거점을 잡고 활동하던 세린하에 정착했고, 대흥동 골안[233]에서 늘그막에 만난 아내와 함

---

233 필자기 취재를 진행할 당시 이 골안은 세린하향 단결대대 제7대에 속했다.

께 단 둘이 조용히 농사를 지으며 살아가고 있었다. 김세균과 헤어진 우림청은 동불사역을 바라보고 가다가 오른쪽으로 접어들어야 한다는 것을 깜빡하고 그만 왼쪽으로 접어들어 버렸다.

왼쪽으로 내려가면 얼마 안 가서 바로 조양천에 다다른다. 조양천은 일본군에게는 군사중진(軍事重鎭)이었다. 간도 수도 연길의 문호였을 뿐만 아니라 이때는 조양천에서 개산툰 간 조개선(朝開線) 열차가 개통되어 있었기 때문에 경찰대뿐만 아니라 헌병대와 호로군까지 몰려들어와 있었다. 자연스럽게 거리도 번창했고 술집과 기생집들이 여기저기 널려 있었다. 우림청은 방향을 잘못 잡았다는 걸 알게 되었지만 기생의 유혹을 참을 수가 없었다. 귀순했을 때 기생집에 다녀보았기 때문이다.

마침 지닌 돈도 있어 조양천의 한 기생집에 들어가 밤을 보내고 나오는데, 기생집 주인이 부르는 값을 치르려 하니 돈이 모자랐다. 한참 티격태격할 때 기생집 주인이 숨겨둔 돈이 없나 우림청 몸을 뒤지게 되었는데, 권총 한 자루와 수류탄 한 개를 발견하게 되었다. 우림청이 그 수류탄으로 기생집 주인의 이마를 내리치고는 바깥으로 도망치다가 뒤쫓아온 사람들에게 붙잡히고 말았다.

"총까지 가지고 있었으면서 왜 쏘지 않았느냐?"

이렇게 묻는 경찰에게 우림청이 한 대답이 가관이었다.

"내가 돈도 제대로 다 못 내고 달아나는 것도 미안한데, 어떻게 총까지 쏠 수 있었겠소."

"참, 자네는 어쩔 수 없이 비적이 된 것이지 본심은 정직한 사람이구려."

경찰들이 모두 감탄했다고 한다.

우림청이 동불사경찰서에 끌려왔을 때 몸에서 권총 한 자루와 탄알 140여 발, 그리고 수류탄 한 개가 나왔다. 이미 한 번 귀순한 경험이 있는 우림청은 두 번째 귀순도 아주 식은 죽 먹기였다. 그가 털어놓은 정보는 어마어마했다.

남만성위원회 동만사업부를 발견했다는 보고를 받은 간도지구 토벌사령부에서는 즉시 자동차 두 대에 일본군 한 중대를 나누어 싣고 연길에서부터 달려왔다. 불과 1시간도 안 되어 자동차가 동불사에 도착하자 우림청은 동불사경찰서의 경찰 3, 4명과 자동차에 올라탔다.

이들은 태양령에서 두 갈래로 나뉘어 한 갈래는 박 씨 집이 있는 쪽으로 가고, 다른 갈래는 태양령에서 대흥동 쪽으로 살금살금 접근했다. 그런 줄도 모르고 김재범은 왕작주를 찾아와 김성주의 2방면군과 연락할 방법을 의논하던 중이었다.

"연락원을 두 번이나 파견했는데, 계속 연락이 닿지 않으니 어쩌면 좋을지 모르겠소. 분명 화라즈 아니면 장산령 쪽에 있을 거라고 약속했는데, 그쪽으로 갔던 연락원들이 모조리 헛물만 켜고 돌아왔단 말이오. 아무래도 내가 직접 한총구 쪽으로 한 번 나갔다 와야 할 것 같소. 그 사이 이곳은 왕작주 동무가 나 대신 잘 지켜주기 바라오."

그러자 왕작주가 말렸다.

"어차피 부대로 복귀해야 할 사람은 나니까 내가 가겠소. 나중에 내가 이곳으로 샤오위(小于, 우림청)를 다시 보내서 소식을 알리겠소."

"그런데 샤오위는 왜 아직 돌아오지 않소?"

김재범은 갑자기 우림청이 보이지 않자 그제야 깜짝 놀라며 물었다.

"동불사로 약 사러 내려간 게 어제 아침인데, 어떻게 아직도 돌아오지 않는 거요?"

"내가 계속 열이 나 머리가 좀 흐리멍덩해 있었구먼."

왕작주도 비로소 불안한 표정을 지으며 몸을 일으켰다.

"느낌이 좋지 않소. 빨리 이동합시다."

김재범은 부리나케 일어나 왕작주를 데리고 밖으로 나왔다.

그러나 마당 밖에는 벌써 박 씨의 아내와 함께 온 세린하 자위단 30여 명이 도착해 있었다. 박 씨의 동생이 세린하 자위단 단장 김익룡(세린하의 대지주 손영명의 사위)과 함께 마당 밖에서 머리를 내밀며 김재범과 왕작주에게 말을 건넸다.

"당신들은 이미 포위되었소. 우리 자위단이 30여 명이나 왔으니 결코 빠져나갈 수 없소. 순순히 투항하시오."

그러자 김재범은 박 씨를 찾았다.

"일단 자네 형님을 이리로 데려다 주게. 형님이 이렇게 하라고 시켰나?"

"이 일은 형님과 상관없소. 난 예전부터 당신을 주시해왔소? 당신 곁에 있는 그 사람이 바로 김일성 아니오?"

왕작주는 박 씨 동생이 자기를 김일성으로 오해한 것을 보고 김재범에게 말했다.

"박 씨는 모르는 일 같소. 일단 저자부터 죽이고 포위를 뚫읍시다. 내가 엄호할 테니 재범 동무가 먼저 대흥동 쪽으로 빠지오. 저놈들을 다 처치하고 나도 뒤따라 그쪽으로 이동하겠소. 만약 대흥동 쪽 연락소도 폭로되었다면 바로 화룡 쪽으로 나갑시다."

김재범이 동의했다. 왕작주는 김재범에게서 권총 탄알 수십 발을 받은 다음 부리나케 바깥사랑채로 갔다가 거기서 박 씨의 아내를 붙잡았다.

"네가 한 짓이냐? 아니면 네 남편이 한 짓이냐?"

"제 남편과는 상관없어요. 제가 우리 도련님한테 부탁했어요."

박 씨의 아내는 눈살을 찌푸리며 대들었다. 다급한 왕작주는 박 씨의 아내를 방패 삼아 등을 떠밀면서 마당 문 쪽에 총 몇 방을 갈겼다. 자위단 30여 명이 모두 마당 앞으로 몰려들었다. 그러나 인질로 잡힌 박 씨의 아내 때문에 함부로 총을 쏠 수 없었다. 그 틈에 왕작주가 쏜 총에 자위단 3, 4명이 꼬꾸라졌다. 나중에는 자위단 쪽에서도 반격하는 바람에 박 씨의 아내가 총에 맞아 죽고 말았다. 왕작주는 이미 숨진 박 씨 아내를 그대로 방패삼아 끌고 밖으로 뚫고나간 뒤 시체를 세린하 물 속에 던져버리고는 그 길로 허둥지둥 대홍동 쪽으로 달려갔다.

3. 김재범 체포사건

"김일성이 세린하에 나타났다!"

"김일성이 노두구에 나타났다!"

하룻밤 새에 이런 소문들이 꼬리에 꼬리를 물고 퍼졌다. 장산령에서 김성주를 놓쳤던 임수산도 이때 공작대를 이끌고 세린하 쪽으로 이동하기 시작했다. 임수산공작대를 직접 지휘했던 다나카 경방과장과 나카지마 현병조장은 소식을 듣자마자 바로 연길로 달려와 연길 노조에 토벌대사령부(간도지구 토벌사령부) 관계자들과 이 작전을 진두지휘했다.

"김일성이 이곳에 직접 나타났거나 조만간 나타날 가능성이 굉장히 큽니다. 이럴 때 김재범을 산 채로 붙잡지 못하면 김일성도 잡기 어렵습니다. 토벌을 중지하고 사람을 들여보내 담판을 시도해야 합니다."

나카지마는 연길 사령부 관계자들에 비하면 직위가 보잘것없었지만, 그동안 항일연군 토벌작전에서 크게 이름을 날렸기 때문에 모두 그의 의견을 경청했다.

"자네는 이 방면에 경험이 있는 사람이니, 자네 의견대로 하지."

마침 연길에서 내려와 있던 노조에 토벌사령관은 간도성 차장 유홍순(劉鴻

洄)[234] 등과 함께 나카지마가 데리고 온 임수산 등을 직접 만나주기까지 했다.

김일성이 세린하 쪽으로 빠져나갈 가능성이 있다는 정보도 임수산에게서 나온 것이었다. 임수산뿐만 아니라 남만의 반석에서 얼마 전에 체포된 김광학도 김성주의 2방면군뿐만 아니라 1로군 내 나머지 부대들이 모두 동만을 경유하여 한창 북만 쪽으로 이동하고 있다고 했다. 이 정보를 입수한 노조에 토벌사령관은 이참에 한시라도 빨리 중공당 동만사업위원회를 뿌리 뽑아야 한다고 독촉했다.

"그렇다고 임수산을 담판 대표로 들여보낼 수는 없지 않습니까. 김일성이 정말 세린하 골안에 들어와 있다면 임수산을 살려보내겠습니까?"

유홍순이 걱정하자 다나카 경방과장이 대답했다.

"우리가 이미 준비해둔 담판대표로 들여보낼 적임자가 있습니다."

"아, 그래요? 그게 누구요?"

노조에 토벌사령관과 유홍순 간도성 차장은 호기심이 동했다.

"김광학이라고, 1군 3사 조직과장을 하다가 후에 1방면군 정치부 주임이 되었는데, 조아범이 사살당한 후 남만성위원회로 소환되었습니다. 김재범이 동만

---

234 유홍순(劉鴻洵) 조선의 개항기와 일제강점기에 충청북도, 함경남도 등 여러 도에서 고위 관료를 지냈다. 1934년 11월에 조선총독부에서 만주국 이사관으로 파견되어 조선인 거주지였던 간도성에서 실업청장과 민생청장, 연길지방사도훈련소 소장 등을 거쳐 1940년에는 간도성 차장이 된 친일부역자다. 창씨개명한 일본 이름은 나카하라 코우준(中原鴻洵)이었으며, 1940년부터 1942년까지 2년 동안 동남지구특별공작후원회를 조직했고, 후원회 고문 및 간도성공작반 총지휘자로 활동하면서 일제의 '치안숙정공작'에 적극 협력했다. 이 시기 간도 지방에서 맹활약했던 '나카하라공작반'은 바로 유홍순의 일본 이름으로 명명된 친일 정보조직이었으며, 그가 직접 장악하고 있었다. 1941년 7월에는 만주국에서 국세조사기념장까지 받았다. 1943년 12월에는 조선으로 귀국하여 1945년 6월까지 강원도 지사를 역임했다. 이 기간에도 계속하여 '내선일체의 실을 거두고 국방국가 체제를 완성하며 동아 신질서 건설에 매진할 것'을 목적으로 조직된 국민총력강원도연맹의 회장으로 활동했다. 1944년 8월에는 조선총독부에서 열린 전국 도지사 회의에 참석하여 일제의 전쟁 완승을 위해 '순국 정신으로 전력 증강에 최선을 다할 것'을 다짐했다. 해방 후 반민특위 강원도지부에 체포되어 춘천형무소에 수감되었고, 1949년 7월 6일 반민특위 재판에서 '일제 때 행정 최고책임자로 민족에게 박해를 가한 자'라고 하여 징역 5년형을 받았으나 11일에 다시 열린 재판에서 '공민권 3년 정지' 구형을 받았다. 1950년 12월 25일에 사망했다.

사업위원회 책임자로 파견받았을 때 김광학도 반석사업위원회 책임자로 파견되었다가 얼마 전 우리한테 체포되었습니다. 이미 자술서도 썼고 만주국에 충성맹세도 했습니다. 현재 나카지마 군이 데리고 있습니다. 김재범과는 화전에서 한동안 함께 보냈고, 그때 서로 속마음도 터놓고 이야기를 나누는 친구가 되었다고 합니다. 우리는 이 사람을 들여보내 김재범을 설득할 생각입니다."

다나카의 설명을 들은 노조에가 부관에게 물었다.

"일이 순조롭게 착착 돌아가는구먼. 좋소. 지금 세린하 쪽으로 출정한 부대가 누구 중대냐? 즉시 토벌작전을 중지하고 담판대표를 들여보내라."

"우나미 대대장(宇波 大隊長, 간도성 경찰토벌대)이 토벌대를 파견했습니다."

그러자 다나카는 다시 노조에에게 요청했다.

"우나미 대대 산하 무라카미 신이치(村上信一, 간도성 경찰토벌대 2중대 중대장) 중대가 지금 세린하에 있습니다. 사령관께서는 우나미 대대장에게 지시해 이 중대가 나카지마공작반의 지휘를 따르게 해주시면 됩니다."

"김일성을 잡을 수만 있다면 무엇인들 못 하겠소. 어서 작전을 실행하시오."

이렇게 되어 귀순한 지 불과 10여 일밖에 되지 않았던 김광학도 이 작전에 투입되었다.

자료에는 김창영이 직접 김광학을 데리고 연길로 왔다고 한다. 지휘부는 동불사경찰서에 설치되었다. 대흥동에서 화룡까지 열두 골짜기를 참빗으로 빗듯 수색하던 무라카미 경찰토벌중대는 즉시 수색을 중지하고 태양령 바깥으로 물러났다. 임수산공작대가 직접 김광학을 데리고 대흥동 골안으로 들어갔다.

숲속을 뒤지고 다닌 지 나흘 만에 김광학은 김재범과 만났다. 꼬박 나흘을 굶은 데다 물 한 모금 못 먹은 김재범은 아사 직전이었다. 김광학이 수행원 한둘만 데리고 나무 등걸에 기대 땀을 식히고 있었는데, 그 밑에 있던 구덩이에서 마른 나뭇가지를 뒤집어쓰고 숨어 있던 김재범이 불쑥 나타났다. 그때 김재범이 말했다.

"이보게 광학이, 물이 있으면 좀 주게."

김광학은 수행원이 가지고 있는 물통을 급히 건넸다. 얼마나 목이 말랐던지 물통의 물을 모조리 들이킨 김재범은 그제야 권총을 빼들고 김광학에게 으르렁거렸다.

"이 더러운 반역자 놈아, 반석에 있어야 할 놈이 무슨 일로 여기 와서 돌아다니느냐? 고작 이 꼴이 되자고 왜놈의 개가 되었느냐?"

그러자 김광학은 오히려 측은한 눈빛으로 김재범을 달랬다고 한다.

"아이고, 재범 형, 그렇게 듣기 거북한 소리는 그만하고 총도 좀 내려놓소. 형은 방금 더러운 변절자가 준 물을 마시고 정신을 차린 게 아니오. 가까운 곳에 형네 2방면군 참모장 임수산도 함께 와 있소. 아마 저기쯤에서 지켜보고 있을 거요. 난 형을 귀순하라고 설득하고 싶은 마음이 조금도 없소. 내 말을 듣고 나서 나를 죽여 버리든 계속 달아나든 마음대로 하오."

"도대체 무슨 말을 하려는 게냐?"

"난 지금 우리 항일연군이 어떤 상황에 처해 있는지 그냥 사실대로 알려드리고 싶은 마음뿐이오. 저기서 우리를 지켜보는 임 참모장도 오게 하면 안 되겠소?"

김재범은 허락했다.

"혼자 오라고 하게. 몸에 총이 있으면 안 되네."

김광학이 수행원에게 시켰다.

"네가 가서 전해라. 그리고 너는 오지 말고 그쪽에서 기다리거라."

조금 뒤 임수산이 술병과 삶은 돼지머리고기를 한 봉지 들고 나타났다.

김재범은 땅이 꺼지게 한숨을 내쉬었다.

"이 사람 재범이, 자네도 총을 내리게. 우리 둘은 자네를 해치고 싶은 마음이 전혀 없네. 이곳은 이미 토벌대가 겹겹이 포위했네. 그렇지만 우리 둘은 자네를 살리고 싶어서 토벌대를 설득해 수색을 중지시켰네. 그냥 함께 술이나 한 잔 하고 헤어지세."

임수산도 진심으로 권하자 김재범은 머리를 끄덕였다.

"도대체 바깥 사정은 어떠하오?"

김재범도 동만으로 나온 뒤 산속에만 있어 바깥소식에 너무 무지했다. 동만 지방의 당 조직을 복구하기 위해 나왔다고는 하지만, 그나마 겨우 세린하에 만들어놓았던 거점마저도 박 씨 내외가 귀순하는 바람에 철저하게 파괴되었다. 2방면군 신임 참모장으로 내려왔던 왕작주는 살았는지 죽었는지 며칠째 소식을 알 수 없었다.

임수산이 대답 대신 먼저 한마디 물었다.

"이 사람 재범이, 먼저 하나만 대답해주게, 김일성이 이곳에 와 있다는 게 사실인가?"

"그렇게 묻는 당신이 과연 수년간 김일성 참모장 노릇을 해왔던 사람이 맞기나 한지 의심스럽구먼. 정말 김일성이 이곳에 있다면 내가 이런 처지에 빠졌겠소. 그리고 당신과 내가 여기 마주앉아 이야기를 나눌 수 있겠소."

김재범은 임수산에게 핀잔을 주었다.

"그럼 아니란 말인가? 글쎄, 그렇겠지. 나도 아닐 거라고 짐작했네."

임수산은 비로소 후 하고 안도의 숨을 내쉬었다.

그러고 나서 임수산과 김광학은 번갈아가며 현재 항일연군이 처한 상황을 자세하게 설명해주었다. 일단 양정우, 조아범이 사라지고 위증민도 건강 상태가 좋지 않을 뿐만 아니라, 그동안 위증민과 전광 등이 머물렀던 화전현의 밀영들도 최근에 모두 토벌당했으며, 두 사람 모두 실종 상태라고 이야기해 주었다.

"생각해보면 정말 이 10여 년 동안 우리가 얼마나 허무한 짓거리들을 해왔는지 모르겠소."

김광학이 한탄했다.

그 '허무한 짓거리'란 조선인으로 자기 조국의 독립을 위해 애쓸 생각은 하지 않고 중국공산당에 참가하여 이 험난한 고생을 자청한 것이었다. 물론 일본인들과 싸워서 이겨야 내 조국도 독립할 수 있다는 공산당의 선전을 굳게 믿은 것은 사실이나 귀순하고 나서 만주국의 번영을 새로운 눈으로 살펴보게 되었다고 설명했다. 만주국, 이 얼마나 좋은 모델인가, 자기의 국명과 황제와 행정부, 외교권을 다 가지고 전 세계에서 인정받는 독립국가가 되지 않았느냐고, 귀순한 뒤 김창영에게 직접 강의받았던 내용을 한바탕 늘어놓았다.

"글쎄, 우리가 그동안 산속에서 공산당의 유혹에만 빠져 얼마나 무지하게 세월을 보냈는지는 더도 말고 한 가지 사실만 보아도 됩니다. 우리가 그렇게 반대하며 뒤집으려 했던 만주국을 얼마나 많은 세계의 나라가 정상적인 독립국가로 인정하는지 알기나 하오? 그리고 그 나라들 가운데서 맨 처음 만주국을 국가로 인정하고 외교 관계까지 맺었던 나라가 어느 나라인지 아오?"

김재범은 홀린 듯 김광학과 임수산을 바라보며 대답을 기다렸다.

"우리가 그동안 그렇게 숭상해왔던 바로 소련이었소. 소련공산당은 진작부터 만주국을 독립국가로 인정해왔고, 그들과 수교까지 한 상태요. 그런 줄도 모르고 우리는 산속에서 계속 '반만항일'을 외쳐오지 않았소."

이어서 김광학과 임수산은 김창영에 대하여 장황하게 소개했다. 김창영에게 배운 조선 독립 방법, 즉 만주국처럼 일본의 적극적인 후원 하에서 일약 중공업국가로 변모할 수 있는 새로운 형태의 국가 건설에 조선인들 모두 참여해야 한다는 주장을 김재범에게 남김없이 전달했다. 그러면서 임수산은 계속하여 또 다른 충격적인 비밀도 터뜨렸다.

"사실은 그동안 우리도 모르게 김일성도 계속 김창영 선생과 귀순 협상을 진행해왔소. 김일성은 김창영 선생에게 산삼까지 선물로 보냈더구면. 그런데 그 사실이 여백기와 필서문에게 들통 나는 바람에 양 사령이 알게 되어 이종락이 화전으로 끌려가 처형된 것이오. 이건 우리가 지어낸 거짓말이 아니오. 믿기 어려우면 우리와 함께 김창영 선생도 만나보오. 여백기와 필서문도 증인으로 나서줄 수 있소. 그때 김일성이 김창영 선생 앞으로 직접 보낸 편지들도 확인할 수 있소. 우리 두 사람이 보증하오. 꼭 한 번 김창영 선생과 만나보시오. 지금 연길에 계신 유홍순(간도성 차장) 선생도 말이오. 형이 이 두 분을 만난 뒤에도 마음이 돌아서지 않아 귀순하지 않겠다면, 이 두 분은 절대 형을 붙잡지 않고 그대로 돌려보낼 권력을 가진 분들이오. 어떻소?"

이 이야기를 듣던 김재범은 반신반의하다 점점 믿는 쪽으로 기울기 시작했다. 나카지마가 얼마나 용의주도하게 이 작전을 지휘했는지 임수산에게 1940년 4월 23일 자 〈만선일보〉까지 한 장 가지고 들어가게 했다. 그 신문을 읽고 난 김재범은 몸서리치지 않을 수 없었다.

'어떻게 이럴 수가, 이것이 정녕 사실이란 말인가?'

"박차석과 이종락이 몽강에 찾아왔을 때 일은 나도 모르지는 않지만, 김 지휘가 이렇게 우리 몰래 김창영과 귀순 협상까지 진행한 건 정말 몰랐소."

기사에서 김성주의 할머니 이보익이 기자에게 했던 말을 보면, 김성주는 자기 할머니가 만주에 불려 나와 손자를 찾아다니고 있을 때 이미 귀순하려고 마음먹었던 것으로 해석될 수밖에 없었다. 인터뷰 내용은 이미 앞에서 소개했다.

'정말 더럽고도 음험한 자였구나. 이렇게나 우리를 감쪽같이 속여 왔다니.'

김재범은 억울하기도 하고 분하기도 하여 한참 말을 못 했다.

귀순 후 연길에서 김창영, 유홍순 등과 만났을 때, 그가 울음을 터뜨리자 유홍순이 왜 우느냐고 물었다고 한다. 그러자 김재범은 김성주에게 속아 넘어갔던 게 분해서 운다고 대답했다고 한다.

51장

탁반구의 총소리

"36계에 줄행랑이 제일이라는 말도 있잖은가!
우린 그때 김일성을 따라 제일 먼저 소련 쪽으로 피신했기 때문에 살 수 있었다.
이후 늦게야 비로소 허락받고 소련으로 이동하기 시작했던 다른 사람들은
거의 대부분 살아남지 못했다."

1. 1940년 여름

김성주는 평생 동안 1940년 여름을 잊을 수 없었을 것이다. 가장 믿어왔던 동지들이 속속 귀순하여 거꾸로 가장 무서운 적이 되어 자신의 뒤를 추격해왔으니 말이다. 하루, 한 시, 한 순간도 평온하게 쪽잠 한 번 제대로 잘 수 없는 위기의 시간을 보냈을 것이 틀림없다. 그럼에도 불구하고 그때 이야기들을 회고록에서 제대로 밝히지 않고 있다.

중국 정부에서 최근에 아주 간단하게 공개한 자료에서 왕작주가 희생된 지점이 '연길현 근방'이라고 밝혔는데, "동북항일연군 6사 참모장 왕작주 동지는 1940년 여름 연길현 부근에서 일제 토벌대와 싸우다가 희생되었다."고 쓰여 있다. 왕작주의 외손녀 호소아(胡紹娥)는 어렸을 적 외고모할머니(왕작주의 여동생)에

게 들었던 이야기를 필자에게 들려주었다.

"어렸을 적에 어머니한테서 들었는데, 어머니도 큰아버지에게 직접 들은 이야기라고 했다. 우리 외할아버지는 토벌대와 싸우다가 생포되었는데 중상을 입은 데다가 자살하고 싶어도 총에 탄알이 남아 있지 않았다고 한다. 우리 외할아버지를 배신했던 경위원이 동네 농민들과 함께 흙을 실어 나르는 외바퀴 수레에다가 우리 외할아버지를 싣고 토벌대에 바치러 가는 길이었다고 하는데, 길에서 김일성이 불쑥 나타나 외할아버지에게 총 사격을 가하고는 달아났다고 했다. 우리 외할아버지가 이렇게 억울하게 죽었다. 그리고는 오랫동안 열사로도 인정받지 못하고 계속 반역자로 몰렸다. 그러다가 우리 큰아버지가 당시 길림성 성장 주보중을 찾아가 도리를 따졌고, 후에 주보중이 직접 우리 큰아버지에게 열사증을 발급하면서 '오해를 풀었다.'면서 사과까지 했다고 한다.'**235**

필자는 여러 가지로 추측해 보았다. 물론 가장 정확한 사실은 김성주 말고는 아무도 모를 것이다. 왕작주가 '귀순자'로 몰려 한동안 열사로 인정받지 못했던 것도 김성주와 직접적인 상관이 없다고 할 수 없다. 그로부터 얼마 후 소련으로 탈출했던 김성주가 주보중과 만난 다음 왕작주가 귀순해 자신이 직접 처단했다고 주장했을지도 모른다. 그러나 늦게나마 주보중이 '오해를 풀었다.'고 사과하면서 열사증까지 발급한 것을 보면, 당시 발생한 일을 알고 있었던 사람이 김성주 외에도 더 있었을 것으로 보인다.

이상에서 짐작해볼 수 있듯, 세린하에서 손영명의 자위단에게 쫓겨 탈출하

---

235 취재, 호소아(胡紹婀) 중국인, 왕작주의 외손녀, 외고모할머니 왕춘연(王春燕)은 왕작주의 여동생, 취재지 장춘, 1998.

던 과정에서 왕작주는 복부 총상이 덧나 정신을 잃고 쓰러졌다가 뒤쫓아온 세린하 마을 사람들에게 붙잡혔을 가능성이 있다. 물론 이는 김재범과 관련한 당시 일부 자료들에 근거하여 재구성한 것에 불과하지만, 마을 사람들이 모두 달려들어 왕작주를 묶는 것은 얼마든지 가능하다. 당시 김재범의 무전수로 알려졌던 박 씨가 귀순하면서 동생과 함께 자위단을 이끌고 와서 김재범을 잡으려 했을 때, 김재범의 경위원이 박 씨를 쏜다는 것이 그의 아내를 쏘아 죽였기 때문이다. 그 동네 사람들 입장에서 보면 사람을 해친 살인범을 붙잡은 셈이다. 그것도 시집온 지 얼마 안 된 젊은 신부를 죽이고 달아난 비적이었으니, 온 동네가 나서서 토벌대로 실어갔다.

귀순한 박 씨 형제가 산속에서 왕작주를 찾아냈을 때, 그는 이미 의식을 잃고 인사불성 상태로 숨만 조금 붙어 있었을 것이다. 그래서 군이 포승도 지우지 않고 그냥 수레에 싣고 동불사경찰서로 가던 길이었다. 불상사는 일행이 태양령을 넘어설 때 발생하고 말았다. 무라카미 신이치의 간도성 경찰토벌중대는 김재범이 귀순하자 바로 세린하에서 철수하기 시작했다. 김재범을 통해 김성주가 세린하에 나타나지 않았다는 사실을 확인했기 때문이다. 그러나 장산령에서 김성주를 놓쳤던 임수산은 계속 고집했다.

"화라즈로 돌아가는 길이 이미 막혔기 때문에 김일성이 안도로 들어가려면 반드시 이곳으로 나올 수밖에 없소."

그리하여 무라카미 중대의 한 소대가 남아 임수산과 함께 계속 대흥동에서 평강벌로 빠지는 열두 골짜기를 샅샅이 뒤지기 시작했다.

김성주는 대흥동으로 빠지지 않고 세린하 기슭을 따라 곧장 일신을 향해 올라갔다. 그곳에서 다시 세린하를 건너 태양령과 이어지는 산 능선을 따라 멀리 에돌아 다시 내려오기 시작했다. 노두구로 해서 안도 쪽으로 가든 조양천 쪽으로 가든 무조건 태양령 산고개를 거치지 않으면 안 되기 때문이었다.

그때 세린하 자위단도 마침 가파른 오르막길로 수레를 끌고 태양령 중턱으로 올라왔는데, 바로 김성주 일행과 마주친 것이다. 양쪽 모두 얼떨떨하여 순간 마주 바라보기만 했다. 수레에 반쯤 기대어 누워 있는 사람이 낯익었기 때문에 김성주는 반사적으로 권총 손잡이에 손을 댔으나 총을 꺼내들지 않았다.

"왕 참모장 같습니다."

곁에서 누군가 속삭일 때, 자위단도 비로소 놀라서 소리를 질렀다. 김성주도 소스라치도록 놀랐다. 그제야 왕작주의 얼굴을 알아보았기 때문이다. 그러나 왕작주 곁에 서 있는 총을 멘 자위단을 보는 순간 어안이 벙벙해지고 말았다.

'설마 작주까지? 작주까지 귀순했단 말인가?'

마음속에서 외마디 비명을 지르고 있을 때였다.

"항일연군이다! 쏴라!"

고함소리와 함께 자위단에서 먼저 사격을 했다.

김성주는 얼마 전 김재범이 일본군 자동차에 앉아 대흥동을 떠나는 모습을 지켜보면서도 함부로 저격할 수 없었다. 이미 김성주 일행은 장산령에서 평강벌을 가로질러 대흥동 열두 골 안으로 들어와 있은 지 여러 날 되었다.

김재범이 박 씨 집에 내려가 있을 때 김성주 일행은 김재범과의 약속 장소에 먼저 도착했다가 총소리를 듣고 급히 태양촌으로 피신한 것이다. 태양촌은 태양령 기슭의 첫 동네였다. 그때는 100여 호 남짓한 인가가 있는 비교적 큰 동네였고 갑장 이름은 김장진(金長進)이었다.

1980년대에도 계속 태양촌에 살고 있었던 김장진의 유가족들을 만나보았다. 그들에게서도 김성주 일행이 대흥동을 탈출할 때 겪은 이야기를 들을 수 있었다. 김장진은 세 번 장가 들었는데, 첫 아내는 병으로 죽고, 두 번째 아내는 세린하 반일구국회 활동에 참가했다가 피살되었다. 세 번째 아내의 친정도 항일연군과 인연 있는 집안이었다. 두 번째 아내 이숙(李淑, 항일열사)의 조카가 김일성 부대 대원이었는데, 그날 밤 20여 명을 데리고 김장진을 찾아와 숨겨달라고 했다고 한다.

김장진은 그들을 자기 집 김치움 속에 사흘 밤낮을 숨겨두었다. 하루에 한 번씩 김치움 뚜껑을 열고 음식을 들여보냈다. 20여 명이 비좁은 김치움 속에서 서로 몸을 기댄 채 앉아 있었다. 틀림없이 김성주와 김정숙도 함께 있었을 것이다.

"사흘째 되는 날, 아버지가 음식을 가지고 갔더니 김치움이 텅텅 비어 있었다고 했다. 그들은 간다는 소리 없이 몰래 떠나버린 것이었다. 다음 날 점심 무렵 태양령에서 전투가 발생했다. '쏜개(손영명)'네 자위단 10여 명이 죽었는데, 시체를 실어가지고 내려오더라. 항일연군도 10여 명 죽었는데, 시체를 산 속에 그대로 내버려두었다고 했다. 우리 아버지가 동네 사람들에게 가서 시체를 묻어주자고 했더니 자위단장 김익룡이 우리 집에까지 찾아와 '동불사에서 경찰이 내려와 시체를 검시해야 한다.'면서 함부로 처리하면 안 된다고 주의를 주고 돌아갔다. 아버지의 두 번째 아내 조카도 그때 태양령에서 죽었다.'[236]

그때 시체들을 모아 태양촌에서 대흥동으로 들어가는 산기슭에 합장하고 김장진의 처조카 시체만 따로 봉분을 만들었다고 한다. 틀림없이 사살당했을 왕작주의 시체도 아마 태양촌 사람들이 함께 걷어다가 합장했을 것이다.

---

236 취재, 김××(金××, 실명 확인 불가) 외 2인, 조선인, 만주국 시절 연길현 세린하 태양촌 갑장 김장진의 유가족, 취재지 세린하 단결대대, 1983.

대흥동에서 말년을 보냈던 김금열은 북한에서 나왔던 항일전적지 고찰단이 두 번이나 이곳에 방문했지만, 그 무덤들에 표지석 하나 만들어주지 않았다고 증언했다. 이후 세린하 사람들이 전투가 발생했던 태양령 기슭에 '혁명열사기념비'를 세워놓았다. 기념비로 안내했던 김장진의 아들은 비석 뒷면에 새겨진 이름들은 세린하에서 항일운동에 참가했다가 희생된 사람들 이름뿐이라고 설명했다. 그때 태양령에서 죽은 김일성 부대 사람들의 이름은 몰랐기 때문에 새기지 못한 것이다.

이렇게 화라즈에서 장산령으로, 장산령에서 대흥동 열두 골짜기로 빠져나왔던 김성주 일행은 태양촌 갑장 김장진의 김치움에서 지옥과 같은 사흘 밤낮을 보낸 뒤 노두구를 경유하여 안도로 빠져 달아났다.

김성주가 사망한 후, 계승본 형태로 계속 회고록을 만들었던 북한 관계자들은 김성주의 이미지에 손상을 준다고 판단되는 일들은 언급조차 하지 않았다. 불과 2, 3개월 전까지만 해도 홍기하에서 마에다 다케이치의 화룡경찰대를 보기 좋게 궤멸시켰던 김성주가 화룡을 탈출하는 과정에서는 농가 김치움 속에서, 그것도 잠깐이 아니고 사흘 밤낮을 두더지처럼 처박혀 있었다는 것은 상상할 수 없었을 것이다.

그러나 김치움 피신은 그 한 번으로 끝나지 않았다. 과거에도 종종 있었던 일이고, 이후에도 그런 일을 겪을 수밖에 없었다. 앞에서 언급했듯이, 왕청 시절 김성주의 동료였던 왕청 3연대 최인준 중대(3중대)도 1936년 2월, 남호두회의 직후 그곳 조직원 손성희와 송명인 부자의 광 속에 들어가 무려 한 달 남짓하게 숨어 산 적도 있었다.

그들에 비하면 김성주 일행의 김치움 피신은 아무것도 아니었다. 그러나 육체적 어려움보다는 정신적으로 당시 김성주가 받았던 충격과 상처가 엄청났을 것이다. 정치부 주임 여백기와 부관장 필서문, 참모장 임수산까지 귀순하여 그의 뒤를 추격해올 때도 김성주는 이렇게까지 절망스럽지는 않았을 것이다. 그만큼 김재범의 귀순은 달랐다. 김재범의 동만사업위원회는 김성주가 중국공산당 남만성위원회와 제1로군 총사령부의 결정에 따라 2방면군 잔존 부대를 인솔하고 동만 지방에서 마지막까지 항일투쟁을 해야 하는 가장 근본적인 이유와 근거였기 때문이다.

6사 시절 김성주 신변에는 안경쟁이 두 명이 있었다. 가장 공부를 많이 하고, 또 가장 수준이 높기로 유명했던 김재범과 왕작주였다. 한 사람은 그가 정치적으로 가장 의탁했던 사람이고, 다른 사람은 군사적으로 많은 도움을 받았던 참모장이었다. 이 둘을 하루아침에 다 잃어버린 것이다.

이렇게 되자 김성주는 더는 동만에 남아 혼자 버틸 이유가 없었다. 버텨봐야 얼마 못 가서 그 역시 양정우나 조아범의 운명을 면치 못할 것임이 명약관화했다. 악화일로를 달리는 상황들이 너무 비슷했다. 양정우를 죽음으로 몰아간 단초는 다름 아닌 참모장 안광훈의 귀순으로 시작된 정빈의 배신이었고, 조아범의 죽음도 참모장이었던 윤하태에 이어 정치부 주임 김광학의 귀순과 나눌 수 없었다. 김성주의 경우는 이들보다 오히려 훨씬 더 심각했다.

취재 과정에서 필자는 또 다른 김치움 이야기를 들었다. 태양령에서 탈출한 김성주 일행은 노두구 보원촌(寶圓村)에 들러 하루를 쉬고 왕청이 아닌 안도로 들어갔다. 1940년 7월 말경 일이다. 보원촌에는 김성주와 김정숙을 재워준 적 있었던 농민 내외가 해방 후까지 계속 살고 있었다.

그 해 왕작주를 추격했던 세린하 자위단 단장 김익룡은 1945년 9월 세린하에서 농민들에게 맞아죽었고, 대지주 손영명은 1947년에 총살당해 이후 멸족당하다시피 했는데, 손영명의 손자 하나가 보원촌에서 살아 남았다. 그도 문화대혁명 때 잡혀 나왔고 집 마당에 묻은 단지에 숨겨두었던 금괴 몇 개와 만주국 시절 면양표자 한 자루, 노두표(老頭標)[237] 한 자루를 압수당했다. 문제는 그 화폐 자루에서 권총 한 자루가 나와 그 때문에 감옥살이를 했다.

보원촌 농민 내외가 들려준 그때 만났던 김성주 일행에 대한 이야기는 태양촌 갑장 김장진의 유가족의 이야기보다 더 자세했다. 보원촌 농민 내외는 임신부 1명(김정숙)을 기억했고, 김성주 일행이 떠나면서 그들 내외에게 돈도 주었다고 했다.

"그때 김일성과 함께 온 사람들 중에는 임신부(김정숙) 하나가 있었고 나머지는 모두 어려 보였다. 우리 집이 보원촌에서는 터가 좋아 한여름에도 김치움은 언제나 겨울이나 마찬가지였다. 지난해 만들어 넣어둔 김치를 이듬해 6월까지도 계속 먹을 수 있었는데, 그러다보니 봄이 올 때면 동네 사람들이 더러 우리 집 움에다가 김치를 보관해 달라고 할 때가 자주 있었다. 그래서 우리는 김치움을 아주 크게 만들었는데, 김일성이 데리고 왔던 10여 명이 모두 들어가고도 자리가 널찍했다.

그러나 임신부는 김치움 속에 둘 수가 없어 밤에 몰래 데리고 올라와 우리 집 마누라와 한 방에서 쉬게 했는데, 내가 너무 긴장하여 잠이 오지 않았다. 혼자 마당에 나와 앉아 있는데 김일성이 김치움에서 나왔더라. 그는 나한테 자기네들을 숨겨줘서 고맙다면서 100원짜리 돈을 한 장 주더라. 내가 거절했지만 끝까지 내 손에 쥐어주었다. 그리고는 양강구 쪽으로 가야 하는데 길을 좀 안내해줄 수 있는지 물었다. 그래서 나는 길안내까지는 차마 하지 못하겠다고 거절했다. 그러나 양강구 쪽으로 가는 길을

---

[237]   공자 얼굴이 그려진 100원짜리 화폐.

자세하게 알려주었다.

우리 집 뒷산 기슭으로 난 길로 계속 따라가면 중간에 뾰족한 콧대처럼 튀어나온 산이 나온다. 지금은 '양키산'이라고 부르는데, 그때는 '칼코산'이라고 불렀다. 그 칼코산에 올라서면 안도가 보인다. 칼코산에서 꼭 안도 쪽으로 방향을 잡아야지 잘못 잡으면 다시 노두구 쪽으로 돌아가게 되므로 천만 조심해야 한다고 주의도 주었다. 칼코산에서 안도 쪽으로 내려가면 석문(石門), 양병태(兩兵台)로 줄곧 이어진다. 노수하를 건너서면 바로 양강구라고 알려줬더니, 김일성이 아, 노수하까지만 가면 된다면서 그제야 좋아했다."[238]

2. 기회주의적 월경

이것이 바로 1940년 8월 소할바령회의를 앞두고 발생한 일들이었다. 그렇다면 이 일 직후인 1940년 8월 10일부터 11일까지 이틀간 돈화현 소할바령에서 진행되었다는 이 회의를 어떻게 평가할 것인가?

북한은 이 회의가 "일제가 대륙 침략에 광분하면서 '후방의 안전'을 보장하려고 조선인민혁명군에 대한 전례 없는 '토벌공세'를 감행하고 있던 시기에 소집"되었다고 소개하면서 이날 김성주가 "조국광복의 대사변을 준비 있게 맞이할 데 대하여"라는 역사적인 보고를 했다고 주장한다.

"조국해방의 대사변을 주동적으로 맞이하기 위하여서는, 소부대 군사활동을 영활하

---

238 취재, 박호산(朴虎山) 내외, 조선인, 연길현 노두구진 보원촌 주민, 취재지 보원촌, 1983.

게 전개하며 모든 지휘간부들과 전사들이 정치군사적으로 더욱 튼튼히 준비하고 세계의 모든 혁명역량과의 연대성을 강화해나갈 데 대하여 밝혀주었다.'[239]

이렇게 주장하며 미사여구를 늘어놓았지만, 원래 인솔했던 부대를 모두 분산시켜 소부대로 나누었다는 사실만큼은 결코 부인하지 않는다. 그렇다면 이 회의가 북한의 주장처럼 "항일무장투쟁을 그 종국적 승리를 위한 새로운 전략적 단계로 발전시킨 전환점이었으며, 일제와의 최후 결전 준비와 해방된 조국에서 새 사회건설을 성과적으로 진행할 수 있는 준비를 빈틈없이 갖추어 나가는 데서 획기적인 전환의 계기를 열어놓은 역사적인 회의"였던가에 대해서는 의심하지 않을 수 없다.

소할바령회의 직후, 최현과 조정철이 보내온 연락원에게서 위증민이 한총령으로 온다는 소식을 받은 김성주는 박덕산과 함께 직접 한총령을 다녀왔다. 그동안 화전현 쟈피거우 목단령밀영에서 치료받던 위증민은 1939년 11월에 왕신림과 풍중운의 편지를 가지고 그를 찾아왔던 소련 극동군 내무부와 연락이 닿은 뒤부터 그때까지 2, 3방면군과도 연락이 두절된 상태였다. 진한장의 3방면군을 통해 전달받은 무전기 두 대도 이미 망가져 버린 지 오래인 데다가 연락원들은 돌아가는 길에 토벌대의 추격으로 모두 사살되고 말았다.

그런데 북한에서는 출처가 불분명한 '훈춘 영사 기우찌(당시 훈춘 영사는 야마야 스시지로)의 보고'라는 자료를 근거로 '국제당(코민테른) 연락원'들이 김성주를 찾아왔다고 주장한다. 이렇게 꾸며댈 수밖에 없었던 목적은 오로지 하나뿐이다.

1940년에 접어들면서 1로군은 이미 2, 3로군과도 연락되지 않았고, 그나마

---

239 김일성, 「조국광복의 대사변을 준비있게 맞이할 데 대하여」, 『돈화현 소할바령에서 진행된 조선인민혁명군 군정간부회의에서 한 보고』, 1940. 8. 10. 출처 '우리민족끼리'

주보중의 2로군 산하 일부 부대들과 공동작전을 펼쳐오던 진한장도 이때는 오상 쪽으로 쫓겨 달아났다. 한총령에서는 최현과 조정철의 13연대가 가까스로 버티고 있었다. 이미 2, 3로군 산하 부대들은 소련 경내로 이동하고 있었으나, 1로군 산하 부대들만 명령을 받지 못해 1940년 3월 2차 두도류하회의에서 확정된 작전 구역 안을 함부로 벗어날 수 없었던 것이다.

고지식할 정도로 원리원칙주의자였던 위증민은 생전에 줄곧 코민테른 중공당 대표단으로 편지를 보내 현재 1로군이 처한 상황을 소개하면서 출구를 찾기 위해 노력했다. 물론 코민테른과의 연락이 더 일찍 이루어져 잔존 부대들을 소련 경내로 이동시켜 남은 역량을 보존하라는 명령을 전달받았다면, 그는 바로 김성주와 진한장, 박득범 등에게 조속히 소련으로 이동하라는 명령을 내렸을 것이다.

그런데 유감스럽게도 위증민은 김성주, 박덕산 등이 소할바령에 모여 화정이령 방법으로 소련 쪽으로 피신하자고 결정한 뒤 넌지시 찾아와서 병문안을 할 때까지도 코민테른 중공당 대표단에게 아무 연락도 받지 못했다. 그뿐만 아니라, 그가 직접 쓴 장문의 편지를 가지고 소련으로 떠난 진수명(陳秀明, 이명산, 환인현위원회 서기)도 소식이 끊어지고 말았다.

그러자 위증민은 다시 쓴 편지를 직접 한총령으로 가지고 나왔다. 가능하면 이 편지를 진한장에게 맡겨 2로군 주보중에게 전달하려 했다. 주보중이라면 얼마든지 소련과 연락할 수 있으리라 믿었기 때문이다. 그러나 진한장을 만나지 못한 위증민은 이 편지를 이용운에게 맡겼으나, 이용운도 소련에 도착하지 못하고 1940년 10월에 오늘의 왕청현 경내에서 사살당했다.

이는 무엇을 설명하는가? 소할바령회의 직후 김성주 등이 위증민의 동의 없이 자체적으로 판단하여 소련으로 이동했음을 설명해준다. 이에 대한 면죄부를 만들기 위해 북한은 이렇게 꾸며낸다. 회고록(계승본) 8권 22장 3절의 내용이다. "국제당의 연락을 받고"라는 이 장절에는 이런 대목이 들어 있다.

"연락원들이 우리에게 와닿은 것은 10월이지만 국제당이 회의소집과 관련한 통지를 보낸 것은 1940년 9월이었습니다. 그 통지가 제2로군과 제3로군에는 전신으로 전달되었지만 무선통신체계가 없던 우리에게는 연락원들을 통해 전달되었습니다. 국제당이 하바롭스크회의에 참가하라고 지정한 대상은 각 로군의 총지휘, 정치위원, 당서기를 비롯한 주요 군정간부들이었습니다. 나는 위증민에게 국제당에서 연락원이 왔다는 것을 통보해주고 그에 공동으로 대처할 것을 제기했습니다."

김성주가 위증민에게 연락원이 왔음을 통보했다고 주장하면서, 연락원과 먼저 만난 시간이 9월이었다고 설정한다. 10월이면 김성주 등이 이미 소련으로 이동한 뒤였기 때문이다. 그리하여 자신은 9월에 이미 연락을 받았고, 10월 이전에 위증민과 만나 직접 그에게서 유언이나 다름없는 '김 사령, 부탁합니다!'라는 말을 들었다고 주장한다. 그런데 이에 앞선 8월 소할바령회의 직후 한총령으로 위증민을 만나러 갔던 김성주는 이때 위증민과 헤어진 다음 다시는 만나지 못했다는 사실을 고백하고 말았다.

"나는 소할바령회의를 마친 다음 한총령밀영에서 병치료를 하고 있는 위증민을 찾아 갔습니다…. 그날 나는 위증민에게 소련에 들어가서 병치료를 할 것을 권고했습니다. 그러나 1로군의 실태를 두고 병상에서 몹시 고민하고 있던 위증민은 아직 바로잡아야 할 일들도 많아 그렇게 할 수 없다고 했습니다. 그는 오히려 나에게 소련으로 들어가게 되면 국제당에 1로군의 실태를 자세히 보고해주며 국제당에 보낸 자기의 편지가 정확히 가닿았는가를 알아봐달라고 했습니다. 자기 자신의 병보다 1로군의 운명을 두고 더 고민하는 위증민을 보니 나도 안타까운 생각이 들었습니다. 양정우가 희생된 후부터 1로군은 시련을 겪고 있었습니다. 그러나 그때로서는 아직 당장은 소련으로 들어갈 형편이 못 되었고 또 그럴 생각도 없었습니다. 우리는 통신원들을 통해 앞으로도 서로 필요한 연계를 짓기로 했습니다. '김 사령, 부탁합니다!' 이것이 우리가 밀영을 떠날 때 그가 나에게 한 마지막 말이었습니다. 그 후 위증민을 다시 만나보지 못한 나한테는 유언이나 다름없는 말이었습니다."

이상에서 보듯 회고록 계승본에서 북한의 당중앙 역사연구소 관계자들이 거짓 주장을 해놓고 다음 장절(제8권 22장 5절 '위증민에 대한 회상')에서 거짓말이었음을 스스로 인정한 꼴이다. 이처럼 앞뒤 맞지 않는 모순된 주장들이 회고록에 아주 많다. 이 주장이 사실과 다르다는 것은, 이후 찾아낸 중국공산당 만주성위원회 관련 문건들에 들어 있었던 주보중과 김책이 위증민 앞으로 보냈던 편지 내용을 통해 밝혀졌다. 그 편지 내용 한 부분을 돌아보자.

"그 어떤 곤란과 원인이 있든 김일성, 이준산 두 동지 소속 부대원들이 소련 국경을 넘은 것은 오류다. 이 오류가 비록 전반적 혁명 입장이 동요되었거나 총적(전체적 또는 최종적) 방향을 잃어버린 것은 아니지만, 직접적으로 제1로군 총부대(전체 부대)를 이탈하고 유격대가 투쟁을 유지할 수 있는 가능한 조건을 포기한 것이다. 또 전반 환경을 이해하지 않고 충분한 준비를 하지 않았으며 곤란을 극복할 방법을 더 많이 생각하지 않고 '기회주의적 성격인 월경' 방법을 취한 것이다. 이는 용서할 수 없는 일이다. 김일성과 그 부하들 및 당 간부들이 각성하고 그 오류를 비록 승인하기는 했지만, 기율 상

에서 김일성 동지 등에게 상응하는 적당한 처벌이 있어야 한다.'[240]

하지만, 주보중은 항일투쟁 전 기간에 자신과 여러 인연으로 이어져 있었던 김성주를 아주 높이 평가한다. 물론 그 사이에 여러 일이 있었던 것도 사실이다. 특히 근본적으로 주보중의 견해를 바꾼 것은 1941년 4월에 김성주가 직접 소부대를 인솔하고 다시 만주로 들어갔을 때였다. 이 일은 뒤에서 다시 이야기하겠다.

주보중은 1941년 7월 1일과 9월 15일 두 차례에 걸쳐 왕신림(王新林, 소련방면 대표)[241]에게 보낸 편지에서 "김일성은 가장 훌륭한 군사간부이며 중국공산당 고려인 동지들 속에서 가장 우수한 자"[242]라고 추천했다. 만약 김성주도 위증민처럼 소련으로 이동하지 않고 고지식하게 만주에 남아 있었다면, 그 역시 양정우나 위증민처럼 일본군 토벌대에게 사살당했을 수 있다. 김일성 부대에 소속되어 항일투쟁을 해왔던 중국인 생존자 무량본은 취재자들에게 종종 이런 말을 했다.

"우리 2방면군 출신들이 만약 김일성을 만나지 못했더라면 아마도 다 죽었을 것이

240 주보중이 상관의 허락 없이 무단으로 소련으로 도망쳐온 김일성에게 적절한 기율 처분을 해달라는 취지에서 위증민 앞으로 보냈던 1941년 3월 12일 자 편지로[周保中, 金策关于商讨东北党和游击运动等问题给魏拯民的信(1941.3.12) 출처 1) 동북지구혁명역사문건선집 갑 61권 107쪽, 2)『주보중항일구국문집』2책(길림성당안관, 중공 길림성위원회 당사연구실 편찬, 길림대학 출판사 출판, 1996)에 전문이 실려 있다.

241 하바롭스키의 항일연군 야영에는 두 명의 왕신림(王新林, 소련 극동군 파견원이 통일적으로 사용했던 중국명)이 있다. 첫 왕신림은 극동군 내무부장 바실린 소장이며, 항일연군과 관계가 좋지 않았다. 1941년 1월 두 번째 왕신림으로 극동군 정보부장 차르겐 소장이 왔는데. 항일연군과 좋은 관계를 유지했다고 한다. [김찬정의『비극의 항일 빨치산』(동아일보사, 1992, pp.193~194)에 나오는 88여단 소속 중국인 팽시로(彭施鲁)의 증언에 따르면, 이때의 왕신림은 차르겐 소장이었을 가능성이 크다. 차르겐 소장은 소르긴 또는 소르킨, 索尔金, Naum Sorkin(나움 소르킨) 등 여러 이름으로 번역되기도 한다. 이 두 번째 왕신림이 처음 부임해온 시기는 1941년이지만, 몇 월인지는 분명하지 않다.]

242 원문 "金日成是最好的軍事干部, 中國共產黨高麗人同志之最優秀分子."

다.'[243]

이는 소할바령회의 직후 주보중 편지의 표현대로 김성주의 '자기 멋대로 월경했던 '착오적'이며 '기회주의적'이었던 작법' 덕분에 계속 만주 땅에 남아 일본군 토벌대와 승산 없는 전투를 벌이지 않고 누구보다 부리나케 소련 경내로 이동하여 살아날 수 있었다는 소리다.

"36계에 줄행랑이 제일이라는 말도 있잖은가! 우린 그때 김일성을 따라 제일 먼저 소련 쪽으로 피신했기 때문에 살 수 있었다. 이후 늦게야 비로소 허락받고 소련으로 이동하기 시작했던 다른 사람들은 거의 대부분 살아남지 못했다.'[244]

이런 이야기는 무량본뿐만 아니라 김명주, 여영준 등 연변 생존자들 모두가 한결같이 입에 올리는 후일담이다. 사실이 그랬다. 소련과 가장 멀리 떨어져 있던 조아범 1방면군에서는 이준산 한 사람을 제외하고는 누구도 빠져나오지 못했다. 그나마도 이준산은 후에 2방면군으로 옮겼기 때문에 가능한 일이었다.

1로군 산하 세 방면군 가운데 그나마 소련과 가까운 위치에 있었던 부대는 진한장의 3방면군이었다. 때문에 그들은 지리적으로 2방면군보다 훨씬 더 유리한 조건이었다. 때문에 안길(3방면군 참모장, 박득범의 후임), 최현, 조정철, 김동규 등

---

243 『我在東北抗聯的日子』, 吳良本訪談錄(未出版), 楊剛 整理, 1977.
  『吳良本革命歷史簡歷』, 江西省南昌市政協文史委 提供, 2002.
  『被遺忘的抗日英雄-金日成部隊的中國連連長吳良本』, 許祿山 整理, 2002.
  취재, 허록산(許祿山) 중국인, 강서성 남창시 무장부 이직간부, 시 정협문사연구위원. 취재지 남창, 1999.
244 상동.

3방면군 출신 조선인 지휘관들도 모두 비교적 쉽게 살아남았다.

김성주가 양정우나 조아범처럼 끝까지 자기 작전구역을 떠나지 않고 조금 더 동만 땅에서 버텼다면, 조아범이나 진한장처럼 귀순자들의 손에 죽었거나 전투 중 토벌대에게 사살당했을 가능성이 매우 높다. 혹은 살아남기 위해 김재범이나 박득범처럼 귀순했을지도 모른다.

3. 절망과 기로

다시 1940년 8월 소할바령회의 직후로 되돌아간다. 김성주 일행이 세린하의 대흥동에서 포위를 돌파한 뒤 노두구의 보원촌으로 빠져 안도 소할바령으로 이동하는 동안, 김재범의 귀순으로 안도의 옹성라자와 용정 부근의 동성용(東盛涌) 등지에 있던 동만사업위원회 산하 거점들도 속속 폭로되었다. 김재범과 함께 동만으로 나왔던 13명이 모두 체포되거나 사살당했고, 유일하게 손꼬마(小孫)라고 부르는 연락원이 빠져나왔다.

위증민은 손꼬마로부터 동만사업위원회가 철저하게 파괴된 것을 알게 되었다. 이것이 한총령에서 김성주 등과 만난 뒤 위증민이 다시 화전으로 돌아간 이유이기도 했다. 당초 남만성위원회를 동만으로 옮겨오려던 계획은 포기할 수밖에 없었지만, 1939년 10월 1차 두도류하회의 때 김성주의 2방면군이 안도와 돈화 지방에서 3방면군과 손잡고 새로운 항일전선을 구축해야 한다는 자신의 주장에는 여전히 변함이 없었다. 마침 진한장은 3로군 산하 왕아신(王亞臣, 중국인, 항일연군 제10군 군장)의 부대와 공동전선을 형성하기 위해 신임 참모장 안길에게 돈화 지방을 맡겨놓고 자신은 5군 2사 정치부 주임 도정비(陶净非)와 함께 돈화에서 서란(舒蘭), 오상(五常) 쪽으로 원정을 떠났다.

한총령에 도착하여 이 소식을 접한 위증민은 흥분하지 않을 수 없었다. 오백룡이 한 중대 60여 명이나 잃어가면서 돈화의 할바령 기차역을 공격했던 것도 바로 이때 일이었다. 위증민은 김성주에게 거듭 당부했다.

"내가 작년 여름부터 재촉해왔던 일이 오늘에야 비로소 실현된 셈이오. 이제 진한장 동무가 3로군 산하 부대들과 전선을 이루면, 이는 우리 2군이 1936년에 남만으로 이동하여 새로운 항일전선을 개척했던 작전과 맞먹는 대거사가 아닐 수 없소. 그렇게 되면 우리 항일연군은 다시 살아날 수 있소. 그러자면 뭐니 뭐니 해도 김일성 동무가 안도와 돈화를 지켜주지 않으면 안 되오. 그 사이에 3방면군 나머지 부대들은 안길 동무가 책임지고 계속 액목 쪽으로 치고나가야 하오. 빨리 주보중 동지의 2로군과 항일전선을 형성해야 하오."

위증민에게 이런 부탁을 받은 김성주는 얼마 후 안도현 무주툰(茂洲屯) 공격 전투를 벌였고, 다시 오도양차로 이동하면서도 전투를 벌였다. 이 두 차례 전투는 모두 중국의 『항일연군 대사기(抗戰大事記, 1931-1945)』에 기록되어 있다. 이에 대해 두 가지 견해가 존재한다. 하나는 김성주가 위증민의 지시로 액목으로 출정 준비를 하던 안길과 최현, 김동규 등에게 따라붙게 될 토벌 세력들을 미리 견제하기 위해 벌인 전투라는 주장과, 다른 하나는 소련으로 도주하는 과정에서 뒤에 따라붙은 자위단들과 벌인 소규모 접전이라는 주장이다.

그러면 왜 하필 오도양차 부근에서 전투가 발생한 것일까? 한총령에서 처창즈 쪽으로 이동하려면 반드시 오도양차를 거치게 되기 때문이다. 그리고 처창즈에서 북쪽으로 빠지면 과거 마적 장강호의 본거지인 삼도만 밀림이었다. 왕청현 백초구는 이 밀림이 끝나는 곳에 있었다.

'왕청까지만 무사히 가닿으면 그때부터는 내 세상이다.'

이미 김성주의 마음은 만주에 있지 않았다. 가까이로는 왕청을 넘어 소만국경에 가 있었고, 멀리로는 조국 조선에 가 있었다. 어떻게 하든 살아서 그곳을 빠져나가야 한다는 일념뿐이었다. 때문에 중국 자료에서 1940년 9월 상순경 오도양차에서 마지막 한 차례 접전을 끝으로 2방면군이라는 이름은 더 이상 찾아볼 수 없다. 그 이전 7월까지만 하여도, 1940년 7월 2일 '돈화현 할바령역 기차역 습격전투'[245], 11일 '화룡현 와룡툰전투', 20일 '안도현 신흥 집단부락 습격전투'[246]는 모두 중대 규모 이상의 부대가 벌인 전투였다. 그러나 무주툰전투와 오도양차전투는 20여 명이 벌인 소규모 조우전이었고, 이때도 또 4, 5명의 희생자가 발생했다. 이후 2방면군은 삼도만 밀림 속으로 자취를 감춰버렸다.

그들이 한창 소련으로 탈출하고 있을 때 위증민은 그동안 준비해왔던 편지 여러 통(지금까지 여섯 통 발견)을 박득범, 이용운 등에게 맡겼다. 돈화에서 액목을 거쳐 영안까지 치고 나가면 주보중의 2로군과 손잡을 수 있고, 그때면 무슨 수를 쓰더라도 이 편지들을 코민테른 중공당 대표단에 전해야 한다고 부탁했다. 그러나 이 편지들은 박득범이 체포되어 귀순하고 이용운은 사살되면서 모두 일본군 손에 넘어가고 말았다. 이 일은 뒤에서 다시 이야기하겠다.

위증민은 황정해 등 경위소대 15명과 함께 다시 화전의 밀영으로 되돌아왔다. 김성주의 2방면군 나머지 부대가 계속 안도와 돈화 지방에서 2, 3로군 부대들과 손잡고 원정을 떠난 진한장과 안길 등의 뒤를 봐주리라고 굳게 믿었지만, 그런 기대와 믿음은 얼마 지나지 않아 물거품이 되었다.

도정비와 함께 서란, 오상 쪽으로 출정했던 진한장은 원정 도중 허벅지에 총상을 당하여 다시 액목으로 되돌아왔다. 총탄이 허벅지를 뚫고 나갈 정도로 심

---

245 원문 "东北抗联第一路军第二方面军一部襲擊敦化縣哈尔巴岭火車站."

246 원문 "攻入安圖縣新兴 集團部落", 擊斃福田中佐以下20余名.

한 부상이었다. 날씨가 더워 상처가 곪기 시작했는데, 나무 꼬챙이에 붕대를 감고 총상 구멍으로 밀어넣은 다음 총탄이 빠져나간 구멍으로 그 붕대를 잡아당겨 꺼내는 방법으로 고름을 씻어냈다고 한다.

1940년 10월, 진한장 주변에는 겨우 40여 명의 대원들만 남게 되었다. 김성주 일행 10여 명이 한창 훈춘현 경내의 소만국경 부근에서 월경을 시도하던 무렵이기도 했다. 여느 항일연군 지휘관들과 달리 진한장이야말로 소련으로 피신하는 데 가장 부정적인 견해를 가진 사람이었다. 과거에 소련으로 노약자들을 호송하며 들어갔던 자신의 정치위원 왕윤성을 '도주자'로 비난하면서 위증민에게 편지를 보냈던 것도 다 그런 맥락이었다.

10월부터 12월까지 2개월 동안 경박호 부근에서 일본군에게 쫓겨 다니면서 또 20여 명이 줄어들어 그의 곁에는 겨우 10여 명만이 남게 되었다. 식량도 떨어졌고 대원들은 모두 여러 날씩 굶은 상태였다. 도주병은 언제나 식량이 떨어져 여러 날 굶게 될 때 발생했다.

식량을 구하려고 12월 3일 영안현 황가툰(黃家屯)을 습격했는데, 이때 뒤에 따라붙은 토벌대를 떼어내지 못한 것이 화근이 되었다. 황가툰에서 노획한 식량이 많지 않아 다시 북호두의 한 목재소를 습격하여 10여 마대의 밀가루를 얻었다.

"이 식량이면 올 겨울은 무난히 날 수 있소. 빨리 철수합시다."

진한장은 대원들과 함께 밀가루 마대를 메고 소완완구밀영(小彎彎溝密營, 또는 소만만구밀영)으로 이동했다. 이동 중 한 대원이 뒤로 떨어졌다가 슬그머니 사라졌는데, 부근의 완완구툰에서 주둔하던 토벌대에게 붙잡히고 말았다. 토벌대는 이 대원 입에서 밀영 위치를 알아내게 되었다.

다음 날인 12월 8일 토벌대가 밀영으로 몰려들었다. 진한장은 남은 대원들과

일본군 토벌대가 진한장을 사살한 후 그의 시신을 싣고 돈화역에 도착한 광경.

함께 토벌대의 공격을 4, 5차례 물리쳤으나 중과부적이었다. 최후의 시각이 다가오고 있음을 느낀 진한장은 신변에 남아 있던 7명의 대원(여대원 4명과 남대원 3명)에게 자기를 버려두고 포위를 돌파하라고 명령했다. 모두 말을 듣지 않자 진한장은 노병 석동수(石東洙)에게 부탁했다.

"석 동무가 책임지고 이 동무들을 모두 데리고 빠져나가야 합니다."

석동수가 이 부탁을 받고 철수하기 시작할 때 한 조선인 여대원이 갑자기 진한장 곁으로 되돌아왔다. 이 여대원 이름은 알려지지 않았다. 중국 자료에는 '한 조선족 여전사(一朝鮮族女戰士)'로만 기록되어 있을 따름이다. 포위를 돌파하는 과정에서 대원들은 모두 죽고 석동수만 혼자 살아 빠져나왔다.

진한장이 사살당하던 장면은 이 전투에 참가했던 일본군의 회고담을 통하여 아주 자세히 세상에 알려졌다. 신변에 유일하게 남았던 여병(조선인 여대원)이 자기 몸으로 진한장의 방패가 되어 등에 총탄 수십 발을 맞고 전사했다. 곧이어 진한장도 오른손과 가슴에 총탄을 맞고 눈 속에 쓰러지고 말았다. 그러나 그는 다시 기어 일어나 왼손으로 사격하려 했다.

하지만 이미 가까이 접근한 토벌대가 그의 권총을 빼앗았다. 그는 중국인(만주군)이었다. 진한장은 그에게 "더러운 '개'야, 너도 중국인이란 말이냐?" 하고 욕을 퍼부었다. 그러자 곁에 다가온 일본 군관이 옆구리에서 칼을 뽑아들더니 진한장의 얼굴을 몇 번 찔렀다. 진한장이 의식을 잃고 쓰러지자 아주 잔혹하게 두 눈알을 파내고 혀도 잘라냈다. 뒤에 달려온 다른 군관이 그를 막아섰다.

"수급은 사령부에 바치라는 지시가 있었다. 이렇게 훼손하면 어떻게 하느냐?"

"숨이 넘어갈 때까지 계속 욕을 퍼붓기에 그만 홧김에⋯."

시체를 훼손한 자가 했던 대답이었다.

토벌대는 진한장의 머리를 자른 뒤 포르말린에 담가 바로 신경으로 보냈다. 머리 없는 시신은 아주 좋은 나무로 만든 관에 담아 그의 고향 반절하로 보냈다. 당시 관동군 사령부 지하실에는 이미 양정우의 머리도 보관되어 있었다. 이후 진한장, 조상지(항일연군 제3군 군장), 왕아신(항일연군 제10군 군장) 등 다른 항일연군 지휘관들의 머리도 속속 이곳으로 보내졌다가 1945년 광복을 앞두고 일부는 잃어버리기도 했다. 양정우와 진한장의 수급은 장춘의학원 지하실에서 발견되었는데, 공산당이 국민당 손에서 장춘(당시 신경)을 탈환했던 1948년에야 비로소 하얼빈 동북열사기념관으로 이송되었다가 2013년 그의 태어난 지 100주년을 맞아 고향으로 돌아와 머리를 잃어버렸던 시신과 합장될 수 있었다.

4. 위증민이 박득범에게 보낸 편지

그러나 진한장의 죽음은 결코 3방면군 전체의 패망으로 이어지지 않았다. 3 방면군 산하 부대들은 지휘관들과 함께 적지 않게 살아남아 소련으로 이동했는데, 그 선두에는 안길(安吉)이 있었다. 3방면군 조선인 지휘관들 가운데 제일 높은 직위에 올랐던 안길은 1940년 11월 말경에 3방면군 산하 조선인 세 연대(최현의 13연대, 김동규의 14연대, 이용운의 15연대) 대원들을 모두 규합해 오늘의 중국 흑룡강성 동녕현 경내에서 소련으로 들어갔다. 여기서 유일하게 이용운이 빠진 것은 여간 아쉬운 일이 아닐 수 없었다.

이때 일을 설명하자면, 1940년 7, 8월경 위증민이 화전에서 한총령으로 나올 때 함께 동행한 경위여단장 박득범과 경위여단 제3연대 정치위원 최춘국의 거취를 살펴봐야 한다. 이때 경위여단도 병력이 급격하게 줄어들어 사실상 이름만 여단이었을 뿐 실제로 박득범에게는 자신이 3방면군에서 차출한 경위소대 10여 명밖에 없었다. 그 외 40여 명은 경위여단 산하 제3연대 대원들이었는데, 3연대 연대장 김백산(金白山)과 최춘국이 절반씩 나누어 인솔했다. 그리고 위증민이 보낸 편지 내용을 통해 추정할 수 있듯이, 이때까지도 박득범은 여전히 3방면군 참모장직을 겸했고, 경위여단장직 앞에는 대리 두 자가 붙어 있었다.

이 편지[247]를 보면 몇 가지 인사 사항, 예를 들면 박득범을 3방면군 참모장직에서 완전히 내려놓고 경위여단장으로 정식 임명하는 이유로 한인화가 정치 간부로서 군사지휘 능력이 모자라기 때문이라고 설명한다. 동시에 3방면군 참모장은 14연대 정치위원 안길에게 맡기라는 것과, 박득범이 직접 책임지고 안길

---

247 『中國抗日戰爭全景錄』, 沈陽 "九·一八"歷史博物館, 2015.

과 함께 1로군 산하 부대들이 소련으로 이동하는 작업을 순차적으로 진행할 것을 지시한다.

이 편지에 김성주의 이름은 단 한 번도 나오지 않는다. 이때 박득범은 위증민보다 한발 앞서 김백산과 함께 한인화를 찾으러 동녕현 경내로 들어갔는데, 그해 여름이 다 가도록 계속 한총령으로 돌아오지 못했다. 왜냐하면 귀환 도중 서란현 경내에서 작전 중이던 진한장과 도정비를 만나 함께 이동하다 보니 시간이 엄청 지연되었던 것이다. 8월 말경에는 2방면군의 나머지 잔존부대가 안도현에서 수상한 모의(소할바령회의)를 하고 있다는 소문도 들어왔다.

물론 후에 한총령으로 찾아온 김성주는 소할바령회의 상황을 위증민에게 보고했다고 하지만, 회고록 내용대로라면 그것은 보고가 아니라 통보에 가까웠다. '자신들(항일연군 산하 부대가 아닌 독립적인 조선인민혁명군이란 뜻)'은 "조성된 정세의 요구에 맞게 혁명역량을 보존축적하며 대부대 활동으로부터 소부대 활동으로 넘어갈 데 대한 방침을 채택하고 그에 따르는 실천적 조치를 취하기 시작했다." 고 통보했고, "위증민은 조선 동지들이 정세도 옳게 판단하고 전략도 옳게 세웠다."면서 자기들을 칭찬까지 해주었다고 회고한다.

하지만, 정작 이 부분 내용은 완전히 '날조'된 것임이 위증민의 편지를 통해 분명하게 드러나고 있다. 왜냐하면 소할바령회의 참가자들은 박덕산, 오백룡, 손태춘 등 몇몇 2방면군 산하 조선인들 지휘관 외에 중국인 이준산, 손장상, 무량본 등뿐이다. 반대로 위증민이 편지로 내린 지시에 의해 박득범이 지휘할 조선인 지휘관들로는 안길, 최춘국, 최현, 조정철, 김동규, 이용운 등으로, 만약 이 회고록의 주장대로라면 이들은 모두 '조선인민혁명군'이 아니라는 소리다.

어쨌든 이 편지를 통해 위증민은 1군 내 조선인 지휘관들 가운데 김성주보다 박득범을 훨씬 더 총애했을 뿐만 아니라 나아가 1로군 나머지 부대들이 소련으로 이동하는 문제까지도 모두 박득범에게 전권 위임했음을 알 수 있다. 그 편지의 한 단락을 돌아보기로 하자.

"목전 대오 내에 정치적으로 위험성을 가진 대원들과 병, 또는 연령으로 말미암아 더는 혁명사업을 견지할 수 없는 대원들은 올 가을에 소련으로 들여보낼 준비를 갖추기 바란다. 이상 소련으로 들여보내게 될 대원들을 선택하는 작업도 동지(박득범)가 직접 책임지고 진행하되 소부대 활동의 방식으로 월경하여야 한다."[248]

서명 일자가 1940년 6월 29일인 이 편지는 위증민의 마지막 편지로도 유명하다. 그리고 이 편지는 박득범에게 전달되지 못한 채 전투 중에 죽은 이용운의 몸에서 나왔으며, 일본군이 보관하고 있었다. 그럼에도 불구하고 해방 후 1954년에 중국 무순전쟁범죄자 관리소에서 복역했던 나카지마 헌병조장(체포 당시 헌병대위)뿐만 아니라 그의 부하로 활약했던 다카키 사다지로(헌병준위), 코바야시 미노루(보병조장), 니시오 카츠미(보병오장) 등 20여 명의 공술자료를 종합한 결과 당시 일본군은 박득범보다는 김성주에 대해 훨씬 더 많은 신경을 쓰고 있었음을 알 수 있다.

5. 나카하라공작반

1940년 7월 말경, 세린하에서 김재범을 체포하는 작전에 참가했던 김창영은

---

248 상동.

김재범보다 사실상 김성주에게 더 큰 관심이 있었다. 박차석과 이종락을 이용하여 김성주를 귀순시키려다가 실패했던 김창영은 계속하여 미련이 남아 있었다.

'그때 김일성은 분명히 귀순 의사가 있었다. 다만 서로 오해 때문에 시기를 제대로 잡지 못했던 것뿐이다. 다시 한번 시도해볼 만하다.'

김창영은 나카지마 헌병조장을 설득했다.

"쇠뿔은 단김에 빼라고, 만약 이번에 김일성을 놓친다면 다시는 기회가 찾아오지 않을지도 모르오. 그러니 이번에 간도로 나온 김에 반드시 김일성 문제를 매듭지어야 하오."

그러나 나카지마의 마음은 다른 곳에 가 있었다.

"지금은 김일성보다 위증민을 사로잡는 게 훨씬 더 중요하다는 걸 잊지 마시오. 하물며 김일성이 확실하게 세린하에 왔다 갔다는 증거가 있는 것도 아니잖소. 화전 쪽에서 계속 정보가 들어오는데, 제1공작대 대장 위덕성(魏德誠)은 이미 나한테 군령장(임무를 명시한 군 문서의 일종)을 바치다시피 했소. 이 달 안으로 반드시 위증민이 숨어 있는 밀영을 찾아낼 것이라고 했단 말이오. 그러니 이곳 일은 연길 사람들한테 맡기고 우리는 빨리 화전으로 돌아갑시다."

"아니, 안 되오. 난 반드시 김일성을 사로잡아 귀순시킬 것이오."

김창영은 부득부득 고집했다.

김창영이 비록 조선인이었지만 치안부 경무사 소속인 데다 노조에 토벌사령부 참모부장 후쿠베 대좌를 뒷배로 둔 인물이어서 나카지마 헌병조장도 어쩔 수가 없었다. 그때 유홍순 간도성 차장이 나서서 김창영을 거들었다.

"내 생각에도 가네미츠(김창영의 일본 이름) 상의 말씀에 일리가 있소. 만약 김일성을 귀순시킬 수만 있다면 어찌 김재범이나 임수산에게 비하겠소. 김일성이 확실히 세린하에 왔다 갔는가 하는 것은 문제의 핵심이 될 수 없소. 임수산이 화라즈에서 장산령까지 김일성을 쫓다가 놓쳤다고 했으니 화룡 아니면 안도나 왕청 쪽에는 반드시 있을 것 아니겠소. 그러니 가네미츠 상이 연길에 더 남아서 우리 간도성 경찰토벌대대를 도와 김일성을 사로잡아 주시오."

이제 결정권은 다나카 경방과장에게 있었다. 그는 오래전부터 간도 지방에서 근무(훈춘 특무기관장과 간도성 경무청 경비과장, 간도성 토벌사령부 경방과장 역임)한 사람이 었다.

"좋소. 그럼 두 분은 각기 화전과 연길에서 서로 겨뤄보시오. 나카지마 군은 위증민을 추적하고 가네미츠 상은 연길에 남아 김일성을 사로잡는 일을 맡으시오. 어느 쪽에서 먼저 군공을 세우는지 우리가 한 번 지켜보겠소. 상금은 1만 원으로 책정하고, 노조에 장군의 사령부와 저희 경무사에서 절반씩 내는 것이 어떻겠습니까?"

이렇게 나카지마 헌병조장과 김창영을 부추겼다.

노조에와 유홍순도 바로 찬성하며 붙은 불에 부채질까지 했다.

"어느 쪽에서 먼저 군공을 세우든 상관없이 우리 간도성 동남지구 특별공작후원회(유홍순은 이 후원회 회장)에서도 5,000원을 별도로 내놓겠소. 단, 사로잡아 귀순시키거나 전투 중 우리가 사살해야 하오. 비적이 자살하면 안 되오. 이 경합에는 우리 간도성 치안숙정공작반도 참가하겠소."

나카지마와 김창영은 자연 달아오를 수밖에 없었다.

나카지마는 그날로 김광학을 데리고 화전으로 돌아가고, 김재범과 임수산은 연길에 남아 김창영을 돕게 되었다.

당시 간도성 경무청 산하 치안숙정공작반은 경무청장이 아닌 유홍순이 직접 주도했기 때문에 그의 일본 이름 나카하라 코오준(中原鴻洵)을 따라 '나카하라공작반'이라고 불렀다.

해방 후 무순전쟁범죄자 관리소에서 나카지마 헌병조장 등과 함께 복역했던 간도성 경찰토벌대 제2중대장 나카무라 신이치의 공술 자료에서는 당시 세린하에서 김재범을 체포하여 귀순시키고 동만사업위원회를 파괴한 것이 나카하라공작반이었다고 증언한다. 어쨌든 이 공작반에도 조선인들이 적지 않게 참가하고 있었다.

간도 지방이 원래 조선인 주거지인 데다 유홍순이 조선인이다 보니 이 공작반에 참가한 조선인 공작원들은 굉장한 뒷심을 믿고 엄청나게 위세를 부렸다고 한다.

왕청을 담당한 제1공작대 대장 최봉문을 그 실례로 들 수 있는데, 그는 일찍이 공청단 왕청현위원회 서기였던 자이다. 돌아가는 시세에 얼마나 어두웠던지 광복 직후 소련군 탱크가 코앞까지 들어왔는데도 최봉문은 부하 몇을 데리고 만척주식회사 연길지점에 들어가 이미 폐지나 다름없는 만주국 화폐를 열 마대나 담아들고 나와 수레에 신고 왕청현 백초구 쪽으로 달아나며 이런 말을 했다고 한다.

"이 돈이면 최소한 한 대대는 긁어모을 수 있네."

최봉문은 진짜로 왕청 지방에서 토비가 되었다가 1947년 여름 연변군분구 토비 숙청부대에 의해 섬멸되었다. 당시 토비숙청부대가 최봉문을 추격하여 사로잡았던 곳이 바로 왕청과 연길 사이 삼차구(三岔口) 서쪽의 한 산기슭이었다. 그렇다면 최봉문은 왜 이 반토굴집을 은신처로 선택한 것일까? 이 이유를 밝히려면 1940년 7월로 되돌아가야 한다.

고향이 왕청현 백초구였던 최봉문의 작은아버지 최경식은 나이 마흔을 넘기고도 미모의 20대 젊은 여자를 아내로 맞아 아이까지 하나 낳았다. 그 젊은 여자가 최봉문에게는 작은어머니가 되는 셈이었다. 그런데 최경식과 한 동네에 살던 한 싱거운 자가 술에 취해 그의 아내한테 집적거린 일이 있었다. 마침 최경식은 산에서 숯을 굽고 있다가 이 소문을 듣고는 달려와 그 주정뱅이 집에다 남포(다이너마이트)를 던져버렸다. 집이 통째로 날아났고 아무 죄도 없는 주정뱅이 부모까지 죽고 말았다.

이 일로 남편이 왕청현 경무과에 잡혀가자 아내가 정신없이 최봉문을 찾아갔다.

"작은아버지가 사람 죽이고 잡혀갔어요. 구해주세요."

그러자 최봉문은 유홍순에게 부탁했고, 유홍순은 즉시 간도성 경무과장에게 지시하여 그 자리에서 최경식을 풀어주게 했다. 최경식도 간도성 치안숙정공작반 공작원이라는 이유를 달았던 것으로 보인다. 최봉문이 미리 유치장 간수와 내통해 최경식과 말을 맞추었기 때문에, 왕청현 일본인 사무장 마츠자키(松崎)가 직접 최경식에게 이것저것 물어본 다음 그 술주정뱅이 집을 항일연군 연락 거점으로 둔갑시켜 이 살인사건을 무마해버렸다. 이후 최경식도 최봉문의 주선으로 공작반에 실제로 참가하게 되었다.

최경식의 별명은 '외팔(獨臂, 독벽)'이었는데, 젊었을 때 채석장에서 일하다가 팔을 하나 잃어버렸기 때문이다. 그가 술주정뱅이 일가를 죽일 때 사용했던 남포도 그때 채석장에서 훔쳐 보관해두었던 것이다.

6. 박득범의 귀순

1940년 8월경, 최경식의 숯막에 한 젊은이가 들러 밥을 얻어먹은 일이 있었다. 이 이야기 저 이야기 주고받다가 그 젊은이가 항일연군이라는 걸 알게 된 최경식은 밥을 다 먹고 나서 길에서 먹을 쌀도 좀 줄 수 없겠냐고 요청하는 그 젊은이를 제법 살갑게 대했다.

"길에서 불도 피울 수 없는데, 생쌀을 어떻게 먹겠나? 그러지 말고 하루만 더 묵게. 그러면 내가 아내를 집에 보내 쌀과 콩을 가져오게 해 미숫가루를 만들어주겠네."

그 젊은이는 최경식을 믿어 버리고 말았다.

최경식의 아내는 남편이 눈짓하자 금방 뜻을 알아차리고는 쌀을 가지러 간다면서 산에서 내려가 그길로 왕청현 경무과로 황급히 달려갔다. 당시 왕청현청은 백초구에 있었기 때문에 거리도 별로 멀지 않았다.

왕청현 경무과장은 마츠자키(松崎) 사무장이 겸하고 있었다. 마츠자키 산하에도 춘양신찬대(春陽新撰隊)라는 왕청 지방에서 꽤 유명한 치안공작대가 활약했다. 마츠자키 본인이 일본 막부(幕府) 시절의 전통 무사 집안에서 태어나 이 시절 일본 경도(京都) 지방에서 활약했던 신센구미(新選組, しんせんぐみ)라는 무장집단 이름을 본 떠 지은 이름이 '춘양신찬대(일본어에서 선選과 찬撰은 동음)'였다. 마츠자키는 현 경무과장으로 승진하기 전에 줄곧 오늘의 왕청현 춘양진에서 일반 경위로 근무했다.

당시 춘양 지방은 왕청유격대와 영안유격대가 주로 드나들던 고장이기도 했다. 왕청유격대 시절 김성주의 부하였던 최용빈도 이때 민생단으로 몰려 도주하다가 춘양에서 마츠자키 경위에게 붙잡혀 신찬대에 참가했다. 최용빈과 비슷한 경력을 가진 사람들이 한때 40여 명이나 이 신찬대에 있었으나 마츠자키는 이들을 먹여 살릴 자금을 댈 수 없어 대부분 집으로 돌려보내고 겨우 10여 명만 곁에 남겨두었다. 1940년 7월에 김재범이 체포된 뒤 김일성이 화룡이나 왕청 지방에 나와 있다는 소문을 들은 최용빈이 마츠자키를 찾아왔다.

"제가 김일성과는 왕청유격대 시절에 함께 지냈습니다. 제가 직접 만나 귀순을 권고하거나 내부에 잠복해볼 생각입니다."

그러자 마츠자키는 크게 기뻐하며 바로 간도성 경무청에 보고했다.

이때부터 유홍순은 마츠자키의 춘양신찬대를 간도성 치안숙정공작반에 받아들이고 직접 경비를 후원했다. 이후 실제로 김일성 부대를 찾아갔던 최용빈은 소식이 끊어지고 말았다. 김성주의 회고록을 보면, 1940년 가을에 연길현 발재툰(실제 지명은 알 수 없음) 막바지에서 최용빈을 만났다고 말한다. 어설프기 짝이 없던 최용빈의 위장은 금방 벗겨졌고 김성주는 최용빈을 살려둘 리 만무했다.

그때 왕청현 경무과에서는 최용빈이 공작금을 탐내 거짓말하고 도주했다고 오해했다. 최용빈은 공작금 300원을 신청하여 200원은 집에 남겨두고 100원만 가지고 떠났는데, 그가 돌아오지 않자 마츠자키는 부하 둘(장 경위와 허 경위)을 최용빈 집에 보내어 공작금을 되찾아오게도 했다. 그랬다가 최용빈 시체가 발견되어 김일성에게 피살되었다는 사실이 확인되자 회수했던 돈을 다시 가족에게 돌려주는 일이 벌어지기도 했다. 어쨌든 마츠자키의 체면은 말이 아니었다.

그럴 때 최경식의 아내가 달려와 항일연군을 발견했다고 알린 것이다. 어찌나 기뻤던지 마츠자키는 유홍순에게 이 사실을 보고하는 한편 허 경위와 장 경위를 불러 대책을 의논했다.

"일단 성 경무청에서 새로운 지시가 내려올 때까지 이 항일연군을 놀라게 해서도, 잃어버려도 안 됩니다. 사람을 파견해 최 씨의 숯막 주변을 철저하게 감시합시다. 경찰을 보내면 항일연군이 눈치 챌 수 있으니 춘양신찬대를 불러 이 일을 맡기면 될 것 같습니다."

유홍순에게 연락받은 김창영은 그날 밤에 나카무라 신이치 경찰중대를 데리

고 백초구로 달려왔다. 연길에서는 유홍순과 함께 다나카 요지 경방과장이 직접
이 작전을 지휘했다. 김창영은 마츠자키에게 명령했다.

"주변을 경계하는 신찬대는 모두 철수하고 그 항일연군이 요구하는 대로 쌀
도 주고 그가 다시 찾아올 수 있게 믿음을 주어야 하오."

"그러면 그냥 보내라는 말씀인가요?"

"선을 길게 늘여서 큰 고기를 낚아야 합니다. 작은 새우 한 마리야 붙잡아도
별 의미 없고 설사 빠져나가도 크게 해가 되지 않습니다."

김창영이 이렇게 설명해도 마츠자키는 계속 명령을 들으려 하지 않았다.

"이것은 나 혼자의 결정이 아니오. 믿지 못하겠으면 당신이 직접 다나카 경방
과장님께 전화하여 물어보시오."

그는 직접 전화를 걸어 다나카를 마츠자키에게 바꿔주었다.

"가네미츠 이사관이 그 항일연군을 놓아주라고 하는데, 그랬다가 돌아오지
않으면 어떻게 합니까?"

마츠자키가 이렇게 묻자 다나카는 버럭 화를 냈다.

"내가 지금 자네한테 이 일을 일일이 설명해야 할 여유가 어디 있나? 어서 가
네미츠 이사관의 명령대로 집행하게. 이번 작전은 내가 직접 총지휘할 거니까
현장에서는 가네미츠가 시키는 대로만 하면 분명히 큰 공을 세울 것일세. 그때
면 자네도 왕청 촌구석을 떠날 날이 오래지 않을걸세."

이렇게 다나카는 마츠자키에게도 불을 지펴놓았다.

마츠자키는 그 자리에서 최경식의 아내에게 시켰다.

"자네 남편에게 알리게. 그 항일연군이 해달라는 대로 다 해주고 떠날 때는
'또 어려운 일이 있으면 언제든지 다시 찾아오라.'고 이야기도 하라고 하게."

이렇게 되어 최경식 내외는 정성을 다해 그 항일연군에게 미숫가루를 만들어

주었다.

다음 날 아침 그가 떠날 때 최경식은 멀리까지 배웅도 했다.

"자네들 어려우면 언제든지 찾아오게. 만약 식량이 더 필요하다면 그 사이에 좀 더 마련해놓겠네."

그 항일연군도 진심으로 감격했다.

"아, 그게 참말입니까? 그렇게만 해주신다면 은혜는 죽어도 잊지 않겠습니다."

식량을 미리 마련해놓겠다는 약속은 커다란 유혹이 아닐 수 없었다. 10여 일 뒤 이 항일연군은 다시 최경식의 숯막에 나타났다. 얼굴빛이 환해진 그는 최경식에게 돈까지 건네면서 부탁했다.

"노인께서 도와주셨던 일을 저희 지휘관에게 말씀드렸고 진심으로 고맙다고 전해달라고 하셨습니다. 그리고 노인께서 저희를 위해 식량도 마련해주실 수 있다고 하지 않았습니까. 저희는 공짜로 가져가지 않을 것입니다. 돈을 드릴 테니, 저희한테 필요한 물건들을 좀 마련해주십시오."

이후 최경식은 그 항일연군 심부름을 여러 차례 해주었다.

최경식의 아내가 식량을 마련해 산속으로 나를 때 마츠자키의 심복 장 경위와 허 경위가 인부로 위장해 숯막까지 식량을 나르고는 그 항일연군이 보는 앞에서 돈을 받아가지고 태연하게 돌아가곤 했다.

이렇게 한 달쯤 지나 어느덧 1940년 10월 중순경에 접어들었다. 그 항일연군이 다시 나타났다. 만주의 가을밤은 겨울이나 마찬가지로 차가웠다. 그때까지도 여름 홑옷 바람이었던 그는 최경식에게 겨울에 입을 만한 솜옷 10여 벌을 부탁했다. 이로써 이 항일연군 동행자가 10여 명 내외라는 걸 판단한 김창영은 직접 최봉문을 최경식에게 파견했다.

"작은아버지, 성 경무청에서는 이 10여 명의 항일연군 소부대에 반드시 김일성이 있을 거라고 판단합니다. 만약 김일성을 사로잡을 수 있다면 작은아버지는 상금 1만 원을 받게 될 것입니다. 이사관님께서는 이 10여 명을 모두 숯막으로 불러올 만한 방법을 한 번 생각해보라고 합니다. 무슨 방법이 없겠습니까?"

최경식은 생각하던 끝에 방법을 하나 내놓았다.

"여기서 멀지 않은 곳에 내가 반토굴집 하나를 만들어놓았는데, 전에 우리 동네 주정뱅이 녀석네 집에 남포를 던져 넣은 후 그곳에서 이틀을 보냈거든. 말이 토굴집이지 돌로 지은 집이고, 출입문까지 큰 석판으로 만들어 무척 튼튼하고 은밀하기까지 하지. 만약 거기에 쌀 몇 자루 가져다놓고 그 사람들한테 거기서 지내라고 하면 틀림없이 그렇게 할 거야."

"그 방법이 좋을 것 같습니다. 제가 이사관님께 바로 보고하겠습니다."

최봉문에게 보고받은 김창영은 즉시 긴급회의를 소집했다.

이 회의에 참가했던 간도성 경찰토벌대대 제2중대장 무라카미 신이치는 1954년 중국 정부에 제출한 진술자료에서 이때 일을 아주 자세하게 회고했다. 그 회고 내용 중 일부이다.

"나는 신경 치안부 경무사 다나카 요지 경방과장이 지휘하던 공작반과 이 작전을 함께 꾸몄다. 공작반은 김창영이 반장격이었으며, 그를 영(永, 김창영) 이사관이라고 불렀다. 허 경위가 자기 관할구역인 삼차구에 거주하는 독벽(獨躄, 외팔) 조선인(최경식)을 밀탐으로 이용했는데, 물자를 공급해주겠다며 박득범에게 접근했다. 전후 여러 차례 박득범의 파견을 받고 왔던 연락원을 통하여 물자를 공급했다. 1940년 9월 중순 모일 오전 4시에 나와 허 경위, 장 경위 그리고 춘양신찬대 10여 명은 영 이사관이 데리고 온 공작원 4명과 함께 왕청, 연길현 경계 부근 삼차구 서쪽 8km에 있는 돌집(石房

子)을 돌연 습격했다. 결과 이 돌집에서 자고 있던 박득범 이하 5인을 체포할 수 있었다."[249]

"이게 어떻게 된 거냐? 10여 명이라고 하지 않았느냐?"

김창영은 박득범 이하 5명을 사로잡은 뒤 나머지 5명은 숯막 주변 숲속에 숨어 있는 줄 알고 여간 놀라지 않았다. 그러나 숯구이막 주변 10리 안팎을 모두 장악했던 무라카미 신이치 중대장은 김창영을 안심시켰다.

"이 주변에서 놓친 비적들은 없습니다."

"그러면 우리가 원래 붙잡으려고 했던 그 소부대가 아니란 말인가?"

김창영은 급한 마음에 체포한 다섯 사람을 장막을 친 자동차에 타게 한 다음 바로 따져 물었다.

"자네들 가운데 누가 김일성인가?"

"우리는 김일성 부대가 아닙니다. 여기 김일성은 없습니다."

김창영은 머리를 끄덕였다.

"나도 그런 줄 알았네. 김일성이라면 결코 이렇게 허무하게 잡히지 않았을 테지. 그럼 이제부터 자기 이름들을 대보시게. 나도 자네들과 같은 조선인일세. 같은 민족을 구박하거나 모질게 대하고 싶지 않네. 만약 죽기로 작정하고 버틸 생각이라면 나도 할 말이 없지만, 그러나 곧 귀순하게 될 것이라고 믿네. 그러니 사서 고생하지 말고 좋게 이야기할 때 다 털어놓게. 여기서는 내가 저 일본 사람

---

249 원문 "我和新京治安部警務司田中要次警防課長所指揮的永理事官誘扣工作班共同策劃, 令部下許警尉利用在管區內三岔口居住的独臂朝鮮人做密探, 用供給物資的手段接近朴得範, 前后數次, 物資是通过朴得範的值班供給的. 1940年9月中旬某日午前四時, 我命令部下許警尉和張警尉指揮春陽新撰隊 (投降的軍警人員)十名和永理事官指揮的四名一起, 对汪清, 延吉縣境附近, 三岔口西方八公里的山上石房子進行突然襲擊, 結果, 将正在睡覺的朴得範以下五人逮捕."『東北大討伐』, 中國第二歷史檔案館, 吉林社院 編輯, 中華書局 1991年版. 533-541쪽.

들보다 더 센 사람이니 내 말을 따르게. 어떤가? 내가 얼마나 센지 의심하는 눈빛 같은데 알려주지. 난 자네들 운명을 좌우할 수 있네. 자네들을 놓아주거나 처형하거나 모두 내 한마디에 달렸다는 말이네."

조선말을 잘하는 마츠자키가 곁에 있다가 김창영을 소개했다.

"이분은 치안부 경무사에서 내려오신 이사관님이다. 방금 하신 말씀은 모두 사실이니 믿어도 된다."

포승줄에 꽁꽁 묶여 있던 다섯 사람은 서로 한참 마주보았다.

김창영은 그들 중에서 우두머리로 보이는 자에게 담배 한 개비를 꺼내 불까지 붙여 입에 물려주고는 밖으로 나와 마츠자키에게 물었다.

"이 소형 브라우닝 권총이 누구 몸에서 나왔소? 그자가 틀림없이 우두머리요."

그러자 마츠자키 곁에 있던 허 경위와 장 경위가 동시에 대답했다.

"방금 이사관님께서 담뱃불을 붙여준 그자에게서 나왔습니다."

"허허, 내가 바로 봤구먼."

김창영은 빙긋이 웃으면서 마츠자키에게 시켰다.

"그자만 결박을 풀어서 이리 데려오시오."

자동차에서 내려온 박득범은 피우던 담배를 계속 마저 피웠다.

자그마치 10여 년이나 항일투쟁을 했는데, 귀순을 고민한 시간은 겨우 담배 한 개비 태울 시간밖에 걸리지 않았다.

"내가 박득범이오. 귀순하겠소."

곁에 있던 마츠자키와 무라카미가 주고받았다.

"쿠마(김일성) 대신 오카미(박득범)가 걸렸구먼."

7. 이용운의 조난

이것이 박득범 체포과정이었다. 이 소부대가 김일성 부대일 것으로 굳게 믿었던 김창영은 여간 아쉬워하지 않았다. 그러나 박득범도 김성주에 비견할 만한 인물임은 의심의 여지가 없었다. 더구나 또 다른 대어도 함께 낚였는데, 바로 경위여단 산하 제3연대 연대장 김백산(金白山)이었다.

이들은 주요한 정보를 제공했다. 위증민의 편지를 가지고 3방면군 제15연대장 이용운이 며칠 뒤에 이곳에 도착하리라는 것이었다. 그동안 최경식과 계속 거래했던 항일연군은 다름 아닌 이용운의 연락병이었다. 연락 장소를 이 숯막으로 정하고 10월 20일에 박득범 일행과 만나기로 약속했던 것이다.

"그때까지는 아직 시간이 있으니 계속 이곳을 잘 감시하시오. 그러나 이곳으로 들어오는 주변 산속에 경찰과 토벌대가 매복하면 절대 안 되오. 조금이라도 수상한 낌새가 있으면 안 되니, 대신 숯구이막에 인부 한 사람을 더 잠복시켜 최씨와 함께 숯을 굽게 하오."

김창영은 이용운에게는 별 관심이 없는 듯했다. 박득범과 김백산만 데리고 부리나케 연길로 돌아가 군공을 청하고 싶었던 모양이다. 때문에 10월 20일 이용운 등이 이 숯구이막에 나타났을 때, 이곳에는 마츠자키 춘양신찬대 10여 명만 기다리고 있었다. 이 10여 명은 모두 조선인이었고 또 항일유격대 출신들이라는 사실에 주목할 필요가 있다. 이들은 박득범, 김백산 등이 자다가 사로잡힌 그 돌집에 10여 일 넘게 틀어박혀 이용운이 도착하기만을 기다렸다.

숯막에는 최경식 내외 외에 일꾼으로 위장한 왕청현 경무과의 김 경위(金 警衛)라는 자가 얼굴에 숯검댕을 잔뜩 처바른 채 잠복했다.

"저 사람은 누군가요? 전에 본 적이 없던 분이네요?"

평소 최경식과 계속 연락을 주고받았던 그 연락원이 이용운과 함께 숯구이막에 도착하여 최경식에게 물었다.

"삼차구에서 사는 조카인데, 나를 도와주러 왔다네."

최경식 내외는 전문 훈련을 받은 특무가 아닌지라 긴장하지 않을 수 없었다.

김 경위가 와서 인사할 때 깐깐한 이용운은 김 경위의 흰 이와 말쑥한 피부를 알아챘을 뿐만 아니라 몇 마디 인사말이 오갈 때 어금니에 금니까지 박힌 것을 발견했다.

'왜놈 밀정이구나.'

이용운은 연락원에게 눈짓했다. 서로 눈길이 마주 치기 바쁘게 두 사람은 후닥닥 밖으로 뛰어나왔다. 숨어 있던 춘양신찬대 10여 명이 숯막 쪽으로 뛰어오면서 사격을 해댔다. 뒤에서는 김 경위가 권총을 뽑아들고 쫓아오다가 이용운이 쏘는 총에 이마를 맞고 뒤로 넘어졌다.

김 경위가 죽는 것을 본 최경식의 아내가 새된 비명을 질렀다. 이용운은 차마 여자에게 총을 쏠 수 없어 그대로 내버려두고 신찬대를 향해 연신 방아쇠를 당겼다. 앞만 주시하다 보니 뒤에서 최경식이 하나뿐인 외팔로 도끼를 들고 달려드는 건 방비하지 못했다. 도끼에 어깨를 찍힌 이용운은 반격하지 못하고 철수하기 시작했다. 뒤에서 연락원이 그를 엄호하다가 사살당하고 말았다.

그를 사살한 사람은 마츠자키의 부하로 도(陶) 씨라는 중국인 경위였는데 명사수였다. 이자가 쏜 총에 다리를 맞은 이용운은 산기슭에 쓰러지고 말았다. 더는 뛸 수 없자 한 나무에 기대어 권총 탄알이 다 떨어질 때까지 계속 반격했다. 탄알이 다 떨어지자 신찬대가 몰려들었다. 신찬대도 이때 이용운이 쏜 총에 맞아 4, 5명이 사살당하고 5, 6명밖에 남지 않았다.

이자들은 이용운을 사로잡으라는 지시를 잊고 닥치는 대로 난사했다. 이용운의 나이 스물일곱일 때였다. 그가 전사한 곳은 오늘의 왕청현 천교령진(天橋岭鎭) 서남쪽 탁반구(托盤溝)였다. 2000년대까지 연길현 신풍촌에서 살던 이용운의 친동생과 조카들은 자료 내용과 다른 이야기를 들려주었다.

당시 이용운은 난사당했지만 죽지 않고 숨이 붙어 있었는데, 춘양신찬대 특무들이 마차에 싣고 천교령경찰서로 가 앞마당에 그대로 내버려두었다고 한다. 얼마 지나지 않아 그가 죽은 뒤 그곳 농민들을 불러 돈을 주면서 시체를 묻게 했다고 한다. 그때 시체를 묻었던 사람 중 하나가 해방 후 천교령 남산 기슭에서 무덤을 찾아냈다. 왕청현 정부에서는 그곳에 화강암으로 열사기념비를 만들어 세웠다.

이용운이 사살당하기 하루 전날인 1940년 10월 19일이었다. 김창영과 연길로 돌아와 귀순 수속을 밟은 박득범과 김백산은 연길에서 김재범도 만나 대일본 천황에게 충성하고 만주국을 위해 복무하겠다는 충성서약도 마쳤다. 그 충성서약서를 받아 본 노조에 토벌사령관은 유홍순과 의논했다.

"우리가 이 셋을 직접 만나는 게 도리 아니겠소? 격려도 해주고 말이오?"

"그러는 것이 좋겠습니다. 사령관이 직접 훈시도 하시고 기념사진도 찍어주시면 이 사람들은 정말 진심으로 충성을 다할 것입니다."

유홍순도 찬성했다. 당시 김창영은 나카지마 헌병조장을 도우러 급히 화전으로 돌아가고 치안부 경무사 다나카 경방과장이 직접 김재범과 박득범, 김백산을 데리고 간도지구토벌사령부 노조에 사령관 사무실을 방문했다.

이때의 과정이 당시 연길 노조에 토벌대사령부가 선전용으로 발간한 총 9쪽의 소책자 『박득범(朴得範), 김재범(金在範), 김백산(金白山) 내부기록(內部記錄)』(일본방위성 방위연구소 소장)에 아주 자세하게 설명되어 있다.

위 사진은 앞줄 왼쪽부터 다나카 요지 경방과장, 노조에 쇼토쿠 토벌사령관, 유홍순(조선인) 간도성 차장, 중간은 왼쪽부터 김재범, 박득범, 김백산(조선인이며 전 1로군 경위여단 산하 3연대 연대장)이다.
아래 사진은 노조에 토빌사령부 직진회의 징면.

이 자리에 간도성 차장 유홍순과 다나카 경비과장, 사령관 부관 하세가와(長谷川) 소좌가 함께 참석했다고 한다. 유홍순 차장, 박득범, 김재범, 김백산 순으로 노조에 사령관과 인사를 나누고, 노조에가 귀순자 3명에게 '지난날의 과오를 뉘우치고 동아 신질서 건설을 위해 매진해달라'는 취지의 훈시를 했다. 그러자 박득범이 '우리는 일본 신민의 일원으로서 만주국 구성분자가 되어 모든 노력을 기울여 동아 신질서 건설, 아울러 만주국 치안 숙정에 철저히 매진하고 싶다는 것을 분명히 맹세합니다.'라고 귀순 의사를 확실히 밝혔다고 한다. 김재범과 김백산도 같은 취지의 결심을 이야기했다.

노조에의 선창으로 박득범, 김재범, 김백산은 '대일본 천황 폐하의 충량(忠良, 충성스럽고 선량하다는 뜻)한 신민이 될 것을 맹세합니다.' '만주국 황제폐하께 충성을 다할 것을 맹세합니다.'라고 충성 서약을 했다. 마지막으로 노조에 토벌사령부 인근에 있는 충혼비로 가서 기념 촬영도 했다.

아래는 박득범의 충성서약서 내용이다.

"오늘까지 걸어온 길이 오로지 암흑이었음을 이번에 처음으로 확실히 인식하게 되었습니다. 과거 우리의 죄는 실로 엄청 나서 중형에 처해짐이 너무도 마땅하지만 산에서 내려온 후 각 기관 특히 군부 당국이 너무도 친절하고 관대히 대우하고 지도해 주신 것에 대해 무슨 말로 감사의 뜻을 표하는 것이 좋을지 모를 따름입니다. 지금 각하의 훈시를 경청하니 우리가 밟아온 길은 확실히 잘못되었음을 깨달았습니다. 이제부터 우리는 일본 신민의 일원으로서 만주국 구성분자가 되어 모든 노력을 기울여 동아 신질서 건설, 아울러 만주국 치안 숙정에 철저히 매진하고 싶다는 것을 분명히 맹세합니다. 아무쪼록 선도, 지도 편달해 주시기를 간절히 바랍니다. 마지막으로 특별히 심경을 말씀드립니다만, 우리가 그동안 만주국 특히 조선인 동포에게 또한 경제와 산업,

문화 기타의 건설에 있어서 파괴적 행위를 저질렀던 것이 이제와 생각하니 유감스럽기 그지없습니다. 이제 (만주국) 부흥에 대해 미력이나마 한층 더 노력을 경주하겠습니다."[250]

---

250 『박득범(朴得範), 김재범(金在範), 김백산(金白山) 내부기록(內部記錄)』, 일본방위성 방위연구소 소장, 일본국립공문서관 아시아역사자료센터.(http://jacar.go.jp)

52장

또다시 만주로

"동무들, 슬퍼하지 마오. 동무들은 아직 젊소.
혁명은 동무들이 계속 해나가야 하오.
혁명을 하자면 피를 흘리고 희생하기 마련이오.
그러나 우리가 승리의 깃발을 휘날리게 할 날은 반드시 올 것이오."

1. 위증민의 유언

얼마 뒤에 노조에 토벌사령관은 연길에서 길림으로 돌아왔다. 간도성 경내의 토벌작전은 기본적으로 모두 끝났다고 판단한 것이다. 김재범에 이어 박득범, 김백산까지 모두 귀순시킨 일본군은 이제 한결 여유로워졌다. 돌아가는 길에 화전에 들러 나카지마 다마지로를 만난 노조에는 그에게도 격려를 아끼지 않았다.

"만주 비적들을 소탕하는 작전에서 자네가 이룩한 공로가 작지 않네. 특히 양정우의 1로군은 자네 손으로 해결했다고 해도 과언이 아니야. 자네가 쿠로사키 유격대를 도와 안광훈, 정빈 등의 귀순을 받아낸 뒤로 불과 2년 사이에 이들의 괴수급이 모두 섬멸되었네. 이제 남은 것은 위증민과 김일성뿐인데, 김일성은 이미 소련으로 도주했다는 증거가 확실하니 어쩔 수 없지만, 위증민은 아직도 화전현에 있다고 하지 않는가. 자네가 위증민까지 사로잡아 유종의 미를 완성하게. 부탁하네."

"사령부가 곧 해산한다는 소문이 있던데 사실입니까?"

나카지마가 묻는 말에 노조에는 그를 안심시켰다.

"허허, 자네가 위증민을 사로잡을 때까지 결코 해산하는 일은 없네."

그러나 얼마 뒤부터 토벌작전에 투입된 노조에 직계 정규부대들은 모두 복귀하기 시작했고, 간도에서 귀순한 김재범, 박득범, 김백산 등도 장가들어 가정을 이루었다는 소식도 들려왔다. 특히 김재범은 유홍순의 중매로 연길에서 한약방을 운영하는 한 동포 한의사의 딸과 결혼하고 오늘의 연길시 장백향 인평촌 부근의 한 동네에 정착했으나, 1945년 광복을 앞두고 부부가 함께 이태전인 1943년에 먼저 조선으로 돌아가 강원도 지사로 임명되었던 유홍순을 찾아갔다는 소문도 있다. 모두 살길을 찾아 이리저리 흩어졌던 것이다.

나카지마는 그동안 자기에게 충성을 다했던 임수산 공작대를 해산하고 부하들에게 생활비를 주어 각자 살길을 찾아가게 하도록 했다.

"당신은 통화성 경무청에 취직할 수 있게 키사타니 청장님께 이미 말씀드렸소."

임수산과 박득범은 각각 통화성과 간도성 경무청에 취직되었으나 임수산은 거절했다.

"저는 돈을 좀 보태주시면 고향으로 돌아가 술장시[251]를 해볼 생각입니다."

---

251 북한에서는 임수산이 진짜로 달구지를 끌고 다니며 술장사를 했다고 주장한다. 1945년 광복 직후 류경수가 인솔한 소부대가 혜산 인근에서 달구지에 술통을 싣고 안도에서 삼지연을 거쳐 혜산으로 오던 임수산을 만난 적이 있었다고 한다. 고향으로 돌아가 생업에만 몰두해왔던 임수산은 얼마나 정세에 아둔했던지 일본군이 이미 망한 줄도 모르고 "당신들도 이제는 산에서 내려왔구먼." 하면서 여간 어색해하지 않았다고 한다. 류경수 등이 일본 군복을 입고 있었기 때문에 그들도 자기처럼 귀순한 줄로 알고 있었다는 것이다.

"아, 그래요? 이제는 총칼과 연을 끊고 평범한 양민으로 살아가는 것도 좋은 일이지요."

나카지마는 1941년 2월경 화전 지방에서 위증민이 숨어 있을 만한 밀영들을 한창 찾아다닐 때 임우성공작대를 해산하고 임수산에게 그동안 세운 공을 계산하여 상금 1만 원을 받을 수 있게끔 주선했다고 한다. 통화성 경무청에서 돈이 모자라 상금의 상당 부분을 김창영이 주었다는 설도 있다.

김창영도 이태 뒤인 1943년 여름 조선으로 돌아갈 때, 경무사 임강공작반에서 만순 정전육 부대를 귀순시키며 긁어모았던 금괴 열 상자를 마차에 싣고 압록강을 넘다가 정체불명의 괴한들에게 습격당해 여덟 상자를 빼앗기고 말았다는 소문이 있다. 나카지마 헌병조장이 꾸민 통화헌병대의 강도 행각이었다고도 하나 정확한 것은 알 수가 없다.

나카지마 헌병조장은 다시 헌병대로 복귀했다. 1942년 3월 이후 항일연군 토벌작전에서 이룩한 혁혁한 공로를 인정받아 일개 조장에서 몇 계급을 훌쩍 뛰어넘어 대위로 승진했다. 그는 진술자료에서 위증민을 사로잡기 위해 화전현의 밀림들을 샅샅이 누비고 다녔던 과정을 아주 자세하게 설명했다.

그의 공작반 산하 제1공작대 대장 위덕성(魏德誠, 중국인, 원 1로군 경위여단 지도원)이 대원 120여 명을 인솔하고 거의 한 달을 샅샅이 뒤진 끝에 드디어 1941년 3월 8일, 약 15명 정도의 소부대가 화전현 제7구 쟈피거우 북부 부근에서 활동하는 것을 발견했다. 추적 과정에서 4명을 사살하고 나머지 11명은 놓쳤는데, 정찰기가 그들을 발견하고 지상으로 연락했다.

"비적들이 사라진 곳은 쟈피거우에서 북방으로 약 8km 지점이다."

나카지마는 지도를 펼쳐놓고 정찰기의 전보 내용에 따라 연필로 한 곳 한 곳 짚어가다가 '사도구(四道溝) 891고지'에 동그라미를 그려넣었다.

"바로 여기로구먼. 여기가 어딘가?"

"사도구 왼쪽 강물은 이도하이고, 이 강물을 따라 내려간 동네가 이도하자입니다. 이도하자에서 사도구까지 강물을 끼고 있는 이 큰 산은 목단령입니다. 아무래도 이곳엔 밀영들이 한두 채 더 있을 것 같습니다."

위덕성의 설명을 들은 나카지마는 직접 앞장서서 목단령밀영으로 찾아들어갔다.

이때 위증민 신변에는 11명밖에 남지 않았다. 1941년 3월 8일 새벽녘, 위증민은 병환으로 이미 생명의 최후 순간에 와 있었다. 그는 가까스로 숨을 몰아쉬면서 곁에 앉아 울고 있는 대원들에게 유언했다.

"동무들, 슬퍼하지 마오. 동무들은 아직 젊소. 혁명은 동무들이 계속 해나가야 하오. 혁명을 하자면 피를 흘리고 희생하기 마련이오. 그러나 우리가 승리의 깃발을 휘날리게 할 날은 반드시 올 것이오."[252]

말을 마치고 위증민은 바로 숨을 거두고 말았다. 병사한 것이다.

그러나 사흘 뒤였던 1941년 3월 11일 자 〈남만일보(南滿日報)〉는 "3월 8일 오후 4시쯤 길림성 화전현 쟈피거우 북방 산속에서 토벌대는 약 한 시간 반 동안 전투를 진행하여 위 비수(魏 匪首, 위증민) 이하 8명을 전원 사살했다."고 기사를 썼다.

연구가들은 위증민이 그날 새벽녘에 이미 병으로 숨을 거두었으며, 토벌대는

---

252 원문 "你们都很年輕, 革命就靠你們哪…不要難過, 革命是艰苦的, 要打倒敵人, 就要流血牺牲, 我们勝利的革命紅旗, 一定會插遍全中國." 『从創立到終焉-關東軍獨立守備第八大隊戰史』, 原關東軍獨立守備第八大隊副官手島丈男, 編纂(內部文獻), 1978.
『東北大討伐』, 中國第二歷史檔案館, 吉林社科院 編輯, 中華書局 1991年版.

오후 4시 무렵에야 밀영으로 쳐들어왔을 것으로 본다. 때문에 위증민의 시신은 이미 대원들이 땅속에 묻었으며 나카지마는 자기들이 전투 중 사살한 것으로 만들기 위해 시체를 다시 파내 수급을 자른 뒤에 시신을 던져버린 듯하다.

나카지마가 남긴 공술자료에는 이런 사실이 쓰여 있지 않다. 그는 여전히 자기들이 전투 중 위증민을 사살했다고 주장한다. 일부 연구가들은 이미 체포되어 복역 중인 나카지마가 자기들이 직접 하지 않은 것을 했다고 주장할 리가 있겠느냐며 위증민이 전투 중 사살당했을 것으로 본다. 하지만 위증민의 아들 관명주(關明珠, 위증민의 본명은 관유유關有維)와 손자 관옥귀(關玉貴)는 나카지마가 시체를 파내어 머리를 잘랐다는 쪽에 무게를 둔다. 그러면서 나카지마가 이 사실을 밝히지 않는 것은 전투 중 사살한 것보다 시체를 파내어 수급을 자른 것이 훨씬 죄질이 나쁘기 때문에 그렇게 이야기하는 것으로 보고 있다.

2. 김정숙의 출산과 이재덕의 증언

1941년 2월 16일, 김성주의 아내 김정숙은 첫 아들 김정일을 순산했다. 이때 김성주의 나이는 어느덧 29세, 김정숙는은 24세였다. 김성주가 정확하게 소련으로 들어왔던 날짜와 시간은 "중공당 만주성위원회 문건" 'B야영인원이력서'(1942년 4월 18일 자)에 기재된 기록을 기준으로 하면 1940년 10월 21일이다. 김정숙은 이때로부터 불과 4개월 만에 출산한 것이다. 역추산하면 한창 홍기하전투가 진행되던 3, 4월경에 김정숙이 아이를 가졌음을 알 수 있다.

만삭의 몸으로 서둘러 결혼식을 올리고 김성주를 따라 소련으로 탈출할 때, 김정숙은 무슨 생각을 했을까? 김혜순과 지갑룡에게 미안했겠지만 결코 후회하

김일성 김정숙 부부. 하바롭스크에서 찍은 결혼 기념사진(1941년 3월 1일 B야영).

지 않았을 것이다. 화라즈에서 임수산공작대에 잡힌 대원들 일부가 죽고 나머지
는 귀순했다는 소식을 소련으로 들어오기 전에 이미 들었다. 다만 지갑룡은 한
총구에 계속 남아 있으면서 소련으로 따라 들어오지 않다가 12월경에야 제3방
면군 부대와 함께 들어온 뒤로 지금까지 한번도 얼굴을 내밀지 않았다. 그 이유
를 다른 사람은 몰라도 김정숙만큼은 모를 수 없었다. 김정숙이 김성주의 아이
를 뱄다는 소문이 이미 소할바령회의 때 한총령에 전해졌기 때문이다.

그동안 최현의 13연대에 가 있었던 황순희가 김정숙 귀에 대고 소곤거렸다.

"정숙아. 너 언제부터 김 지휘랑 그런 사이가 된 거니?"

황순희와는 처창즈와 마안산에서 어린 아동단원들을 데리고 별의별 고생을 함께 겪었던 둘도 없는 친구 사이여서 서로 못 하는 말이 없었다.

"너 어떻게 그것까지 알고 있니? 누구한테 들은 거니?"

"우리 연대에도 소문이 자자한데 뭘. 아이도 생겼다고 그러더라? 그럼 지갑룡 동무와는 완전히 헤어진 거니?"

김정숙은 얼굴이 새빨갛게 달아올라 머리를 끄덕였다. 그리고는 잠깐 짐작하는 게 있었는지 황순희에게 물었다.

"넌 누구한테 들은 거니? 경수(류경수)가 그랬니? 아니면 영준(여영준)이가 안도와 돈화 사이를 오가며 말을 실어 나른 모양이구나. 그렇지?"

"그건 딱히 나도 모르겠어. 어쨌든 정숙아, 잘된 거잖아."

황순희는 부러운 듯 김정숙에게 소곤거렸다.

"넌 정말 복도 있다야. 우린 부럽기까지 한데 뭘 그러니. 근데 임신했으니 널 돌볼 사람이 있어야 하지 않니? 내가 최현 동지한테 말씀드리고 너네 2방면군 으로 오마."

"아니야, 괜찮아, 여기 순옥(서순옥, 김명주의 아내)이도 있고 선옥이(김선옥, 가명) 도 있어."

김정숙이 말렸지만 황순희의 고집을 꺾지 못 했다. 후에 황순희는 김성주의 소부대와 합류했다. 1940년 10월 중순경, 김성주와 김정숙이 결혼을 선포할 때 곁에서 함께 축복했던 10여 명의 대원들 가운데는 서순옥과 황순희도 있었다.

김성주는 회고록에서 정확한 결혼 날짜를 밝히지 못하고 있다. 김성주가 평생 가장 아꼈다는 사진 가운데 하나인 김정숙과 함께 찍은 사진에는 '타향에서 봄을 맞으며'라는 설명이 붙어 있다. 사진 뒷면에는 '1941년 3월 1일 B야영에 서'라고 쓰여 있다. 여기서 '타향'은 만주가 아닌 '소련'을 가리킨다.

이 사진을 소개하는 회고록의 "타향에서 봄을 맞으며"라는 장절 속에는 "나는 하바롭스크회의가 있은 다음 남야영으로 갔다."는 설명이 나온다. 이 남야영에서 1941년 4월에 김성주는 다시 28명의 소부대를 이끌고 위증민을 찾으러 만주로 떠났다. 이때 28명에 김정숙 이름이 들어 있지 않은 것은 "중공당 만주성위원회 문건" '1941년 B야영 피파견(被派遣) 각 분대 명단'을 통해 확인할 수 있다. 김정숙이 몸을 푼 지 2개월이 채 안 되었기 때문이다.

당시 김정숙의 젖이 모자라 아이는 배가 고파 계속 울었다. 그것을 본 3로군 출신 이재덕(李在德, 이명순, 중국인 항일장병 우보합의 아내)도 출산한 지 얼마 안 되었던 때라 백일도 채 되지 않았던 김정일을 안아다가 자기 젖을 물려주었다. 어찌나 젖꼭지를 씹어대던지 몇 번씩 아기의 궁둥이를 때려주었다고 회고한다.

1990년에 필자와 만났을 때, 이재덕은 이런 이야기를 털어놓았다.

"그동안 북한에서 여러 번 연락이 와 자기들의 지도자 김정숙과 김정일에 대한 몇 가지 증언을 좀 해달라고 하면서 소련이 아닌 백두산 삼지연에서 태어났다고 말해달라는 것을 거절해버렸다. 내 나이가 얼마인데, 이제 얼마를 더 살겠다고 그렇게 앞뒤가 맞지 않는 거짓말을 억지로 지어낼 수 있겠는가. 김정숙은 1941년 옹근 한 해 동안을 하바롭스크에서 나와 함께 보냈는데 어떻게 백두산으로 아이를 낳으러 갈 수 있겠느냐고 했더니 이 사람들이 나한테 대놓고 1942년에 태어난 것으로 하면 되지 않느냐고 하는 것이 아니겠나. 난 그때 백두산에 가본 적이 없어서 이런 거짓말을 못 하겠다고 딱 잘라서 돌려보냈다."[253]

---

253 취재, 이재덕(李在德), 조선인, 항일연군 생존자, 취재지 북경, 1998~1999.

그런데 이런 증언을 뒷받침하는 가장 좋은 증언은 다른 사람이 아닌 바로 김정일 본인에게서 나왔다. 2001년 7월 26일부터 8월 18일까지 소련을 방문했던 김정일은 특별히 기차편으로 자신이 태어났던 하바롭스크를 경유하면서 극동지구 주요 책임자들의 접견을 받았다. 당시 김정일과 만났던 콘스탄틴 풀리코프스키(Константин Пуликовский, 러시아 대통령 극동지구 전권대표)는 회고록 『김정일과 함께 러시아를 횡단하다』에서 김정일에게 직접 들은 이야기를 기록했다.

김정일은 자신의 어렸을 때 러시아 이름이 유리(유리 지체노비치 진, Юрий Жичэнович Цзин)였으며, 태어난 동네는 보로실로프 근처 조그만 기차역이 있는 하마탄이었다고 한다. 그러면서 자기 어머니는 유명한 항일유격대원이었다는 것과 중국 동북에서 항일투쟁하다가 하바롭스크로 들어와 자신을 낳았다고 이야기했다고 한다.

그 외 김정일의 한자 이름도 1974년 이전까지는 지금의 햇볕 일(日) 자가 아니었다. 1950년대 초반까지도 계속 김유리였다가 스탈린이 사망하고 흐루시초프가 집정하면서 이름을 김정일(金正一)로 바꿨다가 1980년 10월 10일 노동당 상무위원에 오르면서 정식으로 하나 일(一)을 햇볕 일(日)로 사용하기 시작했다. 어머니 이름자 가운데 정(正) 자와 아버지 이름자 가운데 일(日) 자를 따 자신의 이름을 김정일(金正日)로 지었다는 것이다.

어찌 됐던 김정일은 억지로 출생연도까지 바꿔가면서 어머니 김정숙의 혼전 임신 사실을 숨길 필요가 전혀 없다. 그가 백두산에서 태어났다고 하여 위대하거나 비범한 것이 아니기 때문이다. 오늘날 북한 주장대로 김정일이 1942년 2월 16일에 출생했다면, 그가 잉태된 시간은 1941년 4월경이어야 한다.

3. 제1소부대

1941년 4월 9일 김성주가 제1소부대(제2소부대는 안길)를 인솔하여 다시 만주로 떠나는 날, 김정숙은 두 달된 아기를 등에 업고 남편을 배웅하러 나왔다. 당시 김성주의 제1소부대에 참가했던 중국인 생존자 동숭빈은 오랫동안 최현의 부하였기에 조선말을 다 알아들었다.

그날 제1소부대 대원 28명이 남야영에서 출발을 앞두고 있었다. 대장 김성주와 부대장 박덕산이 대원들 앞으로 나와 한 사람 한 사람 이름을 점검했다. 박덕산이 이름을 부를 때마다 대원들이 '넷.' 하고 대답하면서 한 발씩 앞으로 나와 차렷 자세를 취했다. 동숭빈은 그때 자기 이름이 첫 번째로 불렸고 류삼손이 두 번째였다고 회고한다.

대원들의 이름은 다음과 같다.

동숭빈(董崇斌, 중국인), 류삼손(柳三孫, 류경수), 김철우(金鐵宇), 임춘추(林春秋), 유옥전(劉玉全, 유옥천을 잘못 기록한 듯함, 중국인), 전문섭(全文涉), 서보인(徐寶仁, 중국인), 이오송(李伍松), 이두익(李斗益), 김익현(金益顯), 최인덕(崔仁德), 이환인(李煥仁), 손종준(孫宗俊), 김명준(金明俊), 무량본(無良本, 중국인), 목자하(牟子河, 중국인), 이치호(李致浩), 김홍수(金洪洙), 장흥룡(張興龍), 리정섭(李正涉), 김복록(金福祿), 김경훈(金庚勳), 진보산(陳寶山, 중국인), 주명증(朱明增, 중국인), 지갑룡(池甲龍), 송괴신(宋魁信, 중국인), 연합동(連合東, 중국인)[254](중국인으로 표시되지 않은 사람은 조선인임.)

---

254 『東北地區革命歷史文件匯集終目錄(下) 1937-1945』, 中央檔案館, 遼寧省檔案館, 吉林省檔案館, 黑龍江省檔案館 編輯. 1994.

인원 점검을 마치자 김성주는 먼저 분대장 두 사람을 임명했다. 제1분대장으로 동승빈, 제2분대장으로 류경수(류삼손)를 임명하고 제3분대장은 자신이 직접 겸직하겠다고 했다. 각 분대에 배속될 대원들은 만주에 들어간 뒤 출정 방향을 정하면서 나누기로 했다. 그때 소부대 대원들 가운데는 이미 결혼했거나 결혼을 약속한 사람들이 여럿 있었다. 설사 연인은 아니더라도 한 부대에서 함께 생활해왔던 여대원들이 적지 않게 배웅하러 나왔다. 김정숙도 아기를 업고 있었다. 배웅하러 나왔던 김정숙이 등에 업고 있던 아기를 내려 김성주 품에 안겨주면서 눈물이 잔뜩 어렸던 모습을 동승빈은 기억했다.

"여보, 나와 유리(김정일)는 당신이 무사하게 돌아오기만을 손꼽아 기다리겠습니다."

이렇게 말하는 김정숙에게 김성주는 나무람 비슷하게 한 마디했다.

"남들이 모두 보고 있는데, 대장의 아내가 이렇게 울면 어떻게 하오?"

"아니, 울지 않아요. 눈에 뭐가 들어갔나 봅니다."

김정숙은 황망히 눈물을 닦으면서 김성주 손에서 김정일을 다시 받아 안았다.

김성주는 엄마 품에 안겨 새물거리며 웃는 아기에게 입을 맞추면서 마치도 말길을 알아듣기라도 하는 것처럼 말했다.

"아들아, 아버지가 돌아오기를 기다려다오. 돌아와서 안아주고 뽀뽀도 해주마."

그리고는 다시 김정숙 귀에 대고 소곤거렸다.

"난 꼭 아무 일 없이 무사하게 돌아올 것이니 걱정 마오."

"네, 꼭 무사하리라고 믿습니다. 당신에게 일이 생겼다면 이미 만주에서 열두 번도 더 생겼을 것입니다. 총탄이 우박처럼 쏟아질 때도 어떻게 된 영문인지 당신만은 꼭 피해가지 않았습니까. 하느님을 믿지 않지만 이런 때는 정말 하느님이 있는 것 같다는 생각도 듭니다."

김정숙을 소련에 남겨두고 다시 만주로 향했던 김성주의 마음은 편안할 수 없었을 것이다. 이때 김성주 몸에는 주보중이 위증민 앞으로 보내는 편지가 있었다. 이 편지에 담긴 내용을 김성주가 모를 리 없었다.

주보중과 김책이 함께 서명한 이 편지[255]는 이미 공개되어 있다. 1940년 12월부터 이듬해 1941년 1월 한 달 사이에 열렸던 속칭 '제2차 하바롭스크회의'라고 불리는 중공 동북당 조직과 동북항일연군 영도간부회의에서 김성주와 이준산 등 1로군 내 제1차 입소(入蘇)자들은 공개 비판을 받았다. 김성주 일행보다 1개월쯤 뒤에 소련으로 들어왔던 안길과 서철, 최현 등에게는 빨리 소련으로 이동하여 코민테른 중공당 대표단과 연락할 방법을 찾아보라는 위증민의 허락편지가 있었기 때문에 무사했지만, 김성주의 경우는 이들과 달랐던 것이다.

1940년 8월 소할바령회의에서 이미 소련으로 탈출하려고 계획했던 것이 아니었느냐는 추궁도 받았다. 이에 대해 김성주와 이준산은 극구 부인했고, 한총령에서 위증민과 만나고 돌아온 뒤에도 안도현 경내에서 계속 전투했던 것을

---

255 "이유가 어떠하든, 설령 아무리 곤란해도 김일성, 이준산 동지 부대의 월경은 잘못이다. 이 잘못은 원래 혁명적 입장 전체의 동요는 아니고 전체의 방향을 잃은 것도 아니다. 이 잘못은 제1로군 총부를 아예 이탈하여 유격대 지지투쟁의 가능한 조건을 방기하고 전부의 환경을 인식하지 않고 곤란을 극복할 방법을 충분히 강구하지 않고 기회주의적인 월경 방법을 취한 데 있다. 이는 용서할 수 없는 잘못이다. 김일성과 그 이하 간부 동지는 자각하여 잘못을 인정하고 있다. 규율 상으로는 반드시 김일성, 마덕산(박덕산에 대한 오기), 이복록(김복록에 대한 오기) 동지에게 상응하는 처벌이 있어야 한다. 우리는 당신이 적당한 처벌을 내릴 것을 제의한다…."(周保中, 金策關於商討東北黨和游擊運動等問題給魏拯民的信. 1941年 3月 12日 발췌)

증거로 제출하기도 했다. 그러다가 이 문제가 갑자기 수면 아래로 내려앉은 것은 첫 번째 왕신림(극동군 내무부장 바실린 소장)과 주보중 사이에서 항일연군의 조직 귀속 문제로 첨예하게 대립하면서부터였다.

왕신림은 2로군을 대표한 주보중, 최용건, 왕효명 등과 3로군을 대표한 김책, 이조린, 풍중운 등이 자신들만의 별도 회의를 갖고 '만주전당대표회(중공 동북당위원회 전신)'를 조직하기로 한 데 대해 반대했다. 왕신림은 항일연군은 물론이고 당 조직도 모두 소련 극동홍군에 참가하고, 당 조직관계도 소련공산당에 귀속시키라고 주장했다. 이에 대해 주보중과 이조린, 풍중운 등 중국인 지도자들은 강력하게 반발했다.

"왕신림 이자는 우리 항일연군의 총사령이 되려는 심보를 품고 있는 것 같소. 자칫하다가는 우리 모두가 이자의 졸병으로 전락해버릴지도 모르오."

당시 소련에 들어와 있던 항일연군 내 조선인 가운데 가장 지위가 높았던 최용건까지도 주보중에게 한바탕 바람을 불어넣었다. 주보중과 최용건은 1922년 운남강무당에서 함께 공부한 막역한 친구 사이였다. 이때 주보중은 2로군 총지휘였고, 최용건은 2로군 총참모장이었다.[256]

"말도 안 되는 소리요. 내가 어떤 일이 있어도 이 일만큼은 막아내겠소."

주보중은 왕신림의 의도를 저지하기 위해 이후 스탈린(Joseph Stalin)과 디미트로프(George Dimitrov)에게 편지를 보내 '왕신림의 주장은 마르크스, 레닌의 인터내셔널 원칙에 부합하지 않는다.'고 항변했다. 그 결과 스탈린의 지시로 디미트로프가 직접 왕신림을 불러서 비판했고, 1941년 2월 24일에는 사과까지 받아냈다.

---

256 주보중과 최용건의 관계는 '부록 주요 인물 약전 최용건 편' 참고.

새로 파견된 왕신림은 항일연군 내 중공당 조직을 소련공산당으로 귀속시키려던 전임 왕신림의 주장을 취소하고 항일연군을 도와 중공당 중앙과 연계를 맺어주겠다고 약속했다. 하지만 말로만 그랬을 뿐 1945년 광복 때까지도 실현시켜 주지 않았다. 따라서 주보중은 그동안 3로군에서 북만성위원회 서기직을 맡으며 풍부한 당무 경험이 있었던 김책 등과 의논하고, 일단 자체적으로 '만주전당대표회(滿洲全黨代表會)'라는 조직기구를 만들기로 합의하고 3인의 임시상무위원회를 구성했다. 이 3인으로 내정된 사람 가운데 위증민도 들어 있었다.

당시 김성주와 안길, 서철은 1로군을 대표하여 이 전당대표회에 참가했다. 2로군에서는 주보중과 최용건, 계청(季青), 왕효명, 시세영이 참가했고, 3로군에서는 김책과 이조린, 풍중운이 참가했다.

4. 조상지와 왕일지의 불륜설

3로군의 실질적인 군사지휘관이었던 전임 3군 군장 조상지는 1940년 1월 제1차 하바롭스크회의에는 참가했으나, 회의 기간에 자신의 부관장으로 일찍이 항일연군 제11군 군장이었던 기치중(祁致中)을 죽인 일이 발각되어 북만성위원회로부터 당적을 제명당하고 말았다. 오갈 데 없게 된 조상지는 주보중의 배려로 1940년 4월에 2로군 부총지휘로 옮겼으나 이 기간에 숙영지에서 주보중의 아내 왕일지(王一知)와 함께 담요를 덮고 자다가 대원들 눈에 띄는 일이 여러 번 있었다.

조상지의 여동생 조상문의 남편은 필자와 주고받았던 한 차례 대담에서 평생 장가도 들지 않았고 여자 문제가 없었던 조상지가 그때 어쩌자고 2로군 총지휘

주보중의 아내를 건드리게 되었는지 모르겠다면서도 둘이 관계가 있었음은 사실이라고 증언했다.

후에 이 일은 하얼빈 작가 왕충유의 인물전기 『조상지』에서도 언급되었다가 하마터면 큰 송사로 번질 뻔했다. 주보중의 딸 주위가 사실은 조상지의 딸이라는 소문까지 퍼졌고, 주위의 변호사가 이 사실을 확인하고자 흑룡강성 당사연구소를 방문하는 일까지 있었다. 그때 당사연구소 관계자가 소송을 철회하라고 조언했다고 한다. 그 이유에 대해 당시 흑룡강성 당사연구실 주임을 지냈던 김우종은 이렇게 설명했다.

"괜히 법정놀음까지 하다가는 오히려 주위에게 더 불리해질 수 있다. 주보중의 『동북항일유격일기』에서 밝혀진 시간을 대조해 보면 주위가 태어나기 10개월 이전에 주보중은 아내 왕일지와 함께 있지 않았고, 왕일지가 당시 조상지와 함께 있었다는 증언이 아주 많다. 이 문제를 어떻게 설명할 것인가…"[257]

이런 사실을 증명이라도 하듯 1940년 11월에 주보중은 "항일연군 제2로군 총지휘부 직속부대 총결대회"에서 조상지의 2로군 부총지휘를 제명하는 결의를 통과시킨다. 그리고 이 결의 초안을 북만성위원회 김책 앞으로도 발송했다.

그는 이 초안에서 조상지에 대하여 얼마나 화가 났던지 1월 북만성위원회에서 처음 조상지의 당적을 제명할 때는 이조린 등이 '제명' 앞에 '영원'이라는 단어를 단 것을 삭제해달라고 요청해 통과시켰지만, 이번에는 '제명' 앞에 '영원'을 붙여서 "조상지의 당적을 영원히 제명하고 그를 소련으로 보내어 엄격하게

---

257 취재, 김우종(金宇钟) 조선인, 역사학자, 전임 흑룡강성 당사연구실 주임, 취재지 상지시, 1999.

처벌해줄 것을 요청한다."는 내용을 담고 있었다.

이로써 조상지가 주보중의 아내와 바람피우다 발각되고 당적까지 제명당한 사실은 하바롭스크에 쫙 퍼지고 말았다. 당시 3로군 출신 대원들은 북야영에 주둔했는데, 이조린과 풍중운이 조상지가 북야영에서 함께 주둔하는 것을 극구 반대했기 때문에 오갈 데가 없게 되자 김성주가 불쑥 나섰다는 이야기가 있다.

김성주는 김책을 찾아가 조상지를 도와줄 것을 요청했다고 한다.

"바람피운 일이 무슨 그리 큰 죽을죄라고 사람을 이렇게까지 구박한답니까? 북야영에서 그렇게 조상지 동지를 싫어한다면 저희 남야영에 와서 있게 해주십시오."

김책은 빙그레 웃으면서 머리를 끄덕였다.

"하필이면 주 총지휘 아내와 그런 일이 있었다는 거 아니겠소. 어쨌든 이런 식으로 너무 혹독하게 조상지 동무를 처벌하는 데는 나도 반대요. 하지만 여기에 김 동무가 함부로 나서는 것은 좋지 않소. 주 총지휘를 설득하자면 최석천(최용건) 동지가 아니면 안 되오."

결국 김책과 최용건의 주선으로 조상지를 시베리아로 유배 보내려 했던 주보중도 마음을 접을 수밖에 없었다.

그때 마침 주보중과 한창 충돌하던 왕신림이 나서서 일부러 조상지를 북만으로 돌아가게 했다. 이미 당적까지 제명당한 조상지를 따라 북만으로 돌아가려는 대원들은 없었다. 조상지는 공개적으로 호소했다.

"비굴하게 소련에서 생을 구걸하지 말고 나와 함께 만주로 돌아가 왜놈들과 싸우려는 자는 나서라."

원 3군 1사 산하 연대장 강립신(姜立新)과 장풍기(張風岐), 조해도(趙海濤), 한유

(韓有) 4명이 겨우 따라나섰다. 조상지까지 합쳐 5인인 이 소부대는 1941년 가을에 소련을 떠나 북만 지방으로 들어가 활동했으나 결국 얼마 버티지 못했다. 이 듬해 1942년 2월 12일에 오늘의 흑룡강성 학강시(鶴岡市) 오동(梧桐) 경찰분주소를 습격하다가 대부분 전사하고 말았다.

조상지의 3군 군장직은 1939년에 남한 출신 조선인 혁명가 허형식[258]이 계승했다. 이후 3군을 기간부대로 제3로군이 결성되면서 3군 군장과 3로군 총참모장을 겸직했던 허형식은 김책, 풍중운, 이조린 등의 지휘관들이 모두 소련으로 들어간 뒤에도 혼자 북만주 지방에 남아 나머지 부대들을 이끌고 계속 일본군과 싸웠다. 그러다보니 제1, 2차 하바롭스크회의에 참가하지 못했다. 그리하여 김성주의 제1소부대가 위증민을 찾으러 만주로 들어갈 때, 김책은 허형식과 박길송 등을 찾으러 직접 만주 북부 지방으로 들어갔다. 헤어질 때 김책은 김성주에게 몇 가지 귀띔했다.

"이번 제2차 하바롭스크회의에 김일성 동무를 1로군 대표로 참가시키자고 제일 먼저 제안했던 사람이 바로 주보중 동지요. 그러니 동무네가 위증민 동지 허락도 없이 소련으로 들어온 것에 상응하는 기율 처분을 받아야 한다고 주장하는 주보중 동지의 진짜 의도가 무엇인지 동무는 반드시 이해하고 받아들여야 하오. 우리 3로군의 당내 노선투쟁이 지금 가열되고 있소. 주보중 동지는 조상지의 당적을 제명하면서 조상지와는 원수 간이나 다름없는 장수전(이조린)에 대해서도 무척 날카롭게 비판했소. 지금이야말로 상벌이 분명하지 않으면 흩어진 군심을 제대로 잡을 수 없소. 동무는 위증민 동지에게 보내는 이 편지 때문에 결코 기분이 상하거나 감정적으로 다른 변화가 있어서는 결코 안 되오. 내 뜻을 이

258　허형식과 관련한 자세한 내용은 『만주 항일파르티잔』(부제: 잊혀진 독립운동가 허형식 전기, 유순호, 도서출판 선인, 2009) 참조.

해하겠소?"

김성주는 진심으로 김책의 충고를 고맙게 받아들였다.

그동안 줄곧 소문으로만 들었던 김책을 소련에 들어와 처음 만난 김성주는 그야말로 첫눈에 반하다시피 했다. 과거 2군 정치부 주임으로 내려왔던 전광을 처음 만났을 때 받았던 느낌보다 오히려 더 강렬했다.

"제가 이번에 만주 땅을 모조리 뒤져서라도 반드시 위증민 동지를 찾아 소련으로 모셔 오겠습니다. 김책 동지도 허형식 동무를 꼭 찾아서 소련으로 데려와 주십시오. 이번에 소련에서 북만 동무들과 많이 만났는데, 만나는 동무들마다 허형식 동무 이야기를 하더군요. 정말 그렇게 대단하신 분입니까? 진심으로 만나고 싶습니다."

"아마 이희산(허형식의 별명) 동무도 김 동무를 만나면 여간 반가워하지 않을 것이오. 동무가 알고 있는지 모르겠소. 동무가 남만의 김일성이라면 희산이는 북만의 김일성이었다오."

"네? 그게 무슨 말씀입니까?"

"동무가 압록강 넘어 조선 국내까지 쳐들어가면서 하도 유명세를 타다 보니 북만 지방의 만주군 놈들은 이희산 동무의 기병부대가 왔다 하면 '남만의 김일성이 북만까지 온 것이 아니냐.'고 질겁할 정도였소."

김책은 자신의 평생 동지였던 허형식을 자세하게 소개해주었다.

허형식과 관련한 이야기들에 김성주는 반할 수밖에 없었다. 실제로 김성주와 허형식은 서로 비슷한 부분이 적지 않았다. 당시 허형식을 '김일성'으로 오해하고 있는 『보청현지(寶淸縣志)』의 기록을 들춰보자.

"1938년 김일성이 지휘하는 항일연군 기병이 흑룡강성 보청현 이갑구에서 일본군과 전투를 진행했다. 당시 일본군은 패퇴당했고 전장을 수습할 때 그곳 주민들은 이 젊은 항일장령을 볼 수 있었는데 '키는 그다지 크지 않으나 아주 영준하게 생겼으며 옷차림은 소박'하다는 인상을 받았다. 김일성 부대는 기율이 엄격했으며 함부로 여성이 있는 집에는 드나들지 못하게 했으며 부녀자들과 웃으며 말을 건네지 못하게 했다."[259]

"그런데 희산 동무도 고집이 어지간하지 않소."

김책이 갑자기 설레설레 머리를 저으면서 말을 이어갔다.

"내 말은 무엇이든 다 듣는데, 소련으로 들어가자고 하면 듣지 않을 듯하오."

"왜 그렇게 생각합니까?"

"왜놈들과 싸우려면 만주에서 싸워야지 소련으로 들어가면 어떻게 하느냐고, 소련으로 들어오기 이전에 풍중운, 장수전 등 동무들과 한 차례 모임을 가졌던 일이 있었소. 자신은 죽을 때까지 만주를 떠나지 않겠다고 하더구먼."

5. 내 조국을 위하여 하나뿐인 생명을 아껴라!

이런 이야기를 들으면서 김성주는 은근히 부끄럽기까지 했다. 그러나 1940년 8월 소할바령회의 직후 부리나케 소련으로 탈출한 자신의 결정을 결코 후회하지 않았다. 어쩌면 양정우나 조아범, 또는 진한장처럼 자기 조국을 위하여 마지

---

259 원문 "1938年7月金日成曾指揮抗聯騎兵在黑龍江省寶清縣二甲溝與日軍接戰, 幷成功地全身而退。这段記載中保留了普通中國民衆對這名年輕抗日將領的印象:"個頭不很高, 長得很英俊, 穿着很朴素"; "頭腦非常精明, 眼睛看啥事看得也准";"隊伍紀律非常嚴明, 不許進女眷住處, 不許與婦女説笑, 不許向百姓索要東西。"『中國抗戰實錄』, 解放軍出版社, 2002.
『寶清縣志』, 寶清縣公署編輯發行, 哈爾濱廣記印刷局 印刷, 黑龍江省雙鴨山市寶清縣博物館 所藏. 1936年(康德三年)版.

막 순간까지 침략자 일본군과 싸우다가 죽을 수만 있다면 그렇게 나쁘지 않을 것이다.

'그러나 나는 살아서 내 조국으로 돌아가야 하지 않는가.'

김성주는 어떻게든 살아서 내 조국 조선으로 돌아가야 한다는 일념뿐이었다. 그때까지 죽지 않고 살아서 계속 그를 따라다니던 어린 대원들에게도 그런 생각을 주입해왔다. 김책과 헤어질 때 김성주는 이렇게 부탁했다.

"김책 동지, 허형식 동무에게 꼭 전해주십시오. 하나뿐인 생명을 만주에다가 버릴 생각을 하면 안 된다고 말입니다. 왜놈들을 쫓아내고 내 조국으로 돌아가서 그동안 만주에서 항일투쟁을 했던 것보다 훨씬 더 많은 일을 해야 할 것 아니겠습니까."

김성주의 이 말은 김책에게 충격이 아닐 수 없었다.

"내 조국을 위해서 하나뿐인 생명을 아껴라?"

이렇게 말을 받으며 김성주의 얼굴을 쳐다보던 김책은 눈물까지 핑 돌았다.

"내 조국이라…."

"제가 혹시 공산주의자답지 않은 말을 했습니까?"

김책의 표정에 김성주는 당황했다.

김책은 머리를 가로저었다.

"아니, 아니오. 너무 오랫동안 중국 사람들과 일하다 보니 갑자기 '내 조국'이라는 단어가 무척이나 생소하오. 한편으론 왜 이렇게 친근하게 들리는지 모르겠소. 내 조국을 위해서 생명을 아껴야 한다는 이 말을 희산 동무에게 꼭 전하겠소. 그러면 틀림없이 마음을 돌릴 것이오. 정말 고맙소."

김책은 김성주의 두 손을 잡고 흔들기까지 했다.

김성주는 이런 김책의 모습을 보면서 이 사람과는 정말 마음을 터놓고 어떤 이야기도 다 나눌 수 있다는 믿음을 가지게 되었다. 그러자 하고 싶은 이야기가 너무 많아 자신도 목이 울컥 멜 지경이었다. 그것을 이해라도 하듯이 김책이 먼저 그를 위로했다.

"김일성 동무, 난 오늘 동무에게서 아주 중요한 것을 하나 배웠소. 내 조국을 위하여 생명을 아껴라. 아, 이 얼마나 소중한 교훈이오. 이런 교훈을 왜 나는 여태까지 모르고 지냈는지 모르겠소. 그동안 만주 땅에서 숱하게 잃어버린 우리 조선 동무들을 생각하면 너무 아까워 피가 다 끓소. 이렇게 소중한 교훈을 나는 왜 이제야 알게 되었는가, 그리고 동무는 왜 이제야 내 앞에 나타난 것이오. 우리가 좀 더 일찍 만났더라면 얼마나 좋았겠소. 위증민 동지에게 보내는 이 편지 내용은 절대 괘념치 마오. '기율 처분'이니 뭐니 하는 것은 형식적인 수순에 불과하오. 결국 누가 정확했고 진리가 누구에게 있는가는 먼 훗날 역사가 증명할 것이오."

'내 조국을 위해서 하나뿐인 생명을 아껴라.'

김책은 김성주에 대해 새삼 다시 생각해보지 않을 수 없었다.

주보중과 함께 편지에 서명했던 김책은 벌써부터 자신이 잘못 판단했음을 후회하고 있었을지도 모른다. 당시 1로군 3방면군 출신 생존자들 가운데 중국인들은 김성주를 '혼자 살자고 위증민을 내버려두고 제일 먼저 소련으로 달아났다.'고 비난했지만, 정작 이에 대한 평가는 먼 훗날로 미룰 것도 없었다.

김성주 소부대가 만주로 출발한 뒤, 김책도 허형식을 찾으러 만주로 되돌아가려고 수차례 요청했으나 주보중이 그를 놓아주려 하지 않았다.

당시 소련 경내로 계속 들어오던 북만 지방 항일연군 부대들은 대원 구성이 비교적 복잡했다. 특히 소대장 이상의 지휘관들은 모두 '조상지파'와 '이조린파'

로 나뉘어 서로 반목하며 지냈다. 이조린은 본인이 파벌의 당사자인 데다 풍중 운도 오랫동안 정치공작만 해왔기 때문에 부대 내에는 그를 뒷받침해줄 세력이 없었다. 때문에 누구도 그의 말을 들으려 하지 않았다.

김책은 1940년 12월 하순에 소련으로 들어와 이듬해 7월에 다시 만주로 가기 전까지 주보중을 도와 남, 북 야영(野營)의 정치사상 공작과 대오 정돈 사업을 추진했다. 더구나 주보중의 심복인 최용건과는 같은 조선인이어서 두 사람이 마주 앉으면 시간 가는 줄 모르고 이야기를 나누었다.

1940년 12월에 있었던 일이라고 한다. 당시 주보중 2로군 경위대와 2지대 및 3로군 일부가 당위원회 확대회의를 소집하고 북야영 임시당위원회를 열었다. 서기를 선출하던 중 3로군 대표들이 야영에 도착했다는 보고가 있었다. 주보중 이 회의 사회를 팽시로(彭施魯)에게 맡기고 급히 마중나갔는데, 그때 서기로 당선된 강건(姜健, 강신태)이 팽시로에게 불쑥 요청했다고 한다.

"나한테 한 시간만 여유를 주면 안 되겠소? 주 총지휘와 함께 가봐야 하오."

주보중은 회의고 뭐고 다 팽개치고 따라 나오는 강건에게 물었다.

"아니, 이 회의 주인공인 동무가 어디를 간다는 것이오?"

그러자 강건은 이렇게 대답했다.

"3로군 대표 가운데 어렸을 때 저에게 글을 가르쳐주었던 선생님이 계십니다."

그 말을 들은 주보중은 놀라지 않을 수 없었다.

강건이 이야기한 선생님은 바로 김책이었다. 중국 자료에 보면, 김책은 1940 년 12월경에 소련에 도착해 이듬해 7월 13일까지 반년 남짓 야영에서 지냈다. 그 동안 주보중과 함께 북만성위원회 대표(김책)와 길동국 대표(주보중) 신분으로 한동안 남야영에 내려와 주둔한 적도 있었다. 이는 위증민이 없는 1로군 부대들이 서로 반목하고 있었기 때문이다.

1941년 2월 25일부터 주보중과 김책은 번갈아가면서 남야영에 주둔하던 1로군 부대(주로 2, 3방면군 생존자들) 100여 명과 일일이 개별 담화를 진행했고, 그 과정에서 2방면군은 김성주에게, 3방면군은 안길에게 맡기기로 가닥을 잡았다. 4월에 접어들면서 소부대를 조직할 때는 2, 3방면군 출신 대원들을 섞기도 했다. 3방면군에서 류삼손, 동숭빈 같은 중대장급 사람들이 김성주의 제1소부대로 배치되었는가 하면, 2방면군에서 김성주의 최측근 심복인 오백룡을 안길의 제2소부대로 배치하기도 했다. 때문에 김일성의 제1소부대 28명에는 오백룡뿐만 아니라 평소 그림자처럼 뒤에 따라붙어 다녔던 이을설이나 조명선은 없었다.

만약 김책의 도움이 아니었다면, 김성주는 안길과 더불어 남야영에서 두각을 드러낼 수 없었을지도 모른다. 왜냐하면 김성주에게는 '1로군에서 가장 먼저 소련으로 내뛰었다.'는 꼬리표가 달려 있었기 때문이다. 그것도 위증민의 허락 없이 독단적인 판단이었다는 비난을 받았는데, 김책이 나서서 무마해준 것이다.

'내 조국을 위해서 하나뿐인 생명을 아껴라.'

김성주의 이 말은 김책뿐만 아니라 최용건에게도 충격이 아닐 수 없었다. 누구보다도 철저한 민족주의자였고 전형적인 군인이었던 최용건은 공산주의 이론에는 거의 무지하다시피 했다. 그도 자나 깨나 조선의 독립을 위해 한 생을 분투해왔다. 김책이 허형식을 찾으러 만주로 돌아가겠다고 신청했을 때 최용건은 김성주의 이 말을 빌어 만류했다.

"오래지 않아 일본 놈들이 망할 터인데, 그때까지 기다렸다가 함께 조국으로 돌아가야지 다시 만주로 돌아가서는 어쩌자고 그러오? 게다가 다리까지도 아직 완쾌되지 않았잖소. 괜히 병이 덧나겠소."

이때의 최용건은 김책보다 직위가 높지 않았다.

위증민이 없었기 때문에 당초 서기까지 선출하여 결성을 선포하려 했던 '전만주당대표회'는 무산되고 새로 동북당위원회가 결성된 것은 그로부터 1년 뒤인 1942년 4월이었다. 그때 서기에 선출된 사람이 바로 조선인 최용건이었다.

이 동북당위원회는 따로 집행위원회를 두었는데 김성주 외에도 김경석이 함께 집행위원 겸 부서기로 선출되었다. 이는 전적으로 김책 덕분이었다. 동북당위원회가 출범하지 않았고 김책도 소련으로 들어가기 전까지 야영의 당위원회는 여전히 길동국위원회를 대표하는 주보중과 북만성위원회를 대표하는 김책의 지도를 받고 있었다.

김책은 최용건과 한 차례 담화하면서 젊은 김성주를 자신들의 대표자로 삼자고 강력하게 추천한 것이다. 그리고 나서 만주로 되돌아가려는 김책을 최용건이 만류했다.

"당신이 떠나면 이곳 조선 동무들은 구심점을 잃을 수 있소."

하지만 김책의 고집을 꺾을 수 없었다.

"석천 동무, 난 희산이가 걱정되어 그러오."

"희산이한테는 날고뛴다는 기마 부대도 있고 또 길송이도 곁에 있으니 잠시는 괜찮을 거요. 그리고 다른 사람을 보내 재촉해도 되지 않겠소. 만주로 들어갔던 김일성과 안길네도 곧 돌아올 텐데, 그러면 부대를 다시 개편하지 않으면 안 되오. 지금처럼 2방면군과 3방면군 아이들이 서로서로 반목하는 형국을 내버려두면 안 되잖소."

김책은 곁에 있는 경위원들까지 내보내고 최용건과 주고받았다.

"석천 동무. 구심점이 되기에는 나나 동무나 이제는 한물간 것 같지 않소? 나는 우리 조선 동무들 가운데서 우리 둘보다 훨씬 더 젊고 똑똑한 동무를 선택했으면 하오. 더구나 우리 두 사람은 내내 중국 사람들과 일해 오다 보니 동만이나 남만에서 온 조선 동무들을 잘 알지 못하오. 내가 이번에 남야영에서 한동안 지내며 그들과 많은 이야기를 주고받았는데, 김일성 동무를 따라 조선에까지 쳐들어가 전투를 벌인 동무들이 한둘이 아니었소. 그 어린 동무들이 자기 조국에 대한 이야기를 할 때면 나는 솔직히 부끄러워 얼굴을 들 수 없었소. 그 어린 동무들이 부럽기까지 하더구먼….”

김책은 가슴이 뜨거운 사람이었다.

“그 어린 동무들에게 ‘내 조국’이라는 심장을 만들어준 사람이 바로 김일성이더란 말이오.”

“무슨 뜻인지 알겠소.”

김책 못지않게 최용건도 가슴이 뜨거운 사람이었다. 게다가 최용건은 순수하기까지 했다.

다시 만주로 돌아가겠다는 김책의 요청이 허락된 것은 1941년 7월 10일이었다. 이날 열린 야영 당위원회 회의에는 남북 야영의 당위원회 주요 책임자들과 함께 주보중, 최용건, 풍중운 외에도 소련방면에서는 왕신림이 참가하여 김책을 제3로군 정치위원으로 임명했다. 원 정치위원 풍중운이 소련 경내에 남아 있는 상황을 고려하여 김책에게 정치위원을 겸하게 한 것이다. 이때 먼저 만주로 되돌아간 이조린 앞으로 편지를 보내 금후 3로군의 모든 군사, 정치활동은 김책의 지도를 받아야 한다고 지시했다. 3로군 총지휘 이조린의 권한을 정치위원 김책 밑으로 한 단계 낮춘 것이다.

김책이 야영을 떠난 것은 1941년 7월 13일로 나와 있다. 일부 자료에서는 이때 김책이 오늘의 흑룡강성 철려(鐵力) 경내의 노금구(老金溝)밀영에 있었고 1941년 7월 10일에 제3로군 정치위원에 임명되었다고 주장하는데, 이는 정확하지 않다. 7월 10일은 야영 당위원회에서 김책의 만주행을 의제로 회의가 열린 날이며, 김책은 이틀 뒤인 7월 13일에 소련을 떠나 10월 중순경에야 노금구에 도착했다[260]는 새로운 증언들과 자료들이 발견되었다.

이후 김책은 허형식이 전사하면서(1942년 8월) 극도로 비통에 빠졌다. 3로군도 허형식의 죽음으로 더는 북만주 지방에 발을 붙일 수 없게 되어 소련 경내로 철수하기 시작했다. 1943년 10월에는 이미 남아 있는 부대가 없었다. 김책 등 몇 명이 계속 노금구에서 버티고 있었을 따름이다.

소련에서는 계속 돌아오라고 명령을 보냈지만 말을 듣지 않자 김책에게 "자유주의와 개인영웅주의"[261]라는 죄명으로 처분까지 내렸다. 그래도 꿈쩍하지 않던 김책이 1944년 1월 비로소 다시 소련으로 돌아온 것을 두고 김성주는 회고록에서 자신이 돌아와 달라는 전보를 보냈다고 주장한다. 물론 이를 의심하는 연구가들이 적지 않지만, 충분히 가능하다고 본다.

왜냐하면 이때 최용건과 김책의 직위는 급격하게 내려앉고 있었다. 특히 소련방면 대표에게 잘못 보였던 최용건은 1943년 1월에 88국제교도여단 부참모장에서 면직되고 정치부 청년과 부과장으로 강등되었다. 그의 동북당위원회 서기직은 그런대로 유지되었지만, 소련방면 대표였던 왕신림에게 이 당위원회는 눈에 든 가시 같았다. 항일연군이 이미 88국제교도여단으로 개편되었으면 당 조직도 반드시 소련공산당에 귀속되어야 한다고 주장했던 전(前) 왕신림의 주장을 다시 들고 나온 것이다. 결국 동북당위원회 서기의 부대 내 직위가 급격하게 하락하면서 이 위원회는 군수부나 총무부서 비슷한 처지로 전락하고 말았다. 대

---

260 『東北抗日聯軍后期鬪爭史』, 高樹橋, 白山出版社, 1993.
　　『訪問錄選編』, (周保中同志專輯), 黑龍江省社會科學院地方黨史所, 1980.

261 또는 鬧獨立, 組織紀律性不强이란 죄명이었다. '鬧獨立'은 독립을 꾀한다는 뜻으로 편협한 민족이기주의를 표현하며, '組織紀律性不强'은 조직 기율성에 문제가 있다는 뜻이다.

국제교도여단(일명 88여단) 지휘부 사진. 1943년 10월 5일, 하바롭스크 부근 브야츠크촌에 있는 국제교도여단 본부 앞에서 여단장 주보중 중좌와 조선인 대원들이 함께 촬영한 것이다. 이 여단은 1942년 스탈린의 지시로 소련인, 중국인, 조선인 등으로 구성하여 대일본전 준비를 해온 것으로 알려졌다. 북한 당국은 김일성이 이 여단에 소속되었던 사실을 부인해 왔다. 앞줄 한가운데가 주보중이며, 오른쪽은 김일성, 세 번째 줄 왼쪽부터 서철(전 북한 검열위원장), 강건(전 인민군 총참모장), 김광협(전 북한 민족보위상), 네 번째 줄 왼쪽부터 김일(전 북한 제1부수상), 최용진(전 북한 제1부수상), 한 사람 건너 김경석(전 북한 노동당조직부장).

신 김성주는 남야영을 대표하는 제1지대 지대장으로 임명되었다. 한마디로 김책과 최용건을 딛고 올라선 것이었다.

6. 다시 만주로 나가다

김성주가 1로군 대표자로 인정받게 된 것은 1941년 4월에 그가 제1소부대를 인솔하고 다시 만주로 나갔던 일과 관련 있다. 당시 노조에 토벌사령부는 이미 해산된 뒤였고, 만주국은 동남방위 치안숙정계획을 원만하게 완성했다고 선포했다. 즉 동, 남만 경내의 크고 작은 '비적'들을 모조리 소탕했다고 평가한 것이다. 특히 1941년에 접어들면서 제1로군의 마지막 군정 책임자였던 위증민(제1로군 부사령관)이 사망하고 전광(제1로군 총정치부 주임)은 귀순하면서 사실상 동, 남만 지방에는 항일연군이 존재하지 않았기 때문이다.

이런 상황에서 그때까지 위증민이 살아 있으리라고 믿는 사람도 별로 없었거니와, 그런 위증민을 찾기 위해 소부대를 인솔하고 다시 만주로 들어가야 했던 김성주 일행이 무사히 소련으로 되돌아올 수 있을까 걱정했던 사람도 결코 적지 않았다. 김성주 자신뿐만 아니라 배웅나왔던 김정숙도 불안하기는 매한가지였다.

김성주의 제1소부대는 비교적 순조롭게 만주로 들어섰다. 그 전해 10월, 10여 명만 데리고 별 어려움이 없이 소만국경을 넘어섰던 그 노선을 다시 선택했기 때문이다. 당시 일행은 각자의 배낭에 3일분 식량을 준비하고 떠났기 때문에 훈춘까지는 그런대로 굶지 않고 올 수 있었으나 왕청으로 이동할 때는 고생이 막심했다. 식량이 떨어지기 시작한 데다 눈이 아직 녹지 않고 쌓여 있어서 훈춘과 왕청 사이의 노흑산에서 여러 날을 지체했다. 하루 평균 10여 리씩밖에 행군하지 못했다는 것은 혹시라도 행적이 노출될까봐 길로 들어서지 못하고 산속에서 없는 길을 내가며 한 걸음 한 걸음씩 이동했기 때문이다.

"안 되겠소. 이대로 계속 굶다가는 도주자가 발생할지도 모르오."

뒤에 떨어진 대원들을 부축하면서 오던 박덕산이 김성주를 불렀다.

김성주는 나자구에서 얼마 떨어지지 않은 수분대전자를 눈앞에 둔 한 산등성이에서 지도를 펼쳐놓고 박덕산과 의논했다.

"이곳은 왕청유격대 시절 여러 번 와보았던 고장입니다. 내가 좀 흥분했나 봅니다. 힘든 줄도 모르고 정신없이 걸었습니다."

"빨리 식량부터 해결해야겠소. 쌀 주머니가 비어버린 동무들이 적지 않소."

동숭빈의 회고담이다.

"우리는 그때 미숫가루를 담은 쌀 주머니를 탄띠처럼 어깨에 가로세로로 메고 다녔다. 산속에서는 탄약보다 쌀이 더 소중했기 때문이었다. 주머니는 주먹 하나가 들어갈 만큼씩 뱀 몸뚱아리처럼 만들어서 양쪽 구멍을 끈으로 묶었다. 길을 걸으면서도 어깨 쪽 끈을 풀고 구멍에 손을 넣어 미숫가루를 한 줌씩 꺼내 먹을 수 있었다. 떠날 때 3일분씩 준비했던 식량을 10여 일에 걸쳐 나눠 먹었으니 노흑산을 넘을 때는 너무 지쳐서 제대로 걸을 수가 없었다. 그때 지갑룡이 김일(박덕산)에게 멀지 않은 곳에 금창(金倉)이 있는데, 그곳에 가면 사금장도 있고 하여 쌀을 구할 수 있다면서 자기가 가서 쌀을 구해오겠다고 했다."[262]

박덕산은 김성주의 동의를 얻은 뒤 바로 금창으로 식량을 구하러 떠났다.

그때 박덕산이 데리고 갔던 지갑룡 외에도 장흥룡과 중국인 대원 진보산(陳寶山)이 식량을 구해서 돌아오는 도중에 뒤를 쫓아온 금창 자위단의 총에 맞아 죽는 일이 발생했다. 동숭빈은 지갑룡이 이때 도주했다고 회고한다.

박덕산은 지갑룡, 장흥룡, 진보산 세 대원과 함께 금광창고를 습격하여 쌀 몇 자루를 노획했지만, 돌아오는 길에 너무 배가 고파 도저히 걸음을 옮겨놓을 수가 없었다. 대충 생쌀을 씹어 먹으면서 가자고 했지만 지갑룡은 그러다가 배탈이라도 나면 어떻게 하느냐면서 기어코 불을 지펴 밥을 짓다가 연기가 피어나

---

262 취재, 동숭빈(董崇彬) 중국인, 항일연군 생존자, 항일연군 2군 4사 1연대 중대장 역임, 취재지 사천성 성도시, 1990.

게 되었다. 그 연기를 발견한 금창 자위단 30여 명이 뒤따라 쫓아왔다. 전투 중에 장흥룡이 사살당하고 진보산은 총상을 입고 운신할 수 없게 되자 박덕산은 지갑룡에게 진보산을 업게 하고 자신은 뒤에서 엄호했다. 가까스로 포위를 뚫고 나와 보니 진보산도 보이지 않고 지갑룡만 혼자 땅바닥에 주저앉아 있었다.

"도대체 어떻게 된 거요? 진보산은 어디 있소?"

"짐이 되기 싫다면서 혼자 뒤에 떨어졌소. 아무리 붙잡으려고 해도…."

지갑룡은 너무 지친 나머지 말도 잇지 못했다.

단 한 걸음 움직이는 것조차 힘겨웠던 것은 박덕산도 마찬가지였다. 그러나 이대로 주저앉아버리면 둘 다 사로잡힌다는 생각에 있는 박덕산은 힘을 다하여 지갑룡을 붙잡아 일으켜 세웠다.

"자, 어서 일어나오."

"아니요, 이대로 돌아가면 아마 처형을 면치 못할 것이오."

"누가 동무를 처형한다고 그러오. 우리는 최선을 다했소. 어쩔 수 없이 발생한 일이오. 그리고 밥을 짓자고 불을 피운 것도 내가 허락한 일이잖소. 동무와는 상관없으니 걱정 말고 어서 일어나오. 좀 있으면 놈들이 쫓아올 거요."

박덕산이 아무리 설득해도 지갑룡은 들으려 하지 않았다.

"박 동무, 나를 설득하려 하지 마오. 그냥 나를 놓아주오."

"그게 무슨 소리요. 어떻게 여기까지 왔는데 그만둔단 말이오?"

박덕산이 화를 내자 지갑룡은 장흥룡이 두고 간 보총을 손에 들고 지팡이 삼아 땅바닥을 짚고 일어서면서 한참 숨을 몰아쉬고는 대답했다.

"박 동무는 나와 김 지휘 사이에 어떤 일이 있었는지 잘 몰라서 대수롭지 않게 생각하지만, 나는 이번에 돌아가면 영락없이 살아남지 못하오."

그러자 박덕산은 그를 꾸짖었다.

"원, 그런 일을 아직까지 마음에 담아두고 있었단 말이오? 동무와 정숙이가 과거에 서로 사랑하는 사이였다는 거야 우리 2방면군에 모르는 사람이 어디 있소. 그 이야기는 나도 한두 번 얻어들은 게 아니오. 그렇지만 지금은 상황이 달라지지 않았소. 이미 두 사람은 결혼하고 아이까지 있소. 미안한 쪽을 따지자면 오히려 김일성 동무와 김정숙 동무가 동무한테 빚을 진 셈인데 왜 동무 쪽에서 거꾸로 처형당할까봐 무서워한단 말이오? 아무 일 없을 테니 어서 갑시다. 동무에 대해서는 내가 보증하겠소. 절대로 처형당하는 일은 없소."

박덕산이 이렇게까지 말하자 지갑룡은 비로소 마음을 놓을 수 있었다.

겨우 구했던 식량도 돌아오는 길에 벌어진 전투로 다 잃어버리고 함께 갔던 대원까지 둘이나 잃고 돌아온 박덕산은 모든 책임을 자기가 떠안았다. 김성주와 동숭빈이 책임지고 박덕산, 지갑룡과 이야기를 했다. 그 과정에서 돌아오는 길에 밥을 짓다가 연기를 피우게 된 사연이 드러났고, 전투 중 장흥룡은 그 자리에서 사망했으나 진보산은 죽지 않고 사로잡혔을 가능성이 제기되자 김성주는 얼굴빛이 확 변했다.

"틀림없이 지갑룡 이자가 진보산을 업고 오다가 내버렸을 수도 있소."

김성주는 류삼손을 시켜 당장 지갑룡을 포박하려 했다.

"김일성 동무, 책임을 물으려면 나부터 처형하오. 다 내 잘못이오. 지갑룡 동무가 자신의 책임을 절감하고 돌아오려 하지 않은 것을 내가 보증까지 서가면서 데리고 왔소."

박덕산이 애원하다시피 김성주를 말렸다.

더구나 지갑룡과 김정숙의 관계를 잘 아는 류삼손까지도 이때는 당황하여 어찌했으면 좋을지 몰라 쩔쩔 맸다. 김성주는 류삼손에게 빨리 가서 동숭빈을 불러오라고 한 뒤 네 사람은 함께 소부대 당지부 회의를 개최했다.

"지갑룡이 진보산을 내버렸다는 증거는 없지만, 그 가능성에 대비해야 합니다. 진보산이 죽지 않고 사로잡혔다면, 놈들은 그를 앞세워 우리가 있는 이곳으로 찾아올 가능성이 있습니다. 미리 대비해야 할 것 같습니다."

그때 김성주는 노흑산 곰의골에서 눈이 녹을 때까지 묵을 생각이었다. 비록 박덕산 일행이 금창에서 식량을 구해오지는 못했지만, 전문섭이 김익현과 이두익을 데리고 망원초소를 지키다가 큰 곰을 발견하고는 총을 쏘아 죽였다. 얼마나 큰 곰이었는지 여럿이 목도(무거운 물건 등을 밧줄로 얽어 어깨에 메고 옮기는 것)해서 겨우 숙영지까지 날랐다.

"이거면 우리가 한 10여 일은 넉넉하게 버틸 수 있겠습니다."

모두들 달려들어 곰의 각을 뜨고 기름도 뽑으면서 한바탕 잔치판을 벌이려던 참이었다. 하지만 김성주는 즉시 숙영지를 버리고 이동하라는 명령을 내렸다.

1941년 5월 3일 밤, 소부대는 곰의골을 떠나 왕청현 쟈피거우로 접근했다. 일찍이 왕청유격대 시절부터 이 지방 산과 들을 발바닥이 닳도록 다녔던 김성주는 맨 앞에서 길안내를 서다시피 했다. 수분대전자와 남태평구, 석두하자, 소왕청 골안을 지나 쟈피거우에 이르렀을 때는 어느덧 5월 10일이었다. 평소 같으면 하루에라도 닿을 수 있는 거리를 일주일 동안 걸어서 도착한 것이다.

여기서 하루 휴식하며 김성주와 박덕산은 소부대를 소분대 세 개로 나눴다. 박덕산은 자신이 직접 위증민을 찾아 화전까지 들어가 보겠다고 고집했지만 김성주는 김철우 등 대원 9명을 박덕산에게 붙여주면서 쟈피거우를 본거로 삼고 기타 소분대들이 안도와 돈화, 화전으로 위증민을 찾으러 나갔다가 다시 돌아올 때 모일 후방기지를 만들라고 부탁했다. 박덕산에게 무전기도 한 대 남겨 놓았다.

"아니, 김 지휘가 직접 소분대를 데리고 화전까지 들어가겠다는 것이 말이 되는 소리요?"

박덕산은 동숭빈과 류삼손을 불러 당지부 회의에서 결의하자고까지 했다.

"박덕산 동지의 말씀이 옳습니다. 저도 김 지휘가 직접 화전까지 들어가는 건 반대합니다. 화전 쪽은 저희 2분대가 들어가게 해주십시오. 재작년 목기하전투 때 저희 4사 1연대가 계속 화전 부얼령 쪽에 주둔했습니다. 때문에 그쪽 지리는 제가 김 지휘보다 훨씬 잘 압니다."

이 세 사람이 짜고 고집하는 바람에 김성주도 어쩔 수 없이 화전으로 직접 들어가려 했던 계획을 접었다. 그러나 박덕산을 쟈피거우에 남겨두려 했던 것만큼은 누구도 꺾지 못했다.

"쟈피거우에 그냥 가만 있으라는 게 아닙니다. 해야 할 일이 아주 많습니다. 우리 2군이 근거지를 해산하고 동만에서 남만으로 이동할 때 나자구와 도가선 (圖佳線, 도문-가목사 철로) 상의 소성자 일대로 피난갔던 우리 동무들 가족이 적지 않게 흩어져 있을 겁니다. 그분들은 우리가 손때 묻혀 키운 조직성원들이기도 합니다. 그분들을 하나, 둘씩 찾아서 묶어두어야 합니다. 나자구 어딘가에 최춘국 동무네 가족도 살아 있을 것이고 오중흡이네 일가친척도 살고 있을 겁니다. 그리고 우리가 다시 소련으로 돌아갈 때 각 소분대 사이를 연결하는 일도 쟈피거우에서 맡아야 하지 않겠습니까. 그러니 이처럼 주요한 임무를 박덕산 동지가 아니면 누가 맡겠습니까."

회의를 마친 다음 날인 5월 12일에 김성주는 박덕산과 작별하고 쟈피거우에서 출발했다.

쟈피거우에서 도가선 철도를 넘어 삼차구와 대흥왜, 사하장을 지나 돈화현 경내의 황니허로 들어서는 노선은 김성주뿐만 아니라 류삼손과 동숭빈 등 옛 4

사 1연대 출신 대원들에게는 익숙한 노선이었다.

"황니허에서 길회선 철도를 넘어 이도하자와 삼도하자를 지나 할바령으로 들어갔다. 할바령에서 한총령까지는 정말 눈 감고도 찾아갈 수 있었다. 토벌대가 그동안 밀영에 들이닥쳐 한두 번 불을 지른 게 아니지만 위증민이 한총령밀영에서 묵고 지냈던 토굴집은 위치가 아주 은밀했기 때문에 놈들이 그때까지도 발견하지 못했더라. 집이 그대로 있고 집 안에 침대도 모두 그대로 있었지만 사람 그림자라고는 없었다. 김일성이 그 침대에 걸터앉아서는 갑자기 소리 내서 울더라. 우리도 모두 함께 울었다."[263]

김성주의 제1소부대에 참가하여 한총령까지 따라 나왔던 동숭빈은 김성주에 대하여 이렇게 이야기했다.

"솔직히 말하면, 김일성은 정말 정도 많고 눈물도 많은 사람이었다. 우리는 누구도 입 밖에 꺼내서 말하지 않았을 뿐 위증민이 그때까지도 죽지 않고 살아 있다고 믿는 사람은 아무도 없었다. 누구도 그 결과를 생각하기가 정말 싫었을 뿐이었다. 아마 김일성도 마찬가지였을 것이다. 그러나 소부대 책임자였던 김일성이 대원들 앞에서 먼저 김빠진 모습을 보여줄 수는 없었을 것이다. 우리 모두 따라서 함께 울자 김일성은 먼저 눈물을 닦고는 밖으로 나와 우리에게 모두 모이라고 하더라. 그리고는 지도를 펼쳐 놓고 우리한테 한 곳 한 곳 표시해 가면서 소분대들이 이동하게 될 방향을 가르쳐주었다."[264]

---

263 취재, 동숭빈(董崇彬) 중국인, 항일연군 생존자, 항일연군 2군 4사 1연대 중대장 역임, 취재지 사천성 성도시, 1990.
264 상동.

김성주는 동승빈의 제1소분대에 2방면군 출신 무량본을 부분대장으로 배치했다. 돈화현 경내의 이도하자와 삼도하자, 고려모자, 유수천, 삼도황구와 사도황구를 거쳐 마호 지방으로 들어가 육과송과 쟈신즈까지 한 바퀴 돌면서 무릇 2, 3방면군 부대들이 들렀던 숙영지와 밀영 옛 터들을 하나도 놓치지 말고 모조리 뒤지게 했다.

류경수의 제2소분대는 화전현 동부 부얼령을 넘어 쟈피거우(화전현 홍석라자의 쟈피거우)로 들어갔다가 만약 그곳에서도 위증민의 종적을 찾지 못하면 다시 로금창과 금춘잔 등지로 에돌아 왕청현 쟈피거우로 돌아오는 노선을 정했다.

김성주 본인은 제3소분대를 직접 인솔하고 한총령에서 출발하여 안도현 대전자와 대사하, 소사하를 거쳐 화룡현 북부와 무송현 동북부 일대를 돌면서 일찍 위증민이 들렀거나 며칠씩 묵으며 지냈던, 무릇 위증민이 알고 있는 옛 밀영지와 숙영지들을 하나도 빼놓지 않고 찾아보기로 했다.

이 세 소분대는 1941년 5월 20일에 한총령에서 출발했다.

김성주 회고록(계승본)에서는 이때 소부대는 인민들의 적극적인 지지와 협조를 받아 크게 고무되었다면서, 이는 인민들이 벌써부터 전민항쟁에 떨쳐나서고 있다는 뚜렷한 증거라고 주장하지만, 실제 사실는 그렇지 않았다. 동승빈은 기본적으로 인민들과는 만날 수 없었다고 증언한다.

"우리가 항일연군이라고 하면 모두 놀라서 달아났다. 그나마 담이 좀 큰 사람은 거꾸로 우리한테 와서 빨리 도망가라고 일러주곤 했다. 쌀이 있으면 좀 팔 수 없느냐고 우리가 먼저 말을 꺼내기도 전부터 '우리는 당신들한테 아무것도 줄 수 없다.'고 미리 잡아떼기도 했다. 흩어져 한둘씩 찾아와 쌀을 동냥하는 다른 항일연군을 본 적이 없냐고 물었더니, 1940년 겨울까지는 가끔 한둘을 본 적 있지만, 이듬해 1941년부터는 거의 구경하지 못했다고 했다. 명월구 쪽에 나갔던 소분대가 위증민의 수급이 찍혀 있는 전단을 한 장 구해 오는 바람에 우리는 위증민이 이미 사망한 것을 알게 되었다. 우리 소분대는 세 갈래로 나뉘어 각자 활동하다가 약 2개월 뒤 다시 쟈피거우에 모였는데, 김일성이 그 전단에 찍힌 위증민 머리를 보고 나한테 '샤오둥(小董, 동숭빈), 네가 보기에도 이 사진 속 머리가 위증민 같아 보이는가?' 하고 물었다. 나는 물론 위증민 같지 않다고 대답했다. 위증민을 본 적 있는 대원들도 모두 같지 않다고 대답하니, 김일성도 '내 보기에도 같지 않다.'면서 좀 더 찾아보자고 하더라. 그리하여 한 달을 더 찾아다녔다. 그렇지만 여전히 아무런 소식도 없자 김일성은 나보고 '안길 소부대를 찾아서 연계를 지어달라.'고 부탁했다.'[265]

북한에서는 당시 위증민을 찾으러 다시 만주로 들어갔던 김성주의 제1소부대에 동숭빈이나 무량본, 유옥천, 서보인, 목자하, 진보산, 송괴신, 연합동 같은 중국인 대원들이 참가했다는 사실을 전혀 밝히지 않는다. 심지어 김성주를 따라다닌 지 이미 7, 8년째였던 경위소대장 유옥천의 이름도 보이지 않는다.

이 소부대를 세 소분대로 나누어 김성주 자신은 3소분대를 책임졌다는 설명은 아무데서도 찾을 수 없다. 오히려 2소분대를 데리고 다녔던 류삼손이 이 소부대 중대장이었고, 박덕산이 지도원이었다는 황당한 설명이 있다.

동숭빈의 1소분대는 안길의 제2소부대를 찾았으나 헛물만 켜고 돌아왔다.

"확실한 근거는 없지만 들리는 소문에 따르면 안 참모장의 소부대는 이미 소련으로 되돌아간 것 같습니다. 노모저하(老母豬河)에 있는 안 참모장네 연락원이 그러던데, 올해 4월에 소련과 일본이 '중립조약'을 체결했다고 합니다. 만약 소

---

265 상동.

런에서 파견한 소부대들이 만주 경내에서 붙잡히거나 체포되는 일이 생기면 소련 정부가 이 조약을 위반한 것이 된다고 하더랍니다. 그래서 되돌아간 모양입니다."

"아니 어떻게 소련이, 다른 나라도 아닌 하필이면 침략자 일본과 '중립조약' 같은 걸 체결할 수 있단 말이오?"

김성주는 반신반의했다. 사실이라면 정말 배신감이 느껴지는 일이었다.

"그러게 말입니다. 정말 이해가 안 됩니다. 이번에 소련에 들어가서 안 일이지만, 소련이 만주국과도 국교를 맺었다지 않나, 이제는 일본 놈들과도 '중립조약'을 체결하지 않나, 그러면 우리 항일연군은 누구를 믿어야 합니까? 우리도 빨리 제2소부대처럼 소련으로 돌아가야 하는 것 아닙니까?"

동숭빈뿐만 아니라 박덕산도 같은 생각이었다.

그러나 김성주는 작년 10월 제멋대로 소련으로 철수했다가 현재까지도 '기율 처분' 대기 상태이다 보니 함부로 행동할 수 없었다. 그는 동숭빈 소분대가 알아낸 상황이 믿기지 않아 자신이 직접 노모저하 쪽으로 다시 나가보았다. 동녕 지방으로 파견되었던 안길의 제2소부대 후방기지가 바로 대전자 부근 향수하자(香水河子)와 노모저하 사이에 있었던 것이다. 그곳에서 김성주는 안길의 제2소부대가 이미 8월 말에 소련으로 돌아간 사실을 확인하게 되었다.

그는 급히 쟈피거우로 돌아와 박덕산과 의논했다.

"돌아오라는 허락 없이 함부로 돌아갔다가는 처분을 면치 못할 것입니다. 더구나 위증민 동지를 찾아서 데려와야 한다는 임무까지 완성하지 못했으니 어떻게 하면 좋겠습니까?"

"그렇다고 마냥 이 상태로 버틸 수도 없잖소. 벌써 몇 번이나 무전으로 연락했지만, 'B성(우수리스크 극동홍군 대표부 연락소에 대한 무전암호)'에서는 가타부타 응답이 없소. 우리가 보낸 신호를 틀림없이 받았으면서 말이오."

"우리를 파견한 사람은 주보중과 김책 동지이니, 이 두 분과 연락할 수 있게 해달라고 다시 요청해봅시다."

7. 주보중과 김책에게 보낸 편지

김성주 회고록에서는 이때 무전수로 안영 이름을 언급한다. 그런데 "중공당 만주성위원회 문건" '1941년 B야영 피파견 각 분대 명단'에는 안영이 들어 있지 않다. 안영은 별명이었거나, 아니면 이 명단 속 어떤 이름이 안영의 별명일 수도 있다. 며칠 동안 계속 무전을 보냈지만 'B성'에서는 다만 안길의 제2소부대가 이미 소련으로 되돌아온 사실만 확인해 주었을 뿐 김성주의 제1소부대에 대하여서는 돌아오라는 소리도 없었고 새로운 임무도 내려주지 않았다.

"이렇게 하는 것이 어떻겠소? 우리가 한 번에 다 돌아가면 또 문제가 될 수 있으니, 내가 계속 이곳에 남아서 활동하고 김일성 동무가 일단 우수리스크로 들어가 주보중 동지나 김책 동지 가운데 한 분이라도 만나면 문제가 해결될 것 아니겠소."

박덕산이 이렇게 의견을 내놓았다.

이때 김성주의 제1소부대 28명 가운데 이미 대원 장흥룡과 진보산, 김홍수까지 3명이 전투 중 사살당하고 이치호가 실종되었다. 후에 또 주명증이 실종되고 지갑룡과 송괴신이 도주하면서 22명으로 줄어들었다. 어쨌든 김성주는 10명만 데리고 먼저 소련으로 들어가고, 나머지 14명은 박덕산과 류삼손의 인솔하여 계속 왕청 지방에서 남아 있기로 했다.

김성주가 우수리스크에 도착했을 때 김책은 만주로 돌아가 버린 뒤였고 주보중, 최용건도 모두 보이지 않았다. 이해(李海)라는 중국 이름을 사용하는 소련방면 연락원이 김성주에게 슬쩍 귀띔해주었다.

"북만성위원회 대표 김책은 벌써 만주로 들어갔고, 주보중 지휘도 2로군에 급한 일이 생겨 지금 만주 벌리로 갔습니다. 주 총지휘와 왕신림이 당신네 항일 연군 조직관계를 귀속하는 문제로 논쟁 중입니다. 소부대의 이후 임무에 대해서는 직접 주 총지휘에게 문의해보는 것이 좋겠습니다. 그분께 편지를 쓰시면 제가 책임지고 전하겠습니다."

이에 김성주는 주보중과 김책 앞으로 편지를 쓰기 시작했다.

이 편지는 "중공당 만주성위원회 문건"에 '주보중 지휘와 북만성위원회 김책에게 보내는 김일성의 편지'라는 이름으로 전문이 수록되어 있다. 5,000여 자나 되는 장문의 편지로, 편지 내용을 간단하게 정리하면 다음과 같다.

주보중, 김책 두 동지 앞

1) 제1소부대가 금후 동북에서 계속하여 어떻게 행동할지에 대해 지시를 주기 바란다. 금후 계속 동만도 남구에서 활동할 경우 어떤 일이 발생하든지 막론하고 우리는 제2로군 총지휘부와 밀접한 관계가 유지되어 당신들의 지시와 명령을 받을 수 있기를 바란다.

2) 안길의 소부대가 활동하는 상세한 지역을 우리에게 알려주어, 우리로 하여금 안길의 소부대와 밀접하게 연계하고 행동상에서도 서로 합작할 수 있게 하여주기 바란다.

3) 우리 소부대의 병력을 보충해주기 바란다. 현재 활동하는 우리 부대의 병력은 너무 적다. 최소한 40~50명은 보내주었으면 한다. 그 가운데는 금년 봄에 야영에 남겨두

었던 5, 6명의 무선전학교(무선통신학교) 학생들도 포함되었으면 한다.

4) 무선전(무선통신) 전문소조를 만들어 각지 부대 사이의 정보를 밀접하게 교환할 수 있게 해주기 바란다.

이상은 '나(김성주 본인)' 자신의 의견이며, 편지를 읽으신 후 엄격하게 비평해 주시기 바라며 나아가 금후의 공작지시와 행동명령을 내려주기 바란다. '나의 마지막 의견이 있다면, 주 지휘의 일정에 영향을 주지 않는 기초에서 한 번 만나 직접 지시와 명령을 받고 싶다.[266]

유감스럽게도 김성주의 이 편지는 제때 전달되지 않았다. 연락원 이해는 김성주가 김책과 주보중 앞으로 보내는 이 편지를 받자마자 바로 주보중에게 달려간 것이 아니고, 자신의 상관이었던 왕신림에게 가져간 것이다. 이 편지에서 "우리는 제2로군 총지휘부와 밀접한 관계가 유지되어 당신들의 지시와 명령을 받을 수 있기를 바란다."는 내용이 그를 몹시 불쾌하게 만들었다.

김성주나 안길의 제1, 2소부대뿐만 아니라 계청, 도정비, 한의 등 북만 지방으로 파견된 다른 소부대들도 마찬가지였다. 왕신림은 자기야말로 소련홍군을 대표하여 항일연군을 지도하는 최고 지도자라고 생각하면서 소부대 책임자들이 자기를 거치지 않고 주보중이나 김책에게 지시와 명령을 받으려는 것에 극도로 반감을 가지고 있었다. 이에 대해 주보중도 모르지 않았다.

1941년 9월 14일 자 주보중의 『동북항일유격일기』에도 이 일과 관련한 내용이 적혀 있었다.

---

266 『東北地區革命歷史文件匯集終目錄(下) 1937-1945』, 中央檔案館, 遼寧省檔案館, 吉林省檔案館, 黑龍江省檔案館 編輯. 1994.

"연락원 이해 동지가 전해준 김일성 동지의 편지에는 제1소부대가 남만 지구에 파견되어 활동하면서 위증민 동지를 찾던 과정에 대해 자세하게 설명했다. 위증민과 전광(오성륜) 동지는 모두 소식이 없다고 한다. 민간에서 얻어가지고 온 소문에는 위증민 동지가 이미 올 봄에 병으로 사망했고, 일제는 그의 시체를 끌고 다니면서 항일연군을 모욕하는 선전을 하고 있다고 한다. 이미 길돈(길림-돈화), 연돈(연길-돈화) 철도 양측과 요길변구 지대에는 우리 동북항일연군이 활동하고 있다는 소식이 없다. 김일성 동지는 금후 우리 2로군 총부로부터 지시를 받으려고 했으나 소련방면의 왕신림 동지는 그럴 필요가 없다고 주장하면서 직접 김일성 동지를 다시 왕청 동부 지방으로 파견하여 보냈다.'[267]

왕신림의 연락원 이해가 김성주의 편지를 주보중에게 전달한 시간은 9월 14일이었다. 애석하게도 김성주가 왕신림으로부터 재차 파견받고 만주로 돌아가기 위해 우수리스크를 떠났던 날도 9월 14일이었다. 이 사실을 알게 된 주보중은 크게 분노했다.

주보중은 바로 다음 날인 9월 15일에 왕신림 앞으로 장문의 항의 편지를 보냈다. 이 편지도 "중공당 만주성위원회 문건"에 '왕신림에게 보내는 주보중의 편지(周保中致王新林信)'라는 제목으로 내용 전문이 보관되어 있다. 물론 이 '왕신림'은 나눔 소르킨 극동홍군 정찰국장이다. 주보중은 이 편지에서 전 왕신림, 즉 극동군 내무부장 바실린 소장이 항일연군의 주권을 존중하지 않고 항일연군 당원들이 통일적으로 소련공산당에 참가해야 한다는 등 심각한 내정 간섭을 시도하다가 스탈린과 디미트로프로부터 비판받았던 일을 상기시키면서, 왜 이

---

267   주보중, 『동북항일유격일기(東北抗日遊擊日記)』, 인민출판사, 1991.

번에도 그때와 같은 일이 재발하고 있는가 질문하기도 했다.

"김일성의 소부대가 금년 봄에 만주로 파견되었던 것은 우리가 주었던 임무였다. 김일
성은 8월 28일에 우수리스크에 도착하여 나에게 편지를 보냈다. 그동안 소부대의 활
동 경과 외에도 남만과 동만의 유격운동 문제를 논의하여야 했다. 김일성이 나와 만
날 것을 요청한 것은 지극히 필요하다. 그런데 난 어제야 비로소 이 편지를 전달받았
다. 김일성도 바로 어제 다시 만주로 돌아가고 말았다. 그리하여 우리는 아무런 사업
도 진행할 수 없게 되었다. 이해할 수 없다. 왜 이렇게 처리하는가?"[268]

주보중은 이런 질문 외에도 몇 가지 실례를 더 들어가면서 항의했다.

예를 들면, 김일성의 제1소부대와 같은 시간에 만주로 파견되었던 안길의 제
2소부대도 모두 1로군 산하 항일연군 부대들이며, 그들은 반드시 서로 긴밀하
게 연락하면서 소부대 활동을 진행해야 했다. 그런데 김일성이 보내온 편지에서
도 알 수 있듯이, 이 두 소부대는 근본적으로 서로 연락되지 않고 있었다. 안길
뿐만 아니라 이준산, 계청, 도정비, 한의 등 비슷한 시기에 함께 만주로 나갔던
소부대들이 계속 우수리스크로 돌아왔다가 다시 파견되면서도 당신들은 이런
상황을 우리 항일연군 지도부에 일절 알려주지 않았다. 이것이야말로 우리 중국
동북의 항일유격운동을 지원하는 소련 정부의 근본 용의와 목적과 어긋나는 행
위가 아닐 수 없다. 이처럼 국제주의 원칙에도 어긋나고 형제 당(兄弟黨)에 대해
서도 전혀 배려하지 않는 독단적인 사업 작풍에 유감을 표시하지 않을 수 없으
니, 만약 필요하다면 다시 소련 당 중앙과 스탈린 동지에게 편지를 보내 반영할

---

268 『東北地區革命歷史文件匯集終目錄(下) 1937-1945』, 中央檔案館, 遼寧省檔案館, 吉林省檔案館, 黑龍
江省檔案館 編輯. 1994.

수도 있다는 암시까지 했다.

후임 왕신림, 즉 나훔 소르킨 소장은 급히 사과했다.

주보중은 즉시 김성주의 제1소부대로 전보를 보내 빨리 돌아오라고 명령했다.

8. 왕바버즈사건의 자초지종

11월에 접어들었을 때 김성주는 드디어 각지 소분대들에 연락원을 파견하여 빨리 철수하라는 명령을 내렸다. 모두 제 시간에 쟈피거우 기지에 도착했으나 류삼손이 화전으로 나갈 때 제2분대와 함께 내두산 쪽으로 들어갔던 지갑룡, 송괴신, 김복록 소조가 계속 돌아오지 않자 류삼손이 참지 못하고 절뚝거리며 일어섰다. 그동안 신발이 다 해지도록 화전현 밀영들을 뒤지고 다니면서 위증민을 찾다가 헛물켜고 돌아온 지 얼마 안 된 류삼손은 발이 썩어서 피고름이 줄줄 흘렀다.

"그 발로 어딜 간다고 그러오?"

김성주는 류삼손을 붙잡아놓고 대신 김익현을 파견했다.

당시 지갑룡 소조는 중국인 송괴신과 김복록, 그리고 이치호, 주명증까지 모두 다섯 사람이 처창즈와 내두산을 거쳐 마안산까지 들어갔다가 다시 돌아올 때는 왕바버즈에 들르기로 했다. 그런데 처창즈로 나갔던 이치호와 내두산으로 나갔던 주명증이 살았는지 죽었는지 소식이 없자 지갑룡은 김복록과 함께 마안산까지 들어갔다가 돌아올 때 왕바버즈에 들러 송괴신과 만났다. 셋은 소조원을 두 사람이나 잃어버리고 어찌했으면 좋을지 몰라 망설였다. 이때 웃으려야 웃을 수도 없고 울려야 울 수도 없는 사건이 발생하게 되었다.

식량이 얼마 남지 않아 세 사람이 멀건 죽물을 끓여서 먹고 있었다. 먼저 왕바버즈에 도착했던 송괴신이 몰래 감자를 땅에 숨겨두고는 보초를 서러 나갈 때마다 파내서는 하나씩 구워먹다가 지갑룡에게 발각되었다.

"송 가야, 네가 이러고도 항일연군이냐? 어떻게 제 배만 혼자 채우려든단 말이냐?"

지갑룡이 송괴신의 따귀를 한 대 때렸는데, 그날 밤 보초를 교대하고 돌아와 보니 송괴신이 보이지 않았다. 김복록은 너무 굶어 정신이 흐리멍텅했다.

"아이고, 이자가 도망쳤구나!"

지갑룡은 급해서 김복록을 들쳐 업고 급히 다른 곳으로 이동해 새로 풀막을 만들어놓고는 그 자신이 바깥에 나가 보초를 섰다.

며칠 뒤 송괴신이 안도현 경찰대대를 이끌고 왕바버즈 쪽으로 들어왔다. 송괴신에게서 지갑룡 등이 며칠째 굶었다는 걸 알아낸 경찰대대는 부근에서 불을 피워놓고 고기를 구우면서 여기저기에 대고 소리를 질렀다.

"어이, 항일연군, 그만 버티고 빨리들 내려오라. 오늘날 만주국에서는 귀순하는 항일연군을 우대한다는 걸 모르는가? 절대로 처형하지 않는다. 그냥 귀순하겠다는 말 한마디만 하면 고향에 돌아가 정상적인 양민으로 생활할 수 있게 해준다. 그러니 더는 공산당에 속지 말고 빨리 산에서 내려 오거라."

지갑룡은 송괴신이 경찰들과 함께 고기를 굽고 있는 것을 빤히 보기만 했다.

'죽일 놈 같으니라고, 따귀 한 대에 그냥 달아나 버린단 말인가? 그런데 어떻게 한다? 금창에선 진보산을 잃어버렸는데, 이번에는 송괴신 저자까지 귀순해 버렸으니 돌아가서 뭐라고 변명한단 말인가? 이번에는 박덕산도 내 편을 들어주지 않을 것이다.'

그때 김익현이 찾아왔다.

"빨리 철수하라는 명령입니다. 소련으로 돌아간다고 합니다."

지갑룡은 어안이 벙벙해지고 말았다.

"뭐라고? 소련으로 돌아간단 말이냐?"

"네. 다른 지역 소부대들은 이미 소련으로 모두 돌아갔다고 합니다."

"제기랄, 항일투쟁을 하려면 왜놈들이 있는 만주에서 해야지 왜 소련으로 또 돌아간단 말이냐?"

지갑룡은 허세를 부렸지만, 김익현이나 김복록은 소련으로 돌아가기 싫어하는 지갑룡의 속마음을 모를 리 없었다. 특히 김익현은 평소 김정숙을 누나라고 부르기까지 하면서 각별하게 따랐고, 김정숙도 김익현을 볼 때마다 어렸을 때 잃어버린 친동생 김기송을 떠올리며 잘 돌보아주었다. 그런 누나가 다른 누구도 아닌 지갑룡의 애인이라는 사실이 김익현에게는 불만이었다. 그러다가 김성주의 천막에서 함께 밤을 보내고 새벽에 몰래 나오던 김정숙을 제일 먼저 발견했던 것도 김익현 또래의 경위중대 친구들이었다.

"정숙 누나가 지금은 김 지휘랑 사랑하는 사이가 됐나봐."

김익현은 너무 기뻐 김정숙을 만나면 온 얼굴에서 웃음이 떠날 줄 몰랐다.

그가 하도 싱글벙글 웃어대서 오히려 김정숙이 먼저 정색하며 화를 내는 척도 했다.

"익현아, 넌 누나가 남들의 말밥에 오르는 것이 그렇게 좋니?"

"아니요, 누나는 진작부터 김 지휘 같은 분의 애인이 되어야 했어요."

"그래? 너도 그렇게 생각하니?"

"그럼요. 어디 나뿐인 줄 아세요. 철만이랑, 복록이랑 모두 누나가 이제야 진짜로 멋지고 좋은 애인을 만났다고 난리랍니다. 김 지휘 놓치면 절대 안 됩니다."

김익현은 이렇게 다짐까지 단단히 받아두기도 했다.

평소 어린 대원들을 친동생처럼 챙겨주었던 김정숙은 그 보답을 톡톡히 받고 있었던 셈이다. 그런 그들의 관계를 지갑룡도 모를 리 없었다.

'이번에 돌아가면 틀림없이 처분당할 것이다. 지지리도 운이 없는 나는 왜 하필이면 김일성과 만나 이 꼬락서니란 말인가, 저놈 자식들(김익현과 김복록)은 소련으로 돌아가면 바로 정숙이한테 달려가서는 내 흉부터 볼 것이 틀림없다.'

지갑룡은 진심으로 소련으로 돌아가기 싫어지고 말았다.

소련에서는 배고플 걱정은 없지만 그렇다고 배식(配食)이 아주 좋은 것도 아니었다. 소련 홍군의 배식표준은 1선 부대와 2선 부대, 그리고 후방부대에 따라 하늘과 땅 차이었다. 대신 야영에서의 훈련강도도 달랐다. 2선 부대와 후방부대의 배식만 비교해도 2선 부대는 흰 밀가루로 만든 빵을 공급했고 후방부대는 검은 밀가루로 만든 빵을 공급했다. 그리고 검은 밀가루로 만든 빵에서는 종종 실오라기나 끈 같은 것들이 섞여 나왔다. 2선 부대에 공급한 밀가루 주머니를 털면서 떨어진 것이었다. 소련 홍군은 그 실오라기나 끈 같은 것을 골라내고 먹었지만, 항일연군은 그것도 다 씹어 먹었다. 그렇게 만든 빵을 하루에 1인당 1kg씩 공급했고, 식용유와 육류, 그리고 채소도 약간씩 공급했다. 김성주와 남야영에서 함께 보냈던 생존자가 직접 들려준 이야기다.

"정상적이라면 그만큼의 배식은 일반 성인들에게는 넉넉하다고 볼 수 있으나 우리한테는 모자랐다. 뱃속에 기름이라고 없는 우리는 계속 허기져서 매일같이 밥 먹는 시간만 눈 빠지게 기다리곤 했다. 우리 남야영의 사무장은 소련 홍군이었는데, 페트로비치라고 불렀다. 몸이 뚱뚱했지만 별로 많이 먹지 않았다. 후방부대 대우를 받는 사무장 역시 우리와 함께 검은 밀가루로 만든 빵을 먹었다. 우리가 정신없이 먹어대는 것을 보고는 도무지 이해할 수 없어 했다. 후에 김일성이 그 사무장한테 우리가 산속에서 나무껍질과 풀뿌리를 뽑아먹으면서 항일투쟁을 했다고 설명해주자 그때야 몹시 감탄하면서 더는 우리를 이상한 눈길로 보지 않았다. 김일성이 우리한테 그랬다. '저 마우재(러시아 사람을 얕잡아 부르던 함경도 사투리)들이 우리가 너무 많이 먹는다고 돼지 취급하는 것 같은데, 훈련할 때 진짜 실력으로 한 번 감탄시키자.'고 말이다. 우리는 소련 홍군과 함께 훈련받았다. 교관도 소련 홍군이었다. 안드레라고 불렸는데, 영하 34도로 내려가는 야외에서 훈련할 때 소련 홍군들이 모두 추워서 못 하겠다고 덜덜 떠는 데도 우리는 아무렇지도 않게 마지막까지 훈련을 견뎠다. 안드레 교관이 우리한테 엄지손가락을 내밀고 '항일연군은 정말 대단하다.'고 연신 감탄하여 마지않았다. 그러다가 1945년 5월이 되자 우리 항일연군은 2선 작전부대 대우를 받기 시작했다. 검은 밀가루로 만든 빵이 흰 밀가루로 만든 빵으로 바뀌었다. 일본군이 오래지 않아 망할 것이라면서 만주로 진격할 때 우리 항일연군이 앞장에서 소련 홍군의 길안내를 서게 될 것이라고 했다.'[269]

이때 산속에서 오랫동안 항일투쟁을 해오며 비교적 유격대 생활이 몸에 깊게 뱄던 항일연군은 정규화하기 시작했고, 그들이 소련에서 받은 군사훈련은 당시엔 세계 정상급 군대의 표준에 달해 있었다. 그 훈련 내용이 다양하고 강도도 높아 오늘의 중국 군사계에서는 당시 항일연군을 가리켜 중공군의 첫 특수부대였다고 평가하기도 한다. 실제로 모든 대원이 무선전통신기술과 낙하산 훈련까지 받은 것은 당시 공산당 군대였던 팔로군이나 신사군, 그리고 훗날의 해방군에서

---

269 취재, 여영준(呂英俊) 조선인, 항일연군 생존자, 취재지 연길, 1981~1982, 1986, 1988~1989, 1993, 1996.

도 없었던 일이었다.

훈련 과정에서 김성주는 늘 솔선수범했다. 주보중의 부탁을 받고 직접 "제1로군 약사(第一路軍略史)"까지 집필하기도 했다. 그가 남야영 대표자로 부각되기 시작할 무렵부터 소련방면에서는 주보중 외에 김성주에게도 전문 연락 군관을 파견하여 상주시켰다.

이에 대해 왕신림은 주보중에게 김성주를 비롯한 조선인 대원들을 감시하려는 조치라고 설명했지만, 한편으로는 김성주를 중요시했다는 반증이기도 하다. 김성주는 불필요한 오해를 살까봐 더욱 적극적으로 주보중의 신임을 얻기 위해 노력했으며, 주보중의 최측근 심복인 강신태를 개인 러시아 교사로 모시기라도 한 것처럼 매일 불러서는 남야영 상황과 나아가 왕신림의 연락원과 주고받던 대화나 왕신림의 지시와 명령까지 일일이 주보중에게 알리곤 했다.

남야영에서 김성주와 함께 생활했던 중국 연변의 생존자들은 "어떻게 김책이나 최용건처럼 북만성위원회 서기와 항일연군 군장이었던 사람들이 모두 김성주의 수하에 들어갈 수밖에 없었나." 하는 질문을 가장 많이 받았다.

한마디로 김책은 너무 정직하고 원칙주의자였으며, 최용건은 성질이 나빴으며 우직했다고 한다. 특히 최용건은 왕신림과 얼굴까지 붉히면서 싸운 적이 한두 번이 아니었는데, 주보중이 감싸지 않았다면 소련의 지방 농장으로 쫓겨났을 거라는 증언들도 많았다. 김성주는 왕신림(소련방면)과 주보중(항일연군) 양쪽에서 총애를 받았다.

1941년 11월 12일, 김성주의 소부대가 28명 가운데 7명을 잃어버리고 나머지 21명이 남야영으로 돌아왔을 때 최용건, 김광협, 강신태 등 조선인 부하들과 함께 마중 나갔던 주보중은 허둥지둥 앞으로 달려와 경례를 올리는 김성주의 손을 붙잡아 내리면서 눈물까지 머금은 채 말했다.

"원, 사람이 순진하기는, 9월이면 다른 소부대들이 만주에서 이미 철수하기 시작했는데, 동무는 어쩌자고 다시 만주로 되돌아갔단 말이오? 동무가 떠난 날에야 동무의 편지를 받았소. 내가 얼마나 걱정했는지 아오?"

주보중이 나무라자 최용건도 한 마디 보탰다.

"주 총지휘는 그냥 걱정 정도가 아니었소. 어찌나 분노했던지 당장 스탈린 동지와 디미트로프 동지한테 편지를 보내려 했다오."

이때 김성주는 진심으로 당시의 착잡했던 심정을 털어놓았다.

"이미 '기율 처분' 대기 상태인 데다 주 총지휘나 김책 동지도 모두 안 계시니 솔직히 더 있고 싶은 생각도 별로 없었습니다."

"아, 그 '기율 처분' 말이오? 그 일과 관련해서는 김책 동무와도 따로 이야기했소. 이제 그때 일은 없었던 일로 해주면 좋겠소. 이번 소부대 작전에서 김일성 동무가 보여준 충성과 조직 원칙은 우리 모든 항일연군의 귀감이 되기에 조금의 부끄러움도 없소."

주보중은 김성주에게 칭찬을 아끼지 않았다.

9. 지갑룡의 도주

1941년 4월 9일부터 11월 12일까지 장장 반년도 넘는 시간 동안 동, 남만 지방을 샅샅이 뒤지다시피 하고 28명 가운데 7명만 제외하고는 대다수가 살아서 돌아온 것은 결코 간단하게 볼 일이 아니었다. 먼저 제1소부대는 지리적으로도 다른 소부대들에 비해 가장 먼 곳으로 파견되었을 뿐만 아니라 지난 이태 동안 노조에 토벌대가 가장 살벌하게 토벌작전을 진행했던 동, 남만 지방을 다시 누비고 다녔다. 이는 주로 소만국경 지대에서 활동했던 다른 소부대들에 비해 무척 높은 점수를 줄 만했다. 김성주는 제1소부대에서 발생한 누락자 7명에 대해서도 낱낱이 소개했다.

"장흥룡, 김홍수는 전투 중 희생되었고, 진보산은 전투 중 실종되었으나 적에게 붙잡혀 귀순했는지 아니면 사망했는지 확인할 수 없었습니다. 이치호와 주명증도 실종되었고, 송괴신은 귀순했으며 지갑룡은 도주했습니다⋯."

이때까지 남야영에서는 지갑룡이 귀순했다고 단정하지는 않았다. 김성주의 파견을 받고 지갑룡 소조를 찾으러 갔던 김익현이 돌아올 때 김복록만 데리고 돌아왔기 때문이다. 그런데 둘은 약속된 지점에 도착했으나 예정시간보다 훨씬 늦어지는 바람에 김성주는 만일의 경우를 대비하여 이미 그곳에서 철수하기 시작했던 것이다.

'아니다, 내가 어떤 일이 있어도 익현이와 복록이는 반드시 찾아서 데려가지 않으면 안 된다. 만약 이 애들 둘을 잃어버리고 돌아가면 정숙이가 얼마나 나를 원망하랴.'

이런 생각이 들자 김성주는 소부대를 멈춰 세우고 전문섭에게 시켰다.

"문섭아, 아무래도 네가 우리 연락지점에 한 번만 다시 갔다 와야겠다. 지갑룡 동무네 소조가 아마 지금쯤 그곳에 도착했을 수도 있지 않겠느냐. 그러나 연락 지점에 무작정 들어가지 말고 주변에서 잘 살펴보아야 한다."

"네, 걱정마세요. 제가 꼭 찾아서 데리고 오겠습니다."

전문섭은 임무를 받고 즉시 자기들이 떠나왔던 연락지점으로 되돌아갔다.

그때는 이미 김성주가 김익현을 지갑룡 소조에 파견하면서 기다려주기로 했던 예정시간을 여러 날 넘긴 뒤였다. 여기저기 아무리 뒤져보아도 사람 그림자라는 전혀 보이지 않았다. 그러다가 껍질이 벗겨진 나무에 숯으로 '지갑룡은 도주했고 김익현과 김복록은 여기서 굶어죽었다.'고 써놓은 글을 발견했다. 밑에는 자기들이 죽어 있을 방향을 화살표로 표시하여 놓은 게 있었다.

"익현아, 복록아!"

이때는 전문섭도 지칠 대로 지쳤다.

그는 화살표가 가리키는 방향으로 정신없이 달려가면서 목이 터지라고 불러댔다. 그가 부르는 소리를 희미하게 들은 김익현이 먼저 눈을 뜨고 대답하고 싶었으나 목소리가 나지 않았다. 김익현과 김복록은 그렇게 멀지 않은 곳에 나란히 누워서 죽기를 기다리던 중이었다. 손가락 하나도 움직일 힘이 없었다.

"익현아, 어디 있니? 복록아…."

김익현보다 한 살 위였던 전문섭은 평소 형으로 자처하면서 함부로 말을 놓고 김익현에게 자기를 형이라고 부르라고 윽박지른 적이 있었다.

"쳇, 한 살밖에 더 먹지 않았으면서 형은 무슨 형이야."

김익현이 같이 말을 놓았다.

"야, 너 내가 어느 해에 혁명에 참가했는지 아니?"

전문섭은 눈을 부릅뜨면서 김익현을 끌고 박덕산 앞으로 가서 시비를 가려달라고 청한 적이 있었다. 그때 박덕산이 나서서 김익현에게 말해주었다.

"익현아, 네가 열 살 때 문섭이는 추수폭동에 참가했다가 왜놈 경찰에게 체포되어 서대문형무소에서 징역형까지 받았단다."

"원, 나보다 한 살밖에 더 먹지 않은 문섭이가 어떻게 내가 열 살 때 혁명에 참가했단 말이에요? 그럼 문섭이는 열한 살에 혁명에 참가했단 말인가요?"

김익현은 두 눈이 휘둥그레지고 말았다.

"그럼. 서대문형무소가 생겨난 이래 수감되었던 제일 나이 어린 혁명가였지."

그 이후로 김익현은 더는 군소리 못 하고 전문섭을 '형님'이라고 부를 수밖에 없었다. 그러나 박덕산이 둘에게 말했다.

"혁명동지 사이에 무슨 형님이오 동생이오 한단 말이냐? 이름 대신 굳이 형이라고 불러주길 원하면 차라리 '형님동지'라고 부르거라."

그 바람에 전문섭도 물러서고 말았다.

"아이고, 익현아, 고만해라. 하긴 한 살밖에 차이나지 않는데."

전문섭이 허락한 뒤로부터 그들은 사석에서 서로 이름을 부르는 친한 사이가 되었다. 그러나 전문섭은 김익현에게 단단히 약속을 받아두었다.

"혁명이 승리하고 조국으로 돌아가면 그때는 다시 형이라고 불러야 한다. 장가도 들고 자식들도 낳을 텐데, 그때도 계속 이름을 불러대면 내 체면이 뭐가 되겠느냐."

전문섭은 목이 터지도록 김익현과 김복록을 불렀지만 더는 대답이 없자 땅바닥에 주저앉아 끝내 울음을 터뜨리고 말았다.

"자식들, 이렇게 죽어버리면 어떻게 한단 말이냐?"

그럴 때 어디서 끙 하는 나지막한 신음 비슷한 것이 멀지 않은 곳에서 들렸다. 깜짝 놀란 전문섭은 울음을 멈추고 잔뜩 귀를 기울였다.

"형, 나 여기 있어…."

"익현이니? 어디 있니? 너 살아 있는 거지?"

전문섭은 다시 벌떡 뛰어 일어났다. 멀지 않은 눈더미 속에 얼굴만 내민 사람 하나가 꿈지럭거리고 있었다. 그리로 엎어지다시피 기어간 전문섭은 두 손으로 눈을 긁었다. 눈 속에는 김익현과 김복록이 부둥켜안고 나란히 누워 있었다.

"빨리 일어나. 얼어 죽는다."

"아니 괜찮아. 형이 왔으니 이제는 살았네."

김복록은 아직 혼수상태였으나 김익현은 눈을 뜨고 몇 마디 주고받을 수 있었다.

전문섭은 급히 불을 지피고 물을 끓이는 한편, 몸에 지닌 마른 빵을 김익현 입에 물려주면서 억지로라도 몇 입 떼어먹게 하고는 김복록 입에도 미숫가루를 탄 더운 물을 떠 넣었다. 이렇게 위기를 모면한 김익현과 김복록은 전문섭의 양쪽 어깨에 엎히다시피 해서 한 걸음 두 걸음씩 다시 길을 떠났다.

이것이 바로 왕바버즈사건이다. 북한에서는 이 이야기를 영화로 각색하기도 했다. 1991년에 제작된 〈41년도의 바람〉이라는 제목의 영화에서도 지갑룡을 원형으로 한 변절자가 토벌대를 이끌고 김익현과 김복록을 수색하러 다니는 장면이 나온다. 북한에서는 김성주의 회고록(계승본)을 통해 지갑룡이 변절했다고 주장할 뿐만 아니라, "지갑룡이 변절한 후에 우리의 행처를 알게 된 적들은 우리가 있는 곳으로 이리떼처럼 밀려들었습니다. 나는 대오를 이끌고 적들의 포위를 교묘하게 빠져 대사하, 소사하를 거쳐 안도 쪽으로 나갔습니다."라고 주장하지만, 이런 주장은 시간상, 지리상 모두 사실과 맞지 않는다.

김성주의 소부대가 주보중에게 철수 명령을 받고 소련으로 되돌아온 것은 1941년 11월 12일이었다. 이에 앞서 8월 10일 김성주 본인이 임시로 10여 명만 데리고 왕청의 대전자에서 출발하여 우수리스크로 돌아왔던 날짜가 8월 28일이었던 것을 고려하면 이 노정은 보통 15일에서 20일이 걸렸다. 때문에 김성주의 제1소부대는 아무리 늦어도 10월 15일 이전에 왕청의 쟈피거우에서 출발해야 했다. 따라서 전문섭이 김익현과 김복록을 양쪽 어깨에 하나씩 붙잡고 눈 속을 헤매던 시간은 한창 첫 눈이 내리던 11월 초순경이었을 것이다.

그리고 소만국경을 넘고 있어야 할 김성주의 제1소부대가 어떻게 다시 "대사하와 소사하를 거쳐 안도 쪽으로 나갔다."는 소리인지도 알 수 없다. 더구나 지갑룡은 도주했을 뿐 귀순하여 토벌대를 끌고 나타났다는 어떤 증거도 존재하지 않는다. 대신 혼자 감자를 구워먹다가 지갑룡에게 따귀를 얻어맞았던 중국인 소부대원 송괴신이 왕바버즈에서 산을 수색하러 들어왔던 자위단과 함께 그들을 쫓아다녔다는 증언만 존재할 따름이다.

또한 지갑룡이 도주할 때 보여준 모습도 결코 생소하지만은 않다. 대부분 도주한 혁명가들은 붙잡힌 뒤에 귀순할 수밖에 없었다. 사용가치가 인정된 귀순자들은 경찰당국에서 적극적으로 대우했고 귀순자 본인들도 그 대우에 보답하기 위해 협력했다. 물론 귀순했다가도 번복하고 다시 혁명 활동을 했던 경우도 없지는 않았다. 전 왕청현위원회 군사부장 김명균이 그랬고, 전 동만특위 조직부장 김재수도 그랬다. 그러나 그런 경우는 아주 적었다.

도주자들은 고향으로 돌아가 조용히 살겠노라고 변명하고 떠났다가도 대부분 토벌대의 길잡이가 되어 나타날 수밖에 없었다. 때문에 허락 없이 부대를 떠나 산에서 내려가는 도주자에 대해서는 대원들의 즉결 처형권이 있었다. 그것을 알기에 지갑룡은 김익현과 김복록이 세수하러 간 틈을 타서 그들의 총을 몰수했다.

"익현아, 그리고 복록아, 오늘은 여기서 헤어져야 될 것 같구나."

지갑룡은 어린 두 대원에게 이런 말을 꺼내기가 결코 쉽지 않았다. 혁명에 참가한 연한으로 보면 지갑룡은 김성주나 박덕산과 어깨를 나란히 할 정도였다.

연길현 팔도구 적위대 출신인 지갑룡은 1932년 8월에 훗날의 동북인민혁명군 독립사 산하 독립연대 연대장이 되었다가 민생단으로 몰려 부대에서 도주했던 윤창범을 따라 연길현유격대에 참가했다. 당시 최현은 제1중대 분대장이었고 지갑룡도 제2중대에서 1소대장 윤창범 밑에서 전령병을 지냈다. 후에 윤창범은 대대장 주진의 파견을 받고 참모장 왕덕태와 함께 마적 장강호 부대에 잠복했다가 보총 20여 자루를 훔쳐 돌아온 적이 있었다. 그때 지갑룡도 윤창범을 따라 장강호에 잠복했고 공을 세운 뒤에는 바로 소대장으로 임명되었다. 하지만 윤창범이 민생단으로 몰려 처형 직전 도주했다가 자신이 민생단이 아니라는 것을 입증하기 위해 다시 돌아왔지만, 거꾸로 더 큰 의심을 받아 결국 처형되었다.

그때 일을 생생하게 기억하고 있었던 지갑룡은 김익현에게 말했다.

"이 총은 내가 가지고 가지 않겠다. 저 아래 다리목에 두고 갈 테니, 내가 떠난 뒤에 가서 찾아가거라. 솔직히 나도 너희들과 소련으로 돌아가고 싶은 마음이 간절하다. 그러나 나와 정숙이 일은 너희도 잘 알지 않느냐. 그동안 일부러 김 지휘를 피했다. 먼 곳으로 파견 나갈 임무가 있으면 언제나 자청하고 나섰다. 그런데도 운명은 왜 나를 놓아주지 않는지 모르겠구나. 이번에 다시 소련으로 돌아가면 더는 피하려야 피할 수도 없을 것이다. 그럴 바에는 차라리 부대를 떠나는 것이 낫겠다고 마음먹었다. 조용히 어느 깊은 산골에 들어가 감자 농사나 지으면서 살겠다. 결코 임수산처럼 너절한 짓거리는 하지 않을 것이다."

53장

생존과 승리

평양으로 귀환할 때 이미 그는 혼자만의 '김일성'이 아니었다.
지난 10여 년 동안 만주벌의 생눈을 퍼먹으며
조국의 해방과 독립을 염원해온
130여 명의 젊은 용사들이 있었다.

1. 진정한 군인

1941년 12월, 김성주는 남야영 행정책임자로 임명되었다. 당시 남야영에는 주로 1로군 산하 경위여단 및 2, 3방면군 잔존 부대와 제2로군 산하 5군 잔존부대가 주둔했다. 11월 12일 김성주의 제1소부대가 소련으로 돌아온 뒤 주보중은 이조린, 풍중운, 최용건 등과 남야영으로 내려와 군사개편 작업을 진행했다. 1로군 산하 각 부대를 하나로 통합하여 제1로군 1지대로 편성했던 것이다.

지대장에는 김성주, 참모장에는 안길이 임명되었다. 이때는 1로군 총지휘 양정우와 부지휘 위증민이 모두 사망하고 총정치부 주임 전광은 귀순한 데다 1로군 산하 세 방면군에서도 1, 3방면군을 지휘했던 조아범과 진한장도 전사해 유일하게 살아남은 2방면군 지휘 김성주의 직위가 1로군 생존자 가운데 가장 높

왼쪽으로부터 김일성, 계청, 최현, 안길 순으로 찍혔던 원본 사진. 북한에서 계청을 빼고 순서를 조작한 사진.
김일성 회고록에 실려 있다.

왔던 것이 주요한 이유였다. 그러나 최용건이나 김책의 경우에서 보듯 일단 소
련방면 대표 왕신림의 눈 밖에 나면 항일연군에서 아무리 높은 직위에 있어도
소용없었다.

1941년 소부대 활동 당시 김성주가 보여준 모습은 주보중뿐만 아니라 왕신림
에게도 깊은 인상을 남긴 것이 틀림없다. 안길의 제2소부대는 만주에서 주보중
의 지시를 받지 못하자 8월경 전원이 무작정 돌아왔지만, 김성주는 그렇게 하지
않고 일부는 계속 만주 지방에 남겨두고 일부만 인솔해 돌아왔다가 다시 만주
로 되돌아가라는 소련방면의 명령을 받고는 아내와 아들 얼굴 한 번 보지 않고
바로 떠났다. 이를 두고 왕신림은 김성주를 무척 칭찬했다.

"김일성은 명령에 복종할 줄 아는 진정한 군인이오. 산만하기 이를 데 없는
항일연군에서 그야말로 귀감이 될 인물이오."

주보중은 당시 김성주가 소련으로 왔다가 자기를 만나지 못하고 다시 만주로
돌아가면서 남겨둔 편지를 한 벌 베껴서 김책에게 보내는 한편, 이번 군사개편
에 대한 의견도 들었다. 김책도 답장 편지에서 지대장으로 김성주를 추천했다.

이 기간에 김성주가 2로군 산하 5군 군장 시세영과 무척 가깝게 지내면서 찍은 사진이 남아 있다. 이는 시세영의 5군 잔존부대가 남야영에서 김성주의 제1지대와 함께 주둔했기 때문이다. 5군은 5지대로 편성되었는데, 지대장에는 시세영, 정치위원에는 계청이 임명되었다. 김성주와 계청, 최현, 안길이 함께 찍은 사진도 바로 이 무렵에 촬영되었을 것으로 보인다.

북한 관계자들은 김성주가 맨 왼편에서 중국인 계청의 오른쪽 어깨에 반쯤 기대듯 찍은 이 사진을 그대로 주민들에게 보여주고 싶지 않았는지 중국인 계청은 잘라내 아주 없애버리고 김성주의 자리도 최현과 안길의 중간으로 옮기는 위조 작업을 했다. 하지만 이 사진 원본이 계청의 유가족에 의해 세상에 공개되면서 들통 나고 말았다. 다시 하는 말이지만, 원래대로의 모습을 숨기고 포장하는 일은 오히려 좋은 것을 나쁜 것으로 만드는 일이다.

당시 김성주와 함께 남야영에 주둔했던 제5지대장 시세영은 1893년생이었으니 항일투쟁에 참가했던 연한으로 보나 나이로 보나 김성주에게는 아득한 선배였다. 또한 그의 5지대는 인원수도 김성주의 1지대보다 훨씬 더 많았다. 뿐만 아니라 5지대 정치위원 계청도 중국공산당 남야영위원회 서기로 선출되었지만, 주보중은 남야영의 행정 지휘권만큼은 시세영이 아닌 김성주에게 맡겼다. 이때의 행정지휘권은 사실상 군사작전 지휘권과 인사 지휘권을 모두 포함했다.

때문에 이듬해 1942년부터 남야영 1지대와 5지대에서 다시 만주 각 지방으로 정찰소대를 파견하기 시작했을 때, 이 정찰소대 편성 작업도 김성주의 직접 지휘로 이루어졌을 가능성이 있다. 1942년 3월 20일에 3방면군 진한장의 옛 정치부 주임인 도정비(陶淨非)를 조장으로 하는 5지대 5인 정찰소조가 출발하는 날에도 김성주가 직접 시세영과 함께 나와서 그들을 배웅했다는 기록이 있다. 김성주는 그들과 일일이 악수하면서 반드시 살아 돌아와야 한다고 격려했다고 5 지대 생존자들이 증언한다.

그러나 도정비의 5지대 정찰소조는 중동로 남쪽 오상과 서란 일대에서 활동 하다가 오상 삼림경찰대에게 발각되었다. 포위를 돌파하는 과정에서 도정비 본 인이 제일 뒤에 남아서 엄호하다가 전사했고 나머지 대원들도 소련으로 돌아오 는 길에 모두 흩어지고 말았다.

이후 김성주는 계청을 대장으로 한 12인의 정찰소대를 파견했고, 뒤따라 4월 에는 최현을 대장으로 한 10인의 정찰소대도 동만으로 파견했다. 5월 13일에는 박덕산을 대장으로 한 21인의 정찰소대가 화전과 통화, 무송 방면으로 출발했 고, 5월 29일에는 안길을 대장으로 한 22인의 정찰소대가 왕청 일대로 나갔다.

"내 조국을 위해서 생명을 아껴라. 반드시 살아서 돌아와야 한다."

이것은 정찰소대를 파견할 때마다 김성주가 배웅하러 나와서 모든 대원에게 당부했던 좌우명이나 다를 바 없었다. 이때 일을 두고 여영준이 들려주었던 이 야기가 무척 흥미롭다.

"위험하면 내뛰어라. 36계에 줄행랑이 상책이다."

이것도 김성주가 늘 입에 담았던 말이라고 한다.

물론 이런 실용적인 당부는 조선인 대원들에게만 했을 가능성이 없지 않다. 정찰소대로 파견받고 나갔던 5지대 중국인 대원들이 적지 않게 죽었다. 그리고 죽지 않고 가까스로 살아 돌아왔던 대원들은 혹독하게 심사받았다.

"누구는 죽었는데, 너는 어떻게 살아 돌아왔느냐?"

소련 홍군 내무 일꾼들이 직접 와서 심문했고 때로는 왕신림도 참가했다.

"정찰임무를 제대로 집행하지 않고 산속에 들어가 낮잠이나 자다가 돌아와서는 엉터리 보고를 하다가 발각되어 처분받은 사람들도 여럿 있었다. 다른 중국인 대원들은 모두 처분받았지만 우리 1지대 조선인 대원들은 김성주가 지켜주었기 때문에 누구도 처분받지 않았다. 박성철 한 사람만 처분받았는데 다른 중국인 대원 같았으면 진작 시베리아 노동개조농장으로 압송되었을 것이다. 그러나 왕신림과 관계가 좋은 김일성이 직접 나서서 지켜주었다. 솔직히 정찰임무를 제대로 집행하고 돌아온 사람들이 거의 없었다. 유독 나만이 죽을 둥 살 둥 임무를 완성하고 돌아와 표창장까지 받았다."[270]

여영준은 그때 정찰임무를 완성하는 일이 얼마나 어려운지 이야기했다.

그러나 이때쯤 소련에서 정규 특수부대 훈련을 받았던 정찰대원들도 과거의 보통 유격대원들이 결코 아니었다. 개산툰에 나갔던 강위룡은 당지 경찰과 자위단이 총출동했던 '만산토벌'에 걸려 연두봉 기슭에서 포위에 들었지만 용케도 빠져 달아났다. 토벌대가 5m 간격으로 한 사람씩 늘어서서 산속을 뒤졌다는데, 어떻게 그 사이로 빠져나갈 수 있었느냐는 질문에 강위룡은 "난 바로 그 5m 사이로 빠져 달아났다."고 대답하기도 했다.

일단 죽지 않고 살아 돌아오면 김성주는 그들이 임무를 완성했건 말건 상관없이 모두 안아주고 다독여주면서 "살아 돌아왔으면 됐다."고 반가워했다.

김성주의 제1지대에서 파견한 정찰소대들이 가장 많은 성과를 올렸고, 이런 성과들은 소련방면에도 일일이 보고되었다. 한편으로 적지 않은 피해도 보았다. 1942년 5월에 안길의 정찰소대가 왕청 지방으로 나갈 때 손태춘의 정찰소대는

---

270 취재, 여영준(呂英俊) 조선인, 항일연군 생존자, 취재지 연길, 1986, 1988~1989, 1993, 1996.

조선 국내로 들어가 웅기(雄基, 오늘의 선봉군) 지방에서 활동했는데, 손태춘이 국수집에 들어가 국수를 먹다가 그곳 경찰들에게 발각되어 사살되고 말았다.

북한에서는 이때 김성주 본인도 직접 조선 국내로 들어가 나선 지방을 돌아보기도 했다고 주장하면서 1942년 6월경 김성주가 손태춘과 함께 하룻밤을 같이 보냈던 비밀 아지트라는 유적지를 오늘의 선봉군 선봉산 기슭에 만들어 놓았다. 그러나 이때 김성주가 조선으로 들어간 적이 없다는 사실은 남야영의 역사가 증명해준다.

주보중의 『동북항일유격일기』를 보면, 1942년 5월부터 7월까지 2개월 동안 남, 북 야영의 항일연군 부대들은 새롭게 개편되었다. 여기에 참가하기 위해 이미 정찰 소부대를 인솔하고 만주로 나갔던 지휘관들까지도 모두 소련으로 돌아오라는 명령을 받았다. 따라서 안길, 계청 등도 모두 6월 중순경 소련으로 되돌아왔다.

손태춘이 웅기의 국수집에서 피살된 날은 1942년 6월 5일이었으며, 북한에서는 그 전날에 김성주가 손태춘과 함께 하룻밤을 같이 보냈다고 한다. 이 주장대로라면 그 무렵 남, 북 야영 군사 개편 작업을 진행한 사람은 또 다른 김성주가 되는 셈이다. 물론 북한에서는 오늘날까지도 남, 북 야영 항일연군 부대들이 이때 소련 정부의 동의를 얻어 부대 번호는 소련극동홍군 제88여단으로 정하고, 자체적으로 '동북항일연군 국제교도여단(東北抗日聯軍國際敎導旅)'으로 재편성되었던 사실은 인정하려 하지 않는다. 설사 인정해도 김성주의 대원들은 자체적인 '조선인민혁명군'이었다고 주장한다.

중국 속담 '엄비투향(掩鼻偸香)'은 '제 코를 막고는 남들도 향 냄새를 못 맡을 것이라 여기고 향을 훔친다.'는 뜻이다. 오늘날 북한에서 제멋대로 뜯어고치는 항일연군 역사는 엄비투향하는, 오히려 제 꾀에 자기가 넘어가는 꼴이다. 김성주의 있는 그대로의 모습도 나쁘지 않고 오히려 상당히 뛰어난데도, 계속 뜯어 고치다 보니 그 '상당히 뛰어남'을 말아먹고 있는 셈이다.

2. 국제교도여단

당시 재편성되던 국제교도여단의 조직구성 전후 과정을 살펴보자. 5, 6월경 주보중과 이조린, 김성주 등 남, 북 야영 주요 지휘관들은 직접 소련원동변강구 (蘇聯遠東邊疆區) 당위원회를 방문했다. 이곳에서 소련극동홍군 사령관 이오시프 아파나센코(Iosif Apanasenko) 대장에게서 항일연군 부대들이 홍군 정규부대 군사 번호를 받으면 어떤 점이 유익한지에 관한 장황한 설명을 들었다.

"비록 항일연군이라는 명칭을 공개적으로 사용할 수는 없지만, 그 이름은 이미 항일연군 대원들의 가슴속에 깊이 각인되어 있지 않겠소. 그러니 명칭 따위에 매달리지 말고 실질적인 이익과 실용적 견지에서 한 번 생각해보자는 것이오. 우리 극동홍군으로 재편성되면 군수나 식량 등의 보장 역시 정규군과 같게 대우할 것이며, 간부와 전사들에게 홍군과 같은 군사계급이 수여될 것이오."

주보중 등은 재편성된 부대 내에 항일연군의 원래 당위원회가 그대로 존재하게 해달라고 요청했다. 또 부대 기층 단위에 이르기까지 모든 제1책임자는 항일연군이 맡아야 한다고 주장했다. 아파나센코 대장은 모두 승낙했다.

"그런 것이 뭐가 어렵겠소. 우리 홍군에서 파견하여 군사훈련을 책임질 교관들과 정치 간부들은 모두 조수로, 제2책임자로 배치하겠소. 현재 항일연군 병력은 가까스로 연대 규모 정도이지만, 당신네들이 항일연군에서 싸울 때는 모두 사령과 군장, 사장을 했던 사람이니 독립여단 편제로 가겠소. 인원은 계속하여 만주에 남아 있는 부대들을 찾아서 데려오고, 우리 극동지구에 사는 중국인들과 허저족(赫哲族)[271] 가운데 젊은이들을 징병하여 병력을 보충하시오. 그러면 금방 해결될 것이오."

재편성 작업은 7월 22일에야 기본이 완성되었다. 아파나센코 대장이 직접 서명한 지휘관 임명장이 주보중 등에게 전달되었다. 여단장에는 주보중, 정치부여단장(정치위원)에는 이조린이 임명되었다.

여단 산하 대대장과 대대 정치위원

제1대대: 대대장 김일성 대위(金日成 大尉), 정치위원 안길 대위(安吉 大尉)

제2대대: 대대장 왕효명 대위(王效明 大尉), 정치위원 강신태 대위(姜信泰 大尉, 강건)

제3대대: 대대장 허형식 대위(許亨植 大尉, 후에 사망소식이 전해져 왕명귀 상위(王明貴 上尉)가 계승), 정치위원 김책 대위(金策 大尉)

제4대대: 대대장 시세영 대위(柴世榮 大尉), 정치위원 계청 대위(季青 大尉)

각 중대 중대장과 중대지도원

최현 상위(崔賢 上尉), 팽시로 상위(彭施魯 上尉), 교수귀 상위(喬書貴 上尉, 김선의 남편), 김광협 상위(金光俠 上尉), 도우봉 상위(陶雨峰 上尉), 최용진 상위(崔勇進 上尉), 박덕산 상위(朴德山 上尉, 후에 이름을 김일로 바꿈), 장광적 상위(張广迪 上尉), 최명석 상위(崔明錫 上尉), 수장청 상위(隋長青 上尉), 이영호 상위(李永鎬 上尉), 노재삼 상위(盧載三 上尉) 등.

여단사령부 기관 각 부문 책임자

---

271 허저족(赫哲族)은 나나이족이라고도 부르며, 중국 소수민족의 하나이다. 당시 러시아 아무르 강과 하바롭스크 등에 많이 거주했다.

여단정보과장 겸 정치교원 풍중운 상위(馮仲雲 上尉)

여단군의소 소장 이동화 소좌(李東華, 재러 조선인)

무선전중대 중대장 왕일지 중위(王一知 中尉, 주보중의 아내)

여단정치부 조직간사 송명 중위(宋明 中尉) 등

각 소대 소대장

심태산 중위(沈泰山 中尉), 서철 중위(徐哲 中尉), 류경수 중위(柳京守 中尉, 류삼손), 박영순 중위(朴英淳 中尉), 최광 중위(崔光 中尉), 허봉학 중위(許鳳學 中尉), 김경석 중위(金京錫 中尉), 최춘국 중위(崔春國 中尉), 주암봉 중위(周岩峰 中尉), 범덕림 중위(范德林 中尉), 오백룡 중위(吳白龍 中尉), 전창철 중위(全昌哲 中尉), 임춘추 중위(林春秋 中尉), 박성철 중위(朴成哲 中尉), 양해청 중위(楊海淸 中尉), 유철석 중위(劉鐵石 中尉), 장희창 중위(張熙昌 中尉) 등.

소위 군사 계급 및 1대대 조선인 군사(軍士) 계급 남녀 대원

오진우(吳振宇), 이을설(李乙雪), 백학림(白鶴林), 김성국(金成國), 이두익(李斗益), 김창현(金昌鉉), 전문섭(全文燮), 김정숙(金貞淑, 김성주의 아내), 김철호(金哲浩, 최현의 아내), 이경옥(李京玉, 최용진의 아내), 유명옥(柳明玉, 김광협의 아내), 박경숙(朴京淑, 강건의 아내), 황순희(黃順姬, 류경수의 아내), 김옥순(金玉順, 최광의 아내), 류경희(柳京姬, 류삼손의 누나이자 이영호의 아내), 이숙정(李淑貞, 중국인, 김경석의 아내), 최인덕(崔仁德), 김용연(金龍淵), 김익현(金益鉉), 이두익(李斗益), 이종산(李鍾山), 주도일(朱道日), 전문섭(全文燮), 태병열(太炳烈), 조명선(趙明善), 김철만(金鐵万), 김봉률(金奉律, 재러 조선인), 박남길(朴南吉, 재러 조선인), 문일(文日, 재러 조선인), 유성철(兪成哲, 재러 조선인), 이청송(李靑松, 재러 조선인), 전학준

1947년 5월, 국제교도여단 출신 중국인들이 평양을 방문하여 이 여단 출신 조선인 동료들과 찍은 사진. 앞줄 왼쪽부터 김일, 주위(주보중의 딸), 왕일지(주보중의 아내), 왕효명, 안길, 팽시로, 중간 줄 왼쪽부터 이영호, 최광, 김광협, 심태산, 최춘국, 유창권, 이을설, 뒷줄 왼쪽부터 박우섭, 김려중, 최용진, 강상호, 류경수, 오진우, 김창봉, 오백룡, 전문섭.

(全學俊, 재러 조선인), 정학준(鄭學俊, 재러 조선인) 등.[272]

군사 계급 임명식을 마친 1942년 7월 22일 저녁 8시경 주보중과 이조린 등 여단 주요 지휘관 몇몇은 소련방면 대표 왕신림과 함께 극동홍군 사령부를 방문했다. 대대장들 가운데서 유일하게 제1대대장 김성주가 함께 따라갔다. 이는 왕신림이 추천했기 때문으로 보인다.

---

272 『東北地區革命歷史文件匯集終目錄(下) 1937-1945』, 中央檔案館, 遼寧省檔案館, 吉林省檔案館, 黑龍江省檔案館 編輯. 1994.

여기서도 북한은 회고록(계승본)을 통해 이와 같은 대대적인 군사개편을 김성주가 직접 주도했다고 주장한다. 회고록의 그 부분 내용이다.

"나는 조선, 중국, 소련 세 나라 무장력의 이상적인 연합형태를 국제연합군으로 보았습니다. 국제연합군 편성과 관련된 나의 구상에 대해서는 김책, 최용건, 안길, 강건을 비롯한 우리 동무들도 지지했습니다. 그들은 일치하게 그 구상을 빨리 실현하면 할수록 좋다고 하면서 소련, 중국 동지들과의 협의를 나에게 위임했습니다. 한때 적지 않은 중국 동지들은 만주의 항일무장부대들과 소련극동군의 일부 역량으로 하나의 새로운 군체계를 창설하고 공동활동을 할 데 대한 국제당과 소련군사당국의 발기를 시기상조라고 하면서 부정적으로 대한 적이 있었습니다. 그것은 소련 측의 일부 당국자들이 일방적인 요구를 들고 나온 것과 관련되어 있었습니다. 그러나 그 후 우리가 국제연합군 편성과 관련된 구상을 무르익히고 그것을 토론에 붙였을 때 그들은 종래의 입장에서 탈피하여 세 나라 무장력의 연합은 성숙된 문제로 된다고 한결같이 인정했습니다. 소련군사당국도 그 구상을 지지했습니다.

내가 국제연합군 편성문제와 관련된 협의를 보다 구체적으로 한 것은 1942년 봄 소련의 고위군사관계자들과 남야영에서 만났을 때였습니다. 그날 국제당과 소련군사당국을 대표하여 우리와 연계를 맺고 있던 쏘르낀 장령(소르킨, 왕신림)은 모스크바방위전의 영웅들에 대하여, 모스크바방어와 반타격전에서 특출한 솜씨를 보인 씨비리(시베리아) 사단들의 전공에 대하여 생동하게 소개했습니다. 그는 소련극동군의 내력에 대해서도 자랑했습니다. 극동군과 모스크바방위전에 참가한 씨비리 사단들에 대한 그의 자부심이 대단했습니다. 내가 국제연합군 편성과 관련된 구상을 터놓자 쏘르낀 장령은 참으로 좋은 생각이다, 지금 정세가 요구하는 가장 적중한 대안은 국제연합군을 편성하는 것이라고 하면시 그 구상에 동감을 표시했습니다. 그는 솔직히 말한다면 자기도 사실은 조만간 그런 대책이 필요하지 않겠는가 하는 생각을 했다, 그런데 그게 과연 조선 동지들이나 중국 동지들의 이해와 지지를 받겠는가, 이해와 지지 대신 오히려 대국주의자라는 오해를 받게 되지나 않겠는가 하는 우려 때문에 주춤거렸다고 했습니다. 나는 그의 말에 어딘가 깊은 속대사가 있다고 보았습니다. 그래서 그에게 자력독립은 우리가 시종일관하게 견지하고 있는 원칙이다, 그러나 그것은 국제적 협조나 국제혁명역량과의 연합을 배제하지 않는다, 자기 나라 혁명에도 이롭고 세계혁명에도 이로운 진정한 의미에서의 국제주의야 왜 반대하겠는가, 일본제국주의와 같은 강적을 때려 부수자면 힘을 합쳐야 한다, 소련과 같은 큰 나라도 다른 나라의 도움이 필요하면 받아야 한다, 국제적으로 다른 나라의 도움을 받거나 다른 나라의 혁명역량과 연합하여 투쟁하는 것은 사대주의가 아니다, 자기 자신의 힘을 믿지 않고 남의 덕을 볼 생각만 하거나 자기 나라 혁명은 다 집어던지고 남의 나라 혁명을 돕는 것만이 진정한 국제주의라고 생각하는 사상적 경향을 사대주의라고 본다고 말해주었습니다.

쏘르긴 장령은 나와의 담화내용을 소련군사당국과 국제당에 그대로 전달했으며 국제연합군 편성과 관련된 문제를 시급한 현안 문제로 부상시켰습니다. 소독전쟁이 결속될 때까지 미일 간의 전쟁이 결속되지 못하면 어떤 형세가 조성되겠는가. 우리의 공통된 관측은 소련이 대일전쟁에 참가하게 되리라는 것이었습니다. 비록 소련이 일본과 중립조약을 체결하기는 했으나 만일의 경우를 위해서 대일참전준비를 철저히 해야 했습니다. 국제항일역량과의 연합을 실현하는 것은 대일전쟁 준비에서 소련이 추구하고 있던 중요한 항목 중의 하나였습니다. 국제당이나 소련 자체의 정치군사적 요구와 우리의 전략적 구상이 일치됨으로써 국제연합군 편성 문제는 비교적 순탄하게 진척될 수 있었습니다.

1942년 7월 중순경에 우리는 소련, 중국의 군사간부들과 함께 조, 중, 소 무장력의 연합 문제를 최종적으로 토의하고 조선인민혁명군과 동북항일연군의 독자성을 그대로 보존한다는 전제하에 국제연합군을 창설할 데 대하여 결정했습니다. 1942년 7월 22일에 나는 주보중, 장수전과 함께 소련극동군 사령관 아빠나쎈꼬(이오시프 아파나센코) 대장을 만났습니다."

만약 이 주장대로라면, 동북항일연군 국제교도여단은 김성주가 만들어낸 것이 된다. 이에 대해 중국의 모든 항일연군 연구가들은 한결같이 비판한다. 역사 왜곡과 더불어 역사 찬탈 행위라고까지 질책한다. 많은 역사 자료와 생존자들의 생생한 증언이 있는데, 북한에서 왜 이토록이나 험악하게 항일연군 역사를 함부로 날조하는지 도무지 이해할 수 없다는 것이다. 한편으로는 김성주가 살아 있을 때 회고록을 직접 완성했다면 과연 이처럼 뻔뻔스럽게 거짓말을 할 수 했을까 의문을 제기하는 사람도 있다. 북한 정부가 고인(김성주)를 모독하고 있다고까지 여기는 것이다.

중국 연구가들은 많은 증거 자료와 증언 자료들을 제시한다. 그 가운데 세 가지만 소개하겠다.

첫째, 회고록(계승본)에서는 김일성이 1942년 7월 22일에 극동홍군 사령관 아파나센코 대장과 만나 국제연합군(국제교도여단) 창설 필요성을 역설해 그 이후 '동북항일연군 국제교도여단'이 조직되었다고 주장한다. 하지만 소련 정부와 중국 정부 및 이 방면 자료들에 따르면, 국제교도여단 창설 요청은 1942년 5월경 주보중과 이조린이 제출했고, 소련 극동변강구 당위원회와 극동홍군 사령부에서 함께 의논했으며 모스크바에까지 보고되었다. 정식 비준이 내려진 날짜도 7월 22일 이후가 아닌 1942년 7월 16일이었다.

둘째, 주보중의 『동북항일유격일기』에는 이때 일들이 아주 자세하게 기록되어 있다. 우선 무엇보다도 남, 북 야영에는 조선인민혁명군이라는 명칭의 독립

부대가 따로 존재한 적이 없었다. 따라서 김성주도 이 부대 사령관 신분이 아닌, 88 국제교도여단 산하 제1대대장 신분으로 주보중과 이조린을 따라 아파나센코 대장을 만나러 갔으며, 회견 시간은 약 40분가량밖에 걸리지 않았다. 이 40분 동안 주로 아파나센코 대장이 항일연군 국제교도여단의 독립성과 관련한 네 가지 제안을 했고 주보중, 이조린, 김성주 등은 가만히 듣고만 있었다고 주보중의 『동북항일유격일기』에 쓰여 있다. 회고록의 주장처럼 여단장과 정치부여단장을 제치고 일개 대위 계급의 대대장이 나서서 장황하게 연설할 상황은 아니었던 것이다.

그런데 회고록에서는 한술 더 뜨고 있다.

"나는 그때 조선인민혁명군과 동북항일연군 제1로군 활동 정형과 현 실태에 대하여, 일제를 격멸하고 조선을 해방하는 데서 반드시 참고해야 할 군사정치적 문제들에 대해 모를 박아 설명했습니다. 아빠나쎈꼬는 조선에서의 일본군의 무력배치, 조선 자체의 반일역량의 실태와 그 발전전망, 소련과의 연합작전의 실제적 가능성에 대한 상세한 설명을 요구했습니다. 나는 그가 요구하는 사항들에 대해 구체적으로 통보해주었습니다."

셋째, 회고록(계승본)에서는 이때 일을 설명하면서 "그때 적들의 첩보 암해 활동으로부터 조선인민혁명군 군사정치간부들의 신변을 보호할 목적으로 군사관 등급도 실제보다 낮게 상징적인 것으로 정했습니다."라고 말하면서도 그로 해서 '조선인민혁명군' 사령관인 자신이 무슨 군사 계급을 받았는지 언급하지 않는다. 그뿐만 아니라, 중국 자료에는 조선인 대원들의 군사 계급까지도 다 밝혀져 있는데 대해 아무런 해명도 하지 않는다. 만약 북한 주장대로 그 대원들이 조선인민혁명군이라는 명칭의 독립적인 부대 대원들이라면, 이 부대 안에서 그 대원들이 '실제보다 낮게 상징적으로 정해졌던 군사관 등급'이 과연 어떤 것인지는 일일이 설명하지 않더라도, 최소한 정치위원이나 참모장의 '군사관 등급'만큼은 밝혔어야 했다. 그런데 이 부대는 '사령관'인 '나(김일성)'만 있을 뿐 정치위원이 누군지 참모장이 누군지에 대하여 아무런 설명도 없다.

그리고 '나(김일성)'는 이와 같이 국제교도여단(국제연합군)과 관련한 구상을 김책, 최용건, 안길, 강건 등과 의논했으며, 그들로부터 지지를 받았을 뿐만 아니라 '그 구상을 빨리 실현하기 위하여 소련, 중국 동지들과의 협의하는 일까지도 위임받았다.'고 주장하지만, 정작 김책은 이 무렵 소련에 있지 않았다. 안길이나 강건도 마찬가지였다. 1942년 5월 29일에 만주로 들어갔던 안길은 7월 말경에야 가까스로 소련으로 돌아올 수 있었다. 강건도 이때는 왕효명(王效明)과 함께 우보합(于保合), 이재덕(李在德, 이명순) 부부 등 10여 명의 대원들을 이끌고 의란 완달산(完達山) 지구로 정찰임무를 나갔다가 역시 7월 말경에야 소련으로 돌아왔다. 그렇다면 실제로 누구와 의논했으며 누구에게 위임받은 것인가?

당시 주보중 곁에 남아 있었던 조선인 지휘관은 최용건뿐이었다. 그런데 최용건과 주보중의 관계는 이미 세상에 널리 알려져 있다. 주보중의 최측근 심복일 뿐만 아니라 주보중의 제2로군 총참모장인 최용건은 항일연군 내에서 유일하게 주보중과 할 말 못 할 말 다 터놓고 주고받는 친구였다. 그런 최용건이 국제연합군 결성 문제에 관해 주보중과 협상하는 일을 자기보다도 10여 살 어린 김성주에게 위임했겠는가?

더구나 '나(김일성)'는 말끝마다 조선인민혁명군을 입에 담으면서도 한 번도 최용건이나 김책이 조선인민혁명군의 일원이었다는 주장은 하지 않는다. 항일 투쟁 전 기간에 줄곧 북만 지방에서 활동했던 김책은 이때 중국공산당 북만성위원회 서기였고, 최용건도 항일연군 제7군 군장을 거쳐 제2로군 총참모장에까지 오른 어마어마한 경력을 가지고 있었다. 이런 사람들이 김성주에게 국제연합군 결성을 위해 중국 동지들(주보중, 이조린, 풍중운 등)과 협상해달라고 부탁했다는 것은 말도 되지 않는다.

3. 시세영과 계청의 비극

1942년 9월 13일, 새로 편성된 국제교도여단 내 전체 중공 당원 대회가 열렸다. 여기서 정식으로 동북당특별지부가 조직되었다. 이는 국제교도여단이 8월 1일 정식 열병식을 하면서 세상에 존재를 드러냈던 날로부터 1개월 남짓한 시간이 흐른 뒤였다. 여기서 최용건이 서기로 선출되었고 부서기에는 김일성과 김경석이 선출되었다.

다음은 제1기 중국공산당 동북당특별지부 위원회 명단이다.

동북당특별지부 위원회

서기: 최석천(崔石泉, 최용건).

부서기: 김일성(金日成), 김경석(金京錫).

집행위원: 주보중, 장수전(이조린), 최석천(최용건), 김일성, 김경석, 팽시로(선전사업 책임), 왕명귀(조직사업 책임), 김책(소련으로 귀환하지 않아 기율 처분 대기 상태, 업무를 분담받지 못함), 왕효명, 안길, 계청(소부대활동 기간의 문제로 소련홍군 내무부로부터 심사받고 있어 업무를 분담받지 못함).

후보위원: 왕일지(주보중의 아내, 조직사업 책임), 심태산(선전사업 책임).[273]

여기서 이름을 올리지 못한 주요 인물 하나가 있다. 바로 국제교도여단 산하 제4대대 대대장 시세영이었다. 동북당특별지부 위원회가 한창 열릴 무렵 계청과 시세영은 소련홍군 내무부에서 심사를 받고 있었다. 그러다가 시세영은 체카 (반혁명 방해공작 대처를 위한 국가특수위원회)에 의해 연행되었지만, 처음 불려가 면담하고는 금방 풀려났다.

주보중의 부탁을 받은 왕신림이 체카 일꾼들에게 시세영을 대대장으로 그냥 두어도 괜찮겠는가고 문의했는데, 그들은 별일 없다는 듯 머리를 끄덕였다고 한다.

왕신림이 돌아와 주보중에게 말했다.

"어쩐지 느낌이 좋지 않소. 그동안 내 친구 중 몇 명이 체카에 불려가서 면담하고 돌아온 적 있는데, 별일 없듯 무사히 돌아온 자들은 후에 모두 실종되었소. 오히려 한바탕 야단맞고 돌아오면 대부분 무사하더란 말이오. 대대장직은 그냥 두라고 하지만 당위원회에까지 이름을 올리는 건 무리인 듯싶소."

아닌 게 아니라 이듬해 1943년 가을까지 별 다른 동정이 없던 체카에서 갑자기 시세영을 연행해 갔다. 시세영의 아내 호진일(두 번째 아내) 이야기다.

"그때도 처음처럼 그냥 면담하고 돌려보내는 줄 알았다. 라오차이(老柴, 시세영)도 그렇게 생각하고 '금방 갔다 오마.' 하고 갔는데, 다시는 돌아오지 않았다. 지금까지 60여 년 동안 소식이 없다. 일부 자료에서는 이런 사실을 공개하지 않고 있다. 그냥 라오차

---

273 상동.

이가 1944년에 동북으로 돌아가 임무를 집행하다가 희생했다고만 둘러대는데, 사실은 '일본 간첩'으로 몰려 소련 정부에서 총살했다고 하더라. 2005년에 러시아 두마 주석이 중국에 왔을 때, 나한테 '반파시스트 전쟁 승리 60주년 훈장'을 수여했다. 그때 나는 그한테 편지를 보내 남편을 찾아달라고 했는데, 소련대사관에서 이렇게 회답이 왔다. 소련 정부가 그 해에 숙반운동[274]을 하면서 잘못 죽인 사람이 원수로부터 일반 사병에 이르기까지 수백만 명이 된다고 했다. 어디서 어떻게 죽였으며 시체는 어떻게 처리되었는지 알아낼 방법이 없다고 했다.'[275]

시세영에 비하면 정치위원이었던 계청은 그나마 운이 좋은 편이었다. 시세영이 체카에 연행된 지 1년쯤 더 지난 1944년 9월에 역시 '일본 간첩'으로 몰려 체포된 계청은 체카가 아닌 극동홍군 내무부에서 심사받고 바로 시베리아로 추방되어 10년 가까운 세월을 노동개조농장에서 일했다. 1955년에야 비로소 중국으로 돌아올 수 있었다. 그런데 얼마 지나지 않아 문화대혁명이 일어나면서 이번에는 거꾸로 '소련 특무'로 몰려 또다시 공산당 감옥에 갇히는 신세가 되고 말았다.

'에이, 차라리 계속 시베리아에서 돌아오지 말걸.'

계청은 머리에 고깔모자를 쓰고 거리로 끌려 다니면서 모욕을 당했다.

---

274 숙반운동(肅反運動)은 '반혁명분자 숙청운동(肅淸反革命運動)'의 줄임말로, 소련공산당의 지도를 받던 중국공산당이 1930년대 소비에트 근거지에서 진행하였던 사상 감별운동 때부터 이용되었다. 만주 동만지구에서의 '민생단사건' 역시 이 범주의 하나에 불과했을 따름이다. 해방 이후에도 정부에 대항하는 반혁명분자를 숙청한다는 이유로 많은 사건이 억울하게 조작되었는데, 실제로 중국 정부에서 공식적으로 공개한 숫자에 따르면 2만 1,000여 명이 사형 판결을 받았고 4,300여 명이 자살했거나 실종되었다. 실제 숫자는 이보다 훨씬 많을 것으로 본다.

275 취재, 호진일(胡眞一) 중국인, 항일연군 생존자, 시세영의 아내, 취재지 사천성 중경시, 2000.
「胡眞一：金日成牽掛半世紀的中國女人」, 『書報文摘』, 2005年 第19期.

시베리아 노동개조농장에서 춥고 힘든 나날을 보냈어도 이처럼 인격이 짓밟히는 일은 없었다. 어린아이들까지 달려들어 돌을 뿌리고 침을 뱉었다.

'내가 과연 이런 꼴을 당하자고 생명을 내걸고 항일투쟁을 해왔단 말인가?'

이렇게 한탄할 지경이었다. 계청은 1976년 7월에야 '소련 특무' 혐의를 벗게 되었다.

이때 소련에서 제명되었던 중공당 당적도 회복했고, 1980년에는 흑룡강성 제5기 인민대표대회 상무위원회 부비서장이 되었고, 중공당 중앙조직부는 그에게 부성장급 대우를 해주기로 결정했으나 유감스럽게도 얼마 살지 못했다. 계청은 1988년 1월 12일에 77세의 나이로 하얼빈에서 사망했다.

이렇게 시세영이나 계청처럼 아무 죄도 없이 소련방면에 의해 처형당했거나 시베리아 노동개조농장으로 추방된 사람이 무척 많았다. 계청은 1982년 흑룡강성 사회과학분야 공직자들과의 좌담회 때 남야영 시절 일을 회고하면서 자기가 극동홍군 내무부에서 '일본 간첩'으로 의심받을 때 적극적으로 나서서 보호해주지 않았던 일부 중국인 지도자들(주보중, 이조린, 풍중운 등)에 대한 불만을 에둘러 이야기했다.

"소부대 정찰활동을 하러 나갔다가 대원들을 잃어버리고 혼자 살아 돌아오면 자연히 의심받기 마련이었다. 1943년 이후 김일성의 제1대대에서는 동북(만주)보다는 주로 조선 쪽으로 소부대를 많이 내보냈다. 그리하여 동북의 항일혁명에는 관심이 적다는 비판이 제기되기도 했다. 누군지 이름은 말하지 않겠다. 연변 도문에 파견받고 나갔던 소조가 있었는데, 조선 남양에서 도문으로 들어오는 기차가 한 달 동안 몇 차례 들어오고, 올 때마다 무슨 기차가 들어오는지 알아보는 임무였다. 그런데 도문까지 들어가자니 무섭고 하니까 어디 가서 빈둥거리고 놀다가 영안의 노송령 이더서 오가는 기차 사진을 수십 장 찍어가지고 돌아와서는 이것이 조선에서 도문으로 오가는 기차 사진이라고 거짓말했다가 금방 발각되었다. 원칙대로라면 바로 군법에 걸려 처형당할 수 있었다."[276]

계청은 김성주가 직접 나서서 거짓말한 대원들을 지켜주었다고 회고했다. 1943년 이후에는 소련방면 대표였던 왕신림까지도 김성주를 함부로 대하지 않았다는 것이다. 왜냐하면 국제교도여단 산하 각 대대와 중대에 파견되었던 소련 홍군 지휘관들이 약 30여 명가량 있었는데, 유독 김성주의 제1대대에만 극동홍군 사령부 정보부에서 내려온 전문 연락원이 주재했기 때문이다. 곧바로 극동홍군 사령관과 참모장에게 소식을 전할 수 있었던 이 연락원 덕분이었는지는 자세히 알 수 없으나 러시아의 관련 자료들을 보아도 당시 김성주에 대한 소련방면의 평가가 굉장히 좋았음을 알 수 있다. 왕신림은 극동홍군 정보부에 제출한 보고서에서 '김일성'은 국제교도여단 내 조선인 대원들 가운데 가장 출중한 자이며 러시아어도 아주 빨리 습득하고 있다고 칭찬했다. 또한 '김일성'이 이끄는 제1대대는 "군사적 소양을 갖추고 있으며 비교적 군사 기율이 엄격한 것이 특징"[277]이라고 평가한다.

이렇게 남야영은 북야영에 비해 훨씬 더 조직화가 잘 되어 있었다. 특히 남야영 제1대대 대원들은 대부분 중공 당원들인 데다 각종 특수 기술과 기능훈련 방면—낙하산, 스키, 무선전통신, 경계, 수색, 습격, 조우전, 정찰 등 전술훈련—

---

276 취재, 계청(季青) 중국인, 항일연군 생존자, 취재지 하얼빈, 1986~1987.

277 원문 "他-指的是金日成所領導的由朝鮮人組成的第一營, 具有軍事素養水平較高和軍事紀律比較嚴明的特点.", 「試論八十八旅與中蘇朝三角關係-抗日戰爭期間國際反法西斯聯盟一瞥」, 沈志華, 『近代史研究』, 2015年 第4期.

에서 언제나 최우수 성적을 받아 모범 야영으로 평가받았다. 여러 자료[278]에 따르면, 1942년 9월과 10월 사이에 진행된 낙하산 투하훈련에 남, 북 야영에서 총 337명이 참가했는데, 김성주가 이끄는 남야영에서 우수상(87명, 여대원 11명도 포함)을 모두 차지했다. 그러다 보니 김성주의 뛰어난 행정, 조직 능력도 화제가 되었다.

한때 김성주는 남야영을 안길과 계청, 최현 등에게 맡기고 자신은 북야영으로 파견되어 일했던 적이 있다. "중공당 만주성위원회" 문건뿐만 아니라 주보중의 『주보중구국문집』에도 이때 일에 관한 기록이 있다. 예를 들면, 1942년 10월 15일 시세영과 계청에게 보내는 편지에는 "김일성 동지가 이미 북야영에 도착하여 순조롭게 사업을 시작하고 있다."는 내용이 들어 있다. 또 주보중이 안길에게 보내는 편지에도 "김일성 동지가 이미 북야영에 도착하여 나와 함께 사업하고 있다."고 밝혔는데, 놀랍게도 이때는 1942년 10월경으로 국제교도여단이 결성된 지 얼마 안 되었을 때였다.

4. 모스크바 '약소민족 대표회의'

북한에서는 회고록(계승본)을 통해 김성주가 소부대 활동 기간에 여러 차례 만주와 조선 국내로 들어와 활동했다고 주장하며, 조선 두만강 연안 여러 지방에 소부대 활동 기간에 김성주가 직접 다녀갔다는 현장에 유적지를 만들어 놓았다.

---

278 『英雄的姐妹：抗聯回憶錄』, 2005年吉林人民出版社出版, 徐雲卿.
　　"百年人生留青史 終生不忘抗聯情-訪東北抗聯女戰士李敏", 〈中國檔案報〉 2016.09.16. 总第2966期 第一版.

그렇다면 이 기간에 김성주는 몇 번쯤 만주나 조선 국내를 갔다 왔을까?

회고록에서는 "나는 백두산과 극동의 임시기지를 왔다 갔다 하면서 국내와 동남만에 대한 소부대 활동을 지도하는 한편 군정학습도 동시에 밀고 나갔습니다."라고 주장할 뿐만 아니라 "11월 중순(1941년 11월)이 다 되어서야 기지로 돌아갔는데 새별군 연봉에도 들렀습니다."라고 장소까지도 밝힌다. 하지만 이것이 가능하려면 지금처럼 현대적인 교통수단이 있었거나, 김성주 자신과 닮은 분신이 있었을 경우뿐이다. 중공당 만주성위원회 문건으로 입증할 수 있는 것은 1941년 4월 9일부터 11월 12일까지 오직 한 차례만 김성주가 만주에 들어왔을 뿐이다. 이후 제1지대장으로 임명되면서 남야영 행정 업무를 주관했던 김성주는 단 한 번도 남야영을 떠난 적이 없었다.

더구나 1942년 8월 이후부터는 국제교도여단 산하 제1대대장과 중공 동북당위원회 부서기를 맡았기에 여단장 주보중과 정치 부여단장 이조린 및 당위원회 서기였던 최용건의 허락 없이 함부로 만주나 조선 국내로 갔다 올 수는 없었다.

설사 북한 주장대로 김성주가 국제교도여단 산하 제1대대장이 아닌 '조선인민혁명군' 사령관이기에 누구에게 허락받지 않고도 마음대로 갔다 올 수 있었다면, 이 기간에 남야영과 북야영에서 사업을 지도하던 '김일성'이 누구인지도 해석을 내놓아야 한다. 이를 주보중이 모를 리도 없다. 다음은 여영준의 증언이다.

"김일성이 뭐 백두산과 원동(극동)의 임시기지를 왔다 갔다 하면서 활동했다고? 그것은 새빨간 거짓말이다. 교도여단이 결성된 후 우리는 소련홍군으로부터 가장 최신식 정규 군사교육을 받았다. 전체 부대는 약 1,000여 명 남짓했지만 실제 우리 항일연군은 600~700여 명밖에 안 되고 나머지 300여 명은 모두 소련홍군에서 보충한 소련 군인들이었다. 처음에는 여단장 주보중과 정치위원 이조린도 모두 소좌 군사 계급밖에 받지 못했다. 그러다가 이듬해 1943년에야 중좌로 올려 주었다. 그 해에 소련홍군은 정치위원 제도를 폐지했다. 그리하여 이조린은 정치 부여단장이 되었고 아래 각 대대들에서도 정치위원들은 모두 정치 부대대장으로 바뀌었다.

그때는 대대장도, 부대대장도 함부로 야영지를 떠나지 못했다. 그때 남야영에는 루이진(瑞金)이라는 중국 이름을 사용하는 소련 군관이 대표로 와 있었고, 북야영도 양림(楊林, 양린)이라고 부르는 소련 군관이 대표로 와 있었다. 이 두 사람의 동의 없이는 누구도 함부로 야영지를 떠날 수 없었다. 만주와 조선으로 정찰소조를 파견할 때도 이 두 사람의 동의를 거친 뒤에 여단장 주보중에게 보고해야 했고, 마지막으로 왕신림이 동의해야 했다. 그러다가 1944년이 되어서야 형세가 바뀌었다. 그 소련군 대표도 더는 함부로 하지 못했다. 그때 김일성이 주보중과 함께 모스크바에 갔다 온 적이 있었다. 모스크바에 가서 한 2, 3개월 묵었던 것 같다.'[279]

이것은 좀 놀라운 증언이 아닐 수 없다. 김성주가 주보중과 함께 모스크바에 가서 2, 3개월간 묵었다는 내용을 회고록 계승본에서는 찾아볼 수 없기 때문이다. 왜 이처럼 주요한 일을 북한에서는 숨기고 있는 것일까?

이 일을 이야기하자면 1943년 11월 27일에 미, 영, 중 연합국이 이집트의 수도 카이로에서 모여 발표한 공동선언, 즉 '카이로 선언(Cairo Declaration)'을 언급해야 한다. 5일 동안 열린 이 회담에서 미국 대통령 루스벨트와 영국 수상 처칠, 그리고 중국 국민당 위원장 장개석은 제2차 세계대전 발발 후 최초로 일본에 대한 전략을 토의했다. 이 회담에서 3자 연합국은 승전하더라도 자국 영토 확장을 도모하지 않을 것이며, 일본이 1차 세계대전 이후 타국으로부터 약탈한 영토를 반

---

279   취재, 여영준(呂英俊) 조선인, 항일연군 생존자, 취재지 연길, 1986, 1988~1989, 1993, 1996.

환하라고 요구했다. 특히 조선을 자유 독립국가로 승인하는 결의를 하여 처음으로 조선 독립이 국제적으로 보장받게 되었다.

이미 유럽 전장에서는 독일과 이탈리아군이 급속하게 패퇴하기 시작했다. 9월 8일에 이탈리아가 투항했고, 아시아에서는 일본이 더는 버티기 어려울 것이라는 시각이 나오고 있었다.

남, 북 야영은 모두 끓기 시작했다. 일본이 곧 망하리라는 사실과 더불어 조국으로 돌아갈 날이 점점 가까워 오고 있다는 걸 실감할 수 있었기 때문이다. 스탈린이 카이로에서 돌아온 지 얼마 후, 소련 정부에서는 그 해 6월 9일에 이미 해산을 선포했던 코민테른을 대신하여 소련 경내에 주둔하던 중국과 조선을 포함한 유고, 베트남 등 소련 사회주의 영향권 하에서 독립운동을 펼쳐오던 국가 대표들을 모스크바로 초청했다. 1943년 '모스크바 약소민족대표회의'였다.

회의의 자세한 내용은 알려져 있지 않으나 김성주는 주보중과 함께 이 회의에 참가했다. 초청되어 갔다기보다는 추천되었다는 편이 훨씬 더 정확할 것이다. 이 회의에서 주보중과 김성주를 만난 소련홍군 총참모부의 한 주요 관계자는 만약 소련이 중국과 조선으로 출병할 경우, 현재 극동지방에서 대기 중인 국제교도여단이 어떤 식으로 작전에 참가하는 것이 가장 효율적인가에 대해 자세하게 질문했다고 한다. 그러면서도 겉으로는 '약소민족대표회'라고 이름을 단 것은 소련 정부가 이때까지도 1941년에 일본과 체결했던 중립(불가침)조약이 여전히 유효하다는 태도를 일본에 보여주어야 했기 때문이다.

이 일을 두고 세계의 많은 학자는 일본 히로시마에 원자폭탄이 투하되기 전까지만 해도 소련은 대일 참전에 소극적인 태도를 보였다고 주장하면서, 일본의 항복을 앞당기기 위한 연합국의 독촉에도 계속 묵묵부답이었다고 비판한다.

그러나 내부에서는 이미 적극적으로 대일전쟁을 준비했다는 가장 좋은 증거가 이 국제교도여단일 것이다. 비록 병력 수는 정규 여단 병력에 미치지 않지만, 이들은 당시 일본군 그림자도 본 적 없었던 다른 소련 군인들에 비해 벌써 10여 년 가까이 일본군과 전투를 벌여왔던 백전노장들이었다. 때문에 소련군에게 있어서 국제교도여단은 그들이 중국과 조선으로 출병할 때 결코 없어서는 안 될 첨병들이었다.

그중에서도 특히 김성주의 제1대대가 그랬다.

1944년 2월, 이 회의가 끝나고 김성주가 모스크바에서 돌아왔을 때 그의 몸값은 이미 눈에 띄게 달라지기 시작했다. 그는 이미 어제의 김성주가 아니었다. 나이도 30대에 접어들었다. 김정숙은 둘째아들 슈라(조선 이름은 김만일)를 낳았다. 김성주는 어느덧 두 아이의 아버지가 된 것이다. 남아 있는 사진에서도 볼 수 있듯이 이태 전 소부대 활동 당시만 해도 여위었던 그는 소련에서 지내는 동안 슬슬 몸이 좋아진 데다 키까지 커서 제법 풍채가 좋았다.

왕신림은 그의 요구라면 다 들어주었다. 중국인 대원 수에 비해 현저하게 적은 조선인 대원들을 함부로 파견하거나 전출할 때 김성주의 허락을 받지 않으면 난리가 났다. 초기에 오백룡과 백학림, 김창봉, 석산, 김병갑, 지병학 등은 소련군 대표 루이진의 파견을 받고 야영 근처의 소련국영농장에 주둔하면서 노동한 적이 있었다. 그런데 김성주의 최측근 심복이었던 오백룡과 백학림이 중앙아시아의 농장으로 또 파견되자 김성주는 잔뜩 화가 났다.

며칠 후 왕신림이 직접 김성주에게 찾아와 사과했다고 한다.

"노여움을 푸시오. 내가 오백룡 등을 중앙아시아로 파견한 것은 그곳에 조선인들이 많이 살고 있기 때문에 당신의 1대대에 조선인 병력을 좀 보태주려 일부러 징병 활동을 위해 보낸 것이오."

왕신림은 극동홍군 사령부 참모장에게 전화를 받은 것이 틀림없었다. 김성주

의 제1대대 조선인 대원들을 함부로 타지로 전출하거나 파견하는 일이 없도록
하라는 것과, 꼭 필요할 때라도 반드시 김성주의 허락을 받아야 한다는 명령이
었다.

또 한 번은 박성철이 정찰임무를 집행하는 과정에서 거짓말 보고를 한 일이
들통 나 처벌받게 되었다. 그러자 그는 자살하려고 임춘추의 배낭에서 큼직한
아편 덩어리를 하나 훔쳐내 통째로 꿀꺽 삼켰다고 한다. 서철이 발견하고 박성
철을 등에 업고 군의소로 달려왔다.

군의소장 이동화는 박성철의 입 속에 바닥을 닦았던 구정물통을 들어 통째로
들이 부었다. 그래도 토하지 않자 이번에는 서철과 함께 박성철을 거꾸로 달아
매 아편을 토해 내게 했다고 한다. 겨우 살려놓자 왕신림이 달려왔다.

"마율리(이동화의 소련 이름), 이 사람 뱃속에서 나온 아편은 어떻게 된 거요?"

자살이 문제가 아니라 부대 내에 아편을 감춰두었다는 사실 자체가 훨씬 더
큰 잘못이었기 때문이었다. 이동화는 급히 잡아뗐다.

"아편이 아닙니다. 제가 그만 실수로 감기약을 잘못 주었는데 너무 많이 먹은
모양입니다. 지금 뱃속을 다 씻어냈으니 이제는 아무 일도 없습니다."

그때 이동화가 아니었더라면 박성철은 이미 저세상 사람이 되었을 것이고 훗
날의 북한 국가 부주석 박성철도 존재하지 않았을 것이다. 그렇게 큰 잘못을 저
지르고도 박성철은 일반 평대원으로 강등당했을 뿐 아무 처벌도 받지 않았다.
김성주가 지켜주었기 때문이다.

어떻게 이런 일이 생길 수 있었을까?

교도여단에서 함께 지냈던 연변 생존자들 가운데 당시 김성주 곁에 그림자처

럼 붙어 다녔던 러시아 조선인 최원(崔遠)[280]에 관해 이야기하는 사람들이 있었다. 모스크바 내무부 산하 정찰학교 출신이었던 최원은 겉으로는 김성주의 일개 서기관 내지 통역관에 지나지 않았지만, 신분은 사실상 극동홍군 사령부 정찰국 요원이었다. 군사 계급도 상위로, 대위였던 김성주와는 막상막하였다. 표면적으로는 김성주가 1대대 대대장이었지만, 최원은 김성주뿐만 아니라 교도대대 모든 사람을 감시하고 정찰국에 보고하는 일을 했다. 조선말은 서투르고 대신 러시아말을 원어민처럼 잘하는, 조선인처럼 생긴 러시아인이었던 셈이다.

최원은 러시아인처럼 호방했고 말대꾸도 잘했던 모양이다. 한 번은 여단 후방부에서 생선 배급이 있으니 와서 받아가라는 연락을 받았는데, 마침 곁에 보낼 사람이 없자 김성주는 그에게 심부름을 시켰다. 그랬더니 최원이 대뜸 이렇게 말하며 심부름을 거절해 버렸다고 한다.

"아니, 먹는 음식을 심부름시킬 때는 좀 나눠주는 맛도 있어야지, 매번 다 혼자 처먹고 나한테 고기 한 조각 나눠준 적 없었잖아."

아마 이전에도 그런 심부름을 몇 번 했으나 김성주가 '생선회를 쳐서 자기 혼자만 먹었다'는 것이다. 후에 이동화, 문일(문열), 유성철, 박길남, 김봉율, 이청종, 김창국, 김파우엘 등 러시아의 조선인들이 적지 않게 교도여단에 들어오면서 최원도 국제교도여단으로 전속 배치되었다가 1945년 광복 이후 김성주를 따라 조선으로 들어왔다.

---

280 최원(崔遠, 1910-?) 소련의 고려인 출신으로 연해주에서 출생했으며 하바롭스크 극동전선군 사령부의 정찰국장 나훔 소르킨 소장 아래서 정보업무를 담당하며 김일성이 속해 있던 제88독립보병여단과도 관련을 맺고 있었다. 일설에 따르면, 김일성이 표면적으로는 1대대 대대장이었지만 NKVD(KGB 전신) 비밀 요원이기도 했던 최원은 김일성 등 한인 출신 대원들의 동태를 감시하여 상관인 소르킨 소장과 극동군 사령관 막심 푸르카예프(Maksim Purkayev) 대장에게 보고하여 상관들의 신임을 얻었다고 한다. 해방 이후 김일성을 따라 북한으로 들어와 북한군 정찰국장, 군사과학국장 등을 지냈고 1958년경 숙청당한 후 행방불명되었다.

한동안 북한군 초대 정찰국장(대좌)과 총참모부 군사과학국장 등을 맡는 등 정찰 관련 계통에서 활약했으나 소련파들이 제거될 때 그는 가장 먼저 투옥되었다. 소련파 다수는 현직에서 쫓겨나 소련으로 돌아갔으나, 최원만은 행방불명이 되었다. 1959년 7월 숙청되어 강계의 감옥에 갇혔던 조선인민군 소장 출신 강수봉(필명 려정呂政)의 증언에 따르면, 당시 같은 감방에 총참모부 무기 기재 공급국 부국장 박병수, 총참모부 군사과학국장 최원, 6사단장 고기환, 3군단 통신부장 최명철, 직업총동맹 경공업위원장 이선희 등이 있었는데, 이것이 알려진 그의 마지막 모습이다.

최원 이야기를 들려주었던 국제교도여단 생존자는 최원이 소련에서 지낼 때 그 '생선 심부름을 거절했던 일'로 보복당했다고 주장한다. 비록 러시아 출신 조선인들은 조선으로 돌아온 뒤 한동안 이용만 당하고는 모두 제거되었지만, 그들이 소련에서 지내는 동안에 김성주 등 항일연군 출신자들에게 많은 도움을 주었던 것도 사실이다.

5. 유의권의 증언

1945년이 왔다.

김성주의 나이는 어느덧 서른셋, 아내 김정숙은 스물여덟 살이었다. 김정숙이 참가한 국제교도여단 산하 무선전통신대는 40여 명의 대원이 있었으며, 대장은 최용건의 아내 왕옥환이었다. 조선인 여대원은 김정숙, 이재덕 등을 비롯하여 9명뿐이었다. 오늘날 북한에서 '백두의 여장군'으로 추앙하는 김정숙은 이재덕과 함께 통신대 중국 소대 1분대 평대원으로 있었다. 소련에서 4년을 지내면서 아이 둘을 낳은 김정숙은 까맣고 꾀죄죄했던 처녀 시절과 달리 외모도 많이 달라졌다. 조금씩 몸이 나기 시작했고 살색도 희어졌으며 얼굴에서는 종일 웃음이 떠나지 않았다.

김정숙과 한 통신대에 있었던 이재덕뿐만 아니라 주보중의 경위원을 지냈던 유의권(劉義權)의 증언이 있다. 1943년 열세 살에 만주에 나와 활동 중이던 소부대를 우연히 만나 소련으로 따라 들어왔던 유의권은 너무 나이가 어려 주보중의 근무병으로 일하면서 가끔 주보중의 아내 왕일지를 도와 매주 토요일 유치원에 가서 주보중의 딸 주위(周偉)와 김성주의 아들 김정일을 데려왔다고 한다.

"김일성, 김정숙 부부가 집에 돌아오지 않아 내가 김정일을 데리고 마당에서 놀았는데, 어찌나 까불어대는지 혼났다. 한 번은 내가 주의하지 않는 틈을 타서 내 권총을 낚아채 달아나려 했다. 내가 너무 놀라 쫓아가서 김정일의 궁둥이를 걷어찼는데, 마침 김정숙이 이 광경을 보았다. 내가 돌아와 왕일지에게 이 일을 이야기하자 '수장동지 아이를 그렇게 걷어차면 어떻게 하느냐'면서 나보고 김일성 집에 가서 사과하게 했다. 내가 다음 날 찾아가서 사과하려 하자 김일성은 그냥 웃기만 하는데 김정숙이 정색하고 나를 말렸다. '우리 아이가 너무 별나서 너를 화나게 만든 것 같은데 우리가 오히려 미안하구나. 그러니 네가 화를 풀어다오.' 하면서 오히려 나를 위로하지 않겠나. 내가 감동하여 울자 김정숙은 눈물까지 닦아주면서 그만하고 돌아가라고 했다."[281]

이는 유의권이 열다섯 살 때의 일이었다. 유의권은 1930년생이다 보니 필자가 처음 그를 취재하기 위하여 흑룡강성 치치하르로 찾아갔던 1998년에 겨우

---

281 취재, 유의권(劉義權) 중국인, 항일연군 생존자, 취재지 치치하르, 1998~2000.

예순여덟이었다. 항일연군 출신 생존자 치고 많지 않은 나이였다. 주보중의 그림자처럼 붙어 다녔던 유의권은 1945년 7월 중순경, 주보중과 최용건이 모스크바로 스탈린과 만나러갈 때도 따라갔다. 유의권은 그 무렵 최용건과 김성주, 그리고 소련방면 대표 사이에서 있었던 일들을 자세하게 이야기해 주었다.

4월 15일은 김성주의 생일이었다. 이날 최용건, 김책 등이 그의 생일을 축하하러 왔다. 저녁에는 주보중 부부도 딸 주위를 데리고 김성주의 집에 왔다. 함께 따라왔던 유의권은 마당에서 김정일과 주위를 데리고 놀았다. 얼마 후 오백룡이 또 술과 고기를 들고 왔다가 김성주 부부에게 붙잡혔다.

김성주는 특히 오백룡을 극진하게 대했다. 만주에서 왕청 시절부터 그림자처럼 뒤를 따라다녔던 오랜 부하들을 거의 다 잃어버리다시피 했지만, 소련까지 함께 온 사람들 가운데서 가장 오래 김성주와 보냈던 사람이 바로 오백룡이었다. 술을 마시다가 김성주가 오백룡에게 한마디 했다.

"참, 백룡이, 자린이하고 철만이도 함께 데리고 올 걸 그랬소."

김정숙가 그 뜻을 알고 오백룡에게 부탁했다.

"제가 떡과 고기를 싸드릴 테니 두 동무한테 가져다주세요. 그리고 꼭 무사히 살아 돌아와야 한다고 전해 주세요."

얼마 전 김성주는 김자린과 김철만에게 정찰임무를 맡겼던 것이다. 그것도 다른 지방이 아닌 조선 평양 인근의 일본군 비행장 정찰임무였다. 이 사실을 안양림이 소련인 부여단장 시린스키(Timofei Nikitovich Shirinsky)에게 항의했다.

"김 대대장이 모스크바에 갔다가 돌아온 뒤부터는 저희 허락도 없이 자기 맘대로 정찰소조를 파견하고 있습니다. 도대체 누가 내린 임무입니까?"

원칙대로라면 극동홍군 사령부 정보부에서 어떤 정보가 필요할 때는 반드시 국제교도여단의 소련인 부여단장 시린스키와 참모장 사마라첸코를 통하여 주보중에게 전달되었다. 사마라첸코의 중국 이름이 바로 양림이었다.

"올해 들어 나눔 소르킨 소장(소련 극동홍군 정찰국장)이나 안쿠지노프 대좌 (Mikhail Tikhonovich Ankudinov, 소련 극동홍군 정찰국 부국장)가 가끔 급한 정보가 필요할 때는 우리한테 알리지도 않고 바로 김일성에게 연락한다고 들었소."

"김일성이 여간 건방지지 않군요. 정찰국에서는 그렇더라도 본인은 우리한테 보고해야 하지 않습니까. 그자가 하려는 일을 우리가 막았던 적은 없잖아요. 이번에는 도저히 두고 볼 수 없습니다."

국제교도여단의 실질적인 권력자 중 하나였던 양림은 잔뜩 화가 났다.

그러잖아도 참모장이었던 최용건이 부참모장으로 밀려나고 그 자리를 차지했던 양림은 최용건에게 아무 협조도 받지 못하고 거의 고립되다시피 했다. 최용건이 여단장 주보중의 심복인 데다 무슨 일이 있으면 두 사람이 머리를 맞대고 수군거려 양림이 궁금해서 물어보면 서투른 러시아어 대신 중국말로 대꾸하기 일쑤였다.

"뭘 자꾸 물어보오. 사담을 나눴소. 부대와는 상관없는 일이오."

중국말을 좀 하는 양림은 꼬치꼬치 따지고 들었다.

"또 나 몰래 함부로 정찰부대를 파견하는 것 아니오? 그렇게 하려면 참모장인 내 허락을 받아야 합니다. 허락 없이 함부로 파견하면 기율 위반입니다."

그러면 최용건이 벌컥 화를 내면서 나무랐다.

"당신이 여단장보다 더 세오? 여단장이 이미 동의했는데, 당신이 왜 함부로 막는단 말이오? 또 내가 부참모장이니 실질 업무를 맡아서 하면 되는 것 아니겠소."

"부참모장은 참모장을 도와서 일하는 직책이지 참모장 머리 위에 올라앉으라는 것이 아닙니다. 계속 이렇게 무례하게 굴면 하면 당신을 부참모장직에 둘 수 없습니다."

양림도 이렇게 화를 내면 최용건은 더욱 화가 나서 펄펄 뛰었다.

"이런 제기랄, 너는 내가 항일연군에서 뭐하던 사람이었는지 모르는구나. 너는 만주에서 일본군을 몇 놈이나 죽여 보았느냐?"

최용건은 화가 나고 말문이 막힐 때면 항상 이런 식이었다고 한다.

훗날 조선으로 돌아와 남로당파와 연안파, 그리고 국내파들과 정쟁을 벌일 때도 한참 시비하다 열세로 몰릴 것 같으면 바로 김성주를 곁에 밀어놓고 박헌영(朴憲永)이나 무정(武亭, 김무정) 같은 사람들한테 이런 식으로 호령했다고 한다.

당시 중공당 팔로군 세력을 등에 업고 있던 무정도 어마어마한 혁명 경력자였음에도 불구하고 최용건 앞에서는 감히 덤벼들 수가 없었다. 무정은 중앙홍군과 함께 2만 5,000리 장정에 참가하는 등 공산당 팔로군에서 포병 연대장까지 했지만, 정작 일본군보다는 같은 중국인 국민당 군대와 전투한 시간이 훨씬 더 길었다.

그러나 최용건은 달랐다. 그는 1930년부터 만주 바닥에서 일본군과 전투를 벌여 왔던, 그 당시로서는 항일연군의 가장 원로였고 선배였다. 심지어 김책까지도 최용건 앞에서는 후배임을 자처할 지경이었다. 그런 최용건 때문에 국제교도여단 시절 그를 부참모장으로 밀어내고 그의 자리에 넙죽 올라앉았던 양림은 특히 조선인 대원들이 많이 집중되었던 제1대대 일에 함부로 왈가왈부할 수 없었다. 왜냐하면 부참모장 최용건이 제1대대 일이라면 무조건 싸고 돌았기 때문이다.

대대장 김성주 또한 여단장 주보중과 무척 친밀한 사이였다. 특히 함께 모스크바에 갔다가 돌아온 후부터는 둘 사이에 무슨 암묵적인 거래가 있었는지 알 수 없으나 김성주가 여단 지휘부 비준도 없이 바로 조선 국내로 정찰소조를 파견하곤 했다. 양림은 그것이 항상 불만이었다.

유의권은 주보중과 최용건이 스탈린과 만났을 때도 이 일이 화제에 올랐다고 증언한다. 당시 현장에는 디미트로프도 함께 있었다. 주보중이 왕신림 등 소련 방면 대표들이 보여주었던 '대국주의 경향'을 고발하는 편지들을 스탈린 앞으로 세 차례나 보낼 때 모두 디미트로프의 손을 거쳤다. 스탈린은 이렇게 말했다.

"당신들이 우리 소련홍군의 만주 작전에 협조해주어 아주 기쁘오. 그동안 당신이 내 앞으로 세 차례나 보냈던 러시아어 편지를 모두 받았소. 극동 군구에서 파견했던 대표 왕신림과의 투쟁에서 당신들은 정확했소. 동북의 중공당이 조직적으로 독립해야 한다는 당신의 견해는 옳았소. 또 1938년에 왕신림이 부당한 방법으로 조상지를 소련으로 데려다가 1년간이나 감금했던 것도 잘못한 짓이었소. 우리는 이미 왕신림의 대표직을 거두었소. 당신들에게 파견한 대표들이 더는 함부로 '대국주의'를 범하지 못하게 조처하겠소."

이상에서 알 수 있듯이 당시 국제교도여단에서는 주보중, 이조린, 최용건 등 항일연군 출신 지휘관들과 극동홍군 사령부에서 파견한 소련인 지휘관들 사이에 많은 갈등이 있었다. 특히 주보중과 왕신림 사이의 갈등은 한때 최고조에 달했고, 김성주는 그 사이에서 아주 가파른 줄타기로 버텨왔던 것이다.

주보중의 고발 편지로 전임, 후임 두 왕신림이 모두 소환되었다. 만주뿐만 아니라 동시에 한반도로 출격해야 했던 극동홍군 사령부에서는 조선인 대원들이 집중되어 있던 여단 산하 제1대대에 주의를 돌리기 시작했다. 자연스럽게 대대장 김성주의 몸값은 최용건, 김책 등을 제치고 어느덧 여단장 주보중과 비견할 만큼 높이 치솟을 수밖에 없었다.

주보중은 스탈린을 만나고 돌아온 뒤 즉시 중공 동북딩위원회 전체 회의를 개최했다. 이 회의에서 주보중은 극동홍군 사령부의 요청에 따라 한반도로 출병하는 홍군부대를 도울 조선인 위원들을 따로 나누어 독립 당위원회를 꾸릴 것을 제안했다.

그러나 이때도 김성주는 과거 제7차 코민테른 회의에 참가하고 돌아왔던 위증민으로부터 조선인 대원들을 따로 분리해 자체 조선민족혁명군을 만들어보라는 권고를 거절했던 사례를 들어 다음과 같은 절충 방안을 내놓았다.

"우리 조선인 위원들을 모두 분리해 다른 새로운 당위원회를 구성하는 데는 반대합니다. 과거 우리는 항일연군이라는 큰 깃발 아래서 여러 유형의 반일부대들이 함께 항일투쟁을 해오지 않았습니까. 이번에도 마찬가지라고 봅니다. 동북당위원회라는 큰 깃발에서 떨어져 나와 따로 새로운 위원회를 만든다는 것은 조선인 혁명가들의 고립을 자초하는 결과를 낳을 수 있습니다. 때문에 여전히 동북당위원회 소속의 산하 기구(분지기구, 分支機構) 형태로 만들어야 한다고 봅니다."

김성주가 이렇게 주장했다는 증언들은 교수귀의 회고록『간고한 연대에서(在艱苦的年代裡)』에도 일부 나온다. 그 외에도 중국의 많은 자료가 증명하는데, 말끝마다 '사대주의'를 비판했다고 주장하는 '김일성 주체사상'의 본질과 달리 정작 중국과 중국공산당 세력에 가장 복종하며 따르고 싶어 했던 사람이 바로 김일성 본인이었음을 알게 하는 대목이다.

물론 다르게 해석할 여지도 없지는 않다. 김책이나 최용건 같은 노장들이 곁에서 김성주에게 조언했을지도 모른다. 아직까지는 여전히 동북당위원회에 소속되는 것이 여러모로 유익하다고 말이다. 주보중이나 이조린, 풍중운 등의 중국인들은 김성주의 이 주장을 거부할 이유가 당연히 없었다. 그리하여 이때 조직된 조선공작단위원회(朝鮮工作團委員會)는 동북당위원회 산하 위원회로 정해졌고, 동북당위원회 서기 최용건은 조선공작단위원회 서기로 내려앉았다.

여기서 밝히고 넘어갈 것이 있다. 북한에서는 '조선공작단위원회' 명칭에서 '위원회'를 없애고 그냥 '조선공작단'으로 부르며 김성주가 단장이 되었다고 주장한다. 이 주장을 그대로 받아들이는 연구가들도 적지 않다. 그러나 이는 사실과 맞지 않는다. 정확한 명칭은 중국공산당 조선공작단위원회다. "중공당 만주성위원회 문건"에 기재된 이 위원회 구성을 살펴보자.

당위원회 서기: 최석천(최용건)

위원: 최석천(최용건), 김책, 김일성, 안길, 서철, 박덕산(김일), 최현

위원회 분공: 당무주관 최석천(최용건), 군사주관 김일성[282]

교수귀는 회고록에서 최용건은 조선공작단 당위원회 서기였고, 김성주는 대장이었다고 회고한다. 김성주가 이 위원회를 동북당위원회 산하 기구로 두어야 한다고 주장했기 때문에 다른 조선인 평당원들은 원래대로 두고 옮겨오지 않았다. 이를테면 간부들 가운데 강신태와 김광협은 조선공작단위원회와 함께 출범한 '중공 요길흑임시당위원회(中共遼吉黑臨時黨委會)'에 소속되었다. 위원회 구성은 다음과 같다.

당위원회 서기: 주보중(여단장 겸임)

위원: 주보중, 풍중운, 장수전(이조린), 노동생(蘆東生), 강신태(조선인), 김광협(조선인), 왕

---

282 『東北地區革命歷史文件匯集終目錄(下) 1937-1945』, 中央檔案館, 遼寧省檔案館, 吉林省檔案館, 黑龍江省檔案館 編輯. 1994.

효명, 팽시로, 왕명귀, 왕일지(주보중의 아내), 유안래, 왕균[283]

그러면서 조선공작단위원회와 중국공산당의 관계 문제도 명문화했다.

조선공작단위원회는 조선으로 돌아가 자체 공산당 조직을 정식으로 출범하기 이전까지 여전히 중공당에 소속되며 함부로 이탈해서는 안 되며, 그동안 줄곧 중공 동북당위원회 서기직을 맡은 최석천(최용건)은 주보중과 함께 중국으로 돌아가 중공당 중앙에 사업 보고를 해야 하므로 이 기간 조선공작단위원회와 당무사업 모두 김성주가 책임진다는 내용이었다.

김성주의 서른세 번째 생일을 쉰 지 열흘쯤 지났을 때였다.

남, 북 야영은 다시 한번 흥분의 도가니에 빠져들었다. 1945년 4월 30일, 소련홍군이 나치 독일의 수도 베를린을 공략했다는 소식이 날아 들었기 때문이다. 하바롭스크 레닌 광장에서는 소련 공민들이 모두 몰려나와 축포를 쏘아 올리면서 환호했다. 유럽 전장에서 소련홍군과 연합군의 거듭되는 승리는 김성주를 비롯한 남, 북 야영 모든 사람에게 기쁜 소식이 아닐 수 없었다.

김책, 안길, 최현, 김동규, 오백룡 등은 매일 김성주 집에 몰려들었다. 김정숙은 황순희 등 몇몇 친구들과 남편의 가장 친한 동료들에게 음식상을 차리느라 정신없었다. 한 번 모여 앉으면 날이 새는 줄도 몰랐다. 정일과 만일 두 아들을 곁에 재워놓고 남편 이야기를 엿듣는 것만으로도 김정숙은 무척이나 행복했다. 누구는 강원도로 나가라, 누구는 낭림산맥을 타고 앉아라, 또 누구는 함경도를 책임져라, 전라도를 책임져라, 전부 이러한 소리들이었다.

---

283 상동.

김성주와 그의 동료들은 이때 벌써 건국을 계획하고 있었다. 모두 유격대 출신들이다 보니 좀 더 크고 넓게 멀리 내다보는 법을 몰랐다. 그냥 먼저 땅부터 차지하고 보는 것이 건국의 시작이었다.

하루하루가 흥분과 긴장 속에서 더디게 흘러갔다. 그야말로 일각이 여삼추 같던 시절이었지만 가끔 슬픈 일도 들이닥쳤다. 1941년 11월에 김성주의 제1소부대가 만주로 돌아온 이후에도 그의 부하들은 계속 정찰임무를 받고 만주와 조선 국내로 파견되었다. 처음 소부대 활동 때 김홍수[284]가 죽었고, 그 이후에도 오일남(1942년 5월 2일), 손태춘(1942년 6월 5일), 지봉손(1943년 3월 29일), 곽지산(1943년 7월) 등이 정찰 중 사망했다. 그리고 1945년 5월, 일본의 패망 3개월을 앞두고는 조선 국내 일본군 군용비행장 정보를 수집하러 갔던 김자린과 김철만이 구사일생으로 살아 돌아왔으나 김자린은 눈알 하나가 빠지는 불행을 겪어야 했다.

말년에 김철만은 이때 일을 회고[285]했다.

오늘의 평양 모란봉에서 바라보이는 대동강 너머에는 일본군 군용비행장이 있었는데, 그곳에 몇 대의 비행기가 있는지를 알아내는 정찰임무를 집행했다.

---

284 김성주는 회고록에서 김홍수가 1943년 훈춘 쪽에서 정찰임무를 집행하다가 체포되었으며, 놈들은 그에게 갖은 악형을 다하면서 비밀을 대라고 했으나 입을 열지 않자 감자 가는 기계에 접어넣어 갈아 죽였다고 주장한다. 그러면서 그의 최후에 관한 기사가 국제연합군 신문에도 크게 소개되었다고 했다. 하지만, 이는 사실과 부합하지 않는다. 국제연합군(국제교도여단)은 신문을 발행한 적이 없으며, 김홍수가 사망했던 때도 1943년이 아닌 1941년이다. "중공당 만주성위원회 문건"의 '1941년 B야영(남야영) 피파견 각 분대 명단'에서는 제1소부대가 귀환했을 때 사망해서 돌아오지 못한 사람 속에 '장홍룡, 진보산, 김홍수'가 들어 있다.

285 "내가 자린 동무하고 마지막으로 정찰을 나갔던 때가 1945년 봄이었습니다. 우리들이 한 조가 되어 정찰임무를 수행하고 돌아오다가 비밀아지트에 들렀는데, 우린 그때 그 주인 놈이 변절한 줄을 몰랐댔습니다. 그놈이 아들과 작간을 하고 우리가 잘 때 도끼를 휘둘러 자린 동무의 뒷골을 깠는데, 그때 그의 뒷골이 깨지고 한쪽 눈이 빠졌습니다. 자린 동무는 피가 흐르는 머리를 부여잡고 총으로 그놈을 쏴 눕혔습니다. 나도 그때에 권총을 뽑아서 달려드는 그놈의 아들 놈을 쏴 갈기고 자린 동무를 업고 간신히 부대로 돌아왔습니다…." (조선텔레비방송 프로그램, "회고록의 갈피를 번지며 - 항일혁명투사 김자린 동지에 대한 이야기"에서)

돌아오는 길에 평양 인근의 한 아지트에서 하룻밤을 묵게 되었다.

집주인은 마누라가 없고 다 큰 아들과 살던 중늙은이였다. 평양으로 들어갈 때도 이 집에 들러 하룻밤을 묵었는데, 그들의 배낭에서 권총과 돈을 발견한 이 부자는 다시 돌아올 때 들르겠다는 말을 듣고는 미리 도끼를 준비해 그를 해치려 한 것이다. 밤이 깊었을 때, 아비와 아들은 동시에 김자린과 김철만을 덮쳤다. 아비가 도끼를 휘둘러 김자린의 뒤통수를 내리찍을 때 아들도 김철만을 깔고 앉아 그의 목을 조르기 시작했다. 김철만은 밑에 깔린 채 한 손으로는 아들 놈 먹살을 잡으면서 다른 손으로는 부리나케 옆구리에서 권총을 뽑아 방아쇠를 당겼다. 아들을 쏘아 죽이고 후닥닥 뛰어 일어났을 때, 김자린은 도끼에 얻어맞은 뒤통수를 싸쥐고 방바닥에서 뒹굴고 있었다. 아비가 다시 도끼를 쳐들 때 김자린도 권총을 뽑아들고 쏘았다. 어림짐작으로 쏘았지만 그의 가슴을 명중했다. 뒤따라 김철만이 한 방 더 쏘아 부자 둘을 죽였을 때 김자린이 방바닥에 주저앉으면서 무엇을 찾고 있었다.

"철만아, 내 눈알 하나가 빠졌어…."

김철만은 어찌나 놀랐던지 곁에 털썩 주저앉고 말았다. 서둘러 방바닥 구석에 떨어져 있던 눈알을 찾아낸 둘은 어찌 하면 좋을지 몰라 무작정 그 눈알을 다시 눈구멍에 밀어넣고는 적삼을 찢어 꽁꽁 싸맸다.

그들 둘이 남야영에 도착했을 때 김성주는 걷잡을 수 없이 눈물을 흘렸다. 눈알이 빠지고도 죽지 않고 끝까지 살아 돌아온 김자린도 대단했지만, 그런 김자린을 끝까지 버리지 않고 평양에서부터 소련의 하바롭스크까지 업다시피 데리고 온 김철만도 정말 대단했다. 아마 이렇게들 다짐했을 것 같다.

'나라를 찾고 정권을 세우면 우리 혁명에 위해를 끼쳤던 반동 놈들에게 천백 배로 복수할 것이다.'

이후 북한 정권에서는 한 번 '반동분자' 딱지가 들러붙으면 본인은 물론이고 삼대 구족이 모두 걸렸다. 봉건 왕정시대보다도 더 혹독한 연좌제였다. 사회주의니 공산주의니 하는 것들은 보통 사람들을 속이는 허울 좋은 이념이었지만, 평생을 사회주의자로, 공산주의자로 자처하며 살아온 사람들까지도 모두 속수무책으로 이 광란의 소용돌이로 휩쓸려 들어갈 수밖에 없었다.

6. 88독립보병여단

1945년 7월 26일에는 '포츠담선언(Potsdam Declaration)'이 발표되었다.

소련 극동홍군이 만주와 조선 출병을 눈앞에 두고 있던 시점이었다. 스탈린은 모스크바가 만주 및 조선과 너무 멀리 떨어져 있어 극동홍군 병력들을 보다 효율적으로 지휘할 자체 사령부인 극동홍군 총사령부(Far East Command, 총사령관 알렉산드르 바실렙스키Aleksandr Vasilevsky)를 하바롭스크에 설치했다. 그 아래 만주 동부 및 조선 전선을 담당할 제1극동전선군(연해주군단 개편, 사령관 키릴 메레츠코프Kirill Meretskov), 만주 북부전선을 담당할 제2극동전선군(극동전선군 개편, 사령관 막심 푸르카예프Maksim Purkayev)과 만주 서부전선을 담당할 트랜스바이칼 전선군(사령관 말리노프스키Rodion Malinovsky)을 설치했다.

원래는 만주 관동군과 조선 일본군을 상대로 한 전투에 일찍이 노몬한사건 때 할힌골에서 관동군을 크게 패퇴시킨 주코프(Georgii Zhukov) 원수가 적임자라는 말이 많았으나 스탈린은 바실렙스키를 택했다. 유럽에서 독일군을 크게 격파하고 얼마 전 베를린까지 함락한 주코프의 위신이 하늘을 찌를 때여서 의도적으로 바실렙스키 원수를 이용해 주코프를 견제하려는 의도였다는 설도 있다. 바실렙스키 원수는 이런 이해관계를 모르지 않았다. 반드시 만주와 조선으로 쳐들어가 주코프 못지않은 혁혁한 전과를 올리겠다고 조바심치고 있었다. 얼마나 작전준비를 다그쳤든지 이른바 '8월의 폭풍작전'을 세우고, 작전에 따른 전선군의 진군 방향을 설정하고 사령관 교체를 시작했다. 그때 주보중과 소련인 부여단장 시린스키, 참모장 양림, 즉 사마라첸코 세 사람은 만주 북부를 담당하게 된 제2극동전선군 사령부로 불려갔다.

"우리 전선이 만주 북부와 서부에 걸쳐 수천 리 반경으로 펼쳐질 것인데, 길안내를 설 국제교도여단의 현재 병력으로는 소대나 분대 단위로 나누어도 이 전선의 3분의 1에도 못 미칠 것인데, 어떻게 했으면 좋겠소?"

그러자 시린스키 부여단장이 주보중을 대신하여 러시아어로 설명했다.

"그러잖아도 저희도 이 문제를 가지고 수차례 의논했습니다. 소대, 분대로 나눌 것 없이 만주 각지에 연고를 가진 대원들 개개인을 1, 2전선의 산하 부대에 배치하는 것이 오히려 더 좋을 것 같습니다. 그리고 대원들의 군적(軍籍)도 배치된 부대로 이동시키되 이들의 당 조직만 자체 당위원회에 그대로 남겨두는 것입니다. 어차피 이 대원들은 자기 고향이나 연고지로 돌아간 다음에는 다시 소련으로 돌아오지 않고 그곳 자신의 조국에 남아 일해야 할 사람들이 아니겠습니까."

국제교도여단의 이 제안을 받은 바실렙스키 원수도 크게 관심을 가졌다.

"그러면 국제교도여단의 독립성은 바로 이날부터 사라지지 않겠소?"

"딱히 사라진다기보다는 1, 2전선군 가운데 어느 하나를 선택해 여단에 번호를 부여하고 전선군 총부 직속부대로 만들면 될 것 같습니다. 그들 스스로 당 조직관계가 이미 독립적으로 존재하니 설사 대원들이 전선군 산하 부대들로 흩어져 내려가도 독립성은 얼마든지 보장받을 수 있을 것입니다. 그 독립성을 보장하는 가장 좋은 방법이 교도여단에서 내려온 대원들에게 권위를 보장해주면 다 해결되리라고 봅니다."

이미 주보중, 시린스키 등과 깊이 대화를 나눈 제2전선군 사령관 푸르카예프는 교도여단 대원들이 대부분 공산당원이고 또 만주 각 지역들과 깊은 연고를 가진 점들을 고려해 점령지에서 관할 위수부대(衛成部隊, 일정 지역의 질서와 안전을 위해 그곳에 주둔하여 경비하는 군부대)를 책임질 수 있다는 방안까지도 마련했다. 이 것이 후에 만주 각 지역에 주둔한 소련홍군 위수부대 부사령관을 일률적으로 교도여단에서 파견받은 간부들이 맡았던 이유이기도 했다. 바실렙스키 원수의 동의를 거쳐 국제교도여단은 정식으로 극동홍군 제2전선군에 배치되었다.

88독립보병여단으로 불리게 된 것도 그때부터였다. 정확한 명칭은 소련 극동 홍군 제2전선군 총부 직속 독립보병 제88여단이다.

그런데 이 여단에 소속된 제1대대는 김성주를 비롯해 조선으로 돌아가야 할 조선인이 대부분이었다. 주보중과 시린스키가 제2전선군 사령부에서 돌아온 뒤 참모장 양림에게서 만주 하얼빈 이남 지역, 즉 조선까지의 전선을 주관할 부대 가 2전선군이 아닌 1전선군이라는 사실을 알게 된 김성주는 주보중에게 따지고 들었다.

"그러면 우리 조선인은 자기 조국의 해방을 눈앞에 두고도 조선으로 돌아가 지 말고 만주로 들어가야 한단 말씀입니까? 난 이런 작전 방안을 도저히 받아들 일 수 없습니다. 당초 조선공작단위원회를 조직한 목적이 무엇이었습니까? 우리 조선공작단위원회야말로 자기 조국으로 돌아가는 것을 첫 번째 사명으로 삼아야 하지 않습니까?"

김성주가 이처럼 따지는 것을 본 적 없는 주보중은 여간 난감해 하지 않았다.

주보중은 김성주가 당장에라도 바실렙스키 원수를 찾아가 항의할 것처럼 격분하는 것을 보고 해명하면서 사과부터 했다.

"우리가 만주로 먼저 진격한 다음 다시 조선공작단위원회에 소속된 성원들을 조선으로 보낼 생각이었소. 어차피 조선이나 만주 모두 우리 소련홍군이 점령할 것이니 조만국경도 다 우리 손에 들어올 것 아니겠소. 그렇게 하는 것이 훨씬 더 안전하고 순조로울 것으로 생각했소. 그런데 지금 보니 내 생각이 좀 짧았소. 한시라도 빨리 조국으로 돌아가고 싶은 동무들의 마음을 깊이 헤아리지 못한 걸 사과하오. 함께 방법을 강구해 봅시다."

그러자 김성주는 제1대대만 따로 차출하여 1전선군에 참가시켜 달라고 요청했다.

거의 실현 불가능한 요청이었지만 주보중은 시린스키와 양림에게 부탁해 1전선군 사령부와 의논하게 했다. 물론 두말할 것 없이 거절당하고 말았다.

이때 주보중은 이조린, 풍중운 등 여단 내 중국인 부하들과 함께 만주 각 지역 위수부대에서 부사령관으로 일하게 될 파견 간부 선정 작업까지 이미 마무리한 상태였다. 처음부터 김성주 제1대대를 단독으로 차출하여 조선으로 보낼 생각 따위는 하지 않기 때문에 교도여단의 조선인 간부들인 강신태, 김광협, 임춘추, 강위룡, 박낙권, 최광, 임철, 김만익, 공정수 등 길림성과 간도성 여러 지역들과 연고(그 지역에서 출생했거나 유격대 활동 경력)가 있는 대원들을 이미 파견 지역으로 정한 뒤였다.

김성주는 너무도 억울하고 분하여 아무한테나 행패라도 부리고 싶은 심정이었다. 그동안 그렇게나 존경해왔던 주보중에게도 원망하는 마음이 가득했을 뿐만 아니라 마치 자신이 조선인이라는 사실을 잊은 듯 주보중과 함께 만주로 돌아갈 준비로 바쁜 최용건에게도 섭섭했다. 그럴 때 김책이 다시 한번 김성주에게 권했다.

"김일성 동무, 이렇게 합시다. 석천 동무한테는 내가 직접 찾아가 이야기해보 겠소. 김 동무는 러시아말을 잘하는 문일이나 이동화 동무를 데리고 직접 전선 군사령부에 찾아가 보오. 가서 당당하게 요청하오. 조선인 대원들을 제1전선군 에 배치하여 조선해방작전에 직접 참가하게 해달라고 말이오."

김성주는 그 방법도 좋겠다고 생각했다. 그러나 결과는 문전박대였다. 아무 도 그를 만나주지 않았다. 당시 대장이나 원수급이 맡았던 전선군 사령관이나 참모장과 면담을 요청하기에는 일개 대위계급의 대대장은 너무나 보잘것없는 직위가 아닐 수 없었다. 그런데도 회고록(계승본)에서는 이때 일을 이렇게 꾸며 놓았다.

"대일작전을 앞둔 어느날 나는 연합군 지휘관들과 함께 모스크바로 향했습니다. 소 련군 총참모부가 소집한 회의에 가보니 메레쯔꼬브(메레츠코프)와 스띠꼬브(시티코프 Terentii Shtykov 1전선군 군사위원)를 비롯해서 대일작전과 관련되어 있는 각 전선사령 부의 책임일꾼들도 벌써 다 와 있었습니다. 와씰렙스끼(바실렙스키) 총사령관도 거기 에서 다시 만나보았습니다. 우리의 항공륙전대전법에 기초한 조국해방작전계획에 대 해서는 모두가 지지했습니다. 그때 동북항일연군 부대들 앞에는 만주 지방의 주요 도 시들에 먼저 날아 들어가 진격하는 소련 지상부대들의 통로를 열어줄 데 대한 임무가 부과되었습니다.

나는 모스크바에서 쥬꼬브(주코프)도 만나보았습니다. 그가 독일 주둔 소련점령군 총 사령관과 독일관리감독이사회 소련 대표로 있을 때입니다. 쥬꼬브가 무슨 일로 거기 에 왔댔는지는 알 수 없었지만 나로서는 매우 인상 깊은 상봉이었습니다. 이름난 백전 노장인 쥬꼬브는 대단히 서글서글하고 소탈한 사람이었습니다. 소련 사람들은 있는

성의를 다하여 우리를 접대했습니다. 그것은 외교적 관례를 벗어난 특별한 환대였습니다. 우리는 모스크바에 체류하는 동안 레닌묘도 참관하고 역사박물관에도 가보았습니다. 모스크바방위와 관련되어 있는 이름 있는 전적지들도 구경했으며 영화〈챠빠예브〉도 다시 보았습니다. 대일작전과 관련한 회의가 끝난 다음에도 소련 사람들은 어째서인지 우리를 극동으로 돌려보내지 않고 배포 유하게 계속 시내 구경만 시켰습니다.

며칠 후 그들은 우리를 쥬다노브(안드레이 즈다노프Andrei Alexandrovich Zhdanov)에게로 안내했습니다. 그 당시 쥬다노브는 소련공산당 중앙위원회 정치국 위원 겸 비서의 직책을 맡고 있었습니다. 쥬다노브에게 가보니 스찌꼬브가 이미 와 있었습니다. 쥬다노브는 쓰딸린(스탈린)의 위임에 따라 동방에서 온 사절들을 만난다고 하면서 우리가 진행해온 항일무장투쟁을 격찬했습니다. 그는 쓰딸린과 스찌꼬브를 통해 조선의 빨찌산(빨치산) 김일성에 대한 말을 많이 들었는데 듣던 바보다는 훨씬 더 젊어 보이는 것이 기쁘다고 했습니다. 그의 말이 쓰딸린도 우리의 활동에 류다른(유달리) 관심을 가지고 있다는 것이었습니다."

유감스럽게도 이런 내용들은 모두 사실과 부합하지 않는다.

당시 주보중을 수행했던 경위원 유의권의 증언에 따르면, '대일 작전'을 앞두고 모스크바로 갔던 사람은 오로지 주보중과 최용건 두 사람뿐이었다. 날짜까지도 1945년 7월 10일로 정확하게 밝혀져 있다. 회견 시간은 약 1시간가량이었으며, 스탈린 외에도 디미트로프 전 코민테른 서기장이 자리에 함께 했다.

이후 작전 시간 8월이 가까워올 때, 모스크바 총참모부에서 직접 인쇄한『일본군의 만주방어체계 자료도첩(日軍在滿洲防衛體系資料圖冊)』이 대량으로 내려왔다. 여단에서 이 자료도첩을 가지러 갈 때 함께 따라갔던 유의권은 주보중과 시린스키, 그리고 참모장 양림이 극동홍군 전선군 사령부에서 사령관은 못 만나고 참모장과 만나 10여 분간 대화를 나누고 돌아왔을 뿐이라고 증언한다.

그 외에도 주보중의 『동북항일유격일기』와 "중공당 만주성위원회 문건" 등 여러 자료들을 통하여 확인할 수 있는데, 김성주는 1943년 11월경에 개최되었던 '모스크바 약소민족대표회의'에 참가하러 모스크바로 가서 2, 3개월가량 지내다 이듬해 1944년 2월경 다시 하바롭스크로 돌아왔던 사실 말고는 다른 기록을 찾아볼 수 없다. 아마 모스크바에 체류하는 동안, 레닌 묘도 참관하고 역사박물관에도 가 보았고, 또 〈챠빠예브〉라는 영화도 바로 이때 보았을 것이다. 당시 비교적 여유롭게 모스크바에 체류했기 때문이다.

상식적으로도 이때를 제외하고는 당장 '8월의 폭풍작전'까지 계획했던 극동홍군 사령부 각 전선군에 소속된 부대 지휘관들이 한둘도 아니고 여러 명씩이나 모스크바에 불려 올라가 편하게 시내 구경이나 다녔다는 것은 기본적으로 불가능하기 때문이다.

게다가 여기서 '김일성'은 소련홍군 총참모부를 향해 "항공륙전대전법에 기초한 조국해방작전계획"까지 제시했고, 이 계획에 대해 극동홍군 총사령관이었던 바실렙스키 원수를 비롯한 다른 지휘관들도 모두 지지했다고 주장한다. 그렇다면 조선으로 들어간 전선군은 두말할 것 없이 이 전법을 그대로 채용했을 것이고, 이 전법의 제시자였던 김성주의 제1대대도 반드시 참가했어야 옳다. 회고록은 계속하여 앞에서 꾸며낸 거짓말을 순조롭게 마무리 짓기 위해 이렇게 이어간다.

"나는 조선인민혁명군 부대들에 조국해방을 위한 총공격전을 개시할 데 대한 명령을 하달했습니다. 나는 그때 최후 공격작전에 앞서 조선인민혁명군 부대들로 하여금 웅기군 토리와 훈춘현 남별리, 동흥진을 비롯한 적의 국경 요새구역의 여러 군사요충지들을 불의에 습격하여 적들의 방어체계에 혼란을 조성하고 요새구역 안에 배치된 적 유생역량(병력이라는 뜻의 북한어)과 화력기재(화력장비)들에 타격을 가하게 했습니다. 우리와의 연합작전을 하면서 제1극동전선군사령부가 제일 신경을 쓴 것은 가장 효과적인 타격을 줄 수 있는 장소의 선택이었습니다. 요새화된 국경지대에서 어느 고리를 답새겨야(세차게 공격해야) 일본군의 방어체계 전반을 뒤흔들어 놓을 수 있겠는가 하는 것이었습니다.

나는 이 고충을 우리가 해결하기로 했습니다. 일본군은 1945년까지 만주와 소련, 몽골 국경지대에 수많은 영구화점들을 건설했습니다. 조선에 건설된 4개의 요새지대는 모두 소련을 공격하기 위한 발진기지들이었습니다. 일제가 10여 년에 걸쳐 건설한 조소, 조만, 소만 국경일대의 요새구역들에는 관동군과 조선주둔군 관하 부대들을 비롯한 육해공군의 방대한 무력이 집결되어 있었습니다. 적들은 이 요새구역들을 가리켜 '난공불락의 방어선'이라고 자랑했습니다. 적들이 구축한 요새들은 모두가 비밀지하요새였습니다. 일제는 요새 건설에 동원된 인부들을 비밀담보의 명목으로 학살해 버렸습니다. 이런 요새들은 대일 작전수행에서 최대의 걸림돌로 되고 있었습니다.

소련 지휘관들은 그 요새선 뒤에 있는 관동군을 크게 보았지만 나는 요새선의 돌파를 난문제로 보았습니다. 내가 요새구역의 몇 군데를 찔러보아야겠다고 생각한 것은 그 때문이었습니다. 내가 개전에 앞서 국부적인 싸움을 해야겠다고 하자 제1극동전선군의 고위지휘관들은 다들 어리둥절해했습니다. 나는 대일작전의 돌파구를 열자면 군사요충지를 몇 군데 답새겨서 적들이 은밀히 증강해온 방어체계와 은폐해놓은 유생역량과 화력기재들을 단번에 노출시켜야 한다고 주장했습니다. 이렇게 되어 우리의 한 부대가 개전 전야에 억수로 쏟아지는 폭우 속에서 두만강 일대에 구축한 요새의 한 모퉁이를 담당한 토리에 대한 습격전투를 단행했습니다."

여기서 '우리의 한 부대가 개전 전야에'라는 대목은 난센스다. 누가 파견한 어디 부대인지, 부대장의 이름과 어떤 대원들이 주로 참가했는지 구체적인 설명이 없다. 이 글대로라면 소련홍군의 조선 진출 작전에 김성주 부대가 참가했을 뿐만 아니라 아주 주요한 일익을 담당했을 것이다. 즉 제1전선군 사령부가 제일 신경 썼던 요새화된 국경 지대의 고리를 공격해 일본군 방어체계 전반을 뒤흔들어 놓았다는 것 아닌가. 그런데 회고록에서는 또 이렇게 고백한다.

"최후 결전의 시기를 회상할 때마다 아쉽게 생각되는 것은 소련의 훈련기지에서 여러 해 동안이나 조국해방작전 준비를 해온 조선인민혁명군 주력부대 역량이 본래의 계획대로 전투작전을 전개하지 못한 것입니다."

이에 대한 답으로 바로 이렇게 설명한다.

"아군 부대들(소련홍군)이 북부 국경지대에서 일본군과의 교전상태에 있을 때 우리는 (88독립보병여단 산하 제1대대) 전선부대들의 작전을 지휘하는 한편, 항공육전대를 인솔하고 조선으로 출격할 준비를 최종적으로 끝내고 있었습니다. 전선 정황에 맞게 육전대오를 부분적으로 재편성하기도 하고 무기와 탄약, 장구류 일식(개인 장비 일체)을 신품으로 공급하기도 했습니다. 그런데 우리 육전대는 자동차를 타고 비행장에 나갔다가 되돌아오지 않을 수 없었습니다. 일이 그렇게 번져진 것은 일본 놈들이 너무 급작스레 항복한 데 있었습니다."

앞에서 우리의 한 부대가 개전 전야에 소만국경 일대의 일본군 요새지를 공격하기 시작했다고 했다. 그렇다면 김성주 본인은 어디서 무엇을 하고 있었을까? 그에 대한 설명으로 '우리 육전대는 자동차를 타고 비행장에 나갔다'라고 하는데, 여기서 주목할 것이 있다.

일본이 투항을 선포한 것은 1945년 8월 15일이나 이때까지도 평양은 여전히 일본군 손에 있었다. 소련홍군이 평양을 탈환한 것은 그로부터 열흘 뒤인 8월 24일이었다. 8월 8일에 대일 선전포고가 발표되었고, 평양을 소련홍군이 점령하기까지는 불과 14일밖에 걸리지 않은 것이다. 약 12만 5,000여 명에 달하는 제2전선군 산하 25집단군이 파죽지세로 밀고 들어갔다. 2일 뒤 8월 10일에는 웅기가 점령되었고, 13일에는 나진이 점령되었다. 계속하여 청진, 원산을 거쳐 평양으로 들어가는데 거의 아무 저항도 받지 않았음을 알 수 있다. 88독립보병여단 산하의 어떤 소부대도 여기에 참가했다는 기록이 존재하지 않는다.

7. 공작금 20만 원

이유는 밝혀지지 않았지만, 주요 지휘관들은 이때 원래 사용했던 이름까지도 숨겼다. 새 이름을 하나씩 지었는데, 주보중의 경위원 유의권은 어렸을 때부터 '류따시즈(劉大喜子)'라는 별명 외에 제대로 된 이름이 없자 주보중이 유의권이라고 지어 주었다고 한다. 주보중 본인은 황소원(黃紹元)이라고 지었고, 최용건도 항일연군 시절 줄곧 사용했던 최석천을 최용건(崔庸健)으로 바꿨다. 이때 지은 김성주의 새 이름은 김영환이었다. 이후 주보중과 김성주는 원래 자기 이름으로 돌아갔으나 최용건만은 계속 새 이름을 사용했다.

김책은 최용건과 만나고 돌아올 때 돈 20만 원을 받아서 돌아왔다.

"먼저 전선군 사령부에 갔다 온 일은 어떻게 되었소?"

김책은 돈자루를 내려놓고 김성주에게 물었다. 다른 사람 앞이었으면 그럴듯하게 꾸몄겠지만, 김책 앞에서는 차마 거짓말할 수 없었다. 그러나 아쉬운 마음이 없지 않아 하소연했다.

"우리도 좀 더 일찍 제1전선군 참모부와 의논했다면 주보중 동지네처럼 우리 사람들을 조선으로 들어가는 부대에 배치할 수 있었을 것인데, 그렇게 하지 못한 것이 정말 안타깝습니다. 이런 일을 최석천 동지께서 미리 귀띔만 해주셨더라도 결코 이처럼 찬밥 신세가 되지는 않았을 것입니다."

김성주가 이렇게 최용건까지 원망하자 김책은 웃고 말았다.

"어쩌면 더 잘 된 일일 수도 있소. 보다시피 강신태랑, 김광협이랑 심지어는 임춘추까지도 말이오. 러시아말도 잘하고 머리에 먹물 좀 들었다는 똑똑한 친구들은 벌써 만주 지역으로 출정하는 부대들에 배치받은 상황이지 않소. 나머지는 대부분 낫 놓고 기억 자도 모르는데, 그들을 일일이 전선군 부대들에 배치했다가는 오히려 망신을 당할 수 있소. 더구나 부대가 1,000~2,000명도 아니고 자그마치 20여만 명을 넘어선다고 하니 말이오. 우리가 그 틈에 끼어서 무슨 일을 해낼 수 없다면 차라리 좀 더 인내심을 가지고 차근차근 귀국 준비나 착실하게 해나가는 것이 훨씬 나을 것이오. 이제 조국으로 돌아간 뒤에 해야 할 사업 내용과 방법들도 함께 연구하고 말이오."

그러면서 김책은 최용건에게 받아온 몇 가지 임무를 전달했다.

돈 20만 원은 중공 동북당위원회 이름으로 특별히 조선공작단위원회에 준 활동 경비였다. 최용건 본인은 주보중과 함께 만주로 들어가 중공 중앙 대표와 만나 동북당위원회 조직 관계를 넘겨준 뒤 바로 조선으로 들어오겠으니, 김성주 등은 그 사이에 계속 남야영에 주둔하면서 맨 먼저 조선으로 귀환할 대원들을 선발하라고 지시했다.

"아니, 그러면 한 번에 다 돌아가지 말고 일부는 계속 여기에 남겨두란 소리 아닙니까?"

"만주와 조선 현지 사정이 불안정할 수 있소. 노약자들과 부녀들, 아이들, 그리고 이곳에서 이미 생활 터전을 잡은 사람들은 하바롭스크에 잠시 그대로 두는 게 좋겠다고 주보중 동지도 동의했소. 중국 동무들도 모두 그렇게 하고 있으니 우리도 그대로 따라하는 게 좋겠소."

김성주도 동의하지 않을 수 없었다. 아직까지는 최용건이 조선공작단위원회 책임자인 데다 김책이 이미 최용건과 의논하고 돌아온 것이어서 김성주도 두말없이 그대로 따라했다.

이렇게 되어 1945년 9월 5일에야 비로소 김성주, 김책, 안길 등 60여 명의 제1차 귀환대오가 하바롭스크를 떠나게 되었다.

김성주 일행은 소만국경을 넘은 뒤에 1945년 9월 10일경에 목단강에 도착했다. 소련홍군과 함께 이곳에 먼저 도착했던 김광협이 목단강역으로 마중 나왔다. 목단강에서 도문으로 통하는 목도선 상의 터널 몇 곳이 파괴되면서 열차가 통과할 수 없다는 소식을 전했다. 목단강의 조선인 대표들이 항일연군 김일성 장군이 목단강에 도착했다는 소식을 듣고 목단강역으로 몰려들었다.

실제로 그때 몇 명은 김성주를 만났다고 한다. 김성주와 함께 동행했던 유성철(俞成哲)[286]은 이렇게 회고한다.

---

286 유성철(俞成哲, 1917-1995년) 소련의 프리모르스키 지방 포시에트 구역에서 태어났다. 1943년부터 88국제여단에서 김일성 대대 통역관으로 일하다 해방 후 북한으로 와서 인민군 작전국장 등을 지냈다. 소련파 숙청 때 쫓겨나 소련으로 돌아갔다. 1945년 9월 19일 김일성과 함께 소련군함 푸가초프호를 타고 원산항으로 들어왔고, 6·25전쟁 기간에는 인민군 작전국장 등을 지내기도 했다. 한소수교 직후인 1990년 10월 방한하여 6·25전쟁에 대한 여러 중요한 증언들을 남겼다. 1991년 6월 재소(在蘇) 교민신문 〈고려일보〉에 연재한 회고록 "피바다의 비화"에서는 '부천보

"목단강에 이르자 부근마을에 사는 조선인들이 소련 군복을 입은 우리를 보고 뜨겁게 맞아주었던 일이 기억난다. 이들은 어려운 처지에도 불구하고 소를 잡아가며 사흘 동안 우리들을 성대하게 대접해 주었다."[287]

목단강 조선인 대표들은 김성주에게 "일본이 투항을 선포했지만 총을 내려놓지 않은 일본군 패잔병들이 지금 산속에 남아 있고, 목단강 지방 토착 비적들도 곳곳에서 벌떼처럼 일어나 많은 피해를 보고 있다."고 하소연하면서 김일성 장군이 그자들까지 모두 섬멸시켜달라고 부탁했다고 한다.

이후 김광협은 실제로 중공당 목단강지위 서기와 동북인민자치군 목단강지구 사령부 부정치위원 겸 후에 개편된 동북민주연군 길동군구 사령원 겸 경비 제1여단 여단장으로 있으면서 목단강 지방 토비들을 숙청하는 전투를 총지휘했고 2년 뒤인 1947년 9월에야 비로소 조선으로 돌아갔다. 1947년 2월에는 연변 군분구 사령원직을 겸임하기도 했다.

하루라도 빨리 조선으로 돌아가고 싶었던 마음이 간절한 김성주는 결코 이곳에서 시간을 지체할 수 없었다. 열차 운행이 중단되었다고 하니 도보로 행군하여 도문으로 이동하고 싶었지만 이 구간의 녹도와 묘령 지방에서 비적들이 살벌하게 활동하고 있어 빠져나가기 어려울 것 같다는 김광협의 말을 듣고 김책

습격사건'의 주역인 김일성(金日成)은 당시 전사하고, 그 이후 별다른 항일 공적이 없던 북한 김성주가 김일성 이름을 쓰며 자신이 한 일로 만들어 공을 가로채려 했다고 증언했다. 하지만 유성철 자신은 항일연군에 참가한 적이 없었고, 김일성과 처음 만난 것도 1943년 일이다 보니 이런 증언들은 신빙성이 떨어진다는 평가를 받는다. 그러나 1945년 9월 19일 김일성 일행이 강원도 원산항을 통해 입국하던 과정에는 직접 참여했기 때문에 아주 주요한 증거자료로 인정받고 있다.

287 유성철(兪成哲)회고록, 『나의 증언』, 〈한국일보〉 연재, 1990.
미의회도서관 『Biographies of Soviet Korean Leaders』, 숙청된 고려인 가족 80인의 육필수기. (http://www.loc.gov/rr/asian/SovietKorean.html)

과 안길이 김성주에게 권했다.

"우리 모두 소련홍군 복장이니 도보로 행군하다가는 반드시 비적들이 습격할 것입니다. 더구나 비적 숫자가 1,000명에 달하는 무리도 있다니 아무래도 다시 하바롭스크로 되돌아가 배나 비행기 편을 이용하는 것이 좋겠소."

김성주는 너무 화가 나 김광협을 원망했다.

"아니, 천하무적이라는 관동군도 짓부숴버린 우리 붉은 군대가 오합지졸이나 다름없는 비적들한테 이렇게 당하고 있다니, 말이 되는 소리요? 그동안 무슨 일을 어떻게 한 것이오? 나한테 한 중대만 보태 주오. 도문까지 앞을 가로막는 비적들이 있으면 모두 소탕해 버리겠소."

그러자 김책이 곁에서 말렸다.

"김일성 동무, 설사 도문까지 무사히 도착해도 남양에서 평양으로 들어가는 기차가 정상적으로 운행할지도 보장할 수가 없소. 내 생각에도 김광협 동무 제안대로 다시 하바롭스크로 돌아갔다가 비행기나 배 편으로 다시 들어가는 것이 비교적 안전할 것 같구면."

안길도 권했다.

"이 지방 비적들을 소탕하는 일은 김광협 동무한테 맡기고 우리는 하루라도 빨리 조국으로 돌아가야 하지 않소. 김책 동지 말씀대로 하바롭스크로 다시 돌아갑시다."

김성주가 계속 요지부동이자 김광협이 다시 설명했다.

"이 지방 비적들을 간단하게 보면 안 됩니다. 며칠 전만 해도 이놈들이 세력을 규합해 목단강을 점령한다고 해랑(海浪, 목단강 인근 고장)까지 들어온 적이 있었습니다. 저희 위수사령부에서 탱크 한 대를 몰고 가서 겁을 주었더니 그제야 도망가 버렸습니다. 현재 저희 대부대(소련홍군) 병력이 하얼빈과 가목사 쪽으로 계속 진출하다 보니 현재 목단강에 주둔한 위수사령부 병력으로 당장 비적들을 소탕할 여력이 없습니다. 그러니 김책, 안길 두 분의 말씀대로 하는 것이 좋겠습니다."

이 말에 김성주도 놀라지 않을 수 없었다.

"아니, 이 지방 비적들 세력이 그렇게 크단 말이오?"

"말도 마십시오. 목단강뿐만 아니라 송강성 쪽은 더 난리라고 합니다. 그쪽은 과거 우리 항일연군과 손잡고 함께 일본군과 싸운 적이 있는 사문동(전 항일연군 제8군 군장, 후에 숙청), 이화당(전 항일연군 제9군 군장, 후에 숙청)을 필두로 한 지방 무장 세력들이 국민당 정부의 사주를 받아 '반공자위군'을 만들고 있다고 하는데, 병력이 거의 정규군에 맞먹는 모양입니다. 아마 이 지방 비적들을 소탕하려면 넉넉잡고 한 2, 3년은 걸릴 것으로 예상하고 있습니다."

김광협의 설명을 듣고 김성주도 비로소 마음을 돌릴 수밖에 없었다.

"내 두 발로 두만강을 넘고 싶었는데 어쩔 수가 없군요."

김성주는 김책과 안길에게 아쉬운 듯이 말했다.

이렇게 되어 일행은 목단강에서 다시 하바롭스크로 되돌아올 수밖에 없었다. 하바롭스크로 돌아온 김성주에게는 그가 예상치 못했던 큰 변화가 기다리고 있었다

8. 개선

하바롭스크에 도착하기 바쁘게 김성주는 그를 찾아온 바실렙스키[288] 사령관의 부관에게 이끌려 극동홍군 사령부로 직행했다. 이때 일을 두고 당시 바실렙스키 사령관의 부관을 지냈던 이바노비치 코발렌코(Ivanovich Kovalenko)의 증언이 한국 언론을 통해 밝혀졌다.

"김일성이 입북하기 보름 전인 1945년 9월 초순, 스탈린이 김일성을 비밀리에 모스크바로 불러 크렘린궁과 별장에서 단독으로 만나 북한 최고지도자 후보로 낙점한 후 그를 믿고 평양에 보낸 것입니다. 김일성의 모스크바행은 극동군 총사령관 바실렙스키 원수가 비밀리에 모스크바의 지령을 받아 시행했기 때문에 극동군 총사령부 내에서도 군사원 치킨 상장 등 극히 일부만 알고 있는 절대 비밀이었습니다…. 군용 수송기는 하바롭스크 군용 비행장에서 김일성을 태우고 모스크바로 떠났습니다. 시티코프는 우수리스크 사령부에 있었고 하바롭스크 정보기관 호위 요원들이 동행했습니다. 바실렙스키 원수는 모스크바로 가기 위해 하바롭스크 비행장에 나타난 김일성을 만난 적이 없습니다. 원수가 대위를 만날 수는 없지요. 모스크바를 다녀온 뒤 김일성이

---

288 알렉산드르 미하일로비치 바실렙스키(Aleksandr Mikhaylovich Vasilevsky, 1895-1977년) 소련 군인으로, 1943년 소련 원수까지 승진했다. 그는 2차 세계대전에서 소련군 총참모장과 국방장관 대리였으며 1949년부터 1953년까지 국방장관을 역임하였다. 2차 세계대전에서 총참모장으로서 스탈린그라드 반격에서부터 동프로이센 공격까지 소련의 결정적인 공세를 주도했다. 1945년 7월, 소련군 극동최고사령관에 임명되어 만주 전략공세작전을 지휘하고 만주 지역과 한반도 북부에 주둔 중인 일본군의 항복을 받았다. 1945년 8월 하순, 바실레프스키는 스탈린에게서 북한을 소련의 뜻에 맞게 이끌어 갈 조선인 지도자를 추천해 보고하라는 긴급 지시를 받았다. 그는 극동군 산하 88특별여단 소속의 대위 김일성을 추천하였으며, 9월 초순 스탈린은 김일성을 면접하고서 합격 판정을 내렸다. 흐루시초프 집권 후, 바실렙스키는 실권을 잃고 결국 은퇴하였다. 사후 크레믈린 벽의 묘역에 안장되었다.

사령관실에 나타나 잠깐 인사하고 갔습니다. 모스크바로부터 바실렙스키 사령관에게 보고된 '크렘린궁 동향'에 따르면 스탈린은 김일성과 4시간 동안 대좌했습니다. '스탈린주의'를 설파하고 여러 질문을 통해 지도자가 될 수 있는지를 탐색한 스탈린은 즉석에서 '이 사람이 좋다. 앞으로 열심히 해서 북조선을 잘 이끌어가라. 소련군은 이 사람에게 적극 협력하라.'고 지시했습니다.'[289]

코발렌코 본인도 실제 관련자이다 보니 신빙성 있는 증언이 아닐 수 없다. 실제로 코발렌코의 증언 말고도 평양 해방에 참가했던 소련 극동홍군 제2전선군 7호 정치국장을 지냈던 메클레르(Gregory K. Mekler) 중좌 역시 "평양에 들어가기 전 88정찰여단에서 김일성, 김책 등 빨치산 출신 조선인들을 일일이 면담했다. 그리고 빨치산 활동 경력, 지도력, 소련에 대한 충성도, 학력, 조선에서의 기반, 건강 상태 등을 체크해 사령부에 보고했다."고 증언하고 있다. 이는 중국 측 자료들과도 일치하는 부분이 있다.

주보중의 국제교도여단이 88독립보병여단으로 재편성될 때 만든 전체 지휘관과 병사들의 이력서를 제2전선군 정치부에 제출했고, 정치부에서는 이 이력서에 따라 모든 대원을 한 사람씩 불러 면담했다는 증언이 있다. 이는 소련 정부(스탈린)에서 극동홍군 정치부를 통해 장차 만주나 조선으로 출병한 뒤 그곳에서 소련홍군을 대신하여 그곳 중국인들과 조선인들을 통치할 지도자를 물색하는 감별 작업을 진행했다고 볼 수 있는 대목이기도 했다. 이미 중국인 가운데서는 주보중이 오래 전에 대표자로 공인되었고 스탈린 본인도 이에 대해 별 이의가 없었다. 그리하여 스탈린과 주보중의 상봉은 이미 7월경에 이루어졌다. 물론

---

289   중앙일보 특별취재반, 『비록(秘錄) 조선민주주의 인민공화국』, 중앙일보사, 1992

이 기간에도 극동홍군 사령부 정치부에서는 계속하여 김성주 등 몇몇 지도자급 지휘관 감별 작업을 진행한 것으로 보인다. 이 외에도 또 여러 증언이 존재하지만 여기서는 생략하겠다.

불과 한 달 전, 조선으로 출병할 제2전선군에 참가하게 해달라고 극동홍군 사령부에 찾아갔다가 아무도 만나지 못하고 돌아왔던 때에 비하면 지금은 하늘과 땅만큼이나 변화가 있었다. 9월 16일에 김성주 일행은 하바롭스크에서 블라디보스토크로 이동했다. 그곳에서 하루 묵고 다음날 18일 자정에 일행은 극동홍군 사령부에서 배치한 군함 푸가초프호에 올랐다. 비록 이때까지도 김성주의 소련홍군 내 군사 계급은 대위에 불과했지만, 그를 호위한 사람은 소련군 대령이었다. 한국 언론에 나온 유성철의 증언이다.

"블라디보스토크에 도착한 우리 일행은 소련 군함 푸가초프호를 타고 9월 19일 상오에 그리던 조국 땅 원산항에 첫발을 들여놓았다. 이 날짜를 지금도 생생하게 기억하는 이유는 그 다음 날이 음력으로 추석날이었기 때문이다. 그런데 북한에서는 김일성이 당시 압록강을 건너 빨치산 활동을 펼치며 귀국한 것으로 왜곡 선전하고 있다. 우리는 원산항 부근에 있는 국수집 2층을 숙소로 정하고 조국에서 첫 식사로 국수를 맛있게 먹었다.

식사를 마친 뒤 소련 대위 계급장을 달고 있던 김일성은 우리에게 세 가지 지시를 내렸다. 그 첫째는 내일이 추석이니 밖에 나가더라도 술을 많이 마시지 말고 조용히 지낼 것, 둘째는 누가 묻더라도 우리는 선발대이며 김일성은 나중에 올 예정이라고 대답할 것, 셋째 김일성의 나이, 출신지, 경력 등 신상에 관해서는 일절 모른다고 할 것 등이다. 나는 지금도 당시 김일성이 왜 이 같은 지시를 했는지 모르겠다. 본래 야심이 많았던 김일성은 이때 벌써 자신이 지도자가 될 것으로 생각하고 개인 우상화를 준비했단 말인가. 그렇지는 않았을 것이다. 내 추측으로는 그 당시 북한 주민들 사이에서 김일성의 만주 항일투쟁에 관해 많은 소문이 퍼져 있었고, 김일성은 이를 의식해 자신의 초라한 귀국을 감추려 했던 것 같다."[290]

김성주 일행은 원산에서 평양으로 이동할 때 또다시 사고를 당했다.

9월 19일 원산에 도착하여 그곳 소련 주둔군 관계자들과 함께 원산시 인민위원장 강계덕을 비롯해 부위원장 태성수, 보안대장 박병섭 등 원산시 인민위원회 간부들의 마중을 받았다. 소련군 관계자들과 함께 통역관으로 부두에 나왔던 유리 다닐로비치(Yuri Danilovich)는 재러 조선인으로 조선 이름은 정상진(鄭尙鎭, 또는 鄭尙進)[291]이었다. 그때 정상진의 신분은 원산시 인민위원회 교육부 차장이었는데, 그는 푸가초프호에서 맨 먼저 내린, 어깨에 소령 견장을 단 반백의 한 조선인에게 달려가 물었다.

"혹시 김일성 장군이신가요?"

"장군이라니요? 조국에서는 그분을 장군이라고 부릅니까?"

그 소령은 신기한 듯 반문했다.

"그럼요, 만주에서 오신 항일 영웅 김일성 장군을 마중하러 나왔습니다. 나는 유리 다닐로비치입니다. 조선 이름은 정상진입니다. 그러면 김일성 장군은 어디

---

290 유성철(兪成哲)회고록, 『나의 증언』, 〈한국일보〉 연재, 1990.

291 정상진(鄭尙鎭, 또는 鄭尙進, 1918-) 블라디보스토크에서 태어났다. 1937년 8월 제빵공장 노동자였던 부친이 소련안전기관에 체포되어 총살당하고 자신은 중앙아시아로 강제이주되었다가 그곳에서 크즐오르다주사범대학을 졸업하고 크즐오르다주 잘라가쉬 구역의 중등학교에서 문학 교사로 지내다 소련홍군에 참가했다. 그는 소련홍군 태평양 함대에 소속되어 웅진, 나진, 청진 등 상륙작전에서 활약하여 적기훈장을 받았다. 오늘날까지도 당시 소련홍군과 함께 조선해방전쟁에 직접 참가했던 유일한 조선인으로 인정받는다.

계십니까?"

정 소령은 빙그레 웃으면서 대답했다.

"나는 군의관 리 바실리(와실리) 페트로비치입니다. 조선 이름은 이동화[292]입니다. 당신이 찾는 김일성 '장군'은 저기 뒤에 내려오는 저 사람인 듯합니다."

정상진도 소령 견장을 단 상대방을 김일성 장군이라고 생각했던 건 아니었다. 그는 원산 주둔군 소련군 사령부로부터 "김일성 장군이 내일 원산항에 도착하니 나와서 통역을 해달라."는 연락을 받고 최소한 소장이나 중장 견장을 달고 있을 것이라고 생각했다. 거기에 통역해달라고 연락해왔던 사람에게서 김일성 장군을 마중하기 위하여 치스차코프(Ivan Mikhailovich Chistyakov) 대장이 평양에서 직접 마중 나온다는 소리를 들었기 때문이다.

---

292 이동화(1901-1980년) 국제교도여단 시절 군의관이었던 재러 조선인으로, 소련 이름은 리 바실리 페트로비치였다. 1901년에 극동변강 유대인 자치주 블라고웨센스크에서 출생했으며 이 고장에서 초, 고등학교를 모두 졸업한 뒤 1922년에 소련홍군에 참가했다가 1931년에 제대하고 이루크츠크에서 의학대학에 다녔다. 1937년에 의대를 졸업하고 다시 군의관으로 극동홍군에 들어와 복무하다가 국제교도여단 군의관으로 배치되었다. 조선말을 배워본 적이 없기 때문에 러시아 원어민이나 다름 없었지만 교도여단에서 김일성 등과 만난 뒤부터 그들과 간단한 조선말 대화 정도를 할 수 있게 되었다고 한다. 소련홍군에 참가한 연한이 원체 긴 데다가 고등교육까지 받아 군사계급을 책정할 때 교도여단 내 조선인 가운데서 그의 계급이 가장 높았으며, 평양으로 들어온 뒤에도 군적은 계속 소련홍군 극동사령부에 두고 있었다. 소련홍군은 이동화를 조선인이 아닌 소련 군인으로 여긴 것으로 보인다. 김성주는 평양 주둔 소련군 사령부와 교섭한 다음 이동화를 정식 노동당 북조선분국 조직부장에 임명했다. 이를 계기로 정식 조선인이 되었다. 그러나 당무 경험이 전혀 없어 스스로 조직부장직에서 사임했고, 1948년에는 북한 인민군 군의 총국장이 되었다. 1950년 6·25전쟁 기간에 군의 총국장으로 활동하면서 소련 정부로부터 야전병원에 필요한 의료 시설들을 대폭 지원받았고, 김일성에게는 소중한 인물이 되었다. 그러나 전후 국내파와 연안파가 차례로 숙청되고 1956년부터 소련파 차례가 되었을 때, 소련파 가운데 가장 원로에 속했던 이동화를 내치지 않고는 다른 소련파를 숙청할 방법이 없었다. 결국 '조선말을 제대로 배우지 않고 계속 러시아어로만 말한다는 죄명'을 씌웠지만 차마 정치범 수용소로 보낼 수 없어 시골로 보냈다. 그는 평양 주재 소련대사관을 통해 소련 최고소비에트 상임위원장과 소련 정부 국방부에 편지를 보내 자신의 소련 국적을 회복시켜달라고 요청하기에 이르렀고 이 요청은 1960년에 비준되었다. 그리하여 이동화는 그해 10월에 전 가족을 데리고 안전하게 소련으로 되돌아와 카자흐공화국 알마타에 정착했고 1980년 2월 16일에 그곳에서 사망했다.

이동화도 조선에서 벌써 김성주의 '김일성'이라는 별명 뒤에 '장군' 호칭이 붙어 있는 것이 여간 신기하지 않았다. 계급상 자기보다 낮은 '대위' 신분이 조선에 첫발을 내딛는 순간부터 바로 달라지기 시작함을 실감한 것이다. 일행 가운데 영관급 장교는 이동화 한 사람뿐이었다.

정상진은 이동화가 가리킨 사람의 어깨에 달린 대위 계급장을 보고는 두 눈이 휘둥그레졌다. 나이도 너무 어려 보였다. 물론 자신도 이때는 20대 청년이었지만 '장군'으로까지 불리고 또 독소전쟁에서 명성을 떨쳤던 치스차코프 대장까지 마중 나온다는 이 장군이 어떻게 대위 계급장을 달고 있는 건지 도무지 이해되지 않았다.

"제가 김일성입니다. 반갑습니다."

김성주는 정상진과 악수하고 나서 몇 가지 주의 사항을 당부했다.

"지금 제가 사용하는 이름은 김영환이니, 잠시 동안은 계속 김영환으로 불러주시기 바랍니다. 혹시 인민들이 김일성을 보았는가 물으면 먼저 도착한 사람들은 선발대여서 보지 못했다고 해주십시오. 그리고 김일성 나이를 물어도 모른다고 해주십시오."

일행은 원산항 부근 국수집 위층에 숙소를 정하고 첫 식사로 국수를 먹으면서 서로 덕담을 나누었다.

"기분이 참 좋군요. 예로부터 긴 국수 가락은 '장수'를 뜻한다고 합니다. 특별한 날, 결혼식 때나 먹을 수 있는 잔치 음식으로 소문나 있지 않습니까. 우리 모두 잔치국수를 먹고 조국에서 오래도록 함께 살아야 합니다."

김성주는 국수를 먹으며 이렇게 축사하기도 했다.

다음 날은 1945년 추석이었다. 이미 스탈린에게 조선의 새 지도자로 낙점 받은 김성주를 마중하기 위해 직접 원산으로 나오기로 했던 치스차코프 대장이 9

월 21일이 되어도 도착하지 않자 김성주는 마음이 급해졌다.

"혹시 국내 철도도 만주처럼 여기저기서 문제가 생긴 것 아닌가요?"

김성주는 김책, 안길과 함께 원산 주둔 소련홍군 사령부에 찾아갔다.

"그럴 리가 없습니다. 조선 북반구는 이미 우리 소련홍군이 완전히 장악했습니다. 일본군도 모두 투항했고, 기차는 정상적으로 운행되고 있습니다. 약속 날짜가 지났는데도 도착하지 않았으면 김 장군 일행이 직접 평양으로 올라가도록 저희가 기차 편을 배치해 드리겠습니다."

이에 김성주뿐만 아니라 김책과 안길도 모두 찬성했다.

"그러는 것이 좋겠소. 기다릴 것 없이 우리가 바로 평양으로 올라갑시다."

원산에 주둔했던 소련군이 김성주 일행의 요구를 모두 들어주었던 것도 이미 김성주가 대위 견장을 단 군관 정도가 아니었음을 입증한다.

김성주 일행이 탄 기차는 증기기관차여서 오르막에서는 힘이 모자라 자주 멈추어섰다. 산모퉁이에서는 속력도 많이 줄인 상태였는데, 맞은편에서 기차가 달려오고 있었다. 두 기차는 급브레이크를 밟았다.

맞은편 기차에서 내린 치스차코프 대장은 크게 놀랐다. 그 기차의 기관사가 큰소리를 쳤다.

"저쪽 기차가 신호도 없이 마주 보고 달려와서 이렇게 된 것입니다."

그 말이 떨어지기 바쁘게 소련 군인들이 김성주 일행이 탔던 기관차의 기관사를 끌어내려 앞으로 데리고 왔다.

김성주 일행은 치스차코프 대장이 타고 왔던 기차로 이동했고 기관사는 현장에서 처형되었다. 현장에 있었던 유성철은 "나는 지금도 자신은 아무 죄가 없으니 살려달라고 무릎 꿇고 애원하던 기관사의 모습이 선하다. 김일성은 기관사의 처형을 막지 않았다."고 증언했다.

설사 막고 싶어도 막을 수 없었을 것이다. 그 시기에는 소련군의 말과 행동이 곧 법이었다. 더구나 이 무렵 치스차코프는 한반도 북부를 모조리 장악했던 소련군 최고 통치자였다.

김성주 일행은 1945년 9월 22일에야 비로소 평양에 도착할 수 있었다.

9. 환호성은 열풍이 되어

1945년은 월요일로 시작한 평년이다. 이 해에 일본의 투항으로 2차 세계대전은 종결되었다. 많은 역사가는 이 해를 현대의 시작이라고 주장하기도 한다. 소련홍군의 만주 출병과 조선 상륙작전은 동시에 개시되었고 하루 이틀 차이로 만주에서는 하얼빈, 장춘 등 대도시들이, 조선에서도 웅기 상륙작전이 개시되어 함흥, 평양 등의 도시들이 계속 점령되었다.

김성주 일행이 원산항에 도착하기 전인 9월 8일에 미군은 인천으로 상륙했고, 7사단 예하 육군 선발대는 이틀 뒤인 9월 9일에 서울을 점령했다. 조선총독부에서는 항복식이 진행되고 있었다.

미군보다 훨씬 먼저 조선 북부 지대를 차지했던 소련홍군이 곧 서울로 들어온다는 소문이 자자하게 퍼지던 시기였다. 미군이 부리나케 군정을 실시하면서 경의선 철도 운행을 중단했다. 치스차코프 대장은 김성주에게 평양에서 서울로 진격하지 못한 이유를 간단히 설명했다.

기차가 평양을 향해 질주하는 동안 김성주는 기쁨보다는 오히려 가슴이 점점더 무거워졌다. 어느덧 자신도 모르는 사이에 김성주의 눈에는 눈물이 고였다.

느닷없이 아버지 김형직의 얼굴이 문득 떠올랐다. 독립운동을 하다가 평양감옥에 잡혀가 죽도록 얻어맞고 풀려났던 아버지의 얼굴, 목, 손, 발 어디 할 것 없이 온통 멍투성이였던 그 모습을 잊을 수 없었다. 할머니는 아버지에게 들것에 누우라고 권했지만, 그 몸으로도 걷겠다고 당당하게 대답하던 아버지 목소리가 귓전에서 들려오는 듯했다. 그 아버지를 따라 망명길에 오를 때, 김성주의 나이는 겨우 여덟 살이었다. 비록 아버지는 얼마 더 살지 못하고 만주 땅에서 생을 마감했으나 그들 일가의 시련은 거기서 끝나지 않았다. 아버지에 이어 어머니, 삼촌, 외삼촌, 그리고 둘째 동생 철주까지도 모두 차례로 잃어버린 김성주는 그 많은 시련과 죽음을 딛고 여기까지 온 것이었다.

아버지, 어머니 못지않게 그를 울렸던 친구와 동료들의 죽음 역시 이루 다 말할 수가 없었다. 10대 소년 시절부터 나라 찾는 일을 한다면서 여기저기 함께 독립군 심부름을 다녔던 백신한, 왕대홍, 계영춘, 김혁, 차광수 그리고 최창걸에 이르기까지 그에게는 슬픔과 기쁨을 나눈 친구들이 무척 많았다. 이후 혁명군에 참가하여 동고동락해 왔던 한홍권, 오중흡 같은 평생의 혁명 동지들까지도 다 영원히 떠나보내고 말았다. 이 모든 사람의 죽음을 결코 헛되게 해서는 안 된다는 사명감이 그의 가슴을 무겁게 눌렀다.

김성주는 답답하고 불안하기까지 했다. 김책과 안길, 박덕산, 김경석 등도 곁에서 그 불안한 마음을 공감하고 있는지 차창밖만 바라보며 말이 없었다. 기차 밖으로 보이는 조선의 산천은 상상했던 것과 많이 달랐다.

9월 22일 오전에 그들을 태운 기차는 평양역에 도착했다. 그 어떤 환영 의식도 없었고 누가 도착하는지 포고도 나붙지 않았다. 이미 소련홍군이 평양을 점령한 지 한 달이 되어가기 때문에 소련홍군 복장이 낯설지 않았다. 다만 소련홍군 복장의 조선인 모습이 신기했을 따름이다.

"저걸 봐, 소련군에도 조선 사람이 저렇게 많네."

"뭘, 놀랄 게 있다고. 일본군에도 저런 조선인이 많았잖아. 소련군 세상이 됐으니 또 저렇게 소련군 옷을 입고 다니는 조선인들이 거리를 활보하는 거겠지."

광복되던 해, 고등학교 3학년을 다니다가 중퇴했던 김은하(金銀河, 일본 이름 나리토미 긴가, 현재 미국 뉴욕 거주, 93세)는 열다섯 살 때 아버지와 함께 남으로 피난하는 도중에 평양에 들러 며칠 지내다가 소련군 복장을 한 조선인들을 구경했다고 한다.

김은하의 아버지 김병길은 함경북도 성진시(오늘의 김책시) 학성군에서 살았던 유명한 지주였고, 당시 시인으로 문명을 떨치던 김기림(金起林, 함경북도 성진시 학성군 출생)과는 사촌 형제간이었다.

"그래도 소련군은 일본 놈들처럼 남의 나라를 차지하지는 않을 거야."

김병길은 김기림의 권유로 아내와 딸들을 모두 북한 땅에 남겨두고 혼자 남쪽으로 내려왔다. 이후 김은하는 김기림의 집에서 1년간 함께 살다가 1946년 가을에 김기림 일가와 함께 남쪽으로 내려오고 말았다.

"내가 평양에 있을 때 조선해방 경축집회가 열렸다."

김은하는 93세의 고령에도 불구하고 기억력이 남달랐다. 열네 살 때 북한 함경북도 나남시에서 동나남여자고등학교를 다니며 배웠던 일본 문학 이야기도 했다. 소설가이자 극작가였던 기쿠치 간(菊池寬)의 작품들, 예를 들면 『진주부인(眞珠夫人)』, 『도주로의 사랑(藤十郎の戀)』 같은 소설 내용을 일일이 기억하고 있었다.

"어렸을 때부터 그런 소설들을 좋아한 데다 좀 더 좋은 학교에 들어가 공부하고 싶었다. 그때 농성(학성군 부근에 있는 고장)에 나와 혼인을 약속했던 총각이 있었는데, 평양에서 대학에 다니고 있었다. 나도 그 대학에 가고 싶어 평양의 친척집(김기림의 집)에서 살았다. 나는 김일성 장군이 개선 연설을 한다고 모두 구경하러 나가자고 해서 따라 나갔다.

(여기서 필자는 개선 연설을 했던 장소가 지금의 김일성광장이라는데, 그때는 어디였는지 물었다.)

그때 그곳은 야구장이었다. 사람들이 엄청 많이 모였더라. 그런데 단상에 소련 군관들과 함께 양복을 입고 나타난 김일성은 젊고 예쁘장하게 생긴 청년이었다. 사람들이 서로 돌아보면서 '김일성이 왜 저렇게 젊어? 가짜 아니야?' 하고 한참이나 말을 주고받았다.'[293]

이런 소문들이 김성주의 귀에도 들어가지 않을 리 없었다. 그러나 평양으로 귀환할 때 이미 그는 혼자만의 '김일성'이 아니었다. 중국과 소련의 전폭적인 지원을 받고 있었으며, 그의 곁에는 만주 각지에서 몰려든 동지들이 함께 했다. 지난 10여 년 동안 만주벌의 생눈을 퍼먹으며 조국의 해방과 독립을 염원해온 130여 명[294]의 젊은 용사들이 있었다. 어디 그들 뿐이랴. 이제는 구천에서나 조국의

---

293 취재, 김은하(金銀河) 이북출신 재미 교포, 일본 이름 나리토미 긴가, 현재 뉴욕 퀸스 거주, 93세.

294 와다 하루키의 『김일성과 만주항일전쟁』에는 133명으로 통계되어 있다. 완전히 정확하다고 판단할 수는 없지만, 참고의 가치가 있다고 생각되며 명단을 소개한다.
    김일성(金日成), 김책(金策), 최용건(崔鏞健), 강건(姜健), 안길(安吉), 최춘국(崔春國), 류경수(柳京守, 柳三孫), 조정철(趙正哲), 김정숙(金正淑), 김만익(金萬益), 김병수(金炳洙), 김증동(金曾東), 이철수(李哲洙), 박장춘(朴長春), 심태산(沈泰山), 심윤경(沈允卿), 최순산(崔順山), 최창만(崔昌滿), 한창봉(韓昌奉), 오준옥(吳俊玉), 김일(金一, 朴德山), 김광협(金光俠), 최용진(崔勇進), 이경옥(李京玉), 강상호(姜相鎬), 강위룡(姜渭龍), 고현숙(高賢淑), 공정수(公正洙), 김경석(金京石), 김대홍(金大弘), 김려중(金麗重), 김용화(金容華), 김명숙(金明淑), 김명준(金明俊), 김명화(金明花), 김병식(金秉埴), 김성국(金成國), 김양춘(金陽春), 김용연(金鏞淵), 김옥순(金玉順), 김숙순(金淑順), 김유길(金有吉), 김익현(金益鉉), 김자린(金慈麟), 김좌혁(金佐赫), 김정자(金正子), 김정필(金正泌), 김지명(金志明), 김창봉(金昌奉), 김철만(金鐵萬), 김철호(金哲浩), 김충열(金忠烈), 남동수(南

광복을 기뻐할 수 밖에 없지만, 초개처럼 숨져간 수많은 젊은 넋들이 함께 있었다. 그들의 한과 염원이 살아 있는 자들의 운명이 되었다.

1945년 10월 14일, 김성주가 평양 시민들 앞에 나섰다. 일명 '조선해방 경축집회'나 '평양시 환영군중대회'라고 불렀다. 정오가 가까워올 때 행사장인 평설운동장으로 가기 위해 자동차에 앉은 김성주는 광장과 대통로에 차고 넘치는 인파를 보고 놀라지 않을 수 없었다. 대회장은 벌써 사람바다를 이루었고 운동장 밖의 나무들에도 사람들이 올라가 있는 것이 보였다. 최승대와 을밀대 쪽에도 인파로 가득 덮여 있었다.

행사장 연단 아래에서는 누가 선창을 했는지 '조선독립 만세!'를 외치고 있었다.

그 환호성은 열풍이 되어 김성주의 얼굴과 가슴에 와닿았다.

'아, 이것은 꿈이 아니다. 내 조국이 정말 독립한 것이다.'

東洙), 유경희(柳慶熙), 유명옥(柳明玉), 유흥남(柳興南), 이국진(李國鎭), 이두수(李斗洙), 이두익(李斗益), 이두찬(李斗贊), 이명현(李明顯), 이봉록(李鳳錄.), 이봉수(李鳳洙), 이영숙(李英淑), 이영호(李永鎬), 이오송(李五松), 이용구(李勇九), 이을설(李乙雪), 이정인(李正仁), 이종산(李鐘山), 이훈(李勳), 임춘추(林春秋), 박광선(朴光善), 박경숙(朴京淑), 박경옥(朴京玉), 박두경(朴斗慶), 박선우(朴鮮友), 박성철(朴成哲), 박영순(朴英淳), 박우섭(朴禹燮), 박정숙(朴正淑), 백학림(白鶴林), 서철(徐哲), 석동수(石東洙), 석산(石山), 송종준(宋宗準), 송성필(宋成泌), 안영(安英), 안정숙(安靜淑), 오병숙(吳丙肅), 오백룡(吳白龍), 오재원(吳在元), 오조순(吳祖順), 오진우(吳振宇), 왕옥환(王玉環, 중국인, 최용건의 아내), 유창권(兪昌權), 윤태홍(尹泰洪), 임철(任哲), 정병갑(鄭炳甲), 전순희(全順姬), 전창철(全昌哲), 전희(全姬), 조도연(趙道延), 조동욱(趙東旭), 조명선(趙明善), 주도일(朱道逸), 지경수(池京洙), 지병학(池炳學), 최광(崔光), 최기철(崔基哲), 최민철(崔敏哲), 최봉송(崔鳳松), 최병호(崔炳浩), 최정숙(崔貞淑), 최인덕(崔仁德), 최채련(崔采練), 최현(崔賢), 태병렬(太炳烈), 한익수(韓益洙), 한천추(韓千秋), 한태룡(韓泰龍), 허봉학(許鳳學), 허창숙(許昌淑), 현철(玄哲), 홍춘수(洪春洙), 황금옥(黃金玉), 황순희(黃順姬), 김동규(金東奎), 장상룡(張相龍), 장철구(張哲九), 장희숙(張熙淑), 전문섭(全文燮), 김문욱(金文旭).

후기

항쟁과 굴종,
숭상과 신화의 역사를 마감하며

1945년은 많은 사람의 운명을 송두리째 뒤바꿔놓았다.

역사는 승자에 의해 쓰여지기에 승리하는 과정에서 승자가 행한 온갖 나쁜 행위는 모두 정당화되기 마련이다. 따라서 패자는 모든 면에서 진정한 패자가 될 수밖에 없다.

앞에서 잠깐 소개했던 1945년 7월 중공 동북당위원회 산하 조선공작단위원회가 따로 갈라져 나올 때, 중국인 당원들로 조직된 '중공당 요길흑임시당위원회(中共遼吉黑臨時黨委員會)' 위원 명단에는 항일연군에서 한 번도 본 적 없었던 노동생(蘆東生)이라는 이름이 들어 있었다. 이 사람은 모택동의 중앙홍군과 함께 2만 5,000리 장정에 참가했던 팔로군 120사단 산하 제358여단장이었다. 연안에서 파견돼 소련에 들어가 푸룬제군사학원 특별반에서 공부한 뒤 1943년 하바롭스크에서 주보중의 제88독립보병여단에 합류했던 것이다.

1945년 8월에 소련홍군과 함께 만주로 돌아온 노동생은 소련홍군 위수사령부에서 취임하지 않고 바로 중공당 중앙 북만분국(中共中央北滿分局, 서기 진운陳雲)에게 찾아가 복귀한 뒤 송강군구 사령원(松江軍區 司令員)에 임명되었다.

1945년 11월 16일 밤, 그는 경위원과 함께 숙소로 돌아가다가 소련홍군 2명에게 가지고 가던 물건을 빼앗겼다. 그 물건은 진운 서기의 이부자리였다. 러시아말을 잘하는 노동생이 "공산주의를 따르는 붉은 군대가 뭐하는 짓이냐?"고 따지고 들다가 그 홍군이 쏜 총에 이마를 맞고 그 자리에서 즉사했다. 소련홍군의 눈에는 만주도 베를린이나 다르지 않은 자신들의 점령지였던 것이다.

진운은 후에 노동생을 죽인 소련홍군을 처벌해 달라고 하얼빈 주둔 소련홍군 사령부에 찾아갔으나 바로 거절당했다. 소련홍군은 점령지에서 금지된 일이 없었다. 그야말로 무소불위의 권력자들이었다.

이때 소련홍군이 만주 지방에서 약탈해간 돈과 물건이 얼마나 많은지는 이루 말할 수 없다. 그들이 만주 땅에서 부녀자들을 강간하고 공업시설들을 뜯어가고 있다는 제보를 받은 장개석은 1946년에 조사단을 파견했다. 이미 요령성 심양의 공업시설을 모두 뜯어 자기 나라로 실어갔고 안산, 본계, 철령 등 중공업도시들에서도 같은 상황이 한창 벌어지고 있었다.

이때 조사단이 국민당 장개석 정부에 제출한 자료에 따르면, 소련홍군이 심양, 하얼빈, 장춘 등 주요 도시들에서 뜯어간 공업시설들이 당시 가격으로 8억 5,800만 달러에 달했다고 한다. 이런 설비들을 뜯어가기 위해 소련홍군이 만주로 출병할 때 3,000여 명의 전문 공정(工程) 기술 일꾼들을 미리 인솔해 나왔다는 기록이 있다. 이와 같은 사실들을 근거로 오늘날 중국의 적지 않은 역사가들은 소련 정부가 중국 동북을 해방하러 온 것이 아니고, 실제로는 약탈하러 나왔다고 주장하기도 한다.

이처럼 소련홍군의 약탈 사실을 기록한 자료와 책들이 아주 많다. 일본 산케이신문출판사에서 출간한『장총통의 비록(蔣總統的秘錄)』을 보면, 소련 정부가 중국 동북에서 약탈해간 자산이 8억 5,800만 달러가 아니고 20억 달러를 넘는다고 기록되어 있으며, 1945년 8월 28일 소련홍군이 당시 만주국 수도였던 장춘의 중앙은행을 점령하고 만주화폐 7억 원과 각종 유가증권 75억 원 외에도 황금 36kg, 백금 31kg, 백은 66kg, 보석 3,705kg도 몰수하여 모두 모스크바로 실어갔다고 한다.

약탈에 눈이 먼 소련공산당과 홍군은 나중에 중국 사람들의 집에까지 들이닥쳐 라디오, 시계는 물론, 소와 양떼들까지도 모조리 빼앗아 화물열차에 실었고, 어떤 홍군 병사는 사람이 죽으면 무덤에서 태우는 지전까지도 진짜 돈인 줄 알고 몇 자루씩 등짐으로 메고 다녔다는 증언도 있다. 이때에 소련홍군에 강간당하고 피살된 중국 부녀자들도 이루 말할 수 없이 많았다.

이와 같은 만행들은 만주뿐만 아니라 한반도 북쪽 이른바 조선이라고 예외일 수는 없었다. '해방군'을 자처하며 1945년 8월 이후 5개월간 북한에서의 소련홍군 행태를 생생하게 보여주는 문건들도 적지 않게 찾아냈다. 1945년 12월 29일 소련군 중령 페드로프가 소련군 진주 후 북한 황해도와 평안남북도를 방문 조사한 뒤 만든 13쪽짜리 보고서는 당시 소련군의 약탈 상황을 가감 없이 현장감 있게 전달한다.

당시 이 보고서는 연해주 군관구 정치 담당 부사령관 칼라시니코프 소련군 중장에게 보고됐고, 이듬해 1월 11일엔 연해주 군관구 군사회의 위원인 시티코프 중장에게도 전달됐다. 러시아어 필사본인 이 문서는 미국의 외교안보전문 싱크탱크인 우드로윌슨센터가 옛 소련국립문서보관소에서 찾아낸 뒤 영어로 번역했다.

"우리 군인(소련군)의 비도덕적인 작태는 실로 끔찍한 수준이다. 사병 장교 할 것 없이 매일 곳곳에서 약탈과 폭력을 일삼고 비행(非行)을 자행하는 것은 (그렇게 해도) 별다른 처벌을 받지 않기 때문이다."[295]

페드로프 중좌는 당시 '붉은 군대'의 만행을 이같이 기술했다. 그는 "우리 부대가 배치된 시나 군 어디서나 밤마다 총소리가 끊이지 않는다."며 "특히 술에 취해 행패를 부리고 부녀자를 겁탈하는 범죄도 만연해 있다."고 지적한다. 그러나 이런 사실들에 대해 북한과 중국 정부는 단 한 번도 사실대로 밝히지 않았다.

1980년대까지만 해도 중국 동북 지방에는 소련홍군을 기념하는 기념비가 아주 많았다. 그 기념비가 세워진 지방에서 소련홍군이 일본군과 싸우다가 희생되었다는 사실을 부정하려는 것은 아니다. 그러나 소련홍군은 해방군인 동시에 약탈군이기도 했다. 오늘날, 소련홍군이 만주로 출병한 진짜 목적은 침략과 약탈이었다는 증거들이 계속 드러나고 있다.

침략자 일본보다 오히려 소련을 더 나쁘게 보는 학자들도 있다. 그들은 일찍이 1900년에 8국연군(八國聯軍, 영국, 프랑스, 독일, 미국, 일본, 러시아, 이탈리아, 오스트리아-헝가리제국 파견 연합원정군)이 중국을 침략했던 그때부터 러시아는 오랫동안 중국 만주 지방을 차지했으며, 이것이 만주에 대한 일본군국주의자들의 침략 야욕을 불러일으키는 계기가 되었다고 주장한다. 1904년 러일전쟁도 결국 러시아 손에서 중국 동북, 즉 만주 지방을 빼앗으려 했던 일본이 벌인 것이다. 이 전쟁에서 러시아는 메이지유신 이후 급격하게 군사공업을 발전시킨 일본군을 당해낼 수 없었으며, 만주 남만 지구를 일본에게 내놓고 말았다.

---

295 윌슨 센터 디지털 아카이브, https://digitalarchive.wilsoncenter.org.
    "1945년 北 진주 소련의 붉은 군대는 해방군 아닌 약탈군이었다", 〈동아일보〉, 2010. 3. 10.

러시아는 만주 지방에서 일본과 정면으로 싸우면 안 된다는 판단이 서자 바로 일본과 합작하는 길로 나아갔다. 제정러시아를 멸한 소련공산당은 제정러시아의 술수를 그대로 이어받았을 뿐만 아니라 더 발전시켜 나갔다. 『중국현대사강』[296]을 보면, 스탈린은 일본의 다나카 기이치(田中義一) 수상과 만나 일본과 함께 중국 영토를 나눠 가질 일련의 계획을 세웠음을 알 수 있다.

1928년 5월, 일본이 중국의 산동에서 세계를 놀라게 만든 '5·30참안'(학살사건)을 조작했을 때, 스탈린에게 보낸 다나카의 계획서에는 중국 동북부와 조선 일부를 러시아의 바이칼호 이남 서부 시베리아와 합쳐 러시아의 자치구로 만드는 내용이 들어 있었고, 이 계획서를 받은 스탈린은 대단히 기뻐했다. 이것이야말로 일본과 사이 좋게 지내면서 한편으로 중국인들의 반일 정서도 자극할 수 있고, 소련공산당은 그 사이에서 알짜 이익만 챙길 수 있다고 생각한 것이다. 때문에 일본의 중국 침략은 이런 계획서를 미끼로 줄곧 소련공산당과 스탈린의 묵인과 암묵적인 지지 하에서 거침없이 진행되었던 것이다.

스탈린은 노회한 정치가였으며, 한편으론 음험하기 이를 데 없는 권모술수의 대가였다. 이때 스탈린에게 놀아난 것이 중공당 지도하에 만주 지방에서 항일투쟁을 벌이던 항일연군이었다. 스탈린은 그들을 코민테른의 이름으로 모스크바에 불러들여 공산주의 교육을 진행하는 한편, 일본 침략자들이라면 눈에 쌍불을 켜는 그들의 반일 정서를 교묘하게 이용했다. 소련을 돕는 것이야말로 일제와 싸우는 일이며, 소련공산당을 도와 정보를 수집하는 것은 일제를 몰아내고 자기 조국을 찾는 길이라고 강조했지만, 정작 스탈린의 본심은 다른 데 있었다.

반일 의지에 불타던 동북 공산당원들에게 일본과도 싸워야 하지만 국민당과

---

296 황대수(黃大受), 『중국현대사강(中國現代史鋼)』, 世界書局, 1961, 128쪽.

도 싸워야 하며, 공산주의 실현을 위해서는 합법정부인 국민당의 중화민국도 뒤집어엎어야 한다고 종용했다. 때문에 만주의 공산주의자들이 때로는 일본과도 싸우고 국민당과도 싸우고 지방 토호들과도 싸우면서 오락가락했던 사례들이 아주 많다.

1929년 5월 27일 하얼빈의 러시아 총영사관에서는 러시아 극동지구의 공산당 국제간부대회를 조직한 적이 있는데, 이 대회는 당시 장학량의 동북군 헌병에 적발되었다. 이때 소련공산당이 중국 영토를 분할하기 위하여 공산당 조직들이 해야 할 행동지침을 담은 비밀 문건들이 대량으로 압수된 적이 있었다. 소련공산당에서 파견한 소련홍군 정보원들이 중동철로(동청철로) 연선의 각 기차역과 관공서 기관들에 잠복해 있었는데, 장학량은 그들을 모조리 추방했다.[297] 이에 잔뜩 화가 돋은 스탈린은 1928년 8월 11일 3만여 명의 극동홍군으로 하여금 중국 흑룡강성 수분하와 만주리 일대로 쳐들어가게 했다.

이와 관련해서는 본서 상권(1부 4장 중동철로사건)에 이미 자세하게 소개했다. 소련공산당이 이처럼 공개적으로 홍군을 파견하여 중국 동북부 지방을 침공했을 때, 소련공산당이 파견한 특파원들은 중국 남방에서 대대적인 무장폭동을 계획했다. 스탈린이 중국의 흑룡강 북부지구로 홍군을 이동시킬 때, 장개석의 국민당 군대가 장학량의 동북군을 지원할까봐 걱정했던 사실은 여러 사료에서도 증명된다.

오늘날까지도 중국공산당이 남창에서 폭동을 일으킬 때, 소련홍군이 중국의 흑룡강 북부 지방으로 대대적으로 침공하여 들어왔던 사실을 중국 정부에서는 공개하기를 꺼리고 있다. 그러나 진독수가 중공당 총서기에서 물러나고 결국 당

---

297 위의 책, 126쪽

적에서까지 제명되었던 주요한 이유가 당시 중국 영토를 침공한 소련공산당을 비판하고 항의하는 대신 '무장으로 소련을 보위하자'는 슬로건에 반대했기 때문이라고 한다. 그렇다면 진독수는 왜 이 슬로건에 반대했을까? 그것은 침략자를 도와 자기 영토를 팔아먹는 행위였기 때문이다. 그래서 당적에서 제명되면서까지 그런 행위에 동조할 수 없었던 것이다.

러시아 자료[298]에 따르면, 이때 소련홍군이 중국 흑룡강성 북부 지방에 침공하여 사살한 중국군 수는 수만 명에 이르며, 생포한 중급 고급 군관만 1,334명에 달한다. 사로잡혔다가 후에 풀려나 돌아온 사병들은 1만 4,090명이었다고 쓰여 있다. 이미 일제가 만주사변을 일으키기 2년 전에 먼저 소련공산당이 중국 동북 땅 침략전쟁을 시도했다는 사실을 증명한다.

1931년 9·18 만주사변이 발생했다. 이후 소련공산당은 외교적으로는 여전히 일본을 지지했지만, 다른 한편으로는 중국공산당의 반일 역량을 부추기는 일도 병행했다. 소련공산당은 일본이 막강한 군사력으로 팽창하면서도 동북 3성에서 만주국이라는 괴뢰국가 하나로 만족하고, 중국 남부로 더는 진출하지 않을까봐 걱정한 듯하다. 당시 소련공산당의 대다수 정치가는 일본과 독일, 이탈리아가 연합하여 전쟁을 벌일 경우, 첫 공격 대상은 소련이 될 것으로 판단했고 스탈린은 이런 상황이 벌어지지 않도록 적극적으로 방어해야 했다. 때문에 일본이 만주국에 만족하지 않고 계속하여 중국 남부 지방으로 침략을 확장해 나가기를 바랐다.

그렇다고 일본이 중국 남부 지방을 너무 빨리 점령하는 것도 원하지 않았다. 소련공산당이 적극적으로 중국공산당에게 지시하여 국민당과 함께 항일투쟁

---

298   科里沃舍耶夫主編, "蘇聯武裝力量在歷次戰爭, 軍事行動, 軍事衝突中損失揭密", 위의 책.

을 벌이도록 한 것도 다 이 때문이었다. 스탈린은 때로 일본을 골탕 먹이다가도 일본군이 낭패를 보면 중공당에 지시하여 일본이 아닌 국민당과 싸우게 하기도 했다. 역사가 증명하듯 일본이 중국 남부로 확장하지 않고 독일과 함께 소련을 공격했다면, 소련공산당은 이미 1940년대에 끝나 더는 존재할 수 없었을 것이다. 이는 전략상 일본의 최대 실패였고 소련공산당의 최대 승리였다. 이 게임에서 소련공산당에 의해 죽을 둥 살 둥 놀아난 것은 중국공산당과 만주의 항일연군이었음은 많은 역사적 사실이 증명한다.

소련공산당은 일본군의 전세에 따라 반일투쟁을 벌이던 중국 동북 지방 공산당에 대한 태도를 바꾸곤 했는데, 며칠 사이에도 조변석개했다. 소련으로 쫓겨 들어온 항일연군 패잔병들에게 쌀과 총, 탄약 등을 주다가도 며칠 뒤에는 아무 이유도 없이 그들을 국경 밖으로 내쫓거나 잡아가두어 1, 2년씩 감방에서 세월을 보내게도 했다. 흑룡강성 보청 지방에서 최용건의 부대원들이 자주 소련 국경을 넘어가 탄약을 얻어오던 때는 소련공산당이 일본군의 왕성한 기세를 견제하던 때였고, 조상지가 국경을 넘어갔다가 1년 이상을 아무 이유 없이 소련 감옥에 갇혀 있었던 것은 일본군이 쉽게 무너질까봐 걱정하던 때로 볼 수 있다.

중국공산당이 내건 항일민족통일전선도 소련공산당의 전략적 판단과 분위기에 따라 진행되었다. 왕명이나 진방헌 같은 지도자는 가장 대표적인 중공당의 스탈린 대변인들이었다. 이는 코민테른의 파견으로 연안에 주재했던 송빈(宋濱, Peter Vladimirov)의 일기[299]에 명백하게 기록되어 있다.

1938년 8월, 소련공산당이 독일과 비밀리에 불가침조약을 체결했을 때, 이 결정으로 독일이 본격적인 전쟁에 나설 것이라는 사실을 모르지 않았다. 거의 같

---

299 중국 문화학원(文化學院), 『중국근대사(中國近代史)』, 172-173쪽.

은 시간에 스탈린이 파견한 특파원이 중국 상해의 일본 총영사관에서 일본군 특무요원들과 접촉했다. 스탈린은 이때 일본이 중국 남부 지방을 침략할 경우, 왕징웨이(汪精衛, 중화민국 난징 국민정부 주석)의 남경 정부를 인정할 용의가 있다고 까지 했다. 소련공산당이 일제와 중국 영토를 나눠가지겠다는 의도를 분명히 드러낸 것이다.[300] 일본이 중국 남부 침략에 성공하면, 소련공산당은 중국 화북과 화동, 화중, 화남 지방을 차지하여 괴뢰 정권을 세우고 동시에 외몽골은 물론 신강(新疆)과 서장(西藏) 및 동관 서쪽의 광활한 대서북을 소련이 차지하는 것에 일본은 동의했다.

이를 두고 중국 학자들 일부는 소련공산당의 의도는 중국 영토를 차지하려는 것이 결코 아니었다고 변호한다. 소련은 독일과의 전쟁 위험이 있었기에 어떤 방법으로든 일본이 독일과 함께 소련을 침공하는 일이 없도록 일본을 안심시키려 했다고 주장한다. 1941년의 '일소중립조약' 체결도 그런 이유였다고 한다.

김일성 회고록(계승본)에서도 '그것은 하나의 기만동작에 불과'했다고 본다. 오히려 일본은 "독일이 소련을 칠 때 서로 합작하기로 밀약했으며, 우랄을 경계로 하여 소련의 광활한 영토를 동쪽과 서쪽에서 각각 한쪽씩 차지한다는 분배안까지 짜놓았다."고 주장한다. 그러나 이는 설득력이 떨어지는 주장이다.

일본은 1938년 이후 전선을 중국 남방으로 확대하면서 빠져나올 여력이 없었다. 그래서 남진론이 득세했고, 먼저 중국 남부와 나아가 동남아를 타고 앉아 전략물자를 충분히 마련해 두었다가 독일이 소련에 치명상을 입히면 극동으로 치고 들어가 러시아 서부 우랄 지역까지도 단숨에 집어삼키려는 것이 바로 일본의 속셈이었다고 본다.

---

300 황대수, 『中國現代史綱』, 五南圖書出版股份有限公司, 1980, 199쪽.

그러나 조약 내용을 보면, 소련은 일본의 만주국 지배를 인정하고 일본은 소련의 '몽골인민공화국'을 인정하기로 한다. 두 침략자가 중국을 두고 음험한 목적으로 거래한 것은 틀림없는 사실이다. 중국공산당은 단 한 번도 이에 대해 소련공산당에 항의한 적이 없었다. 거꾸로 모스크바에 "완전하고 철저하게 소련공산당의 결정을 지지하고 옹호한다."는 전보를 보내는 한편, "무장으로 소련을 보위하자."는 투쟁 슬로건을 내걸기까지 했다. 그때 스탈린이 일본 측 담판대표 요스케 마츠오카(松岡洋右)에게 이런 말을 했다.

"이제부터 일본은 안심하고 중국 남부로 진출할 수 있게 되었습니다."

요스케 마츠오카가 모스크바를 떠나는 날, 스탈린은 기차의 출발을 늦추고 직접 역으로 달려 나가 요스케 마츠오카와 포옹하면서 그를 환송했다. 이처럼 스탈린이 직접 역까지 나간 경우는 그의 일생에서 거의 없었던 일이다. 그로부터 9년 뒤 마오쩌둥이 모스크바를 방문했을 때도 스탈린은 역에 나오지 않았다.

이 조약 체결 후 중국 남부에서 작전 중인 일본군을 돕기 위해 소련공산당은 세상에 함부로 공개할 수 없는 나쁜 일들을 중국공산당이 나서서 해주기를 바랐다. 1943-1944년경에는 스탈린에게 직접 지시 받은 중국공산당이 국민당과 합작하여 항일전쟁을 벌이던 기간이었음에도 불구하고 국민당 정부의 군대 작전 정보를 일본군에 제공했다. 이런 이해관계에 따라 일본군 공군은 하남과 하북, 산서, 섬서 등에 수백 차례의 공습을 진행했으나 유독 중국공산당 수뇌부가 있던 연안은 한 번도 공습하지 않았다.

이 일을 직접 집행한 사람은 당시 중국공산당 사회부 정보 분야를 총괄했던 부부장 이극농(李克农)과 그의 심복 반한년(潘汉年)이었다. 해방 후 중국공산당 감옥에서 평생을 입을 다물고 살다가 죽었던 반한년은 1980년대에 이르러서야 비로소 새롭게 평가받기 시작했다. 그의 공적을 기리는 전기가 출판되었을 때 아이러니하게도 이 부분 이야기들까지 비교적 자세하게 언급되었는데, 나중에는 중국보다 일본에서 먼저 스탈린의 음험한 심보를 간파했음을 알 수 있다. 스탈린의 '대중국전략'은 자신들의 꼭두각시인 중국공산당을 이용하여 '중국인들끼리 서로 싸우게 하는 것'이었고, '대일본전략'은 일본을 이용하여 '아시아인들끼리 서로 싸우게 하는 것'이었다. 결국 중국이나 일본 모두 소련공산당의 손아귀에서 놀아난 꼴이었다.

결국 소련의 대중국 침략 책동에 철저하게 이용되면서 맨 앞에 선 것이 바로 중국공산당이었고 그 가운데 만주 항일연군이 있었다. 이 책의 주인공 김일성도 그 항일연군의 일원이었을 따름이다.

스탈린이 1945년 종전 이후에도 중국공산당과 국민당 사이에서 고민했다는 증거자료가 많다. 당시에는 합법적인 국민당 정부와 대놓고 반목할 수 없었기에 점령했던 만주 대도시들을 모두 국민당에게 내놓아야 했다. 그러면서도 한편으로는 일본군에게 빼앗은 무기와 탄약들을 몰래 공산당 군대에게 넘겨주었다.

국민당과 공산당의 싸움에서 소련은 이기는 쪽을 지지했음에 틀림없다. 만약 장개석이 이겼다면 스탈린은 가차 없이 모택동을 버렸을 것이다. 같은 공산주의 이념 같은 것은 빛 좋은 개살구에 불과했다. 국민당이 대륙을 석권했다면, 스탈린은 모택동에게 소련 변경지구 한 모퉁이에 건물 한두 채를 지어주고 망명정부를 꾸려주었을지도 모른다.

일본의 투항으로 소련은 승자가 되었고, 세계는 승자가 기록한 달콤한 역사에 속아 넘어갈 수밖에 없었다. 물론 받아들이고 싶지 않은 내용은 승자의 왜곡이라고 치부하면 그만일 터이지만, 승자 역시 종내에는 역사의 준엄한 심판에서 자유로울 수는 없을 것이다. 김일성 회고록 『세기와 더불어』가 처음 세상에 나왔을 때, 그 이야기들에 마음이 기운 사람들이 꽤 있었다. 눈살을 찌푸리게 만드는 내용들이 드문드문 튀어나왔을 때도 승자의 기록이니 어느 정도의 왜곡은 용납하자는 분위기였다. 사회주의 소련에 대한 한 청년 혁명가의 기대와 미사여구도 탈출구가 전혀 없었던 항일연군이 마지막으로 기댈 곳은 소련밖에 없었음을 고려하면 이해가 되기도 했다.

그러나 앞에서 소개했듯 노동생 같은 중공당 고위 군사지휘관이 일개 소련홍군 병사에게 사살당했는데도 시비조차 가릴 수 없었다는 사실 앞에서는 경악하지 않을 수 없다. 하물며 일반 주민들이 당한 억울한 일은 얼마나 많았겠는가.

김일성 일행과 함께 원산에서 평양으로 향하는 기차를 탔던 유성철은 기관사가 소련주둔군 군정장관이었던 치스차코프 대장의 한마디에 총살당했던 일을 회고했다. 김일성도 그 기관사가 총살당하는 것을 구경만 했다고 증언한다. 만약 그가 한마디 했다면 살려낼 수도 있지 않았을까. 치스차코프 대장이 직접 마중 나올 정도로 김일성은 스탈린에게 낙점받은 조선의 젊은 지도자였다. 그런데도 그렇게 하지 않았던 김일성이 과연 누구보다도 조선 사람을 사랑했다고 할 수 있는지 의문이 아닐 수 없다.

당시 기관사는 무척 소중한 인력 자원이었다. 조선에서 기관사 자격증을 가진 사람이 불과 서넛밖에 없었던 때였다. 김일성은 소련군정의 최고 권력자였던 치스차코프의 위세 앞에서 자기가 장차 건설하려던 '새 민주 조선'에서 소중하게 쓰일 조선인 기관사가 살려달라고 애걸복걸하는 모습을 지켜보기만 했다. 이런 것들은 소위 '위대한 수령 김일성 장군'의 흠결이 아닐 수 없다. 흠결을 넘어 가증스럽기까지 하다. 비겁하고 간사스럽다. 그 현장에는 김일성뿐만 아니라 김책, 안길 등도 모두 있었음을 고려하면, 당시 소련홍군에 대한 그들의 숭상과 굴종이 어느 정도였는지를 극명하게 보여주는 실례가 아닐 수 없다.

그나마도 조금 위안이 되는 일도 있었다. 거의 비슷한 시기에 만주로 돌아갔던 김일성의 중국인 경호병 유옥천은 오늘의 요령성 대련시 감정자구(甘井子區)에 주둔하던 소련홍군 위수사령부 부사령관으로 배치되었다. 소련홍군 비행사 2명이 대낮에 대련 시내 한복판에서 중국인 여학생을 성폭행하다가 유옥천에게 붙잡혔다. 그들 중 계급이 높았던 한 명은 독소전쟁 때 '전투영웅' 칭호까지 받았던 비행사였다. 둘은 권총을 뽑아들고 유옥천에게 대항하다가 명사수인 유옥천이 먼저 쏜 총에 이마를 맞고 즉사했다. 1945년 10월에 벌어진 일이었다.

유옥천은 이 일로 소련 내무부에 체포되었다. 하지만 하얼빈 거리에서 홍군 병사들에게 죽은 노동생과는 달랐다. 결과도 극적이었다. 스탈린의 지시로 소련 내무부가 현장 감찰을 진행했는데, 유옥천에게 사살당한 홍군 비행사의 권총에 탄알이 장탄되어 있는 것이 발견되어 소련 연해지구 군관구 군사법정에서는 유옥천을 정당방위로 인정하고 석방했다.

그러나 유옥천은 이 사건 때문에 정치적 소용돌이가 일 때마다 연루되어 평생을 무직자로 살아야 했다. 1950년 한국전쟁 때 중국 정부가 의용군을 파견하자, 유옥천은 김일성과 만나기 위해 파견을 신청했으나 거절당했다. 중소 관계가 긴장상태였을 때는 아무 이유도 없이 투옥되어 몇 해씩 감금되어 있다가 풀려나기도 했다. 1985년에 이르러서야 중국 정부는 유옥천에 대한 불공정한 대우를 바로잡고 집을 한 채 선물했으나, 그 집에서 하루도 살아보지 못하고 병원에서 죽고 말았다.

광복 이후 북한으로 돌아간 김일성의 항일연군 시절 부하들은 부관이나 경위원, 또는 전령병에 이르기까지 모두 북한군 대장도 되고 차수도 되는 등 최고 권세를 누렸지만, 만주로 돌아온 중국인 경위원들은 모두 불행했다. 유옥천뿐만 아니라 교방신도 문화대혁명 기간에 '북조선 특무'로 몰려 고깔모자를 쓰고 조롱을 받았다. 하지만 이런 사람들 이야기는 김일성 회고록에서 거의 언급되지 않는다.

오늘날 중국인들은 노동생을 이야기할 때면 꼭 유옥천 이야기도 함께 꺼낸다. 유옥천을 통해 노동생의 억울한 죽음을 위안받을 수 있기 때문이다. 김일성에게도 유옥천은 세상에 내놓고 자랑할 만한 부하가 아닐 수 없다. 오백룡과 함께 항일연군 전 기간에 김일성 경위원으로 따라다녔던 중국인 유옥천의 행동거지는 바로 김일성에게 배운 것이라 주장할 수도 있기 때문이다.

하지만 그렇게 하지 못하는 건 무엇 때문일까? 죄 없는 조선 기관사가 부당하게 총살당하는 데도 말없이 지켜보기만 했던 김일성은 이미 그 영특하고 용감한 만주의 김일성이 아니었기 때문이다. 이 또한 이 책이 1945년 광복까지의 김일성만 담은 이유이기도 하다. 그 이후의 김일성에 대해 쓰고 싶은 마음은 눈곱만큼도 없다. 그 이후의 김일성은 아들 김정일에 의해 신격화되어 이미 인간이 아니다. 그 신을 다시 인간으로 만드는 작업은 필자가 관여할 일도 아니다.

이 책을 김일성과 함께 1930~40년대를 보냈던, 이름도 없이 사라져간 항일 독립투사들의 영전에 삼가 드린다.

2020년 여름 미국 뉴욕에서.

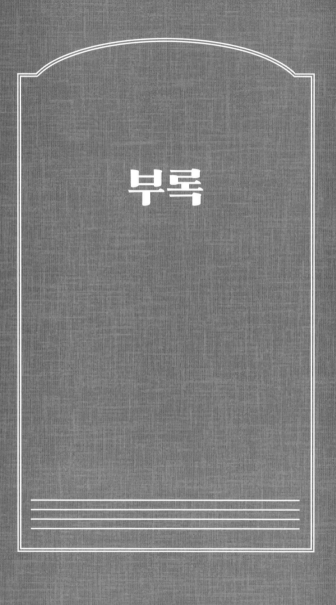

부록

<주요 인물 약전>

최용건
독립운동가에서 공산주의자로 변신하다

　최용건(崔庸健, 1900-1976년)은 독립운동가이자 북한 정치인으로 평안북도 태천 출신이다. 1921년 오산중학교를 중퇴하고, 중국 상해로 망명 후 신규식, 김홍일 의 추천으로 운남 육군강무당을 다녔다. 1927년 광저우 사태 당시 김산 등과 함 께 조선인 공산주의자들을 배후에서 지휘했다. 그는 황포군관학교 훈련 교관과 제5기생대 구대장을 지내는 등 군사 부문에서 경력을 쌓은 뒤 동북항일연군 교 도여단(소비에트연방 극동군 제88국제여단)에 참여하여 활동했다.

　해방 후 북한으로 귀국하여 1946년 북조선임시인민위원회 보안국장, 1947년 인민위원회 보안국장과 상임위원회 부위원장에 선출되었다. 1948년 2월 북조선 인민위원회 창설과 9월 조선민주주의인민공화국의 정부 수립에 참여했고, 조선 인민군 창군 후 초대 총사령관, 1948년 9월 민족보위성상, 최고인민회의 제1기 대의원 등을 지냈다. 1953년부터는 박헌영, 리승엽 사건의 재판관으로서 그들 을 미제 간첩으로 몰아 처형했다. 1953년 인민군 차수(次帥)가 되고 1954년 내각 체육지도위원회 위원장, 1957년 9월 20일 최고인민회의 상임위원회 부위원장, 1958년 3월 최고인민회의 상임위원장 겸 국가수반에 올랐다.

　다음은 '진짜배기 독립운동가'가 '공산주의자'로 변신하기까지 이야기이다.

최용건과 당계요

최용건 이야기는 해방 후 1964년 12월에 있었던 일에서부터 시작된다.

당시 중국 운남성에서는 한창 당계요(唐繼堯, 1883-1927년) 장군의 무덤을 파헤치는 작업이 진행중이었다. 1900년대 채악과 함께 전계군벌(滇系軍閥)을 대표했던 당계요는 중화인민공화국 건국 이후 '반동군벌'로 낙인찍혀 그의 무덤을 없애려 한 것이다.

그런데 이날, 정확히 1964년 12월 19일, 당시 중국 국가 부주석 동필무(董必武)와 외교부 부부장 한념룡(韓念龙)은 물론 운남성 중국공산당 당서기 주흥과 운남성 일대의 당 고위인사들이 운남비행장으로 한 귀빈을 마중하러 몰려 나갔다. 중국 국가 부주석이 직접 마중하러 북경에서 먼 운남까지 달려올 정도라면 당시 중국 정부가 굉장히 존대한 인물이었을 것이다. 이 귀빈이 운남성에 도착하여 한 일은 중국 정부가 한창 파괴하던 당계요 무덤에 찾아가 직접 절을 올린 것이었다.

이 인물이 바로 최용건이다. 이 일을 전해들은 주은래가 크게 화를 내며 당계요 장군 무덤을 복구하라고 명했다는 일화를 볼 때 그의 위상이 어느 정도였는지 짐작할 수 있다. 물론 중국의 당과 국가지도자들 중에 최용건과 오랜 친분이 있는 사람이 아주 많았던 탓도 있다. 최용건이 중국에 온다 하면 모택동이 반드시 그와 면담한 것은 두말할 것도 없고 유소기, 주덕, 동필무, 주은래 등이 직접 나서서 그를 비행장까지 마중하고 배웅했다.

1963년 6월 9일에 촬영한 사진 한 장이 이 사실을 증명하는 아주 좋은 사료로 남아 있다. 주은래가 직접 연회를 마련하고 최용건과 친분이 있는 중국 당과 군대 관계자 몇몇을 특별히 불러 함께 했던 적이 있다. 이들 가운데 중국군 원수(元帥)만 네 명이나 되어 그의 인맥을 알 수 있게 해준다.

최용건과 중국 고위인사들의 만남은 1920년대 초로 거슬러 올라간다. 그는 1922년 11월 중국 최초의 근대 군사학교인 운남 강무당에서 주보중을 만났다. 두 사람은 17기 졸업생인데, 꼬박 2년을 함께 보냈다. 그때 그들을 가르쳤던 사람들 중에서 가장 유명한 군인이 최용건이 성묘했던 운남의 전계군벌 당계요였다.

당계요는 한국의 독립운동가 신규식(申圭植, 1880-1922년)과 친했고, 신규식의 부탁으로 이범석과 몇몇 임시정부 계통의 한인 청년들이 강무당에 입학할 때 직접 신원보증을 서준 적이 있었다. 이 때문에 한국 정부는 1968년에 한국 독립을 도운 공적을 기려 당계요에게 건국공로훈장을 추서하기도 했다.

황포군관학교 교관들 중에는 운남 강무당 출신이 적지 않았는데, 최용건은 강무당 시절의 학장 엽검영의 주선으로 황포군관학교에서 교관으로 재직하면서 제5기생대 구대장이 되었다. 그에게 훈련받은 학생들 중엔 항일연군 제3군 창건자 조상지(赵尚志), 중국 국무원 부총리 도주(陶铸) 등 훗날 유명한 사람들이 있었다. 이때 최용건과 함께 황포군관학교에서 교편을 잡았던 한인 혁명가들이 있는데, 그중에서 제일 유명한 사람이 강무당 1학기 선배인 양림과 의열단 출신 오성륜(吳成崙, 전광)이다.

이 세 사람은 1930년을 전후하여 모두 만주로 파견되었다. 1927년 12월에 북만주로 나왔던 최용건이 가장 빨랐으며, 오성륜은 1929년에 남만주로, 양림은 1930년에야 동만주와 남만주 일대로 나와 활동했다.

조선독립군을 꿈꾸다

중국에서는 최용건을 공산주의자이자 원로급 중국공산당원으로 보지만, 실제로 최용건을 잘 아는 사람들은 그가 진정한 공산주의와는 거리가 먼 사람이라고 평가한다. 소련 모스크바 국제레닌학교에서 공부하며 노동계급의 역사와 제국주의 정치경제학, 공산주의이론 등을 배운 주보중과는 달리, 최용건은 공산주의 이론을 깊이 배운 적이 없으며 공산주의에 관한 이해 역시 미숙한 수준이었다.

사실 당시 중국공산당에 몸을 담았던 한인들은 비교적 단순했다. 이를테면 "공산주의자들은 국적을 가리지 않는다. 그들의 목표는 전 인류의 해방이다." 정도만 이해했다. 같은 피압박민족으로서 일제에게 나라를 빼앗긴 한인들이 공산주의 대오에 합류하는 이론적인 근거가 되었던 셈이다. 일단 일제와 싸워 이겨야 나라를 찾을 수 있다는 일념이 그들로 하여금 공산당을 선택하게 만들었다고 봐야 한다. 공산당의 파벌다툼을 거의 경험하지 않고 좌익을 선택한 한인 청년 대부분은 순진했다. 항일연군 생존자들을 직접 면담하고 회고담을 집필했던 당사 학자들은 적지 않게 이렇게 술회한다.

"최용건이 공산주의자라고? 공산주의의 '공' 자가 무엇인지도 모르는 무식쟁이였다. 그는 전형적인 군인이었다. 언제나 무사태평한 얼굴이었는데, 하늘이 무너지는 일이 발생해도 놀라서 긴장하는 법이 없었다. 중국에 와서 학교도 다녔지만 중국말은 더없이 서툴렀고 꺽꺽거리는 일이 많았다. 말이 잘 되지 않을 때는 눈을 부라리면서 오른손을 내흔들었다."

(이때 필자는 최용건의 중국말이 그렇게 서툴렀다면, 어떻게 흑룡강에서 중국공산당 첫 당조직을 만들 수 있었는지 질문했다.)

"다행스럽게도 당시 흑룡강 중국공산당원 대부분은 한인이었다. 그들 중 다수가 해산된 조선공산당의 원래 당원이었고, 최용건은 그들을 중국공산당으로 발전시키는 데큰 몫을 했다. 운남 강무당을 나오고 황포군관학교에서 교관 노릇을 했기 때문에 최용건은 굉장히 유명했다. 그때 북만주에는 황포군관학교 출신 한인 젊은이가 꽤 많았는데, 그들 모두 최용건을 알고 있었고, 일부는 최용건의 제자들이기도 했다."

중국 정부기관에 기록된 최용건 행적을 따르면, 만주에 도착했던 1928년 초최용건은 통하현 서북하(通河縣 西北河)에서 활동했다. 최용건은 김동원(金東源, 최수평(崔水平)), 이중건(李中健), 임봉선(林凤善)이라는 한인 농민 3명을 당원으로 만들어 통하의 첫 중국공산당 조직이 구성되었다. 하지만 최용건은 요하 지방으로 활동무대를 옮겼는데, 이에 대해 요하 지방에서 살던 노인들은 이렇게 술회한다.

"최용건이 처음에는 통하에서 조선독립군을 만들려고 했으나, 현지 한인 유지들이 도와주지 않는 바람에 뜻을 이룰 수 없었다."

후에 필자는 통하를 답사하는 길에 보청과 탕원 지방에도 들렀는데, 최용건의 '조선독립군' 꿈을 실패로 돌아가게 했다는 '현지 한인 유지'들은 바로 일본특무기관을 등에 업고 운영된 '삼익당(三益堂)'이라는 한인농장 지주들이었다. 적지 않은 한인 농민이 이 농장 땅을 빌려 농사짓고 살았는데, 최용건은 이 농민들을 모아 폭동을 일으키려 했으나 실패하고 쫓기게 되었다.

일제 때부터 통하 경내 산림작업소에서 일하다가 후에 청하임업국에서 퇴직한 노인들이 최용건 이야기를 많이 해주었다. 그중 하나는 통하에서 기마대에게 쫓기다 겨우 탈출했으나 며칠 굶고 길가에 쓰러져 있던 그를 구해준 왕(王) 씨 성의 중국인 부자 일화다.

이 일화가 와전되다 보니 왕 부자가 최용건을 알아보고 자기 딸을 최용건과 결혼하게 했으며, 그녀가 최용건의 중국인 아내 왕옥환이라고 이야기하는 경우도 있다. 실제로 최용건을 구해준 사람은 왕통주(王统州)라는 중국인 지주였고, 왕통주 딸은 왕옥환이 아니라 왕옥길(王玉洁)이다. 왕옥길은 훗날 최용건에게 죽게 되는 7군 군장 경락정의 아내이다.

최용건의 아내인 왕옥환은 항일연군 부녀연대 연대장으로, 항일연군에서 가장 유명한 여성대원 중 하나였다. 남자들 못지않게 목소리가 우렁찼으며 말 타는 솜씨도 뛰어난 여장부였다. 또한 항일연군 역사에서 가장 유명한 '팔녀투강(八女投江)' 여대원 8명이 바로 왕옥환의 부녀연대 대원들이기도 하다. 연대 내에서 그녀의 권력도 어마어마해서 부녀연대 대원의 혼인에도 절대적인 권한을 행사할 정도였다. 이후 남편 최용건을 따라 북한에 간 왕옥환은 김일성의 아내 김정숙을 포함한 항일연군 출신 여대원들의 큰언니 노릇을 하며 김일성과 김성애 결혼에 관여하기도 한다.

왕옥환과 최용건의 만남은 중국 속담 '英雄配美女(영웅 배필에는 미인)'가 아니라 '英雄配女俠(영웅 배필에 여협객)'이었던 셈이다. 주보중이 남자들도 혀를 내두르는 장부 왕옥환을 최용건에게 붙여준 것은 최용건에게도, 훗날 창건된 7군에도 참으로 다행스러운 일이었다. 최용건을 좋지 않게 보았던 중국인 간부 대부분이 왕옥환의 위세에 눌렸으며, 그때부터 최용건에게 붙어 있던 '협애한 민족주의', '파쟁성견(派爭成見)'이라는 죄목이 감쪽같이 사라져버린 까닭이다.

1930년 3월엔 중국공산당 요하현위원회가 성립되었다. 이때 최용건은 서봉산(徐鳳山, 이양춘(李陽春))과 함께 보청 소성자(小城子)에서 군정훈련반을 만들었다.

1932년 가을에 정식으로 성립된 '요하유격대'의 원래 명칭은, 그동안 중국 정부 자료에는 줄곧 '특무대'로 소개되었으나, 계청(季淸) 등 생존자들은 '조선독립군'이었다고 회고했다.

최용건의 꿈은 자나 깨나 '조선독립군'을 만드는 일이었다. 훈련반에는 대부분 한인 청년들이 참가했고, 그는 한국말로 연설했다. 중국인 대원은 몇 명 없어 서봉산이 통역해 주었지만, 최용건 말을 제대로 다 옮기진 않았다. 최용건은 '장차 우리가 만들려는 군대는 조선독립군이다. 우리가 공산당원이 되고 공산주의 혁명에 투신하는 것도 목적은 하나다. 바로 일본군을 몰아내고 내 나라를 독립시키기 위해서다.'라고 자주 말했는데, 서봉산이 제대로 전달하지 않았어도 서로 주고받는 말에서 중국인들이 이 내용을 몰랐을 리 없다.

이는 최용건이 비록 중국공산당에 몸담고 있었지만 그의 이상과 꿈은 철저하게 '조선독립'이었음을 증명한다. 하지만 한인들 일색이었던 요하 지방 중국공산당 조직에 중국인들이 대대적으로 참가한 것은, 고옥산의 구국군에 잠복하여 몰래 조직원을 늘려왔던 북만특위 서기 소매(蘇梅)가 구국군 문서참모인 정로암(鄭魯岩)과 여단참모장 하진화(夏振華)를 포섭하는 데 성공했기 때문이다. 그 후 관동군 제10사단이 요하 방향으로 밀려오자 고옥산은 소련 경내로 철수했는데, 이때 고옥산을 따라가지 않고 요하에 남은 중국인 대원들이 정로암을 따라 모두 최용건 부대와 합류했다.

7군이 성립되면서 군장 자리를 놓고 최용건에게 불복하는 중국인 간부가 여럿 나타났다. 정로암은 두말할 것도 없고, 1934년 원 동북민중구국군 1여단 1대대 대대장 경락정은 휘하의 대원수가 많은 걸 믿고 참모장 최용건에 자주 불복했다.

정로암 숙청과 '나영간첩사건'

1935년 3월 최용건은 이학복이 없는 7군 군장대리직을 잠깐 맡았다. 그러나 7군을 지도하던 하강특위가 정로암 손에 들어가 있었고, 주보중이 길동성위원회 이름으로 파견한 하강특위 3인단도 7군 사정에 익숙하지 않은 상황에서 경락정을 군장으로 추대하는 데 동의했다. 정로암이 최용건 대신 경락정을 군장으로 추대한 것은 경락정을 언제든 끌어내릴 자신이 있었기 때문이다. 그러나 최용건이 군장 자리에 그대로 눌러앉는다면 정로암에게는 그야말로 큰일이었다. '나영간첩사건'을 처리하는 최용건을 보고 정로암은 그를 몹시 두려워했다. 군장 자리에 오른 경락정은 정로암과 손을 잡는 대신 부리나케 최용건과 손을 잡고, 제일 먼저 정로암을 쳤으며, 정로암은 결국 4연대를 떠나게 된다.

그런데 1936년 3월, 4연대가 2사로 다시 편성될 때 최용건에게 밀려 요하현위원회 조직부장으로 있었던 정로암이 정치부 주임으로 왔다. 4연대 지도계층이 한인 일색이라고 여긴 길동성위원회와 하강특위의 결정이었다. 정로암을 최용건에게 다시 파견하는 걸 극구 반대한 서봉산은 이 때문에 요하중심현위원회 서기직에서 밀려나 주보중의 제5군으로 파견되었으나, 그는 5군에 가지 않고 뻗대다가 결국 정로암에게 죽임을 당하고 말았다.

최용건이 만주로 막 나왔을 때부터 그를 도왔던 서봉산은 현위원회 서기직에서 물러난 뒤 최용건을 만났다. 정로암이 자기 동의 없이 최용건을 고발하는 편지를 길동성위원회에 보낸 일과 현위원회에서 조직부장으로 있을 때 조옥순(趙玉順)이라는 한 조선인 과부 집을 몰래 드나들었다는 이야기를 최용건에게 해주었다. 서봉산이 죽은 후 최용건은 이영호와 장동식을 시켜 정로암을 미행했는데, 실제로 조옥순 집을 드나드는 걸 발견했다. 최용건이 마침 잘됐다 여기고 정로암을 잡아들이려 했으나 이학복이 말렸다. 최용건은 그의 말대로 했다. '나영간첩사건'이 일어난 후였기에 이학복은 조옥순이 혹시 일본군 간첩일지 모른다고 생각했기 때문이다.

그러나 최용건은 끝까지 조옥순을 잡아다가 신임 군장 경락정 앞에 데려갔는데, 경락정은 별도의 심문도 하지 않고 그녀를 총살시켰다. 이를 알게 된 정로암은 총까지 뽑아들고 경락정에게 달려들었으나, 군부 경위부대가 한인들이어서 눈 깜짝할 사이에 무장해제당했다. 최용건은 이때다 싶어 나서서 꾸짖었다.

"그러면 네 손에 억울하게 죽은 서봉산과 필옥민 (7군 부군장 겸 부관장, 중국인)은 심문받은 적이 있었더냐."

그는 7군 당위원회를 소집하여 정로암의 직위와 당적을 제명한다는 처분을 내렸다.

하지만 정로암의 죄목이 불분명하고 조옥순이 간첩인지도 확실하지 않은 상태에서 죽었기 때문에 주보중은 1939년에 정로암 당적을 회복시키고 제2로군 총지휘부에 남겨 선전과장으로 임명했다. 주보중은 7군 문제가 상당히 엄중한 것을 파악하고 심복이었던 계청을 다시 7군에 파견했다. 계청은 그때 주보중에게 받은 구두지시를 이렇게 술회했다.

"7군 문제 해결 방법은 사실상 간단하다. 최석천(최용건)이 군장이 되면 아무 문제없이 다 잘 풀릴 수 있다. 생각해보라. 최석천이 어떤 사람인가. 다른 때도 아니고 매일 일본군 토벌대와 싸우지 않으면 안 되는 때에, 최석천처럼 군사 재능이 월등한 지휘관이 자기 자리에 앉지 못하고 경락정이나 정로암 같은 사람들 밑에서 뒷바라지나 하고 있으니 문제가 생기지 않을 수 있겠는가. 7군이야말로 최석천이 만든 대오인데, 최석천을 밀어내고 생뚱맞은 사람들이 자꾸 자기 자리가 아닌 자리에 올라앉으려 해서 이 사단이 일어난 것이다. 하강 3인단이 이번에 가서 이 문제를 확실하게 잘 해결하기를

바란다.'**301**

이런 지시를 주보중에게 받은 계청은 7군 군부가 있는 호림현 토정자(土頂子)에 가서 7군 특별당위원회를 소집했다. 이 회의에서 정로암이 소련으로 병을 치료받으러 간 이학복 대신 잠깐 동안 군장대리직에 올랐던 최용건을 제멋대로 군장대리직에서 내려오게 한 것은 잘못된 처사였다고 결론내렸다. 이때 정로암은 계청과 함께 7군으로 돌아와 있었다.

그리고 경락정의 제7군 군장직은 제2로군 총부 승인을 받은 적이 없기 때문에 취소하고 정식으로 길동성위원회와 제2로군 총지휘부 결정으로 최용건을 제7군 군장 겸 당위원회 특위서기로 임명했다. 7군의 진정한 창건자 최용건이, 7군이 창건된 지 3년 만에 드디어 군장 자리를 차지하게 된 것이다.

그렇다면 최용건의 행동을 극적으로 변화시킨 '나영간첩사건'은 무엇이었을까? 1937년 봄, 당시 7군 제1임 군장 진영구가 비서로 잠복했던 목단강 일본헌병대 간첩 나영(羅英)의 꾐에 넘어가 요하현 소남하 천진반 근처에서 일본군에게 피살된 사건이다. 이 사건은 7군, 나아가 항일연군 역사에서도 아주 유명한 사건이다.

나영은 원래 4군 2연대 정치부 주임이었고, 4군 군 정치부 주임 하충국이 죽으면서 임시로 그 자리에 올랐던 인물이었다. 본래 3연대 연대장 소연인(苏衍仁)은 항일군 역사에서 '소백룡(小白龍)'으로 불리는 류자(瘤子, 토비) 출신의 유명한 항일영웅이었다. 후에 4군 3연대로 개편된 이 부대는 4군 군부의 결정으로 벌리현 청룡구를 다스리며 나무세를 거두고 있었으나 이 지역을 지나가던 제3군 군

301　취재, 계청(季靑) 중국인, 항일연군 생존자, 취재지 하얼빈, 1986~1987.

장 조상지 부대에 붙잡혀 무장해제 당했고, 소연인은 조상지에게 대들다가 총살당하고 말았다.

4군 3연대 100여 명은 무장해제당하고 나머지 200여 명은 무기를 가진 채 사방으로 흩어져 버렸는데, 목단강 시내로 내려가 일본군에 투항하고 일본군 토벌대에 편입된 자들도 적지 않았다. 결국 이 변절자들의 제보로 일본군에 잡힌 나영은 전향하여 일본군 목단강특무기관의 권고를 받아들였다. 그는 7군이 4군과 멀리 떨어져 서로 연락을 주고받지 못하는 점을 이용하여 7군에 잠복했다. 목단강특무기관은 요원인 일본군 소위 다이스 히사오를 요하현 참사관 신분으로 파견하여 나영과 합작하게 했다.

결국 나영은 7군 군장 진영구가 직접 요하현 소남하 천진반(小南河 天津班) 일대로 온다는 정확한 날짜를 다이스 히사오에게 알렸고, 그는 요하현 경찰대대장 원복당(苑福堂)을 비롯한 300여 명의 일만 군경과 함께 진영구 7군 군부 직속부대 150여 명을 포위하여 진영구를 죽인 것이다. 이는 1990년대 중국해방군문예출판사에서 발행한 『동북항일전쟁실화총서』에서 처음으로 자세히 공개한 내용이다.

이후 나영은 길동성위원회에 사업 보고를 하려고 목단강에 들어갔다가, 목단강 거리에서 4군 3연대 기관총수였던 변절자와 맞닥뜨려 신분이 폭로되고 말았다. 사실을 알게 된 최용건은 부리나케 나영을 잡아들였다. 그는 일본군이 항일전사에게 혹형을 가한 것 못지않게 나영을 거꾸로 달아매놓고 직접 장작개비로 죽도록 잡아 팼다고 전해진다. 나영이 대들보에 매달린 지 이틀 만에 더는 견디지 못하고 다 털어놓자 그길로 끌어내 총살해버렸다. 이것이 바로 '나영간첩사건'이다.

경락정의 죽음과 진상

한편 정로암이 7군을 떠나자 어두운 그림자가 경락정 쪽으로 밀려오고 있었다.

"경락정이 7군 군장직을 최석천(최용건) 참모장에게 내놓았을 때, 최석천은 경락정을 7군 군부에서 깨끗하게 몰아내려고 했다. 하지만 총부 주보중 총지휘의 의사에 따라 경락정을 7군 당위원회 위원으로 유임시켰고, 필요하다면 경락정이 다시 7군 군부에서 주요한 지도 업무를 맡아주길 바랐다. 이때 주 총지휘는 최석천 참모장에게 제2로군 총참모장을 맡길 생각까지 했다. 최석천이 총부 참모장을 맡으면 7군을 다시 경락정에게 군장대리직을 맡기려 대비한 것이 틀림없었다. 그런데 이것이 경락정을 더욱 사경으로 몰아가게 만들 줄은 몰랐다."[302]

최용건이 경락정을 총살하는 데 깊이 관여했던 주보중의 심복 왕효명은 물론이고, 팽시로, 계청 등 항일연군 생존자들은 모두 이렇게 회고한다. 이에 앞서 1937년 경락정이 3사단 사단장으로 있을 때 만주군 부대의 한 기관총중대를 귀순시키려고 공작했던 적이 있다. 그러나 기밀이 새나가 3사단 산하 전투부대에 평대원으로 잠복했던 일본군 스파이가 이 정보를 일본군에게 전달하고 말았다. 결국 귀순하기로 했던 만주군 부대가 일본군 헌병대에 진압당했고, 경락정 본인은 그런 줄도 모르고 이 부대를 마중나갔다가 하마터면 생포될 뻔했다.

이후 군장직에서 내려앉은 경락정은 군수부대 한 중대를 데리고 군부 밀영에

---

302 취재, 계청(季靑) 중국인, 항일연군 생존자, 취재지 하얼빈, 1986~1987.
팽시로(彭施魯) 중국인, 항일연군 생존자, 취재지 북경 팽시로의 자택, 1999~2000.
왕효명(王效明) 중국인, 항일연군 생존자, 취재지 북경, 1989.

서 고기잡이도 하고 밭도 일구며 부대가 월동하는 일을 돕고 있었다. 이때 호림에서 멀지않은 소만국경을 지키던 변경수비연대 연대장이 동향인 산동 사람임을 알고 그를 귀순시키려고 찾아가 몇 번 만나면서 몰래 물밑작업을 펼쳤다. 이 일에 가담했던 7군 경위소대장 단립지(单立志)가 2001년 7월 필자와의 면담에서 회고한 내용이다.

"원칙대로라면 이런 사실을 군부에 알리고 최석천(최용건) 군장의 동의도 얻어야 했다. 그런데 만주군을 귀순시키려다가 비밀이 새어나가는 바람에 크게 골탕을 먹었던 경락정은 이번만큼은 철저하게 비밀을 지키고 군부 내 누구에게도 알리지 않았다. 이 일은 나와 경락정 그리고 불행하게도 정로암이 알고 있었는데, 정로암이 갑자기 일본군에게 잡혀 이 사실을 모조리 불어버릴 줄은 몰랐다."[303]

정로암의 변절로 귀순공작에 실패하고 7군과 사이가 나쁘지 않았던 변경수비연대가 갑자기 일본군 부대로 교체되자 최용건은 경락정을 의심하기 시작했다. 직접 사람을 보내 경락정을 2로군 총부로 데려와 여러 차례 따졌으나 확실한 증거를 잡지는 못했다. 결국 최용건은 부대가 숙영할 때마다 경락정 주변에 따로 앉아 자주 수군대던 이덕산(李德山)을 의심하기 시작했다. 최용건은 군부로 돌아오자마자 이덕산을 잡아가두고 왕효명과 함께 그를 밤새 족쳐댔다.

그 결과 이덕산 입에서 엄청난 비밀이 쏟아져 나왔다. 경락정이 이덕산을 포함한 부하 장영희(張榮喜), 예덕발(倪德發), 막성상(莫成祥), 송수청(宋秀淸), 우명례(于明礼), 정수운(鄭秀雲), 왕옥길(王玉洁) 등 여덟 사람과 함께 항일연군을 떠나 일

---

303 취재, 단립지(單立志) 중국인, 항일연군 생존자, 취재지 북경, 2001.

본군에게 넘어가자고 이미 모의를 마쳤으며, 일본군에게 바칠 선물로 최용건 머리를 가져가자고 했다는 것이다.

최용건은 어찌나 놀랐던지 바로 경락정을 총살해 버리려 했다. 왕효명은 "일단 경락정을 연금시키고 제2로군 총부에 회보하여 주 총지휘의 결정을 받아보자."고 백방으로 말렸으나 최용건은 들으려 하지 않았다. 최용건과 왕효명은 각자 명의로 편지를 한 통씩 써서 주보중에게 전달했을 뿐이다.

심사를 거쳐 경락정이 일본군에 투항하려 했던 사실이 밝혀졌고 증언도 확실한 상황에서 본인도 더는 변명하지 못했다. 그리하여 왕효명, 최용건은 재판회의를 소집하고 경락정에게 사형을 선고했다. 사건이 원체 엄중하므로 반드시 총부에 보고하고 처리해야 했으나, 당시 부대의 식량이 떨어져 곤란을 겪는 등 상황이 무척 좋지 않았다. 경락정을 총부로까지 압송하여 심사받으려면 시간이 오래 걸리므로 그 사이 의외의 사건이 발생할 수 있음을 고려하여 재차 토론한 결과, 긴급하게 처리해야 한다고 판단한 것이다.

그리하여 1940년 3월 26일, 최용건은 왕효명과 함께 호림현 독목하진 소목하촌(独木河镇 小穆河村) 서북쪽에서, 항일연군 제2로군 총부 대표 신분으로 경락정을 사형에 처한다고 선포했다. 곧바로 총살형이 집행되었다.

이것은 중국 정부기관에서 공개한 『동북혁명역사문건휘집』 57권 "서반경과기요(西返經過紀要)"에 기록된 설명이다. 경락정이 사형당한 지 71년, 경락정을 사형했던 최용건이 죽은 지 35년이 흐른 2011년 3월, 중국 정부는 흑룡강성 하얼빈에서 일제 시기의 적위당안(敵偽檔案, 적들의 신상 자료)을 검토하다가, 만주국 무원현공서(撫遠縣公署) 당안에 기재된 이덕산의 비밀을 알게 되었다. 일본어로 기록된 이 당안에 이덕산의 본명이 양덕산(杨德山)이며, 만주인으로 일본 간첩이었음이 드러났다. 당시 최용건을 암살하기 위해 7군에 잠복했던 일본 특무기관 간첩들이 이덕산 외에도 원조천(袁兆天), 장 모(張某), 진 모(陳某) 등 네 명이나 더 있었다. 최용건은 진짜 일본군 간첩은 하나도 못 잡아내고, 죄 없는 경락정만 억울하게 오살하고 만 것이 밝혀진 셈이다.

비록 이 사건의 전모는 2011년에야 밝혀졌지만, 오래전부터 경락정이 억울하게 총살당했다고 생각한 사람이 아주 많았다. 경락정보다 더 억울해한 것은 최용건에 의해 경락정에게 시집갔던 왕옥길이었다. 항일연군이 소련 경내로 이동한 뒤 최용건과 왕옥환을 찾아온 왕옥길은 왕옥환으로부터 "네 남편이 죄를 짓고 이미 총살당했으니 너는 즉시 이혼하고 다른 남자에게 시집가야 한다."는 권고를 받게 되었다. 당장 출산을 앞두고 두 번째 남편 장자여와 만난 왕옥길의 운명은 불행에서 불행의 연속이었다.

1945년 일본이 투항하고 항일연군 생존자들이 모두 조국으로 돌아갈 때, 누구도 왕옥길과 그의 남편 장자여에게 같이 돌아가자고 권고한 사람이 없었다. 더욱 이해할 수 없는 것은, 중국공산당 중앙을 대표하여 만주로 나왔던 진운에게 동북항일연군 생존자 명단과 조직관계 당안을 전달했던 주보중과 최용건이 유독 왕옥길과 장자여 이름을 명단에서 빠뜨린 것이다. 1949년 이후, 중국 정부는 항일연군 참가자들에게 홍군 간부 대우를 해주었으나, 왕옥길은 그간의 고난을 보상받을 수 없었다.

왕옥길은 전남편 경락정과의 사이에서 낳은 딸 경국청(景菊青)의 손을 잡고 항일연군에서 알고 지냈던 생존자들을 찾아다니면서 자신도 항일연군 참가자라는 사실과 남편이 억울하게 죽었다는 사실을 확인받으려고 필사의 노력을 기울였으나 끝까지 해결하지 못했다. 1995년 3월 왕옥길은 심근경색으로 사망했는데, 그후에야 중국 정부는 왕옥길을 혁명열사릉에 묻어주는 것으로 마무리했다. 16세의 어린 나이에 항일연군에 참가했다가 받은 보상이 죽고 나서 묘자리 하나 받았던 셈이다.

외나무다리에서 만난 원수 정로암과 그의 말로

필자는 1980년대부터 항일연군 생존자들을 찾아다니며 만나기 시작했는데, 진짜로 공산주의에 관해 알고 있는 사람은 아무도 없었다. 해방 후 주로 중국 연변에 살았던 여영준 등 항일연군 생존자(중국에서는 조선족 항일투사라고 불렀다)들에게, 중국공산당 항일연군에 가입하여 일제와 싸운 것이 과연 공산주의혁명을 위해서였느냐고 물으면 그들은 하나같이 어이없어 하며 웃었다.

"공산주의가 무엇인지 우리가 알 게 뭐냐? 우리는 그런 도리를 몰랐다. 우리에게 입당하라고 추켜올리던 사람들은 '나라를 찾고 싶어도 독립군이 다 사라지고 없는데 어디 가서 누구와 함께 왜놈들과 싸우겠느냐? 지금은 공산당이 왜놈과 싸우고 있으니 우리도 왜놈과 싸우려면 일단 공산당에 가입하고 봐야 한다. 먼저 중국 땅에서 혁명을 성공시키고 일본군을 몰아내야만 우리나라도 함께 독립되고 나라도 찾을 수 있다.' 이런 말을 자주 했다. 그런데 나중에 동만주에서는 이런 말을 하다가는 중국인들한테 다 잡혀 죽었다. 중국인들은 툭 하면 우리 한인들을 왜놈 특무로 몰았다. 그래서 아무 죄도 없이 억울하게 죽은 사람이 아주 많았다. 그런데 동만주에서는 한인들이 많이 당했지만, 남만주나 북만주에서는 당하지 않았다고 하더라.'[304]

항일연군 시절의 최용건은 어디를 뜯어보아도 철저한 민족주의자였고, 조국

304　취재, 여영준(呂英俊) 외, 조선인, 항일연군 생존자, 취재지 연길, 1981~1982, 1986, 1988~1989, 1993, 1996.

독립을 위해 일본군과 싸운 전형적인 군인이었다. 만주 북부 대지에서 항일의 불길을 지펴 올렸던 최용건은 운남강무당과 황포군관학교에서 배운 군사지식을 유감없이 발휘하여 중국인들의 인정을 받았고, 중국공산당 내 중국인들과의 권력다툼에서도 끝까지 지지 않아 최후의 승자가 될 수 있었다. 7군 군장 자리를 놓고 최용건과 경쟁자였던 경락정뿐만 아니라 정로암까지도 모두 최용건의 손에 죽고 말았다.

1939년 10월 호림현 경내의 독정자(禿頂子)밀영에서 일본군 토벌대에 체포되어 변절하고 후에 만주군 제7군관 특무가 되었던 정로암은 해방 후 변절한 사실을 숨기고 주보중을 찾아가기도 했다. 정로암에게 속아 넘어간 주보중은 정로암을 연변 용정에서 만들던 군정대학에 입학시키기도 했으나, 결국 변절한 사실이 폭로되어 총살당하고 말았다.

일부 사료에서는 평양에 볼일 보러 갔던 주보중이 최용건과 만나 정로암 이야기를 꺼냈다고 한다.

"몇 해째 감감무소식이던 정로암이 글쎄 불쑥 나타나서는 나를 찾아오지 않았겠소. 내 그래서 일단 용정군정대학에 보내 공부 좀 하라고 했소."

그러자 최용건은 주보중의 안색이 난감해질 정도로 소리쳤다고 한다.

"당신은 내 친구 서봉산과 부관장 필옥민이 모두 정로암의 손에 죽은 사실을 잊었단 말이오?"

그러면서 신신당부했다고 한다.

"이번에 중국에 돌아가면 만사 제쳐두고 이자부터 잡아 들보에 달아매고 족쳐보시오, 반드시 불게요. 이자는 변절했던 게 틀림없소."

마치며

정당이 존재하는 곳 어디에나 분쟁과 암투가 있고, 인간이 사는 곳 어디에나 남녀 문제가 반드시 불거져 나온다. 공산당이나 국민당 모두 권력을 다투고, 파쟁을 일으키고, 의심하고, 죽이고, 물어뜯고, 헐뜯는 데서는 피장파장이었다.

중국에는 '일장공성만골고(一將功成萬骨枯)'라는 속담이 있다. 한 장수의 성공은 만 군사의 해골 위에서 이루어진다는 뜻이다. 최용건의 경우도 이와 비슷한 데가 있다. 죽은 자는 말이 없고, 죽은 자의 몫까지도 살아남은 자가 모두 독차지했던 사례를 우리는 심심찮게 구경하는 것이다.

경락정과 왕옥길 사이에 태어난 딸 경국청은 부모가 남겨놓은 유물을 세상에 공개했다. 그것은 1938년 8월 16일, 경락정이 일본군 소좌 히노 다케오(日野武雄) 일행 39명을 사살하고 노획한 일본군 좌관(佐官, 위(尉)관과 장(將)관 사이의 일본군대 계급, 영관급 장교) 지휘도 한 자루와 망원경이었다. 그런데 그때까지의 모든 항일투쟁사 연구학자들은 히노 다케오를 소좌(소령)가 아닌 소장으로 보았다. 또 경락정이 아닌 최용건이 항일연군 역사에서 제일 군사직함이 높은 일본군 장군을 사살했다고 소개했다. 하지만 모두 사실이 아님은 유물이 공개되면서 밝혀진 것이다. 또 만주국경수비대에서 무원국경 경찰본대 및 삼강성 경무청장 앞으로 발송했던 비밀 전보문도 발견되었는데, 이 전보문에도 "히노 다케오 소좌 일행 39명이 항일연군 제7군 경락정 비적의 습격을 받아 전몰했다."고 나와 있다.

이는 경락정이 총살당하고 나서 그의 전투 공적이 최용건의 전과로 바뀌었고, 사살당한 일본군 소좌도 소장으로 과장되었음을 말해준다. 이것은 최용건의 치부이지 않을 수 없다. 물론 최용건은 만주에서 일본군과의 전투를 수없이 많이 지휘했고, 또 많은 전과를 올린 것만은 틀림없는 사실이다. 그의 군사재능은 7군뿐만 아니라 전체 제2로군에서 아무도 따를 수 없었다. 1945년 이후, 북한으로 돌아가 직접 북한군을 창건하고 총사령관까지 된 것도 다 이와 같은 능력과 무관하지 않다.

그러나 최용건이나 김일성을 따라 북한으로 돌아간 항일연군 생존자들이 모두 높은 직위에 올라 호강하면서 여생을 보낸 것은 아니다. 김일성 부하였던 박덕산(김일)이나 임춘추는 북한의 당 정치국 위원에 국가 부주석에도 오르는 영광을 누렸으나 최용건 부하였던 김광협이나 최용진, 강신태, 이영호 등은 군 장성급에서 멈췄다. 숙청당하거나 정치범수용소에서 여생을 마감한 사람도 적지 않다. 북한으로 돌아가지 않고 중국에 남았다가 나중에 귀국했던 최용건의 부하 장동식의 운명도 그랬다. 장동식은 고향인 함경도로 추방되어 광산노동자로 일하다가 죽었다는 소문도 있다. 최용건에게 아무 도움도 받지 못했음을 알 수 있다.

그렇게 공적과 치부를 모두 갖고 살아남아 북한에서 최고 권력을 누렸던 최용건은 1976년에 사망했다.

<주요 인물 약전>

전광
항일투사에서 일제에게 굴복한 변절자

무정부주의 독립운동단체인 의열단 단원이었던 전광(全光, 오성륜, 1898-1947년)은 김익상, 이종암과 함께 1922년 3월 상해 황푸탄 부두에서 일본 육군대장 다나카 기이치(田中義一) 암살시도사건에 참여했다. 하지만 실패하고 감옥에 갇혔다가 가까스로 탈출한 전광은 소련으로 가서 모스크바동방대학에서 공부했다. 이후 황포군관학교 교관을 역임했으며, 중국공산당에서 활동하다 1931년 중국공산당 만주성위원회 반석현위의 무장조직인 적위대(赤衛隊)를 결성했는데, 이는 후에 동북항일연군 1군의 모태가 되었다.

1934년 11월 동북인민혁명군 제1군 제2사 정치부 주임과 2군 정치부 주임으로 활동했다. 1936년 재만한인조국광복회를 결성했으며, 동북항일연군 제1로군 총정치부 주임까지 되었으나 일본의 동계토벌작전과 집단부락 건설로 주민들의 지원이 단절되자 항일연군 세력이 약해졌으며 전광 역시 포위당한다. 결국 1941년 1월 귀순하여 일본에 협력했다.

테러리스트

일제 식민통치 기간에 많은 항일투사가 배출되었으나 민족을 배신하고 나라를 팔아먹은 부역배들 역시 꽤 많았다. 그 가운데는 열렬한 항일투사였다가 변절하여 오명을 남긴 자들이 적지 않았다. 이런 인물 중 하나로 전광을 들 수 있다. 그는 동북항일연군에서, 조선인 가운데 가장 깊은 혁명이력을 가졌고 최고의 직위에 있었으나, 일제에 굴복하여 민족 반역자가 되었다. 왜 그랬을까? 일신의 안일을 위해서였는가, 아니면 무슨 동기로 그렇게 된 것일까?

1922년 3월 28일 오후 3시 30분경 일본군 대장 다나카 기이치(田中義一)가 저격된다. 이 사건은 세계를 들썩이게 했으며, 이 사건으로 전광은 한국 독립운동사에서 큰 몫을 차지하는 약산(若山) 김원봉(金元鳳) 같은 인물과 나란히 설 수 있게 되었다. 당시 전광이 얼마나 어마어마한 인물이었는지는 님 웨일즈(Nym Wales)의 『아리랑의 노래』 주인공인 조선혁명가 김산(金山, 본명 장지락(張志樂))이 그를 숭배했다는 사실만 봐도 알 수 있다. 전광은 이토 히로부미(伊藤博文)를 저격하고 독립 만세를 부른 뒤 체포된 안중근(安重根)처럼 하지 않았다. 그는 뒤쫓는 중국 경찰과 싸우면서 황푸탄에서 한구로 바람같이 도망쳤다. 달리던 자동차에 매달렸고, 운전수가 도와주길 거부하자 전광은 운전수를 차에서 끌어내기까지 했다.

1918년 훈춘현 대황구중학교를 다닌 그는 왕청의 봉오동에서 1년간 교편을 잡았다. 회고자들 말에 따르면, 그는 중간 정도의 키에 아주 미남이었다고 한다. 문학과 미술을 좋아했으며 힘도 세고 건강했다고 한다.

김산은 의열단 김원봉과 전광은 성품에서 두 가지 다른 점이 있다고 회고한다. 김원봉은 자기 친구들에게 지극히 점잖고 친절했지만, 지독하고 잔인할 때도 있었다. 반면 전광(오성륜)은 잔인한 사람이 아니라 정열적인 사람이었다고 한다. 그러면서 김산은 "혈관 속에 뜨거운 피가 흐르지 않는 사람은 테러리스트가 될 수 없다. 그렇지 않다면 희생의 순간에 자신을 잊어버릴 수 없기 때문이다." 라고 말한다.

이후 전광은 다나카 기이치 저격 사건으로 상해 일본영사관으로 인도되었다. 그때 3층 감방에 일본인 5명이 갇혀 있었다. 전광은 그중 무정부주의자이자 정치범이었던 다무라 다다카즈(田村忠一)와 공모하여 문을 부수고 탈출했다. 이 일로 상해에 있던 모든 조선인은 가택 수색을 당했고, 그와 연루된 숱한 조선인이 체포되기도 했다. 전광과 함께 황포군관학교에서 교편을 잡고 지냈던 최용건(崔庸健)도 상해에 막 도착한 직후였지만 전광 때문에 한 차례 감옥살이를 했다.

이렇게 굵직한 사건을 일으킨 전광은 중국 상해나 광주 같은 큰 도시로 혁명의 길을 찾아 나왔던 조선 선각자들 중에서도 특히 돋보였다. 전광 사진은 도처에 배포되어 있었다. 일본 경찰은 심지어 5만 달러의 현상금을 내걸고 전광을 잡아들이려고 애썼다. 이때 그는 한 미국인 친구의 집에 숨어 있었다고도 하고 프랑스 조계의 한 동포 집에 피신했다고도 하지만, 어쨌든 잡히지 않았다. 며칠 후 전광은 일본군을 비웃기나 하듯이 갑자기 광동(廣東)에서 모습을 드러냈다.

당시 일본 경찰이 현상금을 5만 달러까지 내걸었던 혁명가로는 한국독립운동사에서 가장 저명한 인물인 김구를 제외하고 전광밖에 없었다. 공산주의자로 전향한 뒤 전광은 줄곧 남만주 지방에서 양정우, 위증민 등과 함께 항일연군을 지도했지만, 전체 항일연군에서도 한때 전광만큼 거액의 현상금이 걸렸던 사람은 없었다.

풍류남아

광동에 모습을 드러냈던 전광은 며칠 후에는 독일 베를린에서 그 모습을 보였다. 동에 번쩍 서에 번쩍이라는 말도 있지만 전광처럼 상해, 광주, 프랑스, 독일, 그리고 모스크바에까지 나타나 화제가 되었던 인물은 조선뿐만 아니라 전 중국 수천만 명의 혁명가들 중에도 없다.

그 무렵 조선에서는 폭탄투척사건이 부단히 발생하고 있었다. 그 폭탄들을 비밀리에 조선으로 들여온 사람들 가운데도 전광이 있었다. 외국어에 능했던 전광은 당시 단동(丹東)에서 무역상(이륭양행)을 운영하던 아일랜드계와 일본계 혼혈인 조지 루이스 쇼(George Lewis Shaw)와 친했다. 후세의 한국인들에게 '푸른 눈의 독립운동가'라고 불리기도 하는 이 아일랜드인도 영국 식민지였던 아일랜드의 독립을 위해 영국인들에게 폭탄을 투척하며 이름을 날린 테러리스트였다. 그런 까닭에 쇼와 전광은 만나자마자 곧 의기투합했고, 전광의 부탁으로 꾸준히 폭탄을 조선에 날라 주었던 것이었다. 일본 경찰이 이 비밀을 탐지하고 의열단원들을 체포하기 시작했을 때도 전광은 쇼의 도움으로 상해로 탈출했다. 그후 쇼가 체포되어 감옥에 갇혔으나 전광은 계속 조선과 만주를 들락날락하며 수많은 굵직굵직한 테러를 감행하다가 마침내 베를린까지 간 것이다.

그렇게 독일 수도 베를린에 머무르던 전광은 독일인 여자와 깊은 사랑에 빠졌다고 한다. 그는 아무렇지도 않게 그 여자의 가족에 얹혀 살았다고 한다. 하지만 전광은 그녀와 1년 동안 살다가 돈이 떨어지자 그 길로 베를린 주재 소련영사관의 문을 두드렸다. 베를린에 오기 전 공산주의 청년 운동단체인 '적기단(赤旗團)'에 가입했던 전광이었기에 소련영사관은 그를 도와주었다. 그는 미련 없이 베를린을 떠나 모스크바로 갔다.

러시아 교관

이 무렵 광주에서는 중국국민당 제1차 전국대표대회를 계기로 국공합작이 이루어졌다. 그에 따라 중국 혁명은 새로운 정세가 고조되고 있었다. 특히 황포군관학교 창설로 광주는 수많은 중국 혁명청년들뿐만 아니라 조선 혁명청년들에게도 이상이자 요람이 되었다. 수많은 인물이 황포군관학교에 찾아왔다.

1926년 12월, 전광은 황포군관학교에 들어와 군사학과의 러시아어 교사가 되었다. 그는 조선 인민 혁명조직이었던 KK(조선공산당)의 주요 성원이었고, 다른 한편으로는 코민테른 대표들과도 깊게 사귀었다. 일부 사료에서는 전광이 이때 정식 공산당원이 되었다고도 한다. 당시 상당한 지식인이었던 전광은 러시아어만 가르쳤던 것이 아니고 당시 황포군관학교에 와 있던 양림이나 최용건, 박진, 김산 등에게 계급투쟁과 민족 문제에 대한 강의도 자주 했다고 김산은 회고한다.

"오성륜(전광)은 내가 묵고 있던 조그마한 여관에서 나와 동거하게 되었다. 김충창(김정창)은 우리의 정치이론가였고, 오성륜은 실천행동가였으며, 나는 모든 면에서 그들의 어린 제자였다. 그때 나는 겨우 스물두 살이었고, 오성륜은 대략 서른일곱 살(실제 나이는 스물일곱임)쯤 되었는데…, 그는 시를 싫어해서 내가 가끔 시 쓰는 것을 보고는 나를 어리다고 생각했다. 어떠한 감정도 겉으로 드러내는 법이 없는 사람이었지만, 그도 나와 마찬가지로 슬픈 것을 좋아했다."[305]

---

305 님 웨일즈, 『아리랑』, 동녘, 1984.

전광과 광주폭동

1927년 11월 어느 날, 중국공산당 광동성위원회에서는 비밀리에 활동분자 회의를 소집하고 광동 시내의 반공세력이 약한 틈을 타서 12월 13일에 광주폭동을 일으킬 것을 결정했다. 하지만 비밀이 누설되어 폭동을 앞당겨 일으켜야 했다.

폭동을 하루 앞둔 12월 10일 저녁이었다. 전광은 한 조그마한 여관방에서 폭동에 참가할 조선 청년 20여 명과 비밀집회를 가졌다. 테러리스트이자 황푸탄에서 이름 날린 저격수였던 전광은 새 권총에 기름칠을 해가면서 동료들에게 총 다루는 법을 가르쳐 주었다고 한다. 그들 가운데 김산도 있었다.

이들이 광주공안국을 점령하자 뜰에는 잡혀 나온 숱한 포로들과 막 풀려난 죄수들로 북적거렸다. 전광은 그들을 일자로 세워놓고 자기 얼굴에 전등을 비추어 보이며 "나는 오성륜이라는 사람인데, 내 얼굴 아느냐?"고 뽐내기도 했고, 또 독일인 공산주의자 하인츠 노이만(Heinz Neumann, 광주폭동의 유일한 서양인 참가자)과 양달부, 김산 등을 이끌고 공안국 부엌을 뒤져 술 단지를 찾아내 포식했다고도 한다.

하지만 반공군의 반격으로 주강(珠江) 기슭과 사하(沙河) 부근에서 치열한 전투가 벌어졌다. 박영과 교도연대 조선 청년 150여 명도 통신병 1명 외에는 전부 희생되고 말았다. 유독 머리회전이 빨랐던 전광은 이 폭동이 실패하리라는 예감이 있었던 모양이다. 그는 자동차 한 대를 마련해 측근인 양달부와 김산을 데리고 광주성내 여러 곳을 다니며 동태를 알아보았다. 또한 전광은 중산대학에 달려가 조선청년연맹(한국혁명청년회) 비밀회의를 소집하고 회원들에게 의미심장한 연설을 했다.

"이제까지의 우리 행동은 과학적이지 못했다. 우리 청년연맹은 더 많은 책임감을 가지고 모든 조선인 동료를 지도해야 할 것이다. 나는 모터사이클 한 대를 살 것을 제안한다. 그것을 여러 사람이 같이 사용하면서 긴급 상황에 임할 때 서로 연락하기 바란다. 사람이 앞으로 나아가는 법만 알고 후퇴해서 자신을 보존하는 법을 몰라서는 아니 된다. 너무 열정적인 우리 조선 사람은 자칫하다간 다 죽고 말 것이다."

이 연설을 어떻게 볼 것인가? 전광을 비겁자라고 하는 사람도 있다. 또 안전을 이유로 몸을 사렸다는 사람도 있다. 하지만 실제 참혹했던 상황은 후세 사학자들이 단 몇십 자, 몇백 자의 글로 쉽게 써내는 것과는 달랐다. 전광이 동태를 알아보려고 나다닐 때, 그는 이미 사령부에서 운대영 외는 폭동지도자를 단 한 명도 만나지 못했다. 벌써 엽정은 평복으로 갈아입고 피신 준비를 하고 있었고, 황화강으로 가는 길 양쪽에는 수많은 자동차가 줄지어 퇴각하는 군인들을 태우고 있었다. 행군은 피로에 지치고 혼란스러웠다. 전광은 김산과 함께 12월 14일에 퇴각하는 대오에 끼어 광주를 떠났다. 한편, 여기에는 이런 회고담 한 토막이 있다.

폭동부대들이 퇴각하는 줄도 모르고 척후에 혼자 남아 마지막까지 싸운 사람이 바로 조선혁명가 최용건이었다. 최용건이 거느린 조선인 대원들은 그 사하전투에서 대부분 희생되었다.

해륙풍의 군사위원

전광은 황포군관학교에서 코민테른 파견원들과 아주 깊이 교제했다. 그때 전광과 사귄 중국인 공산주의자 가운데 중국 혁명운동사의 한 페이지를 차지하는 인물 팽배(彭湃)가 있다. 1896년 광동성 해풍현에서 태어난 팽배는 일찍이 광동

성구위 농업위원회 서기와 광동성농민협회 부위원장을 맡았는데, 제1차 국내혁명전쟁이 실패한 후 고향으로 돌아가 농민봉기를 조직하여 성공했다. 그가 세운 해륙풍소비에트(노농민주정권)는 그 시절 중국소비에트 혁명의 구심점이 되기도 했다.

당시는 광주폭동 이후로, 광주를 빠져나온 폭동부대는 화현(花縣)에 이르러 '중국노농홍군 제4사단'으로 편성되었다. 새로 임명된 사단장 엽용(葉勇) 장군과 함께 전광은 이 사단의 참모장으로 임명되었다. 제4사단 주력부대가 해륙풍으로 이동했을 때 팽배는 이들을 열정적으로 환영했다. 조선 사람에게 특히 우호적이었던 팽배는 '조선동지환영회'를 조직했고, 이 부대가 해륙풍을 떠날 때 전광과 그의 친구 김산을 해륙풍소비에트 당 학교에 남겨두고 노동운동사와 코민테른 역사를 가르치게 했다. 1928년 여름 한철에 있었던 일이다.

전광은 해륙풍소비에트 군사위원으로 선출되었고, 김산은 해륙풍소비에트 혁명재판소 판사를 맡기도 했다. 팽배와 전광이 얼마나 친했던지 두 사람은 한 막사에서 지내면서 아침저녁으로 만났다. 전광은 팽배에게서 적잖은 것을 배웠으나 지주계급을 끔찍이도 싫어해 보는 족족 타도했던 팽배와 견해 차이를 보이기도 했다.

그러다 국민당군이 해륙풍으로 몰려들기 시작했다. 마침 홍군 제4사단 일부 병력과 함께 산두(汕頭)를 공략하려다 실패하고 돌아온 하룡(賀龍) 부대가 해륙풍에 머무르고 있었기 때문에 팽배와 전광은 그들과 함께 몇 차례 방어전투를 했다. 하지만 중과부적(衆寡不敵)이었다. 5월 3일 마지막 전투에서 홍군은 풍비박산이 났다. 팽배와 전광 등은 혜래 지방의 모전령(牟田嶺)이라는 산 밑 동굴에 숨었다. 이때 팽배는 중병에 걸렸고, 항상 위풍당당했던 전광도 풀이 죽고 지친 나머지 제정신이 아니었다고 한다.

풍류객

해륙풍을 탈출하여 상해로 들어온 전광은 친구(김정창) 집에서 지내던 중 한 여자와 사귄다. 김정창의 아내 두군혜의 여동생 두군서였다. 두군서도 혁명가였다. 인도차이나에서 혁명활동을 하다가 추방당해 돌아온 신여성이었다. 해륙풍에서 얼마나 지쳤는지 항상 등이 쑤셨고 악성 심장비대증에 걸린 전광은 그녀의 도움으로 병을 치료했다. 그러다가 깊은 사랑에 빠져버렸다. 전광은 사랑에 빠진 나머지 상해에서 1년 동안 머물렀는데, 혁명 의지도 줄어들었고 시무룩했으며 몸도 좋지 않았다.

그는 두군서와의 관계에서 정신적인 위안을 얻으려 했고 지난 모든 번뇌를 잊어버리고자 했던 것 같다. 하지만 혁명 활동 경험이 있던 두군서는 자신으로 인해 전도유망한 혁명가가 파멸하는 것을 보고 싶어 하지 않았다. 그는 인도차이나혁명의 나날들에 대한 감격과 흥분을 들려주며 전광을 회복시키고 싶어 했다.

이때 전광은 가장 친했던 동지 김산과도 헤어졌다. 중국공산당 중앙의 발령을 받은 김산이 북경시위원회로 가게 된 것이다. 거의 같은 시기에 상해에 거주지를 두고 있었던 중공당 임시중앙위원회로부터 만주로 발령받은 황포군관학교 옛 친구 최용건은 다시 조선인들의 집단거주지인 흑룡강성 북부 탕원(湯原) 일대로 파견되어 학교도 꾸리고 반일군중단체도 조직하며 항일무장대오 조직에 박차를 가하고 있었다.

만주로

전광은 1929년 8월까지 상해에 있다가 최용건 뒤를 따라 만주로 나왔다. 전광 역시 조선인 집단거주지였던 남만의 반석 지방으로 파견되었다.

이 무렵 일제의 가혹한 탄압으로 수많은 조선 혁명가가 만주로 망명하여 들어왔다. 코민테른의 1국1당 원칙에 따라 해산된 조선공산당 옛 당원들은 중국 공산당 조직에 들어갔고, 조선혁명 문제를 두고 고민할 수밖에 없었다. 앞으로 조선공산당원은 조선 민족주의자와의 연합을 지속하고 그들과 더욱 밀접하게 활동할 것인가, 아니면 중국공산당이 우익세력과 결별했듯 민족주의자들과 결별해야 할 것인가 하는 정치적으로 민감한 문제들을 가지고 곳곳에서 분열이 일어나고 있었다. 그 외에도 많은 문제가 있었다. 조선 공산주의자의 생활은 비참하리만큼 형편없어서 상당수가 병에 걸려 있었다. 아주 열심히 싸웠지만 경험 있는 지도자가 없어 계획과 사업 대부분이 실패로 돌아갔다.

그즈음 일본은 만주 점령 준비를 차곡차곡 진행해 나가고 있었다. 이를 알게 된 공산당 만주성위도 일제와의 정면대결을 위해 본격적인 무장투쟁 준비사업을 진행하고 있었다. 이런 상황에서 김산에게 보낸 전광의 편지를 보면, 그가 만주에서 기적적으로 건강을 회복했으며 만주 여러 지방을 돌아다니며 어렵고 위험한 생활을 하는 등 아주 열심히 활동했음을 알 수 있다. 이미 전광은 경험이 풍부한 공산주의자가 된 것이다. 어제의 테러리스트이자 조선의 소문난 거물급 민족주의자였으나 이제는 오랜 시련을 견뎌낸 공산주의자 전광은 곧 상해에서 함께 왔던 남방의 미인 두군서마저 설득하여 되돌려 보냈다.

반석중심현위의 제1임서기

만주로 나온 뒤에 전광은 갑자기 눈앞이 탁 트이고 답답했던 마음이 확 열리는 것을 느꼈다. 이를테면 직업혁명가로서의 감각을 되찾은 것이며, 본격적인 혁명 활동이 남만에서 다시 시작된 셈이었다.

그는 명실공히 남만주 땅에 첫 공산주의의 불길을 지펴 올린 선구자이다. 지금도 남만주 혁명역사에서 많은 사람이 군사 면에서 양정우(楊靖宇)나 이홍광(李紅光)을 꼽듯이, 당 건설사업에서도 고작 이동광(李東光)이나 위증민(魏拯民) 이름만 기억한다. 하지만 이때 양정우나 위증민은 남만주 땅에 없었다. 이홍광도 아직은 순박한 청년농민동맹원에 불과했다. 다만 반석모범소학교에서 25세의 엠엘계 조선공산당원 청년이 교편을 잡고 있었다. 얼굴이 길고 키가 훤칠하게 큰 그는 두 해 전까지도 간도 지방에 있었는데, 제1차 간도공산당사건으로 체포되었다가 탈옥하여 남만 지방으로 피신했던 이동광이었다. 이동광은 가장 일찍 전광과 접촉한 사람 중 하나였다.

물론 이 시기에 남만 지방으로 파견된 공산주의자가 전광만 있었던 것은 아니다. 조선인 공산당원이었던 박봉(朴風, 박근수(朴根秀)), 왕경(王耿, 문갑송(文甲松))도 남만 지방에서 활동했다. 전광의 직접적인 영향을 받은 이동광은 중국공산당과 중국혁명에 관해 인식하게 되었고 공산당을 따라 끝까지 혁명을 수행하기로 결심했다. 그렇게 이동광은 전광의 가장 훌륭한 조수가 되었다.

1930년 8월, 비로소 당 조직 건설을 완성했고 1년 후인 1931년 8월 중공당 만주성위원회는 성위원회 직속으로 반석중심현위를 만들기로 결정했다. 당연히 전광은 제1임서기로 임명되었고, 그 산하 반동구위 서기직은 이동광이 맡게 되었다.

박한종과 이홍광, 그리고 이송파를 키워내다

1930년 8월부터 1931년 8월까지 1년 동안 반석현위 서기직을 맡았던 박봉은 일반 위원으로 내려앉았다. 전광은 일을 시작하면 물불 가리지 않을 뿐만 아니라 누구도 따를 수 없을 만큼의 기세와 혁명 열정으로 일을 밀어붙이는 부지런한 사람이었다. 박봉이 서기였던 그 1년 동안 선전위원을 맡았고, 또 그 후 설립된 남만특위에서도 선전위원이었던 전광은 이동광과 함께 반석현위를 반동과 반북 두 구역위원회(區委)로 나눠 자신은 반북 구위에 이통(伊通)과 쌍양(雙陽) 두 현의 특별지부까지 맡아 책임지고 사업을 벌려나갔다.

그때 전광은 이통현 지방조직을 지도하러 나갔다가 삼도구에서 막 중국공산당에 가입한 이홍광이라는 20세의 젊은 청년과 만났다. 그는 거기서 이삼 일 묵으면서 이홍광을 도와 10여 명으로 이루어진 '노농적위대'를 조직했다. 이 적위대는 이홍광의 인솔로 쌍양현 대정자에서 친일 인사이자 삼도구진의 악질 지주였던 장구진과 그의 아들을 처단했다. 이 활동은 자연스레 전광의 성과가 되었다. 그 후 이홍광은 반석현 하마하자의 오간방으로 옮겨왔고, 전광의 각별한 총애를 받으며 1931년 봄 이통현특별지부 조직위원에 이어 반석현당위 위원으로 추천되었다.

전광은 반석중심현위 제1임서기로서 만주사변을 맞아 항일무장운동을 적극적으로 준비했다. 만주성위에서는 즉시 당이 지도하는 항일무장부대를 창건하라고 지시했고, 그 사업에 협조하기 위하여 양군무(楊君武, 양좌청(楊佐青)), 장옥형(張玉珩), 양림(楊林) 같은 군사간부들을 파견하여 내려 보냈다. 황포군관학교 시절 동료교관이자 친구였던 전광과 양림의 합작은 아주 잘 진행되었다.

이때 두 사람은 반일 무력 세력을 키우기 위해 반석에 주둔했던 위만 제1군 5사단 13연대 1대대(송영)에 선전간부를 파견하기로 결정하고 적임자를 물색했다. 그때 전광이 선출한 사람이 이홍광과 동갑내기였던 청년공산당원 박한종(朴翰宗)이었다. 계획이 성공하여 그해 9월 초 만주군 송국영(宋國榮) 대대장이 수하 350명을 거느리고 반란을 일으켜 일본과 대치하게 되었다. 이 성과는 박한종의

성과였고 또 박한종을 파견했던 전광의 공로이기도 했다.

1932년 11월, 양정우가 남만주에 파견 나와 반석유격대를 중국 노농홍군 제32군 남만유격대로 개편할 때 전광이 자랑하는 이 두 청년(박한종과 이홍광)은 양정우의 가장 중요한 군사간부가 되었다. 유격총대 밑에 3개의 대대와 1개의 교도대를 두게 되었는데, 박한종이 제1대대장에, 이홍광은 교도대 정치위원에 임명되었다. 그들은 후에 항일연군 제1군 참모장(박한종)과 제1사 사장 겸 정치위원(이홍광)이 되었다.

여기서 특별히 빼놓을 수 없는 인물이 남만 지방 항일부대에서 이홍광과 쌍벽을 이루는 이송파(李松波)였다. 중국의 항일역사 연구가들은 만주에 '남양북조(南楊北趙, 남만의 양정우와 북만의 조상지)'만 있었던 것이 아니고 남북쌍이(南北雙李)도 있었다고 특별히 강조한다. '쌍이(雙李)'란 남만의 이홍광과 북만의 이희산(李熙山, 허형식)이라는 사람도 있고, 남만은 이홍광 대신 이송파라고 주장하는 사람도 있다.

그만큼 이송파는 이홍광에 못지않게 유명했다. 사회주의 국가들에서는 한 영웅을 모범형상으로 부각시키면서 주변 다른 모든 인물을 그 모범형상을 위해 축소 내지 과소평가하는 경향이 많다. 1930년 봄, 반석현위원회가 조직했던 현위원회 산하 직속 무장부대로 '이홍광의 개잡이대'만 있었던 건 아니다. 거의 같은 시간에 '이송파의 특무대'도 함께 창설되었는데, 이 두 무장대오는 쌍둥이나 그림자처럼 함께 활동했고 후에 합병하여 반석유격대로 이름을 바꾸었다. 이홍광이 대장을 맡고 이송파는 정치위원이 되었다. 이후 1934년에 동북인민혁명군 제1군이 성립될 때 이홍광은 1사 사장이었고 이송파는 2사 참모장이었다. 2사 사장직에 있었던 중국인 조국안(曹國安, 조아범의 전임)이 이송파의 부하인 후임 참모장 정수룡(조선인, 1940년에 일본군에 귀순)에게 권총까지 빼앗기며 구박당했을 정도로 2사에서 이송파의 영향력은 대단했다. 양정우가 이홍광의 1사를 기간부대로 이끌고 다녔다면 이송파의 2사는 주로 전광과 함께 활동하였다.

전광은 그 외에도 또 적지 않은 중국인 청년들을 키워냈는데 남만주 땅에 이름을 날린 젊은 유격총대장 맹걸민(孟傑民), 왕조란(王兆蘭), 초향신(初向臣) 같은 쟁쟁한 혁명가들 모두 전광이 이동광과 더불어 조직했던 반석중심현위 산하 훈련반에 참가하여 교육을 받았다.

산전수전을 헤쳐나가며

한편 이홍광의 '개잡이대'를 기초로 발전한 반석공농반일의용군은 이홍광 자신의 나이도 어린 데다 군사 경험이 부족했고, 최고지도자였던 전광도 실제 유격투쟁 경험은 별로 없었다. 그래서 양림이 남만주 사업을 마치고 성위로 돌아가자마자 의용군 제1분대는 반동(磐東) 지주 곽가점(郭家店)의 꼬임에 넘어가 대원 3명이 맞아죽고 38식 보총 9자루와 권총 1정을 빼앗기고 말았다. 여기에 제1분대장을 겸했던 성위 순시원 양군무까지 중상을 입고 부대를 떠나자 전광은 무척 놀랐다. 반공 지주들 때문에 숱한 당 조직이 피해를 당하자 전광은 이홍광 등을 모아놓고 의용군의 군사목표는 끝까지 지주들을 타도하는 것이라고 호소했다. 물론 만주사변 직후 혁명의 주요 임무가 바뀌었음을 모르지 않았지만, 지주들을 습격하여 재산을 몰수하게 했다. 그러자 친일이든 반일이든 모든 지주들이 무장하여 노농의용군에 대항했고, 일본군의 간계로 토비(산적)들까지도 만주군과 협동하여 노농의용군을 공격해왔다. 이때 의용군 26명이 또 죽고 5명은 중상을 입었으며, 7명은 포로로 잡혀 처형당했다.

하지만 이 이야기가 사실이 아니라는 견해도 있다. 전광이 지도하던 남만주공산당은 동만주에서처럼 폭동을 일으키거나 추수투쟁을 벌이지는 않았다는 것이다. 남만주에서도 지주들을 습격했으나 동만주에서처럼 소비에트까지 세워가며 '토지혁명'을 단행하지 않았다고 한다. 이는 전광이 산전수전 다 겪어보았기 때문이라고도 한다.

아무튼 이해 10월에는 연합전선을 만들어 반석현성전투를 치렀던 일부 삼림대와도 갈등이 생겨 갈라지게 되었다. 노농의용군은 더욱 궁지에 몰렸다. 10월 23일 화전(樺甸) 봉밀정자에서 당원회의를 열고 앞으로의 출로 문제를 토의했으나, 아무런 해결책도 만들지 못한 채 10월 29일까지 끌었다. 깊은 산속 봉밀정자에서 고립무원 상태에 빠진 공농의용군은 앞으로 나아갈 길이 없었다.

'재만한인조국광복회' 발족

그 후 전광은 반석중심현위 제3차 당 대표대회에서 서기직에서 물러난다. 이 대회를 조직, 지도한 사람은 하얼빈시 서기와 만주성위 군위서기 대리를 맡았던 양정우였다. 남만주에 파견되었을 무렵 양정우의 나이는 스물일곱으로 전광보다 일곱 살 어렸다. 이에 앞서 남만주를 다녀갔던 만주성위 순시원들과 당 중앙 순시원들도 전광이 지도하던 남만주에서 적지 않은 문제점들을 발견했다.

가장 주된 문제점은 지방 무장지주들과의 충돌에서 벗어나지 못한 것이었다. 해륙풍소비에트 군사위원 출신인 전광은 해륙풍에서 지낼 때는 팽배와 견해가 달랐지만, 정작 자신이 해륙풍보다 훨씬 더 큰 반석 지방을 지도하는 위치에 서자 사정없이 반동 지주계급을 처단하던 팽배를 따라갔다. 친일 지주건 반일 지주건 모두 전광을 무서워했으며, 그들은 힘을 합쳐 전광과 싸우게 되었다.

이런 남만주 상황을 개혁하기 위해 양정우가 파견된 것이다. 하지만 전광을 찾아가던 양정우는 남만주 상점대(常占隊) 수령 목용산(穆容山)에게 잡혀 하마터면 죽을 뻔했으나 구사일생으로 살아났다.

목용산은 전광을 미워했다. 의용군과 갈라질 때 전광의 지시로 총 10여 자루를 빼앗기고 부하 6명이 이홍광에게 피살되었기 때문이다. 그것을 알 리 없던 양정우가 목용산에게 찾아가 전광 소식을 알아보려다가 잡힌 것이다. 양정우는 전광을 만나면 빼앗은 총을 돌려주고 함부로 남의 부하들을 죽인 잘못도 빌게 하겠노라고 약속하고 가까스로 풀려 나왔다.

이런 일 때문에 양정우와 전광 사이가 편하지 않았을 것으로 생각할 수 있다. 하지만 양정우는 전광을 몹시 존경했으며, 반대되는 견해도 항상 의논하듯이 제시했기 때문에 전광도 양정우의 겸손한 태도를 좋아했다고 남만주 출신 항일연군 대원들은 회고한다.

양정우와 논의하면서 전광은 반석중심현위 제3차 대표대회에서 자신의 잘못을 인정했다. 서기직은 박문찬(朴文燦)이 이어받았다. 1933년 5월 7일 반석중심현위 제4차 대표대회에서 만주성위 순시원 풍중운(馮仲雲)이 참석한 가운데 이동광이 제3임 서기로 당선되었다.

이후 호란집장자를 공격할 때 유격대 정치위원 초향신이 희생되면서 현위선전부장 기유림(紀儒林)이 유격대로 전근되고 전광은 한동안 이동광 밑에서 선전부장을 지내기도 했다. 오래전부터 앓아왔던 심장병이 재발하자 2사 참모장 이송파는 2사 산하 소년중대를 따로 떼어 전광의 경호를 전담하게 하였는데, 이때 전광은 자청하여 이 소년중대의 정치지도원이 되었다. 중공당 남만 지역의 제1임자에서 유격대 소년중대의 정치지도원으로까지 내려간 것이었다.

1935년 9월에 이송파가 사망하고 그의 후임자였던 신임 참모장 정수룡이 사장 조국안과 정치부 주임 박사평의 권총도 회수하는 사태가 불거지자 양정우는 이동광의 제안을 받아들여 전광을 다시 2사 정치부 주임으로 임명하고 정수룡은 참모장직에서 해임하였다. 그러나 얼마 지나지 않아 전광도 전투 중 복부에 총상을 입고 길림 시내에 들어가 치료받고 돌아왔다.

이때부터 전광의 정치 활동은 갑자기 위축된다. 건강 때문이었는지 아니면 다른 이유가 있었는지는 자세히 알 수 없으나 1934년 11월부터 1935년 2월까지 반석중심현위뿐만 아니라 갓 조직된 남만 당 제1차 대표대회 참가자 명단에서도 전광 이름을 볼 수 없다. 그 대표대회에서 남만임시특위가 성립되고 특위 상무위원 5명을 선출했지만 여기에도 전광 이름은 없다. 전광 자리에는 제자 격인 이동광이 있었다. 양정우, 이동광, 송철암(宋鐵岩), 기유림, 정명(程明), 장 동무(老張) 등 5명으로 구성된 임시특위 상무위원회 서기(대리)직도 이동광이 맡았다. 이 기간에 전광이 무엇을 하고 지냈는지 자세하게 아는 사람이 없을 정도다.

1936년 6월이 되자 전광의 비밀스러운 행적이 다시 드러나기 시작한다. 우선 나얼훙(邪爾薨)에서 항일혁명군 제1, 2군 회사가 있은 뒤로 전광은 위증민의 요청으로 동만특위 신임 조직부장으로 파견되었는데, 얼마 안 있어 동만특위가 남만특위와 합병하면서 동남만특위 및 동남만성위와 남만성위로 이름이 바뀌면서 전광은 남만성위원회 위원과 선전부장 직에 다시 올랐다. 그런데 제2군 정치부 주임 이학충이 갑작스럽게 사망하는 바람에 2군 정치부 주임직도 함께 겸직하였고, 또 남만성위원회에서 전문 소수민족부를 만들 때도 책임자가 되었다.

전광은 이 기간에 조선인들의 반일민족통일전선 결성 사업을 추진했다. 그것을 대대적으로 도운 사람이 바로 남만성위 상무위원 겸 조직부장 이동광과 엄필순(嚴弼順, 엄수명)이었다. 6월 6일에 비로소 이들 세 사람을 발기인으로 하는 '재만한인조국광복회'가 발족된다. 재만한인조국광복회는 대외적인 입장 발표라고 할 수 있는 선언강령에서 계급적, 혁명적 주장은 숨기고 민족주의 독립운동에 관한 열렬한 주장을 내걸었다.

그렇다면 재만한인조국광복회는 어떻게 조직되었을까? 1936년 2월경 일이다. 위증민은 소련에서 돌아오면서 코민테른에서 받은 지시를 가지고 왔다. 조선 민족에 관한 일련의 지시였다. 예를 들면 동만주에서 '한국민족혁명당'을 건립하는 문제 등이 포함된다. 이와 관련하여서는 이미 평전 본문에서 자세하게 소개하였으므로 여기서는 생략하겠다.

사라져가는 신화

전광은 서른아홉 살이 되었다. 스물일곱 때의 전광이 다른 사람 눈에는 서른일곱으로 보였던 것처럼, 마흔이 다 된 전광은 노인 취급 받을 나이였다. 심지어 양정우나 위증민, 이동광도 전광을 어려워했다. 1936년부터 동, 남만의 1, 2군 부대가 1로군으로 합병되면서 2군의 최고 책임자였던 위증민이 남만성위원회 서기가 되어 전체 남만 지방 사업을 장악하게 되었고 원 2군 군장이었던 왕덕태가 전사하자, 2군 당위원회 일상 사무는 물론 모든 군사행동까지 군 정치부 주임 전광이 책임지게 되었다.

최근에 속속 공개된 중국 정부 자료만 보아도 북한에서 '김일성 장군'이 직접 조직하고 지휘했다고 주장하는 '리명수전투', '보천보전투', '간삼봉전투' 등 일련의 전투들을 총지휘한 사람은 2군 산하의 6사 사장이었던 김성주가 아닌 남만 성위원회 위원 겸 선전부장 겸 2군 정치부 주임이었던 전광이었다. 이와 같은 전투들을 진행하기 위해 조직한 작전회의에서 사회자로 항상 전광 이름이 나온다.

"오성륜(전광)을 모르는 사람이 어디 있겠어요. 오성륜을 얘기하는 사람들은 모두 그를 대단하고 했지요. 그는 나이도 쉰 남짓해 보였지만, 실제 쉰까지는 아니 됐습니다. 그렇지만 그때의 우리 나이가 모두 서른 안팎이었던 것을 생각하면, 그는 정말 우리 2군에서 제일가는 어른이었어요. 제일 높은 상사였으니까요. 양정우 사령이나 위증민 서기도 전광의 말 한마디면 함부로 입에 '아니 불(不)' 자를 달지 못했습니다.'[306]

이것은 김명주(金明洙), 박춘일(朴春日), 여영준(呂英俊) 같은 일부 2군 출신 생존자들의 회고다. 그런데 그 뒤에 재미있는 일이 일어났다. 전광은 자신이 지도하던 재만한인조국광복회 지방 조직원들에게서 조선에 주둔한 일본군의 출동소식을 보고받았다. 일본군 제19사단 함흥 주둔 74연대가 압록강을 건너, 얼마 전 보천보를 습격한 2군 6사 부대를 뒤쫓아 나오고 있다는 것이었다. 전광은 4사 참모장 박득범(朴得範), 단장 최현(崔賢) 등을 대동하고 6사 김일성 부대와 함께 장백현 13도구로 이동했다. 적들의 수가 2,000명에 달한다는 말을 들은 전광은 6사 사장 김일성과 최현, 박득범 등에게 권고했다.

"앞서 우리가 섬멸해버린 이도선(李道善) 토벌대가 아무리 악질부대라고 해도 수적으로는 적은 부대였다. 하물며 왜놈들 정규군에야 어떻게 비기겠는가. 한데 지금은 2,000 대 500이니 병력 대비가 너무 엄청나지 않은가? 그러니 정면충돌할 생각일랑 말고 어서 철수나 하고 보자."

그러나 전광의 권고를 김일성이 가장 완강하게 반대했다고 주장하는 연고자들이 있는 반면, 최근 새롭게 나온 자료들을 보면 당시 김일성의 6사 참모장이었다 2군 참모장이 된 중국인 왕작주(王作舟, 항일열사, 1941년에 연길현에서 사망)가 이전투를 진행해볼 만하다고 김일성을 부추겼다고 한다. 이렇게 6사 사장 김일성

---

306 취재, 박춘일(朴春日) 조선인, 항일연군 생존자, 취재지 훈춘, 연길, 1981~1982.
　　　여영준(呂英俊) 조선인, 항일연군 생존자, 취재지 연길, 1986, 1988~1989, 1993, 1996.

과 2군 참모장 왕작주에게 설득당한 전광은 이 전투를 진행하기로 결심했는데, 바로 유명한 간삼봉전투다.

이 전투 때 일본군은 한 연대가 몽땅 온 것이 아니었고 실제로는 150여 명 정도만 왔을 뿐이었다. 만주군까지 합쳐봐야 고작 400~500명 정도에 나지 않았으므로 항일연군의 3사 연합부대 인원수(500여 명)와 비슷한 병력이었다. 이 전투의 참가자이며 지휘관의 하나였던 김일성은 전투의 첫 시작을 이렇게 회고한다.

"바로 이날 아침이었다. 새벽부터 가랑비가 내리고 안개가 뿌옇게 끼었는데 최현 부대가 차지한 산봉우리에 있는 보초소에서 먼저 신호 총소리가 울렸다. 나는 곧 산 능선의 지휘처로 올라갔다. 최현은 보초대가 적의 포위에 들 것 같아 한 중대를 거느리고 전방으로 맞받아 나갔다. 적들은 순식간에 최현이 인솔한 중대를 포위해버렸다. … 어떻게 하든지 사태를 수습하여야 했다. 이동학에게 경위중대를 데리고 가서 최현 중대를 빨리 구출하라고 지시했다. 일본군은 만주군을 앞세우고 맹렬하게 달려들었지만, 최현 중대와 이동학 중대가 안팎에서 벼락같이 달려드는 바람에 적의 포위권이 무너져 버렸다. 치열한 육박전 끝에 중대는 구출되었다. 2, 4, 6사의 기관총 10여 대가 동시에 불을 내뿜었고, 6사의 어떤 여대원들은 싸움을 하면서 한편으로 노래(〈아리랑〉)까지도 불렀다고 한다."

이때 4사 참모장 박득범으로부터 통신임무를 맡고 전광에게로 달려갔던 간삼봉전투 참가자 박춘일(朴春日)은 그만 눈앞에 펼쳐진 의외의 광경 앞에서 어안이 벙벙해지고 말았다. 일본군은 자기 동료들의 시체를 타고 넘으면서 목이 터지게 함성을 지르고 파도처럼 연달아 달려들고 있었다. 그야말로 기세등등하고 맹수처럼 집요한 돌격 앞에서 아군의 진지 하나가 하마터면 무너질 뻔했다. 심지어 박득범이 지휘하던 최현 부대에서는 육박전이 벌어졌다. 해방 후 김명주, 여영준 등과 함께 북한으로 돌아가지 않고 중국 연변에 정착했던 박춘일은, 말년에 연변주 임업국의 고문으로 이름을 걸어두었고 1995년 9월 22일에 사망했다. 그가 생전에, 전광이 지휘초소에서 하이칼라 머리가 헝클어지고 얼굴이 새파랗게 질려 "완라, 완라(끝장났다는 중국말)" 하고 비명을 연발하면서 돌아서서 혼자 바람같이 뒷산 마루로 도망쳐 오르더라고 남겼던 회고담은 유명하다.

끝내 변절하는 비극

1935년 5월 25일 이홍광은 환인현에서, 이듬해 1936년 11월에는 원 1로군 부총지휘 왕덕태(王德泰)가 무송 소탕하(撫松 小湯河)에서, 해가 바뀌어 1937년 1월에는 원 1군의 정치부 주임 송철암(宋鐵巖)이 포위 돌파전에서 속속 희생되었다. 7월 16일에는 이동광까지도 희생된다.

결국 왕덕태 뒤를 이을 적임자가 마땅치 않자 남만성위 서기이며 원 1로군 총정치부 주임이었던 위증민이 1로군 부총지휘를 대리했다. 이리하여 1로군 총정치부 주임직은 원 2군 정치부 주임이었던 전광이 이어받았고, 이동광 자리마저 비자 전광이 그 중임을 맡게 되었다.

1938년에 이르러 전광은 1로군 총정치부 주임, 남만성위 선전부장, 남만성위 지방공작부(실질상의 조직부) 부장까지 겸했다. 군대의 모든 정치사업과 남만 전체의 지방조직을 모조리 책임진 어마어마한 위치였다. 그리고 원 1로군 군수처장 호국신(胡國臣)이 도주하여 변절하자 그 자리도 또 전광이 맡았다. 이런 사실은 당시 항일연군 상태가 심상치 않았음을 보여주기도 하지만, 남만 항일연군 최고 원로인 전광에 대한 양정우와 위증민의 신임과 기대가 컸음도 상징적으로 보여준다.

최후로 양정우까지 희생되자 잔류한 소부대들이 소련 쪽으로 철수하느냐, 마느냐 문제가 제기되었다. 위증민은 지치고 병든 몸을 끌고 전광을 찾아왔다. 여기에는 위증민과 전광 외에도 서철(徐哲), 한인화(韓仁和) 등도 있었다. 이때 김일성은 회의에 참가하라는 위증민의 요청에도 불구하고 오지 않았다. 대신 부하 김재범을 파견하였는데, 이 회의에서 전광 자신은 소련으로 철수하지 않겠다고 명확하게 자기 견해를 발표했다고 전한다.

이후 1941년 1월 30일이었다. 전광은 갑자기 자기 막사에서 나왔다. 그는 '샤오안즈(小安子, 안경희)'라고 부르는 경위원 하나만 데리고 무송현 제3구 고륭툰(高隆屯) 북쪽 방향으로 걸어가면서 쉴 새 없이 긴 한숨을 내쉬었다.

맺는말

전광의 본명은 오성륜(吳成崙)이다. 1898년 11월 17일 함경북도 온성군 영와면 용남동(穩城郡 永瓦面 龍南洞)에서 태어났다. 이후 여덟 살 때 부모를 따라 화룡현 월청향 걸만동(月晴鄉 杰滿洞)에 와서 정착했다. 전광이란 별명은 그가 1928년 8월에 중국공산당 중앙으로부터 길림성 반석 일대로 파견된 후부터 1941년 1월 30일 무송 제3구 고륭툰 북쪽 지방에서 체포되어 변절하기까지 사용했던 것이다. 변절한 뒤에는 오성철(吳成哲)이라는 이름도 사용했다.

그는 변절 후 열하성으로 파견된 베테랑 헌병중좌 가토 후쿠지로(민생단사건을 막후 조종했던 연길헌병대 대장)를 따라 열하성 쪽으로 자리를 옮겼으며, 그곳 경무청에서 경위보 노릇을 하기도 했다. 이때는 또 야마모도 히데오(山本英雄)라는 일본 이름도 지어서 다녔다.

이것이 그의 생애 후반 부분이다. 이처럼 인간은 길지 않은 생애를 살면서 몇 차례 기복이 있기 마련이지만, 정말 전광 같은 극적인 변신은 보기 드문 사례이다. 그는 언제나 100m 달리기 선수였다. 그렇기에 만주로 나올 때부터 잘못되지 않았나 싶다. 100m 선수에게 400m를 달리라고 하니 힘에 부친 것 아니었을까. 그는 100m까지는 그 누구보다도 잘 뛰었고, 빨리 뛰었으며, 항상 앞장서서 뛰었다. 100m 선수가 400m를 뛸 수 없는 건 아니지만, 잘 뛰는 경우는 드문 법이다. 하지만 그것과 별도로 전광 주변에서는 성공한 혁명가들도 적잖게 나타났다. 사실 그들에게 무슨 100m 선수가 따로 있고 400m 선수가 따로 있겠는가. 다만 강단과 인내력으로 자기 앞에 펼쳐진 길을 열심히 달려갔을 뿐이다. 어쨌든 전광은 남만의 모든 군사 비밀과 지방조직을 털어놓았고, 일본군이 김일성을 뒤쫓는 데도 대대적으로 협력했으나 일본군은 허탕만 치고 말았다.

그는 광복 후 체포되었다. 승덕(承德)에서 지냈던 그는 일본이 투항을 선포하기 바쁘게 그 지방 조선인들을 모아 '조선독립독맹'이라는 단체를 만들기도 했으나 팔로군이 들어오자 달려가서 변절한 사실을 고백했다. 그토록 전광을 숭배했고 또 함께 숱한 곡경을 치렀던 김산이 연안에서 일본 간첩으로 몰려 죽은 후 10년 가까운 세월 동안 전광만은 죽지 않고 살아 있었던 것이다. 그 대가로 그는 승덕에 진주한 팔로군에 자기 잘못을 빌어야 했다. 팔로군은 김산을 죽였으면서도 전광은 풀어주었으니 또 신기한 경우다.

그는 팔로군이 임서(林西)로 철수할 때 따라갔다가 병에 걸려 죽었다. 혹자는 누가 총으로 쏴죽였다고도 하고 감옥에서 죽었다고도 하고 또 암살당했다고도 하지만, 한 인간의 기구한 운명을 통해 역사라는 거울에 우리 자신의 얼굴을 한 번쯤 비추어 보는 것도 뜻 있는 일이다.

<주요 인물 약전>

양정우
거성의 추락: 양정우 사망의 전후 과정

1988년 10월경이다. 중국 흑룡강성 하얼빈에서 열렸던 한차례 항일연군 토론회에서 "왜 양정우 부대에서 귀순자들이 그렇게 많이 생겨났는가?"라는 주제를 논의한 적이 있었다. 양정우가 총지휘였던 1로군 산하 3개의 방면군 가운데 김일성이 인솔한 부대를 제외하면 1, 2방면군에서 귀순자들이 무더기로 생겨났으며 양정우뿐만 아니라 조아범이나 진한장 등이 사망할 때 신변에 대원들이 얼마 남아 있지 않았다. 대부분 도주한 후 귀순했다.

그러나 김일성이 직접 인솔하고 다녔던 6사 경위중대와 7, 8연대에서는 상대적으로 귀순자가 많지 않았다. 이에 대한 학계의 견해는 1군의 대원 구성이 2군 대원 구성에 비해 복잡하고 균일하지 않았다고 본다. 즉, 양정우의 1군은 과거 반석유격대에서 남만유격대대를 거쳐 1군으로 확충하는 과정에서 남만 지방 삼림대들과 만주군 부대들에서 귀순해 넘어온 대원들이 주류를 이루었기 때문이라는 것이다. 이들은 1939년에 접어들면서 상황이 어려워지자 대부분 도주하고 말았다.

반면에 김일성의 2방면군은 주로 동만의 유격근거지들에서 입대했던 대원들이었다. 이들은 근거지에서 어린 시절을 보내며 아동단과 소년단을 거쳐 벌써 열네댓 살 때부터 유격대 생활을 해왔기 때문에 대부분 공청단원이거나 공산당원들이었다. 부대 기층조직이었던 소대와 분대에 이르기까지도 당 소조가 있을 정도였다. 중대 이상 기구에는 반드시 정치지도원과 교도원, 그리고 정치위원이 배치되었기 때문에 대원들이 동요하거나 불평불만을 품어도 금방 가려낼 수 있었다고 한다.

그러나 이런 비교가 결코 절대적인 것은 아니다. 김일성이 인솔한 경위대원들은 대부분 상관에게 충성하는 모범 대원들이었다. 물론 경위대원 가운데 도주자가 없었던 것은 아니다. 마찬가지로 양정우의 경위대원 가운데도 황생발, 서광 등 최후 순간까지 양정우에게 충성했던 대원이 없었던 것은 아니다. 다만, 최후의 순간이 되었을 때 양정우는 대원들에게 직접 명령을 내려 자기 곁에서 떠나게 만들었다. 그중 해방 후까지 계속 시비와 논쟁의 대상이 된 인물이 장수봉이다.

장수봉은 1983년에 필자가 처음 만났을 때만 해도 나이가 예순 정도밖에 되지 않았다. 고아였던 장수봉은 열다섯 살에 항일연군에 참가하여 양정우의 경위 소대장이 되었는데, 평소 말수가 적고 늘 우울한 표정이었다. 그 모습이 너무 안쓰러웠던 양정우는 그에게 글을 가르치고 하모니카 부는 법도 알려주고 친아들처럼 사랑했다. 그는 양정우에게 선물로 받은 하모니카를 1980년대까지도 간직하고 있었다. 1939년에 장수봉은 양정우의 경위중대 특위 소대장에 임명되었는데, 이는 일반 소대장과 달리 최측근 신변 경호관이었다. 양정우의 도장과 돈까지도 모두 보관하고 간직하는 임무를 수행했다.

1940년 1월 28일, 양정우의 신변에는 겨우 30여 명의 경위대원들밖에 없었다. 야간에 몽강현 오근정자(五斤頂子) 서북쪽 산비탈로 이동했는데, 날이 밝고 보니 남은 대원은 단 17명뿐이었다. 이들 중 10여 명이 도주한 것이다. 장수봉은 이때까지는 여전히 남아 있었다.

이틀 뒤인 2월 1일, 장수봉은 양정우의 도장과 돈 9,960원, 그리고 권총 네 자루를 가지고 사라졌다. 장수봉은 그 길로 오근정자 삼림경찰대로 달려가 귀순하고 길잡이를 자처했으나 양정우를 사로잡을 수는 없었다. 양정우는 경위원 황생발과 사무장 유복태 등을 데리고 계속 싸우면서 달아났다. 2월 10일에는 12명으로 줄었고, 12일에는 7명만 남았다. 황생발은 해방 후 사회과학원 연구자들과 대담을 주고받으며 장수봉과 관련해 몇 가지 의문점을 이야기하기도 했다.

"장수봉이 도주한 뒤 우리는 아슬아슬하게 추격당했는데, 때로 토벌대와의 거리가 20여 m 정도까지 가까워졌을 때도 있었다. 장수봉이 길잡이를 선 것을 발견했지만, 양 사령은 그를 쏘지 않았다. 만약 이자가 혼자 살자고 1만 원이나 되는 돈을 가지고 달아난 것이라면 그럴 수 있는 일이라고 생각했을 것이다. 그러나 그가 토벌대를 이끌고 우리 뒤를 쫓아올 때는 좀 이상하다는 생각이 들지 않을 수 없었다. 또한 그날 밤 도주할 때 우리한테 한 방씩 갈기고 양 사령에게도 방아쇠를 당겼다면 어떻게 될 뻔했겠는가? 우리는 그날 밤에 벌써 다 죽었거나 아니면 사로잡히고 말았을 것 아니겠는가."[307]

신변에 7명밖에 남지 않았을 때, 양정우는 이미 최후를 각오하고 있었다. 경위원 황생발과 사무장 유복태에게 부상당한 대원 4명을 데리고 자신의 곁에서 떠나라고 명령했다. 양정우는 대원 주문범(朱文范)과 섭동화(聶東華, 김일성은 회고록에서 자기가 보내주었던 이동화라고 회고하고 있다.)를 데리고 엄호했다. 일주일 뒤인 2월 18일에는 이 둘도 몽강현 대동구(大東溝)로 식량을 구하러 나갔다가 그곳 경방대

---

307 취재, 황생발(黃生發) 중국인, 항일연군 생존자, 양정우의 경위원, 취재지 장춘, 1988, 1990.

(警防隊)와 특별수사반에 발각되어 약 반 시간가량 전투하다가 사살당하고 말았다. 혼자 남은 양정우는 이미 10여 일을 굶은 데다 감기로 더는 지탱하기 어려웠다. 몸에 걸친 솜옷과 신발은 모두 누더기가 되어 있었다.

후에 양정우 시신 해부에 참여한 당시 몽강현 민중병원(民衆醫院) 의사 홍보원(洪寶源)의 증언에 따르면, 위는 장시간 굶은 탓에 심하게 위축되어 있었고 형태도 변했는데, 위장에는 나무껍질도 없고 오직 솜뿐이었다면서 이렇게 말했다.

"겨울이어서 나무껍질도 벗겨낼 수 없었던 것으로 보인다. 만약 나무껍질이라도 먹을 수 있었다면 양정우는 더 버티었을지도 모른다."[308]

마지막 대원 2명까지 잃어버린 양정우는 2월 23일 몽강현 보안촌 서남쪽 삼도왜자에 도착했다. 이곳에서 나무하러 나온 보안촌 패장 조정희(趙廷喜)와 농민들(손장춘(孫長春), 신순례(辛順禮), 지덕순(遲德順))과 만났다. 양정우는 그들에게 먹을 것을 좀 구해달라고 하면서 솜신도 있으면 한 켤레 달라고 부탁하면서 값을 후하게 치르겠다고 약속했다. 그러자 조정희가 양정우를 설득했다.

"당신은 투항하는 것이 좋겠습니다. 오늘의 만주국에서는 투항자를 죽이지 않습니다."[309]

양정우가 거절하자 조정희 등은 더는 권하지 않고 먹을 것을 가져다주마고 약속했다. 그런데 조정희 일행은 보안촌으로 돌아오는 길에 특무 이정신(李正新)과 만났는데, 그냥 몇 마디 인사를 나누는 사이에 조정희의 얼굴색이 변했다. 이정신이 낌새를 눈치 채고 따지고 들자 조정희는 금방 다 불어 버리고 말았다.

---

308 『莫忘英雄楊靜宇』, 劉賢 吉林省靖宇縣史志辦, 抗聯史硏究學者, 百度文庫.

309 원문 你還是投降吧, 如今滿洲國不會對投降者殺頭的.

"산속에서 어떤 사람을 만났는데, 우리한테 돈을 후하게 줄 테니 먹을 것과 솜신 한 켤레를 달라더군."

이정신은 양정우일 가능성이 있다고 금방 판단했다. 몽강현 각지 경찰소와 경방대, 특별수사반과 밀정들은 벌써 몇 달째 몽강현 경찰본부로부터 양정우가 이 지방에 나타날 가능성이 있다는 통지를 받았기 때문이다. 사람들은 모여 앉기만 하면 수군거렸다.

"양 사령이 몽강에서 포위에 들었다고 소문난 지도 벌써 몇 달째인가? 쌀 한 톨 산속으로 들어가지 못 하게 막고 있으니, 무엇을 먹으며 견디는지 의문이네 그려."

기록에 보면, 몽강현 경찰본부는 1940년 2월 23일 오후 3시경 이 정보를 받았다.

일본인 경좌 니시다니 기요시(西谷喜代人)는 처음에는 그다지 대수롭지 않게 생각했다고 한다. 당시 현 내 농촌에서 이런 정보가 아주 많이 보고되었기 때문이다. 그냥 항일연군 낙오자를 발견한 것으로 짐작하고 키시타니 경무청장에게 보고도 하지 않은 채로 본부에 대기 중이던 경찰 19명만 데리고 보안촌으로 갔다. 그 19명마저도 노약자들이었다고 한다. 젊고 팔팔한 경찰들은 모두 각지 토벌대에 차출되었기 때문이다. 또 다른 기록에는 그 19명 가운데 일본인 경찰은 6명이고, 나머지 10여 명은 몽강현 병원에서 치료받던 당진동 토벌대 부상자들이었다고 한다.

니시다니 경좌는 조정희 등을 앞세우고 보안촌 남쪽 703고지로 달려갔다. 이 때 키시타니도 다른 경로를 통해 양정우의 행적을 보고 받고 토벌대를 증파했다. 너무 갑작스럽게 벌어진 일이라서 그 역시 당장 움직일 만한 부대가 없어 다섯 차례에 걸쳐 증원병을 보냈다. 약 한 시간 후에 25명이 도착했고 이어서 9명,

한 소대, 한 중대, 이렇게 토벌대가 703고지로 들이닥쳤다.

정빈정진대 산하 기관총사수 장해야(張奚若)와 부사수 백만인(白万仁), 탄약수 왕좌화(王佐華)뿐만 아니라 장수봉도 이 가운데 있었다. 모두 양정우의 옛 대원들이었다. 장해야는 전 1군에서도 손꼽히는 명사수였다. 이들이 몰려들자 당장 운신하기도 어려웠던 양정우는 정신이 번쩍 든 모양이었다.

양정우는 얼어붙은 시냇가의 한 바위 곁에 몸을 숨기고 침착하게 반격해왔다. 그렇지만 일본군은 양정우를 사로잡을 생각이었다.

"양정우, 투항하라! 이제는 저항해도 쓸데없다!"

"투항하면 동변도 사령을 시켜주겠다!"

그 전투에 참가했던 한 일본 경찰은 아무리 투항을 권고해도 소용없었다고 회고한다. 그에 대한 대답은 더욱 맹렬한 반격뿐이었다. 양정우는 사격도 잘했고 백발백중이었다. 전혀 굶고 지친 사람 같지 않았다. 기다려 봐야 자기 사람들만 죽게 될 것으로 판단한 니시다니는 기관총 사격을 하라고 명령을 내렸다.

양정우의 직접 사인(死因)은 기관총 소사에 의한 것이었다. 당시의 몽강현병원 기록에 따르면, 왼쪽 손목 총상과 복부 관통상이 있었는데, 모두 기관총 탄알이 뚫고나간 것이었다. 장수봉은 "양 사령을 사살한 후 몽강현 경찰본부에서 경축 연회를 열었는데, 그때 장해야가 자기가 명중시켰다고 자랑했다."고 증언했다.

몽강현 민중병원에서 양정우 시신을 넘겨받았을 때는 머리가 없었다. 양정우 시신을 보안촌 촌공소 마당에 실어왔을 때, 경장 마시코 사타오(益子理雄)는 통화성 경찰토벌본부 총지휘관이었던 토미모리 유지로(富森熊次郎)에게서 양정우의 수급을 자르라는 지시를 받았다.

처음에 니시다니 경좌는 양정우를 귀순시킬 생각으로 경위보 이토(伊藤)를 파견했다. 이토 경위보의 뒤를 최주봉이 호위하러 따라나섰다. 이때 이토 경위보와 양정우가 주고받은 대화가 일본군 "적위당안(敵僞檔案)"에 자세하게 기록되어 있다.

"당신은 양 사령입니까?"

"그렇소. 내가 양 사령이오."

"우리는 통화성 경찰대입니다. 우리 부대에는 당신의 과거 동지였던 정빈, 최주봉 등이 모두 지휘관을 맡고 있습니다. 안 참모(안광훈)도 지금 통화성 경무청 토벌총부 산하에서 정치공작반 반장을 맡고 있습니다. 당신이 만약 귀순하면 키시타니 청장께서는 반갑게 맞이하실 것입니다. 지금 이곳에서 탈출하기란 이미 불가능합니다. 죽음을 자초하지 마시고 귀순을 고려하는 것이 어떻습니까?"

"나도 내 생명을 소중하게 여기지만, 그러나 당신들이 원하는 대로 해줄 수 없소. 나의 수많은 부하가 희생되었고 지금은 나 혼자 여기에 남았지만, 나의 다른 동지들은 여전히 각지에서 싸우고 있소. 제국주의가 멸망할 날은 반드시 올 것이며, 나는 끝까지 저항할 것이오. 긴 말이 필요 없으니 총을 쏘시오."

말이 끝나기 바쁘게 (양정우는) 두 자루의 권총을 쳐들고 우리에게 사격을 가해왔다.[310]

노조에 토벌사령부와 통화성 경무청에서는 '양정우 토벌좌담회(討伐楊靖宇座談會)'를 개최했고, 이 토벌 작전에 참가했던 관계자들이 나서서 전 과정을 자세히 소개했다. 니시다니 경좌와 함께 현장에 있었던 마시코 사토 경장은 양정우가 쏜 총에 이토와 최주봉이 총상을 당했으나 사격 거리가 300m 남짓했기에 죽지

---

310 「楊靖宇討伐座談會」, 『協和雜誌』, 1940年 933期

않고 살아났다고 보고했다.

니시다니 경좌가 맞대응을 명령하자 장해야가 쏜 기관총이 양정우의 몸을 관통했다. 양정우는 두 손을 하늘 높이 쳐들면서 땅에 넘어진 뒤 다시는 움직이지 않았다.

마시코 사토오 경장은 좌담회에서 이렇게 강조했다.

"양정우는 자살하지 않았고 우리가 사살했으며, 우리 일본인이 쏜 총에 죽은 것이 아니라 과거 양정우의 부하였던 귀순자의 손에 죽었다."

니시다니와 마시코 등은 양정우 시체를 앞에 두고도 한참 동안은 감히 접근하지 못했다. 누구도 앞에 쓰러진 이 사나이가 자신들이 몇 해 동안 줄곧 쫓아다녔던 만주 항일의 수령 양정우가 정말로 맞는지 단언할 수 없었다. 만약 그가 맞다면 아직도 죽지 않았을 수 있다, 저 시체가 다시 벌떡 일어나 재차 사격해올 수도 있다고 여긴 듯했다.

당시 잡지 『협화(協和)』의 기사를 보면, 몽강현 경찰본부 경좌 니시다니 기요시 얼굴에는 조금도 기쁜 기색이 없었을 뿐만 아니라 갑자기 엉엉 소리 내어 울었다고 한다. 그런데 장수봉은 울음을 터뜨렸던 사람은 안광훈이었다고 기억했다. 양정우 시신은 마파리에 실려 보안촌 공소에 도착했는데, 그때 열다섯 살이었던 곡지민(曲志敏)이라는 여성이 그때의 광경을 회고했다.

"촌 공소 울 안에 마파리가 한 채 있었고 다리에 각반을 감은 한 사람이 누워 있었는데 머리 쪽에 외투를 덮어놓았다. 그 밑으로 피가 흘러나왔다. 머리를 방금 잘랐기 때문이다. 중국 사람 셋이 손에 이발기를 들고 시신에서 잘라낸 머리를 깎고 있었다. 부모님이 죽은 사람 모습을 보지 말라고 했다. 그러나 이미 보았다면 그냥 잠깐 보고 눈을 감아버리기보다는 아주 자세하게 끝까지 보아야 무섭지 않다고 일깨워주었다. 그래서 난 눈도 깜빡하지 않고 정말 꼼꼼하게 바라보았다."[311]

직접 작두를 들고 양정우 머리를 잘라낸 사람들은 장해야(張奚若)와 백만인(白万仁), 왕좌화(王佐華)였다. 직접 양정우에게 기관총을 쏘았던 장해야는 해방 후 용케도 법망에서 빠져 달아났다. 1980년대 초엽까지도 계속 이름을 바꾸고 숨어 살다가 백만인과 왕좌화의 제보로 신분이 드러나고 말았다. 백만인과 왕좌화는 일본군에 귀순하여 토벌대에 참가했기 때문에 감옥살이를 했으나, 심사 과정에서 자신들은 양정우를 사살했던 현장에는 없었다고 주장했다. 이후 감옥에서 왕좌화가 장해야를 제보했으나 장해야는 계속 잡아뗐다.

그때까지 일본과 수교를 맺지 않아 중국 정부 역시 일본 측 증거 자료들을 수집할 수 없었다. 그러다가 1980년대에 많은 증거자료가 드러나면서 장해야도 인정하지 않을 수 없었다. 이 세 사람은 서로를 제보했다.

"양 사령의 머리를 자르라고 지명당한 사람이 백만인이었다. 결국 우리 세 사람은 함께 양 사령 머리를 잘랐다. 나(장해야)는 양 사령 두 다리를 잡았고 왕좌화는 머리를 안았다. 작두 손잡이를 잡고 내리눌렀던 사람은 백만인이었다."[312]

이자들은 양정우 수급이 담긴 나무상자도 자세하게 설명했다. 나무상자는 앞면이 유리로 되어 있었다. 수급을 그 안에 담은 다음 자동차에 싣고 통화로 가져갔다. 먼저 몽강현성 안에서 한 바퀴 돌린 후 사진까지 넣어 만든 전단을 20만

---

311 『鐵血將軍楊靖宇:曾領導金日成, 吃谷草棉花也抗日』, 中國新聞網, 2009. 6. 1.

312 취재, 장해야(張奚若) 중국인, 항일연군 귀순분자, 길림성 유하현 삼원포진 유가대대 2대대 거주, 취재지 장해야의 집, 1983.
   『殺害楊靜宇的兇手爲何逃脫法網』, 靖宇縣史志辦 提供. 2000.

부나 찍어서 살포했다. 이후 양정우의 수급은 통화성 경무청을 통하여 관동군 사령부로 이송되었다가 1945년 광복 이후에 찾아냈다.

시신은 몽강현성 밖 황야에 버려진 것을 보안촌 촌장(류성상(劉成祥)) 등이 몰래 찾아 나무로 깎아서 만든 머리를 붙여서 관 속에 넣어 보안촌 북산에 묻으려 했다. 그런데 시신을 묻는 날, 경찰이 이 사실을 알게 되었다고 한다.

흥미로운 것은 통화성 경무청에서 비교적 고급스러운 관을 새로 하나 만들어 보내왔고, 일본인 승려들이 몰려와 일본식으로 염불을 외우면서 위령제까지 지내주었다고 한다. 이렇게 한 것은 양정우에 대해 은근히 존경하는 마음을 가지고 있었던 노조에 토벌사령관의 지시가 있었기 때문이라는 설도 있고, 또 양정우 수급을 본 노조에가 그때부터 두통이 생겼는데 승려들이 '위령제'를 지내라고 제안했다는 설도 있다. 다음은 양정우의 죽음과 관련한 의혹의 중심에 있는 장수봉의 이야기다.

"내가 귀순한 것은 양 사령의 지시에 의해서였다. 1940년 2월 1일, 전날 밤에 양 사령이 갑자기 나를 불러 토벌대에 귀순하여 살아남으라고 지시했다. 그러면서 양 사령이 나에게 맡긴 임무는 귀순한 뒤 토벌대에 참가하여 일본군의 신임을 받으라는 것이었다. 그리고 나서 방법을 대어 꼭 하북성(열하성) 쪽으로 탈출하여 중앙홍군과 연계를 맺어 달라는 것이었다. 그런데 나는 이 임무를 완성하지 못했다."[313]

대부분은 장수봉이 궤변을 늘어놓고 있다고 본다. 지금까지도 장수봉의 이 고백을 믿는 사람이 별로 없을 뿐만 아니라, 장수봉 본인도 죽을 때까지 중국 정

---

313 취재, 장수봉(張秀峰) 중국인, 항일연군 생존자, 양정우의 경호소대장, 취재지 통화, 1983.

왕좌화   장수봉   장해야

부에 자기에 대한 평가를 바로잡아 달라고 요청한 적이 없었다. 중국 정부에서는 장수봉을 여전히 반역자로 판단한다. 항일영웅 양정우를 죽음으로 몰아갔던 가장 가증스러운 반역자들, 예를 들면 호국신과 안광훈, 정빈, 장해야, 백만인, 왕좌화 등의 명단에 언제나 장수봉도 들어 있었다.

그런데 이자들 가운데 정빈 하나만 1952년에 총살당했다. 안광훈, 호국신, 풍검영 등은 모두 실종되었고 장해야, 백만인, 왕좌화 등도 1980년대까지 모두 무사히 살아 있었다. 삼도왜자에서 양정우를 발견하고 보안촌경찰소에 고발했던 조정희는 그 대가로 포상금 30원을 받았으나 함께 양정우를 만난 지덕순과 신순례 등이 술값을 내라고 해서 다 뜯겼다. 후에 조정희를 만나는 사람들마다 "양정우를 고발해서 받은 상금이 얼마나 되느냐?"고 놀리면서 손가락질했다고 한다.

더는 보안촌에서 살 수 없게 된 조정희는 다른 지방으로 이사갔으나 하도 유명해서 금방 붙잡히고 말았다. 1948년에 보안촌에 끌려와 총살당했다.

정빈
항일장령이 일제 토벌대장이 되다

정빈(程斌)은 중국인이며 1911년 길림성 의통현에서 태어났다. 1931년 9·18 만주사변 이후 반석현에서 항일구국회에 참가했고 후에 의용군에서 군인 생활을 시작했다. 1932년 봄 중국공산당에 가입했고 가을에는 새로 편성되었던 중국공농홍군 제32군(원 남만유격대)에서 소대장으로 시작하여 1933년 9월에는 동북인민혁명군 제1군 독립사 정치보안중대 정치지도원이 되었고, 1934년에 봄에는 유하현유격대 정치부 주임으로 임명되었다.

그해 가을에는 동북인민혁명군 제1군 1사로 옮겨 조선인 사장 이홍광의 조수가 되었다. 그는 1사 정치부 주임과 정치위원이 되었고 이홍광이 사망한 뒤에는 그의 뒤를 이어 1사 사장이 되었다. 1사는 1군 기간부대로 정빈은 이때부터 양정우의 가장 유력한 조수가 되었다.

그러나 1937년 12월과 1938년 2월에 호국신(원 1군 1사 군수부장 겸 1로군 군수처장)과 안광훈(원 1사 정치부 주임 겸 1로군 참모장)이 일본군에 투항하면서 정빈은 곤경에 처했다. 안광훈은 정빈이 천하에 둘도 없는 효자이니 그의 어머니를 붙잡아 가두고 투항을 권고하면 넘어올 것이라며 일본군에 계책을 대주었다.

일본군은 즉시 정빈의 어머니와 형 정은(程恩)을 연금했고, 안광훈은 정빈에게 투항 권고 편지를 한 통 써서 정빈의 형 정은에게 주어 산속에 들여보냈다.

정빈은 1938년 7월 31일 정식으로 본계현으로 내려와 성대한 귀순식까지 하고 정식으로 일본군에게 투항한다고 선포했다. 당시 정빈을 따라 투항했던 항일연군 대원들은 무려 115명이나 되었다. 과거 이홍광 아래서 남만 지방에서 날고뛰었던 1사 경위중대 61명이 모두 정빈을 따라 투항했을 뿐만 아니라 1사 산하 3연대와 6연대 대원 절반 이상이 이 투항 행렬에 합류했다.

당시 정빈 일행에게서 일본군이 얻은 무기는 박격포 1문과 경기관총 5정, 자동 보총 2정, 38식 보총 82자루, 그리고 탄환 6,000발이었다. 일본군은 귀순자 115명 가운데 비교적 나이 많은 35명에게 귀순증과 함께 정착비를 주어 고향으로 돌려보내고, 나머지 80여 명은 전부 토벌대에 배치했다.

정빈의 투항은 양정우에게는 치명적인 위협이었다. 일단 제1군이 남만 지방에 건설했던 밀영과 군사시설이 모두 파괴되고 말았다. 밀영에 숨겨 두었던 군량도 다 빼앗겼기 때문에 양정우와 1군의 나머지 부대는 1938년 8월 이후부터 거의 휴식 한번 제대로 하지 못하고 매일 이리저리 이동하면서 전투를 벌여야 했다. 그렇게 1년 넘게 버티면서 양정우는 남만의 산속에서 일본군 토벌대 수천 명을 상대했다.

1940년 1월 양정우 신변에는 30여 명의 대원들밖에 남지 않게 되었는데, 기관총 중대장 궁명의(宮明義)가 또 기관총 3정을 모두 가지고 도주하는 바람에 양정우는 더는 토벌대와 맞붙어 전투할 수 없게 되었다. 1월 30일에는 7명밖에 남지 않았고, 그 속에는 양정우가 열다섯 살 때부터 데려다 키우면서 글도 가르쳐 주었던 장수봉(張秀峰)도 있었다. 장수봉은 1980년대까지 멀쩡하게 통화에서 살고 있었다. 나이 60여 세 남짓했는데 취재하러 찾아오는 사람들을 모두 만나주었다.

양정우는 때때로 장수봉에게 "너는 부모가 없으니 나의 아들이 되어 달라."고 말했을 정도로 두 사람은 각별한 사이었다. 장수봉의 공식 직책은 항일연군 제1로군 사령부 '특위패장(特衛排長, 특별경호소대장)'이었다. 양정우의 비상용 권총뿐만 아니라 돈과 도장까지도 모두 장수봉이 보관하고 있었다.

정빈은 토벌대를 이끌고 양정우를 추격하면서 가까워지면 손나팔을 만들어 장수봉을 부르며 투항을 권고했다. 투항만 하면 일본군이 돈과 집을 줄 뿐만 아니라 여자까지 구해 장가를 보내준다고 유혹했다. 실제로 정빈은 일본군이 장가를 들게 해 이때 통화에서 살림까지 차렸다.

마침내 장수봉까지 양정우의 비상용 권총 네 자루와 항일연군 제1로군의 남은 경비 9,000원까지 모두 들고 도주하여 정빈에게로 건너왔다. 1940년 2월 23일 몽강현 삼도왜자에서 양정우를 포위하여 사살한 정빈은 그 자리에서 장수봉에게 "이제는 우리 밥줄이 끊어지게 되었다."고 소곤거렸다. 양정우를 사살했으니 자기들도 이제는 일본군에게 '토사구팽'당할 것이라고 걱정했으나, 일본군은 정빈 등을 일본 동경으로 관광까지 보내주는 등 포상해주었을 뿐만 아니라 여전히 극진하게 대해주었다. 공산당 부대인 팔로군이 열하성 지방에서 왕성하게 활동하고 있어 정빈의 토벌대가 여전히 필요했기 때문이다.

1941년 8월에 정빈토벌대는 열하성에서 일본군을 따라 팔로군과 전투를 진행하던 중, 정빈토벌대의 옛 항일연군 출신 대원 수십여 명이 팔로군으로 도주하는 사건이 발생했다. 일본군은 정빈을 다시 통화성으로 옮겨 통화성 산하 임강삼림경찰대 대대장으로 임명했다가 1942년에 다시 열하성경찰대대 대대장으로 승진시켰다.

1945년 8월 13일, 정빈은 일본이 곧 항복한다는 소식을 방송에서 듣고 그날로 부하들과 함께 반란을 일으켜 경찰대대의 일본인 80여 명을 모두 처형했다. 정빈의 경찰대대를 얻기 위해 팔로군과 국민당 군대가 동시에 그에게 사람을 보내 협상했는데, 정빈은 국민당을 선택하고 국민당 동북행원(東北行轅) 직속 제 3종대 부사령으로 임명되어 열하성 준화현(遵化縣)에서 주둔했다. 1948년 2월에 는 국민혁명군 제53군 상좌 고급 참모로 임명되어 심양에 가서 부임했다.

그러나 심양이 중공군에 점령되자 다시 북경으로 도주하여 이름을 고치고 숨 어 살았다. 그때까지 정빈의 어머니가 살아 있었고, 항일연군에서 투항한 후 일 본군의 중매로 결혼한 아내에게서 아들 둘과 딸 하나를 낳고 일가족은 북경시 동단패루호동 11호(東單牌樓胡同十一号)에 살았다. 1949년 2월에는 중공군 화북군 구 후근부 군계처(軍械處)에 취직까지 하였으나, 1951년 4월 28일에 그만 신분이 폭로되고 말았다.

그날은 비가 왔는데, 정빈은 길가 추녀 밑에 서서 비를 피하다가 마침 비를 피하러 들어온 한 낯익은 얼굴과 맞닥뜨리게 되었다. 그자 이름은 유기창(劉其 昌)으로, 항일연군에서 함께 투항했던 자였다. 해방 후 그 역시 이름을 바꾸고 하 북성의 한 자그마한 산간 도시에서 숨어 지냈으나 우연히 북경에 일이 있어 왔 다가 이렇게 정빈과 부딪힌 것이다.

두 사람은 멍하니 마주 바라보면서 말 한 마디 하지 않고 서 있다가 바로 돌 아서서 제각기 공안기관으로 달려가 서로를 고발했다. 이렇게 체포된 정빈은 열 하성 준화현에서 주둔할 때 그곳 주민 수십여 명을 죽였던 죄행까지 모조리 드 러나 북경공안국에서는 정빈을 열하성으로 압송하여, 열하성법원에서 판결받게 했다. 정빈은 1951년 5월 12일 열하성 준화현에서 공개 총살되었다. 향년 마흔 이었다.

사사키 도이치
손중산 숭배자에서 만주군의 아버지로

사사키 도이치(佐佐木到一)는 1886년에 일본 마츠야마시 에히메현(松山市 愛媛縣)에서 출생했으며, 후쿠시마현(广島縣)에서 성장했다. 1905년 11월에 일본 육군사관학교(제18기)를 졸업했다. 이후 제1차 세계대전에 참가했고 1919년 시베리아 파견군 사령부에서 사령부 부관과 보병 제71연대 중대장을 맡았다. 1920년에 육군대학(제29기)을 졸업했고, 1921년에는 참모본부 제6과(중국반)에서 근무했는데 이때 무관 신분으로 처음 중국 남방에 파견되어 활동했다. 이 기간에 중국 국민당과 접촉했고 손중산(孫中山, 孫文)의 군사 고문으로 초빙되기도 했다.

손중산 이름으로 명명된 중국 전통 중산복(中山服, 국민복, 마오 슈트)을 설계하는데 사사키 도이치가 직접 참가했다는 이야기도 있다. 한때 사사키는 손중산의 열렬한 숭배자이기도 했기 때문이다. 1924년에 일본으로 돌아올 때 손중산이 그를 직접 배웅했을 정도였다.

일본으로 귀국한 사사키는 참모본부 제2부 6과의 중국반 반장 겸 육군대학교 교관으로 근무하다가 다시 중국으로 파견되었는데, 이때도 국민당에 대한 호감이 무척 많았다. 손중산 사후 장개석은 사사키와 종종 연락했다. 1928년 제2차 북벌전쟁 때 일본군이 산동으로 출병했다는 소식을 들은 장개석은 사사키에게 연락하여 자기를 대신하여 일본군과 교섭해달라고 요청했다. 이 때문에 사사키는 한때 일본에서 국민당을 돕는 역적으로 몰리기도 했다.

당시 육군대신 시라카와 요시노리(白川義則)는 국민당 숭배자였던 사사키 도이치의 정신에 문제가 생긴 것 같다며 그를 정신병원에 입원시키라고 명령하기도 했다. 1945년 광복 이후 소련홍군에 체포된 사사키는 이러한 친국민당반일 경력 덕분에 남경대학살의 주범 중 하나로 지목되었음에도 처벌받지 않았다. 장개석의 국민당 정부는 굳이 그를 법정에 세우려 하지 않았던 것 같다.

사사키 도이치는 1932년 12월에 원 화북파견군 제9사단 참모장에서 관동군 사령부로 이동했다. 관동군 사령부에서는 그를 군정부 최고 군사고문 타다 준 수하의 일반 참모로 파견했는데, 타다 준은 사사키의 제안을 받아들여 만주군 각 부대에 일본군 군사교관을 파견하고 그들이 고문이나 지도관을 겸임하게 하여 적지 않은 성과를 냈다.

이후 타다 준은 화북 주둔군 사령관이 되면서 후임자로 사사키를 추천했으나, 그의 직급이 너무 낮아 비준받지 못하고 장군이었던 이다카키 세이시로가 후임자로 왔다. 이다카키 세이시로는 이후 관동군 부참모장으로 승진하면서 드디어 사사키는 대좌(한국군 대령에 해당) 계급으로 만주군 군정부 최고 군사고문에 임명되었다.

그는 당시 관동군 작전과장 사이토(齊藤)를 설득하여 관동군의 작전에 만주군을 참가시키는 데 성공했고, 그 기회에 그동안 만주군에 편입되어 있었던 특성이 다른 여러 부대들, 예를 들면 이제춘(李際春) 부대(建國軍)와 정국서(程國瑞) 부대, 장해붕(張海鵬) 부대, 카와시마 요시코(川島芳子) 부대(安國軍), 유흑칠(劉黑七) 부대, 이수신(李守信) 부대(蒙古軍) 등을 모두 만주 국경 밖 전장으로 내몰아 반 이상이 국민당 군대와의 전투에서 기간부대가 모조리 무너지게 만들었다.

만주 경내에 남겨 놓았던 만주군에 대해서는 대대적인 기율 정돈을 진행했다. 1935년 이전의 만주군에서는 당지의 마적, 토비들과 결탁하고 총과 탄약을 팔아넘기는 일이 자주 있었는데, 사사키는 이런 현상을 근절하기 위해 만주군 병사들에게 발급하는 탄알을 30발로 제한했고, 매번 전투 이후에는 탄알 사용처를 확인했다. 사용처가 불분명할 경우에는 총살형에 처해질 수도 있었다. 그 결과 1935년 이전에는 만주에서의 탄알 한 발 가격이 30전에서 35전이었으나, 사사키 도이치가 탄알을 통제하기 시작한 다음부터는 75전까지 올라갔다. 이로 말미암아 항일연군은 더는 만주군을 통해 탄알을 구할 수 없게 되었다.

이해(1935년) 3월에 사사키 도이치는 관동군 육군소장으로 진급했다. 그는 만주군에 대한 자신의 치적을 뽐내기 위해 1936년 10월부터 동변도 지구 9현을 중심으로 '동변도 독립 대토벌' 계획을 수립하고 만주군이 이 계획을 담당하여 실행할 것을 관동군 사령부에 요청하여 승인받았다. 형식적으로는 봉천에 사령부를 둔 만주군 제1군관구 우침징(于琛澄)을 토벌총사령으로 임명하고 만주 경내 1만 2,000여 명(1만 6,000명이라는 주장도 있다.)에 달하는 만주군을 토벌작전에 동원했으나, 실제 총사령은 우침징이 아니라 사사키 도이치 자신이었다.

만주국 군정부에서 펴냈던 〈만주국군현상(滿洲國軍現狀)〉(1935년 12월 10일 자)에서 사사키 도이치는 '만주군 전투력은 부단한 정비와 개선으로 끝없이 변화 및 발전하고 있으며, 만주군에 대한 관동군의 믿음도 여느 때 없이 제고되었는바, 만주군은 이미 독자적으로 비적 숙청 활동을 원만하게 진행할 수 있게 되었다.'고 썼다.

1937년 7·7사변 이후 사사키는 만주군 내 정안군과 제5교도대대 약 7,000여 명으로 조직된 열하원정부대를 조직해 만주국 국경 바깥으로 파견하기도 했다. 사사키는 1937년 8월에 만주국 군정부를 떠나 일본군 제16사단 산하 보병 제30여단 여단장이 되었다. 이 30여단은 남경대학살 당시 가장 잔인한 부대로 소문났으며, 따라서 사사키도 남경대학살의 주범 중 하나로 지목되기도 했다.

사사키 도이치는 최후로 관동군 제4군 산하 149사단 사단장이 되었고, 1945년 일본이 투항을 선포한 후에는 무순 일본 전쟁범죄자 감옥에서 복역하다가 1955년 5월 30일에 뇌혈전으로 사망했다.

우학당
경박호 영웅, '안도 구국군 우 사령'

우학당(于學堂)은 1903년 중국 산동성에서 태어났다. 후에 우명진(于明辰)으로 개명했다. 어렸을 때 부모와 함께 길림성 화룡으로 이사했으며, 오늘의 화룡시 관지향(官地鄉) 일대에서 집과 땅을 장만하고 부농이 되었다. 후에 어머니가 죽자 그의 아버지는 그곳 조선인 여자와 재혼했으며, 이 조선인 계모가 그에게 우명진이라는 조선 이름을 지어 주었다.

우 사령은 1931년 9·18만주사변이 일어나기 한 해 전인 1930년에 동북군에 참가하여 제13혼성여단 제9연대 1대대 1중대 병사가 되었다. 1930년, 5·30폭동 때 조선 농민들은 공산당의 지시로 그의 집에 불을 지르자 그는 반공주의자가 되었다. 만주사변이 일어나 10월에 길림성이 점령되자 길림성에 주둔하던 동북군 제13혼성여단도 일본군에 투항했다.

1932년 3월 이 여단이 돈화의 항일군을 토벌할 때, 우 사령은 평소 친하게 지내던 동료 20여 명과 함께 탈출하여 오늘의 안도현 만보향에 와서 주둔했다. 당시 만보 일대의 큰 지주들은 대부분 집을 지키는 가병들을 두었고, 또 총도 수십 자루씩 갖추고 있었다. 처음에 20여 명 정도였던 우 사령 부대는 이 부잣집들을 털어 총을 빼앗고 점차 대오를 확대했다.

이 무렵 중공당 안도구위원회가 소사하에서 10여 명 남짓한 대원으로 반일

적위대를 조직했으나 우 사령 부대에게 습격당해 몇 자루밖에 없던 총까지 빼앗기는 일이 발생했다. 안도구위원회 서기 안정룡은 조직위원 김일룡, 선전위원 김성주와 함께 적위대가 통째로 구국군에 참가하는 방법으로 생존 방안을 모색했으나, 우 사령은 적위대가 공산당 부대인 것을 알고는 받아들이려 하지 않았다. 그러나 중국말을 잘하는 김성주가 다시 우 사령을 찾아가 적위대는 그의 지휘를 받겠다며 구국군 별동대 이름으로 소사하에서 주둔할 수 있게 해달라고 요청했다.

다행히 우 사령 부대 참모장이었던 김성주의 길림 육문중학교 시절 국어선생 유본초가 이를 지지하여 우 사령은 안도구위원회가 조직한 반일적위대를 구국군 별동대로 받아들이고 김성주를 별동대 대장으로 임명했다. 이 적위대의 원래 대장은 김철희였고, 부대장은 이영배였다.

1932년 8월, 장학량은 통화에 요령성 임시정부를 세우고 당취오를 요령성 정부 주석 겸 요령민중자위군 총사령으로 임명한다고 선포했다. 우 사령은 이 민중자위군에 편성되기 위하여 참모장 유본초와 별동대 대장 김성주를 통화로 파견했다. 북한에서는 이때 일을 두고 김성주가 조선인민혁명군을 인솔하고 남만원정을 진행했다고 주장한다.

한편으로는 동녕현성을 차지하고 있었던 길림구국군 총사령 왕덕림에게도 사람을 보내어, 그들 부대로 편성되기를 바랐다. 이때 남만으로 갔던 선발대는 당취오가 급격하게 패하면서 통화에서 쫓겨나자 즉시 안도로 돌아왔다. 이렇게 되어 우 사령은 통화 쪽으로 이동하려던 원래 계획을 버리고 왕덕림의 길림구국군에 편성되었다.

1932년 10월경 왕덕림의 파견을 받고 안도로 나왔던 주보중은 우 사령에게 명월구를 공격하게 했다. 300여 명의 대오로 확대된 우 사령 부대는 명월구를 점령하고 안도현 공안국 경찰대대를 접수했다.

이때 우 사령은 1개월간 안도현 공안국 국장으로 지냈다. 11월에 돈화의 일본군이 안도로 내려오자, 우 사령은 부대를 이끌고 할바령을 넘어 액목 쪽으로 이동했다. 이때 중공당 안도구위원회에서는 구국군 부대와 함께 활동했던 김성주 별동대가 따로 떨어져 나와 화룡현 어랑촌 유격근거지로 이동할 것을 지시했다. 처음에 우 사령 부대와 합류할 때는 대원이 11명뿐이었으나 이때는 40여 명으로 불어나 있었다.

우 사령은 별동대가 따로 안도에 남는 것을 허락하지 않았기 때문에, 안도구위원회에서는 반일적위대 원래 대원 11명만 대장 김철희와 부대장 이영배의 인솔로 따로 빠져나오게 했고, 나머지 30여 명은 김성주의 인솔로 우 사령 부대와 함께 영안으로 이동했다. 1932년 11월경 우 사령 부대는 영안현 남부 산구에 속하는 송을구(松乙購)와 방신구(房身溝) 일대에서 그곳의 유명한 반일부대인 장상의 포수대(炮手隊)와 합병하여 대오가 1,000여 명으로 확대되었다.

대부분 포수로 조직되었던 장상의 반일대를 얻기 위해 중공당에서도 많은 사람을 이 부대에 잠복시켜 두었다. 장상 부대에 있었던 영안유격대 책임자 김근(金根, 김광진, 김현)이 우 사령 부대와 함께 김성주 별동대가 온 것을 발견하고, 그들을 데리고 영안유격대로 갔다. 1933년 1월, 남호두의 대, 소자지하(大, 小加吉河)와 팔도구(八道溝), 작목태자(柞木台子) 등을 본거지로 삼고 온갖 나쁜 짓을 저지르던 마적 압만주(壓滿洲) 부대를 섬멸하라는 구국군 사령부의 지시가 내려왔다. 우 사령 부대는 이 명령대로 마적 압만주를 완전히 섬멸했다.

이후 우 사령 부대는 압만주의 원래 본거지였던 남호두 지방을 차지했고, 이 지방 일본군과 만주군을 모조리 쫓아버렸다. 우 사령 부대가 장악했던 삼도구(三道溝)와 송을구 및 대, 소자지하 일대에서 살던 주민들은 우 사령 부대 덕분에 허리 펴고 살 수 있게 되었다면서 좋아했다. 이렇게 되자 구국군 사령부는 우 사령 부대를 구국군 제8여단으로 편성하고 우 사령을 여단장으로 임명했다. 8여단 활동 구역도 남호두 일대로 규정하고 여단 사령부는 삼도구에 설치했다.

우 사령은 직접 사령부 호위부대를 인솔하고 삼도구 근처의 앵가령(鶯歌岭)에서 일본군 토벌대를 자주 습격했다. 남호두 지방 주민들은 우 사령이 이때까지도 장가들지 않았고, 곁에 여자가 없는 것을 알고 중매를 섰다. 그때 남호두 항일국국회 회장 유천(柳泉)이 열네 살밖에 되지 않았던 어린 여동생을 우 사령에게 시집보냈다. 주민들은 돈을 모아 금으로 만든 큰 패찰을 만들어 그에게 선물했다. 그 패쪽에는 그의 성씨가 새겨져 있었는데, 우 사령은 그 패찰을 항상 목에 걸고 다녔다. 1933년 12월 15일, 우 사령 부대를 섬멸하기 위해 일본군은 돈화에서 500여 명의 만주군을 동원하여 앞에 세우고, 일본군 한 연대가 뒤따르며 우 사령의 여단 사령부가 있던 삼도구밀영을 포위 공격했다.

그러나 만주군은 모조리 섬멸되었고, 일본군도 잠깐 뒤로 물러날 수밖에 없었다. 이때 수천 명의 일만군(日滿軍) 혼성부대 공격을 물리친 우 사령 부대는 크게 고무되었고, 지도부는 자만하게 되었다. 구국군 사령부 참모장이었던 주보중이 수차례나 사람을 보내어 일본군이 다시 공격해올 수 있으니 빨리 밀영을 옮기라고 권고했으나 우 사령은 듣지 않았다.

이듬해 1934년 2월, 일본군은 다시 삼도구밀영 포위망을 치기 시작했다. 이때 일본군은 과거 우 사령 부대에게 섬멸당했던 마적 압만주의 옛 부하들을 긁어모았다. 이 지방 지리에 환했던 그들이 길안내를 했기 때문에 삼도구밀영은 사면으로 포위되었다. 이때야 사태가 위급한 것을 알게 된 우 사령은 급히 부대를 이끌고 대자지하 쪽으로 포위를 돌파하기 시작했으나 중과부적이었다. 1934년 2월 20일, 가까스로 포위망을 뚫고 나왔을 때는 부대가 절반 이상으로 줄어든 뒤였다.

우 사령은 앞에서 뛰지 않고 경호원 2명과 함께 배후에 남아 이미 포위망을 빠져나간 부대를 엄호하다가 총탄 수십 발에 맞아 온몸이 벌집처럼 되었다. 경위원 2명도 사망하고 말았다. 일본군은 우 사령을 사살하고 나서 그의 목을 베어 갔으나, 그의 목에 걸려 있던 금패찰은 피에 흠뻑 젖어, 그것이 금인 것을 몰라보고 가져가지 않았다고 한다.

영안현 경무과에서 잡일을 하던 관상량(후에 남호두 자위단 단장이 되었고, 1947년에 총살당함)이 집에 돌아와 이 사실을 아내에게 말했다. 관상량의 아내는 우 사령의 아내 유 씨와 고종사촌 간이었다. 사촌오빠가 바로 남호두 항일구국회 회장이었으므로, 그들은 밤에 몰래 우 사령의 시신을 가져다 땅에 묻었고, 그때 시체 주변에서 발견한 금패쪽은 우 사령 아내에게 전달했다.

후에 우 사령의 아내는 재가했으나 1940년대에 폐결핵으로 사망했으며, 다른 남편에게서 낳은 자식이 여럿 있었다고 전한다. 우 사령은 중공 당원이 아니고 구국군이었기 때문에, 공산당과 국민당 어느 쪽에서도 인정받지 못했다. 그러다가 1980년대 후반에야 비로소 중국 정부에서 항일열사 칭호를 내려주었다.

이준산
항일연군의 인텔리 항일장령

　이준산(伊俊山, 1908-1964년)의 본명은 이소종(伊紹宗)이며 자는 소사(少師)였다. 한때 이소(伊少)라는 별명도 사용했다. 항일연군 지휘관들 가운데 드물게 대학을 나왔고 일본에 유학(일본 동경철도학교)했던 지식인이었다.

　그는 북경대학(당시 북평대학) 상학원에서 공부할 때, 훗날 중공당 길동특위 책임자가 된 이범오(李范五, 이복덕, 해방 후 흑룡강성 성장)와 만나 친구가 되었다. 일본에서 귀국한 뒤 당시 영안현위원회 서기였던 이범오의 소개로 중공당에 참가하게 되었고, 주보중과도 만났다. 1935년 2월, 항일연군 제5군이 성립될 때 주보중에 의해 제5군 산하 1사 3연대 정치위원에 임명되었으며, 영안현성 습격전투와 반역자 정영(鄭營)과의 전투에 참가했다.

　이후 주보중의 파견을 받고 2군 원정부대 책임자 방진성과 함께 북만의 의란지방으로 출정했다. 1937년 항일연군 제 3, 4, 5, 7, 8, 9군 연합부대 760여 명이 의란현성을 공격했을 때 방진성, 최춘국 등과 함께 이 전투에 참가했으며, 이때 정식으로 제2군으로 옮겼다. 방진성 원정부대가 제2군 독립여단으로 개편되면서 이준산은 여단 정치위원으로 임명되었고, 1938년 5월에 열렸던 제1차 노령회의에서 항일연군 제1로군 산하 제1방면군 부관장으로 임명되었다. 1940년에원 제2방면군 정치부 주임 여백기가 변절하자 이준산은 2방면군으로 옮겨 정치부 주임이 되었다.

1945년 광복 후 이준산은 조선인 김광협(金光俠, 광복 직후 중국 흑룡강성 목단강군 구 사령원 담임, 북한 정권 성립 후에는 민족보위상과 내각부총리 역임, 1970년에 숙청됨)과 함께 흑룡강성 목단강시로 돌아와 목단강군구 정치부 민도과장(民道科長)과 수양현(綏 陽縣) 현장, 목단강 건설청 주임비서 등을 역임했다.

중화인민공화국이 성립된 후 이준산은 북경으로 돌아와 국가 야금공업부 산 하 야금설계공사에서 부경리직을 맡았다가 건강이 나빠져 모든 공직에서 사임 했다.

1958년 오늘의 길림성 정우현에서 열렸던 '양정우 장군 기념대회'에 참석했 고, 이때 "김일성이 위증민과 전광이 반대하는 것도 마다하고 혼자 살겠다고 소 련으로 도주했기 때문에 1로군 잔존부대가 모두 섬멸되었으며, 위증민은 사망 하고 전광도 갈 곳이 없이 변절하고 말았다."고 말했던 것으로 유명하다. 그러나 여러 자료들에서도 나타나듯이 당시 김일성과 함께 소련으로 탈출했던 사람들 가운데서 가장 높은 직위에 있었던 사람은, 당시 2방면 지휘관이었던 김일성을 제외하면 정치부 주임이었던 바로 이준산 본인이었다.

당시 기념대회에 참가했던 북한 대표단원들이 이 말을 듣고 중국 정부에 항 의하는 일까지 발생했다. 이 일이 주은래 총리 귀에까지 들어갔고, 총리판공실 에서 직접 사람이 내려와 이준산에게 당시 상황을 물어보았다고 한다. 이에 이 준산은 "김일성 본인도 이 일 때문에 소련으로 들어간 뒤에 '도주병'으로 몰려 자기도 함께 연루되었다."고 주장했으나, 총리사무실 사람들이 주보중을 찾아가 확인하고 돌아와서는 "주보중 동지는 그런 일이 없었다."고 했다고 하자, 이준 산은 "아, 그럼 내가 잘못 기억했다."고 사과하는 것으로 마무리되었다. 하지만 그는 사실을 말했고, 오히려 주보중이 사실대로 증언하지 않았음을 보여주는 일

화이다.

이준산이 잘못을 사과했기에 이 일로 별도의 문책은 당하지 않았다. 1964년 3월 18일 북경에서 병으로 사망했다. 향년 56세였다.

<주요 인물 약전>

왕봉각
옥황산 기슭의 영원한 항일장령

왕봉각(王鳳閣)은 자가 아정(阿停)이며 1895년 중국 길림성 통화시의 한 교육자 가정에서 출생했다. 어렸을 때 사숙에서 글을 배웠고 후에 통화 현립중학교에서 공부했다. 중학교를 졸업한 후 바로 동북군에 참군하여 제12군 11사 58연대 상위 부관이 되었다. 당시 그의 상관이었던 군벌 탕옥린(湯玉麟)은 부패하기를 이를 데 없었다. 점점 전체 부대에서 부정과 비리, 부패가 만연하기 시작했는데, 이를 보다 못한 왕봉각은 부관직을 사퇴하고 고향으로 돌아와 당시 통화 지구에서 제일가는 대지주가 되었다.

1931년 만주사변이 발생하자 왕봉각은 즉시 가산을 정리해 총과 탄약을 사들이고 통화 지구에서 항일부대를 조직했다. 그는 이 부대를 인솔하고 당취오의 요령민중자위군에 참가하여 제19로군 사령관으로 임명되었다. 이듬해 1932년 5월 8일에 왕봉각 19로군은 유하현(柳河縣)을 공략하고 현 정부와 영사분관에 불을 질렀다. 이 일로 왕봉각의 이름은 만주 각지에 알려지게 되었다. 당시 일본군은 유하현성을 탈취하기 위하여 탱크와 비행대까지 동원했다.

왕봉각은 유하현을 내주고 철수하여 임강, 해룡, 금천 등 일대에서 유격전을 벌이기 시작했다. 당시 19로군 병력은 3만여 명에까지 달했다. 이때 중공당의 영도를 받았던 남만 각지 유격대 병력은 겨우 수십에서 100여 명 정도였을 무렵이다.

다시 3개월쯤 지난 1932년 8월에 왕봉각은 해룡현성을 공격했다. 이후 해룡현성은 50여 일이나 왕봉각의 19로군에게 포위되어 있었다. 이후 일본군은 관동군을 출정시켜 통화의 자위군 총부를 습격했다. 왕봉각 부대는 큰 손실을 보았으며 하는 수 없이 해룡현성 공격을 중단하고 몽강, 무송 일대로 철수했다. 민중자위군이 급속하게 패퇴하고 각 부대 지휘관들이 관내로 철수할 때도 왕봉각만은 계속 남만 지방에 남아서 끝까지 항일투쟁을 견지했다.

만주국 군정부와 관동군 사령부에서는 왕봉각을 귀순시키기 위해 여러 회유책을 썼지만 매번 실패했다. 일본군은 당시 통화 시내에 살던 왕봉각의 중학교 시절 선생 이 모 신사(李某 紳士)를 시켜 왕봉각에게 귀순을 권유하는 편지를 쓰게 했다. 편지에서 일본군은 왕봉각이 귀순만 하면 무엇을 요구하든 다 들어주겠다고 했으나 여전히 거절당하자, 이번에는 왕봉각의 장모를 비롯하여 일가친척들을 모두 잡아 가두고 귀순하지 않으면 이들을 죽이겠다고 협박했다.

왕봉각의 처남이 일본군의 핍박에 못 이겨 왕봉각을 찾아오는데, 왕봉각은 처남에게 "나와 함께 항일하는 자는 내가 사랑하겠지만, 나의 항일을 방해하는 자는 나의 손에 죽게 될 것이다.[314]"라는 대답을 주어서 돌려보냈다.

1937년 봄에 이르자 이미 6년 남짓 항일투쟁을 해왔던 왕봉각은 만주국 정부에 가장 위협적인 인물이었으며, 언제나 첫 번째 토벌 대상이었다. 처음에 일본군은 왕봉각 부대를 우습게 알고 만주군 요필신(廖弼宸) 연대를 투입했다가 연대장 요필신이 하마터면 왕봉각에게 생포당할 뻔한 일이 있었다. 그 후 일본군은 남만 지방에 주둔하던 일본군 다카나미 여단(高波 旅團) 산하 2개의 기병연대를

---

314 원문 跟我抗日者, 我親之愛之, 阻我抗日者, 我殺之滅之, 王鳳閣鋼條一根, 能折不彎, 抗日到底了.

투입했으나 여전히 왕봉각 부대를 섬멸할 수 없었다.

1934년 8월 이후, 만주국 군정부 최고 고문에 임명된 사사키 도이치는 공산당 유격대가 왕봉각 자위군과 빈번하게 접촉하는 징후를 포착했고, 이를 저지하기 위해 특별히 조추항 여단에게 왕봉각의 자위군만을 목표로 끈질기게 추격하게 했다. 그 결과 1937년 3월, 왕봉각의 민중자위군 산하 고붕진(高鵬振) 부대와 이우명(李宇明), 이진동(李振東) 부대가 연달아 섬멸되었고, 곧이어 왕봉각 본인까지 전투 중 생포되고 말았다. 이후 왕봉각의 자위군 잔여 부대는 이듬해 1938년 겨울까지 계속 휘남, 임강 등지에서 수십여 명이 남을 때까지 계속 활동하다가 나중에는 모두 흩어지고 말았다. 해방 후 1980년대까지 살아남은 생존자들은 필문한(畢文翰)을 비롯해 겨우 7, 8명밖에 안 되었다.

왕봉각이 생포된 곳은 노호산 기슭의 동산리(東山里, 임강 지구 통화)라는 동네, 또는 이 동네에서 동쪽으로 20여 리 떨어진 대남차구(大南岔溝)라는 두 가지 설이 있다. 왕봉각은 양정우에게 사람을 보내 구원해줄 것을 요청했다. 이에 양정우도 왕봉각을 구하려고 1군 군부 교도대대를 이끌고 노호산 쪽으로 출발했으나 봄이 가까워오면서 얼음이 녹아버린 휘발하(輝發河)에 앞길을 가로막히고 말았다. 왕봉각 역시 양정우가 구원하러 온다는 연락을 받고 동산리에서 포위를 돌파하고 가까스로 대남차구까지 왔으나 결국 토벌대에 따라잡히고 말았다고 한다.

전투 도중 왕봉각은 왼쪽 어깨와 오른쪽 넓적다리에 총상을 입고 대남차구 인근 6도구로 피신했다가 결국 생포됐다. 동변도지구 토벌사령부에서는 왕봉각 일가를 통화로 압송하여 처음에는 왕봉각을 귀순시켜보려 했으나 실패하고 말았다.

왕봉각은 1937년 4월 1일, 통화의 옥황산 기슭에서 일본군에게 처형당했다.

그의 아내 장 씨와 어린 아들도 함께 피살되었다. 현장에서 구경했던 주민들이 전하는 이야기에 따르면, 일본군이 시체 묻을 구덩이 두 개를 파놓고 왕봉각을 먼저 죽인 후 그의 머리를 잘라 나무상자에 담고 시신을 구덩이에 묻어버렸다. 이어 그의 아내 장 씨와 아이를 죽이려고 왕봉각 시신을 넣은 구덩이 옆을 가리키며 그리로 들어가라고 손짓했으나, 장 씨는 아이를 품에 안고 남편 왕봉각 시신이 있는 구덩이로 뛰어 들어갔다고 한다. 곧이어 일본군은 장 씨 모자에게 총탄 여러 발을 쏘았다고 한다.

1983년 4월, 중국 정부에서는 왕봉각 순국(殉國) 46주년을 기념하면서 통화의 옥황산 기슭에 '항일명장 왕봉각 기념비(抗日名將王鳳閣紀念碑)'를 세웠다.

<주요 인물 약전>

염응택
영화 <암살>의 밀정 염동진의 원형

염응택(廉應澤)은 한국 영화 <암살>에서 밀정으로 등장한 염석진으로 잘 알려진 인물이다. 염응택은 본명이며, 주로 염동진(廉東振)이라는 별명을 사용했다. 1902년 조선에서 출생했으며, 유년기 행적은 잘 알려지지 않았다. 1934년 2월 25일에 낙양군관학교 조선반(또는 한인반)에 입학했고, 1935년 4월에 졸업했다는 기록은 확인 가능하다.

영화에서와는 달리 그가 일본군 밀정이 된 것은 1936년 2월, 오늘의 중국 길림성 매하구시 해룡현 산성진에서 관동군 헌병 제3연대에 체포되면서부터였다. 처음에는 고문을 당하면서도 완강하게 버텼으며, 어찌나 혹독하게 고문당했는지 한쪽 눈까지 보이지 않게 되었을 정도였다.

이후 염응택은 관동군에 협력하기 시작했다. 중국 중앙당안관에 소장된 염응택 관련 비밀자료들이 최근에야 일부 공개되었는데, 관동군은 염응택에게 "만주 지방 공산 게릴라부대들을 소탕하는 일을 도와줄 것을 요청했고, 염응택도 공산 게릴라부대에 자기와 인연이 있는 최봉관(풍검영), 안창훈(안광훈), 오성륜(전광) 등 조선인 고위간부들을 귀순시키겠다."고 약속했다고 한다. 실제로 염응택은 이 약속을 실현했고, 1940년경 관동군에서 풀려난 뒤 평양으로 돌아왔다.

1938년 2, 3월경 염응택은 항일연군 대원 염원택(廉元澤, 실제로 항일연군에는 염원택이라는 이름을 사용하는 대원 하나가 있었다.)으로 위장하고 중공당 남만성위원회 기관이 있던 환인, 관전근거지에 잠복했으며, 일본군 쿠로사키 사다아키(黑崎貞明) 중위가 인솔한 동변도 토벌사령부 유격대(일본군 특수부대)와 내통하여 당시 항일연군 1군 정치부 주임 겸 참모장이었던 안광훈을 체포하는 데 성공했다.

1945년 이후 한동안 평양에서 활동하던 염응택은 소련군이 진주한 후 약탈과 부녀자 겁탈 등의 만행에 반발하여 현준혁을 암살했다.

이후 소련군의 감시가 심해지자 서울로 내려온 염응택은 낙원동에 거점을 만들고 대동단을 조직해 '백의민족'이라는 뜻인 백의사로 개칭했다. 이 명칭은 과거 중국 국민당 '군통' 조직의 전신이었던 '남의사(襤衣社)'를 흉내 냈다는 설도 있다. 낙원동 외에도 효자동과 궁정동 등 여러 곳에 거점을 만들어 확장하고 단원들을 포섭했으며, 단원들끼리도 알 수 없는 비밀결사로 맹렬하게 반공 활동을 벌이며 경찰계, 국방경비대, 노동계 등에도 단원들을 들여보냈다. 당시 김일성을 암살하러 평양에 잠복했던 단원들은 김일성과 최용건 숙소를 헷갈려 최용건 숙소에 수류탄을 투척하기도 했다. 1946년 2월 15일에는 민주주의민족전선결성대회장에서 조선공산당 당수 박헌영을 납치하려 시도했으나 미수로 그쳤다. 1947년 7월에는 여운형을 암살하는 데 사용할 권총을 제공했다.

염응택은 좌익 노동운동을 매우 경계했다고 한다. 1947년에 웨더마이어 중장에게 보낸 서신에서 공산주의에 대한 그의 생각을 볼 수 있는데, "자유민주주의와 공산주의가 공존할 수 없다는 사실은 여러 나라의 사례에서 입증된 바 있습니다. 그런데도 미군정은 너무나도 작은 그릇인 남한에서 이런 우스꽝스러운 실험을 하고 있습니다."라고 썼다. 그는 서울(G-2) 본부와 목단 지역에 사령부를 두어 1만 5,000명의 사단 병력으로 구성된 백의군 창설 계획을 세웠는데, 중국공산당 공격이 목표였다. 그러나 이미 만주를 중국공산당이 장악하고 있었기에 시도할 수 없었다. 또 서신에는 강력한 군사력을 바탕으로 한 파시스트적인 국가사회주의 건설 내용도 있다. 그는 "한국인들은 극단적인 자본주의와 공산주의를 모두 거부합니다. 새로운 한국의 국가 형태는 국가사회주의이어야 합니다."라고 했다.

조지 실리 미육군 소령의 보고서에도 이와 비슷한 문장이 있다. "염동진(염응택)은 여러 차례에 걸쳐 이승만이 수반인 정부보다는 더 강력하고 군사적인 유형의 정부를 선호한다고 했다. 염응택은 김구가 한국의 지도자가 되면 일본과 미국이 훈련시킨 200만의 한국군을 갖게 될 것이며…"라고 적혀 있다. 그러나 1948년 5월 10일 대한민국 정부가 수립되면서 백의사는 급격하게 쇠퇴의 길로 들어선다. 단원들은 몇 명만 제외하고 모두 흩어졌다.

한편, 실리 소령 보고서는 안두희가 백의사 단원이며, 염응택을 백범 김구의 암살 배후로 지목했으나, 백의사 단원들은 어떤 연관성도 없다고 강력하게 부인했다. 백의사 단원이자 백관옥의 동생 백찬옥은 백범 암살 소식을 듣자 노발대발했다고 한다. 백범의 비서로 지냈던 선우진도 연관성을 부인했다. 김구 연구자인 도진순 교수는 염응택이 백범에게 적대적이었다기보다는 상호의존적이었으며, 염응택이 안두희에게 김구 암살을 지시했다는 언급은 문서 어디에도 없으며, 명백한 오보라며 반론했다. 당시 상황상 염응택이 지시했을 가능성은 거의 없는 것으로 보인다.

염응택은 점점 조현병이 심해졌고, 1950년 6·25전쟁 발발 후 피난가지 않고 서울에 남아 있다가 조선인민군에게 붙잡혔다는 설도 있으나 그의 생사 여부는 알 수 없다.

실리 소령은 그를 '맹인장군(Blind General)'으로 알려진 한국인이며, '가장 악독한(the most malignant) 인물'이라고 평했다. 그는 보고서에서 염응택이 "영어, 독일

어, 프랑스어, 일본어를 자유자재로 구사했으나 미국인과 인터뷰할 때는 통역을
활용해 신분을 위장할 만큼 비상한 지략의 소유자"라고 회고했다.

그는 진정한 '밀정'답게 말년의 자기 인생을 그 누구도 알 수 없게끔 만들어
놓고 조용히 사라져버렸다.

연표

1912년 4월 5일 김성주 출생(이하 김일성으로 통일)

1917년 3월 23일 평양, 조선국민회 설립(김형직(김일성 아버지) 참여)

1918년 2월 18일 김형직 체포됨, 12월 출옥

1919년 3월 1일 3·1운동

1920년 간도참변(경신참변)

1921년 5월 백산무사단 결성(강진석(김일성 외삼촌) 참여)

1922년 4월 24일 강진석, 신흰 체포됨
　　　　　　김형직 일가, 중국 장백현 팔도구로 이전

1923년 3월 김일성, 평양 창덕학교 5학년 편입(교감 강돈욱(김일성 외할아버지)). 1925년 초까지
　　　　다님

1925년 2월 김형직 체포됨, 이후 탈출

1926년 1월 동만청총 설립

3월 김일성, 길림 화성의숙 입학(숙장 최동오) 6월까지 다님

4월 5일 고려혁명당 결성(군사위원장 및 총사령관 오동진)

5월, 조선공산당 만주총국 조직

6월 5일 김형직 사망

10월 17일 타도제국주의동맹(ㅌㄷ) 결성

1927년 김일성, 길림 육문중학교 입학

10월 3일 제1차 간도공산당 사건

12월 16일 정의부 오동진 체포됨

1928년 6월 4일 황고툰사건

8월 11일 소련 극동홍군, 중국 흑룡강성 수분하와 만주리 일대 침입

1929년 3월 국민부 성립.

5월 김일성 조선공산청년회 가입. 길림 육문중학교 퇴학

5월 27일, 하얼빈 러시아총영사관, 소련 극동지구 공산당 국제간부대회

가을 동만청총 및 남만청총 통합대회 소집

9월 조선혁명당 창설

10월 김일성 길림감옥에 투옥됨(1930년 5월까지 8개월)

10월 16일 남만참변(왕청문사건)

11월 3일 광주학생운동

1930년 5월 27일 만주중국공산당 인민정권 '약수동 소비에트 정부' 출범

5월 30일 5·30폭동

7월 중순 중국공산당 길돈 임시당부 회의. 김일성, 진한장과 예비당원이 됨

8월 1일 8·1길돈폭동

8월 14일 김형권(김일성의 삼촌), 박차석, 최효일 파발리 경찰주재소 습격(1936년 김형권 옥사, 박차석 변절)

9월 25일 남만특위 설립(서기 왕학수)

10월 중국공산당 만주성위원회, 동만특별위원회(동만특별지부위원회 전신) 설립

1931년 1월 5일 남만특위 서기 이창일(한인)

1월 동만 첫 항일근거지 건립(왕청현 동광진 소왕청(마촌),
1932년 특위기관도 이곳으로 이동)

7월 2일 만보산사건

8월, 김일성, 중국공산당 정식 당원이 됨(안도구위원회 안정룡, 김일룡 보증), 안도반일유격대 조직(김일용, 이영배, 김철희, 김일성)

8월 반석현위원회 '반석중심현위원회'로 개편

9월 18일 9·18만주사변

10월 반석, 이홍광 개잡이대 설립, 이송파 특무대 설립

가을, 추수투쟁

12월 23일 명월구, 동만 당 및 단 간부연석회의. 병사사업 강화 및 유격대 건립에 관한 중국공산당 중앙 '1931년 10월 12일 지시정신' 전달

1932년 2월 8일, 왕덕림, 연길 소성자에서 '중국국민구국군' 창설(김일성 구국군 별동대 대장 겸 우학당(우명진) 구국군부대 사령부 선전대장)

2월 15일 민생단 설립(1932년 7월 14일 해산)

3월 (남만)반석유격대 성립. 이홍광 개잡이대와 이송파 특무대 합침

3월 2일 안도현성전투

춘황투쟁

(북만)요하유격대 창설. 대장 최용건, 정치부 주임 김문형

4월 (동만)동만특위, 만주성위의 지시에 따라 각 현위 항일유격대 창설 지시

4월 (동만)김일성, 안도 별동대 결성

6월 정안군(만주국 군정부 소속 직계부대) 창건

6월 4일 반석공농반일의용군 성립(이홍광, 양군무, 장옥형)

6월 훈춘 연통라자. 동만특위 훈춘현위원회 긴급회의. 동만특위 조직부장 김성도 주도

7월 14일 민생단 폐쇄 신고 및 해산 선포

7월 31일 강반석(김일성 어머니) 사망

8월경 반석현성전투. 반석 송국영 구국군, 상점대 참전

가을~1933년 봄 (동만)연길현유격대, 화룡현유격대, 왕청현유격대, 훈춘유격대(약칭 동만 유격대) 창설

10월 연길현 송노톨사건(민생단 사건의 시작)

11월 안도반일유격대, 구국군(우학당 사령) 별동대로 편성, 이후 영안유격대에 합류

11월 9일 관보전 부대(관영) 일본군에 투항

11월 말경 제3차 반석중심현위회 확대회의, 양정우 주도

12월 (남만)중국 공농홍군 32군 남만유격대(약칭 남만유격대) 성립

12월 구국군 총부가 주둔하던 동녕현성 포위됨

1933년 1월 1일 이연록 보충부대 동녕현성 탈출

1월 왕구국군 총부 부대 소련으로 들어감. 김일성 별동대 소만국경까지 따라감

1월 13일 반석현 영흥촌 돼지허리령, 반석중심현위원회 남만유격대 특별지부 연석회의

1월 26일, 중국공산당 중앙 '1·26지시편지' 발표. 이후 동북인민혁명군 창설(11개 군) 지시

2월 11일 어랑촌 13용사 희생 참변

3월 김일성, 왕청유격대 정치위원에 임명됨

3월 소왕청 항일유격근거지 보위전투

3월 요영자전투

3월 26일 전후, 사도하자전투(팔도하자전투로 기록되기도 함). 5월 중순까지 이연록 구국군 부대 진행

4월 9일 소성자전투. 이연록 구국군 유격대 진행

4월 17일 요영구 방어전투. 일본군 소왕청 항일유격근거지 토벌 시작

5월 이광 등 왕청별동대 10여 명, 노흑산 마적 동산호에게 피살

5월 제4차 중국공산당 반석중심현위원회 확대회의, 전광 남만유격대 4대대 정치부 주임으로 선출

5월 7일 김일성 3연대 산하 한흥권 중대와 구국군 사충항 부대, 왕청 경내의 만주군 마귀림 부대의 무장 해제

5월 22일 동녕현 이도하구전투. 주운광 제4연대 산하 김려중, 안길 중대와 구국군 사충항 부대의 한 중대 진행

6월 9일 중국공산당 왕청현위원회 제1차 확대회의

7월 10일 청룡산회의

7월 20일 화전현 북부 팔도하자. 1차 항일삼림대 연합군 조직(총지휘 모작빈. 조려, 마퇀, 모퇀, 한퇀, 송퇀, 임퇀, 오퇀, 상점, 전신, 천룡, 삼강호, 사계호, 평동양, 소백룡, 악자, 금산, 조격비)

7월 29일 팔도구 습격전투

8월 13~16일 호란집장자전투. 남만 항일연합군 진행

9월 2일 동녕현성 전투를 위한 노모저하 작전회의

9월 6일 동녕현성전투. 구국군, 유격대, 한국독립군(지청천, 조경한) 등 참가. 김일성 작탄대 지휘

9월 16일 소왕청근거지 마촌, 제1차 중국공산당 동만특위 확대회의

9월 18일 동북인민혁명군 1군 독립사 성립(사장 양정우, 참모장 이홍광(한인), 정치부 주임 송철암, 군수처장 엄필순(한인), 군의처장 서철(한인) 사령부직속 정치보안중대장 안창준(한인, 안광훈의 동생))

가을 대과규전투

10월 1일 일만 혼성군, 반석과 의통, 화전 등의 지방 항일 무장토비 소탕작전 개시

10월 6일 유격대원 백전태, 오빈 외 13명, 토벌대에 피살

10월 13일 오의성, 지청천의 한국독립군 무장해제

10월 (북만)주하항일유격대 창설(대장 조상지, 정치지도원 이복림)

11월 5일 남만특위 조직 구성(특위 서기 이동광, 상무위원 양정우, 송철암, 기유림)

1934년 1월 1일 김일성, 두만강 대안 남양동 접근

　1월 김성도 마촌 남산에서 처형당함

　1월 중화소비에트 2차 대표대회

　2월 휘발하 남쪽, 제2차 항일연합군 조직(총지휘 양정우, 부총지휘 수장청, 참모장 이홍광, 정치부 주임 송철암)

　3월경 화전현 이도류하전투. 원득승(2사 1연대장), 이송파 등 진행. 원득승 투항

　3월 동만유격대, 동북인민혁명군 2군 독립사로 통일(사장 주진, 정치위원 왕덕태, 김일성 제3연대 정치위원이 됨(남창일 후임))

　3월 수녕반일동맹군 창설. 군장 주보중

　3월 20일 (북만)밀산유격대 창설

　4월 항일연합군 총지휘부 조직(총지휘 양정우, 참모장 이홍광)

　5월 30일 (동만)왕청연대 성립(김일성 3연대 4중대 지도원)

　6월 말 대전자전투

　6월 26일 삼도하자전투. 왕청유격대(왕윤성, 주운광, 임수산) 만주군 문성만 대대와 전투

　6월 26~28일 왕청현 나자구진공전투(주보중 수녕반일동맹군, 2군 독립사 제3, 4연대 및 사충항, 시세영 구국군, 한국독립군 지청천 부대 진행)

　7월 1일 만주국 제4군관구 산하 제9지대 혼성(일본군과 만주군) 제22, 23여단과 기병 제6여단 조직

　7월 길청령전투

　7월 대전자가전투

　8월 12일 조선혁명군 양세봉, 일본군 밀정 박창해가 매수한 중국인 자객에게 피살됨

9월 6일 팔도구전투

9월 6일 '간도협조회' 창설(회장 김동한. 회원 6,411명)

10월 (북만)탕원유격중대 편성(최용건, 이인근)

10월 하순, 1차 북만원정(김일성과 한흥권 4중대 참가, 북한에서는 '조선혁명군 제1차 북만원정'으로 명명)

10월~12월 연길현 삼도만. 위증민, 동만의 당, 정, 군 영도간부 학습반 조직(민생단 문제 해결 시도)

11월 5일 남만(임시)특위 재건. 제1차 남만지구 당 대표대회(특위 서기 이동광)

11월 (북만)동북인민혁명군 4군 성립(군장 이연록, 정치부 주임 하충국, 참모장 호륜)

11월 7일 동북인민혁명군 1군 성립(군장 겸 정치위원 양정우, 정치부 주임 송철암, 참모장 박한종)

11월 노송령목재소 습격

1935년 1월 11일 임강현 홍토애전투

1월 동북반일연합군 5군 성립(군장 주보중)

1월 동북인민혁명군 3군 확대개편(←주하항일유격대)

2월 13일 동흥진(평북 후창군 동흥읍) 습격전투(이홍광 지휘)

2월 24일~3월 3일 대흥왜회의. 제1차 동만 당·단특위연석 확대회의. 동북인민혁명군 2독립사 설립. 동만특위 재건(책임서기 위증민), 3인 숙반위원회 구성

3월 21일 요영구회의. 동북인민혁명군 제2군 독립사 연석회의

4월 하순 환인현 노령목재소 전투

4월 만강전투

5월 2일 경도선열차습격사건

5월 12일 이홍광 전사(흥경에서 환인으로 이동하던 중 일만 혼성군과 전투)

5월 30일 요영구회의. 동북인민혁명군 2군 설립(군장 왕덕태, 정위 위증민, 정치부 주임 이학충, 참모장 유한흥, 김일성 제3연대 정치위원)

5월 31일 양정우, 중국공산당 만주성위원회에 보고서 제출. "반석중심현위원회의 문제", 전광 비판

6월 노흑산전투

6월 2차 북만원정. 관지전투, 흑석툰전투. 2, 5군 연합작전

6월 태평구전투

7월 25~8월 20일 코민테른 제7차 대표대회(코민테른 중국공산당 대표단 단장 왕명, 부단장 강생) 동북인민혁명군을 동북항일연군으로 명칭 변경

7월 29일 삼강호(나명성 부대), 만주국 경도선 204호 국제열차 전복시킴

8월 5일 서부파견대(지휘관 시세영)

8월 28일 통화 유가가촌 전투. 한호 전사

9월 초순 액목현 고산툰, 서부파견대, 만주군 기병중대와 조우전

9월 홍석라자전투. 이송과 전사

10월 8일 동만특위 서기직 대리 주명 귀순

10월 11일 동만특위 조직부장 김재수 체포됨

11월 3일 청구자전투. 서부파견대와 일본군 한 소대 조우전

11월 동만특위 훈춘 교통참 파괴됨

11월 처창즈근거지 해산

12월 2군 영안원정(제2차 북만원정)

12월 7일 관지전투

12월 16일 돈화 통구강자전투

1936년 1월 동북인민혁명군 6군 설립(←탕원유격중대)

1월 7일 돈화,흑석툰전투

1월 9일 액목현성전투

1월 20일 북호두회의(2, 5군당위원회 연석회의)

2월 동북항일연군 총사령부 건립(총사령 양정우, 부사령 조상지)

2월 5일 남호두회의. 코민테른 7차대회 신방침 채택.

3월 관동군 우에다 겐키치 사령관(만주국 주재 일본 특명전권대사 겸직) 만주 부임

3월 미혼진회의. 동북항일연군 2군 설립(←동북인민혁명군 2군) 및 3사 신설(김일성 2군 3사 사장)

봄 동북항일연군 1군 설립(←동북인민혁명군 1군) 군장 양정우

3월 동북항일연군 4군 설립(←밀산유격대) 군장 김백만

3월 동북항일연군 7군 설립(←요하유격대) 군장 최용건

3월 동북항일연군 5군 설립(←영안유격대) 군장 주보중

4월 일제 북부동변도 만주국치안숙정3개년 계획 수립(1936-1938년)

4월 서남차전투

4월 7일 한총령전투

5월 빈강성 경무청, 하얼빈 동부 합동 5현(주하, 쌍성, 아성, 오상, 빈현) 토벌기관 모아산치안숙정판사처 조직

5월 1일 동강회의(2군 1사와 3사(김일성) 백두산 일대로 진출 결정)

5월 5일 동만지구 재만한인조국광복회 발기

6월 동북항일연군 6군 설립(←동북인민혁명군 6군) 군장 최용건

6월 10일 남만지구 재만한인조국광복회 발기

6월 해청령전투

6월 28일~7월 15일 1차 서북원정

7월 초순 금천하리회의. 중국공산당 남만지구 제2차 당 대표대회 및 동북항일연군 1로군 결성(김일성 6사는 장백산 일대를 중심으로 이동)

7월 1차 서강전투

7월 말 우심정자 전투(최현, 안봉학 진행)

8월 초순. 강가탕자회의. 무송현성전투 준비회의

8월 동북항일연군 3군 설립(←동북인민혁명군 3군) 조상지, 김책 4연대 정치부주임

8월 17일 무송현성전투(총지휘 왕덕태, 위증민, 전광)

8월 말경 서강 해청령회의(왕덕태, 전광, 김일성 참가)

8월 31일 김일성 6사 주력부대, 장백현 이도강 지구 도착. 곰의골밀영을 비롯한 30여 밀영 건설

9월 1일 대덕수전투

9월 2일 소덕수전투

10월경 통화성 경무청 관할 특수부대인 토미모리공작반 조직

10월 10일 안도 동청구전투 항일연군 제4사(안봉학 지휘)

10월 17일 1차 반절구습격전투(오일남과 손태춘 지휘)

11월 4일 대양차전투(최현 지휘, 만주군 교도대 2개 중대 투항)

11월 25일 소탕하전투(왕덕태, 필서문, 김산호, 원금산, 최현 진행). 서대천유인전-13도구전투

11월 하순부터 12월 초 양정우 제1군 2차 서북원정. 실패

12월 12일 서안사변

12월 사문구전투

12월 8일 14도구~7도구 사이 전투

12월 20일 1군 2사 장백현 7도구전투

12월 31일~1937년 1월 1일 14도구 도천리사건

1937년 봄 양정우, 금천하리근거지에서 환인관전유격구로 이동

1월 1일 도천리 평두령매복전(일명 홍두산전투)

2월 20일 도천리전투(왕작주 지휘)

2월 25일 리명수, 이도강우회작전

2월 26일 리명수전투(전광, 송무선, 왕작주, 6사 김일성 지휘)

3월 무송원정

3월 2군 3연대 독립여단으로 개편(여단장 방진성, 정치위원 이준산, 1연대 연대장 최춘국)

3월 24일 진한장 편지. '2사의 작년(1936년) 사업 총결과 금년(1937년)의 사업 계획'

3월 27일 고 씨 형제, 왕봉각 일가 체포

3월 29일 양목정자회의. 2군 산하 4, 6사 주요 간부 연석회의(북한에서는 서강회라고 부름)

단오 장백현, 주경동참안

5월 대사하전투. 주수동 전사.

5월 18일 반강방자전투(횡산제전투)

5월 22일 용천갑전투

5월 23일 19도하전투

6월 1일 홍두산 기슭 노독정, 하 영장 대대 일본군 지도관 오카무라 대위 살해(오중흡 지휘)

6월 4일 보천보전투(보천보습격사건)

6월 5일 구시산전투, 김만두사건

6월 10일 장백현 19도구하 남쪽 용천진임장 관할 산구, 2군 부대 회사

6월 11일 3종점전투

6월 16일 신빈현 황토강, 심해철도를 통과하는 일본군용열차 습격전투

6월 23일 지양개 군민 연합 환영대회 및 간삼봉전투 작전회의

6월 30일 간삼봉전투(항일연군 1군 2사와 2군 4, 6사, 총지휘 전광, 김일성과 박득범 참가)

7월 7일 노구교사건으로 중일전쟁 발발

8월 13일 제2차 상해사변

9월~1938년 9월 혜산사건

10월 1일 『삼천리』, "국경의 비적 괴수 김일성 회견기"(양일천) 발행

10월 26일 휘남현성전투

12월 남경대학살

1938년 2월 13일 안광훈 귀순작전(키시타니, 염응택 진행)

봄 양정우 1군, 제3차 서정계획(열하원정) 포기

3월경 즙안현 노령산구 개척

3월 13일 유수림자전투

봄 6도구전투

4월 26일 임강현 쌍산자전투

5월 2일 2차 반절구습격전투. 김일성 부대 금품 노략사건

5월 11일~6월 1일 1차 노령회의(중국공산당 남만성위원회와 동북항일연군 1로군 총부 군정간부 연석회의)

6월 11일 문자구전투

6월 8도강 도로공사장 습격전투

6월 29일 정빈, 1사 대원 100여 명과 투항

7월 제2차 노령회의(1로군 군사편제를 3개 방면군으로 재편성)

8월 장강자전투

8월 소련, 독일과 불가침조약 체결

9월 안도 명월구. 간도특설부대(만주국 국방군 중앙 직할 소속 특수부대) 설립

9월 13일 2차 서강전투

9월 13일 몽임(몽강·임강)지구 반토벌전투, 대사하촌전투, 화원진 두도강과 이도강 사이 골짜기에서 전투

10월 11, 12일경, 정빈정진대 동강 우초구 포위, 공배현의 청산호 평일군 전멸

10월 18일 외차구전투

11월 휘남현성전투

11월 25일~12월 6일 남패자회의. 2방면군 설립(2방면군 지휘관 김일성. 부지휘 김재범, 정치부 주임 여백기, 참모장 임수산, 부관장 필서문, 7연대 오중흡)

11~12월 최주봉돌격대, 당진동정진대 설립

12월 27일 화전현 류수하자전투

12월 초~1939년 3월 말 고난의 행군. 몽강현 남패자에서 장백현 북대정자까지 이동

1939년 길림성 돈화현 대포시하공격전투, 한총령전투, 안도현 계관라자전투

2월 19~20일 무치허목재소, 위용길과 항일연군 후쿠마 카즈오 참전

3월 11~12일 새벽, 무치허전투(목기하목장습격전투)

4월 3~4일 장백현 북대정자회의. 국내진공작전(무산지구전투) 결정

5월 11일 할힌골전투

5월 11일 북만지구 재만조선민족광복회 준비위원회

5월 1차 무산지구 습격전투

5월 19일 경수리목재소 습격. 이후 대낮에 갑무(갑산-무산)경비도로를 따라 행군

5월 22-23일 대홍단전투

5월 하순 다푸차이허전투

5월 말 '일만경헌특 동변도 연합 토벌사령부' 출범(일명 노조에 토벌사령부)

6월 10일 올기강전투, 아수라 다이노 토벌대장 사살

6월, 천보산광산전투. 제1로군 2방면 부대 천보산진 점령

7월 안도현 한요구. 제3방면군 설립(3방면군 총지휘 진한장, 부지휘 후국충, 참모장 박득범,
13연대 최현)

7월 11일 석두하전투

7월 11일 서북차전투

8월 8일 화룡현 용택촌 습격사건

8월 5일에서 9월 5일 일본군 생간작전

8월 20일 소련군 게오르기 주코프 할힌골 공격, 관동군 대패.

8월 24일 안도현 대사하전투

9월 7일 관동군 사령관 교체(겐키치 후임 우메즈 요시지로, 참모장 이무라 조)

10월부터 관동군, 동남부 치안숙정공작 개시

10월 1일~5일 1차 두도류하회의, 남만성위원회와 1로군 주요 간부회의(사회 1로군 총정치
부 주임 전광)

10월 6~7일 양강구회의(김일성, 안도현 양강구 군정간부회의에서 대부대선회작전방침 결

정. 이후 돈화원정)

10월 안도현 계관자라산전투

11월 위증민, 소련 극동군 내무부와 연락(왕신림과 풍중운의 편지)

12월 17일 돈화현 육과송전투

12월 24일 쟈신즈전투

12월 24일 대반석구령전

1940년 1월 1차 하바롭스크회의. '중공당 길동, 북만성위원회 대표연석회의'

1월 초순 몽강현 용천진 습격전투

1월 6일 방진성 경위여단, 최주봉돌격대와 오바마토벌대에게 습격당함

1월말, 몽강현 서부 말엉덩이산 전투

2월 15일 양정우 호위하던 최윤구 1군 교도대대((전 조선혁명군 양세봉 부대) 전멸

2월 23일 양정우 전사

3월 13일 2차 두도류하회의. 항일연군 제1로군 수뇌부 마지막 회의(사회 위증민, 전광, 서철, 한인화, 이명산, 김광학, 김백산, 황해봉, 박득범, 김재범 참가)

3월 25일 홍기하전투

4월 조아범 피살

4월 29일 안도현 남도툰 습격전투

6월 2일 돈화현 할바령 기차역 습격전투(김일성의 주력부대인 7연대(후임 연대장 오백룡)와 해되기 시작)

6월 11일 무량본 1중대 전멸(무산-웅기-훈춘현 이도구 이동중)

6월 12일 안도현 신광툰 집단부락 습격전투

6월 29일 위증민의 마지막 편지

7월 7일 재만조선민족광복회(동만, 남만, 북만 통합) "전체 조선인민에게 알리는 글" 발표

여름 왕작주(동북항일연군 2군 6사 참모장) 전사. 연길현 세린하 부근

8월 10~11일 소할바령회의, 소부대 작전

9월 상순 오도양차 접전

10월 김일성, 김정숙 결혼

10월 21일 김일성 잔존 부대, 소련으로 탈출

11월 항일연군 제2로군 총지휘부 직속부대 총결대회(주보중, 조상지 제명, 허형식 3군 군장)

12월 8일 소완완구밀영, 진한장 전사

12월~1941년 1월 2차 하바롭스크회의. 중공 동북당 조직과 동북항일연군 영도간부회의

1941년 초 (소련) 3인위원회 구성(위증민, 주보중, 김책), 동북항일연군 소련 경내로 철수, 88여단 지대 편성 작업

2월 16일 김정일 출생

3월 8일 화전현 쟈피거우, 위증민 사망

4월 소련과 일본 불가침조약 체결. 소련은 만주로의 부대 이동 금지. 야영 생활 시작

4월 9일 김일성 1소부대, 만주 진출(~11월 12일까지), 2소부대 안길

5월 10일 김일성, 쟈피거우 도착, 박덕산, 동숭빈, 류삼손 회의

5월 20일 동승빈, 류경수, 김일성의 세 소분대, 한총령 출발

7월 13일 김책, 흑룡강성 노금구로 이동(1944년 1월에 소련으로 돌아옴)

8월 28일 김일성, 소대원 10여 명과 우수리스크로 일시 돌아옴

9월 14일 김일성, 만주 재진출

11월 12일 김일성 소부대 21명(7명 전사) 남야영 복귀

12월 김일성, 남야영 행정책임자로 임명

1942년 2월 12일 흑룡강성 학강시 오동 경찰분주소 습격전투(조상지, 강립신, 장풍기, 조해도, 한유 전사)

4월 중공 동북당위원회 결성(서기 최용건. 부서기 김경석, 김일성)

5~7월 22일 남, 북 야영의 항일연군 부대 개편(소련 극동홍군 제88여단/동북항일연군 국제

교도여단, 정식 비준 7월 16일)

7월 허형식 전사

8월 국제교도여단 편성

9월 13일 국제교도여단 중공당원대회, 중공 동북당특별지부 조직

9~10월 남야영 부대 특수훈련 받음

1943년 1월 최용건, 88국제교도여단 부참모장 면직. 김일성, 남야영 제1대대 대대장으로 임명됨

11월 27일 카이로선언. 조선 독립, 국제적으로 보장

11월 모스크바 약소민족대표회의. 김일성 1944년 2월경까지 모스크바 체류

1945년 7월 26일 포츠담선언

8월 24일 소련홍군 평양 탈환

9월 10일 김일성, 목단강 도착

9월 19일 김일성 일행, 강원도 원산항을 통해 입국

9월 22일 김일성 평양 도착

10월 14일 조선해방 경축집회(평양시 환영 군중대회)

1930~40년대
만주 지역 무장항일투쟁 세력 및
항일연군 군사 편제

1. 1930년–1934년 10월 | 만주 각 지역 항일 유격대 창설 및

각 지역 반일 삼림대와의 항일 연합군 조직

남만 - 1군

반석유격대 : 중공당 반석현위원회 산하 개잡이대, 특무대 → 반석공농반일의용군 → 상점대와 합병하면서 상점대로 통칭 →
　　　　　홍군 제32군 동북유격대(대외로는 '오양'이라고 부름) 편성 → 남만유격대

해룡노농의용군 : 중공당 해룡현위원회 산하 '특무대', → 유하유격대 → 해룡노농의용군 → 홍군 제37군 해룡유격대 → 1934
　　　　　년 11월 동북인민혁명군 1군 설립(2개 사단 구성)

1사(남만유격대 기반), 2사(남만유격대 및 해룡유격대 기반)

동만 - 2군

연길현유격대 : 1933년 1월 통합 결성. 의란구유격대, 노두구유격대, 화련리유격대

화룡현유격대 : 1933년 봄 통합 결성. 개산툰권총대, 대립자유격대, 삼도구유격대

왕청현유격대 : 1932년 11월 결성. 왕청반일유격대, 안도별동대(김일성, 1933년 3월 합류)

훈춘현유격대 : 1932년 11월 통합 결성. 훈춘별동대, 연통라자서구돌격대, 영남유격대
　　　　　→ 1935년 5월 동북인민혁명군 제2군 독립사 설립(4개 연대 구성)

1연대(연길현유격대), 2연대(화룡현유격대), 3연대(왕청현유격대), 4연대(훈춘현유격대)

북만 - 3~11군

3군
파언유격대(실패) : 파언반일의용군 → 동북노농의용군 강북기병독립사 → 홍군 제36군 강북독립사 → 와해됨

주하항일유격대 : 주하동북반일유격대 → 동북반일유격대 합동지대 → 1935년 1월 동북인민혁명군 제3군 설립(6개 연대 구성)

4군
항일유격총대 : 길림구국군 왕덕림부대에서 갈라져 나온 사충항 연대 → 동북항일구국유격군

밀산반일유격대 : 밀산민중항일군

요하민중반일유격대대 : 후에 제7군으로 갈라져 나옴 → 1934년 9월 동북항일동맹군 제4군 설립(3개 연대 및 1개 독립대대 구성)

5군
영안노농의용군 : 팔도하자적위대, 목릉유격대, 및 이형박 평남양부대, 시세영, 부현명 등 각지 반일부대 통합 → 1935년 2월 동북반일연합군 제5군 설립(2개 사단 및 3개 독립대대 구성)

6군
탕원반일유격총대 : 탕원반일유격대→홍군 제33군 탕원민중반일유격중대 결성→탕원반일유격총대 편성

해륜반일유격대 : 1932년 겨울에 결성되었다가 1934년 가을에 와해 → 1936년 1월 동북인민혁명군 제6군 설립(6개 연대 구성)

7군
요하반일유격대 : 요하현위원회 산하 권총대→요하노농의용군(조선독립군 명칭 동시 사용)→동북국민구국군 특무대대→요하민중반일유격대대 → 1936년 초, 동북인민혁명군 제4군 산하 4연대로 귀속되었다가 1936년 11월에 제7군으로 재편

8군
(토룡산) 동북민중구국군 기반 → 1936년 9월 동북항일연군 제8군으로 편성(2개 사 구성)

9군
중국자위군 길림혼성여단 제2지대 기반 → 1937년 1월 동북항일연군 제9군으로 편성(3개 사단 및 8개 연대 구성)

10군
쌍룡 왕아신의 반일부대 기반 → 1936년 겨울 동북항일연군 제10군으로 개편(10개 연대 구성)

11군
명산 기치중의 반일부대 기반
→ 1937년 10월 동북항일연군 제11군으로 편성(1개 사단 구성)

2. 1934년 11월-1936년 9월 | 동북인민혁명군 및 동북항일연군 결성

동북인민혁명군 편제

번호	지휘관	인원수	부대 기반
동북인민혁명군 제1군 (독립사)	양정우(중국인) 군장 겸 정치위원 참모장 박한종(조선인)	약 800명	남만유격대 및 동북인민혁명군 1군 독립사
동북인민혁명군 제2군 (독립사)	주진(조선인, 전임) 독립사 사장 왕덕태(중국인, 후임) 군장, 정치위원	약 1,200명	동만 4개현 유격대
동북인민혁명군 제3군	조상지(중국인) 군장 겸 제1사 사장	약 700명	주하항일유격대 및 합동지대
동북항일동맹군 제4군	이연록(중국인) 군장 겸 제1사 사장 박봉남(조선인) 4군 당 위원회 서기	약 230명	밀산유격대 및 동북항일구국유격군
동북반일연합군 제5군	주보중(중국인, 바이족) 군장	약 900명	영안유격대 및 수녕반일동맹군
동북인민혁명군 제6군	하운걸(중국인) 군장	약 1,000명	탕원반일유격총대

동북항일연군 편제

번호	설립시간	부대 기반 및 편성	군급(군단급) 주요 지휘관
동북항일연군 제1군	1936.7.	동북인민혁명군 제1군 독립사 산하 3개 사단과 1개 교도연대로 구성	군장 겸 정치위원 양정우, 정치부 주임 송철암(전임) 안광훈(조선인, 후임), 참모장 안광훈(조선인, 정치부 주임 겸임)
동북항일연군 제2군	1936.3.	동북인민혁명군 제2군 독립사 산하 3개 사단과 1개 교도연대로 구성	군장 왕덕태, 정치위원 위증민, 정치부 주임 이학충(전임) 전광(조선인, 후임), 참모장 유한흥(전임) 왕작주(후임)
동북항일연군 제3군	1936.1.	동북인민혁명군 제3군 산하 10개 사단으로 구성	군장 조상지(전임) 허형식(조선인, 후임), 정치부 주임 장수전(이조린, 전임) 장란생(후임)
동북항일연군 제4군	1936.3.	동북항일동맹군 제4군 산하 3개 4개 사단과 3개 유격연 대로 구성	군장 이연록(전임) 이연평(이연록의 동생, 후임), 정치부 주임 황옥청(조선인)
동북항일연군 제5군	1936.2.	동북반일연합군 제5군 산하 3개 사단으로 구성	군장 주보중(전임) 시세영(후임), 정치부 주임 호인, 참모장 장건동
동북항일연군 제6군	1936.9.	동북인민혁명군 제6군 산하 4개 사단으로 구성	군장 하운걸, 정치부 주임(대리) 장수전(이조린, 3군 정치부 주임 겸직)
동북항일연군 제7군	1936.11.	동북인민혁명군 제4군 산하 4연대 산하 3개 사단으로 구성	군장 진영구(전임) 이학만(조선인, 후임) 경락정(후임) 최석천[조선인(최용건), 후임 군장대리] 군 당 위원회 서기 최석천(최용건)
동북항일연군 제8군	1936.9.	동북민중구국군 산하 6개 사단으로 구성	군장 사문동 부군장 등송백, 정치부 주임 유서화
동북항일연군 제9군	1937.1.	중국자위군 길림혼성여단 제2지대 산하 3개 사단으로 구성	군장 이화당, 정치부 주임 허형식(조선인, 3군에서 파견받음)
동북항일연군 제10군	1936.겨울.	쌍룡 왕아신의 반일부대 기반 산하 10개 연대로 구성	군장 왕아신, 부군장 장충희, 정치부 주임 왕유우

동북항일연군 제11군	1937.10.	명산 기치중의 반일부대 산하 1개 사단으로 구성	군장 기치중, 정치부 주임 김정국(조선인), 참모장 백운봉

3. 1936년 7월-1938년 6월 | 동북항일연군 전기 편제(1, 2, 3로군 결성)

번호	설립시간	부대 기반 및 편성	주요 지휘관	사급(사단급) 주요 지휘관
제1로군	1936.7.	동북항일연군 제1, 2군	총사령(총지휘) 양정우 부총사령 왕덕태(전임) 위증민(후임) 총정치부 주임 위증민 (전임) 전광(조선인, 후임)	1군 1군 참모장 겸 정치부 주임 안광훈(조선인) 1사 사장 정빈 2사 사장 조국안(전임) 조아범(후임) 송무선(조선인, 후임 사장 대리) 3사 사장 왕인재 2군 2군 정치부 주임 전광(조선인) 4사 사장 안봉학(조선인, 전임) 주수동(후임) 5사 사장 사충항(전임) 진한장(후임) 6사 사장 김일성(조선인), 정치위원 김선호(전임), 조아범(후임), 부사장 김재범
제2로군	1937.10.	동북항일연군 제4, 5, 7, 8, 10군	총지휘 주보중 부총지휘 조상지(1940년 2월 부임) 참모장 최석천(최용건)	생략
제3로군	1939.5.	동북항일연군 제3, 6, 9, 11군	총지휘 장수전(이조린) 정치위원 풍중운(전임) 김책(조선인, 후임) 총참모장 허형식(조선인, 3군 군장 겸임)	생략

4. 1938년 7월-1941년 3월 | 동북항일연군 1로군 후기 편제

번호	설립시간	부대 기반 및 편성	주요 지휘관	연대(연대급) 지휘관
제1로군 총부	1936.7.	총부 경위여단 총지휘 직할부대(교도대대) 제1, 2, 3 방면군	총사령 양정우 부총사령 위증민 총정치부 주임 위증민(전임) 전광(후임, 군수처장 겸임) 경위여단장 방진성(전임) 박득범(후임) 정치위원 한인화(조선인) 군부 부관 곽지산	경위여단 산하 1연대장 최춘국(조선인, 후임 정치위원 겸임) 1연대 정치위원 황해봉(조선인, 전임) 2연대장 조인묵(조선인) 3연대장 박선봉(조선인, 전임) 이동학(조선인, 후임) 김백산(조선인, 후임)

제1방면군	1938.7.	1군 2사	조아범	정치부 주임 이준산(전임) 김광학(조선인, 후임) 참모장 윤하태(조선인) 군수부장 송무선(조선인) 부관장 이준산
제2방면군	1938.11.	2군 6사	김일성(조선인)	참모장 임수산(조선인) 정치부 주임 여백기(전임) 이준산(후임) 부관장 필서문 6사 부사장 겸 당위원회 서기 김재범(조선인) 7연대 연대장 손장상(전임) 김주현(조선인, 전임) 오중흡(조선인, 후임) 오백룡(후임) 8연대 연대장 전영림(전임) 손장상(후임) 9연대 연대장 마덕전 10연대 연대장 서괴무(일명 서규오, 전 평일군 수령)
제3방면군	1939.7.	2군 4, 5사	진한장	13연대장 최현(조선인) 참모장 박득범(전임) 안길(후임) 13연대 정치위원 조정철 14연대장 김동규(조선인) 14연대 정치위원 안길(후에 3방면군 참모장으로 이동) 15연대장 이용운(조선인)

5. 1941년 이후 | 소련에서의 항일연군 잔존부대 군사 편제
- 동북항일연군 국제교도여단(일명 88국제교도여단)

여단장 주보중 소좌(1943년 중좌로 진급)
정치 부여단장 이조린 소좌
부여단장 2명 (소련 극동홍군 파견간부)
여단 참모장 1명(소련 극동홍군 파견간부)
여단 부참모장 최석천(최용건) 대위, 여단 당위원회 서기 겸임
여단 정치부 주임 1명(소련 극동홍군 파견간부, 여단 내 소련공산당 당조서기)
여단 정치부 신문정보과장 풍중운 상위
여단 정치부 선전(청년)과장 최석천(최용건, 부참모장직에서 강등당함)

여단 내무부 산하
후근부 부장 1명 (소련 극동홍군 파견간부 소좌 계급)
군계처 처장 1명 (소련 극동홍군 파견간부 소좌 계급)

제1대대 대대장 김일성 대위, 정치 부대대장 안길 대위
제1중대 중대장 최현 상위, 정치 부중대장 김일(박덕산) 상위, 부중대장 최용진 상위
제2중대 중대장 유안래 상위, 정치 부중대장 김경석 상위(대대 당위원회 부서기 겸임), 이준산 중위

제2대대 대대장 왕효명 대위, 정치 부대대장 강신태 대위
제3중대 중대장 팽시로 상위, 정치 부중대장 김철우 중위
제4중대 중대장 이영호 상위, 정치 부중대장 양청해 중위, 부중대장 범덕림 중위

제3대대 대대장 허형식 대위(부임하지 못함, 후임 왕명귀 상위), 정치 부대대장 김책 대위
제3대대 참모장 이계남 중위, 대대 당 정치 전직 부서기 장서린
제5중대 중대장 장광적 상위, 정치 부중대장 왕균 중위
제6중대 중대장 진뢰 중위, 정치 부중대장 마극정 중위

제4대대 대대장 시세영 대위(후임 강신태), 정치 부대대장 계청 대위
제7중대 중대장 김광협 상위, 정치 부중대장 최춘국 상위
제8중대 중대장 도우봉 상위, 정치 부중대장 국구발 중위

통신대대 대대장 1명, 대대 참모장 1명 소련 극동홍군 파견간부
통신대대 산하 중국소대 소대장 박영순 중위, 정치 부소대장 장석창 중위, 기술 부소대장 우보합 소위, 백생태 준위
제1분대 분대장 기서림, 부분대장 형연춘
제2분대 분대장 교방신, 부분대장 이오송
여성분대 분대장 장경숙(강신태의 아내)

박격포중대: 전부 소수민족으로 구성(나나족이 다수)

구호소대: 김옥순(소대장, 최광의 아내), 이계향(김대홍의 아내), 김순희(김충열의 아내), 김정숙(김일성의 아내), 유명옥(김광협의 아내), 왕옥환(최용건의 아내), 호진일(시세영의 아내), 서운경(백생태의 아내), 장옥걸(이동광(동명이인)의 아내), 조소진(진춘수의 아내), 김성옥(최용진의 아내), 유경희(이영호의 아내), 이영숙(부소대장, 김경석의 아내), 박영선(유건평의 아내), 장봉(유철석의 아내), 허창숙(박덕산의 아내), 송계진(사중산의 아내), 김옥곤(조희림의 아내), 이영숙(김철우의 아내), 김선(교수귀의 아내), 김명숙(조원규의 아내), 안정숙(전창철의 아내)

6. 만주 공산당 항일부대 한인 지휘관(군사 간부) 및 주요 당 간부 목록

* 이 목록은 군사기관(유격대, 혁명군, 항일연군 등)에서 군사직무 또는 당직을 겸직했던 한인들 목록이며, 직위는 소대장급 이상이다. '참가 시간'은 전투부대 참가를 기준으로 했으나, 당직을 겸했을 경우에는 입당 연도를 기준으로 했다. 표제 이름은 문헌자료 및 회고담에서 주로 사용하는 이름으로 삼았다.

* 자료 출처: 『동북항일연군장령전』(중국), 『동북인물대사기』(중국), 『동북항일연군사』(중국), 『동북항일연군명록』 및 중국공산당 길림성위원회, 요령성위원회, 흑룡강성위원회 조직사 자료, 『중국공산당 당사인물』 외 다수의 항일연군 역사관련 자료들과 생존자들의 회고담에 근거했다.

항일연군 제1군

이름	본명 및 별명	부대 소속 및 주요, 최후 직책	출생	참가 시간	사망 연월일 및 원인
김광학 (金廣學)		항일연군 1로군 1방면군 정치부 주임(1940.7. 귀순)	미상	미상	미상
마점원 (馬占元)	본명 이학원	항일연군 1군, 1로군 군사처장	미상	1930	1937.7. 피살
박대호 (朴大浩)		조선혁명군 부총사령관 겸 1로군 사령관. 항일연군 1로군 소속 한인 독립사 참모장	1895	1934	1947. 병사
박득범 (朴得范)		항일연군 1로군 3방면군 참모장, 경위여단 여단장(1940.9. 귀순)	1908	1934	1945. 하바롭스크에서 노역, 사망 원인 미상
박사평 (朴四平)		남만유격대 2대대 정치위원, 항일연군 1군 2사 참모장	미상	미상	미상
박선봉 (朴先鋒)		항일연군 1로군 경위여단 3연대장	1913	1933	1938.10.18. 전사
박영호 (朴永浩)		항일연군 1군 2사 8연대 연대장	1909	1933	1935.9. 전사
박한종 (朴翰宗)	본명 유청하, 별명 박환종	동북인민혁명군 1군 참모장	1911	1928	1935.1. 전사
서철 (徐哲)		항일연군 1로군 총부 군의처장, 중공당 남만성위원회 위원	1907	1932	1992.9.30. 병사
선기승 (宣紀勝)		동북인민혁명군 1군 독립사 소년대대 대대장	미상	1931.10	1933.12. 전사
손영호 (孫永浩)	본명 유영호, 별명 유좌건	항일연군 1로군 군부 총무처장, 중공당 남만성위원회 위원	1914	1930	1939. 전사

손용호 (孫溶浩)		중공당 반석중심현위원회 기관지 『반일청년 보』 주필. 항일연군 1로군 총무처장(재임시간 1937)	미상	1932	1938. 전사
송명식 (宋明植)	별명 송린수	중공당 반석중심현위원회 청년부장 공청단 서 기(1937.1.26. 귀순)	미상	미상	미상
송무선 (宋茂璇)		항일연군 1군 2사 조직과장, 정치부 주임, 사장 대리	1908	1933	1983.4.8. 병사
안광호 (安光浩)	본명 안창준, 별명 안창호 안광훈의 동 생	항일연군 1군 교도연대 정치위원, 3사 사장 내 정(부임하지 못함)	1914	1932	1937.6.16. 전사
안광훈 (安光勳)	본명 안창훈, 별명 황해군	항일연군 1군 정치부 주임 겸 참모장, 군장 대 리(1938.1~2) (1938.2. 귀순)	1907	1936	1940.병사(1970년대까 지 이름을 바꾸고 중국 길림 성 길림시에서 살아 있었다 는 설도 있음)
엄필순 (嚴弼順)	본명 엄수명	남만유격대 2대대 정치위원, 항일연군 1군 당 위원회 위원 겸 1로군 군수처장. 재만한인조국 광복회 발기자	미상	1931	1936.10. 전사
유만희 (劉萬熙)	본명 유영준	항일연군 1군 3사 정치부 주임	1917	1933.10	1940.3.24. 반역자에 게 살해 당함
유용국 (劉用國)	본명 유용국	동북인민혁명군 1군 독립사 당위원회 서기	1910	1932.11	1933.9.29. 전사
윤하태 (尹夏泰)	별명 윤정일	항일연군 1로군 1방면군 참모장(1940.1. 귀순)	미상	1933	미상
이명산 (李明山)	본명 손영환, 별명 진수명	중공당 환인현위원회 서기. 항일연군 1군 총부 비서처장	미상	1930	1943. 실종
이명해 (李明海)		동북인민혁명군 1군 1사 5연대 연대장	1900	1932	1935.4. 전사
이민환 (李敏煥)	별명 한민환, 김민환	동북인민혁명군 1군 1사 참모장	1913	1929	1936. 전사
이송파 (李松波)	별명 최송파	동북인민혁명군 1군 2사 참모장	1904	1930	1935.9. 전사
이철수 (李鐵秀)		항일연군 1군 1사 3연대 정치위원	미상	미상	1938.7. 실종
이홍광 (李紅光)	별명 이홍규, 이홍해, 이해 산	남만지구 항일연합군 참모장, 동북인민혁명군 1군 1사 사장 겸 정치위원	1910	1930	1935.5. 전사
이흥소 (李興紹)	별명 이청소	항일연군 2군 6사 교도연대 연대장1군 2사 참 모장	미상	미상	미상
이희민 (李希敏)		항일연군 1군 2사 참모장	미상	미상	미상
정수룡 (丁守龍)		항일연군 1군 2사 참모장(이송파의 후임), 1로군 경위여단 참모장. (1940.1.20.귀순)	미상	미상	미상

조인묵 (趙仁黙)		항일연군 1로군 경위여단 2연대장	1912	1933	1939.11. 전사
진옥진 (陳玉振)	별명 진동갑	동북인민혁명군 1군 독립사 소년대대 대대장	1913	1930.8	1933.12.15.
최윤구 (崔允龜, 중국 기록) 최운구 (崔雲龜, 한국 기록)	별명 최현구	조선혁명군(양세봉 부대) 중대장, 동북인민혁명군 1군 한인독립사 사장, 항일연군 1군 교도대대 작전참모.	1903.8.23. (중국 기록) 1885.8.23. (한국 기록)	1932	1938.12.27. 전사(중국 기록) 1942.9.10. 전사(한국 기록)
풍검영 (馮劍英)	본명 최봉관	중공당 통화중심현위원회 선전부장, 유하중심현위원회 서기(1937. 2. 귀순)	미상	미상	미상
한인화 (韓仁和)		남만성위원회 위원, 항일연군 1로군 경위여단 정치위원	1913	1933.5	1941.3.13. 전사
한진 (韓震)		동북인민혁명군 1군 1사 군수부장, 사 당위원회 서기, 1사 산하 4연대 정치위원	1900	1932.9	1936.3.2. 전사
한호 (韓浩)	본명 김한호, 별명 김영노, 김한걸	동북인민혁명군 1군 1사 부사장 겸 3연대 연대장, 이홍광 사후 사장에 임명	1905	1934.4	1935.7. 전사
현계선 (玄繼善)	본명 현기창	항일연군 1군 1사 8연대 연대장, 1군 2사 6연대 연대장	미상	1932	미상
황정해 (黃正海)		항일연군 1로군 경위여단 경위소대장(위증민 경호전담)	1917.9.13	1932.1	1941.4.28. 곰에게 피습 사망
황철한 (黃哲煥)	별명 장옥린	중공당 봉천특별위원회 서기 겸 조직부장 (1932.10.6. 귀순)	미상	미상	미상
황해봉 (黃海峰)	본명 황병산, 아명 황봉출	항일연군 1로군 경위여단 1연대 정치위원	1916	1932	1941.3.4. 전사

항일연군 제2군

이름	본명 및 별명	부대 소속 및 주요, 최후 직책	출생	참가 시간	사망 연월일 및 원인
강홍석 (姜洪錫)	별명 강흥석	항일연군 1로군 2방면군 7연대 1중대 소대장 (기관총 사수). 일본군 '생간작전'에 이용되었던 지순옥의 남편	1912.5.18	1932	1939.12.17. 전사
곽지산 (郭池山)	본명 곽창영, 별명 곽찬윤, 곽천영	항일연군 2군 군수부장, 1로군 군부 부관	1904	1931.7.26	1943.7. 전사

권영벽 (權永壁)	본명 김남수, 별명 김창만, 김수남	항일연군 2군 6사 조직과장, 선전과장, 중공당 장백현위원회 1임서기. 재만한인조국광복회 장백 지구 책임자	1909	1933	1945.3.10. 서대문형무소에서 교수형 당함
김세 (金世)	별명 김형걸	화룡유격중대 중대장. 어랑촌 13용사	1902	1931	1933.1.18.
김일 (金一)	본명 박덕산	항일연군 1로군 2방면군 8연대 정치위원	1901	1931	1984.3.9. 사망
김철 (金哲)		왕청반일유격대대 대대장(양성룡의 전임)	1905	1932	1933. 전사
김평 (金平)		항일연군 2군 3사 정치부 조직과장, 1로군 2방면군 7연대 정치위원	미상	미상	1939.10. 실종
김낙천 (金洛天)	별명 김낙천 (金樂天)	동북인민혁명군 2군 독립사 2연대(화룡연대) 정치위원	1907	1931	1935.3.29. 민생단으로 몰려 처형됨
김동규 (金東奎)		항일연군 1로군 3방면군 14연대 연대장	1012	1933	1984. 사망
김명균 (金明均)	별명 쇼거우 재(小個子)	중공당 왕천현위원회 군사부장, 왕청반일유격대대 1임 대대장	1899	1917. 나자구 태평구 무관학교	1934.8. 민생단으로 몰려 가짜 귀순 후 다시 체포되어 서대문형무소에서 처형 당함
김명주 (金明柱)	본명 김경만, 별명 연길감옥	항일연군 1로군 2방면군 7연대 1중대 소대장	1912.10.29	1930	1969. 8.17.중국에서 문화대혁명기간 반역자로 몰려 병사
김명팔 (金明八)		항일연군 2군 2연대 연대장	1910	1931	1938.7. 전사
김병수 (金炳洙)		화룡유격중대 정치위원. 어랑촌 13용사	미상	1932	1933.1.18. 전사
김병장 (金炳場)		중공당 연길현위원회 군사부장, 왕청현위원회 군사부장, 왕천현 반일유격대 대대장(김명균 후임)	1889	1931	1934.1. 전사
김산호 (金山浩)		항일연군 2군 6사 8연대 정치위원	1911.1.11	1931	1936.11.25. 전사
김선호 (金善護)		항일연군 1로군 6사 정치위원(1936.7~11.)	1911	1933	1936.11. 전사
김순덕 (金順德)		동북인민혁명군 2군 독립사 1연대(연길연대) 연대장	1911	1931	1934. 전사
김영환 (金永煥)		왕청, 연길유격대 지도원, 항일연군 2군 1사(4사) 참모장	1905	1932	1937.12.10. 전사
김은식 (金銀植)	별명 미남자	왕청유격대 정치위원(김일성의 전임), 반일 산림대(관보전부대) 참모장.	1908	1931	1932. 피살
김일성 (金日成)	본명 김성주, 김동명	항일연군 2군 3, 6사 사장, 1로군 2방면군 지휘, 국제교도여단 1대대 대대장	1912.4.15	1932.4.25	1994.7.8. 병사

김재범 (金在范)		항일연군 2군 6사 7연대 정치위원, 6사 부사장, 2방면군 당위원회 서기 겸 동만지방사업위원회 책임자 (1940.7. 귀순)	미상	미상	미상
김재수 (金在洙)	별명 이영준, 이영달	중공당 왕우구위원회 서기, 연길현위원회 서기, 왕청현위원회 서기, 동만특위 조직부장 (1936.2.9. 귀순, 2군으로 돌아와 자수하고 재만한인조국광복회 활동)	1907	미상	1959. 사망
김주현 (金周賢)		항일연군 2군 6사 7연대 연대장, 2방면군 사령부 부관	1904	1932	1938. 전사
김창섭 (金昌涉)		화룡반일유격대대 대대장(양승환의 후임)	1911	1931	1934.2. 전사
김철진 (金哲鎭)		항일연군 2군 4사 1연대 3중대 중대장	1912	1932	1936.2.5. 전사
김충진 (金忠鎭)		항일연군 2군 4사 2연대 1소대 소대장(기관총사수)	1910	1932	1939. 전사
김택룡 (金澤龍)		항일연군 2군 3사 소대장	1915.10.3	1932	1938.12.28. 전사
김택환 (金澤環)		항일연군 2군 6사 7연대 중대장	1904.8.13	1933	1938.10.21. 전사
김홍범 (金弘范)	별명 홍범, 김과장	동북인민혁명군 2군 독립사 2연대(화룡연대) 부관, 항일연군 2군 4사 조직과장	1909	1935	1938.7. 전사
남창익 (南昌益)	별명 남창일	동북인민혁명군 2군 독립사 3연대 정치위원 (김일성의 후임)	1910	1931	1934.9. 전사
마건 (馬建)	별명 마인룡, 안장영	중공당 동만특별위원회 산하 조선국내 공작위원, 연화혁명위원회 군사위원	1884	1920.8. 홍범도부대	1933.11. 소만국경지대에서 지뢰에 폭사
마동희 (馬東熙)		항일연군 2군 6사 경위중대 지도원(문화교원이라는 기록도 있음)	1912.10.9	1936	1939.1.9. 혜산에서 체포, 옥사
박길 (朴吉)	본명 박윤형	연길현 반일유격대대 정치위원	1894.7.6	1920. 홍범도부대	1933.11. 민생단으로 몰려 체포, 1933.12. 삼도구에서 처형 당함.
박관규 (朴寬奎)		항일연군 2군 4사 1연대 중대장(기관총 사수, 허성숙의 남편)	미상	미상	1937. 전사
박녹금 (朴祿金)		항일연군 2군 3, 6사 여성중대장	1915.5.3	1932	1940.10.16. 함흥형무소에서 옥사
박동근 (朴東根)	본명 박동화	동북인민혁명군 2군 독립사 1연대 연대장	1904.717	1921. 독립군 사관학교	1934.10. 민생단으로 몰려 처형됨
박두남 (朴斗南)		훈춘현 항일유격총대 3대대(영남유격대) 정치위원. 1934년 민생단으로 몰려 훈춘 일본헌병대에 귀순	1901	1928	1945.8. 장춘에서 동북공산주의동맹 결성에 참가했다가 도주 후 실종
박성철 (朴成哲)		항일연군 2군 4사 1중대장, 1로군 총부 경위여단 기관총중대 지도원	1913.9.2	1934	2008.10.28.

박수만 (朴壽萬)		항일연군 2군 6사 경위중대 중대장	1907.4.26	1932	1938.4.26. 전사
박원규 (朴元奎)	별명 박퇀장 (朴團長)	항일연군 1로군 3방면군 13연대 연대장(최현의 전임)	1906.10.15	1932	1940.5.1. 전사
박윤서 (朴允瑞)	본명 박윤세, 별명 박형세	중공당 만주성위원회 소수민족부 위원, 순시원. 동만 첫 반일유격대(개산툰유격대) 창시자. 연화중심현위원회 1임 군사부장	1895	1922. 소련 공산당	1933.1.25. 장춘에서 체포, 만주관동지방법 원에서 재판(기록) 이후 실종
방상범 (方相范)		중공당 화룡현위원회 군사부장, 1926. 황포군관학교(양림의 제자), 국민당 북벌전쟁 참가	1898	1926. 조선 공산당(서상 파)	1933.2.12. 전사. 어 랑촌 13용사
석동수 (石東洙)		훈춘유격대, 항일연군 2군, 3방면군	미상	1933	1960년대 북한에서 숙청
손태춘 (孫泰春)		항일연군 2군 6사 7연대 소대장	1915.4.20	1932	1942.6.5. 전사
송창선 (宋昌善)	별명 손희석, 왕덕림, 라오 쑨, 쑨따거	동북인민혁명군 2군 군부 부관	1886	1932	1936년 만주군에게 피살
신춘 (申春)	별명 양도익	중공당 연화현위원회 군사부장, 평강유격대 총지휘, 황포군관학교(최용건의 제자), 국민당 광주봉기 참가	1907	1927	1934년 6월 경 연길일본헌병대 특무에게 피살
안길 (安吉)	본명 안상길	동북인민혁명군 2군 독립사 4연대(훈춘연대) 중대지도원, 항일연군 1로군 3방면군 참모장	1907	1933.5	1947.12.31. 병사
안봉학 (安奉學)	본명 안정섭, 별명 안국진	항일연군 2군 1, 4사 사장(1936.7. 부대 내 남녀 문제로 탈출, 일본군에 귀순)	1910	1933	1936. 일본군에 피살
안순화 (安順花)		동북인민혁명군 2군 독립사 재봉대 대장	1908	1934	1937.3. 전투 중 포로 되어 피살
안정숙 (安靜淑)	별명 라오안 (老安)	동북인민혁명군 2군 피복공장 공장장	미상	미상	미상
안희숙 (安熙淑)		동북인민혁명군 2군 독립사 1연대 재봉대 대장	1904	미상	1941. 전사
양성룡 (梁成龍)	별명 양병진	왕청반일유격대대 대대장(김철의 후임, 이때 정치위원이 김일성)	1906	1931.9	1935.9.17. 전사
양승환 (梁承煥)	본명 장일룡, 별명 장대지	화룡반일유격대대 대대장(김창섭의 전임)	1907	1932.3	1933. 전사
양형우 (梁亨宇)		항일연군 3방면군 14연대 정치위원(안길의 전임, 이때의 연대장 김동규)	1900	1932	1939.9.23. 전사
여영준 (呂英俊)		항일연군 1로군 2방면군 8연대 중대장, 3방면군 지휘부 통신원	1916	1930	2006.6.24.
오백룡 (吳白龍)		항일연군 1로군 2방면군 경위중대장(김일성의 최측근 심복), 7연대 연대장(오중흡의 후임)	1914.10.24	1932.4	1984.4.6

오일남 (吳日南)		항일연군 2군 6사 소년중대 1임 중대장	1914.10.29	1932.7	1942.5.2. 전사
오중협 (吳仲協)	별명 오일파	공청단 훈춘현위원회 서기, 훈춘영남유격대 소대장	1909	1932.6	1935.5. 민생단으로 몰려 처형됨
오중흡 (吳仲洽)		항일연군 1로군 2방면군 7연대 연대장(김일성의 최측근 심복, 직속부대 부대장)	1910.7.10	1933.5	1939.12.17. 전사
원금산 (元今山)		항일연군 2군 4사 1연대 3중대 중대장, 6사 8연대 기관총중대 중대장	1910	1932.8	1936.11.25. 전사
류경수 (柳京守)	본명 류삼손	항일연군 2군 4사 1연대 1중대 1소대장. 2방면군 13연대 1중대장	1915.9.9	1932	1958.11.19. 뇌질환 사망설 1961.11.18. 소총 오발 사망설
유란한 (柳蘭漢)		동북인민혁명군 2군 독립사 1연대 참모장	1913.4.7	1932	1936.6.7. 병사
윤창범 (尹昌范)		동북인민혁명군 2군 독립사 독립연대 연대장	1900	1932	1935,3.23. 민생단으로 몰려 탈출 (1934)했다가 귀대하여 처형당함
윤창호 (尹昌浩)		동북인민혁명군 2군 독립사 2연대(화룡연대) 연대장	미상	미상	미상
이광 (李光)	본명 이명춘, 별명 이승룡	구국군 별동대 대장	1906.1.23	1931.11	1933.4.29. 피살
이계순 (李桂順)		중공당 화룡현위원회 비서. 항일연군 2군 6사 8연대	1914.11.15	1932	1938.1. 피살
이달경 (李達京)		항일연군 2군 3사 8연대 기관총소대장, 6사 경위중대 지도원, 중대장	1913.9.1	1932	1937.10. 전사
이동걸 (李東杰)	본명 이봉순, 별명 김준	항일연군 2군 6사 경위중대장(김일성의 경위중대장), 2방면군 7연대 정치위원	1909.6.13	1932	1945.3.10. 전투 중 체포(1939.8.)되어 서대문형무소에서 처형 당함
이동백 (李東伯)	별명 대통영감	항일연군 2군 3, 6사 비서처, 월간『3·1』주필	미상	1933	1937.10.25. 전사설 (광복 이후 교통사고로 사망했다는 설도 있음)
이동선 (李東鮮)	별명 이동빈, 이창수	중공당 평강구위원회 군사부장, 연화노농유격대 창설	1904	1927	1931년에 체포되어 1936.7.21. 서대문형무소에서 처형 당함
이동학 (李東學)	본명 김동학, 별명 최동학	항일연군 2군 6사 경위중대장(김일성의 경위중대장, 이동걸의 전임), 1로군 경위여단 3연대 연대장	1914.6.4	1935	1938.12.27. 전사
이상묵 (李相默)	별명 진세공	중공당 동만특위 조직부장	1905	1932.8 연길유격대	1938.1.26. 사망(아편 중독)
이영규 (李英珪)		중공당 평강구당위원회 서기, 연화현혁명위원회 군사부장	1905	1926.10	1933.12. 옥사

이용운 (李龍雲)		항일연군 2군 군장 왕덕태의 경위소대장, 1로 군 3방면군 15연대 연대장 겸 정치위원	1913.11.16	1932	1940.9. 전사
임수산 (林水山)	별명 임우성	항일연군 1로군 2방면군 참모장(1940.2.14. 귀 순. 임우성공작대 특무대장)	1909	1933	1945.8. 소련군에 체포, 사망 원인 미상
임승규 (林勝奎)	별명 임승규(林升 奎), 임성규	동북인민혁명군 2군 독립사 1연대(연길연대) 연대장 대리, 참모장. 지방공작원으로 전출	1906	1931	1936. 미혼진회의 이후 명령 불복으로 처형 당함
임춘추 (林春秋)		항일연군 2군 1, 3연대 군의. 경위연대 당위원 회 서기	1912.3.8	1934	1988.4.27. 사망
장용산 (張龍山)	별명 장폴(張砲)	항일연군 2군 독립사 3연대 중대장, 4연대 5 중대 중대장	1903.8.5	1932	1935.11.1. 전사
장자관 (張子寬)		중공당 개산툰구위원회 조직위원, 동만반 일농민운동 지도자, 개산툰유격대 창시자. 1933.12. 체포되어 수감됨	1904	1926. 황포 군관학교, 광 주봉기	1933.12. 체포되어 수감됨. 미상
전광 (全光)	본명 오성륜, 별명 만한생, 오성철, 야마 모토 히데오 (귀순 후)	중공당 반석중심현위원회 서기 겸 반석유격대 참모장, 항일연군 2군 정치부 주임, 1로군 총정 치부 주임(군수처장 겸임), 1941.1. 귀순	1989.11.17	1919.4. 블라디보스 토크, 반일부대	1947. 병사
전동규 (全東奎)		항일연군 1로군 3방면군 15연대 연대장(김동규 의 전임)	미상	미상	1939.8. 전사
전철산 (全鐵山)		훈춘유격대 4중대(김려중 중대) 지도원, 2군 북만 원정부대에 참가	1908.3.5	1932	1937.9.6. 전사
정응수 (鄭應洙)	별명 정석준, 정일구, 정일 규	항일연군 2군 4사 부관	1900.9.5	1927. 독립군	1938.9. 전사
조기섭 (趙基燮)	별명 조군석, 조영학	항일연군 1로군 사령부 부관	1895.8	1931.5	1940. 전사
조도언 (曹道彦)		연길유격대 중대장	1903.10.3	미상	1985.4.3. 병사
조동율 (曹東律)		중공당 개산툰구위원회 군사부장	1907	1930	1933.12. 사형됨
조정철 (趙政哲)	별명 북청댁, 새색시	항일연군 1로군 3방면군 13연대 정치위원	1916	1933	1951.3. 전사
조춘학 (趙春學)		왕천현 반일유격대대 정치위원(김일성 후임). 대 대장(양성룡 후임). 동북인민혁명군 2군 독립사 3연대(왕청연대) 연대장	미상	미상	전투 중 두 다리 골절 후 사망(상황 알 수 없음)
주재일 (朱在一)		항일연군 1로군 2방면군 7연대 정치위원(김재 범 후임)	1915.11.1	미상	1985.4.17. 사망
주진 (朱鎭)	별명 주백룡	동북인민혁명군 2군독립사 사장 (1935.1. 민생단 으로 몰려 탈출, 귀순)	1905	1930	1945.10. 처형

지봉손 (池奉孫)		항일연군 2군 6사 전달장	1915.5.5	1935	1943.3.29. 전사
차룡덕 (車龍德)	별명 효성, 진성	동북인민혁명군 2군 독립사 2연대(화룡연대) 정치위원. 1934. 민생단으로 몰려 병사로 강등	1906	1931.7	1934.8. 전사
최현 (崔賢)	본명 최득권	항일연군 2군 4사 1연대 연대장. 1로군 3방면군 13연대 연대장	1907	1932	1982.4. 병사
최수만 (崔壽萬)		동북인민혁명군 2군 독립사 3연대(왕청연대) 참모장	1904	1932	1934.2. 전사
최인준 (崔仁俊)		동북인민혁명군 2군 독립사 독립연대 연대장 (윤창범 후임). 3연대 중대장으로 강등.	1911	1932	1937.6.5. 전사
최철관 (崔哲寬)		항일연군 2군 4사 경위중대 지도원(사장 주수동 경호 전담), 1로군 경위여단 3연대 연대장(이동학 후임)	1915	1932.4	1940. 전투 중 포로, 생매장 당함
최춘국 (崔春國)		왕청유격대 2중대 지도원(김일성 최측근 심복). 항일연군 1로군 독립여단 1연대장	1914	1932	1950.7.30. 전사
최학철 (崔學哲)		동북인민혁명군 2군 독립사 1연대(연길연대) 정치위원, 중공당 훈춘현위원회 서기.	미상	1933	1935.2. 민생단으로 몰려 피살
최희숙 (崔希淑)	본명 최희숙 (崔姬淑)	항일연군 2군 6사 재봉대 대장	1909.12.16	1932.8	1941.3.12. 체포되어 용정에서 처형 당함
한흥권 (韓興權)		왕청유격대 중대장(김일성의 최측근 심복), 항일연군 2군 5사 진한장부대 중대장	1912.6.21	1932	1938.7.24. 전사
황정열 (黃貞烈)	본명 황남순	중공당 동만특별위원회 위원 겸 부녀부장. 중공당 장백현위원회에서 사업. 권영벽과 '가짜 부부'로 위장하고 활동.	미상	1935	미상

항일연군 제3군

이름	본명 및 별명	부대 소속 및 주요, 최후 직책	출생	참가 시간	사망 연월일 및 원인
강산 (康山)		항일연군 3군 6사 정치부 주임	미상	1933	1938. 전사
강덕산 (姜德山)		주하유격대 5중대 중대장. 합동지대 5대대 대대장.	미상	미상	미상
김책 (金策)	본명 김홍계	항일연군 3로군 정치부 주임. 중공당 북만 임시성위원회 서기	1903	1927	1951.1.31. 심장마비로 사망
김영석 (金永錫)		파언유격대 소년대 대장	미상	미상	미상
김학경 (金學京)		항일연군 3로군 3지대 부관	미상	미상	미상

박길송 (朴吉松)		항일연군 3군 3사 정치부 조직과장(정치부 주임 허형식의 최측근 심복). 독립 2사 정치부 주임. 3로군 12지대장	1917.8	1936.3	1943.8.24. 사형 당함
양재문 (梁在文)	별명 이명철, 비모퇴	중공당 주하중심현위원회 비서장 김책 통신원. 주하유격대, 합동지대, 3군 결성에 참가. 동북인민혁명군 3군 기찰처 부처장	1909.7.21	1932.5	1979.11. 병사
오세영 (吳世英)	본명 오중선	오중흡의 친동생. 항일연군 3로군 34대대 지도원	1913	1933	1940.10.7. 전사
이태 (李泰)	별명 송중학	항일연군 3군 2사 사장	미상	1933	1940. 피살
이계동 (李啓東)	별명 이우백	독립군 신흥사관학교 추천으로 1921. 운남강무당 17기 보병과 입학. 광주봉기에 참가. 중공당 주하중심현위원회 위원. 주하반일유격대 창설자 중 하나. 합동지대 경제부장(조상지의 최측근 심복)	1896	1932.9	1934.7. 하얼빈특무기관에서 파견한 특무 주광아(周光亞)에게 피살
이근식 (李根植)	별명 이근지	주하반일유격대 소년대 대장. 기병대 대장. 북만 지방에서 이름 날린 소년영웅(조상지의 최측근 심복)	1916	1932	1934. 전사
이복림 (李福林)	본명 공도진, 별명 최동범, 최종명, 박상실	중공당 북만 임시성위원회 조직부장. 합동(하얼빈 동부) 유격사령. 항일연군 의동판사처 주임	1907.5.21	1926	1937.4. 전사
이정차 (李正車)		주하반일유격대 경제부 부장(재임시간 1933.10.)	미상	미상	미상
이홍수 (李洪秀)		항일연군 3군 2사 조직과장	1910	1931	1939. 전사
주서범 (周庶泛)		중공당 북만성위원회 집행위원. 항일연군 3로군 1사 정치부 주임	1910	1931	1940.3. 수행부관 임영림과 경위원 왕모에게 피살
최춘수 (崔春秀)		항일연군 3군 유수 1연대 연대장	미상	미상	미상
허형식 (許亨植)	본명 허극, 별명 이희산, 이삼룡	항일연군 3군 3사 정치부 주임. 9군 정치부 주임. 3군 군장 겸 3로군 총참모장. 88국제교도여단 3대대장에 임명되었으나 부임하지 못함	1909	1934	1942.8.2. 전사

항일연군 제4군

이름	본명 및 별명	부대 소속 및 주요, 최후 직책	출생	참가 시간	사망 연월일 및 원인
김백만 (金百萬)	본명 김형국, 별명 최성호, 최산동	항일연군 4군 3연대(삼림대 출신 소연인 부대) 정치위원	1909.2	1929.2	1935.11. 피살. 소연인이 3군 군장 조상지에게 처형당하자 보복 당함
김용국 (金龍國)		항일연합군 4군 군수처장	1915	1931	1973.3.9. 병사
김진호 (金鎭浩)	별명 이태준, 김진국	항일연합군 4군 반일회장 겸 정치선전부 부장	1906.12.27	1927	1978.6.28. 병사
박덕산 (朴德山)		항일연군 4군 4사 정치부 주임	미상	1933	1938. 전사
박봉남 (朴鳳南)	본명 김만흥, 별명 강철산, 김만주, 오만 복	중공당 밀산현위원회 서기. 항일동맹군 4군 당 위원회 서기 겸 조직부 부장	1907. 3.4	1926	1936. 전사
이춘근 (李春根)	본명 이응규, 별명 이백춘, 강철범, 박기 현	항일연합군 4군 2연대 정치위원	1903	1929	1970. 문화대혁명 기간 박해로 병사
주덕해 (朱德海)	본명 오기섭, 별명 오동원, 오병원, 강도일	항일연합군 4군 신편 2연대 유수처 당지부 서 기(해방 후 중국연변조선족자치주 1임 주장)	1911.3.5	1931	1972. 문화대혁명 기간 박해로 병사
황옥청 (黃玉淸)	본명 황형호, 별명 한형호	항일연군 4군 정치부 주임. 2로군 총지휘부 정 무처 주임. 중공당 길동성위원회 위원	1899	1927	1940.1. 전사

항일연군 제5군

이름	본명 및 별명	부대 소속 및 주요, 최후 직책	출생	참가 시간	사망 연월일 및 원인
강동순 (姜東淳)		동북반일연합군(5군 전신) 2사 6연대 정치위원. 8군 2사 정치위원	1916	1932	1945. 전사
강신일 (姜信一)		항일연군 5군 3사 8연대 정치위원	미상	1934	1939년 봄. 여대원 이생금(李生金) 과 바람피우다가 친형 인 강신태에게 피살
강신태 (姜信泰)	별명 강건	항일연군 2로군 3사 9연대 정치위원(주보중의 최측근 심복. 북한 건국 후 초대 인민군 총참모장	1918	1930	1950.9.18. 6·25전쟁 중 지뢰 폭사

김광협 (金光俠)		항일연군 2로군 총지휘부 경호부대 정치위원. 1945.9. 중공당 목단강지구위원회 서기, 길동군구 사령관. 북한 건국 후 민족보위상과 부수상	1915	1933	1970. 김일성 유일체계를 비판하다가 숙청 당함
박낙권 (朴洛權)		항일연군 5군 2사 5연대 2중대장, 2로군 총부 경위대 대장(주보중의 최측근 심복)	1917	1934	1946.4. 전사
박동화 (朴東和)		항일연군 2로군 5군 2사 5연대 정치위원	미상	미상	1938.9. 전사
이광림 (李光林)		중공당 길동국 상무위원, 공청단 길동성위원회 서기. 항일연군 5군 2사 정치부 주임	1910	1931	1935.12.24. 전사
이춘산 (李春山)		항일연군 5군 2사 4연대장, 1940.10. 1로군 3방면군 군부 부관으로 전출	1901	1932	미상
장성진 (張成鎭)		항일연군 5군 3사 참모장	1912	미상	1939.12. 전사

항일연군 제6군

이름	본명 및 별명	부대 소속 및 주요, 최후 직책	출생	참가 시간	사망 연월일 및 원인
마덕산 (馬德山)	본명 김승호	항일연군 6군 1사 사장	1911.12.30	1931	1938.3.29. 전사
배석철 (裵錫哲)		탕원유격대(6군 전신) 정치지도원	미상	미상	1933.6. 탕원현 북산손가취자 탄광에서 대원 모집 중 비적에게 피살
서광해 (徐光海)	본명 서병인	항일연군 6군 1사 정치부 주임	1907	1930	1938.11.23. 전사
오옥광 (吳玉光)		항일연군 6군 4사 정치부 주임	1909	1933	1938. 전사 (부인인 유격대 여대원 이계란은 90세까지 살았으며 2008.1.8. 사후 합장함)
유동진 (柳東鎭)		탕원유격대(6군 전신) 초창기 중대장	미상	1931	1935.3. 민생단으로 몰려 처형 당함
윤세창 (尹世昌)		항일연군 6군 6연대 정치부 주임	미상	미상	미상
이석원 (李石元)		항일연군 6군 1사 후근처 처장	미상	미상	1938. 전사
이옥봉 (李玉峰)		항일연군 6군 1연대 정치부 주임	미상	미상	미상
이운봉 (李雲峰)	본명 이운봉 (李雲奉)	항일연군 6군 1사 6연대 정치부 주임	1918.9.30	1934	1942. 전사

이인근 (李仁根)	별명 장추	탕원유격대(6군 전신) 참모장	미상	1933.1	1935.3. 민생단으로 몰려 처형 당함
이종옥 (李鐘玉)		항일연군 6군 1사 중대장	미상	미상	미상
장흥덕 (張興德)		항일연군 6군 2사 정치부 주임	1909	1930	1939. 전사
전용만 (全龍滿)		항일연군 6군 3사 19연대 정치부 주임	1915.9.12	1934	1989.1.22. 병사 (1938.5. 전투 중 부대와 헤어져 귀농)
조상국 (趙相國)		항일연군 6군 1사 군수처장	미상	미상	전사
최청수 (崔淸洙)	별명 최청수 (崔淸秀)	탕원유격대(6군 전신) 출신 3로군 기밀처 주임, 중공당 북만성위원회 비서처 처장	미상	1934	1940. 전사
최현말 (崔顯沫)		탕원유격대(6군 전신) 중대장	미상	미상	1935.3. 민생단으로 몰려 처형 당함

항일연군 제7군

이름	본명 및 별명	부대 소속 및 주요, 최후 직책	출생	참가 시간	사망 연월일 및 원인
고원명 (高遠明)	본명 고석호, 별명 김일영	1926. 조선공산당 만주총국 참가. 항일연군 7 군 군수처장	1899	1930	1936.12. 전사
김탁 (金鐸)		항일연군 7군 2사 참모장, 7군 정치부 선전과 장	1901	1932	1938.2. 7군 1사 2연대 연대 장 왕봉림에게 피살
김동천 (金東天)		요하민중반일유격대대 권총대 대장	미상	1932	미상
김득준 (金得俊)		항일연군 7군 3사 7연대 연대장	미상	미상	미상
김룡화 (金龍化)	별명 비준수 염(김일성 회고 록)	동북인민혁명군 4군 4연대(7군 전신) 1중대 중 대장.	미상	1933	미상
김문형 (金文亨)	별명 김창의	요하반일유격대 대장, 정치부 주임. 항일구국 군 특무대 대장	1903.1.13	1933	1934. 전투 중 중상을 입고 병사
김윤호 (金潤浩)	별명 최기철	항일연군 2로군 총부 비서	미상	미상	미상
김창해 (金昌海)		항일연군 7군 1사 3연대 정치위원	미상	미상	미상
김품삼 (金品三)	본명 김만종	항일연군 7군 군부 비서장, 당 특별위원회 서 기	1908	1935.2	1940. 전사

박진우 (朴振宇)	본명 김산해	중공당 요하중심현위원회 서기. 요하민중반일 유격대대(7군 전신) 정치위원	1908	1932	1935.9.26. 전사
서봉산 (徐鳳山)	본명 김세일, 별명 이양춘	중공당 호림현위원회 서기. 항일연군 7군 경제 부장, 2로군 총부 교통참 호림참 주임(최용건의 최측근 심복)	미상	1929	1939.6. 당내 투쟁에서 경쟁자 정로암(귀순)에게 피살
신광순 (申光淳)		항일연군 7군 군수 책임자	1906	1933	1938.11. 전사
안영화 (安永化)		요하반일유격대 출신. 항일연군 3로군 3지대 중대장	미상	1933	1942.2. 전사
오응룡 (吳應龍)		항일연군 7군 군부 경위중대 중대장(최용건의 경 호 담당)	1916	1933	1939. 전사
이영호 (李永鎬)		항일연군 7군 3사 7연대 정치위원. 2로군 2지 대 2대대 정치위원(7군 군장 이학복의 조카)	1910	1934	1957. 주중 북한대사 역임, 이후 미상
이일평 (李一平)	본명 이응선, 별명 이철수, 이창해	항일연군 7군 3사 정치부 주임	1910.9	1928	1939.10. 전사
이학복 (李學福)	본명 이학만, 별명 이보만	동북인민혁명군 4군 2사 부사장 겸 4연대 연 대장, 항일연군 7군 군장	1901.12.11	1930	1938.8.8. 병사
최영화 (崔榮華)		요하민중반일유격대대 창설자의 하나. 동북항 일연합군 4군 2사(7군 전신) 정치부 주임 겸 당 위원회 서기	미상	1930	1936. 전사
최용건 (崔鏞建)	본명 최석천, 별명 김지강, 최추해, 근수 길, 영수사 등	조선공산당 만주총국(화요파) 군사부장, 항일연 군 7군 군장대리, 당위원회 서기. 2로군 총참 모장, 88국제교도여단 부참모장, 중공당 동북 당위원회 서기, 북한 건국 후 인민군 총사령과 차수 및 국가부주석, 최고상임위원장	1900	1924	1976. 병사
최용진 (崔勇進)		항일연군 7군 1사 1연대 연대장, 2로군 2지대 교도대대 대대장(최용건의 최측근 심복), 88국제교 도여단 1대대(대대장 김일성) 3중대 중대장	1916.12.4	1933	1998.12.21. 사망
허성재 (許成在)		요하민중반일유격대 창설자의 하나, 초기 특무 대 대원, 2소대 소대장, 동북국민구국군 1여단 특무대대 3중대 중대장	미상	1932	1934.1.27. 전사

항일연군 제8, 9, 11군

이름	본명 및 별명	부대 소속 및 주요, 최후 직책	출생	참가 시간	사망 연월일 및 원인
강동수 (姜東秀)		항일연군 8군 3사 정치부 주임	1908	1932	1938. 전사
김근 (金根)		항일연군 8군 1사, 3사(강동수의 후임) 정치부 주임	1903	1930	1937.12.3. 귀순분자에게 피살
김동철 (金東哲)		항일연군 8군 1사 6연대 정치위원	미상	미상	미상
김정국 (金正國)		항일연군 11군 정치부 주임 겸 제1여단 정치부 주임(1937.12. 동만에서 민생단사건을 일으켰던 간도협조회 회장 김동한을 처단)	1912.3.1	1934	1938.5. 귀순분자에게 피살
김조일 (金助一)		항일연군 5군 1사 3연대 정치위원(2군으로 전출된 이준산의 후임). 항일연군 9군 정치부 과장	미상	1931	1939.2.10. 전사
배춘파 (裵春波)		항일연군 8군 1사 정치부 주임(김근의 후임)	1907	1933	1938.6. 전사

1940년 이후 소련홍군 소속 정찰요원

이름	본명 및 별명	부대 소속 및 주요, 최후 직책	출생	참가 시간	사망 연월일 및 원인
박영산 (朴英山)		항일연군 5군 부관, 소련홍군 군사정보부문 정찰병	미상	1937. 입소	1944. 정찰임무 집행 중 체포되어 하얼빈에서 피살
심덕룡 (沈德龍)		소련홍군 참모부 정찰요원	1911	1934.12 입소	1943.11. 하얼빈 731 생체실험 부대에서 피살
안철민 (安哲民)		소련홍군 10공수 선견부대 부대장	미상	미상	1945.8.3. 전사 (밀산 경내 소만국경 지대에서 일본군 호두요새 시설을 정찰하다가 발각)

인물과 사진 찾아보기

김일성과 가족 사진

1926년 'ㅌㄷ' 시절

1927년 길림 육문중학교 시절

다브산즈 차림의 김일성(오른쪽)과 친구 고재봉

1931년 유격대 창건 당시

1943년 소부대 활동 시절

1945년 평양개선연설

김성주, 김정일

김성주, 김정숙, 김정일(아들)

김성주, 김정숙, 김정일, 김만일(아들), 김경희

김성주, 이보익, 김정일

김형직(아버지)

강반석(어머니)

김보현(할아버지)

김형권(삼촌)

강돈욱(외할아버지)

강진석(외삼촌)

김철주(동생)

인물 찾아보기

강신태(강건)

강백생

강위룡

강전원

강증룡

강홍석

공영

곽지산

권영벽

기유림

길흥

김경석

김경천

김광렬

김광학

김규식

김근(김광진)

김근혁(김혁)

김금순

김낙천

김동한

김려중

김명세

김명주

김복록

김산호

김상화

김석봉

김석원

김선두

김선

김성국

김성도   김옥순   김용석   김은식

김익현   김일(박덕산)   김일환   김자린

김재수   김정덕   김정순(김백문)   김주현

김중건   김창근   김창영   김책

김철 김철만 김철억 김철호

김평 김학규 김혜순 김확실

나명성 나카지마 다마지로 단립지 당취오

동숭빈 동장영 두군혜 류란환

류삼손(류경수) 마동희 마량 마천목

맹길민 무선 문정일 박길송

박낙권 박녹금 박달(박문상) 박득범

박금철 박봉남 박성철 박영순

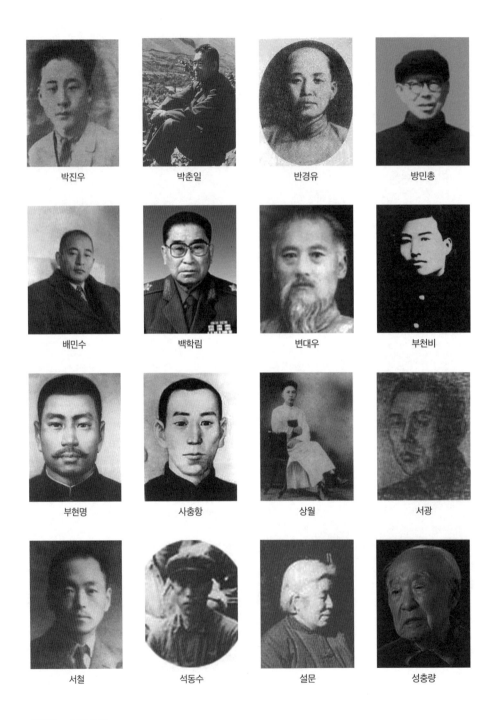

박진우 박춘일 반경유 방민총

배민수 백학림 변대우 부천비

부현명 사충항 상월 서광

서철 석동수 설문 성충량

소검비   손옥봉   손원금   손원일

손장상   손정도   손태춘   송무선

송일   송철암   수상생   시세영

신팔균   심봉산   안길   안광훈

안정룡

안훈

양광화

양군무(양좌청)

양림

양성룡

양세봉

양일천

양정우

양준항

양태화

여영준

오광심

오동진

오백룡

오빈

오성륜(전광)　　오옥청　　오의성　　오일남

오중화　　오중흡　　오진우　　오평

왕덕림　　왕덕태　　왕명　　왕신림(나움 소르킨)

왕옥환　　왕윤성　　왕일지　　왕작주

왕전충	우메즈 요시지로	우에다 겐키치	우학당(우명진)
위증민	위포일	유곤	유만희
유성철	유여대	유옥천	유의권
유한흥	윤창범	이계순	이광

이광림   이다 스케오   이달경   이동광

이동백   이동선   이동학   이두수

이문빈   이민   이민환   이방

이복덕(이범오)   이성림(김동식)   이성림   이송파

이순희   이시가와 다카요시   이연록   이오송

이용운   이웅걸   이유민   이재유

이제순   이조린   이종락   이재덕

이준산   이준식   이진무   이학복

이학충

이형박

이홍광

이훈

임춘추

장건동

장광자

장덕수

장림

장소봉

장옥형

장용산

장운하

장위국

장일환

장작림

장작상 장종원 장중화 장철호

장택민 장학량 전문섭 전문진

전중초 전철산 정빈 정이형

조국안 조동욱 조명선 조보원

조상지　　조아범　　조일만　　조왈남

조택주　　종자운　　주덕해　　주보중

주수동　　주운광　　지병학　　지청천

진담추　　진독수　　진만운　　진위인

진한장

진해

차광수

차룡덕

채명신

채수항

초문적

최광

최금산

최금숙

최상동

최용건

최윤구

최인준

최일천과 승소옥 부부

최일화

최일현

최창학

최춘국

최현

최효일

최희숙

축옥성

키시타니 류이치로

풍검영

풍점해

풍중운

하기풍

하충국

한광

한광제

한낙연

한인화　　　　한진　　　　한진기　　　　한흥권

허성숙　　　　허형식　　　　현익철　　　　현정경

호진일　　　　황생발　　　　황순희　　　　황재연

황정해　　　　후국충　　　　후쿠마 카즈오　　　　희흡

피취재자 및 회고담 구술자 목록

강백생(江柏生) 항일연군 생존자, 취재지 반석현, 1987.

강필용(姜弼勇) 조선인, 항일연군 연고자, 취재지 연길, 1986.

계기화(桂基華) 조선인, 조선혁명군 생존자, 취재지 신빈현, 1984, 1986.

계청(季靑) 중국인, 항일연군 생존자, 취재지 하얼빈, 1986~1987.

고명경(高明慶) 중국인, 작가, 요령자위군 전문가, 취재지 통화, 1988.

고정천(高静泉) 중국인, 항일연군 연고자, 유옥천의 미망인, 취재지 북경, 2000.

고××(高××), 중국인 만주국 경찰 경력, 역사반혁명분자, 요령성 본계시 거주, 취재지 요령성 본계
    시, 1999~2000.

김××(金××, 실명 확인 불가) 외 2인, 조선인, 만주국 시절 연길현 세린하 태양촌 갑장 김장진의 유가
    족, 취재지 세린하 단결대대, 1983.

김××(金××, 실명 확인 불가) 외 2인, 조선인, 훈춘정의단 경력자, 취재지 훈춘, 1984.

김금열(金今烈) 조선인, 동만청총 연고자, 역사반혁명분자, 취재지 용정, 1984~1986.

김백문(金伯文) 조선인, 항일연군 생존자, 취재지 북경, 왕청, 1998, 2000~2001.

김선(金善) 조선인, 항일연군 생존자, 취재지 연길, 1991~1992, 1996.

김영철(金永喆) 조선인, 조선혁명군 생존자, 취재지 요령성 신빈현, 1982.

김우종(金宇钟) 조선인, 역사학자, 전임 흑룡강성 당사연구실 주임, 취재지 상지시, 1999.

김은하(金銀河) 이북출신 재미 교포, 일본이름 나리도미 긴가, 현재 뉴욕 퀸스 거주, 93세.

난××(蘭××, 실명 확인 불가) 외 11인, 중국인, 동북인민혁명군 연고자 유가족, 난충발(蘭忠發)의 아
    들, 취재지 왕청현 천교령진, 1983, 1986.

도왕재(陶旺財) 외 2인, 중국인, 삼림대 유가족, 남만 상점대(常占隊) 두령 목용산의 손자, 취재지 반
    석현 석취진, 1996~1998.

동숭빈(董崇彬) 중국인, 항일연군 생존자, 항일연군 2군 4사 1연대 중대장 역임, 취재지 사천성 성도
    시, 1990.

리××(李××) 외 1명, 조선인, 안도현 송강진 소사하촌 주민, 취재 당시 77세, 1983.

마계민(馬繼民) 중국인, 항일연군 유가족, 항일연군 1로군 총지휘 양정우의 손자, 취재지 길림성 장춘시, 2000.

마덕전(馬德全) 중국인, 항일연군 생존자, 2군 6사 9연대 연대장, 취재지 교하, 1982.

마연개(馬延凯) 중국인, 중국인민대학교 역사학 교수 취재지 북경, 1988.

마유가(馬維嘉) 중국인, 항일연군 연고자, 왕윤성의 아들, 취재지 서란, 1984.

무진숙(繆珍淑) 중국인, 만주군 연고자, 만주군 길림경비여단 산하 제13보병연대 중대장 무연광(繆延光)의 딸, 취재지 요령성 영구시.

문성자, 한국계 미국인, 손정도 목사의 외손녀, 취재지 미국 뉴욕, 2006.

박××(朴××, 실명 확인 불가) 외 2인, 조선인, 항일연군 연고자, 아버지가 항일연군 5군 1부대에 참가했으며 1938년 사장 관서범과 함께 도주하다가 붙잡혀 처형당했음, 취재지 흑룡강성 오상현, 1982.

박경호(朴京浩, 가명) 조선인, 동북인민혁명군 2군 독립사 3연대 연고자, 취재지 도문.

박경환(朴京煥, 가명) 조선인, 연변전원공서 시절 임춘추의 비서, 취재지 요령성 안산시, 1987.

박순금(朴順今) 조선인, 항일연군 연고자, 박길송의 여동생, 취재지 길림성 도문시, 1981~1983.

박창욱(朴昌昱) 조선인, 항일투쟁사 전문가, 연변대학 역사학부 교수, 취재지 연길, 1995~2000 10여 차례.

박춘일(朴春日) 조선인, 항일연군 생존자, 취재지 훈춘, 연길, 1981~1982.

박호산(朴虎山) 내외, 조선인, 연길현 노두구진 보원촌 주민, 취재지 보원촌, 1983.

범광명(范廣明) 중국인, 진한장의 오동중학교 동창생, 취재지 돈화현, 1993~1994, 1996.

빌리 그레이엄(Billy Graham) 미국인 목사, 취재지 미국 노스캐롤라이나, 2006.

상유선(常維宣) 중국인, 항일연군 생존자, 취재지 길림성 영길현, 1983.

서중명(徐中明, 가명) 『길림지감통신(吉林簽通訊)』 편찬 참가자, 취재지 장춘, 2000.

석××(石××) 외 3인, 조선인, 석동수의 조카, 1983년 북한 탈출, 취재지 연길시.

소만둔(小滿屯, 별명) 중국인, 돈화현 관지진 대지주 만금창(滿金倉)의 아들, 취재지 돈화현 황니허, 1983.

송××(宋××) 외 7인, 중국인, 장백현 마록구진 대이수촌 촌민, 지주 쑹더푸(宋德福, 송덕부)의 아들, 취재지 장백현, 1984.

송승룡(宋承龍) 외 3인, 조선인, 항일연군 연고자, 김일룡의 조카, 취재지 안도현 만보진.

송승무(宋承武) 외 2인, 중국인, 돈화현 관지진 흑석툰 토박이, 취재 당시 89세, 취재지 돈화, 1983.

안준청(安俊淸) 중국인, 항일연군 연고자, 부친 안경희(후에 일본군에 귀순)는 전광(오성륜)의 경호병, 취재지 산동성 청도, 1991.

야마타 가쿠지(山田學二) 일본인, 만주 정안군 지도관, 취재 당시 91세, 취재지 일본 미에켄 시마반도, 2008.

양 씨(楊氏) 중국인, 무송현 동강진 대감장촌 촌장, 취재지 무송 동강진, 1988.

양 씨(楊氏, 양눈먹쟁이, 독안룡) 중국인, 만주군(2여단 기병중대장) 생존자, 취재지 통화, 1984.

양강(楊剛, 가명) 중국인, 길림성 정협문사위원(文史委員) 겸 역사당안관리처장, 취재지 장춘, 1986.

양광화(楊光華) 중국인, 중공당만주성위원회 서기 역임, 취재지 호북성 무한, 1988.

양소강(楊笑康) 중국인, 항일연군 생존자, 조아범의 경위원, 취재지 흑룡강성 북안시, 1983.

양효천(楊曉天) 중국인, 항일연군 생존자, 양좌청(양군무)의 아들, 취재지 하얼빈, 1988.

언성(鄢成) 중국인, 항일연군 연고자, 진한장의 조카, 취재지 돈화, 2001.

여백성(呂百姓) 중국인, 제2방면군 정치부 주임 여백기(일본군에 귀순)의 아들, 취재지 화룡현, 1988.

여영준(呂英俊) 조선인, 항일연군 생존자, 취재지 연길, 1981~1982, 1986, 1988~1989, 1993, 1996.

여학성(呂學成) 중국인, 만주군 생존자, 취재지 서란현 수곡류, 1988.

오륭번(吳隆繁) 중국인, 항일연군 유가족, 코민테른 순시원 양송의 조카, 취재지 하남성 낙양, 1991.

오은숙(吳銀淑) 조선인, 항일연군 연고자, 북한 오진우의 친조카, 취재지 길림성 도문시 석현진, 1983~1984.

오옥청(吳玉淸) 중국인, 항일연군 연고자, 2014년 사망(92세)

오흥식(吳興植, 가명), 조선인 항일연군 유가족 오성륜의 친조카, 취재지 연길, 1984.

왕덕승(王德勝) 중국인, 무송현 동강진 정부 민정간부, 취재지 무송, 1988.

왕명옥(王明玉) 중국인, 길림 자위군 생존자, 취재지 돈화현, 1987.

왕열(汪列) 중국인, 1950년대 요령성 영구시 공안국에서 만주군 출신 반혁명범죄분자를 진압하는 사업 지도, 취재지 심양, 1988.

왕영길(王永吉) 중국인, 교하탄광 이퇴직 간부, 왕윤성의 지인, 취재지 교하, 1883.

왕일지(王一知) 중국인, 항일연군생존자, 취재지 북경, 1984, 1986.

왕효명(王效明) 중국인, 항일연군 생존자, 취재지 북경, 1989.

우숙운(于淑云) 중국인, 항일연군 연고자, 진한장의 첫 번째 아내 추씨의 조카, 취재지 돈화현 현유진 성산자촌, 1982.

우숙현(于淑賢) 중국인, 항일연군 연고자, 진한장의 첫 번째 아내 추씨의 조카, 취재지 돈화현 현유진성산자촌, 1982.

위용길(魏勇吉) 중국인, 일본헌병대 근무 경력자, 해방 후 반혁명분자로 징역 16년 복역, 취재지 길
림성 화전시 팔도하자진, 1988.

위포일(魏抱一) 중국인, 중공당 만주성위원회 서기직 역임, 취재지 호남성 무창, 1982.

유××(柳××) 외 3인, 중국인, 만주군 연고자, 남편 관상량(關常亮)은 영안현 남호두촌 자위단 단장이
었음, 취재지 길림성 서란현 신안공사 석하대대, 1984.

유동강(柳同江) 중국인, 교하탄광 이퇴직 간부, 왕윤성의 지인, 취재지 서란, 1883.

유사파(劉士波) 중국인, 항일연군 연고자, 유옥천의 아들, 취재지 북경, 2000.

유술렴(劉述廉) 중국인, 만주국 통화성경무청 연고자, 통역관 출신, 취재지 통화, 1984.

유신옥(劉信玉, 가명) 외 2인, 조선인, 항일연군 연고자, 취재지 연길현 동불사, 1999~2001.

유의권(劉義權) 중국인, 항일연군 생존자, 취재지 치치하르, 1998, 1999~2000.

유자부(劉子浮) 중국인, 항일연군 연고자, 안광훈이 1970년대까지 살았다고 주장하는 사람, 취재지
길림시 용담구 철동가 철동위, 1983.

유재선(柳在善) 외 3인, 조선인, 조선공산당 화요파 연고자, 취재지 화룡현 동성대대, 1982~1983.

유효화(劉曉華) 중국인, 항일연군 유가족, 항일연군 2군 참모장 유한흥의 딸, 취재지 북경, 2000.

윤화(尹花) 조선인, 연길 거주 지희겸의 외손녀, 1999.

이경백(李庆柏) 중국인, 교하탄광 이퇴직 간부, 왕윤성의 지인, 취재지 돈화, 1983.

이려력(李黎力) 중국인, 항일연군 유가족, 중공당 길동특위 서기 이범오의 딸, 취재지 북경, 2000.

이민(李敏) 조선인, 항일연군 생존자, 취재지 하얼빈, 2000~2001.

이방방(李芳芳, 가명) 중국인, 만주리 국제교통참 교통원 출신 생존자, 취재지 길림성 서란현, 1982.

이용석(李龍錫, 가명) 조선인, 항일연군 유가족, 항일연군 제3방면군 15연대 연대장 이용운의 동생,
취재지 연길시 장백향 신풍촌 4대, 1998.

이위빈(李衛彬) 외 10인, 중국인, 항일연군 연고자, 취재지 안도현 차조구, 1990.

이장진(李長進, 가명) 외 11인, 조선인, 만주국 경찰 생존자, 취재지 연길현 세린하 단결대대, 1986,
1988~1989.

이재덕(李在德) 조선인, 항일연군 생존자, 취재지 북경, 1998~1999.

이형박(李荊璞) 중국인, 항일연군 생존자, 취재지 북경, 1991, 1993, 1996, 1998.

이혜란(李惠蘭) 중국인, 국민당 항일장령 송철원(宋哲元)의 조카, 취재지 천진, 1993~1994.

장구보(張久寶) 중국인, 길림성 쌍양현 대지주 장구진의 아들, 취재지 길림성 동풍현, 1998.

장덕상(張德祥, 가명) 중국인, 항일연군 생존자, 취재지 길림성 구태현, 1991.

장림(張林) 중국인, 공청단만주성위원회 조직부장과 길동특위 서기 역임, 취재지 하얼빈, 1981.

장만성(張滿成) 내외 외 2인 중국인, 항일열사 가족, 취재지 왕청현 중평촌, 2001.

장봉명(張鳳銘, 가명) 중국인, 항일연군 생존자, 취재지 통화, 1993.

장수봉(張秀峰) 중국인 항일연군 생존자, 양정우의 경호소대장, 취재지 통화, 1983.

장조야(張卓娅) 항일연군 연고자, 김백문, 이조린 부부의 딸, 취재지 북경, 2000.

장청일(張清一) 중국인, 마적 경력 생존자, 1930년대 무송 지방 포우터우(砲頭), 취재지 무송, 1988.

장택민(蔣澤民) 중국인, 항일연군 생존자, 취재지 요령성 심양, 2000~2001.

장해성(張海成) 조선인, 탈북 작가, 항일열사 유가족, 전 북한 조선중앙방송국 기자, 취재지 서울, 2017.

장해야(張奚若) 중국인, 항일연군 귀순분자, 길림성 유하현 삼원포진 유가대대 2대대 거주, 취재지 장해야의 집, 1983.

장흥복(張興福) 외 1인, 중국인, 항일연군 연고자, 일본군에 귀순 후 임수산 공작대에 참가, 해방 후 반혁명분자로 14년 복역, 취재지 교하 신참진, 1986.

전애화(田愛華) 중국인, 만주군 연고자, 취재지 길림성 서란현, 2000.

전중초(田仲樵) 중국인, 항일연군 생존자, 흑룡강성 하얼빈, 1999~2000.

정종길(鄭鍾吉) 내외, 조선인, 항일연군 생존자, 북한 최용건의 경호원, 취재지 장춘, 1983~1984.

정풍호(鄭豊鎬) 조선인, 자위단 생존자, 역사반혁명분자, 취재지 도문 양수, 1988.

조상문(趙尚雯) 외 1인(조상문의 사위) 중국인, 조상지의 여동생(전화 취재, 하얼빈 거주), 1999.

조영석(趙英淑, 가명) 외 1인, 조선인, 북한 최춘국의 외조카, 취재지 길림성 왕청현, 1987~1988.

조전생(趙戰生) 중국인, 항일연군 유가족, 중공당 만주성위원회 조직부장 조의민의 아들, 취재지 북경, 2000.

조××(趙××) 외 2명, 조선인, 안도현 만보진 마쟁령촌 주민, 취재 당시 83세, 1983.

종자운(鍾子雲) 중국인, 항일연군 생존자, 취재지 북경, 1991~1992.

종희운(鍾希雲) 중국인, 왕윤성의 지인, 취재지 장춘, 1993.

주계삼(周桂三) 외 2인, 중국인, 길림구국군 생존자, 후에 일본군에 귀순, 취재지 왕청 나자구.

주숙령(周淑玲) 중국인, 항일연군 생존자, 취재지 중국 심양, 1984~1985.

주위(周緯) 중국인, 항일연군 유가족, 취재지 북경, 2000.

지××(池××) 조선인, 지희겸의 딸, 연변농학원, 지희겸의 구술을 녹음한 자료 제공, 취재지 용정,

1998.

지희겸(池喜謙) 조선인, 고려공산청년회 출신, 조기 중공당 주하현위원회 서기, 취재지 연길, 1981~1982.

진득성(陳得晟) 중국인, 만주군 생존자, 취재지 길림시 강밀봉, 1993.

진여(陳瑜) 중국인, 장편소설 『어둠 속의 하얼빈(夜幕下的哈尔滨)』 작가, 취재지 요령성 안산시, 1993.

진홍(陳紅) 중국인, 항일연군 유가족, 항일열사 조일만의 손녀, 취재지 북경, 2000.

진희준(陳熹俊, 가명) 외 1인, 중국인, 만주군 장령 주대로 지인, 요령성 개원현 문사자료실에서 근무하다가 이퇴직, 취재지 요령성 개원현.

채광춘(蔡光春) 조선인, 항일연군 생존자, 취재지 연길, 1983.

초무영(肖茂榮) 중국인, 항일연군 생존자, 길림구국군, 취재지 남경, 1986~1987.

초철민(肖鐵民) 중국인, 항일연군 유가족, 초무영의 아들, 취재지 남경, 1987.

최선길(崔先吉, 가명) 조선인, 조선의용군 생존자, 1950년대 중국 연변사범학교 교장과 연변주 교육처에서 근무, 김명주의 지인, 취재지 연길, 1984~1986 등 10여 차례.

축옥성(祝玉成) 외 2인, 중국인, 길림독판공서 경위연대 생존자, 역사반혁명분자, 취재지 길림시 용담구, 1986.

팽시로(彭施魯) 중국인, 항일연군 생존자, 취재지 북경 팽시로의 자택, 1999~2000.

팽월관(彭越關) 중국인, 항일연군 유가족, 팽시로의 아들, 취재지 북경, 2000.

풍억라(馮憶羅) 중국인 항일연군 유가족, 풍중운의 딸, 취재지 북경, 2000.

필××(畢××) 중국인 항일연군 제2방면군 부관장 필서문의 손자, 취재지 안도현 만보향, 1988.

하××(何××), 중국인, 요령성 본계시 공안국 당안과 근무, 취재지 요령성 본계시, 1999~2000.

한광(韓光) 중국인, 항일연군 생존자, 취재지 북경, 2002.

한봉선(韓鳳善) 별명 조막데기노친, 항일연군 생존자, 일본군에 귀순, 취재지 돈화현 할바령촌, 1984.

한준광(韓俊光) 조선인, 연변주당위 선전부 부부장, 연변역사연구소 소장, 중국조선족민족사학회 이사장 역임, 취재지 연길, 1986~2001 30여 차례.

한철범(韓哲范) 외 2인, 조선인, 1930년대 중공당 연길현위 서기 한인권의 친조카, 취재지 길림성 연길현 동불사 동산대대, 1983~1984.

한××(韓××) 외 3명(1명 중국인, 2명 조선인), 장백현 금화향 전구곡대대 주민, 취재지 치부툰, 1988.

허록산(許錄山) 중국인, 강서성 남창시 무장부 이직간부, 시 정협문사연구위원, 취재지 남창, 1999.

형계분(邢桂芬) 중국인, 진한장의 조카, 취재지 돈화.

호소아(胡紹婀) 중국인, 왕작주의 외손녀, 어머니 왕춘연(王春燕)은 왕작주의 여동생, 취재지 장춘, 1998.

호유인(胡維仁, 가명) 중국인, 전광(오성륜) 전문가로 자처하는 문사(文史) 연구가, 취재지 통화, 2000.

호진일(胡眞一) 중국인, 항일연군 생존자, 시세영의 아내, 취재지 사천성 중경시, 2000.

홍수천(洪壽天) 조선인, 주진 처형 현장 목격자, 취재지 도문, 1984.

황생발(黃生發) 중국인, 항일연군 생존자, 양정우의 경위원, 취재지 장춘, 1988, 1990.

황성옥(黃成玉) 조선인, 항일열사 유가족, 훈춘유격대 출신 황성일의 아들, 취재지 도문.

황용호(黃勇虎) 조선인, 조선의용군 유가족, 조선의용군 제3지대 참모장 황재연의 차남, 취재지 미국 뉴욕, 2006~2007.

참고문헌: 한국, 북한 및 중국 연변 자료

강룡권, 『동북항일운동유적답사기』, 연변인민출판사, 2000.

강만길, 『고쳐쓴 한국 현대사』, 도서출판 천마, 1994.

강만길·성대경, 『한국 사회주의 운동 인명사전』, 창작과 비평사, 1996.

강준만, 『한국현대사산책』, 1940년대편 1권, 인물과사상사, 2006

계기화, 『삼부·국민부·조선혁명군의 독립운동 회고』, 한국독립운동사연구 1, 독립기념관 한국독립
운동사 연구소 발행, 1987.

고봉기, 『고봉기의 유서』, 1989. (집필 김학철)

교방의, 「간고한 항일연군의 생활」, 『장백혁명투쟁사자료』(내부발행) 수록, 장백현위당사판공실 편
집, 1990.

국사편찬위원회, 『맥켄지가 기록한 의병』, http://contents.history.go.kr/front

국사편찬위원회, 『한국독립운동사』 1~5, 국사편찬위원회, 1965~1970.

길림성사회과학기금종목인, 『중국조선족혁명투쟁사』, 길림인민출판사, 2007.

김동화, 『연변청년운동사』, 연변인민출판사, 1988.

김득순, 『중공동만특위문헌자료집』 상·하, 연변인민출판사, 2011.

김선의 수첩 영인본, 『항일투쟁시기 노래집』 1, 연변인민출판사, 1957.

김양 주필, 『압록강류역의 조선민족과 항일투쟁』, 2001.

김일성, 『세기와 더불어』 (전8권), 조선로동당출판사, 1992~1998.

김준엽, 『나의 광복군 시절』 상·하, 도서출판 나남, 2003.

김준엽·김창순, 『한국공산주의운동사』 1-5, 1986.

김찬정, 『비극의 항일빨치산』, 동아일보사, 1992,

김창국, 『동북항일근거지사연구』, 연변인민출판사, 1992.

김창순, 『북한 15년사(北韓 15年史)』, 지문각, 1961.

김창순, 『역사의 증인』, 한국아세아반공연맹, 1956.

김창순, 『중국공산당의 만주게릴라 조직과 한인대원에 관한 연구』, 북한학보 제1집, 북한연구소,

1977.

김철수, 『연변항일사적지 연구』, 연변인민출판사, 2002.

김춘선, 『중국 조선족 사료 전집』, 연변인민출판사, 2009.

김춘선, 『중국조선족사료전집』, 연변인민출판사, 2014. (일본외무성, 육해군성, 조선총독부, 조선군사령부
　　　등 문서 발췌)

김춘선, 『중화민국당안자료』, 연변인민출판사, 2015.

김춘선, 『항일사적지 및 항일빨치산 참가자들의 회상기』, 연변인민출판사, 2014.

김학규, 『백파 자서전(白波 自敍傳)』, 1988.

나점원·풍수성, 요령성중공당사인물연구회, 『요령당사인물전(遼寧黨史人物傳)』, 요령인민출판사,
　　　2007.

님 웨일즈, 『아리랑』, 동녘, 1984.

로버트 올리버, 황정일 옮김, 『신화에 가린 인물 이승만』, 건국대학교 출판부, 2002.

로동신문사, 『김일성장군약전』

모스크바 편찬, 『전 일본군무자사건 공판자료집』, 평양 외국문서적출판사, 1950.

문국주, 『조선사회운동사 사전』, 사회평론사, 1981.

민족문제연구소, 『청산하지 못한 역사(한국 현대사를 움직인 친일파 60)』, 1994.

민족문제연구소, 『친일인명사전』, 2009.

민족정경문화연구소, 『친일파군상』, 한국데이터베이스, 1948.

박노원, 『배민수 자서전』, 연세대학교출판부, 1999.

박문봉 편저, 『동북항일전쟁 조선족인물록』, 북경민족출판사, 2017.

박재간, 『김일성(金日成)과 김성주(金成柱)』, 공산권문제연구소, 1970.

박창욱, 『중국조선족혁명렬사전』 1-3, 요령민족출판사, 1983, 1986, 1992.

백봉, 『민족의 태양 김일성 장군』, 1968.

서굉일, 『북간도 기독교인들의 민족운동 연구』 1-3, 신학사상, 1988,

서굉일·동암 편저, 『간도사신론』 상·하, 1993,

서대숙, 『북한의 지도자 김일성』, 청계연구소, 1989.

서대숙, 『북한의 지도자 김일성』, 청계연구소, 1989.

서옥식, 『북한 교과서 대해부: 역사와 정치 사상 교육을 중심으로』, 해맞이미디어, 2015.

신복룡, 「김일성의 진위 논쟁」, 『한국사 새로 보기』, 도서출판 풀빛, 2001.

신용하,『의병과 독립군의 무장독립운동』, 지식산업사, 2003.

신주백,「우리역사 바로알자 김일성은 '가짜'가 아니다」,『역사비평』, 1991년 겨울호(통권 17호), 역사비평사.

신주백,「항일무장투쟁 김일성 장군은 진짜였다」,『월간 말』, 1994년 8월호.

안도현조선족역사발자취총서편찬실,『겨레의 발자취』제1집, 1987.

안혜령,『손인실』, 이화여자대학교 출판부, 2001.

여정,『붉게 물든 대동강』, 동아일보, 1991.

연변당사연구소 편집,『연변역사사건당사인물록』, 연변인민출판사, 1988.

연변주 민정국 편집,『장백의 투사들』1-3, 연변인민출판사, 1982.

연변주 조선족간사 편찬조,『조선족간사』, 연변인민출판사, 1961, 1986,

연변주 조선족약사 편찬조,『조선족약사』, 연변인민출판사, 1989.

오영진,『소군정하의 북한: 하나의 증언』, 중앙문화사(1952.6.10.), 국토통일원, 1983년 재발간.

유성철(兪成哲)회고록,『나의 증언』,〈한국일보〉연재, 1990.

유성철(兪成哲)회고록,『피바다의 비화』, 재소〈고려일보〉연재, 1991.

윤병석,『간도역사의 연구』, 국학자료원, 2006.

윤치영,『윤치영의 20세기: 동산회고록』, 삼성출판사, 1991.

이광인,『겨레항일지사들』1-6, 북경 민족출판사, 2007.

이광인,『인물조선족항일투쟁사』1-4, 한국 학술정보, 2005.

유영(刘颖),『이계란 회상기-동북항일연군여병(東北抗聯女兵)』, 흑룡강출판사, 2015.

이기하,『한국공산주의운동사』, 국토통일원, 1976.

이명영,『권력(權力)의 역사(歷史)』, 성균관대학교 출판부, 1985.

이명영,『김일성열전』, 신문화사, 1974.

이종석,『김일성 연구의 쟁점』상, 사회와 사상, 1989.

이종석,『현대북한의 이해: 사상·체제·지도자』, 역사비평사, 1995.

이정식,『대한민국의 기원』, 일조각, 2006.

임은,『김일성왕조비사』, 한국양서, 1982.

임춘추,『항일 무장투쟁 시기를 회상하며』, 1959.

임춘추,『항일투쟁회고록』

장백조선족자치현당사공작판공실 편찬,『장백혁명투쟁사자료집』

정일권,『정일권 회고록(丁一權回顧錄)』, 고려서적, 1991.

정창현,『인물로 본 북한현대사』, 선인, 2011.

조선로동당력사연구소,『항일빨치산참가자들의 회상기』 1-20.

조선로동당중앙위원회,『김일성선집』, 1953년~1964년 초판 전4권.

조선로동당출판사,『김일성저작선집』 1~44.

조선로동당출판사,『위대한 수령 김일성 동지의 혁명활동 략력』, 1981.

조선사회과학원 역사연구소,『조선전사』

조선외국문서적출판사,『김일성혁명역사자료집』 1-2.

조선총독부 법무국 편찬,『조선독립사상운동의 변천』, 재발간본, 1986.

중국조선민족발자취편집위원회,『중국조선민족발자취』 1-7, 북경민족출판사, 1989.

중앙일보 특별취재반,『비록(秘錄) 조선민주주의 인민공화국』, 중앙일보사, 1992.

채명신,『사선을 넘고 넘어』, 매회고록신문사, 1994.

최삼룡 편저,『항일시가집』, 북경민족출판사, 2011.

최현,『혁명의 길에서』, 국립출판사, 1964.

한국기독교사연구소,『평양대부흥』, http://www.1907revival.com

한설야,『김일성장군 인상기』, 1964.

한재덕,『김일성(金日成)을 고발(告發)한다: 조선노동당 치하의 북한 회고록』, 내외문화사, 1965.

한재덕,『김일성 장군 개선기』

한준광·김원석 주편,『중국조선족역사연구논총』, 흑룡강조선문출판사, 1992.

한홍구,『가짜 김일성설과 한국현대사』, 중앙대학교 민족발전연구원, 2002.

허동찬,〈신고 김일성 자서전 연구〉, 새 전기 '세기와 더불어' 1992~1993년, 서울신문 연재(총 55회).

허동찬,『김일성 평전』, 숙명여자대학교 통일문제연구소, 1986.

황대수(黃大受),『중국현대사강(中國現代史鋼)』, 世界書局, 1961.

흑룡강성사회과학원 지방당사연구소 동북열사기념관 편집,『불멸의 투사』, 북경민족출판사, 1982.

참고문헌: 미국, 중국, 일본, 러시아 및 중화민국 등 원시자료

F. A. McKenzie, 『Korea's Fight for Freedom』, 1920, 미국.

미의회도서관, 『Biographies of Soviet Korean Leaders』, http://www.loc.gov/rr/asian/Soviet
　　　Korean.html.

윌슨 센터 디지털 아카이브, https://digitalarchive.wilsoncenter.org.

『禁じられた歌　朝鮮半島音樂百年史』, 田月仙, 中公新書ラクレ, 2008.

『金日成と滿州抗日戰爭』, 和田春樹, 平凡社, 1992.

『諾門罕戰役: 蒙古國與滿洲國』, 田中克彦, 岩波書店(岩波神鋼), 2009.

『滿時期文學資料整理與硏究-史料卷·滿洲國主要漢語報紙文藝副刊目錄』, 大久保明男.

『滿州事變と政党政治, 講談社選書メチエ』, 川田稔, 講談社, 2010.

『民族運動史上の人物』, 森川展昭, 朝鮮民族運動史硏究會, 1994.

『秘史滿州国軍—日系軍官の役割』, 小澤親光, 柏書房, 1976.

『五千日的軍隊: 滿洲國軍的軍官門』, 牧南京子, 創林社, 2004.

『日本の選択7 "滿州國" ラストエンペラ__』, NHK取材班 編集, 角川書店, 1995.

『這才是眞實的中國史—來自日本右翼史家的觀点』, 宮脇淳子, 八旗文化, 2015.

『朝鮮戰爭前史としての韓國獨立運動の硏究』, 佐々木春隆, 昭和60年.

『洪思翊中將の處刑』, 山本七平, 文藝春秋, 1986.

『4·29上海義擧英雄: 梅軒尹奉吉』, 上海: 上海社會科學院出版社, 2008.

「艱苦的抗聯生活」, 橋邦義, 『長白革命門爭史資料』, (內部發行) 收錄, 長白縣委黨史辦 編輯, 1990.

『建党以來重要文獻選編(1921-1949)』, 中央當案館 編 第14冊, 中央文獻出版社, 2011.

『見过希特勒与救过猶太人的伪滿外交官』, 王替夫, 黑龍江人民出版社, 2001.

『經濟掠奪』, 1993年版僞滿史料叢書, 吉林人民出版社, 1993.

『共産國際史綱』, 蘇共中央馬列主義硏究院著索波列夫 主編, 北京 人民出版社, 1985.

『公主岭沿革-第一任公安局長乔邦义』李静生, 张会清 合編.

『過去的年代』, 李延錄, 黑龍江人民出版社, 1979.

『蛟河文史資料』, 第1-2輯.

『九・一八東北抗戰史』, 遼寧人民出版社, 1991.

『九・一八事變』, 中華書局, 1991.4.

『九一八事變机密軍事當案 關東軍卷一』, 20冊, 沈陽 "九・一八"歷史博物館.

『近代中國史料叢書』, 王曉輝, 1-100輯.

『吉林文史資料』, 第1-24輯.

『吉林文史資料:抗日自緯軍, 義勇軍史料轉輯』, 中國人民政治協商會議吉林省文史委員會編, 1985.

『吉林省紅色歷史文化專題數据庫』, 吉林省圖書館.

『吉林志簽通迅』

『金日成傳』1-3, 楊昭全, 香港亞洲出版社, 2010.

『南滿遠征』, 伊俊山, 吉林省政協文史資料委員會, 1988.

『內蒙古文史資料』, 1-27期, 呼和浩特, 內蒙古人民出版社, 1986, 1987.

「農民出身抗日英雄-靑山好公培顯」, 『撫松縣志』

『踏破興安萬重山』, 王明貴, 1988.

『敦化文史資料』, 第1-5輯.

『東北近代史研究』, 潘喜廷, 中州古籍出版社, 1994.

『東北大討伐』, 中國第二歷史檔案館, 吉林社科院 編輯, 中華書局 1991年版.

『東北人物大辭典』, 王鴻賓等 主編, 第2卷, 遼宁古籍出版社, 1995.

『東北抗聯: 絶地戰歌』, 党史 第6輯.

『東北地區革命歷史文件匯集終目錄(下) 1937-1945』, 中央檔案館, 遼寧省檔案館, 吉林省檔案館, 黑龍江省 檔案館 編輯, 1994.

『東北地區革命歷史文件匯集』, 53卷.

『東北抗聯苦戰記: 黑的土紅的雪』, 朱秀海, 解放軍文藝出版社, 1995.

『东北抗联战士的艰苦岁月-乔邦义』, 中共黑龙江省委党史研究室, 李忠双, 丁洋 责編.

『東北抗聯征戰實錄』, 全勇.

『東北抗日聯軍1-11軍史』, 黑龍江人民出版社, 1985.

『東北抗日聯軍發展略史』, 常好禮節, 吉林大學出版社, 1991.

『東北抗日聯軍軍史叢書』, 元仁山, 黑龍江人民出版社, 2012.

『東北抗日聯軍斗爭史』, 編寫組, 人民出版社, 1991.

『東北抗日聯軍史料』(上), 東北抗日聯軍史料編寫組, 中共党史資料出版社, 1987.

『東北抗日聯軍與僞軍士兵』, 1938.

『東北抗日聯軍歷史問題座談紀要』, 中央党史研究室, 1985.7.

『東北抗日聯軍一軍二師代師長宋茂旋與朝鮮民主主義共和國主席金日成將軍的關係』, 訪談錄, 韓俊光, 魯德
　　山 整理, 1982.(未發表 內部資料)

『東北抗日聯軍的成立與現狀』, 1938.

『東北抗日聯軍的政治綱領, 組織及戰術』, 1938.

『東北抗日聯軍鬪爭史』, 人民出版社, 1991.5.

『東北抗日聯軍抗戰紀實』, 王曉輝, 人民出版社, 2005.

『東北抗日聯軍后期鬥爭史』, 高樹橋 , 白山出版社 , 1993.

『東北抗日烈士傳』1-2, 黑龍江人民出版社, 1985.

『東北抗日運動概況(1938-1942)』, 吉林省當案館 編譯, 吉林文史出版社, 1986.

『東北抗日遊擊日記』, 周保中, 人民出版社, 1991.

『李杜關于九一八事變后日僞在東北擧行大檢查情況給蔣介石的報告』, 1939.8.25.

『李杜關于東北抗日聯軍各軍戰斗情形給國民党軍令部的報告』, 1941.3.18.

『李杜關于東北抗日武裝活動情況給國民党軍令部的報告』, 1941.4.19.

『李杜關于東北抗日聯軍對日僞作戰情況給蔣介石的報告』, 1941.5.20.

『李杜關于東北抗日聯軍活動等情況給國民党軍令部的報告』, 1941.6.16.

『李杜關于東北抗日情形給蔣介石的報告』, 1939.8.28.

『李杜關于楊靖宇, 王德泰, 李學福等部活動情況給國民党軍令部的報告』, 1941.4.2.

『李杜關于楊靖宇被射殺及趙尚志等部活動情況給國民党國防最高委員會的報告』, 1941.3.14.

『李守信』, 民國人物傳 第11卷, 万江紅, 中國社會科學院近代史研究所, 中華書局, 2002.

『莫忘英雄楊靜宇』, 劉賢 吉林省靖宇縣史志辦 , 抗聯史研究學者, 百度文庫.

『滿洲國警察史』, 康德 九年九月.

『滿洲國的實相與幻象』, 山室信一, 八旗文化, 2016.

『滿洲實錄』, 祁美琴等 編譯, 中國人民大學出版社, 2015,

『民國乃敵國也: 政治文化轉型下的淸遺民』, 陳秋龍, 中央研究院近代史研究所集刊(第69期)

『民國人物大辭典』, 徐友春 主編, 增訂版, 河北人民出版社, 2007.

『民國人物傳』, 第10卷, 中國社會科學院近代史研究所中華書局, 2000.

『民國職官年表』, 劉壽林 等(編), 中華書局, 1995.

『民國春秋: 安昌浩在中國』, 石源華, 1999, 01期.

『磐石党史英烈传』, 磐石縣黨史辦, 2000.

『訪問錄選編』, (周保中同志專輯), 黑龍江省社會科學院地方黨史所, 1980.

『訪問周保中同志記錄』, 1960.9.9.

"百年人生留青史 終生不忘抗聯情-訪東北抗聯女戰士李敏", 〈中國檔案報〉 2016.9.16., 总第 2966期 第一
　　　　版.

『寶清縣志』, 寶清縣公署編輯發行, 哈爾濱廣記印刷局 印刷, 黑龍江省雙鴨山市寶清縣博物館 所藏, 1936年
　　　　(康德三年)版.

『奉系軍閥當案史料滙編』, 遼寧檔案館 編, 1899.

『烽火完達山』, 李明順, 雷再潤, 遼寧人民出版社, 1984,

『山河破碎國安在: 聰中日史料解讀東北抗戰』, 盧德峰, 山東畫報出版社.

『山河呼嘯:東北抗聯征戰實錄』, 全勇著, 湖南出版社, 1995.

『殺害楊靜宇的兇手為何逃脫法網』, 靖宇縣史志辦 提供, 2000.

『世紀橋』, 邢肇升, 2014 第11期.

『小數民族志·宗敎志』, 長春市志(上卷), 吉林文史出版社, 1998.

「試論八十八旅與中蘇朝三角關係-抗日戰爭期間國際反法西斯聯盟一瞥」, 沈志華, 『近代史研究』, 2015年
　　　　第4期.

『我对牛心顶子战斗的回忆』, 常维宣, 吉林党史资料, 1985.

『我在東北抗聯的日子』, 吳良本訪談錄(未出版), 楊剛 整理, 1977.

『我在抗聯十年』, 彭施魯, 2009.

『我的前半生』(全本), 溥儀, 群衆出版社出版, 2007.

『我的抗聯歲月: 東北抗日聯軍戰士口述史+危險的時刻-東北抗聯史事考』, 中國記憶叢書, 2012.

『我的抗聯歲月: 東北抗日聯軍戰士口述史』, 國家圖書館中國記憶項目中心編.

『我知道的'八一宣言'內幕』, 裴高才, 胡秋原, 〈南京日報〉, 2012.2.16.

『安圖文史資料』, 第1-2輯.

『安東省撫松縣一般妝況』, 撫松縣當案館所藏, 1935.

『楊松文集』, 人民出版社, 2013.

『楊靖宇將軍犧牲經過尋訪問手記』, 楊剛, 1996.

『楊靖宇傳』, 趙俊清, 黑龍江人民出版社, 2004.

『楊靖宇傳奇』, 孫少山, 遼寧少尓出版社, 2011.

「楊靖宇討伐座談會」, 『協和雜誌』, 1940年 933期.

『憶周將軍: 保中同志』, 田孟君, 吉林人民出版社, 1989.

『延邊文史資料』, 第1-10輯.

『英雄的姐妹: 抗聯回憶錄』, 徐雲卿, 吉林人民出版社出版, 2005.

『吳良本革命歷史簡歷』, 江西省南昌市政協文史委 提供, 2002.

『王國維與民國政治』, 周言, 崧博出版社.

『王明回憶錄』, 香港哈耶出版社, 2009.

『王铸烈士传略』, 李文哲 撰寫, 开原市委党研室 編, 『峥嵘岁月』登錄.

『汪清党史資料』

『汪清文史資料』

『汪清往事』

『汪清縣党的大活動事記』

『遼寧黨史人物研究-李耀奎』, 中共遼寧黨史研究室, 1999.

『饒河文史資料選編』上下(收錄史料 144篇), 黑龍江省 雙鴨山市 繞河縣 政協編輯.

『遠東社記者關于東北情況對李延祿的採訪報道』, 1934.1.9.

『僞軍—强權境逐下的卒子(1937—1949)』, 稻劉熙明, 鄉出版社, 2002.

「僞滿軍政部始末」, 『僞滿史料叢書-僞滿軍事』, 洪波, 吉林人民出版社, 1993.

『僞滿史料叢書-僞滿人物』, 霍燎原, 吉林人民出版社, 1993.

『僞滿洲國史』, 姜念東等, 大連出版社, 1991.

『僞滿洲國史料』 全33冊, 吉林省圖書館僞滿洲國史料編委會 編, 2002.

『僞滿洲國的統治與內幕-僞滿官員供述』, 中央當案館 編, 中華書局, 2000.

『僞滿皇宮博物院年簽(文集)』, 按年度連續結集刊行20冊, 張憲文 主編, 趙繼敏 編著, 2010.

『僞滿皇帝群臣改造紀實』, 撫順市政協文史資料委員會 編, 遼寧人民出版社, 1992.

『義勇軍將領和進步社團人士有關東北抗日聯軍的文電著述』, 申報, 1934.1.3.

『李延祿軍的回憶』(副標題: 關于東北抗聯四軍的回憶), 駱賓基, 湖南人民出版社, 1988.

『李兆麟將軍的戰友, 妻子』, 金伯文的回憶錄, 卓娅新浪博客, 2016.10.18.

『李兆麟傳』, 李頌鷺, 黑龍江人民出版社, 1989.1.

『日軍侵華戰爭 1931 - 1945』, 王輔.

『日本關東軍及僞滿当局对東北抗日聯軍的軍事"討伐"與"治安肅正"』, 文電.

『日本關東軍參謀部關于共産党開展抗日宣傳策動迹象的情報』(節錄), 1931.9.29.

『日本帝國主義在華暴行』, 遼寧大學出版社, 1989.

『日本帝國主義侵華當案資料選編』, 中國第二歷史當案館 合編, 中央當案館, 1989.

『日本駐間島總領事岡田兼關于延琿地方共産党運動情形給啓彬殿的函件』, 1932.7.

『日本侵華圖志 7, 建立僞滿洲國與對東北的殖民統治 1932-1945』, 山東畫報出版社, 2015.

『日本侵華七十年史』, 中國社會科學院出版社, 1992.

『林口縣志』下卷, 第三十編 人物, 林口縣志編纂委員會 編, 哈尔濱: 黑龍江人民出版社, 1999.

『張學良口述歷史』, 唐德剛, 張學良 自述, 遠流出版, 2009.

『宁安文史資料』, 第1-10輯.

『鄭孝胥日記』, 勞德祖 整理, 北京中華書局.

『从創立到終焉-關東軍獨立守備第八大隊戰史』, 原關東軍獨立守備第八大隊 副官 手島丈男, 編纂(内部文獻), 1978.

『周保中將軍傳』, 趙素芬, 解放軍出版社, 1988.11.

『周保中東北抗日游擊日記』, 人民出版社, 1991.

『周保中文選』, '回憶陳翰章同志', 云南人民出版社, 1985.

『周保中文選』, 解放軍出版社, 2015.

『中共半世紀與叛徒毛澤東』, 王明著, 蘇聯國家政治書籍出版社, 1975.

『中共五十年』, 現代史料編刊社, 1981年 内部翻譯出版, 東方出版社以内部書, 2004.

『中國共産党歷史上的1000個爲什麼』, 韓广富, 曹希岭 主編, 中共党史出版社.

『中國共産黨七十年史』, 中央黨史出版社, 1991.8.

『中國境內韓國反日獨立運動史』(1-2卷), 楊昭全.

『中國國民党百年人物全書』, 劉國銘 主編, 團結出版社, 2005.

『中國抗日戰爭軍事史料』(第1版), 解放軍出版社, 2015.

『中國抗戰實錄』, 解放軍出版社, 2002.

『中國革命戰爭紀實・抗日戰爭・東北抗日聯軍卷』, 人民出版社出版, 2007.7.1.

『中國現代史鋼』, 黃大受, 世界書局, 1961.

『中國現代史綱』, 黃大受, 五南圖書出版股份有限公司, 1980.

『中華民國史事日志』, 郭廷以, 中央研究院近代史研究所, 1978.

『中華偉男: 抗戰中的楊靖宇將軍』, 夏國珞, 中共中央党校出版社, 1995.

『地下烽火』, 李维民 口述, 陈玗 整理, 1982.

『陳紹禹: 王明傳記與回憶』, 孟慶樹 整理, 莫斯科慈善基金會, 2011.

『陈翰章与牛心顶子事件』, 金成光, 高峰, 黑龙江史志.

『疾風知勁草: 抗聯四軍的童年』, 李延祿回憶錄, 黑龍江文藝, 1964.

『鐵血將軍楊靜宇:曾領導金日成 , 吃谷草棉花也抗日』, 中國新聞網, 2009.6.1.

"'靑山好'在撫松海靑岭二 , 三事", 王永新, 〈長白山日報〉, 2015.11.4.

『叢創立到終焉−關東軍獨立守備第八大隊戰史』, 「原關東軍獨立守備第八大隊副官手島丈男」, 編纂(內部文獻), 1978.

『最近東北抗戰情報』, 1938.1.

『最危險的時刻 : 東北抗聯史事考』, 史義軍, 中信出版社 , 2016.9.

『他爲党奮鬥, 到最后一息:我们所知道的周保中同志』, 王效明 · 王一知, 中共吉林省委党史工作委員會編, 吉林人民出版社, 1989.

『風雪松山客』, 李在德回憶錄(修訂版), 民族出版社, 2013.

『風雪長白山:王傳聖回憶錄』, 王傳聖 · 胡維仁, 吉林教育出版社, 1992.

『風雪征程: 東北抗日聯軍戰士李敏回憶錄(1924—1949)』(上下), 黑龍江, 2013.

『馮占海』, 徐友春 主編, 民國人物大辭典增訂版, 第二版, 河北人民出版社, 2007.

『被遺忘的抗日英雄−金日成部隊的中國連連長吳良本』, 許祿山 整理, 2002.

『韓國著名反日獨立運動家傳』, 孫玉梅, 等合著, 長春: 吉林省社會科學院, 1997.

『韓國現代名人傳』, 楊昭全 主編, 吉林人民出版社, 1995.9.

『寒風漫卷中東北抗日義勇軍的悲壯歸國路』, 李琴芳, 中國當案報, 2016.1.25.

『抗日民族英雄楊靖宇傳奇』, 卓昕, 解放軍出版社, 2002.

『抗日民族英雄傳記叢書』, 是抗戰70年, 黑龍江人民出版社出版, 2015.

「胡眞一 : 金日成牽掛半世紀的中國女人」, 『書報文摘』, 2005年 第19期.

『回憶楊靖宇將軍』, 吉林文史資料 第24輯, 1988.

『回憶周保中』, 王效明 · 王一知, 中共吉林省委党史工作委員會編, 吉林人民出版社, 1989.